弦

Wir schreiben die Jahre 1975–1979. Herr Beerta, der alte Direktor des Büros, lebt nach seinem Schlaganfall im Pflegeheim und ist nur noch ein Schatten seiner selbst. Auch die Mutter von Nicolien muss ins Heim. Weniger schlimm ist es um Ad Muller bestellt, doch seine vielen chronischen (Schein-)Krankheiten – »müde Augen«, »Rachenpusteln« und Fieberschübe bis an die 37°-Grenze – zwingen ihn zu langen Pausen vom harten Büroalltag. Bart Asjes, die zweite Stütze in Maarten Konings Abteilung, kommt sogar ins Krankenhaus – was glücklicherweise keinen nennenswerten Produktivitätsabfall für das Büro zur Folge hat. Überhaupt wird es für die Mannen des Büros zunehmend schwieriger, dem Müßiggang zu frönen, denn plötzlich wird ihnen Leistung in Form vorzeigbarer Produkte abverlangt. In der Not veranstaltet man ein Symposium, das allerdings völlig aus dem Ruder läuft. Und kaum hat man geglaubt, alle Angriffe erfolgreich abgewehrt zu haben, schlägt das Imperium zurück: Der Fördermittelgeber verlangt Auskunft, wann mit dem Abschluss der »Bibliografie des geistlichen Lieds in den Niederlanden« zu rechnen ist, eines Projektes, an dem man schon zehn Jahre still und leise herumwerkelt, ohne dass jemals ein Hahn danach gekräht hätte ...

J. J. Voskuil (1926–2008) war 30 Jahre als wissenschaftlicher Beamter am renommierten Meertens-Institut für Volkskunde in Amsterdam beschäftigt. Seinen Durchbruch als Schriftsteller erlebte er mit seinem Schlüsselroman *Het Bureau*, der in den Jahren 1996 bis 2000 in sieben Bänden erschien. Der Bestseller mit Kultstatus wurde u. a. mit dem F. Bordewijk-Preis und dem Libris-Literaturpreis ausgezeichnet.

J. J. VOSKUIL

DAS BÜRO 4
DAS A. P. BEERTA-INSTITUT

Aus dem Niederländischen von Gerd Busse

VERBRECHER VERLAG

J. J. Voskuil. Das Büro
Band 4: Das A. P. Beerta-Institut

Erste Auflage
Verbrecher Verlag 2015
www.verbrecherei.de

Titel der niederländischen Originalausgabe: »Het Bureau 4, Het A. P. Beerta-Instituut«
© Copyright 1998: J. J. Voskuil, Amsterdam
© Für die deutsche Ausgabe: Verbrecher Verlag 2015
Originally published by Uitgeverij G. A. van Oorschot, Amsterdam

Übersetzung aus dem Niederländischen: Gerd Busse
Lektorat: Ulrich Faure, Kristina Wengorz
Satz: Christian Walter
Der Verlag dankt Marco Michele Acquafredda.

ISBN: 978-3-95732-009-4

Printed in Germany

Der Verlag dankt der niederländischen Literaturstiftung
für die Förderung der Übersetzung.

Die Kunststiftung NRW hat Gerd Busse
mit einem Übersetzerstipendium
unterstützt.

(1975)

»Erzähl erst mal: Wie geht es Beerta?«, fragte Kaatje Kater und wandte sich Maarten zu.

»Schlecht«, sagte Maarten. »Er ist halbseitig gelähmt, kann nicht mehr sprechen, und laut Ravelli liegt er den ganzen Tag da und weint.«

Buitenrust Hettema richtete sich ein wenig auf und reckte sein Kinn vor.

»Und die Prognose?«, fragte Kaatje Kater.

»Dem Neurologen zufolge besteht keine Aussicht auf Besserung.«

Kaatje Kater sah ihn von der Seite an. Ihre Augen wirkten hinter den dicken Brillengläsern sehr groß, wodurch sie einer Eule ähnelte.

»Tja«, sagte Maarten entschuldigend. Er musste sich zurückhalten, um nicht zu lächeln.

»Frau Vorsitzende«, sagte Stelmaker, »ich frage mich, ob wir als Kommission vielleicht etwas tun können, um unsere Anteilnahme zu bekunden.«

»Wir könnten ihm auf jeden Fall einen Blumenstrauß schicken«, schlug Goslinga vor und beugte sich über den Tisch.

»Können wir etwas tun?«, fragte Kaatje Kater Maarten. »Ich meine ja nur.«

»Im Augenblick nicht«, antwortete Maarten. »Ravelli zufolge ist er nicht ansprechbar. Er will auch niemanden sehen.«

»Das kann ich mir sehr gut vorstellen«, sagte Buitenrust Hettema trocken. »Man mag gar nicht daran denken.«

»Aber vielleicht, wenn es ihm besser geht?«, äußerte Vervloet vorsichtig.

»Das wollte ich gerade vorschlagen, Frau Vorsitzende«, sagte van der Land, wobei er seine Pfeife aus dem Mund nahm.

»Das ist auch, was ich gemeint habe«, bemerkte Stelmaker. »Dass wir jetzt schon mal den Schriftführer damit beauftragen, im Namen der Kommission ein Zeichen der Anteilnahme zu übermitteln, sobald sich die Gelegenheit ergibt. Ich würde gern einen Beitrag dazu leisten.«

»Soll ich dann eine Karte herumgehen lassen, auf die die Kommissionsmitglieder ihre Namen setzen?«, schlug Maarten vor.

»Mach das ruhig«, sagte Kaatje Kater.

»Kannst du das machen, Bart?«, fragte Maarten Bart, der mit Ad am anderen Ende des Tisches saß.

»Was soll es denn für eine Karte sein?«, fragte Bart. Er stand auf.

»Eine weiße.«

»Aber es gibt zwei Formate.«

»Das große.«

Bart stand auf und verließ den Vorlesungsraum.

»Dann eröffne ich jetzt die Sitzung«, sagte Kaatje Kater, »und zum ersten Mal ohne Beerta, würde ich mal sagen.« Sie sah auf die kommentierte Tagesordnung, die Maarten für sie bereitgelegt hatte. »Punkt eins. Eröffnung. Das haben wir also hinter uns. Punkt zwei. Entschuldigtes Fernbleiben. Schriftführer!« Sie sah Maarten an. »Hat sich für heute jemand entschuldigt?«

»Vor der Eröffnung sollten Sie die Versammlung noch um Zustimmung für die Anwesenheit von Asjes und Muller bitten«, sagte Maarten gedämpft. Er beugte sich zu ihr hinüber und zeigte auf eine Notiz oben auf ihrer Tagesordnung.

»Muss das sein?« Sie sah ihn amüsiert an.

»Ich denke schon.«

»Na, wenn du meinst.« Sie wandte sich lachend an die Versammlung. »Der Schriftführer meint, dass ich fragen soll, und so weiter, und so fort, ob Sie etwas dagegen einzuwenden hätten, wenn Herr Asjes und Herr Muller der Sitzung beiwohnen.« Sie sah wieder zu Maarten hinüber. »Warum eigentlich Herr Asjes und Herr Muller? Du hast doch noch mehr Untergebene?«

Bart betrat den Vorlesungsraum mit einer Karte und setzte sich auf seinen Platz. Er sah Maarten fragend an.

Maarten machte mit der Hand eine schnelle, kreisende Bewegung und sah wieder Kaatje Kater an. »Weil sie wissenschaftliche Beamte sind.«

Sie musste darüber lachen. »Doch nicht, weil es zufälligerweise Männer sind? Ich meine ja nur.«

»Nein, weil sie wissenschaftliche Beamte sind«, wiederholte Maarten.

»Ich hätte ansonsten nichts dagegen einzuwenden, wenn Frau de Nooijer künftig auch den Sitzungen beiwohnen würde«, bemerkte Buitenrust Hettema. »Sie besucht meine Seminare, und ich halte sie für eine außerordentlich aufgeweckte junge Frau.«

Bart war aufgestanden und brachte Maarten die Karte.

»Das habe ich auch vor«, sagte Maarten und sah Buitenrust Hettema irritiert an, »sobald sie ihr Studium abgeschlossen hat.« Er gab Kaatje Kater die Karte.

»Was soll ich damit?«, fragte sie.

»Für Beerta«, sagte Maarten rasch. »Ihren Namen.«

»Na ja, manchmal hat man mehr an Leuten, die ihr Studium noch nicht abgeschlossen haben, als an solchen, die fertig sind«, sagte Buitenrust Hettema skeptisch.

Kaatje Kater schrieb ihren Namen mit großen Buchstaben auf die Karte. »Und jetzt?«, fragte sie und hielt die Karte hoch.

»Jetzt muss sie herumgehen«, sagte Maarten.

»Bitte schön!«, sagte Kaatje Kater triumphierend. Sie legte die Karte vor Buitenrust Hettema hin und sah in die Runde. »Niemand, der etwas gegen den Vorschlag des Schriftführers einzuwenden hat?«

Van der Land nahm die Pfeife aus dem Mund und führte sie zum Aschenbecher. »Was mich betrifft, habe ich nicht das Geringste dagegen einzuwenden, Frau Vorsitzende.«

»Ich glaube, dass es der Arbeit nur gut tun kann«, meinte Goslinga.

»Dann ist das also angenommen«, entschied Kaatje Kater. »Ich heiße die Herren Asjes und Muller willkommen, und so weiter, und so fort!« Sie sah Maarten lachend an. »Dann kann ich die Sitzung jetzt also eröffnen?«

Stelmaker beugte sich seitlich zu Goslinga und unterhielt sich flüsternd mit ihm. Goslinga nickte.

»Ja«, sagte Maarten unglücklich.

»Dann eröffne ich hiermit die Sitzung.«

»Einen Augenblick, Frau Vorsitzende«, unterbrach sie Stelmaker.

»Ich dachte, dass Herr Matser ebenfalls wissenschaftlicher Beamter wäre. Muss der dann nicht auch dabei sein?«

Kaatje Kater sah Maarten an. »Muss Matser nicht dabei sein?«

Maarten sah Jaring an.

Jaring zögerte. »Ich habe ihn gefragt, aber er hat nicht so viel Lust darauf.«

»Er hat nicht so viel Lust darauf?« Sie musste darüber lachen. »Das ist doch nicht seine Sache, das zu beurteilen! Ich meine ja nur! Sagen Sie ihm, dass die Kommission durchaus Lust dazu hat, und dass er beim nächsten Mal hier erwartet wird.«

»Ich werde es ihm sagen«, sagte Jaring betreten.

»Zufrieden, Herr Stelmaker?«, fragte Kaatje Kater.

»Sicher, Frau Vorsitzende.«

»Dann Punkt zwei. Hat sich jemand für heute entschuldigt? Schriftführer?«

»Frau Wagenmaker und die Herren Appel und Vester Jeuring sind verhindert«, antwortete Maarten. »Frau Wagenmaker ist in Italien, Appel hat in diesem Jahr donnerstags Vorlesung, und Vester Jeuring hat Leute vom Ministerium zu Besuch.«

»Ist zur Kenntnis genommen«, sagte Kaatje Kater aufgeräumt. »Punkt drei: das Protokoll der letzten Sitzung. Seite eins!«

Man hörte das Rascheln von Papier. Die Kommissionsmitglieder nahmen sich das Protokoll vor.

»Blatt zwei? ... Blatt drei? ... Blatt vier? ... Niemand eine Bemerkung?«

»Ich bin natürlich neugierig, Frau Vorsitzende, wie es um das Symposium steht, aber ich sehe, dass dem der folgende Tagesordnungspunkt gewidmet ist«, sagte Goslinga.

»Dem ist der folgende Tagesordnungspunkt gewidmet«, bestätigte Kaatje Kater. »Niemand eine Bemerkung zum Protokoll?« Sie schlug mit der Faust auf den Tisch. »Dann ist das Protokoll angenommen.« Lachend wandte sie sich Maarten zu. »Eigentlich müsste ich einen Sitzungshammer haben, findest du nicht?«

»Ich werde dafür sorgen, dass beim nächsten Mal einer da ist«, versprach Maarten.

Kaatje Kater musste darüber herzhaft lachen. »Punkt vier! Das Symposium! Wie steht es damit?«

Die Karte mit den Namen der Kommissionsmitglieder kam über Jaring zurück zu Maarten. Er legte sie zu den Unterlagen. »Um das Symposium steht es gut.«

»Wir erwarten auch nichts anderes!«

»Ich habe Kontakt zu den Professoren Kuppens und Knottenbelt von der Universiteit van Amsterdam aufgenommen«, sagte Maarten angespannt, »und die haben als Redner Alblas für die Anthropologie und de Vlaming für Geschichte benannt.«

»Und taugen die was?«, fragte sie skeptisch.

Maarten zögerte. »Das weiß ich nicht.«

Balk klopfte seine Pfeife im Aschenbecher aus. »Ich habe darüber mit Knottenbelt gesprochen«, sagte er unwirsch. »De Vlaming ist ihm zufolge professorabel.«

»Und Alblas?«, wollte Kaatje Kater wissen. »Ist der etwa auch professorabel?« Es klang ironisch.

»Alblas kenne ich nicht.«

»Alblas ist der Sohn eines Korrespondenten des Büros«, sagte Maarten, »und er ist einer der wenigen Anthropologen, die sich für die Niederlande interessieren.«

»Hört, hört!«, sagte Kaatje Kater lachend.

»Und nun zur Angelegenheit *Ons Tijdschrift*«, sagte Kaatje Kater. »Sie haben dazu einen Brief der beiden Redakteure erhalten, mit dem Vorschlag, die Verbindungen mit *Ons Tijdschrift* abzubrechen.« Sie sah Maarten an. »Willst du das noch erläutern?«

»Frau Vorsitzende, wenn ich Sie kurz unterbrechen darf?«, sagte Stelmaker. »Unter dem Brief, den ich bekommen habe, steht zwar der Name von Herrn Beerta, aber er ist lediglich vom Schriftführer unterschrieben worden. Muss ich daraus schließen, dass Herr Beerta ihn in dieser Form nicht mehr gesehen hat?«

»Müssen wir das daraus schließen?«, fragte Kaatje Kater Maarten.

»Ich meine ja nur.«

»Nein«, sagte Maarten, seine Irritation unterdrückend. »Der Brief ist von Beerta geschrieben worden, er hat ihn noch zum Büro gebracht, das war am Sonntag, am selben Abend hat er den Schlaganfall gehabt. Wir haben also nicht mehr darüber sprechen können, aber ich bin voll und ganz damit einverstanden.«

»Hoffen wir, dass es keinen kausalen Zusammenhang gibt«, bemerkte Buitenrust Hettema trocken.

»Der Gedanke ist mir auch gekommen«, sagte Goslinga.

»Es ist nicht ausgeschlossen«, gab Maarten zu.

»Das wäre dann schon sehr unglücklich«, fand Stelmaker.

»Frau Vorsitzende, wenn Sie gestatten: Ich finde nicht, dass wir darüber spekulieren sollten«, warnte van der Land.

»So ist es natürlich auch nicht gemeint«, entschuldigte sich Goslinga hastig.

»Ich gehe davon aus, dass es keiner von uns so gemeint hat«, beendete Kaatje Kater die Diskussion. »Schriftführer!«

»Dem, was in dem Brief steht, habe ich nicht mehr viel hinzuzufügen«, sagte Maarten. »Ich kann nur noch sagen, dass ich mich jedes Mal schäme, wenn ein neues Heft von *Ons Tijdschrift* erscheint und ich meinen Namen bei den Redakteuren stehen sehe.«

»Tableau!«, sagte Kaatje Kater. »Ich meine nur! Falls noch jemand überzeugt werden muss, wird das als Argument doch wohl genügen! Oder etwa nicht?« Sie sah nachdrücklich in die Sitzungsrunde. »Ich muss sagen, ich nehme an, dass Sie genau wie ich schockiert gewesen sind, als Sie diesen Brief bekamen! Es ist keine Kleinigkeit, wenn man fünfunddreißig Jahre in der Redaktion gesessen hat! So etwas geht einem ganz schön unter die Haut, und so weiter, und so fort, und ich kann mir vorstellen, dass es vor allem Anton Beerta zu Herzen gegangen ist, aber wenn er so etwas schreibt, dann steht es uns nicht zu, es infrage zu stellen! Ich meine ja nur! Deshalb schlage ich vor, der Empfehlung der beiden Redakteure zu folgen, und ich füge gleich hinzu, dass ich meinen Vorsitz niederlege, wenn Sie es nicht tun!« In dem Ton, in dem sie diese Drohung aussprach, steckte eine verhaltene Freude, als ob sie es genießen würde und nichts lieber täte, als jetzt loszuschlagen.

Maarten beugte sich über sein Papier und schrieb ihre Worte mit gemischten Gefühlen auf. Er fand ihr Auftreten ungeschickt, unsinnig, völlig überflüssig und empfand Scham angesichts dieser Solidaritätsbekundung. Hätte er seine Gefühle in Worte fassen müssen, hätte er gesagt: »Mensch, stell dich nicht so an, so heiß wird die Suppe nun auch wieder nicht gegessen« – denn es schien ihm ausgeschlossen, dass dieser Kreis etwas anderes tun würde, als der Empfehlung zu folgen.

Nach ihren Worten entstand eine drückende Stille.

»Darf ich daraus schließen, dass Sie den Vorschlag akzeptieren?«, fragte Kaatje Kater.

Buitenrust Hettema hob sein Kinn in die Höhe. »Mit dem Vorschlag selbst habe ich nicht so viele Probleme«, sagte er langsam. »Ich weiß bloß nicht, ob es nun so glücklich ist, die Zusammenarbeit in eine informelle Mitarbeit umzuwandeln, wie es am Schluss des Briefes vorgeschlagen wird. Ich würde sagen: Macht *das* dann besser auch nicht, wenn so viel dagegen spricht.«

Seine Bemerkung traf exakt die Schwachstelle des Briefes. Maarten hatte damit von vornherein dem Einwand gegen den Verlust der Publikationsmöglichkeit für das Büro begegnen wollen. Während er sie aufschrieb, hatte er das Gefühl, als sinke ihm der Boden unter den Füßen weg. Er erstarrte.

»Das ist genau das, was ich mich beim Lesen des Briefs auch gefragt habe, Frau Vorsitzende«, sagte Goslinga. »Mit dem Abbruch der Verbindung zu *Ons Tijdschrift* verliert die Kommission faktisch ihre Publikationsmöglichkeit. Ich halte das schon für ein ernstes Problem.«

»Das könnte ich so unterschreiben«, pflichtete ihm Stelmaker bei. »Ich halte es für ein sehr ernstes Problem, aber ich frage mich auch, welche juristischen Konsequenzen ein derartiger Schritt hätte. Dürfen wir die Beziehung einseitig abbrechen? Welche finanziellen Konsequenzen hat das? Steht darüber nichts im Vertrag? Das waren die Fragen, die mir als Erstes beim Lesen des Briefs in den Sinn kamen.«

Kaatje Kater sah Maarten an. »Steht darüber etwas im Vertrag?«

»Soweit ich weiß, gibt es keinen Vertrag«, antwortete Maarten widerwillig. »Außerdem: Wenn Pieters wiederholt versichert, dass ein kurzer Brief nach Amsterdam genügt, um die Zusammenarbeit zu beenden, kann ich mir nicht vorstellen, dass dies nicht auch mit einem kurzen

Brief von Amsterdam nach Antwerpen möglich ist.« Während er dies sagte, konnte er eine plötzlich aufsteigende Wut kaum bezwingen, als werde ihm erst jetzt bewusst, wie beleidigend die Bemerkung gewesen war.

»Sie hören es«, sagte Kaatje Kater zu Stelmaker, »dem Schriftführer zufolge gibt es keinen Vertrag.«

»Ich sähe es trotzdem gern, wenn das noch einmal überprüft würde.«

»Ich werde es überprüfen«, versprach Maarten, seinen Widerwillen unterdrückend. Er schrieb es auf.

»Noch etwas?«, fragte Kaatje Kater und sah in die Runde.

»Ja, Frau Vorsitzende«, sagte Goslinga. »Ich würde vom Schriftführer auch gern erfahren, ob er für die Kommission noch andere Publikationsmöglichkeiten sieht, außer der informellen Mitarbeit an *Ons Tijdschrift*, die mir, ehrlich gesagt, genau wie dem Kollegen Buitenrust Hettema ziemlich dubios erscheint.«

»Gibt es die?«, erkundigte sich Kaatje Kater.

Es lag Maarten auf der Zunge zu sagen, dass die Kommissionsmitglieder, außer Buitenrust Hettema, niemals irgendein Interesse an der Möglichkeit gezeigt hatten, in *Ons Tijdschrift* zu publizieren, doch er behielt es für sich. Er fühlte sich in die Enge getrieben und sah so schnell keinen Ausweg. »Es gibt natürlich andere Zeitschriften«, versuchte er es.

»Aber damit hat die Kommission kein eigenes Gesicht mehr«, meinte Goslinga.

»Ich habe Anton Beerta schon mal über die Möglichkeit einer eigenen Zeitschrift sprechen hören«, bemerkte Buitenrust Hettema.

»Das habe ich mich auch gefragt«, pflichtete ihm Stelmaker bei.

»Können wir als Kommission nicht eine eigene Zeitschrift gründen?«

»Unsere eigene Zeitschrift«, sagte Buitenrust Hettema. Er lachte jungenhaft.

»Geht das?«, fragte Kaatje Kater Maarten.

»Ich weiß nicht, ob dafür Geld da ist«, sagte Maarten und sah Balk an.

»Auf jeden Fall gibt es den Zuschuss an *Ons Tijdschrift*«, sagte Balk. »Der wird frei.« Kräftig klopfte er seine Pfeife im Aschenbecher aus.

»Und ich werde es mit meiner Abteilung beraten müssen«, versuchte es Maarten noch einmal.

»Die sitzt hier«, sagte Kaatje Kater. »Deswegen haben wir sie ja gerade eingeladen. Ich meine ja nur.« Sie sah Bart und Ad am Fußende des Tisches an. »Herr Asjes?«

»Ich traue mir wirklich nicht zu, dazu jetzt eine Auskunft zu geben«, sagte Bart beklommen. »Darüber müssten wir uns erst beraten.«

»Aber Sie haben doch wohl eine Meinung?«

»Ich habe schon eine Meinung, aber ich fände es verfrüht, mich jetzt schon darauf festzulegen, bevor ich darüber mit meinen Kollegen gesprochen habe.«

»Herr Asjes will sich noch nicht festlegen«, stellte Kaatje Kater ein wenig ironisch fest. »Und Herr Muller? Wollen Sie sich auch nicht festlegen?«

»Ich hätte nichts dagegen«, sagte Ad.

Kaatje Kater sah Maarten an. »Was nun?«

»Ich werde mit der Abteilung darüber sprechen«, versprach Maarten. Er war unglücklich über den Verlauf, den das Gespräch genommen hatte. »Sie hören so bald wie möglich, wie das Ergebnis lautet.«

»Darauf verlasse ich mich.« Sie sah auf die vor ihr liegenden Papiere. »Damit haben wir Punkt sieben der Tagesordnung abgehandelt. Punkt acht! Der Jahresbericht!«

»Wenn ich Sie kurz unterbrechen dürfte, Frau Vorsitzende«, unterbrach van der Land sie. »Was haben wir jetzt beschlossen? Dass wir aus der Redaktion von *Ons Tijdschrift* austreten?«

Kaatje Kater sah ihn erstaunt an. »Davon gehe ich aus, dass wir das beschlossen haben.«

»Und wie läuft das dann?« Er hielt den Kopf etwas schief, mit einem kleinen Lächeln, um jeden Anschein von Unhöflichkeit von vornherein zu vermeiden.

»Ich gehe davon aus, dass der Schriftführer dazu einen Brief an Pieters schreibt«, sagte Kaatje Kater, als hielte sie die Frage für vollkommen überflüssig.

»Wäre es dann nicht gut, Frau Vorsitzende, wenn der Schriftführer diesen Brief in Abstimmung mit dem Direktor schreiben würde?«, schlug Goslinga vor. »Ich will damit nicht sagen, dass ich es dem Schriftführer nicht überlassen möchte, aber es macht natürlich etwas mehr Eindruck, wenn ihn der Direktor mit unterzeichnet hat.«

»Nein«, sagte Maarten murmelnd. Allein schon der Gedanke, dass er diesen Brief dem Urteil Balks unterwerfen müsste, war unerträglich.

»Ist das nötig?«, fragte Kaatje Kater, die das Nein offenbar mitbekommen hatte.

»Wenn es einen Vertrag gibt, Frau Vorsitzende, dann wird er seinerzeit vom Vorsitzenden und dem Schriftführer unterschrieben worden sein«, bemerkte van der Land. »Es scheint mir also richtiger, nicht den Direktor, sondern die Vorsitzende in die Abfassung des Briefes einzubeziehen.«

»Da stimme ich Herrn van der Land zu«, sagte Stelmaker. »Juristisch gesehen ist das das einzig richtige Prozedere.«

Kaatje Kater sah Maarten an. »Sollen wir das dann mal machen?«

»Bist du zufrieden mit der Sitzung?«, erkundigte sich van der Land, als er eine Stunde später Maarten als Letzter die Hand gab. Goslinga und Buitenrust Hettema gingen gerade auf den Flur. Dort hörte man die Stimmen der anderen.

»Mäßig«, sagte Maarten. Er stand bei seinem Stuhl hinter dem Platz am Tisch, auf dem er seine Papiere ausgebreitet hatte, noch etwas geistesabwesend nach all dem, was über ihn hereingebrochen war. »Es ist natürlich völlig idiotisch, dass ihr wollt, dass Kaatje Kater den Brief mit unterschreibt. Wenn es eines gibt, was ich besser als irgendjemand anders kann, dann ist es, Briefe zu schreiben.«

»Aber das habe *ich* vorgeschlagen«, sagte van der Land erschrocken.

»Ja.« Er hatte es bereits wieder vergessen.

»Das hätte ich also besser nicht tun sollen?«

»Natürlich musstest du das tun«, sagte Maarten übellaunig. »Das ist dein Zuständigkeitsbereich, aber ich finde es schon idiotisch, denn auf diese Weise macht man so einen Brief unnötig formell.«

»Nun, das tut mir leid«, entschuldigte sich van der Land.

»Du brauchst dich nicht zu entschuldigen. Das nächste Mal solltest du es genauso machen. Ich kann es nur nicht haben, dass ihr euch in meine Angelegenheiten einmischt. Es wäre übrigens noch schlimmer gewesen, wenn Balk es hätte machen müssen. Das hätte ich schon gar nicht ertragen.«

»Das denke ich doch auch«, sagte van der Land versöhnlich.

»Verdammt noch mal«, sagte Maarten aus tiefster Seele, als er mit den Papieren in der Hand seinen Raum betrat.

Bart und Ad standen an ihren Schreibtischen und packten ihre Taschen.

»Das habe ich prophezeit«, sagte Bart. »Das ist jetzt exakt, was ich befürchtet hatte, dass sie uns damit beauftragen würden, eine eigene Zeitschrift zu gründen.«

»Was hättest du denn sonst gewollt?«, fragte Maarten. »Dass ich in *Ons Tijdschrift* geblieben wäre und die Launen von Pieters über mich hätte ergehen lassen?«

»Dann hättest du eben nicht in die Redaktion gehen sollen. Wenn man in der Redaktion sitzt, ist man auch mitverantwortlich.«

Maarten zuckte mit den Achseln.

»Aber was ärgert dich eigentlich so?«, fragte Ad neugierig. »Sie waren dir doch ganz wohlgesonnen?«

»Fandest du?« Er stand an seinem Schreibtisch, die Papiere in der Hand, und sah sie niedergeschlagen an.

»Zumindest Kaatje Kater.«

Die Tür des Karteisystemraums ging auf, Sien kam in den Raum, um nach Hause zu gehen. »Wie war es?«, fragte sie neugierig.

Maarten drehte sich zu ihr um. »Die Kommission will, dass wir eine eigene Zeitschrift gründen«, sagte er düster.

»Aber können wir das denn?«, fragte sie erschrocken.

»Das werden wir morgen miteinander besprechen«, antwortete er.

Desorientiert ging er eine halbe Stunde später im Dunkeln nach Hause. Wie so oft nach dieser Art zwischenmenschlicher Kontakte war er von einem tiefen Widerwillen erfüllt, einem Ekel, der ihm das Gefühl gab, dass alles, was in ihm steckte, heraus müsste, weil es nichts mehr gab, das etwas taugte. Er dachte mit Grausen an jedes einzelne Wort, das er gesagt hatte, empfand Wut über alles, was zu ihm gesagt worden war, und konnte sich dazwischen nicht mehr wiederfinden. Großer Gott, dachte er missmutig, warum lässt du das zu, warum vernichtest du das alles nicht, was hat so ein Leben noch für einen Sinn?

»Warum sagst du dann nicht einfach, dass du dich weigerst?«, fragte Nicolien. »Wenn sie unbedingt eine Zeitschrift haben wollen, dann sollen sie sie doch selbst machen! Das brauchen sie dir doch nicht aufzuhalsen? Stell dir vor! Das wäre ja noch schöner! Sie wollen eine Zeitschrift, und du sollst die Arbeit machen! So würde mir das auch gefallen! Das ist ja sehr einfach!«

Er zuckte mit den Achseln. »Ich bin nun einmal der Schriftführer.«

»Na, dann trittst du eben als Schriftführer zurück! Dann bist du diesen Scheißdreck auch gleich los! Das ist doch alles Unsinn, was ihr macht! Es ist doch kein Untergang, wenn du nicht mehr Schriftführer bist! Lass Bart ruhig Schriftführer werden, oder Ad, dann tun die auch mal was! Eine eigene Zeitschrift! Wenn sie dir das vor zehn Jahren prophezeit hätten, hättest du dich totgelacht! Dann hättest du gefragt, ob sie nicht mehr ganz richtig im Kopf sind!«

»Das ist natürlich Quatsch.«

»Quatsch?« Ihre Stimme ging vor Entrüstung in die Höhe. »Seit wann rede ich Quatsch? Ich habe doch wohl recht? Du musst doch überhaupt nicht publizieren? Publizieren ist doch Unsinn?«

»Es gehört nun einmal zu meiner Arbeit.«

»Nun, dann sagst du, dass es nicht zu deiner Arbeit gehört, dass du zufälligerweise anders über deine Arbeit denkst und nicht vorhast, nach ihrer Pfeife zu tanzen! Das sagst du einfach! Stell dir vor, dass sie dich zwingen würden, etwas zu tun, was du nicht willst! So haben wir doch nicht gewettet? Du willst mir doch wohl nicht erzählen, dass du dich zwingen lässt?«

»Wenn ich aus *Ons Tijdschrift* austrete, bin ich auch für die Konsequenzen verantwortlich«, sagte er griesgrämig.

»Und wenn die Konsequenz nun wäre, dass du keine Zeitschrift hast? Wenn das jetzt die Konsequenz wäre? Es geht doch nur darum, dass sie es wichtig finden, eine eigene Zeitschrift zu haben. Hört mal zu, Leute! Ich sitze in einer Kommission, und die hat eine eigene Zeitschrift. Hört, hört! Dass ich nicht lache! Da macht man doch wohl nicht mit, wenn man ein anständiger Mensch ist? Das lehnt man doch wohl ab, da mitzumachen?«

»Ja, das lehnt man ab«, sagte er resigniert.

»Na, dann mach das!«, sagte sie scharf. »Sag ihnen mal, wie du wirklich darüber denkst!«

Das Telefon klingelte. Widerwillig stand er von der Couch auf, ging zu seinem Schreibtisch und nahm den Hörer ab. »Koning!«

»Tjalling hier.« Eine etwas weibische Stimme.

»Tag, Tjalling.« Er verbarg seine Überraschung.

»Ich darf dich doch wohl zu Hause anrufen?«

»Ja, natürlich.«

»Denn tagsüber schafft man es oft nicht.«

»Nein, es ist in Ordnung.«

»Denn ich habe gerade gehört, dass Beerta eine Hirnblutung gehabt hat.«

»Ja, er hat eine Hirnblutung gehabt.«

»Wie schrecklich!« Seine Stimme ging in die Höhe. »Man denkt dann sofort, dass es wohl eine Strafe Gottes sein wird.«

»Das habe ich noch nicht gedacht«, sagte Maarten trocken.

Tjalling musste darüber lachen, ein kicherndes Lachen. »Nein, natürlich nicht. Solche Dinge denkt man nicht. Aber wie geht es ihm?«

»Schlecht. Er ist halbseitig gelähmt.«

»Links? Rechts?«

»Rechts.«

»Sein Sprachzentrum also! Das muss schrecklich sein. Ich darf gar nicht daran denken, dass mir das passieren würde! Die Vorstellung, dass man nicht mehr sprechen kann!«

»Ja, das scheint mir nicht so schön zu sein.«

»Hast du ihn schon gesehen?«

»Er will niemanden sehen.«

»Das kann ich mir vorstellen. Das würde ich auch nicht wollen. Aber wenn du ihn siehst, würdest du ihn dann von mir grüßen?«

»Natürlich.«

»Und darf ich dich dann ab und zu noch mal anrufen? Dann sprechen wir uns auch gleich wieder etwas öfter. Sonst haben wir überhaupt keinen Kontakt mehr, jetzt, wo Beerta nicht mehr da ist. Geht es euch gut?«

»Im Büro, meinst du?«

»Ja, wo sonst?« Wieder dieses Lachen. »So intim sind wir nun auch wieder nicht.«

»Im Büro läuft es gut.«

»Sehr schön.« Es lag ein leiser, etwas boshafter Spott in seiner Stimme. »Ich fände es sehr schlimm, wenn das nicht so wäre.«

Maarten lachte. »Das weiß ich.«

»Dann rufe ich demnächst noch mal an.«

»In Ordnung.«

»Tschüssi, nicht wahr?«

»Tschüss, Tjalling.« Er legte den Hörer auf.

»Wer war das?«, fragte Nicolien, während Maarten zur Couch zurückging.

Noch im Bann des Gesprächs antwortete er nicht gleich. Dass er von diesem Mann zu Hause angerufen wurde, war bedrohlich. Er setzte sich, griff mechanisch zu seiner Pfeife und begann, sie zu stopfen. »Das war Kipperman«, sagte er geistesabwesend und sah vor sich hin.

»Wer ist denn das?«

»Kipperman ist ein Freund von Beerta«, sagte er langsam, wobei er seine Pfeife stopfte. »Er hat im Krieg mit den Nazis kollaboriert, und er ist noch immer ein Nazi. Er hat seinerzeit meine Stelle haben wollen, aber Beerta wollte das nicht. Ich habe sein letztes Buch verrissen. Ein abscheulicher Mensch. Ideen über niederländisches Erbgut, den Mutterboden unserer Kultur und dergleichen. Jung! Ein Nazi durch und durch!«

»Aber du duzt dich trotzdem mit ihm.«

»Ja, weil er so angefangen hat. Das hat mich auch gewundert. Das ist neu.«

Er steckte die Pfeife in den Mund, suchte nach Streichhölzern und hatte das Gefühl, bis über den Hals in einer Jauchegrube zu stecken.

*

In der Post waren fünf Briefe für Beerta. Er öffnete sie und sah sich den Inhalt an. Der erste enthielt eine Einladung zu einer Kommissionssitzung, die anderen vier kamen von Leuten, die seinen Rat zu Problemen suchten, auf die sie bei ihren Forschungen gestoßen waren, Probleme auf den Gebieten, mit denen sich das Büro beschäftigte, drei fielen in den Bereich seiner eigenen Abteilung, eines in den von Balk. Er legte den Brief für Balk zur Seite, las die anderen drei noch einmal aufmerksam durch und stand dann auf. »Bart!« Er begab sich zu Barts Schreibtisch. »Ich habe hier eine Bitte von einem Herrn, der etwas über die Nehalennia-Verehrung wissen möchte. Könntest du das beantworten?«

Bart nahm den Brief entgegen und las ihn. »Aber dieser Brief ist an Herrn Beerta gerichtet«, sagte er und sah auf.

»Ja, das werden wir jetzt machen müssen.«

»Aber hast du denn die Erlaubnis dafür bekommen, ihn aufzumachen?«

»Nein, aber die kann er jetzt auch kaum mehr geben.«

»Und wenn nun etwas darin stehen würde, was nicht für andere bestimmt ist?«

»Dann vergisst du es wieder.«

Bart schüttelte den Kopf. »Es tut mir leid, aber dazu fühle ich mich nicht befugt.« Er gab ihm den Brief zurück. »Ich möchte zuerst die Gewissheit haben, dass Herr Beerta ausdrücklich seine Zustimmung erteilt hat.«

»Aber wenn ihm das nun nicht möglich ist?«

»Dann möchte ich trotzdem die Zustimmung der Person haben, die gesetzlich dazu befugt ist.«

»Das bin ich.«

»Dessen bin ich mir nicht so sicher.«

»Der Brief ist doch an das Büro gerichtet und nicht an seine Privatadresse?«

»Dann muss Herr Balk seine Zustimmung erteilen.«

»Gut«, er hatte keine Lust auf weitere Diskussionen, »dann werde ich es eben selbst machen.«

»Es ist nicht so, dass ich nicht bereit wäre, dir zu helfen«, entschuldigte sich Bart. »Es ist nur so, dass ich auf dem Standpunkt stehe, dass man jemandes private Korrespondenz nicht ohne seine ausdrückliche Zustimmung öffnen darf.«

»Ja, das verstehe ich.« Er spannte ein Blatt Papier mit einem Durchschlag in seine Schreibmaschine und tippte die Adresse des Schriftführers der Kommission, von der Beerta die Einladung erhalten hatte. Während er damit beschäftigt war, betrat Ad den Raum. »Weiß man etwas Neues über Beerta?«, fragte er, während er seine Tasche abstellte.

»Nein«, sagte Maarten, ohne das Tippen zu unterbrechen.

»Dann stimmt es also nicht.«

»Was stimmt nicht?«

»Dass er tot ist.«

»Nein, er ist noch nicht tot«, sagte Maarten abwesend, »zumindest, soweit ich weiß.«

»Weil ich geträumt habe, dass Nicolien mich weinend angerufen und gesagt hat, dass Beerta tot wäre.«

Maarten hörte auf zu tippen. »Hast du das geträumt?« Er sah lachend zur Seite.

Ad stand hinter seinem Bücherregal. »Ich dachte einen Moment, dass es vielleicht ein prophetischer Traum wäre, oder genauer gesagt, kein prophetischer Traum, sondern ..., wie nennt man das noch gleich?«

»Es kann immer noch ein prophetischer Traum sein«, er fuhr mit seinem Brief fort, »aber ich halte das nicht für sehr wahrscheinlich. Ich glaube nicht, dass Nicolien dich weinend anrufen würde, selbst dann nicht, wenn ich tot wäre.«

»Ich würde darüber lieber nicht spotten«, bemerkte Bart.

»Ich spotte nie. Spötterhäuser brennen nicht.«

»Es muss doch wohl heißen: Spötterhäuser brennen.«

»Das würde man meinen«, er spannte den Brief aus der Schreibmaschine, »aber meine Schwiegermutter sagt es immer so, und Slofstra hat es auch gesagt, also wird es wohl stimmen.« Er legte den Brief auf seinen Schreibtisch und griff zu einem Umschlag.

Bart stand auf. Er ging um das Bücherregal herum und zog nach einigem Suchen einen Band des Wörterbuchs aus dem Regal Maarten gegenüber.

Maarten tippte die Adresse auf den Umschlag, setzte seine Unterschrift unter den Brief, faltete diesen zweimal zusammen und schob ihn in den Umschlag.

»›Spötterhaus, oder Spötterhäuschen, brennt auch, brennt auch schon mal, zuerst‹«, las Bart vor, deutlich artikulierend. Es lag Triumph in seiner Stimme.

Maarten sah auf und hörte zu.

Bart hielt den Band zwischen seinen Händen, die Augen dicht über dem Text, und las weiter: »›Jemand, der über den Glauben oder die Religion spottet, sollte nicht annehmen, dass er nicht der Heimsuchung ausgesetzt ist; im Weiteren auch: Einem Spötter kann es gelegentlich widerfahren, dass er sich selbst lächerlich macht. Noch im Osten. *De Brune, Spreekwoorden*, siehe auch Molema.‹« Er sah Maarten triumphierend an.

»Das scheint mir eine passende Antwort auf den Ausspruch meiner Schwiegermutter«, sagte Maarten mit einem gemeinen Lachen. »Die Redewendung ist also älter!«

»Du kannst es auch nicht lassen, oder?«, sagte Bart und schlug das Buch zu.

»Was nicht?«

»Du musst unbedingt das letzte Wort haben!« Er stellte das Buch zurück ins Regal.

»Wenn es mir so auf dem Tablett serviert wird, lasse ich mir die Gelegenheit nicht entgehen.«

Bart ging zurück an seinen Platz.

Maarten leckte den Verschluss des Umschlags an, machte ihn zu und legte ihn ins Ausgangskörbchen. Er stand auf. »Ich wollte Mark Grosz fragen, ob er auch bei der Sitzung über eine eigene Zeitschrift dabei sein will. Habt ihr etwas dagegen?«

Ad sah auf, über das Bücherregal hinweg, und schüttelte den Kopf.

»Warum willst du das machen?«, fragte Bart argwöhnisch. »Du weißt doch noch gar nicht, ob die Abteilung dem überhaupt zustimmen wird?«

»Weil Mark auch zur Abteilung gehört, zumindest zu einem Drittel.«

»Ich dachte, dass Mark dem Allgemeinen Dienst angehört.«

»Das tut er auch, aber das bedeutet, dass er zu einem Drittel bei uns sitzt.«

»Dann musst du Herrn Wigbold, Herrn de Vries, Frau Bavelaar und Hans Wiegersma und Herrn Bekenkamp auch fragen.«

»Das sind keine wissenschaftlichen Beamten.«

»Das sind die Damen auch nicht.«

»Aber es ist schon beabsichtigt, dass sie es werden.«

»Ich weiß nicht, ob das nun so klug wäre, denn dann gibt es niemanden mehr, der die einfachen Arbeiten erledigt.«

»Darum geht es jetzt nicht.« Es ärgerte ihn. »Es geht darum, dass wir, wenn wir beschließen, so eine Zeitschrift zu gründen, von Mark einen Beitrag erwarten können, aber nicht von den Leuten, die du genannt hast.«

»Aber dann gehst du doch davon aus, dass es zu der Zeitschrift kommt, und dessen bin ich mir nicht so sicher. Ich glaube nicht, dass es klug von uns wäre.«

»Also nicht?«

»Ich bin schon dafür«, sagte Ad.

»Dann wirst du es zumindest erst in der Sitzung vorschlagen müssen«, meinte Bart. »Ich finde, dass wir drei das nicht entscheiden können.«

»Gut. Ich werde es zu Beginn der Sitzung vorschlagen. Ich bin jetzt kurz bei Balk.« Er nahm den Brief an Beerta, der in Balks Fachgebiet fiel, und verließ den Raum.

Balk saß an seinem Schreibtisch. Er sah auf, als Maarten näher kam.

»Ich habe hier einen Brief für Beerta, den du besser beantworten kannst«, sagte Maarten.

Balk nahm den Brief von ihm entgegen, faltete ihn auseinander und las ihn flüchtig durch. »Was soll ich damit?«, fragte er unwirsch und sah auf.

»Beantworten.«

»Mit diesem Idioten will ich nichts zu tun haben.« Er gab den Brief wütend zurück. »Er schreibt Beerta, nicht mir.«

»Aber ich möchte den Brief gern loswerden.«

»Dann wirf ihn doch weg!« Er beugte sich wieder über die Arbeit, um ihm zu bedeuten, dass das Gespräch beendet war.

Wütend über diese Behandlung verließ Maarten das Zimmer. Im Durchgangsraum saß Bavelaar mit dem Rücken zu ihm und tippte auf der Rechenmaschine. Er wollte zur Tür hinaus, blindlings, besann sich jedoch, drehte sich wieder um und blieb an ihrem Schreibtisch stehen.

»Hast du einen Moment?«, fragte er.

Sie sah auf, die linke Hand auf dem Stapel Rechnungen, die sie gerade eintippte, und die andere auf der Tastatur der Maschine.

Er setzte sich auf den Stuhl neben ihrem Schreibtisch. »Die Kommission möchte, dass wir eine eigene Zeitschrift gründen.« Er legte den Brief an Beerta neben sich auf ihren Schreibtisch. »Haben wir Geld dafür?«

»Und was ist mit *Ons Tijdschrift*?«

»Da treten wir aus.«

»Es ist gut, dass du das sagst«, sie fingerte eine Zigarette aus der Schachtel neben ihrer Schreibmaschine und steckte sie mit ihrem Feuerzeug an, »sonst hätte ich es einfach überwiesen.«

»Wie viele Hefte können wir von diesem Geld bezahlen?«

»Es hängt davon ab, wie dick sie sind.«

»Sechzig Seiten?«

Sie zog eine Schublade auf, holte eine Akte heraus, blätterte mit einer Hand in den Papieren. »Ich sehe kurz nach, was wir für eine Ausgabe von *Volkstaal* bezahlen.«

Während sie damit beschäftigt war, betrat Bart den Raum.

»Aber *Volkstaal* wird doch zusammen mit den Belgiern finanziert?« fragte Maarten.

»Entschuldige bitte«, sagte Bart. Er blieb hinter Maarten stehen.

»Ja, schon«, sagte Bavelaar, ohne auf die Unterbrechung einzugehen, »aber wir zahlen den Drucker.«

»Ich muss euch wirklich kurz unterbrechen«, sagte Bart nervös. »Es hat Eile. Da ist ein Telefonat für dich. Frau Vader vom Kulturrat möchte wissen, wie es um Herrn Beerta steht.«

Maarten drehte sich zu ihm um. »Kannst du ihr das nicht erzählen?«, fragte er nicht besonders freundlich. Es irritierte ihn maßlos.

»Ja, aber sie fragt nach dir.«

»Es ist doch egal, ob du oder ich nun erzähle, wie es um Beerta steht.«

Bart zögerte. »Mir ist es doch lieber, wenn du das machst. Ich bin darüber nicht informiert.«

»Stell sie doch einfach durch«, sagte Bavelaar.

»Geht das denn?«, fragte Bart unsicher.

»Auf den weißen Knopf drücken und dann meine Nummer wählen.«

»Ich werde sehen, ob ich das kann.« Er verließ das Zimmer wieder.

»Dass du dabei nicht verrückt wirst«, sagte sie.

»Nein, verrückt werde ich dabei nicht. Dann hätte ich noch größere Probleme.«

»Na, ich glaube, mich würde das verrückt machen.« Sie nahm eine Rechnung aus der Mappe. »Von dem Geld, das ihr habt, kann man zwei Hefte à sechzig Seiten pro Jahr bezahlen.«

»Zwei Hefte à sechzig Seiten.« Er stand auf. »Danke. Ich komme darauf zurück, wenn ich es schaffe, dass die Abteilung mitzieht.« Er nahm den Brief mit, verließ ihr Zimmer und ging den Flur hinunter zur rückwärtigen Treppe. Unterwegs besann er sich und betrat, anstatt die Treppe hinaufzusteigen, das Zimmer von Mark Grosz.

Mark Grosz saß tief vornübergebeugt unter einer grellen Lampe und las durch eine Lupe in einem dicken Folianten. Außerhalb des Lichtkegels war sein Zimmer beinahe dunkel. Aus dem Lichtschacht, auf den das Zimmer Aussicht bot, fiel nur etwas schummeriges Tageslicht herein.

»Hast du kurz Zeit?«, fragte Maarten.

Mark sah auf. »Hi!« Er legte die Lupe zur Seite. »Setz dich.«

Maarten zog einen Stuhl zur Seite.

Mark steckte seine Pfeife in den Mund, eine Pfeife mit einem riesigen Kopf, und sah ihn amüsiert an, während er ein Streichholz anriss. Die

Pupille seines rechten Auges drehte sich unruhig im Kreis, was seinem Blick etwas Musterndes gab.

Maarten lächelte. »Die Kommission hat mich gebeten, eine eigene Zeitschrift zu gründen.«

»Schön.« Er nickte.

»Wir haben dazu gleich eine Besprechung. Ich wollte der Abteilung vorschlagen, dich auch dazu einzuladen. Zumindest, wenn du Lust dazu hast.«

»Das scheint mir sehr interessant zu sein.«

»Weil du zu einem Drittel zu unserer Abteilung gehörst.«

»Gern. Wann ist die Besprechung?«

»Halb elf. Aber, wie gesagt, nur, wenn die Abteilung einverstanden ist.«

»Warum sollte die nicht einverstanden sein? Jeder, der mitmacht, ist doch willkommen?« Er zog seinen Terminkalender zu sich heran und schrieb es hinein.

»Ja, natürlich, aber man weiß nie.« Er öffnete die Tür.

»Dann würde ich ihnen einfach meinen Willen diktieren«, sagte Mark mit einem boshaften Lachen. »In diesen Dingen musst du einfach tun, was du willst. Dafür bist du Abteilungsleiter.«

»Ja.« Er lachte. Er verließ das Zimmer, noch immer den Brief in der Hand, und stieg die Treppe hinauf in sein Zimmer. Als er eintrat, klingelte das Telefon auf seinem Schreibtisch. Er nahm den Hörer ab. »Koning hier.«

»Hier ist Koert Wiegel.«

»Tag, Koert.« Er setzte sich und sah nach draußen.

»Ich habe gerade von Kipperman gehört, dass Beerta eine Hirnblutung gehabt hat?« Seine Stimme klang bestürzt. »Wie geht es ihm jetzt?«

»Schlecht.« Während er zum soundsovielten Mal die Geschichte herunterspulte, sah er auf die kahlen Bäume im Garten und die grauen Wolken, die darüber hinwegtrieben. Er fragte sich, was aus der Eule geworden sein mochte und wie lange er schon nichts mehr von ihr gehört hatte. Wahrscheinlich tot, so wie alles dem Tod geweiht war.

»Ich finde es furchtbar«, versicherte Koert.

»Ja, es ist schlimm.«
»Du hältst mich doch auf dem Laufenden?«
»Ich halte dich auf dem Laufenden.«
»Auf Wiedersehen, nicht wahr?«
»Tschüss, Koert.« Er legte den Hörer auf. »Das war Koert Wiegel.« Bart kam mit einem Zettel hinter dem Regal hervor. »Hier habe ich aufgeschrieben, was Frau Vader gefragt hat und was ich darauf geantwortet habe. Sie wollte auch noch wissen, ob Herr Beerta Blumen bekommen darf. Ich habe versprochen, dass du zurückrufen würdest, sobald du Zeit hast.«
»Ich werde sie nach der Sitzung anrufen.«
»Brauchst du den Zettel noch?«
»Nein, das ist nicht nötig.« Er drehte den Stuhl eine Vierteldrehung herum, spannte ein Blatt Briefpapier mit einem Durchschlag in die Schreibmaschine, zog den Brief, mit dem er bei Balk gewesen war, wieder aus dem Umschlag und tippte die Adresse ab. Während er damit beschäftigt war, kam Sien aus dem Karteisystemraum. »Kann ich noch kurz Kaffee trinken gehen?«, fragte sie.
»Ja, natürlich«, sagte er, ohne sich umzudrehen. »Wir warten dann.« Er sah auf den Brief neben sich und tippte dann: »Sehr geehrter Herr, in Beantwortung Ihrer Bitte an Herrn Beerta um nähere Angaben zu Ihrem Familiennamen muss ich Ihnen zu meinem Bedauern mitteilen, dass Herr Beerta infolge einer recht schweren Gehirnblutung zumindest vorläufig nicht in der Lage sein wird, Ihre Fragen zu beantworten. Ich würde Ihnen deshalb empfehlen, Ihre Fragen direkt an Dr. J. Balk, den Direktor unseres Büros, zu richten, der auf diesem Gebiet neben Herrn Beerta der kompetenteste Wissenschaftler ist. Er wird Ihnen zweifellos mit Vergnügen antworten. Hochachtungsvoll, im Auftrag Herrn Beertas, M. Koning.« Er spannte den Brief aus der Schreibmaschine, las ihn noch einmal durch, mit einer tiefen Genugtuung, tippte den Umschlag, unterschrieb und legte den Brief in das Ausgangskörbchen.

Er wartete, bis alle still waren. Elsje und Freek, am anderen Ende des Tisches, redeten am längsten weiter. Als sie merkten, dass die anderen

ihren Mund hielten und Maarten sie ansah, schwiegen sie abrupt. Freek wandte sich von ihr ab. »Entschuldigung«, sagte er zu Maarten.
»Ist Joost nicht da?«, fragte Maarten Jaring, der neben ihm saß.
»Joost fragt sich, ob es überhaupt Sinn hat, wenn er dabei ist.«
»Ich finde, schon.«
»Soll ich ihn mal holen?«, fragte Manda.
»Gern.«
Sie stand auf und verließ den Raum.
»Halbe ist auch nicht da«, bemerkte Jaring.
»Die Aushilfskräfte brauchen nicht dabei zu sein«, entschied Maarten.

Sie warteten in bedrückender Stille auf Manda und Joost. Maarten saß mit ausgestreckten Beinen auf seinem Schreibtischstuhl und sah über ihre Köpfe hinweg in den Raum. Er hatte noch keine Ahnung, was er genau sagen würde, doch im Gegensatz zu den vorherigen Malen machte er sich darüber diesmal keine Sorgen.

Manda betrat den Raum, gefolgt von Joost.
»Auch guten Morgen«, sagte Joost.
»Danke«, sagte Maarten trocken. »Nimm dir einen Stuhl.«
Joost zog einen Stuhl unter dem Tisch hervor und setzte sich neben Sien.
»Dann können wir anfangen«, entschied Maarten. Er setzte sich aufrecht hin. »Ich glaube, dass es das erste Mal ist, dass wir alle zusammensitzen.« Er sah Jaring an. »Es ist doch das erste Mal?«
»Es ist das erste Mal«, sagte Jaring freundlich, mit einem kurzen Nicken.
»Der Grund dafür ist«, fuhr Maarten fort, während er in den Raum sah, »dass die Kommission uns gestern gebeten hat, anstelle von *Ons Tijdschrift*, aus der wir ausgetreten sind, eine eigene Zeitschrift zu gründen, und ich versprochen habe, es mit euch zu besprechen.« Er sah Jaring an. »So ist es doch?«
»So ist es«, bestätigte Jaring.
»Bart und Ad waren übrigens auch dabei«, sagte Maarten, »die können mich also korrigieren.« Er sah kurz in ihre Richtung, doch Bart und Ad schwiegen.

»Darf ich etwas dazu sagen?«, fragte Freek und hob die Hand. Er stotterte ein wenig.

»Gleich. Ich wollte nämlich zuerst vorschlagen, Mark Grosz auch zu dieser Sitzung einzuladen. Aus zwei Gründen. In erster Linie, weil er zu einem Drittel zu unserer Abteilung gehört, und in zweiter Linie, weil wir auf diese Weise die Basis ein wenig verbreitern.« Er sah in die Runde.

»Ich halte das schon für eine gute Idee«, sagte Jaring bedächtig.

»Es tut mir leid«, sagte Bart, »aber ich halte weder das eine noch das andere für ein überzeugendes Argument.«

»Bart!«, sagte Maarten.

»Ich halte Mark für einen sehr guten Kollegen«, sagte Bart, »und es ist nicht gegen ihn persönlich gerichtet, aber Mark gehört zum Allgemeinen Dienst, und wenn wir ihn einladen, müssen wir auch die anderen Kollegen des Allgemeinen Dienstes einladen, weil wir sie sonst diskriminieren.«

»Wenn wir Mark einladen, tun wir das natürlich, weil wir von ihm einen substantiellen Beitrag erwarten können«, sagte Maarten. »Von Bekenkamp, Bavelaar oder Hans Wiegersma können wir das nicht.«

»Aber dagegen habe ich nun gerade etwas einzuwenden, denn damit nimmst du die Entscheidung schon vorweg! Wir haben noch gar nicht beschlossen, eine Zeitschrift zu gründen.«

»Da stimme ich B-bart zu«, bemerkte Freek. »Ich habe schon etwas dagegen, dass jemand, der nicht zur Abteilung gehört, mit über die Arbeit entscheidet, die wir auf uns nehmen.«

»Ja«, sagte Elsje, »so sehe ich es auch.«

»Wir sind jetzt zu elft«, sagte Maarten, seine Irritation über ihre Beifallsbekundung unterdrückend. »Wenn gleich sechs von euch dagegen und fünf dafür sind und Mark sich auf die Seite der Fünf stellen würde, haben wir Stimmengleichheit, und dann werde ich der Kommission mitteilen, dass es in der Abteilung keine Mehrheit dafür gibt.«

»Aber zählt die Stimme des Vorsitzenden denn nicht doppelt?«, wollte Sien wissen.

»Heute nicht«, entschied Maarten.

»Dann v-verstehe ich trotzdem nicht, warum du mit aller Gewalt

Mark dabei haben willst, bevor die Entscheidung getroffen worden ist«, sagte Freek.

»Weil ich es, falls ihr eine solche Zeitschrift starten wollt, für die Zugehörigkeit von Mark besser finde, wenn er von Anfang an dabei gewesen ist.«

»Du rechnest also damit, dass wir Ja sagen!«

»Natürlich rechne ich damit! Ihr könnt Ja sagen, und ihr könnt Nein sagen.«

»Ja, dann ist es in Ordnung. Wenn du es nur zugibst.«

Maarten sah ihn verwundert an. Er verstand nicht mehr, was in Freek vorging.

»Und trotzdem bleibt es für mich ein Problem, dass Mark nicht zur Abteilung gehört!«, sagte Bart mit Nachdruck.

»Warum?«, fragte Maarten und sah ihn mit einiger Ungeduld an.

»Weil er sich nicht an die Richtlinien zu halten braucht, die für die Abteilung gelten!«

»Was meinst du damit?«

»Ich meine, dass das, was wir schreiben, auch von uns beurteilt wird.«

»Was Mark schreibt, auch.«

»Nein, denn wenn Mark mitmacht, sitzt er in der Redaktion!«

»Wenn du mitmachst, sitzt du auch in der Redaktion.«

»Da bin ich mir noch nicht so sicher, ob ich mitmachen will. Darüber müssen wir doch gerade noch reden!«

»Jeder Aufsatz, auch der von den Redakteuren, steht in der Redaktion zur Diskussion!«, sagte Maarten ungeduldig. »Wenn ein Aufsatz, von wem auch immer, nicht ins Redaktionskonzept passt, wird er abgelehnt.«

»Damit bin ich absolut nicht einverstanden«, sagte Sien. »Ich finde, dass das nur der Chefredakteur entscheiden sollte!«

»Da bin ich dann anderer Meinung, Sien«, sagte Bart mit einem freundlichen Lächeln, »denn das würde bedeuten, dass der Chefredakteur die gesamte Macht bekommt, und das ist nicht demokratisch!«

»Dafür ist der Chefredakteur doch auch da?«, sagte Sien gereizt. »Bei *Ons Tijdschrift* läuft es doch auch so?«

»Das war ja auch der Grund, weswegen Maarten da raus wollte, wenn ich es richtig verstanden habe«, bemerkte Freek.

»Na, ich weiß nicht. Davon weiß ich nichts.«

»Sollen wir nicht erst über die Befugnisse sprechen, wenn ihr der Zeitschrift zugestimmt habt?«, schlug Maarten vor. »Es geht jetzt darum, ob wir Mark einladen oder nicht. Ihr habt die Argumente gehört. Wer ist dagegen?«

Bart hob die Hand. Elsje streckte ebenfalls die Hand hoch, doch als sie sah, dass Freek es nicht tat, zog sie sie wieder zurück.

»Wer ist dafür?«

Außer Freek und Bart hoben alle die Hand.

»Könntest du dann Mark mal holen?«, fragte Maarten Manda. Es kostete ihn Mühe, ein Gefühl des Triumphes zu verbergen.

»Versteh mich recht, Sien«, sagte Bart gedämpft zu Sien, die ihm gegenübersaß. »Ich bin nicht gegen einen Chefredakteur! Aber ich bin schon dagegen, dass der Chefredakteur absolute Macht bekommt. Ich finde, dass man, wenn es dann eine Meinungsverschiedenheit gibt, darüber diskutieren können muss.«

»Das weiß ich nicht«, wehrte Sien ab. »Das kostet doch bloß Zeit. Ich finde es wichtiger, dass ich an meiner Studie arbeiten kann.«

»In meinem Studio arbeiten kann«, verbesserte Joop. Sie kicherte, unterdrückte es jedoch wieder.

Rund um den Tisch wurde gegrinst.

»Ja, das finde ich natürlich auch«, sagte Bart mit einem nachsichtigen Lächeln, die Bemerkung von Joop ignorierend, »aber wenn man dem Chefredakteur die gesamte Macht überträgt, ohne dass darüber diskutiert werden kann, läuft man Gefahr, einseitig zu werden.«

»Ach, davor habe ich keine große Angst«, sagte Sien.

Die anderen lauschten schweigend, ohne sich in die Diskussion einzumischen.

Manda kam wieder ins Zimmer, gefolgt von Mark. Er hatte die Pfeife im Mund und die Hand an der Pfeife. Ad zog einen Stuhl zwischen sich und Freek unter dem Tisch hervor. Mark setzte sich und sah verschmitzt lächelnd zu Maarten hinüber. »Ist es gelungen?«

»Du bist auf jeden Fall willkommen«, sagte Maarten schmunzelnd.

»Du darfst hier nur nicht rauchen, weil Bart dann Probleme mit seinen Augen kriegt.«

»Tut mir leid, Bart«, entschuldigte sich Mark und beugte sich nach vorn, um Bart sehen zu können. Er legte die Pfeife auf den Tisch.

»Ich finde es auch sehr unangenehm, Mark«, sagte Bart lächelnd, »aber ich kann es wirklich nicht ändern.«

»Du weißt schon, worum es geht«, sagte Maarten, während er sich Mark zuwandte. »Die Kommission hat mich gebeten, eine eigene Zeitschrift zu gründen, nachdem Beerta und ich in einem Brief vorgeschlagen hatten, aus der Redaktion von *Ons Tijdschrift* auszutreten. Ich habe versprochen, euch die Bitte vorzutragen. Darum geht es zuerst.«

»Das sollten wir natürlich machen«, fand Mark. »Das werden doch wohl alle so sehen?«

»Ich weiß nicht, ob ich das so sehe«, sagte Freek. »Wenn Maarten aus der Redaktion von *Ons Tijdschrift* austritt, ist das seine S-sache. Ich finde nicht, dass wir dann für die Folgen geradestehen sollten.« Er sah Mark entrüstet an.

»Da bin ich einer Meinung mit Freek«, sagte Bart. »Ich finde, dass wir erst über die Frage hätten diskutieren müssen, ob es überhaupt so klug gewesen ist, aus der Redaktion von *Ons Tijdschrift* auszutreten. Darüber sind wir als Abteilung nicht offiziell informiert worden.«

»Ich habe den Brief in den Umlauf gegeben, bevor ich ihn verschickt habe«, sagte Maarten.

»Aber wir haben nicht darüber gesprochen! Das hätten wir doch erst besprechen müssen!«

»Wenn einer von euch gesagt hätte, dass er oder sie es besprechen möchte, wäre das auch passiert«, sagte Maarten verärgert.

»Warum ist es dann nicht passiert?«

»Weil niemand darum gebeten hat!«

»Wir konnten doch auch nicht wissen, dass das die Konsequenz sein würde?«

»Das wusste ich auch nicht.«

»Aber ich habe es schon prophezeit!«

»Ja, du hast es prophezeit.« Es klang ironisch.

»Wir hätten also sehr wohl darüber diskutieren können! Jetzt haben wir nicht die Gelegenheit bekommen zu sagen, dass wir dagegen sind.«

»Gut!«, sagte Maarten ungeduldig. »Wenn einer von euch an meiner Stelle in der Redaktion von *Ons Tijdschrift* sitzen möchte, bin ich bereit, zur Kommission zu gehen und meinen Sitz zur Verfügung zu stellen. Ich mache es nicht mehr. Ich will nicht länger für *Ons Tijdschrift* verantwortlich sein!«

»Damit machst du es dir schon sehr einfach«, fand Freek.

»Das sehe ich nicht so!«

Es wurde still.

Maarten sah in die Runde. Er war irritiert, und das versetzte ihn in Anspannung. »Gibt es jemanden unter euch, der an meiner Stelle in der Redaktion von *Ons Tijdschrift* sitzen möchte?«

Niemand sagte etwas.

»Soll ich es zur Abstimmung bringen? Wollt ihr, dass ich die Sitzung verlasse, damit ihr ohne mich darüber sprechen könnt?«

Es blieb still.

»Dann nehme ich an, dass alle damit einverstanden sind, und wir nicht mehr über diesen Punkt zu diskutieren brauchen.«

»Das habe ich nicht gesagt, dass ich damit einverstanden bin«, sagte Freek entrüstet.

»Ja«, pflichtete ihm Bart bei. »Du legst uns Worte in den Mund, die wir nicht gesagt haben.«

»Aber du bist dann doch wohl damit einverstanden, dass wir nicht mehr darüber zu diskutieren brauchen?«, sagte Maarten ungeduldig.

»Nur, weil es keinen Sinn mehr hat«, sagte Freek, »aber ich fühle mich schon vor vollendete Tatsachen gestellt.«

»Das empfinde ich auch so, Freek«, sagte Bart und beugte sich etwas vor, um Freek sehen zu können.

»Ich habe es notiert«, sagte Maarten sarkastisch. »Wir sind also wieder bei der Frage, die ich eben gestellt hatte, ob ihr bereit seid, eine eigene Zeitschrift zu gründen, oder nicht.«

»Ich bin also dagegen!«, sagte Freek

»Ich bin dafür«, sagte Mark.

»Freek ist dagegen!«, stellte Maarten fest, die Zustimmung von Mark ignorierend. »Warum?«

»Weil ich keine Lust habe, mich vor den K-karren der K-kommission spannen zu lassen.« Er sperrte die Augen weit auf. »Ich habe wahrlich Besseres zu tun.«

»Ja, ich bin auch dagegen«, sagte Elsje.

»Warum?«

»Eigentlich aus denselben Gründen wie Freek.«

»Du willst dich nicht vor den Karren der Kommission spannen lassen.« Es hätte nicht viel gefehlt, und er hätte auch das Stottern von Freek wiederholt.

»Ja, ... oder eigentlich: Nein.«

»Noch mehr, die dagegen sind?«, fragte Maarten und sah in die Runde.

»Bekomme ich auch noch die Gelegenheit zu sagen, warum ich dafür bin?«, fragte Mark ein wenig böse.

»Gleich. Erst die, die dagegen sind.« Er sah abwartend von einem zum andern.

»Dürfen wir auch noch erfahren, welche Konsequenzen es hat, wenn wir dagegen sind?«, fragte Bart.

»Dann gehe ich zur Kommission und sage, dass ihr dagegen seid, dass also nichts daraus wird.«

»Dann wälzt du schon die Verantwortung auf uns ab.«

»Dann lege ich die Verantwortung dort nieder, wo sie liegt!«

»Warum sagst du dann nicht, dass du selbst dagegen bist? Dafür brauchst du uns doch nicht zu benutzen?«

»Weil ich dafür keine Argumente habe! Für mich ist die Bitte natürlich eine Katastrophe, aber ich halte sie schon für legitim. Wenn wir aus *Ons Tijdschrift* austreten, darf die Kommission verlangen, dass etwas anderes an ihre Stelle tritt.«

»Darf ich jetzt mal?«, fragte Mark. »Ich halte es nämlich ganz und gar nicht für eine Katastrophe.«

»Mark!«, sagte Maarten.

»Ich verstehe nicht, dass ihr mit so vielen Einwänden kommt. Ich finde, dass wir so eine Gelegenheit mit beiden Händen ergreifen sollten. So eine Chance bekommt man nicht zweimal.« Er sah abwechselnd Freek und Bart an.

»Ich habe nicht so viel gegen eine eigene Zeitschrift einzuwenden, Mark«, sagte Bart freundlich. »Ich bin nur der Meinung, dass wir dafür angesichts unserer jetzigen Tätigkeiten keine Zeit haben. Wir müssen doch auch darauf achten, dass wir uns nicht überfordern.«

»Dann machst du bei dem anderen eben ein bisschen weniger«, sagte Mark amüsiert.

»Da verschätzt du dich aber, bei dem eisernen System, das hier herrscht.«

»Oh, ist es *das*?« Er schmunzelte in sein Bärtchen.

»Gibt es noch weitere Argumente dafür oder dagegen?«, fragte Maarten.

»Wenn es nicht auf Kosten der Forschung geht«, sagte Sien.

»Ich bin schon dafür«, sagte Manda.

»Ich auch«, sagte Tjitske.

»Dann lasse ich über die Bitte der Kommission abstimmen«, entschied Maarten.

»Aber müssen wir denn nicht erst auch noch über den Inhalt sprechen?«, fragte Bart.

»Das machen wir danach«, sagte Maarten entschlossen. »Erst die prinzipielle Entscheidung. Wer ist dagegen?«

Nur Freek hob die Hand. Elsje zögerte. Sie sah Freek an, tat es aber dann doch nicht.

»Wer ist dafür?« Er streckte selbst die Hand hoch und sah auf die Hände rundherum. »Dann ist der Vorschlag angenommen«, stellte er mit einiger Genugtuung fest, »mit nur einer Stimme, der von Freek, dagegen.« Er wandte sich Freek zu. »Möchtest du, dass ich das der Kommission mitteile, damit du von eventuellen Verpflichtungen entbunden wirst?« Es klang boshaft.

»Nein, ich mache natürlich schon mit«, sagte Freek empört. »Ich bin bloß dagegen.«

»So denke ich eigentlich auch darüber«, pflichtete ihm Bart bei.

»Gut, aber in der Praxis macht es keinen Unterschied. Zum Inhalt!« Er sah in die Runde. »Ich schlage vor, den Inhalt so eng wie möglich an das System zu koppeln, wie Bart es nennt. Das bedeutet, dass Literaturinformationen den Kern jedes Heftes bilden, also die Zusammenfassungen aller Bücher und Zeitschriftenaufsätze, die wir in die Hände bekommen, sofern sie für das Fach von Interesse sind. Die Arbeit also, die wir sowieso schon machen, eventuell ergänzt um Handschriften und Interviews. Und dass wir außerdem anstreben sollten, in jeder Ausgabe zumindest einen Aufsatz zu bringen, der einen Eindruck von der Forschung vermittelt, die wir hier betreiben. Ist das was?«

»Warum sollen wir nicht nur Aufsätze bringen?«, fragte Tjitske.

»Da stimme ich Tjitske zu«, sagte Bart. »Ich würde mich auch lieber auf Aufsätze beschränken.«

»Es geht doch darum, dass wir eine *wissenschaftliche* Zeitschrift machen?«, pflichtete ihm Sien bei.

Der Widerstand an dieser Stelle überraschte Maarten. Er fand es idiotisch, dass Leute, die noch nie einen Aufsatz geschrieben hatten, mit einem derartigen Vorschlag kamen, doch er schreckte davor zurück, es als Argument zu benutzen, und das verwirrte ihn. »Das bedeutet, dass wir pro Jahr fünf bis sechs Aufsätze à zwanzig Seiten produzieren müssten«, sagte er langsam.

»Na und? Was spricht dagegen?«, fragte Tjitske. »Wir sind doch zu zwölft?«

»Dann möchte ich doch schon eine schriftliche Garantie haben, dass wir von allen anderen Tätigkeiten entbunden werden«, bemerkte Bart.

»Na, ich weiß nicht«, sagte Joop. »Dafür bin ich nicht eingestellt worden.«

»Ich meine natürlich, dass das die wissenschaftlichen Beamten machen sollen«, sagte Tjitske.

»Davon gibt es nur sechs«, wies Freek sie zurecht, »zumindest, wenn ich Jaring mitzählen darf.«

»Nein, mich darfst du nicht mitzählen«, sagte Jaring lächelnd.

»Dann fünf«, schlussfolgerte Freek.

»Wir können doch wohl *einen* Aufsatz im Jahr produzieren?«, fand Mark.

»Das weiß ich nicht, Mark«, sagte Bart und beugte sich nach vorn.

»Dann müssen wir doch zuerst von unseren anderen Verpflichtungen entbunden werden.«

»Davon kann natürlich keine Rede sein«, griff Maarten ein. »Wenn man wissenschaftlicher Beamter ist, muss man auch die aktuelle Literatur nachhalten, und es kostet nur wenig Mühe, es dann aufzuschreiben. Außerdem haben wir auch die Aufgabe, Auskünfte zu erteilen. Wir sind die einzige Zeitschrift auf unserem Fachgebiet. Abonnenten müssen bei uns finden können, was es auf unserem Gebiet gibt.«

»Dafür ist doch gerade die Dokumentation da?«, warf Bart ein.

»Für die Dokumentation ist das zu schwer. Außerdem sind sie noch in Ausbildung, und es ist *auch* die Aufgabe der wissenschaftlichen Beamten.«

»Siehst du, dass wir doch erst über den Inhalt hätten reden müssen?«, sagte Bart verstimmt.

»Wärst du dann dagegen gewesen?«

»Das weiß ich nicht. Das kann ich so nicht sagen.«

»Noch jemand zu diesem Thema?«, fragte Maarten und sah in die Runde.

»Wenn es bedeutet, dass ich wegen Bart keine Aufsätze schreiben darf, weil ich Dokumentarin bin«, sagte Sien schnippisch, »lege ich dagegen Widerspruch ein!«

»So habe ich es nicht gemeint, Sien«, sagte Bart erschrocken. »Ich habe nur etwas dagegen, dass ich die Arbeit der Dokumentation machen muss.«

»Jeder macht hier im Prinzip alles«, beendete Maarten die Diskussion, »innerhalb der Grenzen seiner oder ihrer Möglichkeiten. Ich stelle meinen Vorschlag zur Abstimmung. Wer ist für eine Zeitschrift, in der der Akzent auf den Literaturinformationen liegt?«

Jaring, Joop, Ad und Manda hoben die Hand.

»Fünf!«, stellte Maarten fest. »Wer ist für eine Zeitschrift, die nur aus Aufsätzen besteht?«

Sien, Elsje, Freek, Mark, Bart und Tjitske streckten die Hand hoch.

»Joost?«, erkundigte sich Maarten.

»Ich enthalte mich lieber.«

»Du weißt es nicht.«

»In der Tat.«

»Also sechs«, sagte Maarten. Er verbarg seinen Unmut.

»Mit der Einschränkung, dass ich dann von meinen übrigen Verpflichtungen entbunden werden möchte«, bemerkte Bart.

»Das geht, wie gesagt, nicht, aber du kannst durchaus versuchen, effizienter zu arbeiten.«

»Darüber würde ich dann gern noch einmal mit dir sprechen wollen.«

»In Ordnung.« Er wandte sich wieder der Versammlung zu. »Wir vereinbaren, dass wir den Aufsätzen Priorität einräumen, allerdings unter Berücksichtigung unserer Aufgabe auf dem Gebiet der Literaturinformation. Solange die Dokumentation sie nicht allein bewältigen kann, springen die wissenschaftlichen Beamten ein. Kritische Rezensionen fallen auf jeden Fall in die Zuständigkeit der wissenschaftlichen Beamten. Ich werde dazu einen detaillierten Vorschlag machen, den wir dann wieder besprechen. Einverstanden?«

Niemand sagte etwas.

»Gibt es noch etwas anderes?«

»Ja, die Frage der Verantwortlichkeit«, erinnerte ihn Sien.

»Es ist unsere Zeitschrift«, er verstand nicht, worauf sie hinauswollte, »wir sind also alle verantwortlich, als Abteilung.«

»Aber wer sind denn die Redakteure?«

»Das sind wir alle.«

»Es muss doch jemand verantwortlich sein? Ich will keine Redakteurin sein. Dann müsste ich die Beiträge anderer beurteilen.«

»Du brauchst kein Urteil abzugeben.«

»Also gibt es auch keinen Chefredakteur?«

»Muss es einen Chefredakteur geben?«, fragte Maarten die Versammlung.

»Ich dachte, dass Jaring und du das wären«, sagte Freek. »Ihr habt doch die letztendliche Verantwortung für die Abteilung?«

Maarten sah Jaring an. »Sind wir die Chefredakteure?«

Jaring lächelte. »Ich habe nichts dagegen einzuwenden.«

»Jaring und ich sind die Chefredakteure«, sagte Maarten zu Sien.

»Dann weiß ich, woran ich mich zu halten habe«, sagte sie.

Maarten sah in die Runde. »Noch etwas?«

Niemand sagte etwas.

»Sollen wir uns dann heute in einer Woche wieder treffen, um über den Namen und das Konzept zu sprechen? Ich werde dafür sorgen, dass ihr dann ein Papier mit einem Vorschlag habt. In Ordnung?«

Niemand reagierte.

»Also gut«, schlussfolgerte Maarten. »Dann schließe ich die Sitzung.« Er schob seinen Stuhl nach hinten, stand auf, nahm seine Papiere mit und ging zu seinem Schreibtisch. Während die anderen sich zerstreuten, sah er, an seinem Schreibtisch stehend, gedankenverloren auf die Schreibtischplatte. Er war leer und missmutig, ohne zu wissen, weshalb. Ein rasch aufkommender Widerwille gegen alles.

»Ich habe zwar gesagt, dass es in Ordnung ist«, sagte Manda – sie war, ohne dass er es bemerkt hatte, an seinen Schreibtisch gekommen –, »aber nächste Woche kann ich nicht, denn da habe ich Fahrstunden. Können wir es nicht verschieben?«

Er sah sie an, von weither kommend. »Fahrstunden?«, wiederholte er voller Abscheu. »In einem Auto?«

»Ja«, sie lachte. »Das ist eigentlich nicht erlaubt, oder?«

»Nein. Das ist überhaupt nicht erlaubt! Für Fahrstunden verschiebe ich keine Sitzung.« Er lachte gemein.

Sie musste lachen. »Du hast recht. Das hätte ich auch gesagt.« Sie verließ den Raum.

Er sah auf die Armbanduhr und stellte fest, dass es Zeit fürs Mittagessen war, zwanzig nach zwölf. Er holte ein Blatt Durchschlagpapier aus der Schublade und legte es auf die Schreibtischunterlage.

»Du hast ein gutes Mittel in die Hand bekommen, um uns unter Druck zu setzen«, sagte Ad, der allein im Zimmer zurückgeblieben war. In seiner Stimme lag deutlich Schadenfreude.

»Wie sollen wir die Zeitschrift eigentlich nennen?«, fragte Maarten, die Bemerkung ignorierend.

»*Het Bulletin*?«, schlug Ad vor.

*

»Kann ich dich vielleicht jetzt kurz sprechen?«, fragte Bart. Er stand an Maartens Schreibtisch. Ad hatte sich krankgemeldet. Sie waren allein im Zimmer.

»Ich komme«, sagte Maarten. Er tippte den Satz zu Ende, stand auf und setzte sich ans Kopfende des Tisches.

Bart setzte sich mit einem Zettel und einem Stift zu ihm.

»Erzähl.«

»Ich hätte gern, dass du mir genau sagst, welche Arbeiten ich abgeben darf.« Er setzte ein »1.« auf seinen Zettel und sah Maarten abwartend an.

»Abgeben ist natürlich nicht möglich.«

Bart sah ihn peinlich berührt an. »Ich werde doch Zeit für die Arbeit an der Zeitschrift frei machen müssen?«

»Ja, indem du das, was du tust, effizienter machst.«

»Du findest also, dass ich es nicht effizient mache.«

»Das weiß ich nicht, das kannst nur du selbst beurteilen.«

»Wie soll ich das denn selbst beurteilen?«, fragte Bart leicht verzweifelt. »Du kannst doch nicht von mir erwarten, dass ich über mich selbst sage, dass ich die Sachen nicht effizient mache?«

»Aber das passiert doch jedes Mal, wenn man Arbeit dazubekommt, dass man sich dann bei anderen Arbeiten einschränken muss?«

»Darum kann ich ja auch keine Arbeit mehr zusätzlich machen. Ich kann mich doch nicht noch mehr einschränken.«

»Man kann sich immer noch ein bisschen weiter einschränken.«

»Aber wie denn? Nenn mir mal ein Beispiel.«

Maarten schwieg. Bart kontrollierte die Mappen mit Ausschnitten und die Zeitschriftenmappen von Tjitske. Er bearbeitete einen Teil der Anfragen auf Auskünfte, und er sah für die Bibliothek die Antiquariatskataloge und Buchvorschauen durch. »Was frisst die meiste Zeit?«, fragte er.

Bart dachte nach. »Ich glaube, die Arbeit für die Bibliothek.«

»Wie viel Zeit kostet dich das?«

»Durchschnittlich ein paar Stunden pro Tag.«

»Das ist viel.«

»Du hast es mir selbst aufgetragen!« Er war empört.

»Ja, natürlich. Weil du darin viel besser bist als Ad und ich.«
»Aber dann kannst du mir hinterher doch nicht vorwerfen, dass es zu viel Zeit kostet!«
»Das tue ich auch nicht. Ich frage mich nur, ob du es nicht ein bisschen einschränken könntest.«
»Ich wüsste nicht, wie. Das musst du mir dann mal sagen.«
»Wie viele Antiquariatskataloge bekommen wir pro Woche?« Er ignorierte die Bemerkung.
»Das kann ich nicht sagen. Das ist ganz verschieden.«
»Durchschnittlich!«
»Bestimmt um die zehn«, schätzte Bart unwillig.
»Die liest du durch.«
Bart gab darauf keine Antwort. Er sah Maarten argwöhnisch an.
»Auch die Rubriken, die auf den ersten Blick nichts für uns hergeben?«
»Weil es mir mehrfach passiert ist, dass dort Bücher dazwischen standen, die für uns wichtig waren«, verteidigte sich Bart.
»Du streichst an, was für uns interessant sein kann«, fuhr Maarten unbeirrt fort.
»Ja.«
»Und dann?«
»Dann versuche ich, nähere Informationen über die Bücher zu bekommen, indem ich eine Besprechung dazu suche oder es in der Universitätsbibliothek bestelle, damit ich mir ein Urteil bilden kann.«
»Und diese Information tippst du dann für Ad und mich auf einen Zettel, damit wir eine Entscheidung treffen können.«
»Ja«, sagte Bart unwillig.
»Lohnt sich das?«
»Das kann ich nicht sagen.«
»Weil oft Tage darüber vergehen«, verdeutlichte Maarten, »und dann ist das Buch häufig schon weg. Dann hast du es umsonst gemacht.«
»Das ist schon eine ziemlich kalte Dusche, die du mir da verabreichst.« Er war nun deutlich verärgert. »Du willst also damit sagen, dass ich alles umsonst mache!«
»Nein, ich will wissen, ob du findest, dass es sich lohnt.«

»Das kann ich nicht sagen. Das musst *du* sagen!«

»Wie kann ich das denn sagen?« Er hatte Mühe, seine wachsende Irritation zu verbergen. »Du machst doch die Arbeit?«

»Dann musst du eben sagen, wie es anders geht.«

»Der Einzige, der das beurteilen kann, bist du.«

»Und ich weiß es eben nicht!«, sagte Bart störrisch.

Maarten schwieg. Wenn er jetzt sagte, dass er selbst für so einen Katalog zehn Minuten brauchen und aufs Geratewohl, nach dem Titel oder dem Autor, wie es ihm gerade in den Sinn kam, manchmal viel, manchmal wenig, manchmal schlecht, manchmal gut, anschaffen würde, würde Bart auf der Stelle tot umfallen. »Und wenn du dich jetzt auf die Kataloge und die Rubriken beschränkst, die für uns interessant sind«, versuchte er es, »und suchst dann nur nach Informationen zu Büchern von mehr als hundert Gulden?«

»Und dann sicher das Risiko eingehen, dass Herr Balk mit dem Buch in der Hand hochgerannt kommt, weil er die Anschaffung für nicht gerechtfertigt hält.«

»Das fange ich dann schon auf.«

»Dann musst *du* auch die Entscheidung treffen, denn das kann ich nicht. Ich kann nicht schon im Voraus sagen, ob ein Katalog für uns interessant ist. Das weiß ich erst hinterher.«

»Wie stellst du dir das vor?«, fragte Maarten und sah ihn an.

»Wenn du in den Katalogen die Titel anstreichst, zu denen du nähere Informationen haben möchtest, will ich sie gern für dich zusammensuchen.«

Maarten dachte nach. Er sah keine andere Lösung, als fortan selbst die Kataloge zu sichten, obwohl er wenig Lust dazu hatte. »Gut«, entschied er. »Ich werde sie in Zukunft vorbearbeiten.«

»Es ist nicht, weil ich es nicht selbst machen will«, versicherte Bart, »sondern weil du Kritik an meiner Arbeitsweise hast.«

»Ich habe keine Kritik, sondern wir suchen nach einer Möglichkeit, um dir mehr Freiraum zu geben.«

»Aber nur, weil du findest, dass wir eine eigene Zeitschrift gründen müssen.«

»Lassen wir es dann dabei.« Er stand auf. »Es macht mir nichts aus.«

Er setzte sich wieder an seine Schreibmaschine und las noch einmal durch, was er getippt hatte. In seinem Hinterkopf fragte er sich, ob es ihm wirklich nichts ausmachte. Er wusste es nicht. Es tat auch nichts zur Sache. Er hatte ihn selbst eingestellt, und er tröstete sich mit dem Gedanken, dass jeder die Leute bekam, die er verdiente.

*

Das Haus hatte eine Gegensprechanlage. Er drückte auf die Klingel. Es dauerte einen Moment. Irgendetwas klickte im Lautsprecher. »Ja«, sagte die Stimme von Kaatje Kater argwöhnisch.
»Koning.«
»O ja. Es ist im zweiten Stock.« Gleichzeitig ertönte ein Summer. Er stieß die Tür auf und betrat die Eingangshalle. Ein Boden aus roten Fliesen, eine Steintreppe. Ihre Tür stand offen. Sie kam erst zum Vorschein, als er fast oben war, genau wie Frans Veen. Als sie ihn sah, musste sie lachen, als ob etwas Lächerliches an ihm sei. »Du hast die Briefe dabei?«
»Tag, Frau Kater«, sagte er, förmlicher, als er es beabsichtigt hatte. Ihre Ausgelassenheit machte ihn wie immer unsicher. Er zögerte, wusste nicht recht, ob er ihr die Hand geben sollte.
»Häng deinen Mantel ruhig hierhin«, sagte sie und zeigte auf die Garderobe.
Das Zimmer, in das sie ihm voranging, stand voller Porzellan: Krüge, Töpfe, Kännchen, Schalen, Vasen. Es nahm sicher die Hälfte der Bodenfläche in Beschlag, dazwischen ein kleiner, ausgesparter Pfad zum Hinterzimmer, so schmal, dass er aufpassen musste, nirgendwo draufzutreten. Im Hinterzimmer lagen überall auf den Tischen, den Sesseln, auf dem Boden und auf der Couch Stapel von Büchern. »Setz dich«, sagte sie und zeigte auf den einzigen Sessel, auf dem keine Bücher lagen. Der Sessel stand mit dem Rücken zum Bücherregal, neben einigen Gemälden, die dort einen vorläufigen Platz gefunden hatten. Sie räumte einen zweiten Armsessel frei, ein paar Meter von ihm entfernt, vor einem großen, mit einem Perserteppich bedeckten Tisch, auf dem

zwischen Schalen und Vasen ein Arbeitsplatz eingerichtet war. »Und?« Sie sah ihn amüsiert an.

Er holte die Briefe aus der Tasche und faltete sie auseinander. »Es sind zwei Briefe«, sagte er und stand auf. »Einer an Pieters und Nelissen, und einer an die Mitglieder des Redaktionsausschusses.« Er gab sie ihr.

Sie lachte. »Sag nur, wo ich unterschreiben soll!«

Er zeigte auf die Stelle neben seiner Unterschrift. Sie nahm die Briefe mit zu ihrer Unterlage auf dem Schreibtisch und setzte mit ein paar Strichen zwei riesige Unterschriften darunter. »So«, sagte sie zufrieden und gab ihm die Briefe zurück, »und jetzt möchtest du bestimmt einen Schnaps!«

»Gern«, sagte er, ein wenig überrascht über das unkonventionelle Vorgehen.

»Was möchtest du?«

»Haben Sie Genever?«

»Ich werde mal nachsehen!« Vor sich hinsummend verließ sie den Raum.

Er schob die Briefe in die Umschläge, steckte sie in seine Tasche zurück und setzte sich wieder. In der Küche hörte das Summen kurz auf. Die Tür des Kühlschranks wurde zugeschlagen. Er betrachtete die Gemälde an der Wand ihm gegenüber und stellte fest, dass eines davon von Charley Toorop sein musste. An der Wand standen noch mehr Gemälde, für die darüber kein Platz mehr gewesen war.

»Ich habe nur noch Sherry«, sagte sie, als sie in den Raum kam. »Denkst du, dass das reicht?« Sie hielt eine Flasche hoch, die noch zu Dreivierteln voll war.

»Das muss reichen«, fand er.

»Das denke ich doch auch. Wir sollten daraus nicht gleich ein Gelage machen.« Sie wandte sich summend ab, holte zwei Gläser aus einem Buffet in der Ecke am Fenster, schenkte sie am Tisch ein und brachte ihm seines. »So!« Sie setzte sich und musste lachen. »Auf die neue Zeitschrift, wollen wir mal sagen. Hat sie schon einen Namen?«

»Wir denken an *Het Bulletin*«, sagte er auf gut Glück.

»Ihr seid ja bescheiden, aber gut, das müsst ihr selbst wissen.« Sie nahm einen ordentlichen Schluck und sah ihn amüsiert an. »Jetzt musst du es mir doch mal erzählen. Wenn die Kommission es nun nicht gut gefunden hätte, dass du aus *Ons Tijdschrift* austrittst, was dann?«

»Dann hätte ich darum gebeten, an meiner Stelle jemand anderen zu benennen.«

»Ja, hör mal, das hätte mir natürlich gar nicht gepasst.«

»Es wäre doch die einzige Möglichkeit gewesen?«

»Und was hättest du selbst dann gemacht?«

»Ich wäre einfach dageblieben.« Er verstand nicht recht, worauf sie hinauswollte.

»Aber jetzt hör mal. Was soll das denn? Du hast in einem ähnlichen Konflikt schon einmal gesagt, dass du gehen würdest.«

»Das war wegen Südafrika, das lag in meiner persönlichen Verantwortung. Aber in diesem Fall geht es um eine wissenschaftliche Verantwortung.«

Sie schüttelte den Kopf. »Das verstehe ich nicht. Ich würde doch gerade denken, dass du weggehst, wenn du es wissenschaftlich nicht rechtfertigen kannst, und dass du persönlich so einiges austeilen und einstecken kannst.«

»Nein«, sagte er entschlossen.

»Dann erklär das mal!«

Er versuchte nachzudenken, nahm einen Schluck, doch die Situation war zu ungewohnt, um einen klaren Gedanken fassen zu können. »Ja«, sagte er.

Sie musste darüber lachen. »Du weißt es also nicht.«

»Doch, natürlich. Südafrika war eine Frage des Gewissens, und das hier ist eine Frage der Strategie. Über die Strategie entscheidet letztendlich die Kommission, für mein Gewissen bin ich selbst verantwortlich.«

»Aber deine wissenschaftlichen Standpunkte haben doch ebenso mit deinem Gewissen zu tun?«

»Nein!«, sagte er entschieden. »Das heißt ...« Er zögerte.

Sie musste lachen. »Siehst du! Da haben wir es schon! Und das verstehe ich nicht!« Sie nahm die Flasche vom Tisch hinter sich und schenkte sich selbst erneut ein. »Du auch noch?«, fragte sie und hielt die Flasche hoch.

»Gern«, sagte er und stand aus seinem Sessel auf, um ihr sein Glas zu bringen.

Sobald er die Eingangstür hinter sich zugezogen hatte, begann er zu rennen, in Richtung Stadionweg, bis er am Ende ihrer Straße außer Atem seine Schritte zügeln musste. Mal gehend, dann wieder tanzend, mit großen, schwebenden Schritten, bewegte er sich durch die Dunkelheit zwischen den umherirrenden Lichtern des Verkehrs, ab und zu vor verhaltener Freude in sich hineinkichernd. Irgendwo unterwegs, am Rande einer kleinen Grünanlage, stieß er auf einen Briefkasten. Er erinnerte sich an die Briefe, blieb abrupt stehen, machte einen Schritt zurück, um sich zu vergewissern, dass es sich tatsächlich um einen Briefkasten handelte, und suchte in seinen Taschen, bis er sie gefunden hatte. Im Licht einer Laterne stehend, langsam vor- und zurückschwankend, las er sie noch einmal konzentriert durch, voller Zustimmung, jedoch ohne ein Wort zu verstehen, machte sie zu, nachdem er die Umschläge angeleckt hatte, und warf sie mit großer Sicherheit in den dafür vorgesehenen Schlitz, worauf er erneut zu laufen begann, durch eine breite Straße, in einem vernebelten Meer von Lichtern, geschickt den Körpern von Passanten ausweichend, ohne sich auch nur ein einziges Mal zu irren. Macht! Keuchend schleppte er sich eine Brücke hoch, stolperte auf der anderen Seite wieder hinunter, zügelte erneut seine Schritte und blieb ruckartig am Rand einer breiten Straße voller Autos stehen, starrte auf die Verkehrsampeln, die auf Rot standen. Ein kleiner Junge neben ihm sprach ihn an. »Mijnheer, wissen Sie, wo die Ceintuurbaan ist?« Drei etwa zwölfjährige Jungen in Lederwesten. Die Art, wie sie ihn grinsend ansahen, gefiel ihm nicht. Außerdem hatte er die vage Vermutung, dass dies eigentlich die Ceintuurbaan sein müsste. »Nein«, sagte er barsch. Im selben Moment sprangen die Lichter um, und er überquerte die Straße. »Pimmel! Fotze! Pimmel!«, rief der kleine Junge hinter ihm her. »Steck ihn rein! Sollen wir dich zusammenschlagen?« Als er diese Worte hörte, kochte die Wut in ihm hoch. Zwölf Jahre! Er wollte umkehren, um sie totzuschlagen, doch es gelang ihm, sich zu beherrschen. Rasend vor Wut erreichte er die andere Seite, und es dauerte noch geraume Zeit, bis er sich wieder unter Kontrolle hatte. Die Jugend! Kein Wunder, dass die Zivilisation zum Teufel geht, dachte er grimmig. Der Gedanke brachte ihn in die Wirklichkeit zurück. Er fühlte sich plötzlich alt.

*

»Oh, du bist es!«, rief Karel Ravelli durchs Telefon. »Ich wollte dich auch gerade anrufen.«
»Wie geht es Anton?«, fragte Maarten.
»Gut! Oder eigentlich natürlich überhaupt nicht gut, denn es wäre besser, wenn er tot wäre. Aber er hat einmal gelächelt, und er reagiert jetzt auch ein bisschen.«
»Das ist schön.«
»Na ja, schön! So viel musst du dir darunter nun auch wieder nicht vorstellen! Er bewegt seinen Kopf!«
»Er spricht nicht.«
»Nein, sprechen«, er musste lauthals lachen, »davon kann keine Rede sein. Er kann nicken und den Kopf schütteln, wenn man also viel Geduld hat und weiß, was er sagen will, kann man ein bisschen mit ihm kommunizieren, aber da muss man schon sehr viel Geduld haben!«
»Was sagt der Neurologe dazu?« Er sah auf die erleuchteten Fenster auf der anderen Seite der Gracht. Im ersten Stock hatten sich viele Leute versammelt, die im Raum hin und her gingen. Man küsste sich, und es wurden Hände geschüttelt.
»Der sagt, dass es wohl noch ein paar Monate dauern kann! Ein paar Monate! Man mag gar nicht daran denken! Ich halte das nicht durch!«
Maarten schwieg.
»Aber weswegen ich dich anrufen wollte«, rief Karel. »Bist du noch da?«
»Ja, ich bin noch da.«
»Ich wollte dich fragen, ob du nicht auch mal zu ihm gehen könntest.«

»Will er das denn überhaupt?«

»Das habe ich ihn natürlich gefragt! Und wenn ich deinen Namen nenne, fängt er an zu weinen!«

»Wann ist die Besuchszeit?« Er zog einen Schreibblock zu sich heran und griff zu einem Stift.

»Ja, darum geht es jetzt!«, rief Karel. »Die Besuchszeit ist nachmittags von halb drei bis vier und abends von sieben bis acht, aber ich wollte dich fragen, ob du für dich und die Leute vom Büro nicht einen festen Tag übernehmen könntest. Ich habe eine Art Rotationssystem mit all seinen Freunden und Bekannten gemacht. Bevorzugst du einen bestimmten Tag?«

Maarten zögerte. »Wann gehst du?«

»Ich wollte mich vorläufig auf die Koordination beschränken! Vielleicht gehe ich ab und zu noch mal, aber ich kann es eigentlich nicht mehr mit ansehen.«

Maarten reagierte nicht darauf.

»Also sag mal!«, sagte Karel. »Du bist der Erste!«

»Gib mir dann ruhig den Dienstag«, entschied Maarten.

*

»Dein Vater ist gestorben, nicht wahr?«, sagte Frans schüchtern, während sie zusammen den Flur entlang zur Treppe gingen.

»Ja, der ist gestorben«, sagte Maarten.

»Mein Beileid.«

»Danke.«

»Ja, das sagt man dann, nicht wahr?«

»Ja, das sagt man.« Er schmunzelte, sprang vor Frans her, zwei Stufen gleichzeitig nehmend, die Treppe hinauf, öffnete die Wohnungstür und erwartete ihn auf dem Treppenabsatz, den Türknauf in der Hand.

Frans brachte seinen Mantel an die Garderobe, hängte sich die Umhängetasche wieder um und ging vor Maarten her den Flur entlang ins Wohnzimmer. Wenn jemand hinter ihm ging, schaukelte er immer hin und her, offenbar aus Verlegenheit. »Ha«, sagte er, als er den Raum betrat.

Nicolien drehte sich lächelnd um. »Tag, Frans.«

Er öffnete die Tasche und holte eine kleine Tüte heraus. »Das habe ich für euch mitgebracht.«

Sie sah in die Tüte. »Ingwer!«, sagte sie überrascht. »Lecker!«

»Ja, ich dachte, das ist bestimmt lecker.« Er stellte die Tasche neben den Sessel, in dem er immer saß, streichelte Jonas, der auf der Couch saß, über den Kopf, bückte sich zu Marietje hinab, die im Korb vor der Zentralheizung lag, um sie ebenfalls zu streicheln, und nahm Platz.

Maarten setzte sich auf die Couch und griff zur Pfeife. »Beerta hat eine Hirnblutung gehabt.«

»Oh«, sagte Frans.

»Er liegt in der Boerhaave-Klinik.«

»Möchtest du Kaffee, Frans?«, fragte Nicolien. Sie stand auf.

»Ja, gern.« Er wandte sich Maarten zu. »Ja, nimm es mir nicht übel, aber ich mochte Beerta nicht besonders. Er hat auch nie mehr etwas von sich hören lassen, damals.«

»Ja, das weiß ich.« Er stopfte sorgfältig seine Pfeife. »Er ist halbseitig gelähmt, und es scheint, dass sein Sprachzentrum zerstört ist. Karel Ravelli zufolge liegt er die ganze Zeit da und weint.«

»Oh. Ja. Ja, das ist eigentlich auch nicht so schön.«

»Ja, das scheint mir auch. Ich gehe am Dienstag zu ihm.«

»Nein, das werde ich lieber nicht machen.« Er sah Maarten unsicher an. »Nein, findest du nicht?«

»Nein, das brauchst du nicht.«

»Ja, das denke ich doch auch.« Es lag ein wenig Entrüstung in seiner Stimme, als fände er den Gedanken schändlich, dass man dies von ihm erwarten könne.

Sie schwiegen. Frans drehte sich eine Zigarette, Maarten steckte sich die Pfeife an. Nicolien kam mit drei Tassen Kaffee ins Zimmer und stellte sie vor ihnen auf den Tisch. »Wollen wir dann mal ein Stückchen von dem Ingwer dazu nehmen?«, fragte sie.

»Als deine Mutter starb, hattest du da auch ein Gefühl der Befreiung?«, fragte Maarten. Er sah Frans musternd an.

Frans wurde rot. »Nein.« Er sah rasch zu Nicolien hinüber. »Nein, ich glaube nicht, ich kann mich nicht daran erinnern.« Er sah wieder zu Maarten. »Du meinst, weil sie von ihrem Leiden erlöst war? Daran habe ich eigentlich nicht so gedacht.«

»Nein, dass du dich selbst befreit gefühlt hast.«

»Vielleicht war es schon so, aber dann habe ich wohl nicht so darauf geachtet.«

»Als ich nach der Beerdigung meines Vaters nach Hause ging und dann hörte, dass Beerta eine Hirnblutung gehabt hatte«, er zündete ein Streichholz an und steckte sich seine Pfeife erneut an, »da war mir plötzlich, als würde ich aus der Stadt in den Polder kommen und überall den Himmel sehen.« Er blies den Rauch aus, wobei er Frans ansah. »Das Gefühl, in einem riesigen Raum allein zu sein.«

»Nein, das habe ich nie gehabt«, sagte Frans scheu. Er sah rasch zu Nicolien.

»Das ist merkwürdig.«

»Warum ist das merkwürdig?« Aus seiner Stimme klang Argwohn.

»Nein, für mich ist es merkwürdig. Weil man eher erwarten würde, dass man sich bedroht fühlt, die Last der Verantwortung ... Während es vielleicht so scheint, als ob die zwei alten Männer, die beide auf ihre Weise das Beste mit mir vorhatten, einen sehr viel größeren Druck auf mich ausgeübt haben als so viele andere alte Männer, gegen die ich einen ausgesprochenen Widerwillen habe und die ich als Feinde empfinde.«

»Aber du willst doch nicht behaupten, dass dein Vater keinen Druck auf dich ausgeubt hat?«, bemerkte Nicolien. »Wenn es einen gibt, der unter dem Druck seines Vaters gestanden hat, dann bist du es doch wohl!«

»Das halte ich für ein Gerücht.«

»Na, das kannst du mir ruhig glauben! Dein Vater hat einen enormen Druck auf dich ausgeübt! Dass du das nicht siehst!«

»Aber Beerta doch nicht?«

»Wer hat denn gesagt, dass es eine Reaktion auf Beerta war? Vielleicht war es nur eine Reaktion auf den Tod deines Vaters.«

»Nein, es war auch eine Reaktion auf Beerta«, sagte Maarten energisch. »Außerdem empfinde ich überhaupt keinen Groll gegen meinen

Vater. Ich fand ihn in den letzten Wochen sogar sehr nett, auch sehr mutig, beziehungsweise: mutig ... *würdig* ist vielleicht ein besseres Wort. Ich habe auch keinen Kummer empfunden«, er wandte sich wieder Frans zu, »eher Zufriedenheit, dass alles so ordentlich verlaufen ist, dass er gestorben ist, wie ein Mensch sterben sollte.«

»Ja«, sagte Frans, »das weiß ich natürlich nicht.« Er sah rasch zu Nicolien.

»Es hatte auch etwas Religiöses«, fand Maarten nachdenklich, »ein Glaube an die Ordnung der Dinge.«

Sie schwiegen.

Maarten erinnerte sich an einen Artikel in der *Intermediair*. Er dachte darüber nach, während er langsam Rauch ausblies und auf den kleinen Tisch vor sich blickte. »Du liest die *Intermediair* nicht«, sagte er zu Frans und sah auf, »aber darin war neulich ein Artikel über die Haltung von Indianern und Eskimos zum Tod.« Er wartete einen Moment, um seine Gedanken zu ordnen. »Wenn Leute alt werden und sich nutzlos fühlen, bitten sie darum, getötet zu werden. Dieser Mann erzählt von einem Vater, der seinem Sohn ein Messer gibt und ihm die Stelle auf der Brust zeigt, wo er zustechen muss. Der Sohn sticht das Messer in den Vater, verfehlt aber das Herz. Der Vater bittet dann ruhig, es noch einmal etwas höher zu versuchen.« Er stockte, mit Mühe seine Emotionen bezwingend. »So etwas meine ich«, sagte er heiser, während er den Blick senkte.

»Ja, das ist eine hübsche Geschichte«, sagte Frans, nicht besonders interessiert.

Sie schwiegen.

Maarten kratzte mit einem Pfeifenreiniger konzentriert seine Pfeife aus. Frans drehte sich eine neue Zigarette.

»Du musst Frans mal das Jackett von deinem Vater zeigen«, sagte Nicolien.

»Muss das sein?«, fragte Maarten skeptisch.

»Weil es so merkwürdig gelaufen ist.« Sie lachte.

»Hast du ein Jackett geerbt?«, fragte Frans.

»Ja«, sagte Maarten widerwillig.

»Zeig es doch mal eben«, sagte sie.

»So viel ist da auch wieder nicht zu sehen.« Er stand auf und holte es aus dem Schrank im Schlafzimmer. »Ein gewöhnliches Jackett«, sagte er, während er es Frans zeigte.

Frans befühlte den Stoff. »Ja, das ist schon ein schönes Jackett.« Er sah unsicher zu Nicolien hinüber.

»Aber du musst auch erzählen, wie es gelaufen ist«, sagte sie.

»Mein Vater hat seine Sachen immer im Schlussverkauf gekauft«, erzählte Maarten, noch immer etwas widerwillig, »und da ist mir einmal herausgerutscht, dass ich schon sehr lange nach einem blauen Harris-Tweed-Jackett suchen würde, die sich aber nicht mehr finden ließen. Ein paar Tage später rief er mich im Büro an, dass er eines gefunden hätte, wenn auch nicht blau, sondern grün. Das wollte ich nicht haben, und da hat er es selbst behalten. Und jetzt habe ich es doch.« Er lachte ein wenig, etwas verschämt.

»Ja, das ist schon eine verrückte Geschichte«, fand Frans.

»Ein bisschen verrückt«, korrigierte Maarten. Er brachte das Jackett wieder zurück ins Schlafzimmer.

Sie schwiegen.

»Möchtest du vielleicht einen Schnaps?«, fragte Nicolien.

»Ja, gern«, sagte Frans.

»Holst du ihn?«, fragte sie.

Maarten holte die Flasche aus dem Kühlschrank, füllte ihre Gläser und stopfte sich eine neue Pfeife.

»Mir ist es schon so gegangen, dass ich nach dem Tod meiner Mutter eine Weile kein Fleisch mehr essen konnte«, erinnerte sich Frans.

»Aber du hast doch sowieso kein Fleisch gegessen?«, bemerkte Maarten.

»Nein, aber dann überhaupt nicht mehr.«

»Weil du gedacht hast, dass es deine Mutter wäre.«

Frans wurde rot. »Ja, so etwas in der Art, glaube ich«, murmelte er.

*

»Kommst du voran mit deinem Vortrag?«, fragte Huub Pastoors. Er saß neben Maarten im Kaffeeraum.

»Ich bin auf der Hälfte«, antwortete Maarten.

»Worum geht es da?«, fragte Wim Bosman und beugte sich ein wenig vor.

»Um den Trauring.«

»Lässt sich dazu denn etwas sagen?«, erkundigte sich Aad Ritsen skeptisch.

»Ich finde, dass es ein ziemlich bürgerliches Thema ist«, sagte Lex gönnerhaft.

Maarten lachte. »Das ist gerade das Schöne.«

»So richtig was für eine kapitalistische Männergesellschaft«, höhnte Tjitske.

»Warum?«, fragte Maarten amüsiert. »Männer tragen doch auch einen Ring?«

»Aber sobald es ihnen in den Kram passt, legen sie ihn ab!«

»Na, das können Frauen doch auch machen!«, rief Rentjes.

»Ja!«, sagte Tjitske abschätzig, »aber wenn eine Frau das macht, ist sie gleich eine Hure.«

»Na hör mal, ich habe nichts gegen Huren«, sagte Rentjes. »Das finde *ich* jetzt bürgerlich.«

»Das wissen wir, Koos«, sagte Wim Bosman hämisch.

Mark Grosz schmunzelte in sein Bärtchen hinein, die Pfeife im Mund, seine Hand um die Tasse.

»Ad hat dazu eine Prozessakte gefunden«, sagte Maarten zu Aad Ritsen. »Im achtzehnten Jahrhundert haben die Frauen den Ring nicht getragen, sondern ihn in einem Kästchen aufbewahrt, als Unterpfand.«

»Hey«, sagte Huub Pastoors. »Ist das so? Ich dachte, dass das Tragen des Ringes schon sehr viel älter wäre.«

»Das ist schon interessant«, fand Aad.

»Ist Ad noch krank, Maarten?«, fragte Mia.

»Ja«, sagte Maarten.

»Was hat er denn eigentlich? Doch nicht wieder diese Pustel im Rachen?«

»Nein, er muss husten.«

»Dann können wir morgen Abend nicht proben«, sagte Joop zu Mia.

»Aber *dann* ist er nicht krank«, sagte Maarten. Er wandte sich wieder Aad zu. »Der Trauring ist erst im Lauf des neunzehnten Jahrhunderts zum Statussymbol geworden. Deshalb finden Lex und Tjitske ihn bürgerlich.« Er sagte es etwas geistesabwesend, mit den Gedanken noch bei seiner Bemerkung über Ad, die im Rückblick böser geklungen hatte als sie gemeint war.

»Aber dann doch sicher nur für die Frau«, sagte Aad.

»Ja, nur für die Frau«, bestätigte Maarten. Er sah Lex an. »Du hast einen Ring aus Eisen. Hat das was zu bedeuten?«

»Den habe ich von meiner Freundin bekommen.« Er betrachtete den Ring.

»Und trägt sie auch so einen?«

»Ich glaube schon. Zumindest, wenn sie ihn nicht ablegt.« Er lachte ein wenig.

»Man sieht heutzutage auch manchmal welche, die Hühnerringe tragen«, bemerkte Aad.

»Ich kenne jemanden in Hilversum, der das Preisschild vom BH seiner Freundin bei sich trägt«, sagte Jaring lächelnd.

»Das ist schon wieder altmodisch«, rief Rentjes.

Es wurde gelacht.

»Trägst du einen BH?«, fragte Rik Bracht Elleke Laurier.

Sie wurde rot und lachte. »Nein.«

»Das sieht man doch, oder?«, rief Rentjes.

»Ach, Koos, das wollen wir doch gar nicht so genau wissen«, bemerkte Pastoors irritiert.

Die Schwingtür ging auf, de Vries sah in den Kaffeeraum. »Ach, Herr Koning. Hier ist jemand, der fragt, wie es Herrn Beerta geht.«

»Wer ist es?«, fragte Maarten.

»Das weiß ich nicht, Mijnheer. Er hat seinen Namen nicht genannt.«

»Leute, die ihren Namen nicht nennen, sollte man sofort abführen«, sagte Maarten zu Pastoors. »Ich komme«, sagte er zu de Vries.

»Vielen Dank, Mijnheer.«

Maarten stellte seine Tasse auf den niedrigen Tisch. »Was ich zeigen will«, sagte er zu Pastoors, während er aufstand, »ist, dass so eine Tradition ständig ihre Funktion und die Form ändert.« Er wandte sich ab und ging durch die Schwingtür.

De Vries stand in der Pförtnerloge mit dem Telefonhörer in der Hand. Bevor er ihn Maarten gab, wischte er ihn kurz am Ärmel seiner Jacke ab.

Maarten nahm ihn entgegen. »Koning hier«, sagte er abwesend.

*

Beertas Zimmer befand sich im ersten Stock. Als Maarten eintrat, lag Beerta totenstill da, mit dem Rücken zu ihm. Maarten ging um das Bett herum. Beerta machte die Augen auf, sah ihn einen Augenblick apathisch an und brach in Schluchzen aus. »Tag Anton«, sagte Maarten. Er streckte ihm die Hand hin. Beerta klammerte sich mit seiner linken Hand daran fest, unbändig schluchzend. Sein Gesicht hatte sich bis zur Unkenntlichkeit verformt, als wäre es aus Gummi. Als Maarten vorsichtig seine Hand löste, um den Mantel auszuziehen, streckte Beerta den Arm aus, um ihn festzuhalten, und stieß verzweifelt unverständliche Laute aus. »Nein, ich gehe nicht weg«, sagte Maarten. »Ich ziehe nur meinen Mantel aus, denn es ist warm hier.« Langsam, weil er sich mit der Situation nicht recht Rat wusste, hängte er den Mantel an einen Garderobenhaken an der Innenseite der Tür, stellte einen Stuhl neben das Bett und setzte sich. Sobald er saß, brach Beerta wieder in Schluchzen aus, griff nach Maartens Hand und kniff hinein. Es kostete Maarten Mühe, ihn anzusehen, aus einem Gefühl der Scham heraus, als dürfe er ihn in diesem Zustand eigentlich nicht sehen, und außerdem wusste er nicht recht, was er von diesem körperlichen Kontakt halten sollte. Beertas Verhalten war zu intim für das, was er seinerseits für ihn empfand. Er suchte nach Worten, um seinem Mitleid Ausdruck zu verleihen, doch alles, was ihm einfiel, erschien ihm scheinheilig. »Du hast es schwer«, sagte er schließlich und sah ihn an. Er zog seine Hand vorsichtig zurück und schämte sich für sein Unvermögen, Trost zu spenden. Voll Unbehagen sah er sich um. Es war ein Eckzimmer mit hohen Fenstern an zwei Seiten, wodurch es unbarmherzig hell war, zu hell für einen todkranken Mann wie Beerta. Auf dem weißen Tischchen neben dem Bett stand ein Glas Orangensaft. Dort lag auch ein Brief. »Möchtest du vielleicht etwas trinken?«, fragte er, aus einem Bedürfnis heraus, etwas zu tun. Er sah Beerta an. Der nickte heftig und begann erneut, inbrünstig zu schluchzen. Maarten nahm das Glas vom Tisch und zögerte. »Aber so geht das nicht.« Er beugte sich über Beerta und versuchte, seinen linken Arm unter ihn zu legen, um ihn hochzuheben, doch als Beerta heftig den Kopf schüttelte und weinende Laute ausstieß, gab er es wieder auf. »Willst du nicht trinken?«, fragte er verlegen, das Glas in der Hand. Beerta schüttelte energisch den Kopf und zeigte weinend mit dem Zeigefinger in seinen weit geöffneten Mund. »Möchtest du etwas essen?«, versuchte es Maarten. Er stellte das Glas zurück, neben den Brief. Beerta schüttelte erneut den Kopf und wies gebieterisch nach oben, worauf er erneut in seinen Mund zeigte. Darauf brach er wieder in Schluchzen aus. »Soll ich die Schwester holen?«, fragte Maarten. Er stand auf, um auf die Klingel zu drücken, die über dem Kopf von Beerta hing. Beerta stieß einen Laut aus, der noch am ehesten einem Nein ähnelte und schüttelte noch energischer als zuvor den Kopf, während er schräg nach oben und in den Mund zeigte. Außer der Klingel gab es dort nur noch einen Fernsehapparat, der auf einem beweglichen Arm an der Wand befestigt war. Maarten stand auf und betrachtete die Knöpfe. Er drückte auf einen Knopf, und als nichts geschah, einen zweiten, ohne dass es irgendetwas bewirkte. »Ist er kaputt?«, fragte er und drehte sich zu Beerta um. Beerta schüttelte verzweifelt den Kopf, weinend, zeigte erneut auf den Apparat und in seinen Mund. »Ich verstehe dich nicht«, sagte Maarten. Er setzte sich wieder hin und sah Beerta entschuldigend an. »Du willst nicht trinken, du willst nicht essen, du willst etwas sagen, aber ich weiß nicht, was.« Er sah verzweifelt von dem laut weinenden Beerta zum Fernsehgerät. Sein Auge fiel auf den Brief. Er nahm ihn vom Tisch und sah auf den Absender. Der Brief war noch ungeöffnet. »Da ist ein Brief für dich gekommen«, sagte er und hielt den Brief hoch, »von Henk van Rotselaar. Soll ich ihn dir vorlesen?« Die Frage schien Beerta halbwegs zu beruhigen. Er nickte, das Schluchzen legte sich ein wenig. Maarten suchte in seiner Tasche nach dem Messer, schnitt den Umschlag auf und faltete den Brief auseinander. Es war nicht mehr als eine Seite. »›Liebster Anton‹«, las er laut, »›ich habe gerade von Karel gehört, in welch schrecklichem Zustand du dich befindest, und ich kann mir vorstellen, wie verzweifelt du dich fühlst. Wir als deine Freunde stehen dem machtlos gegenüber, doch in Gedanken sind wir ganz nahe bei dir und denken viel an dich. Weil du Karel zufolge keinen Kontakt mehr zu denen hast, die dir lieb und teuer sind, und du Worte des Trostes wahrscheinlich nicht mehr in dich aufnehmen kannst, sind die einzigen Worte, die uns noch bleiben, die Worte der Bibel. Und ich denke da natürlich in erster Linie an die Worte Hiobs, Kapitel 23, Vers 10–17: Er aber kennet meinen Weg wohl. Er versuche mich, so will ich erfunden werden wie das Gold. Denn ich setze meinen Fuß auf seine Bahn und halte seinen Weg und weiche nicht ab und trete nicht von dem Gebot seiner Lippen und bewahre die Rede seines Mundes mehr, denn ich schuldig bin. Er ist einig, wer will ihm antworten? Und er macht es, wie er will. Und wenn er mir gleich vergilt, was ich verdienet habe, so ist sein noch mehr dahinten. Darum erschrecke ich vor ihm; und wenn ich's merke, so fürchte ich mich vor ihm. Gott hat mein Herz blöde gemacht, und der Allmächtige hat mich erschrecket. Denn die Finsternis macht kein Ende mit mir, und das Dunkel will vor mir nicht verdeckt werden. – Es sind Worte, die mir wie keine anderen in diesem Moment passend für dich erscheinen. Ich wünsche dir viel Kraft und Zuversicht. Alles Liebe von deinem Henk van R.‹« Während Maarten den Brief vorlas, hatte Beerta erneut begonnen zu weinen, und als Maarten ihn wieder in den Umschlag gesteckt und auf das Tischchen gelegt hatte, streckte er die Hand zu ihm aus, mit einem Gesicht, das tränennass und vor Kummer verzerrt war.

»Ich war heute Nachmittag bei Anton«, sagte Maarten in den Telefonhörer.

»Und? Wie hat er auf dich gewirkt?«, rief Karel zurück.

»Trist.«

»Fandest du es nicht schrecklich, das zu sehen?«

»Man fühlt sich ohnmächtig«, gab Maarten zu.

»Einen Mann mit einem so hervorragenden Gehirn, einen großen Gelehrten, einen Prachtmenschen zu einem Ding werden zu sehen, zu einem Nichts!«, rief Karel.

»Ja, das ist schlimm.«

»Aber ich bin froh, dass du ihn jetzt auch mit eigenen Augen gesehen hast! Jetzt verstehst du wenigstens, was ich da durchmachen muss!«

»Ich verstehe es.«

»Zum Glück!«

»Er hat auch noch versucht, mir etwas begreiflich zu machen, aber ich bin nicht dahintergekommen, was er meinte.«

»Er versucht ständig, einem etwas begreiflich zu machen!«

»Er hat auf seinen Mund gezeigt und danach auf den Fernsehapparat. Verstehst du, was er damit gemeint haben könnte?«

»Es geht nicht um den Fernsehapparat!« Er begann, laut zu lachen. »Das ist der Himmel! Er will sterben! Er will, dass du ihm etwas gibst, um dem ein Ende zu bereiten!«

»Oh, darum geht es«, sagte Maarten verblüfft. Er fand es unglaublich dumm von sich, dass er nicht selbst daran gedacht hatte.

»Natürlich geht es darum! Er bittet jeden darum!«

»Und was machst du dann?«

»Nichts! Was soll ich denn tun? Ich kann doch nicht das Risiko eingehen, dass ich als Mörder hinter Gitter wandere? Dann habe ich ein noch größeres Problem!«

»Und seine Ärzte?«

»Die denken gar nicht daran! Euthanasie ist immer noch Mord! Bist du denn dafür? Hast du schon mal darüber nachgedacht, zu welchen Missständen das führen kann? Die Vernichtungslager liegen bei mir noch immer gleich um die Ecke! Ich darf gar nicht daran denken, dass wir hier so etwas wieder kriegen!«

»Nein«, sagte Maarten vage.

»Wirklich nicht! Das Einzige, was man in dem Fall noch tun kann, ist zu hoffen, dass er so bald wie möglich einen zweiten Schlaganfall bekommt und dann weg ist! Denn was er jetzt mitmachen muss, ist unmenschlich! Das wünscht man nicht einmal seinem schlimmsten Feind!«

»Hiob!«

»Ja, Hiob! Aber da nennst du auch so einen! Würdest du in seinen Schuhen stecken wollen? Ich glaube übrigens, er hatte nicht einmal Schuhe.«

»Er wird wohl Holzsandalen getragen haben.«

»Holzsandalen, ja!« Er musste darüber herzhaft lachen. »Ich sehe Anton schon mit Holzsandalen!«

»Ich übernehme dann also in Zukunft den Dienstag.«

»Kann ich mich darauf verlassen?«

»Darauf kannst du dich verlassen.«

»Danke. Im Namen von Anton!«

»Du brauchst mir nicht zu danken. Ich rufe dich mal an.« Er legte den Hörer auf. »Diese Geste, die Beerta gemacht hat und die ich nicht verstanden habe«, sagte er und wandte sich zu Nicolien um, »das war, weil er von mir etwas haben wollte, um Schluss zu machen. Er hat nicht auf den Fernseher gezeigt, sondern zum Himmel.« Er setzte sich auf die Couch und sah sie unsicher an.

»Und warum geben sie es ihm dann nicht?« Sie ließ die Zeitung sinken und sah ihn direkt an.

»Weil es nicht erlaubt ist.«

»Aber dann kann Karel es doch sicher machen?«

»Karel ist dagegen.«

»Dann müssen wir es machen!«

»Wie soll das denn gehen?«

»Wenn jemand darum bittet, Schluss zu machen, muss man ihm doch wohl helfen!«, sagte sie entrüstet.

»Was ist das denn für ein Unsinn?«

»Unsinn? Rede ich Unsinn?« Es lag etwas Drohendes in ihrer Stimme.

»Wie willst du das denn machen?«

»Dafür gibt es doch sicher Pillen?«

»Wie willst du denn da rankommen?«

»Die werden doch wohl irgendwo zu kriegen sein?«

»Sicher in der Apotheke! ›Kann ich bei Ihnen eine Pille bekommen, um dem Leben von Herrn Beerta ein Ende zu bereiten?‹ Darauf hat der Apotheker sicher schon gewartet!«

»Dann gehe ich zu einem Arzt.«

»Zu van der Meer sicher!«

»Es wird doch wohl einen Arzt geben, der einem helfen will, wenn jemand darum bittet?«

»Aber niemals hinter Karels Rücken.«

»Dann musst du mit Karel reden! Und wenn Karel zu feige ist, es zu machen, musst du es tun!«

»Ich denke nicht daran«, sagte er entschieden.

»Dann werde ich mal mit Karel reden, wenn du dich nicht traust!«

»Es ist keine Frage von Mut!«, sagte er entrüstet.

»Warum tust du es dann nicht?«

Er schwieg. »Ich weiß es nicht«, sagte er dann unsicher. »Ich kann so etwas nicht so schnell entscheiden.«

*

Als er im Dunkeln zum Büro ging, fragte er sich, ob er Balk über seinen Besuch bei Beerta informieren sollte. Der Gedanke allein weckte bereits seinen Widerwillen. Balk selbst würde es niemals tun. Er konnte sich nicht erinnern, dass er ihn jemals über irgendetwas informiert hatte. Missmutig folgte er der Gracht, erfüllt von Groll gegen die Art und Weise, wie er von Balk behandelt wurde. Er empfand sich selbst als servil, weil er trotzdem ein Problem daraus machte, doch er konnte den Gedanken nicht abschütteln, dass er Balk sicher informiert hätte, wenn dieser sich ihm gegenüber wie ein zivilisierter Mensch verhalten würde. Das führte dazu, dass er die Entscheidung verschob, und als er sich dem Büro bis auf einige Meter genähert hatte, wusste er noch immer nicht, was er tun sollte. Das Licht in Balks Zimmer brannte. Ihm wurde kein Aufschub gewährt. Er schob sein Namensschild ein und stieg die Treppe hoch. Ohne weiter nachzudenken, drückte er die Türklinke zum Durchgangsraum nach unten und ging weiter zu Balks Zimmer. Dann eben servil. Balk saß in seinem Sessel in der Sitzecke, einen aufgeschlagenen Bericht auf den Knien, eine Tasse Kaffee auf dem Tischchen in Reichweite. Er sah auf, ohne etwas zu sagen.

»Morgen«, sagte Maarten. Er setzte sich vorn auf den Rand eines der anderen Sessel, die Tasche locker in der Hand, um zu bedeuten, dass er gleich wieder aufstehen würde. Er war angespannt.

Balk nickte.

»Ich war gestern bei Beerta.«

»Wie ging es ihm?«

»Er hat während des gesamten Besuchs dagelegen und geweint. Er will sterben.«

Balk nickte, als hätte er nichts anderes erwartet.

»Karel Ravelli hat gefragt, ob wir vom Büro den Besuch am Dienstag übernehmen wollen.«

Balk reagierte nicht. Er hatte begonnen, mit dem Fuß zu wippen.

»Aber so, wie es jetzt um ihn bestellt ist, sind du und ich eigentlich die Einzigen, die das machen können. Dé Haan auch nicht.«

»Wenn es ihm etwas besser geht, will ich ihn wohl mal besuchen.«

»Gut«, er stand auf, »dann gebe ich dir Bescheid.« Er wandte sich ab und ging zur Tür.

»Maarten!«, rief Balk hinter ihm her, als er die Tür hinter sich schließen wollte.

Er drehte sich um und sah um die Ecke.

»Sag Bavelaar, dass sie ein paar Blumen von uns schicken lassen soll!«

»Mit unseren Namen?«

Balk schüttelte den Kopf. »Einfach das Büro!«, entschied er. »Namen haben unter diesen Umständen keinen Sinn!«

»Wie war es gestern bei Herrn Beerta?«, fragte Bart. Er war an Maartens Schreibtisch stehen geblieben, die Tasche noch in der Hand.

»Schlecht.« Er ließ sich gegen die Lehne seines Stuhls zurücksinken, den Stift noch in der Hand. »Er hat während des ganzen Besuchs dagelegen und geweint.«

»Wie schlimm«, sagte Bart voller Mitleid. »Du hattest auch nicht den Eindruck, dass es ihm gut tat, dich zu sehen?«

Maarten zuckte mit den Achseln. »Ich weiß es nicht.«

»Aber Herr Ravelli hat doch gesagt, dass man einigermaßen mit ihm kommunizieren kann?«

»Aber nicht reden! Er macht ein paar Gebärden, und man muss dann raten, was er damit meint.«

»Wie schrecklich das für ihn sein muss«, sagte Bart bewegt.

»Er hat ein paarmal auf seinen Mund gezeigt und dann nach oben. Ich habe sicher eine Viertelstunde versucht zu verstehen, was er damit meinte, aber ich bin nicht dahintergekommen.«

»Hat er vielleicht sagen wollen, dass er nicht reden kann?«

»Ravelli meint, dass er darum bittet, mit ihm Schluss zu machen.«

Bart erschrak sichtlich. »Wie entsetzlich, das zu hören«, sagte er beklommen. »So etwas möchte ich eigentlich überhaupt nicht wissen. Das passt doch nicht zu Herrn Beerta.«

»Aber wenn es so ist, muss man sich schon fragen, ob man nicht helfen muss.«

»Nein! Ich finde nicht, dass man sich daran beteiligen darf. Das ist die persönliche Entscheidung eines Menschen. Da darf man sich nicht einmischen!«

»Wie soll er denn an so ein Mittel kommen?«

»Das weiß ich nicht, und darüber will ich noch nicht einmal nachdenken. Ich finde es schon schlimm genug, dass solche Dinge vorkommen. Ich will nicht auch noch Beihilfe dazu leisten. Und ich glaube auch nicht, dass Herr Beerta das gemeint haben kann. Dafür steht er meines Erachtens viel zu sehr über den Dingen.«

»Aber wenn es so ist?« Er sah an Bart vorbei, da sich die Tür öffnete. Ad betrat den Raum. »Hey«, sagte er überrascht.

»Tag, Maarten. Tag, Bart«, sagte Ad. Er kam grinsend näher. »Wie geht es Beerta?«

»Bist du wieder gesund?«, fragte Maarten.

»Tag, Ad«, sagte Bart und machte ihm Platz.

»Na ja, gesund ...«

»Ich meine deinen Husten?«

»Mit dem Husten ist es vorbei, aber ich bin immer noch müde.«

»Müde?«

»Ja, müde!« Er sah Maarten herausfordernd an. »Wundert dich das?«

»Na ja, wundern ...«

»Du bist sicher nie müde.« Er sagte es auf jene halb beschuldigende, halb gekränkte Weise, die andeuten sollte, dass es alles Maartens Schuld wäre, da er der Chef war.

Maarten schmunzelte. »Beerta geht es schlecht. Ich war gestern bei ihm zu Besuch und habe Bart gerade erzählt, dass er während des gesamten Besuchs dagelegen und geweint hat.«

»Ich war gestern bei Beerta«, erzählte Maarten zu Beginn der Sitzung – sie saßen zu zwölft um den Sitzungstisch, in derselben Formation wie in der Woche zuvor. »Es geht ihm noch immer nicht sehr viel besser. Er hat während des gesamten Besuchs dagelegen und geweint, und dabei hat er auch noch zu erkennen gegeben, dass er möchte, dass wir dem ein Ende bereiten. Bart findet zwar, dass man das nicht sagen darf, aber ich sehe nicht ein, warum man nicht einfach darüber reden kann.«

»Ich habe in der Tat etwas dagegen, dass solche privaten Gefühle hier in der Öffentlichkeit besprochen werden«, sagte Bart.

»Da bin ich einer Meinung mit Bart«, bemerkte Freek. »Mir zieht sich jedenfalls der Magen zusammen, wenn ich so etwas höre.«

»Bedeutet das, dass ihr gar nichts darüber wissen wollt?« Er sah in die Runde.

»Das habe ich nicht gesagt!«, sagte Freek entrüstet.

»Ich habe nur etwas dagegen, wenn derartige Mitteilungen in der Öffentlichkeit gemacht werden«, wiederholte Bart.

»Wie soll ich es sonst machen?« Er verbarg seine Irritation hinter einer erzwungenen Freundlichkeit. »Elfmal dieselbe Geschichte erzählen?«

»Das liegt in deiner Verantwortung. Darüber möchte ich mich nicht äußern.«

»Ich habe nichts dagegen«, sagte Ad.

»Nein, ich auch nicht«, pflichtete ihm Jaring bei.

»Gibt es noch mehr, die etwas dagegen haben, wenn ich hier über Beertas Krankheit berichte?«, fragte Maarten.

Niemand sagte etwas.

»Ich frage das, weil Ravelli, das ist sein Freund, mich gefragt hat, ob wir vom Büro die Besuche am Dienstag übernehmen können. Vorläufig werde *ich* gehen, aber ich kann mir vorstellen, dass es unter euch welche gibt, die ihn auch mal besuchen möchten, wenn es ihm etwas besser geht.«

»Ich finde, dass dies nichts mit den Mitteilungen zu tun hat, die du soeben gemacht hast«, bemerkte Bart.

»Gut, aber ich will es trotzdem gern wissen.« Er sah in die Runde.

Es entstand eine beklemmende Stille.

»Mir ist es ziemlich egal«, sagte Joop gleichgültig. »Mich interessiert es eigentlich nicht besonders.«

»Wenn es für die Arbeit wichtig ist ...«, sagte Sien.

»Nein, meinetwegen muss es auch nicht sein«, sagte Tjitske.

»Ich will ihn gern mal besuchen«, sagte Manda, »aber ich glaube, dass er darauf nicht unbedingt wartet.« Sie lachte.

Ihre Reaktionen befremdeten ihn. Plötzlich wurde ihm klar, dass Beertas Anwesenheit im Büro für sie nicht selbstverständlich war. Das stimmte ihn traurig. »Gut«, entschied er. »In diesem Punkt werde ich mich in Zukunft zurückhalten.«

»Wenn du daraus nur nicht den Schluss ziehst, dass ich ihn bei Gelegenheit nicht besuchen möchte«, sagte Bart.

»Nein, den Schluss ziehe ich nicht.« Er sah auf seine Papiere. »Die Zeitschrift! Wir müssen eine Reihe von Dingen besprechen. Den Namen und das Layout! Das jeweilige Erscheinungsdatum und die Fristen für die Einreichung der Manuskripte! Die Aufsätze für die ersten zwei oder drei Hefte! Die Organisation der Besprechungen und Ankündigungen! Und die Form, in die wir das alles gießen! Ich habe hierzu eine Reihe von Vorschlägen gemacht. Ich schlage vor, dass wir sie Punkt für Punkt durchgehen und sehen, ob wir zu einer Übereinstimmung kommen. Möchte jemand dieser Liste noch etwas hinzufügen?«

Mark hob die Hand. »Kannst du auch noch etwas zur Finanzierung sagen?«

»Ich werde auch noch etwas zur Finanzierung sagen.« Er machte sich eine Notiz auf dem Blatt, das vor ihm lag. »Noch etwas?« Er sah in die Runde.

Es blieb still.

»Gut! Der Name! Ad schlägt vor, sie *Het Bulletin* zu nennen. Was haltet ihr davon? Gibt es Einwände dagegen?«

»Der Bullenschwengel«, sagte Joop. Sie kicherte.

Maarten lächelte matt.

»Wenn mehr Leute diese Assoziation haben«, bemerkte Freek unzufrieden, »ist das schon t-tödlich.«

Mark, der neben ihm saß, schmunzelte in sein Bärtchen hinein.

»Das scheint mir eher eine Spezialität von Joop zu sein«, sagte Maarten.

»Ich finde, es ist so ein literarischer Titel«, sagte Sien. »Es ist doch eine wissenschaftliche Zeitschrift?«

»Ich denke eher an eine medizinische Zeitschrift, wenn ich so einen Titel höre«, sagte Manda.

»Oder an etwas Militärisches«, ergänzte Jaring.

»Warum sollten wir sie dann nicht einfach *Het Tijdschrift* nennen?«, fragte Elsje.

»Weil es zu sehr *Ons Tijdschrift* ähnelt«, sagte Maarten. »Ich finde, dass wir das nicht machen können.«

»Das halte ich nun gerade für einen Vorteil«, pflichtete ihr Freek bei. »Du wendest dich doch gerade gegen *Ons Tijdschrift*? Oder verstehe ich das falsch?«

»Aber nicht im Titel!«, beharrte Maarten.

»Was haltet ihr von *Cultuurhistorisch Tijdschrift*?«, fragte Mark. Er griff automatisch zu seiner Pfeife, die vor ihm auf dem Tisch lag, besann sich jedoch rechtzeitig und ließ sie wieder los.

»Damit hätte *ich* nun ein Problem«, sagte Bart. »Wir sind keine kulturhistorische Zeitschrift, wir sind eine Zeitschrift für Volkskultur!«

»Ist Volkskultur denn keine Kultur?«, fragte Mark boshaft.

»Volkskultur ist natürlich schon Kultur, aber Kultur braucht noch keine Volkskultur zu sein«, präzisierte Bart.

»Ich sehe das Problem nicht«, sagte Mark. »Dann fasst man es etwas weiträumiger.«

»Siehst du! Das ist nun gerade, was ich befürchte!«, sagte Bart. »Dass wir unser Gesicht verlieren!«

»Nennen wir sie dann *Tijdschrift voor volkscultuur*«, schlug Sien vor.

Manda lachte. »Die würde ich nie abonnieren!«

»Die brauchst du doch auch nicht zu abonnieren?«, sagte Sien ein wenig giftig.

»Gibt es noch weitere Vorschläge?«, ging Maarten dazwischen. Er sah in die Runde.

Niemand sagte etwas.

»Ich selbst habe noch an *Tijdschrift voor cultuurhistorische antropologie* gedacht. Wäre das was?«

»Dann musst du aber einen Beipackzettel dazulegen, um zu erklären, was das ist«, bemerkte Freek säuerlich.

»Das gilt für jeden Namen«, fand Maarten. Er sah in die Runde.

Es war still.

»Gut! Dann gibt es jetzt also vier Vorschläge: *Het Bulletin, Cultuurhistorisch Tijdschrift, Tijdschrift voor volkscultuur* und *Tijdschrift voor cultuurhistorische antropologie*. Wir werden darüber jetzt nicht abstimmen. Ich schlage vor, dass wir das nächste Woche entscheiden. Wer vorher noch eine neue Idee hat, kann sie hinzufügen. Ich wollte außerdem Freek bitten, über das Layout nachzudenken und, wenn es bis dahin möglich ist, mit einem Vorschlag zu kommen.« Er sah Freek an. »Ist das möglich?«

Freek machte große Augen. »Warum muss ich das machen?«, fragte er entrüstet.

»Weil du der Künstlerischste von uns allen bist«, sagte Maarten mit einem boshaften Lächeln.

»Mit Speck fängt man Mäuse«, bemerkte Mark amüsiert.

»Darüber will ich dann aber erst mal mit dir reden«, sagte Freek böse.

»Kein Problem! Der nächste Punkt.« Er sah auf sein Papier. »Das Erscheinungsdatum! Wir haben Geld für zwei Hefte pro Jahr von insgesamt hundert bis hundertzwanzig Seiten. Ich schlage vor: den 1. Juni und den 1. Dezember. Der Drucker braucht einen Monat, die Redaktion ebenfalls, das bedeutet: 1. April und 1. Oktober als Einsendeschluss für die Manuskripte. Einwände?« Er sah auf.

Niemand hatte Einwände.

»Das bedeutet, dass wir für das nächste Heft noch gut einen Monat haben. Wir haben *einen* Aufsatz, meinen Vortrag über die Wiege, den

ich in Visegrád gehalten habe. Gibt es noch weitere, die in Aussicht stehen?«, er sah flüchtig in die Runde: »Für dieses oder das nächste Heft?«
Niemand sagte etwas.
»Wie steht es mit deinem Aufsatz über die Speisefette?«, fragte er und wandte sich Sien zu.
»Den wolltest du noch mit mir besprechen«, erinnerte sie ihn.
»Das solltest *du* doch erst machen?«, sagte Maarten zu Bart.
»Ich warte auf dich«, verteidigte sich Bart.
»Mir wäre es lieber, wenn du es erst machst.«
»Aber reicht es denn nicht, wenn du das machst?«, fragte Sien. »Du bist doch der Chefredakteur?«
»Mir wäre es lieber, wenn Bart es erst machen würde«, ließ Maarten nicht locker, »denn ich stecke im Moment bis über beide Ohren in dem Vortrag über den Trauring.«
»Warum holst du dir eigentlich keine Aufsätze von Externen?«, bemerkte Mark. »Ich habe da ein paar Freunde, die ich ohne Weiteres um einen Aufsatz bitten könnte.«
»Weil ich finde, dass wir erst selbst den Ton vorgeben müssen. Wir sind keine allgemeine Zeitschrift, wir vertreten eine Richtung. Die werden wir erst deutlich definieren müssen, mit eigenen Beispielen, bevor wir andere einladen können mitzumachen.«
»Kannst du uns nicht mal erklären, was diese eigene Richtung ist?«, fragte Freek. »Denn das ist mir noch immer nicht klar.« Er stotterte vor unterdrückter Giftigkeit.
»Wir beschäftigen uns mit Traditionen innerhalb der Niederlande«, sagte Maarten aus dem Stegreif, »damit, wie sie funktionieren, mit ihrer Verbreitung und mit den Veränderungen, die sie im Laufe der Zeit erfahren haben.«
»Und wie passt das Musikarchiv da hinein?«, fragte Freek kritisch.
»Würdest du das noch einmal sagen?«, fragte Bart. Er hatte einen Zettel zu sich herangezogen und schraubte seinen Stift auf.
Sien war bereits am Schreiben.
»Das Musikarchiv beschäftigt sich mit traditioneller Musik innerhalb der Niederlande, damit, wie sie funktioniert, ihrer Verbreitung und ihrer Veränderungen im Laufe der Zeit«, sagte Maarten zu Freek.

»Gut, dann weiß ich das«, sagte Freek skeptisch. »Ich habe nur bis jetzt immer gedacht, dass das die Arbeit der Musiksoziologie wäre.«

»Die beschäftigt sich doch nicht mit der historischen Entwicklung?«

»Könntest du das vielleicht noch einmal sagen?«, wiederholte Bart.

»Ich habe es hier«, sagte Sien. Sie schob ihm über den Tisch ihr Blatt zu.

»Danke, Sien«, sagte Bart dankbar. Er begann, es zu übertragen.

»Das habe ich doch schon hundertmal gesagt«, sagte Maarten verwundert.

»Aber ich halte es lieber trotzdem mal fest«, sagte Bart, »bevor du wieder deine Meinung änderst.«

»Es ist natürlich schon die Frage, ob die Mitarbeiter des Musikarchivs sich in deiner Definition wiederfinden«, bemerkte Freek.

»Ja, das ist die Frage, aber darüber müssen wir dann noch mal reden.«

»Ich kann mich sehr gut darin wiederfinden«, sagte Jaring mit einem sanften Lächeln.

»Danke, Jaring«, sagte Maarten.

Es entstand eine Stille, in der Bart fleißig schrieb.

Maarten sah auf sein Papier.

»Könnten wir nicht eine kurze Pause machen?«, fragte Joop. »Ich hätte Lust auf eine Tasse Kaffee.«

»Wir machen eine Viertelstunde Pause für eine Tasse Kaffee!«, entschied Maarten und sah auf.

»Wir können den Kaffee doch genauso gut kurz nach oben holen?«, regte Sien an. »Dann verlieren wir nicht so viel Zeit.«

Maarten zögerte. »Das ist gut«, entschied er dann.

»Wenn alle so weit sind«, sagte Maarten, mit erhobener Stimme.

Es wurde langsam still.

»Wenn alle so weit sind«, wiederholte er, nun in normaler Lautstärke, »möchte ich mit dem nächsten Punkt fortfahren, der Literaturinformation. Ich unterscheide zwischen Büchern und Aufsätzen. Zuerst die Bücher! Ich habe vorgeschlagen, dass die eingehenden Bücher vorläufig von Bart, Ad und mir auf die Mitarbeiter der Abteilung Volkskultur verteilt werden und von Jaring und Freek auf die des Musikarchivs.

Die Verteilung erfolgt nach Leistungsvermögen. Wir werden die Interessen des Einzelnen so weit wie möglich berücksichtigen. Sind alle damit einverstanden?«

»Was genau verstehst du unter ›eingehende Bücher‹?«, wollte Mark wissen.

»Alle Bücher, die wir für die Bibliothek anschaffen.«

»Und was machst du dann mit den Rezensionsexemplaren?«

»Rezensionsexemplare betrachte ich als eingehende Bücher.«

»Dann würde ich über die Verteilung der Rezensionsexemplare schon gern informiert werden.«

»Das will ich gern tun. Aber das bedeutet nicht, dass du sie behalten darfst, wenn du das meinst. In unserer Abteilung ist es üblich, dass die Rezensionsexemplare Eigentum des Büros werden.«

»Das macht es aber sehr viel unattraktiver.«

»Das kann schon sein, aber wir betrachten das Rezensieren von Büchern als Dienstleistung.«

»Ja, das tust du«, sagte Freek, »aber es ist die Frage, ob andere das auch so sehen.«

»Es passiert doch in der Bürozeit?«

»Und wenn ich es nun abends mache?«, wollte Mark wissen.

»Wissenschaftliche Beamte sind immer im Dienst«, sagte Maarten mit einem boshaften Lächeln. »Dafür wirst du bezahlt. Du kannst so ein Buch doch kaufen?«

»Dann muss ich noch mal darüber nachdenken, ob ich mich an dieser Regelung beteilige«, sagte Mark verstimmt.

»Ich habe nicht vor, dich zu zwingen, aber ich will auch verhindern, dass wir uns von Verlegern abhängig machen, die uns Rezensionsexemplare schicken. Ich halte das für ein Scheißsystem.«

»Das hast du doch selbst in der Hand?«

Maarten zögerte. »Wer teilt die Meinung von Mark?«, fragte er und sah in die Runde.

Niemand reagierte.

»Ich b-bin deiner Meinung«, sagte Freek schließlich.

»Ja«, sagte Bart.

»Dann schlage ich vor, dass wir es so regeln«, sagte Maarten zu Mark, der unerwartete Beifall berührte ihn, »und nach einer Weile noch einmal schauen, ob es Gründe gibt, es zu lockern.«

Mark nickte zurückhaltend.

»Jede Ankündigung muss mindestens eine kurze Zusammenfassung des Inhalts enthalten, mit Nennung der Quellen, die der Autor benutzt hat, sowie seiner Schlussfolgerung«, fuhr Maarten fort. »Das ist Vorschrift. Ob dem anschließend noch eine kritische Bemerkung hinzugefügt werden soll, entscheidet derjenige, der die Ankündigung schreibt. Einwände?« Er wartete einen Moment.

Niemand hatte Einwände.

»Danach nehmen Buch und Ankündigung bei uns denselben Weg wie die Zeitschriftenmappen, also von Tjitske über Bart, von Sien über Ad und von Joop und Manda über mich, durch die Abteilung. Bart, Ad und ich sind verantwortlich für die Kontrolle, die anderen dürfen beim Umlauf Kommentare hinzufügen, anschließend wird anhand dieser Kommentare der definitive Text erstellt. Gibt es Einwände dagegen?« Er blickte sich um.

»Verstehe ich es recht, dass du doch beschlossen hast, die Ankündigungen nur von der Dokumentation anfertigen zu lassen?«, fragte Bart.

Maarten verstand nicht sofort, woraus er dies ableitete. Er sah ihn an. »Nein.«

»Weil du nur über die Ankündigungen von Sien, Tjitske, Joop und Manda sprichst.«

»Weil die kontrolliert werden müssen.«

»Und wer kontrolliert uns dann?«

»Wir kontrollieren uns gegenseitig.«

»Ich würde es trotzdem bevorzugen, wenn die Ankündigungen nur zu Lasten der Dokumentation gingen, damit wir uns anderen Aufgaben widmen können.«

»Darüber haben wir schon gesprochen«, sagte Maarten ungeduldig, »das geht nicht. Dafür ist es zu viel, und außerdem gibt es Bücher, die von uns besprochen werden müssen.«

»Da bin ich dann anderer Meinung. Ich finde, dass das die Aufgabe der Dokumentation ist.«

»Das kann niemals die Aufgabe der Dokumentation werden. Wir

können höchstens erwarten, dass auf die Dauer mehr Bücher an die Dokumentation gehen, aber so weit ist es noch lange nicht.«

»Dagegen habe ich dann doch etwas einzuwenden.«

»Gut. Ich notiere es.«

»Wie willst du das eigentlich mit der Autorenkennzeichnung machen, wenn mehrere Leute für so eine Ankündigung verantwortlich sind?«, fragte Freek.

»Derjenige, der die Ankündigung schreibt, wird als Autor genannt.«

»Dagegen möchte ich mich dann doch entschieden aussprechen«, sagte Bart. »Es tut mir leid, aber ich muss es doch sagen. Wenn wir uns gegenseitig kontrollieren, sind wir auch alle verantwortlich.«

»Du willst doch nicht unter jede Ankündigung all unsere Namen setzen?«, fragte Freek.

»Nein, deshalb keinen einzigen Namen! Ich betrachte es bei diesem System als die Arbeit der gesamten Abteilung!«

»Und wenn es nun keine Kommentare gegeben hat?«

»Oder nur einen einzigen Kommentar?«, bemerkte Mark, sich ins Fäustchen lachend.

»Deswegen will ich meinen Namen auch nicht daruntersetzen!«, sagte Bart mit Nachdruck.

»Kritische Ankündigungen wird man doch auf jeden Fall unterschreiben müssen«, überlegte Maarten.

»Willst du denn zwischen kritischen und nichtkritischen Ankündigungen unterscheiden, Bart?«, fragte Ad. Es war das erste Mal, dass er eine Bemerkung machte. In seiner Stimme schwang eine schlecht unterdrückte Irritation mit.

»Das ist für mich i-inakzeptabel«, sagte Freek empört. »Das führt zu einem b-bürokratischen System, an dem ich mich nicht beteiligen möchte.«

»Es ist auch nicht mein System, Freek«, sagte Bart freundlich. »Ich plädiere ja gerade dafür, bei keiner einzigen Ankündigung den Autor zu nennen.«

»Aber findest du denn nicht, dass man den Rezensenten darauf ansprechen können muss?«, fragte Mark.

»Nicht, wenn es das Werk der gesamten Abteilung ist!«, beharrte

Bart. »Wenn wir uns gegenseitig kontrollieren, sind wir auch alle verantwortlich!«

»Und wenn wir die Nennung des Autors nun fakultativ machen würden?«, schlug Maarten vor.

»Dann wissen demnächst alle, dass die anonymen Ankündigungen von Bart sind«, sagte Freek boshaft.

»Nein, Freek«, sagte Bart, »denn ich weiß noch gar nicht, ob ich bei diesen Ankündigungen überhaupt mitmachen will.«

»Und vielleicht gibt es sogar noch mehr«, sagte Tjitske. »Ich bin eigentlich derselben Meinung wie Bart.«

»Danke, Tjitske«, sagte Bart und sah zur Seite.

»Wer ist noch der Meinung von Bart?«, fragte Maarten. Das Eingreifen Tjitskes überraschte ihn. Er konnte es schwer ertragen, dass sie Bart zustimmte.

Niemand hob die Hand.

»Bart und Tjitske wollen also keine Autorennennung«, stellte Maarten fest.

»Siehst du, da haben wir es wieder«, sagte Bart verärgert. »Du benutzt die Mehrheit, um die Minderheit zu zwingen. Dagegen melde ich doch ernsthaften Widerspruch an.«

»Bei dieser Schlussfolgerung bin ich noch nicht«, sagte Maarten gereizt. »Ich suche nach einer Lösung, die alle zufriedenstellt.«

»Die gibt es nicht«, prophezeite Freek, »denn wenn der eine seinen Namen daruntersetzt und der andere nicht, betrachtet der Leser die nicht unterzeichneten Ankündigungen einfach als die Arbeit des nachfolgenden Autors.«

»Und ›Anon.‹ oder ›Anonymus‹?«, versuchte es Maarten.

»Damit hätte ich nun wieder Probleme«, warf Bart ein. »Ich will auch nicht anonym unterzeichnen! Mein Standpunkt ist ein prinzipieller!«

»Kurzum, Bart will nichts!«, stellte Mark fest.

»Ich will nicht unterzeichnen, Mark!«, korrigierte ihn Bart und beugte sich vor, um Mark sehen zu können.

Mark lächelte in sich hinein.

»Wenn wir Freek und Ad nun bitten würden, sich das Problem noch einmal anzusehen und auf der nächsten Sitzung mit einem ausgearbeiteten Vorschlag zu kommen?«, schlug Maarten vor.

Niemand reagierte.

»Freek? Ad?«, drängte Maarten.

»Ich will es wohl machen«, sagte Freek widerwillig, »aber ich kann jetzt schon sagen, dass ich gegen Barts Vorschlag bin.«

»Das sehen wir dann, wenn es so weit ist«, entschied Maarten. Er sah auf sein Papier. »Der nächste Punkt! Die Ankündigungen der Zeitschriftenaufsätze!«

»Ich fühle mich, als hätte ich eine Schubkarre voller Steine einen Berg hochschieben müssen«, sagte Maarten. Er legte die Sitzungsunterlagen auf seinen Schreibtisch und sah zu Ad hinüber, der dabei war, seine Tasche zu packen. Die Türen zum Flur und zum Besucherraum standen offen. Vom Flur her hörte man Lärm. »Was mache ich falsch?«

»Du lässt uns zu viel Spielraum«, sagte Ad. »Du musst einfach entscheiden, ohne Diskussion, dann sind wir auch schneller fertig.« Er schnallte seine Tasche zu.

»Ja«, sagte Maarten skeptisch. Er setzte sich.

Ad blieb an der Tür stehen, die Tasche in der Hand. »Ich gehe dann mal wieder nach Hause. Sonst klappe ich zusammen.«

Maarten nickte, als hätte er nichts anderes erwartet. »Soll ich dich krankmelden?«

»Ich denke, dass ich morgen wieder da bin.«

»In Ordnung. Gute Besserung.« Er war zu niedergeschlagen, um ironisch zu sein.

Bart kam in den Raum, sein abgespültes Glas in der Hand.

»Bis morgen, Bart«, sagte Ad. Er ging auf den Flur.

»Ist Ad wieder krank?«, fragte Bart erschrocken.

»Er steht kurz vorm Zusammenbruch.«

»Siehst du! Ich habe wirklich Angst, dass wir uns zu viel Arbeit auf unsere Schultern laden!«

*

Er brachte die neu angeschafften Bücher von dem kleinen Tisch neben seinem Schreibtisch zum Tisch in der Mitte und ordnete sie dort zu fünf etwa gleich großen Stapeln. Anschließend setzte er sich wieder an seinen Schreibtisch, schaute auf die Arbeit, die dort lag und wartete, nahm sich die eingegangene Post vor und griff zu seinem Brieföffner. Als er gerade beim Aufschneiden des ersten Umschlags war, kam Sien in den Raum. »Tag, Sien«, sagte er und sah auf. Ihr Gesicht war kreidebleich und starr vor Nervosität.

»Wenn du noch ein Mal meine Aufsätze von einem meiner Kollegen beurteilen lässt, kündige ich!« Ihre Stimme überschlug sich. »Ich will nur von dir beurteilt werden und von sonst niemandem! Du bist der Abteilungsleiter! Du bist verantwortlich!«

Er sah sie an. Ihre schwarz geschminkten Augenbrauen und Wimpern machten ihr Gesicht noch bleicher, und es wunderte ihn einen Moment, dass ihre Augen trotz der Wut nicht funkelten, sondern so blass waren. Er schwieg. Sie war so aus der Fassung, dass es keinen Sinn hatte, gegen sie anzugehen.

»Ich fand es furchtbar, dass du mir das angetan hast! Das hättest du niemals machen dürfen! Es ist unglaublich, dass du das nicht gesehen hast!« Sie wandte sich ab, zu durcheinander, um fortzufahren. »Furchtbar fand ich das!« Ihre Stimme überschlug sich, als stünde sie kurz davor, in Tränen auszubrechen. In dem Moment ging die Tür auf, und Bart trat ein. Sie ging in den Karteisystemraum und schlug die Tür hinter sich zu.

»Ist was mit Sien?«, fragte Bart erschrocken.

»Sien wirft mir vor, dass ich dich und Ad gebeten habe, ihre Aufsätze zu beurteilen«, sagte Maarten langsam, noch mit dem Verarbeiten der Vorwürfe beschäftigt, die ihm gemacht worden waren.

»Aber darum hattest du mich doch gebeten?« Er war mit der Tasche in der Hand zwischen seinem und Maartens Schreibtisch stehen geblieben.

Maarten sah ihn musternd an. »Hast du gestern Nachmittag noch mit ihr gesprochen?«

»Weil du mich darum gebeten hattest.«

»Wie lief das?« Er schenkte Barts Verteidigung keine Beachtung.

»Ich war mir sicher, dass es in bestem Einvernehmen war.«

»Sie wirft es auch nicht dir vor«, beruhigte ihn Maarten. »Sie wirft es mir vor. Sie findet, dass es nur der Abteilungsleiter machen darf.«

Bart wandte sich ab und stellte die Tasche auf seinen Schreibtisch. »Ich würde mir wünschen, dass man sich meine Aufsätze so kritisch ansehen würde«, sagte er gekränkt.

»Welche Aufsätze meinst du?«

»Vielleicht hätte ich dann nicht solche Angst, sie zu schreiben.« Er setzte sich.

»Du kannst davon ausgehen, dass alles, was du schreibst, kritisch beurteilt wird.«

»Ich bin so frei, daran meine Zweifel zu haben.«

»Das ist dann unberechtigterweise.«

Ad betrat den Raum. »Tag, Maarten. Tag, Bart.« Er stellte seine Tasche auf den Schreibtisch.

»Tag, Ad«, sagte Bart matt.

Maarten stand auf. »Habt ihr Zeit, dass wir uns zusammen die neuen Bücher auf die Ankündigungen hin ansehen?« Er hörte seine Worte von weither kommen. Siens Vorwürfe klangen noch in seinem Kopf nach.

»Jetzt sofort?«, fragte Ad.

»Ja, jetzt.«

»Ich will gern mitdiskutieren, aber ich habe beschlossen, nicht mitzumachen«, sagte Bart. »Ich werde meinen Beitrag auf andere Weise leisten.«

»Was darf ich mir darunter vorstellen?«, fragte Maarten.

»Das wirst du schon sehen.«

»Ist es deshalb, weil wir finden, dass sie unterschrieben werden müssen, Bart?«, fragte Ad.

»Das auch, ja.«

»Dann werden wir deine Portion auf Ad und mich verteilen«, entschied Maarten. Er setzte sich mit einem Stapel Schmierpapier und einem Stift ans Kopfende des Sitzungstisches. »Zumindest, wenn Ad nichts dagegen einzuwenden hat.«

»Das tut mir dann leid, aber wegen mir müsst ihr das wirklich nicht machen«, sagte Bart, während er sich zu ihnen setzte. »Ich stehe auf dem Standpunkt, dass es die Arbeit der Damen ist.«

»Die können das noch nicht«, sagte Maarten geduldig, »die müssen da noch hineinwachsen.«

»Sie brauchen da nicht hineinzuwachsen«, sagte Bart störrisch. »Sie können es, denn sie haben es in der Ausbildung gelernt.«

Ad setzte sich an die andere Seite des Tisches, Bart gegenüber. Er schob die Bücher etwas zur Seite, um Raum für sich zu schaffen.

»Gut!«, sagte Maarten. Er nahm das oberste Buch vom Stapel und schlug das Titelblatt auf. »›Ingeborg Weber-Kellermann, *Die deutsche Familie. Versuch einer Sozialgeschichte.*‹« Er betrachtete den Umlaufzettel, der in dem Buch steckte. »Bart ist gegen eine Ankündigung, Ad und ich sind dafür. Bart! Argumente!«

»Erstens geht es nicht um die Niederlande, und zweitens handelt es sich um *Sozial*geschichte und nicht um Kulturgeschichte! Ich habe deshalb ernsthafte Probleme damit, dass so ein Buch in *Ons Tijdschrift* angekündigt wird!«

»In unserem *Bulletin!*«, verbesserte Maarten ironisch.

»Ich hatte eigentlich an ein anderes Wort gedacht«, sagte Ad spöttisch lächelnd, »aber vielleicht liegt das eher auf dem Terrain von Herrn Beerta.«

»Ich muss dauernd an den armen Anton denken«, sagte Buitenrust Hettema mit einem Blick auf Beertas Schreibtisch. Er war auf halbem Weg zwischen Tür und Tisch stehen geblieben. »Wie geht es ihm jetzt?«

Bart und Ad verließen den Raum, Maarten räumte den Tisch leer. »Ich habe ihn besucht.« Er legte die Bücher, die besprochen werden sollten, in getrennten Stapeln auf seinen Schreibtisch.

»Und?«, fragte Buitenrust Hettema und zog einen Stuhl unter dem Tisch hervor.

»Er hat während der gesamten Besuchszeit dagelegen und geweint.« Er zog die Schreibtischschublade auf und holte zwei Blätter Durchschlagpapier heraus.

»Na, dann wäre ich etwas früher wieder gegangen, denn davon hat man nun wirklich nichts.«

»Kaffee? Buttermilch?«, fragte Maarten, während er die Blätter auf den Tisch legte.

»Diesmal ruhig Buttermilch.«

»Ich hole eben ein Glas.« Er verließ den Raum.

Als er zurückkam, saß Buitenrust Hettema da und sah vor sich hin, sein Brot vor sich. »Ravelli hat mich nämlich gefragt, ob wir den Besuch am Dienstag übernehmen können«, fuhr Maarten fort.

Buitenrust Hettema reagierte nicht darauf.

»Wenn du auch mal gehen willst, ist das also möglich.«

»Das werde ich lieber nicht machen, solange er noch in diesem Zustand ist.« Er biss von seinem Brot ab.

Maarten holte sein Brot und den Apfel aus der Schreibtischschublade und setzte sich zu ihm. »Wie war dein Seminar?«

Die Frage brachte Buitenrust Hettema in die Wirklichkeit zurück.

»Das war sehr nett. Und ehrlich gesagt, hat es mich gewundert, denn als ich anfing, wusste ich selbst noch nicht, worüber ich sprechen sollte, aber sie waren sehr konzentriert.«

»Worüber hast du gesprochen?« Er nahm einen Bissen.

»Eigentlich über alles Mögliche.«

Maarten nickte.

»Sien sah reichlich blass aus, fand ich.« Er sah Maarten an.

»Sien hat mich heute angefaucht, weil ich Asjes und Muller gebeten hatte, einen Aufsatz von ihr zu beurteilen.«

»Das hättest du auch besser nicht tun sollen.«

»Ich schätze ihr Urteil.«

»Na, ich möchte nicht einmal daran denken, dass sich diese zwei frustrierten Typen hinsetzen und einen Text von mir beurteilen«, sagte Buitenrust Hettema überheblich. »Neulich ist mir so etwas mit meinem Verleger passiert. Ich hatte ihm das letzte Kapitel meines Buchs über die Wayangpuppen geschickt, und das bekam ich mit allerhand Anmerkungen am Rand zurück.« Bei der Erinnerung lief er rot an vor Wut. »Ich habe deswegen drei Nächte nicht schlafen können!«

»Was war das denn für eine Kritik?«

»Es war überhaupt keine Kritik! Es war einfach Unsinn!«

»Ich meine, war es Kritik am Inhalt, am Stil oder an der Sprache?«

»Du glaubst doch wohl nicht, dass ich mich hinsetze und diesen Unsinn lese? Ich habe wahrlich Besseres zu tun! Der Mann ist nicht dazu da, meine Manuskripte zu beurteilen, er ist dazu da, sie zu verlegen, und darauf hat er sich zu beschränken! Weißt du, was ich dann zu ihm sage, wenn ich wach daliege?« Er sah Maarten mit kaum unterdrückter Wut an. »Dann sage ich: ›So! Und soll ich dir jetzt mal erzählen, was du heute gemacht hast? Du hast dein Bestes gegeben! Du hast meinen Stift festgehalten! Du hast zugeschaut, während ich dagesessen und geschrieben habe!‹ Und nach zehn Minuten schläft mein Verleger!« Seine Wangen bebten, es platzte aus ihm heraus, als wollte er den Mann auf der Stelle erwürgen.

Maarten unterdrückte ein Schmunzeln.

»Und gleichzeitig ärgert man sich, dass man sich ärgert«, sagte Buitenrust Hettema, während er sich beruhigte.

»Ich kenne das, nur nicht mit Verlegern.«

»Na, dann darfst du dich glücklich schätzen. Ich kenne nur wenige Menschen, die mir so auf die Nerven gehen wie Verleger! Man sollte es am besten selbst machen.«

»Gehst du vielleicht zum Markt?«, fragte Buitenrust Hettema, als Maarten mit den abgespülten Gläsern von der Toilette zurückkam. Er stand am Tisch und wartete.

»Ja, das hatte ich vor.« Er stellte die Gläser auf seinen Schreibtisch und nahm die Bücher für Manda und Tjitske.

»Dann komme ich bis dahin mit dir mit.«

»Ich will nur noch kurz die Bücher hier nach nebenan bringen.« Er ging in den Besucherraum. Manda war nicht da. Tjitske saß an ihrem Platz. Er legte die beiden Bücher, die für Manda bestimmt waren, auf ihren Schreibtisch. »Ich habe hier zwei Bücher, von denen ich gern möchte, dass du sie ankündigst«, sagte er zu Tjitske.

Sie nahm sie ihm ab und legte sie, ohne etwas zu sagen, neben sich.

»Ich gehe kurz zum Markt, Bart«, sagte er zu Bart, der im hinteren Zimmer am Besuchertisch saß und arbeitete.

»Was soll ich sagen, wenn jemand für dich anruft?«, fragte Bart.

»Dass ich in einer halben Stunde wieder da bin.« Die Frage ärgerte ihn, doch er schob es beiseite. Er kehrte in sein Zimmer zurück, wo Buitenrust Hettema auf ihn wartete. »Ich bin so weit«, sagte er.

»Kannst du eigentlich gut verlieren?«, fragte Maarten, als sie nebeneinander an der Gracht entlanggingen.

Buitenrust Hettema sah zur Seite, die Augenbrauen hochgezogen. »Warum fragst du das?«

»Ich kann es schlecht ertragen«, gestand Maarten. »Das heißt, ich habe gemerkt, dass ich es besser ertrage, wenn jemand wirklich besser ist, als wenn er einfach nur Glück hat. Ich fand das komisch.«

»Wie hast du das denn gemerkt?«, fragte Buitenrust Hettema skeptisch. Sie überquerten die Straße zur Brücke hin.

»Beim Domino. Wenn Nicolien gewinnt, kann ich es noch gerade ertragen, denn sie ist einfach besser, aber wenn ihre Mutter gewinnt, muss ich mich beherrschen, um nicht vor Wut zu platzen, weil sie Möglichkeiten zum Anlegen einfach übersieht.« Er sah die Verwunderung auf dem Gesicht von Buitenrust Hettema und hatte Mühe, sich ein Lachen zu verkneifen.

»Das meinst du doch hoffentlich nicht ernst«, sagte Buitenrust Hettema und sah ihn an.

»Spielst du denn nie Domino?« Er unterdrückte sein Lachen.

»Ich werde mich hüten.«

»Was machst du dann, wenn deine Schwiegermutter zu Besuch ist?«

»Zunächst einmal ist meine Schwiegermutter schon lange tot, aber auch wenn sie nicht tot wäre, würde es mir nicht einfallen, mit ihr Domino zu spielen. Ich weiß mit meiner Zeit Besseres anzufangen.«

»Früher haben wir Mensch ärgere dich nicht gespielt«, erzählte Maarten mit einiger Schadenfreude, »aber seitdem sie nicht mehr weiß, wie herum die Spielfiguren gezogen werden müssen, sind wir auf Domino umgestiegen.«

»Hast du denn kein eigenes Studierzimmer?«

»Nein.«

»Dann würde ich mir das mal schleunigst anschaffen.«

Sie schwiegen, während sie sich ihren Weg zwischen den anderen Menschen hindurch auf dem schmalen Bürgersteig bahnten.

»Aber um auf deine Frage von gerade eben zurückzukommen«, sagte Buitenrust Hettema, als sie wieder etwas mehr Platz hatten, »ich glaube, dass ich sogar sehr gut verlieren kann.«

Er nahm die beiden Bücher für Sien von seinem Schreibtisch und ging in den Karteisystemraum. Joop hatte ihren freien Tag, Sien war allein. »Ich habe hier zwei Bücher, von denen ich gern möchte, dass du sie ankündigst«, sagte er, als sie aufblickte. Sie sah noch immer etwas bleich aus, was ihr Gesicht kleiner wirken ließ. Er legte die Bücher auf ihren Schreibtisch, nahm einen Stuhl und setzte sich. »Bist du schon ein wenig über deinen Ärger hinweg?« Er sah sie prüfend an.

»Ich fand das sehr schlimm«, sagte sie abwehrend.

Er nickte. Während er an ihr vorbei in den Lichtschacht sah, suchte er nach Worten, noch unschlüssig, was er sagen sollte. »Es ist nicht meine Absicht, dich umzustimmen«, sagte er und sah sie wieder an – er wunderte sich selbst darüber, dass er so ruhig war, obwohl er, ebenso wie beim letzten Mal, ihr Verhalten wenig sympathisch fand. »Wenn du willst, dass deine Texte in Zukunft nur von mir beurteilt werden, werde ich es tun, aber ich möchte schon, dass du weißt, warum ich anderer Meinung bin als du.«

»Du bist doch der Abteilungsleiter? Ich brauche mich doch nicht auch noch anderen gegenüber zu rechtfertigen?« Es klang aggressiv.

»Dass ich zufällig Abteilungsleiter bin, heißt nichts.« Er dachte nach, seine Argumente abwägend. »Worum es geht, ist, dass man deinen Aufsatz, wenn er demnächst veröffentlicht wird, nicht auseinandernehmen kann. Das ist in deinem und in unserem Interesse. Ich habe großes Vertrauen in Barts Urteil. Er ist präziser als ich. Er sieht Dinge, die ich übersehe. Wenn Bart es in Ordnung findet, kannst du sicher sein, dass keine Fehler mehr drin sind.«

»Wenn du es in Ordnung findest, ist es für mich gut genug.«

Er schwieg. Er spürte, dass er gegen eine Mauer anlief, und vermutete, dass sie sie zusammen mit ihrem Mann hochgezogen hatte. Er überlegte kurz, noch zu sagen, dass sie seine Aufgabe damit schwieriger machte, doch das behielt er wohlweislich für sich. Es hätte außerdem nicht den geringsten Eindruck auf sie gemacht. »Gut«, sagte er und stand auf, »ich werde darauf in Zukunft Rücksicht nehmen.« Er wandte sich ab und verließ ihren Raum durch den kleinen, schmalen Flur, der am Lichtschacht vorbei zu dem früheren Zimmer von Graanschuur führte. Der Raum stand leer. Es war dort kalt. Nachdenklich stieg er die Treppe zum Kaffeeraum hinunter. »Haben Sie eine Tasse Tee für mich, Herr Goud?«, fragte er am Tresen.

»Aber sicher doch«, sagte Goud in singendem Tonfall.

Er setzte sich mit der Tasse zwischen die anderen und stopfte seine Pfeife. Koos Rentjes, Aad Ritsen, Rik Bracht und Lex van 't Schip unterhielten sich über eine Sendung, die sie am Abend zuvor im Fernsehen gesehen hatten. Er lauschte abwesend, ohne zu verstehen, worum es ging. »Und als der Mann auch noch im Schrank nachschaute!«, rief Rentjes ausgelassen. »Ich konnte nicht mehr!«

Mia kam aus dem Hinterhaus, zusammen mit einem Riesen von einem Kerl, der einen enorm großen Schnurrbart trug und in einem gewaltigen Jeansanzug steckte. »Ich habe hier einen Besucher, Herr Goud«, sagte sie. »Haben Sie für den vielleicht auch eine Tasse Tee?«

»Ja, natürlich«, sagte Goud.

Der Mann setzte sich auf den leeren Stuhl zwischen Maarten und Rentjes und mischte sich sofort in das Gespräch ein, als arbeite er bereits seit Jahren im Büro. Das ärgerte Maarten über die Maßen. Während er seine Pfeife rauchte, musterte er ihn von der Seite. Der Mann drehte sich breitbeinig eine Zigarette, krümelte mit dem Tabak und leckte mit einer riesigen Zunge das Blättchen an. Kein Verhalten, um Maartens Urteil abzumildern. Als er die Zigarette zu Ende gedreht hatte, klopfte er auf die Taschen seines Jeansanzugs und wandte sich Rentjes zu. »Hast du Feuer für mich?«

»Nein«, sagte Rentjes und klopfte auf seine Hosentasche.

Der Mann wandte sich Maarten zu, der gerade seine Tasse in den Schoß genommen hatte. »Haben Sie vielleicht Feuer?«

Es lag Maarten auf den Lippen zu sagen, dass er kein Feuer hätte, doch angesichts der der Tatsache, dass er eine Pfeife rauchte, konnte er das schlecht machen. »Erst will ich meinen Tee austrinken«, antwortete er. Aus der Heiterkeit, die seine Antwort erzeugte, schloss er, dass sich auch andere über das Verhalten des Mannes geärgert hatten, und das verschaffte ihm Genugtuung. Er trank die Tasse in einem Zug leer, stellte sie weg und gab dem Mann Feuer.

Als er in sein Zimmer zurückkam, lagen die Bücher, die er Tjitske gebracht hatte, bereits wieder auf seinem Schreibtisch, mit einer Ankündigung darin. Er setzte sich hin und zog sie zu sich heran. Bei den Ankündigungen befand sich ein Zettel von Bart, dass er einverstanden sei. Er betrachtete die erste Ankündigung. Das Erste, was auffiel, war, dass sie nicht unterzeichnet war. Er las sie durch, las auch die zweite durch, verglich sie mit den Klappentexten und stellte fest, dass Tjitske sich mit der Übernahme einiger Sätze daraus begnügt hatte. Während er sich gegen die Lehne seines Stuhls sinken ließ, sah er nach draußen und fragte sich, was er nun machen sollte. Hinter der Schlampigkeit, mit der Tjitske den Auftrag abgehandelt hatte, und der fehlenden Autorennennung verbarg sich Kritik an der Vorgehensweise. Indem Bart sich damit einverstanden erklärte, sabotierte er die Rolle, die ihm zugewiesen worden war, zweifellos, um noch einmal zu unterstreichen, dass es Tjitskes Arbeit war und sie keine Kontrolle benötigte. Er versuchte, darüber nachzudenken, doch es gelang ihm nicht, zu dem, was in seinem Kopf umging, vorzudringen, es war, als sähe er aus großer Entfernung zu. Das gab ihm ein Gefühl der Kompaktheit, das sich noch am ehesten mit der Situation eines Landes im Kriegszustand vergleichen ließ und das er tief in seinem Herzen genoss. In sich selbst zusammengekauert, in einem unbewussten Versuch, dieses Gefühl so lange wie möglich festzuhalten, saß er eine Weile da, den Kopf zum Fenster gewandt, ohne etwas zu sehen und ohne einen Gedanken. Dann stand er abrupt auf und nahm die beiden Bücher mit zu Ads Schreibtisch. »Das sind zwei Ankündigungen von Tjitske«, sagte er, und in seinen Ohren klang seine Stimme ein wenig unwirklich, wie die Stimme eines Fremden. »Bart ist damit einverstanden. Könntest du sie dir auch mal ansehen? Dann können wir darüber reden.« Während Ad sie sich vornahm und das obere Buch aufschlug, ging er an seinen Platz zurück und wartete, zurückgelehnt, mit den Armen auf den Lehnen und den Händen auf dem Rand der Schreibtischplatte, zu abwesend, um sich wieder an die Arbeit zu machen. Er hörte Bart auf der anderen Seite des Bücherregals mit Papier rascheln, und er fragte sich, was ihn antrieb. Er hatte zum ersten Mal das Gefühl, dass in seinem fortwährenden Widerstand eine Drohung steckte, die sich wie ein Riss durch die Abteilung zog, und es beunruhigte ihn, dass Bart nun auch Tjitske mit in die Sache hineingezogen hatte.

»Und?«, fragte er und sah auf, als Ad nach etwa zehn Minuten die Bücher zurückbrachte. Er war plötzlich angespannt.

»Das geht so nicht, oder?«, sagte Ad ruhig.

»Nein, das geht so nicht.« Er stand auf. »Bart, hast du kurz Zeit, um über die Ankündigungen von Tjitske zu sprechen?« Er sah über das Bücherregal.

Sie setzten sich an den Tisch, Maarten ans Kopfende. »Ad und ich haben die Zusammenfassungen auch gelesen, und wir finden, dass es so nicht geht«, sagte Maarten. Er sah Bart an.

»Dann werde ich mich wohl der Mehrheit beugen müssen«, sagte Bart gekränkt, »aber ich bin nicht eurer Meinung.«

»Ich weiß nicht, welche Argumente Ad hat«, sagte Maarten und wandte sich Ad zu.

»Sie hätte auf jeden Fall die Sätze aus dem Klappentext am Inhalt überprüfen müssen«, sagte Ad.

»Woher wisst ihr denn, dass sie das nicht getan hat?«, fragte Bart giftig.

»Das ist mein Eindruck«, antwortete Ad mit einem falschen Lächeln.

»Das weiß ich natürlich nicht. Und ich habe auch keine Lust, sie nach so etwas zu fragen. Außerdem bin ich entschieden dagegen, etwas an der Arbeit eines anderen zu verbessern!«

»Es gibt drei Gründe, es in diesem Fall schon zu tun«, sagte Maarten energisch. Dass es drei Gründe waren, war eine reine Mutmaßung. Er hatte das Gefühl, dass es ungefähr drei waren, wusste allerdings noch nicht genau, welche. »Zunächst einmal liegt der Sinn des Ankündigens doch gerade darin, dass sie die Bücher lesen. Es ist Teil ihrer Ausbildung.«

»Dafür eigne ich mich dann nicht, für diese Ausbildung«, sagte Bart störrisch. »Ich mag diese Kindergartenmentalität nicht.«

»Zweitens«, fuhr Maarten fort, ohne auf den Einwurf einzugehen,

»müssen wir so ein Buch aus der Perspektive unseres Faches betrachten und nicht aus der des Verlegers. Und drittens haben wir vereinbart, dass jede Ankündigung aus einer Zusammenfassung des Inhalts, einer Mitteilung über die benutzten Quellen und einer kurzen Zusammenfassung der Schlussfolgerungen besteht. Tjitske macht weder das eine noch das andere.«

Bart schwieg. Er sah unwillig vor sich auf den Tisch.

Es war lange still.

»Was machen wir jetzt?«, fragte Maarten schließlich und sah Bart an.

»Gib her«, sagte Bart. Er stand auf, nahm Maarten die Bücher ab und ging in den Besucherraum.

Ad und Maarten blieben am Tisch zurück.

»Was hat Bart eigentlich gemeint, als er sagte, dass er seinen Beitrag auf eine andere Weise leisten will?«, fragte Ad. Die Frage hatte einen Unterton von Schadenfreude.

»Ich habe keine Ahnung«, sagte Maarten vorsichtig.

»Ich frage mich, ob ihm eigentlich klar ist, dass er diesen Beitrag in zehn Jahren nur veröffentlichen kann, weil wir alle vorangegangenen Hefte gefüllt haben«, sagte Ad boshaft.

»Ich glaube nicht, dass ihm das klar ist«, antwortete Maarten trocken.

Bart kam wieder ins Zimmer. Er setzte sich an seinen Schreibtisch.

»Und?«, fragte Maarten.

»Ich habe ihr gesagt, dass ich ihre Ankündigung gut finde, aber dass ihr etwas daran auszusetzen habt, sodass sie sich dann an euch wenden soll, wenn sie wissen möchte, worin eure Einwände bestehen.« Er beugte sich über seine Schreibmaschine und begann, eifrig zu tippen.

Ad stand auf und machte sich wieder an die Arbeit.

Maarten blieb allein am Tisch sitzen, eine plötzlich aufsteigende Wut unterdrückend. Als er sie unter Kontrolle hatte, stand er auf und ging in den Besucherraum. Tjitske arbeitete weiter, ohne ihm Beachtung zu schenken, doch an ihrem Gesicht konnte er erkennen, dass sie angespannt war. Er nahm einen Stuhl, stellte ihn an ihren Schreibtisch und setzte sich. Sie sah starr in das Buch, das vor ihr auf dem

Schreibtisch lag, als würde sie lesen. »Du hast von Bart gehört, dass ich Kritik an deinen Ankündigungen habe?«, fragte er.

»Ja«, sagte sie trotzig, ohne aufzusehen.

»Ich wollte dir erklären, was meines Erachtens daran nicht stimmt.«

»Bart fand sie gut so, und er kontrolliert mich.«

»Aber ich nicht.«

Sie reagierte nicht darauf. Sie sah weiterhin starr in ihr Buch.

»Und ich trage letztendlich die Verantwortung.« Sie amüsierte ihn, trotz ihres bockigen Widerstands. Er stellte fest, dass er ihr Verhalten sogar nett fand, netter jedenfalls als das von Sien. »Hast du sie da?«, fragte er.

Sie zog eine Schublade auf, holte die Bücher heraus und legte sie vor ihm hin, ohne ihn anzusehen.

Dass sie sie versteckt hatte, rührte ihn sogar ein wenig. »Sollen wir sie zusammen durchgehen?«, schlug er vor.

*

Mitten in der Nacht wachte er mit starken Kopfschmerzen auf. Er drückte sein Gesicht ins Kissen, nickte wieder ein und wurde kurz darauf erneut wach. Jedes Mal, wenn er wach wurde, waren die Kopfschmerzen schlimmer, bis sie gegen Morgen eine solche Stärke erreicht hatten, dass er das Gefühl hatte, sich übergeben zu müssen. Er richtete sich halb auf, griff mit geschlossenen Augen zum Nachttopf und begann zu würgen. Es kam nichts. Sein Mund war wie ausgetrocknet. Mit dem Nachttopf zwischen den Händen über dem Rand des Bettes hängend hatte er das Gefühl, als zöge das gesamte Blut aus dem Körper in seinen Kopf und drohe, ihn platzen zu lassen. In einem vergeblichen Versuch, Linderung zu finden, presste er die kalte Emaille gegen die Stirn, ließ den Topf zu Boden sinken und fiel zurück in die Kissen, erschöpft.

»Was ist los?«, fragte Nicolien schläfrig.

»Ich habe eine Kopfschmerzattacke.«

»Wie kommt das denn?«

»Das weiß ich nicht.« Er konnte die Worte fast nicht herausbringen.
»Und du musst heute auch noch nach Schagen.« An ihrer Stimme war zu hören, dass sie jetzt hellwach war.
»Das geht jetzt nicht.«
»Es ist doch komisch, dass das immer samstags passiert.«
»Ja.« Er fand es überhaupt nicht komisch, aber er hatte keine Lust auf eine Diskussion. Er setzte sich aufrecht hin und drückte mit beiden Händen gegen seine Stirn. Das brachte kurz Erleichterung, doch nicht länger als ein paar Sekunden. Er ließ sich wieder fallen und presste den Kopf in die Kissen.
»Dann werde ich mal die Katzen hereinlassen.« Sie stand auf und öffnete die Zimmertür. Die Katzen kamen herein. Jonas sprang auf sein Bett, schnupperte an seinem Gesicht und lief hinüber zu Nicolien. Marietje machte es sich wie jeden Morgen an seinem Fußende bequem. Er musste sich erneut übergeben, kam mit einem Ruck hoch und zog den Nachttopf zu sich heran, würgte, doch es kam nur etwas Schleim. Auf den Ellbogen gestützt, umklammerte er seinen Kopf mit der freien Hand, den Mund halb geöffnet, keuchend. So verharrte er eine Weile, bis die Übelkeit etwas nachließ, woraufhin er sich mit dem Topf in der Hand wieder zurückfallen ließ.
»Was machst du jetzt?«, fragte sie. »Bleibst du im Bett?«
»Ja«, brachte er mit Mühe hervor.
»Soll ich dir etwas bringen?«
»Nein.«
»Nicht mal eine Tasse Tee?«
»Nein.« Er durfte nicht einmal daran denken. »Vielleicht könntest du Ad gleich mal anrufen und ihn fragen, ob er zum Korrespondententreffen geht?«, fragte er, als sie das Bett verließ.
»Am Samstag? Das macht er bestimmt nicht.«
»Er muss keinen Vortrag halten.«
Sie verließ das Zimmer. Er zog ihre Kissen zu sich heran, stapelte sie hinter sich auf und sank erschöpft zurück. Durch die Anstrengung klopfte und dröhnte es in seinem Kopf. Er nickte ein, und als er wieder aufwachte, hörte er sie durch den Flur gehen und mit den Katzen sprechen. »Kannst du mir den Schlips bringen?« fragte er mühsam, als er

sie im Schlafzimmer hörte. Er band die Krawatte fest um seinen Kopf und versuchte, sich zu entspannen.

»Soll ich die Vorhänge zulassen?«

»Ja, bitte.«

Aus dem Wohnzimmer drang gedämpft die Stimme des Nachrichtensprechers zu ihm. Er döste ein, hörte in der Dusche das Geräusch von Wasser und wurde wieder wach, als sie die Tür des Schlafzimmers öffnete. »Schläfst du?«, fragte sie mit gedämpfter Stimme.

»Nein.«

Sie machte das Licht an und betrat den Raum. »Also, ich habe Ad angerufen, aber er weiß nicht, ob er es schaffen kann, denn er hat erhöhte Temperatur«, in ihrer Stimme schwang ein verhaltenes Vergnügen mit, »und Heidi ist erkältet, die kann das Haus nicht verlassen, und er hat auch noch Durchfall, und die Katzen haben auch Durchfall, also er weiß nicht, ob er es schafft.«

»Gut.« Es interessierte ihn nicht.

»Brauchst du wirklich nichts?«

»Einen Eisbeutel.«

»Ich schau mal.« Sie verließ das Zimmer und machte das Licht aus.

Die Kopfschmerzen waren mit voller Kraft zurückgekehrt. Er glaubte, sich übergeben zu müssen, beugte sich über den Rand seines Bettes und ruderte mit dem Arm herum, ohne zu finden, wonach er suchte. Ratlos tastete er nach den Kuhglocken, die für solche Gelegenheiten neben seinem Bett hingen, und läutete.

»Hast du gerufen?«, fragte sie, als sie den Raum betrat.

»Der Nachttopf!« Er würgte die Worte heraus, doch als sie den Topf gebracht hatte, konnte er nicht erbrechen. Er hing mit dem kühlen Topf zwischen seinen Händen über der Bettkante, zu elend, um sich wieder hinzulegen. Sie brachte einen Plastikbeutel mit Eiswürfeln. Er sank wieder zurück, entfernte die Krawatte und legte den Beutel auf die Stirn. Das Eis unterdrückte den Schmerz für kurze Zeit, doch es wurde schon bald zu kalt, sodass er die Krawatte dazwischenlegen musste, und als das Wasser aus dem Beutel zu tropfen begann, an seinem Gesicht entlang, ließ er ihn in den Nachttopf fallen. Eindösend verlor er jegliches Gefühl für die Zeit, wachte auf einer neuen Kopf-

schmerzwelle auf, hörte die Wohnungstür, Schritte im Flur, Nicoliens Stimme, die zu den Katzen sprach, und versank wieder in eine halbe Bewusstlosigkeit. »Bist du wach?«, fragte sie leise, als sie ins Zimmer kam.
»Ja.«
»Heidi hat angerufen. Ad ist doch losgegangen, aber er ist wieder zurückgekommen. Er hat am Bahnhof noch eine Rolle Menthol gekauft, aber es half nichts. Seine Temperatur blieb erhöht.« Sie lachte.
»Wie spät ist es?«
»Halb drei.«
»Danke.«
»Wie geht es dir jetzt?«
»Beschissen.«
Sie verließ den Raum wieder. Ad interessierte ihn nicht. Er dachte an Bart und empfand bei der Erinnerung an dessen Auftritt bezüglich der Frage der Buchankündigungen plötzlich Wut. Jetzt bloß nicht ärgern, dachte er vage. Er suchte nach seiner Krawatte, wand sie sich um den Kopf, zog sie straff und presste den Kopf in die Kissen, um sich wieder unter Kontrolle zu bekommen.

*

Aus dem Tagebuch von Maarten Koning:
Insofern ich mir Sorgen machen konnte (was den größten Teil der Zeit völlig unmöglich war – solche Kopfschmerzen lassen sich eigentlich nicht beschreiben, ich werde mir daher keine Mühe geben), doch insofern ich mir also Sorgen machen konnte, dachte ich an Barts Haltung. Die ärgert mich gehörig. Und das, obwohl ich finde (also genau wie Buitenrust Hettema), dass man sich über so etwas nicht ärgern darf. Ich habe also versucht, meinen Ärger wegzuargumentieren. Das Problem ist, dass ich mich in einer Situation wie dieser selbst nicht mehr sehe. Die befreiende Figur des Beamten im höheren Dienst, der ich aus der Distanz folgen kann, ist aus dem Blickfeld verschwunden. Ich bin es selbst, dieser Beamter im höheren Dienst, überzeugt davon,

recht zu haben, grollend, voller Selbstmitleid darüber, was mir meine Untergebenen antun, und das, obwohl ich mich zu Tode schufte und nur das Beste mit ihnen vorhabe. Was Bart und in anderen Momenten Ad, Sien oder Tjitske antreibt, wird von vornherein verurteilt, wenn es nicht im Gleichschritt meiner guten Absichten läuft. Über die guten Absichten gleich vielleicht mehr. Ich bin in diesen Konflikten so davon überzeugt, recht zu haben, dass ich das Im-Recht-Sein nicht antaste, bevor ich es nicht noch einmal unterstrichen habe. Denn dass ich recht habe, steht, so viel sich daran auch aussetzen lässt, nachdem ich alles gegeneinander abgewogen habe, wie ein Fels in der Brandung. Doch dieses Im-Recht-Sein hat woanders seinen Sitz.

Zu meinem Vortrag, den ich Bart und Ad vorige Woche vorgelegt habe, bemerkte Bart: »Ich kann mich des Eindrucks nicht erwehren, dass er aus einer Reihe gut in Fußnoten verpackter Vorurteile besteht.« Ich bin bereit, so etwas auf der Stelle zuzugeben. Doch ich versäume es, in solch einem Fall zu bemerken, dass dies für jeden Vortrag gilt, denn es ist typisch für unsere Art der Wissenschaft. Und genau dort liegt der Unterschied zwischen uns. Denn Bart und Sien und Tjitske (Ad ist ein anderer Fall) sehen das, bei dem, was sie schreiben (oder im Falle von Bart: nicht schreiben), nicht so. Sie glauben an eine absolute, unpersönliche, objektive Wahrheit, und aus diesem Glauben heraus lehnen sie ab, was ich sage, schreibe oder tue, nicht, weil meine Bemerkungen sich von den ihren unterscheiden (in qualitativer Hinsicht), sondern weil ich sie immer sofort relativiere, und zu Recht relativiere. Sie richten sich an meiner Selbstkritik auf, wie so viele Menschen, mit denen ich Umgang gepflegt habe oder noch pflege, mit Frans Veen als der einzigen, vollkommenen Ausnahme, die mir im Augenblick einfällt. Außer der Tatsache, dass ich eine solche Reaktion für dumm halte, empfinde ich sie als Verrat. Ich bin ein Mann, der sein ganzes Leben lang verraten wird, womit wir zurück an dem Punkt sind, an dem meine Selbstkritik versagt, doch (seien wir ehrlich) dieser Punkt befindet sich in diesem Moment bereits weit außerhalb des Schussfeldes dieser Leute. Es macht mich bloß wütend, wenn ich ihr Knallen in der Ferne höre, und aus der Selbstsicherheit, mit der sie bei der Sache sind, schließe ich, dass sie die Illusion haben, ihr Ziel zu treffen. Wenn ich explodiere, ist es aus Wut, weil ich sie nicht Mores lehren kann, und angesichts der Tatsache, dass es unter allen Umständen gesünder ist, nicht zu explodieren, ist das Einzige, was mir übrig bleibt: Verständnis aufbringen. Das gelingt mir oft. Manchmal gelingt es nicht. Wenn es nicht gelingt, so wie jetzt, kommt es daher, dass ihre Haltung in meinem Interesse ist. Sie müssen, indem sie mir in wichtigen Punkten folgen, Unsicherheiten, auf die ich nicht ausreichend Rücksicht nehme, für sich behalten. Und das ist eine gefährliche Situation. In erster Linie, weil man sich von einem Haufen Tölpel abhängig macht (nennen wir sie der Einfachheit halber vorläufig so, ohne damit ihre menschlichen Qualitäten schmälern zu wollen), in zweiter Linie, weil sie das eigene Wissen untergraben, und Letzteres ist auf Dauer noch unangenehmer als das Erste.

Die Frage ist also, welche Unsicherheiten verborgen werden. Ich gebe mich nicht der Illusion hin, dass so etwas an einem Sonntagnachmittag ans Tageslicht gebracht werden kann, doch es sollte versucht werden. Im Gegensatz zu denen, die den eigenen Glauben daran, dass sie recht haben, für die Eckpfeiler ihrer geistigen Gesundheit halten, sehe ich, unter den Verhältnissen, in denen ich lebe, die einzige Lösung in einer deutlichen Trennung zwischen mir selbst und dem Beamten im höheren Dienst, der durch eine unglückliche, jedoch unvermeidliche Verkettung von Umständen meinen Namen trägt. Dies beinhaltet, dass mir alles, was geschieht, völlig egal sein muss. Jeder soll nach seiner Façon selig werden. Wenn ich mich kaputtarbeiten will, muss ich es selbst wissen. Kein Grund, dasselbe von jemand anderem zu verlangen. Ich glaube, dass darin der Kern des Problems liegt. Ich brauche ein Motiv, um mich kaputtzuarbeiten, und angesichts der Tatsache, dass ich dieses Motiv nicht deutlich erkenne, muss es von anderen bestätigt werden. Die Arbeit wird uns aufgedrängt (ich kann es nicht lassen, dies immer wieder zu betonen), ich mag sie nicht, sie droht uns zu überwältigen und kann nur durch Loyalität und mit dem Äußersten an Feuerkraft bekämpft werden. Indem man als eine solche Kampftruppe auftritt, halten Menschen einen Mythos aufrecht, der die Arbeit für mich erträglich machen muss.

Vielleicht spielen solche Überlegungen auch bei Ad mit. Er arbeitet dann plötzlich bis zum Umfallen. Doch letztendlich ist er nicht verantwortlich, und er hat Heidi auf der anderen Seite, die sich ständig um seine Gesundheit sorgt. Außerdem hat er eine Unteroffiziersmentalität. Tief in seinem Herzen möchte er zusammengestaucht werden. Darin versage ich. Loyalität, die erzwungen wird, ist keine Loyalität mehr. Ich würde dadurch sehr viel mehr Verantwortung auf mich nehmen, als es die Sache verträgt. Ich will die Verantwortung gerade teilen. Ein Demokrat mit Leib und Seele, doch es gibt einen anderen Blick auf die Demokratie. Bei Bart ist es gerade umgekehrt. Er glaubt zwar an die Arbeit, allerdings an die Arbeit, so wie er sie sieht, nicht an eine auferlegte Aufgabe, der nur in der Solidarität der Gruppe die Stirn geboten werden kann. Er widersetzt sich ja auch nicht allen Arbeiten, aber vielen, und mein Argument, dass ich sie nicht ablehnen kann, spricht ihn nur an, wenn er die Arbeit innerhalb des kleinen Rahmens wichtig findet, den er für sich selbst (nur für sich selbst, doch er ist davon überzeugt, dass es für die Gemeinschaft ist) abgesteckt hat. Das gibt seiner Rebellion (oder besser: seinem Ränkeschmieden) einiges an Konsequenz. Kann ich diese Arbeit wirklich nicht ablehnen? Ich berufe mich auf die Forderungen, die von der Kommission gestellt werden. Ich mache sie gleichzeitig lächerlich (denn ich verachte die Kommission enorm), was meinen Beruf nicht überzeugender macht. Doch ich genüge ihnen trotzdem, und das in einem sehr viel höheren Maße, als es die Damen und Herren selbst in ihren kühnsten Träumen erwarten würden. Warum um Himmels willen? Warum lasse ich die Sache nicht einfach schleifen? Was treibt mich dazu, gegen ihre vermeintliche Macht eine perfekt geölte Organisation aufzubauen und so viele Aufgaben zu akzeptieren oder an mich zu ziehen, dass die Bohlen unter der Last knarren, obwohl ich weiß, dass sie faktisch machtlos sind? Ich glaube, dass an meinem Widerwillen gegen die Arbeit nicht gezweifelt werden kann. Doch wenn die Organisation reibungslos funktioniert, freue ich mich. Und ich komme aus dem Gleichgewicht, wenn mir jemand, wie Bart jetzt, einen Knüppel zwischen die Beine wirft, ganz abgesehen von der Verwerflichkeit seines Handelns. Ich kann nur schlussfolgern, dass ich von der Panik lebe, mich glücklich fühle im Widerstand gegen eine überwältigende Macht, als Anführer einer kleinen Minderheit – und wenn diese Macht nicht existiert, schaffe ich sie mir. Ich kann mich natürlich mit dem Argument verteidigen, dass mir wenig anderes übrig bleibt. Ich muss meinen Lebensunterhalt bestreiten. Das Fach, das man mich gelehrt hat, bietet mir wenig Raum, um mich sinnvoll zu betätigen. Dazu müsste ich etwas völlig anderes auf die Beine stellen. Die Frage ist jedoch, ob ich das könnte. Oder besser: Es ist deutlich, dass ich es nicht kann, denn dann hätte ich es schon getan. Das Einzige, was ich getan habe, ist, die Möglichkeiten, etwas anderes zu machen, Stück für Stück zunichtezumachen, bis hin zum Umzug in dieses Haus, ein Umzug, den ich noch oft bedauere, der allerdings durchaus konsequent war, wenn man meine Möglichkeiten betrachtet. Diese Möglichkeiten bestehen, kurz gesagt, darin, Widerstand innerhalb eines Systems zu leisten, mit einer kleinen Gruppe, die diesen Widerstand erträglich macht, ihm die Individualität nimmt und aus ihr das macht, was man »loyalen Widerstand« nennt – denselben Widerstand also, der unsere Zivilisation (gegen die ich Widerstand leiste) wieder einen Schritt voranbringt, in eine Richtung, die ich ebenso wenig einschlagen will. Eine Situation also, die aus Widersprüchen aufgebaut ist und in der ich (selbstverständlich) mit wenig Loyalität rechnen kann, denn wo findet man Menschen, die sich an einem Widerstand beteiligen möchten, der wie kein anderer auf das Verschleiern meiner menschlichen Unzulänglichkeiten gerichtet ist. Es ist keine Kunst, nach dem Vorstehenden auch diese Unzulänglichkeiten zusammenzufassen: Angst vor Begegnungen, die wiederum aus einem Mangel an Mut bei personlichen Konfrontationen hervorgeht; ein übertriebenes Bedürfnis nach Schutz und eine zu große Abhängigkeit von der Meinung anderer, insbesondere derjenigen, denen ich mich widersetze.

Wenn man sich dies noch einmal durchliest, fragt man sich, was eigentlich noch übrig bleibt. Mehr als Menschen wie Bart für möglich halten. Doch darüber ein andermal.

*

»Ich gehe jetzt zu Herrn Beerta«, sagte Maarten. Er blieb an Barts Schreibtisch stehen. »Ich bin in ungefähr zwei Stunden wieder zurück.«
»Würdest du ihm herzliche Grüße von mir bestellen?«, fragte Bart. »Und ihm meine besten Wünsche für seine Genesung übermitteln?«
»Das mache ich. Bis nachher.« Er ging auf den Flur, zog seinen Mantel an, stieg die Treppe hinunter und verließ das Büro. Langsam an den Schaufenstern der Antiquitätenläden vorbeibummelnd folgte er der Spiegelstraat, ging unter dem Rijksmuseum hindurch und überquerte die Ecke des Museumpleins hin zur Johannes Vermeerstraat. Er sah dem Besuch mit Schrecken entgegen. Wäre er, wie Balk oder Karel Ravelli, etwas härter, könnte ihm Beerta gestohlen bleiben, doch er war zu sanft.

Beerta saß aufrecht im Bett, mit dem Rücken gegen die Kissen gelehnt. Als er Maarten eintreten sah, begann er zu weinen. Er ergriff Maartens Hand und streichelte sie, bezwang seine Tränen und rieb sie sich mit dem Handrücken vom Gesicht. Um ihn herum lagen lose Notizzettel und zwei Notizblöcke, voll mit Kritzeleien. Maarten hängte den Mantel weg, zog einen Stuhl ans Bett, nahm einen der Zettel hoch und betrachtete ihn. Zwischen den Krakeln glaubte er, Buchstaben zu erkennen, auf jeden Fall ein W, ein O und ein E, doch wenn überhaupt eine Absicht dahintersteckte, wurde man daraus nicht schlau. Beerta zog ihm den Zettel aus der Hand und stieß Laute aus. Er legte ihn neben sich, kramte zwischen den anderen Zetteln herum, konnte nicht finden, wonach er suchte, griff zu einem der Notizblöcke, fand einen Bleistift und begann, mit dem Bleistift in der Faust auf den Notizblock zu kritzeln, angestrengt, ein Versuch, Buchstaben zu formen. Maarten folgte den zittrigen Linien, die Beerta unbeherrscht, doch mit größter Anstrengung über das Papier zog, erneut ein W, danach ein O, die beide die Hälfte des Blattes in Anspruch nahmen, und danach in einer Ecke ein Zeichen, in dem er mit bestem Willen keinen Buchstaben erkennen konnte, gefolgt von einigen weiteren Krakeln und etwas, das für ein E durchgehen konnte, allerdings verkehrt herum, wie Kinder es zeichneten, und, sehr viel kleiner, da es keinen Platz mehr gab, ein S, eine Art A, erneut ein Zeichen, das er nicht zuordnen konnte, und schließlich ein N. Als Beerta die Nachricht geschrieben hatte, war der Zettel voll. Er riss ihn ab und gab ihn Maarten, wobei er ihn abwartend ansah. Maarten betrachtete das Geschriebene aufmerksam, länger als notwendig war, um zu begreifen, dass er es nicht verstehen würde. »Ich verstehe es nicht«, sagte er entschuldigend und legte den Zettel weg. »Du willst etwas sagen, aber ich verstehe es nicht.« Das versetzte Beerta in heftige Aufregung. Er bewegte seine Hand, um etwas zu verdeutlichen, suchte ratlos um sich herum, griff erneut zu dem Zettel und begann ihn nun auf der Rückseite vollzukritzeln. »Ich sehe ein W«, sagte Maarten, während er angestrengt zusah. »Ich sehe ein O. Und ich sehe ein K.« Das brachte Beerta zur Verzweiflung. Er wurde rot, und die Tränen stiegen ihm in die Augen, während er energisch den Kopf schüttelte. »Versuch es noch mal«, ermunterte ihn Maarten, »vielleicht erkenne ich es dann.« Beerta schrieb mit großer Anstrengung ein zweites K auf das Papier, neben dem vorangegangenen und zeigte es. »Ich kann wirklich nur ein K erkennen«, entschuldigte sich Maarten. Das regte Beerta noch mehr auf. Er stieß ein paar Laute aus und zeigte auf den Fernseher. Maarten folgte seiner Hand. »Du willst sterben«, schlussfolgerte er, sich an Karel Erklärung erinnernd. »Du willst in den Himmel.« Beerta schüttelte verzweifelt den Kopf und zeigte auf den Schrank. Maarten stand auf. Er sah vom Fernseher zum Schrank, ohne irgendeine Beziehung zwischen den beiden herstellen zu können. Beerta stieß Laute aus, um seine Aufmerksamkeit zu erregen, und zeigte mit Daumen und Zeigefinger, woraus Maarten schloss, dass er etwas suchte, das ungefähr zwölf Zentimeter lang war. »Ein Stift?«, versuchte er es. Beerta schüttelte den Kopf. »Nein, du hast schon einen Bleistift«, korrigierte sich Maarten. »Dumm.« Er öffnete die Schranktür und suchte in den Fächern nach einem zwölf Zentimeter langen Instrument, doch er sah nur Kleidung und Schuhe und schreckte davor zurück, darin herumzuwühlen. »Wir haben jetzt ein W und ein O«, sagte er, während er sich wieder Beerta zuwandte, »dann kommt ein K, aber es ist kein K, es ist etwas anderes. Das muss sich doch herausfinden lassen. Wenn wir jetzt einfach mal die Buchstaben des Alphabets durchgehen.« Beerta schüttelte verzweifelt den Kopf. Er beschrieb mit seinen Fingern erneut einen etwa zwölf Zentimeter großen Gegenstand, suchte zwischen seinen Papieren, griff zu einem Notizblock und seinem Bleistift und suchte nach einer Stelle, auf der er schreiben konnte. In seiner Aufregung wühlte er sich frei, legte den Schreibblock auf die Knie, klemmte sich den Stift in die Faust, begann zu kritzeln, riss den Zettel wieder ab, weil es nicht so ging, wie er es wollte, und verlor dabei den Bleistift unter seinen Beinen. Das machte ihn ratlos. Er sah Maarten verzweifelt an, wobei er den Arm hob, griff mit rudernden Bewegungen zu einer Serviette, legte sie auf seinen nackten Bauch und versuchte, mit einem Fingernagel seine Nachricht hineinzuritzen, ein von Vornherein zum Scheitern verdammtes Unternehmen. »Wenn du mal einen Moment wartest«, sagte Maarten, »gebe ich dir erst deinen Bleistift.« Er holte ihn zwischen Beertas Beinen hervor und gab ihn ihm. Das amüsierte Beerta. Er begann zu lachen, als hätte Maarten ihn gekitzelt. Maarten schmunzelte und zog ihm die Decke wieder über. »Und jetzt fangen wir einfach von vorne an«, entschied er. »Wo ist der erste Zettel?« Er suchte ihn zwischen den Papieren und nahm ihn sich vor. »Wir haben jetzt also ein W und ein O«, stellte er fest und betrachtete den Zettel, »und danach kommt ein K, aber es ist kein K. Ist es ein A?« Beerta schüttelte gelassen den Kopf. »Nein, es ist natürlich ein Konsonant«, begriff Maarten. »Du hättest dir seinerzeit auch einen intelligenteren wissenschaftlichen Beamten zulegen können.« Das amüsierte Beerta. Er stieß einen zustimmenden Laut aus. »WOL, WOM, WON, WOP, WOR...«, probierte Maarten. Bei dem Letzten nickte Beerta heftig. »WOR«, wiederholte Maarten nachdenklich. Er sah auf den Zettel. »WORTE!«, wurde ihm plötzlich klar, und er sah Beerta an. Beerta nickte, die Tränen stiegen ihm in die Augen, und es hätte wenig gefehlt, dass Maarten ebenfalls in Tränen ausgebrochen wäre, vor Freude. Er wandte sich ab und sah auf den Zettel. »Und dann«, sagte er langsam, »SA... SA...« Plötzlich sah er es. »SAGEN!«, sagte er begeistert. »WORTE SAGEN!« Beerta nickte zustimmend. »Worte sagen«, wiederholte Maarten nachdenklich. Er sah Beerta an. »Aber was machen wir damit?« Woraufhin Beerta traurig mit den Achseln zuckte.

»Wie ging es Herrn Beerta?«, fragte Bart, als Maarten ins Zimmer kam.

»Ich habe eine Stunde gebraucht, um dahinterzukommen, was er auf einen Zettel gekritzelt hatte«, sagte Maarten und setzte sich an seinen Schreibtisch. »›Worte sagen!‹ Aber was er damit meinte, weiß der Himmel.«

»Aber das ist doch schon ein Zeichen, dass es mit ihm vorangeht?«

»Es geht mit ihm überhaupt nicht voran!« Barts Optimismus irritierte ihn.

Warum hat es mich irritiert?, fragte er sich, als er eine Stunde später unter einem hohen, grauen Himmel am Singel entlang nach Haus ging. Wir haben doch beide keine Ahnung davon? Er dachte darüber nach und kam zu dem Schluss, dass er in einem derart auf nichts beruhenden Optimismus Egoismus spürte. Als anständiger Mensch kann man die Dinge nicht schwarz genug sehen. Der Gedanke munterte ihn auf. Beim Abbiegen in den Voorburgwal roch er den Duft von Curry, Knoblauch und Muscheln aus der Bude des Muschelverkäufers vor dem Restaurant Dorrius wie eine Erinnerung an ferne Tage. Er sah zum Himmel hinauf, vor dem sich die Bäume schwarz und fein verzweigt abhoben, sodass es schien, als tasteten sie sich vorsichtig mit den äußersten Spitzen ihrer Zweige in den Frühling, und es fiel ihm auf, wie still es war, so still, dass er die Schritte der Menschen, die dort gingen, hören konnte. Wenn ich ein Dichter wäre, würde ich mir damit schon Rat wissen, dachte er. Und dieser Gedanke versöhnte ihn für einen Moment mit seinem Leben.

*

»Kann ich kurz etwas mit dir besprechen?«, fragte Bart hinter ihm.

»Aber immer«, antwortete Maarten. Er hörte auf zu tippen, drehte seinen Stuhl eine Vierteldrehung herum und sah auf.

Bart stand mit einem Buch in der Hand an seinem Schreibtisch. »Aus diesem Buch habe ich die Schlagwörter für das Karteisystem herausgeholt, und ich weiß jetzt nicht mehr, was wir dazu genau vereinbart hatten.«

Maarten streckte mechanisch die Hand aus, nahm das Buch entgegen, schlug die Titelseite auf und betrachtete sie, ohne das Ganze zu sich durchdringen zu lassen. »Ja?« Er sah auf.

»Welcher der Damen kann ich das jetzt zum Tippen der Karteikarten geben?«

»Gib es ruhig Joop.« Er gab ihm das Buch zurück.

»Aber es ist eine ziemlich lange Titelbeschreibung, und ich dachte, dass du etwas dagegen hättest.«

»Zeig mal.« In seiner Erinnerung hatten sie dieses Gespräch bereits hundertmal geführt. Es war ein Ritual geworden, die Art und Weise, wie Bart seine Unzufriedenheit mit einer Entscheidung zu erkennen gab, die ihm nicht passte.

Bart ging zu seinem Schreibtisch und kam mit einer Karteikarte zurück. Maarten sah sie sich an. Die Titelbeschreibung nahm vier Zeilen ein. »Das ist ziemlich viel«, sagte er und gab die Karteikarte zurück. Auch das sagte er jedes Mal.

»Früher war das schon möglich.«

»Damals hat Slofstra das noch gemacht. Das Einzige, was Slofstra konnte, war, etwas abzutippen, also war es damals kein Problem, aber etwas abzutippen ist nun gerade so ziemlich das Einzige, was die Frauen nicht können, oder jedenfalls nicht gut können.«

»Aber dafür sind sie doch gerade eingestellt worden?« Auch dieser Einwand kehrte mit einiger Regelmäßigkeit zurück.

»Und ich finde, dass sie dafür eben *nicht* eingestellt worden sind«, sagte Maarten geduldig. »Sie sind für das eingestellt worden, was sie können. Abtippen scheinen sie nicht sonderlich gut zu können. Joop sicher nicht, sie macht bei jedem dritten Wort einen Fehler.«

»Das würde bedeuten, dass sie für ihre Arbeit ungeeignet ist.«

»Zumindest für diese Arbeit.«

»Ich kann sie also nicht bitten, diesen Titel zu verwenden?«

»Um wie viele Karteikarten geht es?« Es war ein Versuch, sich Entscheidungsspielraum zu verschaffen. »Zehn? Zwanzig?«

Bart wandte sich ab.

»Ungefähr!«, warnte Maarten.

Zu spät. Wenn er wissen wollte, wie viele Karteikarten es waren, dann würde er es auch erfahren. Während er auf die Antwort wartete, hörte er Bart hinter dem Bücherregal halblaut zählen, jedes Mal mit einem kurzen Ticken seines Bleistifts. Er sah nach draußen und stellte fest, dass die Kastanie hinten im Garten bereits einen roten Schleier bekam. Der Himmel darüber war zartblau. Frühling.

»Hundertzweiundfünfzig«, sagte Bart nach etwa drei Minuten und schaute dabei über das Bücherregal.

»Das bedeutet, dass Joop hundertzweiundfünfzig Mal einen vier Zeilen langen Titel tippen muss«, schlussfolgerte Maarten. »das treibt einen ja in den Wahnsinn.«

»Ich mache auch schon mal Dinge, die mich in den Wahnsinn treiben.«

Maarten schwieg, als dächte er nach. »Kannst du nicht einen Kurztitel machen, mit einem Verweis auf die Stammkarte?« Auch das schlug er jedes Mal vor, und er kannte die Antwort bereits.

»Ich befürchte, dass die Benutzer des Karteisystems dann in Versuchung geführt werden, den Kurztitel auch in ihren Veröffentlichungen zu benutzen.«

»Das sind wir.«

»Nein, denn du lässt auch schon mal andere das Karteisystem benutzen.«

Das war eine weitere Kränkung. Es passierte höchst selten, denn es gefiel ihm nicht, doch es geschah schon mal, wenn er fand, dass er es nicht ablehnen konnte. »Und wenn du die Verkürzung jetzt so machst, dass man sie ohne die Stammkarte nicht benutzen kann?«

»Ich schau mal«, es klang unzufrieden, »aber ich finde es im Prinzip falsch.«

»Das weiß ich«, er hob den Stuhl an und drehte ihn eine Vierteldrehung vor seine Schreibmaschine zurück, »aber du schaffst das schon. Du bist schon durch ganz andere Feuer gegangen.« Das Letzte triefte vor Ironie, doch da er bereits wieder am Tippen war, konnte es kaum zu hören gewesen sein.

*

»Na, ich gehe mal wieder«, sagte Ad. Er stand an seinem Schreibtisch, die Tasche in der Hand.

Maarten saß da und aß sein Butterbrot. »Du bist noch krank?«

»Ja.« Es klang unwillig.

»Was hast du denn eigentlich?« Er stand auf, das Butterbrot in der Hand.

»Warm.«

»Warm?«

»Das kennst du sicher nicht?«

»Ich weiß nicht recht, was ich mir darunter vorstellen soll.«

»Oh, du weißt nicht, was es ist?«

Maarten ignorierte die Aggressivität. »Wann hast du das denn?«, fragte er so sachlich wie möglich und nahm einen Bissen.

»Wenn ich mich anstrenge oder wenn ich in der Sonne sitze, steigt meine Temperatur sofort an.«

»Auf siebenunddreißig Grad«, begriff Maarten, den Spott in seiner Stimme so gut wie möglich bezähmend.

»Auch schon mal auf siebenunddreißig zwei.«

Maarten schwieg. Er wollte fragen, woher er das denn wisse, doch er behielt es für sich. »Was sagt der Arzt eigentlich dazu?«

»Ärzte bringen nichts. Die sagen nur, dass man wieder anfangen soll zu arbeiten.«

»Aber es gibt doch auch Ärzte für Homöopathie?«

»Die sind genauso. Übrigens, Heidi hat es auch, wir glauben also, dass es am Haus liegt.«

»Aber Heidi arbeitet doch nicht?«

»Dafür muss man doch auch nicht arbeiten, um krank zu sein!«

Das war wahr.

»Ist Nicolien denn etwa nie krank?«

»Nein. Ich kann mich nicht daran erinnern, dass Nicolien schon mal krank gewesen ist, außer natürlich, als sie operiert wurde.«

»Das scheint mir nicht normal.«

Maarten lachte.

»Es wäre besser, Krebs zu haben«, er ging zur Tür, »dann hat man wenigstens Sicherheit.«

»Ja, dass man stirbt.« Es irritierte ihn.
»Na ja, so ist es jedenfalls auch nichts. Bis dahin dann.« Er öffnete die Tür.
»Kommst du zum Symposium?«, fragte Maarten noch und ärgerte sich sofort darüber.
»Das werden wir dann sehen. Du wirst es schon merken.« Er verließ den Raum und schloss die Tür.

Auf seiner Mittagsrunde, als er an der Gracht entlangging, dachte er über dieses Verhalten nach. Vielleicht hätte er es kurios gefunden, wenn er davon gehört hätte, doch nun, da er es selbst erlebt hatte, irritierte es ihn. Er nahm es sich selbst übel. Es schien ihm klar, dass Ad frustriert war, ebenso wie Bart, der auch immer aggressiver wurde. Er würde dafür Verständnis haben müssen. Doch wenn sich jemand so systematisch vor jeder Verantwortung drückte und ihm die Arbeit aufhalste, war das schwierig. Das gab zu denken. Was kümmerte es ihn, wenn sich jemand einen Dreck um seine Arbeit scherte? Er versuchte, sich davon zu überzeugen, dass ihm das egal war, es ihn jedoch irritierte, wenn jemand zugleich ein hohes Gehalt beanspruchte. Und das tat Ad. »Weil er mehr Verantwortung hat als ein Arbeiter«, hatte Heidi einmal gesagt. Doch außer der Tatsache, dass es ihn ärgerte, fühlte er sich natürlich auch von Ad im Stich gelassen. Er erwartete Solidarität und fühlte sich betrogen, wenn er sie nicht bekam. Solidarität! Mit wem? Was machte es schon, dass Ad nichts leistete? Er musste es der Kommission gegenüber verantworten. Doch was hieß das schon? Die Kommission würde ihm keinen Vorwurf machen, wenn Ad versagte. Und wenn sie es täte, bliebe der Vorwurf wirkungslos. Wenn er im Gegensatz zu Ad seine Pflicht erfüllte (wie man das nannte), geschah das auf eigene Rechnung. Dafür gab es keinerlei Rechtfertigung außer dem Gefühl, bedroht zu sein, wenn er es nicht täte. Dass Ad wiederum davon profitierte, war seine Sache. Er konnte nicht mehr sehr viel härter arbeiten, als er es bereits tat. Weshalb wollte er dann, dass ein anderer seine Arbeit mit ihm teilte? Es war klar, dass er damit sein eigenes Pflichtgefühl rechtfertigen wollte. Wenn Ad sich auch kaputtarbeitete, arbeitete er sich mit Grund kaputt. Wenn er sabotierte, so wie jetzt, geriet seine eigene Arbeit ins Wanken. Er vermutete, dass es so war, und hatte wenig Hochachtung vor sich selbst, auch wenn seine Irritation dadurch abnahm. Das war wenigstens etwas.

Er hatte die Amstel erreicht, überquerte die Straße und blieb am Wasser stehen. Er sah zu den Schiffen am Ufer, zur Magere Brug und hinauf zum blauen Frühlingshimmel, doch er war zu befangen, um etwas von dem zu erkennen, was er sah. Es war Frühling, doch es gab keinen Frühling mehr. Er wandte sich ab und ging mit den Händen in den Taschen langsam am Kai entlang, in Richtung der Weteringschans, so wie an allen anderen Tagen.

*

»Du rätst nie, wer hier gestern Nachmittag, als du in Wageningen warst, händereibend die Treppe hochkam«, sagte Bart, sobald er sich an seinem Schreibtisch eingerichtet hatte.

»Beerta«, sagte Maarten.

»Nein, das ist mir zu unheimlich«, sagte Bart geschockt.

»Dann weiß ich es nicht.«

»Kipperman.«

»Kipperman?«

Bart stand auf und sah über das Bücherregal. »Er hatte dich sprechen wollen.«

»Er ruft mich zurzeit doch sowieso schon ständig an.«

»Ja, aber das hier wollte er, glaube ich, mündlich machen.«

»Was wollte er?« Er nahm den nächsten Brief vom Stapel neben sich.

»Er will beim Kulturministerium Geld für jemanden beantragen, der die Veröffentlichung der Daten aus unseren Fragebogen für das breite Publikum vorbereiten soll.«

»Das wäre eine Katastrophe.« Er hörte auf, den Umschlag aufzuschneiden und sah Bart an.

»Das denke ich auch.«

»Wie kommt er auf die Idee?« Er schnitt den Umschlag auf und zog den Brief heraus.

»Es wird wohl daran liegen, dass im Moment viel Wert auf Popularisierung gelegt wird, jetzt, wo die Sozialdemokraten an der Regierung sind.« Die Bemerkung enthielt eine kaum verhohlene Kritik an Ideen, von denen Bart glaubte, dass Maarten ihnen anhinge.

»Dem Volk zurückgeben, was des Volkes ist«, brachte es Maarten auf den Punkt.

Er hatte den Brief auseinandergefaltet und sah ihn flüchtig durch. Es war die Bitte eines Studenten der Pädagogischen Akademie für den Grundschulunterricht, der Auskünfte über Fruchtbarkeitsriten in Haarlem im Allgemeinen und das Essen von Eiern im Speziellen haben wollte.

»Ja, aber ich fürchte, dass er damit irgendwann einmal Erfolg haben könnte.«

»Alles kommt wieder«, prophezeite Maarten. »Hexen, Wichtelmännchen, Heiler, wir kriegen den ganzen Kram wieder auf den Tisch.«

»Die Befürchtung habe ich auch.«

»Hier!« Er stand auf und hielt Bart den Brief hin. »Ein Brief von einem Studenten der Pädagogischen Akademie. Als ich Lehrer war, waren das noch Lehrlinge der Lehrerbildungsanstalt. Er will Auskünfte über Fruchtbarkeitsriten haben. Beantwortest du ihn?«

Bart sah sich den Brief an, während Maarten zusah. »Schrecklich!«, sagte er, als er ihn zu Ende gelesen hatte. »Glaubst du mir, wenn ich dir sage, dass ich Albträume davon bekomme?« Er sah Maarten beunruhigt an.

»Man kann nichts dagegen machen«, versicherte Maarten. »Ich habe von Balk gehört, dass die Möglichkeit besteht, dass das Hauptbüro auch einen Topf für Popularisierung kriegt. Die reiben sich die Hände, wenn Kipperman demnächst mit seinem Vorschlag kommt. Dann werden sie wenigstens ihr Geld los. Wahrscheinlich weiß Kipperman das längst und ist deshalb hier gewesen.«

»Aber können wir denn nichts dagegen tun?«

»Nichts! Wir können ihnen in die Suppe spucken, aber das ist ihnen egal. Leuten wie Kipperman schmeckt alles!« Er musste über das entsetzte Gesicht von Bart lachen, ein gemeines Lachen. »Ich kann wirklich nichts dagegen machen.«

»Aber hast du denn keine Angst, dass wir übergangen werden?«
»Nein!« Er griff zu dem nächsten Brief. »Solange man an sich glaubt, wird man nicht übergangen.«
»Na, ich hoffe es«, sagte Bart beunruhigt, »aber ich bin mir da noch nicht sicher.«

*

»Ja, Tjalling hier.« Die Stimme Kippermans.
»Tag, Tjalling.« Er zog den Stuhl zu sich heran und setzte sich.
»Ihr seid doch nicht mehr beim Essen?«
»Nein, wir sind gerade fertig.«
»Denn ich kenne eure Gewohnheiten nicht.«
»Wir gehen immer Punkt sechs zu Tisch und sind um zehn nach sieben fertig.«
Kipperman lachte amüsiert. »Also echt holländisch.«
»Ich merke, dass dir das gut tut.«
Kipperman kicherte. »Ja, eigentlich müsste ich das auch machen, aber wenn man allein ist, macht man das nicht immer.«
»Das verstehe ich.«
Es war einen Moment still. Nicolien kam mit dem Kaffee ins Zimmer.
»Du hast sicher schon von Asjes gehört, dass ich bei euch gewesen bin?«, fragte Kipperman, während Maarten auf seinen Schreibtisch zeigte, um ihr zu bedeuten, dass er den Kaffee dorthin haben wollte. »Unter uns, was das für ein Laberheini ist! Wie hältst du es bei dem bloß aus! Ich glaube, ich habe zwei Stunden gebraucht, bis ich da wieder weg war.«
»Ja, Asjes hat Manieren«, sagte Maarten trocken.
Das amüsierte Kipperman. »Aber erst einmal: Wie geht es Beerta?«
»Beerta fängt wieder an zu schreiben.«
»Doch keine Aufsätze, hoffe ich?«
»So weit ist es noch nicht.«
»Denn das war, unter uns gesagt, nicht viel, fandest du nicht?«

»Sein letzter Aufsatz stand doch in einem Buch von dir und van der Meulen?«

»Ja«, er lachte ausgelassen, »das du so unfreundlich besprochen hast. Weißt du, dass ich deswegen immer noch ein bisschen böse bin?«

»Beerta nicht.«

»Nein, weil er in dich verliebt war.«

»Davon weiß ich nichts.«

»Ach komm, er war doch in jeden verliebt. Auch in mich, weißt du? Du brauchst dich nicht zu genieren.«

Maarten schwieg. Das Gespräch begann, ihn zu irritieren. »Warum warst du eigentlich da?«

»Hat Asjes dir das denn nicht erzählt?«

»Doch, natürlich.«

»Aber ich war auch da, um zu sagen, dass ich zu meinem Bedauern, und du musst mir wirklich glauben, wenn ich das sage, wirklich nicht zu deinem Symposium kommen kann. Mir ist plötzlich etwas dazwischengekommen. Findest du das sehr schlimm?«

»Ich würde auch nicht kommen.«

»Nein, du tauchst nie irgendwo auf.«

»Und am Samstagnachmittag! Ich kann mir nettere Dinge vorstellen.«

»Nun, mir tut es schrecklich leid, aber auch das Thema scheint mir nicht so furchtbar interessant. Der Trauring! Du hättest doch sicher ein interessanteres Thema finden können?«

»Ach ...« Er wusste nicht, wie er darauf reagieren sollte.

»Aber ich will dich nicht von vornherein entmutigen, nicht wahr? Und ich wäre auch bestimmt gekommen, wenn mir nicht plötzlich etwas dazwischengekommen wäre.« Er kicherte vor unterdrücktem Vergnügen, und Maarten fragte sich, ob er vielleicht betrunken war.

»Asjes hat dir also erzählt, dass ich Geld für euch beim Kulturministerium beantragen will?«

»Das habe ich gehört.«

»Was hältst du davon? Denn ihr sitzt auf Schätzen, und es kommt doch sehr wenig dabei heraus. Seien wir ehrlich. Außer natürlich dem Trauring jetzt.« Er lachte boshaft.

»Das ist so. Du solltest dich also nicht davon abhalten lassen.«
»Du bist also dafür?« In seiner Stimme lag Verwunderung.
»Ich bin natürlich dagegen. Ich halte es für einen abscheulichen Plan, aber du wirst damit bestimmt Erfolg haben. Es ist der Trend.«
»Das verstehe ich jetzt nicht.« Seine Stimme klang klagend. »Warum findest du es denn abscheulich?«
»Das steht in meiner Besprechung deines Buches.«
»Aber das meinst du doch nicht im Ernst?«
»Natürlich meine ich das im Ernst. Du stärkst den Mythos, dass Traditionen jahrhundertealt sind. Das lehne ich ab.«
»Hey, Jesses, was bist du aber auch streng. Du kannst das doch wohl etwas lockerer nehmen? Wenn es die Leute nun mal interessant finden?«
»Dann hast du in der Tat einen Markt.«
»Ja, aber ich mache es natürlich nicht, wenn ich dir in die Quere komme.«
»Das verstehe ich, und ich finde es sehr nett von dir.«
»Ich wollte nur mal bei dir vorfühlen, als Freund, um zu hören, was du davon hältst.«
»Und ich sage dir als Freund, dass du es ganz bestimmt probieren sollst. Ich werde mich mit Händen und Füßen dagegen wehren, aber ich werde verlieren.«
Kipperman hatte deutlich hörbar seinen Spaß daran und schien zugleich verwundert. »Nun, ich muss erst noch einmal darüber nachdenken.«
»Tu das! Ich merke es dann ja.«
»Auf Wiedersehen, wollen wir mal sagen, nicht wahr? Oder eigentlich: Auf Wiederhören.«
»Tschüss, Tjalling.« Er legte den Hörer auf. »Mein Gott, was für ein Ekel«, sagte er. Er stand auf und nahm seine Kaffeetasse mit zur Couch.
»Dafür warst du sehr freundlich«, sagte Nicolien.
»Ich bin immer freundlich«, antwortete er übellaunig.

*

Er ging schräg über den Nieuwmarkt, die Tasche in der Hand, in sich gekehrt, ohne auf die Umgebung zu achten. Erst als er sich der Tür des Hauptbüros bis auf etwa zehn Metern genähert hatte, sah er Manda von der anderen Seite kommen. Er wartete auf dem Bürgersteig, bis sie bei ihm war. »Du bist früh«, sagte er. Er drückte auf die Klingel.

»Du aber auch.«

»Ja«, sagte er abwesend. Das Türschloss klickte. Er stieß die Tür auf und ließ sie vorangehen.

»Bist du eigentlich nervös?«, fragte sie, während sie sich zu ihm umdrehte.

»Nervös nicht, eher geistesabwesend.« Er hörte sich selbst reden. Dekker stand neben der Pförtnerloge.

»Tag, Herr Dekker«, sagte er.

»Das ist lange her«, sagte Dekker in dem familiären, jovialen Ton, den er Maarten gegenüber anzuschlagen pflegte.

»Ja, das war früher anders.« Der Mann flößte ihm Widerwillen ein. Sie betraten die Garderobe. »Sien ist auch schon da«, stellte Manda fest. An einem der Garderobenständer hingen ihre Jacke und die Wollmütze, die übrigen Ständer waren noch leer.

»Sieh mal.« Er zog einen hölzernen Nussknacker aus seiner Manteltasche.

»Was ist denn das?«, rief sie fröhlich. »Willst du Nüsse knacken?«

»Das ist der Sitzungshammer für Kaatje Kater«, sagte er lächelnd. »Sie hat darum gebeten.«

»Ich weiß nicht, wie es kommt«, sagte er, während sie die Treppe hinaufstiegen, »aber auf dieser Treppe verirre ich mich immer. Sie laufen aufeinander zu, und ich nehme immer die falsche.«

»Ich bin hier noch nie gewesen«, sagte sie neugierig.

»Ich auch nicht so oft. Ich glaube, nur, als Beerta verabschiedet wurde.«

»Na, dann kann ich mir vorstellen, dass du dich verirrst.«

Diesmal ergab sich der Weg von selbst, da am Ende des Flurs eine Tür offen stand. Sie betraten einen Saal mit hohen Fenstern, durch die die Nachmittagssonne hereinfiel. An den Wänden hingen Gemälde, es standen dort ein Katheder, ein Vorstandstisch und etwa fünfzehn lange, schmale, mit grünen Laken bedeckte Tische sowie Stühle. In der Ecke neben dem Vorstandstisch war Klaas Sparreboom mit einem großen Tonbandgerät beschäftigt, auf der anderen Seite des Saals, in der letzten Reihe am Fenster, saß Sien. Sie stand auf, als Manda und Maarten eintraten. Sparreboom hatte sie ebenfalls bemerkt. Er richtete sich auf und kam lächelnd auf sie zu. »Tag, Herr Koning.« Er blieb vor ihm stehen und sah freundlich schmunzelnd auf ihn herunter, so wie man jemanden ansieht, der nicht mehr ganz zurechnungsfähig ist. »Ich dachte, ich baue schon mal das Tonbandgerät auf, falls Sie die Vorträge auch aufnehmen wollen.«

»Nein, das ist nicht nötig.« Er hatte es am Tag zuvor schon gesagt. »Die Diskussion genügt vollkommen.«

»Oh, es ist nicht nötig.« Er sah Maarten nachsichtig lächelnd an. »Weil Frau Haan das schon immer möchte.«

»Ja, aber bei uns ist es nicht nötig.«

»Na, dann machen wir es eben nicht.«

Sien hatte sich dazugestellt. »Du bist sicher ziemlich nervös?«

»Na ja, nervös nicht«, sagte Maarten, »eher verträumt.«

»Ja?«, fragte sie ungläubig.

»Here we are«, sagte Joop laut und betrat den Saal.

Sie trug einen kurzen, roten Kittel mit Uniformknöpfen und lachte ausgelassen, als ginge sie zu einer Party.

»Also nur die Diskussion soll aufgenommen werden?«, fasste Sparreboom zusammen.

»Ja, nur die Diskussion«, wiederholte Maarten.

»Kann ich noch etwas tun?«, fragte Sien.

»Ich wollte Joop und Manda bitten, sich an die Tür zu setzen«, sagte Maarten, »und die Leute zu empfangen.«

Ein kleiner Mann mit einem grauen, gewellten Haarschopf schaute in den Saal. »Ich habe eine Einladung für ein Symposium bekommen«, sagte er zu Sparreboom. »Ist das hier?«

Sparreboom streckte die Hand aus. »Sparreboom!«

»Professor Wigman«, sagte der Mann.

Während Sien sich des Mannes annahm und Joop und Manda einen kleinen Tisch an die Tür stellten, ging Maarten weiter zum Vorstandstisch. Er legte seinen Vortrag und den Nussknacker neben den Platz der Vorsitzenden, stellte die Tasche hinter sich an die Wand, zögerte, und blieb dann unsicher etwas seitlich stehen, unschlüssig, was er tun sollte. Er machte sich Vorwürfe, Wigman nicht selbst empfangen zu haben, doch es war zu spät, um das jetzt noch nachzuholen. Unglücklich beobachtete er drei etwas ältere Studenten, die aus dem Flur kamen und den Saal betraten. Sie sahen sich unbehaglich um, doch bevor sie wieder weglaufen konnten, was er an ihrer Stelle sicher getan hätte, wurden sie von Manda angesprochen. Joop hatte die Namensliste vor sich auf den Tisch gelegt und saß dort mit einem Stift, bereit, ihre Namen abzuhaken, Sien war bei ihnen stehen geblieben. Hinter den dreien erschien Huub Pastoors. Als er Maarten sah, kam er lächelnd auf ihn zu.

»Hättest du dir nichts Besseres für deinen Samstagnachmittag einfallen lassen können?«, fragte Maarten.

»Nein, wieso?« Man sah, dass ihn die Frage erstaunte.

»Bei diesem schönen Wetter«, erläuterte Maarten.

»Ja, es ist schönes Wetter«, gab Pastoors zu.

An Pastoors vorbei sah Maarten Alblas eintreten. Der erkannte Maarten ebenfalls, hob die Hand und stiefelte mit einer unbeherrschten Bewegung geradewegs auf ihn zu. Er trug ein gestreiftes Bauernhemd ohne Kragen und kein Jackett und hatte ein zusammengerolltes Bündel Papiere in der Hand. »Hi!«, sagte er. Hinter ihm kamen weitere Leute in den Saal.

»Ha!«, sagte Maarten.

»Jacobo, nicht wahr?«, sagte Alblas und drückte ihm die Hand.

»Maarten«, sagte Maarten mit ungewohnter Geistesgegenwart.

Sie grinsten.

»Das ist Jacobo Alblas«, sagte Maarten, sich plötzlich wieder der Anwesenheit Pastoors' bewusst, der etwas verloren daneben stand. »Und das ist ...«, er zögerte, »Huub Pastoors.«

Sie gaben sich die Hand.

»Arbeitest du auch an diesem Institut?«, fragte Alblas.

»Ja, aber bei Volkssprache«, antwortete Pastoors.

Alblas und Maarten blieben am Vorstandstisch zurück. Maarten beobachtete die Leute, die hereingekommen waren, und stellte fest,

dass Aad Ritsen und Rik Bracht ebenfalls da waren. Sie hatten Pastoors entdeckt und setzten sich zu ihm. Der Gedanke, dass sie für ihn ihren Samstagnachmittag hatten opfern müssen, verursachte ihm Scham.
»Hast du deinen Vortrag noch fertig bekommen?«, fragte er, sich Alblas zuwendend.

»Oh, Jesus, man«, sagte Alblas. »Got a hell of a time! Und das Beschissene ist, dass ich gestern erst erkannt habe, wie es gemusst hätte.«

Maarten nickte. »Ist es das?« Er machte eine Kopfbewegung zur Rolle in Alblas' Hand.

»Sure! Gibt es hier keinen Papierkorb?« Er sah sich um.

Maarten schüttelte geistesabwesend den Kopf. Er sah Bert de Vlaming in Gesellschaft von Mark Grosz in den Saal kommen. »Da ist auch Bert de Vlaming«, bemerkte er.

Kaatje Kater kam geradewegs zum Vorstandstisch. Sie stellte ihre große Damenhandtasche mit einem Plumps ab und wandte sich lachend Maarten zu. »So! Wie spät ist es?«

»Fünf vor zwei«, antwortete Maarten, während er auf seine Uhr sah. »Darf ich Ihnen Alblas und de Vlaming vorstellen?« Er machte eine Geste in ihre Richtung. Sie standen zu dritt neben dem Tisch.

Kaatje Kater legte ihre Hände gegeneinander und machte eine leichte Verbeugung. »Und so weiter, und so fort«, sagte sie. »Wer von Ihnen spricht als Erster?«

»Ich glaube, de Vlaming«, sagte Maarten, »danach Alblas, dann gibt es eine Pause, und dann bin ich dran.«

»Ich dachte, dass Herr Alblas zuerst sprechen würde?« Sie öffnete die Tasche und holte ein Bündel Papiere heraus.

»Wir haben das gerade besprochen«, sagte Maarten. »Sie möchten gerne tauschen.«

Sie sah in die Papiere. »Ja, zuerst Alblas und dann de Vlaming. Siehst du!«

»Tag, Frau Vorsitzende«, sagte van der Land hinter ihr.

Sie drehte sich amüsiert um. »Na, so was! Ja, das war zu erwarten.« Sie machte lachend eine kleine Verbeugung, ohne ihm die Hand zu geben.

Van der Land verbeugte sich lächelnd.

»Tag, Kaatje«, sagte Buitenrust Hettema, der hinter van der Land eingetreten war.

»Kennt ihr Alblas und de Vlaming?«, fragte Maarten.

»Jacobo hat noch Vorlesungen bei mir besucht«, sagte Buitenrust Hettema, »also den werde ich wohl kennen.«

»Van der Land«, sagte van der Land und streckte die Hand aus, mit einer höfischen Verbeugung.

Auch Stelmaker kam nun an. Die vier vorderen Reihen im Saal waren inzwischen mehr oder weniger besetzt. Es war laut, ein Durcheinander von Stimmen. Balk gesellte sich zu ihnen. »Hast du für den Tee gesorgt?«, fragte er Maarten.

»Das hat Frau de Nooijer gemacht«, antwortete Maarten. Er empfand die Bemerkung als eine Bekräftigung der Hierarchie, doch die Situation war zu chaotisch, um sich darüber zu ärgern.

»Sollen wir uns nicht mal setzen?«, schlug Kaatje Kater vor.

»Setzt ihr euch neben mich?«, fragte Maarten Alblas und de Vlaming.

»Also erst de Vlaming und dann Alblas«, sagte Kaatje Kater zu Maarten, während sie nebeneinander Platz nahmen.

»Ja«, sagte Maarten. »Und das hier habe ich auch noch für Sie.« Er gab ihr den Nussknacker.

»Was soll ich damit?«

»Das ist der Sitzungshammer.«

Sie musste gewaltig darüber lachen.

»Soll ich mich mal neben dich setzen, Kaatje?«, fragte Buitenrust Hettema.

»Ja, bitte«, sagte Kaatje Kater lachend.

»Sollen Stelmaker und ich uns im Saal hinsetzen?«, fragte van der Land, während er sich höflich zu ihr hinüberbeugte.

»Da ist doch noch Platz für euch?« Sie beugte sich etwas nach hinten, um den Raum hinter dem Vorstandstisch abzuschätzen. »Platz genug, würde ich sagen.«

Van der Land und Stelmaker setzten sich auf die andere Seite von Buitenrust Hettema, Balk war verschwunden. Kaatje Kater hob lachend den Nussknacker in die Höhe und ließ ihn mit einem lauten Knall auf den Tisch fallen. Der Lärm erstarb. Manda stand auf und schloss die Tür. »Dann ist hiermit die Sitzung oder das Symposium, sollte ich natürlich sagen, eröffnet«, sagte Kaatje Kater lachend, »und so weiter und so fort.« Sie sah ins Publikum. »Und ich muss gleich mit einer Mitteilung beginnen! Im Programm steht«, sie sah auf das Papier vor sich, »dass erst Herr Alblas und dann Herr de Vlaming sprechen werden. Mir wurde gerade mitgeteilt, dass es umgedreht worden ist, also erst Herr de Vlaming und dann Herr Alblas!« Sie sah Maarten an. »So ist es doch, Herr Schriftführer?«

»So ist es«, bestätigte Maarten unbehaglich.

»Sie hören es«, sagte sie lachend zum Publikum. »Jeder der Herren hat eine Dreiviertelstunde. Ich würde sagen, Herr Alblas, nein, ich meine natürlich, Herr de Vlaming, legen Sie los!« Sie nahm ihre Armbanduhr ab, legte sie vor sich auf den Tisch und sah abwartend zur Seite, an Maarten vorbei.

Bert de Vlaming stand auf, die Papiere in der Hand, und begab sich zum Katheder. Er ordnete die Blätter ein wenig und sah ins Publikum. »Meine Damen und Herren«, sagte er mit einem deutlichen flämischen Akzent, »es gibt wenigstens drei Möglichkeiten, sich der Beziehung zwischen unseren Disziplinen zu nähern: eine formale, eine sozialbeschreibende und eine illustrierende.«

Obwohl er sich im Hinblick auf die Diskussion Mühe gab, den Darlegungen zu folgen, verlor Maarten schon bald die Konzentration. Sein Blick schweifte ab. Nur die vorderen vier Reihen waren halbwegs besetzt, dahinter saßen hier und da noch ein paar Leute, und ganz hinten, in der Ecke beim Fenster, nicht weit von den Türen, hinter denen sich der Kaffeeausschank befand, saß Sien. Balk hatte in der Mitte der zweiten Reihe Platz genommen, neben Mark Grosz, etwas weiter hinten saßen Huub Pastoors, Aad Ritsen und Rik Bracht, und auf der anderen Seite, bei Manda und Joop, Elleke Laurier. Von den Übrigen kamen ihm einige Gesichter bekannt vor, doch die meisten kannte er nicht. Die Sonne reichte bis zur Mitte. Er sah hinauf in den blauen Himmel und dann unwillkürlich zu den geschlossenen Fenstern, die die Atmosphäre erstickten, und schrak auf, als de Vlaming zur Illustration daran erinnerte, dass man im Mittelalter geglaubt hatte, dass Leute, die am Sonntag oder während der Menstruation kopulierten, missgebildete Kinder hervorbringen würden. Im Saal erzeugten seine Worte jedoch keine Aufregung, auch nicht, als er zum Schluss bemerkte, dass man in Flandern zu sagen pflegte: »Je kürzer der Rock, umso trockener die Muschi« – ein Ausspruch, der Maartens Gedanken eine Weile vollkommen in Beschlag nahm. Während er sich fragte, was Kaatje Kater und vor allem Sien davon hielten, vermied er es, in ihre Richtung zu sehen. Mit diesen Gedanken stimmte er schließlich in den Applaus ein, der zumindest für ihn wie eine Befreiung kam, auch wenn er sich fragte, was er gleich in der Diskussion bloß sagen sollte, wenn man ihn fragen würde, was er von de Vlamings Stellungnahme hielte. »Sehr gut«, sagte er und beugte sich vor Alblas entlang zu de Vlaming, der wieder am Tisch Platz genommen hatte. De Vlaming lachte entschuldigend. »Und jetzt Herr Alblas«, sagte Kaatje Kater. Es klang drohend. »Wir sind gespannt.« Jacobo Alblas stand auf und ging mit einer hilflosen Handbewegung zum Katheder. Er rollte seine Papiere auseinander, versuchte, sie glatt zu streichen, doch es gelang nicht. »Jesus«, sagte er murmelnd. »Just a minute!« Er rollte das Papier in der Gegenrichtung ein, knickte es, drückte es auf dem Katheder glatt, strich kräftig darüber, bis es sich nur noch an den Rändern etwas aufrollte, und sah dann mit einem völlig verwirrten Blick ins Publikum. »Ich beginne mal mit einem Zitat.« Er legte seinen Unterarm auf das Rednerpult und beugte sich über seine Papiere. »Es ist von Clifford Geertz«, er sah auf, »aus seinem Buch *Myth, Symbol, and Culture*.« Er beugte sich erneut über die Papiere und las halblaut, ohne Ton. »It is when two (or more) scholars realize that, for all the differences between them ...« Er sah auf. »Mein Englisch ist nicht so gut. So sorry.« Der Rest des Zitats entging Maarten, und da die Erörterung, die darauf folgte, noch abstrakter war als die von de Vlaming, verlor er schon bald den Faden, doch er machte sich jetzt auch nicht mehr die Mühe, ihn wieder aufzunehmen. Er sah über die Köpfe vor ihm hinweg nach draußen, ohne einen Gedanken, mit dem vagen Verlangen, irgendwo anders zu sein.

Als Alblas fast eine Dreiviertelstunde gesprochen hatte, wurde

Kaatje Kater unruhig. Sie beugte sich über den Tisch, zog ihre Armbanduhr zu sich heran und sah nach, wie spät es war. »Aber das ist doch ...«, hörte Maarten sie murmeln. Sie richtete sich auf und sah an Maarten vorbei. »Herr Alblas! Sie haben noch *eine* Minute. Würden Sie zum Ende kommen? Ich meine ja nur!«

Alblas sah verwirrt auf, seine Erörterung abrupt unterbrechend. »Ich bin fast fertig«, entschuldigte er sich. »Kann ich es nicht eben zum Abschluss bringen?«

»Nicht, wenn es länger als eine Minute dauert!«

Er zählte die Blätter, die er übrig hatte.

Das Eingreifen Kaatje Katers hatte Maarten völlig überrascht. Sie zerstörte die friedvolle Absicht des Treffens, die gerade auf eine engere künftige Zusammenarbeit zwischen den Disziplinen gerichtet war, die de Vlaming, Alblas und das Büro repräsentierten, doch weil es so unerwartet kam, wusste er nicht so rasch, wie er reagieren sollte.

»Noch fünf Seiten«, sagte Alblas unglücklich.

Im Saal entstand beträchtliche Unruhe.

»Wir liegen gut in der Zeit«, sagte Maarten leise, während er sich zu Kaatje Kater hinüberbeugte.

»Wenn es in einer Minute geht!«, sagte Kaatje Kater, Maartens Bemerkung ignorierend.

»No, Madam«, sagte Alblas, »no chance!«

»Dann müssen Sie jetzt zum Ende kommen!«, entschied Kaatje Kater. »Fünfundvierzig Minuten sind fünfundvierzig Minuten, und nicht mehr!«

»Dann höre ich mal auf.« Er nahm seine Papiere vom Rednerpult und sah in den Saal. »Sorry«, er machte eine entschuldigende Geste und ging zurück zu seinem Stuhl neben Maarten.

Ein zögerlicher Applaus hob an.

»Das war der Vortrag von Herrn Alblas«, bemerkte Kaatje Kater trocken. »Pünktlich um Viertel vor vier wird das Programm fortgesetzt!« Sie griff zum Nussknacker und klopfte damit hart auf den Tisch.

Hinten stand Sien auf, um die Türen zum Kaffeeausschank zu öffnen, während die Leute im Saal sich unterhaltend und Stühle rückend von ihren Plätzen erhoben.

»Mir ist das verdammt unangenehm«, sagte Maarten zu Alblas. Er wusste nicht, wie er sich entschuldigen sollte, ohne Kaatje Kater abtrünnig zu werden.

»Never mind«, sagte Alblas, doch er sah niedergeschlagen aus.

»Ich habe gehört, dass Sie Herr Koning sind«, sagte ein Mann hinter ihm, als Maarten mit Alblas den Saal zum Kaffeeausschank betrat.

»Ja«, sagte Maarten und drehte sich zu ihm um.

»Ich bin Professor Wigman.« Er streckte die Hand aus. »Ich war außerordentlich überrascht, eine Einladung von Ihnen zu bekommen. Ich weiß das sehr zu würdigen.«

»Wir haben sehr vielen Leuten eine Einladung geschickt«, entschuldigte sich Maarten, wobei ihm zu spät bewusst wurde, dass diese Bemerkung nicht besonders klug gewesen war.

»Und nun der Vortrag von Herrn Koning«, sagte Kaatje Kater.

Maarten griff zu seinen Papieren, nahm sie mit zum Rednerpult, ordnete sie und sah ins Publikum. »Meine Damen und Herren.« Er wartete einen Moment. »Im siebenten Jahrgang der Zeitschrift *Tirade* steht eine Erzählung von Bordewijk, unter dem Titel *Frühling*. Sie handelt von einer flüchtigen Begegnung zwischen einem Mann und einer Frau, erst im Zug, später im Bus. Kaum, dass sie ins Gespräch kommen, fällt ihr Blick auf seine Hände, und sie sieht, dass er keinen Ring trägt. Kurze Zeit später, als sie ihren Handschuh auszieht, schiebt sie unbemerkt ihren eigenen Ring vom Finger. Als der Bus plötzlich bremst, greift der Mann zur Stange, gerade an die Stelle, an der der Handschuh unter ihrer Hand hängt. Er spürt den Ring, zögert kurz, drückt auf den Knopf und steigt an der nächsten Haltestelle aus.« Er sprach langsam und deutlich, von den ersten Worten an ohne jede Nervosität, und als er an der gespannten Stille im Saal merkte, dass man ihm zuhörte, mit immer größerer Sicherheit. Er verglich das Verhalten des Mannes und der Frau in dieser Geschichte mit dem eines anderen Mannes und einer Frau aus einer notariellen Akte des beginnenden achtzehnten Jahrhunderts, stellte fest, dass die Trauringe in den beiden Geschichten sowohl, was die Form betrifft, als auch im Gebrauch, und in ihrer Funktion stark voneinander abwichen, und skizzierte daraufhin anhand der Antworten in einem Fragebogen des Büros, wie sich die Veränderungen vollzogen hatten, und schließlich auf der Basis einer Reihe von Daten aus amtlichen, religiösen und literarischen Quellen, welche wirtschaftlichen und sozialen Veränderungen dem seit dem Mittelalter, als der Trauring aufkam, zugrunde lagen. Während er sprach, geriet er derart in den Bann seines eigenen Textes, dass er seine Umgebung vergaß, und als er am Ende der letzten Seite, nach einer Standortbestimmung seines Faches zwischen den beiden anderen, seinen Schlusssatz sprach, in dem er sich gegen die Anmaßung von Leuten abgrenzte, die aus ihrem Platz in der Welt der Wissenschaft Überlegenheit ableiteten, hatte er sogar Mühe, seine Emotionen zu bezwingen. »Denn letztendlich streben wir schließlich mit unseren Forschungen dasselbe Ziel an: das Nähren der Illusion, dass wir, indem wir Ordnung in dem Chaos schaffen, das wir Kultur nennen, Einsicht in unsere eigene Situation gewinnen.« In der kurzen Stille, die darauf folgte, klangen die Worte in seinen Ohren herausfordernd, triumphierend nach, und als er sich abrupt abwandte und wie betäubt, ohne sich umzublicken, unter dem aufbrandenden Applaus zurück an seinen Platz ging und sich setzte, wusste er einige Sekunden lang nicht, was um ihn herum geschah. Kaatje Kater sagte etwas zu ihm, was er nicht verstand. Er hörte sie reden, als der Applaus verklungen war, und kam erst wieder zu sich, als Sparreboom in gebückter Haltung, um Kaatje Kater die Sicht aufs Publikum nicht zu nehmen, mit einem beruhigenden Lächeln am Mikrofon herumzufingern begann, das er in der Pause zwischen dem Tisch und der vordersten Reihe aufgestellt hatte. »Das Problem besteht darin«, hörte er Kaatje Kater sagen, »dass es entweder gar kein Ergebnis gibt oder zu viel davon. Wenn wir nun in die Diskussion eintreten wollen, muss es um Disziplinen und Forschungsarbeiten gehen, die sich in diesem Fall halbwegs auf einem bestimmten Gebiet bündeln, die sich aber doch auch wieder voneinander unterscheiden, sodass wir sie gerade als Disziplinen oder Methoden nicht voneinander trennen können.« – Sparreboom hatte das Mikrofon etwas niedriger gestellt und ging vornübergebeugt zurück an sein Tischchen in der Ecke, auf dem er das Tonbandgerät abgestellt hatte. »Nun frage ich mich schon«, sagte Kaatje Kater, während Maarten sorgfältig den Verrichtungen Sparrebooms folgte, »wie die Diskussion verlaufen wird, aber das werden wir dann binnen einer Viertelstunde schon erfahren. Und wenn es jetzt jemanden gibt, der sich für die Diskussion melden möchte, bitte ich Sie nur darum, bevor Sie anfangen, deutlich Ihren Namen zu sagen. Wem darf ich das Wort erteilen?«

»Lass mich mal etwas sagen«, sagte Buitenrust Hettema von der anderen Seite her zu ihr.

»Warte kurz!«, warnte Maarten. »Läuft der Apparat schon?«

»Welcher Apparat?«, fragte Kaatje Kater.

»Der Apparat, mit dem die Diskussion aufgenommen werden soll.« Er sah an ihr vorbei zu Sparreboom, der hinter seinem Tisch einen Kopfhörer auf seinen riesigen, bärtigen Kopf gesetzt hatte.

»Ja, das Tonbandgerät läuft«, antwortete Sparreboom, »es gab nur kurz ein Problem mit einem der Mikrofone.«

»Wir können also anfangen?«, fragte Kaatje Kater.

»Ja, fangen Sie ruhig an«, sagte Sparreboom. »Ich höre Sie sehr gut.«

»Darf ich dir dann vielleicht das Wort erteilen?«, fragte Kaatje Kater Buitenrust Hettema.

Buitenrust Hettema stand auf. »Dann werde ich mich mal an das Rednerpult stellen, da stehe ich gut.«

»Da habe ich auch ein Mikrofon hingestellt!«, sagte Sparreboom, der hinter seinem Tisch ihren Worten durch den Kopfhörer folgte. »Das geht heutzutage, denn ich habe dank Herrn Balk ein Mischpult anschaffen dürfen.«

»Dann gebe ich nun zuerst das Wort an Professor Buitenrust Hettema«, sagte Kaatje Kater zum Publikum.

»Ja, deswegen habe ich mich auch mal hier hingestellt«, sagte Buitenrust Hettema, der inzwischen hinter dem Katheder Aufstellung genommen hatte. »Dort am Tisch habe ich natürlich auch gut gesessen, aber so im Stehen und hinter einem Rednerpult fällt mir das Sprechen immer etwas leichter. ›Mir geht es eigentlich genau wie einem Pfarrer‹, sage ich dann zu meiner Frau, obwohl ich ansonsten eigentlich nicht so viel von Pfarrern halte, abgesehen natürlich von den guten, aber das ist immer so. Ich habe früher übrigens auch schon mal hinten gesessen, dort, wo Sien jetzt sitzt, und ganz bescheiden darauf gewartet, bis sich alle gesetzt hatten, weil man sich natürlich nie auf den Platz eines der ständigen Mitglieder setzen sollte, doch jetzt bin ich ja selbst eines dieser ständigen Mitglieder, wie Sie alle haben sehen können, und das hat natürlich auch seine Vorteile, denn jetzt konnte ich mir auch einmal das Gemälde da hinten an der Rückwand ansehen.« Er zeigte in die Richtung, woraufhin man sich im Publikum umdrehte. Es fiel Maarten auf, dass Balk verärgert vor sich hinsah. »Das Gemälde der schlafenden Figur dort«, fuhr Buitenrust Hettema fort. »Und als ich dann so ins Publikum schaute, sah ich, dass dort auch mehrere Leute saßen und schliefen, zumindest hatten sie ihre Augen zu, das scheint hier also ein lokales Phänomen zu sein, und heute war es vielleicht auch am Platze, denn es war nicht immer so furchtbar inspirierend heute Nachmittag, was wir alles zu hören bekommen haben, jedenfalls würde ich es völlig anders angepackt haben, denn nehmen Sie nun beispielsweise so einen Trauring, ich beschränke mich jetzt mal für einen Moment auf mein eigenes Fach, das ist natürlich sehr interessant, aber ich frage mich doch, ob es nun so wichtig ist, wie das in der Vergangenheit immer gewesen ist, denn wir haben in unserem Fach ohnehin schon den Ruf, dass wir uns zu viel mit der Vergangenheit beschäftigen, sagen wir mal: mit den Germanen, und zurzeit auch noch mit den Indogermanen, obwohl wir dem doch gerade abgeschworen haben und obwohl es in der Gegenwart auch sehr interessante Dinge gibt, selbst wenn ich mich dann, glaube ich, nicht spontan für den Trauring entscheiden würde, sondern beispielsweise für die Heirat, bei der der Trauring dann wiederum ein Aspekt wäre. In meinen Vorlesungen beispielsweise, denn ich doziere hier, was vielleicht nicht jeder weiß, und ich hätte meinen Namen vielleicht nennen sollen, Buitenrust Hettema, aber das hat die Vorsitzende bereits getan, aber ich sage dann meinen Studenten, und ich habe schon gesehen, dass hier ein paar Studenten sitzen, ich habe Sien gesehen und Joke, und Jacobo, der soeben gesprochen hat, auch wenn die Vorsitzende es ein wenig zu lang fand, ist ebenfalls ein Student von mir, die wissen schon, was jetzt kommt, denn dann gehe ich zur Tafel«, er kam hinter dem Rednerpult hervor und ging zu der Schultafel, die seitlich des Rednerpults auf einem Gestell stand, nahm ein Stück Kreide und malte eine Raute auf die Tafel, »und dann zeichne ich eine Raute und schreibe hier, an den obersten Punkt ›Funktion‹, na ja, das ist in diesem Fall natürlich klar, das ist die biologische Funktion, über die wir heute Nachmittag auch schon das eine oder andere gehört haben, das ist also das Kopulieren und die sexuelle Befriedigung und Ähnliches, und dann schreibe ich hier rechts ›Form‹, das kann in diesem Fall natürlich alles Mögliche sein, und dazu gehört dann auch der Trauring, über den wir auch das Nötige gehört haben, und dann schreibe ich hier unten ›Gemeinschaft‹, was in diesem Fall nicht ›kopulieren‹ bedeutet, auch wenn man es in diesem Zusammenhang vielleicht im ersten Moment denken könnte, sondern soziale Umgebung oder etwas in der Art, und hier links schreibe ich ›Verhalten‹. Und wenn ich das jetzt ausfülle …«

Während Buitenrust Hettema sich immer mehr in einem Chaos von Einfällen verwirrte, entspannte sich Maarten allmählich. Er lauschte aus immer größerer Distanz, wie aus einer Nische, den Worten, die sich über das Publikum ergossen, verlor den Anschluss und versank schließlich in eine verträumte, wohltuende Geistesabwesenheit, ohne sich noch um irgendetwas Sorgen zu machen. Kaatje Kater machte sie sich schon. Sie wurde unruhig, murmelte halblaut in sich hinein, tastete zum Nussknacker, ließ ihn wieder los und sagte dann abrupt, mitten in die Darlegungen Buitenrust Hettemas hinein: »Herr Kollege, darf ich Ihnen sagen, dass Sie vielleicht noch drei Minuten haben?«

Buitenrust Hettema schwieg und drehte sich zu ihr um. »Oh, drei Minuten?«, sagte er verblüfft. »Das ist jetzt schade, denn ich habe noch nicht über die beiden anderen Vorträge gesprochen, und es scheint mir doch gerade wichtig, dass das Ergebnis dieses Nachmittags darin besteht, etwas mehr Wertschätzung füreinander zu bekommen, denn ich habe manchmal das Gefühl, dass es daran noch etwas mangelt, vor allem in unserem Fall, weil wir nun einmal den Ruf haben, nun ja, sagen wir mal, dass wir ein bisschen, oder eigentlich ziemlich antiquiert sind, obwohl das doch nicht der Fall zu sein braucht, und das fand ich nun gerade so nett in dem Vortrag von Alblas, dass er darauf hingewiesen hat, dass wir noch eine ganze Menge voneinander lernen können, wenn wir uns nur darum bemühen.« Er sah sie hilflos an. »Sind die drei Minuten schon rum?«

»Na, vielleicht sogar dreieinhalb«, sagte Kaatje Kater. »Ich möchte es mal hierbei belassen, auch weil Sie die Sache, ich würde fast sagen, noch schwieriger gemacht haben, denn jetzt kriegen wir eine Diskussion über vier Vorträge.«

»Na, das war doch kein echter Vortrag«, entschuldigte sich Buitenrust Hettema. »Es waren nur lose Ideen, die mir so in den Sinn kamen.«

»Ja, lose Ideen ....« Sie lachte und wandte sich dem Publikum zu. »Wem darf ich jetzt das Wort für die eigentliche Diskussion geben?«

In der zweiten Reihe stand ein elegant gekleideter, noch junger Mann auf.

»Wer ... Darf ich Ihren Namen erfahren?«, fragte Kaatje Kater.

»Boks.«

»Ah, Sie sind ... richtig! Vielleicht kann Ihnen jemand das Ding anreichen?« Sie zeigte auf das Mikrofon.

Jemand in der ersten Reihe stand auf und gab das Mikrofon weiter.

»Weil ich den Vortrag von Herrn Alblas gelesen habe, bin ich wahrscheinlich einer der wenigen hier im Saal, der weiß, was darin steht«, sagte Boks, »insbesondere auf den letzten fünf Seiten. Und weil die meines Erachtens ziemlich instruktiv sind, würde ich gern, bevor wir weitermachen, deren Inhalt referieren.« Er zog die von Alblas misshandelten Papiere aus der Hosentasche und hielt sie vor sich.

Seine Einmischung hatte auf Maarten eine befreiende Wirkung. Dass er nicht beizeiten eingegriffen hatte, als Kaatje Kater Alblas das Wort entzogen hatte, wurmte ihn, doch abgesehen davon gefiel ihm die Solidarität. Er sah Kaatje Kater an.

Kaatje Kater lachte amüsiert, zu seiner Überraschung. »Wenn Sie sie nur nicht vorlesen«, warnte sie.

»Ich werde sie zusammenfassen«, sagte Boks höflich.

*

Er sah Balk erst, als er die Schwingtür aufzog. Balk saß mit dem Rücken zu ihm, eine Tasse Kaffee neben sich, und sah in die Zeitung.

»Ha!«, sagte er und blickte auf.

»Morgen«, sagte Maarten.
»Wie fandest du es Samstag?«
Maarten setzte sich auf den Stuhl neben ihn, um Zeit zu gewinnen. »Mäßig.« Er wog seine Worte. »Das ist nicht der Weg, um Interesse für das eigene Fach zu wecken.«
»Und dein eigener Beitrag?«
Maarten zögerte. »Der war ganz gut, glaube ich. Ich kann das nicht recht beurteilen.«
»Es war der Höhepunkt des Nachmittags!« Er stand abrupt auf und schob seine Tasse durch den Schalter. »Haben Sie noch eine Tasse Kaffee für mich?« Ohne Maarten noch einmal anzusehen, stieß er mit der vollen Tasse in der Hand die Schwingtür auf und stieg die Treppe hoch zu seinem Zimmer.
»Haben Sie Samstag ein Symposium gehabt?«, fragte Wigbold, der sich durch den Schalter lehnte.
»Ja.« Er stand auf, noch verblüfft über Balks Auftritt, und holte die Post vom Tresen.
»Das kommt bei Ihnen, glaube ich, nicht so oft vor, oder?«
»Nein, nie.«
Wigbold schmunzelte. »Am Samstag bleibt man besser zu Hause.«
Ohne darauf zu reagieren, ging Maarten durch die Tür zum Hinterhaus und stieg die Treppe hinauf zu seinem Zimmer. Balks Lob hatte ihn überrascht. Balk war der Letzte, von dem er Lob erwartet hätte. Abwesend hängte er seinen Mantel an die Garderobe, schloss die Tür seines Zimmers hinter sich, legte die Post auf den Schreibtisch, stellte seine Tasche unter den Schreibmaschinentisch, hängte die Jacke auf, öffnete das Fenster einen Spalt, zog die Hülle von seiner Schreibmaschine und setzte sich. Desorientiert sah er einige Sekunden vor sich hin, die Hände auf dem Rand des Schreibtisches, bevor er den obersten Brief vom Stapel nahm. Er betrachtete den Absender, griff zum Briföffner und schnitt ihn auf.

»Wie ist es am Samstag gelaufen?«, fragte Bart neugierig, während er an seinen Schreibtisch kam.
»Schrecklich«, sagte Maarten. »Peinlich. Angesichts der Tatsache,

dass Leute dafür ihre freie Zeit opfern und sich in so einen kleinen, stinkenden Saal setzen, nur um das Gefühl zu haben, dass ihr Leben einen Sinn hat, könnte man sich vor Elend aus dem Fenster stürzen.«

»Siehst du? Das habe ich doch prophezeit? Ich hätte es nie getan, wenn ich du gewesen wäre.«

»Ja, das weiß ich.«

»Wie viele Leute waren da?«

»Ungefähr dreißig. Die Hälfte davon aus dem Büro.«

»War Ad auch da?«

»Nein, Ad war nicht da. Der wird wohl noch krank sein.«

»Ich wäre schon gekommen, wenn ich die Sicherheit gehabt hätte, dass nicht geraucht wird.«

»Du hast nichts verpasst«, versicherte Maarten. »Sei froh, dass du eine Entschuldigung hattest. Es war ein einziges, großes Elend.«

»Tag, Asjes«, sagte Buitenrust Hettema. Er sah Maarten an, wobei er die Augenbrauen hob. »Du bist also da?«

»Hey, Karst«, sagte Maarten überrascht. Er stand auf.

»Ich war sowieso in Amsterdam, und da dachte ich, ich komme mal kurz vorbei.« Er blieb stehen, die Hand auf der Lehne eines Stuhls.

Maarten setzte sich zu ihm, während Bart mit einem kleinen Stoß Papiere den Raum verließ.

»Wie fandest du es am Samstag?«, fragte Buitenrust Hettema, während er sich setzte.

»Ich bezweifele, dass so etwas Sinn hat.«

Buitenrust Hettema schwieg und sah vor sich hin. »Ich hätte meinen Mund halten sollen.«

Die Bemerkung überraschte Maarten.

Buitenrust Hettema sah weiter vor sich hin, die Unterlippe vorgestreckt.

»Wenn du eine andere Auffassung über das Fach hast, kannst du es doch sagen?«, versuchte es Maarten.

»Und trotzdem hätte ich den Mund halten sollen.« Er öffnete seine Umhängetasche und zog ein Papier heraus. »Als ich im Zug saß, habe ich ein wenig gebrainstormt.« Er faltete das Papier auseinander, ein großes Blatt Zeichenpapier von fünfzig mal fünfundsiebzig Zentimetern, und schob es zwischen sie beide. »Vielleicht kannst du davon etwas gebrauchen?« Auf dem Papier war mit Bleistift dieselbe Raute gezeichnet, die er auf die Tafel gemalt hatte, mit einer chaotischen Masse an Bleistiftnotizen darin und darum herum, die bis an die Ränder des Blattes reichten und kreuz und quer mit Pfeilen verbunden waren.

Maarten betrachtete es, außerstande, zwischen den vielen Dutzenden Stichworten einen Weg zu finden.

»Ich kann es hierlassen, damit du es dir mal in Ruhe ansehen kannst.«

»Ich will es mir gern einmal ansehen«, sagte Maarten ohne große Begeisterung.

»Dann bekomme ich es bei Gelegenheit wieder zurück.« Er stand auf.

»Bleibst du nicht auf eine Tasse Kaffee?«

Buitenrust Hettema sah auf seine Armbanduhr. »Nein, heute mal nicht. Dann bis Donnerstag.«

»Donnerstag bin ich nicht da.«

»Dann bis zum nächsten Mal.« Er hob die Hand und verließ den Raum.

Maarten nahm das Blatt mit zu seinem Schreibtisch. Er betrachtete es einige Sekunden, faltete es dann zusammen, zog die oberste Schublade des Registraturschranks neben seinem Schreibtisch auf und legte es in der Mappe »Buitenrust Hettema« ab.

*

Beerta saß aufrecht im Bett und wartete auf ihn. Er stieß einige Laute aus, gewissermaßen zum Gruß, und machte einen munteren Eindruck.

»Wie geht's?«, fragte Maarten und zog einen Stuhl ans Bett.

»Üh, üh.«

»Etwas besser.«

»Üh.« Er nickte mit Nachdruck. Sein Blick war ebenfalls fester.

»Das sieht man.«

Beerta nahm eine kleine, schwarze Tafel, die neben ihm auf dem Nachtschränkchen lag, und gab sie ihm. Auf der Tafel stand in weißen Plastikbuchstaben: »Maarten fragen, ob Wigbold Haare schneiden.«
»Hast du das geschrieben?«, fragte Maarten erfreut.
Beerta nickte.
»Aber das ist ja toll!«
Beerta zuckte lächelnd mit den Achseln.
»Ja, es ist natürlich idiotisch, für so etwas gelobt zu werden«, gab Maarten zu, »aber ich finde es trotzdem toll. Ich werde Wigbold fragen.« Er betrachtete die Tafel. Es war ein Kinderspielzeug, eine kleine Tafel mit Buchstaben, die mit einem Magnetstreifen darauf haften blieben. In einer Schachtel auf dem Nachtschränkchen lagen noch mehr Buchstaben. »Das ist verdammt praktisch. Von wem hast du das bekommen?«
Beerta öffnete ein paarmal seinen Mund, in einem Versuch, die richtigen Laute zu treffen. »Ah, ah, üh, ah.«
»Von Karel!«
Beerta schüttelte den Kopf. »Ah, üh, eu, üh.«
»Von einem Freund!«
Beerta schüttelte erneut den Kopf, ein wenig irritiert. »Eu, üh!«, sagte er erregt.
»Einer Freundin!«
Beerta nickte.
»Wir kriegen das schon hin«, sagte Maarten zufrieden. Er gab ihm die Tafel zurück.
Beerta legte sie auf das Nachtschränkchen. Er sah Maarten an, die Augenbrauen hochgezogen, fragend.
»Ich soll dich grüßen«, erinnerte sich Maarten, »von Nicolien, von Bart und von Freek Matser, und dir natürlich alles Gute wünschen.«
Beerta nickte ergeben.
Es war eine Weile still.
»Wir haben am Samstag das Symposium gehabt, das du mir seinerzeit noch aufgehalst hast.«
Beerta schüttelte den Kopf mit einem ungläubigen Lachen.
»Ja, wirklich wahr! Es war eine Idee von Appel, aber du warst wie

der Blitz dabei, um es zu unterstützen! Die Chance hast du dir nicht entgehen lassen!«

»Üh, üh!«, protestierte Beerta lachend.

»Ja, lach nur. Es war schrecklich, du hättest es genossen. All die Leute, die ihren Samstagnachmittag opfern, weil sie glauben, dass es ihrem Leben einen Sinn gibt, anstatt im Polder spazieren zu gehen oder in den Dünen. Es zeugt von einer geistigen Armut, die man nicht mehr für möglich halten würde, zumindest, wenn man seinen Glauben an die Menschheit noch nicht verloren hat.«

Seine Worte brachten Beerta dazu, sich vor Lachen zu schütteln. »Üh, üh, üh.«

»Ja«, sagte Maarten lächelnd. »Du lachst jetzt, aber im Grunde genommen ist es zutiefst tragisch.«

*

»Sie haben natürlich alle vom unerwarteten Tod unseres ehemaligen Vorsitzenden, Herrn de Baar, gehört ...«, sagte Schilderman.

»Ist de Baar gestorben?«, fragte Maarten flüsternd van der Land, der neben ihm saß.

»Herzstillstand«, flüsterte van der Land zurück, aus dem Mundwinkel.

»... genau drei Wochen, nachdem wir auf unserer letzten Sitzung von ihm Abschied genommen hatten, im Zusammenhang mit seiner Ernennung zum Bürgermeister irgendwo hier im Lande. Ich weiß nicht, wie es Ihnen gegangen ist, aber es war mir schon bei der Sitzung aufgefallen, dass er keinen Moment ruhig dasaß. Erst setzte er sich nach links, dann wieder nach rechts, dann rieb er sich an der Nase, und dann wieder an seiner Schläfe. Es war so schlimm, dass es mich, der ihn verabschieden musste, störte, und ich etwas von ihm abrücken musste. Ich habe damals nicht darüber nachgedacht, aber im Nachhinein sagt man sich dann doch: Das waren Zeichen, die darauf hingedeutet haben! Signale, die nicht angekommen sind! Nicht als solche verstanden worden sind! Sehr schade! Zutiefst tragisch auch, vor allem für seine Frau, die jetzt, wenn ich recht informiert bin, allein zurückbleibt. Kein einfacher Mensch, auch nicht für sich selbst, würde ich fast sagen, und auch wenn wir im Laufe der Zeit durchaus einige Probleme mit ihm hatten, wovon der Direktor ein Lied singen kann, aber trotzdem ein Mann, der einem wegen seiner Unbeugsamkeit Respekt abnötigte. Umso mehr freue ich mich darüber, dass wir noch die Gelegenheit hatten, uns von ihm zu verabschieden und mit einem Geschenk unserer Dankbarkeit Ausdruck zu verleihen, sodass wir zumindest diese Phase in seinem Leben haben abschließen können. Aber es bleibt natürlich traurig, dass uns ein Mann in der Blüte seines Lebens genommen worden ist.« Er sah Elco Dreesman an, der ihm gegenübersaß.

»Haben wir als Kommission eigentlich unsere Anteilnahme bekundet?«

»Ich habe im Namen der Kommission Blumen geschickt«, antwortete Dreesman.

»Sollen wir dazu privat noch etwas beitragen?«

»Dafür haben wir schon noch einen kleinen Topf.«

Schilderman nickte ernst. »Dann schlage ich vor, dass wir jetzt im Gedenken an den Verstorbenen ein paar Sekunden schweigen.« Er faltete die Hände und sah vor sich auf den Tisch.

Maarten schaute vor sich hin, die Blicke de Beers, Corstens und Luning Praks meidend, die ihm gegenübersaßen. Er hatte wenig Sympathien für de Baar gehegt, einen autoritären, wichtigtuerischen Mann, und er vermutete, dass auch die anderen Mitglieder der Seemuseumskommission nicht viel Sympathie für ihn gehabt hatten, was diesem stillen Gedenken einen irgendwie scheinheiligen Charakter gab. Das machte es schwer, nicht zu lächeln, doch es gelang ihm, sich zu beherrschen.

»Vielen Dank«, sagte Schilderman. »Dann komme ich nun zu Punkt eins der Tagesordnung: dem Protokoll der letzten Sitzung.« Er legte es vor sich. »Zuerst der Text. Seite eins ...«

Van der Land beugte sich zur Seite. »Das Leben geht weiter«, flüsterte er.

Maarten nickte schmunzelnd.

»Seite zwei ...«

Das Protokoll wurde ohne Kommentar angenommen.

»Dann zu Punkt zwei: ›Mitteilungen des Vorsitzenden‹«, sagte Schilderman. Er sah Dreesman an. »Gibt es noch Mitteilungen des Vorsitzenden?«

»Nein, Herr Vorsitzender«, sagte Dreesman, »außer dass ich vorschlagen wollte, gleich nach der Sitzung gemeinsam das Außenmuseum zu besuchen, damit Sie sich über den Fortschritt der Arbeiten informieren können.«

»Vorsitzender! Das erscheint mir eine ausgezeichnete Idee!«, bemerkte van der Land und klopfte kraftvoll seine Pfeife aus.

»Ich fand deinen Vortrag am Samstag verdammt gut«, sagte van der Land auf dem Weg zum Außenmuseum – sie gingen zu zweit hinter den anderen her, van der Land, der nur einen Schal umgeschlungen hatte, streckte den Kopf ein wenig vor, die Pfeife im Mund. »Ich habe mich bloß unheimlich über Buitenrust Hettema geärgert, der es wieder einmal nötig hatte.«

»Er hält nichts von dieser historischen Forschung«, entschuldigte ihn Maarten.

»Obwohl das doch gerade eine der schönsten Seiten des Faches ist! Hast du vor, seinen Beitrag zu veröffentlichen?«

»Ich überlege, in dieser neuen Zeitschrift von uns ein Sonderheft zu diesem Symposium zu machen, mit den drei Vorträgen.«

»Ausgezeichnete Idee! Würde ich ganz bestimmt machen!« Er blieb stehen, klopfte seine Pfeife auf der Sohle seines Schuhs aus und stopfte sich im Weitergehen eine neue Pfeife. »Das Elend bei dieser Art von Untersuchungen ist, dass man immer wieder mit Lücken in den eigenen Daten zu tun hat. Man kommt nie dahinter, wie es wirklich gewesen ist.«

»Das finde ich gerade das Nette daran.«

»Nein, nett kann ich das nicht finden.«

Sie holten die anderen ein, die vor der Pforte zum Museumsgelände standen und warteten, bis Dreesman den Schlüssel gefunden hatte.

»Eigentlich müsste man hier einen mittelalterlichen Torbau hinstellen, Elco«, sagte de Beer.

»Darüber hat man schon mal nachgedacht«, antwortete Dreesman und öffnete die Pforte.

»Und du dann sicher als Torwächter«, sagte Sluizer mit seiner nasalen Stimme. »Ich habe dich durchschaut.«

Es wurde gelacht. Sie gingen durch die Pforte und folgten dem Weg zu den ersten Häusern. Ein paar Männer hockten auf den Knien und pflasterten eine kleine Straße.

»Guten Morgen, meine Herren!«, sagte van der Land, der mit Dreesman an der Spitze ging.

»Guten Tag«, antwortete einer der Männer.

Maarten ging allein hinterher. Die Kirche und die Häuser darum herum lagen in einem fahlen Sonnenlicht. Es wehte ein frischer Wind. Die kleinen Sträucher und Bäume in den mit Holzzäunen abgetrennten Gärtchen begannen bereits auszutreiben. In einem schmalen Graben schwammen ein paar Enten. Die Mitglieder der Kommission verlangsamten auf einer Brücke ihr Tempo, blickten über eine kleine Gracht, schlenderten weiter und blieben vor einem Häuschen mit angebautem Schuppen stehen.

»Sie sehen, wie es geworden ist«, sagte Dreesman stolz.

»Sehr schön!«, versicherte Schilderman.

Die anderen sahen Sluizer an. Der betrachtete ironisch das Haus, den Kopf etwas in den Nacken gelegt, wobei er an einer kleinen Pfeife zog. »Ja«, sagte er in nöligem Tonfall, er zog an der Pfeife, »ich meine, mich nur zu erinnern, dass die Abflussrinne in der ursprünglichen Situation auf der Rückseite war.«

»Da war sie auch«, sagte Dreesman, »wir haben nur entdeckt, dass sie später dorthin versetzt worden sein muss.«

»An den Konsolen«, stellte Sluizer fest, »aber dann wird sie doch ein etwas größeres Gefälle gehabt haben müssen, denn so läuft das Wasser wie ein Sturzbach in den Schuppen, und das wird ja wohl nicht Sinn der Sache gewesen sein. Es waren natürlich schon äußerst primitive Leute, aber die sind in der Regel nicht verrückt.« Seine Stimme war mit Sarkasmus geladen.

Es wurde gelächelt. Die Kommissionsmitglieder genossen die Situation.

»Das muss in der Tat noch geändert werden«, gab Dreesman zu. »Ich habe das schon in Auftrag gegeben.«

Sluizer ging auf das Haus zu und betrachtete, während er träge an seiner Pfeife zog, das Mauerwerk. »Die Fugen«, sagte er langsam, »da werden ursprünglich doch wohl Fugen gewesen sein?«

»Das waren sie auch«, sagte Dreesman, »aber die sind durch den Seewind verwittert.«

»Und dann von den Bewohnern mit Muschelsand aufgefüllt worden«, stellte Sluizer fest. »Ja.«

»Das haben wir versucht, mit einer Salzsäurenachbehandlung nachzuahmen, um den Verwitterungseffekt zu zeigen.«

»Ach ja«, sagte Sluizer und richtete sich auf. »Das sieht sowieso keiner.«

Es wurde gelacht.

»Aber was ich eigentlich zeigen wollte, sind unsere beiden letzten Neuerwerbungen«, sagte Dreesman mit unverwüstlicher Begeisterung. Er wandte sich ab und ging vor ihnen her.

»Es hört einfach nicht auf«, sagte Sluizer zu Maarten. »Es hört nicht auf.«

Maarten schmunzelte. Er wusste nie, wie er auf Sluizer reagieren sollte. »Einmal hört es auf«, sagte er auf gut Glück.

»Ja, bleib du nur Optimist.«

Sie gingen den kleinen Pfad hinunter zum Deich des Ijsselmeers.

»Ich habe von van der Land gehört, dass Sie einen Vortrag gehalten haben?«, sagte Corsten.

»Ja«, sagte Maarten verlegen. »Am Samstag.«

»Worum ging es darin?«

»Um den Trauring.«

»Ein interessantes Thema.«

»Ja«, sagte Maarten vage. An einer kleinen Brücke ließ er Corsten den Vortritt und sorgte dafür, dass er nicht wieder neben ihm landete.

»Wenn wir nun einmal nach unserer Pensionierung in diese beiden Häuschen einziehen würden«, sagte van der Land zu Maarten, als sie alle vor ein paar kleinen Häusern am Fuß des Deiches stehen geblieben waren. »Dann bringe ich mein Boot auf die andere Seite des Deiches, und dann können mich mal alle gern haben.«

Corsten sah sich schmunzelnd um.

»Dann muss die Pforte aber geschlossen bleiben«, fand Maarten.

»Natürlich! Dachtest du, dass ich den ganzen Trupp an meiner Tür vorbeiziehen sehen will? Nur die Kommission, die darf, was mich betrifft, herein!«

»Aber nicht öfter als einmal im Jahr!«

»Selbstverständlich! Wir wollen es nicht gleich übertreiben!«

Dreesman hatte die Tür eines der Häuschen aufgemacht. Sie traten zu neunt ein und standen dicht beieinander in dem kleinen, schummrigen Vorderzimmer.

»Das Besondere daran«, sagte Dreesman laut, »ist, dass wir versucht haben, den ursprünglichen Zustand so weit wie möglich wiederherzustellen, indem wir die verschiedenen Farbschichten, die im Laufe der Zeit aufgebracht worden sind, abtragen und die ursprünglichen Farben verwenden.«

»Ganz außergewöhnlich«, fand Schilderman. »Und diese verschiedenen Schichten, hast du die auch dokumentiert?«

»Ja, die haben wir dokumentiert. Wir waren sogar in der Lage, sie bis auf ein paar Jahre exakt zu datieren, sodass wir ein genaues Bild der Veränderungen in den Moden haben.«

»Das ist sehr wichtig«, fand Schilderman.

»Und das Nette daran ist«, sagte Dreesman begeistert, »dass man dann auf allerhand Wohnspuren stößt. So wie beispielsweise das hier ...« Er zeigte auf eine schwarze Aushöhlung, horizontal, einen Kreisausschnitt, ungefähr fünfundsiebzig Zentimeter über dem Boden, in den Fliesen der Kamineinfassung. »Hier hat der Schürhaken gehangen!«

»Das ist sehr nett«, fand de Beer. »Das sind die Dinge, die so einen Raum zum Leben bringen.«

»Und wie datierst du diese Rille jetzt?«, fragte Sluizer mit schneidendem Sarkasmus. »Denn das wird ja wohl nicht die ursprüngliche Situation gewesen sein, nehme ich an.«

»Nein, aber wir fanden sie zu schön, um sie zu beseitigen«, sagte

Dreesman lächelnd. Er bückte sich und zog eine Luke auf. »Und hier ist nun der Keller. Ich weiß nicht, ob wir alle hineinpassen.« Er stieg vor ihnen her eine schmale Treppe hinunter. Sie standen wieder eng aneinandergedrängt in einem kleinen, dunklen Raum. »Mit den ursprünglichen Bodenfliesen!«, sagte Dreesman stolz.

Sie betrachteten den Boden. Van der Land stieß Maarten an. »Hier kommt der Genever hin!«

»Und der Wein!«, antwortete Maarten.

»Natürlich! Und der Wein!«

»Ich habe den Eindruck, dass van der Land und Koning unehrenhafte Absichten mit diesem Raum haben«, bemerkte Sluizer.

Es ertönte ein lautes Lachen.

»Vorsitzender!«, protestierte van der Land. »Ich erhebe ernsthaften Protest gegen die Darstellung Herrn Sluizers! Die Absichten von Herrn Koning und mir sind im Gegenteil *sehr* ehrbar! Wir haben soeben beschlossen, nach unserer Pensionierung in diesen Häusern zu wohnen, um als Kommissionsmitglieder darüber zu wachen, dass sie auf würdige Weise für die Nachwelt erhalten werden!«

Lachend stiegen sie wieder aus dem Keller an die frische Luft.

»Wir müssen doch auch noch kurz auf den Deich!«, schlug van der Land vor, während Dreesman die Tür wieder abschloss.

Sie kletterten hintereinander am Häuschen vorbei den Deich hinauf. Dort wehte ein kräftiger Wind. Das Ijsselmeer war mit weißen Schaumkronen bedeckt. Im Südwesten bezog sich der Himmel. Maarten blieb zurück, während die anderen den Deich entlanggingen. Sein Gesicht fühlte sich vor Anspannung starr an. Er hatte Nackenschmerzen und spürte einen aufkommenden Kopfschmerz. Der frische Wind war wohltuend. Langsam wandte er sich ab. Vor ihm kletterten seine Mitkommissionsmitglieder über eine Abzäunung und stiegen an einem Treppchen wieder hinunter zum Deichfuß. Van der Land blieb stehen. Er betrachtete seinen Finger. Maarten kletterte über die Abzäunung und gesellte sich zu ihm. »Ist was?«, fragte er.

»Ich habe mir an dem verdammten Zaun einen Splitter unter den Nagel gezogen«, sagte van der Land besorgt.

»Dann werden wir dagegen erst einmal etwas unternehmen müssen«, scherzte Maarten.

»Und es tut auch höllisch weh«, sagte van der Land, ohne auf den Scherz einzugehen.

*

Vor seinem Haus war ein Graben ausgehoben worden. Ein dicker, schon etwas älterer Mann stand darin und grub. Maarten zögerte kurz, den Blumentopf mit einem Stephanotis-Steckling in der einen Hand, seine Tasche in der anderen, und stieg dann langsam die Stufen der Freitreppe hinunter. Der Mann richtete sich auf. Sie grüßten einander. Der Mann stieß die Schaufel in den Boden, stieg aus der Grube, nahm einen Lattenrost und legte ihn vor Maarten über den Graben. »Geht es so?«, fragte er mit einem starken Drenter Akzent und streckte die Hand aus, um ihm zu helfen.

»Sehr gut«, versicherte Maarten. »Ich danke Ihnen.« Er sah zu Nicolien hinauf, hob den Topf, gewissermaßen zum Gruß, und wandte sich ab, gerührt durch die soeben empfangene menschliche Wärme. Etwas heiterer als gewöhnlich folgte er dem Verlauf der Gracht. Obwohl es noch früh war, begann es bereits, warm zu werden. Er ging an der Uferseite, im Schatten der Bäume, und sah auf das Wasser, das glatt und bewegungslos zwischen den Kaimauern lag, ging wieder zurück zur Häuserseite und überquerte, ohne anzuhalten, die Raadhuisstraat, wo er, wie jeden Morgen, hinter dem Fenster des Cafés von dem Mann, der dem Ex-Ministerpräsidenten Drees ähnelte, beobachtet wurde. Es berührte Maarten, dass er sein Jackett ausgezogen hatte, und kurz, nur eine Sekunde lang, wünschte er ihm den Tod, doch schluckte er das hinunter, aus einer abergläubischen Angst heraus, dass so ein Wunsch sich gegen ihn selbst richten könnte, worauf er feststellte, dass er schon ein außerordentlich übler Mensch war. Warum musste so ein Mann denn tot sein? Fünfzig Meter weiter hoben zwei Männer das Fenstergitter eines Pelzgeschäfts auf die Fensterbank. Im Vorbeigehen sah er, dass sie auf die Fensterbank ein Stückchen Pelz gelegt hatten, um sie nicht zu beschädigen. Das amüsierte ihn, doch im nächsten Moment erfüllte es ihn mit Mitleid für das Tier, das zu diesem Zweck getötet worden war. Die Welt taugte nichts. Die Hand, in der er den Topf hielt, bekam einen Krampf. Er stellte den Topf auf eine Treppe, bewegte seine Finger, um die Spannung zu lockern, griff zur Tasche und nahm den Topf in die andere Hand. Das wiederholte er noch einmal kurz hinter der Leidsestraat, und noch einmal vor der Tür des Büros, um den Schlüssel aus der Tasche zu holen.

Tjitske war schon da. Er ging, nachdem er seine Tasche abgestellt hatte, mit dem Topf in ihr Zimmer. »Du bist früh«, sagte er.

Sie lachte und kniff die Augen zu.

Er blieb an ihrem Schreibtisch stehen. »Wie war der Umzug?«

»Oh, das ging ganz gut.«

»Das ist die Stephanotis, die Nicolien für dich gezogen hat«, sagte er, ohne ihre Antwort abzuwarten. Er gab ihr den Topf.

»Gut«, sagte sie verlegen.

»Sie muss viel Licht und frische Luft haben«, sagte er hastig, »und am besten stellst du den Topf auf eine kleine Erhöhung ins Wasser, damit das Wasser den Topf nicht erreicht. Und gut einsprühen.«

»Ja.«

Er hatte nicht den Eindruck, dass sie es hörte. »Wir sind gespannt, ob sie bei dir blühen wird. Bei uns blüht sie nie. Bei uns blüht keine einzige Pflanze.«

Sie musste erneut darüber lachen, woraufhin er, nicht gänzlich zufrieden mit sich, in sein Zimmer zurückging. Bart war inzwischen eingetroffen. Maarten machte das Fenster auf, hängte das Jackett auf, zog die Haube von seiner Schreibmaschine und setzte sich.

Bart war aufgestanden und kam an seinen Schreibtisch. »Gestern habe ich zufällig gehört, dass Tjitske umgezogen ist«, sagte er gedämpft, nervös mit den Augen blinzelnd.

»Ja.«

»Aber jetzt haben wir nicht daran gedacht, ihr etwas zum Umzug zu schenken.«

»Ich habe schon daran gedacht, aber ich habe es in diesem Fall nicht für nötig gehalten.« Er wusste, was jetzt kommen würde.

»Weil Manda schon etwas bekommen hat.«

»Bei Manda war es gleichzeitig eine Hochzeit.«

»Und das sagt ein Sozialist!«, sagte Bart verstimmt. »Ein Katholikenhasser!«

»Für sie war es eine Hochzeit.«

»Da bin ich dann nicht ganz deiner Meinung«, sagte Bart aufgebracht. »Wenn der Mann nun aus dem Orden ausgetreten wäre, hätte ich Respekt davor gehabt, aber so ist es Betrug.«

»Ja, es ist Betrug«, gab Maarten zu.

»Jedenfalls habe ich dafür keine Blumen schenken wollen. Der einzige Grund, warum ich damals mitgemacht habe, war der, weil sie auch umzogen ist. Jetzt, wo Tjitske auch umzieht, muss sie auch etwas bekommen, sonst ist es nicht konsequent.«

»Ich finde es sehr konsequent.« In seiner Stimme lag, trotz seines Versuchs, es zu verbergen, etwas Stichelndes. »Für Tjitske ändert sich nichts, die ist übrigens schon öfter umgezogen, während sich für Manda das ganze Leben geändert hat.«

»Was sich für Tjitske ändert, weiß ich nicht, und damit will ich auch nichts zu tun haben.«

»Es ist mein Eindruck.«

»Hat sie dir denn mal erzählt, wie sie da im Staatslieden-Viertel gewohnt hat?«

»Ja, natürlich, aber das macht so einen Umzug noch nicht zu einem Fest!«

»Damit, ob es für Tjitske ein Fest ist, habe ich nichts zu schaffen. Es geht darum, dass, wenn die eine etwas bekommt, weil sie umzieht, die andere auch etwas bekommen muss.«

»Aber für Manda war es viel einschneidender.«

»Das weiß ich wirklich nicht, und das kann ich auch nicht beurteilen! Dafür schenke ich keine Blumen!« Er sah sich erschrocken um.

Die Tür war aufgegangen, Ad trat ein. »Tag, Maarten. Tag, Bart«, sagte er und ging zu seinem Schreibtisch.

»Wenn du findest, dass wir Blumen schenken sollten, musst du es einfach mal vorschlagen«, sagte Maarten. »Wenn die anderen damit einverstanden sind, mache ich natürlich mit, aber ich schlage es nicht vor.«

»Und ich finde, dass du das machen musst«, sagte Bart wütend, »denn du bist der Abteilungsleiter. Du bist für diese Dinge verantwortlich.«

»In diesem Fall fühle ich mich eben nicht verantwortlich.«

Bart wandte sich ab und ging grollend an seinen Platz zurück.

»Sprecht ihr über Tjitske?«, fragte Ad, der an seinem Schreibtisch stehen geblieben war.

»Bart möchte ihr zum Umzug Blumen schenken«, antwortete Maarten. Er stand auf, um Ad sehen zu können.

»Das habe ich nicht gesagt!«, platzte es aus Bart heraus. »Ich finde, dass du das vorschlagen musst!«

»Und ich schlage es nicht vor«, sagte Maarten zu Ad. »Aber wenn ihr das Bedürfnis danach habt, mache ich natürlich mit.«

»Mir ist es egal«, sagte Ad. Er schnallte seine Tasche auf und holte ein paar Bücher heraus.

»Wie war dein Urlaub?«, fragte Maarten.

»Was man so Urlaub nennt«, sagte Ad unwillig.

»Aber du hast gutes Wetter gehabt!«

»Na ja, gutes Wetter ... Schon ein ziemlich starker Wind.« Er hängte sein Jackett über die Rückenlehne seines Stuhls und setzte sich.

»Seid ihr denn am Strand gewesen?«

»Ein- oder zweimal. Der Wind war zu stark für den Strand.«

»Also zu Hause geblieben.«

»Ein bisschen im Windschutz bei der Garage.«

Maarten nickte. Er setzte sich wieder.

»Ich habe da eine alte Dame getroffen«, erzählte Ad, »eine Freundin der Mutter von Heidi, die hat dasselbe wie wir, auch immer müde, wir glauben jetzt also doch, dass es ein Virus ist.«

»Es wird wohl ein Virus sein«, sagte Maarten skeptisch. Er rückte den Stuhl eine Vierteldrehung herum, vor seine Schreibmaschine, schlug das Buch auf, das er gerade rezensierte, und legte seine Notizen daneben.

Die Tür ging auf. Freek kam herein, das rote Plastikkörbchen für die Milch in der Hand. »Morgen«, sagte er.

»Tag, Freek«, sagten die drei anderen beinahe gleichzeitig.

»Will hier noch einer Milch?«

»Für mich nicht«, sagte Bart.

»Einen halben Liter Buttermilch, bitte«, sagte Maarten.

»Für mich dann auch«, sagte Ad.

Freek notierte die Bestellungen auf einem Zettel.

»Wie war es auf Terschelling?«, fragte Maarten.

»Das war eigentlich ganz schön.«

»Habt ihr viel Eis gegessen?«

»Wieso?«

»Meine Schwiegermutter sagt …«, er hatte Mühe, sein Lachen zu unterdrücken: »›Wenn man kein Eis mehr essen kann, sollte man sich besser vom Acker machen.‹«

Freek kicherte, ein kurzes, unterdrücktes Kichern. »Deine Schwiegermutter hat schon so m-manchen bemerkenswerten Ausspruch getan. Das scheint mir ja eine ganz außergewöhnliche Frau zu sein.«

»Das ist sie auch«, sagte Maarten lächelnd.

»Hast du noch etwas von den Plänen mitbekommen, den Autoverkehr auf Terschelling einzudämmen?«, fragte Bart.

»Ja, schon«, er wandte sich von Maarten ab und Bart zu, »der Bauer, auf dessen Grundstück ich stand, war rasend vor Wut.«

»Hey, das verstehe ich jetzt nicht. Der Plan sah doch gerade vor, dass die Inselbewohner auch weiterhin ihr Auto benutzen dürfen?«

»Es war auch mehr gegen den Wattenverein gerichtet. Er fand es unannehmbar, dass Herrschaften, die in Amsterdam leben und da ihre Sitzungen abhalten, von dort aus entscheiden, dass auf Terschelling keine Autos mehr fahren dürfen.«

»Ist das so?«, fragte sich Bart. »Es war doch der Gemeinderat, der das beschlossen hat?«

»Aber unter dem Druck des Wattenvereins und mit nur einer Stimme Mehrheit.«

»Aber dennoch mit *einer* Stimme Mehrheit!«

»Ich kann es trotzdem verstehen. Ich frage mich sogar, ob man mit einer Stimme Mehrheit überhaupt eine so weitreichende Entscheidung treffen darf.«

Bart stand auf. »Ich habe durchaus Verständnis dafür, aber die Frage ist doch, ob das Interesse der Herren Autobesitzer ein demokratisches Interesse ist! Ich habe daran ernsthafte Zweifel.«

Maarten stand ebenfalls auf. »Ich bin kurz bei Balk«, sagte er und ging zur Tür.

»Das ist nicht der Punkt«, fand Freek. »Das könnte man von allen Interessen sagen.«

»Da bin ich doch anderer Meinung«, hörte Maarten Bart noch sagen. Er schloss die Tür und ging die Treppe hinunter. Bavelaar saß an ihrem Schreibtisch. »Tag, Jantje«, sagte er und ging weiter zu Balks Tür. »Hast du einen Moment Zeit?«, fragte er, als er dessen Raum betrat.

Balk blickte abwesend auf.

Maarten setzte sich auf einen der Sessel dem Schreibtisch schräg gegenüber und wartete eine Sekunde, um Balk die Gelegenheit zu geben, umzuschalten. »Elshouts Kongress«, sagte er dann, langsam und deutlich artikulierend.

»Ja?«

»Da müssen noch zwei Dinge geregelt werden.«

»Was ist das gleich wieder für ein Kongress?«

»Ein internationaler Kongress von Liedsammlern und Sammlern von Reimen im Landhaus Queeckhoven, bei Breukelen, im Juli«, fasste es Maarten so kompakt wie möglich zusammen.

Balk nickte.

»Wir müssen noch eine Entscheidung über die Exkursion treffen, und jemand muss die Eröffnung machen. Bei der Exkursion denken wir an eine Bootstour nach Amsterdam mit einem Besuch des Büros und einem Mittagessen oder an eine Dampferfahrt über die Loosdrechtse Plassen. Das hängt vom Geld ab, das wir ...«

»Davon halte ich nichts«, fiel ihm Balk ins Wort. »Mit Ausländern muss man ins Kröller-Müller-Museum zu den van Goghs. An wen hattest du für die Eröffnung gedacht?«

»Haben wir denn Geld dafür?« Eine Exkursion zum Kröller-Müller-Museum schien ihm nicht das Richtige zu sein. Dahin schickte das Hauptbüro seine Gäste immer, wahrscheinlich aus dem Bedürfnis heraus, deren Bild eines flachen, nassen Landes ohne Kultur zu korrigieren. Er selbst dachte genau umgekehrt darüber.

»Das Geld ist kein Problem. Hast du für die Eröffnung schon jemanden im Kopf?«

»Nein. Am besten wäre natürlich jemand aus dem Vorstand des Hauptbüros.«

»Den kriegt man dafür nicht«, sagte Balk entschieden. »Leute, die Lieder sammeln, damit machen wir uns nur lächerlich.«

»Dann jemand aus der Kommission. Das müsste dann Kaatje Kater sein.«

Beim Namen Kater verzog sich Balks Gesicht. »Kannst du es nicht selbst machen?«

»Im Namen des Hauptbüros?«

»Warum nicht? Die Ausländer wissen das sowieso nicht. Wenn du sagst, dass du im Auftrag des Hauptbüros da bist, glauben sie das. Mach du es ruhig! Ich kann im Juli nicht.«

»Gut.« Er fand so rasch keine Argumente, um Balks Entscheidung zu parieren, außer dass er nichts davon hielt, doch ihm war klar, dass das kein starkes Argument war und von Balk sofort vom Tisch gefegt werden würde. Er stand auf. »Danke.« Er verließ den Raum und stieg in Gedanken die Treppe hinauf. Jaring sah ihn freundlich an, als er dessen Zimmer betrat, so als habe er all die Zeit über dagesessen und auf ihn gewartet. Maarten zog einen Stuhl an seinen Schreibtisch und setzte sich. »Ich bin wegen des Kongresses bei Balk gewesen.«

Jaring nickte mit einem leichten Lächeln, die Hände auf dem Bauch gefaltet.

»Er findet, dass wir mit ihnen ins Kröller-Müller-Museum gehen sollen.«

Jaring reagierte darauf nicht sofort. Er wandte den Kopf ab und sah durch das geöffnete Fenster in den blauen Himmel. »Das finde ich eigentlich keine so gute Idee«, sagte er vorsichtig, während er sich langsam wieder Maarten zuwandte.

»Ich auch nicht.«

»Glaubst du, dass wir dagegen noch etwas tun können?«

»Wir können es ignorieren.«

Jaring zögerte. An seinem Gesicht war zu erkennen, dass er das schon ziemlich extrem fand.

»Wir ignorieren es!«, entschied Maarten. »Balk selbst ist sowieso nicht da, also haben wir die Verantwortung. Außerdem möchte er, dass ich den Kongress eröffne, im Namen des Hauptbüros. Das mache ich, wenn auch nicht gern, und nur, wenn du nichts dagegen hast.«
»Nein, warum sollte ich etwas dagegen haben? Ich finde es sogar sehr schön.«
»Gut.« Er stand auf, stellte den Stuhl zurück, verließ den Raum, ging auf die Toilette und öffnete die Tür seines Zimmers. Bart und Freek standen noch genauso da, Bart an seinem Schreibtisch und Freek mit dem Milchträger in der Hand. »Das ist natürlich das Problem bei jeder demokratischen Entscheidung«, sagte Bart, »dass die Minderheit von der Mehrheit gezwungen wird, ihre Entscheidung zu akzeptieren ...«
Maarten besann sich, schloss die Tür wieder und stieg erneut die Treppe hinunter, dieses Mal zum Kaffeeraum. Er grüßte de Vries, ging durch die Schwingtür weiter zum Schalter und zog sein Portemonnaie mit den Bons aus der Gesäßtasche. »Haben Sie eine Tasse Kaffee für mich, Herr Goud?«, fragte er.
»Ja, natürlich«, sagte Goud.
»Ist Wigbold krank?«, fragte er, während Goud ihm eine Tasse Kaffee einschenkte.
»Ja, Wigbold ist krank.« Er schob ihm die Kanne mit der Milch und den Zucker hin und spießte den Bon, den Maarten ihm gab, mit einer automatischen Bewegung auf die Nadel.
»Was hat er?« Er nahm sich einen Löffel Zucker und griff zur Milchkanne.
»Kopfschmerzen.«
»Kopfschmerzen«, wiederholte Maarten abwesend. Er wandte sich ab.
Es saßen fünf oder sechs Leute da. Er setzte sich neben Mia und Ad. Mia nickte ihm zu. »So«, sagte sie lächelnd.
»So.« Er rührte in seinem Kaffee, stellte ihn auf den niedrigen Tisch, holte die Pfeife und den Tabak hervor und begann, sich eine Pfeife zu stopfen.
»Das habe ich dich lange nicht mehr machen sehen«, sagte Lex.

»Dann hast du schlecht geguckt«, antwortete Maarten, unfreundlicher, als es beabsichtigt gewesen war.
Sie schwiegen.
»Sprichst du eigentlich auch bei der Verabschiedung von Dé Haan?«, fragte Meierink in seinem nöligen Tonfall.
»Nein.« Er holte seine Streichhölzer aus der Tasche. »Ich glaube auch nicht, dass ich dafür infrage komme.«
»Weil du sie so lange gekannt hast.«
»Du hast sie noch länger gekannt.«
»Aber ich bin kein Abteilungsleiter.«
»Du hättest es sein können.«
Meierink lachte dümmlich. »Nein, denn ich habe keinen Doctorandus vor meinem Namen stehen.«
»Ach, diese Titel, daran liegt mir nicht viel«, sagte Maarten missmutig. Er zündete seine Pfeife an, machte das Streichholz aus und legte es in den Aschenbecher.
»Aber der Kommission schon«
»Ja, der Kommission schon.« Er nahm seine Tasse in den Schoß. »Außerdem bin ich nicht da. Ich bin dann in Friesland auf Feldstudie.«
»Das passt dir sicher gut in den Kram«, sagte Lex.
»Das passt mir sehr gut in den Kram.« Er schmunzelte.
Hans Wiegersma lachte amüsiert.
»Du lachst«, stellte Maarten fest.
»Ja, ich lache ein bisschen«, entschuldigte sich Hans.
»Lachen ist gesund«, bemerkte Mia. »Das sagt meine Mutter immer.«
»Das sagt meine Schwiegermutter auch«, sagte Maarten, »aber dafür möchte ich erst noch den Beweis sehen.«

Als er auf dem Rückweg zu seinem Raum an Freeks Zimmer vorbeikam, sah er diesen durch die geöffnete Tür an seinem Schreibtisch sitzen. Bart stand davor, offensichtlich dabei, die Diskussion noch kurz abzurunden. Er ging weiter zu seinem Zimmer, setzte sich an die Schreibmaschine, las noch einmal, was er geschrieben hatte, suchte in seinen Aufzeichnungen und begann zu tippen. Ad und Bart kamen nicht zurück. Nach etwa zwanzig Minuten hörte er wieder auf. Er suchte nach dem Wort für ein Spiel mit Bauteilen, an das ihn die Argumentation des Buchautors erinnerte. Während er sich an die Lehne seines Stuhls zurücksinken ließ, sah er hinaus auf das Grün der Bäume, gedankenverloren, ohne etwas in sich aufzunehmen. Er stand auf, ging zwischen seinem Schreibtisch und der Tür zum Karteisystemraum auf und ab, stellte sich vor das Regalbrett mit Wörterbüchern, erkannte, dass er dort nicht finden würde, wonach er suchte, kehrte zu seinem Stuhl zurück und las die letzte Seite erneut bis zu der Stelle, an der er steckengeblieben war. Er sah auf die Uhr, stellte fest, dass es Zeit für den zweiten Kaffee war, und ging zum dritten Mal an diesem Vormittag die Treppe hinunter. Lex und Bekenkamp saßen noch auf demselben Platz, Bavelaar, Freek und Elsje Helder hatten sich zu ihnen gesellt, Freek mit dem leeren Milchträger neben sich auf dem Boden. »Es gibt ein Spiel mit Bauteilen«, sagte er, während er sich zwischen Bavelaar und Lex setzte. »Wie heißt das doch gleich?«

»Stabilbau«, sagte Bekenkamp.

»Nein, das hatte man früher. Das waren diese Blechteile. Ich meine Plastik.«

»Lego?«, versuchte es Lex.

»Lego!«, sagte Maarten zufrieden. »Das ist es! Lego!«

»Das wolltest du dir sicher zum Geburtstag wünschen«, sagte Freek. Er unterdrückte ein Lachen.

»Nein, das brauche ich für eine Rezension.«

»Worum geht es darin?«, fragte Lex.

»Um Bauernhöfe.«

»Weißt du darüber denn auch schon was?«, fragte Freek.

»Kein Stück! Obwohl ich Mitglied des Vorstands und der Technischen Kommission des Bauernhausvereins bin.« Es klang gewichtiger, als er es beabsichtigt hatte. Er ärgerte sich darüber. Es war seine übertriebene Sucht, alles, was er tat, zu rechtfertigen, anstatt eine solche Bemerkung zu ignorieren.

»Stabilbau war schöner«, fand Bekenkamp. »Damit konnte man mehr machen.«

»Aber da musste man schon einen großen Kasten haben«, sagte Lex.

»Hatten Mädchen das eigentlich auch?«, fragte Freek Elsje.

»Nein, aber ich habe mit dem Stabilbaukasten meines Bruders gespielt.«
»Ich auch«, sagte Bavelaar. »Ich fand es herrlich.«
»Ein Kran war am schwierigsten«, erinnerte sich Bekenkamp.
»Den habe ich auch noch gebaut«, sagte Freek.
»Nein, so weit bin ich nie gekommen«, sagte Bavelaar. »Aber einen Lastwagen.«
»Ich habe auch einen Stabilbaukasten gehabt«, sagte Goud, der das Gespräch hinter dem Schalter verfolgt hatte.
»Und, fanden Sie das schön?«, fragte Maarten ungläubig.
»Ja«, sagte Goud nachdenklich, »ja, das fand ich schon schön. Sie nicht?«
»Nein. Ich konnte damit nichts anfangen.«
»Doch, ich konnte schon etwas damit anfangen.«
»Was hast du denn gemacht, als du ein kleiner Junge warst?«, fragte Lex.
»Ja, was habe ich gemacht ...« Er dachte nach. »Auf Brachen herumstreunen und mit bloßen Füßen durch Pfützen laufen, eigentlich das, was ich noch immer tue.«
Freek lachte auf, ein hohes, sich überschlagendes Lachen, das er hinter seiner Hand verbarg. »Sorry«, entschuldigte er sich.
»Also nichts«, erläuterte Maarten schmunzelnd.
»Ja, ich verstehe«, sagte Freek lachend. »Ich glaube es bloß nicht.«
Maarten zuckte erstaunt mit den Achseln. Er zog den Aschenbecher zu sich heran und begann, mit dem Pfeifenreiniger seine Pfeife auszukratzen. Er fühlte sich verlassen.

Nach dem Mittagessen ging er zum Markt. Sobald er nach draußen kam, aus dem kühlen Hinterhaus, schlug ihm die Hitze entgegen. Es war so warm, dass er Kopfschmerzen bekam. Er schritt den ganzen Markt ab, um Äpfel zu suchen, doch er konnte keine finden, die ihm gefielen, und ging mit der leeren Tasche wieder zurück. Ad und Bart waren verschwunden, Ad nach Hause, Bart zur Bibliothek. Er arbeitete ein paar Stunden an der Buchbesprechung, mit einer Unterbrechung durch eine Tasse Tee. Balk war auch zugegen, und wenn Balk da war, hielten alle ihren Mund. Da Balk dieses Mal auch nichts sagte, wurde nicht geredet. Gegen vier Uhr verließ er noch einmal das Büro, um in der Vijzelstraat Tabak zu kaufen. Die Gracht vor dem Büro war zu dieser Nachmittagsstunde und vielleicht auch wegen der Hitze nahezu menschenleer. Das erinnerte ihn an einen weit zurückliegenden Vorfall, als er einen Mitschüler, der krank geworden war, während der Schulzeit nach Hause hatte bringen müssen, und es gab ihm ein ungewohntes Gefühl der Freiheit. Aus reinem Vergnügen kaufte er, außer dem Tabak, noch ein Kursbuch sowie eine Karte für die Straßenbahn und kehrte mit dem neuerworbenen Besitz zurück in sein Zimmer. Wieder am Schreibtisch, stopfte er sich die Pfeife, stellte die Füße gegen die Schreibtischplatte und lehnte sich auf den Hinterbeinen seines Stuhls nachdenklich zurück, bis die Motorräder auf dem Innenhof der Amstleven-Versicherung angetreten wurden und ihr Krach in sein Zimmer drang. Sien und Joop kamen vorbei. Er hörte Tjitske und Manda auf den Flur gehen. Als alle weg waren, schloss er die Fenster, deckte seine Schreibmaschine ab, zog das Jackett an, griff zu seiner Tasche, ging noch kurz in den Karteisystemraum, sah in den Besucherraum und stieg dann langsam die Treppe hinunter zur Eingangstür. Er schob sein Namensschild aus und ging durch die Drehtür nach draußen, hinein in die Wärme. Gedankenverloren nahm er den üblichen Weg nach Hause. Er kaufte die Zeitung und spazierte unter den hohen Bäumen langsam den Voorburgwal entlang. In den Spiegeln an der Rückwand des Autohauses am Ende des Briefmarkenmarkts sah er sich selbst gehen: ein ergrauender Mann in einem grauen Jackett und einer grauen Hose, eine alte Schultasche in der Hand, auf dem Weg vom Büro nach Hause.

*

»Du siehst schlecht aus«, sagte Klaas. Er sah ihn prüfend an.
»Ich weiß«, sagte Maarten unwillig. »Das ist mein normales Gesicht.«
Sie gingen über den Flur zum Zimmer von Klaas, der hinter ihnen herkam. Das Schiebefenster in der Ecke hinter dem Schreibtisch stand einen Spalt offen.

»Nein, aber sag mal«, sagte Klaas, als sie sich gesetzt hatten. »Arbeitest du so hart?«

»Ich arbeite mich kaputt.« Er versuchte zu lächeln, doch es gelang ihm nur halb. Er war so müde, dass er das Gefühl hatte, seine Augen träten aus ihren Höhlen.

»Ich dachte, dass du da nie etwas zu tun hättest.«

»Da irrst du dich aber.«

»Arbeitet er wirklich so hart?«, fragte Klaas Nicolien.

»Er arbeitet idiotisch hart«, antwortete sie, »aber es bringt nichts, wenn man etwas dagegen sagt.«

»Es sind eher die erzwungenen sozialen Kontakte«, sagte Maarten. »Ich kann das nicht ertragen. Ich hätte Bauer werden sollen. Ein Minister arbeitet viel härter.«

»Aber du bist doch kein Minister?«, sagte Nicolien.

»Gewissermaßen.«

»Womit hast du denn so viel zu tun?«, wollte Klaas wissen.

»Ich arbeite an drei Untersuchungen, ich muss vier Leute ausbilden, ich muss eine neue Zeitschrift aufbauen, ich habe momentan fünfzehn Bücher herumliegen, die ich besprechen soll, und ich sitze in sechs Kommissionen«, listete Maarten auf.

»Aber das hast du dir doch selbst ausgesucht«, sagte Nicolien scharf. »Das brauchst du doch nicht zu tun? Du bestimmst doch selbst, was du machst?«

»Natürlich muss ich das machen! Wer macht es sonst, wenn nicht ich?«

»Bart und Ad.«

»Bart und Ad tun gar nichts!«, sagte er missmutig.

»Und dabei sagst du doch immer, dass Bart so hart arbeitet!«

»Ja, wenn es um Details geht! Und Ad ist immer krank!«

Klaas lauschte schweigend. »Wie sieht's aus«, fragte er, als sie schwiegen, »wollt ihr vielleicht eine Tasse Tee?«

»Wenn du so bist, hätten wir besser nicht herkommen sollen«, sagte sie, als Klaas das Zimmer verlassen hatte. »Du bist völlig außer Rand und Band.«

»Wenn ich eine Woche lang nicht im Büro gewesen bin, bin ich am

ersten Tag immer so«, entschuldigte er sich. »Das geht schon wieder vorüber.«
»Aber was ist denn passiert?«
»Nichts!« Die Frage irritierte ihn. »Es ist einfach so, dass ich dann all die Leute wiedersehen muss, und alle mit ihren Problemen ankommen, statt sie selbst zu lösen oder mit Bart zu besprechen.«
»Dann hast du es nicht anders verdient.«
»So wird es wohl sein«, sagte er mürrisch. »Ich wüsste nur nicht, womit.«
Sie schwiegen. Von ferne hörte er Klaas in der Küche arbeiten. Aus dem kleinen Zimmer neben der Eingangstür, in dem seine Mutter wohnte, kam das gedämpfte Geräusch des Fernsehers.
»Hast du eigentlich den Eindruck«, fragte Maarten, als Klaas mit der Teekanne ins Zimmer kam, »dass auf deiner Schule die jüngeren Generationen viel selbstbezogener sind, als wir es waren?«
»Sie sind schon bequemer geworden«, bestätigte Klaas. Er stellte die Kanne unter eine Mütze, rieb seine Finger aneinander, setzte sich, stand wieder auf und holte eine Dose aus dem Schrank. »Möchtet ihr schon mal einen Keks?«
Sie nahmen beide einen Keks. Klaas nahm sogar zwei, machte den Deckel wieder zu, stellte die Dose auf seinen Schreibtisch und setzte sich wieder. »Man bekommt sie nur noch schwer ans Arbeiten. Am Unterricht haben sie zwar noch Interesse, aber sie wollen dafür nichts mehr tun.«
»Und wie kommt das?«
»Ich glaube, weil sie zu viel Ablenkung haben.« Er hatte seinen Ellbogen auf die Lehne seines Stuhls gestützt und saß mit erhobener Hand da, den Mittelfinger über den Zeigefinger gekrümmt.
»Aber sind sie auch viel selbstbezogener?«
»Das weiß ich nicht«, sagte Klaas gleichgültig. »Davon habe ich nie so viel gemerkt.«
»Ich habe den Eindruck, dass es mit der Generation angefangen hat, die nach uns gekommen ist.«
»Bestimmt, weil Ad zufällig gerade so ist«, sagte Nicolien, »denn über die Frauen sagst du immer, dass sie nie krank sind.«

»Frauen sind da anders«, gab Maarten zu. »Die sind härter.« Er lächelte schuldbewusst.

»Hör mal, ich mag das nicht, diese Generalisierungen. Und ich finde es völlig idiotisch, Leuten übel zu nehmen, dass sie keine Lust haben, hart zu arbeiten! Dass du so bist, ist schon schlimm genug.«

Er schwieg.

Klaas stand auf. Er schenkte Tee ein und stellte ihre Tassen vorsichtig vor sie auf den niedrigen Tisch, breite Tassen mit einem klein bisschen, sehr leicht gefärbten Tee darin. »Wollt ihr noch einen Keks?«, fragte er und nahm die Dose vom Schreibtisch.

Sie nahmen noch einen Keks.

»Aber erzählt mal, wie geht es euch jetzt eigentlich?«, fragte er, als er wieder in seinem Sessel saß. Er sah Maarten prüfend an.

»Gut«, sagte Maarten. »Wir sind letzte Woche in Friesland gewesen für eine Feldstudie.«

»Ist das denn nichts?«

»Das ist schon nett. Zumindest sind es nette Leute ...« Er kramte in seiner Erinnerung. »In Beetgumermolen beispielsweise. Zwei alte Leute, sechsundachtzig Jahre. Der Mann ist Müller gewesen. Da kamen wir am späten Nachmittag an. In einem Regenschauer. ›Ist Koning da?‹ – Der Mann wäre fast die Treppe heruntergefallen, so eilig hatte er es, uns zu begrüßen. Und als wir zwei Stunden später wieder gingen, wussten sie vor lauter Herzlichkeit nicht, was sie uns mitgeben sollten. ›Butterbrote?‹ – ›Nein, denn wir fahren jetzt nach Dokkum.‹ – ›Wurst?‹ – ›Auch nicht.‹ – ›Dann eine Zigarre?‹ – ›Nein.‹ – ›Vielleicht ein bisschen Tabak? Eau de Cologne?‹ – Aber Nicolien hatte nicht einmal ein Taschentuch dabei. Ob ich mich dann nicht rasieren wolle – er hätte einen elektrischen Rasierapparat. ›Auch das nicht!‹« Während er es erzählte, begann er, immer lauter und schneller zu sprechen, gehetzt, angespannt, um alle Details zusammenzuhalten. Vor Lachen stiegen ihm die Tränen in die Augen. »Aber wenn man dann geht, hat man rasende Kopfschmerzen.«

Klaas hatte lächelnd zugehört. »Und was redest du dann mit so einem Mann?«, fragte er, als Maarten schwieg und sich die Tränen von den Wangen wischte.

»Der Mann sprach ein unverständliches Friesisch, auch weil er kein Gebiss im Mund hatte«, sagte Maarten lachend. »Aber das machte nichts, denn er war stocktaub, er verstand mich also auch nicht. Er hatte zwar ein Hörgerät, das hat er noch unten aus dem Schrank geholt, aber er war zu aufgeregt, um die Mechanik zu bedienen. Es gab einen hohen Pfeifton, oder es machte gar nichts. Also haben wir uns ein bisschen gegenseitig angeschrien.« Er musste erneut lachen.

»Aber wie hält man das denn zwei Stunden lang durch?«, fragte Klaas erstaunt.

»Ja, das ist die Kunst.« Er lachte wieder. »Dafür muss man ein begnadeter Interviewer sein.«

»Aber du hast doch vor allem mit der Frau geredet«, sagte Nicolien.

»Ja, ich habe mit der Frau geredet«, gab Maarten zu. »Über das Brotbacken.«

Sie schwiegen.

»Und wie viele von diesen Leuten schaffst du so an einem Tag?«, wollte Klaas wissen.

»Drei oder vier Interviews à zwei Stunden. Und dann muss man natürlich noch mit dem Fahrrad von einem zum anderen fahren, man hat also gut zu tun.«

»Das scheint mir doch ganz nett zu sein.«

»Ja, im Nachhinein! Wenn man da sitzt, wünscht man sich, dass sie tot umfallen.«

»Doch nicht bei diesen alten Leuten?«, sagte Nicolien ein wenig verstimmt.

»Nein, nicht bei diesen alten Leuten«, beruhigte Maarten sie. »Die dürfen, was mich betrifft, bis in alle Ewigkeit weiterleben. Das waren nette Leute.«

»Aber du hast doch gesagt, dass die anderen auch ganz nett sind?«, erinnerte ihn Klaas.

»Die meisten sind schon nett«, gab Maarten zu. »Es sind Bauern. Bauern sind oft nett.«

»Dann verstehe ich nicht, warum sie tot umfallen sollen.«

»Natürlich, weil ich mich schuldig fühle!«, sagte Maarten ungeduldig. »Weil so ein Kontakt erzwungen ist! Du musst in zwei Stunden vertraulich werden, dir wird hinterhergewunken, wenn du gehst, und du weißt, dass du sie vielleicht nie wiedersiehst, oder zumindest erst nach Jahren. Ich kriege davon Kopfschmerzen.«

Klaas schüttelte den Kopf. »Nein, ich glaube nicht, dass ich davon Kopfschmerzen bekommen würde.«

Es war einen Moment still.

»Man kommt nur, um etwas zu holen!«, verdeutlichte Maarten. »Das ist eigentlich widerwärtig.«

»Aber wenn sie es doch selbst interessant finden?«

Sie schwiegen.

»Wollt ihr noch eine Tasse Tee?«, fragte Klaas. »Oder möchtet ihr vielleicht etwas anderes?«

»Ich hätte gern noch eine Tasse Tee«, sagte Nicolien.

»Ich auch«, sagte Maarten.

Klaas zog die Mütze von der Teekanne und schenkte die Tassen noch einmal voll. Er stellte die Kanne wieder zurück und öffnete die Keksdose. »Es gibt nur noch zwei Kekse«, stellte er fest.

»Ich brauche keinen«, sagte Maarten.

Nicolien nahm einen Keks, Klaas den anderen. »Ich muss daran denken, dass ich morgen neue kaufe«, sagte er. Er setzte sich wieder. Es entstand erneut eine Pause. Durch das halboffene Fenster hörte man die Schritte von Passanten.

»Wie geht es Beerta jetzt eigentlich?«, fragte Klaas.

»Etwas besser. Er hat ein kleines Brett mit Plastikbuchstaben bekommen, damit kann er Sätze bilden, und er stößt ein paar Laute aus.«

»Und verstehst du das dann?«

»Manchmal. Wenn man ihn nicht versteht, regt ihn das unheimlich auf. Das letzte Mal hat er mir einen Klaps versetzt, als ich ihn nicht verstand.« Er lachte.

»Und was hast du dann gemacht?«

»Nichts. Gelacht. Und dann musste er auch lachen.«

Die Geschichte erstaunte Klaas sichtlich. »Du besuchst ihn also noch.«

»Jede Woche.«

»Und kommen da auch noch andere Leute?«

»Das weiß ich nicht. Vom Büro jedenfalls nicht.«
Sie schwiegen.
»Nur Wigbold hat einmal seine Haare geschnitten«, erinnerte sich Maarten. »Der war früher sein Friseur.«
Klaas dachte nach. »Nein, ich glaube nicht, dass ich das über mich bringen würde«, gestand er.

*

Beerta lag in einem blauen Pyjama auf der Bettdecke. Die Markisen waren heruntergelassen worden, wodurch das Licht gedämpft wurde, und eines der Fenster stand einen Spaltbreit offen. Trotzdem war es warm im Zimmer, eine schwüle, sommerliche Hitze.
»Wie geht's?«, fragte Maarten. Er gab ihm die Hand.
Beerta nickte und gähnte dann lautstark, den Mund weit offen. Neben dem Bett stand ein Korb mit einem weißen Tuch darüber, unter dem ein Tschilpen zu hören war.
»Du langweilst dich«, stellte Maarten fest und sah zu dem Korb hinüber.
»Eii«, sagte Beerta und schüttelte den Kopf.
»Du langweilst dich nicht.« Er sah unter das Tuch. Im Korb saß ein junger Star. Er reckte sich zum Licht, den Schnabel weit geöffnet. »Wie kommt der denn hierher?« Er wandte sich Beerta zu.
Beerta hob, wobei er die Augenbrauen hochzog, die Hand in die Höhe und ließ sie wieder fallen, als sei es für ihn ebenfalls ein Rätsel.
Während er den Star betrachtete, wurde Maarten von einem Gefühl der Ratlosigkeit beschlichen. Es lagen ein paar Stücke Zwieback bei ihm, doch wer gab einem jungen Star denn Zwieback? Und was sollte Beerta damit? Der nächste Gedanke war der, dass das Tier hier von jemandem ausgesetzt worden war und er nun die Verantwortung übernommen hatte. Der Star tschilpte, ebenfalls ratlos, und sperrte immer wieder den Schnabel weit auf. Maarten brach ein Stückchen Zwieback ab, steckte es in den offenen Schnabel, sah zu, wie der Star es hinunterschluckte, und fütterte ihm noch ein paar Stücke, so viele, wie er

glaubte, dass sie ein junger Star auf einmal vertragen konnte, ohne sich zu überfressen. Besorgt beobachtete er ihn noch eine Weile, bevor er das Tuch wieder über den Korb legte. »Was soll jetzt aus diesem Star werden?«, fragte er und wandte sich wieder Beerta zu.

»Äh, *äh*.«

Maarten sah ihn nicht begreifend an.

»Äh, *äh*!«, wiederholte Beerta gebieterisch und zeigte zur Tür.

»Die Schwester!«, wurde Maarten klar.

Beerta nickte.

»Ich soll ihn zur Schwester bringen.«

Beerta schüttelte den Kopf.

»Die Schwester hat ihn hier hingestellt!«

Beerta nickte.

Maarten lachte. Er zog einen Stuhl an das Bett. »Das Reden mit dir hat etwas von einem Quiz bekommen.«

Das amüsierte Beerta. »Aa«, sagte er nickend.

Maarten sah auf das Tischchen neben dem Korb mit dem Star, auf dem die Lesetafel lag. »Hast du noch eine Nachricht aufgeschrieben?«

Beerta schüttelte den Kopf. Er gähnte erneut, laut und ungeniert.

Maarten sah ihn an. »Ich war vorige Woche nicht da, weil ich in Friesland war, auf Feldstudie.«

Beerta nickte.

Maarten schmunzelte. »Das kam natürlich ganz gelegen, aber das bleibt natürlich strikt sub rosa, weil ich so auch nicht bei der Verabschiedung von Dé Haan dabei sein konnte.« Es war eine Parodie auf Beerta, der immer alles sub rosa erzählte, und unter den jetzigen Umständen war die Bemerkung außerdem hart an der Grenze. Ob Beerta dies auch so empfand, war nicht klar, doch es amüsierte ihn durchaus. »De Roode wird ihr Nachfolger.«

»Oh«, sagte Beerta erstaunt.

»Huub Pastoors hat Balk zufolge nicht genügend Klasse.« Es lag ein leichter Spott in seiner Stimme.

Beerta nickte.

»Das hat er mir zumindest einmal gesagt.«

Sie schwiegen. In der Stille drängte sich das Tschilpen des Stares wieder auf, aber auch das Gefühl der Ratlosigkeit, das all die Zeit über verborgen präsent geblieben war. Er fragte sich, ob er gleich beim Gehen die Schwester ansprechen sollte, doch da er nicht wusste, welche Lösung er ihr dann anbieten könnte, kam er zu keinem Entschluss. Beerta gähnte erneut, lautstark. Maarten hob das Tuch hoch und schaute darunter. Sobald ihn der Star sah, sperrte er seinen Schnabel auf. Er fütterte ihn erneut mit ein paar Stücken Zwieback, ließ das Tuch wieder fallen und sah sich um. Durch das geöffnete Fenster hörte man das Tschilpen von Vögeln, wahrscheinlich auch von den Eltern des Stares. Er überlegte, ob er das Tier nicht besser nach draußen bringen sollte, damit sie ihn finden würden, doch der Gedanke, dass er dann eine sichere Beute für Katzen wäre, ließ ihn die Möglichkeit wieder verwerfen. Wie man es auch drehte und wendete, es war eine unmögliche Situation, die ihn, als er darüber nachdachte, an den Rand der Verzweiflung brachte.

»Ie-ü-o? Ie-äu-ü-ie-äu-ü-ie-äu-ü-o?«, versuchte es Beerta.

Maarten sah ihn abwesend an, die Laute abwägend. »Wie läuft es im Büro?«, wiederholte er.

Beerta nickte.

»Im Büro läuft es gut.«

Es wurde erneut still.

»Wir waren gestern bei Klaas de Ruiter«, erzählte Maarten, mit den Gedanken noch beim Star. »Ich soll dich grüßen.«

Beerta nickte. »Ie-e-ih?«

»Wie es ihm geht? Ganz gut, glaube ich. Wir haben über die jüngeren Generationen gesprochen.«

Beerta nickte ernst.

»Die taugen nichts.«

Das amüsierte Beerta.

»Das heißt, Klaas findet, dass sie schon etwas taugen, aber dass das Fernsehen sie nur verdirbt.«

»Ah.«

»Das Fernsehen ist eine Katastrophe!«

Beerta nickte resigniert.

»Eine Erfindung des Teufels!«

Darüber musste Beerta schmunzeln.

Die Tür des Krankenzimmers wurde vorsichtig geöffnet, ein alter Mann sah um die Ecke. »Tag, Anton«, sagte er, als er Anton liegen sah.

»Ah!«, sagte Beerta erfreut.

Der Mann kam an sein Bett und gab ihm die Hand. »Du siehst gut aus!« Er hatte ein freundliches Gesicht. Sein Oberhemd, ein Hemd mit roten Streifen, war am Kragen ausgefranst.

Maarten war aufgestanden.

»Donker«, sagte der Mann und streckte die Hand aus.

»Koning«, sagte Maarten. »Ich komme vom Büro.«

»Ah, richtig ...« Er zögerte.

»Sie können sich hierhin setzen«, sagte Maarten und zeigte auf den Stuhl.

»Aber dann verscheuche ich Sie.«

»Nein, denn ich wollte sowieso gerade gehen.«

»Verscheuche ich Sie auch wirklich nicht? Ich kann auch gut ein andermal kommen.«

Sie sahen beide zur Seite, weil Beerta laut gähnte, als gehe ihn das Gespräch nichts an.

»Sie können sich wirklich hier hinsetzen!«, beharrte Maarten. »Ich komme jeden Dienstag her.«

Erst als er auf der Straße war, erinnerte er sich an den Star. Er zögerte, unsicher, ob er wieder zurückgehen sollte, um die Schwester anzusprechen, setzte seinen Weg fort und machte sich ein paar Meter weiter Vorwürfe darüber. Doch da er nicht im Entferntesten eine Lösung sah, kam er auf seinen Entschluss nicht zurück. Unzufrieden mit sich selbst betrat er das Büro und stieg die Treppe zu seinem Zimmer hinauf. Im Büro herrschte eine unwirkliche Stille. Es schien, dass die meisten bei dieser Hitze woanders Zuflucht gesucht hatten. Auch in seinem Zimmer war niemand. Er hängte sein Jackett an die Kästen mit Fragebogen und setzte sich an den Schreibtisch, unschlüssig, in Gedanken noch mit dem Star beschäftigt. Danach fasste er sich ein Herz, rückte seinen Stuhl eine Vierteldrehung herum, vor seine Schreibmaschine, und las noch einmal die letzten Sätze seiner Besprechung, die dabei war, sich zu einem Aufsatz auszuwachsen. Er zog seine Aufzeichnungen zu sich heran, sah in das aufgeschlagene Buch, das auf seinem Schreibtisch lag, tippte träge ein paar Sätze, hörte wieder auf und dachte nach, die Hände über der Tastatur.

Bart kam aus dem Besucherraum in das Zimmer. »Wie ging es Herrn Beerta?«, fragte er.

»So wie vor vierzehn Tagen«, antwortete Maarten abwesend. Er drehte sich zu Bart um, der mit einem Zettel und einem Bleistift an seinen Schreibtisch gekommen war. »Bloß, dass die Schwestern einen jungen Star neben sein Bett gestellt hatten, in einem Korb, unter einem Tuch.« Er sah Bart an, als erwarte er von ihm eine Lösung.

»Sollten sie das vielleicht gemacht haben, um ihn ein bisschen aufzuheitern?«

»Weiß der Himmel.« Er zuckte mit den Achseln. »Ich frage mich nur, was jetzt aus dem Star werden soll.«

»Ich glaube, dass ich in einem solchen Fall den Vogelschutz anrufen würde.«

»Den Vogelschutz!«, wiederholte Maarten nachdenklich. »Die werden wahrscheinlich sagen, dass man ihm alle Viertelstunde einen halben Wurm oder ein Stück von einem faulen Apfel geben muss.«

»Das weiß ich nicht. Auf jeden Fall scheint es mir die Stelle zu sein, die am ehesten für diese Art Probleme zuständig ist.«

»Und wie finde ich die Nummer des Vogelschutzes?«

»Die wird doch wohl im Telefonbuch stehen?«

Maarten zog widerwillig das Telefonbuch zu sich heran, in der Einsicht, dass er Bart die Verantwortung nicht übertragen konnte, auch wenn er dies einen Moment lang gehofft hatte. Er blätterte, bis er den Vogelschutz gefunden hatte, und wählte die Nummer, während Bart neben seinem Schreibtisch stehen blieb und wartete. Keiner nahm ab.

»Sie nehmen nicht ab«, stellte er fest und sah auf seine Armbanduhr.

»Dann sind sie sicher schon nach Hause gegangen.«

Maarten ließ das Telefon noch ein paarmal klingeln und legte dann auf. Es schien höhere Gewalt zu sein, doch das beruhigte ihn nicht.

»Schläfst du nicht?«, fragte sie dösig.
»Nein.«
»Was ist denn?«
»Ich denke an den Star.«
»Hey, denk doch nicht mehr an den Star. Du kannst jetzt sowieso nichts machen.«
»Nein.«
»Ich finde es aber sehr lieb von dir«, sagte sie nach einer Pause.
»Ja, aber davon hat der Star nichts.«
»Versuch jetzt mal zu schlafen.«
»Ich werde es versuchen.« Doch es gelang ihm nicht. Er kannte sich und wusste, dass er die Entscheidung gerade so lange hinauszögern würde, bis der Star tot war, wenn er es nicht ohnehin schon war, denn er hatte als Junge genug junge Stare gehabt, um zu wissen, dass ihm ein paar Stunden ohne Nahrung bereits zum Verhängnis werden konnten. Warum hatte er dann nicht eingegriffen? Weil er die Begegnung mit diesen Schwestern gescheut hatte. Das war noch nicht einmal das Schlimmste, doch er warf sich vor, dass der Star in diesem Falle seinem Nichtstun zum Opfer fiel, auch wenn er zugleich wusste, dass es nichts an seinem Verhalten ändern würde. Nichts, um darauf stolz zu sein. Diese Gewissheit hielt ihn wach, bis der Wecker klingelte.

*

»Ladies and Gentlemen, meine Damen und Herren«, sagte Maarten auf Deutsch, »Im Auftrag des Hauptbüros heiße ich Sie herzlich willkommen. Wir freuen uns sehr, dass Sie hierhergekommen sind, um zusammen Ihre Fachprobleme zu diskutieren, und wir hoffen, dass Sie sich bei uns zu Hause fühlen werden, soweit das möglich ist. Dazu übergebe ich Ihnen für das Weitere Herrn Jaring Elshout. Sie kennen ihn. Er ist meiner Meinung nach der liebenswürdigste Gastgeber, den Sie sich wünschen dürfen. Meinerseits wünsche ich Ihnen viel Vergnügen und vor allem auch guten Erfolg. Jaring Elshout!« Mit einer Handbewegung machte er Jaring Platz und setzte sich auf einen Stuhl seitlich des Katheders, während die ungefähr fünfzig Kongressteilnehmer, die in einem Halbkreis im Kuppelsaal des Landhauses Queeckhoven beieinander saßen, höflich applaudierten. Erst als er sich hingesetzt hatte und das stümperhafte, stotternde Deutsch Jarings über sich ergehen ließ, ohne ihm zuzuhören, dachte er an den Scherz, den er noch hatte machen wollen, der Einzige, der am Abend zuvor von den vier oder fünf Versuchen, eine längere Ansprache zu entwickeln, übrig geblieben war. Im Nachhinein war er froh, dass er sie zum Schluss in einem Anfall von Selbsteinsicht alle zerrissen hatte, weil ihm von seinem eigenen Gejuxe schlecht wurde, und er sich auf diese bescheidene, ebenso kurze wie bündige Ansprache beschränkt hatte, die er nicht einmal hatte auswendig lernen müssen und die ihn zumindest diesmal vor der Anfechtung bewahrt hatte, sich auf der Stelle das Leben nehmen zu wollen. Zufrieden ließ er das Geraune des ersten Redners über sich ergehen, während sein Blick aus dem Fenster wanderte, über die grünen Sträucher und Beete entlang der geschwungenen Auffahrt, mit der Straße dahinter und der Vecht. Auf der Straße war es ruhig. Die Vecht wurde von weißen Motorbooten und vereinzelten Segelbooten befahren. Es war Hochsommer.

In der ersten Reihe stand ein alter Mann auf. »Gestatten Sie mir ...«
»Herr Professor Künzig!«, sagte Jaring.
»Gestatten Sie mir, dass ich auf die Bitte des Kollegen Bauhse hin, und um die Atmosphäre der Vorkriegszeit zu skizzieren, noch etwas aus meinen persönlichen Erfahrungen hinzufüge«, er stützte sich auf einen Stock und trug eine grüne, streng geschnittene, mit Leder abgesetzte Jacke, »in meinem Alter kann ich mir das leisten.« Um ihn herum wurde protestiert. »Doch, doch!«, sagte er und drehte sich zu den Protestierenden um. »Die jüngere Generation, die mit dem Rundfunk und jetzt auch mit dem Fernsehen aufgewachsen ist, kann sich gar nicht vorstellen, wie wichtig das gemeinsame Singen damals war. Singend, im zwanglosen Beisammensein, erfuhr man die tiefsten Wurzeln seiner Eigenart. Erst dann wurde man sich seiner Zusammengehörigkeit bewusst, und es stiegen die schönsten und besten Gefühle, die wir Menschen haben, in uns empor. Noch im Ersten Weltkrieg, in

den Schützengräben, haben wir gesungen! Gott, was haben wir gesungen! ›Früh im Morgen‹ haben wir gesungen, während die Granaten um uns herum einschlugen! Das war eine Zeit, die man sich gar nicht vorstellen kann, wenn man sie nicht miterlebt hat! Da kannte man noch Kameradschaft!«

»Wer ist das?«, fragte Maarten flüsternd Freek Matser, der neben ihm saß.

»Johannes Künzig«, flüsterte Free zurück.

Maarten zuckte mit den Achseln. Er sah zu Künzig, der immer lyrischer wurde und in seinen Emotionen versank, während der Kongress, wie ihm schien, ein wenig verschämt zuhörte.

»Du hast ihn seinerzeit vernichtet«, flüsterte Freek.

»Ich?«, fragte Maarten erstaunt. »Wo?«

»In *Ons Tijdschrift*. Weißt du das nicht mehr?«

Maarten schüttelte den Kopf. »Wie heißt das Buch denn?«, fragte er etwas lauter, während der Kongress Künzig mit einem Applaus für seinen Beitrag dankte.

»*Kleine volkskundliche Beiträge aus fünf Jahrzehnten*«, sagte Freek, ebenfalls ein wenig lauter, um sich verständlich zu machen.

Maarten hatte eine dunkle Ahnung.

»Du hast ihn noch gerade eben nicht als Nationalsozialisten bezeichnet«, sagte Freek, während der nächste Redner sich bereitmachte, »aber eine andere Schlussfolgerung war kaum möglich.«

»Jetzt, wo ich das hier höre, hätte ich das im Übrigen ruhig machen können«, fand Maarten. Es amüsierte ihn, dass er die Besprechung vergessen hatte. Er betrachtete den Mann, der sich wieder hingesetzt hatte, und stellte fest, dass er zufrieden sein durfte.

»Und jetzt gehe wir ein wenig trinke«, radebrechte Jaring auf Deutsch, nachdem der letzte Redner seinen Beitrag geleistet hatte. Die Türen öffneten sich. Die Kongressteilnehmer drängten auf den Flur. Dort hatte man einen Tisch mit Flaschen, Gläsern und Häppchen an die Wand gestellt. Die Vordersten zögerten, hielten ein wenig Abstand zum Tisch, ängstlich darauf bedacht, nicht allzu gierig zu erscheinen, die hinter ihnen kamen, wagten nicht vorbeizugehen. Es dauerte einen

Moment, bevor es zu Maarten durchdrang, dass etwas geschehen musste. Einer der Niederländer musste zum Tisch gehen, die Gäste einladen, näher zu kommen, und ihnen die Gläser füllen. Wer sollte das machen? Der Höchste! Wer war der Höchste? Plötzlich wurde ihm bewusst, dass er es war. Er würde sich um den alten Professor Künzig, den Nestor der Gesellschaft, kümmern und ihm, nachdem er einen Toast auf dessen Gesundheit ausgebracht hatte, einen einschenken müssen. Zum Wohl, Herr Kollege! Er zögerte. Die Situation brachte ihn an den Rand der Panik. In diesem Moment durchbrachen Elsje Helder und Joost Kraai den Kordon. Sie gingen zum Tisch und schenkten sich selbst ein. Maarten folgte ihnen zögernd, wartete noch kurz und füllte sich seinerseits ein Glas ein, woraufhin die Gäste, einer nach dem anderen und ganz langsam, dem guten Beispiel folgten. Beschämt sah er von der Seite zu, sein Glas in der Hand. Der einzige Trost, der ihm dazu einfiel, war der, dass es schwerlich niederländischer hätte ablaufen können. Er sah, wie Künzig sich, in Gesellschaft einer etwas jüngeren Frau in einem figurbetonten Kostüm, zum Tisch vorarbeitete und, auf den Stock gestützt, die Hand nach einer Flasche Genever ausstreckte. Das und die Scham über sein eigenes Verhalten weckten in ihm den Kavalier, der sich manchmal in einem Niederländer verborgen hielt. »Bitte erlauben Sie mir«, sagte er und machte einen Schritt auf Künzig zu. Er nahm ihm die Flasche ab, füllte ihre Gläser und anschließend auch sein eigenes Glas. »Ich bin Koning«, sagte er auf Deutsch und hob sein Glas. »Zum Wohl!«

»Zum Wohle!«, sagte Künzig.

Sie nahmen alle drei einen Schluck, worauf es einen Moment der Verwirrung gab.

»Dürfte ich Sie mit meiner Nachfolgerin bekannt machen?«, fragte Künzig darauf. »Frau Doktor Waltraud Warnar.«

»Zum Vergnügen«, sagte Maarten mit einer kleinen Verbeugung, während er sich fragte, ob dies wohl die richtige Formel war.

Die Frau nickte.

»Sie sind Historiker?«, erkundigte sich Künzig.

»Volkskulturhistoriker«, antwortete Maarten aufs Geratewohl.

»Dann haben Sie vielleicht Jaap Kunst gekannt?«

»Den habe ich gekannt.«

»Trinken wir auf sein Andenken!«

Sie hoben die Gläser. Maarten trank seines in einem Zug leer und wandte sich ab, um nachzufüllen, besann sich und schenkte sich ein Glas Bier ein. Die Eingangstür, am Ende des Flurs, stand offen. Mit dem Glas in der Hand trat er auf die Freitreppe und starrte in den Garten, wo Gruppen von Kongressteilnehmern, Gläser in den Händen, auf dem Kies der Auffahrt standen und sich unterhielten. Ein paar Schritte von ihm entfernt stand ein junger Mann, ebenfalls mit einem Glas Bier. Maarten erinnerte sich, dass er hier in gewissem Sinne der Gastgeber war und wandte sich ihm zu. »Haben wir uns schon kennengelernt?«

»Ich bin Wimmel«, antwortete der Mann. »Ich bin ein Schüler von Güntermann. Ich war dabei, als Sie damals in Münster Ihren Vortrag über den Weihnachtsbaum gehalten haben.« Er hatte ein intelligentes Gesicht.

»Ach.« Er wusste so rasch nicht, wie er reagieren sollte.

»Das war sehr anregend.«

»Das muss mein Deutsch gewesen sein«, sagte Maarten bescheiden.

»Ihr Deutsch ist besser als mein Holländisch.«

Maarten erinnerte sich an den Abschied von Güntermann beim Zug, eine beschämende Erinnerung. »Und jetzt?«

»Jetzt arbeite ich bei Künzig in Freiburg.« Er sah an Maarten vorbei zu dem Platz, an dem dieser Künzig und Waltraud Warnar zurückgelassen hatte. Im Ton seiner Stimme und in seinem Blick lag Kritik.

»Aber der muss doch schon längst im Ruhestand sein?«, sagte Maarten erstaunt.

»Offiziell hat Warnar das Sagen, aber faktisch hat Künzig noch immer die Leitung. Die beiden stecken doch unter einer Decke.« Er lachte bitter bei dieser Doppeldeutigkeit. »Sie ist eine Schülerin von Künzig.«

Sie schwiegen.

Maarten nahm einen Schluck und versuchte, während er sich umsah, sich zu konzentrieren. Er hatte zu schnell getrunken, wodurch seine Umgebung ständig vor ihm davonschwamm und zurückgeholt werden musste. »Machen wir einen kleinen Spaziergang im Garten«, schlug er vor.

»Gerne.«

Sie stiegen die Stufen der Freitreppe hinunter und bogen auf gut Glück in eine Allee ein, zwischen Bäumen und blühenden Sträuchern, ihre Gläser in der Hand.

»Und die Arbeit ...«, suchte Maarten nach einem Gesprächsthema. »Ich meine, was machen Sie dort?«

»Ich sammele Lieder unter ostdeutschen Flüchtlingen.«

»Und gefällt Ihnen das?«

»Es ist schrecklich.«

»Schrecklich«, wiederholte Maarten.

»Nicht das Sammeln an sich ...«

»Sondern die Ideologie dahinter.«

»Eben.« Er schwieg einen Augenblick. »Ich habe Ihre Besprechung seiner Aufsätze gelesen. Sie war sehr erquickend.«

Die Mitteilung überraschte Maarten. Sie waren am Ende der Allee angekommen und zögerten. Eine kleine Brücke führte zu einer Art Gärtnereibetrieb. »Hat Künzig sie auch gelesen?«, fragte er neugierig, während sie, als hätten sie es zuvor abgesprochen, nach links abbogen und zur Straße zurückkehrten.

»Dann hätte er sicher darüber gesprochen. Ein Freund in Münster hat sie mir zugeschickt.« Er bog einen Zweig zur Seite, um Platz zu schaffen und ließ ihn über seinem Kopf wieder zurückschnellen.

»Aber was sollen wir mit diesem Künzig machen?«, fragte Maarten.

»Die Franzosen hätten ihn im Schützengraben erschießen sollen«, antwortete Wimmer zynisch.

»Singend.«

»Eine andere Situation wäre kaum denkbar gewesen.«

Maarten schmunzelte.

Sie bogen noch einmal nach links ab und gingen an der Grundstücksgrenze zurück, jeder ein Bier in der Hand, ein jeder zufrieden mit der Gesellschaft des anderen. Am Ende des Weges, beim Zufahrtstor, standen Künzig und Warnar. Als sie näher kamen, sah Maarten, dass Künzig eine Ausgabe von *Ons Tijdschrift* in der Hand hielt. Obwohl er nicht sehen konnte, welche, war sein erster Gedanke, dass jemand vom Musikarchiv so aufmerksam gewesen war, Künzig auf seine Besprechung hinzuweisen, ein flüchtiger Gedanke, zu flüchtig, um ihn zu schockieren. Er ging auf die beiden zu. Sie sahen erst auf, als er ganz in der Nähe war. Einen Moment lang hatte er den Eindruck, dass er sie störte. Zumindest verhielten sie sich reservierter als gerade eben. Er lächelte, wie um sich für seine Anwesenheit zu entschuldigen, und suchte nach einer Bemerkung.

»Wir haben uns gefragt, ob es hier irgendwo ein Postamt gibt«, sagte Warnar.

»Sicher«, sagte Maarten.

»Aber wo?«

»Im Dorf.« Er machte eine unbestimmte Geste in Richtung des Dorfes, das verborgen hinter einer Biegung des Flusses lag.

»Und ist das weit?«

»Nicht weit. Eine Viertelstunde …«

»Wenn du dich dann noch ein wenig hinlegst«, sagte sie und wandte sich Künzig zu, der etwas hilflos danebenstand.

Maarten wandte sich ab. Etwa zehn Meter entfernt, am Rand des Rasens, war Ad im Gespräch mit einer üppig geformten, etwa fünfundvierzigjährigen, verkommen wirkenden Frau in einem tief ausgeschnittenen Trachtenmieder. Er ging auf sie zu. Als er lächelnd bei ihnen stehen blieb, sah er für einen kurzen Moment Beerta vor sich, und er musste sich zurückhalten, um nicht auf den Zehen zu wippen. Ad sah ihn mit kleinen, glänzenden Augen an. »Das ist Helga Steinbach aus Österreich«, sagte er zu Maarten, »die habe ich auf dem Volkserzählungskongress in Helsinki kennengelernt.« Er machte einen aufgeregten, leicht hysterischen Eindruck.

Maarten machte lächelnd eine kleine Verbeugung, genau wie Beerta es getan haben würde. »Grüß Gott«, sagte er auf gut Glück.

*

Als Maarten und Ad am frühen Nachmittag um die Ecke bogen, standen die Konferenzteilnehmer bereits in kleinen Gruppen vor dem

Hauptgebäude und warteten. Auf der Freitreppe, vor der weit offen stehenden Eingangstür, war Jaring im Gespräch mit einem Wissenschaftler aus Finnland, den Maarten am Tag zuvor kennengelernt hatte. Er ging auf sie zu, grüßte nach links und rechts, und gesellte sich zu ihnen. »Ich bin heute Morgen mal im Büro geblieben«, sagte er zu Jaring, »denn so eine Abschlussdiskussion schien mir nicht so besonders interessant zu sein.«

»Nein, das ist sie auch nicht«, sagte Jaring lächelnd.

»Habt ihr noch etwas beschlossen?«

»Wir beschließen eigentlich nie etwas.«

»So ein Kongress ist eher etwas für die Geselligkeit«, stellte Maarten mit einem boshaften Lachen fest.

»Ja, so könnte man es sagen«, sagte Jaring leutselig.

In der Ferne donnerte es. Sie sahen zum Himmel, der sich nun fast völlig zugezogen hatte. Das Wasser der Vecht hatte einen bleiernen Glanz bekommen. Das Grün der Bäume und Sträucher lag in einem unwirklichen Licht.

»Hat es Ihnen hier gefallen?«, fragte Maarten und wandte sich dem Finnen zu.

»Sehr«, versicherte der Finne. »Holland ist ein schönes Land.«

»Und es wird noch schöner werden«, sagte Maarten und zeigte auf eine lange Reihe kleiner Kutschen, die um die Kurve kamen und knirschend über den Kies rund um den Rasen zur Eingangstür fuhren. Aus der wartenden Gruppe heraus ertönten Schreie der Überraschung, Lachen, Rufe. Sie stiegen zu dritt die Treppe hinab. Während sich jeder einen Platz suchte, ging Maarten an den Kutschen entlang, auf der Suche nach geeigneter Gesellschaft, ohne sich jedoch entscheiden zu können. Er sah Wimmel und Helga Steinbach in eine der letzten Kutschen steigen. Als er sich bis auf ein paar Meter genähert hatte, wurde das Rollo mit einem Ruck nach unten gezogen. Ein wenig verblüfft ging er weiter zum Planwagen, der als Letzter die Reihe beschloss. In dem Wagen saßen Freek Matser, Elsje Helder, ein Schotte, ein Däne und Bauhse, der Deutsche, der am Morgen des ersten Tages einen Vortrag gehalten hatte. Maarten setzte sich zu ihnen auf eine der seitlichen Bänke. Es donnerte erneut, nun etwas näher. Es war drückend und windstill. Der Himmel war pechschwarz. Im letzten Moment, als sich, dem Knirschen des Kieses nach zu urteilen, die ersten Fahrzeuge bereits in Bewegung gesetzt hatten, kamen aus einem Nebengebäude Professor Künzig und Frau Warnar an, so schnell sie konnten, Künzig voran, in einem grünen Jägeranzug, Fernglas vor der Brust, die Hand erhoben, rufend, was in der bedrohlichen Atmosphäre des sich nähernden Gewitters einen unwiderstehlich dramatischen Effekt hatte. »Es kommen noch zwei Leute«, warnte Maarten den Kutscher. »Ho!«, sagte der Kutscher, worauf der Wagen unter dem Stampfen und Schnauben der Pferde wieder anhielt. Zusammen mit Bauhse half Maarten dem Professor und seiner Freundin in den Wagen, wo sie außer Atem auf der Bank ihm gegenüber einen Platz fanden. Gleich darauf setzten sich die Wagen in Bewegung und fuhren über den knirschenden Kies vor dem Haus entlang auf die Straße. Während sie sich leicht ruckend und mit einem dumpfen Geräusch über den Asphalt fortbewegten, kam Künzig wieder zu Atem. »Und jetzt müssen wir singen!«, befahl er und wandte sich den hinten sitzenden Ausflüglern zu. »›Hab' mein' Wage' vollgelade'‹!« Er hob die Hand. »Eins, zwei, drei, vier!«, und setzte ein. »›Hab' mein' Wage' vollgelade', voll mit alten Weibsen‹!« Frau Warnar stimmte voller Inbrust mit ihm ein, Bauhse setzte zögerlich etwas später ein, von den Leuten im hinteren Teil hörte Maarten nur Elsje mitsingen, der Däne summte. Unbehaglich, sich aber mit dem Gedanken entschuldigend, dass man von ihm als Niederländer nicht erwarten durfte, dass er den Text kannte, blickte er, den drei singenden deutschen Gelehrten gegenübersitzend, auf die hinten vorbeiziehende Landschaft. Es hatte angefangen zu regnen. Der Regen tropfte auf die Plane über seinem Kopf und fiel in großen Tropfen auf den heißen Asphalt, wo sie sofort verdunsteten. Eine Viertelstunde später setzte Platzregen ein.

Als sie am späten Nachmittag ausstiegen, tröpfelte es nur noch leicht. Im Westen klarte der Himmel wieder auf. Er nahm links und rechts Abschied, schüttelte Hände, versprach, dass er sie in ihrer Höhle besuchen würde, ein Grinsen im Gesicht, das er ab und zu rasch glatt streichen musste, wenn seine Wangen zu zittern begannen. Als er sich von allen verabschiedet hatte, suchte er Ad. Er fand ihn vor dem Tor, wo er stand und auf ihn wartete. »Wolltest du dich nicht verabschieden?«, fragte er.

»Ich verabschiede mich nicht«, sagte Ad verhalten.

Maarten hätte darüber lachen können, wenn er sich nicht im selben Moment daran erinnert hätte, dass es eine Zeit gegeben hatte, als er selbst sich auch nicht verabschiedet hatte.

Ohne etwas zu sagen, folgten sie der Straße in Richtung Breukelen zum Zug. Als sie über die Zugbrücke gingen, sah er etwa hundert Meter hinter ihnen Elsje Helder, Freek Matser und Joost Kraai. Sie blieben stehen, und zu fünft erreichten sie den Bahnhof.

»Diese Helga Steinbach fand ich ganz nett«, sagte Elsje im Zug.

»Fandest du?«, fragte Maarten ungläubig. »Ich kann dir versichern, dass die mit den Nazis gemeinsame Sache gemacht hat.«

»Ja?« Die Entschlossenheit, mit der er sprach, machte sie unsicher.

»Wenn man solche Kleider trägt ... Die ist mindestens Führerin bei der Hitlerjugend gewesen.«

»Ja, vielleicht hast du recht.«

»Natürlich habe ich recht! Ad! Du hast Deutsch studiert!«

»Ich setze diese Runde mal aus«, sagte Ad spröde.

»Ja, aber ich glaube schon, dass du recht hast«, sagte Elsje.

Joost und Freek schwiegen.

»Aber deswegen kann man sie trotzdem noch nett finden«, sagte Maarten, unzufrieden mit diesem Rückzieher. »Es ist schnurzegal, ob sie bei den Nazis war. Auch Faschisten können nett sein.«

»Nein, jetzt, wo ich darüber nachdenke, finde ich sie eigentlich auch überhaupt nicht mehr nett«, beharrte Elsje.

Sie schwiegen.

»Warum lachst du jetzt?«, fragte Freek.

»Ich lache wegen der Reaktion von Bart«, sagte Maarten. »Wenn ich gleich Bericht erstatte und sage, dass Leute wie Helga Steinbach Faschisten sind, wird er unbesehen sagen, dass er da doch anderer Meinung ist als ich.«

*

»Du hast etwas gegen meine Besprechung des Buchs von Helene Grünn einzuwenden?«, fragte Maarten. Er stand auf, den Zettel in der Hand, der mit dem Buch und seiner Besprechung in den Umlauf durch die Abteilung gegangen war, und sah über das Bücherregal zu Bart hinüber.

Bart sah von der Schreibmaschine auf. »Ja, dagegen habe ich ernsthafte Einwände.« Er blinzelte gegen das Licht.

»Weil ich schreibe, dass sie Nationalsozialistin ist!«

»Ich finde tatsächlich, dass man das nicht über jemanden schreiben darf.«

»Und wenn sie es nun einmal ist?«

»Auch dann darfst du es nicht schreiben, denn es ist privat.«

Maarten griff zu seiner Besprechung. »›Ein fauler Kamerad muss ausgemerzt werden‹«, zitierte er, »›das entspricht einem Naturgesetz. Denn ein Fauler hindert die ganze Arbeitspartie an der Erreichung ihres Zieles, des Glückwerdens in der Pflicht. Der Faule wird aber nicht nur verhängnisvoll für den Kameraden, sondern auch zur Gefährdung des Betriebes. Damit werden Grundfesten des Denkens der arbeitenden Menschen erschüttert. Solch *proletisches* Denken muss einfach beseitigt werden durch Stabilität, aber auch durch festgefügte Sitte und Brauch.‹«

»Ja, das Zitat habe ich gelesen.«

»Und? Das ist doch Nationalsozialismus pur?«

»Ich finde es ein abscheuliches Zitat«, gab Bart zu.

»Aber ich darf es nicht zitieren.«

»Du darfst es schon zitieren, aber du darfst nicht dazu schreiben, dass es nationalsozialistisch ist.«

»Das verstehe ich nicht.«

»Dann musst du das auch über einen Kommunisten sagen, denn der Kommunismus ist genauso schlimm wie der Nationalsozialismus.«

»Wenn ich denke, dass ich ihn damit treffen kann, werde ich es bestimmt tun, vorausgesetzt natürlich, dass sein Buch dazu Anlass gibt.«

»Du darfst es mir nicht übel nehmen, aber das finde ich dann keine Wissenschaft.«

»Wissenschaft existiert nicht!«

»Und ich finde außerdem, dass solche hohlen Phrasen nicht in unsere Zeitschrift gehören.«

»Jeder hat seine eigenen Motive«, sagte Maarten entschieden. »Und wenn er sie hinter der Wissenschaft versteckt, halte ich es für notwendig, sie in meiner Besprechung wieder ans Licht zu bringen.«

»Das finde ich dann völlig daneben.« Er war nun deutlich verärgert. »Ich halte das für priesterhaft!«

»Das betrachte ich als ein Kompliment«, sagte Maarten boshaft. »Ich finde es nicht schlimm, als Priester bezeichnet zu werden.«

»Und ich finde es auch unwürdig.«

»Gut.« Er setzte sich.

Bart stand auf und sah ihn über das Bücherregal hinweg an. »Ich verstehe trotzdem nicht, warum du Nationalsozialisten gegenüber so rachsüchtig bist. In der Familie von Marion, die eine große Rolle im Widerstand gespielt hat, gibt es diese Ressentiments überhaupt nicht!«

»Es ist eine Frage des Temperaments.«

»Und bei Marion gibt es das auch nicht.«

»Ich habe das Bedürfnis nach Menschen, die deutlich sind! Und ich bin aggressiv gegenüber Leuten, die sich in meinen Augen etwas in die Tasche lügen!«

»Damit würde ich dann doch mal zu einem Psychiater gehen.« Sein Ton war giftig.

»Es wird in der Tat wohl mit meinem Vater zu tun haben«, gab Maarten zu.

»Das ist dann für mich der Beweis, dass du ein unreifer Mensch bist!« Er setzte sich. Ein paar Sekunden später hörte Maarten ihn wieder tippen, hastig, sich hin und wieder verärgert korrigierend. Er fragte sich, ob es tatsächlich mit seinem Vater zu tun hatte. Alles hatte natürlich mit seinem Vater zu tun, doch es war komplizierter. »Ich sage jetzt zwar, dass es mit meinem Vater zu tun hat«, sagte er langsam, als das Tippen auf der anderen Seite des Regals kurz aufhörte, »doch es ist wahrscheinlicher, dass ich selbst ein frustrierter Nazi bin.« Es kostete ihn Mühe, das Vergnügen über diese Bemerkung zu verbergen, und er hatte das Gefühl, dass es ihm nicht ganz gelang. »Eigentlich finde ich es natürlich herrlich, was so eine Helene Grünn will: einen

Führer, eine stabile Gemeinschaft, Ordnung, Kraft, Dienen ...« In seinem Ton lag nun deutlich Schadenfreude. »Ich räche mich nur an Leuten, die das auch herrlich finden, aber so dumm sind, sich in der Art und Weise, wie sie es äußern, angreifbar zu machen.« Er wartete, ob es eine Reaktion gab. Auf der anderen Seite des Regals blieb es still. »Aber das hat natürlich auch wieder mit der Beziehung zu meinem Vater zu tun«, schlussfolgerte er dann.

*

Er zog einen Stuhl unter dem Tisch hervor und setzte sich an Barts Schreibtisch. Da er dieses Gespräch bereits seit Tagen mit sich herumschleppte und davor zurückscheute, war er angespannt, und er war sich bewusst, dass man es seinem Gesicht ansehen konnte. Jedenfalls sah er an Barts Gesicht, dass dieser auf der Hut war. »Ich habe noch einmal über deinen Anteil an der Arbeit für das *Bulletin* nachgedacht«, sagte er, und in seinen Ohren hatte seine Stimme einen fremden Klang, »und ich wollte doch noch mal darüber reden.« Er sah von Bart weg, weil er sich seines eigenen Gesichtsausdrucks nicht ganz sicher war.

»Ich hoffe nicht, dass du jetzt doch wieder versuchen willst, meinen Standpunkt zu ändern«, sagte Bart.

»Nein.« Er schwieg, während er nach der richtigen Formulierung suchte. »Aber so, wie es jetzt ist, ist deine Mitarbeit im Vergleich zu der der anderen ziemlich minimal.«

»Ich habe doch gesagt, dass ich der Zeitschrift auf eine andere Weise dienen will«, sagte Bart gereizt.

»Das weiß ich, und der Grund ist der, dass du ein Problem damit hast, deine Besprechungen zu unterzeichnen.«

»Das ist *einer* der Gründe!«

»Aber doch schon ein wichtiger Grund?« Er sah Bart an.

»Ja«, sagte Bart unwillig.

»Wenn du jetzt mal die Übersicht der Zeitschriften übernehmen würdest. Momentan kontrollierst du nur die Ankündigungen von Tjitske. Du müsstest dann die Ankündigungen der drei anderen dazunehmen, aber umgekehrt wärst du von der Kontrolle der Buchbesprechungen entlastet«, das Telefon auf seinem Schreibtisch klingelte, er stand auf, »aber es gibt natürlich auch noch andere Möglichkeiten«, er nahm den Hörer ab. »Koning!«

»Jaap hier.«

»Jaap!«

»Wenn du gleich Kaffee trinken gehst, könntest du dann kurz vorbeikommen?«

»In Ordnung.«

Der Hörer auf der anderen Seite wurde aufgelegt.

In Gedanken kehrte er an Barts Schreibtisch zurück. Er fragte sich, was Balk mit ihm zu besprechen haben könnte. Sein erster Gedanke war, dass er etwas Falsches gesagt oder getan hatte. Er kramte in seinem Gedächtnis, doch er konnte so rasch nichts finden, auch wenn das an sich natürlich nichts bedeutete.

»Herr Balk hat Freitag schon nach dir gesucht«, sagte Bart, »als du in Arnheim warst.«

»Hat er auch gesagt, worum es ging?«

»Nein, und ich habe auch nicht danach fragen wollen.«

»Ich werde es ja sehen«, beendete Maarten die Diskussion, doch die Bitte Balks blieb wie ein Schatten im Hintergrund präsent. »Du könntest die Rubrik beispielsweise zusammen mit Tjitske machen, oder ganz allein«, fuhr er, noch etwas geistesabwesend, fort, »aber du brauchst sie auf jeden Fall nicht zu unterzeichnen und kannst sie auch vollständig nach eigenem Gutdünken gestalten.«

»Und was wäre dann deine Zuständigkeit dabei?«

»Keine einzige.«

»Weil du schließlich der Chefredakteur bist!«

»Wenn du die Verantwortung für die Rubrik übernimmst, mische ich mich in nichts mehr ein.«

»Auch nicht in die Auswahl der Aufsätze?«

»Nein.«

»Und wenn sie dann nicht im Einklang mit der Redaktionslinie bezüglich der Buchbesprechungen steht?«

Maarten zögerte. »Ich nehme doch an, dass du dein Konzept zur Diskussion stellen wirst?«

»Darüber müsste ich dann doch erst noch einmal nachdenken.«
»Jedenfalls hast du dann die Hauptverantwortung.«
Bart dachte nach.
Maarten dachte an das Telefonat mit Balk. Es beunruhigte ihn, da Balks Verhalten unvorhersehbar war, zumindest für ihn.
»Ich muss darüber erst noch einmal nachdenken«, sagte Bart. »Ich kann wirklich nicht sofort darauf antworten.«
»Natürlich nicht. Denk in Ruhe darüber nach, und sag dann Bescheid.« Er stand auf und schob den Stuhl zurück. »Ich bin dann jetzt mal bei Balk.«
Mit bangem Herzen ging er die Treppe hinunter und öffnete die Tür des Durchgangsraums. Das Zimmer war leer, Bavelaars Schränke und ihr Schreibtisch waren verschwunden. Es lag nur ein wenig Gerümpel herum. Überrascht betrat er Balks Zimmer. Sobald er eingetreten war, stand Balk hinter seinem Schreibtisch auf und zeigte auf die Sitzecke. »Setz dich kurz.« Es klang ungewohnt freundlich.
»Ist Bavelaar weg?«, fragte Maarten, während er Platz nahm.
»Sie hat den Raum von Dé Haan bekommen.« Er setzte sich zu Maarten, ordnete einen kleinen Stapel Briefe und Papiere, der vor ihm auf dem kleinen Tisch lag, lehnte sich zurück, schlug die Beine übereinander und wippte mit dem Fuß. »Das Hauptbüro möchte, dass ich, für den Fall, dass ich einmal nicht da bin, einen Stellvertreter benenne. Willst du das machen?«
Die Bitte überraschte Maarten. »Was beinhaltet das?«, fragte er, um Zeit zu gewinnen.
»Nichts! Du erhältst die Zeichnungsvollmacht, aber ich bin immer da, und wenn ich mal weg bin, dann nie für lange Zeit, also praktisch wirst du nichts davon merken.«
Maarten dachte nach, auch wenn er selbst nicht wusste, was es nachzudenken gab. »Ich mache es«, sagte er schließlich.
»Gut! Dann werde ich erst noch de Roode fragen, ob er etwas dagegen hat. Wenn er keinen Einwand hat, ist das geregelt.« Er stand auf.
»Sag mir dann Bescheid«, sagte Maarten und stand ebenfalls auf. Erst auf der Treppe nach unten ging ihm auf, dass de Roode seine Zu-

stimmung geben musste, weil er promoviert war und daher formal über ihm stand. »Tag, Herr de Vries«, sagte er im Vorbeigehen zu de Vries, der in der Loge saß und vor sich hinsah. – »Tag, Mijnheer«, sagte de Vries. – Er wollte durch die Schwingtür gehen, besann sich, drehte sich um und ging in das frühere Zimmer von Dé Haan. Auf dem Platz, an dem diese gesessen hatte, saß nun Bavelaar mit ihren Schränken um sich herum sowie einem zweiten Schreibtisch neben dem ihren, der leer war. »Tag, Jantje«, sagte er.

»Tag, Maarten.« Es klang nicht sehr heiter.

»Du hast dich verbessert.« Er sah sich um.

»Findest du? Ich wäre lieber an meinem alten Platz geblieben.«

Er sah sie prüfend an, die Hände in den Taschen. »Warum bist du da denn weggegangen?«

»Das hat Balk entschieden. Er findet, dass ich jemanden zusätzlich brauche, und dafür ist das Zimmer zu klein.«

Er verstand.

»Er hat sogar schon jemanden für mich ausgesucht.«

Er nickte.

»Einen Surinamer.«

»Einen Surinamer?«

»Ja, nicht, dass ich etwas gegen Surinamer habe«, sagte sie hastig. »Da sind sicher ganz nette Leute darunter, aber ich hätte doch lieber ein junges Mädchen gehabt, dem man noch alles beibringen kann.«

Er nickte verständnisvoll. »Was hat er für eine Ausbildung?«

»Er sagt, dass er kurz vor dem Abschluss in Buchhaltung steht«, sagte sie skeptisch.

»Und das ist jetzt das Zimmer von Fräulein Bavelaar«, sagte Rentjes hinter ihm. »Sie ist für das Geld zuständig, mit der müssen wir uns also gut stellen.« Maarten drehte sich um. Rentjes hatte den Raum in Gesellschaft einer großen, schlaksigen Frau mit einem roten, etwas schläfrigen Gesicht betreten.

Bavelaar stand auf. »Wir kennen uns schon, oder?«, sagte sie und drückte ihr die Hand. »Jantje Bavelaar.«

»Ach ja«, sagte die junge Frau.

»Und das ist Herr Koning«, sagte Rentjes und zeigte auf Maarten.

»Er ist Leiter der Abteilung Volkskultur, aber mit der haben wir weiter nichts zu tun.«

»Zum Glück«, ergänzte Maarten.

»Lies Meis«, sagte die Frau und gab ihm die Hand. Sie trug eine Brille mit dicken Gläsern und bewegte sich, als ob sie schlafwandelte.

»Maarten Koning.«

»Na, dann sind wir durch«, sagte Rentjes. »Jetzt nur noch den Kaffeeraum.« Sie verließen den Raum wieder.

»Für wen ist die denn gekommen?«, fragte Maarten und wandte sich wieder Bavelaar zu.

»Für Lex. Wusstest du das nicht?«

»Ich weiß nichts.«

»Lex ist doch arbeitsunfähig geschrieben worden?«

»Was hat er denn?«

»Nichts! Aber wenn man nur lange genug quengelt, wird man für arbeitsunfähig erklärt.« Sie sah ihn unsicher an. »Ja, so ist es doch?«

Maarten erinnerte sich an das Gespräch im Kaffeeraum zwischen Lex und Rentjes vor etwa einem Jahr. »Und wird er sich jetzt einen kleinen Bauernhof in Friesland kaufen?«, fragte er ironisch.

»Ich weiß nicht, was er machen wird«, sagte sie gleichgültig.

*

Er ging ins Krankenzimmer, wich jedoch sofort wieder zurück. In Beertas Bett lag eine Frau. Verwirrt schloss er die Tür, beschlichen von bangen Vorgefühlen. Auf der Suche nach einer Pflegerin, die ihn aufklären könnte, ging er den Flur entlang und fand schließlich drei von ihnen Tee trinkend in einem kleinen Raum, der sich auf der Hälfte des Ganges befand. »Mein Name ist Koning«, sagte er zögernd auf der Schwelle. »Ich komme wegen Herrn Beerta.« In der Ältesten erkannte er die leitende Pflegerin, die ihn einmal aus Beertas Zimmer geworfen hatte, weil die Besuchszeit vorbei war.

»Herr Beerta ist nicht mehr hier«, sagte sie.

»Wo ist er denn?«, fragte er erschrocken.

»Herr Beerta ist vorige Woche ins Zonnehuis in Amstelveen aufgenommen worden.«
»Wo ist das?«
»In Amstelveen«, wiederholte sie ungeduldig.
Er nickte verwirrt: »Vielen Dank«, und wandte sich ab. Erst als er die Treppe hinunterging, fiel ihm ein, dass er hätte fragen können, um was für ein Haus es sich handelte und wie die Besuchszeiten dort waren, doch er sah davon ab zurückzugehen. Ein wenig verdattert über die unerwartet gewonnene Freiheit zögerte er vor dem Haupteingang in der Hitze des Sommernachmittags. Einen Moment lang überlegte er, ob er nicht ein Stück spazieren gehen sollte, aber dann bog er doch links ab, auf die Straße, die ihn zurück zum Büro führte.

*

»Ich habe noch mal darüber nachgedacht«, sagte Bart, »aber ich habe beschlossen, dass ich doch lieber nicht auf dein Angebot eingehe.«
»Das ist schade«, sagte Maarten. Er konnte Bart nicht sehen, da er verborgen hinter seinem Bücherregal saß, doch er meinte zu hören, dass seine Stimme heiser klang.
»Ich hoffe, dass du es mir nicht übel nimmst?«
»Warum sollte ich dir das übel nehmen?«
»Ich habe das alles noch einmal gegeneinander abgewogen, aber ich bin doch zu dem Ergebnis gekommen, dass es neben meinen anderen Arbeiten eine zu schwere Belastung wäre.«
»Der Einzige, der das beurteilen kann, bist natürlich du selbst.« Er bemühte sich, seine Enttäuschung zu verbergen, war sich jedoch nicht sicher, ob es ihm ganz gelang.
Es gab eine kurze Stille.
»Dann lassen wir also alles so, wie es war«, schlussfolgerte Maarten.
»Das wäre mir lieb.«
»Gut.«
Es wurde erneut still.
»Es ist nicht, weil ich nicht bereit bin mitzuarbeiten.«

»Ja, das weiß ich.«

»Es ist nur so, dass ich im Augenblick keine Möglichkeit sehe, Zeit dafür zu finden.«

Maarten überlegte, ob er sagen könnte, wie er darüber dachte, doch diese Abwägung war zu kompliziert. »Du läufst natürlich schon Gefahr, dass du demnächst den ganzen Tag über nur noch damit beschäftigt bist, die Informationen für die Anschaffung eines einzigen Buchs zusammenzusuchen«, sagte er, um den Knoten zu durchschlagen.

»Ich hoffe nicht, dass du das wirklich denkst«, seine Stimme klang bedrückt, »denn das würde ich äußerst unangenehm finden.«

»Das denke ich jetzt noch nicht«, er bereute seine Bemerkung bereits, »aber es besteht natürlich das Risiko.«

»Wenn du das denkst, kannst du diese Arbeiten besser einem anderen übertragen, denn ich bin dann dafür offensichtlich nicht geeignet.«

»Wenn es einen gibt, der dafür geeignet ist, dann bist du es«, versicherte Maarten, während er sich selbst vorwarf, dass er damit angefangen hatte.

»Da bin ich mir nicht so sicher, denn dann würdest du das so nicht sagen.«

»Ich habe nur gesagt, dass dann das Risiko besteht!«, wiederholte Maarten mit Nachdruck, als könne er damit seine Bemerkung auslöschen.

»Aber wenn du so etwas sagst, findest du das natürlich auch jetzt schon, sonst würdest du nicht auf die Idee kommen.«

Maarten schwieg. Er dachte über eine Antwort nach, doch ihm fiel nichts ein. Er begriff, dass er sich mit seiner unbesonnenen Bemerkung in eine Zwickmühle gebracht hatte.

»Gib die Kataloge in Zukunft dann ruhig jemand anderem«, sagte Bart deprimiert.

Maarten stand auf. Er ging um das Bücherregal herum, damit er Bart sehen konnte. Bart machte einen niedergeschlagenen Eindruck, als stünde er kurz davor, in Tränen auszubrechen. Er tat ihm leid. »Du hast die Neigung zum Perfektionismus«, sagte er freundlich. »Das wirst du doch selbst wohl auch wissen.«

»Ich versuche, alles so gut wie möglich zu machen«, sagte Bart deprimiert und sah vor sich hin.

»Das ist deine Stärke«, versicherte Maarten. »Es gibt niemanden hier, auf dessen Urteil ich so blind vertrauen kann wie auf deins. Wenn du sagst, dass wir ein Buch anschaffen sollten, weiß ich, dass es gerechtfertigt ist. Und wenn du etwas kritisierst, was ich geschrieben habe, nehme ich es ernst, ernster als bei jedem anderen.«

»Das ist aber nicht immer zu merken.« Er sah Maarten nicht an.

»Ich bin nicht immer einer Meinung mit dir, aber das ist etwas anderes!«

»Ich habe eher das Gefühl, dass du nie einer Meinung mit mir bist.«

»Darin täuschst du dich dann. Wir haben natürlich ganz unterschiedliche Charaktere, aber das ist für eine Abteilung wie die unsrige nur von Vorteil.«

»Ich sehe das nicht so, aber es wird dann wohl so sein.« Er sprach so leise, dass er fast nicht zu verstehen war.

»Aber in dieser Stärke liegt auch deine Schwäche. Jemand, der zum Perfektionismus neigt, kann sich in etwas so festbeißen, dass er da nicht mehr herauskommt. Das habe ich gemeint.«

»Oh, das hast du gemeint«, sagte Bart matt.

Sie schwiegen.

Maarten suchte nach einer Bemerkung, die die vorherige wieder aufheben würde.

»Du darfst es mir nicht übel nehmen«, sagte Bart, »aber ich verstehe das nicht ganz. Stärke, die zugleich Schwäche ist, darunter kann ich mir nichts vorstellen. Das ist Psychologie, und darin bin ich nicht so gut.« Es klang bitter.

»Vergiss es einfach.« Er zögerte, wollte noch etwas sagen, doch ihm fiel nichts mehr ein, und er ging unzufrieden mit sich selbst zurück zu seinem Schreibtisch. »Bleib einfach bei deiner Entscheidung, und ich finde es in Ordnung.« Er wartete, ob Bart noch etwas sagen würde, doch Bart sagte nichts mehr.

»Haben Sie eine Tasse Kaffee für mich, Herr Wigbold?«, fragte er und schob einen Bon durch die Luke.

»Sie hängen am Schwarzen Brett, nicht?«, sagte Wigbold, während er eine Tasse unter den Hahn des Kaffeebehälters hielt.

»Ich?«, fragte Maarten erstaunt.

»Schauen Sie nur.«

Maarten ging zum Schwarzen Brett, das in einer Ecke auf dem Tresen stand, an der Glaswand, die den Kaffeeraum von der Küche trennte. Am Brett hing zwischen anderen Mitteilungen ein getippter Zettel: »›Während meiner Abwesenheit wird in Zukunft Herr M. Koning als mein Stellvertreter fungieren. J. C. Balk.‹«

»Dann muss ich also in Zukunft zu Ihnen kommen, wenn ich etwas früher nach Hause will«, sagte Wigbold mit jener Mischung aus Unverschämtheit und Unterwürfigkeit, die sein Auftreten kennzeichnete. Durch die Luke schob er Maarten die Tasse zu.

»Nein, zu Herrn Balk«, sagte Maarten unwillig.

»Aber Herr Balk geht immer um vier Uhr nach Hause.«

»Sie werden das doch wohl vor vier Uhr wissen?«

»Nicht immer.«

»Dafür muss es dann aber schon einen guten Grund geben.«

»Frau Haan fand es immer in Ordnung.«

»Ja, aber ich bin nicht Frau Haan.« Er wandte sich ab. Der Mann irritierte ihn. Er setzte sich außerhalb seines Blickfelds hin und rührte verärgert in seinem Kaffee.

Freek und Elsje kamen aus dem Hinterhaus in den Kaffeeraum. »Ich habe jetzt auch deinen Aufsatz über den Trauring gelesen«, sagte Freek und ging weiter zum Schalter. Er ließ sich eine Tasse Kaffee einschenken und setzte sich damit neben Maarten, Elsje setzte sich an seine andere Seite. »Du brauchst nicht gerade besonders viele Fakten, um dir eine Theorie auszudenken.« Er unterdrückte ein Lachen. »Sorry.«

»Das ist auch Barts Kritik«, sagte Maarten reserviert.

»Aber du denkst dir jedenfalls immer wieder eine andere aus.«

»Da wäre ich mir mal nicht so sicher. Im Grunde genommen ist es immer dasselbe.«

»Und welche ist das dann?«, fragte Freek neugierig.

»Dass Wissenschaft nicht existiert.«

Die Bemerkung amüsierte Freek. »Ich verstehe nicht, wie du das durchhältst. Ich glaube, wenn ich meine Arbeit so hassen würde wie du, würde ich nichts mehr tun.«

»Es ist einfach Pflichtgefühl.«

»Pflichtgefühl nennst du das?« Er unterdrückte erneut ein Lachen. »Ein anderer hätte davon längst einen Herzschlag bekommen.«

Hans Wiegersma kam aus dem Hinterhaus, einen Bon in der Hand. Er lachte verlegen. »Hallo«, sagte er.

»Hast du die Zeichnungen der Wiege schon fertig, Hans?«, fragte Maarten. »Für das erste Heft?«

»Fast«, sagte Hans, während er Wigbold seinen Bon gab. Sein Kopf zuckte ein wenig.

»Dann komme ich gleich mal vorbei.«

»Wie geht es Beerta jetzt eigentlich?«, fragte Freek. »Hast du noch mal was darüber gehört?«

»Ja«, sagte Hans. Er setzte sich mit der Tasse in der Hand ihnen gegenüber hin. »Ha«, sagte er lächelnd zu Elsje.

»Ich wollte ihn gestern besuchen, aber da stellte sich heraus, dass er ins Zonnehuis verlegt worden war. Das ist eine Art Pflegeheim.«

»Glaubst du, dass das ein positives Zeichen ist?«

»Wenn man nach dem Namen geht ...« Er beendete den Satz nicht.

»Ja, oder auch nicht«, sagte Freek skeptisch. »Wenn man sieht, welche Namen man derzeit den scheußlichsten Neubauvierteln gibt ...«

»Dann kriegt man einen Schreck«, gab Maarten zu. »Aber ich werde es ja sehen. Ich gehe Dienstag hin.«

»Grüß ihn von mir.«

»Ja«, sagte Hans.

»Ja, von mir auch«, sagte Elsje schnell. »Auch wenn er wahrscheinlich nicht mehr weiß, wer ich bin.«

*

An der Gracht war es still. Ein früher Sonntagmorgen. Langsam schlenderten sie unter den Bäumen in Richtung der Brouwersgracht. Der Wind raschelte kurz in den Blättern über ihren Köpfen und legte sich dann wieder. Sie gingen die gepflasterte Straße entlang. Zwischen den Steinen am Ufer wuchs hier und da ein wenig Gras. An den Stellen, an denen Autos gestanden hatten, befanden sich dunkle Ölflecken. Er sah zu den weißen Dachgesimsen hoch, die in der Sonne glänzten. Auf einem davon saßen ein paar Tauben. Sie bogen um die Ecke und folgten der Brouwersgracht. Ein Mann mit einem kleinen Hund kam ihnen entgegen. Er blieb bei einem Baum stehen und wartete, während der Hund sein Geschäft erledigte. Der Hund scharrte mit den Hinterpfoten, während der Mann bereits wieder weiterging, und lief dann eilig hinter ihm her. Auf der Brücke über die Prinsengracht hielten Hund und Herrchen kurz inne und betrachteten die Wohnboote. Sie spiegelten sich im still daliegenden Wasser wider, es war so glatt, dass es kaum einen Unterschied zwischen dem Boot und seinem Spiegelbild gab. Sie überquerten die Brücke in Richtung der Noorderkerk und setzten sich auf eine der Bänke. Er faltete die Zeitung, die er in der Hand mit sich herumgetragen hatte, halb auseinander, gab Nicolien die Beilage und legte sich seine Hälfte auf den Schoß, doch er las nicht. Schläfrig sah er vor sich hin, die Augen wegen des Sonnenlichts halb geschlossen. Es kamen ein paar Kirchgänger vorbei. Er folgte ihnen mit dem Blick, während sie den Platz überquerten und um die Ecke verschwanden. Von der anderen Seite kamen ein Mann mit einem Bart, ein Kind, ein Hund und eine schwangere Frau. Sie setzten sich auf eine andere Bank. Der Mann stand wieder auf, nahm das Kind mit zur Rutsche, hob es hinauf und ließ es hinunterrutschen. Nachdem sie dies ein paar Mal wiederholt hatten, brachte er das Kind zurück und ging mit einer Plastiktüte zum Sandkasten. Während er allen Unrat aus dem Sandkasten zusammensammelte und in die Plastiktüte packte, sprang der Hund hinzu und fing an, begeistert eine Kuhle zu graben. Das Kind wurde in die Kuhle gesetzt, und der Mann und die Frau sahen von der Bank aus zu, wie es mit einer kleinen Schaufel winkte. In der Kirche hatte die Orgel zu spielen begonnen. Die Klänge drangen gedämpft bis zum Platz und verflüchtigten sich in der Stille. Die Gemeinde setzte ein: »Bleib bei mir, Herr, wenn bald der Abend naht. Wenn Freunde von uns gehn im Sturmgetös, bleib du mir nah, o bleib bei mir.« Er lauschte gerührt. Als das Lied zu Ende war, brauchte er eine Weile, um seiner Rührung Herr zu werden. »Sollen wir mal wieder gehen?«, fragte er dann, mit einer noch leicht erstickten Stimme.

*

Den Ersten, den er sah, als er die Halle betrat, war der Mann mit dem großen Kopf. Er saß nahe der Tür, sein Kopf war nach vorne gesunken und lag auf der Ablage seines Rollstuhls, die Zunge hing ihm aus dem Mund, er schlief tief und fest. Eine Frau kam vorbeigerollt, sich selbst mit den Händen an den Felgen fortbewegend. Sie grüßte ihn und fuhr an ihm vorbei. Zwischen den Leuten, die im Raum verstreut in Rollstühlen oder Sesseln saßen und auf Besuch warteten, suchte er Beerta, bis er ihn in der Nähe des riesigen beleuchteten Aquariums entdeckte, nicht mehr im Rollstuhl, wie beim letzten Mal, sondern in einem normalen Sessel, mit einer Krücke bei sich. Er verzog ironisch den Mund, als Maarten die Hand hob und zwischen zwei Rollstühlen hindurch auf ihn zuging. »T-taaa, Maaschjen«, sagte er, noch bevor Maarten ihn hatte begrüßen können.

»Du sprichst!«, sagte Maarten überrascht.

Beerta zuckte lächelnd mit den Achseln.

»Wie hast du das so schnell hingekriegt?«, fragte Maarten begeistert.

»Vosse ...«, probierte Beerta – er strengte sich sichtlich an, um die richtigen Laute zu formen –, »vosse Ohohäsjin.«

»Von der Logopädin!«, begriff Maarten.

Beerta nickte.

»Aber das ist doch hervorragend!«

Beerta lächelte zurückhaltend.

»Und du sitzt nicht mehr im Rollstuhl«, stellte Maarten fest, während er einen Stuhl heranzog und sich setzte. »Kannst du auch gehen?«

»Ja?« Es klang wie eine Frage.

»Super!«

»Wissusehn?« Er griff zur Krücke, einer Aluminiumkrücke mit einer Achselstütze.

»Ja, natürlich.«

Beerta stellte die Krücke vor sich auf den Boden und bewegte sich vor und zurück, um aus dem Sessel hochzukommen.

»Soll ich dir helfen?« Er streckte die Hand aus.

»Neinj!« Er bewegte sich immer schneller vor und zurück und stieß sich dann mit einer letzten Kraftanstrengung hoch. »Scho!« Er nahm die Krücke unter seine Achsel und sah Maarten triumphierend an. »Jess er ie-ir as Hau-zeien.« Er drehte sich um, stellte die Krücke vor sich hin und schritt vor Maarten her. Sein rechtes Bein zog er ein wenig nach, und sein rechter Arm hing schlaff an seinem Körper herab, doch er ging.

Maarten, der sich noch immer nicht ganz von seiner Überraschung erholt hatte, folgte ihm. Eine Frau in einem Rollstuhl fuhr zur Seite, um sie vorbeizulassen, rundherum saßen Bewohner mit Besuchern, vor einem kleinen Laden neben der Treppe standen ein paar Leute. Beerta stellte seine Krücke auf die unterste Stufe, trat ein wenig zur Seite, um nach einer guten Ausgangsposition zu suchen, setzte den linken Fuß neben die Krücke und zog den rechten Fuß hinterher. Maarten hatte seinen Arm angehoben, um zu helfen, bereit, ihn aufzufangen, während Beerta sich, ohne auf ihn zu achten, nach oben arbeitete.

»Kannst du auf dem rechten Bein stehen?«, fragte er.

»Ein bieschen«, antwortete Beerta angestrengt.

Eine Schwester kam ihnen entgegen und machte ihnen Platz. »Geht es, Herr Beerta?«

»Ja, esch sjeht.«

Sie nickte Maarten zu und ging an ihnen vorbei die Treppe hinunter.

»Es ist phantastisch!«, sagte Maarten begeistert.

Beerta lächelte. Er blieb oben an der Treppe kurz stehen. »As is nichs«, sagte er bescheiden. Er wandte sich ab und ging in den Flur, einen langen Flur mit offen stehenden Türen.

»Wo gehen wir hin?«, fragte Maarten, während er langsam neben ihm herging, sich jedes Mal zurückhaltend, wenn er ihn zu überholen drohte.

»Umeischimme«, antwortete Beerta.

»Umeischimme...«, wiederholte Maarten halblaut, während er nach der Bedeutung der Laute suchte. »Sag es noch mal. Ich verstehe es nicht.«

»Umeischimmes!«, wiederholte Beerta ungeduldig.
Maarten schüttelte den Kopf. »Ich verstehe es noch immer nicht. Aber ich werde es ja sehen.« Er sah durch eine offen stehende Tür in ein helles Zimmer mit Stühlen und Tischen und Kinderzeichnungen an der Wand. Im nächsten Raum standen Betten, jedes mit einem Schränkchen, unter weißen Tagesdecken. »Wie viele Leute leben hier eigentlich?«, fragte er, während sie den Flur entlanggingen.

»Ie weis es nie.« Er blieb vor der letzten Tür stehen, wandte sich zu Maarten um und bedeutete ihm einzutreten. Im Zimmer standen zwei Betten. »As is mei Schimmes.«

Maarten sah sich um. An der Wand hing ein abstraktes Gemälde aus Kunst-am-Bau-Mitteln. Auf einem der Schränkchen, dem Schränkchen von Beerta, lag ein Stapel Bücher. Das Zimmer bot Aussicht auf eine Grünanlage, einen Rasen, ein paar Sträucher. Der Gedanke, dass Beerta hier den Rest seines Lebens würde verbringen müssen, war bedrückend. »Wer schläft dort?«, fragte er und zeigte auf das zweite Bett mit den Fotos einer Frau und Kindern auf dem Nachtschränkchen.

»Ei Mas«, sagte Beerta nicht ohne Sinn für Humor.
Maarten schmunzelte. »Aber was war er von Beruf?«
Beerta öffnete den Mund und suchte nach den richtigen Konsonanten.
»Sjaffisäs.« Er schüttelte den Kopf. »Sjaffisän!«
»Kapitän!«
Beerta nickte.
»Gerade, wo du doch Pazifist bist!«
Beerta lächelte, ein resigniertes Lächeln, und zuckte mit den Achseln.
»Wasj anan ... a-man maahn«, sagte er.

*

Das Telefon klingelte. Maarten nahm den Hörer ab. »Koning!«
»Wigbold hier. Können Sie Goud eben Bescheid sagen, dass er mich vertritt? Ich möchte etwas früher nach Hause.«
»Warum wollen Sie denn früher nach Hause?« Es irritierte ihn.

»Meine Frau ist krank, und da muss ich den Einkauf machen.«

Er verspürte den Impuls zu sagen, dass es in Ordnung sei, doch sein Widerwille gegen das Verhalten dieses Mannes gewann die Oberhand. »Wir hatten doch vereinbart, dass Sie in solchen Dingen Herrn Balk fragen?«, sagte er nicht besonders freundlich.

»Meine Frau hat erst angerufen, als Balk schon weg war.«

Maarten sah auf die Uhr über der Tür. Es war zehn nach vier. Balk war seit höchstens zehn Minuten weg. »Sie können die Einkäufe doch auch noch erledigen, wenn Sie um Viertel nach fünf nach Hause gehen?«

»Wie soll das denn gehen?«

»Es gibt hier doch noch andere Leute, die um Viertel nach fünf ihren Einkauf erledigen!«

»Die wohnen dann sicher nicht in Slotermeer. Bevor ich am Museumplein bin, bei meinem Auto, ist es schon zwanzig vor sechs.«

»Ja, Sie sollten auch besser das Fahrrad nehmen.«

»Sonst frage ich Klaas Sparreboom.«

»Ich werde mal mit Goud sprechen«, entschied Maarten. Er legte den Hörer auf und stand auf. Er ärgerte sich, hatte das Gefühl, hereingelegt zu werden, doch er fand es auch unangenehm, eine solche Bitte abzuschlagen. Übellaunig ging er die Treppe hinunter in den ersten Stock. Goud saß im Bibliotheksraum der Abteilung Volksnamen, eine kleine, krumme Pfeife im Mundwinkel, vor sich Zähllisten.

»Herr Goud!«, sagte Maarten.

»Ja-a«, sagte Goud und sah langsam auf.

»Würden Sie Wigbold vertreten, bis Viertel nach fünf?«

Goud nahm seine Pfeifchen aus dem Mund. »Das will ich gern tun, aber das hat mir Herr Balk verboten«, sagte er ernst.

»Warum?«

»Ja, das weiß ich nicht.«

»Dann werde ich erst mit Wigbold sprechen.« Er verließ den Raum wieder und stieg hinunter zur Halle. Die Pförtnerloge war leer, de Vries war im Urlaub. Er ging hintenherum zur Küche. Wigbold war schon im Begriff zu gehen, die Tasche in der Hand.

»Ich habe von Goud gehört, dass Herr Balk ihm verboten hat, Sie zu vertreten.« Der Mann war ihm derart zuwider, dass er ihn fast nicht ansehen konnte.

»Ja, aber jetzt sind Sie hier der Chef.« Er sah ihn frech an. »Ich konnte doch nicht wissen, dass meine Frau plötzlich krank werden würde?«

»Und wenn Sie nun hier in der Gegend einkaufen?«

Wigbold sah ihn an, als würde er seinen Ohren nicht trauen. »Ich weiß nicht mal, wo hier die Geschäfte sind.«

»Um die Ecke ist ein Supermarkt, und ein Stück weiter gibt es einen Gemüsehändler.«

»Zahlen Sie die Mehrkosten?«

Maarten ignorierte die Bemerkung. »Sie dürfen Ihren Einkauf jetzt machen«, entschied er, »aber danach kommen Sie wieder zurück. Ich werde Goud sagen, dass er Sie so lange vertritt. Wenn er nach unten kommt, können Sie gehen.« Er wandte sich ab und stieg die Treppe wieder hinauf, wütend auf sich selbst, weil er die letzte Bemerkung auf sich hatte beruhen lassen.

Goud saß wieder über seine Listen gebeugt. Er sah auf, als Maarten eintrat. »Ich habe Wigbold gesagt, dass er kurz weg darf, um einzukaufen«, sagte Maarten. »Würden Sie ihn so lange vertreten? Er ist bis Viertel nach fünf wieder da.«

»Jetzt gleich?« Er stand auf.

»Gern, wenn Sie möchten.«

Erst als er die Treppe wieder hinaufstieg, bedachte er, dass Wigbold seinen Einkauf dann auch um Viertel nach fünf hätte erledigen können, wenn er es in Büronähe getan hätte.

Goud stand im Flur und wartete auf ihn, die Tasche in der Hand, als Maarten um Viertel nach fünf die Treppe herunterkam, um nach Hause zu gehen.

»Ist Wigbold nicht zurückgekommen?«, fragte Maarten.

»Nein.« Es klang, als wundere es ihn, doch alles, was Goud sagte, klang so. »Wigbold ist nicht zurückgekommen.«

Klaas Sparreboom kam durch die Schwingtür aus dem Kaffeeraum. »Tag, Herr Koning«, sagte er schmunzelnd. Er blieb bei ihm stehen und sah ihn fürsorglich an. »Ich habe gehört, dass es Probleme mit Wigbold gibt?«

»Tag, Herr Sparreboom«, sagte Maarten. Er wandte sich Goud zu. »Gehen Sie jetzt ruhig nach Hause. Vielen Dank auch noch.«

»Gern«, sagte Goud. »Tschüss, Herr Koning. Tschüss, Klaas.« Er ging zur Drehtür.

»Wenn Sie möchten, dass ich Wigbold vertrete, mache ich das gern«, sagte Sparreboom. »Ich bin abends doch immer hier.«

»Das ist sehr nett von Ihnen.«

»Das heißt, bis neun Uhr. Konnten Sie etwas mit der Zeitung anfangen, die ich neulich gebracht habe?«

»Was für eine Zeitung war das?« Er konnte sich nicht daran erinnern.

Sparreboom schmunzelte. »Eine Ausgabe des *Aalsmeerder Courant* mit einem Artikel über die Geschichte der Kirmes in Aalsmeer. Das schien mir was für Ihre Abteilung zu sein, weil Sie diese alten Sachen mögen.«

Maarten schüttelte den Kopf.

»Ich habe ihn Herrn Asjes gegeben.«

»Ach ja, dann habe ich den noch nicht bekommen.«

»Dann kriegen Sie ihn sicher noch. Ich fand nämlich, dass es ein ziemlich netter Artikel war.«

Unterwegs nach Hause überlegte er, dass er das Verhalten von Wigbold nicht akzeptieren konnte, doch er hatte keine Ahnung, wie er dagegen einschreiten sollte. Ich kann so etwas nicht, dachte er unglücklich. Das Einzige, was ich könnte, wäre, so einen Mann totzuschlagen. Und selbst das kann ich nicht. – Er empfand sich als misslungen.

*

Das Licht in der Küche war an. Er schob sein Namensschild ein, fasste sich ein Herz und ging hintenherum in die Küche. Wigbold stand mit dem Rücken zu ihm vor der Kaffeemaschine. »Tag, Herr Wigbold.« Seine Stimme war tonlos vor Anspannung.

»Guten Morgen«, sagte Wigbold, ohne sich umzudrehen.
»Sie sind gestern nicht mehr zurückgekommen!«
Wigbold drehte sich langsam um. »Bis ich mit meinem Einkauf fertig war, war es Viertel nach fünf.«
Maarten sah an seinem Gesicht, dass er log. »Das hat aber lange gedauert.« Er konnte die Worte fast nicht herausbekommen, so sehr war ihm dieser Mann zuwider.
»Sicher, das hat lange gedauert«, sagte Wigbold gleichgültig. »Aber das hatte ich doch schon gesagt? Einkaufen kostet Zeit.«
Maarten nickte. »Wie sich zeigt.« Er wandte sich ab, ohnmächtig, er musste sich zurückhalten. Oben an der Treppe besann er sich und ging durch den Durchgangsraum in Balks Zimmer. Balk saß in seiner Sitzecke und las die Zeitung. Er ließ sie sinken, als Maarten eintrat. »Morgen«, sagte er, nicht unfreundlich.
»Hast du kurz Zeit?«, fragte Maarten angespannt.
Balk legte, ohne etwas zu sagen, die Zeitung hin.
Maarten setzte sich ihm gegenüber, etwas zusammengesunken, seine Tasche in der Hand. »Gestern, als du schon weg warst, rief Wigbold an und fragte, ob er nach Hause gehen dürfte, weil seine Frau krank wäre.« Er sprach etwas lauter und musste sich beherrschen, um nicht mit allen Informationen gleichzeitig herauszuplatzen. »Ich habe ihm dann die Erlaubnis erteilt, während der Bürozeit den Einkauf zu erledigen, und Goud gebeten, ihn so lange zu vertreten, hörte aber von Goud, dass du ihm das verboten hättest. Wie soll ich mich deiner Meinung nach in solchen Fällen verhalten?«
Man konnte sehen, dass die Mitteilung Balk irritierte. Er hatte begonnen, mit dem Fuß zu wippen, und sah wütend drein. »Wie spät war das?«
»Zehn nach vier.«
»Was für ein widerlicher Mann!«, sagte Balk verärgert, mehr zu sich selbst. Er sah von Maarten weg. »Ich werde mit ihm reden!«, entschied er dann.
»Gut«, sagte Maarten mechanisch. Er stand auf. Erst auf der Treppe wurde ihm bewusst, dass er nun noch immer nicht wusste, was Balk von ihm erwartete, doch er hatte keine Lust zurückzugehen. Er betrat

sein Zimmer, stellte die Tasche ab, öffnete das Fenster, hängte sein Jackett auf, zog die Hülle von der Schreibmaschine und setzte sich. Sien und Joop kamen nacheinander herein. Er grüßte sie, fasste sich ein Herz und zog eine Mappe zu sich heran, an der er tags zuvor auch schon gearbeitet hatte. Kurze Zeit später kam Bart, eine Viertelstunde danach Ad.

»Hast du Zeit, über den Murmel-Fragebogen zu reden?«, fragte Bart.

»Ja, natürlich«, sagte Maarten und unterbrach seine Lektüre. Er stand auf und begab sich ans Kopfende des Sitzungstisches. Während Bart stehend an seinem Schreibtisch die Papiere zusammensuchte, sah er gedankenverloren vor sich hin. Bart legte den letzten Entwurf vor ihn hin und setzte sich ums Eck an den Tisch, bereit, seine Bemerkungen zu notieren. Maarten zog den Entwurf zu sich heran und sah ihn sich mit zusammengezogenen Augenbrauen an.

»Ich habe nicht den Eindruck, dass du besonders viel Lust darauf hast«, bemerkte Bart.

»Es gibt wenige Dinge, auf die ich mehr Lust habe als ausgerechnet das Murmelspiel«, versicherte Maarten.

»Ich will es auch gern ein andermal besprechen.«

»So lese ich hier«, sagte Maarten und zeigte mit einem Finger auf die Stelle: »›Es gibt fast niemanden, der in seiner Kindheit nicht mit Murmeln gespielt hat‹. Das scheint mir völlig richtig!« Es lag ein kaum verhohlenes Vergnügen in seiner Stimme, ein kurzes, verhaltenes Lachen. »Wenn man so etwas liest, kann so ein Fragebogen nicht mehr in die Hose gehen!«

*

Nur das Licht in der Pförtnerloge brannte, in der Küche war es dunkel. Für einen Moment dachte er, dass Meierink wieder zurück war, doch als er sein Namensschild einschieben wollte, sah er im Kaffeeraum Balk von einem Stuhl aufstehen, die Zeitung in der Hand, und sich gleich wieder hinsetzen. Balk konnte ihn nicht bitten, auf die Klingel zu achten. Während er sein Schild einschob, fragte er sich, ob er es an-

bieten sollte. Dass dies wieder als Unterwürfigkeit ausgelegt werden könnte, machte ihn unsicher, doch sein Hierarchiegefühl gab, wie so oft, den Ausschlag. Er zog die Schwingtür auf. »Ist Wigbold krank?«
»Ja«, sagte Balk unwirsch hinter seiner Zeitung.
Maarten zögerte. »Geh du dann ruhig nach oben. Ich habe ohnehin ein Buch dabei.«
Balk stand sofort auf und ging an ihm vorbei in die Halle zur Treppe.
»Wann kommt Meierink eigentlich aus dem Urlaub zurück?«, rief Maarten ihm hinterher. Wenn Wigbold krank war, achtete Meierink für gewöhnlich auf die Klingel, bis de Vries kam. Ebenso wie Balk kam er immer eine halbe Stunde früher, um sich einen Parkplatz für sein Auto zu sichern.
»Nächste Woche«, antwortete Balk, ohne sich umzudrehen.
Maarten ging wieder in die Pförtnerloge. Er machte die Tasche auf, als ihm einfiel, dass er das Buch zu Hause hatte liegen lassen, lauschte, bis er die Tür von Balks Zimmer hörte, und rannte dann so geräuschlos wie möglich die Treppe hinauf in sein Zimmer. Kurz darauf war er wieder zurück in der Loge, außer Atem. Er ließ sich vor der Schreibmaschine von de Vries nieder, spannte eine Karteikarte ein, schlug das Buch, das er geholt hatte, auf und begann, ohne sich die Zeit zu gönnen, wieder zu Atem zu kommen, eine Passage abzutippen. Es schellte. Er drückte auf den Türöffner und beugte sich vor, an der Spiegelung der kleinen Fenster in der Loge vorbei, um zu sehen, wer durch die Drehtür in die Halle kam. Hans Wiegersma. Er trat in die Loge. »Ha«, sagte er mit einer verlegenen Bewegung. Er schob sein Namensschild ein und drehte sich zu Maarten um. »Soll ich dich ablösen?« Er lächelte entschuldigend. Sein Kopf wackelte ein wenig.
Maarten schüttelte den Kopf, ebenfalls lächelnd. »Nein, Hans, geh du nur fröhlich ans Werk.« Der Mann, der eigentlich findet, dass die Ablösung angebracht wäre, der jedoch so demokratisch ist, es nicht zuzulassen.
Während Hans weiter zur Treppe ging, schellte es erneut. Tjitske kam durch die Drehtür. Sie schob ihr Namensschild ein und blieb zögernd stehen.
»Ich bleibe hier sitzen«, sagte Maarten, bevor sie etwas sagen konnte,

als verstünde es sich von selbst, dass sie ihm anbieten würde, ihn abzulösen.

»Ich würde es schon tun.«

»Nein, wirklich nicht.«

Sie zögerte noch einen Moment und ging dann ihrerseits die Treppe hinauf.

Er begann wieder zu tippen, drehte die Karteikarte um, tippte die Passage zu Ende, zog die Karteikarte aus der Schreibmaschine, legte sie neben sich und griff zu einer neuen, während er mit der anderen Hand zum Türöffner langte, weil es wieder schellte. Aad Ritsen. Er blieb in der Tür stehen. »Soll ich mich hier vielleicht hinsetzen?«

»Nein, ich bleibe schon«, wehrte Maarten ab.

Aad blieb stehen.

»Nein, wirklich nicht«, sagte Maarten noch einmal. »Du sitzt doch oben? Wenn du jetzt unten sitzen würdest …« Ein idiotisches Argument, das außerdem sehr unfreundlich klang, als verübele er es Aad, dass er sich selbst zu schade war, sein Angebot mit großer Geste zu akzeptieren. Unzufrieden mit sich tippte er die neue Passage zu Ende und drückte erneut auf den Türöffner, gerade als er mit der dritten Karteikarte anfangen wollte. Diesmal war es de Vries. Er stand auf, schlug sein Buch zu, mit einer Karteikarte zwischen den Seiten, und packte seine Karteikarten zusammen. »Ich habe mich mal kurz auf Ihren Platz gesetzt«, entschuldigte er sich. »Wigbold ist krank.«

»Vielen Dank, Mijnheer«, sagte de Vries.

»Fragen Sie Goud, wenn er kommt, ob er sich um den Kaffee kümmern kann?«

»Jawohl, Mijnheer.« Als hätte der nicht selbst auf die Idee kommen können. »Vielen Dank.«

Unglücklich über sein Verhalten stieg er die Treppe hinauf. Als er an seinem Platz saß, kam Tjitske aus dem Besucherraum. Sie blieb zögernd an seinem Schreibtisch stehen. »Ich wollte noch sagen, dass ich am Freitag nicht da bin.«

»Fährst du zu deiner Mutter?«

»Nein, ich muss ins Krankenhaus.«

Er sah sie an.

»Da muss ein Knötchen aus meiner Brust entfernt werden.« Sie wurde rot.

»Das ist nicht so gut.«

»Ach, es ist nur ein kleiner Eingriff«, sagte sie hastig. »Ich denke, dass ich Montag normal wieder im Büro bin.«

»Aber es ist natürlich trotzdem nicht gut.«

»Ja, schon.«

Joop betrat den Raum. »Ebenfalls guten Morgen«, sagte sie laut. Sie ging weiter zum Karteisystemraum.

»Aber dann weißt du es schon mal«, sagte Tjitske verlegen und wandte sich ab.

»Ja.« Die Nachricht schockierte ihn. Abwesend sah er vor sich hin, während sie die Tür hinter sich schloss, nicht in der Lage, seine Arbeit sofort wieder aufzunehmen. Erst als Bart eintrat, nahm er sich das Buch erneut vor. Es war ein Nachdruck von Verordnungen aus dem sechzehnten Jahrhundert, aus dem er für seine Roggenbrotstudie die Bestimmungen über »Brot« auf Karteikarten übertrug. Ad kam herein. Er erinnerte sich, dass Nicolien ihn gebeten hatte, Ad zu fragen, ob er sich in ihrem Urlaub wieder um die Katzen kümmern könnte. Es war ihm unangenehm, und er schob es auf, mit dem Argument, dass er es besser tun könne, wenn Bart nicht im Raum wäre.

Das Telefon klingelte. Bavelaar. »Das *Bulletin* ist gekommen. Willst du, dass es nach oben gebracht wird?«

»Ich komme.« Er legte den Hörer auf. »Das *Bulletin* ist gekommen«, sagte er und stand auf.

Bart sah auf.

»Soll ich es mal holen?«, fragte Ad.

»Nein, ich hole es schon.« Er war bereits zur Tür hinaus und rannte die Treppe hinunter.

»Tag, Herr Panday«, sagte er, als er Bavelaars Zimmer betrat.

»Tag, Herr Koning«, sagte Panday freundlich. Er strahlte eine unerschütterliche Ruhe aus.

Bavelaar stand an ihrem Schreibtisch, ein aufgerissenes Paket mit Zeitschriftenexemplaren auf der Ecke, und blätterte in einem Heft, eine Zigarette zwischen den Fingern.

Er nahm das nächste Exemplar und betrachtete es.

»Sieht es nicht schön aus?« Sie nahm einen Zug von ihrer Zigarette und inhalierte tief.

»Es sieht schön aus«, bestätigte er, während er das Heft durchblätterte.

»Und diese Zeichnungen von Hans Wiegersma!«, sagte sie bewundernd. »Der kann noch zeichnen!«

»Die sind hübsch.« Er betrachtete sie etwas aufmerksamer. »Sie sind nur nicht ganz durchgekommen. Die Linien sind hier und da etwas schwach.«

»Das passiert jetzt dauernd!«, sagte sie unzufrieden. »Und ich habe noch extra gesagt, dass sie darauf achten sollten!«

»Aber die Karten sind sehr gut.« Er betrachtete den Umschlag noch einmal. »Und den Umschlag finde ich auch sehr schön.«

»Sehr schön!«

»Darf ich zwanzig davon haben? Dann verteile ich sie oben.«

»Notierst du das mal?«, sagte sie zu Panday. »Herr Koning nimmt zwanzig mit.«

»Ich werde es notieren«, sagte Panday ruhig, ohne entsprechende Anstalten zu machen.

Mark Grosz saß unter seiner Lampe, die Augen dicht über dem Buch, und übertrug Wörter auf kleine Karteikarten. Als Maarten eintrat, sah er auf.

»Das *Bulletin* ist da«, sagte Maarten und überreichte ihm das oberste Exemplar des Stapels. Er blieb stehen.

Mark nahm das Heft vorsichtig entgegen, stieß die Lampe etwas weiter nach oben, damit das Licht darauf fiel, und bewegte es langsam vor seinen Augen hin und her. Er schlug es auf, blätterte ein wenig darin, suchte die Inhaltsangabe auf der Innenseite des Umschlags und sah dann mit einem, in seinem Bart verborgenen Lächeln auf. »Herzlichen Glückwunsch.«

»Du darfst es behalten«, sagte Maarten und wandte sich ab.

»Vielen Dank.« Als hätte er nicht damit gerechnet.

Maarten stieg, zwei Stufen gleichzeitig nehmend, die Treppe in sein eigenes Stockwerk hinauf und ging über den Flur zum Zimmer von Jaring. »Das *Bulletin* ist da«, sagte er, als er Jarings Raum betrat. Jaring stand hinter Joost Kraai, der auf einem Stuhl vor dem Registraturschrank saß und zwischen den Mappen etwas suchte. »Sieh dann mal unter ›Suawoude‹ nach«, sagte Jaring zu ihm. Er wandte sich Maarten zu. »Das ist schön.«

»Könntest du die in deiner Abteilung verteilen?« Er überreichte ihm sechs Exemplare.

»Das mache ich.« Er legte den Stapel auf die Ecke des Tisches und wandte sich wieder Joost zu.

Auf dem Flur fiel ihm ein, dass Balk natürlich auch eines haben müsste. Er eilte die Treppe wieder hinunter und ging in dessen Zimmer. Balk telefonierte. Maarten hielt ein Exemplar hoch. Balk streckte die Hand aus und nahm es entgegen. »Ja«, sagte er kurz. Während er zuhörte, blätterte er mit der freien Hand das Heft durch. »Das würde ich nicht machen!«, sagte er entschieden, er nickte Maarten zu und legte das Heft zur Seite. »Nein! Ganz bestimmt nicht!«

Maarten verließ das Zimmer wieder. Er rannte mit dem übrig gebliebenen Stapel erneut die Treppe hinauf, in den dritten Stock, und trat bei Hans Wiegersma ein. Hans stand hinter seinem Zeichentisch, über eine Karte gebeugt. Er sah auf, als Maarten hereinkam. »Das *Bulletin* ist da«, sagte Maarten.

»Hey«, sagte Hans. Er legte sorgsam den Stift hin und wandte sich Maarten zu. »Ja.«

»Ach«, sagte Maarten lachend, ihn imitierend.

Hans lachte verlegen. »Ja, entschuldige.« Er nahm das Heft in Empfang und ging damit zu seinem Tisch. »Es sieht schön aus.« Sein Kopf wackelte ein wenig. Er schlug es bei seinen Zeichnungen auf, nahm eine Lupe und betrachtete sie aus der Nähe. »Die dünnen Linien sind nicht ganz durchgekommen, die hätte ich doch etwas dicker machen sollen.«

»Aber die Karten sind gut.«

Hans blätterte, bis er die Karten hatte, und betrachtete sie ebenfalls mit der Lupe. »Ja, zum Glück schon.«

»Du darfst es behalten.« Er wandte sich zur Tür ab.

»Danke«, sagte Hans überrascht.

Maarten rannte die Treppe wieder hinunter und ging in den Besucherraum. Tjitske war allein. »Hier ist das *Bulletin*, aber ich kann mir vorstellen, dass du jetzt anderes im Kopf hast.«

»Ach, nein. So wichtig ist das nicht.« Sie nahm das Heft von ihm entgegen.

Während sie zu blättern begann, blieb er kurz bei ihr stehen, um etwas Nettes zu sagen, doch ihm fiel nichts ein. Unten aus dem Garten hörte man Stimmen und das Klirren von Kaffeetassen. Er beugte sich aus dem Fenster. Huub Pastoors, Aad Ritsen, Gaby Wildeboer, Sjef Lagerweij und Koos Rentjes hatten ihre Stühle mit in den Garten genommen und saßen dort, um Kaffee zu trinken. »Ich lege auch ein Exemplar auf Mandas Schreibtisch«, sagte er, während er sich wieder aufrichtete. Eine überflüssige Mitteilung.

»Ja.«

Er legte das Heft auf die Ecke von Mandas Schreibtisch und ging durch die Tür in sein eigenes Zimmer. »Das ist für dich«, sagte er zu Ad und legte ein Exemplar auf den Rand seines Schreibtisches, »und das ist für dich.« Er überreichte es Bart und ging weiter in den Karteisystemraum. »Der ›Bullenschwengel‹«, sagte er laut, als er den Raum betrat. Joop zog eine Grimasse, ein breites Lachen mit aufeinandergepressten Lippen. »Hmmm«, schwelgte sie. Er gab ihr ein Heft, legte ein Exemplar auf Siens Schreibtisch und kehrte in sein Zimmer zurück. Ad und Bart saßen beide zurückgelehnt da und lasen in ihren Exemplaren. Er legte, was noch vom Stapel übrig geblieben war, auf die Ecke seines Schreibtisches, setzte sich, nahm das oberste Exemplar, schlug es auf und vertiefte sich in die Einleitung, die Worte, nun, da sie gedruckt waren, auf ihre Überzeugungskraft hin abwägend: »Wir halten es nicht für notwendig, die Einwände gegen den Begriff ›Volk‹ in der ›Volkskultur‹ noch einmal breit zu diskutieren. Nach allen Diskussionen, die darüber geführt worden sind, ist nun wohl zu jedem durchgedrungen, dass er durch seine Vagheit unbrauchbar und durch die Konnotation mit ›Einheit‹ irreführend ist. Was wir davon bewahren wollen, ist die Begrenzung unserer Forschung auf unser eigenes Land, und zwar aus rein praktischen Gründen. Wir halten es ebenso wenig für notwendig, den ursprünglichen Ausgangspunkt unseres Fachs, die Illusion, dass im Sammeln traditioneller Auffassungen und Gebräuche der Schlüssel zum Wissen über die Vergangenheit liegt, einer nochmaligen Betrachtung zu unterziehen. Wenn wir, gemäß der Tradition unseres Fachs, unsere Aufmerksamkeit weiterhin auf die traditionellen Elemente in der Kultur richten, konzentriert sich diese auf ihre Bedeutung in der Gesellschaft, wobei Veränderungen und Unterschiede im zeitlichen Verlauf und in der Verbreitung – sowohl räumlich als auch sozial – als Ausgangspunkt für unsere Forschung mindestens ebenso wichtig sind wie Kontinuität. Damit unterscheiden wir uns nicht ...«

Er blätterte weiter, las hier und da ein paar Sätze in seinem Aufsatz über die Wiege, und wurde von einem enormen Widerwillen ergriffen, der ihn daran hinderte, die Bedeutung dessen, was er las, in sich aufzunehmen. Es war alles viel zu vorsichtig. Die Aggression, die darin steckte, blieb verborgen, weil er einen völligen Mangel an Wissen hatte kaschieren müssen. Er hätte sagen müssen: »Meine Herren, was tun wir als erwachsene Menschen eigentlich hier? Glauben Sie denn wirklich, dass das der Weg ist, Ihr Leben zu verbringen? Unsinn!« Doch so etwas konnte man nur sagen, wenn man allen anderen in puncto Faktenwissen überlegen war, und dann sagte man es nicht mehr. Er sah auf. Freek hatte, mit dem Milchträger in der Hand, den Raum betreten und war an seinem Schreibtisch stehen geblieben. »Macht es eigentlich was mit dir, dich selbst gedruckt zu sehen?«, fragte er neugierig.

»Nichts!« Er legte das *Bulletin* weg.

Freek lachte ungläubig. »Das glaube ich nicht.«

»Wenn ich etwas empfinde, dann ist es Scham, aber ich möchte gerne Buttermilch«, er stand auf, »und ich gehe Kaffee trinken.«

»Ich wollte heute Nachmittag zur Bibliothek«, sagte Bart. Er stand mit seinem Täschchen in der Hand an der Tür, die andere Hand auf der Klinke.

»In Ordnung«, sagte Maarten. »Ich gehe gleich kurz zum Markt.« Er knüllte das Durchschlagpapier, auf dem er sein Brot gegessen hatte, zusammen, warf die Kugel in den Papierkorb, während Bart die Tür hinter sich schloss, stand auf, nahm sein Glas und wollte hinter Bart hergehen, um es auszuspülen. In diesem Moment erinnerte er sich, dass er Ad noch fragen sollte, ob er sich in den Ferien wieder um die Katzen kümmern könnte. Er blieb an dessen Schreibtisch stehen, zögernd. »Habt ihr schon Urlaubspläne?«

Ad sah auf. Er saß lang ausgestreckt auf seinem Stuhl und las, die Zeitschrift aufgerichtet auf dem Bauch. »Wieso?«, fragte er abwehrend.

»Nicolien hat gefragt, ob du dich während unseres Urlaubs vielleicht wieder um unsere Katzen kümmern würdest.«

»Ich weiß noch nicht, ob ich Urlaub mache.« Seine Stimme war heiser.

Die Antwort überraschte Maarten. Anfang des Jahres hatte er ein paar Monate nicht gearbeitet, weil er Temperatur hatte. Gleich danach hatte er sich drei Wochen Urlaub genommen. Anschließend hatte er ein paar Wochen gearbeitet und dann wieder drei Wochen Urlaub gehabt. Man durfte nun eigentlich erwarten, dass der Boden des Fasses allmählich in Sicht war.

»Vielleicht wollen Heidi und ich noch eine Woche nach Freiburg.«

»Dann werden wir besser jemand anderen fragen, denn sonst bist du nicht frei.«

Ad reagierte nicht sofort darauf. »Ich wollte es sowieso etwas einschränken«, sagte er dann heiser, den Blick abwendend. »Es ist ein bisschen zu viel. Ihr fahrt auch immer so lange. Wie lange fahrt ihr jetzt?«

»Vier, fünf Wochen.«

»Ja, siehst du, das ist ziemlich lange, denn ich habe jetzt auch einen Hund. Wusstest du das?«

»Nein.«

»Den muss ich jeden Morgen rauslassen, und das wird dann etwas anstrengend.«

Maarten nickte. »Da hat man ganz schön zu tun.«

»Kannst du nicht Frans Veen fragen?«

Frans Veen? Wie kam er auf Frans Veen? »Der wohnt auf der anderen Seite der Stadt. Aber wir finden schon jemanden.«

»Wenn ihr überhaupt niemanden findet, will ich es wohl noch ein einziges Mal machen.«

»Das ist sehr nett von dir, aber wir werden schon jemanden finden, mach dir deswegen mal keine Sorgen.« Er wandte sich ab und ging mit seinem Glas zur Tür hinaus auf die Toilette, niedergeschmettert. Während der das Glas im Waschbecken ausspülte, bedachte er, dass sie in so kurzer Zeit sicher niemanden finden würden, allein schon deshalb, weil sie niemanden zu fragen wagten. So etwas fragte man nur, wenn man jemanden so sympathisch fand, dass man keine Gefahr lief, abgewiesen zu werden, wenn man zumindest glaubte, diese Gefahr nicht zu laufen. Er erinnerte sich, dass er es aus dem Grund seinerzeit keine so gute Idee gefunden hatte, Ad zu fragen. Er hatte sich durch die Spontaneität überzeugen lassen, mit der Heidi es angeboten hatte, sowie durch die Überlegung, dass es Ad kaum Zeit zu kosten brauchte. Er kam jeden Tag an ihrem Haus vorbei. Wenn er alle zwei oder drei Tage das Büro eine halbe Stunde früher verließ, kostete es ihn sogar gar nichts. Unbegreiflich. Gedankenverloren kehrte er in sein Zimmer zurück, gepanzert, tief in sich verkrochen. Er ging an Ad vorbei zu seinem Schreibtisch und zog sein Jackett an, um auf den Markt zu gehen.

»Wie geht es Jonas jetzt?«, fragte Ad sich räuspernd.

»Jonas geht es gut«, antwortete er abwesend, »aber er wird natürlich alt.« Er hob die Plastiktasche, mit der er einkaufte, vom Boden.

»Ist es für euch denn kein Problem, ihn so lange allein zu lassen?«

»Das ist ein Problem.« Es war einer der Gründe, weshalb Nicolien es nur Ad zu fragen gewagt hatte. Er blieb an der Tür stehen. »Ich gehe jetzt mal zum Markt.« Er ging zur Tur hinaus, die Treppen hinunter und auf die Straße. Also nicht nach Frankreich. Er suchte nach Alternativen, zwei- oder dreitägige Fahrrad- oder Wandertouren in den Niederlanden, so lange, wie sie die Katzen und Pflanzen allein lassen konnten, doch diese Pläne wurden rasch von der Wut über das, was ihm angetan worden war, verdrängt. Während er der Gracht folgte, sann er auf eine subtile Rache, einen raffinierten Appell an Ads Schuldgefühle, doch so, dass er nicht zurückkönnte, denn dass er dann noch ein einziges Mal etwas für ihn tun dürfte, wäre fortan ausgeschlossen. Und wenn er auf seinen Knien ankäme und um Vergebung bäte? Dann würde er freundlich sein, doch die Tür wäre verschlossen – oder offen, je nachdem, wie man es betrachtete. Im Übrigen mochte der Teufel wissen, was ihn ritt. Er versuchte, sich darin zu vertiefen und sah eine Reihe von Möglichkeiten: Vielleicht fand Ad, dass er nicht besonders nett auf seine sogenannte Krankheit reagiert hatte oder dass er zu hart arbeiten musste oder dass er ihm zu wenig Raum ließ, indem er selbst hart arbeitete, oder dass sie ihn zu wenig besuchten, Frans Veen lieber mochten als ihn, oder er nahm es ihnen übel, dass sie Fleisch und gespritztes Gemüse aßen, dass sie, anstatt wie sie selbst, zwölf, nur zwei Katzen hatten, und jetzt also auch noch einen Hund, dass sie nach Frankreich fuhren, sich selbst genug waren, nur an sich dachten, an der Herengracht wohnten statt in Heiloo. Alles war möglich. Mit jedem Schritt wuchs sein Selbstmitleid. Er, der so viel für seine Untergebenen tat, ein guter Chef war, der seinen Urlaub so dringend brauchte, sich so darauf freute, nach Frankreich zu fahren. Kurz überlegte er, überhaupt keinen Urlaub zu machen, mitzuteilen, dass er bliebe, weil er niemanden für seine Katzen finden könnte, doch ihm war sofort klar, dass er Ad dann zwingen würde, sich anzubieten, und er es schwerlich ablehnen könnte. Es müsste subtiler geschehen. Erst wenn er Ende Oktober wieder ins Büro kam, sollten sie erfahren, dass er in den Niederlanden geblieben war, weil sie das diesmal ihrer Katze wegen, die zu alt war und krank, besser gefunden hätten, und nur Ad würde den wahren Grund kennen und sich doppelt schuldig fühlen.

Mit solchen Gedanken ging er weiter, ohne etwas in sich aufzunehmen, manchmal laut redend, wenn er sich selbst davon zu überzeugen versuchte, dass Ad das vollste Recht dazu hatte, den ganzen Kram hinzuschmeißen. Aber Recht? Was ist schon Recht, wenn man jemandem mit so wenig eine so große Freude machen konnte? Er lachte über seine eigene Melodramatik, doch er bekam sich selbst trotz dieser Selbstkritik nicht unter Kontrolle. Dass er nicht nach Frankreich konnte, war noch das Wenigste, auch wenn es traurig war. Schlimmer, unverzeihlicher war es, dass er vor den Kopf gestoßen worden war, während er sich sein Leben lang bemühte, mit so wenig Einsatz zu spielen, dass ihm das nicht passieren konnte. Verrat! Mangel an Solidarität! Doch was hätte er dem entgegensetzen können? Bei Leuten, die kein Fleisch essen, keinen Wein trinken, keine Tomaten mögen, keinen Kaffee, die nie das Haus verließen. Hätten sie etwa auf ihren Vorschlag eingehen müssen, zusammen ein Haus zu kaufen? Er dankte dem Himmel, dass er darauf nicht eingegangen war, auch wenn er es keine Sekunde lang erwogen hatte.

Als er vom Markt zurückkam, war Ad verschwunden. Er setzte sich an seinen Schreibtisch und rief Nicolien an.
»Oh, bist du es?«
»Ja.« Er wartete einen Moment. »Ad will sich nicht mehr um die Katzen kümmern.«
Einen Augenblick lang war es am anderen Ende der Leitung still.
»Warum nicht?«, fragte sie bestürzt.
»Er findet es zu anstrengend.«
»Aber es ist doch überhaupt nicht anstrengend?«
»Für uns nicht, aber für ihn schon. Ad ist nicht der Stärkste!« Seine Stimme zitterte vor Sarkasmus.
»Und Heidi hat noch gesagt, dass er es so nett findet!«
»Jetzt eben nicht mehr.«
»Dafür muss es doch einen Grund geben?«
»Ich glaube, dass er es uns übel nimmt, dass wir nicht zusammen mit ihnen das Haus kaufen wollten.«
»Aber das ist doch total verrückt?« Sie war empört.
»Ja, das ist total verrückt, aber so sind die Menschen. Ich hatte das schon gleich befürchtet.«
»Du meinst, dass es meine Schuld ist!«
»Nein, das meine ich nicht.«
»Es hörte sich aber so an!«
»Du hast dich auf Heidi verlassen, du konntest es also nicht vorausahnen.«
»Ja, das würde ich auch meinen!«
Es gab eine kurze Stille.
»Und was soll jetzt werden? Jetzt können wir also nicht nach Frankreich!«
»Nein.«
»Wo alles schon vorbereitet ist!«

»Ja.« Es war eine traurige Vorstellung. »Aber darüber kommen wir schon hinweg. Uns fällt schon etwas anderes ein.«

»Wenn du das dann auch wirklich machst, denn du bist jetzt glatt in der Lage, einfach zur Arbeit zu gehen, um Ad eine Lektion zu erteilen.«

*

Sobald er Tjitske hereinkommen hörte, stand er auf und ging zur Verbindungstür, doch sie kam ihm zuvor. Die Tür ging auf, bevor er dort war. »Wie ist es gelaufen?«, fragte er.

»Es ist alles gut gegangen, aber ich muss Freitag wiederkommen, denn wie es aussieht, ist es bösartig.« Sie sagte es ungerührt, fast mit einem Lächeln. Ihr Gesicht war genauso klein und blass wie sonst auch.

Er erschrak.

»Damit hatte ich nicht gerechnet.«

»Ja, das verstehe ich.« Sie standen sich in der Tür gegenüber. »Meine Mutter hat es auch gehabt«, sagte er, als wäre ihr damit gedient. Im nächsten Augenblick hätte er sich vor Scham über diese Dummheit die Zunge abbeißen können, doch sie fragte zum Glück nicht, wie es geendet hatte. »Dürfen die anderen es auch wissen? Oder möchtest du, dass ich es für mich behalte?«

»Ach, sie dürfen es ruhig wissen. Solange ich nur nicht mit jedem darüber sprechen muss.«

Jemand kam die Treppe hoch.

»Gut. Halt dich tapfer.«

»Ja, klar.« Sie wandte sich ab.

Im selben Moment, als sie die Tür schloss, ging die Tür zum Flur auf, und Sien kam herein. Sie erschrak kurz, weil er plötzlich vor ihr stand. »Wolltest du raus?«, fragte sie und machte ihm Platz.

»Nein«, sagte er abwesend. Er ging zurück an seinen Schreibtisch.

»Henk findet das *Bulletin* großartig!«, sagte sie aufgeregt, während sie mit ihm mitging. »Ich hatte es zwischen die anderen Zeitschriften auf den Tisch gelegt, und er zog es sofort heraus. ›Was ist das toll geworden‹, hat er gesagt.«

Er sah sie abwesend an. Sie hatte vor Aufregung rote Flecken. »Das freut mich«, sagte er automatisch.

»Die Farbe fand er auch sehr schön. Und dass der Umschlag so nüchtern gehalten ist.« Sie schluckte nervös.

»Moosgrün«, sagte er mit einem Lächeln. Er setzte sich an seinen Schreibtisch und zog, ohne dabei nachzudenken, die Zeitschrift, in der er gelesen hatte, etwas näher zu sich heran, als wolle er sich an die Arbeit machen.

Vielleicht merkte sie, dass er mit dem Kopf nicht bei der Sache war, denn sie schwieg abrupt, zögerte noch ein wenig und ging dann in den Karteisystemraum.

Er ließ sich gegen die Stuhllehne sinken und sah vor sich hin. Sein Kopf war leer. Tjitskes Mitteilung war zu unerwartet gewesen, um sofort darüber nachdenken zu können. Worüber sollte man bei so etwas auch nachdenken?

Joop trat ein. »Morgen!«, sagte sie munter.

»Tag, Joop«, sagte er geistesabwesend.

Sie ging in den Karteisystemraum, und gleich darauf hörte er sie laut reden und lachen. Aus dem Besucherraum kam das Tippen von Tjitskes Schreibmaschine. Dem lauschend, wurde er sich hochgradig der Geräusche um sich herum bewusst. Als er Bart die Treppe hinaufkommen hörte, riss er sich zusammen. Er rückte seinen Stuhl eine Vierteldrehung herum, spannte eine Karteikarte in die Schreibmaschine, grüßte Bart, zog die Zeitschrift zu sich heran und begann zu tippen.

Ad betrat den Raum. Entgegen seiner Gewohnheit ging er nicht zu seinem Platz, sondern gleich weiter zu Maartens Schreibtisch.

Maarten tippte noch zwei Wörter und drehte sich dann um.

»Wir gehen doch nicht nach Freiburg«, sagte Ad, »denn Beer ist krank, und da traut Heidi sich überhaupt nicht mehr aus dem Haus.« Er sah zerknittert aus, mit einem etwas hysterischen Blick in den Augen.

»Was hat Beer?« Er drehte seinen Stuhl herum, damit er Ad besser sehen konnte. Die Mitteilung wunderte ihn. Ad erzählte nie etwas über seine Katzen.

»Auf jeden Fall schwere Blutarmut, aber Lemke meint, dass es möglicherweise auch Leukämie sein könnte, und dann ist es ansteckend.« Es lag ein verborgener Triumph in seiner Stimme.
»Bist du bei Lemke gewesen?«, fragte Maarten erstaunt.
»Von dem Tierarzt in Heiloo halten wir nichts.«
»Und was sind dann die Symptome?«
»Schlapp.«
Maarten nickte.
»Und Fieber.«
Maarten sah ihn an, abwartend.
»Vorige Woche hatte er plötzlich einundvierzig. Da hat er eine Penicillinspritze bekommen. Und dann am Freitag hatte er wieder neununddreißig fünf, eine Stunde später achtunddreißig fünf und noch eine Stunde später siebenunddreißig sechs. Da haben wir ein Taxi nach Amsterdam genommen, denn Heidi traute der Sache nicht mehr, und laut Lemke sind wir gerade noch rechtzeitig gekommen.« Der Triumph in seiner Stimme war nun unverkennbar: Du findest doch diese Temperaturmesserei und die Fürsorglichkeit Quatsch? Nun, hier ist der Beweis, dass wir recht haben.
»Bedauerlich.« Er meinte es ernst, doch wenn es um die Katze nicht so traurig bestellt gewesen wäre, hätte er es lächerlich gefunden.
»Dann weißt du das also!«, sagte Ad und wandte sich ab.
Maarten rückte seinen Stuhl wieder eine Vierteldrehung zurück. Er hatte die Lektion verstanden. Während er mechanisch die Passage abtippte, fragte er sich, ob Heidi vielleicht dahinter steckte und auf diese Weise zu verstehen geben wollte, es unmöglich zu finden, Urlaub zu machen, wenn man Katzen hat, doch er verwarf diese Annahme sofort wieder, da Heidi seinerzeit zu Nicolien gesagt hatte, dass Ad es nett fände, auf ihre Katzen aufzupassen. Er kam nicht dahinter, und es interessierte ihn auch nicht genug, um lange dabei zu verweilen. Er dachte wieder an Tjitske, tippte die Karteikarte zu Ende, stand auf und stellte sich zwischen die Schreibtische von Bart und Ad, von wo aus er beide im Blick hatte. »Tjitske muss am Freitag operiert werden«, sagte er.
Bart erschrak, Ad sah langsam auf.
»Sie hat Brustkrebs.«

»Nein!«, sagte Bart erschrocken. Ad lächelte.

»Ich erzähle es, weil ich Freitag schon im Urlaub bin, also wird sie einer von euch dann krankmelden müssen.«

»Hättest du es dann nicht besser nicht erzählen sollen?«, fragte Bart.

»Das habe ich Tjitske gefragt. Sie findet es nicht schlimm, wenn die Leute es wissen, solange sie nur nicht mit jedem darüber sprechen muss.«

»Was soll ich denn sagen?«, fragte Bart.

»Das musst du selbst wissen.«

»Ich möchte doch gern genau wissen, was ich sagen soll.«

»Dann sagst du, dass sie wegen einer Untersuchung aufgenommen werden muss, du aber über die genauen Details nicht informiert bist.«

»Nein, denn jetzt, wo du es uns erzählt hast, bin ich sehr wohl über die Details informiert. Dann kann ich nicht so tun als ob.«

»Dann sagst du einfach, dass du es nicht von ihr gehört hast, dass du darüber also nichts sagen kannst.«

»Ich werde sagen, dass ich es zwar weiß, aber es nicht sagen darf.«

»Aber das ist nicht so. Du darfst es ruhig sagen, solange sie nur nicht mit ihnen darüber sprechen muss!«

»Dafür bist du verantwortlich. Dann hättest du es mir besser nicht erzählen sollen«, sagte Bart ärgerlich.

Maarten reagierte nicht mehr darauf. Er sah Ad an. »Falls Bart nicht da sein sollte, weißt du es also auch.«

»Ich sage nichts!«, sagte Ad entschieden und presste die Lippen entschlossen zusammen.

Maarten setzte sich wieder an seinen Schreibtisch und fuhr mit der Arbeit fort.

»Fahrt ihr wieder nach Frankreich?«, fragte Bart nach einer Weile. Es klang versöhnlich.

»Nein, diesmal bleiben wir in den Niederlanden.« Er sagte es achtlos, ohne dabei nachzudenken. Erst danach wurde ihm die Tragweite der Bemerkung klar. »Die Niederlande sind auch schön.«

»Oh, sicher!«, sagte Bart.

Als er am späten Nachmittag nach Hause ging, war die Luft schon herbstlich. Es dämmerte noch nicht, doch das Licht war bereits kälter. Die Männer kamen in ihren Jacketts aus den Büros, sodass sie, mit ihren Taschen, wieder eine Einheit bildeten. Es rauschte in den Bäumen. Die Blätter wurden fahler, die Kronen lichter. Er kaufte die Zeitung und folgte langsam dem Voorburgwal, zufrieden, dass er lebte.

*

»Ie äufes im Büjo?«, fragte Beerta. Sie saßen in der Halle, nahe am Aquarium inmitten des Stimmengewirrs anderer Patienten und ihrer Besucher.

»Gut«, sagte Maarten. »Das heißt, im Augenblick bin ich im Urlaub, aber ich glaube, dass es ganz gut läuft.«

»Oh?«

»Wir sind doch nicht nach Frankreich gefahren, weil wir niemanden für die Katzen finden konnten.«

Beerta nickte ernst.

Sie schwiegen.

»Ie jejes Siesjolies?«

»Nicolien«, verstand Maarten.

Beerta nickte.

»Gut. Sie will nächste Woche mitkommen. Zumindest, wenn du es in Ordnung findest.«

»Ja! Sasüürjses.«

Er war erneut still. Beerta sah in Gedanken vor sich hin.

»Wir waren gestern in Haarlem«, erzählte Maarten, »wir wollten ins Teylers Museum. Da war ich noch nie, aber es war zu, montags haben sie zu. Dann sind wir erst ein bisschen durch Haarlem gelaufen, haben bei Brinkman ein Glas Bier getrunken, und dann haben wir Klaas angerufen und sind in Den Haag mit ihm indonesisch essen gegangen.«

»Ie jejes Sjlaas?«

»Gut. Ich soll dich grüßen.«
Beerta nickte resigniert.
»Na ja, gut ... Wenn du mich fragst, hat er das Leben ziemlich satt.«
Beerta hob die Augenbrauen und sah ihn fragend an.
Maarten schmunzelte. »Aber das hat er schon, seit ich ihn kenne.«
Beerta schüttelte besorgt den Kopf.
»Und heute Morgen habe ich angefangen, die Abstellkammer im Flur aufzuräumen. Wenn man da nicht hinterher ist, gibt es ein Riesendurcheinander. Ich habe jetzt ein neues Regalbrett angebracht und bin dabei, die Nägel zu sortieren. Das ist verdammt schwer, viel schwerer, als einen Aufsatz zu schreiben.« Er lachte.
Beerta nickte ernst, offenbar mit den Gedanken woanders.
Sie schwiegen. Maarten sah sich in der Halle um und entdeckte nach einigem Suchen den Mann mit dem großen Kopf in einer Ecke hinter einer Pflanze. Er saß dort wie immer: mit dem Kopf auf dem Brett seines Rollstuhls, die Zunge hing ihm aus dem Mund. Es war warm in der Halle. Die Sonne schien durch die großen, fest verschlossenen Fenster herein. Der Besuch einer zerbrechlichen alten Dame, ein paar Stühle von ihnen entfernt, verabschiedete sich und begab sich zum Ausgang. Sie drehten sich noch einmal um und winkten. Die alte Frau sah ihnen nach, bewegungslos. Eine andere Frau, jedoch sehr viel jünger, kam vorbeigerollt und sah sie neugierig an. Maarten glaubte, sie von den letzten Malen zu erkennen. Er nickte, doch sie hatte sich bereits wieder abgewandt und rollte weiter. Beerta griff zu seiner Krücke. Er stellte sie vor sich auf den Boden und mühte sich hochzukommen.
»Was willst du machen?«, fragte Maarten.
»Ie muus ma«, sagte Beerta konzentriert.
»Soll ich dir helfen?« Er hob seine Hand.
»Neinj.« Sein Kopf war vor Anspannung gerötet. Er bewegte sich vor und zurück, als nähme er Anlauf, und stieß sich dann mit einer raschen Bewegung nach vorn und hoch, schwankte kurz, aber stand.
»So!«, sagte er und nahm die Krücke unter die Achsel. Er wandte sich ab und humpelte davon, die Krücke auf den Boden tickend, zwischen den Stühlen und Leuten hindurch, um schließlich hinter einer vorspringenden Wand in der Halle zu verschwinden. Maarten sah sich

um. Sein Blick blieb am Aquarium hängen. Er stand auf, ging dorthin und betrachtete eine Weile die rastlos umherschwimmenden Fische. Aus der Ferne, undeutlich im Stimmengewirr, hörte man Musik. Er setzte sich wieder und wartete. Beerta blieb lange weg. Um etwas zu tun zu haben, holte er sein Notizbuch aus der Tasche und blätterte ein wenig in seinen Aufzeichnungen, ohne etwas zu lesen. Als er das Buch wegsteckte und sich umsah, war Beerta ganz in der Nähe. Sein Gesicht sah dramatisch aus.

»Was ist?«, fragte Maarten.

Ohne etwas zu sagen, schwang Beerta mit einem traurigen Gesicht seinen gelähmten Arm vor der Hose hin und her, und da erst sah Maarten, dass er sich bis zu den Knien eingenässt hatte. »Aber das macht doch nichts«, sagte er.

Beerta bestätigte ihm, dass es ihm sehr wohl etwas ausmachte.

»Wenn man nur eine Hand hat, kann das passieren.«

»Ie museijüte hahem.«

Maarten sah ihn nichtbegreifend an. »Sag es noch einmal.«

»Eijüte.« Er ließ sich seitwärts in den Sessel fallen, ließ die Krücke los, schlug sein Jackett zur Seite und zog an seinen Hosenträgern, niedergeschlagen.

»Einen Gürtel!«, wiederholte Maarten. »Hast du Karel schon danach gefragt?«

Beerta schüttelte den Kopf. »Sjasel sjea – sjeasjeessiesj.«

»Dann werde ich ihn mal anrufen, und sonst kaufe ich einen.«

Beerta seufzte. »Assevenis unohsjebah scher.«

»Das Leben ist schwer«, verstand Maarten.

Beerta schüttelte den Kopf. »Unoohsjebah scher!«, sagte er mit etwas mehr Betonung.

»Unnoohsjebah scher«, wiederholte Maarten, nach der Bedeutung der Laute suchend.

»Unnoohsjelbah«, verbesserte Beerta.

»Unvorstellbar!«, sagte Maarten. »Das Leben ist unvorstellbar schwer!«

Beerta nickte. »A-ie bescheer mie nich«, sagte er resigniert.

»Ja, ich weiß.«

Sie schwiegen.

»Warum findest du es schwer?«

Beerta schüttelte den Kopf. Er sah auf seine Hose und zog sie etwas zur Seite. »Er – eher – hie-e ha eise Fe-au.«

»Und was ist mit den Frauen, die hier wohnen? Die haben doch auch keine Frau?«

Beerta zuckte mit den Achseln. Das Schicksal der Frauen interessierte ihn nicht, die konnten schließlich für sich selbst sorgen. »Un-ie mah-me So-hen.« Er begann zu schluchzen, versuchte, sich zu beherrschen, doch es gelang ihm nicht.

Maarten sah ihn an und wartete, bis er sich wieder unter Kontrolle hatte. »Worüber machst du dir denn Sorgen?«, fragte er dann.

»Üer mei-e Ichsje.« Er begann erneut zu schluchzen. »Üer ie-e Ehe.«

»Darüber würde ich mir mal keine Sorgen machen.«

Beerta nickte, um anzudeuten, dass er sich darüber sehr wohl Sorgen machte. »Ie Ann aag ngich ehr«, sagte er, erneut in Schluchzen ausbrechend.

Die Geschichte sprach Maarten nicht an. Er fand, dass es eine der typischen Geschichten von Beerta war, und fragte sich, ob Beerta versuchte, Schuldgefühle abzureagieren oder eine Art Sieg über seine Nichte auszuleben. »Un üer ie ansese Ichsjen un Effen, un üer Sjasel«, sagte er schluchzend, »enn ich scherwe! Sjasel isso unneholsjen.«

»Über deine Nichten und Neffen würde ich mir mal keine Sorgen machen«, sagte Maarten, mühsam seine Irritation verbergend, »die werden, wie wir annehmen dürfen, ihrerseits auch sterben, und Karel ist wohl der Letzte, um den du dir Sorgen zu machen brauchst.«

Beerta schüttelte den Kopf, nicht überzeugt. Er holte ein Taschentuch aus der Tasche und schneuzte sich lautstark die Nase. »Isch-in sjesjimie-es.«

»Das kann ich gut verstehen. Und ich verstehe natürlich auch, dass sich deine Gedanken in so einer Umgebung wie dieser hier im Kreis drehen. Das Einzige, was du machen kannst, ist zu versuchen, sie nicht an dich herankommen zu lassen.«

»Ja.«

Sie saßen eine Weile schweigend beieinander. Maarten sah auf die

Uhr und stellte fest, dass es Zeit war. »Ich gehe mal wieder. Nächste Woche komme ich mit Nicolien.« Er stand auf.

Beerta griff zu seiner Krücke.

»Bleib ruhig sitzen.«

»Neinj!« Er stieß sich hoch. »Ie bsjing sisj shu-e Ü-e.«

Auf dem Weg zur Tür wurden sie von einer Frau aufgehalten. »Verzeihen Sie«, sagte sie zu Maarten, »aber ich habe Sie nun schon ein paar Mal gesehen. Ist der Herr schon lange hier?«

»Wie lange bist du jetzt schon hier?«, fragte Maarten und wandte sich Beerta zu. »Zwei Monate?«

»Zeieinhallj.«

»Das ist enorm!«, sagte die Frau zu Beerta – sie sprach etwas lauter, in der Annahme, dass er sie sonst nicht verstünde. »Mein Mann ist schon ein halbes Jahr hier, und der kann erst Ja und Nein sagen!« Sie drehte sich zu einem Mann um, der ein paar Schritte von ihr entfernt bei einem Mann in einem Wägelchen stand. »Der Herr ist zweieinhalb Monate hier und spricht schon so gut.« Der Mann kam zu ihnen. »Das ist mein Bruder«, sagte sie zu Beerta.

»Toll!«, sagte der Bruder. Er gab Beerta einen Klaps auf die Schulter. Beerta zwinkerte kurz, lächelnd.

»Ist das Ihr Vater?«, fragte der Bruder, sich Maarten zuwendend.

»Nein«, sagte Maarten. Er zögerte kurz, doch das Wort »Freund« wollte ihm nicht über die Lippen, »das ist mein früherer Direktor.«

»Maarten Koning hier.« Er sah mit dem Hörer am Ohr nach draußen, auf die Bäume und die erleuchteten Zimmer in den Häusern auf der anderen Seite der Gracht.

»Ha!«, rief Karel. »Wie geht's?«

»Gut. Ich war heute Nachmittag bei Anton.«

»Und? Wie ging's ihm?«

»Erst ganz gut, aber später war er deprimiert, weil er sich in die Hose gepinkelt hatte.«

»Haha, ja, das würde mich auch deprimieren.«

»Er hat nach einem Gürtel gefragt.«

»Damit pinkelt er sich genauso in die Hose, denn er will es selbst können! Aber er *kann* es nicht! Er soll einfach eine der Schwestern bitten, ihm zu helfen! Das habe ich ihm bestimmt schon zehnmal gesagt!«

»Das finde ich doch gerade gut, dass er sich nicht helfen lassen will.«

»Ja, wenn man es kann! Hast du schon mal probiert, mit einer Hand die Hose aufzumachen und dann auch noch den Pimmel rauszuholen?« Er lachte genüsslich. »Das würde dir nicht gefallen! Das garantiere ich dir!«

»Und wenn er jetzt wieder nach Hause kommt?«

»Nach Hause? Ausgeschlossen! Und ich soll ihn dann wohl aufs Klo setzen, was? Ich bin doch kein Krankenpfleger! Und das lernt man auch nicht. Nein, er kann nie wieder nach Hause! Rede ihm das bloß nicht ein! Ich versuche gerade, da ein Zimmer für ihn allein zu bekommen! Das ist schon schwer genug, aber hoffen wir, dass es klappt, dann hat er für den Rest seines Lebens wenigstens einen eigenen Platz, wo er ein paar Bücher hinstellen kann. Aber zurück nach Hause? Ich darf gar nicht daran denken!«

»Schade.« Er dachte an Beertas Worte. Beerta hatte recht. Karel war unbeholfen.

»Ja, natürlich ist das schade!«, rief Karel. »Aber was will man machen? So ist das Leben!«

*

Sein Schreibtisch und der kleine Registraturschrank daneben waren unter Stapeln von Mappen, Büchern, Briefen und Papieren begraben. Er wandte seinen Blick ab, schob die Tasche unter den Schreibmaschinentisch und sah erst wieder hin, als er sein Jackett aufgehängt hatte, entmutigt. Er machte das Fenster auf, zog zwei Stühle unter dem Sitzungstisch hervor, stellte sie neben seinen Schreibtischstuhl, überblickte einen Moment das Chaos, und begann dann, die Mappen vom Schreibtisch auf die Stühle zu legen. Als er sie dort aufgestapelt hatte, zählte er sie noch einmal nach. Vierzehn! Er brachte die Bücher zum Registraturschrank, legte die größten nach unten, stapelte die Post und die

Papiere aufeinander, links von der Schreibtischauflage, setzte sich und betrachtete, Mut fassend, was dort lag und auf ihn wartete. Noch bevor er etwas getan hatte, war er bereits müde wie ein Hund, trotz der fünf Wochen Urlaub. Er zog den obersten Brief vom Stapel, betrachtete ihn widerwillig, las ihn, legte ihn nach rechts zur weiteren Bearbeitung und nahm das Papier, das darunter lag. Es war ein internes Memo: »Maarten, Richard Escher will einen Tag pro Woche mehr arbeiten. Weißt du davon? Jantje.« Nein, davon wusste er nichts. Er legte das Memo in das Ausgangskörbchen und griff zum nächsten Papier. Ein Zettel von Bart: »Professor Huizing hat für dich angerufen. Er wollte dich etwas wegen einer Rezension im *Bulletin* fragen. Ich habe gesagt, dass du am Montag, dem 17. Oktober, wieder da bist. Er ruft zurück. Bart.« Professor Huizing. Er kannte ihn dem Namen nach, doch er hatte keine Ahnung, weshalb er hätte anrufen können. Er legte den Zettel vor sich hin und griff zum nächsten. Joop kam herein. »Ha! Bist du wieder da?«

»Ich bin wieder da.«

»War gut?«

»Sehr gut.«

»Das habe ich mir schon gedacht.« Sie ging in den Karteisystemraum. Joop machte bei solchen Dingen kurzen Prozess. Es interessierte sie zweifellos nicht die Bohne.

Noch ein Zettel von Bart. »Wir haben Tjitske von der Abteilung Blumen schicken lassen. Ich habe für dich 2,50 fl. ausgelegt. Bart.« Ins Ausgangskörbchen. Nächster Brief.

Sien trat ein. »Ha! Du bist wieder da?«

»Ja, ich bin wieder da.«

Sie blieb an seinem Schreibtisch stehen. »Habt ihr noch etwas Besonderes gemacht?« Wie immer machte sie einen gehetzten Eindruck. Eigentlich gönnte sie sich die Zeit nicht, doch sie fühlte sich verpflichtet, Interesse zu zeigen. Das hatte er allmählich begriffen, dennoch suchte er jedes Mal nach einer Antwort, auch wenn er merkte, dass sie darauf brannte, wieder wegzukommen und sich an die Arbeit zu machen, wenn er etwas erzählte. »Wir sind gewandert und sind Fahrrad gefahren.«

»Das ist doch auch mal ganz schön?« Sie wandte sich ab.

»Ja, das ist auch mal ganz schön. Ist hier alles gut gegangen?«

»Na klar.« Sie hatte die Hand bereits an der Klinke der Tür zum Karteisystemraum.

Er hörte jemanden vom Flur aus in den Besucherraum gehen, und da Manda am Montag nicht arbeitete, wusste er, dass es Tjitske war. Er stand auf und ging durch die Verbindungstür in den Besucherraum. Sie machte gerade das Fenster bei Mandas Schreibtisch auf und drehte sich um, als er eintrat.

»Wie geht es dir jetzt?«, fragte er und sah sie musternd an.

»Ach, ganz gut.« Sie sah blass und blutleer aus.

»Wirklich gut?«

»Ja, wirklich gut.« Sie lachte und kniff die Augen zu.

»Wie lange arbeitest du schon wieder?«

»Oh, zwei Wochen.«

»Das ging ja schnell.«

»Ich habe auch nur neun Tage im Krankenhaus gelegen.«

Er nickte. »Und wie geht es jetzt weiter?« Er musterte sie.

»Nächsten Monat muss ich wieder zur Kontrolle hin, aber es wird bestimmt gut gehen.«

»Ja, sicher.« Er wollte sie nicht entmutigen.

»Wie war dein Urlaub?«, fragte sie.

Als er in sein Zimmer zurückkam, war Bart eingetroffen. »Ha, Bart!«, sagte er.

»Hey, Tag, Maarten«, sagte Bart, als sei er überrascht, ihn zu sehen. Er stand vor seinem Schreibtisch, putzte seine Brille und drehte sich zu ihm um.

»Wie war's hier?« Er blieb an Barts Schreibtisch stehen und zog sein Portemonnaie aus der Tasche.

»Ich glaube, ganz gut«, sagte Bart vorsichtig. »Hast du meinen Zettel zu dem Telefonat von Professor Huizing schon gefunden?«

»Den habe ich gefunden.« Er holte zwei Gulden fünfzig aus dem Portemonnaie und reichte Bart das Geld. »Was wollte er eigentlich?«

»Das hat er nicht gesagt, und ich habe es ihn auch nicht fragen wollen.« Er steckte das Geld ein.

»Und Tjitske ist wieder zurück.« Er ging zu seinem Schreibtisch.

»Ja, darüber habe ich mir eigentlich doch schon Sorgen gemacht, aber ich fand, dass ich nichts dazu sagen durfte.«

»Nein, natürlich nicht«, sagte Maarten abwesend.

Bart sah über das Bücherregal. »Wie war euer Urlaub?«

»Gut.« Er setzte sich wieder.

»Bist du noch einmal bei Herrn Beerta gewesen?«

»Ja, das auch.«

»Und wie ging es ihm?«

»Ich finde, dass er so allmählich wieder nach Hause könnte, aber Ravelli sieht sich dazu nicht in der Lage. Er wäre kein Krankenpfleger, sagt er. Er versucht jetzt, ein kleines Einzelzimmer für ihn zu bekommen.«

»Das kann ich mir sehr gut vorstellen, dass Herr Ravelli davor zurückschreckt. Krankenpfleger ist ein Beruf.«

»Das kann man lernen.«

»Aber nicht jeder kann es lernen.«

»Jeder! Wenn man nur will. Übrigens bin ich zweimal fast totgefahren worden, als ich von Beerta zurückkam.«

Ad betrat den Raum. »Tag, Maarten. Tag, Bart.«

»Tag, Ad«, sagten sie fast zeitgleich.

»Wie ist das denn passiert?«, fragte Bart neugierig.

Ad blieb an seinem Schreibtisch stehen und hörte zu.

»Ich fuhr mit dem Fahrrad an der stillen Seite der Amstel. Da kam mir ein Auto entgegen, und gerade, als es auf meiner Höhe war, wurde es von einem zweiten in einem Affenzahn überholt. Wenn der Fahrer nicht wie ein Verrückter gebremst hätte, wäre ich hinüber gewesen.«

»Und was hast du da gesagt?«

»Nichts! Was soll man da sagen? Ich war froh, dass ich noch am Leben war.«

»Ich glaube, ich hätte da was gesagt. Mir ist es sogar am Samstag noch passiert, auf der Kennedylaan. ›Mijnheer‹, habe ich gesagt, ›ich bin völlig machtlos!‹«

»Und dann hat er dich zusammengeschlagen.«

»Nein, er hat versprochen, in Zukunft besser aufzupassen.«

»Dann hast du Glück gehabt, denn diese Leute strotzen vor Energie.« Das Telefon auf seinem Schreibtisch klingelte. »Die sitzen den ganzen Tag«, er nahm den Hörer ab, »wir laufen wenigstens noch zum Büro. Koning hier.«

»Hier spricht Huizing, Herr Koning«, sagte eine kultivierte Stimme am anderen Ende der Leitung.

»Herr Huizing! Ich habe gehört, dass Sie mich angerufen hatten.«

»Ich störe Sie doch nicht?«

»Nein, nein, Sie stören mich nicht.«

»Ich habe das *Bulletin* bekommen.« Er schwieg einen Moment. »Ich finde es außerordentlich nett.«

»Das freut mich.«

Es war einen Moment still. Huizing wog seine Worte ab. »Aber wie machen wir das jetzt mit meiner Besprechung des Buchs von Schwartz, das Sie mir geschickt haben?«

Maarten erinnerte sich an kein Buch von Schwartz. »Welches Buch war das gleich wieder?«, fragte er, als ob Schwartz eine ganze Reihe von Büchern geschrieben hätte.

»*Poetry and law in Germanic myth.*«

Der Titel kam Maarten vage bekannt vor, doch er sah das Buch nicht vor sich. »Die leite ich normalerweise an *Ons Tijdschrift* weiter«, sagte er, da er davon ausging, dass er Huizing das Buch zugeschickt hatte, als er noch Redakteur von *Ons Tijdschrift* war.

»An *Ons Tijdschrift!*«, sagte Huizing, als habe er an diese Möglichkeit noch nicht gedacht. Er zögerte. »Eigentlich hätte ich sie lieber im *Bulletin* gehabt.«

»Das müsste ich dann mit denen besprechen. Aber das geht. Ich komme ganz gut mit ihnen klar.«

»Aber geht das denn jetzt überhaupt noch?«

»Ja, ich denke schon.« Es war etwas in diesem Gespräch, das ihm das Gefühl gab, dass sie aneinander vorbeiredeten. »Ich sehe nicht, warum das nicht möglich sein sollte.«

»Aber ...« Er brach ab. »Wenn Sie sich das noch mal ansehen würden?«

»Ich werde es mir ansehen.«

»Höre ich dann noch von Ihnen?«
»Sie hören noch von mir.«
»Auf Wiederhören, Herr Koning.«
»Auf Wiederhören, Herr Huizing.« Er legte den Hörer auf, nachdenklich. »Ich scheine Huizing ein Buch von Schwartz zur Rezension geschickt zu haben. Könnt ihr euch noch daran erinnern?«
»Hast du das nicht schon selbst rezensiert?«, fragte Ad. Er stand auf, um Maarten sehen zu können.
»Ich? Das wäre schon sehr ärgerlich.« Er stand auf und ging um seinen Schreibtisch herum zum Bücherregal zwischen sich und Bart, in dem neben dem Wörterbuch die Jahrgänge von *Ons Tijdschrift* standen. Er zog das vierte Heft des letzten Jahrgangs aus dem Regal und sah sich die Inhaltsangabe an, anschließend die Inhaltsangabe des vorangegangenen Jahrgangs. »Nein«, sagte er erleichtert. »Ich dachte schon.«

Ad war auf seinen Schreibtisch zugekommen. »Sieh mal!« Er hielt Maarten ein aufgeschlagenes Zeitschriftenheft hin. Maarten nahm es ihm ab, brauchte einen Moment, um zu sehen, dass dort eine Besprechung des Buchs von Schwartz stand, die von ihm selbst stammte, und betrachtete den Umschlag. »Sie steht im *Bulletin*«, stellte er verdutzt fest.

»Man sieht, dass du im Urlaub warst«, sagte Bart lachend. Er war ebenfalls aufgestanden, mit dem aufgeschlagenen Exemplar des *Bulletins* in den Händen.

»Ja«, er setzte sich wieder, »aber dann sollte ich jetzt besser wie der Blitz bei Jan Nelissen anrufen, bevor er das Buch jemand anderem gibt.« Er zog seinen Terminkalender zu sich heran, nahm den Hörer von der Gabel und wählte die Nummer des Büros von Jan Nelissen in Antwerpen. »Huizing wird überhaupt nicht verstanden haben, worum es geht«, sagte er amüsiert, während er auf die Verbindung wartete. Die Sekretärin nahm ab und stellte ihn durch. »Tag, Maarten«, sagte Jan mit einer ruhigen, warmen Stimme.

»Tag, Jan.«
»Wie geht es Ihnen?«
»Gut. Und dir?«
»Mir auch. Das heißt, ich vermisse Sie. Glauben Sie mir das?«

Maarten lachte. »Ich vermisse euch auch manchmal.«

»Aber deswegen rufen Sie mich nicht an.«

»Nein. Hast du das Buch von Schwartz schon jemandem zur Besprechung gegeben?«

»Wollen Sie es machen?«

»Ich habe es schon gemacht, aber ich bekomme auch noch eine Besprechung von Huizing.«

»Professor Huizing?«

»Ja. Wollt ihr die haben?«

»Gern.«

»Ein Glück. Ich schicke sie dir zu gegebener Zeit zu.«

Es war einen Moment still.

»War es das?«, fragte Jan.

»Ja.«

»Wir sollten uns mal wieder sehen, Maarten. Finden Sie nicht?«

»Ja.«

»Haben Sie noch etwas vom Europäischen Atlas gehört?«

»Nein. Du?«

»Auch nicht. Sie werden Horvatić doch nicht ein für alle Mal zum Schweigen gebracht haben?«

Maarten lachte.

»Wie geht es Beerta?«

»Er läuft, und er spricht wieder ein bisschen.«

»Aber er wird nicht wieder der Alte.«

»Das glaube ich nicht. Wie geht es Pieters?«

Es war eine Sekunde still. »Pieters ist schwerkrank. Wussten Sie das nicht?«

»Woher sollte ich das wissen?«

»Er ist krank aus China zurückgekommen und seit ein paar Monaten zu Hause.«

»Was hat er?«

»Das ist eine mysteriöse Sache. Die Ärzte wissen es nicht oder wollen es nicht sagen.«

»Das tut mir leid.« Die Nachricht schockierte ihn.

»Mir auch.« Er wartete kurz. »Deswegen war er auf unserer letzten

Sitzung so irritiert. Er fühlte sich nicht gut. Sie sind etwas zu früh ausgetreten. Jetzt hätten wir *Ons Tijdschrift* für uns beide gehabt.«

»Ja«, sagte Maarten vage. »Aber das lässt sich jetzt nicht mehr ändern.«

»Ich weiß. Sie müssen bald einmal nach Antwerpen kommen, damit wir über unseren Atlas reden können. Den haben wir wenigstens noch.«

»Das mache ich. Tschüss, Jan. Ich mache mich wieder an die Arbeit. Du kriegst von mir also die Besprechung von Huizing.«

»Tschüss, Maarten.«

»Pieters ist krank«, sagte Maarten nachdenklich, während er den Hörer auflegte.

»Was hat er?«, fragte Bart.

»Das weiß man nicht.«

»Dann wird es wohl Krebs sein«, sagte Ad.

»Das ist möglich«, sagte Maarten abwesend. Er versuchte, sich das Verhalten von Pieters auf der letzten Sitzung in Erinnerung zu rufen. Es war ihm nicht aufgefallen, dass er sich anders benommen hatte, zumindest war er sich dessen nicht bewusst gewesen.

»Du warst dabei, über deine Begegnungen mit den Herren Automobilisten zu erzählen«, sagte Bart, wobei er über das Bücherregal blickte.

»Ja.« Er kehrte in die Wirklichkeit zurück. »Das zweite Mal war ich übrigens schuld, denn da habe ich auf der Berlagebrug versucht, mich ein bisschen zu spät vor dem heranrauschenden Verkehr einzuordnen. Wenn der Mann da nicht mit aller Kraft gebremst hätte, hätte ich druntergelegen.«

»Ja, ich kenne die Situation da. Hat der Mann noch etwas gesagt?«

»Der Mann hat gar nichts gesagt. Aber eigentlich finde ich natürlich, dass ein Fahrradfahrer immer Vorfahrt hat.«

»Außer vor Fußgängern«, fand Bart. »Gestern, als ich durch die Spiegelstraat fuhr, habe ich wegen einer Frau bremsen müssen, die hinter einem Auto hervor plötzlich die Straße überquerte. Sie ging da und las die Zeitung!«

»Und?«

»Ich habe mich entschuldigt. Ich habe gesagt: ›Mevrouw, eigentlich muss das möglich sein. An mir soll es nicht liegen.‹«

Maarten lachte. Er stand auf, nahm den Zettel von Bavelaar aus seinem Körbchen und ging zur Tür. »Ich bin kurz bei Volksmusik.« Er ging durch den Flur, öffnete die Tür zu dem Zimmer, in dem Graanschuur gesessen hatte und in dem nun Richard Escher saß, schloss sie wieder, als er dort niemanden antraf, und ging hinüber zum Zimmer von Freek Matser. Sie saßen zusammen an Freeks Schreibtisch, der mit Karteikarten und Fotokopien bedeckt war. »Hier bist du«, stellte er fest.

Richard Escher sah auf. Er hatte kalte Augen hinter einer schmalen Brille. »Ja, wieso?« Er war auf der Hut.

»Ich habe gehört, dass du noch einen zusätzlichen Tag haben möchtest?«

»Ja, ist das verboten?« Seine Haltung war ausgesprochen feindselig.

»D-das hast du sicher wieder von Jantje«, sagte Freek empört.

»Ja«, sagte Maarten schmunzelnd. Freeks Empörung war so stereotyp, dass sie ihn amüsierte. Er sah Richard an. »Wo kommt dieser Tag her?«

»Muss ich das wissen?«

»Das ist der Tag von Halbe«, sagte Freek.

»Ist Halbe weg?«

»Als du im Urlaub warst.«

»Habt ihr ihm etwas geschenkt?« Er führte die Hand an seine Gesäßtasche.

»Ein Musiklexikon, aber nur von unserer eigenen Abteilung.«

»Schade. Ich hätte mich gern beteiligt.« Er zog die Hand wieder zurück.

»Vielleicht fanden wir ja, dass ihr damit nichts zu tun habt«, sagte Richard.

»Zweifellos, aber ich fand Halbe ganz nett. Ist Jaring mit diesem Tag einverstanden?«

»Das solltest du ihn besser selbst fragen«, fand Richard.

»Darf ich dem entnehmen, dass es wieder durch die gesamte Hierarchie muss?«, fragte Freek.

»Ja«, sagte Maarten langmütig. »Es tut mir leid, aber so ist das nun einmal. Ich gehe dann mal zu Jaring.«

Jaring war nicht in seinem Zimmer.

»Ist Jaring nicht da?«, fragte er Joost Kraai, der am Tisch saß und einen Zigarillo rauchte.

»Nein, in der Tat.«

»Weißt du denn, wo er ist?«

»Ich habe keine Ahnung.«

»Aber er ist schon im Haus?«

»Und wenn du mich totschlägst.«

Er lächelte. »Das werde ich nicht tun.« Er schloss die Tür wieder, sah auf die Armbanduhr und beschloss, zuerst einen Kaffee trinken zu gehen.

Jaring saß im Kaffeeraum, allein, eine Tasse Kaffee zwischen den Händen, die Beine weit von sich gestreckt.

»Ha! Jaring!«, sagte Maarten. »Dich wollte ich gerade sprechen!« Er ging weiter zum Schalter. »Haben Sie eine Tasse Kaffee für mich, Herr Goud?«

»Ja-a«, sagte Goud.

»Ist Wigbold krank?« Er schob einen Bon durch den Schalter, während Goud eine Tasse einschenkte.

»Schon über einen Monat.«

»Schon über einen Monat!«, wiederholte Maarten. Er wandte sich ab. »Du bist damit einverstanden, dass Richard den Tag von Halbe bekommt?«, fragte er Jaring.

»Ich denke schon«, sagte Jaring vorsichtig. »Oder spricht etwas dagegen?«

»Von meiner Seite nicht.« Er setzte sich vorn auf einen Stuhl, legte den Zettel von Bavelaar vor sich auf den Tisch und rührte in seinem Kaffee. »Ich muss nur formal meine Zustimmung geben.«

»Wir kriegen übrigens bald noch eine freie Stelle, denn Elsje verlässt uns.«

»Warum?« Er sah zur Seite.

»Ich vermute, dass sie dafür ihre persönlichen Gründe hat.«

Maarten nickte, ohne weiterzufragen. »Dann werden wir eine Anzeige aufgeben müssen.«

»Das fürchte ich auch.«

»Setzt du sie auf?«

»Können wir das nicht zusammen mit Freek machen?«

»Gut, aber nicht heute.«

Hans Wiegersma kam aus dem Hinterhaus. »Ha! Bist du wieder da?« Er ging weiter zum Schalter, holte sich eine Tasse Kaffee und setzte sich zu ihnen, wobei er leicht mit dem Kopf wackelte. »Hast du noch etwas erlebt?«

»Ich habe ein Schaf gerettet.«

»Hey«, sagte Hans überrascht.

»Ja. Es lag ohnmächtig da.«

»Na, so was!«

Jaring lauschte schmunzelnd.

»Dann liegen sie auf dem Rücken und können sich nicht mehr umdrehen.« Er trank seine Tasse leer und stand auf.

»Hey«, sagte Hans.

Maarten stellte die Tasse auf den Tresen, nahm die Post mit und ging durch die Schwingtür zum Zimmer von Bavelaar. »Tag, Herr Panday«, sagte er, als er den Raum betrat. »Vielen Dank noch mal für das Versenden des *Bulletins*.«

»Tag, Herr Koning«, sagte Panday freundlich.

Er blieb an Bavelaars Schreibtisch stehen. »Ich habe nichts dagegen, dass Escher diesen Tag bekommt.«

»Und weiß Balk davon?«

»Ich werde ihn fragen.« Er wandte sich ab.

»Balk ist heute nicht da«, informierte sie ihn.

»Dann morgen.«

Er rannte die Treppe hinauf, wollte weiter zum Hinterhaus, besann sich und ging ins Zimmer von Elsje Helder. Sie saß an ihrem Schreibtisch mit einem Karteikasten und einem Stapel Fragebogen vor sich. Er bildete sich ein, dass ihr Gesicht etwas blasser und kleiner war als sonst, als hätte sie geweint. »Du verlässt uns?«, fragte er.

Sie nickte, ohne etwas zu sagen.

Er sah sie prüfend an. »Was willst du machen?«

»Nichts!« Sie versuchte zu lächeln, doch ihre Augen füllten sich mit Tränen.

»Nichts?«, fragte er verlegen.

»Ich wollte einfach mal eine Weile für mich sein.« Sie gab sich Mühe, Tapferkeit in ihre Antwort zu legen, doch es gelang ihr nicht.

»Das ist natürlich immer gut«, sagte er zögernd und sah sie an. Er suchte nach einer Bemerkung, etwas Nettem. »Wann gehst du?«

»Ende Dezember.«

»Dann sehen wir uns ja vorher noch«, entschied er, froh, dass er sich ihrer auf diese Weise entledigen konnte. Während er in sein Zimmer zurückging, nahm er sich dies wiederum übel. Wenn es darauf ankam, bot er keine Heimstatt – niemandem. Er besuchte die Toilette und ging wieder in sein Zimmer. Bart und Ad saßen an ihren Schreibtischen. Er blieb an Ads Schreibtisch stehen. »Wie geht es Beer?«

Ad sah überrascht auf. »Dem geht es ganz gut«, sagte er zögernd.

»Hey, das ist schön.« Er blieb noch einen Moment stehen, ging dann jedoch weiter.

»Habt ihr auch noch Ausflüge in andere Landesteile gemacht?«, fragte Bart, als er an seinem Schreibtisch vorbeikam.

Er blieb stehen. »Wir sind drei Tage in Limburg gewesen.«

»Wie war es?«

»Idiotisch!« Er lachte. »Es war voller Touristen – wie im Vondelpark. Und zwischen denen sind wir herumgelaufen mit Rucksäcken, in Wanderschuhen und mit Generalstabskarten, als ob wir in einem Kanuteich Hochseesegeln betreiben würden.«

»Dann wart ihr sicher in den Herbstferien da.«

»Ich glaube schon.«

»Denn es kann da auch sehr ruhig sein.«

»Das habe ich noch nicht erlebt.« Er ging weiter zu seinem Schreibtisch und setzte sich, sah einige Sekunden vor sich hin, die Hände auf der Schreibtischkante, dachte an Pieters, wog seine Gefühle und zog dann die linke Schublade seines Schreibtisches auf, um ein Blatt Briefpapier und zwei Blätter Durchschlagpapier herauszuholen. Er legte Kohlepapier dazwischen, spannte die Blätter in die Schreibmaschine, rückte seinen Stuhl eine Vierteldrehung herum, dachte einen Moment nach, drehte ein wenig an der Rolle, machte den Rand etwas schmaler und tippte dann. »Werter Freund Staaf, gerade habe ich von Jan Nelissen gehört, dass Sie bereits seit geraumer Zeit krank sind. Das hat mich schockiert. Ich kann Sie mir im Bett nicht vorstellen. Da gehören Sie nicht hin. Sie gehören in Ihr Büro, an Ihren Schreibtisch, und ich hoffe deshalb von Herzen, dass Sie dahin so rasch wie möglich zurückkehren werden.« Er dachte einen Augenblick nach und tippte dann: »Sie dürfen davon ausgehen, dass ich dies mit freundschaftlichen Gefühlen schreibe. So sehr wir beiden auch unterschiedlicher Meinung über die Politik in Bezug auf *Ons Tijdschrift* waren, und auch wenn ich nach wie vor der Meinung bin, dass Ihre Politik für unser Fach katastrophal ist, bewahre ich an die Begegnungen mit Ihnen persönlich die allerbesten Erinnerungen, sogar an die Momente, in denen wir heftige Meinungsverschiedenheiten hatten. Und insbesondere auf die Besuche in Antwerpen, die durch die Art und Weise, in der wir empfangen wurden, oft den Charakter eines Festes bekamen, habe ich seither gezwungenermaßen verzichten müssen. Allein schon deshalb werden Ihre Freunde Ihnen verpflichtet sein, wenn Sie sich nur nicht von Ihrer Krankheit unterkriegen lassen. Geben Sie Ihr Bestes. Mit herzlichen Grüßen und den besten Wünschen für Ihre Genesung, Ihr ...« Er spannte den Brief aus der Schreibmaschine, las ihn noch einmal durch und stand auf. »Ich habe einen Brief an Pieters geschrieben.« Er brachte Bart und Ad jeweils einen Durchschlag, ging zurück an seinen Schreibtisch, tippte den Umschlag, setzte seinen Namen unter den Brief und faltete ihn, erst der Länge nach, dann quer. Mit dem Brief vor sich wartete er auf die Reaktionen.

Bart stand auf und sah ihn über das Bücherregal ernst an. »Du darfst es mir nicht übel nehmen, aber ich finde, dass es ein scheinheiliger Brief ist«, sagte er mit kaum bezwungenem Ärger.

Sein Urteil überraschte Maarten. »Warum?« Er fühlte sich sofort schuldig.

»Ich finde nicht, dass du jemandem, der krank ist, einen solchen Brief schreiben solltest, wenn du so eine Abneigung gegen ihn hast.«

»Aber ich habe überhaupt keine Abneigung gegen diesen Mann.«

»Da bin ich anderer Meinung.«

»Aber das werde *ich* doch wohl am besten wissen?« Er spürte eine aufkeimende Entrüstung.

Ad war aufgestanden und brachte Maarten seinen Durchschlag. »Ich finde ihn gut.« Er wandte sich ab und ging an seinen Schreibtisch zurück, offenbar darauf bedacht, nicht in die Diskussion einbezogen zu werden.

»Ich erinnere mich, wie du hier über diesen Mann gesprochen hast«, sagte Bart. »Das werde ich so bald nicht vergessen! Und ich glaube, das war nur, weil er klein und ein Belgier war. Wenn es Buitenrust Hettema gewesen wäre, hättest du nicht so über ihn gesprochen.«

»Du täuschst dich«, sagte Maarten verärgert. Er nahm den Umschlag, leckte den Falz an und klebte ihn zu.

»Ich fürchte, dass ich mich nicht täusche.«

Maarten gab darauf keine Antwort mehr.

*

»Es waren acht Mappen von Joop«, sagte Maarten verstimmt, er zeichnete die Mappe, mit der er beschäftigt gewesen war, ab, »alle aus meinem Urlaub.« Er legte sie auf den Stapel, der bereits neben seiner Schreibmaschine lag. »Die hätte sie doch eigentlich an euch geben müssen?«

»Ja, das ist mir auch aufgefallen«, sagte Bart.

»Du hättest sie auch gern von meinem Schreibtisch holen dürfen.« Er versuchte, seinen Ärger hinter Sarkasmus zu verbergen.

»Das hätte ich auch gemacht«, antwortete Bart bedächtig, »aber sie hat sie dort erst Freitagnachmittag hingelegt, als sie nach Hause gegangen ist.«

»Sie will lieber vom Chef persönlich bedient werden«, mutmaßte Ad schmunzelnd.

»Das wird es wohl sein.« Es ärgerte ihn. Eine der kleinen Freuden des Urlaubs bestand darin, dass die Mappen von Joop eine Weile von anderen gemacht wurden, nicht, weil er eine Abneigung gegen sie hatte, sondern weil ihn die nonchalante Art und Weise, in der sie sie bearbeitete, von Zeit zu Zeit ratlos machte. Er hob den Stapel hoch, ließ ihn, sich nach hinten lehnend, gegen seine Brust fallen, legte sein

Kinn darauf und ging damit zur Tür des Karteisystemraums. »Ich werde sie mal mit ihr besprechen.« Bart stand hastig auf, als Maarten versuchte, mit seinem Ellbogen die Türklinke nach unten zu drücken, und öffnete die Tür. »Danke«, sagte er. »Hast du kurz Zeit für ein paar Mappen?«, fragte er Joop mit einiger Ironie über den Stapel hinweg, während Bart die Tür wieder hinter ihm schloss. Joop machte die Ecke ihres Schreibtisches frei und sah zu, wie er den Stapel vorsichtig ablegte, sich einen Stuhl nahm und sich neben sie setzte.

»Es war sicher ganz schön Arbeit«, sagte sie.

»Es war ganz schön Arbeit«, bestätigte er. »Du hättest auch gern Bart ein paar geben dürfen.«

»Ich gebe sie lieber dir.« Sie lachte schuldbewusst, eine lustige Grimasse.

»Das schmeichelt mir natürlich, aber dann kann ich demnächst keinen Urlaub mehr nehmen.«

»Das nächste Mal werde ich sie Bart geben. Bart ist nur so ein Hundertfünfzigprozentiger.«

»Das kann für dich nur von Vorteil sein.«

»Na, das weiß ich nicht. Man kann jemanden auch in den Wahnsinn treiben.«

»Bart nicht«, sagte er schmunzelnd. »Der ist die Menschlichkeit selbst.« Er nahm sich die oberste Mappe vor und schlug sie auf, zog die erste Zeitschrift zu sich heran, aus der eine Reihe dünner Karteikarten herausragte. »*Ethnologia Scandinavica*! Das ist eine wichtige Zeitschrift, mit Aufsätzen, die wichtig für uns sind! Die kannst du nicht mit einer Übersetzung des Titels abtun. Das wirkt zwar effizient, aber das können unsere Leser natürlich auch. Die wollen wissen, wie so ein Autor vorgeht und was seine Schlussfolgerungen sind.« Er blätterte die Zeitschrift durch und sah sich die Karteikarten an, auf die er unter den Texten von Joop ausführlichere Zusammenfassungen geschrieben hatte. »Und selbst wenn du dann den Titel übersetzt – was du ja nicht machen sollst –, solltest du ›Arbeidsverdeling en sekserollen in Zweden‹ besser nicht mit ›Arbeitsverteilung und Sexrollen in Schweden‹ übersetzen, denn das versteht niemand, oder man denkt dabei an etwas völlig anderes.« Seine Stimme war geladen mit ironischem Vergnügen.

»Das muss heißen: ›Arbeitsteilung zwischen Männern und Frauen‹ oder ›Die Rolle des Mannes und der Frau im Arbeitsprozess‹ oder etwas in der Art. Das ist nicht nur nützlicher für den Leser, sondern auch für dich selbst, denn ich glaube, dass du, wenn du so einen Titel gut übersetzt hast, auch Interesse daran bekommst, was dieser Mann darüber schreibt, oder besser: Du kannst so einen Titel erst gut übersetzen, wenn du vorher den Aufsatz gelesen hast.« Er sah zur Seite. Ihr Gesicht war teilnahmslos. Er hatte nicht den Eindruck, dass sie seine Worte in sich aufnahm, und das war es, was ihm in jedem Gespräch mit ihr ein Gefühl der Ohnmacht gab.

»Verstehst du das?«, drängte er.

»Ja. Ich muss so einen Aufsatz erst lesen.«

Er lächelte, doch mehr aus Ratlosigkeit. »Aber auch, weil das die einzige Möglichkeit ist, das Fach in den Griff zu bekommen. Du kannst nur verstehen, was vor sich geht, wenn du alles, was da geschrieben wird, genauestens verfolgst. Das ist die Aufgabe der Dokumentation! Die Dokumentare haben den allgemeinen Überblick, darauf beruhen der Schlagwortkatalog und die Bibliothek, und das ist auch ihr Wert für diejenigen, die Forschung betreiben!« Er sah sie erneut an.

Sie nickte mürrisch. Sie war etwas blasser geworden.

»Gut! Was ich jetzt gemacht habe, ist, dass ich zu deinen Zusammenfassungen die Zusammenfassungen geschrieben habe, wie sie nach meinem Verständnis sein müssten. Die werden wir jetzt nicht mehr gemeinsam besprechen. Das hat keinen Sinn. Ich schlage vor, dass du dir die Aufsätze noch einmal ansiehst und dann deine eigenen Eindrücke mit diesen Zusammenfassungen vergleichst, um zu sehen, ob du sie verstehst. Ich finde es wichtiger, dass du die Aufsätze verstehst, als mich mit dir hinzusetzen und endlos über die Formulierungen zu sprechen. Das machen wir dann ein andermal. In Ordnung?«

»Ja.«

»Das war übrigens schon eine verdammt schwierige Ausgabe«, sagte er begütigend. »Ich kann mir vorstellen, dass du damit Probleme hattest. Und du hast die Neigung, nach vorn zu flüchten, statt dich festzubeißen. Das kann manchmal sehr effizient sein, aber nicht, wenn du anschließend doch wieder von vorn anfangen musst.«

»Oh«, sagte sie kühl.

Er lachte. »Schau es dir mal an.« Er stand auf. »Wenn du sie jetzt noch einmal durchsiehst, und es ist ein Aufsatz dabei, den du nicht verstehst, sag Bescheid, dann reden wir darüber.« Er verließ den Karteisystemraum, kehrte zu seinem Schreibtisch zurück, blätterte im Stehen ein wenig in den Papieren, die dort lagen, sah auf die Uhr. »Ich gehe jetzt erst mal Kaffee trinken«, sagte er, mehr zu sich selbst.

»Das Gespräch hat dich nicht gerade heiterer gestimmt«, stellte Bart mit einiger Schadenfreude fest.

»Noch heiterer?«, fragte Maarten ironisch.

Im Kaffeeraum saßen etwa acht Leute, bei denen Gerrit Bekenkamp das große Wort führte. Maarten nahm die Post vom Tresen, holte sich am Schalter eine Tasse Kaffee und setzte sich neben Tjitske, die ein Stück von den anderen entfernt saß. Zwischen der Post befand sich ein Brief von Pieters. Er schnitt ihn auf, faltete ihn auseinander und runzelte die Stirn. »Werter Freund Maarten«, schrieb Pieters. »Sie haben mir mit Ihrem lieben Brief eine sehr große Freude gemacht. Das, was Sie schreiben, wird auch von mir so empfunden: Unsere Wege haben sich getrennt, doch wir sind als Freunde auseinandergegangen, und wir sind Freunde geblieben. Da ziemt es sich für uns nicht, uns gegenseitig Vorwürfe zu machen, und so empfinde ich es auch nicht. Auch ich denke dafür mit zu viel Vergnügen an unsere Treffen zurück, nicht nur an die in Antwerpen, auch an die in Amsterdam, wo wir uns immer willkommen wussten. Im Übrigen steht es um meine Gesundheit noch nicht so, wie ich es gern hätte, auch wenn es in letzter Zeit in eine positive Richtung zu gehen scheint. Es handelt sich offenbar um eine noch unbekannte Krankheit, die ich mir bei einem Chinabesuch zugezogen habe und bei der die Ärzte im Dunkeln tappen. Aber sie geben ihr Bestes, und ich habe vollstes Vertrauen, dass sie in ihren Bemühungen, mich zu heilen, Erfolg haben werden. Möglicherweise werden wir uns früher wieder begegnen, als wir heute denken, wenn auch vielleicht nicht wegen *Ons Tijdschrift*, doch es gibt mehr, was uns verbindet. Von Jan Nelissen habe ich vom Schlaganfall gehört, der unseren Freund Anton getroffen hat. Es betrübt mich sehr, dass er sich, so wie es aussieht, nicht mehr aktiv an unserer Arbeit wird beteiligen können, doch er lebt noch, und das ist auf jeden Fall ein Grund zur Freude. Übermitteln Sie ihm meine herzlichen Grüße. Ich habe die Absicht, ihm in Bälde einen Brief zu schreiben, um ihm Kraft zu wünschen. Mit herzlichen Grüßen, Ihr Freund Staaf.« Nachdenklich faltete Maarten den Brief wieder zusammen, steckte ihn in den Umschlag und griff zu seinem Kaffee. »Wie geht es dir jetzt?«, fragte er, während er sich Tjitske zuwandte. Sie saß still neben ihm, die Hände im Schoß.

»Oh, ganz gut.«

Er sah sie prüfend an. »Aber du fühlst dich natürlich noch schlapp.«

»Ach, das geht schon.« Sie lachte, in einem Versuch, Stärke zu zeigen.

»Wie lange warst du eigentlich unter Narkose?«

»Oh, das weiß ich nicht.«

»Wie ging das eigentlich?«

»Normal, mit einer Spritze.«

»Früher bekam man eine Kappe über den Kopf«, erinnerte er sich. »Zumindest, als ich operiert worden bin, aber das ist schon über vierzig Jahre her, eine Leinenkappe.«

»Nein, ich habe eine Spritze gekriegt.«

»Und hört man dann auch, wie sich die Stimmen ganz weit entfernen?«, fragte er neugierig.

Sie lachte, wobei sie ihre Augen zukniff. »Ich erinnere mich nur daran, ganz vage, dass ich dalag und am Zittern war. Ich habe gedacht: Sollte ich mich jetzt so in mir getäuscht haben? – Aber der Arzt sagte später zum Glück, dass es eine körperliche Reaktion war.«

»Du hattest keine Angst«, stellte er fest.

»Nein, natürlich nicht. Warum sollte ich Angst haben?«

»Dass du stirbst.«

Sie schüttelte energisch den Kopf. »Nein, davor habe ich keine Angst!«

Er lachte. »Mein Vater hatte auch keine Angst. Ich fand das sehr ermutigend.«

Sie schwiegen.

»Maarten!« – Bart de Roode stand vor ihm mit einer unbekannten jungen Frau. »Darf ich dir Engelien Jansen vorstellen?«

Maarten stand auf.

»Das ist Maarten Koning«, sagte Bart de Roode behutsam.

»Engelien Jansen.« Sie machte eine kurze Bewegung mit ihrem ganzen Körper, während sie ihm die Hand gab. Sie hatte ein ausgesprochen sinnliches Gesicht und eine tiefe, etwas gedämpfte Stimme.

»Maarten Koning ist der Leiter der Abteilung Volkskultur«, erklärte de Roode.

»Das scheint mir sehr interessant zu sein.«

Maarten nickte, unschlüssig, wie er darauf reagieren sollte, doch auch verwirrt durch ihr hyperweibliches Verhalten.

»Engelien Jansen bekommt die Stelle von Dé Haan, wie du bestimmt schon weißt«, sagte de Roode.

»Machst du auch dieselbe Arbeit?«, fragte Maarten, um etwas zu fragen.

»Ich werde erst meine Dissertation schreiben.« Sie sperrte ihre Augen ein wenig weiter auf, ausdruckslose Augen, die sie abwandte, als er sie ansah.

Auch noch ehrgeizig, diese Frau. Das nahm ihn nicht für sie ein.

»Und das ist Tjitske van den Akker«, sagte Bart de Roode bedächtig. »Sie arbeitet auch bei Volkskultur.«

Tjitske gab ihr die Hand, ohne aufzustehen. »Tjitske«, murmelte sie.

Als er in sein Zimmer zurückkam, lagen die acht Mappen, die er Joop zurückgegeben hatte, bereits wieder auf seinem Schreibtisch. Er blätterte sie durch. Sie hatte ihre eigenen Zusammenfassungen durchgestrichen, sodass sie nun durch seine ersetzt worden waren. Weiter hatte sich nichts geändert. Er fragte sich, was er damit anfangen sollte, doch ihm grauste davor, noch einmal mit ihr darüber zu reden. Er brachte die Mappen zu Barts Schreibtisch. »Wo soll ich sie hinlegen?«, fragte er, eine freie Stelle suchend.

»Leg sie ruhig hierhin.« Er räumte die Ausziehplatte frei.

»Es macht einen schon mutlos«, warnte Maarten, während er sie hinlegte.

»Das Gefühl habe ich auch manchmal.«

»Aber wie soll man es sonst machen?«

»Ich bin längst zu dem Schluss gekommen, dass man die Dinge am besten selbst erledigen kann.«

»Ich habe die Zusammenfassungen diesmal selbst gemacht, um zu zeigen, wie es sein muss, aber wenn du mich fragst, hat sie sie nicht einmal gelesen. Sie hat einfach ihre eigenen Zusammenfassungen durchgestrichen.« Er lachte, auch ein wenig amüsiert. »Ich kriege es, wie ich es haben will.«

»Hast du schon mal versucht, ihr etwas zu erklären?«, fragte Ad.

Maarten machte einen Schritt zurück, damit er ihn sehen konnte, und lehnte sich nach hinten gegen einen der Stühle unter dem Sitzungstisch. »Ich habe alles versucht.«

»Und hast du den Eindruck, dass sie etwas davon versteht?«

»Sie hat einen enorm feinen Instinkt zu verbergen, dass sie nichts versteht.«

»Den Eindruck habe ich auch«, sagte Bart.

»Aber wie durchbricht man das?«, fragte sich Maarten. »Ich habe schon mal überlegt, ihr die Zusammenfassungen so lange zurückzugeben, bis sie in Ordnung sind.«

»Wenn du dann nur nicht von uns erwartest, dass wir das auch machen«, sagte Bart, »denn das würde ich ablehnen. Das finde ich unmenschlich.«

»Und wenn es nun die einzige Möglichkeit ist?«

»Das glaube ich nicht. Ich glaube, dass sie einfach kein Interesse hat.«

»Ich habe auch kein Interesse, aber wenn man merkt, dass man nicht so dumm ist wie befürchtet, entwickelt man es schon, innerhalb gewisser Grenzen.«

»Und wenn es nun wirklich zu schwer für sie ist?«

»Das, was wir hier machen?«, fragte Maarten abschätzig.

»Sie hat seinerzeit doch auch ihr Studium abgebrochen?«

»Aber für das, was wir machen, braucht man doch nicht studiert zu haben? Übrigens, was stellt so ein Studium denn überhaupt dar?«

»Da bin ich völlig anderer Meinung«, sagte Bart gereizt.

Maarten sah Ad an. »Glaubst du auch, dass Joop zu dumm ist?«

»Ich gebe lieber kein Urteil ab«, sagte Ad vorsichtig.
»Ich habe nicht gesagt, dass Joop zu dumm ist«, protestierte Bart. »Ich stehe bloß auf dem Standpunkt, dass man ihr lediglich leichte Arbeiten übertragen sollte, weil die Aufgaben, die sie jetzt hat, zu schwer für sie sind!«

»Ich habe deine Rezension gelesen«, sagte Ad – er war aufgestanden, um Maarten sehen zu können. »Hast du vielleicht kurz Zeit, um darüber zu reden?«

»Am Tisch?« Er hörte auf zu tippen.

»Ich setze mich mal neben dich.«

Maarten rückte seinen Stuhl eine Vierteldrehung herum und wartete mit den Händen auf dem Rand seines Schreibtisches, den Kopf noch voll von dem Text, den er getippt hatte.

Ad zog einen Stuhl heran und legte einen kleinen Stapel Bücher, aus dem die Besprechungen herausragten, auf die Ecke des Schreibtisches.

Maarten nahm das oberste herunter. »Helene Grünn«, stellte er fest. »Ich darf nicht schreiben, dass sie nationalsozialistische Ideen verfolgt.« Es klang sarkastisch. Er nahm die Besprechung aus dem Buch und legte sie vor sich hin.

»Doch, das darfst du schon schreiben, aber ich würde gern von dir hören, warum du das findest.«

Die Bitte war so ungewohnt und der Ton so freundlich, dass Maarten nicht sofort eine Antwort hatte. Er nahm seine Besprechung hoch und sah sich den Text an, in einem Versuch, seine Gedanken zu ordnen.

»Weil sie von einem statischen Bild der Gesellschaft ausgeht«, versuchte er es, »in der die Menschen ihren Platz kennen und sich in der Tradition verwurzelt wissen, in der Ordnung herrscht und Pflichtbewusstsein, und in der jeder Widerstand mit Macht zunichtegemacht wird.« Sein Blick fiel auf das Zitat, das er auch Bart vorgelesen hatte: »›Ein fauler Kamerad muss ausgemerzt werden – das entspricht einem Naturgesetz. Denn ein Fauler hindert die ganze Arbeitspartie an der Erreichung ihres Zieles, des Glückwerdens in der Pflicht.‹«

»Und das findest du also nationalsozialistisch.«

»Ja! Pur!«
»Und das findest du falsch?«
Maarten dachte nach. »Ich finde es beklemmend.« Er wog seine Worte ab. »Und ich finde es gefährlich.«
»Weil du schon mal sagst, dass es dich ärgert, dass Wigbold so oft krank ist.«
Einen Augenblick lang hatte Maarten den Eindruck, dass Ads Freundlichkeit doppelbödig war, doch es klang so arglos, dass er die Annahme wieder verwarf. »Ja, es ärgert mich«, gab er zu und realisierte sich im selben Moment, dass es ihn auch an Ad ärgerte, »aber dass heißt noch nicht, dass ich dagegen einschreite.«
»Aber es ärgert dich schon.«
»Ja.«
»Und das findest du also nicht nationalsozialistisch?«
»Ich will nicht sagen, dass mich das Gesellschaftsbild völlig kalt lässt«, gab Maarten zu. »Wenn ich zum Schluss sage, dass ihre Arbeiter mich erinnern«, er nahm seine Besprechung hoch und zitierte: »›an die Bauernkerle, deren knorrige Köpfe, den Blick weitsichtig in die Ferne gerichtet, uns noch aus der Literatur der Dreißigerjahre vertraut sind – dann erkenne ich zwar die Romantik darin …‹«
»Weil du es ihr vorwirfst …«
»Ja.« Er dachte darüber nach, was er ihr genau vorwarf.
»Die Familie von Heidi lebt in Deutschland«, erläuterte Ad. »Das sind Arbeiter. Wenn du mich fragst, waren die Leute unter Hitler sehr glücklich. Sie trauen sich zwar nicht, es zu sagen, aber eigentlich denken sie genauso wie die Arbeiter, die Grünn hier beschreibt.«
»Das mag sein. Zumindest kann ich es mir vorstellen.«
»Aber was kannst du ihr dann eigentlich vorwerfen, wenn sie sie auch so beschreibt?«
»Ich werfe ihr natürlich in erster Linie vor, dass sie mit keinem einzigen Arbeiter gesprochen hat, sondern nur mit Leuten auf der Leitungsebene. Sie ist die Tochter des Fabrikdirektors. Sie hat ein Idealbild, das sie der Wirklichkeit aufgedrückt hat. Und anschließend tut sie so, als ob es Wissenschaft wäre. Sie stellt es so dar, als wäre das Bild, das sie hat, objektiv. Das ist es natürlich nicht. Wenn sie das sagen würde,

wenn sie sagen würde: ›Ich wollte, dass die Gesellschaft so aussehen würde, allerdings müssen wir dann jeden, der nicht mitmacht, einen Kopf kürzer machen‹, dann würde ich«, er zögerte, »nein, dann würde ich auch sagen, dass es nationalsozialistisch ist, aber dann würde es mich weniger irritieren. Wahrscheinlich würde ich es dann nur noch gefährlich finden.«

Ad sah ihn aufmerksam und arglos an. Es kostete ihn offensichtlich große Mühe, es zu verstehen. »Und warum sagst du dann am Schluss: ›Lieb Vaterland, magst ruhig sein‹?«

»Das ist von Tucholsky.«

»Und was bedeutet das?«

Die Frage brachte Maarten in Verlegenheit. »Ja, wie soll ich das jetzt erklären? Eigentlich kann man das nicht erklären.«

»Ich habe Tucholsky nicht gelesen«, entschuldigte sich Ad.

»Verschließ die Augen ruhig vor der Wirklichkeit. Der Führer wacht«, versuchte es Maarten.

»Oh, das bedeutet es?« Er dachte nach. »Und das Bedürfnis, solche Leute einen Kopf kürzer zu machen, hast du also nicht?«

»Doch, das habe ich auch, aber der Unterschied ist in erster Linie, dass ich dem nicht nachgebe, und in zweiter Linie, dass ich mich nicht auf die Objektivität der Wissenschaft berufe. Das irritiert mich!«

Ad nickte, als würde er es nun begreifen. »Danke«, sagte er.

*

Er brachte den Stapel Exemplare der neuen Ausgabe des *Bulletins* mit seinen Unterlagen zum Kopfende des Tisches, legte den Trauerbrief obenauf und setzte sich. Die Tür zum Flur stand offen. Vom Flur und aus dem Treppenhaus hörte man den Lärm von Stimmen, Schritte und Gelächter. Er sah vor sich hin und wartete. Tjitske betrat mit einer Tasse Tee in der Hand den Raum, die Augen auf die Tasse gerichtet, um nichts zu verschütten, die Tagesordnung der Sitzung in der anderen Hand. Sie stellte die Tasse vorsichtig auf den Tisch, legte die Tagesordnung hin und setzte sich neben ihn.

Er war ihr mit seinem Blick gefolgt und schmunzelte. »Ich habe dein Kündigungsschreiben noch nicht bekommen.«
Sie erschrak und sah ihn verständnislos an.
»Als du hier anfingst, hast du gesagt, dass man nirgendwo länger als vier Jahre bleiben sollte.«
Sie kniff die Augen zusammen und lachte, wobei sie sich ein wenig schüttelte.
»Ende Dezember bist du vier Jahre hier.«
»Ich bleibe doch noch ein bisschen.«
Er lachte amüsiert.
Freek und Richard Escher betraten den Raum, beide mit einer Tasse Kaffee, und suchten sich einen Platz am anderen Ende des Tisches, unmittelbar gefolgt von Manda und Ad. Ad hatte auch eine Tasse Kaffee für Maarten bei sich und stellte sie ihm hin. »Danke«, sagte Maarten. Er nahm den Teelöffel und rührte, den Blick auf die Tür gerichtet, durch die einer nach dem anderen hereinkam. Jaring war der Letzte. Er schloss die Tür und setzte sich neben Maarten auf den frei gebliebenen Stuhl zu seiner Linken. »Ist Elsje nicht da?«, fragte Maarten.
»Die ist krank.« Er zuckte ein wenig mit den Schultern, ließ sich gegen die Lehne seines Stuhls sinken, streckte die Beine aus und nahm die Tasse auf den Schoß. Der Ausdruck in seinem Gesicht lag irgendwo zwischen Heiterkeit und Amüsement.
Maarten richtete sich etwas auf und sah in die Runde. »Dann will ich mal anfangen«, sagte er mit erhobener Stimme.
Es wurde still.
Maarten nahm den Trauerbrief hoch. »Ich habe gerade heute Morgen die Nachricht erhalten, dass Pieters gestorben ist.« Er reichte Jaring den Brief. »Vielleicht kannst du den Brief mal herumgeben?« Er sah zu, während Jaring die Benachrichtigung las und anschließend an Sien weiterreichte. »Die meisten von euch haben ihn nicht gekannt«, sagte er, sich sammelnd – er sah in die Runde –, »außer aus seinen Briefen. Ich mochte ihn wohl, und das sage ich nicht, weil er jetzt tot ist, es war übrigens unmöglich, mit ihm zusammenzuarbeiten, aber er war authentisch.« Er dachte nach. »Ich suche nach einer Anekdote,

um das zu erläutern.« Er schmunzelte, den Blick vor sich auf den Tisch gerichtet. »Er hatte als Stadtdirektor von Antwerpen regelmäßig Kontakt zu den Bürgermeistern bei uns in Brabant. Einmal, als er aus Breda zurückfuhr, war die Straße, die er immer nahm, in eine Einbahnstraße umgewandelt worden. Sein Chauffeur machte ihn darauf aufmerksam. ›Einfach weiterfahren‹, sagte Pieters. ›Das gilt nicht für uns.‹ Der Chauffeur fuhr weiter. Nach hundert Metern: Die Polizei! Ob er nicht gesehen hätte, dass es eine Einbahnstraße wäre. ›Das habe ich gesehen‹, sagte Pieters, ›aber das war sonst nie so. Damit habe ich nichts zu schaffen. Ich bin Stadtdirektor von Antwerpen! Ich habe meinem Chauffeur den Auftrag erteilt, das Schild zu ignorieren!‹« Er lachte, sich schon im Voraus auf das Ende freuend. Im Raum war es mucksmäuschenstill geworden. »Die Polizei zeigte sich davon aber nicht beeindruckt. Stadtdirektor hin oder her, er bekam ein Knöllchen! Pieters rasend! Sobald er zurück in Antwerpen war, bestellte er den Polizeipräsidenten ein. ›Jan!‹, sagte er. ›Bis zwölf Uhr stellen Sie hundert Niederländern ein Strafmandat wegen Übertretens der Straßenverkehrsordnung aus‹ – ›Jawohl, Herr Stadtdirektor!‹ – Um Viertel nach elf klingelt das Telefon. Der Polizeipräsident: ›Herr Stadtdirektor, ich habe jetzt einhundertvier!‹ – ›Dann können Sie aufhören!‹, sagte Pieters.« Die letzten Worte wurden von Gelächter übertönt.

»War da nicht auch etwas mit einem Bauskandal, an dem er beteiligt war?«, fragte Ad.

»Zweifellos!«, sagte Maarten lachend. »Ich habe de Brouckere mal gefragt, wo sie das Geld für die gigantischen Mahlzeiten herhatten, zu denen wir eingeladen wurden. Die buchte er auf den Unterhalt des Museums.«

»Nimm es mir nicht übel, aber von solchen Geschichten wird mir kotzübel!«, platzte es aus Bart heraus.

Es war plötzlich still.

»Ich finde nicht, dass du so über jemanden sprechen kannst, der tot ist und sich nicht wehren kann.« Er war puterrot geworden.

Maarten sah ihn verblüfft an, zu verblüfft, um sofort wütend zu werden. »Ich finde, dass es die einzige Art ist, eines Menschen zu gedenken, wenn er tot ist«, sagte er ruhig.

»Aber ich nicht!«, sagte Bart wütend. »Und ich bitte dich dringend darum, zur Tagesordnung zu kommen, ansonsten sehe ich mich genötigt, den Raum zu verlassen!«

Da erst spürte Maarten eine große Wut in sich aufsteigen, doch er beherrschte sich. »Das war also Pieters«, sagte er beherrscht. »Falls jemand aus diesen Geschichten den Schluss ziehen sollte, dass ich ihn nicht mochte, täuscht er sich.«

Es war mucksmäuschenstill im Raum, eine verschämte Stille.

Maarten riss sich zusammen und nahm den Stapel Exemplare des *Bulletins* vom Tisch. »Heute ist das zweite Heft des *Bulletins* erschienen.« Seine Stimme war unsicher, und seine Hände zitterten. »Ich gebe es rum. Jeder kann sich ein Exemplar nehmen.« Er reichte Jaring den Stapel. Während der Stapel, immer kleiner werdend um den Tisch herumwanderte, sah er zu, den Umlauf nutzend, um sich wieder unter Kontrolle zu bekommen. Der Rest kam mit dem Trauerbrief wieder zu ihm zurück. Er legte den Brief zur Seite und nahm sich das Heft vor. »Dieses Heft enthält also die Vorträge des Symposiums.« Er blätterte kurz darin, legte es beiseite und nahm ein Papier vom Stapel, der vor ihm lag. »Für das nächste Heft haben wir den Aufsatz von Sien, der inzwischen die Runde gemacht hat. Hat sonst noch jemand etwas für das nächste Heft?« Er sah einen nach dem anderen an.

Mark Grosz hob die Hand. »Ich würde gern etwas Theoretisches machen.«

»Worüber?«

»Über das Verhältnis zwischen Anthropologie und Geschichte.« Er lächelte verschmitzt in sein Bärtchen, als habe er daran ein stilles Vergnügen.

»Gut«, sagte Maarten schmunzelnd. »Gern. Dann ist das Heft auf alle Fälle schon mal gesichert. Für das vierte Heft haben wir einen Aufsatz von mir über Bauernhöfe, und ich hatte vor, Wiegel zu bitten, uns eine Examensarbeit über die Geschichte der Etikette zu überlassen. Ich habe sie betreut. Es ist eine gute Arbeit. Ich werde sie noch rumschicken.«

Bart hob die Hand.

»Bart!«

»Können wir Wiegel dann nicht besser gleich fragen, ebenfalls Mitglied der Redaktion zu werden?«

»Wiegel ist schon Redakteur der Zeitschrift des Museums.«

»Ich würde es trotzdem gut finden, wenn die Redaktion noch etwas erweitert würde.«

»Warum willst du das denn, Bart?«, fragte Mark.

»Weil ich Angst habe, dass wir sonst niemals genügend Aufsätze bekommen werden, um die Zeitschrift zu füllen.«

»Aber es läuft doch gut so?«, sagte Ad.

»Und trotzdem habe ich Angst davor.«

»Wer teilt Barts Sorgen?«, fragte Maarten. Er sah in die Runde. Niemand reagierte.

»Und wenn wir nun die Mitglieder der Kommission einladen würden, der Redaktion beizutreten?«, beharrte Bart.

»Dann müssten sie auch die redaktionelle Verantwortung tragen«, sagte Maarten. »Ich halte wenig davon.«

»Die trage ich auch nicht.«

»Die kannst du tragen.«

Bart gab darauf keine Antwort.

»Unterstützt jemand den Vorschlag von Bart?«, fragte Maarten. Niemand.

»Dann ist er abgelehnt«, stellte Maarten fest, nicht ohne Genugtuung.

*

1976
—

Mitten in der Nacht wurde er vom Rütteln der Fenster und dem Heulen des Windes im Lichtschacht wach. Schwerer Sturm. Er lauschte, beeindruckt von der Gewalt, doch im nächsten Moment dachte er mit Sorge an die Bäume im Garten und an der Gracht, und das Gefühl von Sicherheit machte dem einer vagen Bedrohung Platz. Er horchte, ob jenseits der Schlafzimmertür im Haus etwas zu hören war, doch im Lärm des Sturms gingen alle Geräusche unter. Jemand könnte die Treppe hinaufkommen, die Scheibe der Wohnungstür einschlagen, in den Flur eindringen und die Wohnzimmertür öffnen, ohne dass er es hörte. Er brauchte sich nicht einmal anzustrengen, ihn kommen zu hören. Er war müde und fühlte sich elend. So ging es schon seit Wochen, und das machte ihn trübsinnig. Er fragte sich, was es wohl sein könnte. So mitten in der Nacht, inmitten von so viel Gewalt, war das nicht lustig. Er kroch unter der Bettdecke hervor und ließ Wasser, eines der Mittel, die ihm zur Verfügung standen, um nachts böse Geister zu vertreiben. Als er wieder im Bett lag, schreckte er plötzlich bei einem unerwarteten Geräusch im Wohnzimmer auf. Der Keil im Fenster. Sein Herz klopfte bis zum Hals. Er ließ den Kopf ins Kissen sinken und drehte sich auf die andere Seite, um sein Herz wieder zur Ruhe zu bringen.

»Der Keil fällt aus dem Fenster«, sagte Nicolien schläfrig.

»Ja.« Er fragte sich, wie lange das Tau an dem Plastikbehälter, der vor dem Fenster stand, um Regen aufzufangen, halten würde. Bald würde er sich losreißen und durch die Gärten segeln oder durch eine Fensterscheibe.

»Machst du es, oder soll ich es machen?«

»Ich mache es.« Er kroch wieder unter der Bettdecke hervor, zog an der Kordel des Lichtschalters in der Dusche, um das Licht anzumachen, und sah hinter dem Vorhang vorbei in die Dunkelheit. Der Behälter stand fest an seinem Platz, und das kleine Fenster auf der anderen Seite des Lichtschachts war, soweit es sich erkennen ließ, noch zu. Er suchte den Keil und drückte ihn kräftig zwischen das Fenster und den Rahmen. Zurück im Bett wartete er auf den Schlaf, der nicht kommen wollte. Er dachte ans Büro. Der Gedanke bedrückte ihn, und es half auch nicht, sich selbst Vorhaltungen zu machen, dass es doch nicht normal war, sich ständig bedroht zu fühlen. Normal oder nicht, real war es durchaus. Er legte sich auf den Rücken und lauschte regungslos dem Heulen des Windes und dem Klappern der Fenster, die Arme neben seinem Körper ausgestreckt. Es half eine Weile, dann kam das Gefühl der Bedrohung zurück. Er hob den Kopf und horchte.

Wie gehetzt und verstört er war, merkte er erst so richtig, als sie ein paar Stunden später durch die Dünen zum Strandpavillon Parnassia gingen. Der Wind brauste um seinen Kopf. Er hatte seine Kapuze aufgesetzt, da es unerträglich kalt war. Hinter ihm rief Nicolien, dass sie bei diesem Wind nicht am Strand entlanggehen wollte. Das ärgerte ihn, denn er wollte am Strand entlanglaufen. Wie oft macht man im Leben so etwas mit? Doch er beherrschte sich. Er rief zurück, dass man dann sehen werde. Das stellte sie nicht zufrieden. Sie redete hinter ihm weiter, und als er nicht gleich antwortete, fing sie an zu schreien. Über den Wind, über den Sand, über die Stille in den Dünen und über all die Leute am Strand. Er reagierte manchmal, und manchmal tat er so, als hörte er nichts, sicher verpackt in seiner Kapuze. Doch im Innern kochte er vor Wut. Er wollte nicht reden. Er hatte ein fast hysterisches Bedürfnis, in sich versunken auf diesem Pfad mit dem Wind zu ringen. Allein schon der Gedanke, gegen den Wind anschreiend diskutieren zu müssen, erschöpfte ihn. Er war müde. Er fühlte sich schlecht. Er wollte einfach nur in Ruhe gelassen werden. Warum bloß? Welche Gründe hatte er, Nicolien die paar Worte übel zu nehmen, wo sie doch im Allgemeinen so wenig sagte? Selbsterkenntnis führt zur Selbstbeherrschung, also schwieg er, ein wenig mürrisch vielleicht, doch er wurde nicht wütend, fing keine Diskussion an. Gott sei Dank.

Denn als sie nach einem langen Umweg bei Parnassia die Düne hinaufkletterten und das brodelnde, kochende und schäumende Meer auf sich zukommen sahen, zeigte sich, dass es keinen Zentimeter Strand übrig gelassen hatte. Der Schaum spritzte am Fuß der Dünen hoch, das Wasser sog das Treibholz mit großer Geschwindigkeit weg, bevor es mit neu gewonnener Kraft zurückkam.

»Und du wolltest noch am Strand entlang!«, rief Nicolien triumphierend.

Er gönnte ihr den Triumph. Wenn ihm die Natur Einhalt gebot, empfand er kein Bedauern. Das war dann wiederum seine Stärke, dachte er, und er hoffte, dass er sie nie für ernsthaftere Dinge würde gebrauchen müssen, aber dass sie sich, wenn es unverhofft doch sein müsste, tatsächlich als seine Stärke erweisen würde. Auf dem Dünenkamm standen bei der Treppe, direkt oberhalb der Brandung, ein paar Leute. Sie liefen im donnernden Sturm zwischen ihnen herum, besprüht von Sand und Wasser. »Sollen wir auf die Düne klettern?«, rief er und zeigte nach oben, wo eine Handvoll Leute stand, gegen den Sturm gebeugt, ihre Mäntel flatternd hinter ihnen. Sie stieg ihm hinterher, doch nach den ersten Stufen kehrte sie wieder um, aus Furcht, weggeweht zu werden, eine Angst, die bei ihr tief verwurzelt war und für die er keinerlei Verständnis hatte.

Im Pavillon aßen sie eine Suppe. Der Raum war voller Menschen, die im Kreis um den Ofen oder an kleinen Tischen an den Fenstern saßen, die grau vom Sand waren. Der Eigentümer kam draußen mit einem Eimer vorbei und warf aus einem Aschenbecher Wasser an die Scheiben, damit man wieder etwas sehen konnte: Wellen, die mit gewaltigen Schaumkronen kreuz und quer auf den Strand zuliefen, einander auf den Rücken sprangen und in ihrer Hast kopfüber weitertobten. Es war beeindruckend, doch nun, da er saß, spürte er erneut, wie müde er war. Außerdem hatten alle Leute, die er sah, Gesichter, die er nicht mochte. Er fand sie zu lärmend oder zu protzig gekleidet, zu geziert oder zu stark geschminkt. Er ärgerte sich über dicke Frauen in Lederjacken und über sehr dünne mit weiten Hosen und taillierten Jacken, ohne Hüften. Kurzum, es lag an ihm. Nur einen Hund fand er nett. Und Nicolien natürlich. Sie irritierte ihn nicht, zumindest, solange er nicht reden musste, denn Reden verursachte ihm einen gewaltigen Widerwillen.

»Was hast du?«, fragte sie, als sie aus den Dünen auf die Straße kamen. »Ist etwas mit deinem Bein?«

»Ich glaube, ich habe mir einen Muskel gezerrt.« Nur, wenn er sein Bein steif hielt, ging es noch voran, wenigstens dann, wenn er keine Treppe hinauf- oder hinabsteigen musste.

»Du gehst so komisch.«

»Es tut auch höllisch weh.«

»Sicher von dieser Düne«, sagte sie. »Ich fand es auch ziemlich idiotisch, bei diesem Sturm auf die Düne zu klettern.«

*

Auf dem Weg zur Arbeit beschäftigte er sich mit seinem Bein. Er bewegte sich mühsam den Bürgersteig entlang, in der Dunkelheit des frühen Morgens, und musste, wehrlos wie er war, an den Seitenstraßen besonders aufpassen. Doch das war es nicht, was ihn in erster Linie beschäftigte. Was ihn beschäftigte, war, wie er gleich auf der Arbeit seine Geschichte bringen würde. Was hast du? – Oh (achtlos), ich habe mir einen Muskel gezerrt. – Einen Muskel gezerrt? – Ja, es ist aber nichts Besonderes. – Wann ist das denn passiert? – An diesem Punkt stockte seine Phantasie, denn er wusste, dass man dies schon nicht mehr fragen würde. Er war nicht der Mensch, der solche Fragen provozierte. Wenn er erzählen wollte, wie er seinen Muskel gezerrt hatte, und vor allem, dass er anschließend trotzdem einfach weitergewandert war, obwohl er vor Schmerzen umkam, müsste er dies sehr viel früher ins Gespräch einbringen. Was hast du? – Oh (achtlos), ich habe mir am Samstag einen Muskel gezerrt. – Aber auch das bot keine Eröffnung, denn wie sollte er dann hinzufügen, dass er trotzdem am Sonntag wieder spazieren gegangen war? Mehr noch: dass er nicht einfach einen Spaziergang gemacht hatte, sondern eine Wanderung von dreieinhalb Stunden, ungefähr siebenmal so lange wie die meisten Menschen spazieren gehen? Vertraut mit dieser Art Akrobatik suchte er in den Windungen seines Geistes nach einer Lösung, doch er fand sie nicht. Die Botschaft, die er vermitteln wollte, war zu kompliziert, um sie zwischen Tür und Angel zu bringen. Vielleicht, dass ihn das zur Besinnung brachte. Was tat er hier eigentlich? Weshalb wollte er immer, dass die Leute wussten, wie sehr er litt und wie tapfer er sein Leiden trug? Was scherten ihn die Leute? Und er schämte sich: ein kleiner Junge, der hören wollte, dass er sein Bestes tat, obwohl er es so schwer hatte.

Joop kam als Erste nach oben. Er saß an seinem Schreibtisch und hörte sie die Treppe hinaufkommen. Joop brauchte er kein frohes neues Jahr zu wünschen. Sie hatte es voriges Jahr nicht getan. Er hatte es auch nicht gemacht. Er fand es nett von ihr, doch als sie hereinkam, war er sich trotzdem nicht sicher, dass sie es auch nett von ihm fände. Er erstarrte und arbeitete mit doppeltem Ernst weiter. »Tag, Maarten.« – »Tag, Joop.« – Sie ging zum Körbchen auf dem Tisch neben seinem Schreibtisch, um die Zeitungsausschnitte mitzunehmen. Aus irgendeinem Grund befriedigte ihn die Begrüßung doch nicht. »Hast du dich gut amüsiert?«, fragte er, ohne von der Arbeit aufzusehen.

»Ja, habe ich.«

»Gut.« Sack, dachte er, als sie die Tür hinter sich schloss. Doch noch auf eine subtile Weise ein frohes neues Jahr wünschen! – Er hatte seinen Vater in sich erkannt, und das machte ihn unzufrieden: ein ungehobelter, alter Mann, der sein Bedürfnis nach sozialen Kontakten hinter Gleichgültigkeit verbarg. Ein Trost war, dass er in diesem Fall das einzige Opfer war, doch es war ein schwacher Trost, denn Opfer wollte er nun gerade nicht sein, sondern nur so erscheinen.

Zwanzig Minuten später kam Ad. Ad war jemand, der ein frohes neues Jahr wünschen *wollte*.

»Hast du dich amüsiert?«, fragte Maarten, bevor Ad etwas sagen konnte, doch in diesem Fall verspürte er weniger Reue darüber, da er Ads Meinung allmählich nicht mehr ausstehen konnte.

»Ihr auch?«

»Wir auch.«

»Nicht krank gewesen?«

Das traf ihn dann doch wie der Blitz. Es bezog sich auf Weihnachten.

In einem unbewachten Augenblick hatte er erzählt, dass er die beiden Weihnachtstage im Bett gelegen hatte. Hinter dieser Frage steckte die Schadenfreude eines Mannes, der immer krank ist, allerdings nie zu Weihnachten, und der in dieser Krankheit zu Weihnachten bestätigt gesehen hatte, dass man es ruhig angehen lassen musste. Er verfluchte nun seine Geschwätzigkeit und wusste zugleich auch, weshalb er es erzählt hatte: um (natürlich) bedauert zu werden, doch in diesem Fall war es auch, und vielleicht sogar vor allem, ein stiller Vorwurf. Dieser Vorwurf kam nun wie ein Bumerang zurück. So waren die Menschen. Sie sahen sich vor, sich schuldig zu fühlen. Das war zugleich gesund und ungerecht. Als er das alles erkannte, hätte er vor Empörung ersticken können, doch er beherrschte sich meisterhaft. »Im Gegenteil«, sagte er trocken.

Bart trat ein. Bart hatte er am Freitag bereits ein glückliches neues Jahr gewünscht. Bart war ein formeller Mensch, und das hatte den Vorteil, dass man wusste, was zu tun war. Er und Ad wünschten einander ein glückliches neues Jahr. Danach verschwand Ad in Joops Zimmer und Bart in dem von Tjitske. Sie blieben beide lange weg, Ad bestimmt eine Viertelstunde, Bart fast eine halbe Stunde. Er hörte sie reden. Es wurde gelacht. Dem, was er aufschnappte, entnahm er, dass Ad sich nach dem Haus erkundigte, das Joop gekauft hatte, und er fragte sich, ob Bart mit Tjitske über ihre Krankheit sprach. Zwei Dinge, die er selbst hatte machen wollen, für die er jedoch keine Worte gefunden hatte, da er sich dann wie ein Eindringling vorgekommen wäre. Er fühlte sich ausgeschlossen, ein kleiner, armseliger Mann, um den die Leute einen Bogen machten, weil er mit seinen Gefühlen nicht umzugehen wusste.

*

»Ich lese gerade deinen Jahresbericht«, sagte Bart, er war aufgestanden und sah über das Bücherregal hinweg zu Maarten, »aber ich finde, dass man nicht schreiben kann, dass Pieters es nicht mehr geschafft hat, einen Beitrag zum Atlas zu liefern.«

»Findest du das auch, Ad?«, fragte Maarten.
»Ich habe es noch nicht gelesen«, antwortete Ad aus seiner Ecke.
Maarten suchte das Original in dem Stapel abgearbeiteter Unterlagen und nahm es sich vor. »Ich schreibe, dass Pieters trotz seiner Kritik an der gehandhabten Methode der Materialsammlung bereit gewesen ist, 1964 der Redaktion des Atlas beizutreten, und dann sage ich: ›Er bekleidete diese Funktion bis zu seinem Tod, der einer Reihe seiner Pläne ein Ende bereitete, unter anderem dem einer Ausgabe, die dem Trauring gewidmet sein sollte, einem Thema, zu dem er zwar noch eine groß angelegte internationale Befragung organisierte, das er wegen seiner Krankheit jedoch nicht weiter ausarbeiten konnte.‹«

Ad war aufgestanden und an Maartens Schreibtisch gekommen. Maarten reichte ihm das Papier. Ad las die Passage noch einmal, während Maarten und Bart abwartend zusahen.

»Ich habe keine Probleme damit«, sagte Ad. Er gab Maarten das Papier und ging zu seinem Schreibtisch zurück, ohne die Absicht, weiter an der Diskussion teilzunehmen.

»Ich habe erhebliche Einwände dagegen«, sagte Bart zu Maarten.

»Warum?«

»Weil ich finde, dass man nicht über jemanden schreiben darf, dass er nichts gemacht hat.«

»Ich schreibe nicht, dass er nichts gemacht hat! Ich schreibe, dass er nicht dazu gekommen ist!«

»Das ist dasselbe.«

»Du hast also auch etwas dagegen, wenn Leute in einer Todesanzeige schreiben: ›Er hatte noch so viel vor‹?« Das war ein falsches Argument. Er fand es selbst immer idiotisch, wenn er es stehen sah. Er wusste es, noch bevor er es ausspielte. Vielleicht hatte er deshalb ein heimliches Vergnügen daran, das er nur mit Mühe aus seiner Stimme herauszuhalten vermochte.

»Das müssen die Leute selbst wissen«, sagte Bart trocken, »aber ich würde das nie schreiben.«

»Ich auch nicht«, gab Maarten zu.

»Und ich glaube auch nicht, dass du es in diesem Fall so gemeint hast.«

Maarten gab darauf nicht sofort eine Antwort. Er sah sich die Passage an und versuchte, sich zu erinnern, mit welchen Gefühlen er sie geschrieben hatte. Diese Gefühle waren komplex gewesen. Er war sich dessen vage bewusst, allerdings auch, dass er es vor allem befreiend gefunden hatte, es zu schreiben.

»Jedenfalls finde ich es ein Zugeständnis an das Arbeitsethos«, sagte Bart.

»Nein«, sagte Maarten energisch. »Das ist es bestimmt nicht, eher das Gegenteil.«

»Jemand kann sehr gute Gründe dafür haben, nicht zu publizieren. Ich finde, dass man ihm das nach seinem Tod nicht nachtragen darf.«

»Ich trage es ihm nicht nach! Ich finde, dass man unter allen Umständen schreiben muss, wie es ist. Das Vorhaben zur Karte des Trauringes hat in den letzten Jahren einen wichtigen Platz in Pieters' Leben eingenommen. Er hat enorm viel darin investiert. Ich hatte meine Zweifel daran, aber es zeichnete ihn schon aus.«

»Für mich ist das ein Nachtreten!«, sagte Bart erregt.

»Ich habe nicht das Bedürfnis, nachzutreten«, sagte Maarten spröde. »Ich habe schon häufiger gesagt, dass ich durchaus Sympathien für Pieters hatte. Ich habe es ohne irgendeine böse Absicht geschrieben, zu keinem anderen Zweck, als um deutlich zu machen, wie Pieters zum Atlas stand.«

»Das glaube ich nicht. Dann kennst du dich selbst nicht!«

Maarten schwieg. Er hatte die größte Mühe, seine aufkommende Wut zu bezwingen.

»Lass ruhig unseren Herrgott über diesen Mann urteilen«, sagte Bart.

Maarten reagierte nicht darauf. Er hätte sagen können, dass das typisch für Bart wäre. Als würde unser Herrgott einen Menschen nach der Anzahl Karten beurteilen, die er für den Atlas gemacht hatte. Doch er sah davon ab. Seine Wut war zu groß.

*

Klaas Sparreboom stand in der Halle, als er die Treppe herunterkam, um nach Hause zu gehen. »Tag, Herr Koning«, sagte er. Er nickte und lächelte ihn an, als wollte er ihn beschützen.

»Tag, Herr Sparreboom«, sagte Maarten.

»Haben Sie etwas an Ihrem Bein?«

»Ja, aber das ist nichts. Das wird schon wieder.« Er ging an Sparreboom vorbei zur Pförtnerloge.

»Sie haben es sicher eilig.«

»Ja, denn ich muss mich heute Abend selbst ums Essen kümmern«, sagte Maarten auf gut Glück. Er schob sein Namensschild aus.

»Ihre Frau ist doch nicht krank?«, fragte Sparreboom besorgt.

»Nein, sie ist bei ihrer Mutter.« Er blieb an der Drehtür stehen, halb abgewandt, doch auch wieder zu höflich, um das Gespräch abrupt zu beenden.

»Ja, es geht um Folgendes: Ich habe im Schaufenster eines Antiquariats ein Buch über die Geschichte von Aalsmeer liegen sehen, und ich dachte, dass Sie das vielleicht interessieren würde«, sagte Sparreboom lächelnd.

»Dafür müssen Sie sich an Asjes wenden. Der ist dafür zuständig.«

»Oh, ist Herr Asjes dafür zuständig? Ich habe nämlich gefragt, ob ich es mir kurz ansehen könnte, und es ist auch ein Bild von einem Heuhaus drin. Ich dachte, dass Sie sich dafür besonders interessieren würden. Wir haben in Aalsmeer noch zwei von diesen Heuhäusern.«

»Ja, das weiß ich«, sagte Maarten gehetzt, »aber wegen der Anschaffung des Buchs müssen Sie sich wirklich an Asjes wenden.« Er setzte die Tür in Bewegung. »Ich werde ihm sagen, dass Sie es gesehen haben.«

»Wenn Sie ihm das sagen würden«, sagte Sparreboom freundlich.

»Natürlich.« Er trat in die kleine Halle zwischen den Türen. »Vielen Dank jedenfalls schon mal.«

»Keine Ursache, und lassen Sie es sich schmecken, auch wenn es wohl nicht so sein wird, als wenn Ihre Frau es gemacht hätte«, sagte Sparreboom noch.

Auf der Straße, in der Dunkelheit, hatte er reichlich Gewissensbisse, dass er sich so davongestohlen hatte, doch er wusste auch, dass er sonst noch eine halbe Stunde dagestanden hätte und sich dann anschließend genauso hätte davonstehlen müssen. Ein Gespräch mit Sparreboom fand erst ein Ende, wenn einer von beiden in einem Krankenwagen abtransportiert werden würde, und dieser eine wäre dann gewiss nicht Sparreboom. Er kaufte die Zeitung, kam beim Muschelmann vor dem Restaurant Dorrius vorbei, besann sich, als er bereits vorüber war, kehrte um, kaufte eine Portion Muscheln mit Knoblauch und ging, mit dem heißen Plastikschälchen unbeholfen zwischen den Fingern, nach Hause. Das Haus war dunkel. Er knipste das Licht im Flur an, stellte das Schälchen mit den Muscheln auf die Anrichte, hängte seinen Mantel an die Garderobe und streichelte Marietje, die ihm entgegengekommen war und ihm schläfrig zublinzelte. »So«, sagte er, »bist du da? Wie geht es Jonas?« Er ging weiter ins Wohnzimmer und suchte im Dunkeln nach dem Stecker der Leselampe. Jonas lag in seinem Korb an der Zentralheizung, ein Schälchen Wasser neben ihm. Er bewegte sich nicht, doch als Maarten ihn streichelte, begann er ganz leise zu schnurren. Er war so mager geworden, dass Maarten seine Knochen fühlen konnte. Besorgt ging er zurück in die Küche, holte die Reste des Grünkohls aus dem Kühlschrank, gab ein wenig Butter in die Pfanne und setzte sie auf, zusammen mit den Muscheln. Während der Grünkohl heiß wurde, deckte er den Tisch, holte sich eine Flasche Bier und suchte im Radio nach Musik, stellte es jedoch wieder aus, weil er nichts finden konnte, was ihm gefiel. Gedankenverloren verspeiste er sein Essen, wusch ab und blätterte auf der Couch im Radioprogramm. Chormusik. Er kam sofort hoch und stellte das Radio wieder an, gerade rechtzeitig: »O Herr, der du die Himmelszelte webst« und danach doch wahrhaftig »Bleib bei mir, Herr«. Er lauschte gerührt, vage amüsiert bei dem Gedanken an Nicoliens Zorn, wenn sie dies hören würde: Du hörst dir doch keine Chormusik an? Das werden wir doch nicht tun? Uns Chormusik anhören? Du bist doch nicht religiös geworden? – Sie hatte recht. Wenn Religiosität Ausdruck des Bedürfnisses ist, in einer Herde mit einer klaren Hierarchie zu leben, dann saß hier ein tiefreligiöser Mensch. Er dachte darüber nach. Krämer in einem kleinen Ort, und dann am Donnerstagabend im Kirchenchor singen, bei den Bässen, das schon noch, schien ihm das

Schönste, das es gab, doch im nächsten Moment wusste er auch, dass es nichts für ihn war, wenn auch nur, weil er den Ton nicht halten konnte. Dann doch lieber Bauer.

Er hörte sich die Sendung bis zum Schluss an, las die Zeitung, stopfte eine Pfeife und betrachtete den kleinen Bücherstapel, der in Reichweite auf der Ecke des Tisches lag und auf eine Besprechung wartete. Zwischen diesen Büchern war der Bericht einer Gruppe deutscher Studenten, die unter der Leitung ihres Professors eine Untersuchung zu den politischen Hintergründen eines populären deutschen Volksfestes durchgeführt hatte, das jedes Jahr Zehntausende von Besuchern anzog. Sie waren zu dem Ergebnis gekommen, dass man auf den Chauvinismus der Zuschauer und ihr Bedürfnis nach Tradition abzielte, um bei ihnen den Eindruck zu hinterlassen, dass das Leben unter der amtierenden sozialistischen Regierung gut und problemlos wäre. Das Bild, das dabei mit Hilfe von Trachten und Volkstänzen von der Vergangenheit vermittelt wurde, sollte durch die Betonung des Idyllischen und das Weglassen störender Elemente als Rahmen für ein verfälschtes Bild der Gegenwart dienen, in der die wirklichen, aktuellen Probleme sorgfältig umgangen wurden. Sie gaben hierfür eine Reihe treffender Beispiele. So durften die Gastarbeiter zwar mit Liedern und Volkstänzen am Fest teilnehmen, doch die Bitte des Arbeitskreises Gastarbeiter, eine Ausstellung über ihre Wohn- und Arbeitsbedingungen präsentieren zu dürfen, war abgelehnt worden, während die Arbeitsgruppe Trachten darauf hinwies, dass jede Erinnerung an die ursprüngliche, beklemmende soziale Funktion der gezeigten Trachten sorgfaltig ausgelöscht worden war. Er zog das Buch zu sich heran, blätterte es durch und las die Passagen noch einmal, vor die er mit Bleistift einen Punkt gemacht hatte, weil sie ihn aus irgendeinem Grund berührt hatten. Für die Entlarvung der Motive hinter dem Fest empfand er Sympathie, doch die Berufung der Autoren auf die Objektivität der Wissenschaft, offenbar, um sich von vornherein gegen eventuelle politische Reaktionen abzusichern, fand er scheinheilig. Außerdem hatte es sie daran gehindert zu erkennen, dass sie selbst bei der Durchführung ihrer Untersuchung ganz unterschiedliche Motive gehabt hatten, wie sich an ihren Beiträgen zeigte. Empörung über das soziale Unrecht gegen Gastarbeiter war eines davon, Ärger über den Mangel an intellektueller Integrität beim Präsentieren von Trachten ein anderes, und ein drittes, das sich schwer mit den beiden vorangegangenen vertrug, war der Vorwurf, dass die Regierung Geld für so ein Volksfest ausgab, während sie an den Universitäten sparte, die Sozialabgaben erhöhte und die Mieten steigen ließ. Dieser letzte Vorwurf hatte auch einen Platz auf dem Umschlag bekommen, wo eine Gruppe von Zuschauern unter einem Spruchband mit der Aufschrift »Hessentag kostet Millionen, Entlassene und Angestellte hungern« stand und den Festivitäten zusah. Er betrachtete die Abbildung aufmerksam, spürte Wut und Ärger, stand auf und setzte sich an die Schreibmaschine.

»Es scheint«, tippte er, »als wären die Autoren durch die möglichen politischen Konsequenzen ihrer Untersuchung etwas in Verlegenheit gebracht worden. Im Vorwort lehnen sie von vornherein einen möglichen Beifall der CDU ab, an anderer Stelle wiederholen sie es noch einmal, obwohl sie dort auch betonen, dass der Beitrag der Kommunisten zum Fest im Grunde nicht von dem der Organisatoren abweicht. Das klingt glaubwürdig, zumindest glaubwürdiger als das Motto, das der Verlag dem Buch mit auf den Weg gibt: ›Wir sind nicht für den Hessentag, wir sind nicht gegen den Hessentag, wir sagen, was der Hessentag ist.‹ Das ist Blödsinn. Es ist schon nicht besonders plausibel, dass jemand, der die Analyse zustimmend oder amüsiert verfolgt hat, noch für den Hessentag sein könnte, es ist jedoch völlig unglaubwürdig, dass die Autoren des Buches während ihrer Untersuchung unbefangen geblieben sind, wenn sie es denn jemals waren. Indem sie sich auf die sogenannte Objektivität der Wissenschaft berufen, führen sie faktisch dieselbe Maskerade auf wie die Organisatoren des Festes. Im Kapitel über die Fernsehberichte stellen sie fest, dass Kritik nur im Rahmen des von den Organisatoren Erlaubten geduldet wird. Dasselbe lässt sich über eine Gesellschaftskritik sagen, die mit öffentlichen Geldern betrieben wird. Kritik wird geduldet, solange die Gesellschaft Interesse daran hat, den Anschein der Unabhängigkeit von Wissenschaft aufrechtzuerhalten. Dass die Wissenschaft tatsächlich unabhängig sein könnte, beruht auf der Fiktion, dass die Wahrheit unteilbar ist, ein durch das Christentum inspiriertes Axiom. Wie teilbar sie in

Wirklichkeit ist, zeigt sich auch hier. Im Vorwort weisen die Autoren auf eine Reihe von Gesichtspunkten hin, die außer Acht gelassen worden sind. Einer davon ist die Frage, inwieweit ein solches Fest ein Bedürfnis befriedigt. Es ist nicht undenkbar, dass eine sozialpsychologische Untersuchung zu dem Schluss kommen würde, dass nicht die Zuschauer von den Politikern, sondern die Politiker von den Zuschauern manipuliert werden – politisch betrachtet eine äußerst konservative oder zumindest pessimistische Schlussfolgerung, deren Objektivität mit ebenso viel Recht bezweifelt werden darf. Durch die Richtung, die man der Untersuchung gibt, betreibt man sowohl in dem einen wie in dem anderen Fall Politik. Dass man sich anschließend gewissenhaft an die Spielregeln hält, zeugt von Kultur, doch Kultur wird zur Scheinheiligkeit, wenn sie dazu dient, die eigentlichen Motive dahinter zu verbergen.« Er hörte abrupt auf zu tippen, grimmig, angespannt, besessen von Streitlust. Während er, wobei er mit einer Hand das Blatt hochhielt, noch einmal las, was er geschrieben hatte, konnte er seine Begeisterung nur mit Mühe bezwingen. Er zog das Blatt aus der Schreibmaschine, spannte zwei neue Blätter ein, dachte kurz nach, die Finger über der Tastatur, und hämmerte dann weiter. Er fragte sich, weshalb sich die Autoren versteckten, verwarf die Möglichkeit, dass es Machiavellismus gewesen sei, was er bis zu einem gewissen Grad noch als politisches Spiel hätte würdigen können, und kam zu dem Ergebnis, dass sie untereinander uneins gewesen waren: Empörung über soziales Unrecht, das anderen zugefügt wurde, Kritik an einem Mangel an intellektueller Integrität und Angst, selbst den Kürzeren zu ziehen. »Diese letzte Kritik hat unter anderem ihren Platz auf dem Umschlag gefunden«, schloss er, »auf dem eine Gruppe von Zuschauern zu sehen ist, die hinter einer Absperrung steht und den Festivitäten zusieht, unter einem Spruchband: ›Hessentag kostet Millionen, Entlassene und Angestellte hungern‹. Ich könnte mir vorstellen, dass eine objektive wissenschaftliche Untersuchung, beispielsweise durch Mitglieder der Arbeitsstelle Gastarbeiter oder durch die Trachtenexperten aus der Arbeitsgruppe, zu dem Ergebnis kommen würde, dass diese Losung nicht weniger inhaltsleer ist als das Fest, zu dem sie eine kritische Note setzen will, und das auf alle Fälle leerer ist als die Mägen der allem

Anschein nach wohlgenährten, gut gekleideten Deutschen, die sich darunter gestellt haben.« Den letzten Punkt schlug er mit Kraft durch das Papier. Danach sank er auf seinem Stuhl zurück, erschöpft, aber glücklich, mit dem Gefühl, endlich wieder einmal etwas getan zu haben, das Sinn hatte.

Als er Nicolien vom Bahnhof abholte, war er noch benommen von seinen eigenen Worten. Er fühlte sich leer und schwerelos, als schwebte er. Er war zu früh und wartete vor dem West-Ausgang, bis sie nach draußen kam. Er sah sie aus dem Gang kommen, ging geistesabwesend auf sie zu, gab ihr einen Kuss und nahm ihr die Tasche ab, mechanisch, mit dem Gefühl, dass er schlafwandelte.

»Was hast du gegessen?«, fragte sie.

Er lächelte. »Muscheln«, sagte er geheimnisvoll.

*

»Er hat mich gebeten, Ihnen allen seine Grüße zu übermitteln«, sagte Maarten. »Ich finde, dass es ihm etwas besser geht, besser, als ich es erwartet hatte. Er hat jetzt außerdem ein kleines Zimmer für sich bekommen und sich ein Regal mit Büchern bringen lassen und seine Schreibmaschine, die man ihm seinerzeit bei seiner Verabschiedung mitgegeben hat. Nur mit dem Sprechen hat er noch immer große Mühe.«

»Aber er schreibt!«, sagte Kaatje Kater. »Ich meine ja nur.«

»Er schreibt an seinen Memoiren.«

Kaatje Kater lachte auf. »Und wann dürfen wir die lesen?«

»Es sind erotische Memoiren.«

»Das macht sie umso interessanter«, sagte sie lachend.

»Aber niemand darf sie lesen.«

»Da fragt man sich, warum er sie überhaupt schreibt«, bemerkte Buitenrust Hettema.

»Ich kann mir das schon vorstellen«, sagte Maarten.

»Na, ich nicht«, sagte Buitenrust Hettema trocken.

»Und was jetzt?«, fragte Kaatje Kater. »Wie geht's jetzt weiter? Ich meine ja nur. Sehen wir ihn hier noch mal wieder?«

»Nein. Er hat mich auch gebeten zu übermitteln, dass er die Mitgliedschaft in der Kommission aufgeben will.«

»Das werden wir dann respektieren müssen«, meinte Kaatje Kater.

»Frau Vorsitzende«, sagte van der Land, er räusperte sich und beugte sich vor, um die Pfeife auszuklopfen, wobei er ihr den Kopf zuwandte. »Ich weiß nicht, ob ich damit nur für mich spreche, und wenn dies der Fall sein sollte, bitte ich Sie, mich zu korrigieren, aber wäre es nicht eine Überlegung wert, Herrn Beerta zum Ehrenmitglied der Kommission zu ernennen?«

»Ja, ich würde den Vorschlag gern unterstützen«, sagte Vervloet mit seiner zögerlichen, etwas bebenden Altmännerstimme.

»Ich schließe mich dem ebenfalls gern an«, versicherte Goslinga.

Kaatje Kater sah unsicher zu Stelmaker hinüber. »Geht das? Ich meine, stößt das nicht auf juristische Probleme?«

»Wir sind eine Kommission«, überlegte Stelmaker, »und soweit ich weiß, gibt es nichts in der Geschäftsordnung, das eine solche Konstruktion regelt, also nehme ich an, dass wir die Freiheit haben.«

»Wir werden doch auf alle Fälle das Hauptbüro um Zustimmung bitten müssen«, sagte Balk unwirsch.

»Selbstverständlich«, sagte Stelmaker.

»Würden Sie das dann mit dem Hauptbüro besprechen?«, fragte Kaatje Kater Balk. »Wenn alle damit einverstanden sind, natürlich! Wollen wir mal sagen.« Sie sah Buitenrust Hettema an, der die ganze Zeit über mit erhobenem Kinn dagesessen und zugehört hatte.

»Ich kann mir nicht vorstellen, dass es ihm etwas bringt«, sagte Buitenrust Hettema skeptisch, »aber an sich habe ich nichts dagegen.«

»Ich auch nicht, Frau Vorsitzende«, sagte Appel. »Ich begrüße es sogar.«

»Ich werde es mir notieren«, sagte Balk. Er machte sich eine Notiz.

»Dann ist das geklärt«, sagte Kaatje Kater. Sie sah Maarten an. »Gibt es noch etwas über Beerta zu erzählen?«

»Ich denke, nicht.« Er sah zu dem Ende des Tisches hinüber, an dem Bart, Ad und Freek saßen, Bart mit einem freundlichen Lächeln, Ad

ein wenig schläfrig, zusammengesunken, Freek aufgerichtet, empört.
»Habe ich noch etwas vergessen?«

»Vielleicht könntest du noch erzählen, dass Herr Beerta darum gebeten hat, ihm in Zukunft seine Post mitzubringen, weil er sie künftig selbst bearbeiten will«, sagte Bart.

»Ja, das heißt, er will es probieren.«

»Das finde ich doch ein positives Zeichen«, bemerkte Goslinga.

»Ja, das kann man wohl sagen«, sagte Kaatje Kater lachend. Sie sah Maarten an. »Das war es also?«

»Das war es!«

»Dann kommen wir zu Punkt zwei der Tagesordnung«, sagte Kaatje Kater, während sie auf das vor ihr liegende Papier sah, »das Protokoll der letzten Sitzung.« Sie zog das Protokoll zu sich heran und blickte kurz auf, um zu sehen, ob die Mitglieder der Kommission ihr folgten. »Seite eins!«

»Frau Vorsitzende, ich nehme an, dass das *Bulletin* gleich noch ausführlicher zur Sprache kommt?«, bemerkte Goslinga.

»Unter Punkt fünf«, sagte Kaatje Kater.

»Was hältst du selbst davon?«, fragte Kaatje Kater.

Maarten nahm die beiden Hefte kurz hoch und betrachtete sie. »Ich bin nicht unzufrieden.«

Sie musste darüber lachen. »Das finde ich doch, um es gelinde zu sagen, Chuzpe! Gibt es noch andere, die nicht unzufrieden sind?« Sie sah in die Runde.

»Frau Vorsitzende!«, sagte van der Land. »Ich habe dem Schriftführer schon meine Komplimente gemacht. Ich will das hier gern noch einmal wiederholen! Ich habe beide Hefte mit Spannung gelesen, nicht zuletzt die Beiträge des Schriftführers, und ich finde das Layout wirklich hervorragend! Alle Achtung!«

»Du hörst es«, sagte Kaatje Kater lachend zu Maarten.

»Ja, aber ich meine es wirklich!«, sagte van der Land ernst. »Wenn ich das hier mit *Ons Tijdschrift* vergleiche, können wir uns angesichts dieser Veränderung nur glücklich preisen!«

»Ich bin mit dem Kollegen van der Land völlig einer Meinung«, pflichtete ihm Vervloet bei. »Das Ergebnis hat meine Erwartungen noch übertroffen.«

»Ich würde es noch stärker ausdrücken wollen, Frau Vorsitzende«, sagte Goslinga, wobei er den Arm über den Tisch schob, als wolle er da einen Gegenstand verschieben. »Es hat mich zu hundert Prozent positiv überrascht!«

»Dann hatten Sie wohl sehr wenig Vertrauen in den Schriftführer«, sagte Kaatje Kater lachend.

»Das will ich natürlich nicht sagen«, sagte Goslinga, »aber ich weiß aus Erfahrung, was da alles dranhängt.«

»Ich kann das ohne Weiteres bestätigen«, stimmte ihm Stelmaker zu. »Ich finde es eine außerordentliche Leistung.«

»Denkt Herr Appel auch so darüber?«, fragte Kaatje Kater, sich Appel zuwendend. In ihrer Stimme lag ein Unterton von Ironie.

»Natürlich, Frau Vorsitzende«, sagte Appel verwundert. »Warum sollte ich nicht so darüber denken?«

»Nein, ich meine ja nur.«

Buitenrust Hettema sagte nichts. Er sah mit erhobenem Kinn vor sich hin, als sei er mit seinen Gedanken ganz woanders.

»Es würde mich interessieren, wie viele Abonnenten wir jetzt haben«, sagte Stelmaker. »Hat der Schriftführer die Zahlen dazu bei der Hand?«

»Hundertdreiundneunzig«, antwortete Maarten.

»Und die Zahl der Abonnenten von *Ons Tijdschrift* war ...?«

»Die Zahl der niederländischen Abonnenten war einundachtzig.«

»Das ist mehr als eine Verdopplung«, bemerkte van der Land.

»Jetzt, da ich diese Zahl höre, Frau Vorsitzende«, sagte Vervloet, »frage ich mich, ob die Mitglieder der Kommission die Zeitschrift nicht privat abonnieren sollten, als Sympathiebekundung. Ich schätze es natürlich sehr, dass ich die Zeitschrift so bekommen habe, aber ich würde gern etwas tun, um sie zu unterstützen.«

Kaatje Kater sah Maarten an.

Maarten zögerte. »Das finde ich sehr nett«, sagte er verlegen, »aber es ist nicht nötig. Und es macht mir auch Spaß, den Kommissionsmitgliedern die Zeitschrift schenken zu können.«

»Die Kommissionsmitglieder haben unsere Publikationen immer umsonst bekommen!«, bemerkte Balk. Sein Ton duldete keinen Widerspruch.

»Aber wenn es aus dem einen oder anderen Grund Bedarf an meinem Abonnement geben würde, will ich das gern tun«, sagte Vervloet noch einmal.

»Ich danke Ihnen«, sagte Maarten. »Ich finde das sehr nett.«

»Wir könnten auf alle Fälle dafür sorgen, dass unsere Institute die Zeitschrift abonnieren«, bemerkte Stelmaker. »Kann der Schriftführer sagen, ob mein Institut ein Probeheft erhalten hat?«

Maarten sah Bart an. »Hat das Institut von Herrn Stelmaker ein Probeheft erhalten?«

Die Frage machte Bart nervös. »Das müsste ich nachschauen. Das kann ich aus dem Kopf nicht mit Sicherheit sagen.«

»Es hat keine Eile«, versicherte Stelmaker. »Aber vielleicht können Sie es kurz nachschauen?«

»Nein, das ist nicht nötig«, sagte Maarten – er erinnerte sich jetzt. »Ihr Institut hat ein Probeheft bekommen. Asjes hat aus den Vorlesungsverzeichnissen alle Institute angeschrieben, die Berührungspunkte mit dem unserigen haben. Ihr Institut ist auch dabei.«

»Und haben wir ein Abonnement abgeschlossen?«

»Nein, Sie haben kein Abonnement abgeschlossen.«

»Dann werde ich mich darum kümmern«, versprach Stelmaker.

»Ich würde es doch schon schön finden, wenn du mich demnächst warnen würdest, dass sie so etwas fragen könnten«, sagte Bart, als sie nach der Sitzung in ihr Zimmer zurückkamen. »Dann hätte ich mich darauf vorbereiten können.«

»Wie soll ich denn wissen, dass sie so eine Frage stellen?« Die Sitzung hatte ihn, wie immer, deprimiert, ohne dass es dafür einen deutlichen Grund gab.

»Und trotzdem möchte ich es gern. So, wie es jetzt gelaufen ist, hat es mich überrumpelt.«

Maarten antwortete nicht. Er fühlte sich beschmutzt.

Später, als er im Dunkeln nach Hause ging, überlegte er, dass es wohl daher gekommen war, weil er keine Sekunde er selbst gewesen war, sondern sich gezwungenermaßen bis auf die Höhe des Platzes hatte aufpumpen müssen, auf den man ihn gesesetzt hatte. Und er warf sich deshalb einen Mangel an Charakter vor.

*

Das Telefon auf Barts Schreibtisch klingelte. Bart nahm den Hörer ab. »Asjes hier ... Das heißt, ich bin einer der Mitarbeiter der Abteilung, in der diese Zeitschrift herausgegeben wird ... Das kann ich nicht leugnen ... Dazu habe ich keine Meinung, aber schließlich herrscht Pressefreiheit, ich kann Sie also nicht davon abhalten ... Gut. Auf Wiederhören, Mijnheer.« Es klang reserviert, fast feindselig. »Hey«, sagte er ärgerlich, als er den Hörer aufgelegt hatte. »Warum stellt de Vries diese Telefonate bloß immer zu mir durch? Er kann einen solchen Herrn doch besser zu dir durchstellen?«

»Was wollte der Mann?«, fragte Maarten.

»Er fragte, ob wir Wert darauf legen würden, wenn er Reklame für das *Bulletin* macht, indem er in seiner Monatszeitschrift einen Artikel darüber schreibt. Was kann ich denn darauf antworten? Das ist doch eine Frage, die du beantworten musst?«

»Er wird gelernt haben, dass man den Chef so wenig wie möglich belästigen soll«, sagte Ad mit einiger Schadenfreude.

»Und darum muss ich dann sicher meinen Kopf dafür hinhalten«, sagte Bart gereizt.

»Für welche Monatszeitschrift war das?«, fragte Maarten.

»Das habe ich nicht gefragt. Das interessiert mich nicht.«

»Vielleicht hätte es die Redaktion des *Bulletins* interessiert?«

»Dann musst du dafür eben bessere Anweisungen geben. Wenn er es nicht von sich aus erzählt, frage ich auch nicht nach.«

Maarten schwieg. Barts Reaktion schien ihm ganz und gar einzigartig, und das amüsierte ihn. Er vertiefte sich erneut in einen Aufsatz, den er in einer Mappe von Joop vorgefunden hatte, den Stift in der Hand, um sich Notizen zu machen.

Das Telefon klingelte. Er nahm ab. »Koning hier.«

»Tag, Koning«, sagte eine knarrende Stimme auf Platt.

Er brauchte einen Moment, sich umzustellen. »Hey, de Bruin!«, sagte er dann, sich Begeisterung abringend. »Wie geht's dir?«

De Bruin lachte. »Das ist lange her, was?«

»Das ist verdammt lange her!« Er fühlte sich schuldig. Nach dessen Herzinfarkt und ein paar Besuchen, die er ihm abgestattet hatte, war de Bruin allmählich aus seinen Gedanken verschwunden. Er erinnerte sich vage, dass es dafür auch einen Grund gegeben hatte, einen Streich, den ihm de Bruin mit dem Schlüssel für die Eingangstür gespielt hatte, etwas, das er ihm nie verziehen hatte, doch wie es genau gewesen war, hatte er nicht mehr klar vor Augen.

»Das kommt daher, dass jetzt, wo Deetje Haan in Rente ist, ich eigentlich keinen im Büro mehr kennen tu außer dir.«

»Und was ist mit Balk?«

»Ja, Balk auch, aber mit dem bin ich eigentlich nie so warm geworden.«

»Und Meierink.«

»Ja, Meierink auch.« An seiner Stimme war zu hören, dass Meierink für ihn kaum mitzählte.

»Und Asjes?«

»Wer, sagst du?«

»Asjes!«

»Asjes? Nein, an den kann ich mich nicht erinnern, aber na ja, mein Junge, das Gedächtnis ist auch nicht mehr das, was es mal war. Ich werde auch nicht jünger.«

»Vielleicht war das auch schon nach deiner Zeit.«

»Ich kann mich noch an einen Rentjes erinnern. Meinst du den etwa?«

»Nein, aber der ist auch noch da.«

»Na, das war's dann auch schon. Teun ist tot, Slofstra ist tot, ter Haar ist tot. Nur van Ieperen – hörst du noch mal was von van Ieperen?«

»Nie.«

»Ja, es geht alles vorbei, oder? Aber trotzdem war es eine schöne Zeit in der Hoogstraat.«

»Eine sehr schöne Zeit.«

»Aber warum ich dich jetzt anrufe: Wie geht es Herrn Beerta? Ich habe von Deetje gehört, dass er einen Schlaganfall gehabt hat und im Heim ist.«

»Es geht ihm jetzt etwas besser. Er spricht wieder ein bisschen, und er hat ein eigenes Zimmer.«

»Siehst du ihn noch ab und zu?«

»Ich gehe heute Nachmittag zu ihm.«

»Würdest du ihm dann Grüße bestellen? Von de Bruin? Zumindest, wenn er mich noch kennen tut.«

»Natürlich kennt er dich! Er spricht immer noch von deinem Kaffee.«

De Bruin lachte. »Ja, Kaffee machen, das konnte ich. Daran wirst du dich wohl auch noch erinnern.«

»Mit ein bisschen Buisman-Zuckerextrakt.«

»Oh, das weißt du also auch noch.«

»Das vergesse ich nie!«

Es war einen Moment still.

»Aber wie geht es dir?«, fragte Maarten.

»Schlecht! Ich hab grad ne schwere Lungenentzündung hinter mir und mein Handgelenk gebrochen, und die Pumpe ist natürlich auch nicht mehr das, was sie mal war. Ich habe jetzt gerade wieder einen neuen Herzschrittmacher.«

»Aber du lebst noch.«

»O ja, wir lassen den Mut nicht sinken.«

»Und deine Frau? Wie geht's deiner Frau?«

»Meiner Frau?«

Im Hintergrund rief die Frau von de Bruin, dass es ihr gut gehe.

»Meiner Frau geht es gut, sagt sie«, sagte de Bruin in spaßigem Ton. »Die will auch nie, dass man über ihre Krankheiten spricht.«

»So sind sie, nicht wahr?«

»Ja, so sind sie. Man kann es nicht ändern, mein Junge. Wie geht es deiner Frau?«

»Die will auch nie, dass man über ihre Krankheiten spricht, aber es geht ihr gut.«

»Grüß sie von mir.«
»Und du deine Frau.«
»Das mache ich.« Im Hintergrund wurde erneut gerufen »Und ich soll dich auch von meiner Frau grüßen, und deine Frau natürlich auch.«
»Danke. Ich werde dich mal wieder besuchen.«
»Das würden wir unheimlich nett finden. Hast du die Adresse? Denn wir sind jetzt in einem Pflegeheim.«
Maarten notierte es sich. »Ich werde dich besuchen. Dann können wir wieder einmal über Fußball reden.«
»Tu das, mein Junge«, sagte de Bruin gerührt. »Und grüß Herrn Beerta, nicht wahr? Und auch deine Frau.«
»Das werde ich machen. Und du deine Frau.«
»Tschüss, Koning!«
»Tschüss, de Bruin!« Er legte den Hörer auf und ließ sich erschöpft gegen die Lehne seines Stuhls sinken. »Das war de Bruin.«
»Ich habe es gehört«, sagte Bart trocken. »Du warst wieder in Form.«
»Danke, aber so was kostet mich ein Jahr meines Lebens.«
»Wie lange ist der jetzt schon vom Büro weg?«, fragte Ad.
»Dreizehn Jahre? Vierzehn Jahre?«, schätzte Maarten.
»Als ich dich so gehört habe, hatte ich den Eindruck, dass es im vorigen Jahrhundert war«, sagte Bart.
»Ja, euch gab es noch nicht«, sagte Maarten ironisch.
»Ich habe ihn ansonsten schon noch erlebt, als studentische Hilfskraft. Und er war auch bei der Verabschiedung von Herrn Beerta.«
»Dann hast du keinen Eindruck auf ihn gemacht.«
»Es wird wohl jemand sein, der nur die hohen Tiere sieht«, sagte Ad rachsüchtig.
»Du warst doch noch gar nicht da?«
»Aber trotzdem weiß ich, wer es ist.«
Maarten schwieg. Das Gespräch mit de Bruin hatte ihn deprimiert, und die Reaktionen von Bart und Ad verstärkten dies noch. Dass er ihn nicht sonderlich mochte, brachte das Gefühl, versagt zu haben, nicht zum Verschwinden. Es hatte ihn überrascht, zu hören, dass Dé Haan Kontakt zu ihm gehalten hatte. Er vermutete, dass sie sich ver-

antwortlich gefühlt hatte, und das fand er nett. Es war eine Seite an ihr, die er nicht kannte. Auch das deprimierte ihn, ohne dass er hätte sagen können, warum. Es waren vage Ahnungen aus dem Grenzbereich zwischen Gedanken und Gefühlen, die eine Weile im Hintergrund präsent blieben, während er weiter an der Mappe arbeitete.

Er griff zur Mappe und ging damit in den Karteisystemraum. »Ich bin kurz bei Joop.« Joop war allein. »Eine Mappe!« Sie machte auf der Ecke ihres Schreibtisches Platz. Er legte die Mappe hin, zog einen Stuhl heran und setzte sich seitlich zu ihrem Schreibtisch. »Ich habe sie durchgearbeitet ...« Er zögerte und suchte nach den richtigen Worten.

»Aber ...«

Er schmunzelte. Sie hatte etwas Clowneskes, das ihn für sie einnahm. »Aber«, bestätigte er. Er dachte nach. »Was muss ich tun, um es dir beizubringen?«, fragte er dann und sah auf.

»Ja, das musst du schon selbst wissen.« Das Clowneske war mit einem Schlag verschwunden. Sie machte dicht.

Er holte eine Zeitschrift aus der Mappe, schlug sie auf, holte eine der dünnen Karteikarten heraus und schob ihr die Zeitschrift hin. »Zum Beispiel diesen Aufsatz – hast du den eigentlich gelesen?«

Sie sah ihn sich flüchtig an. »Ein bisschen.«

»Aber nicht Wort für Wort.«

»Ist das nötig?« Sie sah ihn unverfroren an.

»Nicht, wenn du begreifst, was dort steht.«

Sie reagierte nicht darauf. Sie sah trotzig auf die Seiten, die vor ihr lagen.

»Du hast gedacht, dass du es begriffen hättest.«

Sie nickte kurz. »Ich denke, schon.«

»Ich habe nämlich den Eindruck, dass du ein paar Sätze aus der Einleitung und noch einen Satz vom Schluss genommen und die aneinandergepappt hast.«

»So habe ich es gelernt.«

»Das ist mir klar«, er versuchte, ihr entgegenzukommen, »aber für eine Zusammenfassung im *Bulletin* reicht das nicht aus.«

»Oh.« Ihr Gesicht war erstarrt.

Er schwieg. Der Widerstand, den er bei ihr spürte, war so groß, dass er das Gefühl hatte, keinen Raum für das zu haben, was er vorschlagen wollte. »Ich kann zwar wieder eine Zusammenfassung machen, als Beispiel, aber ich wollte es jetzt mal anders machen, denn ich glaube nicht, dass das funktioniert. Ich habe hier ein paar Fragen aufgeschrieben«, er schob ihr einen Zettel hin, »die du als Leitfragen sehen musst und die bei jedem Aufsatz beantwortet werden müssen.«

Sie sah sie sich aus der Entfernung an, ohne sich die Mühe zu machen, sie zu lesen.

»Es sind vier Fragen.« Er zog das Papier wieder zu sich heran und las vor, was dort stand: »›Erstens: Was hat der Autor untersucht? Zweitens: Wie geht er dabei vor? Drittens: Welche Quellen oder Literatur hat er dabei benutzt? Viertens: Was ist seine Schlussfolgerung?‹ – Wenn du jetzt mal versuchen würdest, diese Fragen zu beantworten: Der Autor hat das und das untersucht, er hat es untersucht, indem er … und so weiter, einfach in deinen eigenen Worten, ohne dich weiter darum zu kümmern, ob die Antworten ein abgeschlossenes Ganzes bilden. Dann können wir wieder darüber sprechen.« Er sah sie an.

Sie nickte störrisch.

»Versuch es mal«, sagte er freundlich. »Es muss nicht gleich perfekt sein. Ich suche nur nach der besten Methode, dir beizubringen, wie es sein sollte.« Er stand auf. »In Ordnung?«

»Ich werde es versuchen.« Sie sah nicht auf.

Er betrachtete ihr abweisendes Gesicht, zögerte, doch da er nichts mehr zu sagen wusste, wandte er sich zur Tür, plötzlich von einem gewaltigen Widerwillen gegen sich selbst ergriffen. Er schloss die Tür hinter sich, ging an seinen Schreibtisch, zog mechanisch ein Blatt Durchschlagpapier aus der Schublade und griff zu seinem Brot.

»Wie lief es?«, fragte Bart.

»Das wird sich noch zeigen«, wehrte er ab. Er schenkte sich ein Glas Buttermilch ein.

Während er dasaß und aß, sah er nach draußen. Der Himmel war blau mit ein paar weißen, bauschigen Wolken. Hinter den kahlen Ästen der Bäume schien die Sonne auf die weiß verputzten Mauern der Rückseiten der Häuser an der Herengracht. Als wäre es Frühling. Mit Wehmut dachte er an Frankreich.

Mit der Hand auf der Klinke blieb er an der Tür stehen. »Ich gehe jetzt zu Beerta. Ich glaube nicht, dass ich heute Nachmittag noch zurückkomme.«

»Bestell Herrn Beerta herzliche Grüße von mir«, sagte Bart und drehte sich zu ihm um.

»Von mir auch«, sagte Ad.

»Das mache ich.« Er ging durch die Tür, die Treppe hinunter. »Ich bin heute Nachmittag nicht da, Herr de Vries«, sagte er und schob sein Namensschild heraus, »aber Asjes und Muller sind da, Sie können die Telefonate also an sie durchstellen.«

»Vielen Dank, Mijnheer«, sagte de Vries.

Draußen schien die Sonne. Er stopfte die Plastiktüte in seine Fahrradtasche, machte das Fahrradschloss auf, fuhr über die Brücke und bog sofort links ab. Beim Überqueren der Vijzelstraat begegnete ihm Freek Matser, der gerade aus der Galerie kam. »Kein Anblick, dich so auf dem Fahrrad zu sehen«, sagte er.

Maarten schmunzelte. »Ich bin auf dem Weg zu Beerta.«

»Grüß ihn von mir.«

»Das mache ich.« Er stieß sich wieder ab und setzte seinen Weg fort, an der Gracht entlang zur Amstel, stadtauswärts. Auf der schmalen Straße entlang der Amstel war es still, eine ländliche Stille. Das Wasser glitzerte in der Sonne, doch die Sonne hatte noch keine Kraft, und das Grün der Weiden war noch blass. In Gedanken rollte er dahin, die Hände abwechselnd in den Taschen gegen die Kälte. Er kannte diese Deprimiertheiten. Es war seine normale Reaktion auf eine allzu große Neigung, sich in alles einzumischen, in diesem Fall in Bezug auf Joop. Er konnte sich vorstellen, dass sich jemand in einer solchen Stimmung aufhängen würde, doch er verstand es nicht. Es sei denn, er sähe sich lieber als ein unerschütterlicher, Pfeife rauchender Philosoph, der er nicht war. Darin erkannte er seinen Vater wieder, und ihm wurde klar, dass die einzige Möglichkeit, dem Bild halbwegs zu genügen, darin bestand, konsequent jeden zu meiden. Das hatte sein Vater auch getan, oder besser: Die Leute hatten ihn gemieden, doch erst nach seiner Pensionierung. Er sah es kommen, dass es ihm auch so ergehen und er sich nicht glücklich fühlen würde, vorausgesetzt natürlich, dass er es bis zur Pensionierung schaffte.

Die Tür zu Beertas Zimmer stand halb offen. Bereits auf dem Flur hörte er das Tippen seiner Schreibmaschine. Beerta bemerkte nicht, dass er eintrat. Er saß vor dem Fenster, mit dem Rücken zu ihm, und suchte langsam nach den Buchstaben, wobei er jedes Mal seine Hand hob. Um ihn herum, auf dem Tisch, auf seinem Bett und auf den Stühlen, lagen Stapel von Büchern, Zeitschriften und Mappen. Über seinem Bett hingen Ansichtskarten, unter ihnen der *David* von Michelangelo und das *Florentiner Jungenporträt*. An der linken Wand stand ein Bücherregal, vollbeladen mit Büchern und Papieren. »Tag, Anton«, sagte er.

Beerta hörte auf zu tippen und drehte sich halb um. »Sasj, Maasjen.«

Maarten legte seine Jacke auf das Bett. »Soll ich dir eben helfen?«, fragte er, als Beerta versuchte, seinen Stuhl mit kleinen Rucken, dabei jedes Mal kurz hochkommend, quer zu stellen. Er hob ihn samt Stuhl vom Boden hoch und stellte ihn schräg neben seinen Tisch, worauf er einen Stuhl für sich selbst freiräumte. »Du bist zum Ehrenmitglied der Kommission ernannt worden.« Er nahm ihm schräg gegenüber Platz.

»Nein!«, sagte Beerta entsetzt.

»Ich habe es nicht verhindern können.« Er schmunzelte.

Beerta schüttelte den Kopf, als fände er es eine höchst unverantwortliche Entscheidung.

»Und eine Ehrenmitgliedschaft kannst du nicht ablehnen.«

»An-an ichs ajejen uhn«, sagte Beerta resigniert.

»Und dann soll ich dich von de Bruin, von Bart und Ad und natürlich von Nicolien grüßen.«

»Ie jejes se Buin?«

»Gut. Das heißt, er hat sich das Handgelenk gebrochen und eine Lungenentzündung gehabt, und er hat einen neuen Herzschrittmacher.«

Beerta schüttelte den Kopf. »Er hasses scher.«

»Aber er bleibt trotzdem munter dabei.«

Beerta nickte. »Ichauh.«

»Ja, du auch«, sagte Maarten schmunzelnd.

Sie schwiegen. Die Vorhänge waren aufgezogen worden, sodass Beerta von seinem Platz aus auf die Straße sehen konnte. Gegenüber dem Heim war eine Brache, dahinter eine Reihe niedriger Neubauten. Auf dem Tisch sah Maarten zwischen den Stapeln das zweite Heft des *Bulletins* liegen, das er ein paar Wochen zuvor mitgebracht hatte.

»Ie muus hie-e wie-er wesj«, sagte Beerta.

»Wieder weg?« Die Nachricht überraschte ihn.

Beerta nickte. »Ie-er jejes su jues – su juud.«

»Nach Hause?«

Beerta hob seinen Arm, um ihm zu bedeuten, dass er es nicht wusste.

»Was sagt Karel dazu?«

Beerta zuckte mit den Achseln und machte ein trauriges Gesicht.

Auf dem Flur näherten sich Stimmen und Schritte. Sie hielten vor der Tür inne, die etwas weiter aufgestoßen wurde. De Blaauwe und seine Frau. Maarten stand auf.

»Tag, Anton«, sagte de Blaauwe.

»Sasj, Biesjes«, sagte Beerta erfreut.

Die Frau von de Blaauwe gab Beerta einen Kuss, eine dicke, freundliche Frau mit einem starken seeländischen Akzent.

Maarten bot ihr seinen Stuhl an. Sie gaben sich die Hand, und während de Blaauwe einen anderen Stuhl freiräumte, ging Maarten auf den Flur, um einen dritten zu holen. Er fand einen in dem verlassenen, kleinen Zimmer, das dem von Beerta gegenüberlag. Zwischen den beiden Zimmern am Ende des Flurs war ein kleiner Balkon. Er blieb einen Moment vor den Balkontüren stehen, um nach draußen zu sehen, und kehrte dann mit dem Stuhl langsam ins Zimmer zurück.

»Und weil wir sowieso in Gouda waren, sind wir dann gleich mal eben weitergefahren, um dich zu sehen«, sagte de Blaauwe.

»Ie jejes in Misselbusjesj?«, fragte Beerta.

»Gut. Wir sollen dich von allen Freunden grüßen.«

»Dansje«, sagte Beerta ernst.

»Und gerade, als wir hierhergefahren sind, haben wir noch gesagt, dass wir dich eigentlich mal ein paar Tage mitnehmen sollten, damit du dein Haus einmal wiedersiehst.«

»Ja?«, fragte Beerta ungläubig.
»Hättest du Lust?«
»Ja!« Es stiegen ihm Tränen in die Augen.
»Anton muss hier weg«, sagte Maarten.
»Musst du hier weg?«, fragte de Blaauwe und sah Beerta überrascht an.
»Ja«, sagte Beerta.
»Ihm geht es zu gut.«
»Und was sagt Karel dazu?«, fragte de Blaauwe Beerta.
Beerta hob den Arm. Sein Gesicht war starr.

»Ich habe Ravelli gesagt, dass ich ihn gern nach Middelburg hole, um ihn da zu pflegen«, sagte de Blaauwe, als sie zu dritt durch den Flur zur Treppe gingen, »aber er will es nicht, weil er dann den Kontakt verliert. Verstehen Sie, was er damit meinen könnte?«

»Ich glaube, dass er befürchtet, dann blöd dazustehen«, antwortete Maarten.

»Das könnte gut sein. Er hat mir aber auch gesagt, dass er noch zu jung ist, um sich an so einen kranken Mann zu binden.«

»Er ist älter als wir, glaube ich.« Er wartete einen Moment. »Ich bin Jahrgang sechsundzwanzig.«

»Ich bin Jahrgang siebenundzwanzig.«

Das Gespräch vermittelte Maarten ein Gefühl von Zusammengehörigkeit.

Sie gingen durch die Halle zum Ausgang. Der Mann mit dem großen Kopf lag vornüber auf der Platte seines Stuhls und schlief, die Zunge hing ihm aus dem Mund.

»Meine Frau und ich müssen noch kurz nach Amsterdam«, sagte de Blaauwe, als sie draußen waren. »Kann ich Sie vielleicht irgendwo absetzen?«

»Das ist sehr nett, aber ich bin mit dem Fahrrad da.« Er zeigte in Richtung des Fahrradunterstands neben dem Gebäude.

Als er aus dem Unterstand kam, fuhr de Blaauwe gerade weg. Er hupte. Maarten hob die Hand und bog rechts ab. Es begann bereits zu dämmern, unter einem hohen, transparenten Himmel. In einer Kakophonie aus Lärm, einem immer dunkler werdenden Chaos, in dem überall kleine und große, gelbe, rote und orangefarbene Lampen aufleuchteten, kam er zwanzig Minuten später über den Parnassusweg wieder in die Stadt.

Er nahm das Fahrrad auf die Schulter, trug es die Treppen hinauf und betrat seine Wohnung. Als er es durch den Flur zum Abstellraum schob, öffnete Nicolien die Wohnzimmertür. »Komm doch mal und schau«, sagte sie alarmiert. »Ich glaube, er stirbt.«

Er brachte das Fahrrad in den Abstellraum, ging noch in der Jacke ins Wohnzimmer und hockte sich neben sie an den Korb. Jonas lag dort lang ausgestreckt. Er atmete schnell, das Maul halb geöffnet.

»Was meinst du?«, fragte sie beunruhigt.

Er antwortete nicht.

»Sollten wir mit ihm nicht zum Tierarzt gehen?«

»Nein«, sagte er entschieden. »Das macht ihm bloß Angst.«

»Aber was sollen wir dann tun?«

»Nichts!« Seine Stimme war unsicher. »Er soll einfach sterben.«

Sie streichelte ihm sanft über den Kopf. »Lieber kleiner Jonas«, sagte sie. Es trieb ihm die Tränen in die Augen. Der Kater richtete sich mühsam auf, schwankte aus dem Korb, fiel an der Heizung um, kam wieder hoch, lief hinter ihm vorbei zum Wassernapf und fiel wieder um. Er schnappte nach Luft, und Maarten sah, wie sein Herz rasend schnell schlug. Nicolien setzte sich zu ihm, streichelte ihn und sprach mit ihm. Er kam wieder hoch, ging in den Flur und ließ sich keuchend und erschöpft auf das Linoleum bei der Wand fallen. Ein paar Minuten blieb er so liegen, bis er wieder die Kraft fand, aufzustehen. Sie folgten ihm ins Schlafzimmer, wo er sich ständig einen anderen Platz suchte, zunächst unter dem Bett, dann am Schrank, anschließend hinter dem Fliegenfenster. Er keuchte, das Maul weit geöffnet. Zum Schluss ging er erneut in den Flur und fiel an der Tür zur Toilette hin. Dort blieb er liegen, eine Viertelstunde, zwanzig Minuten. Dann stieß er ein paar abscheuliche Schreie aus, in *einer* Tonlage, begann zu röcheln und dann zu hicksen. Maarten legte vorsichtig die Hand auf seine Brust, doch er spürte sein Herz nicht mehr. Schleim kam ihm aus dem Maul.

Das Hicksen dauerte fünf bis zehn Minuten. Dann streckte er seine Vorderpfoten aus. Danach war er still. Seine Augen wollten sich nicht schließen, das Maul blieb etwas geöffnet, der Schwanz war plötzlich ganz dick, so dick, wie er noch nie gewesen war. Es war eine seiner Eigenarten, dass er niemals einen dicken Schwanz bekam, vielleicht, weil er sich so fürchtete. Neben ihm kniend dachte Maarten daran, wie er ihn vor fünfzehn Jahren gefunden hatte, in der Kälte der Nacht, schreiend, auf einer Matte bei den Häusern, klatschnass. Und er wurde von Kummer übermannt.

*

Auf seinem Schreibtisch lag die Mappe, die er Joop am Tag zuvor zurückgegeben hatte. Er legte seine Plastiktasche mit seinem Brot ins Bücherregal hinter dem Schreibtisch, hängte das Jackett auf, machte den Ventilator an, hob die Haube von der Schreibmaschine und setzte sich. Widerwillig zog er die Mappe zu sich heran. Die Zeitschrift mit dem Aufsatz, den Joop erneut hatte zusammenfassen müssen, lag obenauf. Er schlug sie auf und betrachtete den Zettel mit ihrer Zusammenfassung. Sie bestand aus denselben Sätzen wie ihre vorherige Zusammenfassung, nun jedoch untereinander getippt und von eins bis vier durchnummeriert. Es amüsierte ihn flüchtig. Während er darüber nachdachte, wie er reagieren sollte, und die Möglichkeiten erwog, die ihm noch blieben, kam sie ins Zimmer. »Guten Morgen«, sagte sie munter. – »Tag, Joop«, sagte er. Sie betrat den Karteisystemraum und schloss die Tür hinter sich. Er legte eine neue Karteikarte vor sich hin und begann, seine Fragen selbst zu beantworten.

»Ich habe nicht die Illusion, dass es dich irgendwie beeindrucken wird«, sagte Bart, »aber ich muss es doch sagen. Ich finde, dass du von Menschen auf einem Foto nicht sagen darfst, dass sie wohlgenährt und gut gekleidet sind. Ich halte das für Stimmungsmache und unterhalb des Niveaus wissenschaftlicher Kritik.« Er war aufgestanden und sah Maarten über das Bücherregal hinweg an.

Maarten legte seinen Stift hin und sah auf. »Meine Kritik an *Der Hessentag*«, vermutete er. Er lehnte sich auf seinem Stuhl zurück.

»Außerdem weißt du nichts über diese Leute.«

»Außer, dass sie unter einem Spruchband stehen.«

»Da können sie sehr gut zufällig gelandet sein.«

»Wenn zwischen diesen Leuten zwei oder drei mit ausgemergelten Gesichtern und in Lumpen gekleidet gestanden hätten«, seine Stimme klang ein wenig hämisch, »dann hätte ich es nicht geschrieben. Was das betrifft, ist es genau wie bei Sodom und Gomorra.«

»Und den Nachdruck, den du darauf legst, dass es Deutsche sind, finde ich ebenfalls unter Niveau.« Er ignorierte die Bemerkung. »Ich fürchte, dass du es nur machst, weil du Deutsche nicht magst, und diese Leute jetzt dafür büßen müssen.«

»Es ärgert mich, wenn Leute sich in einem Wohlfahrtsstaat wie dem unsrigen benachteiligt fühlen und dafür unter dem Mantel wissenschaftlicher Objektivität Verständnis aufgebracht wird. Das habe ich zur Diskussion gestellt. Wenn es Niederländer gewesen wären, hätte ich es auch geschrieben.«

»Aber dann hättest du nicht so nachdrücklich hinzugefügt, dass es Niederländer sind.«

»Das ist möglich. Das weiß ich nicht. Aber ich hätte es schon gesagt!«

»Und ich finde, dass eine wissenschaftliche Zeitschrift nicht der Ort dafür ist. Das ist Politik!« Er betonte das Wort *Politik*.

»Die Autoren des Buchs treiben auch Politik.«

»Dann sollst du *das* sagen.«

»Das sage ich auch.«

»Aber du fügst dem eine eigene politische Meinung hinzu!«

»Natürlich!«

»Und das ist genau, was du den Autoren vorwirfst! Dass du das nicht einsehen willst!«

»Das sehe ich schon ein«, sagte Maarten gleichmütig, »aber ich halte das für Wissenschaft. Ich nehme es ihnen nicht übel, dass sie Politik treiben, auch wenn ich mit dieser Politik nicht einverstanden bin, ich nehme es ihnen übel, dass sie so tun, als ob sie objektiv wären.«

»Dann musst du das sagen!«

»Das sage ich auch.«

»Nein, denn du schreibst«, er hob Maartens Besprechung hoch und zitierte: »›Ich könnte mir vorstellen, dass ...‹«, er zeigte auf die Stelle, wobei er ein paar Worte überschlug, »›diese Losung nicht weniger inhaltsleer ist als das Fest, zu dem sie eine kritische Note setzen will, und das auf alle Fälle leerer ist als die Mägen der ...‹«, er überschlug wieder ein paar Worte, »›wohlgenährten, gut gekleideten Deutschen, die sich daruntergestellt haben.‹«

»Ja, das schreibe ich.«

»Und das ist Politik!«

»Lies auch mal vor, was du überschlagen hast.«

»Nein, denn es geht mir darum, was du sagst.«

»Dort steht«, sagte Maarten, nun etwas verärgert, »dass eine objektive wissenschaftliche Untersuchung zu dem Schluss kommen würde, oder so ähnlich.«

»Und damit habe ich nun gerade ein Problem! Das du keine objektive wissenschaftliche Untersuchung durchführst, sondern mit einer eigenen *politischen* Meinung kommst. Das ist nicht *objektiv!*«

»Nein, ich bin nicht objektiv.«

»Also bist du nicht wissenschaftlich!« Es lag nun ein deutlicher Triumph in seiner Stimme.

»Wenn es nicht wissenschaftlich ist, dann ist es schade für die Wissenschaft«, sagte Maarten und beugte sich wieder über seine Arbeit. »Ich habe nicht vor, mir etwas daraus zu machen.«

»Siehst du wohl! Ich kann es ruhig sagen, aber du machst dir nichts draus!«

»Nein, ich mache mir nichts draus«, sagte Maarten, ohne von der Arbeit aufzusehen, »aber ich schätze es natürlich, deine Meinung zu hören, und wenn sich demnächst herausstellt, dass diese Meinung von der Mehrheit geteilt wird, werden wir uns über meine Position beraten müssen.« In den letzten Worten klang deutlich Sarkasmus durch. »Bring deine Einwände ruhig zu Papier und schick sie mit der Besprechung herum.«

»Das werde ich natürlich nicht tun, denn dann werde ich wieder überstimmt. Dafür sorgst du schon.« Er verschwand hinter dem Bücherregal.

Maarten versuchte, den Faden, den er verloren hatte, als er von Bart unterbrochen wurde, wieder aufzunehmen, doch er wurde durch eine plötzlich aufkommende Wut daran gehindert. Er unterdrückte sie, doch es dauerte noch geraume Zeit, bis er sich wieder konzentrieren konnte.

»Koning hier.«
»Er ist weg!«
An ihrer Stimme hörte er, dass sie panisch war. »Ach.«
»Ich finde es so furchtbar.« Sie begann zu weinen. »Ich habe das Auto noch auf der anderen Seite vorbeifahren sehen, als es in den Korsjespoortsteeg bog! Und da lag er drin! Der liebe Jonas!«
»Ja.« Er musste plötzlich gegen seine Tränen ankämpfen.
»Wir hätten ihn nicht weggeben dürfen«, sagte sie weinend.
»Aber du kannst ihn doch nicht aufbewahren?«
»Wir hätten ihn selbst begraben müssen.«
»Aber wie hätten wir das denn machen sollen?«
»In den Dünen! Wo wir immer spazieren gehen!«
»Aber du kannst doch nicht mit einer toten Katze und einer Schaufel in die Dünen ziehen?«
»Doch, das geht! Das hätten wir tun sollen! So viel hätten wir für ihn übrig haben sollen!«
Er schwieg.
»Ich finde es so furchtbar!«, sagte sie weinend. »Ich bin so durcheinander! Ich weiß nicht mehr, was ich tun soll vor lauter Kummer. Ich habe ihn so gemocht.«
»Ja.« Er zögerte. »Ich komme nach Hause.«
»Ja, komm bitte nach Hause!« Sie brach erneut in Tränen aus.
»Ich bin gleich da.«
»Ja, ja, komm nur nach Hause!«, rief sie weinend.
»Bis gleich.« Er bezwang mit Mühe seine Gefühle, legte den Hörer auf, warf einen Blick auf seinen Schreibtisch, schlug die Mappe zu, in der er gelesen hatte, und zog sein Jackett an. Am Schreibtisch von Ad blieb er stehen. »Ich nehme den Rest des Tages frei. Jonas ist tot.«

Ad sah ihn mit einem kleinen Lächeln an, einem seltsamen Lächeln, als glaube er ihm nicht ganz. »Jetzt gerade?«

»Nein, gestern.«

»Als du bei Beerta warst?«

»Nein, ich war gerade wieder zu Hause.«

»Wie lief das denn ab?« Sein Gesicht drückte zugleich Mitleid und Sensationslust aus.

»Er miaute plötzlich ein paarmal ganz laut, und dann fiel er um und versuchte, sich zu verstecken, danach ist er in den Flur gegangen, da fiel er hin, schrie noch ein paarmal, und dann ist er gestorben.« Es war eine kurze Zusammenfassung, doch er hatte keine Lust, darüber jetzt lang und breit zu berichten.

»Schlimm, oder?«

»Ja, schlimm. Ich fand es schlimmer als den Tod meines Vaters und meiner Mutter.«

»Komisch, nicht?«

»Ja. Sagst du Bart auch, dass ich heute nicht mehr zurückkomme?« Er wandte sich ab und ging zur Tür. »Bis morgen.«

Auf der Straße fragte er sich, warum er es schlimmer gefunden hatte. Vielleicht, weil er fünfzehn Jahre mit diesem Tier zusammengewesen war. Es war ein Teil seines Lebens geworden. Er dachte erneut daran, wie er Jonas vor fünfzehn Jahren gefunden hatte, und spürte erneut, wie ihm die Tränen in die Augen stiegen. Vielleicht machte es auch einen Unterschied, dass er dabei gewesen war, als er starb. Er schüttelte den Gedanken wieder von sich ab, voraneilend, um so schnell wie möglich nach Hause zu kommen.

Nicolien drehte sich in ihrem Sessel um, als er das Wohnzimmer betrat. Ihr Gesicht war verweint. »Ich bin so furchtbar traurig«, sagte sie, mit einer Stimme, die vor Kummer erstickt war.

*

»Man sollte es nicht glauben, aber ich werde diesen Herbst siebzig«, sagte Buitenrust Hettema. – Sie saßen nach seinem Seminar am Tisch in Maartens Zimmer und aßen zu Mittag.

»Siebzig«, wiederholte Maarten, mit den Gedanken woanders. Er sah Buitenrust Hettema an und nickte langsam.

»Ich habe jetzt mit meinem Abschiedsbrief angefangen, und ich wollte dich eigentlich als meinen Nachfolger vorschlagen.«

»Nein!«, sagte Maarten bestürzt.

Buitenrust Hettema hob die Augenbrauen. »Warum nicht?«

»Weil ich das nicht könnte.«

»Natürlich kannst du das. So schwer ist das nicht. Du musst einfach zwei Stunden pro Woche etwas erzählen. So viel ist das nicht.«

»Außerdem bin ich nicht promoviert.« Er suchte einen Ausweg. »Ich dürfte es nicht einmal.«

»Das hättest du natürlich längst sein sollen, aber das ist keine große Kunst. Damit bist du in einem halben Jahr fertig, und du kannst es bei mir machen. Das muss kein Hinderungsgrund sein.«

»Du vergisst, dass ich auch noch eine Abteilung am Laufen halten und eine Zeitschrift leiten muss.«

»Das finde ich nur von Vorteil.«

Maarten schwieg, aus dem Feld geschlagen. Er nahm einen Bissen von seinem Brot und dachte kauend nach.

»Und du kannst doch auch einmal ein bisschen Arbeit von den beiden Jungs machen lassen. Dann tun die auch mal was.«

»Die stecken bis zum Hals in Arbeit.«

»Na, davon merkt man ansonsten wenig. Der eine ist immer krank, und der andere kriegt nichts zustande. Die einzige Person, an der du hier etwas hast, ist Sien. Zum Glück ist sie auch noch gut.«

Maarten reagierte nicht. Er suchte nach einer guten Taktik, doch er wusste bereits, dass er sich dann nur noch tiefer in die Sache verstricken würde. So lief es immer. Er machte sich darüber keine Illusionen mehr.

»Und wenn ich es nun ablehnen würde?« Er trank sein Glas leer, während er Buitenrust Hettema ansah.

Buitenrust Hettema schob verstimmt die Unterlippe nach vorn.

»Dann könnte ich natürlich auch noch vorschlagen, einer meiner

Studentinnen einen Lehrauftrag zu erteilen und sie in euer Büro zu setzen.«

»Das geht natürlich gar nicht«, sagte Maarten energisch. »Es sei denn, dass du sie dann auch zur Abteilungsleiterin machst.«

Buitenrust Hettema sah ihn mit hochgezogenen Augenbrauen an. »Deshalb habe ich auch an dich gedacht«, sagte er.

Als er vom Markt zurückkam, saßen Ad und Bart wieder an ihren Plätzen. Er stellte die Tüte mit Äpfeln unter seine Schreibmaschine, zog das Jackett aus und blieb beim Bücherregal zwischen seinem und Barts Schreibtisch stehen. »Ich wollte eigentlich kurz mit euch allen sprechen. Geht das?«

»Worüber wolltest du sprechen?«, fragte Bart und sah auf.

Ad hob den Kopf und schaute ihn über den Rand seines Bücherregals an.

»Buitenrust Hettema wird emeritiert, und er will, dass ich sein Nachfolger werde.«

»Nein!«, sagte Bart erschrocken.

»Ja, das habe ich auch gesagt.« Er lächelte.

»Aber das geht doch überhaupt nicht! Dafür hast du doch absolut keine Zeit!«

»Das habe ich auch gesagt, aber er sagt, dass er dann vorschlagen wird, eine seiner Studentinnen in unserem Büro anzustellen, mit einem Lehrauftrag.«

»Sicher Sien«, sagte Ad.

»Siehst du«, sagte Bart verstimmt. »Ich habe immer schon gesagt, dass du dieses Lehrdeputat niemals hättest unterstützen sollen.«

»Das habe ich auch nicht unterstützt.«

»Aber du hast dich auch nicht dagegen gewehrt!«

»Nein, aber das hätte auch wenig Sinn gehabt. Die Idee kam von Beerta, wenn ich mich recht entsinne.«

»Du hattest genügend Einfluss auf Herrn Beerta, um das verhindern zu können.«

»Daran kann ich mich nicht mehr erinnern«, sagte Maarten verärgert, »aber das hilft uns jetzt auch nicht mehr viel.«

»Außer, dass wir jetzt mit den Folgen dastehen.«
»Ja.« Er wartete kurz, um zwischen der Vergangenheit und der Gegenwart etwas Raum zu schaffen. »Aber meine Frage lautete, ob ihr jetzt Zeit habt, darüber zu sprechen.«
»Ich habe Zeit«, sagte Ad.
Bart sagte nichts.
»Wollt ihr dann mal die Frauen dazuholen?«, fragte Maarten, während er zur Tür ging, »dann hole ich Musik und Mark.«
»Warum muss Mark auch wieder dabei sein?«, fragte Bart.
»Weil Mark in der Redaktion des *Bulletins* sitzt und man das eine nicht losgelöst vom anderen sehen kann.« Er verließ den Raum und ging auf den Flur. Bei Musik war nur Freek am Platz, das Zimmer von Mark, eine Etage tiefer, war leer. Als er wieder die Treppe zu seiner eigenen Abteilung hinaufstieg, kam Freek gerade durch den Flur. Er blieb oben an der Treppe stehen, um auf Maarten zu warten. »Ich möchte auch gern mal zu B-beerta. Gibt es dagegen etwas einzuwenden?«
»Nein.«
»Aber glaubst du, dass er darauf überhaupt Wert legt?«
»Natürlich legt er Wert darauf.«
Sie betraten den Raum. Die anderen saßen bereits um den Tisch herum und warteten. »Sag mir Bescheid, wenn du gehen willst«, sagte Maarten, während er zu seinem Platz ging. »Es geht jeden Dienstag.« Er holte seinen Schreibtischstuhl, stellte ihn ans Kopfende des Tisches und setzte sich.
Es wurde still.
»Buitenrust Hettema war gerade hier.« Maarten war plötzlich angespannt. »Er wird dieses Jahr emeritiert, und er will vorschlagen, dass ich sein Nachfolger werde. Ich halte davon wenig, oder besser: Ich halte davon gar nichts, aber ich weiß nicht, ob ich es verhindern kann, und dann hat es für die Abteilung natürlich große Konsequenzen. Das ist der Grund, weshalb ich mit euch sprechen möchte.« Er sah in die Runde.
»Ich sehe nicht ein, warum du das nicht verhindern könntest«, sagte Bart. »An deiner Stelle würde ich es einfach ablehnen. Die Herren können schließlich viel von dir verlangen.«

»Ja«, sagte Freek. »Warum solltest du es nicht v-verhindern können?«

»Ich habe gefragt, was passiert, wenn ich es ablehne.« Barts Bemerkung irritierte ihn, weil Bart bereits wusste, was dann geschehen würde. »In dem Fall will er vorschlagen, eine seiner Studentinnen mit einem Lehrauftrag in unser Büro zu setzen.«

»Na, Sien!«, frotzelte Tjitske. »Das machst du doch sicher?«

»Ach was!«, sagte Sien. Sie wurde puterrot. »Ich denke gar nicht daran!«

»Warum solltest du das nicht machen?«, fragte Ad, als würde es ihn wirklich interessieren.

»Nein, ich denke echt nicht daran!«, wiederholte sie nervös. »Lass Maarten das ruhig machen! Maarten ist der Leiter der Abteilung!«

»Ich verstehe trotzdem wirklich nicht, warum du es nicht ablehnen könntest«, wiederholte Bart.

»Ich kann es schon ablehnen«, wiederholte Maarten ungeduldig, »aber wenn sie dann eine Studentin von Buitenrust Hettema nehmen, bedeutet das, dass sie auch Abteilungsleiterin werden muss. Du kannst hier nicht jemanden mit einem Lehrauftrag einstellen, der nicht gleichzeitig den Kurs der Abteilung und den Inhalt der Zeitschrift bestimmt.«

»Es tut mir leid, aber das sehe ich nicht so«, sagte Bart störrisch.

»Du musst natürlich Abteilungsleiter bleiben«, sagte Ad.

»Aber warum solltest du es denn nicht machen können?«, fragte Sien. »Henk muss auch schon mal Seminare geben, und er hat daneben seine wissenschaftliche Arbeit.«

»Das Problem ist, dass wir kein Fach haben«, sagte Maarten irritiert, er sah sie böse an. »Wir müssen das Fach von Grund auf neu wieder aufbauen! Das tun wir gerade, aber wir sind die Einzigen, zumindest in den Niederlanden. Das bedeutet, dass wir uns in solchen Seminaren nur auf unsere eigenen Forschungen stützen können, und zusätzlich müssen wir dann auch noch Studenten betreuen. Ich sehe nicht, wie wir das leisten sollen. Dafür ist unsere Basis zu schmal.«

Sien schwieg erschrocken.

»Und wenn wir dir nun alle helfen, so wie damals beim Symposium?«, fragte Manda.

»Darüber wollte ich mit euch sprechen«, sagte Maarten. »Nehmen wir an, dass wir vor die Wahl gestellt werden und hinsichtlich der Abteilungspolitik alles so lassen wollen, wie es ist, ist die einzige Lösung die, dass wir uns als Abteilung um diesen Lehrstuhl kümmern!«

Joop schlug ausgelassen auf den Tisch. »Dann werden wir alle Professor!« Sie lachte grimassierend.

»Ich mache es nicht«, sagte Sien beklommen. »Ich gebe kein Seminar. Das kann ich nicht. Dafür bin ich nicht ausgebildet.« Sie war kreidebleich.

»Ich müsste darüber auch noch einmal nachdenken«, sagte Bart verhalten, »aber ich glaube nicht, dass ich dabei mitmachen kann.«

Freek hatte sich aufgerichtet. Sein Gesicht war erstarrt.

»Wie hattest du dir das denn genau vorgestellt?«, fragte Ad.

»Solange wir keine Forschungsergebnisse haben, auf die wir die Seminare aufbauen können«, er sah in Ads Richtung, doch er war so gefangen in seiner Organisationswut, dass er niemanden mehr sah und eigentlich keinerlei Einmischung mehr ertragen konnte, »werden wir aus der laufenden Forschung schöpfen müssen. Wir sind zu sechst: Bart, Ad, Sien, Freek, Mark und ich.«

»Ich mache nicht mit!«, warnte Freek.

»Lass mich jetzt mal ausreden«, sagte Maarten ungeduldig. »Ich mache einen Vorschlag! Niemand muss sich jetzt entscheiden! Ihr bekommt so viel Zeit, wie ihr braucht, um darüber nachzudenken! Ich will mich nur gegen einen Überfall wappnen! Wir sind also zu sechst, eigentlich zu siebt, denn Jaring könnte über seine Feldstudien sprechen.«

»Ich möchte dich doch gern mal unterbrechen«, sagte Bart. »Ich bin einer Meinung mit Freek. Ich habe etwas dagegen, dass du bei den Planungen jetzt schon davon ausgehst, dass wir mitmachen, denn das bedeutet, dass wir dann bald nicht mehr zurückkönnen! Es wäre nicht das erste Mal, dass wir vor vollendete Tatsachen gestellt werden.«

»Niemand wird vor vollendete Tatsachen gestellt!«, sagte Maarten ärgerlich. »Das Einzige, das ich tue, ist, dass ich sage, was ich als die letzte Möglichkeit ansehe! Nichts anderes! Ihr könnt darüber nachdenken, und ihr könnt es ablehnen!«

»D-darüber brauche ich nicht nachzudenken«, sagte Freek, er stotterte vor Empörung. »Ich mache dabei nicht mit!«

»Das ist in Ordnung«, sagte Maarten verhalten. »Wenn du dann nur siehst, dass Buitenrust Hettema hier dann eine seiner Studentinnen mit einem Lehrauftrag hinsetzt.«

»Das interessiert mich nicht. Das ist dein P-problem.«

»Wenn es nur mein Problem ist, interessiert es mich auch nicht.« Der Widerstand machte ihn mutlos.

Es wurde still.

»Wir sind also zu siebt ...«, half Ad.

»Ja«, sagte Maarten abwesend. »Nehmen wir an, dass wir zu siebt sind«, er sprach langsam, während er seine Gedanken wieder ordnete, »dann könnte jeder von uns einen Monat lang über seine Forschungen reden, Arbeitsgruppen begleiten, Studenten ergänzende Untersuchungen durchführen lassen, deren Ergebnisse dann wiederum im *Bulletin* publiziert werden können. Das würde bedeuten, dass sich die Verantwortung für die Übersicht der Zeitschriften und Bücher so schnell wie möglich zur Dokumentation verlagern müsste.«

»Willst du damit sagen, dass die wissenschaftlichen Beamten keine Buchbesprechungen mehr schreiben müssen?«, fragte Bart.

»Nein. In deiner Literatur musst du auf dem aktuellen Stand sein, und ich finde, dass du darüber auch Rechenschaft ablegen musst. Gespart wird an der Kontrolle, sobald es möglich ist natürlich, aber das hatten wir ohnehin vor.«

»Dann verstehe ich wirklich nicht, wo bei deinem Vorschlag der Vorteil liegt«, sagte Bart.

»Es ist noch kein Vorschlag! Es wird erst ein Vorschlag, wenn die Kommission die Idee von Buitenrust Hettema übernimmt.« Er sah in die Runde. »Hat jemand noch eine Frage oder eine Anmerkung? Außer natürlich, dass Freek und Bart nicht mitmachen?«

»Ich habe nicht gesagt, dass ich nicht mitmache«, protestierte Bart. »Ich habe gesagt, dass ich denke, dass ich nicht mitmache!«

»Ja, ich weiß«, sagte Maarten, »nimm es mir nicht übel.« Er sah erneut in die Runde. »Niemand?«

Niemand reagierte.

»Denkt dann mal darüber nach. Wenn es so weit ist, sprechen wir noch darüber.« Er stand auf, nahm seinen Stuhl mit und setzte sich an seinen Schreibtisch. Tjitske und Manda verschwanden im Besucherraum, Freek trat in den Flur hinaus, Ad setzte sich an seinen Platz, Bart folgte Joop und Sien in den Karteisystemraum. Die Tür blieb geöffnet. »Vergiss bloß nicht: Du bist hier im Zimmer von Professor de Nooijer!«, hörte er Joop rufen. Sie lachte ausgelassen. – »Sollte die Kommission uns dazu wirklich verpflichten können?« – Die Stimme von Sien. – »Ich gehe davon aus, dass es einfach wieder ein Sturm im Wasserglas ist«, hörte er Bart antworten. Die Bemerkung überrumpelte ihn. Es schien, als wiche das Blut aus seinem Herzen. Dass hinter seinem Rücken so über ihn geredet wurde, fand er bedrohlich, und es machte ihn todunglücklich. Die Tür wurde geschlossen. Ihre Stimmen wurden unverständlich. Er wurde sich plötzlich bewusst, dass er gegen die Drohung des Vorschlags von Buitenrust Hettema ihre Loyalität gesucht hatte, bemitleidet hatte werden wollen, und er schämte sich so sehr, dass er am liebsten im Boden versunken wäre.

*

»Ha«, sagte Maarten. Er zog einen Stuhl zu sich heran.
Mark Grosz sah von seiner Arbeit auf. »Hi.« Er richtete sich auf.
»Hast du einen Moment Zeit?«
Die Frage amüsierte Mark. Er lächelte in sich hinein, griff zu seiner Pfeife und Tabak und begann, sie zu stopfen.
Maarten schmunzelte. »Du warst gestern nicht da.«
Mark schüttelte den Kopf.
Sie saßen außerhalb des Lichtbündels im Halbdunkel, was dem Raum Intimität verlieh. Durch das Fenster hinter Mark konnte er auf der anderen Seite des Lichtschachts in den Bibliotheksraum der Abteilung Volksnamen sehen.
»Buitenrust Hettema war da. Er wird emeritiert und will, dass ich sein Nachfolger werde.«

»Sehr schön. Meinen Glückwunsch!«
»Wir hatten dazu gestern eine Sitzung. Ich finde, dass es nur geht, wenn ihr die Verantwortung für einen Teil des Seminars übernehmt. Sagt dir das prinzipiell zu?«
»Toll!«
»Toll?«, fragte Maarten überrascht.
»Findest du es denn nicht toll?«
»Nicht jeder fand es toll.«
»Wer denn nicht?«
Maarten zögerte. »Freek, Bart und Sien.«
»Oh, die!« Als hätte er sie ohnehin nicht mitgezählt. »Na ja, dann machen sie nicht mit.«
Maarten schmunzelte. »Aber dann bleiben schon verdammt wenig übrig.«
»Notfalls machen wir es zu dritt. Oder?«
»Ich habe mir überlegt, die Forderung zu stellen, dass wir ein oder zwei wissenschaftliche Beamte dazubekommen.«
Mark lächelte verstohlen in sein Bärtchen. »Die bekannte harte Ausgangsposition.«
»Hättest du etwas dagegen?«
»Im Gegenteil, aber glaubst du, dass du sie auch bekommst?«
»Das ist die Frage.« Er dachte nach und kam plötzlich auf eine Idee. »Oder wir müssten Balk vorschlagen, dich bei uns in Vollzeit zu beschäftigen.«
»Darüber müsste ich kurz nachdenken, aber verkehrt scheint es mir nicht.«
»Schließlich arbeitest du schon seit Jahren nur für ihn, obwohl du eigentlich im Allgemeinen Dienst bist.«
»Aber glaubst du, dass ihn das beeindruckt?«
»Ich glaube nicht«, gab Maarten zu. »Zumindest nicht, solange er dich braucht.«
Mark lächelte verhalten. »Das denke ich auch.«
»Aber du lehnst es nicht von vornherein ab?«
»Nein! Es scheint mir sogar sehr verlockend zu sein.«
»Gut!« Er stand auf. »Wenn es so weit ist, reden wir darüber.«

Er verließ Marks Zimmer und stieg hinauf zu seinem Zimmer. Ad war nicht da, Bart saß an seinem Platz. Er zog einen Stuhl unter dem Tisch hervor, setzte sich auf den Tisch und stellte seine Füße auf die Stuhllehne. »Ich habe Mark von der gestrigen Sitzung berichtet. Er will im Prinzip bei meinem Vorschlag mitmachen, zumindest, wenn es so weit kommen sollte. Das hat mich auf die Idee gebracht, Balk zu fragen, ob er nicht Vollzeit zu uns kommen könnte.«

Barts Gesicht verdüsterte sich. »Davon wusste ich nichts.«

»Wir werden ohnehin irgendwie unsere Basis verbreitern müssen, wenn Buitenrust Hettemas Plan aufgeht.«

»Das hättest du auch gern erst einmal mit Ad und mir besprechen können.«

»Aber Mark arbeitet doch schon für uns?«

»Nicht in Vollzeit! Und ich weiß überhaupt nicht, ob es dafür jetzt eigentlich Bedarf gibt.«

»Ich dachte, dass wir vorher schon mal darüber gesprochen hatten.«

»Ja, aber nicht definitiv!«

»Es ist jetzt auch nicht definitiv.«

»Trotzdem finde ich, dass du es erst mit Ad und mir hättest besprechen müssen!«

»Wenn mir also im Laufe eines Gesprächs so etwas einfällt, muss ich euch erst um Erlaubnis bitten, um es aussprechen zu dürfen.«

»Keine Erlaubnis! Besprechen! Ich finde, dass du so etwas nicht ohne uns machen kannst.«

»Darüber sind wir dann unterschiedlicher Meinung«, sagte Maarten kühl. Er ließ sich vom Tisch gleiten und schob den Stuhl zurück. »Wenn du mir verbietest, offen zu sagen, was mir einfällt, werde ich zum Faschisten.«

»Ich verbiete es dir nicht!«, korrigierte ihn Bart. »Ich will nur, dass du es besprichst!«

»Ich bespreche es jetzt!« Er ging zu seinem Schreibtisch.

»Nein, denn wenn ich jetzt sagen würde, dass ich es nicht will, weiß Mark, dass ich dafür verantwortlich bin.«

»Nur, wenn Ad es auch nicht will!«, korrigierte ihn Maarten. Er setzte sich. »Außerdem war es nicht mehr als ein Sondieren. Von einer

Entscheidung kann noch überhaupt keine Rede sein.« Er zog die Mappe zu sich heran, mit der er beschäftigt war.

»Und trotzdem finde ich, dass du es erst mit uns hättest besprechen müssen«, beharrte Bart.

Maarten gab darauf keine Antwort mehr. Er hätte in diesem Moment den Knopf drücken können, um ihn abführen und exekutieren zu lassen.

*

In der Post war ein Brief von Beerta. Der Brief war getippt, nur seinen Namen hatte er in großen, unbeholfenen, zittrigen Buchstaben mit der Hand geschrieben:

»Lieber Maarten, ich hatte am Dienstag Besuch von Freek Matser, sehr vergnüglich, aber er hat mir dennoch einen Schrecken eingejagt, als er plötzlich sagte, dass er darüber nachdächte, sich nach einer anderen Stelle umzusehen. Ich war erschrocken und habe natürlich eine Verbindung zu dem hergestellt, was du mir über seine Angst vor wissenschaftlicher Arbeit erzählt hast. Das Thema habe ich sorgfältig vermieden. Ich würde es bedauern, wenn wir ihn verlören. Er hat seine Eignung für die wissenschaftliche Arbeit bewiesen. Ich fürchte, dass er es mit seinem Vater schwer hat. Ich weiß nicht, wie das ist, ich hatte nie so einen Vater, doch ich habe genügend Vorstellungskraft, zu vermuten, wie es ist. Du hast das am eigenen Leib erfahren. Ich fürchte auch, dass seine Ehe nicht in Ordnung ist. Ich mache mir Sorgen. Ich meine, etwas Gutes zu tun, indem ich dir dies schreibe. Anton.«

*

Er hastete durch die Straßen zu seiner Arbeit, die Runde in der Mittagspause, wieder nach Hause, und er sah nichts: eine gläserne, sinnlose Welt. Auch wenn er sich anstrengte, kam er nicht weiter, als Namen zu vergeben: »Straßenbahn«, »Haus« – nichts, weil er nicht sehen konnte, sondern weil er nicht gewusst hätte, was er damit anfangen sollte. Und er war froh, wenn er die Tür wieder hinter sich zufallen hörte und durch den dämmrigen, kühlen Marmorflur zur Treppe ging.

*

Aus dem Tagebuch von Maarten Koning:
»Vor zwei Wochen, am Freitagabend, sind wir aus Frankreich nach Hause gekommen. Samstag und Sonntag regnete es ohne Unterbrechung. Am Samstagmorgen waren wir im Bijenkorf einkaufen. Wir haben vor dem Fenster am Beursplein Kaffee getrunken. Den Rest des Tages verbrachten wir zu Hause. Ich habe alles wieder aufgeräumt, einen Blick in die Pläne für eine nächste Tour geworfen, mit dem schuldvollen Gefühl, Unheil damit heraufzubeschwören, und fühlte mich ganz zufrieden. Wir haben einen 1967er Burgunder (noch von Jonker) aus dem Schrank geholt und die Heimkehr, wie es sich für uns gehört, auf ruhige Weise gefeiert. Montag war alles wieder trocken. Morgens war es noch frisch, aber die Sonne schien, und im Laufe des Tages wurde es rasch wärmer. Ich blieb den ganzen Tag im Büro und war abends, als ich nach Hause kam, hundemüde und nervös wie ein Zitteraal. Und eigentlich gab es dafür, objektiv betrachtet, kaum einen Grund. Es gab keine größeren Probleme. Außer Bart musste ich niemandem ausführlich erzählen, was ich so alles erlebt hatte oder auch nicht, aber dennoch. Es ist der erzwungene Kontakt mit Menschen, die man nicht kennen würde, wenn man sie nicht kennen müsste, der mich Energie kostet. Zu einem wesentlichen Teil liegt es an mir selbst. Ich will noch immer (in meinem Alter) nett gefunden werden. Und wenn man die Menschen selbst nicht nett findet, aber so tun muss als ob, um selbst nett gefunden zu werden, gibt es eine enorme Spannung. Ich verdiene es nicht besser und habe deshalb wenig Grund, mich zu beklagen. Selbst habe ich auch mehr Respekt vor Menschen, die teilnahmslos, Pfeife rauchend, ihren Weg gehen – das ist das Bild, an das ich mich anzupassen versuche, doch auch wenn mir dies gelingt, bleibt es beim bloßen Anschein. Während ich schweigend und scheinbar unbeteiligt inmitten des Tumults sitze, bin ich mir fortwährend meiner

selbst bewusst und des Eindrucks, den ich mache. Kein Mensch, mit dem man zufrieden sein könnte. Doch angesichts der Tatsache, dass ein gewisses Maß an Zufriedenheit (oder sagen wir: Ausgeglichenheit) notwendig ist, um den Kopf oben zu behalten, verliert das Ganze für einen selbst nicht so schnell seinen Reiz. Gefallsucht ist daher auch kein befriedigendes Charakteristikum. Hinter dieser Gefallsucht steckt ein sehr viel tiefer gehendes Gefühl der Bedrohung. Ich will nett gefunden werden, um mich sicher zu fühlen, doch wenn mich jemand nett findet, fühle ich mich dennoch nicht sicher. Es gibt sehr wenige Menschen, bei denen ich das Gefühl, bedroht zu sein, nicht habe, und bei diesen Menschen ist es mir egal, ob sie mich nett finden, im Gegenteil: Ich erwarte von ihnen gerade die größtmögliche Objektivität. Aber das ist (selbstverständlich) eine sehr viel raffiniertere Form des Nett-gefunden-werden-Wollens. Sodass über diese Dinge noch etwas zu sagen wäre.«

*

Sie saßen mit einer kleinen Gruppe im Kaffeeraum beim Tee. Es war Freitagnachmittag, Urlaubszeit. Das Büro war nahezu ausgestorben. Draußen schien die Sonne. Im Kaffeeraum war es kühl. Das Licht, das durch das Milchglas über ihren Köpfen hereinfiel, war gedämpft. Er saß neben Hans Wiegersma und sah, mit der Pfeife in der Hand, zu Tineke Barkhuis, die von der Treppe im Hinterhaus kam, auf der Schwelle erschrocken zögerte und dann unsicher zum Schalter ging. Sie hatte ein rundes, rotes Gesicht, genau wie Bart, und eine Brille mit dicken Gläsern, die ihr etwas Verwundertes verliehen. Rik Bracht kam aus der Halle und stand gleichzeitig mit ihr am Schalter. »Bist du neu hier?«, fragte er neugierig. – »Ja«, sagte sie, so leise, dass Maarten es in dem Stimmengewirr um ihn herum kaum hören konnte. – »Wie heißt du denn?« – »Tineke Barkhuis.« Er gab ihr die Hand. »Ich bin Rik Bracht.« Er wandte sich von ihr ab, um seinen Bon durch den Schalter zu schieben, nahm seine Tasse Tee und wartete auf sie, während sie schüchtern ebenfalls eine Tasse Tee nahm. »Wo arbeitest du?«, fragte er. Sie suchten sich einen Platz in dem Kreis zwischen Lies Meis und Gerrit Bekenkamp. »Im Musikarchiv«, antwortete sie.

»Wie geht es denn den Tauben?«, fragte Hans Wiegersma.

Maarten wandte seinen Blick von ihnen ab und schaute zur Seite.

»Besorgniserregend.«

Hans lachte amüsiert, ein verlegenes Lachen, als wolle er sich zugleich für seine Frage entschuldigen.

»Hast du Tauben?«, fragte Freek mit einem kurzen Lachen. Er saß auf der anderen Seite von Hans und beugte sich etwas vor, um Maarten sehen zu können.

»In dem Baum vor meinem Haus ist ein Nest.«

»Das ist sicher interessant?«, sagte Mia, Maarten schräg gegenüber. Sie hörten nun alle zu.

»Nein, das ist überhaupt nicht interessant. Solange die Taube dasitzt und brütet, hat man Angst, dass sie nicht abgelöst wird, und wenn die Küken geschlüpft sind, ist man am Zittern, dass die Vögel rausfallen, denn so ein Nest bietet ja keine Sicherheit. Wie ein Biologe das macht, weiß ich nicht, aber ich traue mich fast nicht hinzusehen. Am liebsten würde ich die ganze Bande ignorieren.«

Sie lachten.

»Und warum tust du es dann nicht?«, fragte Freek.

»Das weiß ich nicht. Ich muss hinsehen! Gestern! Nein! Vorgestern! Ich greife zu meinem Fernglas, denn wenn man beobachtet, beobachtet man mit großer Regelmäßigkeit: Die Elterntaube sitzt auf dem Nest, und eines der Jungen ist damit beschäftigt, ihr die Nahrung aus dem Kropf zu reißen. Ich sehe mit Schrecken hin, denn das andere Junge lässt sich nicht blicken, kein bisschen. Ich laufe runter. Zum Glück ist es still auf der Gracht. Ich suche bei den Bäumen, in der Gracht, unter den Autos, in den unteren Hauseingängen, erst flüchtig, danach noch einmal sorgfältiger! Nichts! Ich gehe wieder ins Haus. Ich greife zum Fernglas. Die Mutter ist verschwunden, und da sitzen sie wieder alle beide!« – Donnerndes Gelächter – »Aber man darf gar nicht daran denken, wenn man eines gefunden hätte.« Er führte lächelnd seine Pfeife wieder zum Mund und suchte nach den Streichhölzern. »Was hätte man dann tun sollen?«

»Die Feuerwehr anrufen!«, sagte Bekenkamp. »Die kommen sofort! Die haben für mich schon mal einen Affen aus dem Baum geholt.«

»Ja, die Feuerwehr ...«, sagte Maarten überheblich.

Es war einen Moment still.

»Du hattest doch erzählt, dass die Jungen Entenschnäbel haben und ihre Nahrung aus dem Kropf der Mutter holen?«, fragte Lies Meis langsam. Sie sah Maarten an. Ihr Gesicht wirkte teilnahmslos, die Augen hinter ihren Brillengläsern schläfrig, als sei sie aus einem tiefen Schlummer erwacht.

»Entenschnäbel?«, fragte Goud verwundert. »Tauben haben doch keine Entenschnäbel?« Er beugte sich mühsam vor und klopfte seine Pfeife im Aschenbecher aus.

»Eine Art Entenschnäbel«, korrigierte Maarten.

»Ich habe einen Freund von mir gefragt, der Biologe ist«, sagte Lies Meis langsam, »und der sagt, dass das alles Unsinn ist. Tauben haben keine Entenschnäbel, und sie werden genauso gefüttert wie andere Vögel.« In der Art und Weise, wie sie Maarten ansah, ihren Kopf etwas erhoben, war etwas Herablassendes, als fände sie, was er sagte, reines Geschwätz.

»Ja, das denke ich doch auch«, sagte Goud.

»Sie denken, dass nur Enten einen Entenschnabel haben«, sagte Rik Bracht amüsiert.

»Ja«, sagte Goud ernst.

»Merkwürdig«, fand Maarten. »Dann habe ich wohl verdammt schlecht hingesehen. Könntest du ihn mal fragen, ob es auch Literatur über Tauben gibt, denn das interessiert mich.«

»Ich frage ihn«, sagte Lies Meis uninteressiert.

»Es sind ansonsten unheimliche Mistviecher«, sagte Bekenkamp. »Ich habe auch mal Tauben gehabt, aber wenn eine krank ist, picken die anderen sie einfach tot.«

»Und was hast du dann dagegen unternommen?«, fragte Freek.

»Sie meinen Schlangen gegeben.«

»Tauben kann man auch essen«, sagte Wigbold – er hatte durch die kleine Luke das Gespräch verfolgt. »Taubenbrust!« Er lachte genießerisch. »Als Junge habe ich sie noch geschossen.«

»Hey, Herr Wigbold, hören Sie bitte auf damit!«, sagte Mia wütend.
»Das wollen wir doch überhaupt nicht hören, solche Geschichten!«
Maarten war aufgestanden. Er schob Wigbold seine leere Tasse über den Tresen hin und ging durch die Schwingtür in die Halle. Geistesabwesend stieg er, zwei Stufen gleichzeitig nehmend, die Treppe hinauf in den zweiten Stock, ging über den Flur zum Hinterhaus und betrat sein Zimmer. Ad und Bart saßen an ihren Schreibtischen. »Lies Meis kennt einen Biologen, und der sagt, dass es Unsinn wäre, dass junge Tauben Entenschnäbel haben und die Nahrung aus dem Kropf ihrer Mutter holen«, sagte er.
»Ich fand das auch schon eine merkwürdige Geschichte«, sagte Bart.
»Eine deiner typischen Geschichten.«
»Ja. Aber nur das mit dem Entenschnabel, denn dass sie ihre Nahrung aus dem Kropf holen, habe ich doch deutlich gesehen, glaube ich.« Er ging an seinen Schreibtisch, nahm den Hörer ab und wählte die Nummer seiner Wohnung.
»Frau Koning hier.«
»Tag. Wie geht es den Tauben?«
»Ganz gut, glaube ich.«
»Was machen sie?«
Es war einen Moment still. »Sie sitzen da und gucken.«
»Alle beide?«
»Ja, aber die Alte habe ich schon den ganzen Tag nicht mehr gesehen.«
»Und was jetzt?«
»Das weiß ich nicht.«
»Sie müssen doch Essen bekommen?«
»Ja, aber vielleicht kommt sie noch.«
»Hoffen wir es.«
»Was machst du?«
»Ich arbeite. Ich habe gerade Tee getrunken.«
»Ich auch.«
»Lies Meis kennt einen Biologen, und der sagt, dass es Unsinn ist, dass sie Entenschnäbel haben und aus dem Kropf ihrer Mutter essen.«
»Aber sie haben doch auch keine Entenschnäbel?«

»Nein, aber dicke Schnäbel. Zumindest für eine Taube.«
»Ja, aber ich habe auch gedacht, dass sie aus ihrem Kropf essen würden.«
»Vielleicht sind es andere Tauben.«
»Ja.«
Sie schweigen.
»Gut«, sagte er. »Ich lege mal wieder auf.«
»Ja. Bis gleich.«
»Jetzt hat Nicolien die alte Taube schon den ganzen Tag nicht mehr gesehen«, sagte er und legte den Hörer auf die Gabel.

*

Auf dem Weg zur Arbeit, an der Ecke Leidsegracht, lag eine totgefahrene junge Taube, noch Flaum auf dem Kopf, Eingeweide auf der Straße, wahrscheinlich beim ersten Ausflug aus dem Nest erwischt. Erfüllt von ohnmächtiger Wut gegen die Scheißautofahrer setzte er seinen Weg fort, an der Gracht entlang, zu seinem Büro. Und wenn es einem Jugendlichen dann zu viel wird und er so ein Auto demoliert, sagen sie, dass er verrückt ist, und schließen ihn sechs Jahre in einer Einrichtung weg, dachte er grimmig. Er schob sein Namensschild ein und stieg die Treppe hinauf. Als er sein Zimmer betrat, klingelte das Telefon. Er ließ die Tür offen stehen, ging weiter zu seinem Schreibtisch, legte die Plastiktüte mit seinem Brot und dem Apfel auf die Schreibplatte und nahm den Hörer ab. »Koning!«

»Jaap hier! Kannst du das Milchmädchen fragen, ob sie auch eine kleine Packung Milch für mich mitbringen kann?«

»Ich werde fragen«, sagte er steif. Seit Balk entdeckt hatte, dass in seiner Abteilung die Milch zentral geholt wurde, kam er immer häufiger damit. Er ärgerte sich furchtbar darüber.

»Danke.« Der Hörer wurde aufgelegt.

Er ging zurück, um die Tür zu schließen, machte das Fenster auf, hängte sein Jackett auf und legte die Plastiktüte ins Bücherregal. Wenn er selbst auch einmal Milch holen würde, dachte er, wäre es nicht einmal so schlimm, aber er denkt gar nicht daran. Er zog die Hülle von seiner Schreibmaschine, stellte seinen Stuhl quer, nahm den obersten Brief vom Stapel noch zu beantwortender Post und legte ihn neben sich. Sien betrat den Raum. »Tag, Maarten.«

Er sah über die Schulter. »Balk hat wieder um ein Päckchen Milch gebeten. Holst du heute die Milch?«

Sie blieb stehen. »Das macht er jetzt immer öfter.«

»Ja.«

»Und weißt du, wie das dann läuft?«

Er drehte sich noch etwas weiter um.

»Dann bringst du sie ihm ins Zimmer, und das Einzige, was er sagt, ist: ›Stell sie nur in den Kühlschrank.‹ Und dann kann man wieder nach unten laufen, um sie in den Kühlschrank zu stellen.« Ihre Stimme war giftig. »Und anschließend vergisst er auch noch zu bezahlen.«

»Ja, so ist Balk.« Er wandte sich wieder seiner Schreibmaschine zu und nahm den Brief hoch, während sie hinter ihm in den Karteisystemraum ging. Der Brief kam von einem Institut in Utrecht. Er enthielt, zum Zweck einer landesweiten Inventarisierung, eine Reihe von Fragen zu ihrem Karteisystem: den Bereich, die Zahl der Karteikarten, den Charakter der Zugänge und die Zugänglichkeit für Besucher. Er spannte einen Bogen Briefpapier mit zwei Durchschlägen in die Schreibmaschine, tippte links oben die Adresse des Instituts, rechts das Datum, betätigte den Zeilenhebel fünf Mal, zog den Wagen nach rechts, tippte »Sehr geehrter Herr«, zog den Hebel erneut zwei Mal nach rechts, und dachte nach. Seine Gedanken kreuzten sich mit der Bitte Balks und der Geschichte von Sien. Es wurmte ihn, dass er sie für seine eigene Angst büßen ließ, eine solche Bitte abzulehnen. Er stand auf und ging in den Karteisystemraum. Sie arbeitete bereits, den Milchträger neben sich auf der Ecke ihres Schreibtisches. »Ich werde heute mal Milch holen«, sagte er.

»Ich mache es gern, wirklich.«

»Das weiß ich«, er nahm den Träger, »aber heute mache ich es. Eine kleine Packung Milch?«

»Buttermilch, bitte.«

Er ging zurück an seinen Platz, notierte ihre Bestellung auf einem

Umlaufzettel, stellte den Träger auf den Registraturschrank, setzte sich wieder an seine Schreibmaschine, dachte kurz nach und tippte: »›In Beantwortung der in Ihrem Brief vom 5. Juli d. J. gestellten Fragen teile ich Ihnen mit, dass das in unserem Büro vorhandene Karteisystem das gesamte Gebiet der Kultur des Alltagslebens umfasst, sowohl des geistigen als auch des materiellen, unter besonderer Berücksichtigung der darin bestehenden Traditionen.‹« – Bart betrat den Raum und grüßte. Er ging weiter zu seinem Schreibtisch. – »›Es enthält zu diesem Zeitpunkt ungefähr eine Million Karteikarten, mit einem jährlichen Zuwachs von ca. 50.000.‹«

Bart stellte sein Täschchen auf den Schreibtisch, nahm die Brille ab, griff zu seinem Taschentuch und sah über das Bücherregal hinweg Maarten an. »Wie geht es den Tauben?«, fragte er, während er seine Brille zu putzen begann.

»Nicolien hat den Vogelschutz angerufen«, sagte Maarten und sah auf. »Es ist offenbar ganz normal, dass Tauben ihre Jungen allmählich im Stich lassen. Das tun sie, um sie zu zwingen, das Nest zu verlassen.«

»Siehst du. Solche Dinge musst du einfach der Natur überlassen.«

»Außer wenn die Natur durch diese Scheißautos zerstört wird.«

»Über die wirst du von mir dann auch kein positives Wort hören.« Er setzte die Brille wieder auf.

»Heute Morgen habe ich wieder eine totgefahrene junge Taube gesehen.« Er beugte sich über seine Schreibmaschine.

»Wo war das denn?«

»An der Ecke Leidse- und Herengracht.«

»Ja, das ist in der Tat furchtbar.« Er setzte sich und verschwand hinter dem Bücherregal.

»›Es ist ein Schlagwortkatalog‹«, tippte Maarten weiter, »›mit ungefähr 80.000 Schlagwörtern, die durch aufeinander bezogene Verweise verbunden sind. Das Ziel ist es, mit Hilfe dieser Verweise zu einer systematischen Ordnung zu kommen, ohne den Charakter des Schlagwortkatalogs preiszugeben. Daran wird im Augenblick gearbeitet. Etwas konkreter bedeutet dies, dass das System auf Dauer ein Gerüst von schätzungsweise 2.000 Schlagwörtern enthalten wird, die zusammen das gesamte Gebiet umfassen und von dem aus die übrigen Schlagwörter erreicht werden können.‹«

Ad kam ins Zimmer. Sie grüßten einander. Er ging weiter zu seinem Schreibtisch und stellte die Tasche auf den Boden. »Ich wollte eigentlich heute Nachmittag gern mal zu Herrn Beerta gehen«, sagte er, während er über das Bücherregal zu Maarten hinübersah.

»Kein Problem«, sagte Maarten und sah auf. »Gern. Das wird ihm gefallen. Ich erkläre dir gleich noch, wo es ist, ich will nur erst den Brief hier zu Ende tippen.« Er beugte sich wieder über seine Schreibmaschine. »Solange diese Operation im Gange ist, ist das System für Außenstehende nicht zugänglich, doch wir sind natürlich jederzeit bereit, mündliche oder schriftliche Bitten um Auskunft zu beantworten. Hochachtungsvoll.« Er spannte den Brief aus der Schreibmaschine, las ihn durch, unterschrieb ihn, tippte den Umschlag, heftete einen Umlaufzettel an den ersten Durchschlag, strich seine Initiale durch, setzte sie unten wieder hinzu und brachte den Durchschlag zu Bart. »Nimmst du Milch?«, fragte er, während er den Träger hochhob.

»Eine kleine Packung, bitte«, antwortete Bart.

»Und du, Ad?«

Ad lehnte dankend ab.

Er notierte die Bestellung, öffnete die Tür des Besucherraums und sah um die Ecke. »Milch? Buttermilch?«

»Buttermilch«, sagte Tjitske.

»Buttermilch«, wiederholte er, notierte es, schloss die Tür und verließ den Raum.

Freek saß an seinem Schreibtisch.

»Möchtest du Milch, oder möchtest du Buttermilch?«, fragte Maarten. Er blieb in der Tür stehen.

»Hey, holst du sie?«, fragte Freek überrascht. »Ich dachte, dass Sien heute an der Reihe wäre.«

»Ich darf es auch manchmal machen.«

Freek schluchzte vor Lachen, ein paar kurze Schluchzer. »Dann Buttermilch.«

»Dann Buttermilch«, wiederholte Maarten. Er notierte es auf dem Flur, sah um die Ecke der Tür des gegenüberliegenden Zimmers, in dem Richard Escher saß, wenn er da war, und ging dann weiter zur Vorderseite.

Tineke Barkhuis war da. Sie saß an dem früheren Schreibtisch von Elsje Helder, mit einem Karteikasten und einem aufgeschlagenen Heft vor sich. Als er eintrat, sah sie auf, etwas Hilfloses in ihrem Blick. Die Seiten vor ihr waren leer. Er blieb mit dem Träger in der Hand vor ihr stehen. »Hast du dich schon ein bisschen eingewöhnt?«, fragte er freundlich.

»Ja, doch«, sagte sie zögernd. »Ich weiß nur nicht, was ich eigentlich tun soll.«

Er stellte den Träger auf ihren Schreibtisch, zog einen Stuhl zu sich heran und setzte sich. »Hat Jaring das nicht gesagt?«

»Jaring hat gesagt, dass ich mal die Arbeit von Elsje Helder fortsetzen und es mit Freek besprechen soll«, sie sprach sehr leise und schüchtern, »aber Freek sagt, dass er dafür nicht zuständig ist und auch keine Zeit hat.«

Er zog den Karteikasten zu sich heran und ging durch die Karteikarten. Es war ein System von Kinderliedern, die Elsje von einem Fragebogen abgeschrieben hatte. »Kennst du unsere Fragebogen?«, fragte er und sah auf.

Ihr Gesicht wurde noch röter, als es schon war. Sie schüttelte den Kopf. »Nein.«

Er sah sich um. Im Regal neben der Tür stand ein Stapel Kästen mit Fragebogen. Er holte den obersten, stellte ihn auf ihren Schreibtisch und legte den obersten Fragebogen vor sie hin. »Das ist ein Fragebogen. Davon gibt es ungefähr tausendzweihundert. Die liegen in diesen Kästen. Das ist der Name des Korrespondenten«, er zeigte darauf, »das ist der Ort, für den er oder sie ausfüllt, und das ist die Codenummer dieses Ortes. Dafür gibt es ein Buch ...« Er stand auf und ging um den Schreibtisch herum. »Darf ich kurz?«

Sie erschrak und wich ein wenig ängstlich zur Seite.

Er zog eine Schublade nach der anderen auf, fand das Buch in der untersten Schublade, legte es vor sie hin und schlug es auf. »Das sind die Codenummern«, er schob seinen Zeigefinger an der Seite entlang, »mit den Ortsnamen dahinter, und weiter hinten«, er blätterte rasch weiter, »findest du die Ortsnamen mit den Codenummern dahinter.« Er ging zu seinem Stuhl zurück.

Sie betrachtete das Buch erschrocken, aus der Entfernung, ohne etwas zu sagen.

»Was Elsje nun gemacht hat«, erklärte er, während er über ihren Schreibtisch hinweg zum Fragebogen griff und ihn aufschlug, »ist, die Lieder, die so ein Korrespondent aufgeschrieben hat, mit der Codenummer auf eine Karteikarte zu übertragen. Wenn sie das gemacht hat, kannst du es an diesem Kreuz erkennen«, er zeigte auf ein kleines Bleistiftkreuz, das Elsje vor das Lied gesetzt hatte, »und die Texte hat sie dann wiederum systematisch in den Karteikasten eingestellt.«

Sie nickte.

»Wenn du jetzt einmal damit anfängst nachzuvollziehen, was sie gemacht hat, und die Texte wiederzufinden, um zu sehen, wie das System funktioniert ...« Er tat sein Bestes, um so freundlich wie möglich zu reden. »Wann kommt Jaring zurück?«

Sie erschrak aufgrund dieser direkten Frage. »Das wusste er nicht«, sagte sie verschämt.

»Komm dann ruhig zu mir, wenn du damit fertig bist und Jaring noch nicht zurück ist. Du weißt doch, wo ich sitze?«

»An der Rückseite?«, fragte sie zögernd.

»Ja, und mein Name ist Maarten.« Er stand auf. »Willst du Milch oder Buttermilch?«

»Buttermilch, bitte«, sagte sie ganz leise.

»Buttermilch«, wiederholte er. Er notierte es.

»Soll ich jetzt schon bezahlen?« Sie griff zu ihrem Täschchen.

»Das machen wir dann. Bis gleich.« Er verließ den Raum und stieg die Treppe hinunter. »Tag, Herr de Vries«, sagte er, während er durch die Halle zu Bavelaars Zimmer ging. – Bavelaar war in die Milchrunde aufgenommen worden.

»Tag, Mijnheer«, sagte de Vries.

Sobald er auf der Straße war, entspannte er sich. Er verlangsamte seinen Schritt und überquerte gemächlich die Brücke. Es war noch frisch, die Kühle eines frühen Sommermorgens. Auf der Straße gingen nur Leute, die zu spät waren. Das erinnerte ihn an seine Schulzeit, und er fühlte sich befreit. Er schlenderte an den Schaufenstern der Antiquare vorbei, den Träger in der Hand, blieb kurz stehen, betrachtete sein Spiegelbild und dann die Auslage, fasziniert vom Wechsel der Perspektive, spazierte wieder weiter, blieb erneut stehen, nun vor dem Schaufenster von Hart, musterte die ausgestellten Weine und überquerte dann, ohne sich zu beeilen, die Kerkstraat in Richtung Milchgeschäft.

Balk war nicht in seinem Zimmer. Er stellte das Päckchen auf seinen Schreibtisch, überlegte kurz, ob er einen Zettel dazulegen sollte, dass Balk ihm zweiundsechzig Cent schuldete, verwarf es jedoch wieder: Balk sollte mal selbst daran denken. Charakter! – wenn auch nicht genug, um diese zweiundsechzig Cent zu vergessen. Verärgert über sich selbst ging er wieder auf den Flur, besann sich, sah auf seine Armbanduhr und stieg die Treppe wieder hinunter zum Kaffeeraum. Lies Meis stand vor dem Schalter. »Hast du diesen Biologen wegen der Literatur gefragt?« erkundigte er sich, während er den Träger mit den übrig gebliebenen Packungen Milch und Buttermilch neben sich auf den Tresen stellte und sein Portemonnaie aus der Gesäßtasche holte.

Sie drehte sich mit ihrem Kaffee langsam zu ihm um, als wundere es sie, angesprochen zu werden. »Ja, ich habe ihn gefragt«, sagte sie geistesabwesend.

»Und?« Er schob seinen Bon über den Tresen.

»Er hat gesagt, dass er Tauben für die uninteressantesten Vögel hält, die es gibt, dass darüber also bestimmt keine Literatur existiere«, sagte sie träge, »aber wenn du es genau wissen wolltest, müsstest du in die Bibliothek gehen und im Systematischen Katalog unter ›Ethologie‹ nachschauen.« Sie sagte es in einem etwas abfälligen, herablassenden Ton, als fände sie sein Interesse unsinnig.

Er fragte sich, womit er das verdient hatte, doch komischerweise beunruhigte es ihn nicht, es wunderte ihn nur. »Danke dir«, sagte er trocken, »und richte auch deinem Freund meinen Dank aus, wenn du willst.« Er wandte sich zum Schalter, um seinen Kaffee entgegenzunehmen.

»Na ja, das ist nun auch wieder nicht nötig.« Sie setzte sich.

»Aber sicher«, sagte er ironisch. Er nahm den Träger mit, setzte sich neben Tjitske auf den einzigen Platz, der noch frei war, und rührte, vorn auf dem Stuhlkante, nachdenklich in seinem Kaffee, mit einem Ohr dem Gespräch zwischen Rentjes, Huub Pastoors und Bekenkamp lauschend, in dem es um Mängel an dem Haus ging, das Pastoors nicht weit von Maarten entfernt gekauft hatte und das nun restauriert wurde.

»Wie geht es deinen Tauben?«, fragte Mia, auf der anderen Seite von Tjitske.

»Ich habe heute Morgen eine junge Taube auf der Straße liegen sehen«, sagte er und sah auf, »Flaum noch auf dem Kopf, Eingeweide auf der Straße, gerade aus dem Nest, tot!« Er spürte erneut die Wut darüber. »Wegen so eines Scheißautos!«

»Man sollte auch kein Auto haben«, sagte Tjitske.

Er sah zur Seite, überrascht durch den Wandel ihres Standpunkts. Sie lachte ertappt. »Oder?«

»Es geht bloß nicht immer ohne«, fand Mia. »Man muss auch keine Tiere totfahren, wenn man nur rechtzeitig bremst. Ich habe noch nie ein Tier totgefahren.«

»Ja, das sagen alle Autofahrer«, sagte Maarten. »Das sagen meine Brüder auch. Aber trotzdem« – die Schwingtür ging auf, »Maarten!« – »kommen bestimmt zwei Millionen pro Jahr um.« Er sah auf.

Balk stand in der Schwingtür, einen Packen Papiere in der Hand. »Der neue Fragebogen von euch ist ungeeignet fur unsere Korrespondenten!«

Im Kaffeeraum war es schlagartig leise geworden. Alle beobachteten sie. Maarten sah, dass Sien, die ihm gegenübersaß, einen roten Kopf bekam. Es war ihr Fragebogen, doch das wusste Balk nicht. »Warum?«, fragte er. Es klang angespannt, abwehrend.

»Dafür ist der Korrespondentenkreis viel zu wenig sozial differenziert!«

»Aber es geht uns um die regionalen Unterschiede.« Er war sich bewusst, dass alle mithörten. Es klang trotzig, verhalten.

»Und warum fragst du dann nach dem Beruf des Vaters?«

»Weil wir zurzeit immer danach fragen«, sagte Maarten beherrscht. »Danach haben wir beim Fragebogen zum Brot auch gefragt. Dieser Fragebogen ist das Gegenstück dazu.«

Seine Antwort ließ Balk einlenken. »Dann würde ich mir das noch mal gut anschauen«, sagte er barsch. Er drehte sich um und marschierte davon.

»Muss das denn heutzutage alles so kompliziert sein?«, fragte Bavelaar in die Stille hinein, die folgte.

Maarten reagierte nicht darauf. Er war auf der Hut. Er sah Sien an und schüttelte den Kopf, um sie zu beruhigen, doch er war wütend.

»Das war dann wieder ...«, sagte Rentjes. Er schwieg abrupt und sah zur Tür.

Balk war wieder zurückgekommen. »Ich gehe heute Nachmittag zu Anton!«, sagte er zu Maarten.

»Muller wollte heute Nachmittag gehen.«

»Dann geht er eben ein andermal! Wie komme ich dahin?«

»Mit dem Auto?« Er fragte es, um Zeit zu gewinnen.

»Ja, natürlich«, sagte Balk gereizt. »Wie soll ich da sonst hinkommen?«

Mit dem Fahrrad, hätte Maarten sagen können, doch er behielt es für sich. »An der Amstel entlang, von hier aus auf der rechten Seite, an Ouderkerk vorbei, und dann ist es die erste Straße rechts nach der Schwarzpulverfabrik, und dann kurz hinter dem Tulp-Krankenhaus.« Während Balk sich abwandte, stand er auf. Im dem Moment kam Ad aus dem Hinterhaus in den Kaffeeraum. »Balk geht heute zu Beerta«, sagte Maarten über die Köpfe der anderen hinweg, während er seine Tasse auf den Tresen stellte.

Ad blieb stehen. »Ich hätte auch gern einmal gewollt«, sagte er verstimmt.

»Du kannst dafür sorgen, dass du früher da bist, und dann die Tür zu ...« Im selben Moment wurde ihm bewusst, dass dies, mit Bavelaar in der Nähe, eine gefährliche Bemerkung war. »Wenn du früh am Nachmittag gehst, bist du schon wieder weg, wenn Balk kommt«, fügte er hinzu, in einem Versuch, seiner Bemerkung die Schärfe zu nehmen. Wütend über die demütigende Weise, in der er behandelt worden war, verließ er, mit dem Milchträger in der Hand, den Kaffeeraum und stieg die Hintertreppe hinauf.

Sien kam hinter ihm her. »Was sollen wir jetzt mit diesem Fragebogen machen?«, fragte sie ängstlich.

»Der Fragebogen ist gut«, er musste sich zwingen, freundlich zu sein, »der bleibt, wie er ist.«

»Und wenn Balk bei seinem Einwand bleibt?«

»Das entscheidet nicht Balk, das entscheide ich.«

»Aber Balk ist doch der Direktor.«

»Aber nicht für die wissenschaftliche Ausrichtung! Die Einzigen, die Einwände gegen die Ausrichtung erheben können, sind die Mitglieder der Kommission, und die Kommission hat keine Einwände!«

Sie schwieg erschrocken.

»Es ist ein hervorragender Fragebogen«, sagte er noch, um sie zu beruhigen. Er war rasend. Oben an der Treppe des ersten Stocks musste er sich beherrschen, um nicht zu Balks Zimmer weiterzugehen und seine Kündigung einzureichen. Als hätte er nicht einfach sagen können: »Aber das Problem der sozialen Differenzierung bleibt natürlich«, oder etwas in der Art. Denn er müsste doch verdammt gut wissen, dass er seit Jahren, auch wenn Balk dabei war, über nichts anderes sprach, wenn es um die Fragebogen ging. Unbegreiflich! Es sei denn, dass er wieder einmal hatte zeigen wollen, wer hier der Direktor ist.

»Soll ich meine Buttermilch schon mal mitnehmen?«, fragte sie, als sie in seinem Zimmer waren. »Ich bringe dir gleich das Geld.«

Er gab ihr ihre Packung und stellte den Träger auf den Tisch. Während sie in den Karteisystemraum ging, ging er zu seinem Schreibtisch und blieb dort unschlüssig stehen, mit den Fingerspitzen auf der Schreibplatte. »Hiermit teile ich Ihnen mit, dass ich mit sofortiger Wirkung kündige. Der Grund ist …«, und so weiter.

Sie kam wieder aus dem Karteisystemraum und legte das Geld auf die Ausziehplatte.

»Danke«, sagte er abwesend.

Sie schloss die Tür ihres Zimmers.

Er setzte sich.

Bart kam aus dem Besucherraum. »Hast du den Brief an dieses Institut in Utrecht schon abgeschickt?« Er blieb an Maartens Schreibtisch stehen.

»Nein.« Er sah mechanisch in das Körbchen mit der Ausgangspost. »Ist was mit dem Brief?«

»Ich finde, es ist ein großkotziger Brief. Und ich finde auch, dass du die Bitte viel zu ernst nimmst.«

»Großkotzig?«, fragte Maarten erstaunt. Er nahm den Brief aus dem Körbchen und zog ihn aus dem Umschlag.

»Ich würde nie schreiben, dass wir eine Million Karteikarten haben, wenn ich dessen nicht ganz sicher wäre.«

»Es steht dort auch ›ungefähr eine Million‹.«

»Das finde ich großkotzig. Das ist ein Herumschmeißen mit großen Zahlen.«

»Du willst doch wohl nicht, dass ich mich erst hinsetze und sie zähle?« Er sah ihn ironisch an.

»Nein, aber dann musst du sie auch nicht nennen!«

»Willst du ihn schreiben?« Er reichte Bart den Brief.

»Das war nicht meine Absicht.« Er nahm den Brief nicht entgegen.

»Ja, das ist mir klar, aber willst du ihn schreiben?«

»Bevor ich darauf eingehe, müsste ich dafür dann doch erst etwas Bedenkzeit haben«, sagte Bart verdrießlich.

»Gut. Wie viel?« Er hielt den Brief noch immer hoch.

»Eine Woche.«

»Gut, dann höre ich es in einer Woche.«

Bart nahm den Brief widerwillig entgegen und nahm ihn mit.

Ad betrat den Raum. »Was ist das mit dem Fragebogen von Sien?«, fragte er neugierig.

»Den findet Balk ungeeignet für unsere Korrespondenten, weil diese nicht sozial differenziert sind.«

»Das sind sie auch nicht«, sagte Ad trocken.

»Obwohl er weiß, dass ich das schon seit Jahren kritisiere! Deswegen ist Manda damals wegen des Trauring beim Meinungsforschungsinstitut NIPO gewesen und ich bei der Statistik-Stiftung. Das weiß er. Und er weiß auch, dass vier Fragen dann achtzigtausend Gulden kosten, wenn man so einen Fragebogen sozial *und* regional differenzieren will, wobei der Fragebogen mehr als hundert hat! Das weiß er alles!« Er schwieg kurz, während Ad ihn ungerührt ansah. Es regte ihn auf, dass Ad so wenig Loyalität zeigte. »Es ist doch verrückt, dass man seine eigene Kritik so wieder zurückbekommt? Demnächst wirft man uns vor, dass wir jahrelang mit diesem Korrespondentenapparat gearbeitet haben!«

»Wenn du damit arbeitest, bist du auch dafür verantwortlich«, sagte Ad ruhig. »Das kannst du ihm nicht verübeln.«

»Ja«, sagte Maarten bitter. Er schwieg, machtlos, riss sich zusammen, stand auf, nahm den Träger mit Milch vom Tisch, stellte eine Packung auf seinen eigenen Schreibtisch und eine auf Barts und ging in den Besucherraum.

Als er eine knappe Stunde später zur zweiten Kaffeepause nach unten kam, saß Balk dort. Er nahm seine Tasse vom Tresen und ging damit gedankenverloren zum Schalter, unsicher, wie er sich verhalten sollte. Seine Wut hatte sich gelegt und dem Bedürfnis Platz gemacht, sich zu rechtfertigen, aber er war sich nicht sicher, ob es nicht doch Feigheit war. Zögernd, weil er keine Lösung sah, setzte er sich neben ihn, bereits halb mit der Absicht, das Problem noch einmal zur Sprache zu bringen, allerdings als Problem und nicht als Prestigefrage. Doch während er auf seinem Stuhl nach vorn gebeugt langsam seine Pfeife stopfte, suchte er vergeblich nach Worten, mit denen er das Gespräch eröffnen konnte. Rutsch mir den Buckel runter, dachte er schließlich, während er an die Lehne zurücksank und die Flamme durch den Tabak sog. Und er schwieg.

*

Aus dem Tagebuch von M. Koning:

»Eine der jungen Tauben beginnt, Anzeichen von Unruhe zu zeigen. Sie ist heute ein paarmal den Ast ein Stück hinaufspaziert, einen der drei Äste, die das Nest stützen, und wieder zurückgekehrt, unsicher flatternd. Es dauert nicht mehr lange, und sie macht sich auf den Weg, wo sie dann sofort totgefahren werden wird.«

*

Er ging über die Straße zur Kaimauer der Gracht und drehte sich zu Nicolien um. Sie sah über die Geranien hinweg zu ihm hinunter. »Ich sehe nichts.«

Er schaute zum Nest hinauf, doch von der Straße aus war kaum etwas zu erkennen, zumindest keine Tauben. »Grüß Mutter schon mal von mir«, sagte er, während er wieder zu ihr hinaufsah. Seine Stimme klang laut in der Stille des Morgens.

Während er an der Gracht entlang zur Arbeit ging, fragte er sich, was geschehen sein konnte. Am Abend zuvor war die Taubenmutter zur gewohnten Zeit gekommen. Sie hatte gerufen und gesucht, und endlich, nach einer langen Zeit, war eines der Jungen angeflogen gekommen. Es hatte Essen bekommen und wurde auf den Kopf gepickt. Danach hatte die Mutter noch lange nach dem anderen gesucht. Sie war an den Bäumen entlanggeflogen, doch das andere blieb verschwunden. Er schüttelte den Kopf, um diese Gedanken loszuwerden, und sah hoch. Es bezog sich: drohende, schwarze Wolken, die ganz langsam, fast unmerklich, von Westen aus den Himmel bedeckten. Es hing noch etwas falsches Licht am Himmel, in dem die weißen Fenster- und Türrahmen der Grachtenhäuser aufleuchteten. Es war nahezu windstill. Unter den Bäumen stand, trotz der frühen Stunde, eine schwüle, sommerliche Hitze. Als er die Brücke über die Leidsegracht hinaufstieg, sah er unwillkürlich zu der Stelle, an der er in der Woche zuvor die junge Ringeltaube hatte liegen sehen, doch von ihr war schon lange nichts mehr zu sehen.

Hinter der Drehtür war es kühl. Er schob sein Namensschild ein, hörte Wigbold, der in der Küche die Tassen auseinanderstellte, und stieg die Treppe hinauf in sein Zimmer. Er machte das Fenster auf, holte das Buch, in dem er am Abend zuvor gelesen hatte, aus der Tasche, legte die Tasche mit dem Brot in das Bücherregal, hängte sein Jackett auf und setzte sich. Während er sich in sein Buch vertiefte, die Füße auf der untersten Schublade seines Schreibtisches, lauschte er den Geräuschen im Gebäude. Er hörte Tjitske vom Flur aus in den Besucherraum gehen, das Fenster aufmachen, ihren Stuhl verrücken und gleich darauf die Schritte von Sien. Sie betrat den Raum, grüßte ihn und blieb an seinem Schreibtisch stehen. »Darf ich zu dem Artikel im Mitteilungsblatt auch eine kleine Karte abdrucken?«, fragte sie nervös. Sie sah so früh am Morgen bereits angespannt und gehetzt aus.

»Ja, natürlich«, sagte er und sah aus seinem Buch auf.

»Und kann ich Hans dann darum bitten? Oder muss das über dich laufen?«

»Nein, frag du ihn ruhig.« Ihre Nervosität machte ihn ruhig. Er betrachtete sie aufmerksam. »Klappt es?«

»Ich finde es schwierig.«

Er nickte.

»Man muss es natürlich so schreiben, dass die einfachen Korrespondenten es begreifen können«, sagte sie, um zu erklären, wo das Problem lag.

»Du musst dir vorstellen, dass du es für deine Mutter schreibst.«

»Aber du willst doch auch, dass es wissenschaftlich fundiert ist!« Es klang verzweifelt, als stünde sie kurz davor, unter der Last des Artikels zusammenzubrechen.

»Schreib es jetzt erst einmal für deine Mutter«, sagte er, in einem Versuch, ihre Nerven zu beruhigen. »Die Wissenschaft kommt schon. Das ist nicht wichtig. Das kann man nicht oft genug betonen.« Er dachte an das, was er gerade gelesen hatte. »Das ist ein schönes Buch.« Er hob es kurz hoch. »Das müsstest du eigentlich lesen.«

»Was ist das?« Sie kam näher.

»*Skizzen aus dem Mittelalter* von Muller.« Er hielt es hoch, damit sie den Titel sehen konnte.

»Aber müssen wir uns denn auch schon mit dem Mittelalter beschäftigen?«, fragte sie erschrocken. Sie wurde kreidebleich.

»Für meine Brotstudie«, erklärte er. »Aber es steht auch ein Stück über die Chorherren des Utrechter Doms drin. Das wurde auf die Dauer eine solche Bürokratie, dass der Bischof sie einfach sitzen ließ und sich einen neuen Führungsstab nahm. So geht es demnächst auch mit der Wissenschaft. Sie haben sich eine Zweitwohnung außerhalb genommen, Nebenjobs, haben sich ein bisschen im Handel betätigt, und währenddessen haben sie Woche um Woche ihre enormen Gehälter eingestrichen und sorgfältig darauf geachtet, dass sie nicht benachteiligt wurden. Genau wie es jetzt an der Universität läuft.« Er lächelte amüsiert.

»Oh, aber nicht bei Henk, hör mal«, protestierte sie. »Da sind sie alle überarbeitet.«

»Es werden wohl auch Chorherren dabei gewesen sein, die sich überarbeitet haben. Ich meine nur, dass sie sich mit ihrer Arbeit außerhalb der Gesellschaft gestellt und sich dadurch überflüssig gemacht haben.«

»Aber das gilt doch nicht für die Wissenschaft?«

»Natürlich gilt es für die Wissenschaft!« Die hysterische Überschätzung der Wissenschaft irritierte ihn. »Neunzig Prozent dessen, was wir tun, ist doch vollkommen sinnlos?«

»Na, das gilt auf jeden Fall nicht für die Arbeit von Henk«, sagte sie gereizt. Sie wandte sich halb ab, darauf brennend, sich an die Arbeit zu machen.

»Vielleicht gilt es nicht für die Arbeit von Henk«, sagte er, um ihr entgegenzukommen, »aber für unsere Arbeit gilt es auf jeden Fall.«

»Das finde ich überhaupt nicht«, sagte sie noch. Sie ging eilig in den Karteisystemraum, um die verlorene Zeit aufzuholen.

Er nahm sich das Buch wieder vor, ärgerlich über ihre Dummheit. Es hatte außerdem etwas Bedrohliches, mit solchen Leuten zusammenarbeiten zu müssen, doch er wollte lieber nicht darüber nachdenken und versuchte, sich wieder in das Buch zu vertiefen.

Bart betrat das Zimmer. »Tag, Maarten.«

»Tag, Bart.« Er sah nicht auf.

Bart putzte, am Schreibtisch stehend, seine Brille und sah ihn über das Bücherregal hinweg an. »Ich habe über deine Bitte nachgedacht«, sagte er bedächtig, »und ich habe beschlossen, dass ich versuchen werde, diesen Brief an das Institut in Utrecht zu schreiben.«

»Schön«, sagte Maarten ohne aufzusehen. »Gern.«

»Aber ich lege mich noch nicht fest.«

»Das ist auch nicht nötig«, antwortete Maarten abwesend. Bart suchte ein paar Sachen zusammen und ging in den Karteisystemraum. Er hörte sie hinter der Tür kurz reden, danach wurde es still.

Als Ad eintrat, war er mit dem Artikel gerade fertig. Er stand vor dem Fenster und sah in den Garten, gedankenverloren. »Regnet es schon?«, fragte er.

»Noch nicht«, antwortete Ad, »aber es fehlt nicht mehr viel.« Er stellte die Tasche auf den Boden und sah auf seinen Schreibtisch.

Tjitske kam aus dem Besucherraum. Sie ging zögernd in Maartens Richtung und blieb ein paar Meter von ihm entfernt am Tisch stehen. »Ich wollte eigentlich fragen, ob ich den Rest der Woche freibekommen kann. Ich kriege meinen kleinen Bruder zu Besuch, und dem wollte ich Amsterdam zeigen.«

»Wie alt ist dein kleiner Bruder?«

»Dreiundzwanzig.«

»Also noch ein Kind.«

»Hast du das auch gesagt, als du erst dreiundzwanzig warst?«, fragte sie ein wenig entrüstet.

Er lachte. »Nein, aber ich sage es jetzt. Jeder, der jünger ist als ich, ist ein Kind.«

»Du hältst uns also auch für Kinder«, sagte Ad.

»Was euer intellektuelles Niveau betrifft, schon.«

Tjitske kniff die Augen zu und lachte.

»Wolltest du jetzt gleich gehen?«, fragte Maarten schmunzelnd.

»Nein, heute Nachmittag.«

»Du meldest es selbst bei Meierink, oder?«

»Ja, das mache ich.«

Er sah ihr nach, während sie in ihr Zimmer zurückging, und wandte sich dann Ad zu. Hinter dem Bücherregal sah er nur den oberen Teil seines Kopfes. »Laut Sien sind im Institut von Henk alle überarbeitet.« Es lag etwas Frotzelndes in seiner Stimme. Es gab niemanden, der so viel Angst hatte wie Ad, sich zu überarbeiten.

»Und jetzt möchtest du sicher, dass wir uns auch überarbeiten.«

»Das würde ich natürlich schon schön finden, wenn es von zu harter Arbeit käme«, sagte Maarten boshaft. »Aber die Wirklichkeit lehrt,

dass man sich schon mit einer sehr bescheidenen Auffassung der eigenen Arbeit überarbeiten kann. Dann habe ich also nicht so viel davon.«
»Sien schuftet sich schon zu Tode.«
»Ja, weil sie so einen irrsinnigen Respekt vor der Wissenschaft hat, aber dafür habe ich wenig Sympathie.«
Ad richtete sich ein wenig auf, um Maarten sehen zu können. »Was kann man sonst für einen Grund haben, hart zu arbeiten?«
»Meinetwegen braucht niemand hart zu arbeiten.« Er wählte seine Worte vorsichtig. Das Gespräch berührte ihn emotional, weil es um Ad ging, obwohl er sich nicht sicher war, ob Ad dies auch so empfand. »Es ist mir doch egal, ob jemand hart arbeitet. Je weniger, umso besser wahrscheinlich. Solange er nur nicht den Laden bescheißt. Ich hasse Profiteure.«
»Wann ist dir zufolge denn jemand ein Profiteur?«
Wenn er auf krank macht, ohne krank zu sein, wollte Maarten sagen, doch er behielt es für sich. Er dachte nach. »Schau dir mal die Universität an«, sagte er schließlich. »Leute, die einen Großteil des Jahres in ihrer Zweitwohnung sitzen, die ihre Arbeitszeit benutzen, um nebenbei schwarzzuarbeiten, die ihre eigentliche Arbeit vernachlässigen, sich aber schon den Status und das Gehalt aneignen, und so weiter und so fort.«
»Und dagegen willst du etwas unternehmen?«, sagte Ad spöttisch.
»Ja, dagegen würde ich gern etwas unternehmen.«
»Was denn zum Beispiel?«
»Auf jeden Fall zwei Dinge: unsere Gehälter auf das Niveau der untersten Einkommen absenken, oder sogar noch etwas tiefer, und eine straffe Arbeitsdisziplin, beispielsweise mit Stechuhren.«
»Und wenn ich dann zur Bibliothek muss? Denn wenn es mich Geld kostet, gehe ich nicht.«
»Dann auch eine Stechuhr in der Bibliothek.«
»Dann gehe ich morgens in die Bibliothek, um mich einzustempeln, und hole meine Karte abends wieder ab.«
»Das kann ich mir auch ausdenken, dazu fällt mir also schon etwas ein, aber das hat keine Eile, also interessiert es mich nicht.«
»Ansonsten schon ein Standpunkt der Rechtsliberalen.«

»Ja, aber das heißt noch nicht, dass ich die VVD wähle.« Er rückte seinen Stuhl eine Vierteldrehung herum und setzte sich an seine Schreibmaschine. »Ich habe hier einen schönen Artikel über die Chorherren des Utrechter Doms. Wenn ich mit dem Anlegen der Karteikarten fertig bin, werde ich ihn dir geben. Du musst ihn mal lesen. Da ist es genauso gelaufen, wie es jetzt bei den Universitäten läuft. Demnächst kommt einfach eine Universität dazu, in der auch gearbeitet wird.« Er spannte eine Karteikarte in die Schreibmaschine und begann zu tippen.

Die Tür zum Flur ging auf. Freek trat ein, mit dem Milchträger. »Morgen. Hier noch Milch?«

»Buttermilch, bitte«, sagte Maarten, ohne das Tippen zu unterbrechen. »Bart und Sien sind nebenan.«

»Du arbeitest auch immer wie ein Besessener, oder?«, sagte Freek und ging an Maarten vorbei zum Karteisystemraum.

»Ich arbeite wie ein Besessener«, gab Maarten zu, ohne aufzusehen. »Und ich bin nicht stolz darauf.«

Freek lachte verhalten.

Während er dasaß und tippte, begann es zu regnen. Es war auch Wind aufgekommen. Bart kam aus dem Karteisystemraum und schloss das Fenster. Kurze Zeit später ging ein Platzregen nieder. An seiner Schreibmaschine sitzend sah er die Bäume im Garten hinter einem Vorhang aus Wasser wild hin- und herwehen und dachte mit Sorge an die Tauben.

Am späten Nachmittag schaute Manda durch den Türspalt des Besucherraums. »Wenigstens du bist da«, sagte sie. Sie hatte ihren Mantel an und eine Regenhaube auf, wodurch sie mit ihrem roten Gesicht wie eine Bauersfrau aussah.

»Hey, Manda«, sagte er überrascht. »Du bist doch im Urlaub?«

»Ich wollte kurz vorbeischauen.« Sie kam in das Zimmer und sah sich um. »Es scheint fast so, als ob ich seit Monaten nicht hier gewesen bin.«

Er sah sie an, unschlüssig, was er sagen sollte.

»Je höher ich kam, umso fremder habe ich mich gefühlt. Komisch, nicht?« Sie sah prüfend in die Runde. »Und das Licht ist auch so merkwürdig. Und die Bäume da.« Sie sah nach draußen.

Er schaute ebenfalls hin. Es regnete noch, allerdings nicht mehr stark. Es war dasselbe Licht, und es waren dieselben Bäume, die sie jahrein, jahraus, Tag für Tag, sahen, doch er verstand, was sie meinte: Wer in seinem Urlaub ins Büro kommt, dem wird plötzlich klar, dass er ein Fremder ist. Es sind nicht deine Freunde. Sie sind gefangen, und an Menschen von außerhalb haben sie keinen Bedarf. Er kannte das Gefühl, und zugleich spürte er, wie er zu einem alten, kleinen, vertrockneten Büromenschen zusammenschrumpfte. »Wann seid ihr aus Griechenland zurückgekommen?«, fragte er.

»Vorgestern.« Sie sah ihn mit lustig hochgezogenen Augenbrauen an.

Es fiel ihm auf, dass sie immer männlicher aussah. Wenn der eigene Mann Priester war, war dies vielleicht eine biologische Reaktion. »Wie war es?«

»Herrlich.«

»Viel ausgegangen?«

Sie lachte. »Wir haben drei Wochen lang fast den ganzen Tag geschlafen.«

Sie schwiegen. Keiner der beiden wusste noch etwas zu sagen, nun, da es keine Arbeit gab, die sie verband.

»Ist Sien eigentlich da?«, fragte sie schließlich und sah in Richtung des Karteisystemraums.

Als er nach Hause ging, regnete es noch leicht. Er machte sich sein Essen, schlang es herunter, wusch ab und las vor dem offenen Fenster die Zeitung, in Erwartung der Ankunft Nicoliens und ihrer Mutter. Der Regen hatte endlich aufgehört, doch es sah nach weiterem Regen aus. Er suchte ein paar Mal die Bäume ab, mit und ohne Fernglas, doch er sah nichts. Gegen acht Uhr ließ sich die Muttertaube im Baum rechts von seinem Fenster nieder und rief, flog etwas höher hinauf und rief erneut. Sie lief unruhig den Ast entlang, flog flatternd etwas weiter nach unten, ständig rufend. Es kam keiner. Sie flog zum Baum an der linken Seite des Fensters und verschwand zwischen den Blättern, rief wieder, kam zurück und setzte sich auf einen hohen Ast. Allein. So wird es wohl sein müssen, dachte er, während er das Fernglas wieder weglegte, und wir können nur das Beste hoffen. Doch traurig war es schon.

*

Am Ende des Nachmittags war er nach neun Stunden sinnlosen Tippens richtig müde. Er ging langsam, mit einem leichten Schwindelgefühl durch den dichten Verkehr nach Hause, inmitten der Raserei des abendlichen Berufsverkehrs. »Guten Tag, meine Damen«, rief er beim Eintreten, doch die Damen waren nicht da, woraufhin er sich albern vorkam. Er ging ins Schlafzimmer, zog eine alte Hose und ein altes Hemd an, streichelte Marietje, sah in die Bäume und setzte sich auf die Couch. Er hatte gerade Platz genommen, als er sie, sich unterhaltend, hereinkommen hörte, »Gehen Sie schon mal ins Wohnzimmer«, hörte er Nicolien sagen, »dann setze ich inzwischen das Essen auf.« – »Kommst du dann auch?«, fragte ihre Mutter. – »Ja, ich komme auch.« Er hörte sie durch den Flur kommen und sah zur Tür, die ganz vorsichtig aufging. Sie schaute um die Ecke, als wolle sie sich davon überzeugen, dass es das richtige Zimmer war, kam herein und sah ihn sitzen. Sie hob die Hand. »Ha, der Jansen.«

»Ha, die Pietersen.«

»Sitzt du hier mal wieder ein bisschen allein herum?«

»Ja, aber jetzt sind Sie zum Glück da.«

Sie hörte es nicht, oder sie hörte nicht zu. Sie blieb stehen und sah unsicher auf die drei Sessel. »Wo soll ich mich jetzt hinsetzen?«

»Das ist egal.«

»Dann hier.« Sie setzte sich in den Sessel, in dem sie immer saß.

»Wie geht es deinem Vater jetzt?«, fragte sie und sah ihn an.

»Der ist tot.«

Sie erschrak. »Ist er tot?«

»Ja, aber schon lange.«

»Oh, zum Glück. Ich dachte schon.«

»Wo sind Sie gewesen?«

»Oh, überall ein bisschen, nicht wahr? Die übliche kleine Tour, würde ich mal sagen.«

»Und was ist die übliche kleine Tour?«

»Oh, der Boulevard und so.«

»Der Boulevard?«

Sie verstand sofort, dass etwas an ihrer Antwort nicht in Ordnung war. »Ach, der Boulevard, nein, natürlich nicht der Boulevard! Der Bijenkorf! Wir waren im Bijenkorf.«

»Und, war das schön?« Bedachte man den Zeitpunkt, als sie nach Hause gekommen waren, schien es ihm unwahrscheinlich, dass sie im Kaufhaus gewesen waren.

»Ja, hör mal, immer so ein bisschen dasselbe, nicht wahr? Es ist ja nicht mehr wie früher.«

»Nein, das ist es wohl nicht.«

Sie drehte sich zur Tür um und legte ihre Hände auf die Lehnen ihres Sessels. »Wo bleibt denn das Kind?« Sie wollte aufstehen.

»Das kommt gleich«, beruhigte er sie. »Sie ist noch mit dem Essen beschäftigt.«

»Muss ich dabei denn nicht helfen?«

»Nein, das ist heute nicht nötig.«

»Oh.« Sie ließ sich wieder zurückfallen.

Nicolien kam mit der Flasche Genever ins Wohnzimmer. »Tag«, sagte sie.

»Oh, bist du da?«, sagte ihre Mutter. »Ich dachte schon: Wo bleibst du bloß?«

»Ich musste mich doch ums Essen kümmern!« Sie sah zu dem kleinen Tisch. »Hast du denn noch nicht mal die Gläser hingestellt und den Eierlikör?« Sie war irritiert.

»Entschuldige.« Er stand auf. »Ich bin gerade erst gekommen.« Er holte die Gläser aus dem Geschirrschrank und den Eierlikör aus der Ecke. »Wo seid ihr gewesen?«

»In Edam.«

»In Edam?«, sagte er überrascht.

»Es war nett, nicht wahr, Mutter?«

»Ja, sehr nett«, pflichtete ihre Mutter bei. »Das war mal wieder was anderes, oder?«

Er goss den Eierlikör ins Glas seiner Schwiegermutter und füllte anschließend ihre eigenen Gläser.

»Es ist auch noch etwas Schlagsahne in der Küche«, sagte Nicolien.

Er verließ das Wohnzimmer, trödelte ein wenig bei der Suche nach der Schlagsahne und ging dann langsam wieder zurück. Er war plötzlich so müde, dass es ihm schien, als träten seine Augen aus den Höhlen.

»Was hast du gemacht?«, fragte sie, als er wieder ins Zimmer kam.

»Ich habe mich kaputtgearbeitet.« Er gab ihr die Schlagsahne.

Sie gab ein paar Löffel auf den Eierlikör und reichte ihrer Mutter das Glas. »Hier, Mutter!«

»Oh, Kind«, sagte ihre Mutter verzückt. Sie nahm ihr das Glas vorsichtig ab und hob es ihnen entgegen. »Na, dann mal Prost, oder, wollen wir mal sagen.«

Nach dem Essen fühlte er sich elend: straffe Haut und ein schwerer Kopf. Er legte sich auf die Couch, schloss die Augen und öffnete sie wieder, um in den Himmel zu sehen, doch das Licht war zu grell. Unbegreiflich, dass ein Mensch sich nach zweieinhalb Schnäpsen so fühlen konnte, insbesondere wenn man bedachte, dass derselbe Mensch früher mit Leichtigkeit einen halben Liter getrunken hatte. Eigentlich sollte er daraus irgandwann die Konsequenz ziehen und bekennender Abstinenzler werden, so wie sein Vater und sein Großvater. Dann hatte er zumindest noch einen moralischen Vorteil davon. Denn was sollte ein Arzt anderes sagen als: »Keinen Schnaps mehr trinken«? Den Ratschlag konnte man sich gleich sparen. Seine Schwiegermutter und Nicolien saßen, jede mit einem Teil der Zeitung vor sich, zu beiden Seiten des offenen Fensters. Die Standardbemerkung für diese Situation war »Die Familie Lesegern«, doch er fühlte sich zu elend, um Scherze zu machen, sogar um die Tauben zu beobachten, die von Nicolien nun wieder zu zweit im Baum rechts gesichtet worden waren. Ihm wurde kalt. Er ging widerwillig ins Hinterzimmer, um sich einen Pullunder zu holen, und fror anschließend noch mehr, als würde in seiner Brust von Zeit zu Zeit ein breiter Strahl kalten Wassers angestellt.

Langsam beschlich ihn die Vermutung, dass er die Grippe hatte. Er fragte sich, wann er sie sich geholt haben könnte, und erinnerte sich, dass er, als er gestern im Regen nach Hause kam, auf der Brücke über den Singel plötzlich verdammt gefroren hatte. Er behielt die Neuigkeit noch eine Weile für sich, auch wenn er die Sache bei Weitem nicht mehr so genoss wie früher, im Gegenteil: Je älter er wurde, umso ungelegener kam so etwas. Endlich, gegen zehn Uhr, stand er auf. »Ich gehe ins Bett«, sagte er. »Ich bin krank. Tschüss, Mutter! Schlafen Sie gut.«

»Tschüss, Maarten«, sagte seine Schwiegermutter. »Schlaf gut.«

Nicolien kam hinter ihm her ins Schlafzimmer. »Das meinst du doch nicht im Ernst, dass du krank bist?«, sagte sie missmutig. »Gerade jetzt, wo Mutter da ist! Eine der wenigen Male, dass sie einmal etwas länger zu Besuch kommt! Das Einzige, was sie hat! Das wirst du doch nicht verderben?«

»Ich kann es wirklich nicht ändern«, entschuldigte er sich. »Ich fühle mich beschissen.«

»Aber sicher kannst du es ändern! Das kommt natürlich von den Schnäpsen! Woher sollte es sonst kommen?«

»Nein, es kommt nicht von den Schnäpsen.« Er zog die Hose aus und legte sie über den Stuhl.

»Es kommt sehr wohl von den Schnäpsen!«, sagte sie hitzig. »Ich habe dich noch gewarnt! Du willst es nur nicht zugeben!«

»Ich will es gern zugeben«, sagte er matt. »Ich fühle mich nur zu beschissen, um es ausführlich zu tun.« Er ging in die Dusche und sah in den Spiegel. Sein Gesicht war kreidebleich. Außerdem hatte er starke Schmerzen im Kiefer.

»Wenn du nur dafür sorgst, dass es dir morgen wieder besser geht!«, sagte sie. »Das verlange ich!«

*

»Und?«, fragte sie, sobald der Wecker geklingelt hatte. »Wie geht's dir jetzt?« Es klang drohend.

»Ich bin krank.« Er fühlte sich zu elend, um daran auch nur einen Augenblick zu zweifeln.

»Krank?« Sie kam hoch, als hätte sie so etwas noch nie gehört. »Und ich hatte doch einen Apfelkuchen backen wollen!«

»Das kannst du doch trotzdem noch machen?« Er mochte nicht einmal an Apfelkuchen denken.

»Wie soll das denn gehen, wenn du sagst, dass du krank bist?«

Er gab darauf keine Antwort.

»Und gerade, wo Mutter da ist!«, rief sie verzweifelt. »Immer, wenn Mutter da ist! Immer, wenn Mutter da ist, bist du krank! Als ob du es deswegen machst! Hasst du sie so sehr?«

»Ich hasse deine Mutter überhaupt nicht!«, protestierte er schwach.

»Und warum bist du dann immer krank, wenn sie da ist? Warum ist das so?« Sie zerrte an seiner Schulter. »Sag es! Warum ist das so?«

Er schüttelte den Kopf. In seinem Inneren war es zu chaotisch, um sich auch nur an *einen* Besuch zu erinnern, abgesehen von der vagen Idee, dass er da nicht krank gewesen war.

»Und kommst du dann auch nicht frühstücken?«

»Nein.« Er durfte nicht ans Frühstücken denken.

»Wie soll ich Mutter denn empfangen, wenn du hier liegst und alles hören kannst, was wir sagen. Es ist sowieso schon so schwierig! Warum muss das jetzt noch dazukommen?«

Er gab darauf keine Antwort.

Sie begann zu weinen und verließ unter Tränen das Zimmer.

Er kam mit Mühe aus dem Bett, ging gebeugt zur Dusche, zog am Lichtschalter und suchte im Arzneischränkchen. Außer dass er sich krank fühlte, hatte er auch noch heftige Schmerzen im Kiefer, doch er war jetzt nicht in der Lage, darauf zu achten. Als er mit dem Thermometer aus der Duschkabine kam, auf dem Rückweg zum Bett, betrat sie gerade wieder das Zimmer. »Was soll das denn jetzt?«, fragte sie wütend. »Du wirst dir doch nicht selbst Fieber messen? Das wirst du doch nicht tun?« Sie ergriff sein Handgelenk und versuchte, ihm das Thermometer aus der Hand zu reißen. »Du wirst doch aus dir selbst keinen Patienten machen?«

»Lass los!« Er versuchte, sein Handgelenk loszumachen. Sie hatte das Thermometer zu fassen bekommen und versuchte, es zu zerbrechen. Das machte ihn plötzlich verdammt wütend. »Du zerbrichst es!« Er riss sich mit Gewalt los.

»Das hast du von deiner Mutter«, sagte sie, keuchend vor Anstrengung, »dieses idiotische Fiebermessen!«

»Ich darf doch wohl wissen, ob ich Fieber habe?«, rief er empört, während er mit dem Thermometer wieder ins Bett kroch.

»Warum willst du das wissen?«, rief sie zurück. »Was kann es dich kümmern? Das fühlt man doch, ob man krank ist!«

Er antwortete nicht.

»Und bei anderen findest du es Unsinn!« Sie stand wütend vor seinem Bett. »Anderen erzählst du, dass du nie Fieber misst! Das hast du gesagt! ›Wenn ich krank bin, bin ich krank! Dafür brauche ich kein Thermometer‹, hast du gesagt! Und jetzt fängst du plötzlich selbst an, Fieber zu messen! Bei uns zu Hause haben wir nie ein Thermometer benutzt! Hörst du mich? Nie!«

»Aber du hörst dir schon den Wetterbericht an!«, rief er zurück. »Warum hörst du dir dann eigentlich den Wetterbericht an?«

»Weil deine Mutter es gesagt hat, nicht wahr, dass du Fieber messen sollst!« Sie beachtete sein Argument nicht. »Deine Mutter, nicht wahr? Wenn es nur deine Mutter sagt! Muttersöhnchen!«

»Und was ist mit dem Wetterbericht?«, setzte er laut dagegen. »Warum hörst du dir dann den Wetterbericht an?«

Wütend verließ sie das Zimmer, ohne darauf eine Antwort zu geben.

Es dauerte eine Weile, bevor sich seine Wut so weit gelegt hatte, dass er wieder ans Fiebermessen denken konnte. Er zog ihr Kissen zu sich heran, stellte seine Armbanduhr aufrecht dagegen, sodass er sie aus einer liegenden Position heraus sehen konnte, legte sich auf die rechte Seite und führte das Thermometer ein. Während er dort lag, unerreichbar für die Außenwelt, verborgen im Dunkeln, beruhigte er sich. Er fragte sich, weshalb er sich immer zu Argumenten verführen ließ, die ihm fremd waren, weil er dachte, dass sie auf einen anderen mehr Eindruck machen würden, so wie dieser Wetterbericht. Er sah darin eine der wichtigsten Ursachen der Schwäche seiner Behauptungen in Diskussionen und Konflikten. Natürlich maß er sein Fieber, weil seine

Mutter es getan hatte, wenn er als Kind krank gewesen war. Warum sollte er sich dagegen verteidigen, solange er keinen Missbrauch damit trieb? Es wurde erst komisch, wenn man jede Stunde sein Fieber maß, auch wenn man nicht krank war, so wie Ad und Heidi, um dann anschließend aus den Schwankungen zwischen sechsunddreißig acht und siebenunddreißig eins zu schlussfolgern, dass man krank war und das wochen- oder sogar monatelang glaubte. Solchen Leuten durfte man sagen, dass man nie Fieber maß. Würde man sagen, dass man nur Fieber maß, wenn man sich krank fühlte, würden sie den Unterschied nicht sehen. Er maß also nur, wenn er sich krank fühlte. Vor allem wegen der fünf Minuten, die er am liebsten noch etwas ausdehnen würde und in denen er da ruhig und entspannt auf der rechten Seite lag, unter der Bettdecke, die Knie hochgezogen, die Hand am oberen Ende des Thermometers und die Armbanduhr in Griffweite. Diese fünf Minuten waren ein Niemandsland, in dem einem nichts geschehen konnte. Eigentlich war man dann sogar nicht einmal krank. Man war nichts, ein Instrument, das auf eventuelle Mängel hin untersucht wurde. Der Zustand war vergleichbar mit dem in dem Zeitraum zwischen dem ersten Besuch beim Hausarzt und dem Ergebnis des Facharztes. Solange an einem gearbeitet wurde, hatte man Schonfrist.

Achtunddreißig drei. Nicht sehr krank also, doch angesichts der Tatsache, dass die Grenze für ihn bei achtunddreißig lag, konnte er im Bett bleiben. Er hörte Nicolien vom Flur aus in die Dusche gehen. Sie machte die Tür zum Schlafzimmer zu, und kurz darauf hörte er das Rauschen der Dusche. Er döste ein und wurde wieder wach, als sie das Schlafzimmer betrat und das Licht anmachte. Sie zog sich an, ohne etwas zu sagen. »Und?«, fragte sie, nicht besonders freundlich, als sie sich angezogen hatte.

»Was *und*?«, fragte er, als verstünde er sie nicht.

»Du hast doch Temperatur gemessen?«

»Das interessiert dich doch nicht!«

»Aber ich darf doch wohl wissen, wie hoch deine Temperatur ist, auch wenn es mich nicht interessiert?«

»Achtunddreißig drei«, sagte er unwillig.

»Achtunddreißig drei! Aber dann brauchst du doch wohl nicht im

Bett zu bleiben? Mit achtunddreißig drei kannst du doch sicher aufstehen? Achtunddreißig drei ist doch kein Fieber?«
»Die Grenze liegt bei achtunddreißig.«
»Und wer sagt das? Wer sagt das, dass die Grenze bei achtunddreißig liegt? Das hat sicher deine Mutter gesagt!«
»Nein, das sage ich!«
»Nun, dann sage ich, dass es idiotisch ist! Ein Arzt würde sich kaputtlachen, wenn er das hören würde! ›Oh, achtunddreißig drei? Na, dann gehen Sie mal ruhig zum Konzert, nicht wahr? Bisschen erhöhte Temperatur!‹«

Er fühlte sich zu elend, um zu reagieren, doch er musste sich schon zusammenreißen.

Sie knipste das Licht aus. »Soll ich vielleicht im Büro anrufen?«
»Ja, gern.«
»Was soll ich denn sagen?«
»Das ich krank bin, natürlich.«

Sie verließ das Zimmer, und kurz darauf hörte er ihre Stimme im Wohnzimmer. »Tag, Ad. Nicolien hier. Maarten ist krank. ... Na ja, nicht so furchtbar krank, aber er hat achtunddreißig drei.« Sie lachte. »Ach ja?« Mit seinem kranken Kopf überlegte er, dass er dies nun gerade nicht gesagt haben würde. Achtunddreißig drei war die Morgentemperatur, während Ad aus seinen vielen Thermometerdaten die allerhöchsten wählte. Wahrscheinlich hätte er also gar nichts gesagt, denn Ad gegenüber fand er Fiebermessen idiotisch, aber wenn er etwas gesagt hätte, dann achtunddreißig neun oder so etwas. Andererseits fand er es wiederum nett, dass sie nicht so war, auch wenn ihre Wahrheitsliebe oft sein Bedürfnis durchkreuzte, den Stand der Dinge so schwarz wie möglich zu zeichnen. Die Zwischentür ging auf. »Ad hat gesagt, dass es wohl von den reaktionären Reden käme, die du vorgestern gehalten hast.«
»Oh.«
»Was waren das für Reden?«
»Ach, nichts.«
»Das sagt er doch nicht so dahin?«
»Ich habe gesagt, dass, wenn es nach mir ginge, unsere Gehälter auf

das Niveau der untersten Einkommen zurückgeschraubt und eine straffere Arbeitsdisziplin eingeführt werden würde, beispielsweise mit Stechuhren.«

»Mit Stechuhren?« Ihre Stimme war voller Abscheu.

Er gab darauf keine Antwort. Er fühlte sich zu elend, um eine Diskussion anzufangen.

»Du willst doch wohl nicht, dass die Leute noch härter arbeiten? So weit ist es mit dir doch noch nicht gekommen, dass du jetzt auch schon von ihnen verlangst, dass sie hart arbeiten?«

»Meinetwegen müssen sie nicht hart arbeiten! Aber ich hasse es, wenn sie betrügen! Wenn man so hohe Gehälter einstreicht, finde ich, darf man sich seiner Arbeit nicht entziehen! Das hasse ich!«

»Aber das ist doch Unsinn!«, sagte sie empört.

»Ja, es ist Unsinn, aber lass mich jetzt bitte in Ruhe! Ich bin krank!«

Sie schwieg.

»Würdest du gleich Kamille für mich holen?«, fragte er, als er sie das Zimmer verlassen hörte.

»Was hast du denn?«

»Ich habe eine Kieferentzündung.«

»Oh, dann fühlst du dich deshalb bestimmt elend! Ich dachte schon, von so einem bisschen Fieber kann man sich doch nicht so elend fühlen?«

Er antwortete nicht darauf. Sie verließ das Zimmer. Er hörte, wie sie den Flur entlang und durch die Eingangstür zu dem kleinen Zimmer ging, in dem ihre Mutter schlief, und gleich darauf ihre Stimmen auf der anderen Seite des Lichtschachts. Kurze Zeit später kamen sie wieder zur Tür herein, miteinander redend, doch er fühlte sich zu erbärmlich, um zu lauschen. Er regte sich über Ads Bemerkung auf. Als wäre es reaktionär zu finden, dass alle Menschen dieselben Lasten und Pflichten haben sollten. Reaktionär wäre es, wenn man sich über den Missbrauch seiner Steuergelder aufregen würde. Das interessierte ihn nicht die Bohne, und er hatte dazu im Übrigen auch keinerlei Grund, da das Gehalt in seinem Fall zu hundert Prozent aus den Steuergeldern anderer bestand. Außerdem empfand er nicht die geringste Neigung, anklagend auf andere zu zeigen, die man sich dann erst einmal vorknöpfen müsste, ein Argument bei vielen Leuten, die sich selbst als links bezeichneten. Es ging ihm um seine eigene Gruppe. Doch mitten in dieser Argumentation bedachte er, dass sein Standpunkt auch reaktionäre Seiten hatte, wenngleich er es mit seinem verwirrten, schlecht arbeitenden Kopf nicht ordentlich formulieren konnte. Er vermutete, dass sie in seiner Forderung nach Disziplin und der Anwendung von Zwang steckten, verlor sich in der Suche nach Gegenargumenten, was wiederum durch die Überzeugung durchkreuzt wurde, dass er natürlich reaktionär war, sogar verdammt reaktionär, aber dass er sich das von Ad nicht sagen zu lassen brauchte, woraufhin er in einem Chaos von Gedanken versank, von denen einige nichts mehr mit dem Thema zu tun hatten oder zumindest nicht mehr in einem durchschaubaren Zusammenhang damit standen.

Nicolien weckte ihn. »Hier ist deine Kamille«, ihre Stimme klang freundlich, »wo soll ich es hinstellen?«

»Stell mal auf den Hocker«, sagte er schläfrig.

Sie zog den Hocker an sein Bett und stellte den Becher darauf. »Aber dann musst du schon aufstehen, denn gleich ist er kalt!«

»Ja.« Als sie das Zimmer verlassen hatte, kam er mühsam aus seinem Bett und ging gekrümmt, mit kleinen Schritten wie ein alter Mann, mit dem Becher in der Hand zur Dusche. Sein Körper tat überall weh, und seine Augen waren stumpf, als er versuchte, sich im Spiegel selbst anzuschauen.

Ich bin müde, dachte der Mann, dachte er, als er wieder im Bett lag, müde und alt. Und er grub ein Loch in seinem Garten, setzte sich an den Schreibtisch, nahm ein Blatt Papier und begann mit dem Abfassen seines Testaments. Er nahm einen Gegenstand vom Aufsatz seines Schreibtisches, hielt ihn in der Hand und fragte sich, wem er ihn geben sollte. Es war ein Gegenstand, den sie kurz nach ihrer Hochzeit gekauft hatten, in einem kleinen Laden … und so weiter, und so fort. Seine Phantasien wurden von anderen Phantasien unterbrochen, doch lange Zeit kehrten sie jedes Mal wieder zum ersten Thema zurück. Er grub noch eine kleine Kuhle für seine Katze, und schließlich übergoss er alle Dinge, die ihm teuer waren, mit Petroleum, goss ein Fass über seinem Kopf aus und steckte das ganze Zeug in Brand – ein etwas heikler Schluss, denn er wusste nicht, ob es nicht ziemlich wehtun würde.

»Willst du nicht etwas essen?« Sie war unbemerkt ins Zimmer gekommen.

»Nein.« Er konnte noch immer nicht an essen denken.

»Gar nichts?«

»Ein Glas Milch.«

Sie verließ das Zimmer und brachte ihm kurze Zeit später einen Becher Milch. »Wie geht es dir jetzt?«

»Beschissen.«

Krank zu sein, hatte nicht mehr den Charme von früher, überlegte er, als sie wieder weg war. Früher war es ein Niemandsland in einer Welt, in der er sich offenbar niemals ganz wohlgefühlt hatte. Jetzt fühlte er sich verwundbar und bedroht. Dieses Mal war es noch die Grippe, bei einem nächsten Mal würde er sterben, und solange Nicolien noch lebte, sah er dem mit Bangen entgegen. Vielleicht auch, weil er in der Art und Weise, in der er sich bewegte, die Bewegungen seines Vaters wiedererkannt hatte, als sie ihn durchs Krankenhaus geschoben hatten. Nicht mehr lange, und er würde ebenfalls seine Macht verloren haben und anderen ausgeliefert sein, die schlimmste Strafe, die man sich für das Altern ausgedacht hatte. Außerdem waren sein Bett und sein Pyjama klitschnass vom Schweiß, derselbe Geruch wie damals beim Tod seiner Mutter und seines Vaters. Er dachte darüber nach und fand es seltsam, dass man vor seinem Tod anfing zu schwitzen, als ob Sterben eine Krankheit sei. Doch vielleicht hatten seine Mutter und sein Vater ja ebenfalls Fieber gehabt. Er dachte vage über diese Dinge nach, verstrickte sich in andere Erinnerungen, die meisten nicht so heiter, oder jedenfalls ohne den Glanz, den Erinnerungen auch gelegentlich haben. Denn was konnte es einen noch kümmern, wenn man alt war und nicht mehr laufen konnte, dass man früher mit dem Fahrrad zwischen säuselnden Pappeln an der Gein entlanggefahren war und bei der Voetangel ein kleines Pils getrunken hatte.

Am Abend hatte er achtunddreißig neun. Er stellte es mit einiger Genugtuung fest, so elend er sich auch fühlte. Über neununddreißig wäre also auch möglich gewesen, dachte er. Mit dem Vorteil, dass Ad sich dann zu Tode erschrocken hätte.

*

»Und?«, fragte sie aus dem Schlafzimmer heraus.
»Siebenunddreißig neun.« Er spülte das Thermometer ab und steckte es wieder in die Plastikhülle. Er fühlte sich elender, als er es erwartet hatte.
»Du stehst also auf!«
»Ich weiß noch nicht, ob ich aufstehe.« Unsicher ging er zurück zu seinem Bett.
»Aber es ist jetzt unter achtunddreißig! Die Grenze liegt bei achtunddreißig! Das hast du gesagt!« Sie saß aufrecht im Bett. »›Die Grenze liegt bei achtunddreißig‹, hast du gesagt!«
»Ja, aber ich fühle mich noch ziemlich schlecht.« Er kroch wieder ins Bett.
»Ich hätte den Apfelkuchen also doch nicht backen sollen! Du hast gesagt, dass du zum Wochenende wieder aufstehen würdest! Wer soll den denn nun aufessen, wenn es dir noch nicht besser geht?«
»Den kriegen wir schon aufgegessen.«
»Dann gebe ich eben Mutter den Rest mit!« Sie stieg entschlossen aus dem Bett.
»Morgen ist doch auch noch Wochenende?« Die Idee, dass ihre Mutter den Apfelkuchen mit nach Hause nehmen würde, empfand er als Sünde, obwohl er im Moment nicht an Apfelkuchen denken durfte.
»Du glaubst doch wohl nicht, dass wir so einen Apfelkuchen zu dritt an einem Tag aufessen können? Das glaubst du doch nicht?«
»Ich stehe gleich auf, aber ich bleibe noch kurz liegen, bis ihr euch gewaschen habt.«
Sie ging in die Dusche. Er hörte, wie sie sich die Zähne putzte, und dann das Geräusch der Dusche. Er fühlte sich schlapp und elend, doch

es war schwer festzustellen, wann ein Mensch sich elend genug fühlte, um im Bett bleiben zu können, und wann es ihm gerade gut genug ging, um aufzustehen. Eigentlich konnte man immer aufstehen, auch wenn es ab einer bestimmten Grenze wenig Freude brachte. Die Grenze hatte er bei achtunddreißig festgelegt. Er sah ein, dass er sich daran halten musste, auch wenn es ihn Mühe kostete, sich mit dieser Aussicht vertraut zu machen.

Nicolien kam wieder aus der Dusche und zog sich an. »Soll ich die Vorhänge schon mal aufmachen?«

»Nein, lass sie noch einen Moment zu.«

»Aber du kommst doch sicher zum Frühstück, oder?«

»Ja, ich komme zum Frühstück.«

Sie verließ das Zimmer. Er hörte sie über den Flur durch die Wohnungstür gehen, das Geräusch der Tür zum Kämmerchen, die ein wenig klemmte, und gleich darauf ihre Stimmen. »Guten Morgen, wie haben Sie geschlafen?« – »Gut, mein Kind.« Die Vorhänge wurden mit zwei Rucken aufgezogen. »Liegen Sie da mit Ihrem Unterrock im Bett?« – »Ja, das habe ich einfach mal gemacht.« – »Aber Sie müssen doch Ihr Nachthemd anziehen?« – »Was sagst du?« – »Sie müssen doch Ihr Nachthemd anziehen?« – »Ja, eigentlich schon.« Er lauschte atemlos. Ihre Stimmen drangen durch den Lichtschacht in sein Zimmer, als stünden sie an seinem Bett. »Nehmen Sie nachts Ihr Gebiss auch aus dem Mund?«, hörte er Nicolien fragen. – »Was? Mein Gebiss? Ja, ich glaube schon. Ich weiß es nicht mehr. Vielleicht nicht.« – »Aber das müssen Sie doch machen? Es ist doch gefährlich, wenn Sie es in Ihrem Mund lassen?« – »Ja, dann musst du mir in Zukunft mal eine Tasse Wasser geben.« – »Aber die bekommen Sie doch? Hier steht sie!« – »Wo? O ja. Ja, mein Kind, das Alter kommt mit Gebrechen, musst du dann einfach denken.« Es blieb eine kurze Weile still. »Was machen wir jetzt?«, hörte er seine Schwiegermutter fragen. – »Jetzt gehen Sie sich waschen.« – »Ach ja.« – »Wenn Sie jetzt mal den Nachttopf mitnehmen, nehme ich das hier mit.« – »O ja.« – Die Tür des Kämmerchens wurde geöffnet und wieder geschlossen. Das Geräusch des Schlüssels in der Wohnungstür und danach erneut die Stimme seiner Schwiegermutter: »So, da wären wir wieder.« Er hörte, wie sie zur

Toilette ging, den Nachttopf leerte und ihn im Waschbecken ausspülte. »Und jetzt?« Sie war wieder auf dem Flur. – »Jetzt gehen Sie und waschen sich mal. Erst Maarten kurz guten Tag sagen.« Die Tür des Schlafzimmers wurde etwas weiter aufgestoßen. Im Halbdunkel sah er, wie seine Schwiegermutter hereingeschoben wurde. »Da liegt er. Sehen Sie?« Sie stand hilflos neben seinem Bett und sah vor sich hin zur Kamineinfassung, direkt gegenüber der Tür. »Tag, Maarten. Geht es wieder ein bisschen besser?«

»Ja, es geht mir wieder bestens«, sagte der dicht neben ihr, zu ihr aufblickend.

»Das ist fein! Hast du gut geschlafen?« Offenbar hörte sie nicht, woher seine Stimme kam, denn sie sah nach wie vor geradewegs vor sich in die Dunkelheit.

»Und Sie auch?«

»Was sagt Maarten?«, fragte sie und drehte sich zu Nicolien um, die hinter ihr in der Tür stehen geblieben war.

»Er fragt, ob Sie auch gut geschlafen haben.«

»Ja, ich bin ein bisschen taub. Meine Ohren müssen mal wieder durchgespült werden.«

»Mutter ist morgens immer ziemlich taub. Komisch, nicht?«, sagte Nicolien. »Aber du sprichst auch reichlich undeutlich.«

»Kein Krach im Treppenhaus?«, fragte Maarten, seine Stimme erhebend und deutlich artikulierend.

»Was sagt er?« Sie sah noch immer zur Kamineinfassung, stocksteif und auf der Stelle.

»Ob es keinen Krach im Treppenhaus gab.«

»Nein, ich habe bestens geschlafen.«

»Schön.«

Sie drehte sich um. »Wo muss ich jetzt hin?«

»Jetzt müssen Sie hier rein.« Sie drängte ihre Mutter in Richtung Dusche.

»O ja.«

Sie gingen zusammen in die Dusche. Die Tür ging hinter ihnen zu. »Und muss ich hier dann auch wieder raus?«, hörte er sie fragen. – »Ja, das können Sie machen, aber Sie können auch hier wieder durch, zum Flur. Genau wie sonst.« – »O ja. Na, dann finde ich es schon. Dann wollen wir mal schön ein bisschen planschen.« – »Bis gleich.« – »Ja, dann bis gleich. Tschüss.« Die Tür ging wieder zu. Es wurde mucksmäuschenstill in der Dusche. Er fragte sich, was sie jetzt machte. Ein- oder zweimal hörte er ganz kurz den Hahn, doch dabei blieb es. Er fragte sich, was sie unter waschen verstand. Ihr Haar auf keinen Fall, und die Füße auch nicht. Und der Rest? Soweit sie wussten, war sie noch nie unter der Dusche gewesen. Mit Wasser hatte sie es nicht so, und Wasser, das von oben kam, war schon sehr beängstigend. Er fasste sich ein Herz, richtete sich auf dem Bettrand auf, blieb dort noch einen Moment unschlüssig sitzen, zog dann widerwillig seinen Morgenmantel an und ging ins Wohnzimmer, die Augen im grellen Licht zugekniffen. Schlapp und schwindelig saß er auf der Couch, in der Ecke hinter den Pflanzen. Er hörte die Tür der Dusche zum Flur hin aufgehen und leitete aus den Geräuschen, die er hörte, ab, dass sie vergeblich den Lichtschalter suchte, weil sie sich nicht daran gewöhnen konnte, dass das Licht in der Dusche mit einer Kordel betätigt wurde. Nicolien war in der Toilette damit beschäftigt, im Waschbecken ihren Nachttopf noch einmal zu reinigen. Er hörte seine Schwiegermutter auf dem Flur hin- und herwandern. Die Tür wurde vorsichtig etwas weiter aufgestoßen. Sie betrat zögernd den Raum, eine Hand um den Rand ihres Morgenmantels geklammert, überrascht, als sie ihn auf der Couch sitzen sah. Ihr Gesicht begann zu strahlen. »Hoi!« Sie hob die Hand, die Finger gespreizt, so wie ein Schulmädchen ihren kleinen Freund begrüßte, in diesem Fall ein Schulmädchen mit einem sehr alten Kopf.

»Hoi«, sagte er.

Sie hörte Nicolien aus der Toilette kommen, drehte sich um und ging mit lächerlich kleinen Schritten wieder in den Flur. »Und jetzt?« – »Jetzt müssen Sie sich anziehen«, hörte er Nicolien sagen. »Sehen Sie! Wenn Sie das jetzt mal anziehen!« Es fiel ihm erneut auf, was für eine Engelsgeduld sie im letzten Jahr entwickelt hatte. Eine beruhigende Aussicht für den Fall, dass er selbst dement werden würde, auch wenn er sofort wieder bezweifelte, ob jemand mit ihrem Charakter so etwas zweimal im Leben schaffen würde. »Nein, nicht hier! Im

Kämmerchen, oder?« Er vermutete, dass sie sich im Flur anziehen wollte. Sie musste darüber selbst ein wenig lachen. »Ja, natürlich.«

Als er sie zum zweiten Mal durch die Wohnungstür hereinkommen hörte, setzte er sich an den Tisch. Sie kam ins Wohnzimmer, ging unsicher in Richtung des Tisches und blieb dort stehen. »Wo soll ich mich hinsetzen?«

»Wo Sie immer sitzen.« Es irritierte ihn. Sie saß dort nun schon seit sieben Jahren, er fand, dass sie es so allmählich doch wohl wissen könnte.

»Dort?« Aus irgendeinem Grund wollte sie sich immer auf Nicoliens Platz setzen, oder sie tat so, als ob, denn es war schwer, bei ihr die Grenze zwischen dem festzustellen, was sie wirklich nicht wusste, und dem, was sie nicht wissen wollte, wenn es in ihrem Interesse lag. Ein Teil seiner Irritation beruhte auf Unglauben. Der Rest war die normale Irritation gegenüber wehrlosen Menschen, die hilflos taten, ein nicht besonders netter Charakterzug, der ihm Verständnis für die Ideen und Praktiken des Nationalsozialismus vermittelte. Dass es ihm meist gelang, diese Irritation zu verbergen, rechnete er sich nicht als Verdienst an. Die erste Reaktion war schließlich bezeichnender als das polierte Endergebnis, das übrigens bei der geringsten Spannung schon bald nicht mehr so glänzend aussah. Zivilisation ist wunderbar, dachte er, doch sie bedeutet nicht viel, wenn davon die Seele nicht durchdrungen ist.

Inzwischen war Nicolien hereingekommen. Sie schnitt das Brot. Sie legte eine Scheibe Weißbrot auf den Teller ihrer Mutter und schnitt dann eine Scheibe dunkles Brot ab.

»Ich kriege zwei Scheiben Brot von meiner Mutter«, bemerkte ihre Mutter.

Er hätte darauf wetten können, dass es auch so beabsichtigt war, doch das Brot wanderte in den Korb, mit einer Geste, an der nur der Kenner eine gewisse Gereiztheit ablesen konnte. Er wusste, dass sie eine solche Bemerkung nicht ertrug. Und tatsächlich, die nächste Scheibe war dann für ihre Mutter. Sie hatte sich wieder unter Kontrolle.

»Fein, dass du dich wieder so erholt hast, oder?«, sagte ihre Mutter.
»Wunderbar!« Er würgte seinen Brei hinunter. Danach ging nichts mehr, und sobald er die Gelegenheit bekam, setzte er sich wieder auf die Couch. Er kam wieder hoch, als sie zum Einkaufen gingen, um ihnen vom Fenster aus hinterherzusehen. Nicolien ging über die Straße zur Grachtenseite und winkte. Es dauerte lange, bis ihre Mutter ebenfalls in Sicht kam. Sie schlenderte ebenfalls zur gegenüberliegenden Straßenseite, drehte sich dort ganz um, sah langsam hoch, mit der Hand über den Augen, und spreizte ihm mit einem verstörten Lächeln die Hand entgegen. Das wiederholte sich noch einmal und dann trabte sie hinter Nicolien her, die linke Hand voran, an ihrem Arm, den Rücken gekrümmt, den Kopf vorgestreckt, wie die Blinden auf dem Gemälde von Bruegel.

*

Der Friseur saß in einem seiner Stühle und las die *Trouw*. Als er aufstand und seine Selbstgedrehte ausdrückte, bekam er einen enormen Hustenanfall. »Nehmen Sie es mir nicht übel«, sagte er.

Maarten reagierte nicht darauf. Selbst wenn er sich entschuldigte, hatte der Mann etwas Flegelhaftes, genau wie Wigbold. Er setzte sich in den anderen Stuhl und betrachtete missmutig sein fahles, erschöpftes Gesicht im Spiegel. So früh am Morgen fühlte er sich nie besonders gut, doch nun war ihm überdies ubel, und er hatte Kopfschmerzen, Beschwerden, die seiner Auffassung nach vorbeigehen müssten.

Der Friseur legte ihm einen Umhang um und knöpfte ihn hinten zu. Er keuchte leicht, als hätte er Mühe, Luft zu holen. »Ich dachte, dass es etwas frischer wäre, als es gewesen ist«, stellte er fest, während er ein weißes Löschpapier hinter Maartens Kragen steckte. Seine Stimme war ein wenig heiser.

»Das habe ich auch gedacht«, sagte Maarten.

»Mal wieder ein bisschen kürzen?« Er hielt die geöffnete Schere über Maartens Kopf und sah ihn im Spiegel an.

»Gern.« Er sah zu, während der Friseur zu schneiden begann, und suchte nach einer Bemerkung, um das Gespräch fortzusetzen. »Am Anfang ist die Hitze schon schön«, sagte er schließlich, »aber man hat schnell genug davon.«

Der Friseur reagierte nicht darauf. Vielleicht hielt er es für Altweibergeschwätz, und wenn *er* das schon fand, war es das sicher auch. »War es bei Ihnen noch auszuhalten?«, fragte er.

Aus den zwei Möglichkeiten, die er hatte, wählte Maarten nach einigem Zögern seine Wohnung. »Wir wohnen nach Südosten raus, und wir haben Schiebefenster. Da kann es also ordentlich heiß werden.«

Aus dem Geräusch, das der Friseur über seinem Kopf machte, schloss er, dass der ihm folgen konnte.

»Aber hier in der Gasse war es bestimmt schön kühl.«

»Hier in der Gasse war es kühl«, pflichtete der Friseur ihm gleichgültig bei, »aber man darf nicht rausgehen.«

»Aber Sie wohnen doch hier hinter dem Laden?« Er musste seine Gasse überhaupt nicht verlassen.

»Schon seit dreizehn Jahren nicht mehr. Wir wohnen auf dem Voorburgwal.«

Maarten brauchte einen Moment, um das zu verarbeiten.

»Wir hatten es auch warm!« Es klang wie ein Vorwurf.

»Sie wohnen also nach Südwesten raus«, rechnete Maarten aus.

»Das weiß ich nicht.«

»Nachmittagssonne!«

»Ja, Nachmittagssonne.«

»Das muss sehr warm gewesen sein.« Er tat sein Bestes, um seinen Fehler wiedergutzumachen.

»War es auch. Es hörte nicht auf. Auch nachts nicht.«

»Dann schläft man auch nicht gut.«

»Nein, damit habe ich persönlich kein Problem. Ich schlafe immer gut. Auch bei Lärm.« Er hörte kurz mit dem Schneiden auf und betrachtete aus kurzer Entfernung Maartens Kopf.

»Das ist eine Gabe.«

Der Friseur sah ihn verständnislos im Spiegel an.

»Es ist eine Gabe«, wiederholte Maarten etwas lauter und deutlicher.

»O ja, das kann man wohl sagen.«

Es entstand eine Pause. Der Friseur schnitt behutsam das Haar kürzer, mit schnellen Schnitten. »Sie kommen immer ziemlich früh.«

»Ja, ich komme früh.« Da der Friseur nicht darauf reagierte, wurde ihm klar, dass er ihm eine Erklärung schuldete. »Ich bin gern als Erster in meinem Büro, um noch einen Moment allein zu sein.«

»Oh, so ist das.« Es klang lau. Offenbar fand er die Bemerkung zu persönlich. Er legte seine Schere hin und griff zu einem Rasiermesser, um den Nacken auszurasieren.

»Wann fangen Sie an?«, fragte Maarten, um seine vorherige Bemerkung vergessen zu machen.

»Halb acht.« Er hatte sich ein wenig vornübergebeugt, um besser sehen zu können, was er tat, seine Stimme klang konzentriert. »Früher um sechs Uhr«, fügte er hinzu, als er fertig war und sich wieder aufrichtete. Er legte das Rasiermesser weg und griff zu einer Bürste.

»Wegen der Zeitungen.«

»Das auch, aber eigentlich nicht, mehr wegen der Nachtportiers.« Er zog das Löschpapier aus dem Kragen.

»Aber dann haben Sie früher aufgehört.«

»Ich habe um sechs Uhr aufgehört?«

»Ach du lieber Gott!«, sagte Maarten bewundernd. »Zwölf Stunden! Und dann stehen!«

»Ach, wenn man etwas zu tun hat, fliegt die Zeit nur so vorbei«, er bürstete Maartens Nacken aus, »aber das gibt es heutzutage mit dieser Arbeitszeitverkürzung nicht mehr.« Er zog den Kragen des Umhangs etwas nach hinten, um mit der Burste dahinter zu kommen.

»Und es ist die Frage, ob die Menschen dadurch glücklicher werden.«

Der Friseur reagierte nicht darauf. Er knöpfte den Umhang auf und griff erneut zum Rasiermesser, um noch einmal letzte Hand anzulegen.

»Aber es kommt sicher wieder«, sagte Maarten, als der Friseur fertig war. Er stand auf.

»Nein, das kommt nie mehr wieder.«

Maarten lachte. Er holte sein Portemonnaie aus der Tasche und bezahlte ihn.

»Wir danken Ihnen«, sagte der Friseur in singendem Tonfall. Er folgte Maarten zur offen stehenden Tür. Auf der Eingangstreppe lag ein Portemonnaie.

»Sehen Sie«, sagte Maarten überrascht.

Der Friseur hob es auf. Es war leer. »Die findet man heutzutage so oft. Ich habe noch eine Tasche mit Schlüsseln und allem.« Sie standen zusammen in der Gasse und unterhielten sich, als seien sie noch immer im Laden. »Sehen Sie die Tür dort?« Er zeigte auf eine braune Tür neben seinem Geschäft. »Das ist ein kleines Tor. Wenn Sie da durchgehen, kommen Sie auf einen Innenhof. Dann gehen die durch das Tor und werfen die leeren Portemonnaies einfach auf den Hof. Dagegen kann man nichts machen.«

»Na, dann bis zum nächsten Mal«, sagte Maarten. Er verließ die Gasse und überquerte den Voorburgwal Richtung Herengracht. Sobald er allein war, kamen die Kopfschmerzen wieder zurück, und er spürte, wie müde er war. Er war schlapp in den Beinen, und um ihn herum war alles verschwommen. Vielleicht war das der Grund, dass der Schock ihn nicht so hart traf, als er entdeckte, dass die Herengracht sich bis zur Unkenntlichkeit verändert hatte. Das Süßwarengeschäft an der Ecke zur Wolvenstraat war verschwunden. Stattdessen gab es dort einen kleinen, unordentlich wirkenden Laden mit einem Fenster, das sehr viel höher oder zumindest anders war, als er es in Erinnerung hatte, und daneben ein Antiquitätengeschäft, an das er sich dunkel erinnerte, allerdings nicht an dieser Stelle. Er zählte die Brücken, um zu sehen, welchen Durchgang er genommen hatte, und gerade als sich eine gewisse Ratlosigkeit seiner zu bemächtigen begann, ging ihm auf, dass er auf dem Singel stand. Verschämt ging er weiter, ein Schamgefühl, das in der Gasse zwischen den beiden Grachten in Befriedigung überging, dass er in Amsterdam spazierte und alles so vertraut war, wahrscheinlich eine Reaktion auf das Gefühl der Entfremdung eben. Er sah zu dem Süßwarengeschäft hinüber und stellte fest, dass die Auslage durch ein gelbes Rollo seinem Blick entzogen war.

Weil er später dran war als gewöhnlich, kam er gleichzeitig mit Sien an. Er wartete auf sie und hielt mit dem Rücken die Tür auf, während sie hastig ihr Fahrrad abschloss, darauf bedacht, ihn nicht länger als nötig warten zu lassen. »Bist du wieder gesund?«, fragte sie, als sie bei ihm stand. Sie keuchte ein bisschen.

»Ja.« Er ließ ihr bei der Drehtür den Vortritt. Sie ging vor ihm her zur Pförtnerloge, um ihre Namensschilder einzuschieben, und zusammen stiegen sie die Treppe hinauf.

»Ich hatte schon Angst, dass du krank werden würdest, denn ich fand, dass du am Donnerstag viel zu hart gearbeitet hast.«

Er lachte. »Da war ich schon krank. Aber du hast recht, hart arbeiten ist schlecht.« Sien gegenüber konnte er so etwas sagen.

Gehetzt ging sie in den Karteisystemraum und schloss die Tür hinter sich.

Er legte seine Plastiktasche ins Bücherregal, machte das Fenster auf, hängte sein Jackett auf und setzte sich an seinen Schreibtisch, der überladen war mit dem, was sich dort in den paar Tagen angehäuft hatte. Während er träge und widerwillig Ordnung zu schaffen begann, betrat Bart den Raum. »Hey«, sagte er überrascht.

»Tag, Bart.«

»Bist du auch wirklich wieder gesund?« Er blieb an seinem Schreibtisch stehen und sah ihn an.

»Gesund genug. Hast du den Brief an dieses Institut noch geschrieben?«

»Ich bin dabei, letzte Hand anzulegen.« Er stellte die Tasche ab und putzte seine Brille. »Was machen die Tauben?«

»Die haben definitiv das Nest verlassen.«

»Das ist dann bestimmt eine Sorge weniger.«

»Ja, obwohl man sie natürlich doch nicht ganz vergisst.«

»Das kann ich mir vorstellen.« Er suchte seine Papiere zusammen und verschwand im Karteisystemraum.

Ad kam herein. »So, du warst erkältet?«

»Wenn man neununddreißig zwei als erkältet bezeichnen will.«

»Neununddreißig zwei?« Wenn man mit siebenunddreißig eins dem Tod schon ins Auge blickte, musste jemand, der neununddreißig zwei gehabt hatte, schon fast dem Jenseits zuzurechnen sein.

»Und geht es dir denn jetzt schon wieder besser?«

»Zumindest gut genug.«

Ad schwieg. Vielleicht fragte er sich, weshalb Nicolien über achtunddreißig drei gesprochen hatte. Maarten überlegte kurz, ob er ihm haarklein darlegen sollte, wie die Sache lag, doch er sah davon ab. Er hatte Kopfschmerzen, und das Bild, das man von ihm hatte, war ihm egal. So hart wird man, dachte er mit Galgenhumor.

Bart kam wieder aus dem Karteisystemraum. Er grüßte Ad, setzte sich an seinen Schreibtisch und fing an, mit kurzen, harten Anschlägen zu tippen. »Hey!« sagte er jedes Mal, wenn er sich vertippte. Er radierte den falschen Buchstaben weg und tippte den richtigen darüber.

Maarten stand auf, nahm eine Zeitschrift aus seiner Tasche und ging damit in den Karteisystemraum. An der Haltung, in der Sien an ihrem Schreibtisch saß, gespannt, fanatisch weiterschreibend, umgeben von großen und kleinen Stapeln Fragebogen, Zeitschriften und Büchern, sah er, dass sie am Rande des Zusammenbruchs stand. Er nahm einen Stuhl und setzte sich ihr schräg gegenüber, neben ihren Schreibtisch.

»Wie läuft es mit deinem Artikel?«

Sie sah gehetzt auf. Ihr Gesicht war aschfahl, mit Ringen unter den schwarz geschminkten Augen. »Ich kann keine Literatur finden.« Es klang verzweifelt.

Er betrachtete das Chaos auf ihrem Schreibtisch.

»Über dieses Thema ist noch nie etwas geschrieben worden!«

»Darf ich mal sehen, was du bis jetzt hast?«

»Ich habe bisher nur die Gliederung.«

»Dann eben die Gliederung.«

Er sah sie sich an. Sie hatte die Themen, die sie behandeln wollte, systematisch untereinander angeordnet und ihnen jeweils eine durch Punkte unterbrochene Ziffernfolge vorangestellt, wie es sich jetzt nach dem Vorbild der Naturwissenschaften auch in den Sozial- und Geisteswissenschaften durchzusetzen begann. Dahinter steckte zweifellos die Idee, dass dadurch der Inhalt exakter und damit wissenschaftlicher werden würde. Er fand es lächerlich und außerdem eine sichere Methode, der Argumentation jedes Leben auszutreiben, doch da er vermutete, dass wieder einmal Henk dahintersteckte, behielt er diese Bemerkung für sich. »Das ist gut«, sagte er und legte das Blatt zwischen sich.

»Ja, aber es gibt keine Literatur dazu!«

»Die gibt es bald. Wenn du den Artikel geschrieben hast.«
»Wie soll das denn gehen? Das kann ich doch überhaupt nicht?« Sie sah ihn panisch an.
»Natürlich kannst du das«, sagte er mit großer Entschiedenheit. »Warum solltest du das nicht können?«
»Weil ich überhaupt keine Beispiele habe.«
»Du brauchst auch keine Beispiele. Du hast die Fragebogen. Die sind deine Quellen. In deinem Artikel musst du zwei Dinge tun. Du musst den Leuten, die die Fragebogen ausgefüllt haben, zeigen, wie wir ihre Antworten verwenden und wie wichtig sie für uns sind. Und den anderen musst du klarmachen, dass die Fragebogen trotz aller Kritik, die man daran haben kann, eine ausgezeichnete Quelle sind, wenn man sie nur richtig benutzt.« Sie sah ihn verzweifelt an. Er fragte sich, ob sie überhaupt hörte, was er sagte. »Wenn du jetzt einmal die Antworten in den Fragebogen rund um die Themen deiner Gliederung gruppierst und sie dann nach Ackerbaugebiet und Beruf ordnest«, sie hatte einen Stift in die Hand genommen und begann, gehetzt zu schreiben, »und dann fasst du das zusammen, mit den Namen deiner Informanten in den Fußnoten ...« Er wartete kurz, abgelenkt durch ihre Schreiberei. »Hast du seinerzeit meinen Aufsatz über die Sichel, die Sense und die Sichte gelesen?«

Sie erschrak. »Das ist doch nicht mein Thema?«

»Alles ist dein Thema. Du brauchst ihn auch nicht ganz zu lesen, aber da hast du ein Beispiel, wie man es machen könnte.«

»Ich werde ihn lesen«, sagte sie angespannt.

»Anschauen reicht. Es geht um die Art und Weise zu arbeiten.«

»Und muss ich dann keine Literatur benutzen?«

»Nein!«, sagte er kategorisch. »Für diesen Artikel musst du keine Literatur benutzen.«

»Aber ist es dann noch wissenschaftlich genug?«

»Ja, natürlich«, sagte er verärgert. »Der Wert eines solchen Artikels besteht doch gerade darin, dass man eine neue Quelle mit unbekannten Daten benutzt?«

»Ja«, sagte sie unsicher. Es war zu sehen, dass sie nur die Hälfte von all dem glaubte.

»Aber ich wollte eigentlich etwas anderes.« Er legte die Zeitschrift auf den Rand ihres Schreibtisches. »Ich habe den Aufsatz dieser Französin gelesen und deine Zusammenfassung.« Er sah, dass sie erstarrte und suchte vorsichtig nach Worten. »Es ist ein wichtiger Aufsatz.«
»Ja«, sagte sie abwehrend.
»Fandest du ihn schwierig?«
»Ich fand das Französisch ziemlich schwer.«
»Ja.« Er zögerte. »Lass ihn einfach liegen, bis dein Artikel fertig ist, aber danach musst du ihn noch mal lesen. Ich habe ein paar Anmerkungen gemacht. Schau mal, ob du sie verstehst. Ansonsten reden wir noch darüber.«
Sie nickte.
»Aber jetzt noch nicht!«, warnte er. »Es hat absolut keine Eile.«
Erleichtert, dass es überstanden war, verließ er ihr Zimmer. Bei jeder kritischen Bemerkung über ihre Zusammenfassungen hatte er das Gefühl, sich am Rande eines Abgrunds zu bewegen. Sie ertrug es kaum. Er vermutete, dass sie alles, was sie schrieb, erst Henk vorlegte, sodass es ein Wettstreit zwischen ihm und diesem unbekannten Mann zu werden schien. Das ärgerte ihn.

»Ich habe ein Konzept für den Brief an das Institut in Utrecht gemacht«, sagte Bart. »Würdest du ihn dir mal ansehen?«
»Ich sehe es.« Er setzte sich an seinen Schreibtisch und nahm das Blatt hoch. Der Brief hatte nahezu denselben Inhalt wie der seine, war nur viel umständlicher, und statt »ungefähr eine Million Karteikarten« stand dort nun »800 Karteikästen mit durchschnittlich ca. 1.000–1.500 Karteikarten pro Kasten«. »Ausgezeichnet!«, sagte er. Er stand auf und brachte Bart das Papier zurück. »Nichts daran auszusetzen!«
»Auch nicht im Detail?«
»Auch nicht im Detail!«
»Ich würde doch noch gern kurz zu dritt darüber sprechen wollen.«
»Ist das wirklich nötig?«
»Ich hätte schon das Bedürfnis.«
»Aber ich wüsste nicht, was ich noch dazu sagen sollte.« Er hätte hinzufügen können, dass der Inhalt sich in nichts von dem seines Briefes unterschied, doch das behielt er besser für sich.

»Aber vielleicht hat Ad noch Anmerkungen?« Er blickte sich zu Ad um.
»Ich habe keine Anmerkungen«, sagte Ad. »Ich finde es so in Ordnung.«
»Ich würde trotzdem gern darüber reden wollen.«
»Gut«, sagte Maarten. »Hast du jetzt Zeit, Ad?«
Ohne etwas zu sagen, stand Ad auf und setzte sich an den Tisch. Maarten folgte seinem Beispiel.
»Brauchst du denn das Konzept nicht dafür, Ad?«, fragte Bart.
»Ich kann dem auch so folgen.«
Bart nahm das Original des Konzepts von seinem Schreibtisch und brachte es zum Tisch. Er setzte sich zwischen die beiden anderen. »Ich werde ihn vorlesen.« Er beugte sich über das Papier und folgte dem Text mit einem Bleistift. »›Sehr geehrter Herr!‹« – er sprach die Worte sehr präzise aus. »›Bezug nehmend auf die von Ihnen in Ihrem Brief vom 5. Juli d. J. gestellten Fragen teile ich Ihnen das Folgende mit. Frage 1: Befindet sich in Ihrem Büro ein Karteisystem? Antwort: In unserem Büro befinden sich verschiedene Karteisysteme, und zwar: 1. ein Karteisystem des Buchbestands, das die Karteikarten der Bücher enthält, die im Laufe der Zeit aus den unterschiedlichsten Gründen nicht angeschafft worden sind, mit Angabe von Gründen und einem Verweis auf die Fundstelle; 2. ein Karteisystem der für den Schlagwortkatalog exzerpierten Zeitschriften; 3. ein Karteisystem der im Büro vorhandenen Musterkarten; 4. ein Karteisystem der vom Büro gesammelten Erzähltypen und -motive.‹« Er hörte kurz auf und sah Ad an. »Die Umschreibung ist doch richtig?«
»Ja, die ist richtig«, sagte Ad.
»Also: ›ein Karteisystem der vom Büro gesammelten Erzähltypen und -motive‹«, wiederholte Bart, »›5. ein Karteisystem der von den Mitarbeitern des Büros angefertigten Tonbandaufnahmen‹«, er sah Maarten an, »oder muss es ›Tonbandaufzeichnungen‹ heißen?«
»Soweit ich weiß, geht beides.«
»Beides«, wiederholte Bart, leicht verstimmt. Er machte sich an der Stelle eine Notiz. »Ich werde das doch noch mal überprüfen.« Er setzte den Bleistift an eine andere Stelle, »›und 6. ein Schlagwortkatalog der

für unser Fachgebiet relevanten Literatur.‹« Er sah erneut auf. »Habe ich noch etwas vergessen?«

»Nein«, sagte Ad.

»Es scheint mir vollständig zu sein«, ergänzte Maarten.

»Du bist dir also nicht sicher.«

»Doch. Ich bin mir sicher.«

Es schien für einen Moment, als zweifle Bart doch noch daran, aber er nahm sich zusammen. »›Da ich Ihrem Brief glaube entnehmen zu dürfen, dass Sie sich insbesondere für das Letztere interessieren, werde ich mich im nun Folgenden darauf beschränken.‹« Er sah auf. »Damit seid ihr doch einverstanden?«

»Natürlich!«, sagte Maarten.

Ad sagte nichts.

Am Ende des Nachmittags, auf dem Rückweg nach Hause, war er demoralisiert. Er war müde und hatte noch immer Kopfschmerzen. Der Wind raschelte in den Blättern der Bäume an der Gracht. Der Koningsplein lag noch in vollem Sonnenschein. Die Glocken der Krijtberg-Kirche läuteten. Donnerstag. Er fragte sich, was der Grund dafür sein könnte. Es war sein Fach. Er sollte es doch eigentlich wissen. Er lauschte dem Glockengeläut, während er auf der gegenüberliegenden Seite des Singels weiterging, und fühlte sich von den Geräuschen um ihn herum gegen die Außenwelt geschützt. Er kaufte die Zeitung und ging langsam über den Voorburgwal nach Hause.

*

Als Maarten vor dem Schalter stand und de Vries eine Tasse Kaffee für ihn einschenkte, kam Balk durch die Schwingtür in den Kaffeeraum. »Kannst du deine Leute noch einmal darauf hinweisen, dass sie ihren Urlaub bei Meierink anmelden müssen?«, sagte er.

Maarten wandte seinen Kopf wieder ab. Er griff zum Milchkännchen und goss sich Milch ein, während er sich gegen den unerwarteten Angriff wappnete und nach einer Reaktion suchte.

»Meierink hat mir eine Liste gegeben, und von euch hat es noch niemand gemacht.«

Maarten nahm seine Tasse hoch und drehte sich langsam um, sich mit Mühe beherrschend.

»Du auch nicht!«

Das war zu viel. Die Wut über das Unrecht, das ihm angetan wurde, durchfuhr ihn plötzlich. »Er spinnt!«, platzte es heftig aus ihm heraus, und er sah Balk wütend an. »Ich bin verdammt noch mal am Tag nach seinem Urlaub bei ihm gewesen, um es ihm zu melden!« Bleib doch ruhig, dachte er gleichzeitig. Das ist die Sache doch überhaupt nicht wert. Überlegen darauf reagieren! Doch er hörte nicht auf die Stimme. »Dasselbe wie letztes Jahr!«, sagte er wütend. »Er behauptet, dass ich damals meinen Urlaub auch nicht gemeldet hätte, obwohl ich ihm einen Zettel mit den Daten gegeben hatte!« Er bildete sich ein, dass Balk ganz kurz amüsiert schmunzelte, und fühlte sich ertappt. »Und ich bin davon überzeugt, dass es bei meinen Leuten genauso gelaufen ist«, sagte er etwas schwächer. Er fühlte sich für dumm verkauft. Es war nicht seine Absicht gewesen, Meierink anzuschwärzen. Es war lächerlich, sich gegen so etwas zu verteidigen.

»Besprich das noch mal mit ihm«, sagte Balk, nicht unfreundlich. Er wandte sich ab und ging durch die Schwingtür wieder in die Halle.

Balks Reaktion besänftigte ihn. Er schämte sich. Er stieg mit dem Kaffee in der Hand die Hintertreppe hinauf und ging in Meierinks Zimmer.

Meierink saß an seinem Schreibtisch. Er sah trage auf, als Maarten den Raum betrat, die Brille etwas nach vorn gerutscht, mit offenem Mund.

»Ich habe von Balk gehört, dass du behaupten würdest, ich hätte meinen Urlaub nicht gemeldet«, sagte Maarten.

»Hat er das gesagt?«, fragte Meierink nölig, als würde es ihn wundern.

»Wie kannst du bloß so einen Unsinn verzapfen?« Es klang väterlich, doch auch das empfand er als falsch, künstlich.

»Hattest du es denn gemacht?« Maartens Auftreten machte ihn unsicher.

»Ich bin am Tag nach deinem Urlaub hier gewesen, um meinen Urlaub zu melden«, erinnerte ihn Maarten. »Lies war dabei. Sie wird sich erinnern. Du hast noch gesagt: ›Ab Pfingsten? Muss ich das dann ganz zurückrechnen?‹ Denn dazu hattest du keine Lust! Ich habe dich dann noch gefragt, ob ich einen Urlaubstag dazubekommen habe, weil ich fünfzig geworden bin. Da hast du zu meiner Karte gegriffen, und als sich herausstellte, dass ich tatsächlich einen dazubekommen habe, hast du gesagt: ›Darin sind wir gut.‹ Anschließend hast du bemerkt, ein bisschen verstimmt, dass bei mir auch noch fünfundzwanzig Tage vom letzten Jahr offen wären, weil ich angeblich meinen Urlaub nicht gemeldet hätte, und dass es so ärgerlich wäre, weil es keiner von meinen Leuten machen würde. Ich war empört, weil ich dir die Daten auf einem Zettel gegeben hatte, und weil ich davon überzeugt war, dass es meine Leute auch gemacht hatten! Und jetzt fängst du wieder an!«

Meierink hatte mit offenem Mund zugehört, während Maarten mit Nachdruck Beweis auf Beweis häufte und sich allmählich ein wenig lächerlich vorkam. »Dass du dich an das alles erinnern kannst«, sagte er dümmlich.

»An kleine menschliche Dinge erinnere ich mich. Das ist eine Eigenart von mir. Dagegen kann ich nichts tun.« Auch mit dieser Bemerkung war er nicht zufrieden. So etwas sagt man nicht.

Aber wie hätte ich denn reagieren sollen?, dachte er, während er mit seinem Kaffee in sein Stockwerk hochstieg. Er wusste es wirklich nicht. Er hätte sich gewaltig anstrengen müssen, um sich nach so einem unberechtigten Vorwurf etwas wirklich Überlegenes auszudenken, und selbst wenn er sich etwas ausgedacht hätte, hätte er es ohnehin nicht bringen können. Das war dann zumindest ein Trost, wenn auch ein schwacher.

Seine Leute saßen um den Sitzungstisch herum und warteten auf ihn, Sien am Kopfende mit einer großen Dose neben sich, auf dem Tisch Kaffeetassen, kleine Teller, Servietten, Kuchengabeln. Den Stuhl zwischen Sien und Joop hatte man ihm freigehalten. »Ich bin von Balk aufgehalten worden«, entschuldigte er sich, während er sich hinsetzte. »Meierink hat geklagt, dass keiner von uns den Urlaub meldet.«

»Schon wieder!«, rief Joop und schlug mit der flachen Hand auf den Tisch.

»Hast du es neulich eigentlich gemacht?«, fragte Maarten Tjitske.
»Ja, natürlich«, sagte Tjitske entrüstet.
»Der Mann wird einfach alt«, sagte Sien überheblich.
»Vielleicht meint er mich«, sagte Ad ruhig. »Ich habe damit aufgehört, weil er es sowieso vergisst.«
»Nein, er meinte uns alle«, Ads Ruhe überraschte ihn, er fand das überlegen, »aber vielleicht könnt ihr es noch einmal machen, und schreibt es dann auf einen Zettel, mit einem Durchschlag.« Er wandte sich Sien zu. »Sien! Eine Schande! Aber es gibt heute wichtigere Dinge!«
»Na ja, das weiß ich nicht«, sagte sie verlegen. »Ich habe mal etwas ausprobiert.« Sie zog die Dose zu sich heran.
»Aber schon etwas Seeländisches, vermute ich«, sagte Bart genießerisch.
Sien hob den Deckel von der Dose und nahm das Löschpapier hoch.
»Apfeltaschen!«, sagte Manda überrascht.
»Es sind Seeländische Apfeltaschen«, sagte Sien.
»Siehst du!«, sagte Bart. »Das hatte ich schon prophezeit!«
Während Sien die Apfeltaschen verteilte, wusste Maarten plötzlich, wie er hätte reagieren müssen. Er hätte zu Balk sagen müssen: »Hey, habe ich ihn noch nicht gemeldet? Das ist nicht in Ordnung!« Und anschließend hätte er ihn ganz ruhig ein zweites Mal bei Meierink melden sollen, ohne im Weiteren ein Wort darüber zu verlieren. Es ärgerte ihn, dass es ihm nicht früher eingefallen war. »Verdammt lecker!«, sagte er geistesabwesend und nahm die Kuchengabel in die Hand.
»Wartet eine Sekunde!«, warnte Sien. »Ihr kriegt auch noch Puderzucker drüber!« Sie bückte sich zu ihrer Tasche und holte eine Büchse Puderzucker heraus.
»Was hast du eigentlich auf deiner Backe, Bart?«, fragte Joop.
»Beim Rasieren geschnitten!«, sagte Manda. Sie lachte, um die Boshaftigkeit aus ihrer Bemerkung zu nehmen.
»Ich bin am Wochenende auf einem Spaziergang von einem kleinen Insekt gestochen worden«, sagte Bart behutsam und strich am Pflaster auf seiner Wange entlang.
»Sicher von einer Mücke«, sagte Tjitske sarkastisch.
»Das habe ich nicht bestimmen können, Tjitske«, antwortete Bart.

»Wo bist du spazieren gegangen?«, fragte Maarten und nahm einen Bissen. »Es ist verdammt lecker, Sien!«

»Ja?« Sie wurde rot.

»Es ist in der Tat wieder einmal ganz außergewöhnlich, Sien«, sagte Bart.

»Die mag ich!«, rief Joop. »Tapfelaschen!« Sie lachte ausgelassen.

»Am Wasser der Grecht entlang, von Woerden nach Woerdense Verlaat«, sagte Bart, während er sich Maarten zuwandte.

»Schön!«

»Es ist dort in der Tat sehr schön. Seid ihr am Wochenende spazieren gewesen?«

»Wir sind mit dem Fahrrad nach Schardam gefahren, und dann durch den Beemster zurück.« Er lachte. »In Edam saßen zwei Männer neben uns auf der Terrasse des Damhotels, die sich fragten, ob das Wasser in der Gracht bei Ebbe und Flut rauf- und runtergehen würde.«

»Sicher Autofahrer.«

»Als hätte ich es gewusst!«, rief Joop ausgelassen. »Keine fünf Minuten!«

»Aber es ist so!«, sagte Maarten amüsiert. »Wenn man überall hinkommen kann, ohne etwas dafür zu tun, gibt es ein großes Durcheinander im Kopf.«

»So wie im Kopf von Meierink«, sagte Manda fröhlich.

»Da ist doch bestimmt nichts drin«, bemerkte Tjitske verächtlich.

»Herr Meierink hat durchaus auch liebenswerte Eigenschaften«, verteidigte ihn Bart.

»Ja, natürlich«, sagte Maarten. »aber auch eigenartige. Neulich hat er erzählt, dass er manchmal den Historiker Lou de Jong trifft und ihn dann grüßt, aus Respekt, und dass er ihn neulich auf der Straße nach seiner Meinung über den israelischen Angriff auf Entebbe gefragt hat.«

»Das finde ich nicht so eigenartig«, sagte Bart.

»Aber er kennt ihn nicht!«

»Ja, das war mir schon klar.«

»Ich sehe Lou de Jong fast jeden Tag«, sagte Maarten verwundert, »aber es würde mir nicht einmal in den Sinn kommen, ihn zu grüßen.«

»Ja, aber Maarten, du willst ja auch keinen Kontakt!«, rief Joop.

»Das wird es sein«, gab Maarten ironisch zu.
»Wie lange läuft man da an der Grecht?«, fragte Tjitske Bart.
»Fliegt ihr?«, fragte Maarten Sien.
»Ja, das muss man schon.«
»Man kann auch mit dem Zug fahren.«
»Ich mag das lange Sitzen im Zug nicht.«
»Solange man nicht aus dem Fenster sieht.«
»Aber ich sitze mir dann den Hintern platt«, sagte sie etwas leiser. Sie kicherte.
Er erstarrte kurz und sperrte die Augen unwillkürlich etwas weiter auf. In ihrer Bemerkung lag eine Mischung aus Sinnlichkeit und Vulgarität, die ihn schockierte. »Dann muss man aufstehen«, sagte er, um seine Irritation zu verbergen.
»Wer möchte noch eine Apfeltasche?«, fragte sie, sich den anderen zuwendend.
»Ich finde sie wirklich herrlich, Sien«, sagte Bart, »aber eine reicht mir.«
»Na, ich nehme gern noch eine«, sagte Tjitske.
Warum schockiert mich so etwas?, fragte sich Maarten, während er zusah, wie sie mit einer Gabel die Apfeltaschen verteilte.
Es entstand eine Pause.
»Am Samstag sind wir auf der Leidsegracht spazieren gegangen«, erzählte er, seine Gedanken zurückdrängend, »und da hörten wir, wie ein junger Mann eine Frau fragte, wo das französische Fremdenverkehrsbüro ist. Das wusste sie nicht. – ›Das weißt du doch?‹, hat Nicolien gesagt. – Der junge Mann war schon weitergegangen. Ich renne ihm hinterher und sage: ›Sie suchen das französische Fremdenverkehrsbüro? Das ist genau auf der anderen Seite, an der Prinsengracht.‹ – Er sah mich desinteressiert an, ein junger Mann in einem schwarzen Anzug und mit schwarzem Schlips. – ›Oh‹, sagte er. – Und dann ist er einfach weitergegangen. Versteht ihr das?«
Sie lachten.
»Ich glaube, dass er einfach die Frau ansprechen wollte«, sagte Ad.
»Die Frau war viel älter«, sagte Maarten zögernd.
»Du meinst, dass du nur eine jüngere Frau ansprechen würdest«, sagte Ad mit einem boshaften Lachen.

»Aber Maarten hat doch gerade gesagt, dass er niemanden ansprechen würde!«, sagte Joop fröhlich.

»Nein, in der Tat, so etwas schockiert mich«, gab Maarten zu.

»Nimm dir mal einen Stuhl«, sagte er.

Manda zog einen Stuhl unter dem Tisch hervor und stellte ihn neben seinen Schreibtisch.

Er sah auf die Literaturübersicht, die sie ihm gegeben hatte, und las dann erst den beiliegenden Brief, die Antwort auf ein Auskunftsersuchen über die unterschiedlichen Typen von Eggen in den Niederlanden. Als er die Liste mit Literaturangaben durchsah, ging die Tür des Karteisystemraums auf und sofort wieder zu. Er wusste, dass es Sien gewesen war, und vermutete, dass sie ihm etwas sagen wollte, aber nicht, wenn Manda dabei war. »Hast du an *Veenman's Agrarische Encyclopedie* gedacht?«, fragte er.

»Nein, die habe ich vergessen. Dumm, nicht?«

»Die vergesse ich auch immer.« Er gab ihr die Übersicht zurück. »Sieh dir die noch mal an und zeig es mir, wenn sie darüber etwas haben, denn das interessiert mich auch. Und sonst kann der Brief abgeschickt werden.«

Sie verließ das Zimmer und ging in den Besucherraum. Sobald sie die Tür hinter sich geschlossen hatte, ging die Tür zum Karteisystemraum wieder auf, und Sien kam herein. »Es ist *eine* Apfeltasche übrig«, sagte sie geheimnistuerisch. Sie hielt ihm die Dose hin. Es lag *eine* Apfeltasche darin, die zweite Apfeltasche von Bart.

»Und was ist mit Manda?«, wollte er sagen, doch ihm war klar, dass der Chef bevorzugt wurde und Manda das Nachsehen hatte. »Es ist schon verdammt lecker!«, sagte er. Er nahm die Apfeltasche vorsichtig heraus und sah sich nach einem Platz auf dem Schreibtisch um.

»Hier!«, sagte sie und legte eine Serviette hin.

»Du denkst auch an alles«, sagte er verlegen. Unwillkürlich dämpfte er seine Stimme und sah verstohlen zum Besucherraum, aus dem Manda jede Sekunde wieder zum Vorschein kommen konnte. »Lecker!« Er nahm hastig einen Bissen.

Vielleicht merkte sie, dass ihn die Möglichkeit, Manda könne zurückkommen, unruhig machte. »Du brauchst dich nicht zu beeilen«, sagte sie. Sie stellte die Dose hin und ging weiter zum Besucherraum, wo er sie kurz darauf, während er die Apfeltasche hastig hinunterschlang, mit Manda reden hörte.

*

Als er beim Büro vom Fahrrad stieg, kam Freek gerade von der anderen Seite her angelaufen. Er stellte sein Fahrrad hinter die niedrige Umzäunung, schloss es ab und wartete auf ihn.

»Das ist das erste Mal, dass ich dich auf dem Fahrrad sehe«, sagte Freek. »Ein ziemlich komischer Anblick.«

Sie betraten das Büro.

»Das hast du vor ein paar Monaten auch gesagt«, sagte Maarten, während er der Drehtür einen Stoß in Richtung Halle versetzte.

»Ist das wahr?« Er lachte vergnügt.

»Du kamst aus der Vijzelstraat und ich aus der Keizersgracht.« Er schob ihre Namensschilder ein. »Du bist da.«

Freek schüttelte den Kopf. »Ich kann mich wirklich nicht mehr daran erinnern.« Er stieg die Vordertreppe hinauf.

Maarten ging weiter zur Hintertreppe. Als er an der Garderobe seinen Mantel auszog, kam Freek aus dem Vorderhaus auf ihn zu. »Es wäre mir lieb, wenn du mich in solchen Fällen darauf aufmerksam machen würdest.« Er stotterte ein wenig, sein Gesicht war ernst, fast dramatisch. »Ich fange auch an, auf meinen Abraham zuzugehen.«

Arschloch, dachte Maarten, während er sein Zimmer betrat. Wie alt ist er überhaupt? Fünfunddreißig? Doch er war sich nicht sicher, ob Freek sie nicht alle verarsche. Er legte seine Tasche in das Bücherregal, öffnete das Fenster, zog sein Jackett aus und hob die Hülle von der Schreibmaschine.

Sien kam herein.

»Du hast doch erst ab Montag Urlaub, oder?«, fragte er.

»Ja?« Sie blieb stehen.

»Ich wollte mich am Donnerstag mit euch zusammensetzen.«

»Donnerstag bin ich da.« Sie ging in den Karteisystemraum und schloss die Tür.

Er setzte sich, zog die oberste Schublade seines Schreibtisches auf, legte zwei Durchschläge und zwei Blätter Kohlepapier übereinander und obenauf ein Blatt Briefpapier, rückte den Stuhl eine Vierteldrehung herum und spannte den Papierstoß in die Schreibmaschine.

Joop betrat den Raum. »Morgen!«, sagte sie munter.

»Du bist Donnerstag doch auch da, oder?«, fragte er, die Hände bereits auf der Tastatur.

»Ja, bin ich.«

Er dachte kurz nach, während sie hinter ihm die Tür des Karteisystemraums schloss, und tippte dann konzentriert: »Auf unserer letzten Redaktionssitzung haben wir beschlossen, dass ich im August einen Plan für den Inhalt ...« Das Telefon klingelte, er nahm ab. »Koning!«

»Jaap hier. Kannst du fragen, ob sie mir auch Milch mitbringen?«

»Ich werde fragen.« Sofort darauf ertönte das Besetztzeichen. Er legte den Hörer wieder auf und beugte sich über seine Schreibmaschine – »... der folgenden Jahrgänge des *Bulletins* präsentieren würde. Siehe Anlage.« Er zögerte einen Moment, noch gestört durch Balks Bitte.

Bart trat ein. Sie grüßten einander. Maarten stand auf und ging in den Karteisystemraum. Joop saß auf dem Tisch und erzählte ausgelassen. Sien lauschte, gehetzt, kreidebleich. An ihrem Gesicht war zu erkennen, dass sie sich kaum die Zeit gönnte, auch nur Interesse zu heucheln. »Ich hole heute die Milch«, sagte Maarten. Er nahm sich den Milchträger aus der Zimmerecke. »Beide Buttermilch?«

»Soll ich es heute nicht machen?«, fragte Sien.

»Nein, heute mache ich es.« Er verließ den Raum wieder, zerstreut, beschäftigt mit dem Text der Einladung, stellte den Träger auf den Registraturschrank neben seinem Schreibtisch und setzte sich wieder an die Schreibmaschine. »Es sind jetzt drei Hefte erschienen. Das vierte Heft (2,2) wird Aufsätze von Wiegel und mir enthalten. Für das fünfte (3,1) haben Jaring und Mark Beiträge zugesagt.«

»Tag, Maarten. Tag, Bart«, sagte Ad, der den Raum betrat.

»Tag, Ad«, sagte Maarten abwesend und schrieb weiter. »Überblickt man, was bis jetzt erschienen ist und was in der Warteschleife steht, stelle ich fest, dass wir uns wegen der Buchbesprechungen und der Zeitschriftenübersicht keine Sorgen zu machen brauchen. Es gibt (noch) keine großen Rückstände. Ich habe den Eindruck, dass das System funktioniert. Wenn ich mich darin täusche, würde ich es gern auf der Sitzung erfahren. Wegen der Aufsätze mache ich mir dagegen schon Sorgen. Wir haben vereinbart, dass wir zumindest einen Aufsatz pro Heft anstreben. Für das sechste Heft (3,2), für das die Beiträge in gut einem Jahr vorliegen müssen, habe ich noch keine einzige Zusage erhalten, geschweige denn für das darauffolgende. Da die meisten unserer Tätigkeiten arbeitsintensiv sind und dabei auch noch einen langfristigen Charakter haben, bereitet mir das Sorgen. Wenn wir nicht in einen Ad-hoc-Kurs verfallen wollen, was für die Qualität unserer Zeitschrift fatal wäre, schiene es mir gut, wenn jeder/jede von uns bereits lange im Voraus weiß, für welches Heft ein Beitrag von ihm/ihr erwartet wird, damit er/sie seine/ihre Arbeit darauf abstimmen kann. Mit Blick darauf schlage ich vor, die Verantwortung für die nun folgenden Hefte nach Dienstalter zu verteilen. Konkret bedeutet dies, dass Bart für 3,2, Ad für 4,1, Freek für 4,2, Mark für 5,1, Sien für 5,2 verantwortlich wäre, worauf die Reihe mit 6,1 wieder bei mir beginnt. Die Verantwortung beinhaltet, dass der/die Betreffende mindestens einen Aufsatz für das entsprechende Heft besorgt. Dies muss kein Aufsatz von ihm/ihr selbst sein. Er/sie kann auch jemanden von außerhalb des Büros einladen, vorausgesetzt, dass sein/ihr Beitrag zum Redaktionskurs passt. Aufsätze, die von der Redaktion abgelehnt werden, zählen nicht mit. Wohlgemerkt: Dies ist ein Vorschlag. Jede andere Anregung ist willkommen. Ich schlage vor, am kommenden Donnerstag beim ersten Kaffee darüber zu diskutieren. Maarten.« Er spannte das Blatt aus der Schreibmaschine, las den Text noch einmal und stand auf. Er nahm den Milchträger vom Registraturschrank. »Buttermilch, Bart?«, fragte er, während er einen Durchschlag auf die Ausziehplatte seines Schreibtisches legte.

»Ja, gern.« Er nahm den Durchschlag und hielt ihn vor sein Gesicht. »Und du, Ad?«

Ad stand hinter seinem Schreibtisch. Er nahm den Durchschlag entgegen. »Ich bin heute Nachmittag nicht da.«

»Ich auch nicht. Ich bin bei Beerta.« Er blieb stehen.

»Die Amseln, die in meinem Garten ein Nest gebaut hatten, weißt du noch?«, sagte Ad.

»Bei denen das Weibchen nicht zurückgekommen ist«, erinnerte sich Maarten.

»Jetzt habe ich auch das Männchen auf der Straße vor unserem Haus gefunden. Tot!« Vor unterdrückter Wut war er rot geworden.

»Und was ist mit den Jungen?«

»Die sterben natürlich auch.«

»Verdammt!«

»Ich glaube, dass ich, bevor ich sterbe, noch einmal etwas Furchtbares machen werde.«

»Ein Auto demolieren!«

»Oder ein Kilo Zucker ins Benzin kippen!«

»Was soll ich davon jetzt halten?«, unterbrach Bart sie.

»Wovon?«, fragte Maarten und drehte sich zu ihm um.

»Das hättest du doch erst mal besprechen können, bevor du es zu Papier bringst!« Er war aufgestanden und sah Maarten verärgert an, den Durchschlag, den er soeben bekommen hatte, in der Hand.

»Es ist doch ein Vorschlag, um darüber zu diskutieren?«

»Aber bevor du es zu Papier bringst, hättest du doch wohl zuerst mit Ad und mir darüber reden können?«

»Warum? Ich habe doch auch nicht zuerst mit den anderen geredet?«

»Weil ich jetzt mehr oder weniger per Dekret in meiner Beweglichkeit eingeschränkt werde!«

»Es ist kein Dekret, es ist ein Vorschlag.«

»Und der, der damit nicht einverstanden ist, wird nachher überstimmt. Dafür sorgst du dann schon.«

»Die Bemerkung verstehe ich nicht.«

»Na, unter Demokratie stelle ich mir etwas anderes vor.«

»Ich will gern meinen Platz mit dir tauschen, Bart«, sagte Ad, der inzwischen im Stehen seinen Durchschlag gelesen hatte. »Ich hatte sowieso schon vor, mich für Heft 3,2 anzubieten.«

»Worüber wolltest du schreiben?«, fragte Maarten.

»Über die Geschichte der Volkserzählungsforschung in den Niederlanden.«

»Das ist eine gute Idee.«

»Dann ist diese ganze Bürokratie also nicht einmal nötig«, bemerkte Bart.

»Ich finde sie schon nötig«, sagte Maarten entschieden. »Ich habe hier die schlussendliche Verantwortung, also stelle ich den Vorschlag zur Diskussion.«

»Aber das ist doch ein furchtbar diktatorisches Auftreten«, sagte Bart hitzig. »Du kannst doch nicht von jemandem verlangen, dass er einen Aufsatz schreibt?«

»Du brauchst ihn nicht selbst zu schreiben. Du bist nur ein einziges Mal in drei Jahren dafür verantwortlich, dass einer da ist.«

»Das bestimmst du doch nicht?«

»Das bestimme ich nicht! Das schlage ich vor! Wenn einer von euch einen besseren Vorschlag hat, finde ich es in Ordnung. Wenn es nur nicht so ist, dass ich gezwungen bin, im allerletzten Moment jemanden zu bestimmen.«

»Dass du jetzt nicht einmal selbst siehst, dass das diktatorisch ist!«

»Nein, das sehe ich nicht.«

»Aber das ist doch furchtbar!«

»Was um Himmels willen ist denn diktatorisch daran, dass ich jedem einen Teil der Verantwortung zuweise?«

»Dass du damit den anderen in seiner Beweglichkeit einschränkst!«

»Wie schränke ich denn den anderen in seiner Beweglichkeit ein?«

»Indem du jemanden nicht selbst bestimmen lässt, wann er einen Aufsatz schreiben will.«

»Und wie soll ich dann in der Zwischenzeit die Zeitschrift füllen?«

»Das ist deine Sache! Dafür bin ich nicht verantwortlich. Ich war dagegen.«

»Du warst dagegen«, gab Maarten zu, »aber du wolltest nicht, dass es der Kommission mitgeteilt würde. Du hast also schließlich, obwohl du dagegen warst, die Verantwortung mit auf dich genommen. Das ist sehr edelmütig, aber du kannst es mir doch schwerlich übel nehmen, dass ich daraus dann auch die Konsequenzen ziehe.«

»Siehst du! Das ist nun, was ich meine! So redet ein Diktator! Der bestimmt auch, was ein anderer zu tun und zu lassen hat! Das ist Stalin!«

»Hitler!«, verbesserte Maarten. Er begann, hämisch zu lachen, wie ein Gespenst in einem Kleiderschrank. »Ich bin Hitler! Ich bin ein Diktator! Ha, ha, ha!« Er wandte sich zur Tür des Besucherraums.
»Wie meinst du das?«, fragte Bart verblüfft.
»Ich meine, dass ich jetzt Milch holen werde«, sagte Maarten und öffnete die Tür.
Manda und Tjitske sahen ihn neugierig an, als er eintrat.
»Müssen wir jetzt auch ›Heil Hitler‹ sagen?«, fragte Manda amüsiert.
»Das ist vorläufig nur ein Vorschlag«, sagte Maarten schmunzelnd. »Das werden wir Donnerstag diskutieren.« Er gab ihr das Original. »Könntest du davon neun Kopien machen und die verteilen? Bart und Ad haben schon eine. Ich hole jetzt Milch. Für euch beide Buttermilch?«

Auf der Straße, auf dem Weg zum Milchgeschäft, ließ seine Verärgerung rasch nach. Dass Bart ihn mit einem Diktator verglich, traf ihn kaum noch. Dennoch fragte er sich, ob dies vielleicht der erste Schritt auf einem Weg war, an dessen Ende Bart nach den Rezensionen auch das Schreiben von Aufsätzen ablehnen würde. Was dann? Eines steht auf jeden Fall fest, dachte er: Das Gefühl, dass Bart ein Demokrat ist und auf der richtigen Seite steht, wird ihn auf diesem Weg keine Sekunde verlassen.

Er überholte zwei Kinder, einen kleinen Jungen und ein etwas älteres, etwa siebenjähriges Mädchen. »Wenn du Pekannüsse isst, kriegst du kein künstliches Gebiss«, hörte er das Mädchen sagen. Das amüsierte ihn.

Im Milchgeschäft war es ruhig. Die Frau des Milchhändlers, eine junge Frau, und die Verkäuferin, ebenfalls noch jung, standen hinter dem Tresen und unterhielten sich. Er grüßte sie halb murmelnd, etwas zwischen »Morgen« und »Moin«, schwankend zwischen jovial und einem einfachen Ton.

Sie unterbrachen ihr Gespräch, ohne etwas zu entgegnen. »Was darf es sein?«, fragte die Verkäuferin. Ihm fiel auf, dass ihr Lidschatten ein noch intensiveres Blau hatte als beim letzten Mal, ein Kind noch, doch geistig bereits auf ihrem Höhepunkt.

»Acht Butter und eine Voll, bitte«, antwortete er, und er konnte, wie so oft bei dieser Art menschlicher Kontakte, nur schwer seine Begeisterung bezwingen, als sich zeigte, dass sie ihn verstand. Ein Sohn und eine Tochter desselben Volkes. »Wie viel macht das?«, fragte er, während sie die Packungen vor ihm auf den Tresen stapelte. Er zog sein Portemonnaie aus der Gesäßtasche.

Sie tippte die Beträge in die Kasse ein und wartete, bis die Maschine es für sie ausgerechnet hatte. »Vier sechsundvierzig.«

Er kramte unbeholfen das Geld zusammen und gab ihr vier Gulden und zwei Fünfundzwanzigcentstücke.

»Haben Sie einen Cent?«, fragte sie, während sie in der Kassenlade herumsuchte.

»Nein.« Er schob das Geld mit dem Zeigefinger in seinem Portemonnaie hin und her.

»Dann geben Sie ihn mir ein andermal.« Sie gab ihm ein Fünfcentstück zurück.

Während er die Packungen Buttermilch verstaute, sechs in den Träger und zwei zusammen mit der Packung Milch für Balk in einer extra Plastiktüte, gesellte sie sich zu der Frau des Milchhändlers, die auf der Schwelle stand und nach dem Postboten Ausschau hielt. Sie versperrten ihm den Weg, ohne ihn zu bemerken. Während sie sich über den Postboten unterhielten, stand er unschlüssig hinter ihnen, zu befangen, um zu husten oder Pardon zu sagen, bis sie auf ihn aufmerksam wurden und einen Schritt zur Seite machten, ohne übrigens ihr Gespräch zu unterbrechen, auch nicht, als er ihnen zum zweiten Mal »Moin« wünschte. Und vielleicht musste es auch so sein, dachte er.

»Tag, Herr Panday«, sagte er, als er die Verwaltung betrat.

»Tag, Herr Koning«, sagte Panday ruhig. Er saß breit hinter seinem Schreibtisch, einen Kasten mit Karteikarten vor sich.

»Deine Buttermilch«, sagte er zu Bavelaar. Er holte eine Packung aus der Plastiktüte und stellte sie auf ihren Schreibtisch. Das Geld lag passend für ihn bereit. »Wie läuft es hier?«, fragte er, während er es vom Schreibtisch in seine Hand schob.

»Oh, gut«, sagte sie matt. Ihr Schreibtisch war übersät mit Papieren.

Er betrachtete sie aufmerksam. Sie sah schlecht aus, müde, mit scharfen Linien im Gesicht. »Viel zu tun?« Er steckte das Geld ein.

»Viel zu tun ist hier immer.« Sie tippte die Asche von ihrer Zigarette. Sie machte den Eindruck, als ob sie mit ihrem Latein am Ende wäre.

»Was können wir dagegen machen?«

Sie zuckte mit den Achseln. »Was kann man dagegen machen?«

Panday war aufgestanden und verließ träge das Zimmer.

»An ihm habe ich nichts«, sagte sie gedämpft, mit einer Kopfbewegung. »Alles, was er macht, muss ich kontrollieren. Es kostet mich mehr Zeit, als wenn ich allein weitergemacht hätte.« Ihre Stimme war giftig.

»Er hat gerade erst angefangen.«

»Nein, glaub mir, das ändert sich nicht. Es ist die Mentalität. Die ändert man nicht.«

Der Ton, in dem sie es sagte, machte aus dem Zimmer einen beklemmenden, stickigen Raum. Er sah unwillkürlich zur Seite, zum Fenster. Es stand einen Spalt offen. Der Wind blähte den Vorhang. »Das ist ärgerlich.«

»Ich werde damit leben müssen.«

Panday kam mit einem Karton wieder ins Zimmer. Er stellte ihn auf seinen Schreibtisch und suchte in seinen Taschen nach einem Messer.

»Haben Sie schon mit dem Versand des *Bulletins* angefangen, Herr Panday?«, fragte Maarten.

»Nein, noch nicht, aber ich werde es diese Woche noch machen.«

Mit seinem Milchträger verließ er den Raum wieder und ging durch die Halle in den Kaffeeraum.

»Ach, Herr Koning«, sagte de Vries, als er an der Pförtnerloge vorbeikam. »Da hat ein Herr für Sie angerufen.«

Maarten blieb stehen. »Was wollte dieser Herr?«

»Das weiß ich nicht, Mijnheer, aber er würde noch mal anrufen.«

»Heute Nachmittag bin ich weg, da bin ich bei Herrn Beerta. Morgen bin ich wieder da.«

»Vielen Dank, Mijnheer.«

Er ging durch die Schwingtür. Im Kaffeeraum saßen Hans Wiegersma, Jaring, Freek und Wim Bosman. »Morgen«, sagte er und wandte sich zum Schalter. »Haben Sie eine Tasse Kaffee für mich, Herr Goud?«

»Ja«, sagte Goud bedächtig.

Während ihm Goud eine Tasse Kaffee einschenkte, kam Mia mit Joris durch die Schwingtür. Joris lief sofort weiter zu Hans Wiegersma und blieb schwanzwedelnd vor ihm stehen. »So, Joris«, sagte Hans. Er strich ihm über den Kopf.

»Ha!«, sagte Mia. Sie hatte den Mantel noch an und ihre Tasche bei sich. »Haben Sie für mich auch eine Tasse Kaffee, Herr Goud?« Sie holte tief Luft, als hätte sie sich abgehetzt.

»Wie geht es deinen Katzen?«, fragte Maarten, während er seine Tasse zu sich heranzog.

»Ach, hör auf«, sagte sie unzufrieden. »Gestern Abend habe ich wieder eine gefunden. So allmählich kann ich ein Asyl aufmachen.«

Wie viele hast du eigentlich schon?, wollte er fragen, doch er wurde durch Balk unterbrochen, der aufgebracht durch die Schwingtür kam und sich sofort Mia zuwandte. »Sie kommen wieder eine Stunde zu spät!«

Sie erstarrte. »Ich weiß. Ich schaffe es im Moment wirklich nicht.«

Balk drehte sich um, ohne noch etwas zu sagen, und ging weg.

Maarten hatte sich abgewandt, als gehöre er nicht dazu.

»Komm, Joris«, sagte Mia. Sie ging ins Hinterhaus, zur Bibliothek, Joris zuckelte hinter ihr her.

Er schämte sich. Während er sich neben Hans setzte, fragte er sich, ob er das Gespräch nicht einfach hatte fortsetzen müssen. Warum hatte er es nicht getan? Weil er, wenn er es getan hätte, den Tadel konterkariert hätte? Weil er sich schämte, bei einer Demütigung zugegen zu sein? Er fand, dass Balk so etwas nicht in der Öffentlichkeit machen sollte, doch er verstand auch, dass ihn das systematische Fehlen Mias ärgerte, und er konnte sich vorstellen, dass er sich verpflichtet fühlte, dazu etwas zu sagen. Würde er anders reagiert haben, wenn er an Balks Stelle gewesen wäre? Er erinnerte sich, wie er sich geschämt hatte, als sein Vater einmal in seinem Beisein einem seiner Leute einen Rüffel erteilt hatte, doch er konnte so schnell nicht bestimmen, ab welchem Punkt sein Abscheu vor einer solchen Machtdemonstration zur Angst wurde. Er lauschte dem ruhigen Gespräch zwischen Hans und Jaring, ohne die Bedeutung ihrer Worte zu sich durchdringen zu lassen. Tineke Barkhuis betrat den Kaffeeraum und begab sich an den Schalter. Aus der Küche kam gedämpfte Musik. Stärkung für die Arbeit. »Ja«, sagte Jaring bedächtig. Er schwieg. Maarten sah ihn und Freek an. »Hat Manda euch meine Einladung schon gebracht?«, fragte er, seinen Gedankenstrom unterbrechend.

»Ja«, sagte Jaring.

Freek nickte.

»Könnt ihr am Donnerstag?«

»Ja, ich kann«, sagte Jaring. »Ich finde es eigentlich auch einen guten Vorschlag.«

»Ich sehe keine andere Möglichkeit.«

»Nein, ich auch nicht.«

Freek schwieg.

Aus der Küche kamen gedämpft die ersten Töne von »Petite Fleur«, gespielt von Sidney Bechet. Maarten richtete sich auf. »Herr Goud! Stellen Sie das einmal etwas lauter?«

»Ja«, sagte Goud, und sofort darauf drang Bechets Klarinette in voller Lautstärke in den Kaffeeraum.

Maarten lauschte gerührt, seinen Blick auf den Schalter gerichtet.

»Findest du das schön?«, fragte Freek verwundert.

»Mir kommen dabei die Tränen«, gestand Maarten.

Freek schüttelte ungläubig den Kopf. Jaring schmunzelte. Hans lachte. Sie lauschten schweigend. Manda kam aus dem Hinterhaus und blieb stehen, als sie sie so sitzen sah, und hob die Augenbrauen.

»Aber das Verrückte ist«, sagte Maarten, als die Klarinette verklungen war und Goud das Radio wieder leise gestellt hatte, »dass es wegen der Nummer ist, die auf der anderen Seite der 78er-Platte war.«

»Was war das denn?«, fragte Freek neugierig.

Goud war in der Schalteröffnung erschienen. Er schenkte Manda eine Tasse ein und hörte zu, sein Pfeifchen im Mund.

»*Nobody Knows You When You're Down and Out.*«

»Ja, das kenne ich auch«, sagte Hans. »Das ist sehr schön.«

»Allein schon vom Titel kommen mir die Tränen«, sagte Maarten.

Hans schmunzelte.

»Was auch schön ist«, sagte Goud und nahm die Pfeife aus dem Mund, »ist Vera Lynn.« Sein Gesicht war ernst.

»*From The Time You Say Goodbye*«, gab Maarten zu verstehen.

»Herrlich!«

»Mit diesem Saal voller Soldaten«, ergänzte Hans.

Tjitske kam durch die Schwingtür. Goud richtete sich auf und nahm eine Tasse.

»Ich muss euch gestehen, dass ich mit den Ohren sch-schlackere«, sagte Freek voller Abscheu.

»Die Kinder verstehen das nicht«, sagte Maarten zu Hans. »Dafür muss man den Krieg mitgemacht haben.«

»Ich habe im Übrigen den Krieg auch mitgemacht«, sagte Freek entrüstet.

»Ja, aber wie alt warst du, als er zu Ende war?«, fragte Maarten.

»Vier! In dem Alter verstehst du noch nicht die Bohne von Vera Lynn!«

Hans lachte.

»Mehr noch!«, fuhr Maarten fort. »Wer den Krieg nicht mitgemacht hat, ich meine, in unserem Alter, dem von Hans, Jaring, Herrn Goud und mir, begreift vom ganzen Leben nicht die Bohne und wird es auch nie begreifen!«

Freek lachte hoch, das Gesicht hinter der Hand verbergend.

»Na, sag mal!«, sagte Tjitske entrüstet.

»Hasst du die Deutschen auch noch immer wie die Pest?«, fragte Maarten Hans, ihre Reaktionen ignorierend.

»Ich habe noch immer die Neigung, sie in die falsche Richtung zu schicken, wenn sie mich nach dem Weg fragen«, gestand Hans.

»Das auch, aber das mache ich bei jedem.«

»Du lügst!«, sagte Freek.

»Nein, ich lüge nicht.«

»Warum denn?«

»Weil ich aus Den Haag komme. In Den Haag ist das Straßenmuster rechtwinklig. Das stammt noch aus Römerzeit. Ich habe darüber in der Schule einmal einen Vortrag gehalten. Aber in Amsterdam ist alles krumm. Ich verliere da jedes Mal die Orientierung. Wo man auch ist, die Türme stehen immer irgendwo anders. Und das rächt sich, wenn man jemandem den Weg erklären muss.«

Es wurde gelacht. Aad Ritsen und Bart de Roode hatten sich nun ebenfalls dazugesetzt.

»Vorige Woche«, erzählte Maarten. »Auf der Keizersgracht. Ein deutsches Ehepaar.« Er sah kurz zu Hans hinüber. »Deutsche! Aber das war rein zufällig. Ein kleiner, sportlicher Mann mit einem Tirolerhut, um die vierzig. Eine Frau, kerzengerade, martialisch, mit einem beginnenden Schnurrbart und einem weißen Hut mit breitem Rand.«

Freek konnte sich nicht mehr beherrschen und brach in nervöses Kichern aus, das er mühsam wieder unter Kontrolle brachte.

Es wurde gelacht.

Maarten lächelte. »Sie wollten ins Gooi, mit dem Auto! Ich fange an, es zu erklären, in schlechtem Deutsch, verheddere mich, korrigiere das, verliere mich in ›links‹ und ›rechts‹ und ›zweimal rechts‹, bis ich selbst nicht mehr schlau daraus werden konnte, wiederhole das noch einmal, sehe, dass sie immer verzweifelter werden, bis der Mann sich verärgert abwendet. Die Frau bleibt noch kurz stehen, aus Höflichkeit, salutiert und läuft ihm hinterher.«

Brüllendes Gelächter.

»Das ist Amsterdam!«, sagte Maarten lachend. »So geht das immer. Ich habe zu Hause gleich nachgesehen. Wenn sie meinen Anweisungen gefolgt sind, irren sie immer noch im Bijlmer herum.« Während sie noch lachten, nahm er den Milchträger und seine Tasse und stand auf. »Da kann man sich besser von Vera Lynn den Weg zeigen lassen, oder, Herr Goud?« Er stellte die Tasse auf den Tresen, vor das Schild seiner Abteilung.

»Na, ich weiß nicht so recht«, sagte Goud ernst.

»Was tust du da?«, fragte Nicolien abends, als sie ihn in ihrem Portemonnaie kramen sah. »Du nimmst mir mein Kleingeld doch nicht wieder weg?«

»Ich suche einen Cent.« Er hatte drei Centstücke gefunden, holte sie heraus und legte das Portemonnaie zurück in die Schublade. »Ich schulde dem Milchhändler noch einen Cent.«

»Aber daraus musst du doch keine große Sache machen?«
»Daraus mache ich auch keine große Sache. Ich will es nur los sein.«
»Ich habe dauernd ein oder zwei Cent zu wenig. Die trage ich denen im Laden doch nicht hinterher? Sie würden glauben, dass ich verrückt geworden wäre.«
»Ja, du vielleicht«, er steckte die Centstücke in sein eigenes Portemonnaie, »aber ich merke es mir, und dann ist es besser, ich gebe es zurück.«
»Na, das finde ich idiotisch.«
»Vielleicht wird man härter, wenn es einem immer wieder passiert, aber ich bin noch lange nicht so weit.«
»Und wie viele Centstücke hast du jetzt aus meinem Portemonnaie genommen?«
Er zögerte. »Drei.«
»Drei! Und was soll ich dann machen, wenn man mich demnächst um einen Cent bittet?«
Er zog sein Portemonnaie wieder aus der Tasche. »Dann kriegst du die beiden eben zurück.«
»Nein, behalt sie jetzt nur. Du hast sie ja schon herausgenommen. Aber ich finde es idiotisch.«
»Ja, es ist idiotisch«, gab er zu. Er lachte. »Aber ich bin natürlich auch idiotisch.«

*

»Könnten wir jetzt auch gleich kurz über den Aufsatz von diesem Priester reden?«, fragte Bart, als Maarten vom Sitzungstisch aufstand.
»In Ordnung.« Er setzte sich wieder. »Hol dann mal Tjitske.«
Bart stand auf und ging zum Besucherraum. Maarten und Ad blieben zurück, schweigend. Sie sahen aneinander vorbei, Maarten in die Richtung, in der Bart verschwunden war. »Könntest du jetzt kurz über den Aufsatz von diesem Priester sprechen, Tjitske?« hörte er Bart fragen.
»Gestern war ein Besucher hier, der wollte, dass ich dreihundert

Fotokopien für ihn mache«, sagte Ad. »Ich habe es versprochen, aber im Nachhinein finde ich es doch schon ziemlich verrückt.«

»Ja, das ist ziemlich verrückt.«

»Ich glaube nur, dass Bart da anderer Meinung ist.«

»Dann müssen wir darüber auch mal reden.«

Die Tür des Besucherraums ging wieder auf. Tjitske und Bart betraten den Raum, Tjitske mit der Zeitschrift, die den Aufsatz des Priesters enthielt. Ihr Gesicht und die Art, wie sie näher kam, drückten Widerstand aus.

»Setz dich«, sagte Maarten lächelnd.

Sie setzte sich neben Bart, gegenüber von Ad.

»Hast du die Zusammenfassung da?«, fragte Maarten. »Und den Umlaufzettel?«

Sie gab ihm die Zeitschrift. Er schlug sie bei dem Aufsatz auf, holte die Zusammenfassung und den angehefteten Umlaufzettel heraus und betrachtete sie. »Tjitske schlägt also vor, diesen Aufsatz anzukündigen. Ad unterstützt es. Ich bin dagegen. Bart hat keine Meinung.«

»Ich habe sehr wohl eine Meinung«, protestierte Bart. »Ich will nur, dass darüber diskutiert wird!«

»Gut. Wie lautet deine Meinung?«

»Dass ich es für falsch halte, dass bei der Auswahl von Aufsätzen für die Ankündigung Qualitätsnormen angelegt werden. Ich bin der Meinung, dass alles angekündigt werden muss.«

»Den Standpunkt kennen wir«, sagte Maarten. »Den hast du schon ein paarmal vertreten, aber er ist jedes Mal mit allen anderen Stimmen abgelehnt worden, sodass er jetzt nicht zur Diskussion steht.«

»Da bin ich dann anderer Meinung.«

»Das ist gut möglich, aber es ist die Realität. Außer dir gibt es niemanden, der das praktisch findet.«

»Und trotzdem ist es meiner Meinung nach der einzig richtige Standpunkt.«

»Das kann schon sein, aber er steht nicht zur Diskussion.«

»Er steht sehr wohl zur Diskussion! Wenn ihr nicht auf dem Standpunkt stehen würdet, dass Qualitätsnormen angelegt werden müssten, hätten wir jetzt diese Diskussion nicht!«

»Aber wir haben diese Diskussion jetzt. Wir haben mit der größtmöglichen Mehrheit beschlossen, dass Qualitätsnormen angelegt werden. Wir müssen also über die Qualität entscheiden.«
»Das kann ich nicht.«
»Du hast also keine Meinung.«
»Ich habe schon eine Meinung! Du legst mir wieder etwas in den Mund, was ich nicht gesagt habe! Ich habe nur keine Meinung zur Qualität!«
»Gut. Du hast keine Meinung zur Qualität. Dann stelle ich also jetzt die Qualität zur Diskussion.«
»Und dagegen protestiere ich.«
»In Ordnung, aber das ist kein Grund, die Qualität nicht zur Diskussion zu stellen.« Er sah auf Tjitskes Zusammenfassung. »Kurz zusammengefasst läuft es also darauf hinaus, dass dieser Mann die Auffassung Freuds, wonach Teufelserscheinungen das Produkt einer neurotischen Phantasie sind, bestreitet. Sein Argument lautet, dass auch gesunden Personen der Teufel erscheinen kann. Um das zu beweisen, beruft er sich auf die Aussagen einer Reihe anderer Geistlicher, die er kraft ihres Amtes für vertrauenswürdig hält. Ich halte das für dummes Zeug. Tjitske!«
»Ich stimme Bart zu«, sagte sie trotzig.
»Worin stimmst du Bart zu?«
»Dass der Aufsatz angekündigt werden muss.«
»Du findest es kein dummes Zeug?«
»Das weiß ich nicht«, murmelte sie.
»Aber warum findest du dann, dass er angekündigt werden muss.«
»Wegen trotzdem.«
Er sah sie lächelnd an. »Das ist doch ein Groninger Ausdruck?« Ihre Abwehr amüsierte ihn, vielleicht, weil sie so wenig darstellte, es war reine Dickköpfigkeit.
»Was meinst du damit?«, fragte sie unsicher.
»Wegen trotzdem«, verdeutlichte er. »Die Mutter eines Freundes von mir hat das immer gesagt. Die kam aus Tjamsweer.«
»Du, das weiß ich nicht.«
Er fragte sich, woher ihr Widerstand kam. Die einzige Erklärung,

die ihm einfiel, war, dass sie nun, da sie den Aufsatz angekündigt hatte, nicht mehr zurückwollte und Bart sie darin bestärkt hatte. »Und du?«, fragte er, sich Ad zuwendend.
»Ich finde auch, dass er angekündigt werden muss.«
»Ich verstehe euch nicht.« Der Widerstand begann ihn zu irritieren. »Dieser Mann beruft sich auf Priester, um zu beweisen, dass der Teufel wirklich existiert! Das ist so, als wenn man einen Pfarrer fragen würde, ob Gott wirklich existiert. Ja, sicher, Gott existiert! Der Beweis ist erbracht! Das ist doch Nonsens? Das kann man doch nicht ernst nehmen?«
»Ich nehme es auch nicht ernst, aber ich finde es schon interessant, dass jemand so etwas sagt.«
»Wenn es ein Marxist gewesen wäre, hättest du es sehr wohl angekündigt«, sagte Bart. »Aber jetzt, wo er ein Priester ist, hast du plötzlich etwas dagegen!«
»Du meinst das Buch von diesem Deutschen über das Bauernhaus.«
»Das hätte ich nicht angekündigt. Das heißt, wenn ich Qualitätsnormen hätte anlegen müssen, aber das lehne ich ja nun ab.«
»Aber das ist ein verdammt gutes Buch! Und warum? Weil dieser Mann Interesse am Einfluss sozioökonomischer Bedingungen auf die Kultur hat! Wenn das marxistisch ist, bin ich auch ein Marxist!«
»Siehst du!«, sagte Bart triumphierend. »Und dagegen habe ich etwas einzuwenden, denn das ist nicht *objektiv*!«
Maarten schwieg. Es irritierte ihn, dass er sie nicht überzeugen konnte, doch ihm war auch klar, dass es sinnlos war, es weiter zu probieren. »Gut«, sagte er. Er gab Tjitske das Heft mit der Zusammenfassung zurück. »Ich kann euch nicht überzeugen. Es steht drei gegen einen. Kündige es also an.«
»Ich bin dagegen!«, sagte Bart. »Nicht, wenn du selbst nicht auch überzeugt bist!«
»Davon bin ich nicht zu überzeugen. Ich finde es Unsinn, und das werde ich auch weiterhin finden.«
»Dann musst du dein Veto einlegen!«
Maarten sah ihn überrascht an. »Ich denke nicht daran!«
»Doch, denn du hast die Verantwortung!«

»Ich denke nicht daran. Bei so einer Kleinigkeit werde ich mein Veto nicht einlegen.«

»Ich finde es keine Kleinigkeit. Ich finde es von prinzipieller Bedeutung! Es geht darum, ob wir bei unseren Entscheidungen Qualitätsnormen anlegen oder nicht!«

»In diesem Fall geht es nicht darum!«

»Dann lege ich Widerspruch gegen diese Entscheidung ein!«

»Findest du denn, dass dieser Artikel keine Qualität hat?«

»Das sage ich nicht. Dazu habe ich keine Meinung.«

»Dann ist es auf alle Fälle zwei gegen eins, denn Tjitske und Ad finden das schon.«

»Dann möchte ich aber trotzdem, dass du weißt, dass ich damit nicht einverstanden bin.«

»Das weiß ich dann.« Er sah auf seine Armbanduhr. »Ich schlage vor, zum nächsten Problem zu kommen, das mit den dreihundert Kopien.« Er sah Ad an. »Soll Tjitske auch dabei sein?«

»Dann müssten wir Manda und Joop auch dazuholen«, sagte Ad und sah Tjitske an.

»Ich muss nicht dabei sein«, sagte Tjitske. Sie stand auf.

»Lasst es uns dann erst einmal zu dritt besprechen«, entschied Maarten. »Wenn es Konsequenzen hat, bringe ich es in die Sitzung ein. In Ordnung?« Er sah Tjitske an.

»Ist mir recht«, sagte Tjitske desinteressiert. Sie verließ den Raum.

»Ad!«, sagte Maarten.

»Gestern war hier also ein Mann, der mich gebeten hat, ein Buch für ihn zu fotokopieren. Ein Buch mit dreihundert Seiten. Ich habe es versprochen, aber im Nachhinein fand ich es eigentlich ziemlich verrückt. Aber Bart ist da, glaube ich, anderer Meinung.« Er sah Bart an.

»Ja«, sagte Bart. »da bin ich anderer Meinung.«

»Warum?«, fragte Maarten.

»Ich finde, dass, wenn wir beschlossen haben, den Leuten, die sich mit der einen oder anderen Bitte hierhin begeben, behilflich zu sein, wir dann auch jedem helfen müssen. Nicht dem einen schon und dem anderen nicht! Das ist Willkür!«

»Eine Bitte ist nicht wie die andere«, fand Maarten.

»Das macht für mich keinen Unterschied.«
Maarten dachte nach. »Wie lange bräuchtest du dafür?«, fragte er Ad.
»Keine Ahnung.«
»Wie viele von diesen Kopien machst du in einer Minute?«
»Zwei? Ich kann es kurz ausprobieren.«
»Nein, das ist nicht nötig. Sagen wir, zwei. Das sind zweieinhalb Stunden. Das finde ich verrückt.«
»Ich bin schon mal zwei Tage mit einem Anliegen beschäftigt gewesen«, sagte Bart. »Ich sehe nicht ein, warum man sich dann nicht zweieinhalb Stunden dem Anliegen eines anderen widmen sollte.«
»Das war eine Bitte um Auskünfte!«, sagte Maarten. »Dies hier ist keine Auskunft, sondern Handarbeit.«
»Dann lass es von einer der Damen machen.«
»Es geht nicht darum, wer es macht«, sagte Maarten ungeduldig. »Es geht darum, dass wir verpflichtet sind, Auskünfte zu erteilen, aber nicht, Fotokopien zu machen.«
»Jetzt, wo Herr Balk verboten hat, Besuchern zu erlauben, den Fotokopierer zu benutzen, sind wir verpflichtet, ihnen behilflich zu sein.«
»Ich glaube nicht, dass Balk diese Konsequenz vorausgesehen hat.«
»Ich weiß nicht, ob er sie vorausgesehen hat, aber ich finde, dass wir bei unserem Service keinen Unterschied machen dürfen. Dann biete ich lieber überhaupt keinen Service mehr.«
»Aber du machst doch immer Unterschiede? Einem seriösen Anliegen schenkst du doch mehr Beachtung als irgendeinem Unsinn?«
»Das gilt vielleicht für dich, aber es gilt nicht für mich. Ich schenke allen Anliegen gleich viel Beachtung. Und ich würde es auch nicht gern sehen, wenn sich das ändern würde, denn dann wüsste ich nicht mehr, woran ich wäre.«
Maarten schwieg. Er kannte den Standpunkt. Es hatte keinen Sinn, dagegen anzugehen. »Ich werde Balk bitten, seine Entscheidung zu revidieren«, sagte er schließlich und sah Ad an. »Wenn so ein Mann dreihundert Fotokopien haben will, muss er sie selbst machen.«
»Meinst du, dass das nötig ist?«, fragte Ad. »Ich glaube nicht, dass sich irgendjemand im Büro um das Verbot schert. Balk selbst auch nicht.«

»Ich schon.« Er stand auf.

»Dann kannst du ihm auch gleich vorschlagen, den Preis für Besucher zu erhöhen, denn wenn sie genauso viel zahlen müssen wie wir, kriegen sie es hier billiger als in der Bibliothek.«

»Wie viel zahlt man in der Bibliothek?«

»Fünfundzwanzig Cent.«

»Woher weißt du so etwas?«, sagte Maarten bewundernd. »Ich wüsste es wahrhaftig nicht.«

»Weil du nie in der Bibliothek bist«, sagte Ad mit einem boshaften Lachen.

»Das ist wahr.« Er schmunzelte und ging zur Tür. »Ich bin kurz bei Balk.«

Balk war nicht in seinem Zimmer. Er fand ihn im Kaffeeraum im Gespräch mit Rentjes und Meierink, dem eine Reihe anderer schweigend zuhörte. Das Gespräch drehte sich um einen Mann, der behauptete, dass die Grenze des Römischen Reiches fünfzig Kilometer südlicher gelegen hätte, als man bisher angenommen hatte. »Ein Idiot!«, sagte Balk kategorisch, worauf Rentjes stammelnd vor Aufregung die dummen Argumente des Mannes lächerlich machte. Maarten lauschte mit einem Ohr, während er sich am Schalter eine Tasse Kaffee holte und sich auf den Stuhl neben Balk setzte, der ebenso wie die Stühle neben Maarten immer am längsten frei blieb. Er rührte in seinem Kaffee und wartete auf eine Gelegenheit, Balk anzusprechen. Die ergab sich, als Rentjes aufstand, seine Tasse wegstellte und wieder zu seinem Zimmer ging. »Wir hatten gestern einen Besucher«, sagte er, während er sich ausdrücklich Balk zuwandte, etwas vorgebeugt, um in sein Gesichtsfeld zu kommen – Balk sah zur Seite –, »der wollte dreihundert Kopien haben.« Er sprach langsam, deutlich artikulierend, um Balk die Gelegenheit zu geben, das Ganze zu verinnerlichen. »Was machen wir in einem solchen Fall?«

»Ablehnen!«, sagte Balk gut gelaunt. Er sah Maarten ironisch grinsend an.

»Ja, hör mal. Das kannst du dir auf deinem Fachgebiet erlauben. Auf unserem geht das nicht.«

Das Argument amüsierte Balk. »Was willst du sonst?«

»Dass du das Verbot, dass es die Leute selbst machen können, aufhebst.«

»Dann mach das.«

Die Antwort überrascht Maarten. »Und was zahlen sie dann dafür?«

»Dasselbe wie wir! Zehn Cent pro Kopie!«

»Das ist viel weniger als in der Universitätsbibliothek.«

»Das interessiert mich nicht!«

»Aber es würde bedeuten, dass die Leute, wenn sie es mitkriegen, alle hierherkommen!«

»Dann sollen sie kommen«, sagte Balk gleichgültig. »Das ist kein Grund, den Preis zu erhöhen.«

»Das würde doch auch gar nicht gehen?«, sagte Wim Bosman, der ein paar Stühle weiter saß und mitgehört hatte.

»Wenn es der Direktor entscheidet, schon«, sagte Maarten spöttisch.

»Der Preis wird nicht erhöht!«, sagte Balk kategorisch.

Maarten schwieg. Er hielt sich zurück. Erst sein eigenes Fachgebiet bei jemandem heruntermachen, dem es nicht einfallen würde, sein Fach zu relativieren, und dann noch diese servile Bemerkung, die vielleicht spöttisch gemeint war, doch wer sollte das heraushören?

»Aber wann hat denn dir zufolge die Waal ihren heutigen Verlauf bekommen?«, fragte Meierink. Er war noch bei dem vorangegangenen Gespräch und hatte offenbar darüber nachgedacht.

»Vor relativ kurzer Zeit!«, antwortete Balk. Er hatte begonnen, mit dem Fuß zu wippen. »Auf jeden Fall nach 100. Es gibt sogar jemanden, der glaubt, dass es erst um 1100 passiert sei.«

»Dann aber bis Werkendam«, präzisierte Meierink.

»Natürlich!«

»Aber das letzte Stück der Waal ist doch jünger?«, bemerkte Goud, der aufmerksam zugehört hatte.

»Darüber reden wir ja gerade!«, sagte Balk ungeduldig.

»O ja.«

»Sie müssen also nicht ›aber‹ sagen, Sie müssen ›denn‹ sagen!«

Maarten stand auf. Er schob seine Tasse durch den Schalter und stieg zu seinem Zimmer hinauf. Ad saß an seinem Platz. Bart war nicht da.

»Du kannst diesen Mann seine Kopien selbst machen lassen, aber Balk will nicht mehr berechnen.«

»Er wird es wohl bleiben lassen, wenn er es selbst machen muss.«

»Das glaube ich auch.« Im Besucherraum hörte er Bart mit Tjitske reden. Er setzte sich an die Schreibmaschine, spannte eine flexible Karteikarte ein, tippte darauf, dass Besucher in Zukunft ihre eigenen Kopien zum Preis von zehn Cent pro Stück machen dürften, heftete einen Umlaufzettel daran und legte sie auf die Ausziehplatte von Barts Schreibtisch.

Eine knappe Stunde später, als er dasaß und sein Brot aß, kam Bart wieder aus dem Besucherraum zurück. Er blieb an Ads Schreibtisch stehen. »Ich habe eben mit Tjitske gesprochen«, sagte er gedämpft, »und sie ist jetzt doch der Meinung, dass bei der Beurteilung von Aufsätzen besser keine Qualitätsnormen angelegt werden sollten. Wenn du deinen Standpunkt jetzt auch geändert hast, können wir es vielleicht auf einer der nächsten Sitzungen noch mal zu dritt zur Diskussion stellen.« – »Ich weiß nicht, ob ich wirklich dafür bin«, antwortete Ad. An seiner Stimme hörte Maarten, dass er auch beim Essen saß. – »Der Vorteil wäre doch, dass dann Diskussionen wie heute Morgen vermieden würden«, meinte Bart. »Das würde viel Zeit sparen.« – »Das ist wahr«, gab Ad zu. – »Und ich finde auch, dass wir die Pflicht haben, die Leser unserer Zeitschrift objektiv zu informieren, und nicht, mit dem Treffen einer eigenen Auswahl ihre Meinung zu beeinflussen.« Maarten hörte mit einem Ohr zu. Er kannte alle Argumente und freute sich darüber, dass er diesmal auf der sicheren Seite war. Als er eine Viertelstunde später aufstand, die Hülle über seine Schreibmaschine zog, sein Jackett anzog und mit seiner Plastiktasche zur Tür ging, stand Bart noch immer an Ads Schreibtisch und redete. »Ich gehe zu Beerta«, sagte er bei der Tür. Leise vor sich hin pfeifend stieg er die Treppe hinunter, schob sein Namensschild aus, grüßte de Vries, machte alle Schlösser an seinem Fahrrad auf und sprang auf den Sattel wie ein junger Kerl, froh, dass er davon bis zum nächsten Tag neun Uhr befreit war.

*

Er nahm den Hörer ab. »Koning!«
»Heidi hier.«
»Heidi.«
»Na, du ahnst es sicher schon, oder? Ad ist krank.«
»Was hat er?«
»Kopfschmerzen.«
»Kopfschmerzen? Das wird dann wohl vom harten Arbeiten kommen.«
»Du, das weiß ich nicht.« In ihrer Stimme lag Argwohn.
»Schlimme Kopfschmerzen?«
»Na ja, ganz ordentlich. Er kann kaum aus den Augen gucken.«
»Das ist schlecht. Weißt du, was du dann tun musst? Dann musst du ihm einen Eisbeutel machen. Das macht Nicolien auch immer.«
»Einen Eisbeutel?«
»Einen Plastikbeutel mit Eisstücken darin. Und den wieder in einen zweiten Plastikbeutel und dann in einen Waschlappen.«
»Und hilft das?«, fragte sie ungläubig, nun schon etwas freundlicher.
»Es geht davon nicht weg, aber solange du den Beutel auf dem Kopf hast, spürst du es weniger.«
»Na ja, ich werde es ausrichten«, sagte sie skeptisch. »Aber ich glaube nicht, dass er es machen wird.«
»Lass es ihn ruhig einmal ausprobieren. Und wünsch ihm gute Besserung.«
»Danke.«
»Ad hat Kopfschmerzen«, sagte er, während er den Hörer auflegte.
»Das wird doch wohl nicht wegen der Diskussion gestern sein?«, fragte Bart. Maarten konnte ihn nicht sehen, doch er hörte an seiner Stimme, dass er beunruhigt war.
»Es wird wohl wegen des Vortrags über die Erzählstudie sein, mit dem er beschäftigt ist.«
»Ich finde auch, dass er das besser nicht hätte annehmen sollen.«
»Ach, man kann nicht immer Nein sagen.«
Bart reagierte nicht darauf.
Eine Zeit lang sagte niemand etwas. Bart kramte hinter dem Bücherregal in Papieren herum, Maarten war damit beschäftigt, Brotverord-

nungen aus dem sechzehnten Jahrhundert auf Karteikarten zu tippen. Das Fenster stand offen. Ab und zu rüttelte es kurz am Haken, wenn der Wind pfeifend hereinwehte. Draußen im Garten herrschte eine sommerliche Stille.

»Hast du eigentlich auch den Eindruck, dass immer mehr Türken und Marokkaner hierherkommen?«, fragte Bart.

»Ja«, sagte Maarten, ohne mit dem Tippen aufzuhören, »den Eindruck habe ich auch.«

»Glaubst du eigentlich, dass diese Leute hier glücklich sind?«

»Nein, das glaube ich nicht.«

»Nein, ich auch nicht.«

Es war eine Weile still, bis auf das Tippen von Maartens Schreibmaschine.

»Ich frage mich manchmal, ob sie sich jemals wirklich als Niederländer fühlen werden«, sagte Bart.

»Vielleicht in hundert Jahren. Und selbst dann ...« Er spannte eine neue Karteikarte in die Schreibmaschine und schlug in dem Buch, das neben ihm lag, ein paar Seiten um.

»Es erscheint mir doch ziemlich schlimm, immer in einem fremden Land leben zu müssen.«

»Ich möchte lieber nicht daran denken.« Er tippte links oben »Brot«, rechts die Jahreszahl »1572«. »Allein schon der Gedanke, dass ihnen die Wassergeusen niemals etwas sagen werden.« Er lachte in sich hinein, während er den Titel des Buches in die erste Zeile der Karteikarte tippte.

»Begreifst du das eigentlich mit den Krawallen in Schiedam?«, fragte Bart.

»Ja«, er betätigte den Zeilenhebel ein Mal und sah in das Buch, mit dem Finger bei der Passage, »aber wenn ich so etwas sage, wird Nicolien ziemlich wütend. Sie hält das für Rassismus.« Er begann, die Passage abzutippen.

»Das ist nett von Nicolien.«

»Ja. Es gehört sich nicht, so etwas zu begreifen.«

»Ich fand es auch sehr nett von diesem Matrosen von der Zuiderkruis, der Geld für die Türken gesammelt hat.«

»Aber du hast nichts gegeben.«

»Nein, dafür fand ich es doch wieder zu unverbindlich.«

»Nicolien hat hundert Gulden gegeben.«

»Das finde ich auch sehr nett.«

»Ja.«

»Aber wie erklärst du es dir denn?«

»Man muss sich natürlich schon in die Leute hineinversetzen.« Er hörte auf zu tippen und sah in die Richtung, wo Bart hinter dem Bücherregal saß. »Einer der Türken hatte einen weißen Jugendlichen erstochen, ich glaube, auf der Kirmes. Das verstehe ich schon. Der Türke fühlte sich wahrscheinlich bedroht. Und dass die Freunde des jungen Mannes sich dann auch wieder bedroht gefühlt haben, kann ich ebenfalls verstehen. Früher haben wir auch gegen die Jungs vom Notenplein gekämpft, wenn sie einen von uns ins Gesicht geschlagen hatten.«

»Nein, ich glaube nicht, dass ich das verstehe, dass ein Mensch einen anderen ersticht. Ich finde, dass man es ausdiskutieren können muss, wenn man einen Konflikt hat.«

»Ausdiskutieren hat in so einem Fall keinen Sinn. Vielleicht noch mit einem Dolmetscher!« Er tippte wieder weiter.

»Deshalb finde ich auch, dass die Türken so schnell wie möglich Niederländisch lernen müssen.«

»Das sag ihnen mal.«

»Du denkst, dass sie überhaupt keine Niederländer werden wollen?«

»Natürlich nicht! Sie fühlen sich als Türken! Tief in ihrem Herzen hassen sie uns wie die Pest. Wenn es nach ihnen ginge, könnte uns der Schlag treffen!«

»Das würde ich äußerst abscheulich finden.«

Maarten hörte auf zu tippen. »Aber so sind die Menschen doch alle? Wenn man mich machen lassen würde, würde ich auch alle erschießen – außer Nicolien!«

»Nein, das glaube ich nicht.«

»Ich werde es nicht tun«, beruhigte ihn Maarten. Er fuhr mit dem Tippen fort.

»Nein, das habe ich auch nicht geglaubt.«

»Ich habe mal ein Buch gelesen«, erinnerte sich Maarten, er hörte wieder auf zu tippen und sah zu der Stelle, hinter der Bart sich verbarg, »damals war ich noch ein Junge. Eines der ersten Bücher, die ich gelesen habe. Aus dem Bücherschrank meines Vaters. *Het verstoorde mierennest.* Ich glaube, von Kees van Bruggen. Darin streift ein Komet mit seinem giftigen Schweif die Erde und tötet alle außer einem Bergbauingenieur, der in diesem Moment tief unter der Erde in einem Bergwerksstollen sitzt, und einer Frau, die gerade unter Narkose auf dem Operationstisch liegt. Die kriegen sich dann natürlich, aber sonst gibt es niemanden mehr. Ich fand das wunderbar! Damals schon! Wunderbar! Keine Menschenseele! Keine Autos, Nichts! Polder! Wasser! Luft! Herrlich! Große Literatur!«

»Nein, ich glaube nicht, dass ich das herrlich finden würde. Und ich denke, dass du nach einer Weile auch wieder Verlangen nach anderen Menschen bekommen würdest. Dafür bist du viel zu sozial.«

Da irrst du dich, wollte Maarten sagen, doch die Tür ging auf, und Rentjes betrat den Raum. »Ihr seid zum Glück beide da«, sagte er stammelnd. »Würdest du in Zukunft bei Büchern, die wir gekauft haben, keine Nummer mehr in die Umschlagklappe setzen?« Es klang wie ein Befehl.

Maarten wandte sich seiner Schreibmaschine zu und begann wieder zu tippen, als ob Rentjes Luft wäre, doch vor Wut schoss sein Blut zum Herzen. Er hätte ihn in diesem Moment mit Vergnügen erschlagen können.

»Könntest du mal nachsehen, ob dieses Buch tatsächlich hierhergehört?«, fragte Rentjes und wandte sich zu Bart. Sein Ton war nun etwas weniger selbstsicher.

»Ich werde nachsehen.«

Maarten wunderte sich über die Ruhe, mit der Bart dies sagte, während er selbst ihn, wenn er nur nicht so verdammt langsam reagieren und in seiner Wut nicht so verdammt schlecht Argumente finden würde, am liebsten in Grund und Boden geflucht hätte, diesen Flegel, dem man für keine zwei Cent vertrauen konnte, den man mit keiner Frau allein lassen konnte, der so tat, als wäre er links, aber immer herumnörgelte, dass er zu wenig verdiente, und der keine drei Gramm

Hirn im Kopf hatte. »Dass du dabei so ruhig bleiben kannst«, sagte er mit verhaltener Wut, als Rentjes den Raum wieder verlassen hatte.

»Das kostet mich keine Mühe.«

»Aber es ist doch eine unerhörte Frechheit! Allein schon der Ton!«

»Ich denke dann einfach, dass er auch seine Probleme haben wird.«

»Wo er immer als Erster die neuen Bücher bekommt und sicher hundertmal in die Umschlagklappe von Büchern, die wir bestellt haben, die Nummer seiner Abteilung gesetzt hat!«

»Außerdem ist es auch unser Buch. Wir haben es bestellt.«

»Lass mal sehen.« Er stand auf.

Bart gab ihm das Buch. Maarten betrachtete das Titelblatt und blätterte darin. Es war tatsächlich von ihnen, doch es ging um ein historisches Thema, und das konnte Rentjes nur schwer ertragen. Seiner Auffassung nach gehörte alles, was Geschichte war, in die Abteilung Volksnamen. »Was machst du jetzt?«, fragte er und gab Bart das Buch zurück.

»Ich werde gleich mal mit ihm reden.«

Maarten lächelte boshaft. Allein schon der Gedankte bereitete ihm Schadenfreude. »Dann gehe ich erst mal Kaffee trinken«, sagte er und sah auf die Uhr.

Im Kaffeeraum herrschte Betrieb. Balk war auch da. Maarten nahm die Post für seine Abteilung vom Tresen, holte sich eine Tasse Kaffee am Schalter und fand einen Stuhl neben Bart de Roode.

»Habt ihr in letzter Zeit auch so viele Zeugen Jehovas an der Haustür gehabt?«, fragte Rik Bracht.

»Wo wohnst du denn?«, fragte Meierink nölig.

»An der Singelgracht.«

»Oh, an der Singelgracht.« Als ob das alles erklärte. »Nein, in Amstelveen haben wir damit keine Probleme.«

»Ist das dasselbe wie die Pfingstgemeinde?«, fragte Bart de Roode, »denn die haben wir im Bijlmer.«

»Na, hör mal, ich bitte dich!«, sagte Freek empört.

»Was ist denn der Unterschied?«, fragte Bart de Roode freundlich.

»Ist die Pfingstgemeinde nicht dasselbe wie die Siebenten-Tags-Adventisten?«, fragte Wim Bosman.

»Auch nicht«, sagte Freek. »Ihr wisst wirklich nichts darüber!«

»Woher weißt du das alles so genau?«, fragte Bart de Roode bewundernd.

»Freeks Vater ist Pfarrer«, sagte Maarten.

»Ja, das habe ich jetzt wirklich geb-braucht, daran noch mal erinnert zu werden«, sagte Freek böse. Er sah Maarten empört an.

»Mir ist aufgefallen, dass unter den Leuten der Pfingstgemeinde viele Surinamer sind«, sagte Bart de Roode. »hat das vielleicht etwas damit zu tun?«

Balk hatte begonnen, mit seinem Fuß zu wippen. Das Gespräch irritierte ihn.

»Ich habe mal gehört, dass die Zeugen Jehovas ihren Kindern zu Nikolaus nichts schenken, weil jeder Tag ein Festtag ist«, sagte Aad Ritsen.

»Das finde ich traurig«, sagte Rik.

»Warum?«, fragte Balk. »Jeder Tag *ist* doch ein Fest? Sie bekommen jeden Tag ein Geschenk! Brot! Kartoffeln! Mehr brauchen sie doch nicht!«

»Es scheint, als ob die Sie auch schon bekehrt hätten«, sagte Mia. Es war wahrscheinlich kritisch gemeint, doch da sie unsicher war und ihre Worte hinnuschelte, wirkte es kriecherisch. Maarten kannte das und schämte sich stellvertretend für sie.

Balk stand auf und verließ, ohne etwas zu sagen, den Kaffeeraum. Seine Tasse ließ er stehen. Meierink folgte seinem Beispiel. Sofort darauf standen auch die Leute von Volkssprache auf. Innerhalb weniger Sekunden war der Raum leer, und Maarten blieb allein zurück. Während er sein Messer aus der Tasche holte, überlegte er, dass man gegenüber jemandem, der so autoritär war wie Balk, massivere Mittel einsetzen musste, allerdings äußerst beherrscht, da er einen sonst für verrückt erklären und von der Polizei aus dem Büro holen lassen würde. Er schnitt den obersten Brief auf, faltete ihn auseinander und vertiefte sich in den Inhalt. Engelien Jansen kam durch die Schwingtür in den Kaffeeraum. »Tag, Maarten.« Ihre Stimme hatte einen tiefen Klang, als würde sie die Worte in ihrem Mund herumrollen, bevor sie sie preisgab.

»Tag, Engelien«, sagte er und sah auf. Sie hatte ein tief ausgeschnittenes Hemdblusenkleid mit Streifen an. Er vertiefte sich erneut in den Brief und sah erst wieder auf, als sie sich mit ihrem Kaffee neben ihn setzte, wobei sie mit ihrem Kleid an seinem Arm entlangstrich. Er spürte die Berührung bis tief in seinen Körper hinein, und sie verwirrte ihn. Zugleich wunderte er sich darüber, dass sie nicht einen der anderen Stühle genommen hatte. Er war es gewohnt, dass die Stühle neben seinem so lange wie möglich frei gelassen wurden.

»Womit bist du im Augenblick beschäftigt?«, fragte sie. Sie hatte etwas Gieriges, vor allem in der Art und Weise, wie sie ihn ansah.

»Mit der Post«, sagte er ironisch.

Sie lachte. Wenn sie lachte, bewegte sie ihren Körper. »Ja, das sehe ich, aber ich meine, wissenschaftlich.« Es fiel ihm erneut auf, dass sie ihre Augen jedes Mal sofort abwandte, wenn er sie ansah, und ihr Gesicht sehr wenig Ausdruck hatte, außer den einer ausgesprochenen, etwas derben Sinnlichkeit. Das hatte etwas Bedrohliches. Sie war ihm zu weiblich.

»Ich beschäftige mich mit einer Reihe von Dingen«, sagte er mit Unbehagen, »aber im Augenblick vor allem mit Brot. Ich versuche, die Unterschiede im Brotkonsum in den Niederlanden aus der sozioökonomischen Geschichte der verschiedenen Gebiete zu erklären.«

»Wie interessant!« Ihre Stimme jubelte.

»Ja?« Er lächelte verlegen.

»Ja, das finde ich wirklich!« Sie sah ihn rasch an, wandte ihren Blick jedoch gleich wieder ab. »Darum finde ich es auch so schade, dass es so wenig Kontakt zwischen den Abteilungen gibt. Es wäre doch interessant, mehr darüber zu hören? Weil wir doch auch mit regionalen Unterschieden arbeiten?«

»Ja, aber die Abteilungskulturen sind ganz unterschiedlich.«

»Ich werde trotzdem mal versuchen, das zu ändern.«

»Versuch es.«

»Du hast noch keine Doktorarbeit geschrieben, oder?« Sie sah ihn wieder kurz an.

»Nein.«

»Warum nicht? Oder darf ich das nicht fragen?«

»Ich habe kein Bedürfnis danach.«
»Aber dann kannst du nicht Professor werden!«
»Das will ich auch nicht.« Das Gespräch bedrückte ihn.
»Nein?« Es war deutlich, dass sie so etwas noch nie gehört hatte.
»Du schon?«, versuchte er es ironisch.
»Ja, natürlich. Wer will das denn nicht?«
»Ich, wie gesagt«, sagte er lächelnd. Er stand auf und stellte seine Tasse auf den Tresen. »Aber ich könnte es auch nicht.« Er wandte sich ab und ging über die Hintertreppe wieder zu seinem Zimmer. Sie hatte ihn an Hettie erinnert, eine Freundin aus seiner Studentenzeit, die jetzt tatsächlich Professorin war, doch Hettie bewegte sich nicht so sinnlich. Gedankenverloren betrat er sein Zimmer. Bart war nicht da. Er setzte sich an die Schreibmaschine, sah auf die Karteikarte und dann ins Buch und nahm das Tippen wieder auf.

In Gedanken ging er während der Mittagspause in der warmen Sonne die Keizersgracht entlang, bog hinter der Magere Brug links ab und folgte der Amstel. Auf dem stillen Stückchen hinter der Blauwbrug saßen wie immer, wenn es warm war, zwei Debile in dem kleinen Garten vor einem der hohen, alten Häuser. Als er vorbeikam, richteten sie sich ein wenig auf, um über die Sträucher zu schauen, der eine in einem weißen Hemdchen mit kurzen Ärmeln, der andere in einem blauen. Und über diesen Hemdchen zwei alte, vollkommen identische debile Gesichter, Zwillinge in seinem Alter, die auch nicht Professor geworden waren.

*

»Ich habe einen hübschen kleinen Ausschnitt für dich«, sagte Ad. Er war sofort, als er kam, an Maartens Schreibtisch gekommen und gab ihm einen Ausschnitt. Er grinste.
»Danke«, sagte Maarten und nahm den Ausschnitt entgegen. »Hast du das mit dem Eisbeutel ausprobiert?«
»Meintest du das ernst?«, fragte Ad ungläubig.
»Ja, natürlich.«

»Dann musst du wohl sehr starke Kopfschmerzen haben, wenn du so ein Mittel anwendest.«

»Ich habe auch gedacht, dass du starke Kopfschmerzen hast.«

»Es war eher so, dass ich im Kopf etwas benommen war. Wenn man eine Dusche nimmt, geht es schon weg.«

»Du hast also eine Dusche genommen?«

»O ja, du bist so einer, der jeden Tag duscht, oder?« Es klang boshaft.

Maarten reagierte nicht darauf. Während Ad in den Besucherraum ging, sah er sich den Ausschnitt an. Es war ein Korrespondentenbericht, wonach Herr G. Franssen aus Boukoul für die Erzählungen, die er in den zurückliegenden fünfzehn Jahren in Limburg gesammelt hatte, einen Verlag gefunden hatte, und sein Sammelband noch in diesem Herbst erscheinen würde. Neben dem Bericht war ein Foto Franssens abgedruckt, er saß zurückgelehnt in einem Armsessel, ein verklärtes Lächeln auf seinem Gesicht. Als das Foto aufgenommen wurde, hatte er jedenfalls nicht ans Büro gedacht.

Während Maarten noch damit beschäftigt war, diese Mitteilung zu verarbeiten, kam Ad mit einer Mappe in den Raum zurück. »Ich habe hier seine Akte. Soweit ich es sehe, ist die Vereinbarung nicht drin.«

»Das wäre sehr ärgerlich.« Er stand auf und stellte sich an den Mitteltisch.

Ad setzte sich neben ihn und legte die Mappe aufgeschlagen vor ihn hin. An der Stelle, an der sich die Vereinbarung hätte befinden müssen, lag sie nicht. Es war eine Vereinbarung, die alle Mitarbeiter der Erzählstudie aus dem Jahr 1966 hatten unterzeichnen müssen, nachdem Maarten entdeckt hatte, dass Kipperman anfing, mit der Schrotflinte unter seinen Tauben zu wildern. Er blätterte etwas weiter und anschließend wieder zurück, in der Hoffnung, dass man das Blatt falsch abgelegt hatte, doch es war nicht da. Auch kein Brief, in dem Franssen angemahnt worden war. Merkwürdig. Es konnte jedoch gut sein, dass er nicht daran gedacht hatte, und Franssen war ein Mann, der Dinge, die ihm unangenehm waren, schlichtweg vergaß, aus Faulheit. Er blätterte noch etwas weiter zurück und fand einen Brief aus dem Jahre 1964, in dem er Franssen geschrieben hatte, dass die Autorenrechte natürlich beim Büro lägen, da das Büro die Initiative ergriffen und die

Studie finanziert hätte, er jedoch nichts gegen eine Veröffentlichung in einer Zeitung oder einer Anthologie einzuwenden habe. Auch darauf hatte Franssen nicht reagiert.
»Was tust du jetzt?«, fragte Ad. An seiner Stimme war zu hören, dass er reichlich schadenfroh war.
»Darüber muss ich noch mal nachdenken.«
»Du kannst dem Verleger natürlich einen Prozess anhängen.«
Maarten schüttelte den Kopf. »Davon halte ich wenig. Den verlieren wir, vor allem, weil wir keine Vereinbarung haben. Außerdem, ein Prozess! Ich werde noch mal darüber nachdenken.« Er stand auf. »Ich lege die Mappe nachher wieder ab.« Er nahm sie mit zu seinem Schreibtisch. »Danke.« Er legte die Mappe hinten auf seinen Schreibtisch zwischen andere Stapel von Mappen und Büchern, packte den Ausschnitt obenauf, unter ein Halbpfundgewicht, das Beerta gehört hatte, und vertiefte sich wieder in das Buch, in dem er gelesen hatte, als Ad hereingekommen war. Es war ein Buch von einem englischen Kulturhistoriker, der über das Bild der Frau in den Anzeigen in sechs englischen Frauenzeitschriften aus dem Jahr 1969 geforscht hatte. Das Ergebnis war, dass die Frau darin als Modepuppe, in sich gekehrte Träumerin, Mutter, Gastgeberin oder als sorgenfreie junge Frau dargestellt wurde, jedoch nur selten als berufstätige Frau, und dann meist noch in stereotypen Rollen wie die der Krankenschwester. Nach Meinung des Autors, ohne dass er dies übrigens näher untersucht hatte, stand dies im Widerspruch zur Wirklichkeit, in der die selbständige, selbstbewusste Frau einen viel größeren Raum einnahm, als man aufgrund ihres Bildes in den Anzeigen annehmen würde. Seine Schlussfolgerung war denn auch, dass die Anzeigen die Wunschträume einer nur kleinen Gruppe aus der Mittelschicht abbildeten, nämlich die der Werbetreibenden, und durch ihren konservativen Charakter denjenigen Kräften im Weg stünden, die eine neue Gesellschaft anstrebten. Diese Schlussfolgerung irritierte Maarten, doch es kostete ihn Mühe, seine Einwände in Worte zu fassen. Das Problem steckte in dem Ton von Objektivität, die keine Objektivität war, und in dem Bedürfnis des Mannes, auf der Höhe der Zeit zu sein. Außerdem glaubte er nicht daran, dass das Bild der Frau und die Traumwelt, die in diesen Anzeigen heraufbeschworen

wurde, lediglich in den Phantasien einer kleinen Gruppe konservativer Werbemenschen existierten, so wie er sich auch über die Kräfte, die eine neue Gesellschaft anstrebten, keinerlei Illusionen machte. Sein neuer Mensch war auf dem Weg zum Untergang, in einem Chaos aus Gestank und Elend. Während er darüber nachdachte, wie er dies in Worte fassen konnte, ohne gleich in den Armen der schwärzesten Reaktion zu landen, stieg er die Treppe zum Kaffeeraum hinunter. Dort saß eine Handvoll Leute. Er holte eine Tasse Kaffee, setzte sich zu ihnen und hörte mit einem Ohr Freek und Joop zu, die sich zwei Stühle von ihm entfernt miteinander unterhielten. Joop sagte, dass sie gern einmal nach Japan reisen würde, Freek antwortete darauf, leicht stotternd, dass Japan nun gerade eines der Länder sei, das er niemals besuchen würde, und als Joop wissen wollte, warum, begann er sich ausführlich über die überfüllten Züge auszulassen und die Gleichgültigkeit des Japaners, wenn ein Mitmensch auf der Straße angegriffen werde. Maarten erkannte in den Details einen Artikel, der am Vorabend in *Het Handelsblad* gestanden hatte und den Joop deshalb wahrscheinlich auch kannte, doch sie ließ es sich nicht anmerken. Er wollte eine sarkastische Bemerkung darüber machen, doch es gelang ihm, sich zu beherrschen, als er an die Male dachte, an denen er selbst die Zeitung nacherzählt hatte, obwohl er doch mit seinem Vater mehr als jeder andere vorgewarnt war. Er dachte erneut an das Buch dieses Historikers und kam zu dem Schluss, dass er nur wenige Dinge so hasste wie eine Progressivität auf Kosten der Gemeinschaft, ein Gedanke, der ihn zufrieden stimmte, als sei es eine neu erworbene Einsicht.

Bavelaar kam durch die Schwingtür in den Kaffeeraum, eine Zigarette zwischen den Fingern. »Haben Sie eine Tasse Tee für mich, Herr Wigbold?«, fragte sie durch den Schalter. So, wie sie dort am Schalter stand und wartete, machte sie einen verlorenen Eindruck, eine kleine, dürre alte Frau, die Schultern ein wenig hochgezogen, als wollte sie sich schützen. Er sah sie flüchtig an, als sie sich neben ihn setzte. »Tag, Jantje«, sagte er.

»Tag, Maarten.« Sie zog, geistesabwesend vor sich blickend, den Teebeutel in ihrer Tasse ein paarmal hin und her und legte ihn dann auf die Untertasse. Sie hatte rote Flecken unter den Augen. Im Übrigen war ihr Gesicht fahl, fast durchsichtig. Freek und Joop standen auf und gingen ins Hinterhaus. Sie waren allein.

»Ich war heute Morgen kurz in deinem Zimmer und habe gesehen, dass die Kartons mit dem *Bulletin* dort noch immer stehen.« Es war heraus, bevor er darüber nachgedacht hatte, da es schon den ganzen Morgen über in seinem Kopf herumgegangen war. Er bereute es sofort.

»Das habe ich jetzt bestimmt schon hundertmal gesagt«, sagte sie kratzbürstig. »Er macht es einfach nicht.«

»Ich könnte Joop bitten, ihm zu helfen.«

»Nein, das muss er machen! Wenn er noch nicht mal das kann!« Sie beugte sich vor und tippte missmutig die Asche ihrer Zigarette in den Aschenbecher.

»Es kommt auf einen Tag nicht an.«

»Nein, aber es muss passieren!«

Er schwieg. Weil sie sonst allein zurückgeblieben wäre, blieb er sitzen, obwohl er lieber aufgestanden wäre.

»Du isst doch auch immer Brabanter Roggenbrot?«, fragte sie zur Seite blickend.

»Ja.«

»Was tust du da eigentlich drauf?«

»Käse.«

»Käse darf ich nicht.«

Er war überrascht. Dass jemand keinen Käse essen durfte, war ihm neu. »Dann wird es schwierig. Fleisch schmeckt nicht.«

»Das dürfte ich im Übrigen auch nicht essen.«

»Und Butter?«

»Auch nicht.«

Er sah sie aufmerksam an. »Hast du es an der Galle?«

Sie inhalierte nervös, ihre Hand zitterte. »An der Leber«, sie blies den Rauch langsam wieder aus, »und am Dickdarm.«

Er sah sie weiterhin aufmerksam an, ohne recht zu wissen, was er ihr darauf sagen sollte.

»Du weißt doch, dass ich einmal im Zimmer von Koos ohnmächtig geworden bin?«

Er schüttelte den Kopf.

»Und mein Hausarzt erzählt mir dann, dass es nichts wäre, obwohl ich immer müde bin!« Es klang gekränkt.

»Hat er dich denn nicht zu einem Spezialisten geschickt?«, fragte er ungläubig.

»Kein Stück! Das wird schon wieder, hat er gesagt. Das haben wir wohl alle mal!« Ihre Hand zitterte so stark, als sie die Zigarette wieder zum Mund führte, dass sie sie nicht gleich zwischen die Lippen bekam.

»Und woher weißt du, dass es die Leber ist?«

»Von einem Iridologen! Das habe ich niemandem erzählt, außer Mia, die hat mir die Adresse gegeben. Und ich muss sagen, ich bin froh, dass ich zu dem Mann hingegangen bin, sonst würde ich es immer noch nicht wissen.« Sie redete gehetzt, die Worte halb verschluckend.

»Ist das dieser Mann in Haarlem, zu dem auch Ad und Heidi gehen?«

»Nein, bist du verrückt!« Als sei allein die Vermutung schon eine Beleidigung. »Das ist ein Scharlatan! Mein Iridologe wohnt in Den Haag. Er hat lange in Niederländisch-Ostindien gelebt und sofort gesehen, dass ein Teil meiner Leber zerstört ist. So, und jetzt bist du dran!«

»Das ist schlimm«, sagte er ernst, sich mit seinem Urteil über die Iridologie zurückhaltend.

»Aber was das eigentlich Schlimme ist«, sagte sie nervös, »ist, dass er auch gesagt hat, dass ich schnell Auto fahren lernen sollte, und jetzt habe ich Angst, dass es bedeutet, dass ich arbeitsunfähig werde.« Sie sah ihn angstvoll an.

»Davon würde ich mir mal keine Angst machen lassen«, versuchte er es. »So weit ist es noch nicht.«

»Aber wenn es so weit ist, ist es zu spät, denn ich habe auch noch Probleme mit den Füßen.«

Er schwieg, unschlüssig, was er davon halten sollte. So viel Elend gleichzeitig überstieg sein Fassungsvermögen. Er hatte die Neigung, sich dem zu verschließen und das alles für Hysterie zu halten.

»Du erzählst es doch niemandem, oder? Ich erzähle es dir zwar jetzt, aber ich möchte nicht, dass die anderen es auch wissen.«

»Nein, natürlich nicht«, beruhigte er sie.

Erst in der Mittagspause auf seiner Runde entlang der Amstel dachte er wieder an den Zeitungsausschnitt mit der Meldung, dass Franssen die Erzählungen herausgeben würde, und jetzt beim Gehen erfasste ihn eine entschlossene Wut. Ob Prozess oder nicht, diese Haltung war auf jeden Fall ungehörig, und das sollte Franssen wissen! Maarten eilte zurück ins Büro, ging gleich weiter in den Keller im hinteren Teil des Gebäudes, wo sich eine Reihe Kästen mit abgelegter Korrespondenz befand, und studierte die Mappe mit Finanzunterlagen aus dem Jahr 1966. Kein Vertrag. Wieder in seinem Zimmer, nahm er sich noch drei weitere Akten vor, in denen die Vereinbarung versehentlich hätte gelandet sein können, ebenfalls ohne Erfolg. Es war nun klar, dass es keine Vereinbarung gab, und das verkleinerte den Spielraum, der ihm blieb, erheblich. Er stopfte langsam eine Pfeife, zündete den Tabak an, schob den Stuhl etwas nach hinten und dachte nach, ein wortloses Nachdenken, eher ein angespanntes Nichtstun, bei dem sich die einzelnen Teile aus eigener Kraft ihren Platz suchten. Die Gewissheit, dass in seinem Kopf für ihn gearbeitet wurde, ohne dass er dazu etwas beitragen musste, verschaffte ihm, wie stets in solchen Situationen, ein Glücksgefühl, als ob er Zuschauer wäre bei dem Schlag, den er gleich austeilen würde. Er rauchte langsam seine Pfeife zu Ende, kratzte sie sorgfältig aus, klopfte sie am Rand des Aschenbechers aus, holte zwei Blätter Durchschlagpapier, zwei Blätter Kohlepapier und ein Blatt Briefpapier aus dem Schreibtisch und spannte sie in die Schreibmaschine. Anschließend zog er die Akte Franssen zu sich heran, legte den Zeitungsausschnitt behutsam neben die Schreibmaschine, schlug die Akte auf, tippte den Namen und die Adresse von Franssen in die linke obere Ecke, fügte das Datum ein und dachte erneut nach. Er sah auf die Uhr, stellte fest, dass die Teezeit bereits fast vorbei war, stand auf, nahm seine Pfeife und den Tabak mit und stieg die Treppe zum Kaffeeraum hinunter. Der Kaffeeraum war leer. Als er dort saß und seine Pfeife stopfte, kam Ad herein. Er holte sich ebenfalls eine Tasse Tee und setzte sich ein paar Stühle von ihm entfernt hin. Sie schwiegen eine Weile. Ad rührte in seiner Tasse. Maarten war sich flüchtig dessen bewusst, wie sehr sich ihr Verhältnis abgekühlt hatte, seit Ad sich geweigert hatte, noch länger für ihre Katzen zu sorgen, doch er hatte keine Zeit, sich damit zu beschäftigen.

»Weißt du jetzt schon, was du machst?«, fragte Ad. Seine Stimme klang heiser.

»Du meinst, mit Franssen?«, fragte Maarten langsam, als käme er von weit her.

»Ja.«

»Ich werde ihm einen Brief schreiben.« Im selben Augenblick fiel ihm der erste Satz ein. Maarten leerte seine Tasse in einem Zug, brachte sie zum Schalter, stieg mit dem Kopf voller Sätze und Satzfetzen die Treppe hinauf, setzte sich und begann zu tippen. Der erste Absatz ging wie von allein. Danach lief es etwas zäher, und er musste hin und wieder nachdenken. Und der Schluss, in dem er Franssen nach seinen harten Worten an ihre nette Zusammenarbeit erinnerte und seine Wertschätzung für dessen Arbeit aussprach, war schlichtweg larmoyant. Das wurde ihm klar, als er den Durchschlag auf die Schreibtische von Bart und Ad gelegt hatte und an seinen Schreibtisch zurückging. »Lies ihn besser nicht«, sagte er zu Ad, während er sich wieder an seine Schreibmaschine setzte. »Ich schreibe einen anderen.« Er schrieb noch vier Fassungen, und erst die letzte sagte ihm zu. Er sprach seine Verwunderung darüber aus, dass er so etwas in der Zeitung hatte lesen müssen, erinnerte Franssen an seinen Brief aus dem Jahr 1964 und das Rundschreiben von 1966, das er als Kopie beifügte, um ihm seinen Standpunkt noch einmal unter die Nase zu reiben, und bat ihn mit Nachdruck, seinen Plan noch einmal im Sinne des Rundschreibens zu überdenken. »Mit freundlichen Grüßen, M. Koning.« Als der Brief fertig war, war Ad bereits in die Bibliothek verschwunden. Er legte die Durchschläge auf ihre Schreibtische, nahm die alten wieder mit, zerriss sie und ließ sich zufrieden auf seinem Stuhl zurücksinken. Zehn vor fünf. Was nun? Jemand versuchte, die Türklinke herunterzudrücken. Langsam ging die Tür auf, und Rik Bracht trat ein, einen Stapel neuer Bücher vor der Brust, den er unter sein Kinn geklemmt hatte, die Umlaufstreifen ragten heraus. »Wo soll ich sie hintun?«, fragte er.

»Stell das mal auf den kleinen Tisch«, antwortete Maarten mit einem

Nicken zu dem Tischchen neben seinem Registraturschrank und sah interessiert zu, wie Rik den Stapel vorsichtig auf den kleinen Tisch schob.

»Hast du nichts mehr zu tun?«, fragte Rik und richtete sich auf.

»Ich habe gerade einen Brief geschrieben«, antwortete Maarten lächelnd.

»Und wie man sieht, bist du damit ziemlich zufrieden.«

»Ja, aber wenn ich in einer Viertelstunde nach Hause gehe, frage ich mich, worüber ich mich da in Herrgotts Namen überhaupt aufgeregt habe.« Ein Beweis dafür, wie übermütig ihn der Brief gemacht hatte, denn derartige Bemerkungen hatte er sich schon lange abgewöhnt.

»So, du wolltest heute zu früh nach Hause«, sagte Rik trocken und sah auf seine Armbanduhr.

Maarten lachte. Die Bemerkung amüsierte ihn. Ein netter Bursche.

»War etwas dabei?«, fragte er mit einem kurzen Kopfnicken zum Stapel, mehr aus dem Bedürfnis heraus, die Unterhaltung noch etwas in die Länge zu ziehen.

»Ich habe gesehen, dass ihr das Buch über Montaillou angeschafft habt.« Er schob die obersten Bücher etwas zur Seite, bis er es gefunden hatte, und schob sie dann wieder zurück. »Das scheint mir ein schönes Buch zu sein.«

»Liest du solche Bücher?«, fragte Maarten überrascht.

»Nein, lesen nicht«, beruhigte ihn Rik.

»Du liest nichts«, stellte Maarten fest.

»Wenn ich zu Hause bin, lese ich nur Comics.«

»Hey!« Für jemanden, der Sprachwissenschaft studiert hatte und somit zu den Intellektuellen gerechnet werden durfte, erschien ihm das ein merkwürdiges Hobby.

»Liest du die nie?«, fragte Rik, seinerseits erstaunt.

»Nein. Wir hatten auf der Schule zwar Jungs, die *Dick Bos* lasen, aber eigentlich tat man das nicht.«

»Und *Bruintje Beer*?«

»Aber damals war ich ein Kind!«

»Dann musst du es mal mit *Tim und Struppi* probieren. Ich will wohl mal einen für dich mitbringen.«

Maarten schwieg skeptisch. Er konnte sich unter einem solchen Interesse nichts vorstellen.

Sie schwiegen. Draußen, auf dem Innenhof der Amstleven-Versicherung, wurden die Motorräder angetreten.

»Aber im Moment mache ich nur den Haushalt und kümmere mich um die Kinder«, sagte Rik, »denn mein Schwiegervater hat einen Herzinfarkt gehabt, und Maaike ist da, um sich um ihn zu kümmern.«

»Liegt er im Krankenhaus?«

»Er ist jetzt wieder zu Hause, aber er kann nicht mehr richtig denken.«

»Das ist weniger schön.«

»Meine Mutter kann überhaupt nicht mehr denken. Sie hat einen Schlaganfall gehabt.«

»Man darf sich gar nicht vorstellen, dass einem so etwas auch passieren könnte.«

»Nein, besser nicht.«

Kein heiterer Stoff, doch gerade dadurch entstand Vertraulichkeit.

»Aber wenn es dann doch passiert, wird man versuchen müssen, sich auf das zu beschränken, was einem geblieben ist«, sagte Rik weise.

»Wenn es dann so weit ist, kann man sich glücklich schätzen, wenn man so ein kindliches Hobby hat. Die Chance ist groß, dass man das dann noch kann.« Es war heraus, bevor er darüber nachgedacht hatte.

Rik lachte, jedoch nicht von Herzen. Er wandte sich ab und ging zur Tür. Dort drehte er sich noch einmal um. »Noch einen schönen Abend.«

»Einen schönen Abend.« Er ärgerte sich über seine letzte Bemerkung. Er schob die Hülle über seine Schreibmaschine, schloss das Fenster, zog sein Jackett an, nahm seine Plastiktasche aus dem Bücherregal und verließ, unzufrieden mit sich selbst, das Büro, die Genugtuung über den Brief an Franssen hinter sich lassend.

*

»Du hast den Brief an diesen Herrn Franssen doch hoffentlich noch nicht abgeschickt?«, sagte Bart. Er war aufgestanden und sah Maarten über das Bücherregal hinweg an, den Durchschlag des Briefs in der Hand.

Maarten sah auf. »Wieso?«

»Weil ich möchte, dass du erst weißt, dass ich damit nicht einverstanden bin.«

»Was stimmt denn damit nicht?« Er legte die Zeitschrift mit einer Zusammenfassung von Joop hin.

»Das kann ich so nicht sagen, aber er gefällt mir nicht.«

»Aber dann muss es doch etwas geben, warum er dir nicht gefällt?«

»Das gibt es auch«, er sah in den Brief, »aber es ist, wie bei allem, was du schreibst, wieder so glatt, dass es sehr schwer ist, darauf eine konkrete Antwort zu geben.«

»Aber dann muss es doch einen Satz geben oder ein Wort, wodurch dieses Gefühl hervorgerufen worden ist.« Er zog den Brief aus dem Umschlag und legte ihn vor sich hin.

»Es ist mehr der Ton, glaube ich.« Er suchte noch immer in dem Brief nach dem, was ihn genau störte. »Es ist etwas in dem Ton, das mir nicht gefällt, und wenn ich Herr Franssen wäre, würde mich das sicher auch stören.«

»Der Ton ...«, wiederholte Maarten. Er las seinen Brief durch, während er auf den Ton achtete, doch er fand den Ton gut, genau der Ton, den er hatte treffen wollen. »Du findest, dass ich mein Erstaunen nicht hätte ausdrücken dürfen?«, versuchte er.

Bart las diesen Satz noch einmal. »Nein, dagegen habe ich nichts einzuwenden. Noch am wenigsten, würde ich sogar sagen.«

»Du findest, dass ich Franssen nicht an meinen früheren Standpunkt erinnern darf?«

»Du darfst ihn schon an deinen früheren Standpunkt erinnern, aber dieser Standpunkt hat sich ja gerade geändert! Und dagegen habe ich etwas einzuwenden!«

»Er ist zugespitzt«, gab Maarten zu.

»Nein, dein Standpunkt hat sich geändert! Denn 1964 hast du geschrieben«, er suchte die Stelle, um wörtlich zitieren zu können, wobei er die Worte präzise aussprach, wie um sie unwiderruflich zu machen, »dass du nichts gegen die Veröffentlichung in einer Zeitung oder einer Anthologie einzuwenden hättest, und 1966 hast du geschrieben, dass du schwerwiegende Bedenken gegen eine Gesamtveröffentlichung der von ihm gesammelten Erzählungen hättest! Das ist eine Änderung!«

»Mir ist egal, wie du es nennst, aber der Grund ist, dass wir damals beschlossen hatten, die Erzählungen selbst herauszugeben.«

»Das kannst du ja beschlossen haben, aber damit hat Herr Franssen natürlich nichts zu schaffen! Das ist eine *zwischen*zeitliche Entscheidung!«

»Ja. Alle meine Entscheidungen sind zwischenzeitlich.«

»Und das ist nun gerade mein Problem! Denn es ist nicht *konsequent*! Und wenn Herr Franssen sich darauf beruft, wird ihm der Richter sicherlich recht geben!«

»Aber ich will überhaupt nicht vor den Richter.«

»Das spielt keine Rolle! Es geht darum, dass Herr Franssen das Rundschreiben nicht unterschrieben hat, und er dessen Inhalt also auch nicht zu akzeptieren braucht!«

»Aber er hat es bekommen, also weiß er, wie ich darüber denke.«

»Dafür hast du keinen Beweis. Den Beweis hättest du erst, wenn er es unterschrieben hätte. Und er hat es nicht unterschrieben!«

»Nehmen wir mal an, dass er es bekommen hat«, es begann, ihn zu irritieren, »dann weiß er, wie ich darüber denke.«

»Nur, wenn er es bekommen hat, und wenn er es auch gelesen hat«, korrigierte Bart, »weiß er, wie du darüber denkst.«

»Und wenn er weiß, wie ich darüber denke, hätte er doch die Höflichkeit haben können, sich mit uns zu beraten.«

»Aber er hat es nicht unterschrieben!«

»Nein.«

»Und wenn er es bekommen hat, und er hat es nicht unterschrieben, dann vielleicht deshalb, weil er nicht damit einverstanden war.«

»Dann hätte er das schreiben können.«

»Das hätte er tun können, aber er hat es nicht getan, darauf kannst du dich also nicht berufen!«

»Darauf berufe ich mich auch nicht.«

»Dann musst du so einen Brief auch nicht schreiben, denn damit erzeugst du schon den Eindruck!«

Maarten schwieg. Das Gespräch war, wie so oft, so chaotisch geworden, dass er die Argumente nicht mehr überblicken konnte.

»Worum es mir geht, ist, dass du nicht das *Recht* hast, Herrn Franssen die Veröffentlichung zu verbieten!«, verdeutlichte Bart.

»Und du findest, dass ich ihn deshalb auch nicht bitten darf, diese Entscheidung zu überdenken?«

»Darum darfst du schon bitten! Aber wenn Herr Franssen es nicht tut, kannst du nichts sagen, denn er hat das Rundschreiben nicht unterschrieben, also kann er sich auf den Brief von 1964 berufen, der sehr viel milder war, denn dort schreibst du«, er nahm den Brief wieder zur Hand, deutlich artikulierend, wo er zitierte, »dass du nichts gegen die Veröffentlichung in einer Zeitung oder einer Anthologie einzuwenden hättest!« Er sah Maarten triumphierend an.

»Aber ich sage auch«, wandte Maarten ein, während er die Passage zu Rate zog, »dass die Autorenrechte bei uns liegen!«

»Das schreibst du zwar, aber das hat Herr Franssen nicht unterschrieben, also kannst du dich darauf nicht berufen!«

»Aber er hätte sich schon mit uns beraten müssen!«

»Es wäre netter gewesen, wenn er sich mit uns beraten hätte«, gab Bart zu, »aber nun, da er es nicht getan hat, kannst du dich auf diese Passage in deinem Brief nicht berufen, weil er nicht zu verstehen gegeben hat, dass er damit einverstanden war!«

Maarten schwieg. Zwar konnte er noch einmal sagen, dass es ihm nicht darum ging, doch ihm war klar, dass es aussichtslos war. Er glaubte auch zu verstehen, was Bart irritierte. Bart fand es schwach, erst zu sagen, dass man gegen eine Veröffentlichung nichts einzuwenden hätte, um es zwei Jahre später, wenn sich herausstellte, dass es kein so guter Standpunkt war, zu verklausulieren. Dann musste man die Folgen eben akzeptieren! Dass sie in diesen zwei Jahren zu dem Entschluss gelangt waren, die Erzählungen selbst herauszugeben, spielte für Bart keine Rolle. Den Standpunkt zu ändern, duldete er nicht, ebenso wenig übrigens wie einen anderen Standpunkt als den seinen, und Maartens fortwährendes Ändern, Ausfeilen, Revidieren und Zurückziehen musste ihm ein Greuel sein. Maarten respektierte das, doch er konnte damit nicht arbeiten. »Gut«, sagte er. »Danke für deine Kritik. Ich warte noch mal auf Ad, und dann werde ich entscheiden, was ich mache.«

»Wenn du dann nur weißt, dass ich den Brief so nicht geschrieben haben würde«, sagte Bart sicherheitshalber, worauf er hinter dem Bücherregal verschwand.

Maarten las den Brief noch einmal durch, steckte ihn zurück in den Umschlag und legte ihn ins Körbchen für die ausgehende Post. Er sah auf seine Armbanduhr, stellte fest, dass sie eine halbe Stunde gesprochen hatten, stand auf, nahm seine Pfeife und den Tabak, verließ den Raum und stieg die Treppe hinunter zum Kaffeeraum. Dort drehte sich das Gespräch um den Lockheed-Skandal. Er saß zwischen den anderen, ohne sich einzumischen, und zog an seiner Pfeife, mit den Gedanken woanders.

*

»Ich sitze im Zimmer von Jaring«, sagte er. »Willst du dir den Uyl nicht anhören?«

»Das interessiert mich nicht«, antwortete Ad, ohne von der Arbeit aufzusehen.

In Jarings Zimmer war es stickig. Da Jaring fast nie da war, wurde auch selten gelüftet. Er machte ein Fenster auf, schob einen Stuhl vor den Lautsprecher, machte das Radio an, wartete, bis der Ton kam, und stellte den Sender ein. Musik. Mit den Beinen zu beiden Seiten des Lautsprechers, sodass der Ton direkt auf seinen Schritt traf, stopfte er eine Pfeife. Fünf vor fünf. Er stand auf, ging hastig durch den Flur zur Toilette, pinkelte und ging wieder zurück. Im Gebäude war es totenstill. Offenbar waren alle bereits nach Hause gegangen. Er machte es sich wieder bequem, genau in dem Moment, als der Parlamentsvorsitzende Vondeling sagte: »Das Wort hat der Ministerpräsident.« Aus dem Lautsprecher hörte man es rumoren und rascheln. Im Hintergrund sagte jemand etwas, das nicht zu verstehen war. Es wurde ein wenig gehustet. Danach war es mucksmäuschenstill. »Herr Vorsitzender«, sagte die Stimme von Joop den Uyl. »Sogleich werden Sie einen Brief der Regierung erhalten, mit dem Ihnen der Bericht der Dreierkommission zum Lockheed-Skandal und den Verwicklungen Prinz Bernhards darin zugeht, der am 12. August dieses Jahres der Regierung überreicht wurde.« Seine Stimme klang sehr bewegt. Maarten lauschte aufmerksam, empfänglich für die Weihe des Augenblicks und geneigt, alles, was den Uyl sagen würde, gut zu finden. Doch als den Uyl die Argumente aufzählte, um Bernhard nicht gerichtlich zu belangen, zögerte er. Dass es ihm politisch besser in den Kram passte, konnte er nachvollziehen. Dass es sehr schön war, Menschen, die gesündigt hatten, zu vergeben, wusste er. Doch seine Argumente überzeugten ihn nicht. Während den Uyl sprach, konnte er nicht weiter darüber nachdenken, und auch nicht, als er eine Viertelstunde später wieder zurück in seinem Zimmer war und seinen Schreibtisch aufräumte. Er schloss das Fenster, zog sein Jackett an, sah noch einmal in den Karteisystemraum, öffnete die Tür zum Besucherraum und stieg mit der aufgerollten Plastiktasche in der Hand die Treppe hinunter. Als er in die Halle kam, kamen Sjef Lagerweij und Rik Bracht gerade aus ihrem Zimmer. »Ihr seid weg«, sagte er, während er auch ihre Namensschilder ausschob und hinter ihnen her durch die Drehtür das Büro verließ. – »Na, dann bis morgen«, sagte Rik. Sjef nickte nur. Über die Rede von den Uyl sagten sie nichts, doch er vermutete, dass sie sie sich auf einem anderen Apparat angehört hatten. Rik ging in die andere Richtung, Sjef stieg auf sein Fahrrad und fuhr an ihm vorbei. Langsam, in Gedanken, ging er nach Hause. Beim Athenaeum Nieuwscentrum standen Leute, die sich aufgeregt unterhielten. Er kaufte eine Zeitung und ging langsam, dabei lesend, über den Voorburgwal.

Nicolien saß am Radio. »Hast du den Uyl gehört?«, fragte sie aufgeregt, als er das Wohnzimmer betrat.

»Ja.« Sie fragte nicht, was er davon hielt, zum Glück nicht, denn er hatte darauf in diesem Moment noch keine Antwort. Er ging weiter zum Schlafzimmer, um sich umzuziehen, und kam wieder ins Wohnzimmer, gerade als der Nachrichtensprecher mit den Meldungen begann.

*

»Habt ihr gestern Joop den Uyl gehört?«, fragte Bart, sobald Ad auch da war und sie Platz genommen hatten.

»Ich dachte, dass du gestern in der Bibliothek warst, Bart«, sagte Ad. Es war unverkennbar einiges an Gift in seiner Stimme.

»Ich bin dafür etwas früher nach Hause gegangen«, sagte Bart, ohne sich die Mühe zu machen, sich zu verteidigen.

»Ich habe ihn gehört«, sagte Maarten.

Bart stand auf und sah über das Bücherregal. »Wie fandest du es?«

»Ich fand es bedenklich.«

»Und du hast den Uyl sogar noch gewählt!«, sagte Bart nicht ohne Triumph.

»Das ist ein altes Missverständnis«, sagte Maarten gelassen. »Ich habe den Uyl nicht gewählt. Ich habe van der Lek gewählt.«

»Aber auf jeden Fall also einen Sozialisten!«

»Und wie fandest *du* es?« Es hatte keinen Sinn, das Thema fortzuführen und noch einmal zu wiederholen, was er bereits hundertmal gesagt hatte.

»Ich fand es scheinheilig.«

»Nein, scheinheilig fand ich es nicht.«

»Als ob die Leute, die jetzt streng mit dem Finger auf andere zeigen, selbst nicht genauso wären!«, sagte Bart aufgebracht.

»Ich glaube nicht, dass den Uyl so ist, und er zeigt auch nicht mit dem Finger auf andere.«

»Ob den Uyl so ist, weiß ich nicht, aber mir wird schlecht, wie alle darauf reagieren. Am letzten Wochenende noch, ich saß im Bus, und da steckte ein Fahrgast, der vor seinem Haus abgesetzt werden wollte, dem Fahrer etwas Schmiergeld zu – und wurde abgesetzt! Obwohl das außerhalb der offiziell anerkannten Haltestellen verboten ist! Und so ein Mann wird dann nicht bestraft, obwohl er im Grunde genommen dasselbe macht wie Prinz Bernhard!«

Das Beispiel erstaunte Maarten durch seine Nichtigkeit. »Und was willst du damit jetzt sagen?«, fragte er. »Jeden Tag gibt es Zehntausende von Verbrechen und Verstößen, von denen nur einige Dutzend bestraft werden. Findest du, dass deshalb dann gar nichts mehr geahndet werden sollte?«

»Das weiß ich nicht, aber ich halte es für ein Problem!«

»Aber solange wir die Lösung des Problems nicht kennen, werden wir doch zumindest darüber wachen müssen, dass wir diejenigen, die an der Spitze stehen, nicht verschonen!«

Ad, der die ganze Zeit über hinter seinem Bücherregal verborgen geblieben war, stand nun ebenfalls auf. »Findest du denn, dass Bernhard bestraft werden muss?«, fragte er ungläubig.

»Ja!«, sagte Maarten energisch. »Das heißt, erst wusste ich es nicht, aber als ich gestern Abend gelesen habe, wie er lügt und sich windet, fand ich, dass so etwas bestraft werden muss. Ich ertrage es nicht, dass jemand sich so aus der Affäre zieht!« Er regte sich auf.

»Darüber will ich nicht sprechen«, sagte Bart. »Ich finde das widerwärtig. Ich habe das auch nicht lesen wollen.«

»Und wenn es zur Folge hat, dass die Königin dann abdankt?«, fragte Ad.

»Dann dankt sie eben ab!«

»Das sagst du jetzt bloß, weil die Sozialisten gegen die Monarchie sind«, sagte Bart.

»Ich bin überhaupt nicht gegen die Monarchie!«, sagte Maarten entrüstet. »Ich möchte nur die Leute respektieren, die mich regieren!«

»Als ob nicht alle Menschen korrupt wären«, höhnte Bart.

»Das ist mir egal!«, sagte Maarten aufgebracht. »Es ist gut möglich, dass alle korrupt sind, aber deswegen gibt es ja Regeln in einer Gesellschaft. Und es ist für alle gut, auch für die Leute, die korrupt sind, wenn diese Regeln strikt durchgesetzt werden, ohne Ansehen der Person!«

»Aber du kannst doch nicht von der Regierung verlangen, dass sie Bernhard ins Gefängnis steckt?«, wandte Ad ein.

»Sie brauchen ihn nicht ins Gefängnis zu stecken! Lass ihn einfach das Dreifache dessen zurückbezahlen, was er beiseitegeschafft hat! Damit wird wenigstens ein Exempel statuiert! Dann weiß ich, was mich erwartet, wenn ich einen Kugelschreiber oder einen Bleistift mitnehme, der dem Büro gehört!« Er lachte ein gemeines Lachen, weil er eigentlich hatte sagen wollen: Wenn ich mich krankmelde, obwohl ich nicht krank bin – doch er konnte sich gerade noch zurückhalten.

»Das würde ich dann doch sehr unangemessen finden«, sagte Bart, »denn es würde bedeuten, dass Prinz Bernhard härter bestraft wird als ein anderer, der es zufällig nicht zahlen kann.«

»Es geht mir nicht um Prinz Bernhard!«, sagte Maarten empört. »Es geht mir darum, dass er für die Außenwelt das Symbol meines Landes ist! Ich fände es herrlich, wenn die Königin sagen würde: ›Ich will, dass mein Mann bestraft wird!‹, und Joop den Uyl keine Sekunde zögern würde, egal, welche politischen Konsequenzen eine Bestrafung hätte! In einem solchen Land mit einer solchen Königin und einem solchen Ministerpräsidenten würde ich leben wollen!«

»So ein Land existiert nicht«, sagte Bart, »außer vielleicht in Jungensbüchern.«

»Ja, es hat etwas von einem Jungensbuch«, gab Maarten lächelnd zu. »Aber wenn ein Ausländer sagt, dass der niederländische Beamte unbestechlich ist, berührt dich das dann gar nicht?«

»Doch, das berührt mich schon«, gab Ad zu. »Ich weiß aber nicht, warum.«

»Ein Beispiel!«, sagte Maarten – woher es kam, wusste er nicht, doch es war mit einem Mal da, obwohl er selbst den Zusammenhang nicht sah. »In der Leidener Fakultät für Mathematik und Naturwissenschaft wird kein ›cum laude‹ vergeben. Warum nicht? Weil man es seinerzeit versäumt hat, Zeeman oder Lorentz ein ›cum laude‹ zu geben!« Zu seinem eigenen Erstaunen stiegen ihm plötzlich Tränen in die Augen. »Das hat Stil!«, sagte er, mit Mühe seine Gefühle beherrschend.

Sie sahen ihn verwundert an.

»Du darfst es mir nicht übel nehmen«, sagte Bart, »aber ich kann nicht erkennen, was das damit zu tun hat.«

»Es hat auch nichts damit zu tun«, gab Maarten verlegen zu. »Es fiel mir nur so ein.«

*

Er trug Nicoliens Fahrrad die Treppe hinauf, schob es durch die Wohnungstür, stieg die Treppe wieder hinunter, nahm sein eigenes Fahrrad auf die Schulter und stieg erneut hinauf. Als er es durch den Flur zur Abstellkammer rollte, klingelte das Telefon. »Das Telefon klingelt!«, rief er.

»Na, dann nimm doch ab!«, rief sie zurück, aus dem Schlafzimmer.

»Aber ich bin mit dem Fahrrad beschäftigt!«

»Und ich ziehe mich um!«

Er ließ das Fahrrad stehen, rannte ins Wohnzimmer und nahm den Hörer von der Gabel. »Koning hier«, sagte er keuchend.

»Polizei!«, sagte eine Stimme. »Wir haben gerade von einem unserer Streifenwagen die Meldung bekommen, dass die Alarmglocke in Ihrem Büro klingelt.«

»Alarmglocke?«, wiederholte er verblüfft – sein erster Gedanke war, dass es ein Scherz von Klaas war, doch er erkannte dessen Stimme nicht. »Soweit ich weiß, haben wir nicht einmal eine Alarmglocke.«

»Vielleicht könnten Sie mal nachschauen?«

»Aber haben Sie den Hausmeister denn schon informiert?«

»Sie stehen oben auf unserer Liste.«

Das wunderte ihn, doch ihm war auch klar, dass es keinen Sinn hatte, darüber nun eine Diskussion anzufangen. »Ich werde nachsehen«, versprach er. »Vielen Dank.« Er legte den Hörer auf.

»Wer war das?«, fragte Nicolien. Sie stand in ihrer Unterwäsche in der Tür zum Schlafzimmer.

»Die Polizei! Die Alarmglocke im Büro klingelt.«

»Die Polizei?«

»Jetzt haben sie mich verdammt noch mal oben auf die Liste der Polizei gesetzt!« Er war wütend.

»Reg dich nicht so auf. Ich habe dir doch nichts getan?«

»Aber das ist doch idiotisch!«, sagte er empört. »Das ist doch Wigbolds Arbeit!«

»Das kommt natürlich daher, weil du stellvertretender Direktor bist. Das hättest du auch niemals annehmen sollen. Das hast du nun davon.«

Er griff zum Telefonbuch.

»Was machst du jetzt?«

»Wigbold anrufen! Ich wusste nicht mal, dass wir eine Alarmglocke haben!« Er wählte die Nummer. »Das macht er natürlich, weil er keine

Lust hat, bei Nacht und Nebel aus Slotermeer zu kommen.« Er lauschte dem Klingeln am anderen Ende der Leitung. »Ich könnte wetten, dass er mich auf die Liste hat setzen lassen.« Es wurde nicht abgenommen. Er ließ das Telefon zwanzigmal klingeln, legte den Hörer wieder auf und suchte in der Liste mit Adressen vorn im Telefonbuch die Nummer von Balk.

»Wen rufst du jetzt an?«, fragte sie. Sie war in der Türöffnung stehen geblieben.

»Jetzt rufe ich Balk an. Ich muss doch überhaupt erst einmal wissen, wo die Alarmanlage ist.«

Der Hörer wurde abgenommen. »Balk!«

»Maarten hier.«

»Ja?« Seine Stimme war freundlich vor Verwunderung.

»Wusstest du, dass wir im Büro eine Alarmanlage haben? Ich bin gerade von der Polizei angerufen worden, dass die Alarmglocke klingelt.«

»Davon weiß ich nichts. Eine Alarmanlage?«

»Es scheint, dass ich oben auf der Liste stehe.«

»Das wird Wigbold dann wohl gemacht haben.« Sein Ton klang unzufrieden.

»Den habe ich schon angerufen, aber er nimmt nicht ab.«

Es war einen Moment still. Balk brauchte Zeit, um das Ganze zu verarbeiten. »Könntest du nicht mal hingehen und nachschauen?«, fragte er dann, auffallend freundlich. »Ich weiß nichts von einer Alarmanlage.«

»Ich werde nachsehen. Ich rufe dich dann an.« Er legte den Hörer auf. Die Reaktion Balks hatte seine Wut besänftigt.

»Du wirst doch nicht nachschauen?«, fragte Nicolien, als er in den Flur ging.

»Natürlich werde ich nachschauen.« Er schob sein Fahrrad rückwärts zurück zur Tür.

»Am Sonntag?«

»Solche Dinge passieren immer sonntags.«

»Und wenn es nun Einbrecher sind?«

An diese Möglichkeit hatte er noch nicht gedacht. »Die Polizei ist doch da?« Er nahm das Fahrrad auf die Schulter.

»Aber du bist doch vorsichtig, nicht wahr?«, sagte sie besorgt, während sie hinter ihm her auf den Treppenabsatz ging.

»Ich bin vorsichtig«, versprach er.

An der Gracht war es still, ein ruhiger, sommerlicher Sonntagnachmittag. Nun, da er sich der Sache angenommen hatte, fand er plötzlich Spaß daran. Das Leben hatte ein Ziel. Er fuhr mit dem Fahrrad die Herengracht entlang bis zur Spiegelstraat und bog um die Ecke. Die Keizersgracht war wie ausgestorben. Keine Polizei. Erst als er abgestiegen war und sein Fahrrad an den Zaun stellte, hörte er im Büro eine Glocke klingeln. Unbegreiflich, dass die Polizei sie aus dem Auto heraus gehört hatte. Er schloss das Fahrrad ab, ging auf die Eingangstür zu, machte sie, ohne weiter nachzudenken, auf und ging durch die Drehtür in die Halle. Das Klingeln der Glocke war dort ohrenbetäubend. Er sah zu der Stelle, von der das Geräusch kam. »Keinen Schritt weiter!«, wurde plötzlich hinter ihm gerufen. Er drehte sich um und sah hinauf. Oben an der Treppe standen zwei Männer. Im nächsten Moment erkannte er Koos Rentjes und Wim Bosman. »Was soll der Unsinn?«, fragte er verärgert, als sie lachend die Treppe herunterkamen. Er musste laut reden, um das Klingeln der Glocke zu übertönen. »Was macht ihr hier?«

»Wir arbeiten am Sonntag!«, rief Rentjes triumphierend – als müsste Maarten das ebenfalls tun.

»Aber warum stellt ihr dann die Klingel nicht ab?«

»Die Klingel hat einen Dauerkontakt!«, rief Wim Bosman.

»Dafür hat die Polizei mich verdammt noch mal von zu Hause herkommen lassen!«

»Die Polizei?«, rief Rentjes.

Maarten war bereits wieder durch die Drehtür gegangen, auf die Straße. Als er den Klingelknopf inspizierte, hielt ein Polizeiauto hinter ihm. Der Beifahrer stieg träge aus.

»Sie haben mich angerufen«, sagte Maarten, während er sich ihm zuwandte.

»Was ist los?«, fragte der Mann.

»Die Klingel hat einen Dauerkontakt.«

Der Polizist ging, ohne etwas zu sagen, ins Gebäude, durch die

Drehtür, hinter der Rentjes und Wim Bosman standen. »Wo ist die Klingel?«, fragte er.

»Da«, sagte Maarten, der hinter ihm hergekommen war. Er zeigte auf die Stelle neben der Drehtür.

Der Polizist maß die Höhe. »Haben sie einen Tritt?«

Wim Bosman brachte ihm einen Stuhl aus der Küche.

Der Polizist stieg hinauf und riss den Draht ab. Das Klingeln hörte abrupt auf. Plötzlich war es in der Halle totenstill. »So«, sagte er, während er vom Stuhl auf den Boden stieg, »das wird uns keine Probleme mehr machen.« Er wandte sich ab und ging, ohne sie zu grüßen, durch die Drehtür. Maarten sah ihn das Büro verlassen und ins Auto steigen. Er schlug die Wagentür zu. Das Auto wartete noch einen Moment und fuhr dann los, während der Polizist das Funkgerät vom Armaturenbrett nahm und zum Mund führte.

»Haben Sie dich denn benachrichtigt?«, fragte Rentjes. In seiner Stimme lag unverhohlener Neid.

*

»Marion und ich haben dieses Wochenende einmal alle Fälle von Korruption aufgelistet, die wir selbst erlebt haben«, sagte Bart. Er war aufgestanden und sah über das Bücherregal, ein Blatt in der Hand. »Es ist eine Liste mit einundzwanzig Nummern geworden, nur aus den beiden letzten Jahren.« Er sah Maarten triumphierend an, als würde er damit in der Diskussion über den Lockheed-Skandal einen weiteren Punkt machen.

»Das glaube ich sofort«, wehrte Maarten ab.

»Aber dass es so viele sind, hatten wir beide trotzdem nicht erwartet. Und dabei sind es nur die klaren Fälle, die uns spontan einfielen.«

»Ich habe auch nicht gesagt, dass die Menschen nicht korrupt sind«, sagte Maarten unwillig. »Die meisten Menschen sind so korrupt wie die Pest.«

»Aber sie werden nicht dafür bestraft!«

»Nur manche.«

»Ich bin ziemlich sicher, dass diese Leute nie bestraft werden!«, sagte Bart mit Nachdruck.

Maarten begriff, dass er dem nicht entkommen würde. »Nenn mal ein Beispiel.«

»Eins!« Er führte das Blatt näher an seine Augen. »Die Maler, die kürzlich unsere Zimmer gestrichen haben, wollten ihr Geld bar auf die Hand und nicht überwiesen haben!« Er blickte von seinem Blatt auf, um zu sehen, wie Maarten darauf reagierte.

»Und was hast du gemacht?«

»Überwiesen natürlich!« Er beugte sich wieder über das Papier. »Zwei! Marion hat es jetzt schon mehrere Male erlebt, dass Kassiererinnen im Geschäft einen niedrigeren Betrag eingeben, als sie in Rechnung stellen!«

»Aber das sieht man dann doch auf dem Kassenbon?«

»Dann geben sie einem einfach keinen Kassenbon! Drei! Bekannte einer Schwester von Marion haben sich scheiden lassen, weil es wegen der Steuer vorteilhafter ist, aber sie wohnen trotzdem noch zusammen! Vier! In einem Laden für Haushaltsgeräte, in dem Marion sich neulich eine Küchenmaschine angeschafft hat, fragte der Ladenbesitzer, ob sie eine Rechnung haben will. Wenn sie sie haben wollte, käme die Mehrwertsteuer dazu! Fünf! Wir kennen jemanden, der sich hat arbeitsunfähig schreiben lassen, weil er Probleme mit seinem Rücken hatte, aber er hat einfach weitergearbeitet, nur schwarz! Sechs! ...«

Es war eine lange Liste: Männer, die im Laden um Rechnungen gebeten hatten, mit dem Ziel, sie von der Steuer abzusetzen, Männer, die nach einem Geschäftsessen, zu dem sie eingeladen worden waren, die Rechnung gegen einen kleinen Betrag übernahmen, um sie anschließend bei der Steuer einzureichen, Männer, die mit dem Dienstwagen in Urlaub fuhren, Zahnärzte, die weniger berechneten, wenn man bar zahlte, Zahnärzte, die das Gold einer gezogenen Krone in die eigene Tasche steckten, Wärter und Fahrradaufpasser, die gebrauchte Tickets verkauften ...

»Es scheint fast wie im Wilden Westen«, unterbrach ihn Maarten.

»Du meinst, dass du es nicht glaubst?«

»Natürlich glaube ich es! Aber gebrauchte Tickets? Das habe ich noch nie erlebt.«

»Trotzdem kann ich es dir versichern! Gestern noch! In einem städtischen Museum!«

»In einem städtischen Museum?«

»In einem städtischen Museum!«

»Was war da denn?«

»Ich habe um eine Eintrittskarte gebeten. Der Mann hat mich kurz angesehen und mir dann eine Karte von einem kleinen Stapel gegeben, statt eine aus dem Schlitz, eine zerknitterte, alte Karte!«

Maarten schmunzelte. »Und was hast du dann gemacht?«

»Ich habe gesagt«, sagte Bart mit Nachdruck, »ich möchte eine Karte aus diesem Schlitz!« Er zeigte mit seinem Finger.

Maarten lachte.

»Aber die wollte er mir nicht geben! Er kam mit einer langen Geschichte über eine Gruppe, für die er zu viele Karten aus dem Schlitz gezogen hatte, und dass jetzt Tickets übrig wären. Ich habe nicht mal zugehört. Ich habe nur gesagt: ›Und trotzdem möchte ich eine neue Karte!‹ Und dann wurde dieser Herr wütend!« Er schwieg.

»Und dann?«

»Dann habe ich gesagt!« Er erhob seine Stimme: »›Ich möchte eine neue Karte! Jetzt!‹ Und dann habe ich sie bekommen.«

Maarten lachte laut. Es war eines der Dinge, in denen Bart groß war. »Großartig!«

Bart hatte sich wieder hingesetzt.

»Aber was willst du damit jetzt eigentlich sagen?«, fragte Maarten.

»Dass gegen Prinz Bernhard nicht vorgegangen werden sollte?«

»Man darf schon gegen ihn vorgehen«, sagte Bart aufgebracht, »aber dann muss man auch gegen all die anderen vorgehen! Sonst ist es Diskriminierung!«

Maarten schwieg. Dass sich jemand im Angesicht allen Unrechts, das nicht bestraft wurde, machtlos fühlte, konnte er nachvollziehen, doch warum dies dann die Konsequenz war, entzog sich ihm. Er hatte nur keine Lust, die Diskussion erneut anzufangen. »Ich muss morgen nach Enkhuizen«, sagte er. »Ich kann dann nicht zu Beerta. Möchtest du nicht mal gehen?« Er sah zu der Stelle hinüber, wo Bart hinter dem Bücherregal saß.

Es war einen Moment still. »Wenn ich darum gebeten werde, mache ich es«, sagte Bart dann.

»Wie meinst du das?« Er hatte den Eindruck, dass es nicht von Herzen kam.

»Dass ich darauf warte.«

»Ich bitte also darum.«

»Dann werde ich es also machen.«

»Ich bitte nicht gern darum, weil ich weiß, dass es keine leichte Aufgabe ist.«

»Jemanden zu besuchen, der krank ist«, ergänzte Bart boshaft.

»Ich finde es nicht schlimm, jemanden zu besuchen, der krank ist«, es irritierte ihn, dass man ihm so etwas sagte, wo er der Einzige war, der Beerta von Anfang an regelmäßig besucht hatte, »aber ich finde es doch schwierig, weil ich meistens nicht weiß, was ich sagen soll.«

»Das kann ich mir nicht vorstellen. Du hast doch Stoff genug?«

»Das sollte man meinen.«

»Du kannst doch erzählen, was du am Wochenende gemacht hast?«

»Wenn man Denkmäler besucht, aber für die Natur interessiert sich Beerta nicht.«

»Dann erzähl doch vom Büro.«

»Das interessiert ihn noch weniger, außer wenn es darum geht, wer mit wem ins Bett steigt, und darüber weiß ich nichts.«

»Das ist Altweibergeschwätz.«

»Ebendarum.«

»Aber du kannst doch jetzt auch über Prinz Bernhard reden?« Es klang giftig.

»Ich dachte, dich so verstanden zu haben, dass das für dich auch Altweibergeschwätz wäre?«

»Für mich schon, aber nicht für dich.«

Maarten schwieg. Er konnte mit Barts Reaktion wenig anfangen, doch er hatte auch keine Lust, sich damit weiter zu beschäftigen. Er sah auf die Uhr über der Tür und stand auf. »Ich gehe mal Kaffee trinken.«

Als er von der Treppe in die Halle kam, kam Huub Pastoors gerade aus der Tür seines Zimmers. »Kann ich dich kurz sprechen?«, fragte er.

Maarten blieb stehen.

»Ich meine, unter vier Augen?« Er warf einen Seitenblick zur Pförtnerloge, in der de Vries saß und vor sich hinstarrte.

Sie gingen in sein Zimmer, das er mit Rik Bracht und Sjef Lagerweij teilte, und von dort weiter in einen durch Glas abgetrennten Raum zwischen seinem Zimmer und der Bibliothek, in dem die Atlanten von Volkssprache lagen und der Holztisch für die Besucher stand. Pastoors schloss die Tür hinter sich. Sie setzten sich an den Tisch. »Jantje hat mich gebeten, mit niemandem darüber zu sprechen«, er dämpfte seine Stimme und beugte sich zu Maarten hinüber, »aber ich muss es trotzdem loswerden, weil ich mir ernsthaft Sorgen um ihren Zustand mache.« Sein Gesicht war ernst, besorgt.

Maarten nickte.

»Du weißt, dass sie schon ein Weilchen Probleme mit ihrer Gesundheit hat?«

»Ich weiß, dass sie immer müde ist.«

»Und jetzt ist sie bei einem Iridologen gewesen, das wäre nicht meine erste Wahl gewesen, aber es scheint, dass sie den von Mia hat, und der hat ihr erzählt, dass ihre Leber zerstört ist, und darüber macht sie sich jetzt natürlich furchtbare Sorgen.«

»Ja.«

»Aber wenn du mich fragst«, er sprach nun noch etwas leiser, »dann ist sie einfach überarbeitet.«

Maarten nickte. Er fragte sich, worauf Pastoors hinauswollte. »Der Mann hat auch gesagt, dass sie weniger arbeiten soll, denn es würde sie auffressen.«

»Ja, das ist so.«

»Aber statt dass sie sich jetzt für einen Teil der Zeit arbeitsunfähig schreiben lässt, so wie andere auch, nimmt sie sich jede Woche einen Tag Urlaub.«

»Ja, das ist Jantje.«

Pastoors nickte. »Um all den Leuten, die sich wegen nichts krankmelden, eine Lektion zu erteilen!«

Maarten lächelte. Es erstaunte ihn, dass Pastoors es so zu sehen wagte. »Die wird es nur nicht die Bohne interessieren.«
»Nein, natürlich nicht.«
»Aber was tut man dagegen?«
»Das wollte ich nun gerade fragen. Könntest du Balk nicht mal vorschlagen, sie eine Woche in Urlaub zu schicken?«
Die Bitte überrumpelte ihn, und er suchte instinktiv nach Argumenten, sie abzulehnen. Balk würde ihn wohl kaum mit offenen Armen empfangen. »Sollte sie das wollen?«
»Wenn Balk es ihr vorschlägt? Da wird sie sich nicht trauen, es abzulehnen.«
»Aber Balk kennt sie viel besser als ich.« Es war ein letzter Versuch, aus der Sache herauszukommen.
»Aber für die menschliche Seite hat er keinen Blick.«
Maarten schwieg. »Ich muss noch mal darüber nachdenken«, sagte er schließlich.
»Ich würde dann gern hören, was dabei herausgekommen ist«, sagte Pastoors warmherzig.
Sie standen gleichzeitig auf und gingen hintereinander her den Weg zurück zum Kaffeeraum, zwei Männer, verbunden durch ein Geheimnis.
»Ich bin gestern von der Polizei zu Hause angerufen worden«, sagte Maarten durch den Schalter, während Wigbold ihm eine Tasse Kaffee einschenkte.
»Ich habe es gehört«, sagte Wigbold gleichgültig. »Es war was mit der Klingel, wie ich gehört habe.«
»Und warum ruft man mich dann an?«
Wigbold stellte die Tasse vor ihn auf eine Untertasse. »Ich war auf dem Campingplatz.« Er sah Maarten unverschämt an.
»Und dann rufen sie mich an.«
»Ich musste zwei angeben. Und Balk wohnt außerhalb der Stadt, also habe ich Sie eben angegeben.«
»Davon wusste ich nichts.«
»Sie können auch nicht alles wissen.«
Maarten fiel keine Reaktion darauf ein. Er nahm seine Tasse und wandte sich ab, machtlos.

»Du bist von der Polizei zu Hause angerufen worden?«, fragte Pastoors, der hinter ihm stand und darauf wartete, dass er an die Reihe kam.

»Ja«, sagte Maarten abwesend. »Sie dachten, dass die Alarmanlage ausgelöst worden war.«

»Haben wir denn eine Alarmanlage?«, fragte Pastoors erstaunt.

»Wir sind das Problem noch nicht los«, sagte Bart triumphierend, als Maarten wieder zurück war und sich an den Schreibtisch gesetzt hatte. Er legte ein Buch neben seine Schreibtischunterlage und blieb stehen, um auf seine Reaktion zu warten.

Maarten nahm das Buch hoch. Es war ein Reimwörterbuch, das von Bart antiquarisch beschafft worden war, für zwei Gulden fünfzig. Da das Erstellen eines Reimwörterbuchs an sich keine Tradition ist, war die Zuordnung ein Problem. Maarten hatte vorgeschlagen, es in der Abteilung »Sprachspiele« unterzubringen, mit der Idee, dass in dem Bedürfnis, sich in Reimen auszudrücken, ein traditionelles Element steckte, das seit der Rederijker-Zeit einen festen Platz in der Kultur des niederländischen Volkes gehabt hat, doch Bart war damit ganz und gar nicht einverstanden gewesen. Er wollte es zu den Büchern über den Nikolaus stellen, mit dem Argument, dass das Buch in der Einleitung insbesondere all denen empfohlen wurde, die Probleme mit dem Anfertigen eines Nikolausgedichtes hatten. Sie hatten darüber lange und ergebnislos diskutiert, wonach das Buch mit ihren gegensätzlichen Standpunkten seinen Rundgang durch die Abteilung angetreten hatte, einen Umlauf, der in diesem Fall bei Bart endete, da er für die Bibliothek verantwortlich war. Maarten nahm den Umlaufstreifen aus dem Buch und sah sich die Reaktionen an. Ad war ebenfalls für »Nikolaus«, die anderen hatten sich, wie gewohnlich, mit einem Strich begnügt.

»Wir sind das Problem also doch los«, stellte er fest und sah auf.

»Du findest also jetzt auch, dass es zu ›Nikolaus‹ gehört.«

»Die Mehrheit ist für ›Nikolaus‹, also kommt es zu ›Nikolaus‹.«

»Aber du bist damit nicht einverstanden!«

»Ich würde es da nicht hinstellen, aber Ad und du schon.«

»Nicht, wenn wir dich nicht davon überzeugt haben.«

»Davon bin ich nicht zu überzeugen.«

»Dann ist die Diskussion also noch nicht abgeschlossen!«

Maarten schwieg. Ihm war klar, dass ihm eine kleine Lektion in Demokratie erteilt wurde, für all die Male, bei denen Bart sich einer Mehrheit hatte beugen müssen.

»Würdest du deine Argumente dann noch einmal wiederholen wollen?«, fragte Bart.

Maarten lehnte sich zurück und dachte nach, obwohl er nicht nachzudenken brauchte. »Dieses Buch geht auf das Bedürfnis der Menschen ein, sich in Reimen auszudrücken«, sagte er gelassen. »Das ist, kulturhistorisch betrachtet, ein interessantes Phänomen mit einer langen Vorgeschichte. Es wäre nett, darüber einmal einen Aufsatz zu schreiben.«

»Aber es ist in diesem Fall für das Anfertigen von Nikolausgedichten gedacht!«

»Dafür ist es gedacht, aber das ist eine kommerzielle Überlegung.« Sie hatten diese Argumente bereits so oft ausgetauscht, dass er sie im Schlaf hersagen konnte.

»Du interessierst dich also auch nicht für das Überreichen von Geschenken zu Nikolaus!«

»Natürlich interessiert mich das, das heißt, es interessiert mich kein Stück, aber beruflich interessiert es mich.«

»Aber das ist auch kommerziell!«

»Wenn ich einen Aufsatz über das Überreichen von Geschenken schreiben würde, würde ich mich auch nicht auf Nikolaus beschränken! Dann würde man sich nicht einmal auf Nikolaus beschränken dürfen!«

»Und wenn jetzt ein Buch über das Überreichen von Geschenken zu Nikolaus erscheinen würde?«

»Das würde ich dann zu ›Nikolaus‹ stellen.«

»Das also schon!«

»Aber wenn der Geschenkeladen einen Katalog mit Geschenktipps herausgeben würde, unter anderem zu Nikolaus, würde ich es einer Rubrik ›Überreichen von Geschenken‹ oder so etwas zuordnen.«

»Die haben wir nicht.«

»Gott sei Dank.«

»Und wenn der Geschenkeladen nun mit einem Nikolaus-Katalog kommt? Denn das kommt vor!«

»Dann würde ich den wiederum zu ›Nikolaus‹ stellen.«

»Und das verstehe ich jetzt nicht!«

»Nein?«

»Dann musst du mir doch mal erklären, worin der Unterschied zwischen so einem Katalog und dem Reimwörterbuch besteht.«

»Der Unterschied besteht darin«, sagte Maarten geduldig, »dass so ein Katalog ein Bild von der Art der Geschenke bietet, die man sich zu Nikolaus überreicht, und es also sehr interessant wäre – natürlich zwischen Anführungsstrichen –, eine Reihe solcher Kataloge über die Jahre hinweg zu studieren, um beispielsweise zu sehen, ob sich der Charakter des Nikolausfestes geändert hat. Das ist jetzt einfach nur ein Beispiel. Aber so etwas kann man mit einem Reimwörterbuch nicht machen. Darin stehen einfach Reime. Die kann man für alles Mögliche benutzen.«

»Aber in diesem Fall ist es beabsichtigt, sie für das Nikolausfest zu benutzen.«

»Aber die Reime sind nicht typisch für Nikolaus! Die Tatsache eines solchen Wörterbuchs ist ein Beweis dafür, dass Menschen nun einmal gern reimen. Um ihre sprachlichen Fertigkeiten zu zeigen. Um einem feierlichen Anlass mehr Gepräge zu verleihen. Wenn jemand in den Niederlanden aufsteht, um etwas zu sagen, versucht er, es in Reimen zu tun.«

»Dann gehört es also in die Rubrik ›Reime‹!«

»Dort könnte es auch stehen, aber die haben wir nicht.«

»Doch, natürlich. In der Abteilung Musikarchiv! Da haben sie auch Liedchen.«

»Da wäre es möglich, aber die werden es sicher nicht akzeptieren.«

»Das wollen wir doch mal sehen!« Er streckte die Hand aus. »Kann ich es noch mal zurückhaben?«

Maarten gab es ihm, worauf Bart den Raum verließ.

Als Maarten eine halbe Stunde später den Besucherraum betrat, sah er durch die Fenster des Lichtschachts Bart vor dem Schreibtisch von

Freek stehen. Wiederum eine halbe Stunde später, als er vom zweiten Kaffee kam, stand er noch immer da. Am späten Vormittag kam er endlich zurück.

»Und?«, fragte Maarten und sah von seiner Arbeit auf.

»Freek hat es akzeptiert«, sagte Bart triumphierend.

*

Balk saß in seiner Sitzecke und las die Zeitung, die Füße auf dem niedrigen Tisch. Er sah zur Seite, als Maarten hereinkam.

»Ich habe hier den Artikel von de Nooijer für die *Mitteilungen*«, sagte Maarten. »Soll ich ihn auf deinen Schreibtisch legen?«

»Gib nur her«, sagte Balk. Er legte die Zeitung weg.

Maarten gab ihm den Text und blieb abwartend stehen, während Balk ihn durchblätterte.

»Wir hatten doch vereinbart, dass ihr vier Seiten bekommt?«, sagte Balk unzufrieden und sah auf. »Das sind mindestens acht!«

»Es ist lang«, gab Maarten zu.

»Kann sie es nicht einkürzen?«

»Das kannst du ihr nicht antun.«

Balk reagierte nicht darauf. Er hatte die Karte entdeckt und betrachtete sie kritisch.

»Außerdem ist es ein sehr netter Artikel.«

»Und mit dieser Karte kann ich nichts anfangen! Die scheint mir sowieso überflüssig zu sein!«

»Darauf wird im Artikel eingegangen.« Er musste sich zurückhalten, um freundlich zu bleiben, was seiner Haltung für sein Empfinden etwas Unterwürfiges gab. Darüber ärgerte er sich wieder. Jeder Kontakt mit Balk endete in einem solchen Fiasko.

Balk richtete sich auf und warf den Artikel hinter sich auf den Schreibtisch. »Noch etwas?«, fragte er und sah auf, als Maarten stehen blieb.

»Du weißt, dass dieser Spezialist Bavelaar gesagt hat, dass sie etwas weniger arbeiten müsste?« Er musste sich zwingen, das zu fragen.

»Sie hat mit mir darüber gesprochen.«

»Weil sie dafür Urlaub nimmt ...«

»Darüber bin ich informiert.«

»Dann ist es gut.« Er verfluchte sich, dass er damit angefangen hatte. »Dann höre ich von dir noch, wie es mit dem Artikel weitergeht?« Er sagte es eher, um seinen Rückzug einzuleiten. Balk gab deshalb auch keine Antwort darauf. Er hatte die Zeitung bereits wieder hochgenommen und sich darin vertieft.

Dadurch, wie er behandelt worden war, ein wenig durcheinandergebracht, stieg Maarten die Treppe zu seinem Zimmer hinauf. An die Möglichkeit, dass Balk Siens Artikel ablehnen könnte, durfte er gar nicht denken. Ad und Bart waren inzwischen eingetroffen. Er grüßte sie. »Wie war es bei Beerta?«, fragte er. Er blieb an Barts Schreibtisch stehen.

»Ich fand Herrn Beertas Zustand doch weniger gut, als du ihn beschrieben hattest«, sagte Bart. »Ich fand vor allem auch, dass er ziemlich müde aussah, aber ich hatte auch den Eindruck, dass er sich nur sehr mühsam bewegt.«

»Mit einem Stock«, stellte Maarten fest.

»Auch mit dem Stock. Ich konnte mir jedenfalls sehr gut vorstellen, dass Herr Ravelli es nicht verantworten wollte, ihn wieder nach Hause zu lassen.«

»Hat er darüber noch gesprochen?« Ihm war klar, dass Bart es abscheulich finden würde, wenn es anders wäre, und es erst glauben würde, wenn Herr Ravelli an Eides statt erklären würde, dass es ihm zu lästig wäre. Solange das nicht der Fall war, würde er jede Andeutung in dieser Richtung ungehörig finden.

»Ja, darüber hat er gesprochen. Das heißt, er hat mir gesagt, dass er sich jetzt mit seinem Umfeld ausgesöhnt hat, und das finde ich sehr mutig von ihm.«

»Mutig ist er sicher«, pflichtete Maarten bei. »Konntest du ihn verstehen?«

»Ich konnte ihn einigermaßen verstehen, obwohl es ab und zu doch Wörter und Satzteile gab, die ich nicht begriffen habe.«

Maarten nickte. »Er stopft alle Labiallaute, Zahnlaute und Kehllaute mitten im Mund zusammen.«

»So würde ich es nicht formulieren wollen«, sagte Bart verblüfft. »Das ist mir nicht so aufgefallen.«

»Habt ihr auch über den Lockheed-Skandal gesprochen?«

»Darüber haben wir auch gesprochen. Ich wusste nicht, dass Herr Beerta Republikaner ist.«

»Doch, natürlich! Wenn wir in einer Republik leben würden, wäre er Monarchist.«

»Das weiß ich nicht«, sagte Bart steif, »aber er war schon meiner Meinung, dass Prinz Bernhard durch die Publizität bereits genug gestraft ist.«

Maarten lachte amüsiert. Er konnte sich vorstellen, wie Beerta darauf reagiert hatte. »Ja, er mag Bernhard«, sagte er ironisch.

»Nicht, weil er Bernhard *mag*«, korrigierte Bart, »sondern weil er all die Leute, die jetzt mit dem Finger auf ihn zeigen, ebenfalls scheinheilig findet.«

»Uns blüht allen die Todesstrafe«, kommentierte Maarten, Beerta aus einem Gespräch zitierend, das sie vor langer Zeit geführt hatten und in dem Maarten ihm in seinem Urteil zu scharf gewesen war. Er ging weiter zu seinem Schreibtisch. »Balk findet Siens Artikel zu lang.« Er setzte sich. »Gott möge verhüten, dass er von ihr verlangt, ihn zu überarbeiten. Das wäre eine Katastrophe.«

»Wie lang war dein Artikel seinerzeit?«, fragte Ad hinter seinem Bücherregal.

»Wie lang war mein Artikel ... ?«, fragte sich Maarten nachdenklich. Er langte zu dem kleinen Bücherregal neben seiner Schreibmaschine, zog die Hefte der *Mitteilungen* heraus, suchte seinen Artikel und zählte die Seiten. »Elf!«

»Und der von Sien?«

»Acht bis neun«, er sah seinen eigenen Artikel noch einmal durch, »aber wenn man bei mir die Illustrationen abzieht, kommt man auch auf so etwas.«

»Dann hat sie sich einfach deinen Artikel zum Vorbild genommen.« In seiner Stimme lag einige Schadenfreude. »Die anderen Artikel hat sie sich natürlich nie angesehen. Dafür hatte sie keine Zeit.«

»Man sollte es fast meinen«, sagte Maarten amüsiert. Er blätterte in

den Heften, die er aus dem Regal geholt hatte, ein wenig hin und her.
»Sie sind tatsächlich alle drei oder vier Seiten lang.«
»Siehst du.«
»Jedenfalls ist es ein Argument. Vielen Dank.« Er legte das Heft mit seinem eigenen Artikel zur Seite, stellte die anderen zurück und griff zum *Graafschapsbode*. Er sah sich die Titelseite an und schlug die Zeitung auf. Sein Blick fiel auf das Foto eines Mannes und einer Frau an einem Grabstein. Er betrachtete es ein wenig aufmerksamer. Die Frau bückte sich zu einem kleinen Rosenstrauch, der Mann stand mit einem Schäufelchen daneben. In der Bildunterschrift wurde das Ganze erläutert. Es war ein kinderloses, schwedisches Ehepaar, das auf dem Foto an ihrer Grabstelle verewigt worden war. Da es bald niemand anderen mehr geben würde, der es tun würde, hatten sie es sich schon einmal ausgesucht und gestaltet. Ein trauriger Entschluss, doch vielleicht ganz heilsam. Er betrachtete das Foto noch einmal, setzte die Schere an und schnitt es aus, zog ein Schmierblatt zu sich heran, schrieb darauf: »Zwei Menschen, die es wagen, dem Tod geradewegs in seine Fratze zu sehen! Nehmt euch ein Beispiel daran!«, datierte den Ausschnitt, heftete einen Umlaufzettel daran und legte ihn in das Körbchen für die ausgehende Post. In dem Moment ging die Tür auf, und Balk kam herein. Er ging entschlossen zu Maartens Schreibtisch, wobei er die Tür hinter sich offen ließ. »Sie kann es veröffentlichen«, sagte er und legte ihm den Artikel hin, »aber ich habe etwas dagegen, dass in den Fußnoten die Namen der Korrespondenten genannt werden!«

Dieser neuerliche Einwand verblüffte Maarten. »Warum? Das machen wir immer.«

»Du kannst jemanden nicht erzählen lassen, dass er in seiner Jugend keine Butter aufs Brot bekam, weil seine Eltern dafür zu arm waren«, sagte Balk entschieden, »das will niemand gedruckt sehen.«

Das Argument verschlug Maarten die Sprache. Es war ihm klar, dass Balk etwas anmerken musste, doch er fand, dass dies schon verdammt weit ging. Zugleich begriff er, dass es keinen Sinn hatte, dagegen anzugehen. »Ich werde es mir noch einmal mit de Nooijer ansehen«, versprach er widerwillig.

»Tu das!« Er wandte sich ab und marschierte wieder aus dem Zimmer.

»Versteht ihr das?«, fragte Maarten. Er stand auf und sah über das Bücherregal.

»Ich finde es einen ziemlich überheblichen Standpunkt«, sagte Ad. Der Sohn eines Hafenarbeiters!

»Er ist etwas altmodisch«, fand Bart, »aber ich schätze es durchaus, dass Herr Balk sich um die Privatsphäre der Korrespondenten sorgt. Ich würde nichts Schlechtes dahinter vermuten.«

Die Antwort befriedigte Maarten, obwohl sie ihn auch ärgerte, weil sie so vorhersehbar war.

»Was tust du jetzt?«, fragte Ad.

»Ich werde Sien sagen, dass sie die Leute um ihre Zustimmung bitten soll.« Er ging mit dem Artikel zum Karteisystemraum.

»Dir gelingt es aber auch immer wieder, dich herauszuwinden, oder?«, sagte Bart, halb verärgert, halb bewundernd.

»Sonst wäre es kein Leben«, antwortete Maarten. Er betrat den Karteisystemraum.

Joop und Sien saßen einander gegenüber und arbeiteten, Joop mit großem Eifer, Sien angestrengt und verkrampft. Sie sah erst auf, als Maarten an ihrem Schreibtisch stehen blieb, und strich ihr Haar, das ihr vor die Augen fiel, zur Seite. »Balk hat deinen Artikel gelesen«, sagte er. »Du kannst ihn so veröffentlichen. Er hat nur etwas dagegen, dass die Leute, die über die Armut in ihrer Jugend sprechen, namentlich genannt werden.«

»Aber das hast du mir gesagt«, sagte sie erschrocken.

»Ich finde es auch Unsinn«, beruhigte er sie. Er zog einen Stuhl heran und legte den Artikel auf den Rand ihres Schreibtisches. »Hast du mal einen Stift?« Er streckte die Hand aus. Sie gab ihm einen Stift. Er ging den Text durch und setzte Striche vor einige der in den Fußnoten genannten Namen. »Wenn du diesen Leuten jetzt mal einen Brief schreiben würdest, zusammen mit einer Fotokopie deines Artikels«, sagte er und schob ihr den Artikel zu, »und dann fragst du sie nicht, ob du ihren Namen nennen darfst, denn dann denken sie, dass damit etwas ist, und sagen Nein, sondern du schreibst, dass dein Artikel jetzt fertig ist und du, bevor du ihn veröffentlichst, sicher sein willst, dass er keine Fehler enthält. Ob sie sich das noch einmal ansehen könnten. Und dass du natürlich auch an eventuellen Ergänzungen interessiert bist, aber dass du, wenn du innerhalb von zwei Wochen nichts hörst, annimmst, dass es so in Ordnung ist.«

»Und glaubst du, dass sie dann keine Probleme machen«, fragte sie beunruhigt.

»Nein«, sagte er entschieden. »Schämst du dich, dass deine Eltern früher arm waren?«

»Sie haben es noch immer nicht dicke.«

»Aber schämst du dich dafür?«

»Nein, ich sicher nicht.«

»Diese Leute auch nicht.« Er ging die Striche durch. »Ich kenne verschiedene von ihnen«, er machte aus einer Reihe von Strichen Kreuze, »denen bestell mal Grüße von mir.« Er stand auf. »Du zeigst mir die Briefe noch kurz, oder?«

»Ja, natürlich.«

»Weißt du eigentlich, wo das Tonbandgerät ist?«, fragte Ad, als Maarten wieder in den Raum kam.

»Bei mir zu Hause.« Er blieb an seinem Schreibtisch stehen.

Ad nickte.

»Brauchst du es?«

»Ich wollte mir eigentlich zu Hause für meinen Vortrag ein paar Bänder von Erzählern anhören, aber ich kann auch Volkssprache fragen, ob sie mir eines ausleihen.«

»Ich kann es gern für dich mitbringen.« Während er es sagte, bedachte er, dass es eigentlich verrückt war. Wenn Ad es zu Hause brauchte, lag es auf der Hand, es auf dem Heimweg kurz abzuholen.

»Ja?«, fragte Ad unsicher.

Maarten hatte den Eindruck, dass ihm dies auch eingefallen war, er sich jedoch, da er sich nicht mehr um die Katzen kümmern wollte, nicht mehr so recht traute, es vorzuschlagen. Das machte die Situation unangenehm.

»Ich kann es eigentlich auch abholen«, versuchte es Ad, als erriete er seine Gedanken. »Ich komme dort ja sowieso vorbei.«

»Das geht auch«, antwortete Maarten kühl, es gelang ihm nicht, sich eine Haltung zu geben. »Ich arbeite heute Nachmittag zu Hause, ich bin also da.«

Drei Stunden später, auf dem Weg nach Hause, fragte er sich, was er machen sollte. Er versuchte, sich vorzustellen, wie Ad sich verhalten würde, wenn er ihr Wohnzimmer betrat, doch er sah es nicht vor sich, hatte aber dennoch ein Gefühl der Scham, vermischt mit Wut, Gekränktsein. Sollte er sich doch zum Teufel scheren! Er hätte ihn lieber nicht mehr bei sich zu Hause. Doch er hatte auch Angst, dass Ad sich aus Schuldgefühl unsicher verhalten würde, vielleicht sogar auf seine Weigerung zurückkäme, und vor einem solchen Gespräch schreckte er zurück. Erst danach überlegte er, dass er, wenn Ad klingelte, das Tonbandgerät einfach mit nach unten nehmen könnte. Es gab keinen Grund, ihn erst nach oben kommen zu lassen. Und da ihm dies als *die* Lösung erschien, schob er das Problem von sich weg.

Als Nicolien aus der Stadt zurückkam, fand sie ihn an seinem Schreibtisch mit der Besprechung eines französischen Buchs über Bruderschaften beschäftigt. »Bist du schon lange da?«, fragte sie.
»Eine Stunde«, schätzte er. »Wo bist du gewesen?«
»Im Bijenkorf.«
Während sie das Wohnzimmer wieder verließ, um ihren Mantel auszuziehen, beugte er sich erneut über seine Arbeit, las noch einmal die letzten Sätze und machte weiter. »Ad kommt gleich vorbei, um das Tonbandgerät zu holen«, sagte er, als sie den Raum wieder betrat, ohne sein Tippen zu unterbrechen.
»Ad? Und was machen wir dann?«
»Ich lasse ihn nicht rein.« Er hörte auf zu tippen und drehte sich um. »Ich gebe es einfach an der Tür ab.«
»Kann du das wirklich machen?«, fragte sie unsicher.
»Natürlich kann ich das machen. Er kommt doch nur, um das Tonbandgerät zu holen. Er kommt doch nicht zu Besuch?«
»Aber früher hast du ihn doch immer nach oben gebeten?«
»Weil er sich da noch um die Katzen gekümmert hat.«

»Ja.« Doch an ihrer Stimme war zu hören, dass sie nur halb überzeugt war.

»Ich habe auch nicht das Bedürfnis, besonders entgegenkommend zu sein«, sagte er noch.

»Nein, das habe ich natürlich auch nicht, aber es sieht so unfreundlich aus.«

Er fand dies ein für sie ungewohntes Argument, weil er meist derjenige war, der befürchtete, unfreundlich zu sein, doch er hatte seinen Entschluss gefasst und wollte nicht länger darüber nachdenken.

Kurz bevor Ad kommen wollte, stellte er das Tonbandgerät an der Tür bereit, und als es klingelte, rannte er damit die Treppe hinunter zur Haustür. Ad schritt beschwingt über die Schwelle, seine schwere Schweinsledertasche in der Hand. Er wollte weitergehen, sah das Tonbandgerät und hielt überrascht inne.

»Ich habe es schon«, sagte Maarten. Er sah an Ads nervöser Reaktion, dass er dies nicht erwartet hatte, und bekam plötzlich Mitleid. »Aber mir fällt gerade ein, dass deine Bänder nicht auf diesen Apparat passen.« Es war ihm gerade in dem Moment eingefallen, aus einem Bedürfnis heraus, etwas Freundliches zu sagen. Er stellte das Tonbandgerät auf den Boden, hakte den Deckel los und hockte sich hin. »Hast du die Bänder da?« Seine Stimme klang hohl in der weißen Marmorhalle.

Ad schnallte seine Tasche auf und gab Maarten ein Band, ohne etwas zu sagen.

»Es passt nicht«, stellte Maarten fest.

»Aber du hast es damit doch auch aufgenommen?« Er hatte sich dazugehockt.

»Das kommt daher, weil Sparreboom sie alle auf Dreißigzentimeter-Bänder umspult.« Bei den letzten Worten klang seine Stimme abwesend, er sah auf. Die Außentür wurde aufgestoßen, und die Nachbarin kam in einem knallroten Kostüm herein. »Auch einen guten Tag«, sagte sie steif.

»Tag, Frau van den Oever«, sagte Maarten.

»Tag, Mevrouw«, sagte Ad. An seiner Stimme hörte Maarten, dass er sie kannte. Sie ging in den Flur, ihre Absätze klapperten.

»Sparreboom spult sie alle um«, wiederholte Maarten, während er sich Ad wieder zuwandte.

»Ich kann sie mir also nur im Büro anhören«, stellte Ad enttäuscht fest.

»Ja.«

Ad stand auf. »Dann gehe ich mal wieder.« Er tastete nach dem Türknauf.

»Hier geht sie auf«, half Maarten. Es überraschte ihn, dass Ad sich irrte.

»Ja, natürlich«, sagte Ad nervös. Er trat über die Schwelle, während Maarten die Tür aufhielt. »Na, dann bis morgen. Grüß Nicolien.«

»Und du Heidi.«

Während er langsam wieder hinaufstieg, ärgerte er sich. Es war nichts dagegen einzuwenden, etwas an der Tür abzugeben, doch wenn man nicht genau wusste, warum, hätte er es genauso gut lassen können.

»Und?«, fragte Nicolien gespannt, als er ins Wohnzimmer kam.

»Das war Ad.«

»Ja, das weiß ich. Aber wie war es?«

»Normal«, sagte er achtlos. »Frau van den Oever kam noch vorbei, als wir gerade beschäftigt waren.«

*

Aus dem Tagebuch von Maarten Koning:

»Ein Mann. Jemand beleidigt ihn, verletzt ihn bis tief in seine Seele hinein, jemand, zu dem er Vertrauen hatte. Einen Moment lang ist er fassungslos. Dann explodiert er, rasend vor Wut. Er wehrt sich seiner Haut, schlägt auf den anderen ein. Der erschrickt, weicht zurück, verteidigt sich, doch einer solchen Gewalt ist er nicht gewachsen, und er zieht ab. Am nächsten Tag begegnet er dem Mann erneut. Er reagiert scheu. Doch der Mann zeigt keinerlei Wut mehr. Als er merkt, dass der andere befangen ist, ist er eher etwas verlegen. Er kann sich kaum noch erinnern, was geschehen ist.

Ein anderer Mann. Jemand beleidigt ihn, verletzt ihn bis tief in seine

Seele hinein, jemand, zu dem er Vertrauen hatte. Einen Moment lang ist er fassungslos. Doch das ist ihm nicht anzumerken. Er lauscht teilnahmslos. Der andere macht weiter, ein wenig unsicher geworden. Der Mann lächelt nur. Dann schweigt der andere und zieht ab. Am nächsten Morgen begegnen sich die beiden Männer erneut. Der andere reagiert scheu. Doch der Mann zeigt keinen Groll. Er ist genauso freundlich, wie er es immer gewesen ist. Der andere kann es nicht glauben. Er ist wochen-, monatelang auf der Hut. Er kann sich nicht vorstellen, dass seine Worte keinen Eindruck gemacht haben. Doch je mehr Zeit verstreicht und nichts darauf hindeutet, dass ihm der Mann etwas übel nimmt, legt er ganz allmählich seine Vorsicht ab. Jahre später sitzen sie erneut zusammen. Der andere erinnert sich an den Vorfall, und aus einem Impuls heraus beginnt er, darüber zu reden. Er sagt, dass er es im Nachhinein bereue. Er habe sich damals geirrt. Der Mann hört teilnahmslos zu. Der andere versucht zu erklären, was ihn dazu getrieben hat. Dass er eine Bemerkung des Mannes falsch verstanden hätte. Dann schweigt er, erschrocken. Das Gesicht des Mannes ist hart geworden. ›Und dann hast du diese Bemerkung gemacht‹, sagt er. Sein Blick ist wütend. – Der andere erschrickt. – ›Und du hast dich nicht eine Sekunde gefragt, ob du eigentlich im Recht warst!‹ Er ist rasend vor Wut. Er hat zum Aschenbecher gegriffen, als wolle er sich daran festhalten. Der andere weicht zurück, das hätte er nicht tun sollen. Bevor er die Gelegenheit hat abzuziehen, so wie beim ersten Mann, landet der Aschenbecher mit einem harten Schlag genau mitten auf seinem Kopf, sodass dort ein großer Riss entsteht. Ein aufgeschobener Riss sozusagen.«

*

»Was soll ich jetzt mit den Raupen machen?«, fragte sie beim Frühstück.

»Kannst du sie nicht in den Westerplantsoen bringen?«
»In den Westerplantsoen?«
»Das hast du mit denen davor doch auch gemacht?«

»Aber ich habe keine Lust, sie immer in den Westerplantsoen zu bringen.«
»So oft kommt das doch nicht vor?«
»Warum kann ich sie nicht einfach an einem Baum aussetzen?«
»Nein, das ist nichts.«
»Warum denn nicht? Da kommen sie doch auch her?«
»Natürlich kommen sie da nicht her!«
»Warum nicht? Sie können doch einfach herübergeweht sein?«
»Wie soll das denn gehen?«, sagte er irritiert. »Raupen wehen doch nicht herüber! Dafür sind sie viel zu schwer.«
»Und ich denke, dass sie herübergeweht sind! Komisch, nicht?«
»Sie stammen einfach von einem Schmetterling, der seine Eier auf deine Geranien gelegt hat!«
»Ich setze sie einfach am Baum aus!«
»Dann sind sie tot, bevor sie oben sind!«
»Warum? Das sehe ich überhaupt nicht so! Sie können doch wohl kriechen?«
»Aber doch nicht so ein Stück! Das ist tausendmal ihre eigene Länge!«
»Dann setzt man sie auf einen Zweig!«
»Mit einer Leiter sicher!«
»Jedenfalls bringe ich sie nicht zum Westerplantsoen!«
Er schwieg. Er fragte sich, warum er sie unbedingt in den Westerplantsoen bringen wollte. Wahrscheinlich, weil er wollte, dass man mit den Tieren ein Stück ging, als würde man es so wiedergutmachen, dass man sie aus ihrer gewohnten Umgebung gerissen hatte. Doch das musste dann natürlich schon Nicolien machen!
»Warum nimmst du sie eigentlich nicht mit zum Büro?«, fragte sie. »Du kannst sie doch einfach im Garten aussetzen?«
Ein meisterhafter Schachzug. Er sah so schnell nichts, was dagegensprechen würde. »Na ja …«, sagte er zögernd.
»Das ist doch eine kleine Mühe?«
Er gab darauf keine Antwort.
»Und es ist auch noch sicherer, denn da kommt niemand an sie heran!«

»Gut«, sagte er unwillig. »Dann nehme ich sie eben mit zum Büro.«
Er war schon im Flur, mit der Plastiktasche in der einen und dem Glas mit Raupen in der anderen Hand, als sie ihn zurückrief. »Komm mal!«

»Was gibt es denn?«, fragte er, als er wieder ins Wohnzimmer kam. Sie stand vor dem Fenster, bei den Geranien. »Ich habe noch eine.«

»Ja, mein Gott!«, sagte er gereizt.

»Eine ganz dicke!«

Er kam näher.

Sie hatte eine Raupe in der Höhlung ihrer Hand und betrachtete sie. »Eigentlich sind es sehr schöne Tiere. Es ist fast zu schade, sie weggeben zu müssen.«

»Ja, gib schon her«, sagte er ungeduldig. Er zog die Nylongaze vom Glas und hielt es ihr hin.

Sie ließ die Raupe ins Glas fallen. »Wenn du jetzt noch kurz wartest, sehe ich nach, ob es nicht noch mehr gibt.« Sie wandte sich bereits wieder den Geranien zu.

»Nein, ich muss jetzt wirklich los!« Er verschloss das Glas wieder. »Wenn du noch eine findest, hebst du sie einfach auf oder bringst sie in den Westerplantsoen!«

»Du kannst doch wohl noch kurz warten?«, sagte sie ärgerlich. »Du musst doch nicht immer der Erste sein?« Sie suchte hastig zwischen den Geranien, hob links und rechts die Blätter an, um darunter zu sehen.

»Ich hasse es nun mal, nicht der Erste zu sein.«

»Dann tust du es eben ein Mal für mich!«

»Nein! Auch nicht für dich! Ich muss jetzt los! Ich bin schon eine Viertelstunde zu spät!«

»Zehn Minuten!«

»Das sind dann zehn Minuten zu viel!«

»Na, das finde ich dann verdammt gemein!«, sagte sie wütend.

»Dann eben gemein, aber jetzt gehe ich!« Er ging in den Flur, darauf vorbereitet, dass sie ihn zurückrufen würde, doch sie rief nicht. Zögernd ging er die Treppe hinunter, gebremst von Schuldgefühl. Auf der Straße sah er nach oben. Sie stand schlecht gelaunt vor dem offenen Fenster. »Tschüss, Räupchen«, sagte er, um es wiedergutzumachen.

»Tschüss«, sagte sie kühl.

Während er zum Büro ging, versuchte er zu begreifen, weshalb er so viele Einwände gemacht hatte. Schließlich war er immer eine halbe Stunde zu früh da. Niemand würde es ihm übel nehmen, wenn er ein einziges Mal nur zehn Minuten zu früh käme. Er hätte also sagen können: »Sieh erst mal in aller Ruhe in den Geranien nach, dann warte ich und trinke noch eine Tasse Tee« – oder etwas anderes Umgängliches. Und warum nicht? Weil ich schwer mit einer Gewohnheit brechen kann, überlegte er. Ich muss jeden Morgen zwischen fünf vor acht und acht zur Tür hinaus. Ich muss, nachdem ich mein Namensschild eingeschoben habe, die Vordertreppe nehmen. Es ist mir zuwider, in den Raum im Hinterhaus gehen zu müssen, den Schlüssel vom Tisch zu nehmen, die Tür aufzuschließen, in den Garten zu gehen, die Raupen auszuschütten, die Tür wieder zu schließen, den Schlüssel an exakt dieselbe Stelle zurückzulegen, und dann noch mit dem Risiko, dass Wigbold mich sieht oder Meierink sich fragt, warum ich die Hintertreppe nehme. Als hätte ich ein Verbrechen begangen. – Er dachte eine Weile darüber nach. Fühlte er sich schuldig, schämte er sich für seine Feinfühligkeit oder war er nur derart angespannt, dass jeder Schritt außerhalb der Tretmühle ihn irritierte? Von allen drei Dingen etwas, doch je länger er darüber nachdachte, umso wahrscheinlicher erschien es ihm, dass das Schuldgefühl in diesem Fall die größte Rolle spielte. Er hatte Angst, die Verantwortung zu übernehmen. Am liebsten wollte er, dass die Raupen gefunden und weggebracht würden, ohne dass er dabei wäre. Wenn Nicolien das ohne sein Zutun erledigte, wäre es die beste Garantie, dass es gut gemacht würde. Ich bin ein Schreibtischtäter, dachte er zufrieden. Man müsste mich exekutieren. – Mit solcherlei Gedanken kam er aus der Nieuwe Spiegelstraat, gerade in dem Augenblick, als Joop auf der Keizersgracht ankam. Er blieb stehen, um ihr die Gelegenheit zu geben, sich ihm anzuschließen.

»Musst du zum Arzt?«, scherzte sie, das Marmeladenglas betrachtend. Sie wurde rot.

»Das sind Raupen«, sagte er, den Scherz ignorierend, weil er nicht wusste, wie er darauf reagieren sollte. Er hielt das Glas hoch, um sie ihr zu zeigen.

»Hä, pfui Teufel!« Sie erschauderte und wich zurück.
»Pfui Teufel?« Er hatte so eine Reaktion nicht erwartet.
»Ich finde, das sind gruselige Viecher.«
»Was ist daran gruselig?«, fragte er erstaunt. Sie gingen nun zusammen weiter.
»All diese Haare«, sie rümpfte die Nase, »und dieser gruselige, schlaffe Körper.« Sie schüttelte sich.
»Das verstehe ich nicht«, sagte er, das Glas hochhaltend. Es enttäuschte ihn. Es war fast ein Beweis, dass sie nichts taugte. »Daraus werden doch Schmetterlinge?«
»Na ja, ich brauche sie nicht.«
Sie hatten sich der Tür des Büros genähert. Er nahm das Glas in die linke Hand, zusammen mit der Tasche, und zog mit der Rechten den Schlüssel heraus.
»Was machst du jetzt damit?«, fragte sie, während sie vor ihm in die Drehtür ging.
»Im Garten aussetzen.«
Während sie in die Pförtnerloge ging, um ihre Namensschilder einzuschieben, ging er durch den Kaffeeraum zum Hinterhaus, nahm den Schlüssel vom Tisch im Hinterzimmer und ging in den Garten. Über dem Strauch in der Ecke, dem einzigen Strauch, den das Büro besaß, drehte er das Glas um, in der Hoffnung, das Richtige zu tun, denn es war natürlich die Frage, ob den Raupen dieser Strauch überhaupt schmeckte, schloss die Tür wieder ab, legte den Schlüssel zurück an die Stelle, wo er ihn gefunden hatte, und stieg, zwei Stufen gleichzeitig nehmend, fast unhörbar die Treppe hinauf. Siens Jacke hing bereits an der Garderobe. Es störte ihn flüchtig, als setze er sich an einen Tisch, an dem bereits gegessen wurde. Er stellte die Tüte mit seinem Brot und das Glas ins Bücherregal und öffnete das Fenster. Die Atmosphäre hatte schon etwas Herbstliches. Er sah zu den Bäumen hinten im Garten, die hier und da bereits gelb wurden und im transparenten Licht der Morgensonne etwas Unvergängliches bekamen, und empfand plötzlich Heimweh. Während er sich langsam abwandte und sein Jackett auszog, ging die Tür auf, und Bart kam herein. Sie grüßten einander. Maarten setzte sich an den Schreibtisch und ließ seinen Blick

über die Papiere wandern, die dort aufgestapelt waren. Automatisch zog er eine Mappe zu sich heran und schlug sie auf. »Nicolien hat wieder ein paar Raupen in den Geranien gefunden«, erzählte er dem Bücherregal, hinter dem verborgen Bart saß.

»Was hast du damit gemacht?«

»In den Strauch hier im Garten ausgesetzt.«

»Hast du denn keine Angst, dass der Strauch ihnen zum Opfer fällt?«

»So ein Strauch ist stark.«

»Da bin ich mir nicht so sicher.«

»Was soll ich denn sonst mit ihnen machen? Ich kann sie doch nicht töten?«

»Ich glaube, dass ich sie dann lieber in den Amsterdamse Bos bringen würde.«

»Das wäre nur eine Verlagerung des Problems.«

Die Tür des Karteisystemraums ging auf. Sien betrat das Zimmer und grüßte sie. »Müssen wir das jetzt auch schon aufheben?«, fragte sie. Sie blieb an Maartens Schreibtisch stehen und gab ihm einen Ausschnitt. »Darin geht es doch um Schweden und nicht um die Niederlande?« Es war der Ausschnitt über die beiden Schweden an ihrem Grab. Maarten sah sich die Kommentare auf dem Umlaufstreifen an. Hinter Barts Initial stand: »Ein ungewolltes Argument für das Kinderkriegen«, hinter dem von Ad: »zu Begräbnis«, Manda hatte ein Fragezeichen gesetzt, Tjitske »Begräbnis« geschrieben und Joop einen Strich gemacht. Jetzt war er also bei Sien.

Maarten schmunzelte. »Es war ein Scherz«, sagte er und sah auf.

»Oh, war das ein Scherz? Ich dachte schon, ob wir das jetzt auch schon aufheben sollen.«

Ad kam in den Raum. »Tag, Maarten. Tag, Bart. Tag, Sien.«

»Tag, Ad«, sagten alle drei.

»Redet ihr vielleicht über den Ausschnitt mit den zwei Schweden?«, fragte Bart.

»Ja«, sagte Maarten.

»Falls ihr nichts damit macht, darf ich ihn dann für meine Akte haben?«

»Gib ihn Bart nur«, sagte Maarten und reichte ihr den Ausschnitt.

»Danke, Sien«, sagte Bart nachdrücklich, als sie ihm den Ausschnitt brachte. Er war halb aufgestanden, um ihn in Empfang zu nehmen.

»Was macht ihr eigentlich mit euren leeren Weinflaschen?«, fragte Maarten, als Sien den Raum wieder verlassen hatte.

»Wir trinken nie Wein«, antwortete Ad.

»Aber du trinkst Portwein.«

»Vielleicht eine Flasche in drei Monaten.«

»Ich glaube, dass Marion sie einfach in den Müllsack steckt«, sagte Bart.

»Ich habe sie Jonkers noch eine Weile mit zurückgegeben«, erzählte Maarten, »aber das ist jetzt auch vorbei.«

»Was machst du dann damit?«, wollte Bart wissen.

»Ich mache ein Paket davon. Es passen genau fünf in eine Plastiktüte. Aber wenn man nicht aufpasst, werden sie von den Lausebengeln wieder herausgeholt, um damit zu werfen.«

»Und das ist passiert«, vermutete Bart.

»Gestern Abend.«

»Man sollte sie nachts auch besser nicht draußen stehen lassen.«

»Der Müllmann war nicht gekommen, und Nicolien fand es idiotisch, sie wieder hereinzuholen.«

»Die gönnt diesen Bürschchen ihre kleinen Späße«, sagte Ad mit ein wenig Schadenfreude.

»Aber ich nicht! Ich habe Glas klirren gehört, und ich sah sie gerade noch, ein Bürschchen von dreizehn und noch etwas jüngeres Kroppzeug. Sie werfen auch manchmal mit Steinen nach Enten. Dafür habe ich sie schon mal zusammengestaucht, aber noch lieber würde ich sie erschießen!«

»Das kann ich mir vorstellen«, sagte Ad.

»Ich glaube, dass du dir damit einen Haufen Elend aufhalsen würdest«, warnte Bart.

»Das ist mir egal. Das wäre es mir schon wert.«

»So etwas liegt häufig auch an den Eltern.«

»Dann erschieße ich die auch.«

»Du bist ja mächtig in Fahrt heute Morgen.«

»Aber es ist natürlich auch so, dass man für die Flaschen verantwortlich ist«, überlegte Maarten. »Es sind meine Flaschen. Dass ich sie weggebe, ist der Not geschuldet, weil ich nicht alles aufheben kann, aber ich finde schon, dass sie eine ordentliche Behandlung verdienen.«

»Das kann ich verstehen.«

»Und was hält Nicolien davon?«, wollte Ad wissen.

»Sie sagt, dass ich sie dann auch hätte totschießen müssen, weil sie auch so gewesen ist, aber da war ich ja auch noch jung.«

»Glaubst du, dass es etwas mit dem Älterwerden zu tun hat?«, fragte Bart.

»Natürlich hat es etwas mit dem Älterwerden zu tun. Wenn man jung ist, denkt man: Nur noch ein bisschen, dann sind sie tot. – Aber wenn man älter wird, sieht man, dass die Drecksäcke nachwachsen und man sie deshalb nie loswird. Das ist frustrierend.«

»Und dann tötest du sie eben.«

Ad war aufgestanden und zu Maartens Schreibtisch gegangen. »Weißt du, wer diese Zusammenfassung geschrieben hat?« Er gab Maarten die Zusammenfassung eines Zeitschriftenartikels.

»Du bist mit dem Manuskript für das vierte Heft beschäftigt«, stellte Maarten fest. Die Zusammenfassung kam ihm vage bekannt vor, doch er konnte sie nicht zuordnen. Er hielt das Blatt gegen das Licht. »Auf jeden Fall nicht von Joop, denn die schlägt beim Tippen immer durch das Papier durch.«

»Ich dachte an Manda oder Tjitske.«

»Frag mal Bart.« Er gab ihm den Text zurück.

»Weißt du es, Bart?«, fragte Ad. Er brachte ihn Bart.

Es war einen Moment still. Maarten stellte sich vor, wie Bart seine Brille absetzte und das Dokument studierte. »Das ist von Tjitske«, hörte er ihn dann sagen.

»Wäre es nicht doch möglich, dass die Zusammenfassungen unterschrieben würden?«, fragte Ad. »Denn wenn ich sie für die Veröffentlichung fertigmache, habe ich schon noch manchmal das Bedürfnis, mich mit den Autoren zu beraten.«

»Ich bin entschieden dagegen!«, sagte Bart. »Wir haben nun gerade vereinbart, dass wir die Zusammenfassungen der Zeitschriftenaufsätze *nicht* unterschreiben!«

»Ich meine auch, mit Bleistift. Das kann dann später wieder ausradiert werden.«

»Auch nicht mit Bleistift«, sagte Bart energisch, »denn dann ist der nächste Schritt der, dass sie doch unterschrieben werden, und das lehne ich nun gerade ab!«

»Das musst du mir dann doch mal erklären.«

»Durch deine Unterschrift unter so einer Zusammenfassung suggerierst du, dass sie dein persönliches Eigentum ist, während es sich in diesem Fall nicht feststellen lässt, von wem die angefertigten Bemerkungen stammen!«

»Aber die letztliche Verantwortung liegt doch bei dem, der sie angefertigt hat?«

»Da bin ich anderer Meinung als du! Die letztliche Verantwortung liegt beim Chefredakteur! Darum geht es doch gerade! Ich finde nicht, dass man dafür auch noch andere verantwortlich machen darf!«

»Also müsste ich sie eigentlich unterschreiben«, vermutete Maarten.

»Nein, denn du hast sie in diesem Fall nicht geschrieben!«

»Aber wenn es doch für mich viel einfacher ist«, plädierte Ad. »Jetzt muss ich alle abklappern, bevor ich weiß, an wen ich mich wenden muss.«

»Es tut mir leid. Ich verstehe, dass es mit Problemen verbunden ist, aber wenn ihr beschließen solltet, sie doch zu unterschreiben, würde ich mich gezwungen sehen, nicht länger an der Zusammenstellung der Rubrik mitzuarbeiten!«

»Das ist schon ein sehr schweres Geschütz«, fand Maarten.

»Aber ich habe es in diesem Fall nicht aufgestellt!«

Maarten erhob sich und sah über das Regal. »Ich verstehe es trotzdem nicht«, er versuchte, seine Verärgerung zu unterdrücken. »Ad muss die Texte druckreif machen. Dafür muss er sich manchmal mit den Autoren beraten. Er bittet nur darum, sie mit Bleistift zu unterschreiben, und verspricht, dass er es wieder ausradieren wird. Was gibt es dagegen einzuwenden?«

»Es geht nicht darum, dass ich Ad misstraue! Es geht ums Prinzip!« Er ließ das R rollen. »Eine Unterschrift gibt eine falsche Darstellung der Dinge, und das lehne ich ab!«

»Gibt es viele solcher Probleme?«, fragte Maarten Ad, der die ganze Zeit über neben Barts Schreibtisch gestanden hatte.
»Es gibt so einige.«
»Darf ich die mal sehen?« Er kam hinter seinem Schreibtisch hervor und setzte sich neben Ads Schreibtisch an den Sitzungstisch.
Ad holte die Mappe mit dem Manuskript von seinem Schreibtisch und setzte sich neben ihn. Er schlug sie auf. »Zum Beispiel gleich diese hier.« Er nahm die Zusammenfassung, die obenauf lag, hoch. »Die bibliografischen Angaben können nie und nimmer richtig sein.«
Maarten sah sich die Zusammenfassung an. »Die ist von Joop.«
Bart stand auf und verließ mit einem Buch den Raum.
»Dass du bei diesem Menschen nicht verrückt wirst«, sagte Ad giftig.
»Ach«, sagte Maarten. »*Verrückt* ist ein großes Wort. Die Kunst ist es, eine Lösung zu finden, die auch für Bart akzeptabel ist – wenn es sie gibt, zumindest.«

*

An der Amstel war es neblig und ein wenig drückend. Er stieg ab, zog sein Jackett aus und stopfte es in die seine Fahradtasche. Während er damit beschäftigt war, surfte ein junger Mann auf einem Brett mit einem großen, rot-weiß gestreiften Segel vorbei. Er fragte, wie spät es sei. »Fünf vor halb drei«, antwortete Maarten, und er fühlte sich für einen kurzen Moment, als wäre er ein sehr guter Mensch. Jemand hatte ihn etwas gefragt. Er hatte ihn verstanden und ihm geantwortet, eine gute Antwort zudem, eine Antwort, mit der er etwas anfangen konnte. Wenn alle menschlichen Kontakte so makellos wären, wäre es sehr viel besser um die Welt bestellt als jetzt. Er stieg wieder auf und gab seiner Zufriedenheit mit ein paar kräftigen Tritten in die Pedale Ausdruck, verfiel anschließend jedoch erneut in sorgenvolles Grübeln. Er hatte nun schon wieder seit ein paar Wochen ständig Probleme mit der Leber und glaubte nicht mehr, dass es sich jemals bessern würde. Gegen die Leber war kein Kraut gewachsen. Die Sonne schien, das Land war grün, doch nicht für ihn. Wenn er seinen Blick darüber schweifen ließ, war es fahl und leblos.

Beerta saß an seinem Tisch und tippte. Er sah über die Schulter, als Maarten ihn grüßte. »Taaa, Maaschjen«, sagte er. Maarten hob ihn mit Stuhl und allem hoch und stellte ihn quer, räumte einen zweiten Stuhl leer und setzte sich ihm schräg gegenüber hin. Sie schwiegen. Maarten sah auf den Karton mit Briefen und die Stapel Bücher und Zeitschriften, mit denen der Tisch bedeckt war.
»Ie äufes im Büjo?«, fragte Beerta.
Maarten nickte. »Gut. Ad ist wieder krank.«
Beerta hob fragend die Augenbrauen.
»Und ich habe immer mehr Probleme mit Bart.«
»Oh?«, sagte Beerta beunruhigt.
»Erinnerst du dich, dass du ihn seinerzeit nicht einstellen wolltest, weil du dachtest, dass er nie etwas zustande bringen würde?«
»Ja?«
»Du hast damals gesagt: ›Das ist van de Ven.‹«
Beerta nickte.
»Ich fürchte, dass du recht hattest.«
»Er hasses scher.«
»Ja, aber was hilft einem das?«
Beerta hob die Hand, um zu bedeuten, dass er es auch nicht wusste.
»Und er glaubt, dass es an mir liegt.«
»As issau so.«
»Ja.«
Es war eine Weile still.
»Geht es voran mit deinen Memoiren?«, fragte Maarten mit einem Blick auf das Blatt in Beertas Schreibmaschine.
»Ja.« Er drehte sich zur Seite und sah ebenfalls auf das Blatt. »Essis scho ein bieschen sjau.« Er lächelte.
»Was ist es?«
»Sjau!«
»Sjau?«
»Sjau!«, wiederholte Beerta ungeduldig.

Maarten schüttelte den Kopf. »Schreib es mal auf.«

Beerta rückte seinen Stuhl etwas näher an die Schreibmaschine, spannte das Blatt aus, nahm ein Stück Schmierpapier von einem Stapel, spannte es ein, alles mit der linken Hand, hob den Zeigefinger, schlug konzentriert einen Buchstaben an, suchte den zweiten Buchstaben, wobei er den Finger in die Höhe hielt.

Maarten war aufgestanden und sah ihm über die Schulter. Es erschienen ein S, ein C, ein H – »schau!«, wurde ihm klar.

»Ja.« Beerta hörte auf zu tippen und wandte sich von der Schreibmaschine ab.

»Ja, das Wort kenne ich kaum«, entschuldigte sich Maarten. »Es wird wohl Seeländisch sein.«

»Ja.«

»Aber das schüttelst du doch aus dem Ärmel?«

Beerta lächelte amüsiert.

Sie schwiegen.

»Enn-u-ills, annsu es eesn.«

»Schreib es erst mal zu Ende.« Es schien ihm kein Text zu sein, der ihn interessieren würde.

»A-u arfses nich Nisjosien eesn assn.«

Maarten reagierte nicht darauf.

Es entstand erneut eine Pause.

»Wie geht es Karel?«, fragte Maarten.

»Sjasel ha vie su-un.«

»Das hattest du auch immer.«

»Ie seh ihn selsen.«

»Ja«, sagte Maarten und wusste nicht, was er darauf sagen sollte.

Als er zurückfuhr, hatte der Berufsverkehr bereits eingesetzt. Der Gestank und der Lärm der Autos näherten sich in der windstillen, drückenden Atmosphäre der Grenze dessen, was ein Mensch ertragen konnte. »Froh, dass ich fahre« stand in großen, roten Lettern auf einer Reihe von Werbeplakaten an einer Reklamewand. Darüber saß ein albern grinsendes, gelbes Männchen ohne Beine in einer Art Rollstuhl. Er konnte noch froh sein. Ebenso gut hätte er tot sein können.

Nach dem Essen blätterte er auf der Couch sitzend die Zeitung durch. Nichts interessierte ihn. Nicolien kam mit dem Kaffee. An die Kissen gelehnt, schlief er ein und wurde wieder wach. Er machte das Radio an, um die *Klassiker von damals* zu hören, doch es gab keinen einzigen Klassiker, der ihm ein wenig Freude gemacht hätte. Was dann? Er dachte darüber eine Weile nach, ohne eine klare Antwort zu finden. Schließlich griff er zur *Landbouwenquête* aus dem Jahr 1889, Band 1. Er steckte prallvoll mit Zetteln. Er ging sie durch, in der Absicht, aus den angeführten Passagen eine Auswahl für seine Studie zu treffen, doch alle Passagen schienen identisch zu sein. Er stellte das Buch zurück und zog widerwillig die beiden Bände der *Schetsen uit de Middeleeuwen* von Muller aus seiner Tasche, die er aus dem Büro mitgenommen hatte, um sie zu Hause durchzuarbeiten. Mit dem ersten Band war er in zehn Minuten fertig. Es stand nichts darin, was für ihn von Belang war. Als er den zweiten Band angefangen hatte, entdeckte er Bleistiftpünktchen am Rand. Die mussten von ihm selbst sein, denn er war der Einzige im Büro, der das machte. Er blätterte weiter. Überall Bleistiftpünktchen. Er erkannte die Texte nicht wieder, erinnerte sich nun allerdings, dass er das Buch noch vor gar nicht langer Zeit aufmerksam gelesen und es sogar nett gefunden hatte. So blieb man wenigstens in Bewegung. Er steckte die beiden Bände wieder in die Tasche und nahm ein Buch über die Geschichte des Steindrucks, das er besprechen musste, mit zurück zur Couch. Ebenfalls Pünktchen. Offenbar hatte er es bereits zu drei Vierteln gelesen, doch der Himmel mochte wissen, was darin stand. Er versuchte, ein wenig darin zu lesen, konnte jedoch keinerlei Interesse aufbringen. In diesem Fall hatte es auch keinen Sinn, Interesse zu heucheln. Er war zu Hause bei Nicolien, und Nicolien hatte Verständnis dafür. Er legte das Buch wieder weg und langweilte sich grenzenlos. Soweit er von seinem bescheidenen Platz aus die Kultur überblicken konnte, flößte ihm alles Widerwillen ein: das Lesen, das Hören, das Denken und das Schreiben, das eine erschien noch aussichtsloser als das andere. Vielleicht sollte er etwas mit den Händen machen. Aber was? Von der neuen Tür im Flur musste ein Stück abgesägt werden, damit sie nicht mehr über die Matte schleifte. Er scheute davor zurück. Und an das Abnehmen des Küchenfensters, um dort einen Ventilator einzubauen, war so spät am Abend schon gar nicht zu denken. Den Riss in seiner Hose nähen? Er zögerte, verwarf es jedoch wieder mit einem Gefühl des Widerwillens. Er wollte nichts, rein gar nichts. Er hatte alles so richtig satt. Und warum? Er betrachtete von dort, wo er saß, die Bücher in seinem Bücherregal und erinnerte sich der Worte aus dem *Prediger*. Seine Augen blieben an der Bibel seines Großvaters hängen. Er überlegte aufzustehen, sah davon wieder ab, stand dann aber doch auf und zog die Bibel aus dem Regal. *Prediger*. Er blätterte hin und her, bis er die Passage gefunden hatte. *Prediger* 12, Vers 12: »Hüte dich, mein Sohn, vor andern mehr; denn viel Büchermachens ist kein Ende, und viel studieren macht den Leib müde.« Er las den Satz noch einmal und dann noch einmal, mit einem Gefühl der Genugtuung. Hier hatte jemand das Wort, der etwas begriffen hatte, selbst wenn es ihm ein Rätsel blieb, dass es zu jener Zeit auch schon ein Problem gewesen war. Er blätterte zurück an den Anfang des Buchs und las die ersten Verse: »Was hat der Mensch für Gewinn von aller seiner Mühe, die er hat unter der Sonne?« Er sah auf. Nicolien saß und las. »Hör zu!«, sagte er. »Die Bibel!«

*

»Hast du deine Mütze auch dabei?«, fragte sie. »Es regnet.«

Er drückte auf die Tasche seines Regenmantels. »Ja, die habe ich dabei.« Er nahm die Schlüssel vom Haken, entriegelte das Nachtschloss und zog die Sperre zurück.

»Du wirst also die Straßenbahnfahrscheine umtauschen?«, fragte sie noch.

»Ja, die tausche ich um. Bis heute Abend.« Er schloss die Tür hinter sich, stieg die Treppe hinunter, ging durch den Flur, öffnete die Eingangstür und blieb auf der Schwelle stehen. Es regnete stark. Er zog die Mütze über den Kopf, eine runde, blaue Mütze aus Nylon, mit der er absolut lächerlich aussah, wie einem Gemälde von Westerik entsprungen, doch das war etwas, das ihn schon lange nicht mehr beschäftigte. Man wurde müde, man fühlte sich ständig elend, alles war einem scheißegal. Er sah nach oben, die Augen gegen den Regen halb zugekniffen, winkte Nicolien zu und ging los, die Tasche in der Hand. Sein Gesicht wurde nass. Er achtete nicht darauf, zu sehr in Beschlag genommen durch Gedanken an die Arbeit, die ihn im Büro erwartete. Kurz hinter der Leliegracht sah er unwillkürlich zu einem Erker im ersten Stock hinauf, wo gestern, als die Sonne schien, ein splitternacktes Mädchen gestanden hatte. Er hatte es sofort wieder vergessen, doch nun, da er vorbeiging, dachte er wieder daran. Diesmal war sie nicht da. Es erinnerte ihn an das Auto mit den drei Männern, das ein paar Abende zuvor, als er vor dem Bahnhof stand und auf Nicolien wartete, direkt vor seiner Nase angehalten hatte. Der Mann auf dem Rücksitz hatte sich, bevor er ausstieg, vorgebeugt und dem Mann neben dem Fahrer einen Kuss auf den Mund gegeben. Er hatte einen Moment gedacht, dass es drei Unterweltgestalten waren, wahrscheinlich, weil es sich um ein sehr großes Auto gehandelt hatte und der Mann, der vorn saß, ein Chinese war, doch nein, es war ein Lokführer gewesen, in einer adretten, roten Uniform, mit einer schwarzen Umhängetasche über der Schulter. Danach hatte er noch einmal hingesehen, ob der Chinese nicht doch Brüste hatte, aber nichts da, es war ein chinesischer Mann gewesen, der wie eine Frau winkte. Doch auch diese Szene hatte ihn nicht schockiert. Man gewöhnte sich an alles. Solange sie einem nicht den Kopf einschlugen, sollten sie doch machen, was sie wollten.

Mit derlei Gedanken ging er, die Mütze auf dem Kopf, im Regen zum Büro, hängte den nassen Mantel an einen Haken der Garderobe und machte sich an die Arbeit. Joop, Sien und Bart kamen nacheinander herein. Sie wechselten ein paar Worte, danach wurde es wieder ruhig. Draußen regnete es. Durch das halb geöffnete Fenster hörte er, wenn er sein Tippen kurz unterbrach, das Rauschen des Regens in den Blättern der Bäume. Er tippte eine lange Buchbesprechung ins Reine, sortierte die Seiten in die richtige Reihenfolge, legte den ersten Durchschlag ins Buch, fügte einen Umlaufstreifen dazu und brachte das Buch an Barts Schreibtisch. Bart saß dort, über eine Mappe von Sien gebeugt, und schrieb auf einem Stück Papier und in seiner sehr kleinen Handschrift seinen Kommentar zu einer von ihr erstellten Zusammenfassung. Maarten blieb kurz stehen und beobachtete ihn, bis Bart aufsah.

»Wolltest du etwas sagen?«, fragte Bart.

»Nein, ich habe nur zugeschaut.« Er wandte sich ab und ging zurück an seinen Schreibtisch. »Wusstest du eigentlich, dass es schon wieder neue Straßenbahnfahrscheine gibt?«, fragte er, als er wieder saß.

»Ja, sicher. Das hat doch schon vor einiger Zeit in der Zeitung gestanden.«

»Das ist mir dann entgangen.«

»Wir haben die alten schon umgetauscht.«

»Dadurch komme ich darauf. Nicolien hat es gemerkt, als sie einen alten Fahrschein nicht mehr in den Automaten bekam oder nur ein kleines Stück weit. Sie haben offenbar auch die Automaten geändert.«

»Nein, das wusste ich nicht.«

Maarten stand wieder auf. Er zog einen kleinen Stapel Fahrscheine aus der Tasche seines Jacketts, das an einem Haken an den Kästen mit Fragebogen hing, und gab Bart den obersten. »Der Stempel steht jetzt am Rand.«

Bart stand auf, nahm die Brille ab und betrachtete die Karte aus der Nähe. »Hey«, sagte er überrascht.

»Verdammt ärgerlich.«

»Es ist schon radikal«, gab Bart zu, »aber ich finde es nicht unvernünftig.«

»Nein, ich finde es ärgerlich, weil es jetzt so aussieht, als ob ich versucht hätte zu betrügen.«

»Warum? Du kannst doch einfach sagen, wie es gewesen ist?«

»Das glauben die doch nicht.«

»Das ist ihre Sache. Dafür bist du nicht verantwortlich.«

»Ich glaube, dass ich die Situation zu intim finde.« Er wandte sich ab und ging zurück zu seinem Schreibtisch. »Ein Problem, das keines ist, aber es beschäftigt einen doch.«

»Ich kann darin wirklich kein Problem erkennen.«

»Ich könnte den Stempel natürlich abschneiden.« Er griff zur Schere.

»Nur wird die Fahrkarte dann kürzer. Und dann sehen sie, dass du auch noch versucht hast, es zu vertuschen.«

»Du hast recht.« Er legte die Schere wieder weg.
Bart blieb noch einen Moment stehen und setzte sich dann ebenfalls wieder hin.
»Wer von euch beiden tauscht die Fahrscheine um?«, fragte Maarten.
»Diesmal Marion, aber ich habe es auch schon gemacht.«
»Bei uns mache ich das. Nicolien vergisst so etwas einfach. Sie findet, dass es Unsinn ist, diese Umtauscherei.«
»Nein, das finde ich nicht. Nicht einmal so sehr wegen des Geldes, sondern eher, weil es meiner Meinung nach abgewickelt werden muss.«
»Genau!« Dass sie wenigstens in diesem Punkt einer Meinung waren, gab ihm ein warmes Gefühl.

Am frühen Nachmittag wurde der Regen schwächer. Als er aus dem Büro kam, nieselte es nur noch ein wenig, doch im Süden, am Ende der Leidsestraat, riss der Himmel auf und im Nebel war undeutlich die Sonne zu erkennen. In der Leidsestraat gab es einen Stau. Ein englisches Auto war gegen alle Verkehrsregeln in die Straße gefahren, wo es auf eine Straßenbahn getroffen war, und versuchte nun vergeblich, in eine Seitenstraße zu biegen, zwischen zwei Autos hindurch, die so nahe beieinander parkten, dass die Lücke eigentlich zu eng war, um daran vorbeizukommen. Ein Passant in einem roten Hemd, also wahrscheinlich ein Linker, gab dem Fahrer mit Gesten zu verstehen, dass er hier überhaupt nicht fahren dürfte, was dieser inzwischen selbst auch schon bemerkt haben musste, denn überall standen Straßenbahnen und klingelten. Maarten ging weiter und schämte sich für den Eindruck, den seine Landsleute mit diesem Geklingel hinterlassen mussten. Er blieb erneut kurz stehen, als ein Polizeiauto hinter der Straßenbahn zum Vorschein kam, und sah zu seiner Erleichterung, dass der Engländer gerade abgebogen war und sich in Sicherheit brachte. Im Weitergehen überlegte er, dass er einem Landsmann gegenüber weniger duldsam gewesen wäre.

Er setzte seinen Weg fort und betrat das Gebäude der Straßenbahn am Leidsebosje. Die Halle war voller Menschen, die dort saßen und dabei waren, gelbe Formulare auszufüllen, die überall auf Tischen und sogar auf dem Boden verstreut lagen. Es erweckte einen Moment den

Eindruck, als würde beim Umtausch der Karten eine ausführliche Anzeige erstellt, doch ein Schild mit dem Hinweis auf einen Schalter in einem Seitengang sorgte für Erleichterung. Man brauchte nichts weiter zu tun, als die Fahrscheine unter einer Glasluke hindurch einem etwa achtzehnjährigen Mädchen zuzuschieben, das im Tausch dafür neue Fahrscheine zurückschob.

»Haben Sie den schon abgestempelt?«, fragte sie.

Es überfiel ihn. Er hatte den Stempel glatt vergessen. Doch noch erwischt. »Nein«, sagte er knallhart, bevor er selbst darüber nachgedacht hatte, »das heißt, als es nicht ging, habe ich eine andere Fahrkarte benutzt.« Noch bevor er zu Ende gesprochen hatte, ärgerte er sich schon. Doch er konnte nicht zurück. Um genau zu sein, *er* konnte nicht zurück, ein anderer hätte es vielleicht noch hinbekommen. Unzufrieden verließ er das Gebäude, mit einem Fahrschein mehr, als ihm zustand. Er fand es lächerlich, eine große Sache daraus zu machen, doch das konnte nicht darüber hinwegtäuschen, dass es ihm die Laune gründlich verdarb. Und das dann noch bei einem achtzehnjährigen Mädchen, dem zudem keinerlei Mittel zur Verfügung standen, um die Wahrheit zu erzwingen. Was hätte sie tun sollen? Einen Beweis verlangen? Der war natürlich schon weggeworfen worden. Aussichtslos! Dann überlegte er, dass er den zusätzlichen Fahrschein natürlich einfach vernichten könnte. Es ärgerte ihn, dass ihn so etwas Kindisches so ausdauernd beschäftigte. Als würde die Vernichtung etwas an der Sache ändern! Es ging nicht um die fünfzig Cent! Wichtigere Dinge standen auf dem Spiel. Und für wichtigere Dinge würde er keine fünfzig Cent wegwerfen, ohne dass jemand Nutzen daraus zöge. Dennoch befriedigte ihn diese Argumentation nicht. Er versuchte, sich zu erinnern, ob er nicht irgendwann in der Vergangenheit zweimal für eine Fahrt abgestempelt hatte, aus Versehen, sodass dieser Fahrschein als Kompensation betrachtet werden könnte. Doch er erinnerte sich nur an die Male, bei denen er die Straßenbahn beschummelt hatte, sehr viele Male sogar, auch wenn er dafür schon weit zurückgehen musste. Obwohl? Wie oft war er noch kurz umgestiegen, obwohl die Karte eigentlich schon abgelaufen war? Merkwürdigerweise brachte diese Feststellung wieder etwas Gleichgewicht in seine Gedanken. Auf jeden Fall machte sie das

Wegwerfen dieses einen Fahrscheins zu einer sinnlosen Geste. Oder vielleicht war es nur so, dass er inzwischen so weit vom Gebäude der Städtischen Straßenbahn entfernt war, dass es seine Macht über ihn verloren hatte. Er befand sich auf dem Overtoom, auf der Höhe der Gerard Brandtstraat. Die Sonne war hinter den Wolken inzwischen undeutlich sichtbar. Es herrschte ein herrliches, nebliges Wetter, herbstlich feucht. Neugierig betrachtete er die Häuser, die er selten sah, und die hohen Bäume, die so enorm belaubt und grün gewesen waren, als er Nicolien seinerzeit aus dem Krankenhaus abgeholt hatte, und die nun ihre Blätter zu verlieren begannen. Wieder halbwegs mit dem Leben versöhnt bog er links ab und ging durch den Vondelpark zurück zur Arbeit.

*

»Hey, Karst«, sagte Maarten. Er stand auf.

Buitenrust Hettema blieb, sich ein wenig aufrichtend, mit hochgezogenen Augenbrauen in der Tür stehen. »Du bist allein?« Er schloss die Tür.

»Muller ist krank, und Asjes ist heute in der Bibliothek.« Er ging zum Tisch. »Du bist lange krank gewesen.«

»Krank ist nicht das richtige Wort«, sagte Buitenrust Hettema verhalten, »aber es hat mich schon mitgenommen.« Er stellte seine Umhängetasche auf einen Stuhl und setzte sich.

Maarten zog einen Stuhl ans Kopfende des Tisches und setzte sich zu ihm. »Was hast du gehabt?«

»Einen kleinen Eingriff«, wehrte Buitenrust Hettema ab, »aber es setzt einem doch mehr zu, als man denkt.«

»Möchtest du einen Kaffee?« Er stand wieder auf.

»Na, wenn du einen hast, gern.«

Maarten verließ den Raum, die Tür hinter sich offen lassend, und rannte die Treppe hinunter. »Tag, Herr de Vries«, sagte er, während er weiter zur Küche ging. »Tag, Mijnheer«, sagte de Vries. Wigbold saß an seinem Tisch und las in einem gebundenen Buch. »Herr Wigbold«, sagte Maarten, »haben Sie eine Tasse Kaffee für Herrn Buitenrust Hettema und mich?« Wigbold sah auf seine Armbanduhr. »Das ist eigentlich noch zu früh«, stellte er fest. »Ich weiß nicht, ob er jetzt schon fertig ist.« Auf der Uhr an der Rückwand war es fünf vor halb elf. »Bestimmt ist er das«, sagte Maarten, seine Irritation bezwingend. Wigbold stand langsam auf und ging zur Kaffeemaschine neben dem Schalter. Er stellte zwei Tassen auf ein kleines Tablett, schüttete in die für Maarten einen Löffel Zucker und legte zwei Zuckerwürfel neben die andere. Während Maarten einen Bon aus seiner Tasche holte und auf den Tresen legte, schenkte er die Tassen voll. »Milch?«, fragte er, während er das Kännchen über die Tasse für Buitenrust Hettema hielt. »Ganz wenig«, entschied Maarten.

Als er ins Zimmer zurückkam, saß Buitenrust Hettema da und sah vor sich hin, die Unterlippe etwas vorgeschoben. Er sah müde aus, auch gealtert. »Danke«, sagte er abwesend, als Maarten ihm die Tasse hinstellte. Er griff mechanisch zum Teelöffel und begann zu rühren. »Nein, ich hatte hier zufällig zu tun, und da dachte ich, ich komme mal kurz vorbei.« Er entdeckte die Zuckerwürfel und ließ sie in seine Tasse fallen.

»Wo musst du hin?« Er hatte sich wieder hingesetzt.

»Ich könnte natürlich sagen: ›Das geht dich nichts an‹«, sagte Buitenrust Hettema mit einem Lächeln, »aber ich muss ins Tropenmuseum.«

»Wegen deiner Wayangpuppen.«

»Auch wegen meiner Wayangpuppen, aber ich muss auch mit ein paar Leuten reden.« Er rührte erneut in seinem Kaffee.

Es war einen Moment still.

»Kommst du voran?«, fragte Maarten.

»So etwas geht immer langsamer, als man möchte«, gestand Buitenrust Hettema. »Ich bin jetzt dabei, den zweiten Band umzuschreiben, und das ist noch ein ziemliches Stück Arbeit.«

»Es hat doch drei Bände?«, erinnerte sich Maarten.

»Es hatte drei, aber jetzt werden es wahrscheinlich vier werden.«

Sie schwiegen.

»Wie geht es Sien?«, erkundigte sich Buitenrust Hettema.

»Gut.«
»Wie lange braucht sie noch bis zum Examen?«
»Drei Jahre?«
»Das ist doch viel zu lange.«
»Sie arbeitet natürlich auch noch.«
»Davon sollte sie dann doch eigentlich freigestellt werden.«
»Ich glaube nicht, dass sie das will. Dafür ist sie zu pflichtbewusst.«
»Ja, wenn sie gut sind, sind sie pflichtbewusst.«
»Nicht immer.«
»Nein, nicht immer.«
»Ich meine, manche sind auch pflichtbewusst, ohne gut zu sein«, verdeutlichte Maarten.

Buitenrust Hettema reagierte nicht darauf. »Und bei Anton ist es immer noch dasselbe?«, fragte er nach einer Pause.

»Ja.«

Sie tranken schweigend ihren Kaffee.

»Ich habe heute Morgen zufällig einen Brief von Jacobo Alblas bekommen«, erzählte Maarten.

»Das wird die Mühe sicher gelohnt haben«, sagte Buitenrust Hettema skeptisch.

»Er gibt in diesem Jahr ein Seminar über die niederländische Volkskultur, für Anthropologen.«

»Das ist nicht dein Ernst.« Er sah Maarten ungläubig an.

Maarten lachte.

»Das kann er doch überhaupt nicht?«

»Aber er tut es.«

»Das ist der größte Wirrkopf, den ich jemals getroffen habe«, sagte Buitenrust Hettema überheblich.

»Er hat gefragt, ob wir ein paar Gastvorträge über unsere Erzählforschung halten wollen.«

»Es ist mir bis heute ein Rätsel, was ihr darin bloß gesehen habt.«

»Wir haben dreißigtausend Erzählungen gesammelt.«

»Aber was macht man damit?«

»Herausgeben.«

»Für die paar Verrückten, die es kaufen wollen.«

»Und Muller hält in Kürze einen Vortrag darüber.«
»Er könnte Besseres mit seiner Zeit machen.«
Maarten schmunzelte. »Aber was?«
Sie schwiegen. Maarten dachte an Buitenrust Hettemas Plan, ihn zu seinem Nachfolger zu machen, ein Plan, der durch diese jüngste Entwicklung durchkreuzt wurde, doch es erschien ihm klüger, nicht davon anzufangen.

»Hast du eigentlich noch mal etwas mit der Übersicht über die Ehe gemacht, die ich dir seinerzeit gegeben habe?«, fragte Buitenrust Hettema.

»Ich habe sie mir angesehen«, antwortete Maarten nicht ganz wahrheitsgemäß. »Willst du sie wiederhaben?«

»Das nicht. Solange du sie nur nicht wegwirfst.«

»Ich werfe nie etwas weg.«

Buitenrust Hettema lächelte verschmitzt. »Das ist gut zu wissen.« Er stand auf. »Ist Sien nebenan?« Er zeigte auf die Tür des Karteisystemraums.

»Ja, aber sie ist nicht allein.«

Buitenrust Hettema setzte sich wieder. »Dann besuche ich sie ein andermal«, beschloss er.

Als Buitenrust Hettema durch die Drehtür verschwunden war, wandte sich Maarten ab und ging mit dem Tablett, auf dem ihre beiden Tassen standen, durch die Schwingtür in den Kaffeeraum. Dort saßen lediglich Joop, Sien und Tjitske. »Das war Buitenrust Hettema«, sagte er. Er ging weiter zum Schalter und sah in die Küche. Wigbold stand an der Spüle und wusch die Tassen ab. »Eben gerade war ich fünf Minuten zu früh da, und jetzt komme ich fünf Minuten zu spät«, sagte Maarten und schob das Tablett über den Tresen zu ihm hinein. Er zog sein Portemonnaie aus der Gesäßtasche. Wigbold trocknete sich die Hände ab und kam zum Tresen. »Welche Tasse ist es?«

»Die hier!« Er zeigte darauf und legte einen Bon daneben. Wigbold kippte einen Löffel Zucker hinein, schenkte sie voll und gab ein wenig Milch dazu, ohne etwas zu sagen. Er nahm den Bon, spießte ihn auf den Stift und wandte sich ab.

»Hast du ihm von dem Brief von Alblas erzählt?«, fragte Tjitske.
Maarten setzte sich. »Alblas ist laut Buitenrust Hettema der größte Wirrkopf, den er jemals getroffen hat.«

»Das muss er gerade sagen«, höhnte Sien.

Die Bemerkung überraschte Maarten. Als sie noch seine Vorlesungen besucht hatte, war sie die Aufmerksamkeit und Gefälligkeit in Person gewesen.

»Aber er wird es doch sicher komisch gefunden haben, dass er das nicht erst mit dir besprochen hat?«, fragte Tjitske.

»Nein«, er war mit seinen Gedanken noch bei der Bemerkung von Sien, »warum sollte er das besprechen müssen?«

»Weil es unser Gebiet ist.«

»Er ist wissenschaftlicher Mitarbeiter da, also kann er machen, was er will.«

»Was wirst du ihm jetzt antworten?«, fragte Sien.

»Das soll Ad mal entscheiden. Es ist sein Thema.«

»Aber so macht er es sich schon sehr einfach.«

»Ach, das ist Jacke wie Hose. Die Erzählungen haben für ihn natürlich eine völlig andere Bedeutung.«

Joop stand auf. Sie schob ihre Tasse durch den Schalter und verließ den Kaffeeraum. Das Gespräch interessierte sie nicht.

»Was glaubst du, ist denn die Bedeutung für ihn?«, fragte Sien.

»Das weiß ich nicht«, sagte Maarten gleichgültig. »Er ist Anthropologe. Er interessiert sich also für soziale Strukturen. Ich vermute, er glaubt, dass er die in den Erzählungen finden wird.«

»Aber dafür interessieren wir uns doch wohl auch?«, fragte Tjitske empört.

Maarten schmunzelte unwillig. »Wir interessieren uns für alles.«

»Und wenn er die nun da findet?«, fragte Sien. »Dann profitiert er doch von der Arbeit, die wir gemacht haben.«

»Die findet er nicht«, sagte Maarten entschieden. »Denn es sind Rudimente. Diese Erzählungen werden schon lange nicht mehr weitergegeben. Es sind Erinnerungen. Wir wissen überhaupt nicht, von wem sie erzählt wurden, ob sie auch so erzählt wurden, und was dieser Mann oder diese Frau davon behalten hat. Wir wissen nichts!«

»Also sind sie wertlos«, sagte Sien bestürzt.
»Ich fürchte, dass sie ziemlich wertlos sind.«
»Aber warum sammeln wir sie dann noch?«, fragte Tjitske.
»Weil wir damit angefangen haben.«
»Kann ich die Tassen haben?«, fragte Wigbold durch den Schalter.
Sien stand auf, während Maarten seinen Kaffee austrank. Sie wartete, bis er seine Tasse zurückgestellt hatte, stapelte die Tassen ineinander und brachte sie zum Schalter. »Aber wir müssen es doch vertreten können«, sagte sie und wandte sich wieder Maarten zu.

»Wir müssen natürlich nach Argumenten suchen, um es zu verteidigen«, gab Maarten zu. »Und die finden wir auch. Man muss sich nur mal hinsetzen und sich näher damit beschäftigen. Das Problem ist, dass wir mit dem Sammeln der Erzählungen angefangen haben, weil die Theorie besagte, dass sie Informationen über die Vergangenheit enthalten würden. Daran glaube ich nicht mehr. Man muss sie also als eine Momentaufnahme betrachten. Aber weil sie schon Rudimente waren, als wir sie aufgezeichnet haben, weiß man so wenig über ihre Funktion, dass man nicht viel damit machen kann. Eigentlich müssten wir aufzeichnen, was sich die Leute jetzt erzählen, in ihrem Kontext, aber das ist wiederum mehr etwas für Anthropologen. Wir haben also ein Problem.« Er stand auf. »Aber das ist völlig egal. Solange man nur beschäftigt ist und den Leuten die Illusion geben kann, dass es Sinn hat.«

»Na, so sehe ich es aber nicht«, sagte Sien.

Er schmunzelte. »Das ist auch nicht nötig.« Er wandte sich ab, in der Absicht, das Gespräch zu beenden.

»Aber was denkst du denn, was wir tun sollen?«, beharrte sie.

Er ließ sie und Tjitske ins Hinterhaus vorgehen. Unten an der Treppe drehte sie sich zu ihm um. An ihrem Gesicht war zu erkennen, dass seine Bemerkungen sie verunsichert hatten, und ihm war klar, dass er eine gewichtige Antwort geben musste, so sehr es ihm auch widerstrebte. »Wir beschäftigen uns mit Traditionen«, sagte er widerwillig. »Für eine Gesellschaft, aber auch für die Menschen selbst haben sie große Bedeutung, sonst werden sie verrückt. Nun kann man zwei Dinge tun: Entweder man beobachtet, wie sie in einem bestimmten

Moment funktionieren – dann geht man anthropologisch vor –, oder man sieht sie an, wie sie sich im Laufe der Zeit unter dem Einfluss sich wandelnder Umstände verändern. Dann geht man historisch vor. Aber Historiker interessieren sich bisher kaum dafür, wir sind also auf Rosen gebettet.« Er begann, die Treppe hinaufzusteigen.

»Aber es geht doch um den Menschen!«, sagte sie hinter ihm.

Er hörte darin Buitenrust Hettema. »Ja, das sagt Buitenrust Hettema«, sagte er, während er sich umdrehte, »aber er ist ein Ethologe, kein Kulturhistoriker. Wir sind Kulturhistoriker.«

Sie schwieg.

Oben an der Treppe drehte er sich zu ihr um, aus einem Bedürfnis heraus, noch etwas Beruhigendes zu sagen. »Aber das ist alles nicht so wichtig. Wenn das, was man behauptet, Qualität hat, tun sie einem nichts!«

»Ja, das sagst du!«

Er lachte boshaft. »Das reicht doch?«

Zurück an seinem Schreibtisch, allein im Raum, verschwand rasch das Gefühl des Unbehagens, das das Gespräch bei ihm hinterlassen hatte. Er schrieb einen Brief an Alblas, in dem er ihm mitteilte, dass er noch auf eine Antwort warten müsse, weil Muller krank sei, und arbeitete anschließend an seiner Brotstudie, einer Anhäufung von Daten, von denen er nicht einmal annähernd wusste, was er jemals damit würde machen können, doch das war ihm im Moment egal. Er war beschäftigt, und darum ging es. In der Mittagspause machte er seine Runde entlang der Amstel, arbeitete wieder anderthalb Stunden, ging hinunter zum Tee und rauchte eine Pfeife. Man konnte Besseres mit seinem Leben machen, doch da dies nicht möglich war, fand er es auch so gut. Außerdem hatte er sich im Laufe des Tages wieder immer schlechter gefühlt. Er hatte Magenschmerzen und Schmerzen in der Leber, wenn er also etwas Interessanteres machen würde, geschähe es ohnehin nicht mit Hingabe. Als er Viertel nach fünf als Letzter das Büro verließ, standen an der Ecke zur Spiegelstraat zwei kleine Jungen mit einer Kiste Pflaumen, einer Kiste Birnen und einer Kiste Äpfel neben einer Schultafel, auf der mit Kreide geschrieben stand: »Ungespritztes Obst«. Er beobachtete sie im Vorbeigehen. Dann tat er etwas Spontanes: Er kaufte zwei Kilo Birnen und ein Kilo Pflaumen, woraufhin er zufrieden seinen Weg fortsetzte, ein wenig wie ein alter Pariser, in der soeben erworbenen Erkenntnis, dass Glück erlernt werden muss.

*

»Ich finde, dass du Alblas nicht schreiben kannst, dass Ad krank ist«, sagte Bart.
»Warum nicht?«, fragte Maarten.
»Weil Ad jetzt die Verantwortung trägt, wenn wir nicht auf seine Bitte eingehen.«
»Und wenn Ad nun mal die Verantwortung dafür trägt?«
»Dann hättest du es trotzdem nicht schreiben dürfen.«
Maarten schwieg. Er brauchte einen Moment, um seinen Widerwillen gegen diese Diskussion zu überwinden.
Bart stand auf und sah über das Bücherregal. »Und ich finde auch, dass du den Brief von Alblas nicht den Damen zum Lesen hättest geben dürfen, bevor wir zu dritt dazu einen gemeinsamen Standpunkt festgelegt hätten.«
»Was hätte ich denn schreiben sollen?« Er ignorierte die letzte Bemerkung.
»Du hättest nichts schreiben sollen! Du hättest warten müssen, bis Ad wieder gesund ist.«
»Das kann noch ein oder zwei Monate dauern.«
»Das weiß ich nicht, und es interessiert mich auch nicht.«
»Aber mich interessiert es schon. Alblas war uns immer wohlgesonnen. Ich finde nicht, dass ich ihn so lange auf eine Antwort warten lassen kann.«
»Da bin ich dann anderer Meinung.«
Maarten überlegte zu fragen, wen Alblas dann für den Verantwortlichen halten sollte. Denn auch wenn Bart sich vor solchen Gedanken fürchtete, musste man jemanden in der Hinterhand haben, der die Verantwortung trug. Doch er schwieg, um nichts zu sagen, was er später

bereuen würde. »Ich werde noch mal darüber nachdenken«, versprach er, »aber ich glaube, dass ich ihn abschicke.«

*

»Wie war Ihr Urlaub, Herr Goud?«, fragte Maarten.
Es war Freitagnachmittag. Balk war nach Hause gegangen. Das Grüppchen, das zurückgeblieben war, vertrieb sich die Zeit beim Tee und wärmte sich an der gegenseitigen Gesellschaft.
»Oh, es war sehr nett«, antwortete Goud. Er richtete sich ein wenig auf, um seine Pfeife auszuklopfen. »Ja, sehr nett«, wiederholte er, mehr zu sich selbst.
»Wo sind Sie gewesen?«, fragte Tjitske.
Goud sah zur Seite. »In Genf«, sagte er ernst.
»In Genf!«, rief Rentjes.
»Ja, in Genf«, sagte Goud lachend.
»Doch nicht allein?«, fragte Maarten.
»Nein, nicht allein«, sagte Goud und wurde wieder ernst. »Mit meiner Schwester.«
»Mit Ihrer Schwester!«, wiederholte Maarten.
»Die passt dann sicher gut auf Sie auf?«, sagte Mia.
»Ja, die passt gut auf mich auf«, sagte Goud lachend. »Sie ist nicht einfach.« Er schüttelte den Kopf. »Sie ist überhaupt nicht einfach.« Nach vorn gebeugt stopfte er mit einem Lächeln eine neue Pfeife.
»Und haben Sie Fotos gemacht?«, fragte Maarten.
»Ja, ich habe auch Fotos gemacht.«
»Sicher von Ihrer Schwester!«, rief Rentjes.
»Ja, auch von meiner Schwester, aber nicht viele.« Er steckte sich das Pfeifchen in den Mundwinkel und suchte nach einem Feuerzeug.
»Wo lässt du deine Fotos eigentlich abziehen?«, fragte Huub Pastoors Maarten.
»Früher bei Molenkamp«, er sah, wie Goud mit seinem Feuerzeug den Tabak anzündete, »aber den gibt es nicht mehr.«
»Und jetzt?«

»Das letzte Mal in der Leidsestraat.«
»War das was?«
Maarten lachte amüsiert, sich von Goud ab- und Pastoors zuwendend. »Ich komme rein. Ich sage: ›Ich möchte gern die Fotos von Koning abholen. M. Koning!‹ Der Mann sucht in einer Schublade, zieht ein Päckchen heraus, macht es auf, zeigt mir das oberste Foto. ›Das sind sie‹, sagt er. – Ich sehe ein Schloss mit zwei dicken Türmchen. ›Wunderbar!‹, sage ich. Ich bezahle und verlasse den Laden.« Er lachte vor unterdrücktem Spaß, die anderen lauschten vergnügt, Wigbold hatte sich durch den Schalter gebeugt und hörte ebenfalls zu. »Auf der Straße hole ich die Fotos heraus. Ich sehe mir dieses Schloss an und finde, dass es verdammt unfranzösisch aussieht. Außerdem stehen Autos drumherum. Ich wundere mich darüber, denn das mache ich nie, Autos meide ich, aber ich schließe daraus, dass ich es offenbar für etwas ganz Besonderes gehalten habe, auch wenn ich mich in dem Moment nicht mehr daran erinnern kann. Ich stecke sie ein und mache meinen Spaziergang, übrigens am Haus von Rik vorbei.«
»Ich habe dich nicht gesehen«, sagte Rik.
»Nein, ich habe dich auch noch nie gesehen. Ich gehe wieder zurück ins Büro, hole die Fotos noch einmal heraus, sehe mir erneut das Schloss an. Ich zeige es Bart und frage, ob er weiß, was das für ein Schloss ist, und im selben Augenblick weiß ich, dass es Medemblik sein muss! Da bin ich sicher fünfzehn Jahre nicht mehr gewesen!« Er lachte.
Dröhnendes Gelächter.
»Sie waren von jemand anderem.«
»Oh, sie waren von jemand anderem«, sagte Goud verwundert.
Erneutes Gelächter.
»So habe ich mal einen Haufen Nacktfotos bekommen«, erzählte Pastoors lachend.
»Sicher bei Molenkamp.«
»Ja, bei Molenkamp. Ich sage zu ihm: ›Die Fotos sind überhaupt nicht für mich bestimmt! Die will ich nicht mal sehen!‹« Seine Wangen bebten vor Empörung.
»Dann waren es sicher Fotos von einem Mann«, rief Rentjes heiter.

»Nein, von einer Frau.«

»Das hast du schon noch gesehen«, bemerkte Rik.

Erneutes Gelächter.

»Warum hast du gedacht, dass es bei Molenkamp war, Maarten?«, fragte Mia.

»Das sind Nudisten«, sagte Maarten. »Das hat er mir mal erzählt.«

»Gibt es die denn noch?«, fragte Mia erstaunt.

»Damals gab es sie jedenfalls noch.«

»Heutzutage laufen alle nackt herum!«, rief Rentjes.

»Ja, das denke ich doch auch«, sagte Goud.

»Sie denken an Strandpfahl 70«, sagte Maarten zu Goud.

Goud lachte. »Ja, ich denke an Strandpfahl 70.«

»Was ist Strandpfahl 70?«, wollte Mia wissen.

»Herr Goud geht im Sommer immer beim Strandpfahl 70 an den Strand«, erklärte Maarten. »Das ist ein Nacktstrand.«

»Da sind oft schöne Frauen dabei«, sagte Goud ernst.

»Und laufen Sie dann auch nackt herum?«, fragte Rentjes.

»Nein, ich nicht«, sagte Goud lachend. »Ich nicht.«

»Das wäre sicher auch kein schöner Anblick«, sagte Mia.

»Nein«, gab Goud lachend zu, »das wäre kein schöner Anblick.«

»Zeichnest du eigentlich im Urlaub?«, fragte Maarten Hans Wiegersma, der lächelnd daneben saß.

Hans erschrak, als so plötzlich das Wort an ihn gerichtet wurde. Sein Kopf zitterte kurz. »Ja, meistens schon«, sagte er verlegen.

»Auch kleine Plätze und so?«

»Ja, auch mal Plätze.«

»Und was machst du dann mit den Autos?«

»Die lasse ich weg«, sagte Hans lächelnd.

Maarten nickte. »Das machst du doch wahrscheinlich nur, weil wir die Welt anders gekannt haben.«

»Ja, das denke ich auch.«

»Glaubst du, dass unsere Kinder sie drauf lassen werden?«, fragte Rik.

»Ich fürchte, schon.«

»Das denke ich auch«, sagte Hans.

»Der Mann mit diesem Schloss in Medemblik wird wohl schon so einer gewesen sein«, sagte Pastoors.

»In unserer Straße gab es früher nur einen Mann mit einem Auto, Rektor an einer Grundschule«, erinnerte sich Maarten, »und das war auch noch ein ganz kleines Auto.«

»Als ich noch in Nimwegen studiert habe, gab es da einen einzigen Studenten mit einem Auto«, erzählte Pastoors, »aber der studierte auch schon zwanzig Jahre.«

»Das war dann sicher ein ewiger Student«, vermutete Goud.

»Ja, Herr Goud. Das war ein ewiger Student!«, rief Rentjes.

»Die gibt es heutzutage auch nicht mehr«, meinte Maarten.

»Nein, die gibt es nicht mehr«, sagte Pastoors. »Die Zeiten sind vorbei.«

*

Als er das Büro verließ, gingen gerade die Straßenlaternen an. Es war neblig. Während er im herbstlichen Dunkel die Gracht entlangging, entspannte er sich und suchte gedankenverloren seinen Weg zwischen den übrigen Verkehrsteilnehmern, die so wie er auf dem Weg von der Arbeit nach Hause waren. Sein Kopf war leer, eine angenehme Leere, als wäre er nicht er selbst, sondern ein anderer, der untrüglich die Hindernisse auf seinem Weg vermied, wieder in seine Spur zurückfand, gerade zur rechten Zeit seinen Schritt beschleunigte, ihn wieder verlangsamte, zurückwich, fast körperlos von der Fahrbahn auf den Bürgersteig schwebte, unverwundbar, sicher verborgen in der Dunkelheit, unsichtbar. Er kaufte die Zeitung beim Athenaeum Nieuwscentrum und wusste einen Moment lang nicht, was geschah, als er auf der Ecke zum Voorburgwal angesprochen wurde.

»Ich weiß nicht, ob du auf meine Gesellschaft W-wert legst«, sagte Freek Matser, »aber ich habe dich zufällig hier laufen sehen.«

»Natürlich«, sagte Maarten, während er sich fing. »Immer.«

»D-dann gehe ich ein Stück mit dir mit.«

Während sie schweigend den Voorburgwal entlanggingen, suchte

Maarten nach einem Gesprächsthema, ohne auf die Schnelle etwas finden zu können.

»Es geht mich natürlich nichts an«, sagte Freek, »aber es wundert mich, dass du nicht die Herengracht nimmst, wenn du nach Hause gehst.«

»Ich nehme morgens die Herengracht.«

»Du wechselst dich ab.«

»Und das hier ist kürzer.«

»Ist es kürzer?«, fragte Freek ungläubig. »Das glaube ich nicht.«

»Es wird wohl nicht so viel ausmachen«, gab Maarten zu. »Ich müsste es eigentlich mal ausmessen.«

Freek stieß ein kurzes Lachen aus. »Aber darum geht es dir also eigentlich nicht.« Er hatte sich wieder im Griff.

»Nein«, gab Maarten zu. »Ich finde es abends netter, glaube ich.«

Sie schwiegen.

»Ich habe gehört, dass dir die Maxis-Kette einen Prozess anhängen will?«, fragte Maarten.

Freek sah erschrocken zur Seite. »Wieso?«, fragte er argwöhnisch.

»Ich habe es gehört.« Die Reaktion überraschte ihn.

»D-das darfst du überhaupt nicht wissen!«

»Ja, das habe ich natürlich nicht gewusst.«

»Von wem hast du es denn gehört?«

Maarten zögerte. »Ich glaube, von Mia.«

»Was hat sie dir denn erzählt?«

»Dass in eurem Anzeigenblatt eine Anzeige von dir gegen die Ansiedlung von Maxis-Hypermärkten gestanden hätte, in der du Maxis eine ordinäre Kauffabrik nennst, und sie jetzt mit einem Prozess gedroht hätten.«

»Aber sie wissen nicht, dass ich es bin!«

»Warum nicht?«

»Weil ich natürlich meinen Namen nicht daruntergesetzt habe!«

»Aber der Herausgeber weiß es dann doch schon?«

»Der verrät es nicht. Das hat er mir versprochen.«

»Warum hast du deinen Namen nicht daruntergesetzt?«, fragte Maarten verwundert.

»Weil ich die Anzeige nicht in meinem Namen veröffentlicht habe«, sagte Freek entrüstet, »sondern im Namen der Gemeinschaft!«

»Und dieser Prozess dann?«

Sie waren bei der Raadhuisstraat angekommen und mussten vor der Ampel warten, zwischen anderen Fußgängern, sodass Freek nicht gleich antworten konnte.

»Sie versuchen jetzt, den Herausgeber zu zwingen, meinen Namen zu nennen«, sagte er, als sie die andere Seite erreicht und dem Gewühl entkommen waren. »In vierzehn Tagen ist die Urteilsverkündung.«

Es lag Maarten auf der Zunge zu sagen, dass er dann vierzehn Tage Zeit hätte, Maxis zu schreiben, dass die Anzeige von ihm stammte, doch er schwieg.

»Aber ich zähle darauf, dass du es nicht weitererzählst«, sagte Freek. »Mia hätte es dir niemals erzählen dürfen.«

»Wem sollte ich es weitererzählen?« Er verbarg seinen Ärger.

»Das weiß ich doch nicht.«

Sie schwiegen.

»Hast du diesen Brabanter Ofen eigentlich gekauft?«, fragte Maarten, um das Gespräch auf ein anderes Thema zu lenken.

»Davon habe ich doch lieber abgesehen«, antwortete Freek schroff. Das Gespräch über die Anzeige hatte ihn merklich aus dem Gleichgewicht gebracht.

Bis zum Lijnbaanssteeg schwiegen sie.

»Na, dann gehe ich mal«, sagte Maarten. »Bis morgen.«

»Bis morgen«, sagte Freek.

Er bog links in die schmale, von Schaufenstern erleuchtete Gasse ab. Gott sei Dank wieder allein. So war es am besten. So musste es sein. In der Nähe seines Hauses traf er Nicolien, die auf dem Weg zum Tabakgeschäft war, um Zigarillos zu holen. Seine Schwiegermutter saß im Wohnzimmer, doch er wollte noch einen Moment allein sein. Er zog sich um, stellte den Wein weg, brachte die Oliven in die Küche und betrat das Wohnzimmer erst, als Nicolien zur Wohnungstür hereinkam. Seine Schwiegermutter saß im Sessel am Fenster und stierte vor sich hin. »Tag, Jansen«, sagte er. Er beugte sich zu ihr hinunter und gab ihr einen Kuss.

Sie spitzte die Lippen und gab ihm einen Kuss zurück, einen nassen Kuss neben seinen Mund. »Tag, Pietersen. Hast du einen schönen Spaziergang gemacht?«
»Ja, habe ich.«
»Hattest du Mutter noch nicht einmal begrüßt?«, fragte Nicolien, als sie in den Raum kam.
»Ich habe mich erst umgezogen«, entschuldigte er sich. Er setzte sich auf die Couch.
Seine Schwiegermutter sah ihn an. »Wie geht's?«
Er lächelte. »Es geht.«

*

Er sah hinauf zu Nicolien, hob die Hand, wandte sich ab und folgte der Gracht an der Uferseite. Es war noch dämmrig, doch im Osten wurde der Himmel bereits hell. Die gelbbraunen Blätter am Boden schienen in der Dämmerung auf. Das Wasser hatte in der Mitte der Gracht, zwischen den Spiegelungen der Häuser, einen glänzenden Streifen. Die Fenster- und Türrahmen der Häuser strahlten weiß. Er betrachtete es aufmerksam, bereit, das Ganze in sich aufzunehmen. Aus einem der Häuser hinter der Wolvenstraat kam ein Mann mit einem Fahrrad. Er hob es über die Schwelle und schloss die Tür hinter sich. Eine Frau in einem blauen Morgenmantel sah hinter dem Fenster und über die Zimmerpflanzen hinweg zu. Auf einem weißen Kärtchen neben der Tür stand »Henk Dunnebier«. Der Mann schwang sein Bein über das Fahrrad und sah zum Fenster. Die Frau hob die Hand. Der Mann stieß sich ab und fuhr los, woraufhin sich die Frau abwandte. Herr Henk Dunnebier verlässt seine Wohnung, dachte er. Der Gedanke erfüllte ihn mit einer enormen Befriedigung, so groß, dass er sich im Weitergehen zurückhalten musste, um nicht zu kichern. Zufrieden betrat er das Büro, schob sein Namensschild ein und stieg nach oben. Er öffnete das Fenster und sah in die Gärten. Die Bäume standen regungslos im frühen Morgenlicht da, die Luft war feucht und herbstlich. Jenseits der Stille in den Gärten hörte man gedämpft den Lärm der Stadt. Er holte tief Luft, wandte sich ab, hängte sein Jackett auf und setzte sich an seinen Schreibtisch.

*

»Am Samstag habe ich Ad getroffen«, sagte Bart hinter dem Bücherregal.
»Hey«, sagte Maarten und hörte auf zu tippen. »Wo denn?«
»Im Bahnhof.«
»Wie ging es ihm?«
»Ich hatte den Eindruck, dass es ihm etwas besser geht, aber er fühlt sich noch nicht gesund genug, um wieder mit der Arbeit anzufangen.«
»Hat er noch etwas über den Vortrag gesagt?«
»Das habe ich mich nicht getraut zu fragen. Ich hatte Angst, dass es vielleicht nicht gut für ihn wäre.«

Maarten schwieg. Für diese Art Rücksichtnahme hatte er kein Verständnis, im Gegenteil: Es ärgerte ihn derart, dass er am liebsten mit der Faust durch die Eichenholzplatte seines Schreibtisches geschlagen hätte. Wie ist es bloß möglich, dachte er, dass unser Herrgott es zwei Menschen erlaubt, so zu denken, und mich anschließend verurteilt, dabei zugegen zu sein – doch im nächsten Moment machte er sich klar, dass er sie selbst eingestellt hatte.

»Ich glaube, dass er zu einer Sitzung des Tierschutzvereins unterwegs war«, sagte Bart vorsichtig.
»Hat er gesagt, was er denn nun genau hat?«
»Dazu gab es keine Gelegenheit.«
»Weil dieser Iridologe ihm geraten hatte, eine Psychotherapie zu machen.«
»Davon weiß ich nichts.«
»Das hat er mir gesagt, als ich ihn angerufen habe.«
»Und jetzt glaubst du sicher, dass es psychisch ist.«
»Ich glaube überhaupt nichts«, wehrte Maarten ab. »Der Mann hatte lediglich über ›Krampfringe‹ in seinen Augen gesprochen.« Es kostete ihn Mühe, den Spott in seiner Stimme zu verbergen.

»Danach habe ich nicht gefragt.«
»Ich werde ihn mal wieder anrufen«, beschloss Maarten.

*

In Ede mietete er ein Fahrrad. Es war halb elf. Er fuhr durch das Dorf, über die Heide und durch die Wälder, über Mossel und Otterlo nach Wekerom. Der Himmel war grau, das Wetter schlecht, ab und zu fiel etwas Regen. Die Wälder waren noch ordentlich belaubt, aber doch hübsch herbstlich. Dennoch machten sie einen trostlosen Eindruck, oder vielleicht war auch nur er selbst trostlos. Er dachte flüchtig an die Sitzung der Arbeitsgruppe Brotgeschichte, zu der er unterwegs war, um über seine Brotforschungen zu berichten, und er empfand das Leben, das ihm aufgezwungen worden war, als eine Last. Der Grund waren nicht die vier oder fünf zufällig anwesenden Herren, die wieder einmal keinerlei Interesse zeigen würden, und wenn sie es dann doch täten, mit einer sehr kleinen intellektuellen Machtdemonstration zufrieden wären, sondern es war das jahrelange Aufhäufen von Versprechungen, die er niemals einlöste, weil ihn das alles kein Stück interessierte, was wiederum dazu führte, dass er nicht dazu kam, das Ganze mit einer Veröffentlichung abzurunden. Ein Mensch musste an etwas glauben, um es aufschreiben zu können, vom Publizieren ganz zu schweigen. Doch es lastete trotzdem auf seiner Seele. Vielleicht war dies der Grund, dass er das Gefühl hatte, als säße ihm ein dicker Mann auf der Brust. Er fuhr langsam und holte ab und zu tief Luft, ein neuer Ansatz, mit dem er gelegentlich Erfolg hatte.

In Wekerom trank er eine Tasse Kaffee in einem Café mit kleinen Perserteppichen auf den Tischen, in dem er zu diesem Zeitpunkt der einzige Gast war. Danach fuhr er bei einem ziemlich starken Gegenwind über Lunteren und Ederveen nach Wageningen. Ein toter Igel und ein toter, blutbefleckter Singvogel auf der Straße machten ihn noch trübsinniger. Er stellte, wie so oft, fest, dass er eine gewaltige Abneigung gegen die Menschen hatte, und fragte sich wieder einmal, woher das kam. Auf den Wiesen an der Straße sah er in kleinen Gärten dicht nebeneinander ihre Wohnwagen stehen, und er stellte sich vor, wie sie dort im Sommer saßen, vor ihrem Gefährt, in ihren aufklappbaren Gartenmöbeln, die Nachbarn in Reichweite, den Fernseher in der Türöffnung, die Kinder auf dem Fußballplatz. Vielleicht war das die Erklärung. Wer Kinder hatte, der hörte wohl oder übel, weil er nicht anders konnte, und wenn er ein wenig Verantwortungsgefühl hatte, nicht auf, an seinen Kontakten zu basteln, denn die Welt musste sich nach seinem Tod weiterdrehen. Und wer weiß, vielleicht fand man das Ganze dann sogar noch nett. Obwohl, wie lange war er jetzt schon in diesem Büro? Und fand er es nett? Nein! Aber er hatte keine Kinder. Und wer keine Kinder hat, braucht den Schein nicht zu wahren.

Mit solch schlichten Gedanken fuhr er durch die schmuddelige Gelderse Vallei, gegen den Wind, auf die Hochhäuser am Horizont zu. Er kam eine Viertelstunde zu früh. Meulemaker war schon da. Sie begrüßten sich in aller Ruhe. Maarten ging noch kurz zur Toilette, und danach sprachen sie wie alte Männer über die Zeit, als Meulemaker noch ein junger Mann war, bis die anderen nach und nach eintrafen. Der Vorsitzende freute sich, sie alle wiederzusehen. Er bedauerte es, dass Herr Vester Jeuring im letzten Augenblick abgesagt hatte, da er kurzfristig nach Den Haag gemusst hätte, doch er hatte dafür selbstverständlich vollstes Verständnis. Während er weiterredete, ließ Maarten seine Gedanken schweifen. Die Fahrradtour hatte ihn schläfrig gemacht. Es kostete ihn Mühe, wach zu bleiben, geschweige denn, dem zu folgen, was besprochen wurde. Um das zu übertünchen, rieb er sich von Zeit zu Zeit mit der flachen Hand über die Stirn, als dächte er angestrengt nach, in Wahrheit jedoch, um kurz die Augen zu schließen. Einmal rutschte dabei sein Ellbogen von der Lehne und brachte ihn mit einem Ruck in die Wirklichkeit zurück.

»Tagesordnungspunkt vier«, sagte der Vorsitzende. »Die Fortschritte bei der Brotstudie. Herr Koning.«

»Ja, Herr Vorsitzender«, sagte Maarten. Er richtete sich auf. In diesem Augenblick wusste er noch nicht, was er sagen würde. »Um Ihnen einen Eindruck von den Problemen zu vermitteln, habe ich die Karte des Brotverbrauchs in den Niederlanden zu Beginn dieses Jahrhunderts mitgebracht, erstellt auf Basis der Antworten in unserem Fragebogen.«

Er bückte sich zu seiner grünen Armeetasche, die neben dem Stuhl stand, holte eine in Plastiktüten verpackte Rolle heraus, drehte die Karte mit dem Zeigefinger heraus und rollte sie auf dem Tisch aus. Meulemaker und Spel hielten sie an beiden Seiten fest, sodass sie sich nicht wieder einrollen konnte, die beiden anderen beugten sich darüber. Die Karte war mit kleinen roten und schwarzen Zeichen bedeckt, manche offen, andere gefüllt, schraffiert oder kreuzweise schraffiert, was aus der Distanz, mit halb geschlossenen Augen, ein sehr befriedigendes Bild ergab.

»Großartig!«, lobte der Vorsitzende.

»Schön!«, sagte Stutjens.

»Was auffällt«, fuhr Maarten fort, »ist, dass zu Beginn dieses Jahrhunderts der Brotkonsum in den verschiedenen Regionen der Niederlande bemerkenswerte Unterschiede aufweist, von braunem Weizen im Südwesten über weißen Weizen im Westen und Nordwesten hin zu Roggen im Norden und Osten, dort dann aber in verschiedenen Kombinationen. Ich versuche jetzt, die Unterschiede zu erklären.« Er hielt kurz inne, um seine Gedanken zu ordnen.

»Das sieht mir nach viel Arbeit aus«, sagte der Vorsitzende.

»Nach sehr viel Arbeit!«, stimmte ihm Spel zu.

»Es ist viel Arbeit«, bestätigte Maarten. »Ich bin jetzt dabei, alle Brotverordnungen in den verschiedenen Städten und Kleinstädten der Niederlande ab dem sechzehnten Jahrhundert zu sammeln, weil diese Verordnungen einen Eindruck von den Brotsorten vermitteln, die zu dem jeweiligen Zeitpunkt in diesen Orten am gängigsten waren.« Erneut wartete er kurz und legte seinen Finger auf eine willkürliche Stelle der Karte. »Auf diese Weise hoffe ich, ein Bild der lokalen Veränderungen vom sechzehnten bis zum Ende des achtzehnten Jahrhunderts zu bekommen. Das will ich um Steuerdaten aus dem neunzehnten Jahrhundert bis zu dem Zeitpunkt ergänzen, den diese Karte noch erfasst. Und das koppele ich dann wieder an die Situation in der Landwirtschaft und die Daten zum Getreidemarkt, zumindest, wenn ich sie finden kann.« Er schwieg.

»Wenn ich Sie also recht verstehe, sind Sie noch längst nicht damit fertig«, sagte der Vorsitzende.

»Nein, damit bin ich noch längst nicht fertig«, bestätigte Maarten.
Die Präsentation machte so viel Eindruck, dass drei der vier Anwesenden ihm beim Abschied alles Gute wünschten, als leide er an einer schweren Krankheit.

Als er nach draußen kam, um zehn vor sechs, war es dunkel. Die Straßen waren klatschnass. Während er geredet hatte, musste es heftig geregnet haben. Er hatte den Wind im Rücken. Das machte ihn beinahe vergnügt. Obwohl er ein ordentliches Tempo hatte, wurde er zwischen der Überführung und dem Bahnhof von einem alten Mann mit einer Baskenmütze überholt. Er erhöhte die Geschwindigkeit und hängte sich an dessen Hinterrad. Doch er verpasste den Zug um fünfzig Meter. Er nahm den Nahverkehrszug, aß seine Butterbrote und machte sich unnötig Sorgen über einen Molukker mit großen Mengen an Gepäck schräg hinter ihm. Ich bin ein Rassist, dachte er, als er, ohne zur Geisel geworden zu sein, in Amsterdam ausstieg. Er war müde.

*

Ad nahm ab. »Muller!«
»Maarten hier.«
»Oh, du bist es.« Es klang nicht sonderlich freundlich.
»Du sitzt also wieder am Schreibtisch?«
»Ja, das denkst du natürlich.«
Maarten ignorierte es. »Wie geht es dir jetzt?«
»Ich werde gerade untersucht.«
»Von diesem Iridologen?«
»Nein, von einem Internisten. Ich glaube, der Iridologe dachte, dass ich verrückt bin, und das bin ich nicht.«
»Na, das denke ich doch auch.«
»Es dauert also noch eine Weile, bis du mich wiedersiehst.«
»Was hat der Internist gesagt?«
»Er konnte nichts finden, aber jetzt werden Fotos von meinem Bauch gemacht, und das dauert alles in allem vier Wochen.«

»Und darauf wartest du.«
»Ja, natürlich warte ich darauf. Man macht sich doch nicht an die Arbeit, wenn sich nachher herausstellt, dass man Krebs hat?«
»Krebs?«
»Ja, warum, glaubst du wohl, hat man denn Schmerzen im Bauch?«
»Das mag der Himmel wissen.«
»Dann hast du bestimmt nie erlebt, dass jemand an Krebs gestorben ist.«
»Doch, meine Mutter und mein Schwiegervater.«
»Na, Heidis Vater hat Krebs am Zwölffingerdarm gehabt, und das hat auch mit Bauchschmerzen angefangen.«
Maarten schwieg. Es schien ihm ein sinnloses Gespräch zu sein.
»Wie läuft es jetzt mit deinem Vortrag?«
»Es geht«, sagte Ad etwas freundlicher. »Ich denke, dass er rechtzeitig fertig wird, sonst müssen sie sich eben einen anderen suchen.«

*

Auf dem Weg nach Hause blieb er auf der Verkehrsinsel mitten auf der Raadhuisstraat stehen und wartete auf eine Lücke zwischen den Autos und Bussen, die um die Ecke des Voorburgwal bogen. Als er zur Seite blickte, himmelwärts, und hoch hinter dem Turm der Westerkerk vor dem blassen Dunkel des Himmels große, flauschige, schwarze Wolken bewegungslos über dem Tosen und den Lichtern der Stadt hängen sah, stiegen ihm unvermittelt Tränen der Sehnsucht in die Augen, ohne dass er hätte sagen können, wonach er sich sehnte.

*

»Henk sagt auch, dass ich das nicht akzeptieren muss«, sagte Sien. Sie schluckte, ihr Gesicht war kreidebleich vor Nervosität.
»Darf ich mal sehen?«, fragte Maarten und streckte die Hand aus.
»Ich studiere doch auch Niederländisch!« Sie gab ihm die Bespre-

chung. »Mein Niederländisch braucht doch nicht mehr kontrolliert zu werden?«

Maarten sah sich die kritischen Bemerkungen an, die Bart in seiner kleinen, präzisen Handschrift neben den Text geschrieben hatte. Bart hatte recht, daran gab es keinen Zweifel. Siens Niederländisch war lausig: schlecht formulierte, manchmal unbegreifliche Sätze, die sich dann wieder in Fachjargon flüchteten. »Ich finde schon, dass er recht hat.«

»Aber die Sprache verändert sich doch?«, sagte sie verzweifelt. »Ich brauche doch nicht zu schreiben, wie Bart es gelernt hat? Ich habe im Seminar gelernt, dass es ständig zu Neuerungen kommt!«

»Die Sprache verändert sich schon, aber das bedeutet noch nicht, dass man alles schreiben kann. Es muss in erster Linie verständlich sein, und die Anmerkungen von Bart haben den Zweck, dafür zu sorgen. Du solltest sie nicht als Kritik betrachten, sondern als Verbesserungen.«

»Und selbst schreibt er nie etwas! Ich brauche meine Texte doch nicht von jemandem korrigieren zu lassen, der selbst nichts schreibt? Das Einzige, was er macht, ist, unsere Arbeit zu kritisieren! Das akzeptiere ich nicht!«

Er schwieg und wandte seinen Blick ab, während er nach Argumenten suchte. Das Fenster auf der anderen Seite des Lichtschachts war dunkel. Seit Graanschuur weg war, wurde der Raum kaum noch benutzt.

»Ich habe es Henk lesen lassen, und der fand es gut. Er fand es idiotisch, dass jemand, der selbst nie etwas macht, etwas über meine Texte sagen darf!«

»Bart macht das nicht zu seinem Vergnügen«, er sah sie wieder an, »sondern weil ich ihn darum gebeten habe. Ich habe die letztendliche Verantwortung. Es ist meine Aufgabe, dafür zu sorgen, dass es eine gute, lesbare Zeitschrift ist. Wenn wir unseren eigenen Texten gegenüber nicht kritisch sind, verlieren wir das Recht, die Publikationen von anderen zu kritisieren! Ich bin froh, dass Bart diese Arbeit macht, und ich finde auch, dass er sie gut macht!«

»Aber dann soll er auch mal selbst etwas schreiben!« Sie schwieg abrupt. Die Tür war aufgegangen. Bart sah ins Zimmer. »Entschuldige, wenn ich störe, aber da ist Herr Balk für dich am Telefon.«

»Wir reden noch mal darüber«, sagte Maarten zu Sien, er gab ihr die Besprechung zurück und stand auf, »aber mit diesen Anmerkungen bin ich einverstanden.« Er verließ den Karteisystemraum, schloss die Tür hinter sich und nahm den Hörer ab. »Ja, Jaap?«

»Kannst du kurz kommen? Ich habe etwas mit den Abteilungsleitern zu besprechen.«

»Ich komme.« Er legte den Hörer auf. »Ich muss kurz zu Balk«, sagte er zu Bart.

Die Tür des Besucherraums ging auf. Tjitske kam herein. Zögernd ging sie in Maartens Richtung und blieb ein kleines Stück von ihm entfernt stehen. Er sah sie fragend an. Sie lächelte. »Ich habe vorige Woche einen Hund gefunden«, sagte sie halb murmelnd.

»Wo?«

»Im Bijlmer.«

Er nickte.

»Darf ich ihn mit ins Büro bringen?«

Er dachte kurz nach.

»Denn Jacob ist auch nicht da.«

»Gibt das denn keinen Ärger mit Joris?«

Sie schüttelte den Kopf. »Nein«, sagte sie unbestimmt.

»Gut.«

»Muss ich das nicht auch Balk fragen?«

Er zögerte. »Nein, bring ihn ruhig mit. Aber ich muss jetzt zu Balk.« Er ging hastig weiter, verließ den Raum und stieg die Treppe hinunter. Koos Rentjes ging vor ihm her durch die Tür des Durchgangsraums. Als Maarten nach ihm Balks Zimmer betrat, saß dort, außer Balk und Bart de Roode, auch Jeroen Kloosterman. Rentjes setzte sich in den einzigen noch übrig gebliebenen Sessel, Maarten wandte sich ab, holte einen einfachen Stuhl aus dem benachbarten Sitzungsraum und stellte ihn zwischen Balk und Rentjes. Der Stuhl war höher als die Sessel der Sitzgruppe, sodass er die anderen weit überragte, als ob er nicht richtig dazu gehörte.

»Kloosterman wird in Zukunft den Abteilungsleitersitzungen beiwohnen«, sagte Balk. »Ich habe gerade die Nachricht vom Hauptbüro erhalten, dass das *Mittelalterliche Quellenbuch* bei uns untergebracht worden ist.«

»Bedeutet das, dass er dann auch hier sitzt?«, fragte Rentjes.

»Natürlich!«, sagte Balk ungeduldig. »Darum geht es ja!«

»Wo setzt du ihn denn hin?«, beharrte Rentjes.

»Zu Grosz ins Zimmer!«

»Und wenn er dann noch jemanden dazubekommt?«

»Davon kann vorläufig keine Rede sein!«

»Das hoffe ich doch eigentlich schon«, bemerkte Kloosterman. Er war in Rentjes Alter, doch er wirkte sehr viel älter, mit einer hohen, kahlen Stirn und einem etwas förmlich-distanzierten Gesicht.

»Das sehen wir dann, wenn es so weit ist!«, entschied Balk. »Aber deshalb habe ich euch nicht zusammengerufen.« Er beugte sich vor, wobei sein Sessel etwas nach vorn kippte, nahm einen Brief vom Tisch, legte ihn auf seinen Schoß und rieb sich mit der flachen Hand kräftig die Nase. »Ich habe einen Brief vom Ministerium bekommen!« Er begann, mit dem Fuß zu wippen. »Es ist ein neuer Leiter für die Abteilung Wissenschaftsmanagement ernannt worden. Der Mann will uns am Donnerstag, dem 9. Dezember, besuchen, mit seinem Stellvertreter. Das bedeutet, dass ihr dafür sorgen müsst, dass an dem Tag so viele von euren Leuten wie möglich da sind und es in jeder Abteilung eine kleine Ausstellung gibt, die, falls er etwas sehen will, einen Eindruck von den Arbeiten vermittelt.«

»Gilt das auch für mich?«, fragte Kloosterman.

»Das gilt auch für dich. Je mehr, umso besser.«

»Weißt du auch, wie er heißt?«, fragte de Roode.

»Dreessen.«

»Der Dichter.«

»Das weiß ich nicht«, sagte Balk ungeduldig. »Ich weiß nicht mehr, als dass er ein Niederlandist aus Leiden ist.«

»Ich habe bei Freunden in Leiden ein paar Informationen eingeholt«, sagte Rentjes, »und er ist als lästiger Querulant bekannt.« Er stieß die Worte heraus, immer wieder kurz stockend.

»Das werden wir dann schon merken.«

»Kann dieser Besuch etwas mit den Plänen für eine Neustrukturierung der Wissenschaft zu tun haben?«, fragte de Roode.

»Im Brief steht, dass er alle Institute besucht, um sich zu orientieren.«

»Es würde mich zumindest nicht wundern«, sagte de Roode. Es schien, als würde ihn die Möglichkeit amüsieren.

»Das war's!«, schloss Balk. Er wollte aufstehen.

»Können wir, wo wir schon mal zusammensitzen, noch ein paar andere Dinge besprechen?«, fragte Rentjes.

»Ja?«, fragte Balk ungeduldig. Er sank wieder in seinen Sessel zurück.

»Kannst du nicht mal etwas gegen Wigbold unternehmen? Der Mann ist nie da.«

»Ich wüsste nicht, was«, sagte Balk schlecht gelaunt.

»Wird eigentlich mal kontrolliert, ob er auch wirklich krank ist?«

»Wenn er krank ist, wird es durchgegeben, ich nehme also an, dass er auch kontrolliert wird.«

»Ich glaube, kaum. Ich bin noch nie kontrolliert worden, und die anderen Leute in meiner Abteilung auch nicht.«

»Ich bin auch noch nie kontrolliert worden«, bemerkte de Roode.

»Ich bin nie krank, aber ich werde mich erkundigen«, sagte Balk – er machte sich eine Notiz auf dem Brief des Ministeriums. »Noch was?«

»Ja«, sagte Rentjes. »Ich habe etwas dagegen, dass er immer nur von Goud vertreten wird. Goud arbeitet für mich. Ich kann ihn nicht drei Viertel des Jahres entbehren.«

Es war Balk anzusehen, dass er auf diese Beschwerde nicht vorbereitet war. Er zögerte. »Dann werden die anderen Abteilungen auch mal jemanden abstellen müssen«, überlegte er.

»Kann de Vries ihn nicht vertreten?«, schlug Maarten vor. Er sah Gefahr im Anmarsch.

»Der sitzt am Telefon!«, sagte Balk ungeduldig.

»Aber er kriegt manchmal nur zehn Telefonate am Tag, und er sitzt ganz in der Nähe!«

»Mir scheint auch, dass de Vries es schon machen könnte«, stimmte de Roode zu. »Er sitzt den größten Teil der Zeit doch nur da und starrt vor sich hin.«

»Als er sich beworben hat, haben wir ihn gefragt, ob er Kaffee machen kann«, erinnerte Maarten Balk.
»Ich werde es mit ihm besprechen«, entschied Balk. Er machte sich eine Notiz. »War es das?«
»Nein«, sagte Rentjes. »Passiert noch was mit Jantje?«
Balk verzog sein Gesicht. »Was ist mit Jantje?«
»Weil ich den Eindruck habe, dass sie überarbeitet ist.«
»Überarbeitet sein gibt es nicht!«, sagte Balk apodiktisch. »Wenn jemand überarbeitet ist, ist er krank, und wenn man krank ist, muss man zum Arzt!« Er stand auf.
Die anderen standen ebenfalls auf.
»Also Donnerstag, den 9. Dezember, nachmittags zwei Uhr, in meinem Raum«, erinnerte sie Balk, während er den Brief auf die Schreibtischplatte legte. Er setzte sich an seinen Schreibtisch.
»Müssen wir dabei sein?«, fragte de Roode.
»Ja!«, sagte Balk. »Aber ihr braucht nichts zu sagen. Ich werde reden!«

Während er wieder zu seinem Zimmer hinaufstieg, dachte Maarten an das Gespräch mit Sien. In seiner Erinnerung hatte es etwas Bedrohliches, als bildeten sich um ihn herum Risse in seiner Abteilung. Bart saß nicht an seinem Platz. Kurz überlegte er, zu Sien zu gehen, sah jedoch wieder davon ab, weil er nicht wusste, was er dem noch hinzufügen sollte, was er bereits gesagt hatte. Jemand hatte während seiner Abwesenheit die Post auf seinen Schreibtisch gelegt. Er setzte sich, griff mechanisch zum obersten Brief, sah auf den Absender und schnitt ihn auf. Ein Brief von Jan Everhard. Er erinnerte Maarten daran, dass er ihm bereits 1974 sein Buch zugeschickt hätte, jedoch noch immer keine Rezension erschienen sei – wo die bleibe. Der Ton des Briefes ärgerte ihn, aber das löste das Problem nicht. Das Buch lag bei Bart. Die Rezension war sogar schon geschrieben, doch Bart hatte sie wieder zurückgezogen, als die Versammlung mit überwältigender Mehrheit beschlossen hatte, dass die Rezensionen mit Namen versehen werden sollten. Er dachte darüber nach. Kurz erwog er die Möglichkeit, das Buch nachträglich an *Ons Tijdschrift* weiterzuschicken, schließlich war die Rezension ursprünglich für sie bestimmt gewesen, doch da es sich in diesem Fall um das Buch eines Niederländers handelte, erschien ihm dies keine gute Lösung. Während er darüber nachdachte, kam Bart wieder in den Raum. Er blieb an Maartens Schreibtisch stehen.

»Ich habe soeben mit Jaring und Freek gesprochen«, sagte er. »Sie fragen sich, was eigentlich mit Ad los ist.«

Aus seinem Ton hörte Maarten heraus, dass er dies als ein Problem empfand. »Ad ist krank«, sagte er, aus einem Bedürfnis heraus, das Problem so schnell wie möglich loszuwerden.

»Ich habe mir deshalb auch die Freiheit genommen, sie halbwegs zu informieren.«

»Natürlich.«

»Weil sie doch auch eigentlich mehr oder weniger zur Abteilung gehören.«

Maarten nickte, doch als Bart stehen blieb, wurde ihm klar, dass diese Reaktion ihn nicht befriedigte. Wahrscheinlich fand er, dass man seinem Geständnis zu wenig Beachtung schenkte, sodass er sich weiterhin davon belastet fühlte. »Was hast du gesagt?«, fragte er widerwillig.

»Ich habe gesagt«, er wartete einen Moment, da er zitierte, »dass zwei Untersuchungen laufen, eine durch den Hausarzt und eine durch den Internisten, da Ad Probleme mit dem Bauch hat, und dass die zweite Untersuchung noch nicht abgeschlossen ist.«

»Das ist richtig.«

»Über die Diagnose dieses Iridologen habe ich lieber nicht gesprochen.«

Maarten schüttelte den Kopf.

Bart blieb stehen.

»Und was haben sie dazu gesagt?«

»Da hat sich Jaring erinnert, dass Ad, bevor er krank wurde, einmal zu ihm gesagt hätte, dass er mal einen Tag zu Hause bleiben würde, um zu schlafen. Er fand das merkwürdig, weil Ad noch verhältnismäßig jung ist.«

Maarten nickte. Er fragte sich, worauf Bart hinauswollte. Wollte er andeuten, dass Jaring darin den ersten Beweis für eine schwere Krankheit gesehen hatte? Oder ließ er Jaring andeuten, dass Ad sich bloß ein bisschen anstellte? Letzteres war nicht anzunehmen. Hatte Jaring sich einmal geschneuzt, blieb er eine Woche zu Hause, um sich auszukurieren. Außerdem mochte er nicht glauben, dass Bart derart diabolische Gedanken übermitteln würde. Obwohl – wenn der Sinn des Ganzen in der Schwebe blieb, war es natürlich etwas anderes. Er nahm den Brief von Everhard und gab ihn Bart. »Willst du mal schauen, was wir darauf antworten sollen?«

»Das mache ich. Du bist also einverstanden, dass ich das erzählt habe?«

»Ganz und gar!« Er wartete kurz, bis Bart hinter dem Bücherregal verschwunden war, um zwischen diesem und dem nächsten Thema Raum zu schaffen. »Ich war gerade bei Balk. Am 9. Dezember bekommen wir Besuch vom Leiter der Abteilung Wissenschaftsmanagement beim Ministerium. Balk möchte, dass an dem Tag alle da sind.«

Barts Kopf erschien über dem Bücherregal. »Welche Absicht mag dahinterstecken?«

Sein erschrockenes Gesicht bewirkte, dass Maarten sich Mühe geben musste, ein Schmunzeln zu unterdrücken, ohne dass es ihm ganz gelang. »Das weiß ich nicht. In dem Brief steht, dass es ein Orientierungsbesuch ist.«

»Es wird doch wohl nichts mit dieser sogenannten Ein-Prozent-Operation zu tun haben?«

»Ich weiß es wirklich nicht.«

»Denn ich habe mir sagen lassen, dass sie von diesem einen Prozent die übliche Steigerung nicht bezahlen können, sodass auf Dauer Institute geschlossen werden müssen.«

»Das ist gut möglich.« Die Möglichkeit einer Schließung fand er eher verlockend, als dass sie ihn beunruhigte. »Wir werden es schon merken.« Er nahm den nächsten Brief vom Stapel und schnitt ihn auf.

»Das fände ich furchtbar.«

»Kommt Zeit, kommt Rat.«

Bart schwieg. Es war eine Zeit lang still. Beide waren mit der Post beschäftigt. »Ich muss dir sagen, dass ich das für keinen angenehmen Brief halte«, sagte Bart nach einer Weile. Er stand auf und brachte Maarten den Brief zurück.

»Nein, es ist ein flegelhafter Brief.«
»Deshalb würde ich auch lieber nicht darauf antworten, wenn ich du wäre.«
»Das geht nicht. Ich muss darauf antworten.«
Bart schwieg. Sein Gesicht war gequält.
»Du hast die Rezension doch schon geschrieben?«
»Was willst du jetzt?«, fragte Bart gereizt. »Dass ich mich doch überreden lasse?«
»Das fände ich natürlich sehr schön.«
»Ich denke nicht daran!« Es kam mit unterdrückter Wut heraus. »Ich habe prinzipielle Einwände dagegen!« Er betonte das Wort *prinzipielle*.

»Gut«, er heftete einen Umlaufstreifen an den Brief und strich darauf seine Initiale und die von Bart durch, »dann werden wir ihn zuallererst einmal bei Ad hinlegen, dann haben wir vorläufig etwas Aufschub.«

*

Der Nebel war so dicht, dass er die gegenüberliegende Seite der Gracht nicht sehen konnte. Das Licht der Straßenlaternen verflüchtigte sich in der Dunkelheit, die Scheinwerfer der Autos in der Raadhuisstraat zerflossen zu großen, gelben Flecken, die langsam vorbeiglitten. Der Nebel dämpfte die Geräusche. In der Stille hörte er die Schritte der Menschen um ihn herum, die so wie er auf dem Weg zur Arbeit waren. Kurz hinter der Raadhuisstraat wurde er von einem Mann eingeholt, der ihm in kurzem Abstand folgte, so kurz, dass er befürchtete, er könnte ihm auf die Fersen treten. Das verunsicherte ihn. Er änderte unmerklich sein Tempo, doch die Schritte passten sich jedes Mal an. Der Mann machte keine Anstalten, ihn zu überholen. Maarten fragte sich, ob es der Mann war, der häufiger hinter ihm herging, ein paarmal die Woche. Das würde bedeuten, dass er bis zur Nieuwe Spiegelstraat hinter ihm bleiben würde. Kein angenehmer Gedanke. Er dachte flüchtig an ein Messer im Rücken und dann, eher symbolisch, an den Tod. Jedenfalls verdarb ihm der Mann seinen Morgenspaziergang. Um Haltung bemüht, und auch, um sich ein Alibi zu verschaffen, sah er nachdrücklich zur Seite, in die erleuchteten Zimmer, in Schaufensterauslagen, auf die Müllsäcke neben den Türen auf dem Bürgersteig. In einem der Zimmer machte sich ein dritter Mann bereit für den Gang in *sein* Büro. Er war offenbar gerade aufgestanden und sah sich in einem ungemütlichen, nahezu kahlen Raum mit einer kahlen Deckenlampe um. Erst als der Mann hinter ihm rechts in die Huidenstraat abbog, wagte es Maarten, sich umzudrehen. Der Mann hatte einen Bart, eine Krankenkassenbrille und trug eine schwere, schwarze Tasche. Diese Attribute machten ihn zu einem vollkommen ungefährlichen, fast netten Menschen, der einfach zu verlegen oder zu wenig Streber war, um ihn zu überholen.

Das Licht in Balks Zimmer brannte. In der Küche war es dunkel. Er schob sein Namensschild ein, sah mechanisch nach, ob Meierink da war, und stieg die Treppe hinauf in sein Zimmer. Er legte seine Plastiktasche ins Bücherregal, knipste die Schreibtischlampe an, hängte sein Jackett auf und zog die Hülle von seiner Schreibmaschine. Außerhalb des Lichtscheins der Lampe verschwand der Raum in einem angenehmen Dunkel. Er sah noch kurz über den Lampenschirm hinweg in den Garten, wo die kahlen Bäume mit vereinzelten gelben Blättern im Nebel gerade noch zu sehen waren, zog eine Mappe zu sich heran, schlug sie auf und griff zu einem Stift. Sien und Joop traten kurz nacheinander ein, und gleich darauf hörte er auch Tjitske hochkommen. »Komm«, hörte er sie sagen, »komm!«, und das Ticken der Krallen von Hundepfoten. Sie ging vom Flur aus in den Besucherraum und schloss die Tür. Er stand auf und öffnete die Tür zwischen ihrem Zimmer und dem seinen. Sie hatte gerade ihre Lampe angemacht und stand mit einer alten Decke in der Hand an ihrem Schreibtisch. Es war ein kleiner, schwarz-weißer Hund. Er hinkte. Sein linkes Bein hing schlaff nach unten. »Ist er das?«, fragte er.

»Ja.«

Sie sahen zu, wie der Hund an einer roten Leine schnüffelnd um den Schreibtisch hinkte.

»Was ist mit seinem Bein?«

»Wir denken, dass er angefahren worden ist.«

Er kam etwas näher. Der Hund sah ihn argwöhnisch an und knurrte.
»Kann das nicht geschient werden?«
»Der Tierarzt sagt, dass sich da nichts mehr machen lässt. Komm, Wam!« Sie zog ihn zurück.
»Wie heißt er?«
Sie kniff lachend die Augen zu. »Wampie.«
»Nach dem Roman von A. den Doolaard.«
»Ach, nein. So hieß unser Hund früher.«
Er nickte.
Sie legte die Decke neben ihren Stuhl auf den Boden. »Er saß in einer Höhle unter den Sträuchern. Komm!« Der Hund stieg auf die Decke, ohne Maarten aus den Augen zu lassen. Sie band die Leine an ihrem Stuhl fest, holte aus ihrer Tasche zwei Näpfe sowie eine Tüte Hundefutter und schüttete daraus ein paar Brocken in einen der Näpfe.

»Traurig«, fand er. Er lachte boshaft. »Aber jetzt hat er zum Glück eine feste Stelle.«

Sie schüttelte sich vor Lachen, lautlos, während sie die Augen zukniff, und ging dann mit dem zweiten Napf ins Hinterzimmer.

Er wandte sich schmunzelnd ab und ging wieder in sein Zimmer. Im selben Augenblick ging die Tür zum Flur auf, und Bart trat ein.

»Wir haben einen Hund dazubekommen«, sagte Maarten.
»Wo?«
»Hier nebenan.«

Bart ging mit seiner Tasche noch in der Hand in den Besucherraum und wich zurück, als der Hund zu bellen begann. »Na, so was«, sagte er erschrocken.

»Er tut nichts«, beruhigte ihn Maarten.

Tjitske kam mit einem Napf Wasser aus dem Hinterzimmer.
»Tag, Tjitske«, sagte Bart. »Tut er wirklich nichts?«
»Nein«, sagte Tjitske. »Er bellt nur.«

Bart blieb in einiger Entfernung stehen und sah ihr zu, während Maarten zu seinem Platz zurückging. Als er wieder am Schreibtisch saß, kam auch Bart herein. Er schloss sorgfältig die Verbindungstür. »Wird das wirklich keine Probleme mit den Besuchern geben?«, fragte er gedämpft.

Im Kaffeeraum war es laut. »Ich habe gehört, dass sie beim Hauptbüro alle Institute ausgliedern und sie an den Universitäten unterbringen wollen«, hörte er Aad Ritsen sagen, als er hinter den Stühlen entlang zum Schalter ging.

»Aber das bedeutet dann, dass sie uns aufteilen«, sagte Huub Pastoors entsetzt.

Maarten blieb vor dem Schalter stehen und fasste in seine Gesäßtasche. »Haben Sie einen Kaffee für mich, Herr de Vries?«

»Jawohl, Mijnheer.« Er nahm eine Tasse und stellte sie unter den Kaffeeautomaten.

»Und was passiert dann mit der Bibliothek?«, fragte Mia hinter ihm.

»Die wird natürlich auch aufgeteilt«, sagte Rik Bracht.

»Und die Bibliothekarin dann sicher entlassen!«, sagte sie empört. »Das ist ja nett!«

»Ich denke, wir werden wohl alle entlassen«, meinte Wim Bosman.

»Na, so was!«, hörte man es rufen.

»Das wäre doch furchtbar!«, sagte Huub Pastoors laut.

Maarten hatte einen Bon auf den Tresen gelegt und zog die Tasse, die de Vries ihm reichte, zu sich heran. »Läuft es hier?«, fragte er. Er nahm sich Zucker und Milch.

»Oh, jawohl, Mijnheer. Vielen Dank.«

»Man muss einfach dafür sorgen, dass man unentbehrlich ist!«, rief Rentjes.

Maarten drehte sich um. Sowohl neben Goud als auch neben Rentjes war ein Stuhl frei. Er setzte sich zu Goud. »Tag, Herr Goud«, sagte er.

»Tag, Herr Koning«, sagte Goud ernst, während er sein Pfeifchen aus dem Mund nahm.

»Aber wisst ihr eigentlich, dass wir an den Universitäten einen furchtbar schlechten Ruf haben, weil wir nie etwas publizieren?«, fragte Engelien.

»Na, das gilt dann nicht für mich!«, rief Rentjes.

»Sie glauben, dass wir aufgelöst werden«, sagte Goud aus dem Mundwinkel zu Maarten. Er rückte etwas nach vorn und beugte sich zu Maarten hinüber. Sein Gesicht war ernst.

»Sie nennen uns ›Die Eichhörnchen‹«, sagte Engelien lachend und warf sich mit einer schwungvollen Kopfbewegung die Haare aus dem Gesicht. »Und jetzt seid ihr dran!«

»Na, dann eben Eichhörnchen!«, sagte Huub Pastoors empört. »Das werde ich dann mal als einen Ehrentitel betrachten!«

Es wurde gelacht.

»Ich glaube das nicht«, sagte Maarten zu Goud, während er in seinem Kaffee rührte.

»O nein?«, fragte Goud erstaunt.

»Es ist bloß so, dass Sammeln zufällig *out* ist«, bemerkte Aad Ritsen.

»Darum finde ich auch, dass wir publizieren müssen!«, sagte Engelien. »Wir sollten einfach vereinbaren, dass wir alle mindestens zwei Publikationen pro Jahr liefern.«

»Was sollen sie denn sonst mit uns machen?«, fragte Maarten Goud.

»Ja«, sagte Goud zögernd.

»Wenn man erst einmal so einen Ruf hat, wird man ihn so schnell nicht wieder los«, meinte Wim Bosman.

»Sie müssen uns doch von der Straße fernhalten«, erläuterte Maarten. »Sonst fangen wir noch an zu randalieren?«

Goud musste darüber herzhaft lachen. »Ja. Ja, damit haben Sie wohl recht.«

»Das kommt durch die Fragebogen von Volkssprache und Volkskultur«, rief Rentjes. »Die hätten wir längst abschaffen sollen! Das ist doch völlig veraltet!«

»Nein, Koos, da bin ich entschieden anderer Meinung!«, sagte Pastoors empört. »Entschieden!«

»Na, eure Fragebogen dann vielleicht nicht«, sagte Rentjes, »aber die von Volkskultur schon.«

Maarten begann, sich eine Pfeife zu stopfen, während er dem Gespräch folgte.

»Maarten, hast du keine Angst davor, dass man uns auflöst?«, fragte Engelien, die zwei Stühle weiter saß.

»Nein«, sagte Maarten.

»Aber findest du denn nicht auch, dass wir mehr publizieren müssten?«

»Nein!«, sagte er energisch.
»Warum denn nicht?«, fragte sie neugierig.
»Weil schon genug publiziert wird«, sagte er unwillig.
»Findest du das wirklich?«, fragte sie ungläubig.
Er lächelte.
»Na, da bin ich dann doch anderer Meinung.«
»Du wirst doch auch Rücksicht darauf nehmen müssen, was das Ministerium von uns verlangt?«, mischte sich Wim Bosman nun in das Gespräch ein.
»Aber ich hätte nichts dagegen, wenn das Ministerium uns auflösen würde«, sagte Maarten. »Ich kann mir das sogar sehr gut vorstellen. Ich habe bloß keine Lust, nach ihrer Pfeife zu tanzen.«

Der Nebel hing noch immer über der Stadt. Es war windstill. Er folgte der Gracht in Richtung Amstel, ging über die Brücke in die Reguliersgracht und bog bei der Amstelkerk links ab in die Kerkstraat. Im weiteren Verlauf der Straße wurde der Nebel allmählich noch dichter. Von der Ecke Utrechtsestraat aus waren von der Magere Brug lediglich die oberen, schräg aufsteigenden Balken zu sehen, und nur ganz allmählich, während er sich der Amstel näherte, schälte sich die Brücke aus dem Nebel. Er bog rechts ab zur Amstel und wieder rechts, ging an der Achtergracht vorbei und über den Frederiksplein. Die neblige, feuchte Atmosphäre weckte in ihm Erinnerungen an die Zeit, als er dort gewohnt hatte, vor gut dreißig Jahren. Er blieb vor einem rostigen Gittertor stehen, hinter dem eine schmale Gasse zu zwei hohen, grunen Türen führte. Das Gittertor war mit einer Fahrradkette verschlossen. Er folgte der Lijnbaansgracht, sah auf das spiegelglatte Wasser, auf dem gelbe Blätter trieben, und wunderte sich darüber, dass er sich so entspannt fühlte. An der Ecke zur Tweede Weteringdwarsstraat hing neben einer Tür mit einer Holztreppe ein Marmorschild mit einem Goldrand, auf dem in roten Buchstaben stand: »Bintje Woekeree, Bekleidungsexpertin«. Der Name Bintje und das Wort »Bekleidungsexpertin« vermittelten ihm ein Glückgefühl. Bintje. Kartöffelchen. Ein herrlicher Name. Er schlenderte die Spiegelstraat entlang, traf auf der Brücke über die Keizersgracht Freek Matser und stieg schließlich wieder die Treppe hinauf. »Bintje Woekeree, Bekleidungsexpertin«, sagte er, als er den Raum betrat. »Herrlich!«

Bart sah von seiner Arbeit auf und folgte ihm, während er zu seinem Schreibtisch ging und den Namen im Telefonbuch suchte. Er stand nicht drin. »Kartöffelchen!«, sagte er zufrieden, während er das Buch wieder wegstellte. »Ich kann mir vorstellen, dass da eine ganze Menge Kartoffeln auf der Matte stehen.«

»Wenn ich dich so höre, scheint es eher eine *Ent*kleidungsexpertin zu sein«, bemerkte Bart.

Maarten schmunzelte. Es war die Art schwarzer Humor, gepaart mit einer feinen Beobachtungsgabe, die Barts stärkste Seite war und die ihn von Zeit zu Zeit mit ihm versöhnte.

»Koning hier«, sagte er.

»Sie sprechen mit Annelien Douma vom Institut in Utrecht.«

»Frau Douma.« Er lehnte sich zurück und sah in den Garten, in dem es bereits zu dämmern begann.

»Sie haben uns letztes Jahr ein Heft Ihres *Bulletins* zugeschickt. Was sollen wir damit machen?«

»Welches Heft war es?«

»Heft 1,1, vom Oktober 1975.«

»Dann wird es wohl ein Probeheft gewesen sein. War kein Rundbrief dabei?«

»Es war nichts dabei.«

»Das ist merkwürdig.«

»Ja, was soll ich jetzt machen?«

»Sie könnten sie abonnieren.«

»Können wir sie nicht gegen unsere Zeitschrift eintauschen?«

»Das wäre im Prinzip schon möglich, aber die haben wir schon. Die tauschen Sie mit der Zeitschrift *Volkstaal* der Abteilung Volkssprache.«

»Aber komisch ist dann, dass kein Rundbrief dabei war.«

»Das ist komisch. Das ist ein Fehler. Es tut mir leid.«

»Denn mit wie vielen Heften sind wir jetzt schon im Rückstand?«

»Mit zweien! Das vierte erscheint nächsten Monat.«

»Sehen Sie. Wenn Sie nun einen Rundbrief beigefügt hätten, wäre das nicht passiert.«

»Soll ich Ihnen die fehlenden Hefte mit einem Rundbrief zuschicken? Dann haben Sie keine Lücke und können immer noch entscheiden, ob Sie die Zeitschrift haben wollen.«

»Wenn das ginge ...« An ihrer Stimme war zu hören, dass sie das Angebot überraschte.

»Natürlich geht das. Ich schicke sie Ihnen heute noch zu.«

»Vielen Dank«, sagte sie verblüfft.

»Keine Ursache«, sagte er freundlich. »Auf Wiederhören, Frau Douma.« Er legte den Hörer auf, notierte ihren Namen, stand auf, verließ den Raum und ging in das kleine Zimmer von Joost Kraai im Vorderhaus. Als er die Tür öffnete, fand er Joost mit ausgestreckten Beinen hinter seinem Schreibtisch sitzend vor, bedächtig einen Zigarillo rauchend.

»Joost!«, sagte er.

»Jawohl«, sagte Joost ohne Anzeichen von Überraschung.

»Könntest du heute noch die Hefte 1,2 und 2,1 ans Institut in Utrecht schicken, zu Händen von dieser Dame hier, *mit* einem Rundbrief?« Er legte den Zettel mit den Daten auf Joosts Schreibtisch.

»Mit einem Rundbrief«, wiederholte Joost. Er kam träge hoch. »Geht in Ordnung.«

»Heute noch! Ich habe es versprochen!«

Joost machte ein bedenkliches Gesicht. »Wenn die Post noch nicht weg ist ...«

»Die ist noch nicht weg.« Er sah auf die Armbanduhr.

Joost sah ebenfalls auf seine Armbanduhr. »In der Tat.«

»Aus irgendeinem Grund muss sie seinerzeit keinen Rundbrief bekommen haben.«

»Hey«, sagte Joost erstaunt. »Das hätte nicht sein dürfen.«

»Nein. Du kümmerst dich also darum?«

»Ich werde mich darum kümmern.«

Maarten wandte sich ab und ging zufrieden in sein Zimmer zurück. Bart war zurückgekehrt und saß an seinem Schreibtisch. »Ich hatte gerade eine Frau Douma am Apparat«, sagte Maarten.

»Vom Institut in Utrecht«, vermutete Bart.
Maarten blieb stehen. »Woher weißt du das?«
»Weil ich letztes Jahr ausführlich mit ihr korrespondiert habe. Sie wollte einen Tausch mit ihrer Zeitschrift bewerkstelligen, und ich habe ihr daraufhin erklärt, warum das in diesem Fall nicht möglich ist.«
»Hast du den Brief noch?«
»Ja, natürlich habe ich den Brief noch.« Er öffnete eine Schublade seines Schreibtisches, zog eine Mappe aus einem Stapel, suchte zwischen den darin aufbewahrten Durchschlägen und überreichte Maarten einen Brief von Frau Douma und die Kopie seiner Antwort.
»Das ist ein starkes Stück«, sagte Maarten, während er die Briefe überflog. »Sie beklagt sich bei mir, dass sie keinen Rundbrief bekommen hätte.«
»Das hat sie mir auch gesagt, aber den hat sie sehr wohl bekommen. Ich habe die Belege dafür!« Er zog eine zweite Mappe aus dem Schreibtisch und überreichte Maarten eine Liste mit Adressen, auf der mit einem kleinen Zeichen sowie dem Datum die Versendung des Rundschreibens verzeichnet worden war. Hinter dem Institut in Utrecht standen zwei Zeichen, mit zwei Daten. »Wie du siehst, hat sie sogar zwei bekommen«, sagte Bart nicht ohne Triumph.
Maarten sah verblüfft vom Brief zur Liste. »Ich sehe es.«
»Was hast du ihr gesagt?«
»Sie hat sich beklagt, dass sie jetzt eine Lücke von zwei Heften hätte, und ich habe versprochen, ihr die unverbindlich zuzuschicken.«
»Na, das hättest du nicht machen sollen.«
»Nein.« Er gab Bart die Unterlagen zurück. »Würdest du ihr, zusammen mit den beiden Heften, einen Brief schicken, in dem du ihr das haarklein erläuterst?«
»Na klar!«, sagte Bart. »Du spielst den Nikolaus, und mich lässt du die Drecksarbeit machen!«
»Aber ich wollte nicht ...«, begann Maarten. Er unterbrach sich, fühlte sich machtlos. »Dann gib mir die Briefe.« Er wandte sich ab, legte die Briefe auf den Rand seines Schreibtisches, rückte den Stuhl eine Vierteldrehung herum, spannte einen Bogen Briefpapier mit zwei Durchschlägen in die Schreibmaschine und tippte die Adresse des In-

stituts in Utrecht, zu Händen Frau A. Doumas. Er wartete einen Moment und tippte dann: »Sehr geehrte Frau Douma. Mit gesonderter Post schicke ich Ihnen die beiden Ausgaben des *Bulletins*, die ich Ihnen soeben zugesagt hatte. In der Anlage sende ich Ihnen außerdem die Fotokopien der Korrespondenz, die Sie vor etwa einem Jahr mit Herrn B. Asjes über ein eventuelles Abonnement geführt haben. Der Inhalt dieser Briefe spricht für sich. Inzwischen hoffe ich natürlich von Herzen, dass der Inhalt der beiden Hefte Sie dazu veranlassen wird, unsere Zeitschrift im Namen Ihres Instituts zu abonnieren. Hochachtungsvoll.« Er zog das Papier in einem Rutsch aus der Schreibmaschine, las den Brief durch, unterschrieb ihn, spannte ein Kuvert ein, tippte die Adresse, nahm den Brief und die Briefe von Bart und stand auf. »So gut?«, fragte er und legte einen Durchschlag seines Briefs auf die Ausziehplatte von Barts Schreibtisch. Er ließ die Tür offen stehen und rannte die Treppen hinunter zum Kopiergerät.

Als er zurückkam, legte er Barts Korrespondenz auf dessen Schreibtisch. Bart reichte ihm den Brief. »So würde ich es nicht gemacht haben«, sagte er verhalten, »aber ich habe keine schwerwiegenden Bedenken.«

»Zum Glück!« Er steckte seinen Brief und die Fotokopien in das Kuvert, befeuchte den Umschlag mit der Zunge, machte das Kuvert zu, legte es ins Ausgangskörbchen und setzte sich. Viertel vor fünf. Er betrachtete die Stapel an Arbeit auf seinem Schreibtisch, doch es gab nichts, was ihn ansprach. Er schob seinen Stuhl etwas nach hinten, stemmte seine Füße gegen den Rand seines Schreibtisches und stieß sich ab, bis er auf den Hinterbeinen des Stuhls balancierte. Während er träge vor- und zurückschaukelte, stellte er fest, dass ihm heute nichts die Stimmung vermiesen konnte. Er versuchte herauszufinden, woran es liegen könnte, und fragte sich, ob die Aussicht, dass das Büro bald aufgelöst werden würde, etwas damit zu tun hatte, doch er wagte nicht, das mit Sicherheit zu sagen. Draußen war es bereits dunkel. In dem Baum vor seinem Fenster, der ein wenig vom Licht aus dem Büro erhellt wurde, ließ sich eine Ringeltaube nieder. Ihre Brust glänzte. Ein Stück weiter saß eine zweite Taube. Er wunderte sich mit einem Gefühl großer Zufriedenheit darüber. »Bart!«, sagte er.

»Ja«, sagte Bart hinter seinem Bücherregal.
»Siehst du die Ringeltaube?«
Bart stand auf, sodass sein Kopf und sein Oberkörper sichtbar wurden, formte seine Hände wie ein Fernglas und spähte hinaus. »Ja, ich sehe sie. Ich glaube sogar, dass es zwei sind.«
»Es sind zwei. Müssen die eigentlich nicht in den Süden ziehen?«
»Ringeltauben ziehen nicht weg.« Er setzte sich wieder. »Das sind Standvögel.«
»Und was ist mit den Tauben, auf die sie in Frankreich schießen?«
»Das weiß ich nicht.«
»Das will ich doch meinen«, sagte Maarten zufrieden.

Als er das Büro durch die Drehtür verließ, schellte es. Er erwartete einen Marokkaner vom Reinigungstrupp, doch es war Sjef Lagerweij. »Was machst du denn hier?«, fragte er.
»Ich muss noch einmal kurz rein«, entschuldigte sich Sjef. »Ich habe etwas vergessen.«
»Aber nicht zu lange!«, mahnte Maarten und trat ins Dunkel.

Auf dem Weg nach Hause kaufte er eine Pizza bei Lanskroon, an der Ecke zum Heisteeg, sowie die Zeitung im Athenaeum Nieuwscentrum. Unter den Bäumen des Voorburgwal hing der Duft von Muscheln und Knoblauch des Verkaufsstands vor dem Dorrius. In der Tür des Büros daneben saß, wie jeden Abend, ein großer, brauner Boxer mit einem Spielzeuggummitier neben sich. Maarten ging langsam, drückte den Knopf der Ampel an der Ecke des Gasthuismolensteeg und wartete, bis es grün wurde. Als er auf der Herengracht ankam, stand der Nachbar, der über ihm wohnte, am Rand des Bürgersteigs und unterhielt sich mit dem Mann aus dem Büro von unten. Er ließ die Tür für ihn offen, sammelte die Post ein, schloss die Wohnungstür auf und machte in einer einzigen Bewegung das Gas im Backofen an. Nicolien war bei ihrer Mutter. Er musste sich um sich selbst kümmern.

*

»Und?«, fragte Maarten, während Ad weiter an seinen Schreibtisch ging. »Hast du das Ergebnis?« Er stand auf, um Ad sehen zu können.

»Nichts«, sagte Ad steif, ohne ihn anzusehen. Er stellte die Tasche ab, blieb vor seinem Schreibtisch stehen und schob ein wenig die Papiere hin und her, die dort lagen und auf ihn warteten.

Bart war ebenfalls aufgestanden und hatte sich zu Ad umgedreht.

»Was haben sie denn genau gesagt?«

»Dass ich nichts habe«, sagte Ad blätternd, »das wollen wir dann also mal annehmen. Ist hier noch was passiert?«

»Wir haben einen Hund«, sagte Maarten.

»Wo?« Er sah auf.

»Bei Tjitske.«

Ad wandte sich ab und ging in den Besucherraum. Während er die Tür hinter sich schloss, begann Wampie, wütend zu bellen.

Maarten setzte sich wieder.

»Ich habe nicht den Eindruck, dass Ad schon wieder ganz gesund ist«, sagte Bart besorgt.

»So ein erster Tag im Büro ist immer eine Katastrophe«, meinte Maarten. »Das ist schon nach dem Urlaub so.«

»Es ist aber auch ärgerlich, wenn man sich nicht gut fühlt, und sie finden nichts.« Er hatte sich nun umgedreht und sah Maarten an.

»Es ist natürlich meistens nichts. Es sind fast immer Spannungen.«

»Aber das muss dann doch am System liegen.«

»Es liegt auch am System, aber ich wüsste nicht, was man daran ändern könnte.«

»Könnte es nicht so sein, dass der Produktionsdruck immer größer wird, weil es immer mehr Intellektuelle gibt?«

»Die Geburtenwelle!«

»Ich frage mich manchmal, wo sie all die Leute lassen sollen.«

»Die können sie nirgendwo lassen. Die werden einfach in die Gesellschaft hineingedrückt, und dort verdrängen sie sich gegenseitig, um einen Platz zu finden.«

»Da bin ich doch anderer Meinung, denn man sieht auch, dass immer mehr Stellen dazukommen.«

»Und von wem müssen die bezahlt werden? Von der Ölindustrie! Das hat auch seine Grenzen.«

»Dann müssten wir also alle etwas weniger verdienen.«

»Das auf jeden Fall. Das ist das Mindeste.«

»Aber ich glaube trotzdem nicht, dass das Problem damit gelöst wäre.«

»Weil niemand es will.«

»Ich weiß nicht, ob niemand es will. Wenn man die Leute davon überzeugen könnte, dass es besser ist, weil wir dann alle Arbeit hätten, glaube ich, dass sie auch mit einem niedrigeren Gehalt zufrieden wären.«

Maarten lachte. »Das glaube ich kaum. Sie schlagen sich lieber gegenseitig tot. Das kannst du mir ruhig glauben.«

»Wie würdest du das denn lösen?«

»Ich weiß es wahrhaftig nicht.« Er sah auf seine Armbanduhr. »Ich gehe erst mal Kaffee trinken.« Er stand auf und verließ den Raum.

Als er eine Viertelstunde später zurückkam, saß Ad an seinem Platz. Bart war verschwunden. Er blieb an Ads Schreibtisch stehen. »Wie geht's?«

»Ich denke, dass ich gleich mal wieder nach Hause gehe«, antwortete Ad, ohne aufzusehen. »Ich wollte fürs Erste mit halben Tagen anfangen.«

Maarten nickte. Er erinnerte sich an das Gespräch im Zimmer von Balk. »Bist du eigentlich schon mal kontrolliert worden?«

»Wieso?«, fragte Ad argwöhnisch.

»Wir haben darüber gesprochen. Wir kriegen Besuch vom Abteilungsleiter Wissenschaftsmanagement beim Ministerium.«

»Und der kommt und kontrolliert, ob wir auch wirklich krank sind?«

»Nein, aber dann kam das Gespräch auf die Kontrolle, wegen Wigbold.«

»Sitzen Sie dem Mann jetzt schon wieder im Nacken?«, sagte Ad unzufrieden. »Es scheint fast so, als ob man heutzutage nicht mal mehr einfach krank sein darf.«

»Sie haben sich bloß gefragt, ob eigentlich überhaupt kontrolliert wird.«

»Ich bin noch nie kontrolliert worden.«

»Das ist doch komisch?«

»Warum ist das komisch?«

»Ich finde es komisch, aber vielleicht ist das Unsinn.« Er wollte sich abwenden.

»Was will der Mann eigentlich hier?«, fragte Ad.

Maarten blieb stehen. »Das wissen wir nicht. ›Sich orientieren‹, sagt er. Balk will jedenfalls, dass an dem Tag alle da sind.«

»Sollte das etwas mit den Einsparungen zu tun haben?«

»Ich weiß es nicht.« Er wollte sich wieder abwenden, doch Ad nahm einen Brief von einem der Stapel neben sich und gab ihn ihm. »Was soll ich damit?« Es war der Brief von Jan Everhard.

»Ich wollte mit dir darüber sprechen, was wir damit machen sollen.«

»Aber Bart hat die Rezension doch schon geschrieben?«

»Er will sie nur nicht veröffentlichen.«

»Dann muss er sich endlich mal über dieses kleingeistige Getue hinwegsetzen«, fand Ad. »Ich mache jedenfalls nichts damit.«

Mark Grosz, der hinter ihm aus der Tür seines Zimmers gekommen war, rief ihm, als er auf halber Treppe war, hinterher. Er blieb stehen und sah hoch. »Ja?«

»Ich wollte dich schon länger etwas fragen«, sagte Mark. Er kam ein paar Schritte herunter und blieb dort stehen, hoch über Maarten im Dämmerlicht des Treppenhauses, seine Hand am Geländer. »Hast du noch mal was über die Nachfolge von Buitenrust Hettema gehört?«

»Nein.« Die Erinnerung an die Aufregung, die dieser Plan seinerzeit verursacht hatte, war nicht angenehm und weckte ein Gefühl der Scham, in der Tat ein Sturm im Wasserglas. »Ich glaube auch nicht, dass es noch dazu kommt.«

»Schade.«

»Na ja ... schade.« Er lächelte, der Versuch eines Lächelns, um den Missmut in seiner Reaktion zu verbergen.

»Aber du selbst hättest es doch bestimmt interessant gefunden?«

»Das weiß ich nicht. Ich hätte jedenfalls keine Zeit dafür gehabt.« Bevor er zu Ende gesprochen hatte, ärgerte er sich bereits über die Antwort. Warum hatte er nicht einfach Nein gesagt? Für ihn wäre es eine Katastrophe gewesen.

»Aber findest du es denn nicht wichtig, für den Nachwuchs zu sorgen?«

Eine idiotische Frage, auf die Maarten so rasch, mitten auf der Treppe, keinen Rat wusste. Außerdem wollte er weg. »Für das Büro wäre es vielleicht nicht schlecht«, gab er widerwillig zu, »aber dann müsste jemand meine derzeitigen Aufgaben zumindest teilweise übernehmen, und Bart und Ad sind jetzt schon überlastet«, und im nächsten Augenblick wurde ihm bewusst, dass dies der Weg des geringsten Widerstands war, der zu seinem Missfallen auch noch vor Heuchelei und Selbstmitleid triefte.

»Und du arbeitest abends natürlich auch noch«, vermutete Mark.

Mark war ein Quälgeist, genau wie Freek, aber bei ihm hatte Maarten den Eindruck, dass er auch meinte, was er sagte, und das machte das Reagieren noch schwerer. »Bis elf Uhr«, sagte er aufs Geratewohl, was, um es vorsichtig auszudrücken, nicht ganz der Wahrheit entsprach, jedoch den minimalen Anstrengungen, die Bart und Ad auf sich nahmen, Kontur verliehen, und darum ging es schließlich.

»Darüber sollten wir dann doch noch mal reden.«

»Aber nicht jetzt«, sagte Maarten hastig, »denn jetzt muss ich zu Beerta.«

Mark erschrak. »Es war nur Interesse«, entschuldigte er sich.

»Das weiß ich doch«, beruhigte ihn Maarten mit demselben verlogenen Lächeln. »Das schätze ich auch. Ich halte dich auf dem Laufenden.« Er wandte sich hastig ab und rannte die Treppe hinunter, unzufrieden über sich selbst.

»Grüß Beerta«, rief Mark noch.

Draußen regnete es, ein trister Nieselregen. Er zog die Kapuze seines Regenumhangs über den Kopf, schloss sein Fahrrad auf und fuhr auf der dem Büro gegenüberliegenden Seite in Richtung Amstel.

Beerta saß mit dem Stuhl schräg vor seiner Schreibmaschine, und schaute konzentriert zum Fernseher, der in einer Ecke zwischen dem Fenster und dem Bücherregal aufgestellt war.

»Tag, Anton«, sagte Maarten.

»Sasj, Maaschjen«, sagte Beerta mit gepresster Stimme, ohne zur Seite zu sehen. Er weinte.

Maarten legte seinen nassen Mantel auf Beertas Bett, das Jackett daneben, räumte einen Stuhl frei und setzte sich neben ihn. Es war ein Kinderprogramm, eine Verfilmung von Peter Pan. Jedes Mal wenn der Märchenprinz auftrat, ein schon etwas älterer Junge, gekleidet in Kniebundhose und Samt, brach Beerta in Schluchzen aus. Er wischte sich die Tränen mit einem großen, weißen Taschentuch ab, das er zusammengeknüllt in der Hand hielt. Maarten saß etwas verschämt da, unsicher, wie er sich verhalten sollte, und unberührt von dem, was er auf dem Bildschirm sah, doch als Beerta sich durch seine Anwesenheit keinen Augenblick gestört fühlte, entspannte er sich allmählich.

»Was berührt dich bloß daran, an diesem Herumgespringe erwachsener Leute?«, fragte er neugierig, als das Programm beendet war und er Beertas Stuhl herumgerückt hatte. Er sah Beerta musternd an.

Beerta schneuzte sich laut, putzte sich die Nase ab und steckte das Taschentuch in die Tasche. »As is meine Angei.«

»Deine Schwester Ankie?«, fragte Maarten ungläubig. Er hatte die Schwester von Beerta ein paarmal getroffen und erinnerte sich an sie als eine mütterliche, etwas schlampige Frau, wie so viele Frauen in Beertas Umgebung.

Beerta schüttelte den Kopf »Ank-hei!«, sagte er mit Nachdruck.

»Ankie«, versuchte es Maarten, die Laute prüfend.

Beerta schüttelte erneut den Kopf, etwas gereizt. Er rückte seinen Stuhl zur Seite, spannte ein Blatt Papier in die Schreibmaschine und dachte nach, während sein Finger über den Tasten ruhte.

Maarten stand auf und sah über seine Schulter hinweg zu.

Beerta tippte mit zusammengepressten Lippen ein K, ein R, ein A, ein N ...

»Krankheit!«, begriff Maarten.

Beerta nickte und rückte den Stuhl wieder zurück.

»Merkwürdig, dass deine Krankheit darauf Einfluss hat.«
Beerta hob seine Hand, um ihm zu bedeuten, dass er es auch nicht begriff. »As isso«, sagte er resigniert.
Sie schwiegen.
»Ie äufes im Büjo?«
»Wir werden vielleicht aufgelöst.«
Beerta zog verwundert die Augenbrauen hoch. »Ja?« Sein Gesicht war ernst.
»Wir bekommen Besuch vom Leiter der Abteilung Wissenschaftsmanagement.« Er schmunzelte. »Wie es heißt, um sich zu orientieren.«
»Oh«, sagte Beerta geschockt.
»Wasa Basj?«
»Wer?«
»Basj!«
»Balk?«
Beerta nickte.
»Nichts! Balk sagt nie was, dann wird er auch nicht vollgequatscht.«
Die Antwort amüsierte Beerta.
Es entstand eine Pause.
»Wir haben einen Brief von Jan Everhard bekommen«, erzählte Maarten. »Wo die Rezension seines Buchs bleibt. Das ist noch etwas aus der Zeit vor deiner Krankheit, als wir noch in der Redaktion von *Ons Tijdschrift* saßen.«
Beerta nickte.
»Bart hat die Rezension geschrieben, aber er will sie nicht veröffentlichen, weil er seinen Namen nicht daruntersetzen will.«
»Nein?«, fragte Beerta erstaunt.
»Und jetzt fängt Sien auch schon an, sich über seine Kritik zu beschweren, weil er sich selbst nie aus der Deckung wagt.«
»Oh?«, sagte Beerta beunruhigt.
»Es ist gerade so, als ob man jemanden in eine Reuse hineinschwimmen sieht. Wenn man ihn ruft, um ihn zu warnen, fängt er an, schneller zu schwimmen.«
Beerta lauschte ernst, mit einem Ernst, der auf der Grenze zur Heuchelei balancierte, als würde es ihn eigentlich kein Stück interessieren.

»Was würdest du da tun?«
Beerta zuckte mit den Achseln. »Ie weis es nisch.«
»›Zähle deine Segnungen‹«, zitierte Maarten.
Beerta schmunzelt. »As u-i au.«
»Du hast mal gesagt, dass ich nie Frauen einstellen sollte«, erinnerte ihn Maarten. »Aber mit den vier Frauen habe ich nie Probleme. Die sind auch nie krank.«
»Ie-in au nie ank«, sagte Beerta lächelnd.

Es hatte angefangen, stärker zu regnen, und es wurde rasch dunkel. Vor seinen regennassen Brillengläsern tanzten die Lichter der Autos um ihn herum. Auf dem glänzenden Asphalt ließen sich die Entfernungen schwer abschätzen. Links und rechts standen die hohen Bürohäuser, in denen alle Räume noch erleuchtet waren, dazwischen, im Dunkeln, die zerzausten, regennassen, kahlen Äste der Bäumchen entlang der Schnellstraße. Er fuhr schnell. Sein Kopf wurde klar, und als er vor seinem Haus vom Fahrrad stieg, schwankte er ein wenig, als käme er aus einem Karussell, und er konnte nicht mehr richtig denken. Doch er lebte noch.

*

»Wie war es bei Beerta?«, fragte Ad. Er stellte seine Tasche auf den Boden neben seinem Schreibtisch und drehte sich zu Maarten um.
»Ich erzähle Bart gerade, dass er vor seinem Fernseher saß, wo er sich im Kinderprogramm Peter Pan angesehen und dabei geweint hat«, antwortete Maarten.
»Ich finde das wieder einmal so eine typische Geschichte von dir«, sagte Bart säuerlich.
»Denkst du, dass er um seine Jugend trauert?«, fragte Ad gierig.
»Ich denke, dass er darum trauert, dass sein Märchenprinz Professor geworden ist.«
»Glaubst du?«, fragte Ad mit einem ungläubigen Lachen.
»Das glaube ich.« Er stand auf. »Was sollen wir morgen für die Leute auslegen?«

»Kannst du nicht dasselbe auslegen wie damals für die Herren des Hauptbüros?«, schlug Bart vor.

Ad setzte sich an seinen Schreibtisch, ohne sich in das Gespräch einzumischen.

»Die Karte des Weihnachtsbaums?«, fragte Maarten unschlüssig.

»Und vom Dreschflegel«, erinnerte sich Bart.

»Auf jeden Fall die drei erschienenen Hefte des *Bulletins*«, entschied Maarten, das Problem mit den Karten für den Moment vor sich herschiebend.

»Findest du das nicht ein bisschen armselig?«, fragte Bart.

»Alles, was wir machen, ist armselig.«

»Da bin ich anderer Meinung. Ich fürchte nur, dass es in diesem Fall einen prahlerischen Eindruck macht, als ob wir diese Zeitschrift so wichtig finden würden, obwohl wir sie eigentlich lieber nicht haben wollten.«

»Das kann schon sein, aber es ist jetzt unsere Arbeit, also müssen wir sie auch zeigen. Früher lag *Ons Tijdschrift* da, jetzt liegt dort das *Bulletin*. Ich werde Joop bitten, einige kurze Erläuterungstexte zu schreiben und ein paar Fragebogen zusammenzusuchen. Ich gehe jetzt erst mal zu Jaring.« Er verließ den Raum, ging durch den Flur zum Vorderhaus. Jarings Zimmer war leer. In dem kleinen Mittelzimmer, in dem Joost Kraai hätte sitzen müssen, war ebenfalls niemand. Tineke Barkhuis im letzten Zimmer war jedoch da. »Weißt du, wo Jaring ist?«, fragte er.

Sie sah ihn erstaunt an, mit Augen, die durch ihre Brille noch größer wirkten. »Ich weiß es wirklich nicht«, sagte sie mit einem starken Groninger Akzent.

»Aber morgen ist er doch da?«

»Das müsstest du Joost fragen.«

»Joost ist nicht da.«

»Aber der wird doch wohl noch kommen?« Sie sah auf ihre Armbanduhr, eine kleine Uhr. »Ja, der kommt sicher noch. Er kommt meist etwas später.«

»Danke.« Er ging wieder auf den Flur und betrat das Zimmer von Freek Matser.

Freek saß im Halbdunkel beim Licht seiner Schreibtischlampe und beschriftete eine Karteikarte.

»Habt ihr euch überlegt, was ihr morgen auslegt, wenn die Leute vom Ministerium kommen?«, fragte Maarten.

»Darum muss ich mich doch wohl nicht kümmern?«, sagte Freek entrüstet.

»Weil Jaring nicht da ist ...«

»Aber er wird doch wohl morgen da sein?«

»Das hoffe ich.«

»Jedenfalls haben wir noch nicht darüber gesprochen.«

Maarten betrachtete aus dem Dunkeln die Fotokopien, die im Lichtschein verstreut auf Freeks Schreibtisch lagen, Titelseiten von Liederbüchern aus dem sechzehnten und siebzehnten Jahrhundert. »Könnte man nicht auch ein paar dieser Fotokopien auslegen?«

»Warum? Bitte nicht!«

»Weil dieser Mann Niederlandist ist.«

»Das bedeutet doch nicht, dass er sich hierfür interessiert?«

»Vielleicht beruflich?«, sagte Maarten ironisch. »Jedenfalls hat er dann etwas, um eine Frage dazu zu stellen.«

»Darauf bin ich nun echt nicht scharf.«

»Er vielleicht schon.« Er schmunzelte und wandte sich ab, sah auf die Armbanduhr und stieg die Treppe hinunter zum Kaffeeraum. Dort saß Tjitske mit einer Tasse Tee vor sich auf dem niedrigen Tisch. Ihr Mantel und ihr Schal, ein Palästinensertuch, lagen über einer Stuhllehne. Er holte am Schalter eine Tasse Kaffee und setzte sich neben sie.

»Ich bin heute etwas zu spät dran, aber ich werde es nacharbeiten«, entschuldigte sie sich. »Ich musste zur Kontrolle.«

»Das brauchst du natürlich nicht«, sagte er rasch. »Wie geht es dir denn jetzt?« Er sah sie prüfend von der Seite an.

»Oh, ganz gut.« Sie lachte verlegen. »Ich muss jetzt nur noch alle drei Monate hin.«

»Wie lange ist das jetzt her?«

»Vierzehn Monate.«

Er nickte.

Sie schwiegen.

»Wo ist Wampie?«, fragte er.

»Der ist heute bei Jacob.«

Sjef Lagerweij und Rik Bracht kamen miteinander redend durch die Schwingtür in den Kaffeeraum und gingen zum Schalter. Es schellte. De Vries verließ den Schalter, um in der Pförtnerloge auf den Türöffner zu drücken. Einen Augenblick später sah Maarten Joost Kraai durch die Drehtür in die Halle kommen, in einem langen, schmal geschnittenen Mantel, sein Täschchen in der Hand, ein wenig gebeugt, wie ein alter Büroangestellter. Er stieg die Treppe hinauf und verschwand aus seinem Blickfeld. Koos Rentjes, Elleke Laurier und Mark Grosz kamen aus dem Hinterhaus. Es wurde lauter.

»Habt ihr eigentlich ein Abonnement des *Groene Amsterdammer*?« fragte Tjitske.

»Weil er hundert wird«, vermutete Maarten.

Sie schüttelte sich vor Lachen, ihre Augen zugekniffen.

»Ja, das heißt, Nicolien. Nicolien ist links.«

»Du bist sicher konservativ.«

»Ja, vielleicht kein normaler Konservativer, aber doch schon konservativ.«

»Du liest bestimmt lieber den *Telegraaf*.« Sie lachte und schüttelte den Kopf. »Ach, nein, das war nicht ernst gemeint.«

»Na ja ... den *Telegraaf*«, sagte er, als nähme er ihre Bemerkung ernst. »Eher Frauenzeitschriften. Der *Telegraaf* unterscheidet sich zu wenig vom *Groene Amsterdammer*, zumindest für mich.«

Sie reagierte darauf etwas verunsichert.

»Nein, was mir beim *Groene Amsterdammer* gegen den Strich geht, ist dieses Blockdenken«, sagte er, jetzt ernst. »Die Kapitalisten gegen die Arbeiter und die Studenten, die Dritte Welt gegen den Westen, Russland gegen Amerika und so weiter. Das sagt mir nichts. Ich will lesen, dass Herr Soundso ein Drecksack ist, ob er nun Kapitalist ist oder Arbeiter.«

Sie musste ein wenig darüber lachen, doch an ihrem Gesicht war zu erkennen, dass sie es tatsächlich konservativ fand.

Freek Matser kam mit seinem Kaffee und setzte sich auf Maartens andere Seite. »Meintest du das eigentlich ernst, dass du es wichtig findest, dass dieser Mann eine Frage stellen kann?«, fragte er.

»Ja«, sagte Maarten. »Der Mann kommt, um sich über das, was wir machen, ein Urteil zu bilden. Das spielt demnächst eine Rolle, wenn er Entscheidungen über Einsparmaßnahmen treffen muss. Ich finde, dass man ihm dabei behilflich sein muss.«

Um ihn herum wurde laut gelacht.

»Indem wir ihm Honig ums M-maul sch-schmieren«, sagte Freek entrüstet.

»Nein, indem wir ihm ein möglichst vollständiges Bild bieten. Ich fände es falsch, wenn er mit der Idee nach Hause gehen würde, dass ihr nur Liedchen sammelt, ohne jeden historischen Hintergrund. Dafür bist du da.« Er sah Freek aufmerksam an. »Aber ich sehe, dass du tatsächlich deinen Bart wieder abrasiert hast. Wie komme ich denn da jetzt drauf?«

Freek lachte kurz, ein schluchzendes Lachen. »Ich weiß nicht, was das damit zu tun hat.«

»Ich war gestern bei Beerta, und der kennt offenbar deinen Bruder und mag ihn sogar sehr.«

»Das weiß ich.«

»Er hat dann gesagt, dass du ihm ähnelst, außer dass dein Bruder einen Bart hätte, und da habe ich gesagt, dass du auch wieder einen Bart hast, aber jetzt sehe ich, dass es nicht stimmt. Merkwürdig.«

»Ich hatte einen Bart.« Er stotterte leicht. »Vielleicht hilft dir das?«

»Das wird es sein«, sagte Maarten lachend. Er stand auf, stellte die Tasse weg, griff zur Post, ging durch die Schwingtür in die Halle und stieg die Treppe hinauf. Statt in sein Zimmer abzubiegen, ging er durch das leere Zimmer des Musikarchivs und den kleinen, schmalen Verbindungsflur zum Karteisystemraum, in dem Sien und Joop einander gegenübersaßen und arbeiteten. Er blieb an Joops Schreibtisch stehen. »Könntest du, genau wie beim letzten Mal, auf dem Tisch nebenan eine kleine Ausstellung über unsere Arbeit machen?«

Joop sah auf und lachte schelmisch wie ein Clown. »Unn wat hattu dann ehabt haben wollen?«, fragte sie mit lustig verstellter Stimme.

Als Maarten von seinem Spaziergang zurückkam, war Bart allein. Ad war bereits wieder nach Hause gegangen. Er hängte sein Jackett auf, fasste sich ein Herz, zog, ohne weiter nachzudenken, einen Stuhl unter dem Tisch hervor, stellte ihn an Barts Schreibtisch und setzte sich.

Bart hörte auf zu arbeiten und sah ihn abwartend an.

»Als wir vor zwei Jahren die Arbeiten für das *Bulletin* verteilt haben«, sagte Maarten, er sprach langsam, um der Spannung, die er verspürte, Herr zu bleiben, »hast du gesagt, dass du keine Buchbesprechungen schreiben, sondern deinen Beitrag auf andere Weise leisten würdest.« Er wartete einen Moment. Als er Bart ansah, bemerkte er, dass dieser erschrocken war. »Du hast nie gesagt, worin dieser Beitrag bestehen würde.«

»Muss ich mich dafür denn rechtfertigen?«

»Ja, das finde ich schon.« Er hatte seinen Arm auf den Tisch gelegt, um zu suggerieren, dass er ganz locker dasäße, während er sprach, doch in Wirklichkeit waren seine Muskeln hart vor Anspannung.

»Warum denn?«

»Weil ich der Leiter der Abteilung bin. Mir ist schon klar, dass das ärgerlich ist, ich bin es auch nicht zu meinem Vergnügen, aber ich bin nun mal verantwortlich für die Verteilung der Arbeiten.«

»Ich sehe nicht ein, warum ich so eine Entscheidung nicht selbst treffen darf. Es muss doch genügen, wenn ich es mitteile.«

»Weil andere es ausbaden müssen, wenn du es nicht machst.«

»Aber dafür mache ich dann doch wieder andere Arbeiten?«

Maarten schüttelte den Kopf. »So funktioniert das nicht. Wenn du in einem Team arbeitest, kannst du nicht auf eigene Faust entscheiden, was du tust beziehungsweise nicht tust, dann musst du darüber reden und deine Motive nennen, und diese Motive müssen dann auch noch von den anderen akzeptiert werden, sonst gibt es miese Stimmung.«

»Davon habe ich aber noch nichts gemerkt.«

»Aber ich habe schon etwas davon gemerkt, und deswegen spreche ich jetzt darüber.«

»Siehst du!« Er war empört. »So läuft es doch immer! Du versteckst dich immer hinter anderen! Sag lieber einfach, dass du es satt hast, meine Rezensionen selbst zu schreiben!«

»Ich habe es nicht satt.«

»Natürlich hast du es satt! Sonst würdest du doch nicht damit anfangen?«

»Ich fange damit an, weil ich merke, dass das Klima in der Abteilung darunter leidet.«

»Das glaube ich dir nicht!«, sagte Bart hitzig. »Das sagst du bloß, weil du es nicht erträgst, dass ich eine andere Auffassung vom Fach habe als du! Wenn es nach dir gegangen wäre, wäre ich hier nie eingestellt worden! Das habe ich Herrn Beerta zu verdanken! Du hast nie etwas in mir gesehen!«

»Du täuschst dich.« Bart lag so weit daneben, dass Maarten sich nicht einmal darüber aufregen konnte.

»Nein, ich täusche mich nicht! Ich habe das sehr wohl gespürt!«

Maarten schwieg. Er unterdrückte die Neigung zu sagen, dass es genau umgekehrt gewesen war. Es hätte keinen Sinn, und es war Beerta gegenüber nicht fair. Außerdem merkte er, ein wenig zu seiner Überraschung, dass es ihm egal war, was Bart darüber dachte. »Ich finde es vollkommen in Ordnung, wenn du eine andere Auffassung vom Fach hast. Und ich will dafür auch gern Platz schaffen. Darum geht es nicht. Es geht darum, dass wir den Auftrag bekommen haben, diese Zeitschrift zu machen. Dem konnten wir uns nicht entziehen. Ich konnte mich dem zumindest nicht entziehen. Und ihr habt es akzeptiert.«

»Ich war im Übrigen dagegen.«

»Du warst dagegen, aber du hast dich schließlich mit dem Beschluss der anderen abgefunden.«

»Siehst du! Da haben wir es wieder! Du benutzt die Mehrheit, um mich zu zwingen! Obwohl du früher selbst auch gegen das Publizieren warst!«

»Ich bin zwar gegen das Publizieren, aber ich verstehe auch, dass es letztendlich nicht zu vertreten ist. Ich bitte dich auch nicht, dass du am laufenden Band Rezensionen und Aufsätze schreibst, sondern dass du von Zeit zu Zeit der Abteilung gegenüber Loyalität zeigst, indem du aus der Deckung kommst. Jemand, der sich immer allem entzieht, weil er sich nicht die Hände schmutzig machen will, produziert unweigerlich böses Blut.«

»Du weißt sehr gut, dass es nicht darum geht, dass ich mir nicht die Hände schmutzig machen will«, sagte Bart empört.

»Ich weiß aber auch, dass wir sie uns alle schmutzig machen und dass es so ausgelegt wird, und das untergräbt das Zusammengehörigkeitsgefühl. Darum geht es mir!«

»Siehst du, das ist nun, was ich so schrecklich finde, dass du mich auf diese Weise zwingst, mir die Hände schmutzig zu machen! Ich will selbst bestimmen können, wann ich etwas publizieren will!«

»Wenn du Teil einer Gruppe bist, kannst du das nur bis zu einem gewissen Grad.«

»Aber ich will überhaupt kein Teil der Gruppe sein! Ich bin kein Pfadfinder wie du!«

Maarten schwieg. »Das ist keine besonders nette Bemerkung.«

Bart erschrak. »So habe ich es auch nicht gemeint. Ich meine es sachlich.«

»Wenn du meinst, dass ich Bedürfnis nach Loyalität habe, hast du recht«, gab Maarten zu. »Es ist mir übrigens egal, als Pfadfinder bezeichnet zu werden.«

»Nein, so habe ich es wirklich nicht gemeint. Ich meine, dass du glaubst, es sei möglich, solidarisch zu sein, und nicht einsehen willst, dass wir in einer Leistungsgesellschaft leben.«

»Ich sehe durchaus ein, dass wir in einer Leistungsgesellschaft leben, aber ich verlange von euch keine Leistung. Leistung interessiert mich nicht. Nur, dass ihr tut, was ihr könnt.«

Sie schwiegen. Bart machte einen aufgelösten Eindruck.

»Die Rezension, die du seinerzeit zum Buch von Jan Everhard geschrieben hast, fand ich vorzüglich«, sagte Maarten. »Es steht also außer Frage, dass du es kannst.«

»Ich werde noch mal darüber nachdenken«, sagte Bart niedergeschlagen.

Maarten blieb noch kurz sitzen. Dann stand er auf, schob den Stuhl unter den Tisch und setzte sich an seinen Schreibtisch. Er sah auf die Arbeit, die dort lag, und empfand allem gegenüber einen tiefen Widerwillen, und ihm war übel von der fast überirdischen Freundlichkeit, die er hatte aufbringen müssen – in der Tat wie ein Pfadfinder.

*

»Tag, Marion.« Er sah unwillkürlich auf die Uhr über der Tür, den Hörer am Ohr.
»Bart ist krank.«
»Ach. Was hat er?«
Sie zögerte. »Er sagt, dass er müde ist und ein paar Tage zu Hause bleiben will. Ich denke, dass er sich in letzter Zeit ziemlich aufgeregt hat.«
»Er macht es sich nicht leicht«, gab er zu. Ihm war klar, dass das eine Reaktion auf ihr Gespräch am Tag zuvor war.
»Er nimmt sich die Dinge manchmal sehr zu Herzen.«
»Grüß ihn von mir und sag ihm, dass er sich nicht zu beeilen braucht. Wir halten seinen Platz warm, wir werden uns die Zeit schon vertreiben.«
»Das mache ich.«
Die Tür ging auf. Ad betrat den Raum.
»Tschüss, Marion.«
»Tschüss, Maarten.«
Er legte den Hörer auf. »Bart ist krank.«
»Was hat er?«, fragte Ad ohne großes Interesse.
»Er ist müde.«
Ad nickte. Er stellte die Tasche hin und setzte sich.
Maarten stand auf und öffnete das Fenster einen Spalt. »Wie geht es dir?«, fragte er.
»Nicht so besonders. Ich weiß nicht, ob ich es durchhalte, bis die Männer kommen.«
»Was hast du denn genau?«
»Sobald ich das Büro betrete, spüre ich diese Stelle im Bauch.«
Maarten ging zurück an seinen Platz. »Ich denke, dass wohl jeder eine oder mehrere solcher Stellen hat.« Er setzte sich.

»Dann muss eben jeder zu Hause bleiben. Meine Gesundheit steht an erster Stelle.«

Das ist mir bekannt, wollte Maarten sagen, doch er konnte die Bemerkung gerade noch unterdrücken. Er nahm den Hörer ab und wählte die Nummer von Bavelaar.

»Jantje Bavelaar!« Noch bevor das Telefon zweimal klingelte, hatte sie abgenommen.

»Asjes ist krank.«

»Was fehlt ihm?«

»Übermüdet.«

»Er auch? Ich höre nichts anderes mehr.«

»Wir haben einen ungesunden Beruf«, sagte er ironisch.

»Ich werde es weitergeben.«

»Danke.« Er legte den Hörer wieder auf.

»Geht es dir eigentlich auch so, dass du abends nicht mehr lesen kannst?«, fragte Ad hinter seinem Regal.

»Weil man zu müde ist?«

»Nein, weil einem die Augen wehtun.«

»Ich kann wohl mal nicht lesen, aber das ist dann aus Widerwillen.«

»Ich könnte schon lesen«, korrigierte sich Ad, »aber dann liege ich am nächsten Tag mit schmerzenden Augen im Bett.«

»Das scheint mir nicht gesund zu sein«, sagte Maarten mit verhaltener Ironie.

»Nein, das ist es auch nicht.«

Das Telefon klingelte. Maarten nahm ab. »Koning!«

»Jaap hier! Kommst du kurz? Ich möchte noch eine Vorbesprechung abhalten, bevor die Leute kommen!« Seine Stimme klang energisch.

»Ich komme.« Er legte den Hörer auf die Gabel und stand auf. »Balk will noch eine Vorbesprechung abhalten.«

»Wenn du mich fragst, ist der Mann völlig mit den Nerven fertig«, sagte Ad.

Als sich die Tür des Karteisystemraums öffnete, wandte Maarten sich um. Joop trat ein, die Hände voll mit Ausstellungsmaterial. »Ha!«, sagte Maarten erfreut. »Vielleicht kann Ad dir schon mal helfen. Ich bin kurz bei Balk.«

Ad stand auf. »Welche Karten willst du präsentieren?«

»Karten, an denen ich die Probleme zeigen kann«, er ging zur Tür, »auf jeden Fall die Roggenbrotkarte, aber ich denke, dass ich gleich wieder da bin.«

Als er eintrat, saßen sie zu viert in der Sitzgruppe. »Schau es dir noch mal an und zeig es mir dann«, sagte Balk zu Rentjes und überreichte ihm einen kleinen Stapel Papier. Er wandte sich Maarten zu. »Nimm dir einen Stuhl!«

Maarten holte einen Stuhl aus dem angrenzenden Sitzungsraum und setzte sich zu ihnen.

»Ich habe inzwischen Erkundigungen eingeholt«, sagte Balk, »und man erwartet tatsächlich, dass dieser Mann demnächst den Auftrag bekommt, die Sparmaßnahmen umzusetzen. Wir werden ihn also äußerst rücksichtsvoll behandeln müssen! Außerdem bin ich gewarnt worden, dass das Ministerium auf dem Standpunkt steht, dass nun allmählich genug gesammelt worden ist. Die Betonung liegt auf Forschung! Denkt also daran, dass ihr gleich, wenn wir in die Abteilungen kommen, den Akzent auf die Forschung legt!« Er sprach energisch, ohne Widerspruch zu dulden. »Also auch keine Aufmerksamkeit für dein Karteisystem!«, warnte er Maarten. »Zeig ihnen das also besser nicht!«

»Aber unsere Forschung beruht doch gerade auf dem, was wir sammeln?«, merkte de Roode bedächtig an.

»Aber kein Sammeln mehr um des Sammelns willen!«

»Das mache ich auch schon lange nicht mehr«, sagte Rentjes.

Balk ignorierte die Bemerkung. »Wir empfangen sie hier!« Er zeigte über die Schulter zum Sitzungsraum, der an sein Zimmer grenzte. »Ich werde eine Ansprache halten! Ihr sagt nur etwas, wenn ihr gefragt werdet, und dann so knapp wie möglich! Der Mann muss ein positives Bild vom Büro bekommen. Wenn wir das hinter uns haben, gehen wir durch die Abteilungen! Wir fangen oben an, bei der Volkskultur.«

»Zeigst du ihnen auch die Schließfächer?«, fragte de Roode.

»Ich werde sagen, dass wir Schließfächer haben, um die Bedeutung unseres Materials zu unterstreichen, aber ich werde sie nicht zeigen.«

»Musik?«, fragte Maarten.

»Forschen die?«, fragte Balk und sah ihn an. »Ich dachte, dass Elshout nur Lieder sammelt?«

»Matser arbeitet an einer Bibliografie.«

»Ach ja, die Bibliografie ...« Er dachte einen kurzen Moment nach. »Nein! Eine Bibliografie ist keine Forschung! Musik überspringen wir!« Er sah in die Runde. »Noch Fragen?«

»Nein, ich glaube, dass es klar ist«, sagte de Roode langsam.

»Dann sehen wir uns gleich hier wieder!« Er stand auf. »Pünktlich um zwei Uhr!«

Maarten stellte seinen Stuhl zurück und verließ hinter den drei anderen den Raum. Er stieg die Treppe hinauf und betrat Jarings Zimmer. Jaring und Freek standen an Jarings Tisch, der in die Mitte des Raums gestellt worden war. Sie sahen ihn an, als er eintrat. Jaring lächelte. Auf dem Tisch lagen Liedheftchen, Karteikarten, eine Karte, übersät mit kleinen, roten Kreisen und Pünktchen auf den Orten, die von Jaring besucht worden waren oder zu denen er Daten hatte, und auf der anderen Hälfte des Tisches die Fotokopien und Karteikarten von Freek. Neben dem Tisch war das Tonbandgerät aufgestellt worden, falls die Besucher etwas hören wollten. Die Sorge, die aus der Anordnung sprach, brachte Maarten in Verlegenheit. »Es findet nicht statt«, sagte er.

»Kommen sie nicht?«, fragte Jaring.

»Balk will den Akzent auf die Forschung legen und nicht auf das Sammeln und die bibliografische Arbeit.«

»Das hättest du dann auch mal früher sagen können«, sagte Freek entrüstet.

»Ich wusste es nicht früher«, entschuldigte sich Maarten. »Das Ministerium scheint zu finden, dass genug gesammelt worden ist.«

Lächelnd betrachtete Jaring die Arbeit auf dem Tisch.

»Und hat das auch für uns K-konsequenzen?«, fragte Freek.

»So weit ist es noch nicht, aber Balk will euch eben beim Rundgang überspringen.«

»Na, dann räumen wir es mal wieder weg«, sagte Jaring lakonisch.

»Es tut mir leid.« Er blieb kurz stehen, zögernd, als wolle er etwas wiedergutmachen, wandte sich dann ab, verließ den Raum und ging über den Flur in sein Zimmer. Joop und Ad sowie Sien und Manda waren mit der Gestaltung des Mitteltisches beschäftigt, die Türen zum Karteisystemraum und zum Besucherraum standen offen. Als Maarten hereinkam, unterbrachen sie ihre Beschäftigung und machten ihm Platz. Er sah sich an, was dort schon ausgelegt war und wägte seine Worte. »Balk will, dass die Betonung auf der Forschung liegt.« Er musterte die Ausstellung. »Was da zur Erzählforschung liegt, die Handschriften und die Kästen aus dem Karteisystem, das kann also besser wieder weg.«

»Beim letzten Mal fand er das Karteisystem doch gerade interessant«, sagte Joop.

»Ja, aber das Ministerium scheint derzeit anders darüber zu denken.«

»Dann räumen wir es wieder weg«, sagte Manda.

»Was willst du dann hinlegen?«, fragte Ad.

Maarten dachte nach. »Wenn wir nun die Karten der Nachgeburt, des Weihnachtsbaums, des Dreschflegels und des Roggenbrots hintereinanderlegen, kann ich daran zeigen, wo die Probleme bei dieser Art Forschung liegen, zumindest, wenn sie es hören wollen. Den Weihnachtsbaum illustrieren wir dann mit Fragebogen, den Dreschflegel mit Fotos, Zeichnungen und Landwirtschaftsberichten, das Roggenbrot mit einem Ratsbuch und einem Kasten mit Karteikarten zu Verordnungen. Dann können sie sehen, wie arbeitsintensiv unsere Forschung ist.«

»Also doch Karteikarten«, sagte Joop.

»Ja, natürlich! Wir lassen das Ministerium doch nicht bestimmen, wie wir Forschung betreiben?«

»Und die Hefte des *Bulletins*, mit deinem und meinem Aufsatz, können wir ihnen die denn nicht schenken?«, schlug Sien vor.

»Die Hefte schenken wir ihnen!«, entschied Maarten. Er drehte sich um. Tjitske war mit Wampie an die Tür des Besucherraums getreten und sah zu. Das versetzte ihn in Begeisterung, als stünde er gerade davor, an der Spitze seiner kleinen Bande einen Angriff des Feindes abzuwehren.

»Ich schlage vor, dass wir zuerst in meinem Sitzungsraum einen Tee zu uns nehmen«, sagte Balk mit einem schiefen Lachen. »Ich werde einen kurzen Überblick über die Forschung an unserem Institut geben. Sie erhalten dann selbstverständlich ausgiebig Gelegenheit, Fragen zu stellen. Anschließend folgt ein Rundgang durch die Abteilungen, damit Sie sich einen Eindruck von der Menge an Arbeit verschaffen können, die hier geleistet wird!« Er machte eine einladende Geste zu dem an sein Zimmer grenzenden Raum.

Herr Dreessen verbeugte sich kurz. »Gern.« Er ging vor Balk her in den Sitzungsraum, gefolgt von seinem Untergebenen. Die beiden Kronleuchter über dem Tisch brannten. An der vorderen Ecke des Tisches standen Tassen sowie eine Schale mit einer Plätzchenmischung. Balk gab seinen vier Abteilungsleitern, die in einer Ecke des Raums stehen geblieben waren, einen kurzen Wink, um ihnen zu bedeuten, dass sie ihm folgen sollten, und schritt hinter den Herren aus dem Ministerium her. Es wurden Stühle unter dem Tisch hervorgezogen, die Herren nahmen Platz, Balk setzte sich ihnen gegenüber hin, Kloosterman und Rentjes drängten sich unauffällig vor und nahmen zu beiden Seiten von Balk Platz, worauf Bart de Roode neben Rentjes und Maarten neben Kloosterman landete. Von dort, wo er saß, konnte Maarten, wenn er hochsah, auf der anderen Seite des Lichtschachts Joop an ihrem Schreibtisch sitzen sehen. Sie sah neugierig nach unten und verzog ihr Gesicht zu einer Grimasse, als sie Maartens Blick gewahr wurde. Er lächelte.

»Kannst du Herrn Goud kurz Bescheid geben, dass er den Tee bringen kann?«, sagte Balk in entschiedenem Ton, sich vor Kloosterman entlang Maarten zuwendend.

Maarten stand auf und ging ins Vorderzimmer zum Telefon auf Balks Schreibtisch. »Ich heiße sie also nochmals herzlich willkommen«, hörte er Balk sagen. »Das letzte Mal, dass wir an unserem Institut eine Abordnung des Ministeriums empfangen haben, war, wenn ich richtig informiert bin, im Jahre 1937, unser Institut hatte damals noch seinen Sitz im Hauptbüro ...« Maarten wählte die Nummer der Küche. Es wurde sofort abgenommen. »Ja, Goud hier«, sagte die zögerliche Stimme Gouds. – »Herr Goud«, sagte Maarten gedämpft. »Es ist so weit.« – »Ich komme.« – »Danke.« Er legte den Hörer wieder auf. »Sie befinden sich also nicht nur in einem der größten, sondern auch einem der ältesten Institute des Hauptbüros«, sagte Balk getragen und pathetisch, als spräche er vor einem vollen Saal. Während Maarten wieder Platz nahm, sah er, dass Balk ein paar Blätter vor sich hielt, auf die er seine Ansprache aufgeschrieben hatte. »Ein Institut«, fuhr er fort, »um das unser Land im Ausland beneidet wird und das in den Niederlanden, zusammen mit dem *Wörterbuch der Niederländischen Sprache* und der staatlichen Denkmalschutzbehörde, als Einziges die niederländische Volkssprache, die Namen und die Kultur erforscht, und das deshalb wahrlich als Denkmal bezeichnet werden darf, ein niederländisches Denkmal im wahrsten Sinn des Wortes. Jedoch nicht ein Denkmal in der üblichen Bedeutung des Wortes, nicht in steinerner Form, sondern ein springlebendiges Zentrum der Forschung, dem regelmäßig neue Schösslinge hinzugefügt werden, so wie noch vor ganz Kurzem das *Mittelalterliche Quellenbuch*, ein Werk von großer Gelehrsamkeit, dessen Umsetzung in die Hände Doktor Kloostermans gelegt wurde, der hier zu meiner Rechten sitzt.« Kloosterman verbeugte sich.

Während Balk mit großem rednerischem Aufwand seine Ansprache hielt, sah Maarten verstohlen zu Herrn Dreessen hinüber, der Balk direkt gegenüber saß. Der Mann erschien ihm nicht unsympathisch, ein etwas ironisches Gesicht, vielleicht etwas zu glatt, doch nicht dumm, im Gegensatz zu seinem Untergebenen, einem schon etwas älteren Mann, der alles so interessant zu finden schien, dass Maarten es für einen Beamten schon fast als unsittlich empfand. Maarten selbst lauschte mit einer stellvertretenden Scham Balks hohler Prahlerei, die außerdem voll von faktischen Unstimmigkeiten war, und wunderte sich darüber, dass er das alles auch noch aufgeschrieben hatte. Das zeigte, wie wichtig er diesen Besuch fand, aber auch, dass er bei Leuten, die Macht hatten oder von denen er glaubte, dass sie Macht hatten, die Kontrolle über die Situation verlor. Jedenfalls konnte er sich nicht vorstellen, dass das Pathos, mit dem Balk seine Zettel vorlas, irgendeinen Eindruck auf diesen Mann machte. Ein einziger Blick in dessen Gesicht reichte aus, um das zu erkennen. Während er sich dies überlegte und Balks Worte über sich ergehen ließ, empfand er sich selbst als einen netten, intelligenten und vor allem zivilisierten Menschen – in dieser Gesellschaft mit den Herren Dreessen und Goud, der gerade in diesem Moment den Tee hereinbrachte, ex aequo zumindest als guter Zweiter. Aber vielleicht ist das wieder *meine* Art, Leuten, die Macht haben, die Ehre zu erweisen, dachte er mit einiger Selbstironie.

»Und das ist der Raum, in dem die Erforschung der niederländischen Volkskultur stattfindet!«, sagte Balk, während er die Tür zu Maartens Zimmer aufstieß. Die beiden Ministerialbeamten schritten über die Schwelle, gefolgt von Balk und den vier Abteilungsleitern. Der Raum war verlassen, Ad war nach Hause gegangen. »Sie finden hier eine kleine Ausstellung«, sagte Balk mit einer ausladenden Geste zum Sitzungstisch, »der Leiter der Abteilung, Herr Koning, wird Ihnen dazu eine nähere Erläuterung geben.«

Die beiden Herren drehten sich um. Maarten trat vor. »Zuerst gebe ich Ihnen die drei bisher erschienenen Hefte unseres *Bulletins*«, sagte er. Er nahm die bereitliegenden Stapel vom Tisch und überreichte sie. »Sie finden darin eine Reihe von Beispielen für die Art der Forschung, die wir im Augenblick betreiben.« Er wandte sich dem Tisch zu. »Und dann haben wir hier auf dem Tisch eine Reihe von Karten liegen, die die Probleme illustrieren, denen wir bei dieser Forschung begegnen.« Die beiden Herren kamen näher, während Balk, Rentjes, Kloosterman und de Roode aus einiger Entfernung zusahen. »Eines der Dinge, mit denen wir uns beschäftigen, ist das Aufspüren und Erklären von Kulturgrenzen«, erläuterte Maarten. »Auf dieser ersten Karte, der Karte der Nachgeburt des Pferdes, sehen Sie ein Beispiel für eine solche Grenze. Wenn Sie genau hinschauen, sehen Sie sie hier verlaufen«, er zeigte sie ihnen, »quer durch Brabant.« Er trat ein wenig zurück, um ihnen Platz zu machen, sie beugten sich etwas vor. »Südlich dieser Grenze wurde bis vor Kurzem die Nachgeburt begraben, nördlich davon wurde sie aufgehängt. Das Problem ist, dass sich das Alter dieser Grenze nur mit Hilfe zusätzlicher historischer Daten bestimmen lässt ...« Er wurde durch Herrn Dreessen abgelenkt, dessen Gesicht rot anlief. »Die fehlen in diesem Fall«, sagte er etwas langsamer. Herr

Dreessen presste die Lippen zusammen, wandte sich ab, machte ein paar Schritte und sah dann auf gut Glück auf die Karte, die dort lag.

»Ein Beispiel für Kulturgrenzen, für die wir sehr wohl über historische Daten verfügen, finden Sie auf der Karte, die sich Herr Dreessen gerade anschaut«, sagte Maarten, »das ist die Karte des Roggenbrotes.« Das war zu viel für Herrn Dreessen, um es auf einmal verarbeiten zu können. Er prustete los, ein etwas hohes, unkontrolliertes Lachen, wobei er sich hastig abwandte. Maarten sah ihn amüsiert an. Er schätzte die Reaktion, auch wenn er sich ein etwas männlicheres Lachen hätte vorstellen können, doch solche Schnitzer passierten jedem schon mal.

»Ja«, sagte er schmunzelnd. »Ich gebe zu, dass es etwas ungewöhnliche Themen sind.«

»Das muss es auch geben«, sagte Dreessen mit erstickter Stimme, das Gesicht abgewandt in einem vergeblichen Versuch, sich wieder unter Kontrolle zu bekommen. »Nehmen Sie es mir nicht übel.« Er war puterrot.

»Nein, natürlich nicht«, versicherte Maarten. »Ich habe mich selbst auch daran gewöhnen müssen.«

»War es das?«, fragte Balk sachlich.

»Ich kann noch weiter darauf eingehen«, sagte Maarten.

»Dafür fehlt jetzt die Zeit!«, sagte Balk entschieden. Er sah auf seine Armbanduhr. »Wir gehen jetzt in den ersten Stock!« Er wandte sich ab. Herr Dreessen folgte ihm.

»Können wir Ihre Zeitschrift auch privat abonnieren?«, fragte Dreessens Untergebener. Er war stehen geblieben, während die anderen durch die Tür gingen. »Ich finde es außerordentlich interessant, was Sie uns hier zeigen.« Er sah Maarten ernst an, offenbar aus einem Bedürfnis heraus, den Ausrutscher seines Chefs wiedergutzumachen.

»Natürlich«, sagte Maarten. »Gern.« Der plötzliche Abzug hatte ihn etwas durcheinandergebracht. Er sah sich um, holte einen Stift und ein Stück Papier von seinem Schreibtisch und legte es auf die Karte der Nachgeburt. »Wie ist Ihr Name doch gleich?«

»Feninga«, sagte der Mann. »Mit einem F wie Ferdinand.«

Sobald Maarten zurück in seinem Zimmer war und die Tür hinter sich geschlossen hatte, öffnete sich vorsichtig die Tür des Karteisystemraums. Sien sah durch den Spalt. Als sie bemerkte, dass er allein war, machte sie die Tür weiter auf. »Wie ist es gelaufen?« Joop kam neugierig hinter ihr her. Im selben Moment ging auch die Tür des Besucherraums auf. Manda und Tjitske standen im Türrahmen.

»Herr Dreessen hat sich kaputtgelacht, als er unsere Karten sah«, sagte Maarten amüsiert.

»Gaputtelacht«, sagte Joop. Sie kicherte.

»Nein!«, sagte Sien entsetzt.

Manda lachte. »Ich glaube, dass es mir auch so gegangen wäre.« Sie prustete los. »Ich fange jetzt schon fast an.«

Tjitske lächelte ungläubig.

»Aber könnte sich das nicht nachteilig für uns auswirken?«, fragte Sien beunruhigt.

»Ich denke, dass es ausschließlich positiv ist, denn er fühlt sich jetzt natürlich schuldig. Der andere Mann hat sofort ein Abonnement für das *Bulletin* abgeschlossen.« Er sah zur Tür. Jaring und Freek betraten den Raum, Jaring schmunzelnd. »Wie ist es gelaufen?«, fragte er.

»Merkwürdig«, sagte Maarten.

»B-balk macht so etwas bestimmt gut«, vermutete Freek in seinem gewohnt halb fragenden Tonfall, der die Hoffnung in sich barg, dass man ihm widersprechen würde.

»Ich könnte das so nicht«, sagte Maarten vorsichtig. Er ließ sich dieses Mal nicht zu einer unvorsichtigen Äußerung verleiten.

»Aber er macht es gut«, wiederholte Freek.

»Er macht es mit viel Pathos«, gab Maarten zu.

»Und das k-kannst du nicht.«

»Nein, das kann ich nicht«, sagte Maarten bescheiden.

Das Telefon klingelte. Maarten ging zu seinem Schreibtisch und nahm ab. »Koning!«

»Jaap hier!«, sagte Balk kraftvoll. »Kommst du noch kurz für die Nachbesprechung?«

*

Er setzte sich, nahm Beertas Brief von dem Poststapel, den er von unten mitgenommen hatte, und schnitt ihn auf. »Lieber Maarten«, schrieb Beerta. »Am Dienstag kommst du nicht, denn dann hat Nicolien Geburtstag, und in der Woche darauf bist du auch nicht da, denn da hast du die Sitzung des Bauernhausvereins. Ich gratuliere euch schon mal, auch wenn es ein bisschen früh ist. Ich hoffe, dass ihr einen schönen Tag haben werdet. Danke für die Kopie des Aufsatzes über Cats. Denk daran, dass ich sie noch bezahlen muss. Ist der Besuch des hohen Beamten nach Wunsch verlaufen? Wie steht es um die Schwierigkeiten mit Bart? Und ist Ad noch immer krank? Ich wollte mir die Dissertation von M. F. Fresco, *Der Dichter Dèr Mouw und die Antike*, ansehen. Kann jemand das aus der Bibliothek holen? Es hat nicht die geringste Eile. Karel sehe ich selten, er hat sehr viel zu tun und ist oft im Ausland. Ich hätte mir einen Freund suchen sollen, der weniger hoch hinaus will. Aber dafür ist es jetzt zu spät. Mit besten Grüßen an euch beide. Anton.« Er schrieb den Titel des Buches auf eine Karteikarte, schob den Brief zurück in den Umschlag und steckte ihn in seine Tasche. Als er gerade mit dem nächsten Brief beschäftigt war, betrat Sien den Raum. Das Telefon klingelte. Er nahm den Hörer ab. »Koning!« Er hob die Hand, um sie zu grüßen.

»Ja, ich bin's.«

»Tag, Ad.«

Sien drehte sich noch einmal kurz um und schloss dann die Tür des Karteisystemraums.

»Ich wollte vorläufig lieber noch nicht kommen.«

»Bist du wieder krank?«

»Na ja ... krank.« – Maarten hatte den Eindruck, dass er lachte, jedenfalls klang es munter. – »Heidi hat die Grippe. Also werde ich sie dann auch wohl kriegen, und dann stecke ich euch auch noch an.«

»Das ist sehr fürsorglich von dir.«

»Wie ist es mit den Männern vom Ministerium gelaufen?«

»Das erzähle ich dir später. Das ist eine lange Geschichte.«

»Aber wir werden nicht aufgelöst?«

»Jedenfalls nicht vor dem 31. Dezember.«

»Warte mal! Ich werde gerufen!«

Maarten hörte ihn den Hörer hinlegen und weggehen, wie in einem Hörspiel. Weit in der Ferne erklang die Stimme von Heidi und dann, etwas näher, die von Ad. »Ich habe Koning am Telefon!« Koning! Er musste kurz nachdenken, bevor ihm klar wurde, dass er das war. Es schockierte ihn, dass noch immer so von ihm gesprochen wurde.

»Ja, da bin ich wieder«, sagte Ad.

»Hatten wir noch etwas zu besprechen?«

»Ich glaube nicht, oder? Man sieht sich dann.«

»Ich hoffe es. Gute Besserung. Auch für Heidi.« Er legte den Hörer auf und wählte die Nummer von Bavelaar. »Ad ist krank«, sagte er, als sie sich gemeldet hatte.

»Was hat er jetzt wieder?«

»Grippe.«

»Ich werde es durchgeben.«

Er legte den Hörer erneut auf und setzte die Lektüre der Post fort.

Die Tür des Karteisystemraums ging auf, Sien sah um die Ecke. »Ist Ad wieder krank?«

»Ad ist wieder krank«, antwortete er und sah auf.

»Dann fängt es doch allmählich an, danach auszusehen, dass er überarbeitet ist.«

»Er sagt, dass er die Grippe hat.«

»Aber die kann man doch auch kriegen, wenn man überarbeitet ist.«

»Es ist möglich«, sagte er gleichgültig.

Er bearbeitete die Post, schrieb drei Briefe und stieg die Treppe hinunter zum Kaffeeraum. Dort war es noch still. Er holte eine Tasse Kaffee am Schalter bei de Vries und stopfte sich eine Pfeife. Während er damit beschäftigt war, kam Engelien durch die Schwingtür herein. »Hallo«, sagte sie, wobei sie ihr Haar mit einer Kopfbewegung zur Seite warf.

»Tag, Engelien.« Während sie eine Tasse Kaffee holte, steckte er sich die Pfeife in den Mund, riss ein Streichholz an und zog die Flamme über den Tabak.

Sie setzte sich neben ihn und legte eine kleine, dicke gestrickte Geldbörse mit Schnappverschluss vor sich auf den Tisch. »Ich glaube, es ist gestern ganz gut gelaufen, oder?« An ihrer Stimme und an der Art, wie sie ihn ansah, war etwas Kokettes, als wollte sie ihn einladen, sich kurz zusammen zurückzuziehen.

»Ich denke, ja.« Er wandte seinen Blick ab und sah auf die Geldbörse. Es war eine sinnliche Börse. Er wollte eine Bemerkung darüber machen, hielt aber kurz inne, da ihm im selben Moment bewusst wurde, dass sich dahinter eine Doppeldeutigkeit verbarg (»You can look in my bankbook, but I'll never let you feel my purse« – Bessie Smith), überlegte blitzschnell, dass die aber so gut verborgen war, dass sie ihm nicht zur Last gelegt werden konnte, und sagte dann: »Was für eine hübsche, dicke Börse du hast.«

»Ja, Mensch«, sie nahm sie vom Tisch, »die ist noch von meiner Großmutter. Eigentlich sollte ich längst eine andere haben, aber ich finde sie selbst eigentlich auch so schön.« Sie öffnete sie schamlos und gönnte ihm einen Blick auf den Inhalt.

Er lächelte amüsiert, während er an seiner Pfeife zog.

Hans Wiegersma kam aus dem Hinterhaus. »Hallo«, sagte er verlegen und ging unsicher ausweichend zum Schalter.

Es klingelte.

Maarten warf einen Blick über die Schulter und sah zu seiner Überraschung Bart durch die Drehtür kommen und die Vordertreppe hinaufsteigen.

»Ich habe gehört, dass es hier am Tag vor Weihnachten und zu Silvester immer Kuchen gibt, oder nicht?«, sagte Engelien.

»Ja«, sagte Hans lächelnd. Zögernd setzte er sich ein paar Stühle von ihnen entfernt hin.

»Am Tag vor Weihnachten ein Stück Weihnachtskranz«, sagte Maarten, noch durch das unerwartete Eintreffen Barts in Beschlag genommen, »und zu Silvester einen Oliebol.«

»Aber die fallen dieses Jahr beide auf einen Freitag«, sagte sie, »und dann bin ich nicht da. Ginge es nicht am Mittwoch?«

Meierink kam aus dem Hinterhaus. »Auch einen guten Morgen«, sagte er träge.

»Nein, es muss freitags sein!«, sagte er entschieden.

Sie warf lachend ihren Kopf zurück. »Du willst natürlich mehr!« – Sie tippte ihm auf den Arm.

Er lachte ein wenig, doch eigentlich konnte er mit einem solchen Verhalten nicht recht umgehen. Es schockierte ihn. Koos Rentjes und Mark Grosz kamen sich laut unterhaltend aus dem Hinterhaus und gingen, ohne zu grüßen, zum Schalter. »Ich mache mich mal wieder an die Arbeit«, sagte Maarten. Er trank die Tasse in einem Zug leer, stand auf, stellte sie im Vorbeigehen auf den Tresen und stieg die Treppe hinauf in sein Zimmer. Bart saß am Schreibtisch und tippte. »Du bist wieder da?«, fragte Maarten. Er blieb an Barts Schreibtisch stehen.

Bart sah auf. »Ich gehe gleich wieder.« In seiner Stimme lag ein Vorwurf und auch etwas ausgesprochen Feindseliges.

Nachmittags war er allein im Zimmer. Sien, Joop und Manda hatten einen freien Nachmittag. Nur Tjitske war noch da, im Besucherraum mit Wampie neben sich auf seiner Decke. Einmal hörte er ihn bellen, als ein Besucher kam. Ansonsten war es totenstill. Langsam verstrich der Nachmittag. Es wurde früh dunkel. Seine Lampe warf einen kleinen Lichtkegel auf den Schreibtisch. Darum herum verschwanden die Mappen und Bücher im Halbdunkel. Der Wind tobte um das Büro. Es stürmte und regnete. Vor dem schwarzen Himmel schwankten die Äste der Bäume hin und her. Dahinter hingen unbeweglich die hellgelben Fenster der Büros an der Herengracht. Er fühlte sich beinahe glücklich.

*

»Herr Vorsitzender«, sagte van der Land ernst. Er beugte sich vor, zog einen Aschenbecher zu sich heran und klopfte seine Pfeife aus, den Kopf schräg in Richtung von Vester Jeuring, »ich höre in letzter Zeit beunruhigende Nachrichten über anstehende Einsparungen ...«

»Das ist Wageningen«, unterbrach ihn Sluizer mit einer nasalen, sarkastischen Stimme.

Es wurde gelacht.

»Aber da fängt es oft an«, sagte van der Land und sah zur Seite. Er lachte gezwungen und stockte ein wenig in seiner Eile, die Bemerkung zu parieren.

Sluizer lächelte amüsiert, während er an seiner Pfeife zog.

»Ich frage mich«, fuhr van der Land fort, wieder ernst, »ob unser Verein nicht Gefahr läuft, dem zum Opfer zu fallen, und sollten wir nicht Maßnahmen ergreifen, um es zu verhindern.«

»Aber wir unterstehen doch dem Kulturministerium?«, bemerkte Maarten. Er sagte es halb murmelnd, sodass dem niemand Beachtung schenkte.

»Ich habe dazu gerade ein sehr offenes Gespräch mit van Herwijnen geführt, auf dem Empfang bei der Verabschiedung von Verseput«, sagte Vester Jeuring, »und er hat mir versichert, dass der Topf, aus dem wir gefördert werden, vorläufig nicht in Gefahr ist, und ich hatte auch wirklich den Eindruck, dass er uns sehr wohlgesonnen ist.«

»Es freut mich, das zu hören«, versicherte van der Land.

»Herr Vorsitzender!«, sagte Douma laut, mit einem deutlichen friesischen Akzent, und nahm seine Zigarre aus dem Mund, »wenn uns dieser Herr van Herwaarden, oder wie er auch heißen mag, so wohlgesonnen ist, ist das dann nicht der rechte Augenblick, einen zusätzlichen Beamten zu beantragen? Ich bin auf dem Gebiet nur ein Laie, die anderen Herren hier am Tisch kennen sich damit besser aus, aber ich habe mal gelernt, dass man bei drohenden Einsparungen mehr fordern muss!« Er führte seine Zigarre wieder zum Mund und sah vor sich hin, an der Antwort scheinbar nicht interessiert.

»Davon hat er mir nun gerade abgeraten«, sagte Vester Jeuring. »Das schien ihm im Moment nicht klug zu sein.«

»Oh«, sagte Douma.

»Er sagte auch noch, dass er das Buch von Valkema Blouw so außerordentlich genossen hätte«, sagte Vester Jeuring. Er wandte sich Valkema Blouw zu. »Er hält es wirklich für ein vorzügliches Buch.«

Unter seinem grauen Bart wurde das Gesicht von Valkema Blouw rot. Er lachte geschmeichelt, verlegen aufgrund des Kompliments.

»Dann hat man zumindest nicht umsonst gelebt«, bemerkte Sluizer mit quäkiger Stimme.

Es wurde gelacht.

»Es war auch ziemlich viel Arbeit«, entschuldigte sich Valkema Blouw. Gegen die Bemerkungen Sluizers war er wehrlos.

»Da kann ich ein Wörtchen mitreden«, sagte van der Land überheblich aus dem Mundwinkel zu Maarten.

Maarten lachte, er fühlte sich unbehaglich.

»Und er hat gesagt, dass es unsere Position bei den kommenden Einsparrunden sicher stärken würde, wenn unser Verein in Zukunft mit mehr solcher Veröffentlichungen käme«, sagte Vester Jeuring, seinen Satz beendend.

»Dann müssen wir jemanden suchen, der dafür Zeit erübrigen kann«, meinte Douma.

Kassies, der neben Vester Jeuring saß und protokollierte, sah auf. Er hob die Hand, um etwas zu sagen.

»Wo findet man den?«, fragte Buitenrust Hettema skeptisch. »Die sind heutzutage alle viel zu beschäftigt mit ihren Sitzungen«, er lächelte ironisch, als wäre ihm im selben Moment der Tenor seiner Bemerkung bewusst geworden, »so wie wir jetzt.«

»Ich habe nun gerade gehört, Herr Vorsitzender«, bemerkte van Rijnsoever, »dass sie in Zukunft die gesamte Forschung an den Universitäten unterbringen wollen. Sollte dem so sein, wäre es dann nicht gut, wenn wir eine Reihe von Professoren für unseren Verein interessieren würden? Ich denke beispielsweise an jemanden wie Goslinga, der immer großes Interesse an unserer Arbeit gehabt hat.«

Kassies hatte sich wieder über seine Papiere gebeugt, um die Bemerkung zu notieren.

»Dann dauern die Sitzungen noch länger«, bemerkte Sluizer.

»Das sind zwei verschiedene Dinge«, fiel ihm Balk ungeduldig ins Wort. »Worüber wir hier reden, ist die öffentliche Forschungsförderung. Die geht an den Universitäten vorbei! Dafür wird es eine eigene Stiftung geben!«

»Und wie sollen wir dann an das Geld kommen?«, erkundigte sich Douma.

»Indem wir einen Antrag bei der Stiftung stellen!«, sagte Balk unwirsch.

»Woraufhin dieser Antrag dann abgelehnt wird«, sagte Sluizer mit verkniffener Stimme.

»Das hängt davon ab.«

»Und wer sitzt dann in dieser Stiftung?«, wollte Douma wissen.

»Jeder, der sich mit historischer Forschung beschäftigt, kann Mitglied werden«, antwortete Balk.

»Das wird dann eine Riesenorganisation«, bemerkte 't Mannetje.

»Es ist auch beabsichtigt, die Forscher auf eine Reihe von Arbeitsgemeinschaften zu verteilen«, sagte Balk mit deutlichem Widerwillen. »Die wiederum wählen den Vorstand, und der Vorstand verteilt das Geld.«

»Dann sollten wir also alle Mitglied werden«, schlussfolgerte Douma.

»Nur, wer historische Forschung betreibt!«, warnte Balk.

Kassies hob erneut die Hand. Maarten sah ihn abwesend an, verwundert, dass er von alledem nichts wusste, obwohl er formal Balks rechte Hand war. Er hätte wissen sollen, wie denn das Verhältnis zwischen der Forschung aus der institutionellen und der aus der öffentlichen Forschungsförderung war und ob es noch mehr Fördertöpfe gab, doch da er aus Balks Büro kam, konnte er das nicht fragen.

»Wenn es mir gestattet ist, Herr Vorsitzender, um, anknüpfend an die Bemerkung von van Herwijnen, noch eine Anregung zu geben«, sagte Kassies mit einer an Unterwürfigkeit grenzenden Bescheidenheit. »Ich habe kürzlich zufällig noch einmal den Bericht gelesen, den Herr Koning über die Wände des Bauernhauses geschrieben hat, für den Europäischen Atlas, wenn ich mich nicht irre.« Er sah mit einem Lächeln zu Maarten hinüber, die Augen halb zugekniffen. »Sage ich das so richtig, Koning?«

»Ja, für den Europäischen Atlas«, bestätigte Maarten. Er ahnte, was nun kommen würde, sah jedoch keine Möglichkeit, das Unheil abzuwenden.

»Ja, sehen Sie, dann liege ich richtig. Das ist wirklich eine wunderbare Geschichte! Wäre das nicht etwas für eine Publikation?« Er kniff kurz beide Augen zu, während er Maarten lächelnd ansah.

Vester Jeuring sah fragend zu Maarten.

»Das scheint mir eigentlich kein so furchtbar interessantes Thema zu sein, um die Wahrheit zu sagen«, bemerkte Buitenrust Hettema.

»Ich müsste es erst noch einmal lesen«, sagte Maarten zögernd, während er nach einem Ausweg suchte.

»Mit ein paar packenden Abbildungen zwischen den Texten!«, plädierte Kassies.

»Wäre das vielleicht etwas, um es für das nächste Mal auf die Tagesordnung zu setzen?«, fragte Vester Jeuring Maarten.

»Ja, das ist möglich«, sagte Maarten ohne die geringste Begeisterung.

»Setz es dann mal auf die Tagesordnung für die nächste Sitzung«, sagte Vester Jeuring zu Kassies.

»Kann ich dich irgendwohin mitnehmen?«, fragte van der Land, während sie beide ihre Taschen packten, »oder gehst du zu Fuß?«

»Ich gehe zu Fuß«, antwortete Maarten, noch angeschlagen durch den Auftrag, den er gerade mit auf den Weg bekommen hatte.

»Hast du für mich noch einen Platz?«, fragte Sluizer.

»Für dich habe ich immer Platz«, antwortete van der Land.

Maarten wandte sich ab. »Tschüss, Valkema«, sagte er und streckte Valkema Blouw die Hand hin.

»Tschüss, Koning«, sagte Valkema. Sie gaben sich die Hand.

Maarten ging weiter zu Vester Jeuring. »Wir sehen uns in drei Wochen ja schon wieder«, sagte er, dem »Herr« und dem »Sie« ausweichend.

»Ja, die Kommission«, vermutete Vester Jeuring. »Ich weiß nicht, ob ich da kann, aber ich werde deswegen noch mal anrufen.« Er wandte sich zu Douma, der auf ihn zukam.

»Tschüss, Koning!«, sagte Kassies herzlich. Er drückte ihm freundlich die Hand. »Du denkst noch mal darüber nach, nicht wahr? Es wird ein gutes Buch!« Er nickte ihm ermutigend zu, die Augen zukneifend.

»Aber man muss dafür schon die Zeit haben«, wehrte Maarten ab.

Die Antwort amüsierte Kassies. Er lachte herzhaft und schlug Maarten auf die Schulter. »Ja, nur zu!«

Buitenrust Hettema stand da und wartete auf ihn. »Hast du schon eine Mitfahrgelegenheit?«, fragte er und zog die Augenbrauen hoch.

»Ich gehe zu Fuß«, antwortete Maarten. Im Vorbeigehen schüttelte er van Rijnsoever die Hand. »Tschüss, van Rijnsoever.«

»Bei diesem Wetter?«, fragte Buitenrust Hettema verwundert. »Es ist auch schon dunkel.«

»Ich brauche ein bisschen frische Luft«, entschuldigte sich Maarten.
»Na ja, besser du als ich«, sagte Buitenrust Hettema skeptisch.
Balk ging vor ihnen her gehetzt zur Tür hinaus zu seinem Auto.
»Bist du in drei Wochen auch dabei?«, fragte Maarten, während er seinen Mantel anzog.
»Ich glaube, nicht«, sagte Buitenrust Hettema. »Man hat mich gebeten, in Brüssel eine Ausstellung über Wayangpuppen zu eröffnen. Aber ich rufe dich deswegen noch an.« Sie gingen zum Parkplatz. Es schneite leicht. »Schöne Feiertage«, sagte Maarten noch. Während er durch die Dunkelheit zur Pforte eilte, wurde er von Balk überholt, der wegen Schneegrieseis das Scheinwerferlicht eingeschaltet hatte, unmittelbar gefolgt von dem Auto van der Lands, mit Sluizer auf dem Beifahrersitz. Van der Land hupte kurz und hob die Hand. Da er jemanden rufen hörte, drehte Maarten sich um. 't Mannetje kam hastig hinter ihm hergelaufen. Er wich kurz aus, um das Auto von van Rijnsoever, in dem Valkema Blouw und Douma saßen, vorbeizulassen. Maarten hob die Hand, als sie vorbeifuhren, und wartete, bis 't Mannetje ihn eingeholt hatte. »Gehen Sie auch zu Fuß?«, fragte er.

»Sag ruhig Ruurd zu mir«, sagte 't Mannetje. »Natürlich gehe ich zu Fuß. Du denkst doch wohl nicht, dass ich ein Auto habe?«

»Ich heiße Maarten«, sagte Maarten überrascht. »Heutzutage hat doch jeder ein Auto?«

»Ich finde, das sind schreckliche Dinger«, sagte 't Mannetje. Sie waren am Straßenrand stehen geblieben und warteten auf eine Gelegenheit, die Fahrbahn zu überqueren. Aus der Dunkelheit tauchte eine lange Reihe von Lichtern auf, Autos, die im abendlichen Berufsverkehr auf dem Weg nach Hause waren. Der Schnee wirbelte vor den Scheinwerfern herum und schmolz auf dem Asphalt. »Ja!«, sagte 't Mannetje. Er nutzte rasch eine Lücke zwischen zwei Autos und rannte zur gegenüberliegenden Seite, auf dem Fuße gefolgt von Maarten. Die Autos, vor denen sie entlanggelaufen waren, hupten wütend.

»Aber ich muss dazu sagen, meine Frau hat schon ein Auto«, sagte 't Mannetje, ohne das Gehupe zu beachten – sie gingen im Dunkeln auf dem Fahrradweg neben der Schnellstraße. »Ich lasse mich also schon mal fahren.«

»Arbeitet deine Frau denn?«, fragte Maarten, noch etwas unbeholfen ob der ungewohnten Intimität.

»Meine Frau ist Ärztin. Hasst du diese Sitzungen auch so?«

»Schön ist was anderes«, gab Maarten zu.

»Es interessiert mich nicht die Bohne, ob wir aufgelöst werden oder nicht. Das hält man sowieso nicht auf, wenn sie es sich in den Kopf gesetzt haben, aber so ein Kassies, der lebt dann auf. Man sieht, wie er es genießt. Am liebsten würde er aus uns allen eine Lochkarte machen und sie in seine Hollerithmaschine stecken. Wo gehst du hin?« Er blieb auf der Kreuzung gegenüber dem Eingang zum Tierpark stehen.

»Zum Bahnhof.«

»Dann ist es besser, geradeaus weiterzugehen.«

»Ja?«

»Das ist kürzer, und es ist netter. Ich zeige es dir.«

Sie folgten einer Straße entlang einer Reihe von Apartmenthäusern auf der einen und einem schmalen Waldstück, hinter dem sich die Lichter der Autos geräuschlos fortbewegten, auf der anderen Seite.

»Ich gehe diesen Weg immer«, sagte 't Mannetje, »aber ich habe hier ja auch eine Zeit lang gewohnt.«

»Im Krieg?«

»Da war ich in Rotterdam.«

»Wie alt warst du da?«

»Ich bin Jahrgang dreiundzwanzig.«

»Ich bin Jahrgang sechsundzwanzig.«

Sie schwiegen. Der Schnee fiel auf sie herab und wehte ihnen ins Gesicht.

»An meinem ersten Tag im Büro«, bemerkte Maarten, »rief mich der Vorsitzende des Bauernwagenvereins an. Der hieß auch 't Mannetje.«

»Du hast sicher gedacht, dass ich das wäre«, sagte 't Mannetje amüsiert.

»Ja.«

»Das ist mein Onkel, aber der hat genauso eine Stimme. Schau mal.« Er blieb stehen, die Straße endete an einem Waldrand, wo sich in der Dunkelheit ein ausgetretener Fußpfad zwischen den Bäumen verlor.

»Wenn du den Pfad nimmst und immer geradeaus gehst, kommst du von selbst zum Bahnhof.«
»Du gehst nicht zum Bahnhof?«
»Ich muss dahinten hin, zu meinen Schwiegereltern.«
»Also immer geradeaus?«, wiederholte Maarten zögernd. Er spähte zwischen die Bäume.
»Du findest es leicht«, versicherte 't Mannetje. »Tschüss!« Er hob noch kurz die Hand und wandte sich ab.
Während sich 't Mannetje von ihm entfernte, betrat Maarten den Wald. Unter den Bäumen war es stockdunkel. Von dem ausgetretenen Pfad war nach ein paar Metern nichts mehr zu erkennen. Er suchte vorsichtig nach dem Weg, ging so weit wie möglich geradeaus, die Hand ausgestreckt, um sich nicht zu stoßen. Nun, da er allein war, hörte er in der Ferne das Brummen der Autos auf der Straße, was zugleich beruhigend und unheimlich war. Er überlegte kurz umzukehren, doch die Versicherung 't Mannetjes, dass dieser Weg kürzer wäre, ließ ihn davon wieder absehen, und in diesem Entschluss wurde er noch bestärkt, als er nach etwa fünf Minuten plötzlich wieder aus dem Wald herauskam und am Rand eines Feldes stand, wo ein Fußweg anfing, der die Richtung nahm, die ihm beschrieben worden war. Er folgte dem Pfad, unsicher seinen Weg auf dem unebenen Boden suchend. Es schneite nun heftiger. Der Schnee wehte ihm ins Gesicht, und seine Füße wurden klitschnass von der Quälerei durch Schlamm und Pfützen. Er hatte den Eindruck, dass der Fußweg sich von der Straße entfernte, denn die Geräusche wurden schwächer, doch sicher wusste er es nicht, und als er nach etwa zwanzig Minuten wieder an einen Waldrand kam, beschlich ihn die Vermutung, dass ihn 't Mannetje an der Nase herumgeführt hatte. Wenn dem so war, würde der was erleben. Der Gedanke amüsierte ihn. Er stolperte durch den Wald, überquerte eine Straße, die totenstill vor ihm lag, und kam erneut an ein Feld, das er mühsam überquerte, ohne einen Trampelpfad zu finden, halb erblindet vom Schnee und behindert durch die Dunkelheit. Es war nichts und niemand zu sehen. Langsam begann er, sich auszurechnen, dass er außerhalb Arnheims gelandet war und sich immer weiter von der bewohnten Welt entfernte, als er plötzlich ganz in der Nähe die Lichter

von Autos sah und einen Fahrradweg unter die Füße bekam. Ein Stück weiter standen auf der gegenüberliegenden Straßenseite ein paar Häuser, und nicht weit davon entfernt tauchte im Schneegestöber bei einer Kreuzung auf einem kleinen Platz ein beleuchteter Bus auf. Im Bus saß nur ein Fahrer. Er las die Zeitung beim Licht einer schwachen Lampe, die seine Kabine spärlich erhellte. Die Türen waren geschlossen. Als Maarten mit den Fingern an die Scheibe pochte, sah er auf, griff zu einem Hebel und machte sie auf. »Fahren Sie vielleicht zum Bahnhof?«, fragte Maarten.

»Das habe ich vor.«

»Dann fahre ich mit Ihnen mit, wenn es möglich ist.« Er stieg ein und zog sein Portemonnaie aus der Gesäßtasche. »Wie viel macht das?« Seine Hände waren so durchgefroren, dass er das Geld nur mit viel Mühe herausholen konnte.

*

1977

»Was machst du denn jetzt?«, fragte Nicolien.
»Ich habe mir überlegt, den Fragebogen von Sien mit Mutter durchzugehen.« Er setzte sich wieder auf die Couch, legte ein Brett auf die Knie und darauf den Fragebogen.
»Den Fragebogen von Sien?«, fragte sie bestürzt.
»Ich dachte, dass das vielleicht nett wäre.«
»Arbeit für das Büro? Am Sonntagnachmittag?«
»Weil er für Leute über siebzig gedacht ist.«
»Worum geht es denn da?«
»Um das, was sie früher gegessen haben, als sie noch ein Kind waren.«
»Aber das weiß Mutter doch sicher nicht mehr?«
»Das wollte ich ja gerade ausprobieren.«
»Und wenn ich gern Musik hören würde?«
»Dann hören wir natürlich Musik.« Er nahm das Brett hoch und legte es neben sich.
»Nein, geh jetzt ruhig den Fragebogen durch.«
»Ich höre mir auch gern Musik an.«
»Dann hättest du den Fragebogen nicht geholt.«
Er schwieg.
»Geh ihn schon durch. Jetzt kann ich mir doch keine Musik mehr anhören, wo ich weiß, dass du den Fragebogen durchgehen wolltest.«
»Was machen wir?«, fragte ihre Mutter, die vergeblich versucht hatte, dem Gespräch zu folgen. »Hören wir uns Musik an?«
»Nein, ich wollte Ihnen ein paar Fragen stellen, aus einem Fragebogen«, sagte Maarten etwas lauter, sich deutlich an sie wendend.
»Mir?«, fragte sie erstaunt. Sie begann zu lachen.

»Über die Zeit, als Sie noch bei Ihrer Mutter waren.«
»Bei meiner Mutter? Oh, Kind!«
»Siehst du«, sagte Nicolien. »Daran erinnert sich Mutter doch nicht mehr.«
»Warum sollte sie sich nicht daran erinnern? Ich interviewe doch wohl öfter Leute, die über siebzig sind?«
»Aber nicht solche wie Mutter.«
»Das wollte ich nun gerade mal sehen«, sagte er gereizt.
Sie schwieg.
»Wo lebten Sie damals?«, fragte er und richtete sich wieder an seine Schwiegermutter, er nahm das Brett mit dem Fragebogen auf den Schoß.
»Wann?«
»Als Sie noch ein Kind waren.«
»Ach, das weiß ich nicht mehr.«
»Doch, das wissen Sie noch.«
»In der Annastraat«, half Nicolien.
»Ja, ich glaube, in der Annastraat«, sagte ihre Mutter unsicher.
»Und Ihr Vater hatte eine Kneipe?«
»Musst du das alles wissen?«, fragte Nicolien verwundert.
»Wir müssen den sozialen Hintergrund kennen«, erklärte er, »sonst weiß man gar nichts.«
»Aber den kennst du doch schon?«
»Ja, aber ich versuche, Mutter wieder in die Zeit zu versetzen.«
»Aber eigentlich war er beim Grenzschutz«, sagte ihre Mutter, die inzwischen ihren eigenen Gedanken gefolgt war.
»Aber als Grenzschutzbeamten haben Sie ihn nicht mehr gekannt.«
»Was sagt Maarten?«, fragte ihre Mutter, sich an Nicolien wendend.
»Dass Sie ihn als Grenzschutzbeamten nicht mehr gekannt haben.«
»Nein, weil er wegen Rheuma ausgemustert worden war.«
»Als Sie ein Kind waren, war er Kneipier«, sagte er etwas lauter.
»Ja, da hatte er eine Kneipe.«
»Und wann hatte die Kneipe geöffnet?«
»Was sagst du?«
»Wann die Kneipe geöffnet war. Zu welchen Zeiten!«

»Oh, die war immer geöffnet.«

»Immer?«

»Ja, ich kann mich nicht erinnern, dass sie auch mal geschlossen hatte.«

»Sie haben also auch nie alle zusammen gegessen?«

»Was sagst du?«

»Du musst deutlicher sprechen«, sagte Nicolien.

»Ich spreche deutlich«, sagte er gereizt, »Mutter versteht mich bloß nicht.« Er sah seine Schwiegermutter wieder an. »Sie haben also nie alle gleichzeitig am Tisch gesessen!« Er strengte sich an, deutlich zu artikulieren.

»Nein, mein Vater hat so ein bisschen zwischendurch etwas gegessen, nicht wahr?«

»Hinter der Theke.«

Sie nickte. »Auch mal hinter der Theke, oder wenn meine Mutter ihn abgelöst hat.« Die Frage rief eine Erinnerung bei ihr wach. »Das hatten die Kunden eigentlich lieber, denn meine Mutter machte das Schnapsglas voller. Mein Vater war sparsam, aber meine Mutter schenkte es immer bis zum Rand voll. Darüber hat er dann hinterher manchmal geschimpft.« Sie lachte vergnügt.

Maarten schmunzelte. Er wartete kurz. »Und Sie haben zusammen mit Ihrer Mutter gegessen.«

»Und mit Sjef, Karel und Bets, als sie noch nicht verheiratet war.«

»Und wann war das dann?«

»Was sagst du?«

»Wann? Zu welchen Zeiten?«

Sie sah Nicolien an. »Was hat Maarten gesagt?«

»Er fragt, wann Sie gegessen haben.«

»Wann und wie oft Sie gegessen haben!«, wiederholte Maarten, als sie etwas verstört reagierte.

»O ja, ja, Brot mit Belag.«

»Und wie spät war das dann?«

»Was?«

»Wenn Sie Brot gegessen haben.«

»Das war um sechs Uhr.«

»Und mittags haben Sie warm gegessen.«
»Ja, mittags aß man warm. Das war damals noch so.«
»Und wann war das?«
»Was sagst du?«
»Wann das war, um welche Uhrzeit!«
»Was?«
»Wann Sie warm gegessen haben!«
»Oh, um zwölf Uhr.«
Er nickte. »Und das Frühstück?«
»Das Frühstück?«
»Ja.«
»Das Frühstück war um acht Uhr.«
Er notierte es.
»Wie viele Fragen hast du jetzt gehabt?«, fragte Nicolien.
»Eine.«
»Und wie viele sind es insgesamt?«
Er blätterte im Fragebogen. »Ungefähr hundert.«
»Hundert? Aber damit wirst du so doch nie fertig?«
»Ich brauche damit auch nicht fertig zu werden. Ich mache einfach so lange, bis Mutter genug davon hat.« Er wandte sich wieder seiner Schwiegermutter zu. »Haben Sie schon genug davon?«
»Was hat Maarten gesagt?«
»Ob Sie schon genug davon haben«, sagte Nicolien.
»Ach was, aber ich weiß das alles nicht mehr so genau, nicht wahr? Denn ich bin schon achtzig!«
»Sogar schon dreiundachtzig«, sagte Maarten.
»Bin ich schon dreiundachtzig?« Sie musste darüber lachen. »Ach, Kinder, mit mir habt ihr was zu schaffen.«
»Ach was«, sagte Maarten.
»Alt werden ist nicht schlimm, aber man muss schon bleiben, wie man ist.«
»So ist es.«
»Ihr werdet noch manchmal an mich denken, wenn ihr selbst achtzig seid.«
Sie lachten.

»Das werden wir sicher«, sagte Maarten.
»Dreiundachtzig!« Sie konnte es nicht fassen.
»Kennen Sie diesen Reim noch?«, fragte Maarten.
»Was hat Maarten gesagt?«
»Ob Sie diesen Reim noch kennen«, sagte Nicolien.
»›Zehn, das ist mein Kindheitsjahr‹«, half Maarten.
»›Mit zwanzig sind wir schon ein Paar‹«, setzte seine Schwiegermutter ein.
»›Mit dreißig ...‹«
»›... bin ich dann getraut.‹«
»›Mit vierzig ...‹«
»›... auch schon angegraut.‹«
»›Mit fünfzig ...‹«
»›Mit fünfzig ...‹« Sie dachte nach. »›Mit fünfzig ...‹ Ich weiß es nicht mehr.«
»Doch, das wissen Sie noch.«
»›Mit fünfzig wird's nicht besser werden.‹«
»Nein. ›Mit fünfzig kommen die Beschwerden!‹«
Sie wusste es wieder. »›Mit sechzig wird's nicht besser werden. Mit siebzig nimmt das Leben ab. Mit achtzig lieg ich dann im Grab. Die neunzig werd ich nicht erleben, denn hundert soll man nicht erstreben!‹« Es kam in einem Rutsch. »Das hat mein Vater immer gesagt. Ich bin also schon achtzig!«
»Sogar schon dreiundachtzig!«
»Dreiundachtzig?« Sie lachte ungläubig.
»Aber als Sie noch ein Kind waren«, sagte Maarten, »da haben Sie also morgens Brot gegessen, mittags warm, und abends haben Sie wieder Brot gegessen.«
»Ja, mittags haben wir warm gegessen.«
»Und war das an allen Tagen so?«
»Was hat Maarten gesagt?«
»Ob es an allen Tagen so war«, sagte Nicolien.
»War es samstags auch so?«, half er.
»Ja, samstags auch.«
Er notierte es. »Und sonntags?«

»Sonntags hat meine Mutter Suppe gegessen. Und donnerstags haben wir immer Pfannkuchen gegessen.«
»Siehst du, dass Mutter das noch weiß?«, sagte er zu Nicolien.
»Ja, ich weiß noch so einiges, auch wenn ich schon achtzig bin«, sagte ihre Mutter.
»Dreiundachtzig«, verbesserte er.
»Was hat Maarten gesagt?«, fragte sie, sich Nicolien zuwendend.
»Dass Sie schon dreiundachtzig sind!«
»Bin ich schon dreiundachtzig?«, fragte sie verwundert.

*

Das Licht in der Küche brannte. Er schob sein Namensschild ein, überwand seinen Widerwillen und ging hintenherum zur Küche. Wigbold stand mit dem Rücken zu ihm vor der Kaffeemaschine und drehte sich langsam um. »Herr Wigbold, alles Gute!«, sagte Maarten und streckte die Hand aus. Wigbold, de Vries und Goud waren die Einzigen im Büro, denen er von sich aus ein frohes neues Jahr wünschte, da sie in der Hierarchie am weitesten unten standen.
»Regnet es noch?«, erkundigte sich Wigbold.
»Jetzt ist es trocken.«
»Als ich von meinem Auto hierher gegangen bin, hat es geregnet.«
»Nein, jetzt ist es trocken.« Er verließ die Küche wieder und stieg die Hintertreppe hinauf zu seinem Zimmer. Als er seinen Mantel aufhängte, klingelte es unten. Er betrat sein Zimmer, legte die Plastiktasche ins Bücherregal, schaltete den Ventilator ein, hängte sein Jackett auf und setzte sich an den Schreibtisch. Er zog eine Mappe mit Zeitschriften zu sich heran und schlug sie auf. Es war eine Mappe von Tjitske, die von Bart kontrolliert worden war. Er sah die Zettel mit ihren Zusammenfassungen, die hier und da aus den Zeitschriften ragten, flüchtig durch und stellte fest, dass Bart keine einzige Anmerkung gemacht hatte. Seit er ihm gesagt hatte, dass es miese Stimmung erzeugte, wenn er von Zeit zu Zeit nicht auch selbst aus der Deckung kommen würde, enthielt sich Bart konsequent jedes Kommentars. Das deprimierte ihn.

Er griff zu einem Stift, legte die erste Zusammenfassung beiseite und sah sich den Aufsatz an.

Joop kam lautstark Guten Morgen wünschend herein.

»Tag, Joop«, sagte er, ohne aufzusehen.

Sie blieb an seinem Schreibtisch stehen. »Haben sie an Silvester bei euch auch so ein Chaos veranstaltet?«

Er sah auf, dankbar, dass sie ihm kein frohes neues Jahr wünschte. »Mit Feuerwerk?«

»Ja, aber auch mit Weihnachtsbäumen! Auf dem kleinen Platz vor dem Posthoorn. Ich dachte, dass der ganze Laden in Flammen aufgehen würde.«

»Ja, da wohnst du natürlich fast gegenüber.«

»Und wenn es dann noch dein eigenes Haus ist ...« Sie wandte sich ab.

»Dann stockt einem der Atem«, ergänzte er lächelnd, während sie den Karteisystemraum betrat.

»So ist es«, sagte sie, amüsiert lachend. Sie schloss die Tür.

Während er sich wieder über Tjitskes Arbeit beugte, hörte er Sien auf dem Flur ihren Mantel an die Garderobe hängen. Sie drückte die Türklinke herunter und betrat den Raum. »Ich habe gestern deinen Fragebogen an meiner Schwiegermutter ausprobiert«, sagte er und sah auf, bevor sie die Gelegenheit hatte, ihm ein frohes neues Jahr zu wünschen.

»Und?« Sie kam an seinen Schreibtisch.

»Sie konnte sich noch an eine ganze Menge erinnern.« Er lachte.

»Aber er ist schon sehr lang, oder?«

»Er ist lang«, gab er zu. »Aber wie beim Brot ist mir aufgefallen, dass es früher viel mehr feste Bräuche gab. Es gab viel mehr, was geregelt war. Ich habe mich gefragt, ob es etwas mit der Armut früher zu tun hat.«

Sie sah ihn ungläubig an. »Glaubst du?«

»Wenn alles unsicher ist, bieten Bräuche Sicherheit«, verdeutlichte er.

»Aber so etwas kann man doch nie und nimmer beweisen!«, sagte sie unwillig.

»Man muss es auch nicht beweisen.«

»Aber dann ist es doch keine Wissenschaft?«

»Erst dann ist es Wissenschaft«, versicherte er mit einem Lachen, das seine Irritation verbergen sollte.

»Na, das weiß ich nicht.« Sie wandte sich ab.

Die Tür ging auf. Bart betrat das Zimmer. Er ging um den Tisch herum und kam mit ausgestreckter Hand auf Maarten zu, während Sien in den Karteisystemraum ging.

Maarten stand auf.

»Ein sehr gutes 1977«, sagte Bart und drückte ihm die Hand, »und Nicolien natürlich auch.« Sein Gesicht strahlte vor Freundlichkeit.

»O ja, natürlich«, sagte Sien erschrocken von der Schwelle des Karteisystemraums aus, »auch noch ein frohes neues Jahr natürlich.«

»Danke, dir auch«, sagte Maarten zu ihr. Sie ging in den Karteisystemraum. Er wandte sich Bart zu. »Danke, übermittle Marion auch meine Wünsche.«

»Habt ihr noch etwas Besonderes gemacht?«, erkundigte sich Bart, während er seine Tasche zum Schreibtisch brachte.

»Wir sind mit Nicoliens Mutter im Vondelpark spazieren gewesen und haben im Café Americain einen Apfel im Schlafrock gegessen.«

»Aber ich meine eigentlich an Silvester.«

»Silvester haben wir Domino gespielt, Oliebollen gegessen und Glühwein getrunken«, er setzte sich wieder, »und wir haben uns natürlich das Kabarettprogramm von Wim Kan angehört.«

»Mit dem, was er über Abtreibung gesagt hat, wird er dir wohl aus der Seele gesprochen haben«, vermutete Bart mit einer leichten Boshaftigkeit in der Stimme. Er war wieder hinter seinem Schreibtisch hervorgekommen und blieb stehen.

»Ich weiß nicht, was ich über Abtreibung denke«, wehrte Maarten ab.

»Ich dachte eigentlich, dass du dafür wärst, bei deiner Abneigung gegen das Kinderkriegen.«

»Nein, ich glaube nicht, dass ich so unbedingt dafür bin«, sagte Maarten neutral, »aber ich bin natürlich auch nicht dagegen.« Er sah an Bart vorbei, als die Tür aufging.

Ad betrat den Raum. Er stellte seine Tasche an den Schreibtisch, ging um den Tisch herum zum Schreibtisch von Maarten und streckte ihm lachend seine Hand entgegen, zog sie jedoch wieder zurück, als Maarten nicht sofort reagierte. »Ich weiß eigentlich nie, ob ich dir ein frohes neues Jahr wünschen soll.«
»Wenn du den Drang verspürst, solltest du dem ruhig nachgeben.«
Sie gaben sich die Hand.
»Und dir auch, Bart«, sagte Ad, während er sich zu Bart umdrehte.
»Dir auch, Ad«, sagte Bart herzlich, »und Heidi natürlich auch.«
»Und auch Marion.«
»Ich wollte gerade los, den Damen ein frohes neues Jahr zu wünschen«, teilte Bart mit.
»Ja, das muss ich auch noch machen«, sagte Ad.
Bart verschwand im Karteisystemraum, Ad im Besucherraum. Maarten blieb allein zurück. Während er sich wieder in den Aufsatz vertiefte, hörte er im Karteisystemraum das ausgelassene Schreien und Lachen von Joop sowie, fast unhörbar, die sanfte, freundliche Stimme Barts. Aus dem Besucherraum kam kein Laut, als säßen sie dort zu dritt und spielten Domino.
Ad kam als Erster von seiner Runde zurück. Er ging etwas unsicher zu Maartens Schreibtisch.
Maarten sah auf.
»Hättest du Lust, noch einmal zusammen zu den Bauern in Drente zu fahren, um Witze aufzunehmen?«
»Witze!«, sagte Maarten. Er legte den Stift hin und lehnte sich zurück.
»Weil du mal gesagt hast, dass wir eigentlich notieren müssten, was Leute sich heutzutage so erzählen.«
»Das ist eigentlich eher die Arbeit von Anthropologen.«
»Aber die machen es nicht.«
Maarten dachte nach. »Wie hattest du dir das denn vorgestellt?«
»Wenn wir jetzt Boesman einfach bitten, sie für einen Nachmittag alle zusammenzurufen?«
»Das ist schon sehr speziell.«
»Ich hatte auch gedacht, das mehrmals zu machen, damit sie sich daran gewöhnen.«

Maarten schwieg.

»Einfach, um zu wissen, worüber die Kerle eigentlich wirklich reden, wenn sie zusammensitzen.«

»Gut«, entschied Maarten. »Mach mal einen Termin.« Er beugte sich wieder über die Arbeit, während Ad zu seinem Schreibtisch ging, wurde jedoch erneut durch Barts Rückkehr unterbrochen.

»Ich würde morgen gern wieder einmal zu Herrn Beerta gehen«, sagte Bart, während er an Maartens Schreibtisch stehen blieb.

Maarten erinnerte sich mit Schrecken daran, Beerta erzählt zu haben, dass Bart Probleme mit dem Publizieren hätte. Wenn Beerta damit loslegen würde, erwartete ihn bitteres Elend. »Geht es nicht auch nächste Woche?«, fragte er in einem Versuch, das Unheil hinauszuzögern.

»Nein, ich möchte lieber morgen.« Als röche er, dass sich hier eine Gelegenheit bot, doch noch zu seinem Recht zu kommen.

»Ich hatte ihm ein Buch aus der Bibliothek bringen wollen«, erläuterte Maarten.

»Das kann ich doch auch mitnehmen?«

»Gut«, er sah, dass er Bart nicht davon abbringen konnte, »dann gehe ich nächste Woche.«

»Welches Buch war das denn?«, fragte Bart arglos.

Maarten stand auf. »Ich werde Tjitske bitten, es zu holen.« Er ging weiter zum Besucherraum, bedrückt durch die Aussicht auf Barts Verstimmung. »Tag, Manda. Tag, Tjitske«, sagte er, als er den Raum betrat. – Sie saßen einander gegenüber an ihren Schreibtischen und arbeiteten. – »Ich nehme an, dass Bart und Ad euch schon ein frohes neues Jahr gewünscht haben, das brauche ich also nicht mehr zu machen.«

»Haben sie es dir denn auch gewünscht?«, fragte Manda.

Er lachte.

»Denn sonst müssen wir es wohl machen.«

Tjitske kniff lachend die Augen zu.

»Ja, das ist in Ordnung«, versicherte er. Er blieb bei Manda stehen. »Hattet ihr Silvester viele Leute in der Kirche?«

»Mehr als im vorigen Jahr.«

»Doch wohl nicht, weil es mehr Katholiken gibt, hoffe ich?«

Sie lachte. »Nein, ich glaube, weil die Menschen jedes Jahr ein Jahr älter werden.«

»Gott sei Dank.« Er wandte sich Tjitske zu. »Könntest du für Beerta ein Buch aus der Bibliothek holen?«

Er nannte ihr den Titel, blieb noch kurz stehen, ohne etwas zu sagen, und verließ den Raum wieder durch die Tür zum Flur. Als er von der Toilette kam, kam Freek gerade aus seinem Zimmer. »Warte mal«, sagte er, als er Maarten sah. Er kam über den Flur auf ihn zu. »Oder gehst du auch Kaffee trinken?«

»Am Tag nach Neujahr trinke ich nie Kaffee«, antwortete Maarten.

»Weil du diese N-neujahrswünscherei hasst wie die P-pest.«

»Richtig.«

Freek lachte hoch auf, unterdrückte es jedoch wieder. »Ich hatte dich fragen wollen, ob ich nächste Woche wirklich zu dieser K-kommissionssitzung muss?«

»Natürlich.«

»Warum?« Er sperrte die Augen weit auf, entrüstet. »Ich habe da doch nichts zu suchen? Du und Jaring, ihr führt doch das Wort?«

»Weil die Kommission euch mit dabei haben will.«

»Und wenn ich nun finde, dass es schade um die Zeit ist?«

»Es geht nicht darum, was du findest, es geht darum, was die Kommission findet.«

»Na, darüber denke ich dann doch anders.«

»Ich habe auch jahrelang dort für nichts und wieder nichts gesessen. Das lehrt einen Relativität«, sagte Maarten ironisch.

»Und was passiert dann, wenn ich einfach nicht komme?«

»Das nennt man in England ›contempt of court‹.«

»›C-contempt of court‹«, wiederholte Freek, ein nervöses Lachen unterdrückend.

»Denk noch mal darüber nach«, sagte Maarten, während er sich abwandte. Er zweifelte keine Sekunde am Ausgang, dafür kannte er Freek jetzt lange genug. Während er zu seinem Zimmer zurückging, dachte er erneut mit Sorge an Barts Vorhaben, Beerta zu besuchen. Das warf einen Schatten über den Rest des Tages. Es half nichts, sich klarzumachen, dass er es sich nicht zu Herzen nehmen brauchte – denn warum sollte er Beerta nicht erzählen dürfen, dass Bart Probleme mit dem Publizieren hatte? Es beschäftigte ihn dennoch, und als er am Ende des Tages nach Hause ging, fühlte er sich unglücklich und verloren. Die Wohnung war dunkel. Nicolien war in Den Haag, um ihre Mutter zurückzubringen. Er machte das Licht an, streichelte Marietje, die aus dem Wohnzimmer auf ihn zugekommen war, stellte die Plastiktasche auf die Spüle und zog seinen Mantel aus. Im Kühlschrank stand eine Schale mit einem Rest brauner Bohnen. Er stellte einen Topf aufs Gas, gab ein Stückchen Butter hinein und packte die Tasche aus. Statt Tomaten hatte man ihm drei Zwiebeln gegeben. Dann eben Zwiebeln. Er schnitt sie in Stücke, streute sie über die Bohnen, fügte hundert Gramm geriebenen Käse und eine Paprika hinzu und holte, als es zu schmoren begann, eine Scheibe braunes Brot aus dem Wohnzimmer, die er in Würfel schnitt und dazugab. Während er die Masse umrührte, öffnete er mit der anderen Hand den Kühlschrank und holte eine Flasche Bier heraus, sah dort ein Ei liegen und wollte es auch noch nehmen, doch als er es hochnahm, blieb es kleben, und als er es löste, lief es aus. Das brachte ihn in die Wirklichkeit zurück, doch es machte ihn nicht heiterer. Niedergeschlagen nahm er sein Resteessen zu sich, wusch die Sachen ab, las die Zeitung, schlief ein, wurde wieder wach und stellte fest, dass es Zeit war, Nicolien vom Bahnhof abzuholen.

Draußen war es kalt. Vor dem schwarzen Himmel hing eine große, weiße Wolke, vage beschienen durch das Licht der Stadt. An der Ecke zum Nieuwendijk wurde er von zwei großen, dicken Männern und zwei großen, dicken Frauen angehalten, die Männer einfach im Jackett, mit offenen Hemden, die Frauen in Pelzmänteln. »Kennen Sie sich hier aus?«, fragte einer der Männer.

»Das kommt darauf an, wo Sie hinmüssen«, antwortete Maarten.

Die Antwort schien den Mann zu verwundern. Er musterte ihn, als fragte er sich, ob man ihn auf den Arm nehmen wollte, er hatte eine platte Nase und einen kleinen Mund ohne Lippen, in dem etwas Gold glänzte. »Tante Leen«, sagte er dann.

»Da müssen Sie geradeaus«, sagte Maarten, wandte sich ab und wies in die Haarlemmerstraat, »bis zur Brücke, dann links, über die erste

Brücke rechts und dann in eine Straße, die von dort schräg abgeht, die Lindengracht.«

»Da lang«, sagte der Mann zu den drei anderen, als benötigten Maartens Worte eine Übersetzung, und sie entfernten sich, ohne sich bei ihm zu bedanken. Unter anderen Umständen hätte es ihn amüsiert, doch heute war er zu deprimiert. Er saß in einem tiefen Loch, und dort blieb er.

*

»Eine Mappe«, sagte er und legte eine Mappe mit Zeitschriften auf Joops Schreibtisch. Er zog einen Stuhl unter dem Tisch hervor. »Sag Bescheid, wenn es etwas gibt, was du nicht verstehst.« Er setzte sich. »Ich habe mir heute Nacht überlegt, dass man natürlich sehr wohl beweisen kann, dass es einen Zusammenhang zwischen Armut und dem Festhalten an Bräuchen gibt«, sagte er, während er sich Sien zuwandte, »man darf sich nur nicht auf die Ernährung beschränken.«

»Aber Maarten, du willst mir doch wohl nicht erzählen, dass du nachts auch schon an das Büro denkst?«, rief Joop.

»Woran soll ich sonst denken?«, fragte er lachend. »An den Tod?«

»Du sollst überhaupt nicht denken, du sollst schlafen!«

»Und wenn man nun nicht schlafen kann?«

»Ich finde, Joop hat recht«, sagte Sien. »Du musst wirklich aufpassen, sonst hältst du es nicht durch.«

»Du meinst physisch?«

»Ja, physisch.«

»Deswegen sitze ich jeden Morgen zehn Minuten auf der Rudermaschine.«

»Hast du nie daran gedacht, Yoga zu machen?«, fragte Joop.

»Aber du hast mir selbst einmal gesagt, dass man davon verrückt werden kann.«

»Wenn man es zu intensiv macht.«

»Ich mache alles intensiv.«

»Ja, das wissen wir«, sagte sie lachend.

Lächelnd wandte er sich wieder Sien zu. »Wenn du die Möglichkeit siehst zu zeigen, dass die Bräuche auf dem Gebiet der Ernährung, der Kleidung, der Einrichtung, der Feste und Begräbnisse gleichzeitig verschwinden, und dann diese Veränderungen mit der wirtschaftlichen Konjunktur vergleichst, hast du den Beweis. Wenn du natürlich auch auf die sozialen Unterschiede achtest.«

»Aber muss ich mich dann auch noch mit diesen anderen Themen beschäftigen?«, fragte sie erschrocken.

»Natürlich! Das ist unser Fach!«

»Hör mal, das kann ich nicht.«

»Du brauchst auch nicht alles gleichzeitig zu machen. Du musst sie nur im Blick behalten.«

»Nein, das kann ich nicht«, sagte sie störrisch. »Ich muss mich spezialisieren, sonst überarbeite ich mich.«

»Du darfst dich schon spezialisieren, aber auf die Bräuche, nicht auf die Ernährung.«

»Na ja, ich werde trotzdem mal mit der Ernährung anfangen.«

Er lächelte, um sein Missfallen zu verbergen. »Fang mal mit der Ernährung an«, er stand auf und schob den Stuhl wieder zurück, »der Rest kommt dann schon noch.« Er wandte sich lächelnd ab und verließ den Raum, wobei das Lächeln auf seinem Gesicht erstarb. Sie kam ihm hinterher. »Hör mal, ich habe das wirklich so gemeint«, sagte sie, als er an seinem Schreibtisch Platz nahm. »Du musst wirklich an deine Gesundheit denken.«

»Findest du, dass es dafür einen Grund gibt?«, fragte er und sah auf.

»Ja, ich sehe es dir an.«

Ihre Besorgnis rührte ihn. »Aber das kommt nicht daher, weil ich überarbeitet bin, es kommt daher, weil ich angespannt bin.«

»Das ist dasselbe.«

»Ich weiß nicht, ob es dasselbe ist«, wehrte er ab. »Oder vielleicht ist es schon dasselbe, aber dann kommt es trotzdem nicht vom zu vielen Arbeiten. Eher vom Nichtstun.«

»Und trotzdem musst du aufpassen.«

Er lachte sie an. »Ich werde aufpassen.«

Obwohl er die Besorgnis übertrieben fand, beunruhigte sie ihn doch. Sah er so schlecht aus? Kurz fühlte er sich versucht, sich in einem Spiegel anzusehen, doch er vergaß es wieder, und später, als er an der Toilette vorbeikam und wieder daran dachte, hatte er keine Zeit.

*

Wenige Sekunden vor Abfahrt kam Ad gemächlich auf den Bahnsteig geschlendert, die Tasche in der Hand. Maarten entdeckte ihn, als er zwischen ein paar Leuten auftauchte, die zum Zug hasteten. Ein Stück weiter stand der Zugführer schon mit der Pfeife in der Hand und einem Bein auf dem Trittbrett bereit. Maarten streckte die Hand aus dem Fenster. Ad reagierte mit einem kaum sichtbaren Lächeln. Er stieg ruhig ein. Der Schaffner pfiff. Die Türen schlugen zu. Während Maarten seinen Kopf zurückzog und das Fenster hochkurbelte, setzte sich der Zug mit einem Ruck in Bewegung. »Das war aber im letzten Moment«, sagte er, als Ad die Tür aufzog und das Abteil betrat.

»Ja?«, fragte Ad lächelnd. »Ich hatte doch jede Menge Zeit.« Er zog seinen Mantel aus und setzte sich Maarten gegenüber.

Maarten nahm sich wie immer den *Groene Amsterdammer* vor. Ad öffnete die Tasche und holte einen Stapel Papiere heraus. Maarten beobachtete ihn über den Rand seiner Zeitung hinweg. »Das Register?«

»Ja. Hast du schon mit der Einleitung angefangen?«

»Wenn das Register fertig ist, wollte ich zuerst mit Balk sprechen, ob es Geld dafür gibt.«

»Es ist jetzt fast fertig.«

Maarten nickte und vertiefte sich in den Artikel, mit dem er beschäftigt war. Hin und wieder warf er einen Blick aus dem Fenster. Das Dunkel der Nacht ging unmerklich in das Grau des Tages über. Über den Feldern hing ein leichter Nebel. Das Gras auf den Weiden war weiß. Die Bäume hoben sich gegen die Umgebung schwarz ab. Die Minibar wurde vorbeigeschoben. Sie nahmen Kaffee.

»Lass mich mal bezahlen«, sagte Ad, als Maarten zu seinem Portemonnaie griff.

»Du rechnest es doch wohl ab, nehme ich an?«, sagte Maarten boshaft.

»Du brauchst es nicht zu unterschreiben, wenn du nicht willst«, parierte Ad.

Maarten schmunzelte. Er suchte nach einer freundlichen Bemerkung, um die vorangegangene zu relativieren, und erinnerte sich an die Reaktion von Ads Vater, als sie beim letzten Mal eine kleine Reise gemacht hatten. »Weiß dein Vater, dass wir zusammen auf Reisen sind?«, fragte er, während er den Inhalt des Zuckerbeutels in seinen Kaffee streute.

»Ich habe sie angerufen.«

»Und was hat er gesagt?«

»Er hat gesagt: ›Gut so, mein Junge. Wenn du dich selbst nicht kitzelst, tut es ein anderer auch nicht.‹«

Maarten lachte. Ebenso eine Bemerkung, wie er sie beim vorigen Mal auch gemacht hatte.

»Ich glaube, du findest das komisch, oder?«

»Nein, ich lache, weil er beim letzten Mal genau so etwas gesagt hat.«

»Hätte dein Vater denn so etwas nicht sagen können?«, fragte Ad neugierig.

»Nein«, sagte Maarten entschieden. »Er wäre nicht einmal auf den Gedanken gekommen.«

Ad sah ihn ungläubig an.

»Wenn ich meinem Vater gesagt hätte, dass die Wissenschaft Bauernfängerei ist, ein einziger großer Selbstbedienungsladen, hätte er zwar darüber lachen müssen, aber im nächsten Moment wäre er wieder ernst geworden und hätte gesagt, dass es nicht auf die Leute zutreffen würde, die er kennt.«

»Und glaubst du, dass das so ist?«

»Es liegt natürlich am Niveau. Die Bauernfängerei besteht darin, dass die Wissenschaftler daraus den Sinn ihres Lebens ableiten. Das Geld kommt an zweiter Stelle.«

»Aber das ist doch auch wichtig?«

»Weil es beweist, dass ihre Arbeit Sinn hat.«

»Denkst du wirklich, dass es so funktioniert?« Es war deutlich zu merken, dass Ad nicht daran glaubte.

»Ja«, sagte Maarten in einem Ton, der keinen Widerspruch zu dulden schien. Er nahm einen Schluck von seinem Kaffee und sah mit dem Pappbecher in der Hand nach draußen. Auf der Straße entlang der Schienen war es glatt. Die Autos fuhren vorsichtig. Ein paar standen an einem Bahnübergang, den der Zug passierte, während die Glocke am Übergang klingelte. »Hier ist es spiegelglatt«, stellte er fest.

»Heidi hält gar nichts davon, dass du immer vorn sitzen willst«, sagte Ad.

»Warum nicht?«, fragte Maarten erstaunt.

»Weil da die meisten Unfälle passieren.«

»Ach. Wenn etwas passieren soll, dann passiert es auch.«

»Ich glaube, das ist ihr zu stoisch.«

»Wo haben wir das auch gleich wieder eingeordnet?«, fragte Maarten und sah auf das Papierbündel neben Ad auf der Bank.

»Bei den Vorzeichen, glaube ich.« Er nahm das Bündel hoch und blätterte darin. »Ja, bei den Vorzeichen.«

»Aber wenn ich mich recht erinnere, war das kein sauberes Beispiel«, sagte Maarten nachdenklich. »Du kannst ihr besser das Gedicht von van Eyck zu lesen geben.«

»Wer war das?«

»Pieter Nicolaas van Eyck. Kennst du den nicht?«

Ad schüttelte den Kopf. »Ich habe nie viele Gedichte gelesen.«

Der Gärtner und der Tod.«

»Nein, das kenne ich nicht. Wie geht das?«

»Das weiß ich nicht aus dem Kopf. Etwas mit Isfahan. Es stand in *Het boek voor de jeugd.*«

Ad sah ihn mit einem leeren Gesichtsausdruck an.

»Kennst du das auch nicht?«

»Nein.«

Maarten lachte. »Du weißt nichts.«

»Ich bin bloß ein Arbeiterkind.« Es klang pikiert.

»Es ist im Verlag De Arbeiderspers erschienen«, sagte Maarten halb entschuldigend, »aber du hast recht, es ist aus der Zeit kurz vor dem Krieg, und da hast du noch nicht gelesen.«

»Und mein Vater war außerdem Kommunist.«

»Auch das.«

Sie schwiegen. Maarten hatte den *Groene Amsterdammer* wieder auf den Schoß genommen, doch er las nicht, er sah aus dem Fenster. Er versuchte noch immer, sich das Gedicht von van Eyck ins Gedächtnis zu rufen, konnte sich jedoch nur noch an die letzte Zeile erinnern: ›Den ich abends fand in Isfahan‹ – oder so ähnlich.

»Wie ist es eigentlich mit der Rezension des Buchs von Everhard abgelaufen?«, fragte Ad.

»Ich glaube, dass Bart gerade dabei ist, sie umzuschreiben«, sagte Maarten, während er langsam in die Wirklichkeit zurückkehrte. »Das Buch liegt zumindest auf seinem Schreibtisch, und man sieht ihn ständig mit Karteikarten und Büchern hantieren.«

»Aber er hatte die Rezension doch schon geschrieben?« In seinem Ton klang reichlich Boshaftigkeit durch.

»Aber jetzt muss er seinen Namen daruntersetzen«, sagte Maarten so unbeteiligt wie möglich.

»Findest du das eigentlich normal?«, fragte Ad arglos.

Maarten zögerte. Im Büro, mit Bart in der Nähe, wäre solch ein Gespräch undenkbar, und das brachte ihn dazu, auf der Hut zu sein. »Nein, normal ist es nicht.«

»Ich habe den Eindruck, dass er auch nichts mehr an den Mappen macht.«

»Nein, er macht nichts mehr an den Mappen.«

»Und findest du, dass das so einfach geht?«

»Es ist ein Problem«, sagte Maarten vorsichtig.

»Denn jetzt hast du es ihm abgenommen. Das kann doch auch nicht endlos so weitergehen?«

»Es ist ein Problem, für das ich keine Lösung weiß«, wehrte Maarten ab. Das Gespräch hatte etwas Falsches, da Ad mit seinem haushohen Krankenstand nur wenig Recht hatte, so über andere zu sprechen. Er hätte dazu etwas sagen können, doch er schreckte davor zurück, und das ärgerte ihn wiederum. Er nahm sich den *Groene Amsterdammer* wieder vor und tat, als ob er lesen würde, doch die Bedeutung der Worte drang nicht zu ihm durch.

In Zwolle stiegen sie in den Zug nach Emmen um, einen kleinen Zug, der träge durch das Acker- und Weideland zuckelte. Bei jedem Halt brachten die einsteigenden Passagiere die Kälte von draußen herein. Die Bäume und Wäldchen waren leicht mit Reif bedeckt. Dazwischen standen, verstreut in der nebligen Landschaft, verträumte Bauernhäuser. Der Anblick verschaffte Maarten ein leichtes Glückgefühl, als sei er unterwegs zum Ende der Welt. »Wie wolltest du die Sache gleich angehen?«, fragte er.

»Eigentlich wollte ich Boesman die Leitung überlassen.«

»Aber du weist ihn ein?«

»Ja«, sagte Ad ruhig. »Ich werde ihn einweisen.«

Boesman stand in einem dreiviertellangen Duffelcoat am Ausgang. »Heer Koning, Heer Muller«, sagte er und drückte ihnen die Hand. »Noch ein frohes neues Jahr. Wie läuft es in Amsterdam?«

»In Amsterdam läuft es gut«, sagte Maarten. »Und wie läuft es hier?«

»Auch gut«, sagte Boesman. Er schniefte kurz, ein nervöser Tick, bei dem sich sein Gesicht auf einer Seite verzog.

»Keine Todesfälle?«

»Das ist uns zum Glück noch erspart geblieben, aber die Jungs werden schon ein paar Tage älter.«

Sie gingen zum Auto. Über allem hing ein feiner Nebel. Die Stille hatte nach der langen Zugfahrt etwas Unwirkliches.

»Ist es hier glatt?«, erkundigte sich Maarten, während er neben Boesman ins Auto stieg. Ad setzte sich nach hinten.

»Es ist manchmal etwas glatt.« Er startete den Motor, angespannt, in aufrechter Haltung, den Körper ein wenig zum Lenkrad geneigt, als wolle er das Auto mit seinen Armen auf der Straße halten.

»Unterwegs war es auch glatt«, erzählte Maarten, »ungefähr hinter Amersfoort.«

Boesman gab darauf keine Antwort. Er lenkte das Auto vorsichtig auf die Straße, aufmerksam links und rechts Ausschau haltend, ob auch kein Verkehr kreuzte, überquerte den Bahnübergang kurz hinter dem Bahnhof und gab dann etwas mehr Gas. »Es ist ja ein bisschen nebelig«, stellte er fest.

Sie fuhren durch die Emmerdennen. Der Nebel hing zwischen den Bäumen. Fünfzig, sechzig Meter vor ihnen verschwand die Straße im grauen Dunst. Es herrschte wenig Verkehr. Sie schwiegen. Boesman sah konzentriert vor sich, das Lenkrad zwischen seinen großen Bauernhänden. Der Zeiger des Tachometers schwankte um die sechzig Stundenkilometer.

»Das letzte Mal hatten Sie noch kein Auto«, bemerkte Maarten.

»Wat seggt Seij?«, fragte Boesman, ohne die Straße aus den Augen zu lassen.

»Das letzte Mal«, wiederholte Maarten etwas langsamer und deutlicher, »da hatten Sie noch kein Auto.«

»Nein, da hatte ich noch kein Auto.«

Maarten sah aufmerksam vor sich. Die Straße machte eine leichte Kurve nach rechts.

»Ich habe es jetzt seit drei Jahren, weil meine Frau nicht mehr so gut zu Fuß ist.«

Maarten nickte.

Ad hatte sich hinter ihnen etwas nach vorn gebeugt und sah nun zwischen ihnen hindurch ebenfalls auf die Straße. Sie fuhren dicht an einem Kanal vorbei.

»Fährt hier nie einer in den Kanal?«, fragte er.

»Was sagt der Herr Muller?«, fragte Boesman.

»Ob hier nie einer in den Kanal fährt«, wiederholte Ad.

»Doch, das ist schon passiert, ja.«

»Das scheint mir nicht so angenehm zu sein.«

»Och nein, aber das wird in Amsterdam auch wohl mal passieren.«

»Früher«, sagte Maarten. »Heutzutage gibt es Absperrungen an der Gracht.«

»Ja, das macht was aus. Das haben sie sich gut ausgedacht.« Er bremste. Im Nebel tauchte eine rote Ampel auf. »Das Licht ist ja rot«, stellte er fest, mehr zu sich selbst.

»Aber erzähl jetzt mal, Heer Koning«, sagte Boesman am Ende der Brotzeit, »worum das nun eigentlich geht.«

»Das wird Muller erzählen«, antwortete Maarten.

Sie saßen mit Boesmans Frau am Tisch vor dem Fenster. Der Nebel war inzwischen so dicht geworden, dass die gegenüberliegende Seite der Pflasterstraße, auf der die Felder begannen, kaum noch zu sehen war. Die Straße lag verlassen da. Während sie dort gesessen hatten, war nicht ein einziges Auto vorbeigekommen.

»Wir würden gern ein paar Witze hören«, sagte Ad. Er lachte, ein bisschen provozierend, wobei er den Mund geschlossen hielt.

»Das haben Sie ja geschrieben.« Er nahm eine große Zigarre aus einer Kiste, steckte sie in den Mund und hielt Maarten die Kiste hin.

»Ich rauche lieber eine Pfeife«, sagte Maarten. Er stand auf, um seine Pfeife und den Tabak aus der Tasche zu holen.

»Herr Muller?«, fragte Boesman und hielt Ad die Zigarrenkiste hin.

»Nein, vielen Dank«, sagte Ad.

Frau Boesman stand auf und begann, den Tisch abzuräumen.

»Witze!«, sagte Boesman. Er zündete die Zigarre an und blies den Rauch aus. »Und was für Witze sollen das denn sein?«

»Wollt ihr Kaffee?«, fragte Frau Boesman.

»Ja, mach mal Kaffee«, sagte Boesman. »Ihr wollt doch wohl Kaffee?«

»Gern«, sagte Maarten. Er war während der Mahlzeit immer angespannter geworden, als ob an jedem Muskel ein Gewicht hinge und sein Kopf eingeklemmt wäre, und er versuchte nun, sich ein wenig zu entspannen, indem er lässig die Beine ausstreckte.

»Alle Witze«, sagte Ad. »Und auch Geschichten. Was die Leute sich hier erzählen, wenn sie zusammensitzen.«

Boesman zog nachdenklich an seiner Zigarre und sah Ad an. »Und was wollt ihr damit dann machen?«

»Es scheint uns interessant zu sein«, sagte Ad mit demselben provozierenden Lachen.

»Es geht darum, dass Muller es dann anschließend mit dem vergleicht, was man sich in anderen Kreisen erzählt«, kam Maarten zu Hilfe.

»Ja, das vielleicht auch«, sagte Ad.

»Aber ist es denn egal, was die Jungs erzählen?«, fragte Boesman.

»Ja«, sagte Ad.

»Aber doch bestimmt über früher?«
»Nein, das ist nicht unbedingt nötig. Einfach, was Sie sich erzählen, wenn Sie unter sich sind.«

Boesman nahm einen Zug von seiner Zigarre, den Blick nachdenklich in die Ferne gerichtet. Er schniefte.

»Sie müssen eigentlich nur so tun, als ob wir nicht da wären«, verdeutlichte Ad.

»Daran habe ich gerade gedacht«, gestand Boesman. »Ein paar von den Jungs können manchmal etwas grob sein.« Er sah Ad prüfend an.

»Das finden wir gerade toll«, versicherte Ad mit glänzenden Augen. »Darum geht es ja gerade.«

»Das dachte ich mir.«

»Wo treffen wir uns eigentlich?«, fragte Maarten.

»Im Schultehaus«, sagte Boesman, »bie Jo un Albert Katoen. Dat sünt noch junge Kerls, aower seij hebt Interesse an aals, wat olt is.«

Frau Boesman kam mit einem Tablett ins Zimmer, auf dem vier Tassen Kaffee standen. »Hier ist der Kaffee«, sagte sie herzlich.

Boesman zog seine Armbanduhr aus der Westentasche. »Aber dann müssen wir auch schon los«, warnte er.

Der Nebel war so dicht geworden, dass Maarten auf die Straße ging, um zu sehen, ob niemand kam, während Boesman das Auto anließ. Die Straße war glatt unter seinen Füßen. Das Gras am Straßenrand war weiß vom Raureif. Ein Stück weiter waren im Nebel undeutlich die Umrisse des nächstens Bauernhofs zu erkennen. Er horchte, ob er in der Ferne etwas kommen hörte, und winkte, weil alles frei war. Boesman fuhr langsam durch das Gatter, bog vorsichtig links ab und hielt an, um ihn einsteigen zu lassen. »Es ist spiegelglatt«, warnte Maarten, während er sich auf seinen Platz schob.

»So was dachte ich schon bemerkt zu haben«, sagte Boesman. »Ich hoffe, dass die Jungs durchkommen.« Er startete den Motor erneut und gab vorsichtig Gas. An der Kreuzung kurbelte er das Fenster herunter, um zu horchen, bevor er behutsam links abbog, in die Straße zum Schultehaus. Dicht bei der Kirche tauchte im Nebel eine kleine Gestalt auf, vorsichtig ihren Weg suchend, auf einen Stock gestützt.

Sie blieb stehen, als sie sie hörte, und hob den Stock, als sie vorbeifuhren. Sie winkten zurück. »Van Wiek!«, sagte Boesman. Ein Stück weiter, an der Ecke zum Boetseweg, wo sich der endlose Raum im Nebel verlor, überholten sie Joling. Er schlurfte über die spiegelglatte Straße und wagte nicht, seinen Stock hochzuheben, sondern winkte nur, ein Lächeln auf seinem debilen Gummigesicht. Sie bogen auf den Hof ein, fuhren um die Tenne herum und hielten vor der Seitentür. Während Boesman und Ad durch die niedrige Tür eintraten, ging Maarten zurück, Joling entgegen, der gerade auf den Hof kam.

»Tag, Joling.« Er streckte die Hand aus.

»Tag, Koning.«

»Ein frohes neues Jahr noch.« Sie gaben sich die Hand. »Es ist glatt.«

»Es ist glatt«, bestätigte Joling.

Schweigend gingen sie zum Haus. Maarten hob den Riegel an, sie traten ein. Katoen und seine Frau. Während er das Tonbandgerät in Bereitschaft versetzte und die Mikrofone installierte, tröpfelten die anderen Bauernfreunde herein: Zwiers, ironisch, jedoch mit einem freundlichen Leuchten in den Augen, als er Maarten die Hand gab; van Wiek, der Bäcker, nervös; Eefting mit seinem rot versteinerten, dementen Gesicht; van der Harst, sich verbeugend und blinzelnd vor Unterwürfigkeit; Hoiting, der Zahnarzt; Paalman mit seinem traurigen Gesicht; Weggeman, der Kommunist; Haan, argwöhnisch, schlau; Bloeming, die Augen hinter einer roten Brille verborgen. Stimmengewirr, Unterhaltungen, das Rücken von Stühlen, die fröhliche Stimme Jo Katoens, die alle anderen übertönte, scherzend. Boesman setzte sich ans Kopfende des Tisches, Ad neben ihn. Gläser mit Zigarren machten die Runde. Maarten setzte den Kopfhörer auf und drehte die Mikrofone auf, um den Ton zu testen, sah Ad an und nickte. Ad sagte etwas zu Boesman. Der nickte seinerseits und richtete sich auf. »Lüe!«, sagte er mit lauter Stimme. Es wurde langsam still. »Als Vorsitzender der Bauerngilde heiße ich die Herren Koning und Muller herzlich willkommen. Heer'n, wie sünt froh, dat gie eens weer bie us sünt! Wie säggt woll eens wat aöwer Amsterdam, aower wenn alle Amsterdammers so wörn wie gie, dann was et een Stück bäter uppe Welt!« Es erhob sich zustimmendes Gemurmel. »Und darum will ich mal sagen,

Lüe«, sagte Bosman, die anderen Stimmen übertönend, »gebt ihnen einen herzlichen Applaus!« Es ertönte ein donnernder Beifall. Boesman wartete, bis es wieder leise war. »Aber jetzt, worum es heute Nachmittag geht! Unser Dörpken muss wieder für die Wissenschaft antreten! Und vielleicht wird davon demnächst sogar wieder ein Film gemacht, darüber müssen die Gespräche noch geführt werden, und das Thema ist diesmal: Witze! Die Witze, die wir uns hier erzähl'n. Und dann muss Jo uns mal nich böse sein, wenn es da manchmal ein bisschen grob zugeht, denn da geht es ja nun gerade drum. Also eigentlich ist es nichts für Froulüe.«

»Ich geh ja schon weg«, rief Jo lachend.

»Aower seij lustert dann bestimmt achter de Dörn!«, rief Hoiting.

»Also, ick wütt säggen, Lüe«, rief Boesman, »Holt jou nich trügge. Et gaiht um de Ehr van us Dörpken!« Er wandte sich wieder Ad zu. »Ist es so gut, Herr Muller? Oder wollen Sie auch noch was sagen?«

»Nein, so ist es gut«, sagte Ad.

»Ich möchte auch noch etwas sagen«, sagte Maarten, nahm den Kopfhörer ab, bückte sich zu seiner Tasche und holte eine Flasche Genever heraus. »Diese Flasche«, sagte er und hielt sie hoch, »wird heute Nachmittag leer gemacht!« Er beugte sich vor und stellte sie mit einem Knall mitten auf den Tisch.

Jubel, Gelächter.

»Das is ein feiner Zuch von Ihnen, Koning«, sagte van der Harst, der neben ihm saß.

»Aber die Flasche müssen wir uns erst verdienen, Lüe!«, rief Boesman. »Wem darf ich also zuerst das Wort erteilen?«

Es wurde still. Boesman schaute in die Runde. Die Männer sahen vor sich hin, sich hinter ihren Zigarren verbergend. »Jan!«, sagte Boesman, »wenn du jetzt mal den Anfang machst, mien Jung.« Alle sahen zu Weggeman hinüber. Der zog nachdenklich an seiner Zigarre. »Muss es ein Witz sein?«, fragte er, »oder darf es wirklich passiert sein?«

»Herr Muller«, fragte Boesman, »darf es auch wirklich passiert sein?«

»Es darf auch wirklich passiert sein«, sagte Ad.

»Dann weiß ich schon eine Geschichte, die wirklich passiert ist«, sagte Weggeman träge.

Van Wiek kicherte nervös vor Vorfreude, auf dem Gesicht von Bloeming, der auf der anderen Seite von Weggeman saß, erschien ein schmieriges Grinsen.

»Soll ich dann nicht eben erst ein Gläschen einschenken?«, fragte Jo Katoen.

»Nee, Jo«, sagte Boesman, »wie mäött us dat eerst verdeijn'n.«

»Is et so wiet?«, fragte Weggeman.

»Jao, wie lustert«, sagte Boesman.

Weggeman nahm einen Zug von seiner Zigarre und betrachtete bedächtig die Asche. »Dat is lesst Johr p'ssiert. Ick was up't Land an't Mess fäuhern, un do köm up de Boetseweg so'n Stadtfräulein up Rad an, ganz alleijne.«

Es wurde gekichert.

»Soll ich vielleicht weggehen?«, fragte Jo Katoen.

»Nee, du kanns ruhig blieben«, sagte Weggeman. »Dat wedd nich schlimm. Doar bin ick tou olt för.«

Es wurde gelacht.

»Seij stigg van't Rad«, fuhr Weggeman fort, »jüss as ik 'n Draai maoken möss, und ick segg ›Moin‹, und seij seggt: ›Bauer, was stinkt das hier?‹« – Er machte ihren städtischen Akzent nach. »Ik segg: ›Jao, Mevrouw, dat sünt ehre Erdappels.‹ – ›Meine Kartoffeln?‹, fraogt se.« – Van Wiek kicherte nervös und stieß Eefting an. Es wurde unterdrückt gelacht. – »Ick segg: ›Jao, Mevrouw.‹ – ›Aber wie ist das denn möglich?‹, fraogt se.« Er nahm einen Zug von seiner Zigarre. »Ick segg: ›As wie et inne Eern stäkt, Mevrouw, is et för us noch Schiede, un as et up Ehren Teller kummp, seggt Seij doar *Kartoffeln* för.‹« Die letzten Worte gingen in einem donnernden Gelächter unter, wodurch der Zeiger des Tonbandgeräts weit in den roten Bereich schoss. Maarten drehte den Lautstärkeregler etwas herunter und steckte sich seine Pfeife wieder an. Das niedrige Bauernzimmer war völlig verraucht. Zwischen Paalman und Hoiting sah er durch das niedrige Fenster hindurch auf den Gemüsegarten, eine Reihe Beerensträucher und einen Apfelbaum, weiß bereift, beinahe im Nebel verborgen.

»Darf ich auch etwas fragen?«, fragte Haan.

»Frag ruhig«, ermunterte ihn Boesman.

»Wofür ist das eigentlich?«

»Herr Muller«, sagte Boesman, sich Ad zuwendend. »Daor käont Seij am besten Antwort up gäben.«

»Wir finden es interessant«, sagte Ad mit einem etwas eigenartigen, verschmitzten Lachen zu Haan.

»Doch nich, um naoher in Amsterdam Spott mit us tou drieben?«

»Daor mutt ik dann doch wat tou säggen, Haarm«, kam Boesman Ad zu Hilfe, »wat deij Heeren ut Amsterdam hier dout, is aals im Dienste der Wissenschaft.«

»Um später zu wissen, was Sie sich hier früher erzählt haben«, verdeutlichte Ad.

»Oh, so ist das also«, sagte Haan, offenbar nicht überzeugt.

»Ist das so gut, Herr Muller?«, fragte Boesman, als Jo Katoen zum zweiten Mal mit der Flasche die Runde machte. Maarten hörte seine Stimme durch den Kopfhörer.

»Ich finde es sehr gut«, sagte Ad.

»Wenn du jetzt noch was Besonderes zu fragen hast«, ermunterte ihn Boesman.

»Ja, ich habe schon noch einiges zu fragen.«

»Wartet mal, Lüe«, rief Boesman über das Stimmengewirr hinweg. »Herr Muller will auch noch was fragen!«

Es wurde still.

»Sind hier auch manchmal Witze über Juden erzählt worden?«, fragte Ad, während er mit einem schlauen Lächeln in den Raum sah.

Es entstand eine verschämte Stille. Auf den Gesichtern war einige Verwirrung zu erkennen. Keine kluge Frage. Wie viele von diesen Männern im Krieg mit den Nazis kollaboriert hatten, ließ sich nicht schätzen, doch dass sich ein hoher Prozentsatz Antisemiten unter ihnen befand, war klar. Aber vielleicht machte es Ad gerade deshalb, Maarten war sich dessen nicht sicher.

»Nein«, sagte Boesman langsam, »Juden gab es hier eigentlich nicht.«

»Auch nicht vor dem Krieg?«, fragte Ad ungläubig.

»Ich weiß es nicht bestimmt«, sagte Boesman, »aber ich glaube nicht.«

An seinem Gesicht war zu sehen, dass er mit der Frage nichts anfangen konnte.

»Doch«, sagte Joling, der den ganzen Nachmittag über noch nichts gesagt hatte, unerwartet. »Frauher geef et doch Levie, bie Paalman, an't Ende van't Dörp?« Er sah Paalman an. »Is dat nich so, Jan?« Paalman nickte träge.

»Deij Koopmann«, sagte Joling zu Boesman. »Dat was 'n Jude.«

»Aber das war auch der Einzige«, sagte Boesman vorsichtig.

»Aber da weiß ich woll noch 'n schöne Geschichte über«, sagte Joling. »Is wirklich p'ssiert!«

Er begann, aufgeregt zu erzählen. Weil er ein künstliches Gebiss hatte und außerdem zu denen in der Runde gehörte, die den ausgeprägtesten Dialekt sprachen, war er ohnehin schon schwer zu verstehen, doch die Aufregung machte es noch schlimmer. Er strauchelte über seine Worte und gönnte sich kaum die Zeit, seine Sätze zu beenden. Soweit es Maarten verstehen konnte, hatten sie hinter der Tür, durch die der Jude eintreten musste, aus einem Schafzaun eine Art Fanggitter gemacht, mit Eisenspitzen. Darin hatten sie ihn gefangen und ihn dann mit Falle und allem ein paarmal in den Wassergraben getaucht. Und ein andermal hatten sie ihm einen Topf mit Kaffeesatz aus Versehen ins Gesicht geschüttet, sodass er völlig verdreckt war.

Es wurde ein wenig gelacht, unsicher, wobei man verstohlen darauf achtete, wie die Herren aus Amsterdam es aufnahmen, doch als diese, gute Feldforscher, die sie waren, herzhaft mitlachten, ließ man die Zügel schießen.

»Aber heutzutage würde das wohl nicht mehr passieren«, setzte Boesman eilfertig hinzu.

»Jetzt gibt es ja auch keine Juden mehr«, bemerkte van der Harst.

»Und früher hat man das nicht so eng gesehen«, meinte Hoiting.

»Aber was es damals schon gab, Lüe«, sagte Boesman, »das war Gemeinschaftssinn. Den vermisse ich noch manchmal bei der Jugend von heute. Und damit wollte ich diese Sitzung dann mal beenden!«

Fünf Minuten später polterten sie in ihren Dufflecoats durch die niedrige Tür nach draußen in die Kälte, Ad und Maarten bei den Katoens zurücklassend. Sie aßen noch ein Butterbrot. Katoen meckerte über die sozialen Einrichtungen, für die der Bauer Steuern zahlen müsste, und brachte sie dann mit seinem Auto im dichten Nebel zum Bahnhof. »Komisch, dass ihm offenbar nicht klar ist, dass *wir* noch mehr von seinen Steuern profitieren als die Arbeitslosen«, sagte Maarten, sobald sie in dem nahezu leeren Zug saßen und auf die Abfahrt warteten. »Genau genommen wird sogar der Genever, den wir mitbringen, von ihm bezahlt.«

Ad stand auf und sah über den Rand des Sitzes ins nächste Abteil.

»Was guckst du?«, fragte Maarten.

»Ich dachte, dass da eine Frau sitzen würde.«

»Die Schwester von Haan«, sagte Maarten lachend. »Haan war der Einzige, der uns durchschaut hat.«

»Meinst du das wirklich ernst?«, fragte Ad ungläubig.

»Natürlich meine ich das ernst.« Er stand auf, zog seine Lodenjacke aus und legte sie ins Netz.

»Ich fand es eigentlich ganz nett.«

»Ich fand es schrecklich«, gestand Maarten. »Nach einer halben Stunde musste ich mich schon beherrschen, nicht draufzuhauen.«

»Nein, das ging mir nicht so«, sagte Ad erstaunt. »Ich fand es eigentlich ziemlich gelungen.«

»All die Geschichten übers Pissen, Furzen und Scheißen«, sagte Maarten verdrießlich, »und dann die widerlichen Geschichten über diesen Juden, der jetzt natürlich schon lange vergast ist.«

»Nein, das fand ich nun gerade interessant.«

»Ja, interessant ...«, sagte Maarten geringschätzig. »Aber ich habe diese Reaktion fast immer nach einer Aufnahme.«

»Warum denn?«, fragte Ad neugierig.

»Ich glaube, dass ich diese gezwungene Intimität nicht ertragen kann. Es geht mir alles zu schnell.«

»Das merkt man dir überhaupt nicht an.«

»Nein?«, fragte Maarten ungläubig.

»Ich habe den Eindruck, dass sie dich eigentlich alle ganz nett finden.«

»Meinst du?« Er fühlte sich sofort schuldig.

»Ich bin mir fast sicher.«

Der Zug setzte sich in Bewegung, fuhr über eine Weiche und glitt quietschend in die dunkle Nacht. Ihr Waggon war leer geblieben. Maarten wischte ein Guckloch in die beschlagene Scheibe und starrte in das neblige Dunkel hinaus. Dann ließ er sich in den Sitz zurücksinken und sah sich um. »Warum hast du das eigentlich mit den Juden gefragt?«, fragte er.

»Das fand ich interessant.«

»Interessant?«

»Ja.« Er sah Maarten arglos an. »Findest du das denn nicht?«

»Die meisten dieser Kerle haben natürlich mit den Nazis kollaboriert.«

»Ja? Woher weißt du das?«

»Das sieht man, und in Drente hat außerdem die Hälfte die Nationaal-Socialistische Beweging gewählt.«

»Wer, glaubst du, hat denn von denen kollaboriert?«

»Den Reaktionen nach zu urteilen, auf jeden Fall Boesman und Joling, aber ich traue eigentlich keinem von ihnen, außer Weggeman, van Wiek und Paalman vielleicht, und Katoen natürlich, denn der war zu jung.«

»Nein, das würde ich nicht so sehen.«

»Weil du den Krieg nicht mitgemacht hast.«

Sie schwiegen. Der Zug hielt an einer Haltestelle. Das Licht der Lampen auf dem Bahnsteig drang kaum durch den dichten Nebel. Der Bahnsteig lag verlassen da. Bei diesem Wetter war so spät niemand mehr auf Reisen.

»Du fandest es also nicht so gelungen«, schlussfolgerte Ad, als sich der Zug wieder in Bewegung gesetzt hatte.

»Nein, ich halte das für sinnlos.«

»Aber was ist dir zufolge denn der Unterschied zu dem, was Jaring macht? Der sammelt doch auch, wenn auch Lieder?«

»Es gibt keinen Unterschied«, sagte Maarten entschieden. »Und auf die Dauer lässt es sich auch nicht rechtfertigen. Dann kann man genauso gut Briefmarken sammeln.«

»Dagegen hätte ich, glaube ich, nichts einzuwenden.«

»Die Kommission schon, denke ich.«

»Wie müsste man es denn dir zufolge machen?«

Maarten dachte nach. »Das Erzählen muss eine Funktion haben«, versuchte er. »In diesem Fall ging es einzig und allein darum, uns eine Freude zu machen, aber das ist natürlich nicht Sinn der Sache. Wir müssten unsichtbar sein, und dann müsste man untersuchen, wie sich die Erzählungen in einer solchen Gruppe ihren Weg suchen. Wer was erzählt, und warum, und wie er seine Geschichte den Umständen anpasst. Und dann noch am besten über einen längere Zeitraum. Man müsste also selbst Teil einer solchen Gruppe werden und gleichzeitig eine solche Gruppe beobachten. Das ist verdammt schwierig, aber es geht.«

»Wie im Kaffeeraum.«

»Zum Beispiel. Wer sitzt da, wer fängt an zu reden, denn es sitzen natürlich jedes Mal andere da, was erzählt er, wann hält er den Mund? Das ist verdammt interessant.«

»Der, der redet, hat die Macht.«

»Der, der schweigt, hat die Macht.«

»Glaubst du?«, fragte Ad ungläubig.

»Natürlich nicht jeder, der schweigt. Goud schweigt, aber Goud hat keine Macht. Ich muss es umdrehen: Wer redet, will bewundert werden. Jemand, der bewundert werden will, kriegt die Macht nicht. Leute, die reden, brauchen jemanden, der zuhört. Und weil die meisten Leute reden, wird man nicht dem besten Redner, sondern dem größten Schweiger die Macht übertragen. Wenn demnächst ein Direktor gewählt werden muss, hast du gute Chancen. Jetzt noch nicht, denn du bist noch ein bisschen jung, aber in zehn Jahren.«

»Du weißt doch wohl, dass du gewählt werden würdest?«

»Ich?«, fragte Maarten erstaunt. »Kein Stück. Dafür wäre ich völlig ungeeignet.«

»Na, wart mal ab.«

Maarten schüttelte den Kopf. »Wenn Balk geht, nehmen sie Bart de Roode. Das ist einer, der den Mund hält.«

»Ich finde gerade, dass du sehr gut zuhören kannst.«

»Ich kann überhaupt nicht gut zuhören!«

Ad lächelte verschmitzt. »Nun, das finde ich schon«, beharrte er.

*

»Reden ist Silber, Schweigen ist Gold«, sagte Maarten und zog seine Lodenjacke aus, während Frans Nicolien den Mantel abnahm und an einen Haken hängte.

»Ja«, sagte Frans abwesend. Er hängte den Mantel an die Trittleiter und machte Maarten Platz.

Maarten hängte seine Jacke eine Sprosse höher auf und ging hinter Nicolien ins Wohnzimmer. »Was, glaubst du, ist der tiefere Sinn davon?« Der Raum lag im Halbdunkel, außerhalb des Lichts der Schreibtischlampe. Auf dem Tisch, im Licht der Lampe, stand Frans' Karteisystem, mit den Notizen für sein Tagebuch, daneben lag ein umgeschlagener, halb beschriebener Schreibblock.

»Es wird wohl damit zu tun haben, dass Reden ein Lustgefühl verschafft«, vermutete Frans, nicht sonderlich interessiert.

»Und das ist nicht erlaubt.«

Nicolien setzte sich in den Sessel neben dem Ofen. Maarten in den neben dem Tisch, mit der Rückenlehne zur Wand. Frans blieb stehen. »Ich würde denken, dass es nicht erlaubt ist.« Er sah Nicolien an. »Wollt ihr Kaffee?« Er machte einen angespannten Eindruck.

Während Frans den Raum verließ, sah Maarten Nicolien an. »Kann ich meine Pfeife haben?« Er streckte die Hand aus.

Sie holte seine Pfeife und den Tabak aus ihrer Tasche und gab sie ihm. »Ich sehe die Katzen nicht«, sagte sie, während sie sich umsah.

»Die werden wohl irgendwo sein.« In der Küche hörte er Frans mit sich selbst reden. Der Wasserkessel wurde auf den Herd gestellt und das Gas angemacht. Das Geräusch der Kaffeemühle. Maarten stopfte sorgfältig die Pfeife, drückte den Tabak noch einmal fest und zündete ihn an. Nicolien suchte, sich ein wenig zur Seite beugend, nach der Steckdose für die Schirmlampe neben ihrem Sessel. »Da unten«, sagte er, »hinter deinem Sessel.« Er sah zu, wie sie aus ihrem Sessel kam und die Lampe anmachte. »Genau.«

»Das hättest du wohl auch mal für mich machen können.«

»Ja, klar. Aber ich bin faul.«

Sie reagierte nicht darauf.

Er zog nachdenklich an seiner Pfeife, während er den Geräuschen in der Küche und dem Bullern des Ölofens lauschte. Nicolien zündete sich eine Zigarette an. »Aber hast du denn beim Reden ein Lustgefühl?«, fragte er, als Frans mit ihren Tassen ins Zimmer kam.

»Warte mal«, sagte Frans. Er ging wieder hinaus. »Ich habe darauf eigentlich nie so geachtet«, entschuldigte er sich, als er mit seiner eigenen Tasse wieder hereinkam, »aber ich rede natürlich auch nicht so viel, weil ich immer allein bin.«

»Du redest mit dir selbst.«

»Ja, das ist schon so.« Er lächelte angespannt. »Du meinst, dass das eine Art Masturbation ist?« Er sah rasch zu Nicolien hinüber.

»So weit war ich noch nicht«, gestand Maarten. Er legte die Pfeife auf den Tisch und rührte in seinem Kaffee. »Ich komme darauf, weil Ad zufolge Leute, die reden, Macht haben.«

»Da ist etwas dran«, fand Frans. »Derjenige, der redet, zwingt den anderen zuzuhören.«

»Ich rede nur, wenn ich angespannt bin oder mich bedroht fühle, und dann habe ich hinterher immer eine Stinklaune. Man redet, um die Leute auf Abstand zu halten. Eine Art Geräuschwall.« Er schmunzelte.

Frans nickte abwesend.

Sie schwiegen.

»Nimm es mir nicht übel«, sagte Frans, »aber ich finde es eigentlich kein so interessantes Problem.« Er sah scheu zu Nicolien hinüber, als suche er Unterstützung.

»Ich auch nicht«, sagte sie.

»Ja, aber welches Problem ist das schon?«, fragte Maarten.

»Wo sind eigentlich deine Katzen?«, fragte Nicolien.

»Die sind geflüchtet.«

»Geflüchtet?«, fragte sie erschrocken.

»Unter mein Bett.«

»Aber doch nicht vor uns?«

»Ich hatte den ganzen Tag Handwerker im Haus.«

»Weswegen denn?«, fragte Maarten.

»Wegen der neuen Fenster.«

»Brauchtest du die denn?«

»Natürlich nicht!« Er regte sich sichtlich auf. »Das ist wieder so eine Idee der Wohnungsbaugenossenschaft, um demnächst die Miete erhöhen zu können!«

»Glaubst du?«, fragte Maarten skeptisch.

»Warum, glaubst du, sollten sie es wohl sonst tun? Außerdem sind sie viel zu groß, und sie sind auch noch schlecht verarbeitet.« Er stand auf. »Hier, sieh mal!« Er zog den Vorhang auf und zeigte auf den dunkelbraunen Multiplex-Sperrholzrahmen. Die Fenster waren tatsächlich auffallend größer.

Sie stellten sich dazu. »Was stimmt damit nicht?«, fragte Maarten.

»Hier, der Rand!« Er fuhr mit zittriger Hand am Rand entlang. »Sie waren sich sogar zu schade dafür, die Ränder zu ölen.«

»Und hier!« Er schob den anderen Vorhang auf. »Die Knöpfe!« Bei einem der Fenster saß der Knopf oben, beim anderen unten. »Und dann den ganzen Tag nur Radio 3 und ›Kommst du mal‹ und ›Kannst du mal‹, als ob ich nichts Besseres zu tun hätte! Der ist doch sowieso krankgeschrieben, denken sie bestimmt!« Sein Gesicht war vor Empörung rot geworden, und so aus der Nähe stank er aufdringlich nach Schweiß.

»Und jetzt musst du natürlich auch wieder neue Gardinen machen«, sagte Nicolien.

»Ich denke nicht daran!«, sagte er hitzig. »Ich lasse einfach die Vorhänge zu! Sollen sie doch sehen!« Mit zwei ruckartigen Bewegungen zog er die Vorhänge wieder zu und wandte sich ab.

»Aber dann sitzt du den ganzen Tag im Dunkeln«, sagte sie beunruhigt.

»Soll ich mir etwa den ganzen Tag die Nachbarn anschauen?« Er setzte sich wieder und begann, mit zitternden Händen eine Zigarette zu drehen. »Was soll man sonst mit solchen Fenstern machen?«

»Aber wenn du Gardinen hast, hast du damit doch keine Probleme?« Sie hatte sich ebenfalls wieder hingesetzt.

»Dann sieht man nicht klar, und das ist noch schlimmer«, spottete Maarten.

»Außerdem haben meine Katzen dann überhaupt keinen Kontakt zur Außenwelt mehr«, sagte Frans missmutig, Maartens Bemerkung ignorierend. »Und das ist nur hier im Zimmer«, er leckte das Blättchen an und drehte seine Zigarette fertig, »aber in der Küche haben sie nicht einmal einen Griff ans Fenster gemacht! Der liegt einfach daneben!« Er regte sich erneut auf. »Da kann ich nicht mal das Fenster aufmachen!« Er steckte sich mit zittrigen Händen die Zigarette an.

»Ist das denn nicht gefährlich?«, fragte Nicolien besorgt.

»Das erscheint mir auch so«, sagte Maarten.

»Das ist mir doch egal. Dafür sind *sie* zuständig. Dann hätten sie eben dafür sorgen müssen.«

»Kannst du ihn nicht selbst anbringen?«, fragte Maarten.

»Na, das wäre ja noch schöner! Ich werde doch nicht ihre Arbeit machen! Außerdem habe ich nicht die richtigen Schrauben!«

Sie schwiegen.

»Wollt ihr nicht noch einen Kaffee?«, fragte Frans und sah auf ihre Tassen. Er stand auf.

»Du sollst darüber keine Scherze machen«, sagte Nicolien gedämpft, sobald Frans in der Küche war. »Er ist völlig durcheinander, glaube ich.«

Er schüttelte den Kopf.

»Da ist Cato!«, sagte sie fröhlich und sah zur Tür. Cato kam vorsichtig in den Raum, sich scheu umsehend. »Komm! Komm schon! Catootje! Komm schon!« Sie klopfte mit den flachen Händen auf die Knie. Cato knurrte kurz, ging auf sie zu und sprang ihr auf den Schoß. »Wo warst du denn?« Sie streichelte der Katze über den Kopf. »Ich habe dich vermisst!«

Maarten sah zu, während er an seiner Pfeife zog. »Cato ist darüber hinweg«, sagte er zu Frans, der mit ihren Tassen den Raum betrat. In seiner Stimme lag eine kaum hörbare Ironie.

»Ja«, sagte Frans skeptisch. Er verließ das Zimmer wieder, um seine eigene Tasse zu holen.

Eine Weile saßen sie schweigend beieinander und rauchten, während Cato leise schnurrte.

»Ich war gestern mit Ad in Drente«, erzählte Maarten, »um auf dem Tonband Witze aufzunehmen.«

»O ja«, sagte Frans, als ob er darüber informiert wäre.

»Im Nachhinein erscheint so etwas äußerst romantisch«, fuhr Maarten fort, mehr zu sich selbst, »mit so einer Gruppe Bauern in einer kleinen, überheizten Bauernküche, mitten in diesem weiten, nebligen Acker- und Weideland, während es draußen dunkel wird ... Aber wenn du da sitzt und dir all die stinklangweiligen Geschichten voll mit Furzen, Pissen und Scheißen anhören musst ...«

»Ja, das scheint mir auch nicht besonders schön zu sein.«

»Bauer, was stinkt das hier!«, sagte Maarten, die Stimme von Weggeman nachahmend.

»Wie meinst du das?«, fragte Frans erschrocken.

»Das war einer der Witze.«

»Ach so.« Sein Interesse war sofort wieder erloschen.

Sie schwiegen.

»Der Mann, bei dem wir waren, heißt Katoen«, erzählte Maarten.

»Ja, das ist schon ein komischer Name.« Er sah Nicolien an.

»Warum?«, fragte Maarten. »Dann ist Veen auch ein komischer Name.«

Frans lächelte matt. »Ja, das ist natürlich so.«

»Wenn man es so betrachtet, ist nur Koning ein anständiger Name«, philosophierte Maarten, »obwohl ... neulich sagte Ad zu Heidi, als ich ihn anrief: ›Koning ist am Telefon‹, und Beerta schreibt Buitenrust Hettema, dass er viel Besuch von Maarten K. bekommen würde. Wenn man das so hört, oder liest, ist es plötzlich auch ein komischer Name.«

»Weil du selbst nicht so über dich denkst.«

»Ich denke eher, dass es bedrohlich ist, wenn Ad und Beerta so über mich denken.«

»Das ist natürlich auch möglich.«

Es entstand erneut eine Pause.

»Dieser Katoen arbeitet ansonsten schon verdammt hart«, sagte Maarten.

»Ja, das wird er wohl«, sagte Frans uninteressiert.

»Und er war natürlich furchtbar sauer, dass er darauf auch noch Steuern zahlen muss, aber das Verrückte ist, dass sich so ein Mann wiederum nicht klarmacht, dass Ad und ich davon bezahlt werden und ihn auch von seinem Geld zum Genever einladen.«

»Aber so ist es doch auch nicht? Ihr werdet doch nicht von seinem Steuergeld bezahlt?«

»Natürlich werden wir von seinem Steuergeld bezahlt.«

»Das würde bedeuten, dass ich auch von seinem Steuergeld bezahlt werde.«

»Na ja, dann eben von der Ölindustrie.«

»Da bin ich natürlich völlig anderer Meinung«, sagte Frans empört, er sah Nicolien an.

»Aber das Geld muss doch irgendwo herkommen?«

»Das weiß ich nicht, aber ich finde schon, dass ich ein Recht darauf habe, und ich will nicht für die Ölindustrie verantwortlich gemacht werden.«

»Das verstehe ich nicht. Wir werden doch aus Steuergeldern bezahlt? Und die Steuern werden doch von der Landwirtschaft, der Industrie und dem Handel aufgebracht?«

»Aber Frans hat, glaube ich, etwas dagegen, dass du auf diese Weise deinen Selbstwert heruntermachst«, sagte Nicolien.

»Ja, dagegen habe ich etwas«, sagte Frans dankbar.

»Aber das ist doch genauso gut ein Weg, sich seinen Selbstwert zu bewahren?«, verteidigte sich Maarten.

»Ja, das verstehe ich schon«, sagte Frans, »aber trotzdem habe ich etwas dagegen. Ich will nicht für die Ölindustrie verantwortlich gemacht werden.«

»Komisch.«

»Nein, das finde ich überhaupt nicht komisch«, kam Nicolien Frans zu Hilfe. »Wenn andere daraus einen Saustall machen, und man beteiligt sich nicht daran, ist man doch nicht verantwortlich?«

»Das finde ich schon«, sagte Maarten störrisch.

»Na, Frans und ich finden das eben nicht.«

Maarten schwieg gekränkt.

»Wollt ihr vielleicht einen Schnaps?«, fragte Frans.

Von der Ölindustrie, wollte Maarten sagen, doch er behielt es für sich. Während Frans die Gläser und den Genever holte, sah er verdrossen vor sich hin. Er fühlte sich im Stich gelassen.

»Du musst nicht so eine Sache daraus machen, wenn du merkst, dass er es nicht haben kann«, sagte Nicolien gedämpft. »Er ist doch sowieso schon durcheinander.«

»Aber ich finde es trotzdem verdammt schäbig.«
»Ich finde es nicht schäbig. Nur weil du dich selbst immer wieder schlecht machst, muss es ein anderer doch nicht auch tun?«
»Ich habe mal wieder einen Genever von Meder genommen«, sagte Frans, als er ins Zimmer kam. Er stellte die Gläser und die Flasche hin. »Und ich habe auch noch ein bisschen Käse.« Er verließ den Raum wieder.

Maarten nahm die Flasche hoch und betrachtete das Etikett. »Bist du schon mal in Köln gewesen?«, fragte er, als Frans mit einem Teller, auf dem Käse lag, zurückkam. »Im Römisch-Germanischen Museum?«

»Nein. Wohl mal in Köln, aber nie im Museum.«

»Da muss ich bald mit der Seemuseumskommission hin.«

»Davon wusste ich nichts«, sagte Nicolien verstimmt. »Davon hast du mir nichts erzählt.«

»Ich habe es heute erst erfahren«, entschuldigte sich Maarten.

»Was macht ihr da?«

»Eine kleine Studienreise.« Er lachte gemein. »Auf Kosten von Katoen.«

Als sie leicht benebelt in dem kleinen Flur ihre Mäntel anzogen, erinnerte sich Maarten an das Fenster in der Küche, das sich nicht mehr öffnen ließ. »Zeig mal das Fenster«, bat er.

Frans knipste das Licht in der Küche an, ein kahles Licht angesichts der Intimität des Wohnzimmers. Auf der Spüle standen schmutzige Töpfe und Teller, und es roch nach Essensresten, ein etwas sauerlicher, fauliger Geruch. Auf dem Tisch vor den Fenstern, nagelneue schwarze, in Aluminium eingefasste Fenster, in denen sie sich spiegelten, lag der Griff. Maarten nahm ihn hoch. »Ist er das?«

»Ja«, sagte Frans.

Maarten betrachtete den Griff aufmerksam und konzentrierte sich anschließend auf die Schraubenlöcher. »Zwei Schrauben, einen Zentimeter lang, und das war's schon.«

»Die habe ich eben nicht«, sagte Frans widerwillig.

»Die habe ich schon. Wenn du zu uns kommst, kannst du sie bekommen.«

»Aber das Fenster daneben lässt sich doch öffnen?«, sagte Nicolien. Maarten sah auf. Im Rahmen des Fensters befand sich auf halber Höhe eine Vertiefung. Er legte seine Finger hinein und drückte dagegen. Das Fenster glitt geschmeidig, fast geräuschlos auf, hinter das Fenster, dem der Griff fehlte. Wohltuend kam die kalte Abendluft herein. »Den Griff braucht man überhaupt nicht«, stellte er fest. »Die Fenster haben kein Scharnier.«

»Und warum legen sie dann den Griff dazu?«, fragte Frans unzufrieden. Es war keine Spur von Freude auf seinem Gesicht.

»Das weiß ich auch nicht«, er schob das Fenster wieder zu, »aber darüber würde ich mir jetzt mal nicht den Kopf zerbrechen.«

Sie verließen die Küche wieder.

»Ich möchte euch diesmal lieber nicht zur Straßenbahn bringen«, sagte Frans. »Das findet ihr sicher in Ordnung?«

»Ich glaube, dass er furchtbar durcheinander war«, sagte Nicolien besorgt, als sie um die Ecke gebogen waren.

»Ja.«

»Wenn er davon nur nicht wieder völlig verrückt wird.«

»So schlimm wird es schon nicht werden«, beschwichtigte er.

*

Er klappte die Mappe zu, legte sie oben auf die zwei, die er bereits fertig hatte, stand auf und ging mit den drei Mappen unter dem Arm in den Karteisystemraum. Joop war allein. Sie saß an ihrem Schreibtisch zwischen Stapeln von Zeitungsausschnitten und Karteikarten, ein zerfleddertes Exemplar der Übersicht der Ausschnittrubrik vor sich. Sie sah auf. »Drei Mappen«, sagte er. Er legte sie auf die Ecke ihres Schreibtisches, zog einen Stuhl unter dem Tisch hervor und setzte sich.

»Aber es taugt sicher nicht besonders«, scherzte sie.

»Es waren ein paar schwierige Aufsätze dabei«, gab er zu.

Sie steckte ihren Zeigefinger in den Mund und legte den Kopf schräg. »Dann muss Jopie es sicher noch einmal machen.«

Er lächelte, seine Irritation verbergend, und sah von ihr weg zum Lichtschacht, während er nach Worten suchte. »Es gibt zwei Arten von Menschen«, versuchte er es. »Die einen vergraben sich in so einen Aufsatz, mit dem Risiko, dass man sie nie wiedersieht, und die anderen fangen sofort an, darauf einzuschlagen.« Er sah sie an. »Wenn du etwas nicht verstehst, trittst du die Flucht nach vorn an. Du machst das mit viel Schwung, und du hast auch Verstand, aber es fehlt dir an Geduld.«

»Das hat mein Vater auch immer gesagt.«

Er lächelte. »Dein Vater hat recht.«

Sie zog eine lustig aussehende Grimasse.

»Aber was machen wir dagegen?«, fragte er.

»Mir einfach sagen, dass ich da noch mal ran muss.«

»Ich verstehe die Reaktion schon«, sagte er, ohne darauf einzugehen, aus dem Bedürfnis heraus, ihr entgegenzukommen. »Mir geht es genauso. Es gibt Aufsätze, von denen begreife ich rein gar nichts. Dann kommt ein Moment, an dem man sagen muss: ›Es liegt nicht an mir, es liegt an diesem Aufsatz.‹ Aus reiner Selbsterhaltung. Man muss nur lernen, diesen Zeitpunkt nicht zu früh zu wählen, denn sonst kehrt es sich gegen einen.«

Sie hörte zu, doch ihr Gesicht war ausdruckslos, sodass er bezweifelte, ob sie es verstand.

»Sieh sie dir noch einmal an.« Er stand auf und schob den Stuhl wieder zurück. »Ich finde es wichtiger, dass du die Aufsätze begreifst, als dass du sie jetzt sofort auch perfekt zusammenfasst. Das kommt schon noch.« Er wollte sich abwenden, doch sein Blick fiel auf den Stapel Mappen auf dem Schreibtisch von Sien. »Ist Sien derart im Rückstand?«, fragte er beunruhigt. Er ging um Siens Stuhl herum und zählte sie. »Neun!« Er sah Joop an. »Ist sie derart im Rückstand?«

»Ich glaube, schon«, sagte Joop vorsichtig.

Er sah auf die Mappe, die aufgeschlagen dalag, nahm das Heft heraus, mit dem sie gerade beschäftigt war, ein dickes Heft voller Schmierzettel mit flüchtig festgehaltenen Notizen, und blätterte darin. Es war ein Kongressband mit den Vorträgen der Konferenz in Helsinki, auf der Ad seinerzeit gewesen war.

»Ich glaube, es liegt daran«, sagte Joop, die dasaß und zusah. »Sie hat schon ein paarmal darüber geklagt.«

»Diese Kongressbände sind eine Katastrophe«, pflichtete er ihr bei. »Man sollte für jeden Aufsatz, den man publiziert, ein Monatsgehalt abgezogen bekommen.« Er legte das Heft zurück und schlug die Mappe zu. Nachdenklich verließ er den Karteisystemraum, besann sich, als er wieder an seinem Schreibtisch Platz nehmen wollte, und ging weiter zum Besucherraum. »Tag, Manda.«

»Ha, Maarten«, sagte sie aufgeräumt.

Tjitske war nicht da. Er ging zu ihrem Schreibtisch. Der war übersät mit Stapeln von Mappen, Zeitungsausschnitten, Karteikarten, Büchern, ein Chaos, das sich sogar außerhalb ihres Schreibtisches auf die Fensterbank und das niedrige Tischchen neben Wampies Decke ausgedehnt hatte. Er zählte, während er in der Masse wühlte, zwölf Zeitschriftenmappen, ein Rückstand von mindestens sechs Wochen. Zerstreut wandte er sich ab und betrachtete Mandas Schreibtisch. Im Gegensatz zu den Schreibtischen von Sien und Tjitske sah er aufgeräumt und unproblematisch aus. »Findest du die Arbeit eigentlich zu schwer?«, fragte er.

Sie sah verwundert auf. »Nein, wieso?« Sie lachte. »Sehe ich so ausgepumpt aus?«

»Wie lange brauchst du jetzt für so eine Mappe?«

»Ein paar Stunden? Wenn es eine blöde Mappe ist, auch schon mal ein paar Tage, aber das kommt nicht so oft vor.«

»Nein.« Er dachte nach. »Wie findest du eigentlich die Arbeit?« Er sah sie prüfend an.

Sie lachte. »Du stellst schon Gewissensfragen.«

Er musste lachen. »Ja.«

»Manchmal finde ich sie stinklangweilig, aber oft finde ich sie auch sehr interessant. Es hängt vom Thema ab.«

»Interessanter als Physiotherapie?«

»Das bestimmt. Dieses Herumkneten an irgendwelchen Leibern, das war nichts für mich.«

Er lachte.

»Findest du sie denn nicht interessant?«

Er schüttelte den Kopf. »Nein, aber ich finde fast nichts interessant, ich bin also kein Maßstab.«

Sie lachte amüsiert, wobei sie ihre Augenbrauen hochzog.

»Aber ich bleibe dabei munter«, versicherte er schmunzelnd, während er sich abwandte und die Tür zu seinem Zimmer öffnete. »Habt ihr kurz Zeit?«, fragte er, die Tür hinter sich zuziehend. »Ich wollte etwas besprechen.«

»Worum geht es?«, fragte Bart.

»Um die Arbeit.« Er setzte sich ans Kopfende des Tisches. Ad stand auf und setzte sich zu ihm, Bart folgte mit einigem Widerwillen.

»Ich habe mal auf die Schreibtische von Sien und Tjitske geschaut, und die Rückstände, die dort liegen, sind beunruhigend.«

»Hattest du die Erlaubnis dazu?«, fragte Bart.

»Die brauche ich nicht.« Er grinste boshaft. »Ich bin der Chef.«

»Ich hätte mir erst die Erlaubnis dazu geben lassen.«

»Wie groß sind die Rückstände?«, fragte Ad.

»Bei Sien neun Mappen, und bei Tjitske zwölf.«

»Tjitske arbeitet ansonsten sehr hart«, sagte Bart. »Ich finde nicht, dass du sie dafür verantwortlich machen kannst.«

»Das ist nicht der Punkt.« Er wandte sich Ad zu. »Bei Sien liegt es wahrscheinlich an dem Band über diesen Kongress in Helsinki, auf dem du gewesen bist. Das sind dreiunddreißig Vorträge. Joop zufolge ist sie damit schon sehr lange beschäftigt, und sie hat erst ein Drittel geschafft.«

»Kann sie da denn nicht bloß die Aufsätze herausholen, die sich auf unser Land beziehen?«, fragte Bart.

»Keiner der Aufsätze bezieht sich auf unser Land.«

»Dann braucht sie sie auch nicht anzukündigen.«

»Natürlich muss sie sie ankündigen«, sagte Maarten gereizt. »Kongressberichte liefern ein Bild vom Stand des Faches. Die müssen als Ganzes angekündigt werden.«

»Das verstehe ich jetzt nicht!«, sagte Bart missmutig. »Das letzte Mal, als Tjitske einen Band als Ganzes angekündigt hatte, wolltest du, dass die Aufsätze gesondert angekündigt werden, und ich habe damals stundenlang darüber reden müssen, um sie so weit zu kriegen! Und jetzt entscheidest du wieder, dass sie als Ganzes angekündigt werden müssen.«

»Das von Tjitske war kein Kongressbericht, sondern eine Festschrift.«

»Und die Folge ist, dass ich mich bei den Damen zum Gespött mache!«, sagte Bart hitzig, ohne den Einwurf zu beachten.

»Der Band von Tjitske war eine Festschrift«, wiederholte Maarten. »Das ist kein einheitliches Werk. Da schreibt jeder, was er will. In einem Kongressbericht geht es um *ein* Thema! So sollte es zumindest sein.«

»Das ist nun genau, was ich meine!«, sagte Bart. »Dass es in deinen Entscheidungen immer Widersprüche gibt! Und dem falle ich dann zum Opfer! Das will ich nicht länger! Ich will klare Richtlinien!«

»Die gibt es nicht!«, sagte Maarten ruhig. »Widersprüche gibt es immer, und die wird es wohl auch weiterhin geben, darüber kann ich mich nicht aufregen. Außerdem ist es in diesem Fall kein Widerspruch, denn dieser Band von Tjitske war eine Festschrift, und das hier ist ein Kongressbericht. Festschriften betrachten wir als eine lose Sammlung von Aufsätzen, Kongressberichte im Prinzip als ein Ganzes.«

»Und trotzdem kann ich dir auch Festschriften nennen, die als *ein* Ganzes behandelt worden sind!«

»Ja, die Festschrift für Pieters.«

»Das ist dann doch ein Widerspruch!«

»Das ist ein Widerspruch, aber ich hatte dafür damals Gründe, die ich jetzt nicht mehr alle aufführen werde, die aber damals entscheidend gewesen sind.«

»Das meine ich nun!«, sagte Bart aufgeregt. »Und dem falle ich jetzt zum Opfer! Dagegen richtet sich nun gerade mein Einwand!«

»Das verstehe ich, aber es gibt auch häufig keine Widersprüche, und in diesem Fall gibt es eben keinen Widerspruch, denn es handelt sich um einen Kongressbericht, nicht um eine Festschrift.«

»Können wir auch noch über etwas anderes reden?«, fragte Ad und sah auf seine Armbanduhr, »sonst mache ich mich mal wieder an die Arbeit.«

»Ja«, sagte Maarten. »Ich wollte euch vorschlagen, die Rückstände von Sien und Tjitske anteilig auf uns drei umzulegen. Das hat den Vorteil, dass wir sie dann nicht kontrollieren müssen, das ist ein Gewinn, aber es ist in erster Linie gedacht, um ihnen wieder etwas Luft zu verschaffen.« Während er es sagte, wurde er plötzlich angespannt, wie immer, wenn er versuchte, etwas zu organisieren.

»Nein«, sagte Bart. »Es tut mir leid, aber das kann ich mir nicht auch noch aufladen. Dann hättest du das mit der Zeitschrift eben nicht anfangen sollen. Jetzt haben wir das, wovor ich seinerzeit gewarnt habe. So eine Zeitschrift ist viel zu aufwendig für eine Handvoll Leute.«

»Wenn du es nicht leisten kannst, sind wir am Ende.«

»Ich kann es nicht leisten. Ich bin bereit, Tjitskes Mappen zu kontrollieren, was ich immer getan habe, weil du es mir aufgetragen hast, aber das ist dann auch das Äußerste, zu dem ich bereit bin, und damit kannst du sogar noch froh sein.«

»Damit bin ich auch froh«, sagte Maarten ironisch. Er stand auf. »Das war es. Mehr habe ich nicht. Ich danke euch.« Das Letzte sagte er aus Gewohnheit, aber als er sich abwandte, wurde ihm klar, dass es auch anders aufgefasst werden konnte, und das bereitete ihm eine grimmige Freude. Er ging in den Karteisystemraum. »Ich werde Sien ein paar Mappen abnehmen, sonst arbeitet sie sich noch zu Tode«, sagte er zu Joop, während er den Stapel auf der Ecke von Siens Schreibtisch zu sich heranzog.

»Ich glaube, dass es sie furchtbar nervös macht«, sagte Joop.

Er suchte die acht ältesten Mappen heraus und ließ die letzte sowie die Mappe mit dem Kongressbericht liegen. »Kannst du mir kurz die Tür aufmachen?«, fragte er, während er mit dem Stapel auf seinen Armen zur Tür ging. Sie machte die Tür auf und schloss sie hinter ihm wieder. Er legte den Stapel auf die Ecke seines Schreibtisches, holte zwei Stühle vom Sitzungstisch, stellte sie neben seinem Schreibtischstuhl aneinander und stapelte die Mappen darauf. Anschließend ging er weiter zum Besucherraum. »Ich nehme mir ein paar Mappen von Tjitske, damit sie wieder etwas Sonne sieht«, sagte er zu Manda. Er suchte die Mappen aus dem Chaos zusammen.

»Soll ich auch etwas übernehmen?«

Er zögerte. »Das fände ich sehr nett.« Der Vorschlag rührte ihn.

»Na, so nett ist es auch wieder nicht, oder?«, wehrte sie ab. Sie lachte amüsiert. »Es passiert einfach während der Bürozeit.«

»Ja, schon«, er dachte nach, »aber das finde ich nicht so schlau. Lassen wir es lieber.«

»Aber ich darf dir doch wenigstens die Tür aufmachen, oder?«, sagte sie, als er mit den zehn ältesten Mappen übereinandergestapelt auf die Tür zuging.

»Gern.«

Er ordnete sie in drei Stapeln zu sechs, nach Datum, setzte sich an den Schreibtisch, nahm sich die älteste Mappe vor und schlug sie auf.

Ad stand auf und kam auf ihn zu. »Ist dieser Kongressbericht auch dabei?«

Maarten sah auf. »Den habe ich liegen lassen.«

»Den will ich wohl machen.«

»Das wäre nicht schlecht, weil du da auch gewesen bist.«

»Ja, deswegen.«

»Besprichst du das dann mit Sien?«

Ad nickte steif und wandte sich ab. Während er zu seinem Platz zurückkehrte, ging die Tür auf. Freek Matser trat ein. Er grüßte Ad und Bart und ging weiter zu Maartens Schreibtisch. »Was ist hier los?«, fragte er verwundert und sah auf die Stapel von Mappen auf den Stühlen.

»Da ist ein Rückstand.« Er lachte schuldbewusst, sich in der Position des Opfers fühlend.

Freek zog die Augenbrauen hoch. »Und wie lange g-glaubst du, brauchst du dafür?«

»Ein paar Tage. Höchstens.«

»Dann kannst du das bestimmt nicht auch noch gebrauchen.« Er hielt ein Buch hoch, aus dem eine Reihe mit Schreibmaschine beschriebener Blätter im Quartformat ragte.

Das Telefon klingelte.

»Warte mal«, sagte Maarten, er nahm den Hörer ab. »Koning!«

»Jaap hier. Wenn du Kaffee trinken gehst, kannst du dann kurz vorbeikommen?«

»Ich komme.« Während er den Hörer auflegte, aus dem lautstark das Besetztzeichen ertönte, fragte er sich, worum es sich handeln könne, doch dass er bis zum Kaffee Aufschub bekam, beruhigte ihn halbwegs. Er streckte die Hand aus und nahm Freeks Buch entgegen. »Sollte Jaring das nicht beurteilen?«, fragte er und betrachtete das Buch. Es war ein Buch über Volksmusik.

»Jaring hat zu viel mit seinem A-aufsatz zu tun«, es lag ein leichter Spott in seiner Stimme, »außerdem hat Jaring hiervon keine Ahnung.«

»Ich habe davon auch keine Ahnung.«

»Das weiß ich, aber du kannst es schon beurteilen.«

Das Telefon klingelte erneut.

»D-das sage ich nicht, um dir zu schmeicheln«, warnte Freek, während Maarten den Hörer abnahm. In seinem Ton war Verärgerung, als empörte ihn allein schon die Möglichkeit dieses Gedankens.

Maarten schüttelte den Kopf, um ihm zu bedeuten, dass er verstanden hatte. »Koning!«

»Ach, Herr Koning, de Vries hier, von unten. Hier ist ein Herr Alblas, Mijnheer, der sagt, dass er Sie sprechen möchte. Darf ich ihn nach oben schicken?«

»Schicken Sie ihn ruhig nach oben. Ich nehme ihn dann in Empfang.«

»Vielen Dank, Mijnheer.«

»Jacobo Alblas kommt hoch«, sagte Maarten zu Bart und Ad, während er den Hörer auflegte, er stand auf. »Ich muss zu Balk. Könnt ihr ihn eine Weile beschäftigen? Ich nehme ihn in Empfang. Gebt ihm schon mal eine Tasse Kaffee. Ich bin gleich wieder da, glaube ich.« Er wandte sich Freek zu. »Ich werde es mir ansehen.« Er legte das Buch mit der Besprechung auf seinen Schreibtisch und ging zur Tür.

»Was, glaubst du, will Balk?«, fragte Ad neugierig.

»Keine Ahnung. Vielleicht werden wir aufgelöst.« Er ging auf den Flur. Als er bei der Vordertreppe war, kam Alblas gerade hoch, den roten Kopf halb hinter einem ungepflegten roten Bart verborgen, er war in eine braune, verschlissene Lederjacke gekleidet. »Jesus Christ«, sagte er keuchend.

»Tag, Jacobo«, sagte Maarten und streckte die Hand aus.

»Hi!« Er drückte Maarten die Hand. »Man mag sich gar nicht ausdenken, hier alt zu werden! This is hell!«

»Das wird man auch nicht«, versicherte Maarten schmunzelnd. »Nur die ganz Starken halten das durch. Gehst du schon mal weiter? Ich muss kurz zu Balk.« Er rannte die Treppe hinunter, ging durch den Durchgangsraum und betrat Balks Zimmer. Der sah zerstreut von seiner Arbeit auf.

»Da bin ich«, sagte Maarten.

Balk sah ihn fragend an.

»Du hattest mich angerufen«, erinnerte ihn Maarten.

»O ja.« Er erinnerte sich. »Gehst du zur Gründungsversammlung der Arbeitsgemeinschaft Dorf- und Regionalgeschichte?«

»Das habe ich noch nicht entschieden«, sagte Maarten ausweichend.

»Ich möchte gern, dass du dort hingehst«, sagte Balk in einem Ton, der keinen Widerspruch duldete. »Man hat mich gebeten, die Sitzung zu leiten. Da wird ein Vorstand gewählt. Es ist wichtig für das Büro, dass einer – du oder jemand anders aus deiner Abteilung – da reingeht.«

Die Mitteilung überrumpelte Maarten. »Aber ist es nicht naheliegender, dass du da reingehst?«

»Ich sitze schon im Vorstand der Arbeitsgemeinschaft Frühgeschichte.«

»Welche Aufgabe soll dieser Vorstand bekommen?« Er suchte nach einem Aufschub.

»Die Beratung des Hauptvorstands bei Förderanträgen auf eurem Gebiet. Es ist von großer Wichtigkeit, dass unser Büro dabei ein Wörtchen mitredet.«

»Aber ich bin kein Historiker.«

»Du betreibst historische Forschung.«

»Ich werde es besprechen«, versprach Maarten in der Erkenntnis, dass es kein Entrinnen gab.

»Und dränge dann darauf, dass so viele deiner Leute wie möglich da hingehen. Wer ist da Mitglied?«

»Asjes, Muller und Grosz.«

»Sag ihnen, dass sie sich anmelden sollen. Es ist dienstlich!«

Bedroht durch diese unerwartete Entwicklung wandte sich Maarten ab. In Gedanken stieg er die Treppe hinunter zum Kaffeeraum. Dort herrschte Betrieb. Er ging weiter zum Schalter und holte mechanisch sein Portemonnaie hervor. »Hat Muller schon Kaffee geholt?«, fragte er, während er Wigbold den Bon zuschob.

»Drei Tassen«, antwortete Wigbold.

Geistesabwesend stieg Maarten die Hintertreppe hinauf, die Tasse in der Hand. Vor der Tür zum Zimmer von Mark Grosz besann er sich und trat ein. Mark und Jeroen Kloosterman saßen einander gegenüber, Mark unter einer grellen Lampe, Kloosterman beim Licht einer gewöhnlichen Schreibtischlampe, beide umgeben von Folianten. »Ha!«, sagte er. Er wandte sich Mark zu. »Bist du heute Nachmittag da?«

Mark sah ihn amüsiert an. »Nein. Brauchst du mich denn?«

»Ich wollte dich kurz sprechen. Bist du morgen da?«

»Morgen bin ich da.«

»Dann vielleicht morgen.«

»Worum geht es?«

»Um die Sitzung der Dorf- und Regionalgeschichte. Balk will, dass einer von uns in den Vorstand geht.«

»Machtpolitik«, sagte Mark verschmitzt lächelnd.

Maarten schmunzelte. Er wandte sich ab. »Ich hole dich dann.« Er verließ den Raum wieder und stieg die zweite Treppe hinauf zu seinem eigenen Zimmer. Die Herren saßen zu dritt am Tisch, ihre Kaffeetassen vor sich.

»Hi!«, sagte Alblas, als hätten sie einander noch nicht gesehen.

»Und?«, fragte Ad begierig.

»Nein, es ging um etwas anderes«, antwortete Maarten. Er setzte sich zu ihnen. »Seid ihr schon fertig?«

»We were waiting for you, Sir!«, sagte Alblas mit einem Schwenk seines Arms.

»Jacobo möchte, dass ich ein paar Gastvorlesungen zur Erzählforschung halte«, sagte Ad.

»Und, machst du das?«, fragte Maarten.

»Ich habe gesagt, dass ich dazu im Augenblick keine Zeit habe.« Maarten sah Alblas an. »Du hast es gehört.« Er schmunzelte. Alblas amüsierte ihn.

»And you?«, fragte Alblas grinsend.

537

»Das Problem ist, dass wir nicht mehr an die Erzählforschung glauben, wenn wir überhaupt jemals daran geglaubt haben. Es ist sinnlos. Man kann damit nichts machen.«

Alblas sah ihn ungläubig an. »Und all die Erzählungen, die ihr gesammelt habt?«

»Ich finde auch, dass du das so nicht sagen kannst«, bemerkte Bart vorsichtig. »Wir sind uns bewusst geworden, dass mit dieser Forschung einige Probleme verbunden sind, aber ich würde doch sicher nicht so weit gehen wollen und sagen, dass sie sinnlos gewesen ist.«

»Weil nichts sinnlos ist«, sagte Maarten.

»Aber, Mann, ihr sitzt hier auf Schätzen!«, rief Alblas aus, seine Worte mit einer schwungvollen Armbewegung unterstreichend. »Wenn es um niederländische Volkskultur geht: Die liegt hier! You are a rich man!«

»Geistig«, sagte Maarten ironisch.

Alblas sah ihn verständnislos an. »Oh, Jesus!«, sagte er dann, wandte mit einer ausholenden Geste seinen Kopf von Maarten ab und beugte ihn bis fast auf die Tischplatte hinunter, »Das hätte ich wieder nicht sagen sollen. I beg your pardon, Sir!«

»Wir haben doch jetzt auch vor, die Erzählungen zu veröffentlichen«, sagte Bart. »Das beweist doch, dass wir dem durchaus einige Bedeutung beimessen.«

»Exactly so!«, sagte Alblas.

Ad lächelte fast unmerklich, als koste er seine Schadenfreude aus.

Maarten schüttelte den Kopf. »Ich könnte kein vernünftiges Wort darüber sagen.«

»Forscht ihr selbst eigentlich auch über die niederländische Volkskultur?«, fragte Ad.

»Zu wenig, Mann.«

»Aber wenn ihr es nun machen müsstet, wie würdet ihr es dann anpacken?«

»Strukturen, nicht wahr? Macht!«

»Aber welche Rolle spielt die Kultur darin?«, wollte Maarten wissen.

»Deswegen bin ich ja gerade hier! You are sitting on the answer, Sir!«

»Dessen war ich mir bisher noch nicht bewusst«, sagte Maarten ironisch.

»Oh, Jesus!«, sagte Alblas und griff sich an den Kopf.

»Aber wir versuchen doch, mit Hilfe der Beschreibung der Volkskultur einer bestimmten Epoche und aus einer bestimmten Region ein Bild ihrer Vergangenheit zu zeichnen?«, bemerkte Bart.

»Vielleicht«, sagte Maarten. Er wandte sich Alblas zu. »Aber noch kurz über die Macht. Du studierst als Anthropologe eine bestimmte Gemeinschaft. Das macht ihr doch?«

»Yes, Sir!«

»In dieser Gemeinschaft hat eine bestimmte Gruppe die Macht. Diese Gruppe hat Sitten, Bräuche, Traditionen. Das ist ihre Kultur. Welche Rolle spielt diese Kultur jetzt im Machtverhältnis zwischen dieser Gruppe und den anderen Gruppen?«

Alblas sah ihn gequält an. »Gott, ich weiß es nicht. That's the problem!«

Maarten schmunzelte. »Kennst du den Sammelband von Strobach über den Deutschen Bauernkrieg von 1525?«

»No, Sir!«

»Den musst du lesen. Ihm zufolge verstärken Traditionen die sozialen Gegensätze. Ich finde es ein nettes Buch.«

»Aber dann musst du schon dazusagen, dass es von einem Marxisten ist«, sagte Bart zurückhaltend.

»Natürlich ist er ein Marxist! Das macht es gerade interessant, weil man die Traditionen plötzlich aus einer völlig anderen Perspektive sieht.«

»Außer dass die Autoren in ihrer Kritik am Westen oft schon sehr kindisch sind«, meinte Bart.

Alblas hatte einen Stapel Zettel und einen abgekauten Kugelschreiber aus einer Tasche seiner Jacke geholt. »Wo ist das erschienen?«

Maarten stand auf, holte das Buch von seinem Schreibtisch und schob es ihm zu. »Ich bespreche es in der nächsten Ausgabe des *Bulletins*.«

»Das musste ich doch mal sagen«, bemerkte Bart, »aus Gründen des Ausgleichs.«

»Ich verstehe«, sagte Maarten. Er sah zu, während Alblas Titel und Verlag in ungeübter Handschrift vom Umschlag übertrug. Da er gelernt hatte, dass man dafür die Titelseite benutzte, bestätigte es sein Urteil über das intellektuelle Niveau, auf dem sich Alblas bewegte, und das wiederum amüsierte ihn nach dem, was er soeben bemerkt hatte.

Alblas zog einen Strich unter seine Notiz und schlug das Buch an einer willkürlichen Stelle auf. »Es ist auf Deutsch!«, stellte er fest.

»Ist das ein Problem?«, fragte Maarten.

»Quite a problem. Our literature is English. But never mind!« Er schlug das Buch wieder zu und sah Maarten an. »Aber wenn ihr eure Fragestellung jetzt nur noch ein wenig ändert, seid ihr auf unserer Wellenlänge!«

»Nach links«, verbesserte Maarten.

Alblas sah ihn an. An seinem Gesicht war zu erkennen, dass er den Tenor dieser Bemerkung nicht begriff. »Of course!«, sagte er dann. »Da sieht man es mal wieder! Beg your pardon, Sir!« Und er machte erneut einen weiten Schwenk mit Arm und Oberkörper, als wollte er seine Anwesenheit damit auswischen.

»Ich finde doch, dass du einem Außenstehenden nicht sagen solltest, dass du unsere Arbeit sinnlos findest«, sagte Bart, als Alblas wieder verschwunden war. »Wenn sie demnächst ihre Pläne zu einer Umstrukturierung der Wissenschaft umsetzen, wird damit Missbrauch getrieben.«

»Aber wenn es nun so ist?«

Ad stand auf und stellte die Tassen zusammen.

»Warte noch einen Moment«, sagte Maarten. »Ich wollte noch etwas besprechen.«

»Dann solltest du es trotzdem nicht sagen«, sagte Bart. »Aber es ist auch nicht so. Ich bin da völlig anderer Meinung als du.«

»Außerdem habe ich gesagt, dass ich die Erzählforschung sinnlos finde.«

»Und da bin ich ebenfalls anderer Meinung, denn dann hättest du damit nicht anfangen sollen.«

»Man fängt damit an zu untersuchen, ob es Sinn hat«, sagte Maarten mürrisch, »und man kommt zu dem Schluss, dass es sinnlos ist. Ich finde das in Ordnung, und ich habe nicht das Bedürfnis, es unter den Teppich zu kehren.«

»Du wirst doch auch an Ad denken müssen, denn es ist sein Forschungsgebiet.«

»Ach, das ist mir egal«, sagte Ad.

»Und trotzdem finde ich, dass du das nicht machen kannst«, beharrte Bart.

»Etwas anderes«, unterbrach Maarten. »Balk will, dass wir zur Gründungsversammlung der Arbeitsgemeinschaft Dorf- und Regionalgeschichte gehen und einer von uns in den Vorstand kommt. Ich wollte morgen darüber reden, wenn Mark auch dabei ist. Wollt ihr mal darüber nachdenken, wer es sein sollte?«

»Es liegt doch auf der Hand, dass du das bist?«, sagte Ad.

»Ich habe allmählich genug Kommissionen, und außerdem geht es in diesem Fall um historische Forschung, es würde also eher auf der Hand liegen, dass Bart oder Mark da reingeht.«

»Was soll die Aufgabe dieses Vorstands sein?«, fragte Bart.

»Den Hauptvorstand der Stiftung zu Förderanträgen auf unserem Gebiet beraten.«

»Dann weiß ich nicht, ob ich das überhaupt will«, sagte Bart verhalten.

»Denk erst einmal darüber nach«, wehrte Maarten ab, er stand auf, »dann besprechen wir das morgen.«

»Bedeutet das auch, dass unser Büro dann nicht aufgelöst wird?«, fragte Ad.

»Das ist davon unabhängig. Das eine ist die institutionelle Förderung, das andere die öffentliche.«

»Ich muss dir ehrlich sagen, dass ich daraus manchmal nicht mehr schlau werde«, gestand Bart.

»Ich auch nicht.« Er setzte sich an den Schreibtisch, nahm das Buch mit der Besprechung von Freek hoch, schob den Stuhl zurück, zog die unterste Schublade auf, stellte seine Füße darauf und vertiefte sich in das Geschriebene, während Ad mit den Tassen den Raum verließ und Bart hinter seinem Bücherregal verschwand. Freek begann seinen Text mit einem Bibelspruch. Er las es amüsiert, eine Amüsiertheit, die während des Lesens in ein intensives Vergnügen, gemischt mit Bewunderung, überging. Hier hatte jemand das Wort, der Verstand hatte und außerdem schreiben konnte, und das auch noch mit einer so gemeinen Ironie, dass es eine Lust war, es zu lesen.

»Ich habe hier eine Besprechung von Freek«, sagte er, als er sie gelesen hatte, er sah zum Bücherregal, aus einem Bedürfnis heraus, seinen Enthusiasmus mit jemandem zu teilen, »so gemein, dass es eine Freude ist, es zu lesen! Herrlich!« Seine Stimme überschlug sich vor Begeisterung. »Da weiß man wieder, was der Sinn unserer Arbeit ist.«

»Ich habe große Hochachtung vor Freek«, sagte Bart nüchtern.

»Herrlich!«, wiederholte Maarten begeistert. Er stand auf. »Großartig! Es bleibt nichts von dem Mann übrig.« Er ging zur Tür. »Ich bringe es ihm kurz zurück.« Er ging durch den Flur zu Freeks Zimmer. Der saß an seinem Schreibtisch, umgeben von seinen Karteikarten und -kästen. »Herrlich!«, sagte Maarten, während er ihm das Buch mit der Besprechung hinlegte. »Großartig! Eine Perle unseres *Bulletins*.« Er lächelte.

Freek sah ihn mit hochgezogenen Augenbrauen an. »Meinst du das jetzt ernst?«, fragte er argwöhnisch.

»Natürlich meine ich das ernst.« Er grinste.

»Ich glaube dir nicht«, sagte Freek. »Man d-denkt bei dir immer, dass man auf den Arm genommen wird.«

*

»Tag, Sien«, sagte er.

»Tag, Maarten«, antwortete sie.

Er stand auf und folgte ihr in den Karteisystemraum. Während er einen Stuhl unter dem Tisch hervorholte und sich setzte, stellte sie ihre Tasche auf den Schreibtisch, zog einen Kamm heraus, nahm ihre Haarspange in den Mund, schüttelte ihr Haar aus, lang, blond, bis an ihre Taille reichend, und begann, es mit langen Strichen durchzukämmen, wobei sie sich etwas zur Seite beugte. Dabei hob sich ihr Pulli und legte ihren Nabel frei, doch es war ihr nicht anzumerken, dass es ihr etwas ausmachte.

»Ich habe gestern ein paar Mappen von dir übernommen«, sagte er, ihr unauffällig ins Gesicht sehend, »weil ich fand, dass du schon ziemlich viel auf dem Tisch hattest.« Sie sah ihn teilnahmslos an, die Haarspange quer im Mund, während sie unbeirrt fortfuhr, sich zu kämmen. Es fiel ihm auf, wie blass ihr Gesicht war, als leide sie an Blutarmut.

»Außerdem will Ad dir wohl diesen Kongress abnehmen, weil es eigentlich sein Gebiet ist. Er wird das noch mit dir besprechen.«

»Du glaubst doch nicht, dass du damit das Problem gelöst hast?«, sagte sie, während sie die Haarspange aus dem Mund nahm. Sie steckte die Haare hoch. »Bald ist es wieder zu viel. Es ist nicht ab und zu, es ist strukturell!«

Die Aggression in ihren Worten überraschte ihn.

»Und jetzt, wo du schon damit anfängst … Du darfst liebend gern wissen, dass ich schon lange keine Lust mehr habe und du es einzig und allein Henk zu verdanken hast, dass ich noch nicht gekündigt habe!« Sie sah ihn aufgebracht an. Es schien, als hätte seine Bemerkung von einer Sekunde zur anderen eine bereits länger vorhandene Wut freigesetzt, ihr Gesicht war kreidebleich.

Er schwieg und sah sie an, etwas unbehaglich, da sie dicht vor ihm stand.

»Du nimmst überhaupt keine Rücksicht darauf, dass ich nur drei Tage die Woche arbeite! Meine gesamte Zeit geht für die Mappen, Bücher und Zeitungsausschnitte drauf! Ich komme zu nichts anderem mehr!«

»Keiner von euch hat eine volle Stelle«, sagte er, »und das ist eure Arbeit. Dafür bist du in der Dokumentation.«

»Aber ich will forschen!« Ihre Stimme überschlug sich hysterisch. »Ich will meine Zeit nicht mit dem Schreiben von Zusammenfassungen verbringen! Ich will forschen!«

Er sah sie an, während er nach einer passenden Reaktion suchte.

»Auf diese Weise werde ich immer frustrierter!«, sagte sie verzweifelt.

»Das ist natürlich nicht Sinn der Sache.«

»Aber was ist dann Sinn der Sache? Es kann doch nicht Sinn der Sache sein, Leute so zu überlasten, dass sie weggehen?«

»Nein.«

»Aber was ist dann der Sinn?«

»Der Sinn ist es, dass du auf diese Weise ein so breites Wissen über das Fach bekommst, dass du demnächst deine Forschungen darauf gründen kannst.«

»Aber ich habe doch schon Seminare bei Buitenrust Hettema besucht? Ich habe ein *Sehr gut* bekommen! Ich bin doch schon ausgebildet?«

»Was du bei Buitenrust Hettema gelernt hast, ist bestenfalls ein Aspekt.«

»Aber hört es denn nie auf?«

Er gab darauf keine Antwort.

»Ich kann doch nicht mein ganzes restliches Leben Aufsätze lesen? Ich will mich spezialisieren! Ich will selbst Aufsätze schreiben!«

»Du wirst natürlich immer weiter lesen müssen.« Die Diskussion bedrückte ihn. Durch ihre Worte hatte er das Gefühl, in einem sehr kleinen Raum eingesperrt zu werden. Es hatte etwas Erstickendes, dass jemand so dachte, und es führte dazu, dass er nicht wusste, wie er darauf reagieren sollte.

Sie ließ sich ratlos auf ihren Stuhl sinken. Durch die Aufregung schien ihr Gesicht formlos geworden zu sein, und ihr blauer Lidschatten war zerflossen. »Dann gehe ich eben weg! Ich halte das nicht aus! Wenn ich nicht forschen kann, halte ich es nicht aus!«

»Ich habe vor, dass du demnächst, wenn Manda, Tjitske und Joop es zu dritt schaffen und du dein Studium abgeschlossen hast, forschst. Im Moment hat die Dokumentation noch Priorität.«

»Aber dass du dann nur weißt, dass ich es nicht aushalte. Ich habe davon jetzt schon schlaflose Nächte. Ich darf gar nicht daran denken, dass das noch jahrelang so weitergeht.«

»Es geht nicht jahrelang so weiter.«

»Aber ich will *jetzt* schon forschen!«, sagte sie heftig. »Ich will nicht warten, bis ich kaputtgemacht worden bin!«

»Und wer soll deine Arbeit dann machen, solange Manda, Tjitske und Joop sie noch nicht übernehmen können?«

»Das interessiert mich nicht! Das ist deine Sache!«

Er schwieg. So viel Egoismus hatte er nichts entgegenzusetzen. Er konnte nicht einmal mehr über eine Lösung nachdenken.

»Aber jetzt weißt du es!«, sagte sie. »So kann es nicht mehr lange weitergehen!«

Wahrscheinlich war es als Drohung gemeint, doch es war kraftlos, da es auf ihn keinen Eindruck machte. Wenn sie gekündigt hätte, wäre er darüber nicht traurig gewesen. »Ich werde mal überlegen, ob ich die Arbeit anders verteilen kann«, er stand auf, »aber ehrlich gesagt, wüsste ich nicht, wie, ohne dass die anderen darunter leiden würden.« Er sah sie an. Trotz seiner Abneigung gegen ihr Auftreten hatte er Mitleid mit ihr. »Wenn du jetzt wieder einen Rückstand hast, warn mich einfach. Daran kann ich auf jeden Fall etwas ändern.« Er wandte sich ab und verließ den Karteisystemraum. »Ist Bart nicht da?«, fragte er und sah auf Barts leeren Stuhl, während er die Tür hinter sich schloss.

»Tag, Ad.«

»Bart ist kurz rausgegangen«, antwortete Ad.

Er zog einen Stuhl neben Ads Schreibtisch und setzte sich. Das Gespräch mit Sien hatte ihn geschafft. Ad sah von seiner Arbeit auf, abwartend. »Sien wirft mir vor, dass sie durch die Arbeit an den Mappen nicht zum Forschen kommt.«

»Dahinter wird wohl Henk stecken«, sagte Ad boshaft.

Maarten nickte. »Und sie wirft mir vor, dass ich euch überlaste.«

Ad reagierte nicht darauf.

Maarten sah ihn musternd an. »Was mache ich dagegen?«

»Du musst aufpassen, dass die Leute nicht anfangen, dich zu hassen. Bald geben sie dir an allem die Schuld.« In seiner Stimme lag eine kaum verborgene Schadenfreude.

»Du meinst, dass ich dem nachgeben soll?«

»Und dann andere die Arbeit machen lassen?«

Maarten dachte nach. »Das Problem ist natürlich, dass sie von Ehrgeiz zerfressen ist. Sie will keine Arbeit machen, die ihr keine Ehre einträgt, und in unserem System wird sie zu einer namenlosen Solidarität gezwungen. Wobei ich gerade das für das Schönste halte, was es gibt: Leute, die sich die Arbeit abnehmen, eine Maschine, die geräuschlos funktioniert. Das ist das Einzige, was mich interessiert.«

»Ich würde diese Vorwürfe auch einfach vergessen.«

»Das werde ich wohl müssen.« Er sah niedergeschlagen vor sich hin. »Und wenn ich dann darüber nachdenke, was für einen gottverdammten Widerwillen ich gegen meine Funktion habe.« Es klang bitter.

»Könntest du denn unter einem anderem arbeiten?«, fragte Ad ungläubig.

Maarten sah ihn an. »Wenn eine Mehrheit von euch heute sagen würde, dass sie einen anderen haben will, rufe ich noch heute Kaatje Kater an.«

An Ads Gesicht war zu erkennen, dass er nicht daran glaubte.

»Willst du meinen Platz haben?«, drängte Maarten.

»Ich bleibe lieber gesund.«

»Darum.« Er stand auf. »Die Damen und Herren bleiben lieber gesund.« Er schob den Stuhl wieder unter den Tisch und betrat den Besucherraum. Manda war nicht da, Tjitske saß an ihrem Schreibtisch.

»Tag, Tjitske«, sagte er.

Sie nickte, ohne aufzusehen.

Er blieb neben ihr stehen und sah auf sie hinab. »Ich habe gestern ein paar Mappen von dir übernommen.«

»Fandest du, dass ich es nicht gut mache?«, fragte sie trotzig, halb murmelnd.

»Ich finde schon, dass du es gut machst, aber ich glaube, dass du zu viel hattest, und dann funktioniert es nicht mehr.«

»Oh, so war das.« Sie starrte weiterhin auf ihre Arbeit.

»Der Zweck dieser Mappen ist der, dass ihr das Fach beherrschen lernt«, erläuterte er, »nicht, dass ihr euch gehetzt fühlt.« Er wartete kurz. Plötzlich sah er eine andere Regelung und versuchte blitzschnell, deren Konsequenzen zu überblicken. »Ich wollte deshalb mit euch vereinbaren«, er sprach etwas langsamer, noch nachdenkend, »dass jeder, der mit mehr als vier Mappen im Rückstand ist, Alarm schlägt, sodass ich Maßnahmen ergreifen kann. Wäre das was?«

Sie zuckte mit den Achseln. »Ach, das ist mir egal.«

»Es ist dir egal.«
»Ich finde es gut«, murmelte sie.
»Das brauchst du noch nicht. Denk erst noch einmal darüber nach. Ich werde es noch offiziell vorschlagen, dann kannst du mit Einwänden kommen. In Ordnung?«
Sie nickte.
Er blieb noch kurz stehen, abwartend, doch als sie nichts mehr sagte, wandte er sich ab und ging zurück in sein Zimmer. »Ich werde vorschlagen, dass jeder, der einen Rückstand von mehr als vier Mappen hat, Alarm schlägt«, sagte er zu Ad, während er die Tür hinter sich schloss, »damit ich eingreifen kann.«
»Und wer soll das dann machen?«, fragte Ad argwöhnisch.
»Das sehen wir dann schon.«
»Wenn es nur nicht so läuft, dass sie auf diese Weise ihre Arbeit auf andere abschieben.«
»Das machen sie nicht«, sagte Maarten entschieden.
»Da bin ich mir nicht so sicher.«
Die Tür ging auf. »Tag, Maarten«, sagte Bart.
»Tag, Bart.« Er drehte sich um. »Habt ihr jetzt Zeit, mit Mark über die Sitzung der Dorf- und Regionalgeschichte zu sprechen?«
»Wenn es nicht anders geht«, sagte Bart verhalten.
»Dann hole ich mal Mark«, entschied Maarten. »Beide Kaffee?«

Als er mit dem Tablett, auf dem die Kaffeetassen standen, wieder den Raum betrat, saßen sie zu dritt am Tisch und warteten auf ihn. Er stellte es zwischen ihnen ab, nahm seine eigene Tasse herunter und steckte ihre Bons, die für ihn bereitlagen, in sein Portemonnaie. »Ihr wisst, worum es geht«, sagte er, während er in seinem Kaffee rührte. »Balk leitet nächste Woche die Gründungsversammlung der Arbeitsgemeinschaft Dorf- und Regionalgeschichte. Er will, dass wir mit so vielen Leuten wie möglich dabei sind und einer von uns in den Vorstand geht. Die Frage ist also: Wer von euch ist bereit, den Job zu machen, vorausgesetzt natürlich, dass es so weit kommt.«
Mark hob einen Finger. »Darf ich dazu erst noch mal etwas fragen?«
»Natürlich.«

»Warum macht Jaap es eigentlich nicht selbst?«

»Weil er schon im Vorstand der Frühgeschichte sitzt. Und außerdem, aber das ist mir erst später klar geworden, geht es in diesem Fall um Volkskultur. Unsere Abteilung ist aufgrund des Berichts, den ich vor ein paar Jahren geschrieben habe, bei Dorf- und Regionalgeschichte untergebracht worden.«

»Das wird dann wohl auch das Werk von Jaap gewesen sein«, vermutete Mark schmunzelnd.

»Ich denke, schon.«

Mark lächelte verstohlen in sein Bärtchen. »Ein mächtiger Mann!«

»Also: Wer von euch will es machen?« Er sah sich in der kleinen Runde um.

»Warum solltest du es nicht selbst machen?«, fragte Mark.

»Weil ich schon genug Kommissionen habe. Außerdem bin ich kein Historiker. Das halte ich für ein Handicap bei der Beurteilung von Förderanträgen. Und ich finde, dass ihr so allmählich auch mal selbständig operieren müsst. Drei Motive also.«

»Ich verstehe«, sagte Mark.

»Also ... Wer von euch?« Er vermied es, einen von ihnen anzusehen.

»Darf ich jetzt vielleicht etwas sagen?«, fragte Bart.

»Schieß los.«

»Ich hatte diese Frage natürlich schon erwartet«, er sprach sehr präzise, »und ich möchte gern, bevor eine Entscheidung getroffen wird, eine kurze Erklärung abgeben.«

Maarten nickte, wie um ihn zu ermuntern, doch er ahnte bereits, was kommen würde.

»Ich meine verstanden zu haben, dass die Arbeitsgemeinschaft ins Leben gerufen worden ist, um demnächst den Hauptvorstand zur Verteilung der Mittel aus der öffentlichen Forschungsförderung zu beraten. Das ist doch richtig?«

»Das ist richtig.«

»Das beinhaltet, dass ich, wenn ich mich bereit erklären sollte, einen Sitz im Vorstand einzunehmen, zu gegebener Zeit ein Urteil über die Arbeit anderer abgeben müsste. So ist es doch? Oder sehe ich das falsch?«

»Nein, so ist es.«

»Dagegen hätte ich dann moralische Bedenken. Ich finde nicht, dass man das machen kann.«

»Das verstehe ich nicht«, sagte Maarten, seine Verärgerung unterdrückend. »Du machst doch dein ganzes Leben lang nichts anderes, als über die Arbeit anderer zu urteilen?«

»Aber in diesen Fällen geht es um Geld! Und ich kann mich nicht von dem grässlichen Gedanken lösen, dass dies zur Folge hat, dass demnächst wieder alles in Vetternwirtschaft ausartet.«

»Das ist wieder die bekannte Politik der sauberen Hände«, meinte Mark. »Ich kenne den Standpunkt, aber meiner ist es nicht.«

»Es liegt auch nicht in meiner Absicht, dir das Recht abzusprechen, in diesen Vorstand zu gehen, Mark«, sagte Bart mit Nachdruck. »Ich spreche selbstverständlich ausschließlich für mich selbst.«

»Ja, ich verstehe schon, dass ich jetzt die Chance, in diesen Vorstand zu müssen, erhöht habe«, sagte Mark, sarkastisch in sich hineinlächelnd, »aber ich wollte es trotzdem nicht für mich behalten.«

»Glaubst du denn nicht, dass das Risiko besteht?«, fragte Bart.

»Natürlich besteht das Risiko«, sagte Mark gereizt, »aber wenn du davor Angst hast, gibt es keine bessere Garantie für Ehrlichkeit, als selbst in den Vorstand einzutreten.«

»Und da bin ich nun vollkommen anderer Meinung als du. Meine Erfahrung ist es gerade, dass man immer überstimmt wird und anschließend als mitverantwortlich betrachtet wird für Dinge, mit denen man absolut nicht einverstanden ist.«

Mark zuckte mit den Achseln. »Das sind nun einmal die Spielregeln der Demokratie.«

»Du wirst denn auch nicht von mir hören, dass Demokratie ein besonders gutes Instrument für das Treffen von Entscheidungen ist.«

»Trotzdem müssen wir es damit versuchen.«

»Wir schweifen ab«, warnte Maarten. »Über das Wohl und Wehe der Demokratie sollten wir lieber ein andermal diskutieren.«

»Ich würde aber doch noch gern von Mark hören, was er zu tun glaubt, wenn er im Vorstand überstimmt wird«, beharrte Bart.

»Ich dachte, das hätte ich schon gesagt«, sagte Mark ungeduldig,

»aber das ist offenbar nicht durchgedrungen. Ich will es deshalb gern noch einmal sagen. Ich finde, dass es kein Argument ist, um dich einer solchen Verantwortung zu entziehen.«

»Es ist nicht so, dass ich mich der Verantwortung entziehen will, Mark!«, sagte Bart mit Nachdruck. »Es ist gerade, weil ich mich in diesem Fall für die Missstände verantwortlich fühlen würde, die entstehen können.«

»Sollen wir das Gespräch jetzt beenden?«, mischte sich Maarten ein. »Ich glaube, dass es jetzt klar ist. Bart will aus prinzipiellen Gründen nicht in den Vorstand, Mark teilt die Einwände nicht, drängt sich aber nicht vor. Fasse ich es so richtig zusammen?«

»Ich habe keine prinzipiellen Bedenken gegen eine Vorstandsfunktion als solche«, korrigierte Bart. »Ich habe in diesem Fall«, er betonte die letzten drei Worte, als würde er sie kursivieren, »prinzipielle Bedenken.«

»Gut! In diesem Fall! Ad?«

»Ich fühle mich nicht berufen«, sagte Ad bescheiden.

»Und Ad fühlt sich nicht berufen«, schloss Maarten. Er dachte den Bruchteil einer Sekunde nach. »Weil Bart für die Erforschung der historischen Volkskultur zuständig ist, hatte ich Bart fragen wollen, in den Vorstand zu gehen, und Mark wollte ich bitten, ihn zu unterstützen. Aber jetzt, wo Bart nicht will, fällt das also weg.«

»Ich will aus prinzipiellen Gründen nicht!«, präzisierte Bart. »Nicht, weil ich mich meiner Verantwortung entziehen will!«

»Ja, das weiß ich«, sagte Maarten, »aber ich finde auch, dass Mark dafür nicht den Kopf hinhalten muss, weil er nur zu einem Drittel in unserer Abteilung ist. Ich werde es also selbst machen, unter der Bedingung, dass ihr mir bei der Beurteilung der Anträge helft, denn das kann ich nicht allein. Ist das in Ordnung?« Er sah von Bart zu Mark.

»Das will ich gern machen«, sagte Mark.

»Was bedeutet das genau?«, wollte Bart wissen.

»Dass ihr euch so einen Antrag anseht und euer Urteil abgebt.«

»Und wer garantiert mir dann, dass ich im Nachhinein nicht doch für dieses Urteil verantwortlich gemacht werde?«

»Ich!«

Bart zögerte. »Dann will ich es wohl machen«, entschied er schließlich, »aber ausschließlich qualitativ und als persönliche Meinung.«

»Hattest du es dir so gedacht, dass wir dich dann auch vorschlagen, wenn nach Namen gefragt wird?«, fragte Mark.

»Nein!«, sagte Maarten entschieden. »Bitte nicht! Wenn niemand auf die Idee kommt, dass wir dort hineinmüssen, bleiben wir draußen.«

»Aber dann hast du eine große Chance, dass du nicht gewählt wirst.«

»Wenn das passiert, werde ich meinem Herrgott danken. Meinetwegen muss es nicht sein. Es ist eine Idee von Balk.«

Mark kicherte. »Der wird es dann wohl auch schon geregelt haben.«

»Siehst du!«, sagte Bart. »Das ist nun genau das, wovor ich solche Angst habe! Dass es einfach Vetternwirtschaft wird!«

Als er wieder am Schreibtisch saß, dachte er erneut an das Gespräch mit Sien. Er sah nach draußen auf die kahlen Bäume unter dem bleigrauen Himmel und versuchte, seine Gefühle auszuloten. Verärgert war nicht das richtige Wort, eher: geschafft. Was ihn traurig machte, war, dass er immer gedacht hatte, seine einzige Qualität sei die, ein guter Chef zu sein, einer, der die Arbeit gerecht verteilte, seine Leute gegen die Außenwelt verteidigte, Streit zu verhindern wusste und selbst den Löwenanteil übernahm. Es zeigte sich nun, dass er sich darin gewaltig überschätzt hatte. Der einzige Gewinn war der, dass ihre Vorwürfe ihn wieder mit beiden Beinen auf den Boden gestellt hatten. Er nahm sich zusammen, rückte seinen Stuhl eine Vierteldrehung herum, spannte ein Blatt Papier in seine Schreibmaschine, dachte ein paar Sekunden nach und begann zu tippen: »Unsere Abteilung wurde mit dem Auftrag gegründet, einen Atlas der niederländischen Volkskultur zu erstellen. Die Idee, die dahintersteckte, war die, dass in Sitten, Bräuchen und Traditionen und in ihrer Verbreitung Informationen über eine weit zurückliegende Vergangenheit enthalten sind. Diese Idee ist inzwischen aufgegeben worden, und damit ist die Grundlage unseres Faches verschwunden. Die logische Konsequenz ist, dass wir aufgelöst werden. Die Umstrukturierung der Wissenschaft, die augenblicklich im Gange ist, bietet dazu eine willkommene Gelegenheit.

Wollen wir das verhindern, werden wir eine neue Grundlage schaffen müssen. Daran wird im Augenblick gearbeitet, nicht nur von uns, sondern in ganz Europa. Grob gesagt, lassen sich dabei zwei Strömungen unterscheiden: Die eine Strömung sucht Anschluss bei der Anthropologie und richtet ihr Augenmerk auf das Funktionieren von Traditionen in der heutigen Gesellschaft. Die andere Strömung sucht Anschluss bei der Geschichtswissenschaft und untersucht, wie Traditionen sich im Laufe der Zeit und infolge der sich wandelnden sozialen und wirtschaftlichen Bedingungen verändern. Zwischen diesen beiden Strömungen werden wir unseren Platz bestimmen müssen. Dabei können wir uns nicht wie beispielsweise in Deutschland auf eine universitäre Basis stützen. Wir müssen es selbst machen. Das Fach sind wir sieben: Bart, Ad, Sien, Manda, Tjitske, Joop und ich. Für die Bestimmung dieses Platzes verfügen wir über drei Instrumente, die gleichzeitig der Außenwelt gegenüber eine Rechtfertigung unserer Arbeit darstellen: Dokumentation, Information und Forschung. Die Dokumentation liegt in den Händen von Sien, Manda, Tjitske und Joop. Sie umfasst im Prinzip alle Informationen, die für die aktuelle und die künftige Forschung von Bedeutung sind, sowohl unserer eigenen als auch der von anderen, die sich für Traditionen interessieren. Die Information besteht aus einer Übersicht (im *Bulletin*) von allem, was in Europa auf unserem Fachgebiet erscheint, ergänzt um kritische Betrachtungen. Für die Übersicht dessen, was erscheint, sind Sien, Manda, Tjitske und Joop zuständig, darin unterstützt von Bart, Ad und mir, die auch für die kritischen Betrachtungen zuständig sind. Die Forschung schließlich wird von Bart, Ad und mir geleistet. Sie ist in erster Linie darauf gerichtet, die Grenzen unseres Faches zu erkunden und einen Nenner zu finden, auf den wir in Zukunft unsere Arbeit vereinen können. Für diese Erkundung ist die Information über das, was in Zukunft in Europa auf unserem Gebiet geschieht, unentbehrlich. Forschen bedeutet Nachdenken über das Fach, Nachdenken über das Fach beruht einerseits auf einem breiten Wissen über alle möglichen Traditionen, andererseits über die Weise, in der sie von anderen studiert werden. Die Arbeitsteilung, wie ich sie hier oben skizziert habe, ist fließend. Ich kann mir vorstellen, dass Sien demnächst, wenn

Manda, Tjitske und Joop eingearbeitet sind, einen größeren Teil ihrer Zeit mit Forschung verbringt. Dasselbe gilt im Prinzip auch für die drei anderen. Solche Aufgabenverlagerungen haben Folgen für den Arbeitsdruck, den ich nicht immer überblicken kann. Bei der Aufteilung der Bücher für Besprechungen berücksichtige ich das, bei den Mappen ist es schwieriger, da sie von ihrem Gewicht her sehr ungleichmäßig sind. Das kann den Arbeitsdruck zu hoch werden lassen. Ich schlage deshalb vor, ein Sicherheitsventil einzubauen: Wer einen Rückstand von mehr als vier Mappen hat, schlägt automatisch Alarm. Ich werde dann für eine Neuaufteilung sorgen, die besser auf die Kräfte abgestimmt ist, über die jeder von uns verfügt. Wohlgemerkt: Das ist ein Vorschlag. Selbstverständlich stehe ich jedem anderen Vorschlag offen gegenüber. Maarten.«

Er spannte das Blatt aus seiner Schreibmaschine, las es noch einmal durch, spannte es wieder ein, tippte AUFMUNTERNDE WORTE darüber, heftete einen Umlaufbogen an und legte es auf Barts Schreibtisch. Es erleichterte ihn kurz, doch als er wieder an seinem Schreibtisch saß, war die Erleichterung rasch verschwunden. Er dachte an Siens hysterischen Ausbruch und begriff, dass ein solcher Appell an ihre Solidarität sinnlos war. Der Gedanke deprimierte ihn.

Als er am späten Nachmittag die Vordertreppe herunterkam, um nach Hause zu gehen, schob Freek gerade sein Namensschild aus. Er wartete unten an der Treppe. »Wenn ich dich so sehe«, sagte er, »frage ich mich, wann du deinen ersten Herzinfarkt bekommen wirst.«

»Da wirst du wohl noch eine Weile warten müssen«, sagte Maarten. Er schob sein Namensschild aus. Hintereinander verließen sie durch die Drehtür das Büro und traten in die Dunkelheit hinaus.

»Du findest es doch in Ordnung, wenn ich mit dir mitgehe?«, fragte Freek.

»Wenn ich es nicht in Ordnung fände, würde ich einen anderen Weg nehmen.«

Freek unterdrückte ein Lachen.

Sie gingen schweigend nebeneinander an der Gracht entlang und bogen rechts in die Spiegelstraat ein. In der Hektik des heimwärts strebenden Verkehrs mussten sie eine Weile hintereinander hergehen, doch auf der anderen Seite des Koningsplein liefen sie wieder nebeneinander.

»Du hast seinerzeit gesagt, dass du nicht wolltest, dass die Herren vom Ministerium den Eindruck bekämen, wir würden nur Lieder sammeln«, sagte Freek. »Was hast du damit genau gemeint?«

»Dass ich glaube, dass diese Zeiten vorbei sind. Wir werden zeigen müssen, dass es trotzdem Sinn hat.«

»Und dir zufolge hat es keinen Sinn.«

»Nein. Sammeln um des Sammelns willen ist sinnlos.«

Freek unterdrückte erneut ein Lachen. Es klang wie ein Schluchzer. »Was hat denn dir zufolge Sinn?«

»Nichts! Aber darum geht es nicht. Wenn sie im Ministerium nur glauben, dass es Sinn hat. Dafür braucht es nicht so viel, aber Sammeln funktioniert nicht mehr. Es muss eine Funktion haben! Das verstehen sie. Also eine Funktion! Ich hole eben die Zeitung.« Er ging auf das Athenaeum Nieuwscentrum zu, nahm eine Zeitung vom Stapel, wartete, bis er an der Reihe war, und ging wieder nach draußen.

Freek stand an der Ecke und wartete auf ihn. »Und dass Leute es schön finden, diese Lieder noch einmal zu hören, ist für dich keine Funktion?«, fragte er, während sie den Voorburgwal entlanggingen, am Stand des Muschelmannes vorbei.

»Das ist schon eine Funktion, aber es ist keine Wissenschaft.«

»Ich habe nie verstanden, wie jemand so genau weiß, was Wissenschaft ist.«

»Was *keine* Wissenschaft ist.«

»Sorry, du hast recht.«

Sie schweigen erneut.

»Wenn du jetzt zu Hause bist, was machst du dann?«, fragte Freek, als sie sich dem Lijnbaanssteeg näherten.

»Meinen Brei aufwärmen und Nicolien vom Bahnhof abholen«, antwortete Maarten. »Und natürlich die Zeitung lesen.«

Als er das Haus verließ, um Nicolien vom Bahnhof abzuholen, hörte er auf der gegenüberliegenden Seite der Gracht eine Flöte eine Melodie spielen. Es war etwas Nebel aufgekommen, und es war kalt, die Temperatur lag um den Gefrierpunkt. Der Nebel hing zwischen und hinter den Autos, die entlang der Gracht parkten, es war nicht möglich, in den schwarzen Schatten außerhalb des Laternenlichts jemanden zu erkennen. Als er weiterging, schien es, als hätte der Flötist auf der anderen Seite seinen Standort verlagert. Er suchte die erleuchteten Fenster ab, konnte jedoch nicht erkennen, ob eines offen stand, und er sah auch niemanden, außer einem Mann, der gerade geräuschlos aus seinem Sessel aufstand. Als er weiterging, folgte ihm das Geräusch. Auf der Flöte wurden Späße gemacht, als spräche jemand durch sie hindurch. Der Mann oder die Frau mit der Flöte ging auf gleicher Höhe mit ihm auf der anderen Seite, doch er sah niemanden. Er blickte vor sich und beschleunigte seinen Schritt. Eine Frau mit einem Hund kam ihm entgegen. Als sie sich ihm genähert hatte, sah er, dass es ein Mädchen war, fast ohne Haare und mit einem kugelrunden Kopf. Erst als er sie überholt hatte, merkte er, dass die Flöte verschwunden war.

*

»Auf wann hast du den Wecker gestellt?«, fragte Nicolien aus dem Dunkeln.
»Auf Viertel vor sieben.«
»Wann fährt dein Zug denn?«
»Um acht Uhr.«
»Schlaf gut.«
»Schlaf gut.«
Ein paar Minuten später hörte er an ihren Atemzügen, dass sie schlief. Er lauschte. Es war still im Zimmer, doch anders als sonst. Er hob seinen Kopf vom Kissen, um zu ermitteln, was anders war, konzentriert lauschend. Es dauerte eine Weile, bis ihm klar wurde, dass der Wecker stehen geblieben war. Vorsichtig, um sie nicht zu wecken, streckte er die Beine aus dem Bett und ging im Dunkeln um die Betten herum zum Nachtschränkchen. Als er den Wecker hochnahm, wurde sie wach.

»Was machst du?«, fragte sie schläfrig.
»Der Wecker ist stehen geblieben.«
»Du weckst mich auf.«
»Schlaf nur weiter. Ich werde ihn gleich wieder zum Laufen bringen.« Er schüttelte den Wecker, hielt ihn ans Ohr, schüttelte noch einmal, drehte den Schlüssel ein wenig, um eine mögliche Blockierung zu lösen, und stellte ihn, als er zögernd wieder zu ticken begann, neben sein Kissen. Ein paar Minuten später blieb der Wecker erneut stehen. Maarten kam wieder hoch, führte ihn erneut ans Ohr und schüttelte ihn vorsichtig hin und her. Ohne Ergebnis. Während er so in der Dunkelheit saß, ab und zu kurz den Wecker schüttelnd und ihn ans Ohr haltend, merkte er, wie müde er war. Gerade jetzt, wo er nach Köln musste. Schläfrig, wie er war, hielt sich seine Erwartung an den Ausflug, auf den er ohnehin keine Lust hatte, in Grenzen. Der Wecker begann erneut zu ticken. Er stellte ihn wieder neben seinen Kopf und legte sich auf den Rücken, damit er ihn hören konnte. Eine Viertelstunde später blieb er wieder stehen. Vorsichtig, in der Furcht, dass er Nicolien ein zweites Mal aufwecken könnte, knipste er die Nachttischlampe an, verglich die Stellung der Zeiger mit der Zeit auf seiner Armbanduhr, stellte den Wecker nach, knipste das Licht wieder aus und schüttelte ihn, aufrecht im Bett sitzend, sanft hin und her. Als das keinerlei Effekt zeigte, bemächtigte sich seiner allmählich ein gewisser Fatalismus. Ohne Genörgel, nicht einmal irritiert, schüttelte er weiter, während er so dasaß, in der richtigen Stimmung, notfalls die ganze Nacht so weiterzumachen. Es half. Wider Erwarten fing der Wecker wieder an zu laufen. Er blieb noch eine Weile sitzen und lauschte, um sicher zu sein, dass er nicht zum Narren gehalten wurde, stellte ihn wieder zurück und legte sich erneut auf den Rücken. Liegen war auch sehr angenehm. Wenn man dann noch schlief, war das eine nette Zugabe, doch nötig war es nicht. Zum Glück auch, denn eine Viertelstunde später blieb der Wecker zum vierten Mal stehen. Er richtete sich wieder auf, wiederholte seine vorangegangenen Versuche, brachte ihn nach einiger Zeit wahrhaftig zum Laufen und hörte zu seiner Zufriedenheit, dass er diesmal mit größerer Sicherheit zu ticken begann. Kurz darauf schlief er ein und wurde erst wach, als der Wecker genau

um Viertel vor sieben ohrenbetäubend laut dicht neben seinem Kopf zu klingeln begann. Samstagmorgen.

»Wer fährt denn sonst noch mit?«, fragte sie beim Frühstück.
»Der Leitungsstab des Seemuseums, die Seemuseumskommission und ein paar Beamte aus dem Ministerium«, antwortete er, während er seinen Brei hinunterschlang. Eigentlich fand er es noch zu früh, um schon zu reden.
»Und was macht ihr dann da?«
»Uns ansehen, wie die Deutschen das Museum gestaltet haben.«
»Was hast du denn davon?«
»Nichts.«
»Das müsst ihr doch wohl selbst wissen?«
»Natürlich.«
»Aber du fährst trotzdem.«
Ihre Kritik ärgerte ihn. »Ich kann mich doch nicht allem entziehen?«
»Am Samstag? Wenn es wenigstens in der Woche wäre!«
Er gab darauf keine Antwort. Er stellte seine Schüssel beiseite, nahm eine Scheibe Brabanter Roggenbrot aus dem Korb und griff zum Käse.
»Es ist wohl keiner dabei, den ich kenne?«
Er schüttelte den Kopf. »Nein. Doch, van der Land!«
»Der sitzt auch überall drin.«
»Van der Land sitzt überall drin.« Er schnitt mit dem Käsehobel zwei Scheiben Käse ab, belegte das Roggenbrot damit und zerteilte es mit dem Messer.
»Und was glaubst du, wann du zurück bist?«
»Der letzte Zug fährt um halb sieben.«
»Du isst also nicht zu Hause?«
»Nein, ich denke, dass wir im Zug essen«, sagte er.

Es war kalt, und es wehte ein starker, rauer Wind. Als er im Bahnhof seine Brille absetzte, liefen ihm die Tränen über die Wangen. Er wischte sie ab, doch das machte es nur noch schlimmer. Weinend ging er zum Bahnsteig hoch und suchte hinter den Fenstern des bereitstehenden

Loreley-Express die anderen Kommissionsmitglieder, als er in einem Nebel aus Tränen Elco Dreesman in einem adretten Mantel auf sich zukommen sah. »Du hast deinen Pass doch wohl dabei?«, fragte er besorgt.

»Ja, natürlich«, sagte Maarten und fasste in seine Innentasche.

»Der Vorsitzende nicht!«

»Und was jetzt?«, fragte Maarten, während er vor ihm den Waggon bestieg.

»Wir werden uns etwas ausdenken müssen. Das erste Abteil!«

Im ersten Abteil saßen drei Männer und eine Frau. Die Frau und zwei der Männer standen auf und stellten sich vor: van Schaardenburg, de Grutter, Bongers, Mitarbeiter des Seemuseums. In dem dritten Mann erkannte er gerade noch im letzten Moment den Schriftführer der Seemuseumskommission. »Tag, Herr de Beer.« Erleichtert, dass er diese erste Konfrontation zu einem guten Ende gebracht hatte, hätte er sich am liebsten hingesetzt, doch die Furcht, dass er mit seiner Anwesenheit ihre Reise verderben würde, ließ ihn zögern, und außerdem erinnerte er sich rechtzeitig, dass es noch mehr Kommissionsmitglieder gab, die ebenfalls begrüßt werden mussten. Die saßen zu zweit im nächsten Abteil, Schilderman und Janse. »Ich habe gehört, dass Sie Ihren Pass vergessen haben?«, sagte er zu Schilderman.

»Den habe ich in der Tat vergessen«, antwortete Schilderman.

Während Maarten ihm die Hand gab und sich darüber wunderte, dass jemand einem so einfachen Satz noch so viel Gewicht verleihen konnte, versuchte er, den anderen Mann zu mustern. Er bezweifelte plötzlich, dass es wirklich Janse war, und als er ihm seine Hand hinstreckte, war er sich nahezu sicher, dass es nicht Janse war. »Koning«, sagte er auf gut Glück.

»Karseboom«, antwortete der Mann.

Der neue Bürgermeister, Nachfolger von de Baar! Ein Gefühl der Zufriedenheit bemächtigte sich seiner. Das hätte schlimmer ausgehen können, und es wäre nicht das erste Mal gewesen.

»Herr Koning ist der Nachfolger unseres früheren Kommissionsmitglieds Beerta«, erläuterte Schilderman.

»Vom Büro!«, vermutete Karseboom.

»Ein interessanter Mann«, sagte Schilderman, »außerordentlich belesen.«
Er wandte sich Maarten zu. »Wie geht es ihm jetzt?«
»Sein Zustand hat sich stabilisiert«, antwortete Maarten.
»Ist er krank?«, wollte Karseboom wissen.
»Er hat einen Schlaganfall gehabt.«
»So wie Ihr Vorgänger de Baar«, sagte Schilderman zu Karseboom, »wenn auch in diesem Fall mit weniger katastrophalen Folgen, obwohl man das natürlich nie mit Sicherheit weiß.«
Karseboom nickte.
»Um aber auf unser Gespräch zurückzukommen«, sagte Schilderman zu Karseboom, »die Zunahme des Verbrechens muss für so eine kleine Stadt doch schon ein Problem sein?«
Maarten zog seinen Mantel aus und setzte sich. Ihm war klar, dass er nicht mehr ins andere Abteil zurückkonnte, nicht einmal, wenn er keine Angst gehabt hätte, sich dort aufzudrängen. Während er sich fragte, weshalb er sich bei Gelegenheiten wie dieser stets den Leuten anschloss, für die er am wenigsten Sympathie empfand, bis jemand sich seiner aus oft ebenso deplatzierten Freundschaftsgefühlen erbarmte und ihn aus ihrer Gesellschaft befreite, musterte er den Bürgermeister: ein graues, etwas faltiges Gesicht, ein noch junger Mann, der jedoch etwas viel getrunken und außerdem die letzte Nacht nicht geschlafen hatte. Wem ähnelte er? Er hatte eine Caesar-Frisur, wodurch er ihn an einen bekannten englischen Bühnenschauspieler erinnerte, einen Homosexuellen, der den Cassius gespielt hatte, oder vielleicht sogar den Caesar, er kam nicht auf den Namen. Egal. Er ähnelte übrigens noch jemand anderem, sogar noch mehr. Van der Land? Nein, vielleicht ein bisschen, aber er ähnelte noch einem anderem. Er dachte eine Weile angestrengt nach, ließ es dann jedoch auf sich beruhen. Er hatte ihn den ganzen Tag um sich herum, es würde ihm schon noch einfallen. Karseboom! Vorläufig ging es darum, den Namen zu behalten.

»Darf ich meine Tasche hier schon mal hinstellen?«, fragte Elco Dreesman. Er war ins Abteil gekommen, stellte eine große, schwarze Tasche auf den Sitz neben Maarten und ging sofort wieder auf den Gang hinaus, zurück zu seinen Mitarbeitern.

Inzwischen hatte sich das Gespräch zwischen Schilderman und Karseboom vom Verbrechen zu den Erweiterungsplänen der Gemeinde verlagert. Maarten formte sich allmählich ein Bild des Mannes. Er war nicht so rechts wie Schilderman, der den *Telegraaf* bei sich hatte und einen prominenten Platz in der rechtsliberalen Partei einnahm. Vielleicht Sozialdemokrat, aber dann vom rechten Flügel. Wahrscheinlich Christdemokrat, aber ohne das dazugehörige autoritäre Auftreten.
»Welchen Einfluss hat der Rat denn auf derartige Pläne?«, fragte er, sich in das Gespräch einmischend.
»Eigentlich sehr wenig«, sagte Karseboom.
»Spielen politische Gegensätze darin denn keine Rolle?«
»Kaum.«
»Merkwürdig«, fand Maarten. »Wer gibt denn in so einem Rat den Ton an?«
»Es hört sich vielleicht etwas eigenartig an«, sagte Karseboom, »aber das sind die Kommunisten, obwohl es doch nur eine verhältnismäßig kleine Partei ist. Aber die Sozialdemokraten können nichts dagegensetzen, und die Rechtsliberalen haben kein Format.«
»Das ist typisch für die Rechtsliberalen«, meinte Maarten, der zu spät bedachte, dass es in der Gesellschaft Schildermans keine besonders kluge Bemerkung war.

Utrecht. Luning Prak, Corsten und ein Beamter des Kulturministeriums, der sich als Meijer vorstellte, ein junger Mann mit noch spärlichem Bärtchen und kleinen, wässrigen Augen, stiegen ein und zogen sich nach der Begrüßung in ein drittes Abteil zurück. Das berührte Maarten unangenehm. Er fand es nicht sonderlich höflich, doch zugleich war ihm klar, dass es keinen Grund dazu gab, und dass es nur sein idiotisches Bedürfnis war, auf einer solchen Reise jeden so nahe wie möglich um sich herum zu haben, wie ein Hund, auch wenn er, aus der Distanz betrachtet, keinerlei Sympathien empfand. »Meijer!«, wiederholte er ein paarmal für sich, um sich den Namen gut einzuprägen, und er stellte fest, dass es ein einfacher Name war, genau wie de Groot, ein anderer Mann aus dem Ministerium, der dieses Mal zufällig nicht mit von der Partie war, dessen Namen er jedoch, falls auch er mitgekommen wäre, parat hatte, zur Sicherheit, denn gerade einfache Namen waren trügerisch, und ausgerechnet bei de Groot war es ihm passiert, dass er die ganze Fahrt von Amsterdam nach Arnheim gebraucht hatte, um sich seinen Namen wieder ins Gedächtnis zu rufen. Meijer also. Meijer! Inzwischen hatte sich der Zug wieder in Bewegung gesetzt. Dreesman kam ins Abteil. »Habe ich dir schon erzählt, dass ich vielleicht auf dem Museumsgelände wohnen werde?«, fragte er Maarten vertraulich. Er setzte sich ihm gegenüber.

»Auf dem Museumsgelände?«, wiederholte Maarten. »Hast du keine Angst, dass du da verdammt wenig Privatsphäre hast?«

»In so einem kleinen Ort hat man nirgendwo Privatsphäre. Das muss man einfach ertragen können. Ich kann dir darüber eine schöne Geschichte erzählen.« Er beugte sich etwas zu Maarten hinüber, wie um die Vertraulichkeit dessen, was er erzählen würde, noch einmal zu unterstreichen, voll verhaltener Freude. Die beiden anderen lauschten nun ebenfalls. »Vorige Woche ruft mich van der Land an. Er sagt: ›Weißt du, dass einer deiner Mitarbeiter dieses und jenes über dich erzählt?‹ Ich sage: ›Von wem hast du das?‹ Er sagt: ›Von Broos.‹ Und als er es sagte, wusste ich sofort, über welchen Kanal es gelaufen war. Über den Friseur!« Er lachte aus ganzem Herzen. »Über den Friseur! Ich habe sofort am nächsten Tag meine Leute zusammengerufen. Ich habe gesagt: ›Leute, das und das wird über mich erzählt! Ich finde das an sich nicht schlimm, aber ich möchte schon, dass derartige Klagen in Zukunft direkt bei mir ankommen. Und ich akzeptiere es auf keinen Fall, dass ich sie im Bahnhofsrestaurant oder im Friseursalon zu hören kriege!‹ – Eine Stunde später stand der junge Mann bei mir vor der Tür!« Er schlug sich lachend auf die Knie, stand auf und drehte sich in der Tür noch kurz um, bevor er zum nächsten Abteil weiterging. »Ist das nicht wunderbar?«

»Er macht seine Sache schon gut, oder?«, sagte Schilderman wertschätzend.

»Er macht seine Sache gut«, pflichtete Maarten ihm bei. Er hatte sie ins Vertrauen gezogen, ohne sein Personal zu verleumden, denn er nahm es dem jungen Mann nicht übel, und gleichzeitig hatte er Schilderman, Karseboom und ihm das Gefühl gegeben, dass sie über den

Dingen standen wie Götter über den Menschen, aber netten Menschen. Ein bescheidenerer Beweis seiner Virtuosität war nicht möglich, so wie die Tasche neben Maarten ein weiterer Beweis war: ein Zeichen, dass er zu ihnen gehörte, auch wenn er irgendwo anders saß.

Der Zug hielt. Arnheim. Maarten schob das Fenster herunter und streckte den Kopf nach draußen. Aus dem Fenster neben dem seinen kam der dicke, spaßige Kopf von de Beer zum Vorschein. »Geht's dir gut?«, fragte er mit einem Augenzwinkern.

»Es geht mir gut«, antwortete Maarten. Im selben Moment sah er van der Land, ohne Mantel, die Krawatte lose um den Hals, seine Pfeife im Mund, den Waggon besteigen. Er zog seinen Kopf zurück, in der Erwartung, dass van der Land sich zu ihnen gesellen würde, doch darin täuschte er sich. Nachdem er sie begrüßt hatte, verschwand er mit Dreesman im Abteil des Seemuseums, woraufhin auch Schilderman aufstand und Karseboom und ihn allein ließ. Karseboom nahm seine Zeitung hoch, Maarten zog ein Buch aus der Tasche, das er besprechen musste, und versuchte zu lesen, abgelenkt durch das Gefühl, fünftes Rad am Wagen zu sein.

Sie passierten Elten. Der Zug hielt in Emmerich, wo sie lange stehen blieben. De Beer kam ins Abteil. »Wenn ihr Johan rennen sehen wollt, müsst ihr euch beeilen«, sagte er aufgeregt und ging sofort weiter zum Fenster, schob es herunter und streckte den Kopf nach draußen. Maarten begriff, dass Schilderman den Zug verlassen hatte, um sich eine Aufenthaltsgenehmigung zu besorgen, doch da er offiziell nicht wusste, dass Schilderman Johan hieß, blieb er, ebenso wie Karseboom, sitzen. »Vorwärts, Johan! Rennen!«, rief de Beer ausgelassen. »Hopp, hopp!« Er schien völlig aus dem Häuschen, als hätte ihn das Überqueren der Grenze enthemmt, und das machte ihn jünger, ein großer, dicker Junge um die fünfzig in einem braunen Anzug. »Er hat es geschafft!«, sagte er begeistert und schob das Fenster zu. Er verließ das Abteil wieder. Der Zug setzte sich in Bewegung. Durch die Wand hörte Maarten Schilderman im Abteil neben dem ihren reden. Er kam nicht zurück. Ihre Gesellschaft hatte ihm nicht gefallen. Karseboom hatte seine Zeitung wieder aufgeschlagen, Maarten tat so, als läse er. Der Zug hielt.

»Wo sind wir?«, fragte Karseboom und sah auf.

»In Oberhausen«, antwortete Maarten.

»Da habe ich mal die falsche Abfahrt genommen«, erinnerte sich Karseboom, »und dann bin ich im Ruhrgebiet gelandet.«

»Das hört sich nicht so schön an.«

»Aber es hat mich schon mit Respekt erfüllt, was die Deutschen leisten.«

Die Bemerkung überraschte Maarten.

»Früher haben sie um Europa gekämpft, heute arbeiten sie dafür«, verdeutlichte Karseboom.

Maarten musterte ihn, während er sich fragte, ob es Ironie war, und anschließend, ob er im Krieg vielleicht mit den Nazis kollaboriert hatte, doch dafür war er zu jung.

»Ohne das Ruhrgebiet würde die EWG doch nichts darstellen«, führte Karseboom an, als wollte er Maarten nachträglich überzeugen.

»Aber es ist auch eine Hölle«, antwortete Maarten aus einem Bedürfnis heraus, die Begeisterung Karsebooms etwas zu dämpfen. Er wollte dem hinzufügen, dass es außerdem eine Hölle ohne Himmel sei, weil es hieß, dass es dort immer bewölkt wäre, doch da der dahingleitende Himmel hinter dem Fenster makellos blau war, verkniff er sich diese Bemerkung.

»Da bin ich Ihrer Meinung«, sagte Karseboom. »Da zu leben, muss die Hölle sein.«

Im selben Moment wusste Maarten plötzlich, wem er ähnelte: Molenkamp, seinem Fotohändler! Derselbe Kopf, dasselbe Haar, dieselben politischen Standpunkte! Er lächelte.

An Karsebooms Gesicht war zu erkennen, dass ihn dieses Lächeln verwunderte, doch er hatte nicht mehr die Gelegenheit, dem Ausdruck zu verleihen, da Dreesman und Schilderman das Abteil betraten. »Ein Problem!«, sagte Dreesman munter. »Die Herren aus dem Ministerium würden ungern auf dem Rückweg im Zug warm essen. Sie finden es zu teuer. Was machen wir?«

»Zu teuer?«, fragte Maarten überrascht.

»Ich vermute, sie befürchten, dass sie es selbst bezahlen müssen.«

»Den Eindruck hatte ich auch«, sagte Schilderman.

»Das würde bedeuten, dass wir schon um fünf zu Abend essen müssen«, bemerkte Karseboom.

»Das ist natürlich unmöglich«, fand Dreesman. »Es muss auch noch Zeit für einen Schnaps geben.«

»Können wir dann nicht gleich nach unserer Ankunft warm essen und auf dem Rückweg im Zug ein Brötchen?«, schlug Maarten vor. Das Problem verlieh ihrem Beisammensein eine unerwartete Intimität.

»Das ist ein hervorragender Vorschlag«, sagte Dreesman zustimmend. »Ich werde ihnen das gleich einmal vortragen.« Er verschwand wieder. Schilderman blieb zurück. Er setzte sich neben Maarten und faltete seine Zeitung auseinander. »Was sagst du denn dazu?«, fragte er Maarten. Er hielt die Zeitung etwas schräg, sodass dieser sie mit einsehen konnte.

Es traf Maarten, dass er geduzt wurde, und er leitete daraus ab, dass das Überqueren der Grenze sogar auf Schilderman seine Wirkung nicht verfehlt hatte.

»Darf ich kurz um Ihre Aufmerksamkeit bitten?«, rief Dreesman. Er stand mitten auf dem Bahnsteig, die Hand in der Luft.

Sie gruppierten sich um ihn herum. Ein paar Deutsche blieben in dem Gedränge stehen und sahen neugierig zu.

»Ich möchte eine demokratische Entscheidung treffen!«, rief Dreesman über den Bahnhofslärm hinweg. »Ich schlage vor, nicht heute Abend, sondern jetzt gleich warm essen zu gehen, und heute Abend, auf dem Rückweg im Zug, ein Brot. Hat jemand etwas dagegen einzuwenden?«

»Das scheint mir ein ausgezeichneter Vorschlag zu sein!«, sagte van der Land mit Nachdruck. Er riss ein Streichholz an, schützte die Flamme mit seinen Händen und zündete sich die Pfeife wieder an.

»Niemand?«, drängte Dreesman und blickte in die Runde. »Dann stelle ich fest, dass der Vorschlag angenommen ist!«

Zwischen all den Deutschen verließen sie den Bahnhof, betraten eine belebte Einkaufsstraße und gingen geradewegs in ein Restaurant, eines von vielen, als sei dort bereits ein Tisch für sie reserviert. Nachdem er seinen Mantel aufgehängt hatte, setzte sich Maarten an einen Vierertisch, um zu vermeiden, anderen seine Gesellschaft aufdrängen zu müssen, worauf erst Schilderman und Karseboom und anschließend Bongers, einer der Mitarbeiter des Museums, sich zu ihm gesellten.

»Soll ich für uns vier eine Flasche Wein bestellen?«, schlug Karseboom vor, als sie alle vier die Karte studiert hatten.

»Wenn du dann auch den Wein aussuchst«, sagte Schilderman.

»Ich habe Ihren letzten Aufsatz mit großem Vergnügen gelesen«, sagte Maarten zu Bongers. Er spürte eine Kopfschmerzattacke heraufziehen und musste sich enorm anstrengen, diese Bemerkung zu machen, obwohl er am Abend zuvor noch einmal alle Aufsätze der Mitarbeiter des Museums gerade mit Blick darauf durchgesehen hatte.

»Über die Bootsbauer«, vermutete Bongers verlegen.

»Ja, aber auch den anderen.« Das Gesicht des jungen Mannes gefiel ihm, es hatte etwas Geradliniges, doch er war durch die unmögliche Situation zu sehr gefangen genommen, um sich dessen anders als vage bewusst zu sein. Derweil entging ihm nicht, dass Bongers sich mit diesem Kompliment so recht keinen Rat wusste, und er suchte fieberhaft nach einer etwas weniger konventionellen Fortsetzung, um ihm wieder seine Ruhe zurückzugeben.

»Ich habe sie auch mit großem Vergnügen gelesen«, bemerkte Schilderman mit großem Aplomb, was die Situation nur noch peinlicher machte.

»Die Feldforschung«, versuchte es Maarten, Schildermans Bemerkung plump ignorierend, »benutzen Sie dafür ein Tonbandgerät, oder machen Sie sich Notizen?«

»Ein Tonbandgerät.« Er lehnte sich ein wenig zurück, als ein Fräulein mit einer kurzen, weißen Schürze kam, die ihnen Tassen mit Suppe hinstellte. »Lassen Sie es sich schmecken«, sagte sie und wandte sich ab.

»Wünscht jemand von Ihnen vielleicht einen Augenblick Stille?«, fragte Schilderman.

Karseboom neigte den Kopf und faltete die Hände. Der Lärm um sie herum drängte sich plötzlich auf. Sie warteten schweigend, bis er wieder aufsah.

»Guten Appetit!«, sagte Schilderman.

»Was für eins?«, fragte Maarten, und wandte sich wieder Bongers zu, den Löffel in der Hand. Es war eine trügerische Frage, da sie auf eine miteinander geteilte Professionalität anspielte und die beiden anderen ausschloss.

»Ein Nagra.«

»Ich benutze oft ein Sony-Gerät, weil man es sich um den Hals hängen kann.« Er sah keine Chance, diese Bemerkung für sich zu behalten, obwohl er sich im selben Moment darüber ärgerte. »Und ich habe außerdem kein Auto«, fügte er überflüssigerweise noch hinzu.

»Ich habe auch kein Auto«, antwortete Bongers.

Diese Antwort erfüllte Maarten mit einer kaum zu verbergenden Begeisterung, als wäre sie die Grundlage für eine Freundschaft. Durch die Anspannung des Gesprächs waren seine Kopfschmerzen rasch stärker geworden.

»Ich wusste nicht, dass ihr momentan auch Feldforschung betreibt«, sagte Schilderman zu Maarten.

»Viel«, versicherte Maarten, während er seine Suppe löffelte.

»Auf welchem Gebiet beispielsweise?«

»Oh, auf allen möglichen. Dreschen, mähen, Brot backen, Erzählungen, Witze ...«

»Witze!«, wiederholte Schilderman amüsiert.

»Auch dreckige Witze?«, fragte Karseboom interessiert.

»Die meisten Witze sind dreckig«, versicherte Maarten aufs Geratewohl.

»Es ist merkwürdig«, bemerkte Schilderman, »aber die Erotik hat in der Kultur einen sehr viel wichtigeren Platz, als man es sich im Allgemeinen eingestehen will. Ich würde sogar die These wagen, dass sich kaum ein Gebiet finden lässt, auf dem die Unterschiede zwischen den Kulturen so deutlich zum Ausdruck kommen. Mit Blick darauf habe ich beispielsweise eine große Sammlung erotischer Stiche zusammengetragen, und ich kann in aller Bescheidenheit sagen: Man kommt aus dem Staunen nicht mehr heraus.«

»Das glaube ich gern«, sagte Karseboom. Er sah zur Seite auf die Flasche Wein, die eine Kellnerin ihm hinhielt, und nickte. »Das ist richtig«, sagte er auf Deutsch. Sie begann, die Flasche zu entkorken.

»Ich wage das jetzt zu sagen, weil Koning über dreckige Witze gesprochen hat«, sagte Schilderman, »aber kennt ihr beispielsweise die Abbildung vom Hahnenreiter?«

»Nein«, sagte Maarten.

Bongers schüttelte den Kopf.

»Was muss ich mir darunter vorstellen?«, fragte Karseboom.

»Einen Reiter auf einem Hahn. Nicht auf einem Pferd, sondern auf einem Hahn.«

Karseboom schüttelte den Kopf. »Nie gesehen.«

»Meines Erachtens muss man darin eine Anspielung auf Homophilie sehen«, sagte Schilderman geheimnisvoll.

»Nein«, wiederholte Karseboom und schüttelte den Kopf, »davon habe ich nie gehört.«

»Warum glauben Sie das?«, wollte Maarten wissen.

»Es ist eine Vermutung«, sagte Schilderman bescheiden.

»Ein Hahn und ein Reiter«, stellte Maarten klar.

»Genau!« Als hätte Maarten damit den Nagel auf den Kopf getroffen.

Karseboom hob die Flasche hoch. »Soll ich euch einschenken?«

Sie sahen zu, wie Karseboom sorgfältig den Wein in die Gläser schenkte. Schilderman hob sein Glas. »Ich schlage vor, dass wir einen Trinkspruch auf das Seemuseum ausbringen«, sagte er in einem Ton, in dem das ganze Gewicht seiner Funktion lag. Sie folgten seinem Beispiel, sahen sich an, nahmen einen kleinen Schluck, sahen einander erneut an und stellten die Gläser hin. Es war ein Ritual, an das sich Maarten noch immer nicht gewöhnt hatte und das ihn jedes Mal wieder verwirrte.

»Aber jetzt, wo ich mir schon eine Blöße gegeben habe, muss Koning einen Witz erzählen«, fand Schilderman.

»Einen Witz?«, fragte Maarten erschrocken.

»Aber dann natürlich einen dreckigen Witz«, präzisierte Karseboom.

Ihre Teller wurden auf den Tisch gestellt, und das gab ihm kurz Zeit, nachzudenken. Er suchte fieberhaft in seinem Gedächtnis, das schlecht auf das Behalten von Witzen trainiert war. Der einzige Witz, der ihm schließlich einfiel, war der mit dem Jeep. »Dann jetzt der Witz mit dem Jeep«, sagte er unglücklich, als die Kellnerin sich wieder entfernt hatte.

Eine knappe Stunde später verließen sie das Restaurant, etwas ungeordneter und ungehobelter als bei ihrem Eintreffen, eine kleine Horde Holländer, auffallend laut und undiszipliniert zwischen all den gleichmütig voranschreitenden, formlosen Deutschen, jedoch auch etwas menschlicher, eine kleine Bande von Männern, die dabei waren, Freunde zu werden, auch wenn Maarten sich noch zu wenig Freund fühlte, um sich irgendwo anzuhängen, und deshalb etwas verloren neben den anderen herlief. Beim Betreten des Museums fiel sein Blick auf ein Schild mit Informationen für Schulklassen. Er drehte sich um. »Elco!«, rief er. Er musste noch einmal rufen, bevor Dreesman ihn hörte und er auf das Schild zeigen konnte, in einem misslungenen Versuch dazuzugehören. Beschämt, sich selbst verfluchend, stieg er eine Treppe hinunter zu den Toiletten, gefolgt von Bongers, der auf dieselbe Idee gekommen war. Um nicht zusammen mit ihm vor den Urinalen stehen zu müssen, ging er in eine der Kabinen und wartete, während er auf der Brille saß, bis er wieder allein war. Seine Kopfschmerzen hatten so stark zugenommen, dass es ihn Mühe kostete, die Augen offen zu halten. Am liebsten hätte er sich der Länge nach und mit geschlossenen Augen auf den Boden gelegt, mit dem kalten Rand des WC-Beckens im Nacken, doch er widerstand der Versuchung. Als er seine Hose wieder hochzog, fiel ihm der Deckel seines Zahnstocherdöschens aus der Tasche und rollte unter der Tür hindurch in den Raum. In diesem Moment war dort niemand. Er zögerte, ob er ihn wieder aufheben sollte, doch das Mitleid siegte über seinen Ekel. Da niemand da war, war es auch weniger schmutzig, und nicht einmal den Deckel eines kaputten Döschens konnte er in einer deutschen Toilette allein zurücklassen, wenn er es so lange bei sich gehabt hatte.

Als er den riesigen Raum vor der Garderobe betrat, sah er am Ende, dort, wo die Ausstellung begann, einige seiner Kollegen vor einem Steinbrocken stehen. Er überlegte, sich ihnen anzuschließen, doch als er fast bei ihnen war, drehten sie sich um und gingen hinein. Er folgte ihnen. Vor ihm in der Tiefe befand sich ein Mosaikboden wie auf dem

Boden eines Schwimmbades. Van der Land und Schilderman beugten sich über die Absperrung, die sich um das Schwimmbad herumzog, und blickten ernst in die Tiefe. Corsten und Meijer gingen gerade weg. Ein paar hatten sich um eine Sprechsäule mit Lichtbildern gruppiert, der Rest war zwischen den Deutschen verschwunden, die zur gleichen Zeit, jedoch in sehr viel größerer Zahl hereingekommen waren. Er ging ein wenig herum, stieg eine kleine Treppe hinauf und kam in einen riesigen Saal, glänzend vom Licht, das sich in endlosen Vitrinen spiegelte, die selbst auch wieder beleuchtet waren wie in der Parfümerieabteilung eines Kaufhauses oder einem riesigen Juweliergeschäft. Auf dem Boden lag ein dicker, hellbeigefarbener Teppich, voller Flecken von vorherigen Besuchern. Er irrte zwischen den Vitrinen hindurch, blieb gelegentlich stehen, versuchte, hier und da etwas in sich aufzunehmen, stand plötzlich wieder zwischen Bekannten, entfernte sich von ihnen, ging ein Stück mit van der Land, der bemerkte, dass er nach einer halben Stunde geschafft sei, und zynische Bemerkungen über Museen im Allgemeinen und dieses im Besonderen machte, und spürte, dass seine Kopfschmerzen immer stärker wurden. Zwischen dem Stimmengewirr von Hunderten von Besuchern, die sich von jedem Punkt im Raum aus zwischen den Steinbrocken und Vitrinen hindurchschoben, hörte man das Genuschel Dutzender von Sprechsäulen, in denen ständig das Licht der Dias aufblitzte. Er sah Dreesman mit seinen Mitarbeitern bei einer Vitrine stehen, intensiv im Gespräch, gesellte sich zu ihnen und versuchte, dem zu folgen, was gesagt wurde. Er machte eine unbedeutende Bemerkung, die er selbst gleich wieder vergessen hatte, um seine Anwesenheit zu rechtfertigen, irrte wieder davon, wurde ein Stück des Weges von van der Land begleitet. Dreesman kam ihnen entgegen. Sie stiegen eine kleine Treppe hinauf zu einem Studiensaal. Es war dort etwas dunkler und kleiner, doch im Übrigen enthielt er dieselben Gegenstände. Sie drehten sich wieder um, blieben auf der Treppe kurz stehen und redeten, ein paar Schritte über dem gewaltigen Raum, der Himmel weiß, worüber, und verloren sich dann wieder, da ihre Bewegungen schlecht koordiniert waren. Eines war ihm jedenfalls klar: Für ihn hätte man das Museum nicht bauen müssen. Zu seiner Überraschung fanden das die meisten, als er sie zweieinhalb Stunden später in der Halle wiedertraf, oder vielleicht bildete er es sich nur ein, denn er hatte keine Ahnung mehr, was andere dachten. Schilderman, der doch die Initiative zu diesem Ausflug ergriffen hatte, begriff unter dem Druck der Reaktionen auch nicht mehr, was er daran gefunden hatte. De Beer fand es entschieden schlechter als beim ersten Mal, während Luning Prak nie etwas davon gehalten hatte. Niedergeschlagen verließen sie das Gebäude. Als er sich umdrehte, ähnelte es von außen einem großen Schuhkarton, der an den Dom geschoben worden war, ein Fußbänkchen neben einer riesigen, fahlgrauen Zuckertorte. Sie blieben vor einer Ampel mit zwei roten Männchen untereinander stehen. Er rief lärmend, dass *ein* Männchen allein offenbar schon nicht mehr ausreiche, um Deutsche aufzuhalten, doch niemand reagierte darauf oder ließ sich anmerken, dass er es für eine geistreiche Bemerkung hielt. Ungeordnet gingen sie eine breite Straße entlang. Die Läden waren geschlossen. Es war auch stiller geworden. Er ging allein, befand sich kurze Zeit später neben de Grutter, einem merkwürdigen, etwas clownartig wirkenden Mitarbeiter des Seemuseums, suchte nach einer Bemerkung, um das Nebeneinanderhergehen irgendwie zu rechtfertigen, fand jedoch nichts. De Grutter beschleunigte seinen Schritt. Maarten holte ihn wieder ein. De Grutter unternahm noch einen Ausreißversuch. Er holte ihn erneut ein. Beim dritten Mal gab er es auf. Offenbar waren die Bande zwischen den Reisegefährten noch nicht überall gleich stark. Das zeigte sich erneut, als er im Zeughaus, dem zweiten Museum, das auf dem Programm stand, plötzlich neben Fräulein van Schaardenburg ging, der einzigen Frau in der Gesellschaft, die er bis zum diesem Moment ängstlich gemieden hatte, nicht, weil sie eine Gefahr war, sondern weil er sich für die besondere Verantwortung, die ein solcher Kontakt mit sich brachte, noch nicht stark genug fühlte. Er machte ihr ein Kompliment über ihre Aufsätze. Sie wehrte es schüchtern ab und wusste im Folgenden auch keine Antwort auf die Fragen zu geben, die er ihr über ihre Interviewtechnik stellte. Währenddessen marschierten sie zusammen und in hohem Tempo quer durchs Museum, ohne sich irgendetwas anzusehen, woraufhin sie die Gelegenheit nutzte, ihn am Ende des Saals wieder loszuwerden. Durch das alles hatten seine Kopfschmerzen ihr entscheidendes Stadium erreicht. Er begann, die Fähigkeit zu verlieren, Worte für seine Gedanken zu finden, und vergaß die Namen der Mitreisenden. Um sie eine Weile los zu sein, ging er in einem weiten Bogen um sie herum zurück an den Anfang und spazierte gedankenverloren an den ausgestellten Gegenständen vorbei. Die Atmosphäre war etwas freundlicher als im Römisch-Germanischen Museum, auch wenn man hier und da ebenfalls bereits neue, leuchtende Vitrinen aufgestellt und eine Wand weggebrochen hatte, zweifellos der Beginn einer Modernisierung. Doch dahinter lagen noch ältere, kleinere Räume mit viel Krempel und schlechtem Licht, was angenehm wirkte. Er begegnete van der Land und hörte, dass es auch für ihn eine Erleichterung war. Dass allerdings das altmodische Raritätenkabinett das Ideal sein sollte, ging van der Land wiederum zu weit, und die Sammlung Mesdag in Den Haag fand er ebenso ein Unding wie alle anderen Museen. Schade.

Als sie sich schließlich nach dem Ertönen des Gongs wieder auf der Straße sammelten, zeigte sich, dass bei den anderen die Niedergeschlagenheit einer sichtbaren Befriedigung darüber Platz gemacht hatte, dass die Arbeit erledigt war. Sie bewegten sich freier und sorgloser. De Beer machte lauthals Bemerkungen. Sie wurden lauter und begannen, einiges Aufsehen zu erregen. Die Vorhut verschwand in einem Café, kam jedoch sofort lärmend wieder heraus. Es gab dort eine Garderobe, und das fanden sie nicht gut. Maarten schlug vor, zum Bahnhof zurückzugehen, um zu sehen, ob es nicht einen früheren Zug gab. Auf dem Bahnhofsvorplatz standen einige verstreute Grüppchen in sicherem Abstand um eine Reihe von Damen und Herren in dicken Wintermänteln, mit Wollmützen auf dem Kopf und Gitarren vor den Bäuchen, die erbauliche Lieder sangen. Er drehte sich noch einmal um und genoss es heimlich. Am auffälligsten war eine ältere, dicke Frau, die mit weit geöffnetem Mund, den Kopf nach hinten, dastand und sang, und dabei mit viel Kraft auf eine billige, braune Gitarre eindrosch. So etwas sah man nicht oft. Als sie unverrichteter Dinge wieder aus dem Bahnhof kamen, bekam er als Einziger aus seiner Gruppe einen Zettel in die Hand gedrückt: »Du brauchst Jesus«, woraus er schloss, dass es ihm offenbar im Gesicht geschrieben stand.

Sie gingen zurück zum Café mit der Garderobe, drängten sich, ohne ihre Mäntel abzugeben, durch eine Schwingtür in einen mit dunklem Holz vertäfelten Raum, aufgeteilt in Grotten mit langen, braunen Tischen und kleinen Lampen, stiegen eine Treppe hinunter in eine Art Kajüte und fanden dort Platz. Der Raum hing voll mit alten Landwirtschaftsgeräten. Alle waren nun in einer fröhlichen, ausgelassenen Stimmung. De Beer übernahm am Tisch, an dem Maarten saß, die Führung. In kraftvollem Ton bestellte er etwas zu trinken, bat um die Karte und teilte sie aus. Maarten lenkte die Aufmerksamkeit auf eine Platte mit rohem Schinken, Brot und Schnaps. Das fanden alle wunderbar, außer Corsten, der offensichtlich keinen Alkohol trank und kein Fleisch aß. De Beer rief dem Ober die Bestellungen zu. Es wurden laute Witze gemacht. Maarten hatte nun so starke Kopfschmerzen, dass er nicht mehr wusste, wo die Grenze des Erträglichen lag. Im nächsten Moment konnte er sich bereits nicht mehr erinnern, was er gerade zuvor gesagt hatte, nur, dass er noch einen Witz erzählt hatte, den mit dem Herzog und dem Butler, über den brüllend gelacht worden war, und im Weiteren seine gewöhnlichen, zynischen Bemerkungen eingeworfen hatte, in einem heroischen Versuch dazuzugehören. Er merkte, dass jeder jeden zu duzen begonnen hatte, sogar ihn, doch dazu konnte er sich nicht durchringen und vermied es deshalb lieber. Bei einem der Gläser, die gebracht wurden, stellte sich heraus, dass es keinen Schnaps, sondern Wasser enthielt. De Beer gab es mit einer autoritären Geste zurück. Es war zu sehen, dass der Ober das nicht erwartet hatte, Maarten selbst übrigens auch nicht, und es machte restlos klar, wer aus der Gesellschaft die stärkste Persönlichkeit hatte. Die Stunde der Wahrheit! Inzwischen war durch die Kopfschmerzen sein Mund derart ausgetrocknet, dass er das Brot mit dem Schinken herunterwürgen musste. Als alle bereits fertig waren, hatte er noch nicht einmal die Hälfte geschafft. Das bot einen neuen Anlass, Scherze zu machen, doch seine Reisegefährten blieben solidarisch: mitgefangen, mitgehangen – und im letzten Moment, den letzten Bissen noch im Mund, polterten sie wieder die Treppe hinauf. »Wir fallen auf«, sagte van der Land zufrieden, als die Leute sich zu ihnen umdrehten. »Sie sehen, dass wir Ausländer sind.«

Vor dem Bahnhof stand eine Reihe von Polizeiautos. Leute drängten sich zusammen. Hinter der Glaswand der Bahnhofshalle liefen überall

Beamte mit weißen Mützen auf dem Kopf sowie Hunden herum. Sie bewegten sich auf einen gemeinsamen Punkt zu. Plötzlich wurde jemand blitzschnell gepackt und schnell abgeführt, den Kragen seines Mantels über dem Kopf. »Fußballfans!«, sagte de Beer mit großer Sicherheit. Maarten sah den Mann in der Ferne unter dem Bahnhof verschwinden. Überall liefen Männer mit Hunden herum, ein Hund trug sogar einen Maulkorb. Ein passender Schluss.

Im Zug, nun zwischen den Mitarbeitern des Seemuseums, Meijer und van der Land, war er kurz davor, sich übergeben zu müssen. Das grelle Licht drückte ihm auf die Augen. Es kostete ihn Mühe, die Leute, mit denen er redete, anzusehen. Noch viereinhalb Stunden. Van der Land fand die Schachtel mit Zahnstochern auf dem Boden und reichte sie ihm. Wäre es eine Packung Kondome gewesen, hätte er es kaum unangenehmer gefunden. Um seine Verwirrung zu verbergen, überprüfte er umständlich, ob er seine Schlüssel noch hatte. Er hatte seine Schlüssel noch. Während sie dasaßen und sich unterhielten, wiederholte er die Namen der Anwesenden. Neben ihm saß jetzt Fräulein ... es dauerte zehn Minuten, bis es ihm gelang, sich mitten durch seine Kopfschmerzen hindurch ihren Namen ins Gedächtnis zu rufen: van Schaardenburg! Und der Bürgermeister? Diese Gehirnakrobatik wiederholte er mit der Regelmäßigkeit einer Uhr. Sobald er einen Namen wusste, hatte er ihn wieder vergessen.

Arnheim. Van der Land und ... Bongers! – es gelang ihm, sich im letzten Moment daran zu erinnern – stiegen aus. De Grutter hatte ein Spiel bei sich, das *Mastermind* hieß und von dem er noch nie gehört hatte. Sie spielten zu dritt, de Grutter, van Schaardenburg und er, ein paar Runden. Er hatte zwar enorme Kopfschmerzen, doch sein Gehirn funktionierte noch einigermaßen, oder besser gesagt, seine Intuition, denn als er gewonnen hatte, wusste er zwar noch vage, welche Schlüsse er gezogen hatte, konnte jedoch diese Schlussfolgerungen nicht mehr genau rekonstruieren. Außerdem hatte er die Namen dieses Fräuleins und des Bürgermeisters wieder vergessen. Als sie in Amsterdam ausstiegen, war er der Letzte, der ihm die Hand gab. »Tschüss, Koning«, sagte er. Er duzte ihn, doch so rasch konnte er nicht umschalten, dafür war er zu konzentriert damit beschäftigt, seinen Namen heraufzuholen, aus einem Kopf, der nahezu leer war. »Tschüss, Herr Karsemeijer«, sagte er. »Karseboom!«, verbesserte der Bürgermeister. – »Karseboom!«, wiederholte Maarten mechanisch, »das ist auch viel schöner!« Daraufhin wandte er sich ab, suchte blindlings die Treppe zum Ausgang, trat in die Kälte und die Dunkelheit hinaus und machte sich auf den Weg ins Bett.

*

Beerta saß quer vor seinem Schreibtisch und sah vor sich hin, den rechten Arm schlaff in seinem Schoß, den linken auf der Lehne seines Stuhls.

»Tag, Anton«, sagte Maarten. Er zog seine Lodenjacke aus und legte sie aufs Bett.

Beerta sah ihn an, ohne etwas zu sagen.

Maarten räumte einen Stuhl frei und setzte sich. »Wie geht's?«

Beerta hob eine Hand.

Sie schwiegen.

»Ich soll dich von Kipperman grüßen.«

Beerta nickte gelassen.

»Er ruft mich von Zeit zu Zeit an.«

Das schien Beerta nicht sonderlich zu interessieren.

»Ich weiß nicht, was ich davon halten soll.«

»Schibbemas iesein homishe Vohel.«

»Ein komischer Vogel«, wiederholte Maarten.

Beerta nickte.

Es entstand eine Pause. Maarten sah zu den Stapeln an Büchern, Papieren und Briefen auf dem Tisch und suchte nach einem Gesprächsthema, doch ihm fiel nichts ein.

»Wa-sol ausmie weer-n?«, fragte Beerta.

»Tja.« Er hatte darauf so schnell keine Antwort. »Du bist niedergeschlagen«, stellte er fest und sah Beerta musternd an.

Beerta nickte.

»Und trotzdem solltest du den Mut nicht sinken lassen.« Es klang blöd.

Beerta zuckte mit den Achseln und seufzte.

Maarten dachte an die Vorschrift, jemandem die Gelegenheit zu geben, sich auszuweinen, doch er durfte nicht daran denken. »Es geht immer noch schlimmer«, sagte er stattdessen.

»Ie weis«, sagte Beerta resigniert.

Maarten erinnerte sich an seinen ersten Besuch in der Boerhaaveklinik, als Beerta in den Mund und nach oben gezeigt hatte, ohne dass er es verstanden hatte. »Erinnerst du dich noch, dass du, als du gerade in der Boerhaaveklinik warst, sterben wolltest?«

»Nein!«, sagte Beerta schockiert.

»Du hast dauernd in deinen Mund gezeigt und dann nach oben. Ich habe das nicht verstanden, aber Karel sagte dann, dass du sterben wolltest.«

Beerta schüttelte ungläubig den Kopf.

»Erinnerst du dich nicht mehr daran?«

»Nein. Es is no nie sjowei.«

Maarten lachte. Er hatte den Eindruck, dass Beerta sich dafür genierte, doch er war sich dessen nicht sicher. »Du bist also froh, dass wir das damals nicht gemacht haben?«

Beerta nickte.

»Ich hätte sowieso nicht gewusst wie«, beruhigte ihn Maarten.

Beerta schüttelte den Kopf.

Es war eine Zeit lang still.

»Ie äufes im Büjo?«

»Schlecht.«

»Oh?«

»Das Büro kracht zusammen.«

Beerta sah ihn ungläubig an.

»Die Einzige, die die Arbeit noch schafft, ist Manda, aber die hat ja auch eine Ausbildung als Physiotherapeutin gemacht.«

Beerta zog die Augenbrauen hoch.

»Sie vermissen dich«, versicherte Maarten lächelnd. »So einen guten Chef wie dich kriegen sie nie mehr.«

Die Bemerkung amüsierte Beerta.

»Aber ich finde, dass es schon ein Problem ist.« Er wurde wieder ernst. »Ich weiß auch nicht, was ich dagegen machen soll, weil die Arbeit nun einmal gemacht werden muss, sonst kann die Zeitschrift nicht erscheinen.«

»Wajum schichschuniema misei Fau?«

Maarten sah ihn nichtbegreifend an.

»Wa-um schichschuniema misei Fau?«, wiederholte Beerta etwas lauter.

»Warum schicht zu nicht mal mit einem Pfau«, wiederholte Maarten. Er lachte.

Beerta schüttelte verärgert den Kopf.

»Ich muss darüber lachen«, entschuldigte sich Maarten, »aber ich werde daraus nicht schlau.«

Beerta rückte seinen Stuhl zur Seite, nahm ein Schmierblatt vom Stapel, spannte es mit seiner linken Hand in die Schreibmaschine, hob seinen Finger und begann, verbissen zu tippen, Buchstabe für Buchstabe.

Maarten war aufgestanden und sah ihm über die Schulter. »Warum sprichst du nicht mal mit seiner Frau?«, las er mit.

Beerta nickte und rückte den Stuhl wieder zurück.

»Mit wessen Frau?«, fragte Maarten erstaunt. Er setzte sich wieder.

»Von Bass!«, sagte Beerta ungeduldig.

»Von Bart?« Er lachte. »Aber das geht doch nicht?«

»O-och!«

»Das ist doch eine furchtbar altmodische Idee?«

»Nein!«, sagte Beerta hartnäckig.

»Er ist doch schließlich nicht mit seiner Mutter verheiratet?«

Beerta schüttelte den Kopf, wie um zu bedeuten, dass Maarten nichts davon verstünde.

»Es wäre natürlich furchtbar mutig, wenn sich das jemand trauen würde«, sagte Maarten amüsiert, »bei Bart würde es wohl nichts nützen.«

Sie schweigen.

»Ich war Samstag mit der Leitung und der Kommission des Seemuseums in Köln, um das Römisch-Germanische Museum zu besuchen«, erzählte Maarten.

»Wie waas?«, fragte Beerta interessiert.
»Idiotisch! Unsinn!«
»Neinj ...«, sagte Beerta ungläubig.

Als er mit dem Fahrrad an der Amstel zurückfuhr, war es noch hell. Die Sonne stand ungefähr zehn Grad über dem Horizont, wie eine rötlichgelbe, sich verflüchtigende Kugel. Im Westen, über den hohen Etagenhäusern von Amstelveen, war der Himmel zartrosé. Dadurch erhielten die Gebäude ebenfalls etwas Roséfarbenes, doch bei näherem Hinsehen war es nur Schein. Sie wirkten etwas verschwommen, und das machte sie unwirklich. In einem halbrecherischen Stil fuhr er durch die Innenstadt, wurde dreimal fast umgefahren und ermahnte sich dann selbst, vorsichtig zu sein. Denn was er auch vom Leben halten mochte, er hing trotzdem daran.

*

»Wen habt ihr eigentlich als Hausarzt?«, fragte Huub Pastoors beim Kaffee.

»Bals«, antwortete Maarten. Er hatte die Pfeife und den Tabak aus seiner Tasche geholt und begann, die Pfeife zu stopfen.

»Wo hat der seine Praxis?«

»Er war an der Leliegracht, aber er zieht um an den Singel.«

»Nein, wir haben Jurrema.«

»An der Brouwersgracht!«

»Wohnt ihr so nahe beieinander?«, fragte Rik Bracht neugierig.

»Huub wohnt bei mir um die Ecke«, antwortete Maarten, »oder umgekehrt.«

»Ich muss mir auch mal einen Hausarzt nehmen«, rief Rentjes von der anderen Seite des Tisches.

»Umgekehrt«, sagte Pastoors.

»Manchmal sehen wir uns samstagvormittags, wenn wir einkaufen«, sagte Maarten zu Rik, »und dann winken wir uns zu.«

»Ich brauche zwar nie einen«, rief Rentjes dazwischen, »aber wenn man unter die Straßenbahn kommt, hat man wenigstens einen Namen im Notizbuch stehen.«

Engelien setzte sich mit ihrem Kaffee neben Maarten. »Tag, Maarten.«

»Tag, Engelien«, sagte Maarten, während er an seiner Pfeife zog.

»Tag, Engelien!«, sagte Pastoors mit Nachdruck.

»Oh, sorry« sagte sie lachend mit einer leichten Körperbewegung, »ich dachte, dass ich dich schon gesehen hätte.«

»Neulich bin ich mal alle Namensschilder in der Gegend abgelaufen«, rief Rentjes. »Ich denke, dass ich jetzt den Arzt mit dem schönsten Schild nehme.«

»Mein Doktor hat sogar seinen Vornamen ausgeschrieben«, erzählte Engelien. »Das fand ich sehr nett.«

»Oh, aber dann würde ich ihn sicher nicht nehmen«, rief Rentjes, »denn dann ist er mindestens doppelt so teuer. Ich hatte mal einen Arzt, der hatte drei Telefonnummern, und wenn man da kam, musste man sofort bezahlen: ›Nehmen Sie einfach ein Aspirin, das macht dann achtundzwanzig Gulden!‹«

Es wurde gelacht.

»Wenn man auch Rentjes heißt«, sagte Wim Bosman mit einem feinen Lächeln.

»Mensch«, sagte Engelien zu Maarten, »aber als ich da kam, stellte sich heraus, dass er erst dreiundzwanzig war, also eigentlich noch ein Junge, und er fing auch sofort an, mich zu duzen, das habe ich dann auch mal gemacht, aber es ist schon komisch, nackig vor so einem Jungen stehen zu müssen.« Sie lachte ausgelassen, wobei sie ihre Hand vors Gesicht hielt.

»Oh, auf die Art und Weise möchte ich auch gern Hausarzt sein!«, rief Rentjes.

»Die Chance hast du dann wohl verpasst, Koos«, sagte Engelien.

»Und du würdest keine achtundzwanzig Gulden verlangen«, vermutete Wim Bosman.

»Aber sicher!«, rief Rentjes. »Ich würde sogar noch mehr verlangen.«

Es wurde wieder gelacht.

Maarten hatte das Gespräch verfolgt, ohne sich einzumischen, und zog dabei an seiner Pfeife. Er sah Tjitske an, die sich auf die andere Seite von Engelien gesetzt hatte. »Hast du vor ein paar Wochen Bukowski im Fernsehen gesehen?«, fragte er, während sie rechts von ihm weiter ihre Witze machten.

»Nein, sollte ich das denn?«, wehrte sie ab.

»Nicolien bedauert es, dass sie es verpasst hat.«

»Bukowski interessiert mich nicht«, sagte Tjitske apodiktisch.

»Ist das ein Schriftsteller?«, fragte Engelien neugierig.

»Nein, ein russischer Dissident«, antwortete Maarten. »Das heißt, es ist auch ein Schriftsteller, aber das ist ein anderer.« Er wandte sich wieder Tjitske zu. »Warum interessiert er dich nicht?«

»Weil er rechts ist!«

»Was hat er denn getan?«, wollte Engelien wissen.

»Sie haben ihn im Tausch für Luis Corvalán aus Russland ausgebürgert«, sagte Maarten. »Das ist ein chilenischer Kommunist.« Er sah Tjitske an. »Warum ist er rechts?«

»Na ja, einfach so, weil er rechts ist«, murmelte sie.

»Aber er ist doch verdammt mutig?«

»Ach, das weiß ich nicht.«

»Jemand, der bei seinem Prozess sagt, dass er getan hat, was er tun musste, und, wenn er freikommt, wieder genau dasselbe tun würde!«

Sie zuckte mit den Achseln. »Er hat auch gesagt, dass es in Russland schlimmer ist als in Südafrika.«

»Und das ist rechts.«

»Ja, natürlich.«

»Na, dann eben rechts.« Er steckte seine Pfeife wieder an.

»Dass ihr euch darüber so aufregen könnt«, sagte Engelien. »Das ist doch bestimmt alles Politik?«

»Die einzigen Leute, die der Mühe wert sind«, sagte Maarten zu Tjitske, die Bemerkung Engeliens ignorierend, »sind die Leute, die, wenn sie ein Unrecht sehen, mit der Faust auf den Tisch schlagen und sagen: ›Ich lehne das ab!‹ – zumindest, wenn sie Risiken eingehen.«

»Ja, das hast du im Krieg gesehen«, höhnte sie. »Die Leute, die damals im Widerstand waren, sitzen jetzt alle in dieser rechten Veteranenlegion. Na, das muss ich mir nicht antun.«

»Ich rede nicht von Soldatenmut. Ich rede von dem Bauern, der sich hat totschlagen lassen, weil er nicht sagen wollte, wo seine Illegalen versteckt waren!« Die Erinnerung an diesen Vorfall wühlte ihn auf, und es kostete ihn Mühe, seine Emotionen zu bezwingen. »Während seine Frau und die Kinder dabeistanden!«

Neben ihm wurde schallend über eine Bemerkung von Wim Bosman gelacht.

»Mut sagt mir nicht so viel, weißt du?«, sagte sie ausweichend. »Das kann doch jeder sagen.«

»Aber vielleicht war der Bauer ja auch rechts«, sagte er sarkastisch – er hatte sich wieder unter Kontrolle. »Vielleicht sind Leute, die mutig sind, meistens rechts.«

Sie gab darauf keine Antwort.

»Aber *das* hast du doch sicher nicht gesagt!«, sagte Nicolien abends, als er ihr am Tisch den Inhalt des Gesprächs wiedergab. »Du hast doch sicher nicht gesagt, dass mutige Menschen rechts sind?«

»Doch, warum nicht? Mir scheint es ein ausgezeichneter Standpunkt zu sein, zumindest Tjitske gegenüber.«

»Weil mutige Menschen links sind!«, sagte sie wütend.

Er zuckte mit den Achseln. Er hatte eine solche Wendung des Gespräches nicht erwartet, und er bedauerte es, davon angefangen zu haben.

»Hältst du mich denn etwa auch für rechts? Ich bin ein linker Mensch, und mutig bin ich auch!«

Es ärgerte ihn über die Maßen. »Bin *ich* denn etwa nicht rechts?«, wollte er sagen, doch ihm fiel rechtzeitig ein, dass er dem hätte folgen lassen müssen, dass er auch mutig wäre, und deshalb schwieg er. Er beschränkte sich mit einem wütenden Gesicht auf sein Essen.

»Maarten!«, sagte sie gebieterisch. »Bin ich denn etwa rechts?«

»Darum geht es mir nicht«, sagte er trotzig, ohne sie anzusehen.

»Aber *mir* geht es darum!«

»Mir geht es um Mut!«, platzte er los. »Ob er links oder rechts ist, ist mir völlig egal! Mut! Darum geht es mir!«

»Und dir zufolge sind mutige Menschen also rechts!«

»Mutige Menschen sind Anarchisten!« Mit einer kraftvollen Bewegung legte er seine Gabel auf den Tisch. »Und Anarchisten sind den Linken zufolge rechts!«

Sie sah ihn erstaunt an, als hätte sie noch nie eine so dumme Bemerkung gehört. »Welche Linken sind das denn?«

»Die Kommunisten!«

»Aber die sind rechts!«

»Und was ist mit Tjitske?«

»Tjitske ist auch rechts!«

»Aber sie hält sich selbst für links, und darum geht es!«

»Aber damit haben wir doch wohl nichts zu schaffen? Links ist doch wohl, was du unter links verstehst?«

»Und warum ist es dann nicht rechts?« Er holte vor Wut tief Luft.

»Dabei brauchst du gar nicht so demonstrativ Luft zu holen!«

»Weil man mit dir nie reden kann! Ich erzähle dir verdammt noch mal eine Anekdote!«

»Und darf ich darauf dann nicht reagieren? Darf ich nicht reagieren, wenn so eine dumme Pute sagt, dass Bukowski rechts ist? Darf ich denn nicht darauf reagieren, wenn jemand solche Dummheiten von sich gibt? Und wenn du ihr dann auch noch recht gibst?«

»Natürlich hat sie damit recht! Beziehungsweise: Wahrscheinlich hat sie recht damit! Es interessiert mich bloß nicht!«

»Sie hat recht damit?« Sie sagte es mit wachsender Empörung. »Du wirst doch nicht selbst auch noch behaupten, dass Bukowski rechts ist? Das wirst du doch nicht behaupten?«

»Warum nicht?« Ihre Wut machte ihn unsicher.

»Weil Bukowski links ist!«, fauchte sie. »Weil er ein Held ist! Und Helden sind links!« Sie sprach die Worte mit Kraft aus.

Er zuckte mit den Achseln. »Im Widerstand waren auch viele rechte Leute! Streng-Reformierte. Es waren enorm viele Streng-Reformierte im Widerstand! Und die sind meistens rechts!«

»Aber du willst Bukowksi doch nicht mit dem Widerstand vergleichen?«, sagte sie wütend. »Du willst ihn doch nicht mit diesen Leuten vergleichen, die gemacht haben, was die Königin von ihnen verlangt hat, während sie selbst mit all den hohen Tieren von der Regierung nach England geflohen war? Du willst doch nicht behaupten, dass Bukowski sich mit solchen Leuten vergleichen lässt?«

Die Bemerkung machte ihn sprachlos vor Wut. Er sah sie zornentbrannt an, die Hände um Messer und Gabel geklammert. »Natürlich will ich ihn damit vergleichen!«, sagte er wütend. »Zumindest, wenn sie im Widerstand waren, weil sie sich verweigert haben! Warum sollte ich ihn denn nicht mit ihnen vergleichen? Mit wem kann man ihn sonst vergleichen?«

»Mit niemandem!«, schnauzte sie ihn an. »Hörst du mich? Mit niemandem! Einen wie Bukowski hat man nicht zu vergleichen! Es ist lächerlich, jemanden wie Bukowski mit jemand anderem zu vergleichen! Das tut man nicht!«

Er zuckte mit den Achseln. »Wer entscheidet das?«

»Ich!«, sagte sie heftig. »Das entscheide ich! Und sonst niemand! Oder reicht das etwa nicht?«

Es lag ihm auf der Zunge zu sagen, dass es nicht reiche, doch er schwieg.

*

Beim Betreten des Versammlungssaals zögerte er kurz. Es war mehr los, als er erwartet hatte. Gefolgt von Bart, Ad und Mark lief er langsam durch den Mittelgang, um nach vier leeren Plätzen zu suchen, als ein Mann ihm zuwinkte und sich halb erhob. Im nächsten Augenblick erkannte er Kassies. Er blieb stehen. »Komm und setz dich doch hierhin!«, sagte Kassies. Er musste laut reden, um sich in dem Lärm verständlich zu machen.

»Ich brauche vier Plätze«, antwortete Maarten.

»Na, die gibt es doch?«

»Ihr kennt Kassies?«, fragte Maarten, während er sich umdrehte.

»Ich nicht«, sagte Mark.

»Das ist Grosz«, stellte Maarten ihn vor.

Sie gaben einander die Hand.

»Gehört der auch zu dir?«, fragte Kassies, als Maarten neben ihm saß.

»Zu einem Drittel.«

»Es kommt drauf an, welches Drittel, oder?«, sagte Kassies spaßig.

»Der Kopf und der rechte Arm.«

Die Antwort amüsierte Kassies in hohem Maße. »Sich nicht auf der Nase herumtanzen lassen, oder?«, sagte er und gab Maarten einen Stoß mit dem Ellbogen.

Maarten lächelte. »Ich wusste nicht, dass du auch hierherkommen würdest.«

»Du weißt doch wohl, dass ich Historiker bin?«

»Aber im Museum wird doch keine Forschung betrieben?«

»Und was ist mit meiner Doktorarbeit? Aber deswegen bin ich auch nicht hier. Ich bin hier vor allem wegen des Bauernhausvereins.« Er beugte sich vertraulich vor. »Für den Bauernhausverein ist es wichtig, dass wir demnächst einen Fuß in die Tür bekommen.« Er zwinkerte.

»Darum geht es doch?«

»Daran hatte ich noch nicht gedacht.«

»Ja, das glaube ich dir.« Er kicherte.

Maarten lächelte unbestimmt. Er sah sich um. Es kamen noch immer Leute in den Saal. Weiter vorn waren alle Plätze besetzt. Überall begrüßte man sich. Es wurde gelacht, geredet, es hatte den Eindruck, als würde jeder jeden kennen, sodass eine fast festliche Stimmung herrschte.

»Hast du deinen Text über die Wände des Bauernhauses schon durchgesehen?«, erkundigte sich Kassies.

Maarten sah ihn an. »Den habe ich durchgesehen.«

»Und? Den kann man doch sicher so publizieren?«

»Nein, so, wie er jetzt ist, geht das nicht. Ich werde ihn erst für niederländische Leser umschreiben müssen.«

»Ist das denn wirklich nötig?«

Maarten lachte. »Ja, das ist nötig.«

»Und wie viel Zeit kostet dich das?«

»Ein halbes Jahr? Ich kann es nicht überblicken.« Er schwieg abrupt, weil Kassies ihm einen warnenden Stoß mit dem Ellbogen gab. Balk war hereingekommen und setzte sich an den Tisch, der vorn im Saal auf einer kleinen Erhöhung stand. Er legte einen Stapel Papiere vor sich hin, ordnete sie und sah ungeduldig ins Publikum. Es wurde still. »Die Versammlung ist eröffnet«, sagte er. »Mein Name ist Balk. Man hat mich gebeten, heute Nachmittag den Vorsitz zu übernehmen.« Er sprach entschieden und energisch, so als wolle er von vornherein jeden Widerstand gegen seine Autorität brechen. Es war mucksmäuschenstill geworden. In die Stille drängte sich das Surren der Ventilatoren. Balk sah hoch. »Können die Dinger nicht abgestellt werden?«, fragte er irritiert. In der ersten Reihe stand jemand auf und verließ mit langen Schritten den Saal. Balk sah in seine Papiere. »Die Tagesordnung umfasst drei Punkte. Punkt eins: eine Darstellung des Ziels der Stiftung. Punkt zwei: die Gelegenheit, Fragen zu stellen. Punkt drei: Wahl eines Vorstands.« Er schwieg und sah zur Seite. Der Mann, der den Saal verlassen hatte, war mit einem Kellner zurückgekehrt. Der Kellner drehte an einem Knopf neben den Eingangstüren, worauf das Surren in ein Wispern überging, und das Wispern in Stille. Balk nickte kurz und wandte sich wieder dem Saal zu. »Punkt eins. Das Geld, das bisher durch die Forschungsgemeinschaft der wissenschaftlichen Forschung zugewiesen wurde, wird in Zukunft durch eine Reihe von Stiftungen verteilt werden, von der die Stiftung für Historische Forschung eine ist. Jeder, der historisch forscht, kann sich als Mitglied anmelden und als solches Einfluss auf die Verteilung ausüben. Die Mitglieder delegieren ihre Zuständigkeit an einen Vorstand. Der Vorstand lässt sich durch die Mitglieder unterrichten, entscheidet aber autonom. Weil es, wie zu erwarten ist, ein paar hundert Mitglieder geben wird, hat sich der vorläufige Vorstand für ein gestuftes System entschieden und beschlossen, zehn Arbeitsgemeinschaften ins Leben zu rufen. Eine davon ist die für Dorf- und Regionalgeschichte, Volkskultur und Geografiegeschichte, für die Sie sich angemeldet haben. Das Ziel des heutigen Nachmittags ist es, dass Sie aus Ihrer Mitte den Vorstand dieser Arbeitsgemeinschaft wählen. Die Aufgabe des Vorstands wird es sein, mit den Vorständen der anderen Arbeitsgemeinschaften den Vorstand der Stiftung zu wählen und den Stiftungsvorstand dann zu den Förderanträgen auf Ihrem Gebiet zu beraten.« Er schwieg abrupt. »Hat dazu noch jemand eine Frage?« Er sah ins Publikum.

Es gab eine kurze Stille, worauf ein paar Hände hochgingen.

»Herr Heerema«, sagte Balk und zeigte auf einen grau wirkenden Mann in der zweiten Reihe.

Der Mann stand auf. »Vielen Dank, Herr Vorsitzender.« Er hatte eine kultivierte, etwas ironische Stimme, mit einem leichten Drenter Akzent. »Mir ist aufgefallen, dass exakt zehn Arbeitsgemeinschaften vorgesehen sind, und nicht neun oder elf. Können Sie uns noch einige nähere Informationen zu den Überlegungen geben, die dem zugrunde gelegen haben?«

Die Frage schien Balk zu amüsieren, wenngleich man ihn auch gut kennen musste, um es sehen zu können. »Wir haben weitestmöglich den unterschiedlichen Spezialisierungen Rechnung getragen. Es hätten auch neun oder elf sein können, oder sogar acht oder zwölf.« Er verzog kurz ironisch den Mund.

»Vielen Dank«, sagte Heerema höflich. Er setzte sich wieder.

»Ja. Sie«, sagte Balk, er zeigte auf einen Mann, der seine Hand halb oben gelassen hatte.

»Wird die Forschung, die bis jetzt an den Universitäten ...«, begann der Mann und stand auf.

Balk legte ungeduldig seine Hand hinter das Ohr. »Wie ist Ihr Name?«

»Groeneveld!« Er versuchte, etwas lauter zu sprechen, nervös über seine Worte stolpernd. »Wird die Forschung, die bisher an den Universitäten betrieben wurde, jetzt in Zukunft auch durch die Stiftung finanziert?«

»Nur die Forschung, die bisher durch die Forschungsgemeinschaft finanziert wurde!« Er zeigte auf den nächsten. »Sie!«

Der Aufgerufene stand auf. »Van Warmerdam.« Eine pedantische Stimme. »Meine Frage knüpft an die vorhergehende an. Gibt es irgendeine Beziehung zwischen dieser Reorganisation der Förderung durch die Forschungsgemeinschaft und der Reorganisation der wissenschaftlichen Forschung?«

»Keine! Sie!«

Ein vierter Mann stand auf. »Ritfeld. Was waren Ihre Motive dafür, Volkskultur und Geografiegeschichte in unserer Arbeitsgemeinschaft unterzubringen und nicht der Stiftung für Anthropologie beziehungsweise der Stiftung für Geografie zuzuweisen?«

Die Frage lag nahe, und sie verstärkte bei Maarten das Gefühl, dass er in dieser Gesellschaft als Eindringling betrachtet wurde. Er sah zu Balk hinüber und merkte, dass ihn die Frage irritierte. »Weil es nach Meinung des vorläufigen Vorstands historische Disziplinen sind«, beendete er die Diskussion. »Ja! Sie!«

»Zoutendijk. Können Sie sagen, wann die Stiftung ihre Arbeit aufnimmt?«

Die Antwort hörte Maarten nur halb, zu sehr in Beschlag genommen durch die Frage von Ritfeld und Balks Reaktion. Die Frage hatte etwas Drohendes, was durch Balks loyale Haltung nicht aufgehoben wurde. Zugleich erkannte er Balks Interesse und fühlte sich durch dessen Haltung in eine Richtung getrieben, für die er sich aus einer angeborenen Neigung, Entscheidungen so lange wie möglich hinauszuschieben, noch nicht entschieden hatte. Dass er deren Konsequenzen nicht überblicken konnte, machte ihn unsicher. Wenn es möglich gewesen wäre, hätte er die Versammlung in diesem Moment am liebsten unbemerkt verlassen, um nie mehr zurückzukehren. »Und wann wird dann der Stiftungsvorstand gewählt?«, hörte er Zoutendijk fragen.

»In zwei Wochen«, antwortete Balk. »Dann sind alle Arbeitsgemeinschaften gegründet. Ja, Sie!«

»Wir sind Mitglied dieser Arbeitsgemeinschaft geworden ...«, sagte ein Mann, noch bevor er aufgestanden war. Er erhob sich. »Mein Name ist van Arkel. Wir sind Mitglied dieser Arbeitsgemeinschaft geworden, weil wir Interesse an Dorf- und Regionalgeschichte haben. Aber gerade auf dem Gebiet sind auch sehr viele Amateure – und das oft sehr verdienstvoll – aktiv, die keine akademische Ausbildung haben. Können die ebenfalls Mitglied werden?«

Balk dachte nach, nicht länger als den Bruchteil einer Sekunde. »Das fällt unter die Entscheidung des Vorstands der Arbeitsgemeinschaft«, entschied er, »aber im Prinzip braucht man für die Forschung eine Ausbildung, und unter Ausbildung verstehe ich selbstverständlich eine akademische Ausbildung. Ja! Noch jemand?« Er wartete zwei, drei Sekunden. »Dann komme ich jetzt zu Punkt drei der Tagesordnung, der Vorstandswahl!« Er suchte in dem Stapel Papiere, die vor ihm lagen. »Dafür sind bis jetzt vier Personen als Kandidaten aufgestellt worden: namens der Universitäten Freifräulein van Eysinga, vom Limburgs Historisch Instituut Herr D. Regout, vom Kabinett des Patriziats Herr E. Schot und von den Archiven Doktor G. Heerema. Nach den Statuten muss ein Vorstand aus fünf bis sieben Mitgliedern bestehen, die Liste muss also noch um mindestens eine Person erweitert werden.« Er blickte in den Saal. Maarten hatte den Eindruck, dass Balk ihn ansah. Er fühlte sich unbehaglich und sah ausdruckslos auf den Rücken des Mannes vor ihm.

»Ja, Herr Vorsitzender.« Vorn im Saal war Goslinga aufgestanden. »Mein Name ist Goslinga. Mir ist aufgefallen, dass unter den Kandidaten keine Geografiehistoriker sind. Ich möchte mich selbst natürlich nicht anbieten, aber wenn sich niemand sonst zur Verfügung stellt, will ich es wohl machen, auch wenn ich es selbstverständlich mit Vergnügen jemand anderem überlassen würde, denn an Arbeit mangelt es mir wirklich nicht.«

»Gibt es fünf Personen, die die Kandidatur Professor Goslingas unterstützen möchten?«, fragte Balk sachlich, während er ins Publikum sah.

Acht, neun Hände gingen in die Höhe.

»Dann setze ich Sie mit auf die Liste.« Er machte sich eine Notiz.

Das Eingreifen Goslingas gab Maarten das Gefühl, einer drohenden Gefahr entronnen zu sein, doch bevor er es zur Gänze auskosten konnte, war Kassies aufgestanden, die Hand erhoben. »Herr Vorsitzender!«

Balk sah in seine Richtung. »Herr Kassies!«

»Ich stelle fest, dass auch noch niemand für die Volkskultur als Kandidat aufgestellt worden ist, und ich würde es doch schon außerordentlich bedauern, wenn aus dieser Ecke niemand im Vorstand sitzen würde, umso mehr, weil wir einen ziemlich guten Mann haben! Er sitzt hier neben mir! Das ist der Herr Koning! Herr Koning kennt Tausende von Leuten im ganzen Land, alles ausgesuchte Leute, die für die Dorf- und Regionalkultur von Bedeutung sind. Ich möchte nur sagen: Herr Koning darf in diesem Vorstand nicht fehlen!«

Seine Worte lähmten Maarten vor Scham. Er erstarrte, nicht imstande, auf irgendeine Weise zu reagieren. »Gibt es Personen, die den

Vorschlag von Herrn Kassies unterstützen?«, hörte er Balk fragen. Ad und Mark streckten die Hand hoch. Bart sah vor sich hin, wahrscheinlich, weil er sich an die Verabredung gebunden fühlte, dass keine Aktion unternommen werden sollte. Vorn im Saal hatte sich Goslinga mit erhobenem Arm zu ihm umgedreht. »Vier!«, stellte Balk fest. »Jetzt noch einer!« Kurz schien es so, als ob er doch noch entkommen würde. »Dann unterstütze ich selbst den Vorschlag«, entschied Balk. »Wenn es keine Gegenkandidaten gibt, schlage ich der Versammlung vor, diese sechs zu ernennen.«

Es wurde dezent applaudiert.

Kassies wandte sich Maarten zu, während er sich setzte. »Meinen Glückwunsch!«, sagte er, beide Augen kurz zukneifend.

»Na ja ...«, sagte Maarten zögernd.

»Ach was!«, sagte Kassies und gab ihm einen Stups. »Es ist doch sicher fabelhaft für den Bauernhausverein? Dann haben wir doch auch gleich die Förderung für dein Wändebuch?«

»Würden die neuen Vorstandsmitglieder kurz hier zusammenkommen?«, rief Frau van Eysinga über den Lärm hinweg, während die Leute links und rechts aufstanden, um den Versammlungsraum zu verlassen.

»Sollen wir dann hier im Café auf dich warten?«, schlug Mark vor.

»Geht ruhig nach Hause«, sagte Maarten. »Man weiß nie, wie lange es dauert.« Er wandte sich ab und ging schweren Herzens zu der kleinen Gruppe vorn im Saal.

»Das ist sicher Herr Koning«, sagte Frau van Eysinga herzlich, eine blühend aussehende, etwas mädchenhafte Frau. »Ich glaube, Sie kenne ich noch nicht.«

»Nein«, sagte Maarten verlegen. Er war durch die Situation viel zu sehr in Beschlag genommen, um adäquat reagieren zu können, und gab ihr und den anderen die Hand, ohne etwas in sich aufzunehmen. Etwas unbehaglich standen sie beieinander.

»Was nun?«, fragte van Eysinga, Heerema ansehend. »Jetzt müssen wir, denke ich, erst einen Vorsitzenden wählen, oder?«

»Das solltest du mal machen«, fand Heerema.

»Das finde ich auch«, sagte Goslinga.

»Ja?«, fragte sie unsicher.

»Damit bin ich voll und ganz einverstanden«, sagte Regout, ein kleiner, freundlicher Mann mit einem grauen Schopf.

Schot und Maarten nickten.

»Na, dann muss es wohl sein«, entschied sie. »Sollen wir dann mal gleich einen Termin für eine Vorstandssitzung vereinbaren?« Sie holte einen Terminkalender aus ihrer Tasche.

»Das muss dann, mit Blick auf die Kandidatenaufstellung, vor der Wahl des Stiftungsvorstands sein«, warnte Heerema.

Sie schüttelte den Kopf, während sie in ihrem Terminkalender blätterte. »Das kriege ich nicht hin. Das ist doch schon in zwei Wochen? Können wir das nicht jetzt machen? Wir stellen doch einfach Balk als Kandidaten auf?«

»Willst du denn nicht in den Vorstand?«, fragte Heerema.

»Nein, bloß nicht«, sagte sie erschrocken. »Nein, lass Balk das mal machen. Wann ist diese Wahl?«

»Heute in zwei Wochen«, sagte Heerema.

»Na, siehst du«, sie blätterte hin und her, »da kann ich auch nicht.«

»Wo ist die Wahl?«, fragte Regout.

»In Amsterdam«, sie war noch immer mit ihrem Kalender beschäftigt, »im Hauptbüro.« Sie sah Maarten an. »Können Sie das nicht machen? Sie arbeiten da doch?«

»Nicht im Hauptbüro«, sagte Maarten, »aber ich will es gern machen.«

»Nun, dann ist das gelöst«, sagte sie erleichtert. »Sie brauchen also nur für Balk zu stimmen. Dann nur noch ein Datum für eine Vorstandssitzung. Aber das hat dann auch eigentlich keine Eile.« Sie blätterte weiter. »Könnt ihr am Donnerstag, dem 7. April?«

Das Informelle ihres Auftretens überraschte Maarten so, dass er, als er ein paar Minuten später durch das Labyrinth von Hoog Catharijne über dem Utrechter Hauptbahnhof, an Palmen und Wasserkunstwerken vorbei und umspült von leiser Musik, zum Zug zurückging, jegliche Sicht auf die Wirklichkeit verloren hatte. Was er für einen Machtkampf gehalten hatte, hatte unerwartet den Charakter eines geheimen

Jungenclubs erhalten. Er blieb vor einem Stand mit Nüssen und Südfrüchten stehen, absichtslos. Sein Blick fiel auf eine Pyramide aus Gläsern mit russischer Marmelade. Gedankenverloren zog er sein Portemonnaie aus der Gesäßtasche, kaufte ein Glas Sauerkirschmarmelade und ging, ohne sich zu beeilen, mit dem für ihn ungewohnten Einkauf in die Bahnhofshalle.

*

Maarten sah von der Arbeit auf. Ad war mit einer dicken Mappe in der Hand an seinem Schreibtisch stehen geblieben. »Ist es fertig?«, fragte er und streckte die Hand aus.

»Ich dachte, dass man es so machen könnte.« Er gab ihm die Mappe. Während Maarten sie aufschlug und darin blätterte, sah er zu.

»Es ist furchtbar stereotyp, oder?«, sagte Maarten. »All die Erzähler haben denselben Ton, und die abschließenden Sätze hat er sich von S. Franke abgeschaut.«

»Aber es ist trotzdem schönes Material.«

»Es ist nur schade, dass er kein Tonbandgerät benutzt hat.« Er schlug die Mappe zu. »Ich werde Balk fragen, ob dafür Geld da ist.«

Ad wandte sich ab.

Maarten wollte sich wieder an die Arbeit machen, besann sich, nahm die Mappe hoch und folgte Ad zu dessen Schreibtisch. Er lehnte sich an die Ecke des Sitzungstisches, während Ad Platz nahm. Ad sah ihn an. »Manda hat im Rahmen ihrer Ausbildung seinerzeit die Landwirtschaftsrubrik systematisiert ...« Er wägte seine Worte. »Es wäre gut, wenn Joop jetzt auch einmal eine Rubrik übernehmen würde.«

»Hat sie nicht schon genug mit den Mappen zu tun?«, fragte Ad skeptisch.

»Mit den Mappen ist sie in einer halben Stunde fertig.«

»Gib ihr dann die Mappen von Sien dazu, dann bist du die sofort los.«

»Ich glaube nicht, dass dir klar ist, dass *ich* praktisch die Mappen von Joop mache.« Seine Stimme war geladen mit Sarkasmus.

»Dann soll sie das erst einmal lernen.«

»Ich wollte nun gerade einmal sehen, ob ihr das Anlegen einer solchen Systematik mehr liegt.«

Ad schwieg.

»Ich habe an die Rubrik ›Tod und Begräbnis‹ gedacht. Es ist eine übersichtliche Rubrik mit nicht allzu vielen Problemen. Für den Anfang scheint mir die sehr geeignet.«

»Ich finde es in Ordnung«, sagte Ad gleichgültig, »aber dann musst du sie auch betreuen.«

»Ich wollte gerade fragen, ob du das machen willst.«

»Ich mache es nicht.«

»Warum nicht?« Er sah Ad prüfend an.

»Weil es sinnlos ist.« Er sah Maarten mit einem unverschämten Grinsen an, die Lippen aufeinander gepresst.

Maarten nickte nachdenklich, ohne seinen Blick abzuwenden. »Gut.« Er richtete sich auf.

»Wenn sich Leute so wenig für ihre Arbeit eignen, sollte man sie besser entlassen.«

»Wer hier arbeitet, wird nicht entlassen«, sagte Maarten schroff. Er verließ den Raum und stieg in den dritten Stock hinauf, zum Zimmer von de Roode.

Der Raum lag im Licht einer friedlichen Wintersonne da. De Roode saß an seinem Schreibtisch. Außer dem Schreibtisch, der aus Stahl war, standen dort eine Sitzgruppe und an den Wänden ein paar Bücherregale. Es war ein großes Zimmer, ebenso groß wie das von Balk, und ebenso wie Balk hatte de Roode einen Teppich auf dem Boden.

»Tag, Bart«, sagte Maarten.

»Tag, Maarten«, sagte de Roode bedächtig.

Maarten lächelte. Er nahm auf dem Stuhl vor dem Schreibtisch Platz, während de Roode ihn abwartend ansah.

»Schieß los«, sagte de Roode.

»Du weißt, dass wir Volkserzählungen sammeln?«

»Das habe ich in eurem Jahresbericht gelesen«, sagte de Roode freundlich.

»Davon haben wir jetzt dreißigtausend.«

»Das ist eine ganze Menge.«

»Ja, das ist eine Menge«, sagte Maarten lächelnd. Er wartete kurz. De Roode vermittelte den Eindruck, dass er endlos Zeit hätte, was verzögernd wirkte. »Wir planen jetzt, sie zu veröffentlichen, in ungefähr dreißig Bänden.«

De Roode nickte, um zu verstehen zu geben, dass er Maartens Worten folgen konnte.

»Das würden wir nun am liebsten selbst machen, aber dann brauchen wir jemanden, der die Bücher in eine Druckvorlage umsetzen kann. Den haben wir nicht.« Er wartete erneut, um Raum für die Pointe zu schaffen. »Darf Schaafsma das machen?«

De Roode dachte nach. »Persönlich hätte ich damit kein Problem«, sagte er langsam, »aber Schaafsma verlässt uns.«

»Verlässt er uns?«

»Er geht nach Friesland zurück.«

»Das ist schade.« Es war nicht nur schade, es durchkreuzte auch seine Pläne.

»Aber wir haben vor, einen Nachfolger für ihn zu suchen.« Er sah Maarten prüfend an. »Was glaubst du, wie viel Arbeit ist das?«

»Zwei Monate pro Jahr?«, schätzte Maarten auf gut Glück.

»Zwei Monate pro Jahr«, wiederholte de Roode. Er nickte langsam. »Ich glaube, das wäre schon möglich.«

»Danke«, sagte Maarten erfreut. Er stand auf.

»Ich muss das natürlich noch mal mit der Abteilung besprechen«, warnte de Roode, »aber ich glaube nicht, dass sie Probleme machen wird.«

»Das wäre sehr schön.« Er ging zur Tür. »Ich muss es noch mit Balk besprechen. Wenn er nichts dagegen hat, komme ich auf dich zurück.« Er rannte die Treppe hinunter und ging in das Zimmer von Balk. Ärgerlich sah Balk von der Arbeit auf. »Ich habe hier den ersten Band einer Reihe von Volkserzählungen«, sagte Maarten hastig. »Es fehlt nur noch eine Einleitung. Die werde ich noch schreiben. Im Übrigen kann es so veröffentlicht werden. Könntest du einmal nachschauen, ob Geld dafür vorhanden ist?«

»Leg mal dahin«, sagte Balk und zeigte auf die Ecke seines Schreibtisches. »Ich werde es mir ansehen.« Er beugte sich wieder über die Arbeit.

Ein wenig desorientiert wandte sich Maarten ab. Im Flur, auf dem Rückweg zu seinem Zimmer, besann er sich, drehte sich um und stieg langsam die Treppe hinunter in die Halle. Er grüßte de Vries und ging durch die Schwingtür in den Kaffeeraum. Dort saßen ein paar Leute von Volkssprache. »Haben Sie eine Tasse Kaffee für mich, Herr Wigbold?«, fragte er durch den Schalter und holte einen Bon aus seinem Portemonnaie.

»Wo bist du zur Schule gegangen?«, fragte Engelien.

»In Breda«, antwortete Rik Bracht.

»Oh, aber das war dann sicher eine katholische Schule.«

Maarten setzte sich zu ihnen.

»Ich bin doch auch katholisch?«, sagte Rik.

»Ja, ich habe an einer christlichen Schule unterrichtet«, erzählte sie, »aber ich durfte auch nicht jeden Stoff behandeln.«

»Wo war das denn?«, fragte Wim Bosman.

»Am Freisinnig-Christlichen Gymnasium in Den Haag.« Sie lachte, mit einem Kopfschwung. »Und ich habe mich auch noch daran gehalten.«

»Flip de Fluiter ist sogar von der Schule geflogen, weil er Jan Wolkers und sein literarisches Werk behandelt hat«, erzählte Rik. »Auch eine katholische Schule.«

»Den kenne ich nicht«, sagte sie.

»Es wird wohl daran gelegen haben, *welches* Werk von Wolkers er behandelt hat«, meinte Wim Bosman mit einem doppeldeutigen Lachen.

»Dazu fällt mir sogar noch eine hübsche Geschichte ein«, sagte sie lachend. »Als ich selbst noch auf der Schule war, habe ich ein Gedicht von Hugo Claus vorgetragen, und da musste ich ›Hintern‹ in ›Winter‹ ändern.« Sie schlug die Hände vors Gesicht. »Mensch, und ich hab das auch noch gemacht! Furchtbar!« Sie lachte sich kaputt.

Maarten lauschte abwesend, sah von einem zum andern und rührte in seinem Kaffee. Das Gespräch kam auf moderne Literatur. Er verlor sein Interesse, trank den Kaffee aus, stellte ihn auf den Tresen und stieg die Treppe wieder hinauf. Auf der Treppe begegnete er Sien. Das erinnerte ihn an die Arbeit für Joop. Er ging durch sein Zimmer, betrat den Karteisystemraum, zog einen Stuhl unter dem Tisch hervor und setzte sich an Joops Schreibtisch. Sie sah ihn abwartend an. »Manda hat seinerzeit die Rubrik ›Landwirtschaft‹ systematisiert«, sagte er. »Es geht darum, dass ihr im Laufe der Zeit die gesamte Bibliothek und das Karteisystem auf dieselbe Weise systematisiert. Könntest du das nicht einmal mit der Rubrik ›Tod und Begräbnis‹ versuchen?« Er sah sie an. Ihr Gesicht blieb teilnahmslos. »Wäre das was für dich?«

»Das scheint mir ganz nett zu sein«, sagte sie ohne große Begeisterung.

»Wenn du jetzt mal anfängst zu schauen, was wir dazu in der Bibliothek haben, und zu jedem Buch eine Zusammenfassung mit Schlagworten machst, dann kannst du die anschließend als Ausgangspunkt benutzen.«

»Und wer kontrolliert das dann?«

»Ich.« Er stand auf.

In diesem Moment kam Rentjes in den Raum, ein Buch in der Hand. »Oh, hier sitzt du! Wie kommst du darauf, dass dieses Buch in eure Abteilung gehören würde? Das gehört uns!«

»Und über diese Schlagworte wieder in das Karteisystem durchdringen«, sagte Maarten forciert ruhig zu Joop, als habe er das Eintreten von Rentjes nicht bemerkt. Erst danach drehte er sich langsam zu ihm um. »Das musst du mit Bart besprechen.« Es kostete ihn Mühe, eine plötzlich aufflammende Wut zu unterdrücken.

»Bart sagt, dass ich es mit dir besprechen soll!« Er machte sich breit, Hemd offen, Schnurrbart vorgereckt. »Bart zufolge bist du verantwortlich! Und das Buch gehört uns!«

Sein Auftreten weckte bei Maarten so viel Widerwillen, dass er ihn nicht ansehen konnte und die Neigung hatte, sich umzudrehen und den Raum zu verlassen, doch er riss sich zusammen. »Gib das Buch mal her«, sagte er und streckte seine Hand aus. Er schlug die Inhaltsangabe auf und sah zu seinem Missvergnügen mit einem Blick, dass Rentjes recht hatte. Einen Augenblick lang zögerte er noch, mit der Neigung kämpfend, dickköpfig darauf zu beharren, dann gab er das Buch abrupt zurück. »Du hast recht.« Er wandte sich von ihm ab und

Joop zu. »Ist es so deutlich?«, fragte er ohne Notwendigkeit, mit einer Stimme, die durch die Anspannung fremd in seinen Ohren klang. Hinter ihm schloss Rentjes die Tür mit der Kraft des Siegers.

»Ich glaube schon.«

In seinem Zimmer klingelte das Telefon.

»Dein Telefon klingelt«, informierte sie ihn.

Er drehte sich langsam um, noch in der Umklammerung der Gewalt, mit der er sich hatte beherrschen müssen, und öffnete die Tür zu seinem Zimmer. Ad stand an seinem Schreibtisch. »Buitenrust Hettema«, sagte er gedämpft und reichte ihm den Hörer. »Tag, Karst«, sagte Maarten, den Hörer an sein Ohr pressend.

»Ich dachte schon, du bist bestimmt nicht da.«

»Doch, ich bin da.«

»Bist du heute Nachmittag auch da? Gegen zwei Uhr?«

»Heute Nachmittag bin ich auch da.«

»Dann wollte ich eigentlich kurz vorbeikommen.«

»Gern.« Es klang nicht sonderlich begeistert, auch, weil er mit seinem Kopf noch nicht bei der Sache war.

»Oder störe ich dich?«

»Nein, du störst mich nie. Im Gegenteil.«

»Dann bis nachher.«

»Bis nachher.« Er legte den Hörer auf und setzte sich. Die Tür flog auf. Balk betrat den Raum, in der Hand die Mappe mit Volkserzählungen. »So geht das natürlich nicht!«, sagte er hitzig und legte die Mappe auf den Registraturschrank neben Maartens Schreibtisch. »Dafür finden wir niemals einen Verleger!«

Maarten brauchte ein paar Sekunden, um umzuschalten. »Ich wollte es auch selbst verlegen.«

»Wie willst du das denn machen?«

»Genau wie beim *Bulletin*, mit Druckvorlagen, die hier im Haus getippt werden.«

»Das ist nicht zu finanzieren!«

»Das ist nicht unbezahlbar. Wenn wir es selbst tippen, kostet uns dieser Band fünfundzwanzigtausend Gulden. Das sind bei einer Auflage von achthundert ungefähr fünfunddreißig Gulden pro Band.«

»Und wie willst du das dann verkaufen, ohne Vertriebsapparat?«

»Für diese Art Bücher hat ein Verleger auch keinen Vertriebsapparat.«

»Dann bleiben wir darauf sitzen.«

»Ich bin davon überzeugt, dass es in der Gegend, in der die Erzählungen aufgenommen worden sind, bei diesem Preis großes Interesse gibt! Wir haben vor, dort alle Buchhandlungen und Schreibwarengeschäfte anzuschreiben und den Lokalzeitungen ein Rezensionsexemplar zu schicken. Ich prophezeie dir, dass wir auf einen Schlag mindestens vierhundert loswerden, und den Rest in ein paar Jahren.«

»Und wer soll das dann tippen?«

»Schaafsma.«

»Der verlässt uns!«

»Dann sein Nachfolger.«

»Hast du das schon mit de Roode besprochen?«

»Ja.«

Balk dachte kurz nach, die Lippen zusammengepresst. »Dann machen wir es im Selbstverlag«, entschied er. »Wo ist diese Maschine für solche Druckvorlagen?«

Als er mit Kartoffeln und Äpfeln vom Markt zurückkam, saß Buitenrust Hettema da und wartete auf ihn. Ad war verschwunden. »Ja, ich dachte, ich komme mal eben vorbei«, sagte Buitenrust Hettema, während Maarten sein Jackett aufhängte, »denn ich musste sowieso ins Tropenmuseum. Ich habe ein paar neue Fotos von Wayangpuppen bekommen, und weil du dich dafür ziemlich interessierst, wollte ich sie dir sofort zeigen.« Er nahm seine Tasche auf den Schoß und suchte nach den Bildern. Maarten setzte sich zu ihm an den Tisch. Er nahm die Fotos entgegen und betrachtete sie ohne irgendein Interesse. »Die sind für das vierte Kapitel?«, vermutete er. Er sah keinerlei Unterschiede zwischen diesen Puppen und allen vorherigen.

»Das ich jetzt wieder komplett umarbeiten muss, denn diese hier werfen doch schon ein völlig neues Licht auf die Sache.«

»Es hört nie auf, oder?« Er gab die Fotos zurück. »Kriegst du denn nie genug davon?«

»Wie kommst du denn darauf?«, sagte Buitenrust Hettema verwundert. »Es ist das interessanteste Thema, das man sich vorstellen kann. Um einiges interessanter als das, was derzeit alles als Wissenschaft gilt.« Er steckte die Fotos wieder weg. »Ich habe das neulich noch zu König Boudewijn gesagt, als ich ihn bei der Eröffnung der Ausstellung herumführen musste – nebenbei bemerkt, was ist das doch für ein außerordentlich netter Mann, ich bin selten einem so charmanten Mann begegnet –, ich habe zu ihm gesagt: ›Majestät, diese Puppen spiegeln in Kürze die gesamte Geschichte des indonesischen Archipels wider‹«, er lächelte bei der Erinnerung, »und als er mich, nachdem es vorbei war, zum Mittagessen mitgenommen hat, sagte er denn auch zu einem Höfling: ›Sie bekommen einen überaus interessanten Tischnachbarn!‹ – Wirklich sehr gelungen!«

»Wann war das?«, fragte Maarten abwesend. Die Ereignisse des Morgens hatten ihn deprimiert. Er fühlte sich bedroht. Das autoritäre Auftreten Balks, die Wut, mit der Rentjes zu ihm gekommen war, um sein Recht einzufordern, die Widerwilligkeit Barts und Ads, einen Teil der Verantwortung zu übernehmen, alles Gründe, sich tiefunglücklich zu fühlen.

Buitenrust Hettema sah ihn verwundert an. »Als du die Kommissionssitzung hattest.«

»Ja, natürlich«, sagte Maarten rasch. Er hätte es wissen müssen, doch seine eigenen Gedanken nahmen ihn zu sehr gefangen.

»Ist auf der Sitzung der Kommission noch etwas besprochen worden?«, fragte Buitenrust Hettema.

»Nein, außer dass sich Vervloet verabschiedet hat.«

»Ich habe nie verstanden, was der eigentlich in dieser Runde gemacht hat«, sagte Buitenrust Hettema skeptisch.

»Er hat da für die Anthropologie gesessen.«

»Aber hatte er denn Ahnung davon?«

Maarten lachte. »Hast du schon mal jemanden getroffen, der von irgendetwas eine Ahnung hat?«

»Ich nicht, aber du auf alle Fälle schon.« Er schmunzelte jungenhaft.

»Ja«, sagte Maarten lächelnd.

Es entstand eine Pause.

»Die Verabschiedung war im Übrigen idiotisch«, erinnerte sich Maarten. »Vervloet hat es bei der Rundfrage mitgeteilt. Kaatje Kater war darauf nicht vorbereitet und wusste sich absolut keinen Rat damit. Das Einzige, was sie sagte, war: ›Wenn Sie das finden, müssen Sie es auch tun. Ich kann Sie nicht aufhalten.‹« Er lachte amüsiert. »Man hat die Verwirrung auf den Gesichtern gesehen.«

»Ja, Kaatje kann manchmal eigenartig reagieren«, sagte Buitenrust Hettema uninteressiert.

»Sie will ebenfalls aufhören.«

Buitenrust Hettema sah ihn verwundert an. »Warum?«

»Sie wird siebzig.«

»Dann braucht man doch noch nicht aufzuhören? Es gibt doch mehrere, die schon siebzig sind.«

»Aber sie ist die Vorsitzende.«

»Und wer soll dann ihre Nachfolge antreten?«

»Ich wollte ihr vorschlagen, Appel zu nehmen.«

Buitenrust Hettema schüttelte den Kopf. »Den mag ich nicht.«

Maarten schwieg.

Buitenrust Hettema sah vor sich hin, den Kopf erhoben, die Unterlippe vorgeschoben.

»Ich frage mich, wer der Nachfolger von Vervloet werden soll«, bemerkte Maarten. »Ich habe an Jacobo Alblas gedacht.«

Buitenrust Hettema sah ihn langsam an. »Das ist ein ziemlicher Wirrkopf, finde ich.«

»Aber er gibt Seminare in unserem Fach.«

»Das hättest *du* dann auch besser machen können.«

Maarten reagierte nicht darauf.

»Dann würde ich doch noch lieber Boks nehmen, wenn ich du wäre«, sagte Buitenrust Hettema, seinen Gedanken folgend. »Das ist doch mal ein tüchtiger Bursche, wie ich finde.«

»Das geht auch, aber Alblas können wir nicht übergehen. Er ist der Einzige da, der Interesse an der niederländischen Volkskultur hat.«

»Ich finde es noch immer schade, dass du Sien nicht in die Kommission geholt hast. An den beiden Jungs haben wir gar nichts, und sie ist auch um einiges besser als Alblas.«

Die Bemerkung ging so völlig am Thema vorbei, dass Maarten nicht wusste, wie er darauf reagieren sollte. »Willst du vielleicht eine Tasse Tee?«, fragte er.

»Nein, ich denke, dass ich mal wieder gehe«, antwortete Buitenrust Hettema, von weither kommend. »Ich wollte auch noch kurz beim Antiquariat De Slegte vorbei.« Er stand auf.

Maarten stand ebenfalls auf und folgte ihm zur Tür. Sie stiegen die Treppe hinunter zur Eingangshalle. Aus dem Kaffeeraum hörte man es reden und lachen. Dort herrschte Betrieb. Buitenrust Hettema blieb unten an der Treppe stehen, beugte sich etwas vor und winkte. Hinter der gläsernen Schwingtür sah Maarten Sien zwischen den anderen sitzen. Sie erkannte die beiden ebenfalls, nickte kurz und wandte den Kopf wieder ab. Buitenrust Hettema beugte sich etwas weiter vor und winkte noch einmal, doch sie schenkte dem keine Beachtung mehr. Er blieb noch kurz so stehen, die Hand winkend hin- und herbewegend, bevor er sich aufrichtete und zur Drehtür abwandte. »Na, dann mal auf Wiedersehen«, sagte er. Ein alter Mann.

Maarten ging durch die Schwingtür in den Kaffeeraum.

»Was hat er gesagt?«, fragte Sien, während sie zu ihm aufsah.

»Tja.«

»Sicher ein Monolog«, sagte sie abfällig.

Während er sich an den Schalter begab, wunderte er sich über ihre Härte. Sie brauchte Buitenrust Hettema nicht mehr. Er erinnerte sich, wie sie ihm, als sie seine Vorlesungen besuchte, jeden Wunsch von den Augen abgelesen hatte. Das deprimierte ihn. »Ich kam natürlich aus Breda«, hörte er Rik Bracht sagen.

»Nein, ich kam vom Dorf«, sagte Sien, während Maarten sich mit seiner Tasse zu ihnen umdrehte, »und ich erinnere mich noch, wie ich das erste Mal aus dem Bahnhof kam, in all den Verkehr, und ich da dachte: Das ist es! Hier werde ich meinen Weg machen!« Sie holte vor Aufregung tief Luft. »Ich habe vor Anspannung am ganzen Körper gezittert!«

Maarten setzte sich. Er stellte seine Tasse auf den niedrigen Tisch und begann, seine Pfeife zu stopfen. Während er mit einem Ohr den Gesprächen um ihn herum lauschte, war er sich vage einer unbestimmten

Drohung bewusst, als könne er jeden Moment einen gewaltigen Schlag auf den Kopf bekommen.

Als er ein paar Stunden später im Dunkeln nach Hause ging, hörte er in der Ferne, auf der Höhe des Gasthuismolensteeg, einen Mann schreien. Er spähte in die Dunkelheit, doch er konnte nirgends etwas Verdächtiges entdecken. Im Weitergehen begann er, Bruchstücke des Geschreis zu verstehen: »Die Welt geht unter! Die Atombombe wird sie vernichten!« Der Mann rief es mit schallender Stimme wie ein Marktschreier, der seine Ware feilbot. Erst als Maarten nahe der Verkehrsinsel war, sah er ihn stehen: einen kleinen Indonesier, der zwischen den anderen Leuten, die auf die Straßenbahn warteten, seine Botschaft wiederholte. Niemand beachtete ihn. Die Leute um ihn herum sahen ruhig vor sich hin und unterhielten sich. Sie machten sich nicht einmal die Mühe, sich von ihm abzuwenden. »Die Welt geht unter!« Er hörte es noch, als er bereits die Raadhuisstraat zur Post hin überquert hatte. Zum wiederholten Male an diesem Tag stellte er fest, dass er enorm deprimiert war, doch er hatte keine Lust mehr, über die Ursachen nachzudenken. Die Tüten mit den Kartoffeln und den Äpfeln störten ihn beim Gehen. Alles störte ihn. Er betrat die Wohnung, kippte die Kartoffeln in einen Kasten in der Küche und ging mit den Äpfeln weiter ins Wohnzimmer. Nicolien saß unter der Lampe, ihm den Rücken zugekehrt, und las. Sie drehte sich um. »Welche Äpfel hast du?«, fragte sie.

»Cox«, antwortete er knapp.

»Doch nicht wieder die gleichen?«

»Doch.« Er legte den Beutel auf den Tisch.

»Aber die waren verfault!«

Er musste sich beherrschen, um nicht ausfallend zu werden. »Lass mich, dass ich mich erst mal umziehen kann!«

»Was ist los?«, fragte sie empört.

Er ging, ohne etwas zu sagen, ins Schlafzimmer. Als er die Schranktür öffnete, sah er in der Ecke am Fenster den Fernsehapparat stehen und erinnerte sich, dass der Fernsehmechaniker heute kommen sollte.

»Was hast du?«, fragte sie böse hinter ihm.

Er drehte sich zu ihr um. »Ist der Fernsehmechaniker dagewesen?«
»Ja, der war da.«
Er ging zu dem Apparat und sah ihn sich an, misstrauisch.
»Er hat da ein Loch gemacht.« Sie zeigte auf eine Stelle, wo das Kabel in der Wand zum Lichtschacht verschwand und zum Dach hinauflief.
Er drückte den Knopf, und sie sahen zu, während das Testbild langsam aufleuchtete. Plötzlich wurde ihm klar, dass ihn dies auch deprimiert hatte. Es war wieder ein Schritt in Richtung einer Zivilisation, in der er sich nicht heimisch fühlte. Kein Fernseher, das war noch etwas, auch wenn es nicht viel war. Jetzt nur noch ein Auto.
»Bist du nicht froh?«, fragte sie.
»Ich werde mich schon daran gewöhnen.«
»Aber wir stellen ihn doch nur an, wenn Bukowski im Fernsehen kommt?«
»Wir werden sehen.« Er stellte das Gerät wieder aus.
»Du hast doch sicher nicht vor, jetzt in Zukunft fernzusehen?«, fragte sie empört.
»Ich habe gar nichts vor«, antwortete er mürrisch.

Als er zu Bett ging, war er so müde, dass er nicht sofort einschlafen konnte. Gegen halb zwei wurde er wieder wach. Es war warm und stickig. Er schlug die Decke zurück und versuchte, sich so hinzulegen, dass er die Anspannung in seinem Körper loswurde, ohne dass ihm dies gelang. Weit entfernt schlug eine Turmuhr, und kurz darauf, sehr viel schwerer, die Turmuhr der Westerkerk. Es hatte etwas Beruhigendes, der Gedanke, dass sie bereits seit Jahrhunderten so schlug. Als habe er teil an der Ewigkeit. Er erinnerte sich, dass ihm der Schlag der Glocke früher gerade ein Gefühl der Abgeschiedenheit gegeben hatte, und wunderte sich darüber. Vielleicht ein Zeichen, dass er älter wurde. Eine Mücke summte um seinen Kopf herum. Er schlug danach und weckte dadurch Nicolien wach. »Du machst mich wach«, sagte sie schläfrig. »Da ist eine Mücke«, entschuldigte er sich. Er stand auf, schob das Fenster auf, knipste das Nachttischlämpchen an und suchte die Mücke, ohne sie zu finden. Das Herumlaufen entspannte ihn, aber als er lag, kehrte die Müdigkeit nicht zurück, bis er gegen halb sieben doch noch einschlief.

*

Die Wahl des Vorstands der neu zu gründenden Stiftung für Historische Forschung fand im kleinen Sitzungszimmer im Erdgeschoss statt. Die Sitzung wurde geleitet von van Herfte Veldwijk, dem Professor, der den Vorsitz des vorläufigen Vorstands innegehabt, sich jedoch nicht zur Wahl gestellt hatte. Er war ein Mann mit einer internationalen Reputation. Maarten kannte seine Arbeiten, doch er war ihm noch nie zuvor begegnet, ebenso wenig wie den Vertretern der anderen Arbeitsgemeinschaften, von denen er die meisten nicht einmal dem Namen nach kannte. Nachdem er sich links und rechts vorgestellt hatte, fand er einen Platz am Fenster, von dem aus er auf die Gracht sehen konnte. Ebenso wie bei der Versammlung der Dorf- und Regionalgeschichte war er ein Einzelgänger in einer Gesellschaft, in der offenbar jeder jeden kannte. Er sah zu, in sich zurückgezogen, ließ seinen Blick über die Gemälde wandern und las die Namen der Kandidaten für den Vorstand, die auf eine Schultafel hinter dem Tisch des Vorsitzenden geschrieben worden waren. Es waren achtzehn, unter ihnen Balk, fast alles bekannte Historiker, die meisten außerdem Professoren. Während er die Namen in sich aufnahm, drang allmählich zu ihm durch, dass Balk in dieser Gesellschaft wenig Chancen hatte. Wenn er gewählt werden sollte, müsste er mindestens eine der neun anderen Arbeitsgemeinschaften hinter sich bekommen, und angesichts der Tatsache, dass die Arbeitsgemeinschaft Frühgeschichte, aus der Balk kam, bereits zwei andere und auf den ersten Blick auch gewichtigere Kandidaten ins Feld geschickt hatte, erschien ihm die Chance gering.

Die Feststellung weckte gemischte Gefühle. Es hatte etwas Befreiendes, Balk von einem Riesen zu einem Zwerg zusammenschrumpfen zu sehen und daran erinnert zu werden, wie marginal seine Welt im größeren Zusammenhang der Geschichtswissenschaft war, doch zugleich fühlte er sich, ein wenig zu seiner eigenen Überraschung, solidarisch, und das machte ihn ungewöhnlich wach. Noch bevor die Sitzung begonnen hatte, hatte er bereits verstanden, dass die einzige Chance für Balk darin lag, dass einige der Arbeitsgemeinschaften mehr als einen Kandidaten vorgeschlagen hatten, auch wenn er in diesem Moment noch nicht sah, wie er davon Gebrauch machen konnte.

»Wie Sie sehen, haben einige Arbeitsgemeinschaften von ihrem Recht Gebrauch gemacht, mehr als einen Kandidaten vorzuschlagen«, sagte van Herfte Veldwijk und zeigte auf die Tafel. »Wir haben also achtzehn Kandidaten. Das macht es nicht einfacher, denn davon können nur sieben gewählt werden. Ich schlage vor, dass wir in einer ersten Runde feststellen, welche fünf, oder vielleicht mehr, sofort wegfallen. Jede Arbeitsgemeinschaft hat *eine* Stimme. Es gibt also zehn Stimmen. Wir werden so lange weitermachen müssen, bis wir bei sieben angekommen sind. Es könnte spät werden. Bereiten Sie sich schon mal darauf vor.« Die Aussicht schien ihn zu amüsieren. »Können Sie sich damit anfreunden, oder gibt es noch Fragen?«

In diesem Moment erkannte Maarten seine Chance. Er hob die Hand, noch bevor er das Ganze gut durchdacht hatte, auf seine Intuition vertrauend.

»Herr Koning«, sagte van Herfte Veldwijk.

»Ich bin Koning von der Dorf- und Regionalgeschichte.« Dass van Herfte Veldwijk seinen Namen kannte, brachte ihn in Verwirrung, und er brauchte einige Sekunden, um sich davon zu erholen. »Wenn wir alle nur eine einzige Stimme bekommen, stimmt jede Arbeitsgemeinschaft natürlich auf seinen ersten Kandidaten, und weil die Kandidaten sich nirgendwo überschneiden, lässt sich vorhersehen, dass es gleich zu einer endlosen Stimmengleichheit kommen wird. Wäre es nicht besser, wenn wir alle zehn Stimmen bekommen würden und die nach eigenem Ermessen auf die achtzehn Kandidaten verteilen?« Sein Körper zitterte plötzlich vor Anspannung, und er musste sich mit Gewalt beherrschen, um es zu verbergen.

Van Herfte dachte ein paar Sekunden nach. »Das scheint mir ein ausgezeichneter Vorschlag zu sein«, sagte er dann.

»Dann besteht die Möglichkeit, dass das Feld schneller auseinander gezogen wird«, verdeutlichte Maarten, unwillkürlich in Rennfahrerjargon verfallend.

Van Herfte Veldwijk lächelte. »Ja, ausgezeichnet! Ist jemand gegen den Vorschlag von Herrn Koning?«

Ein Mann auf der anderen Seite des Raums, hob die Hand.

»Herr Westerveld!«, sagte van Herfte Veldwijk.

»In Alter Geschichte haben wir nur einen Kandidaten aufgestellt«, er hatte eine träge, etwas nasale Stimme – da er hinter einem anderen saß, konnte Maarten ihn nicht sehen, doch es schien ihm ein sehr dummer Mann zu sein – »und ich habe den Auftrag erhalten, für ihn zu stimmen. Ich wüsste also nicht, für wen ich sonst noch stimmen sollte. Ich kenne sonst auch niemanden. Ich brauche also überhaupt keine zehn Stimmen.«

»Herr Koning?«, fragte van Herfte Veldwijk. »Haben Sie das bedacht?«

Die Frage durchkreuzte Maartens Absicht und drohte, alles zu verderben. »Jeder darf mit den zehn Stimmen natürlich machen, was er will«, sagte er so diplomatisch wie möglich.

»Sie können damit machen, was Sie wollen«, sagte van Herfte Veldwijk zu Westerveld. »Genügt das?«

»Ich darf unserem Kandidaten also auch alle zehn geben?«

»Das dürfen Sie«, versicherte van Herfte Veldwijk. »Sonst noch jemand?« Er sah amüsiert in die Runde dieser kleinen Gesellschaft. »Würdest du dann jedem zehn Zettel geben?«, fragte er Boot, der neben ihm saß und den er vorher als besoldeten Schriftführer der Stiftung vorgestellt hatte.

Die Wahl des Vorstands war nach einer Runde abgeschlossen. Balk wurde mit elf Stimmen als Letzter gewählt. Von diesen elf Stimmen kamen zehn aus der Arbeitsgemeinschaft Dorf- und Regionalgeschichte.

*

Er zögerte noch, als er die Türklinke heruntergedrückt hatte, doch die Solidarität, die er bei der Wahl empfunden hatte, gab den Ausschlag. Balk saß in seiner Sitzecke und las die Zeitung. Er sah auf.

»Morgen«, sagte Maarten.

Balk reagierte nicht darauf. Er sah Maarten abwartend an.

»Ich war Freitag bei der Vorstandswahl für die Stiftung.« Er wartete kurz, um seine Aufregung zu bezwingen. »Du bist gewählt.«

»Ich habe es von van Herfte gehört«, sagte Balk, als hätte ihn die Nachricht nicht im Geringsten überrascht.

Maarten nickte, er fühlte sich zurückgewiesen. Er fragte sich, ob van Herfte ihm auch erzählt hatte, wie die Abstimmung verlaufen war, doch er behielt es für sich.

»Ich habe vom Ministerium die Nachricht erhalten, dass sie noch einmal zu Besuch kommen«, sagte Balk, als Maarten sich abwenden wollte.

»Dieselben?«, fragte Maarten überrascht.

»Dreessen und Okkerman. Okkerman ist der Generaldirektor.«

Die Nachricht traf Maarten wie der Blitz. »Was kann das bedeuten?« Er zog seinen Mantel aus und setzte sich.

»Es kann alles Mögliche bedeuten.«

Maarten nickte.

»Sie haben nicht die Absicht, das Büro zu sehen. Sie kommen nur, um mit mir zu reden, aber sie wollen vorher schon eine Übersicht unserer internationalen Kontakte haben. Kannst du dazu einen Bericht schreiben?«

»Für das ganze Büro?«

»Nur für deine eigene Abteilung.«

»Das wird nicht so furchtbar viel sein.«

»Du arbeitest doch mit am Europäischen Atlas und dem Niederländisch-Flämischen Atlas?«

»Die stehen kurz vor dem Exitus.«

»Das macht nichts. Die führst du auf. Und erwähne vor allem auch, dass Appel Mitglied der Kommission ist. Jetzt, wo er Professor in Bonn geworden ist, ist das wichtig!«

»Gut.« Er stand auf. »Wann musst du den Bericht haben?«

Auf der Treppe zu seinem eigenen Stockwerk drang die Bedeutung der Nachricht erst richtig zu ihm durch. Es konnte das Ende des Büros bedeuten. Die Möglichkeit erfüllte ihn mit einer verhaltenen Freude. Man stelle sich vor, dass das Büro aufgelöst würde! Die Möglichkeiten, die das versprach, waren nicht zu überblicken. Er betrat Jarings Zimmer und fand ihn zu seiner Überraschung an dessen Schreibtisch vor, schreibend. »Jaring!«, sagte er munter.

Jaring lächelte. »Guten Morgen.«

Maarten legte seinen Mantel über einen Stuhl, nahm einen anderen Stuhl mit, den er unter dem Tisch hervorzog, und setzte sich auf die andere Seite von Jarings Schreibtisch. »Balk will eine Übersicht unserer internationalen Kontakte haben.«

Jaring nickte.

»Eine Bitte des Ministeriums.«

»Ich werde sie machen.«

Sie schwiegen.

»Wie läuft es mit deinem Aufsatz?«, erkundigte sich Maarten, während er zu den Papieren auf dem Schreibtisch sah.

»Ich bin damit beschäftigt«, sagte Jaring vorsichtig. »Ich denke, dass es ganz gut läuft.«

Es entstand erneut eine Pause.

»Was würdest du davon halten, wenn wir der Kommission vorschlagen würden, für Vervloet Alblas und Boks zu berufen?«

»Ja«, sagte Jaring bedächtig. »Das scheint mir eigentlich ganz gut.«

»Und wenn Kaatje Kater geht?«

»Das hatte ich eigentlich nicht erwartet«, gestand Jaring.

»Ich hatte nicht daran gedacht, dass sie schon siebzig wird.«

»Sie war darüber auch nicht sonderlich präzise.«

»Nein«, gab Maarten zu. »Aber wenn sie geht, kommt Appel noch am ehesten in Betracht.«

»Ja.« Er verrückte vorsichtig einen Hefter, nicht mehr als zehn Zentimeter, als wäre so das Verhältnis zwischen den Gegenständen auf seinem Schreibtisch etwas mehr im Gleichgewicht.

»Du schreibst also den Bericht?« Er stand auf.

»Ja. Wann willst du ihn haben?«

»Vor Donnerstag.« Er trat auf den Flur, ging weiter zum Hinterhaus, hängte seinen Mantel an die Garderobe und betrat sein Zimmer. Ad und Bart waren inzwischen eingetroffen und saßen an ihren Plätzen.

»Das Büro wird aufgelöst!«, kündigte Maarten an, er ging mit unterdrücktem Vergnügen weiter zu seinem Schreibtisch.

»Nein!«, sagte Bart erschrocken.

Ad sah mit einem ungläubigen Lächeln auf, die Lippen aufeinandergepresst.

»Der Generaldirektor Forschung des Ministeriums hat angekündigt, dass er zusammen mit Dreessen kommt, um mit Balk zu reden.« Er stellte seine Tasche auf den Stuhl und zog sein Jackett aus.

»Über die Auflösung?«, fragte Bart.

»Das hat er nicht dazugesagt.« Er setzte sich bei Barts Schreibtisch auf den Rand des Sitzungstisches. Ad war aufgestanden.

»Es ist also nicht sicher«, präzisierte Bart.

»Nein, aber es könnte sein.«

»Was würdest du denn machen, wenn wir aufgelöst würden?«, fragte Ad begierig, als würde er die perversesten Antworten erwarten.

»Nichts!«, sagte Maarten entschieden. »Ich bin schon so alt. Ich bekomme bis zur Pension Überbrückungsgeld.«

»Und ich?«

»Du nicht. Ich glaube, dass man für jedes Jahr ein Jahr Überbrückungsgeld bekommt, das schaffst du also nicht.«

»Dann werde ich also doch noch Lehrer werden müssen.« Er richtete sich ein wenig auf. »Der Deutsche!« Er lachte aufgeregt. »Endlich Gerechtigkeit!«

»Lehrer, daran darf ich gar nicht denken«, gestand Maarten. »Ich glaube, dann würde ich lieber Schalterbeamter werden, oder Aufseher in einem Museum.«

»An eurer Stelle würde ich darüber lieber keine Scherze machen«, sagte Bart säuerlich.

»Ich mache keine Scherze!«, protestierte Maarten. »Mir ist es verdammt ernst! Aufseher scheint mir wirklich nicht das Schlechteste zu sein.«

»Nein, Aufseher wäre nichts für mich«, meinte Ad. »Dann noch lieber Steuerberater, für Senioren oder so.«

»Was zieht dich denn dahin?«, wollte Maarten wissen.

»Ich brauche kleine, übersichtliche Arbeiten, die ich schnell abschließen kann.«

»Aber Steuerberater scheint mir doch schon verdammt trocken zu sein.«

»Ich werde es noch erleben, dass ihr beide mit der Arbeit einfach weitermacht, ohne dafür bezahlt zu werden«, prophezeite Bart.

»Auf keinen Fall!«, sagte Maarten entschieden. »Kein Härchen auf meinem Kopf, das daran denkt!«

»Na, ich prophezeie es dir.«

»Würdest du es denn machen, Bart?«, fragte Ad. Es lag etwas Stichelndes in seiner Stimme.

»Ich glaube schon, dass ich es machen würde«, sagte Bart ernst.

»Ich würde es übrigens dem Staat nicht übel nehmen«, sagte Maarten, seinen eigenen Gedanken folgend. »Wenn ich als Beamter dem Büro einen Besuch abgestattet hätte, hätte ich keine Sekunde gezögert! Raus mit der Bande!« Er lachte vergnügt.

»Nein, übel nehmen würde ich es ihnen auch nicht«, gab Ad zu.

»Ihr redet wirklich großen Unsinn«, sagte Bart ärgerlich.

»Findest du denn, Bart, dass es viel Sinn hat, was wir hier machen?«, fragte Ad frotzelnd.

»Ja, natürlich finde ich das.« Er drehte sich zu Ad um. »Sonst würde ich nicht hier sitzen.«

»Am wahrscheinlichsten ist es übrigens, dass sie nur einen Teil von uns entlassen und den Rest dalassen, um die Bibliothek und die Archive zu verwalten«, überlegte Maarten. Diese Möglichkeit warf einen Schatten auf seine Freude.

»Und du musst dann zusammen mit Balk entscheiden, wer von uns entlassen wird«, vermutete Ad.

»Wie der Jüdische Rat«, ergänzte Maarten ironisch.

»Wen, glaubst du, würdest du dann entlassen?«, fragte Ad neugierig.

Maarten dachte nach. »Ich glaube, an erster Stelle mich selbst.«

»Weil du gern den Märtyrer spielst«, sagte Bart boshaft.

Maarten lachte. »Richtig! Held und Märtyrer, und es als Profiteur dann wiederum heimlich genießen!« Er ließ sich vom Tisch gleiten.

»In der Rolle erkenne ich mich selbst wieder!« Er legte seine Tasche ins Bücherregal und setzte sich an den Schreibtisch. »Aber in Wirklichkeit wird es wohl so sein, dass ich mit zusätzlichen Verantwortlichkeiten belastet werde, weil unser Büro eine Aufgabe dazubekommt.« Er zog eine Mappe zu sich heran und schlug sie auf. »Übrigens, Balk ist am Freitag in den Vorstand der Stiftung gewählt worden.«
»Das hatte ich schon erwartet«, sagte Bart.
Maarten sah in seine Richtung. »Warum hattest du das erwartet?«
»Weil ich Herrn Balk für sehr geeignet dafür halte.«
»Wer hat denn sonst noch für ihn gestimmt?«, fragte Ad.
»Das weiß ich nicht. Die Abstimmung war geheim.«
Sie schwiegen.
»Die Sitzung wurde von van Herfte Veldwijk geleitet«, erzählte Maarten, während er sich den ersten Aufsatz aus der Mappe vornahm. »Das ist ein intelligenter Mann.«
Sie reagierten nicht darauf. Eine Zeit lang war es still. Nach einer knappen halben Stunde stand Bart auf. Er kam an Maartens Schreibtisch. »Hier habe ich die Besprechung des Buchs von Jan Everhard.« Er hielt das Buch hoch. »Wo willst du, dass ich sie hinlege?«
»Gib nur her.« Er streckte die Hand aus.
»Aber ich möchte schon gern, dass du ehrlich sagst, was du davon hältst!«
»Natürlich.«
»Denn ich möchte nicht demnächst hinter meinem Rücken hören, dass du damit nicht einverstanden warst.«
»Ich denke nicht, dass du das bei mir befürchten musst«, sagte Maarten etwas verletzt.
Bart gab ihm das Buch. Während er sich abwandte, zog Maarten die Besprechung heraus, lehnte sich in seinem Stuhl zurück und begann, sie aufmerksam zu lesen. Es war eine wohlüberlegte, jedoch vernichtende und mit unterdrücktem Gift geschriebene Kritik, die deutlich zeigte, wie viel Qualität er mit Bart im Hause hatte. »Ich finde sie wunderbar«, sagte er begeistert, als er sie zum zweiten Mal gelesen hatte. »Ich habe nicht *eine* Anmerkung.«
Bart stand auf und sah ihn über das Bücherregal hinweg an. »Ich

habe sie nur geschrieben, weil ich es seinerzeit zugesagt hatte«, sagte er trocken. »Ich habe nicht vor, so etwas noch einmal zu tun.« In seinem Ton lag ein verborgener Vorwurf.

»Das ist schade.« Er verbarg seine Enttäuschung. »Kann ich sie in den Umlauf geben?«

»Dagegen habe ich nichts einzuwenden.« Er setzte sich wieder.

Maarten heftete einen Umlaufzettel an, strich darauf Barts und seine eigene Initiale durch und setzte die von Bart unter den Strich. Er brachte das Buch mit der Besprechung zu Ad. »Ich bin kurz Kaffee trinken.« Und er verließ den Raum. Mit seinen Gedanken noch bei Barts Verhalten holte er sich eine Tasse Kaffee am Schalter, nahm die Post vom Tresen und setzte sich auf den einzigen Stuhl, der noch frei war, zwischen Engelien und Mark Grosz.

»Aber wenn es nun wirklich ernst ist?«, fragte Engelien.

»Wenn es ernst ist, halten sie dich nicht stundenlang von der Arbeit ab«, rief Rentjes, »Dann entscheiden sie es unter sich.«

Auf dem Tisch lag eine Unterschriftenliste. Maarten beugte sich etwas weiter vor, während er seine Tasse abstellte, und sah, dass es eine Liste von Amnesty International war. Bart de Roode, der auf der anderen Seite von Engelien saß, zog die Liste zu sich heran und las, was darüber stand. »Wer hat die Liste hier hingelegt?«, fragte er.

»Balk«, sagte Elleke Laurier.

»Seine Frau ist Mitglied bei Amnesty«, wusste Rentjes.

»Und als ich einmal eine Liste zur Abtreibung hingelegt hatte, musste ich sie wieder wegnehmen«, sagte Engelien, »weil ich vorher nicht gefragt hatte.«

Ihre Bemerkung sorgte für allgemeine Erheiterung. Bart de Roode hatte seinen Füller aus der Tasche geholt und unterschrieb.

»Für oder gegen Abtreibung?«, fragte Maarten.

»Natürlich dafür!«

»Du weißt doch wohl, dass Engelien Feministin ist?«, rief Rentjes.

»Hast du eigentlich Kinder?«, fragte sie Maarten.

Die Frage war so unerwartet, dass er erschrak. »Nein.« Seine Augen erstarrten kurz, und um seinen Schreck zu verbergen, fügte er sofort hinzu: »Ich stelle auch nur Leute ohne Kinder und ohne Autos ein.«

»Dann hätte ich also eine Chance bei dir.« Sie richtete sich etwas auf und zog ihren Gürtel enger, einen breiten Plastikgürtel. Sie seufzte. »Aber Mensch, ich weiß noch immer nicht, ob ich Kinder haben will. Ich finde es so schwierig.«

»Einfach deinem Herzen folgen«, riet er.

»Beerta fand es auch nie gut, wenn Unterschriftenlisten herumgingen«, bemerkte Freek Matser. »Das würde nur zu Sch-spannungen beim P-personal führen.«

»Und Frauen durften keine Hosen tragen«, rief Rentjes.

»Ja, stimmt das wirklich?«, fragte Engelien Maarten.

»Daran kann ich mich nicht erinnern«, sagte Maarten. »Ich weiß noch gut, dass man nicht zu spät kommen durfte.«

»Das konnte er in der Tat n-nicht haben«, sagte Freek. »Aber er selbst war auch immer pünktlich.«

Maarten lachte. »Ich hatte einmal verschlafen. Ich komme ins Zimmer – ich habe bei ihm im Zimmer gesessen. Er stand da und unterhielt sich mit Dé Haan, unterbrach das Gespräch, drehte sich um und sah mich mit hochgezogenen Augenbrauen an. – ›Ich habe verschlafen‹, sagte ich. – ›Was erzählst du mir da?‹, sagte er. ›Nun ja, ich kann nicht so viel dazu sagen, denn ich habe auch schon mal, wenn auch nur ein einziges Mal in meinem Leben, verschlafen.‹«

Die Geschichte rief enorme Heiterkeit hervor. Er selbst musste ebenfalls lachen.

»War er so ein Tyrann?«, fragte Engelien.

»Es war mehr Ironie.« Sein Gesicht war vor Nervosität starr geworden.

»Aber darin k-konnte er schon verdammt sch-scharf sein«, sagte Freek.

»Er hat mir auch noch geraten, niemals Frauen einzustellen«, erinnerte sich Maarten. Auch das verursachte Heiterkeit. Es lag ihm auf der Zunge hinzuzufügen, dass er geneigt sei, seinem Nachfolger das Umgekehrte zu raten, doch er unterdrückte es Gott sei Dank noch gerade.

»Und er hatte Dé Haan eingestellt«, sagte Engelien.

»Eben deshalb.«

Gelächter.

»Gab es so viel Streit?«, fragte sie.

»Enormen Streit.«

»Wie war das denn?«

»Bis hin zu Handgreiflichkeiten.«

»Nein! Erzähl mal.«

Ihre Begierde ließ ihn seine Worte hinunterschlucken. »Das werde ich ein andermal erzählen.« Er wandte sich ab. »Erinnerst du dich noch an Veerman?«, fragte er Freek.

»Das war ein schöner Mann!«, rief Rentjes. »Ist der nicht noch bei den Olympischen Spielen gestartet?«

»Auch«, sagte Maarten. »Aber er nahm sich auch immer zu lange Mittagspausen. Dazu hat Beerta dann etwas gesagt.« In seiner Hast, die Geschichte zu bringen, hatte er Mühe, seine Nervosität zu verbergen. »›Herr Veerman‹, hat er da gesagt.« Er richtete sich ein wenig auf und sprach in gemessenem Ton, ein wenig stotternd. »›Sie wissen, dass wir eine halbe Stunde Mittagspause haben, und nicht anderthalb Stunden oder zwei Stunden, wie es bei Ihnen schon mal der Fall ist.‹ – Da wurde Veerman rot vor Wut. Er saß auf einem Stuhl dicht vor Beerta und beugte sich vor. ›Und wer sagt dass?‹, rief er. – ›Ich sage das!‹, sagte Beerta. – ›Und was gibt Ihnen das Recht dazu?‹ – ›Das ist meine Pflicht.‹ – ›Das ist Ihre Pflicht!‹, rief Veerman und brachte sein Gesicht dicht vor Beertas Gesicht: ›Wissen Sie eigentlich, wer hier vor Ihnen sitzt, Herr Beerta? Hier vor Ihnen sitzt ein Genie! Und Genies tadelt man nicht, wenn sie zu spät kommen.‹ – ›Da bin ich anderer Meinung‹, sagte Beerta steif. ›Auch Genies müssen pünktlich sein! Denken Sie nur an Kant!‹« Seine Erzählung wurde von donnerndem Gelächter unterbrochen. Er selbst musste ebenfalls lachen, angespannt, nervös. »Veerman war ganz rot«, fuhr er fort, als sich das Lachen etwas gelegt hatte, »und rief: ›Ich habe mit Ihrem Kant nichts zu schaffen! Wissen Sie, was Sie sind?‹ – ›Und jetzt gehen Sie besser wieder an die Arbeit‹, sagte Beerta, ›bevor Sie beleidigend werden.‹« Erneut Gelächter. »›Sie sind ein popeliger kleiner Bürokrat!‹ rief Veerman.« Dröhnendes Gelächter. In dem Moment ging die Schwingtür auf, und de Vries sah um die Ecke. »Ach, Herr Koning«, sagte er. »Hier ist ein Herr für Sie am

Telefon.« Maarten stand auf. »Der Rest kommt ein andermal«, sagte er, das Gelächter übertönend.

»Sag, dass du in einer Sitzung bist!«, rief ihm Rentjes hinterher.

Als er die Pförtnerloge betrat, hörte er sie immer noch lachen. De Vries wischte den Hörer an seinem Ärmel ab und reichte ihn ihm. »Koning hier«, sagte er, und er war sich plötzlich bewusst, wie gehetzt und unglücklich er sich fühlte.

*

»Haben Sie sich gestern auch das Spiel angesehen?«, fragte Goud beim Kaffee. Er stopfte, breitbeinig vorn auf dem Stuhl sitzend, seine kleine Pfeife.

»Das war ein schönes Spiel«, pflichtete Maarten bei.

»Ich fand Cruyff schon sehr gut«, sagte Goud ernst.

»So, wie er die beiden Tore von Jan Peters vorbereitet hat«, vermutete Maarten.

Goud nickte. »Das war sehr gut.« Er steckte sich seine Pfeife in den Mund und suchte nach den Streichhölzern.

Freek Matser lachte verwundert. »Siehst du dir Fußball an?«

»England – Niederlande«, verdeutlichte Maarten.

»Wo hast du das denn gemacht?«, fragte Joop. Sie lachte. »Das ist natürlich eine furchtbar indiskrete Frage, aber du hast das Siegel doch nicht erbrochen?«

»Dafür braucht man ja nicht so stark zu sein«, sagte Maarten lachend, »sondern nur furchtbar mutig.«

»Das Siegel erbrochen?«, fragte Freek

»Ich dachte, du hättest keinen Fernseher?«, sagte Tjitske.

»Es ist ein bisschen kompliziert«, gab Maarten zu. »Wir haben schon lange einen Fernseher, den haben wir von einem Onkel geerbt, aber den hatten wir versiegelt.«

»Und dieses Siegel hast du nun erbrochen, um dir England – Niederlande ansehen zu können«, vermutete Freek. Es lag Spott in seiner Stimme.

»Natürlich auch«, sagte Maarten ironisch, »aber eigentlich, weil Nicolien dachte, dass Bukowski noch mal im Fernsehen kommen würde, und das wollte sie nicht verpassen. Aber ich gebe natürlich zu, dass das als Ausrede nicht zählt.«

»D-das habe ich nicht gesagt«, sagte Freek entrüstet.

»Nein, aber so empfinde ich es.«

Die Schwingtür ging auf, Balk stand in der Öffnung. »Maarten! Wenn du gleich nach oben gehst, würdest du dann noch kurz bei mir vorbeikommen?« Er ließ die Tür wieder zufallen und ging. Die Tür schwang noch ein paarmal in ihren Scharnieren nach.

Es war einen Moment still, eine bedrückte Stille.

»Worum k-kann es da gehen?«, fragte Freek.

»Vielleicht um den Bericht?« Er trank seinen Kaffee in einem Zug aus, stand auf, stellte die Tasse auf den Tresen und nahm die Post. »Wir werden es gleich wissen.« Er sagte es mit gespielter Nonchalance.

Balk saß an seinem Schreibtisch. Er sah auf. »O ja.« Er kramte zwischen seinen Papieren herum und reichte ihm einen Brief. »Ich habe einen Brief vom Riemens-Institut bekommen. Sie wollen einen Rumänen zu einem Vortrag über rumänische Volkskultur einladen und fragen, ob wir mitmachen.«

Maarten sah sich den Brief an. Mit Balk derart gebieterisch in der Nähe konnte er den Inhalt nicht in sich aufnehmen, doch der Name des Mannes, der in Kapitälchen aus dem Text sprang, sagte ihm nichts. »Ich habe nie von dem Mann gehört«, wehrte er ab.

»Es ist ein internationaler Kontakt! Den dürfen wir uns nicht entgehen lassen! Wie viele Leute kannst du liefern? Fünfzig?«

»Fünfzig? Vier vielleicht!«

»Das ist Unsinn! Du hast selbst schon elf Leute, und wir können Huub Pastoors auch noch so weit kriegen, dass er hingeht!«

»Dann acht.«

»Fünfzehn?«

»Nein, acht! Mehr nicht!«

»Acht ist zu wenig«, sagte Balk verstimmt. »Und das Abendessen?«

»Wir werden den Mann doch nicht zum Abendessen einladen? Das sollen sie mal machen.«

Balk notierte es, unzufrieden.

»War's das?«, fragte Maarten.

»Das war's«, sagte Balk knapp.

Missgelaunt verließ Maarten das Zimmer und stieg die Treppe hinauf zu seiner Abteilung. Verrückt! Er sah den Saal vor sich. Der rumänische Blödmann auf dem Podium und acht Arschlöcher im Publikum, und der eine Student, der auch immer da ist, weil er glaubt, dass es gut für seine Karriere ist. Man könnte vor Elend aus der Haut fahren.

»Balk will, dass wir einen Rumänen zu einem Vortrag über rumänische Volkskultur einladen«, sagte er, als er den Raum betrat. Ad und Bart sahen auf. »Zusammen mit dem Riemens-Institut!«

»Aber dafür sind wir doch nicht da?«, sagte Bart bestürzt.

»Natürlich sind wir nicht dafür da!« Er ging weiter zu seinem Schreibtisch.

»Hat er dafür auch einen Grund genannt?«, fragte Ad.

»Balk nennt nie einen Grund«, antwortete Maarten übellaunig. »Der Grund wird wohl sein, dass es ein weiterer internationaler Kontakt ist. Vladescu! Habt ihr schon mal von ihm gehört?« Er zog den letzten Band der internationalen Bibliografie aus dem Regal und schlug das Register auf.

»Aber kannst du das denn nicht ablehnen?«, fragte Bart. Er war aufgestanden.

Ad war nähergekommen und griff zum vorletzten Band.

»Ich wüsste nicht, wie«, sagte Maarten abwesend. »Vladescu!« Er schlug bei den angegebenen Nummern nach und sah sich die Titel seiner Aufsätze an. »Der Mann schreibt überhaupt nicht über Volkskultur«, stellte er überrascht fest.

»Bei dem, was ich hier habe, geht es um Volksmusik«, sagte Ad.

»Er gehört überhaupt nicht zu uns!«, sagte Maarten erleichtert. »Er gehört zu Jaring!« Er grinste und stellte das Buch ins Regal zurück. »Ich bin kurz bei Jaring.«

Jaring saß mit seinen Leuten am Tisch, in einer Sitzung. Er schwieg, als Maarten hereinkam und sah ihn abwartend an.

»Ihr habt Sitzung!«, stellte Maarten fest.

»Wir hatten gerade angefangen.« Als wolle er sich für diese ungewöhnliche Situation entschuldigen.

»Kennst du Vladescu?« Er hatte Mühe, sein Vergnügen zu unterdrücken.

»Den habe ich schon mal getroffen«, sagte Jaring zögernd.

»Er ist ein Volksmusikexperte«, sagte Maarten sicherheitshalber.

Jaring reagierte nicht darauf. An seinem Gesicht war zu erkennen, dass er sich fragte, worauf Maarten hinauswollte.

»Der möchte in die Niederlande, und das Riemens-Institut hat Balk vorgeschlagen, ihn gemeinsam einzuladen.« Er lächelte.

Jarings Gesicht hatte einen besorgten Ausdruck angenommen. »Ist das nicht eher etwas für das Musikethnologische Institut?«

»Natürlich! An die müssen sie sich wenden! Ich werde es Balk ausrichten!« Er wandte sich ab, rannte die Treppe hinunter und ging in Balks Raum. »Dieser Vladescu ist überhaupt kein Volkskulturexperte. Er ist Experte für Volksmusik! Sie sollten sich nicht an uns wenden, sondern an das Musikethnologische Institut!«

Balk sah gestört auf. »Wie?«, fragte er unbehaglich.

»Das Musikethnologische Institut!«, wiederholte Maarten.

Balk suchte den Brief und sah sich den Text an. »Hier steht, dass er ein Kenner der rumänischen Volkskultur ist.«

»Nein, der Volksmusik! Sie kennen den Unterschied nicht!«

»Wie heißt dieses Institut?«, fragte Balk unzufrieden.

»Musikethnologische Institut!«, wiederholte Maarten, die Silben langsam aussprechend.

Balk notierte es. »Ich werde es ihnen schreiben.«

Maarten verließ den Raum und rannte, zwei Stufen gleichzeitig nehmend, die Treppe hinauf. »Der Angriff ist abgewehrt«, meldete er.

»Wie hast du das hingekriegt?«, fragte Bart.

»Sie müssen sich an das Musikethnologische Institut wenden.« Er war weiter zu seinem Schreibtisch gegangen und setzte sich. »Du kriegst heute die Einleitung zum ersten Band der Volkserzählungen«, sagte er zu Ad. »Ich muss sie nur noch abtippen.« Das Telefon klingelte. Er nahm den Hörer ab. »Koning!«

»Kaatje Kater hier.«

»Ha!«, sagte er überrascht, mit den Gedanken noch bei der Einleitung. Im nächsten Augenblick bedachte er zu spät, dass es schon eine sehr familiäre Reaktion war.

»Ich habe deinen Brief bekommen«, ihre Stimme war freundlich, »und ich finde ihn natürlich sehr, sehr nett, und so weiter und so fort, aber ich hatte überhaupt nicht vor abzutreten. Das hast du falsch verstanden.«

»Hey.«

»Oder soll ich etwa abtreten?«

»Meinetwegen nicht.«

»Weil ich jetzt siebzig werde. Was ich übrigens einen ziemlich idiotischen Grund finde. Ich meine ja nur.«

»Ich glaube nicht, dass das in unserer Kommission eine Rolle spielt. Ich will es gern noch einmal mit Balk besprechen ...«

»Und dein Vorschlag, Appel zu meinem Nachfolger zu machen – es ist mir unangenehm, das zu sagen, aber davon halte ich rein gar nichts.«

»Weil er in der Kommission der einzige Professor in unserem Fach ist ...«

»Das ist natürlich schon so, aber ich traue ihm nicht.«

»Das hat Buitenrust Hettema auch gesagt.«

»Er ist mir zu glatt.«

»Sie habe ich natürlich viel lieber.«

Sie lachte. »Das wollte ich nur hören. Und so weiter und so fort.«

»Ich werde es sicherheitshalber noch einmal mit Balk besprechen, aber ich kann mir nicht vorstellen, dass etwas dagegen spricht.«

»Tu das! Dann höre ich noch von dir! Miau!« Sie legte den Hörer auf.

»Kaatje Kater will überhaupt nicht abtreten«, sagte er verwundert, während er den Hörer auflegte.

Bart stand auf und sah über das Bücherregal. »Siehst du wohl? Das habe ich doch schon gesagt?«

»Aber du hattest doch auch den Eindruck?«, fragte Maarten. Er stand ebenfalls auf, um Ad sehen zu können.

»Ja, den Eindruck hatte ich auch«, sagte Ad.

»Und sie findet Appel zu glatt.« Er sah prüfend von einem zum anderen.

Sie reagierten nicht darauf.

»Findet ihr das auch?«

»Nein, glatt finde ich ihn nicht«, sagte Bart vorsichtig.

»Wenn man das nun über mich sagen würde«, sagte Maarten, »dann könnte ich es mir noch vorstellen.«

Sie gaben darauf keine Antwort.

Er setzte sich. »Ich kann nicht sagen, dass ich ein Freund von Appel bin, aber von wem bin ich das schon? Und man weiß zumindest, was man an ihm hat.«

»Er scheint mir auch etwas sachlicher als Kaatje Kater zu sein«, bemerkte Ad.

»Es ist nur die Frage, ob das ein Vorteil ist«, sagte Maarten skeptisch.

*

»Die Herren vom Ministerium sind da«, sagte Goud ernst, als Maarten an den Schalter kam, um eine Tasse Tee zu holen. »Ich habe ihnen schon Tee bringen müssen.« Er hob den Teekessel hoch und schenkte eine Tasse ein.

»Was haben sie für Gesichter gemacht?«, fragte Maarten.

»Ernste.« Er nahm sein Pfeifchen aus dem Mund. »Sie hatten ernste Gesichter.«

»Das ist nicht so schön.«

»Nein, das ist sicher nicht so schön.«

Maarten setzte sich in den leeren Kreis. Er war der Erste. Er stopfte seine Pfeife. Mia van Idegem kam aus dem Hinterhaus. »Sind sie schon da?«

»Ja, sie sind da«, antwortete Maarten. »Goud hat ihnen Tee gebracht.«

»Und was haben sie gesagt?«, fragte Mia Goud durch den Schalter hindurch.

»Sie haben gesagt: ›Vielen Dank‹«, sagte Goud lachend.

»Sie waren also wenigstens freundlich.«

»Ja, freundlich waren sie schon«, antwortete Goud abwesend, während er ihr eine Tasse Tee einschenkte.

Gerrit Bekenkamp kam durch die Schwingtür. »Gib mir auch mal eine Tasse Tee«, sagte er zu Goud und schob einen Bon über den Tresen.

Rentjes, Mark Grosz und Elleke Laurier kamen aus dem Hinterhaus, unmittelbar gefolgt von Hans Wiegersma. »Ich habe gehört, dass sie schon da sind?«, sagte Rentjes. Er sagte es auffallend ruhig.

Aus der Halle kamen Engelien Jansen, Aad Ritsen, Sjef Lagerweij, Huub Pastoors und Wim Bosman. Es entstand etwas Gedränge, doch es wurde nicht laut. Es wurde wenig gesagt. Engelien setzte sich neben Maarten.

»Demnächst hören wir also, dass wir aufgelöst worden sind«, sagte Aad Ritsen amüsiert.

»Das wäre doch eine Schande!«, sagte Huub Pastoors entrüstet. »Was denken sie sich denn, was wir dann machen sollen?«

»Damit beschäftigen sich solche Herren nicht«, sagte Rentjes.

»Man fragt sich, womit sie sich dann beschäftigen«, bemerkte Wim Bosman feinsinnig.

Es entstand eine Pause.

»Ich frage mich doch, welche Gründe sie haben könnten, uns aufzulösen«, sagte Elleke Laurier.

»Einsparungen natürlich«, sagte Mia.

»Dafür können sie dann wieder einen Düsenjäger kaufen«, höhnte Rentjes.

»Aber warum sollten denn gerade wir aufgelöst werden?«, beharrte Elleke. »Ich habe mal gehört, dass wir für das Hauptbüro das billigste Institut sind, weil wir keine Apparaturen haben.«

»Ach, das ist doch einfach eine Machtfrage«, sagte Pastoors wütend. »Wenn du nur ordentlich auf die Pauke haust, lassen sie dich in Ruhe. Was du machst, ist ihnen egal.«

»Man muss einfach eine große Fresse haben«, meinte Rentjes.

»Und viel publizieren«, bemerkte Aad Ritsen. »Egal was.«

Es entstand erneut eine Pause. In der Stille hörte Maarten den Verkehr an der Gracht vorbeifließen.

»Ihr haltet nie ein Symposium ab, oder?«, fragte Engelien.
Er bemerkte nicht sofort, dass die Frage an ihn gerichtet war, und als es ihm klar wurde, drang der Inhalt ihrer Worte nicht gleich zu ihm durch. »Ein was?«, fragte er, während er sich ihr zuwandte.
Seine Reaktion erzeugte einige Heiterkeit. In der Stille hatten alle mitgehört, und sie dachten wahrscheinlich, dass er einen Scherz machte.
»Jetzt bist du schon so lange hier im Büro«, sagte Rentjes, »und weißt noch immer nicht, dass Volkskultur gerade deswegen keine Symposien abhält, weil da die falschen Leute kommen!«
»Aber ich würde so gern etwas über den Dreschflegel hören«, sagte sie, ihre Worte mit einer Bewegung ihres Körpers akzentuierend, »das scheint mir sehr interessant zu sein.«
»Wir könnten es auch nicht«, sagte Maarten, der noch auf die Worte Rentjes' reagierte.
Das sorgte erneut für Erheiterung.
»Warum nicht?«, fragte Mia. »Das finde ich jetzt wirklich Unsinn.«
»Weil wir Langeweiler sind.«
»Nö«, sagte Goud, der durch den Schalter hindurch das Gespräch verfolgt hatte. Er nahm sein Pfeifchen aus dem Mund. »Das finde ich ganz und gar nicht.«
Seine Bemerkung wurde mit Gelächter empfangen.
»Vielen Dank, Herr Goud«, sagte Maarten lachend und führte die Hand an den Kopf. »Das habe ich gebraucht!«
Erneut Gelächter.
»Genauso, wie es noch immer Leute gibt, die glauben, dass Balk Leiter der Abteilung Volksnamen ist«, übertönte Rentjes das Gelächter.
Seine Worte wurden mit einem peinlichen Schweigen empfangen. Jeder in der Runde wusste, dass es faktisch noch immer so war.
»Ja«, sagte Maarten trocken. »Es gibt viel Leid auf dieser Welt.«
Es wurde erneut gelacht, doch das Lachen erstarb rasch, da aus dem Vorderhaus das Geräusch von Stimmen erklang. Balk brachte die beiden Besucher zur Drehtür, beide trugen weiße Regenmäntel. Maarten sah durch das Glas in der Schwingtür, wie sie durch die Drehtür gingen, während Balk ihnen nachsah. Er erkannte Dreessen wieder. Der

andere Mann war etwas älter. Als sie hinter der Eingangstür verschwunden waren, drehte Balk sich um und ging auf den Kaffeeraum zu. In der Stille klapperten seine Sohlen auf dem Marmor. Er zog die Schwingtür auf und suchte Maarten. »Kommst du mal?« Er wandte sich ab und ging zurück zur Treppe.

Maarten stand auf.

»Und wenn du zurückkommst, hören wir es sicher auch«, sagte Engelien, als Maarten die Schwingtür aufzog und in die Halle ging.

Balk stand an seinem Schreibtisch und legte gerade den Hörer auf. »De Roode kommt auch«, sagte er energisch. Er kramte ein wenig auf seinem Schreibtisch herum, während Maarten Platz nahm, setzte sich zu ihm, schlug die Beine übereinander und begann, eine Pfeife zu stopfen. Sein Fuß bewegte sich rasch hin und her. An seinem Gesicht ließ sich nicht erkennen, was er sagen würde. Maarten sah durch die hohen Fenster nach draußen. Das Licht war trübe unter einem gleichmäßig bewölkten, grauen Himmel. Die Tür des Durchgangsraums öffnete sich. Man hörte Schritte. De Roode trat ein.

»Setz dich«, sagte Balk, freundlicher, als Maarten es von ihm gewohnt war.

De Roode setzte sich mit einer etwas gezierten Bewegung seines Körpers, die entfernt an Beerta erinnerte.

»Ich hatte soeben Besuch von Okkerman und Dreessen«, sagte Balk energisch. »Und mein Eindruck ist, dass wir im Ministerium einen guten Stand haben. Sogar einen besonders guten! Und das liegt an unserem Mitarbeiterapparat! Das spricht die Leute dort offenbar an. Ich vermute, weil es zu den derzeitigen Auffassungen im Ministerium zur Popularisierung der Wissenschaft passt. Außerdem scheinen sie für das Argument sehr empfänglich zu sein, dass wir retten, was verloren zu gehen droht!« Er sah Maarten an. »Ich weiß, dass man im Büro kritisch darüber denkt«, er pausierte, um Maarten die Gelegenheit zu geben, das, was er sagen würde, zu sich durchdringen zu lassen, »aber dann möchte ich doch noch einmal mit Nachdruck darauf hinweisen, dass es für den Fortbestand des Büros von entscheidender Bedeutung ist, dass wir mit unserer Befragungsmethode auf dem bisherigen Niveau weitermachen! Also jedes Jahr einen Fragebogen! Und ich erwarte von euch und euren Leuten, dass ihr euch fortan mit eurer Kritik zurückhaltet! Ist das klar?«

Maarten hatte skeptisch zugehört. Offenbar hatte Balk seine eigene Kritik an den Fragebogen vergessen. »Und wenn die Fragebogen demnächst blanko zurückkommen?«, fragte er.

»So schlimm wird es wohl nicht sein. Und wenn es so weit ist, werden wir schon sehen, wie es weitergeht.«

»Ich bin doch schon sehr froh, das zu hören«, bemerkte de Roode.

»Ich auch!«, sagte Balk. »Es hätte auch anders ausfallen können!«

»Und?«, fragte Engelien, als Maarten durch die Schwingtür in den Kaffeeraum kam. Sie saßen noch alle da, in gespannter Erwartung.

Maarten setzte sich. »Das Ministerium ist von unseren Leistungen tief beeindruckt«, sagte er ironisch.

»Nein!«, sagte Engelien.

»Was haben sie denn gesagt?«, fragte Aad Ritsen neugierig.

»Sie sind vor allem beeindruckt von unserer Befragungsmethode und unseren Versuchen zu retten, was verloren zu gehen droht.«

»Aber d-das ist doch gerade ü-überholt, wenn ich dich richtig verstanden habe?«, sagte Freek Matser.

»Ja, das ist überholt«, sagte Maarten. »Es sind dumme Leute, dümmer, als ich dachte.« Er schwieg. Balk kam energisch durch die Schwingtür in den Kaffeeraum und ging zum Schalter. »Haben Sie noch eine Tasse Tee für mich?«, fragte er Goud.

Es wurde still. Wim Bosman stand auf und setzte sich auf die Bank an der Rückwand. Balk setzte sich auf seinen Platz, die Tasse auf dem Schoß.

»Unser Büro ist also nicht in Gefahr?«, fragte Engelien. Sie sah Balk an und dann, als der nicht reagierte, Maarten.

»Den Eindruck habe ich«, sagte Maarten vorsichtig. Er sah Balk an. »Nicht wahr, Jaap? Wir treiben auf dem Kamm der Welle.«

Balk sah ungehalten zur Seite. »Was?«, fragte er ungeduldig.

»Wir treiben auf dem Kamm der Welle«, wiederholte Maarten. Er fühlte sich todunglücklich, als sagte er etwas, was man nicht sagen durfte.

»Ich wäre vorsichtig damit, so etwas zu sagen«, sagte Balk mürrisch.

»Du meinst, dass die Welle sich überschlagen kann«, sagte Maarten lachend, doch er spürte, dass sein Lachen keine Kraft hatte.

»Man sollte besser nicht darüber reden«, sagte Balk barsch. Er stand energisch auf, die Tasse in der Hand, und ging durch die Schwingtür in die Halle.

Das Lachen erstarb auf Maartens Gesicht. Sein Gesicht straffte sich. Es war totenstill geworden. Er fühlte sich tief gedemütigt.

*

Auf dem Weg zum Büro fragte er sich, warum er mit so viel Widerwillen zur Arbeit ging, und wie so oft kam er zum Ergebnis, dass es nicht so sehr die Arbeit war – ob man nun die eine oder die andere sinnlose Arbeit machte –, sondern die erzwungenen menschlichen Kontakte, die das Leben zu einer Qual machten. Das schien ihm nicht normal oder zumindest nicht gesund zu sein. Er fand, dass er dagegen etwas tun müsste, doch da er nicht im Entferntesten wusste, was, versanken diese Gedanken schnell in einem erstickenden Gefühl des Unbehagens. Es fiel ein sanfter Regen, der wie ein leichter Dampf über der Gracht hing. So wie jeden Morgen waren nur wenige Menschen auf der Straße. Die Atmosphäre hatte etwas Trostloses wie am Ende der Zeiten, auch wenn der Gedanke an das Ende der Zeiten eher etwas Tröstliches hatte. Er überquerte die Huidenstraat. Hinter dem Fenster des Buros der Studentenvereinigung Obas hing ein Pamphlet, auf dem in Englisch stand, dass der Mensch stets versuche, Grenzen zu durchbrechen. Das ärgerte ihn. Solcherart billige Weisheiten konnte man vielleicht denken, doch es wurde anmaßend, wenn man sie druckte und aufhängte, und dann auch noch auf Englisch, was ganz und gar unerträglich war. Außerdem konnte er es nicht gut haben, wenn jemand mit einem Gedanken hausieren ging, den er auch schon mal gedacht hatte, so platt er auch war – als würde ihm das Butter vom Brot genommen.

Hinter den Fenstern in Balks Zimmers war es dunkel. Unten war nur das Licht in der Pförtnerloge an. Meierinks Namensschild war eingeschoben. Er schob sein eigenes Namensschild ein und stieg im Dunkeln die Vordertreppe hinauf. Im ersten Stock warf die Lampe in Meierinks Zimmer einen schwachen Lichtschein in den Flur. Meierink hatte seine Tür offen stehen, um auf die Klingel zu achten. Er stieg weiter in sein eigenes Stockwerk hinauf, hängte seinen Mantel und die Regenmütze an die Garderobe und ging in sein Zimmer. Im Halbdunkel standen die Holzmöbel starr an ihren Plätzen, wie sie es seit Jahren taten. Er schloss die Türen des Besucher- und des Karteisystemraums, knipste seine Schreibtischlampe an und sah mechanisch in seinen Terminkalender, der aufgeschlagen auf dem Lampenfuß lag. Bart war in Groningen, zur Inauguralvorlesung von Tierolf. Zwischen halb zehn und zehn kamen Hofland und Uitdenhaag zu einem Gespräch mit Sien. Er legte die Plastiktasche ins Bücherregal, zog sein Jackett aus, stellte den Ventilator an und setzte sich an den Schreibtisch. Ohne Freude betrachtete er die Arbeit, die dort aufgetürmt war, und fragte sich, womit er anfangen sollte.

Sien betrat den Raum. Sie begrüßten sich. Sie ging weiter zum Karteisystemraum und schloss die Tür hinter sich. Er wartete kurz, um ihr die Gelegenheit zu geben, ihren Platz einzunehmen, und folgte ihr dann. Sie stand noch mit dem Kamm in der Hand da. Er zog einen Stuhl unter dem Tisch hervor. »Darf ich deine Akte noch mal kurz sehen, für Hofland und Uitdenhaag?«, fragte er, während er sich setzte. Sie holte sie aus ihrem Schreibtisch. Er nahm sie und schlug sie auf. Nun, da er so früh Interesse zeigen musste, fühlte er sich plötzlich ungeheuer müde. Ohne zu begreifen, was dort stand, las er noch einmal die Sätze, die er vor ein paar Monaten selbst geschrieben hatte, um die Bitte um ihre Beförderung zu erläutern. Es interessierte ihn nicht die Bohne, doch er wusste, wie versessen sie auf diese Art Anerkennung war. Sie las über seine Schulter mit, während sie langsam den Kamm durch ihr Haar zog. »Sie werden natürlich nach deinen Forschungen fragen«, sagte er langsam. »Wenn sie es tun, zeig ihnen einfach, was du machst.« Er sah auf. »Sie wissen nichts darüber. Alles, was du sagst, ist gut. Die Entscheidung ist längst gefallen. Es braucht dich also nicht nervös zu machen.«

Sie errötete. Sie war empfänglich für Aufmerksamkeit, und da er dem wenig Achtung entgegenbrachte, hatte sein Interesse etwas Doppelzüngiges. Doch weil er auch nicht wusste, wie er es anders machen sollte, nahm er es sich dieses Mal nicht übel. »Was wolltest du ihnen zeigen?«, fragte er freundlich.

»Auf jeden Fall meinen Aufsatz«, sagte sie nervös.

»Vielleicht kannst du den beiden ein Exemplar des Heftes geben.«

»Geht das?«

»Natürlich geht das. Sag dann dazu, dass sie es noch einmal in Ruhe nachlesen können, wenn sie möchten, weil du in der Kürze der Zeit natürlich kein vollständiges Bild vermitteln kannst.«

»Und soll ich dann auch die Probekarten und die Fragebogen zeigen?«

»Das scheint mir eine sehr gute Idee zu sein.«

»Weil mit der Methode auch Probleme verbunden sind.«

»Darüber musst du einfach sprechen, wenn das Gespräch darauf kommt.«

»Ja?«, fragte sie ungläubig.

»Natürlich.«

»Aber verringert das denn nicht den Wert unserer Arbeit?«

»Wenn du einfach sagst, wie du die Dinge siehst, ohne dich zu verbiegen, kannst du damit nur deine Position stärken.«

»Weil Balk gesagt hat, dass wir keine Kritik mehr an den Fragebogen äußern dürfen.«

»Dass kann Balk leicht sagen, aber wir müssen damit arbeiten, und wenn man nicht sagt, was man denkt, bleibt man über kurz oder lang stecken.«

Sie sah ihn unsicher an, mit nervösen, roten Flecken im Gesicht, den Kamm noch immer in der Hand.

Er lächelte. Sie tat ihm leid, doch zugleich war es ihm zuwider, so reden zu müssen, sodass sein Lächeln zugleich seine Gefühle verbergen musste. »Du brauchst dich also wirklich nicht nervös machen zu lassen«, sagte er noch einmal mit Nachdruck. »Es kann wirklich nichts schiefgehen.« Er stand auf. Er empfand sich als glatt. Doch was konnte er dagegen tun? Es war seine Arbeit. Er konnte nicht mehr tun, als daraus zu machen, was sich daraus machen ließ, und wenn das nicht besonders viel war, war es eben nicht viel. »Du wirst sehen, dass die Männer dir sehr wohlgesonnen sind«, sagte er, während er sich an der Tür noch einmal umdrehte, um sie zu beruhigen. »Wenn ich sage, dass es gut ist, was du machst, werden sie dem ganz sicher nicht widersprechen. Und ich finde es gut.« Er wandte sich ab, öffnete die Tür zu seinem Zimmer und sah Jaring, der sich von seinem Schreibtisch entfernte und sich nun zögernd wieder umdrehte, als er die Tür hörte. »Jaring!«, sagte er.

»Oh, du bist also doch da?«, sagte Jaring unsicher. »Ich dachte, dass du vielleicht nicht da wärst.« Er machte eine zögernde Bewegung in Maartens Richtung, als überlegte er, etwas näher zu kommen, tat es dann aber doch nicht.

»Du hast mich gesucht?« Er war zu seinem Schreibtisch gegangen, sah dort eine Plastikmappe liegen und begriff, dass es Jarings Aufsatz war. Er nahm ihn hoch und betrachtete die erste Seite. »Dein Aufsatz!«, stellte er fest.

Jaring kam nun doch näher, unsicher. »Ich weiß nur nicht, ob es so richtig ist.«

Das Telefon klingelte.

»Ich werde ihn lesen«, versprach Maarten und nahm den Hörer ab. »Koning!«

»Panday hier.«

»Herr Panday! Guten Morgen.«

»Guten Morgen«, sagte Panday, mit einem deutlichen surinamischen Akzent.

Jaring hatte sich abgewandt und ging unsicher zur Tür.

»Herr Balk hat angerufen, dass er krank ist. Ich sollte Ihnen das ausrichten.«

Die Mitteilung überraschte Maarten. Balk war fast nie krank, und wenn er es doch war, hatte er es noch nie an ihn durchgeben lassen. »Haben Sie ihn krankgemeldet?«, fragte er mechanisch. Es war die erste amtliche Formel, die ihm in seiner Verwirrung einfiel, und er fragte es, ohne dabei nachzudenken.

Es war kurz still. Man merkte deutlich, dass diese Frage wiederum Panday überraschte. »Nein, eigentlich nicht.«

Maarten begriff zu spät, dass er einen Fehler gemacht hatte. Einen Direktor meldete man nicht krank. In einem Gedankenblitz sah er den Kontrolleur bei Balk vorfahren. Balk würde vor Wut schäumen, sofort Panday zur Verantwortung ziehen und dann hören, dass er es ihm eingebrockt hatte. »Ist Fräulein Bavelaar nicht da?«, fragte er, um Zeit zu gewinnen.

»Die hat heute ihren freien Tag.«

Die Tür ging auf, Ad kam in den Raum. Maarten hob zur Begrüßung die Hand, in Beschlag genommen von dem Problem, das er verursacht hatte, auch wenn er längst begriffen hatte, dass er nun, da es einmal ausgesprochen war, nicht mehr zurückkonnte. »Melden Sie ihn dann mal krank«, entschied er. »Gibt es noch mehr Kranke?«

»Nur Wigbold, aber der ist schon krankgemeldet.«

»Gut. Dann nur Balk.«

»Ich werde es tun«, versprach Panday, doch an seiner Stimme war zu hören, dass er seine Zweifel hatte.

»Ist Balk krank?«, fragte Ad, als Maarten den Hörer aufgelegt hatte.

»Ja.« Er ärgerte sich, nicht einmal so sehr über seine Fehlleistung als vielmehr über seine Feigheit. Idiotisch, dass man einen Direktor nicht krankmelden sollte! Wenn jemand als Erster krankgemeldet werden musste, dann doch wohl der Direktor!

»Sicher, um zu feiern, dass es gestern so gut gelaufen ist«, sagte Ad boshaft.

»Das scheint mir nicht ganz sein Stil zu sein«, sagte Maarten trocken.

Ad setzte sich, ohne darauf zu reagieren.

»Jaring hat mir seinen Aufsatz gebracht«, sagte Maarten, um die Schärfe seiner Zurückweisung vergessen zu machen.

Jarings Aufsatz erwies sich als wertlos. Es war eine Müllhalde aus Fakten über eine Reihe von Gesangsvereinen, die er bei seinen Feldstudien vorgefunden hatte und die miteinander gemein hatten, dass sich ihr Repertoire aus alten Liedern rekrutierte. Obwohl er es nicht ausdrücklich sagte, dafür fehlte der Zusammenhang, schien der Gedanke dahinter der zu sein, dass sich Traditionen wie Urkräfte ihren eigenen Weg bahnen und wie ein Fluss immer ein neues Bett finden, wenn das alte verschüttet ist. Dieser Gedankengang war eng mit dem von Kipperman und van der Meulen verwandt und von Maarten seinerzeit mit Macht bekämpft worden, und auch mit dem von Pieters, was schließlich zum Bruch in der Redaktion von *Ons Tijdschrift* beigetragen hatte. Dass mit dem Aufsatz von Jaring derselbe Gedankengang in seine eigene Zeitschrift zurückkehren würde, war unannehmbar. Da er so chaotisch war und Jaring nirgendwo zu klaren Aussagen kam, dauerte es einen Moment, bis Maarten diesen Schluss gezogen hatte, doch als er so weit war, begann er konzentriert, Anmerkungen an den Rand zu setzen. Während er damit beschäftigt war, klopfte es an die Tür, und obwohl er nicht antwortete, öffnete sie sich. Hofland betrat den Raum, gefolgt von Uitdenhaag, beide mit einer schweren Aktentasche. »Meine Herren!«, sagte Maarten. Er stand auf. Ad war ebenfalls aufgestanden und verließ hinter ihnen vorbei das Zimmer. Maarten ging auf sie zu. »Tag, Herr Hofland. Tag, Herr Uitdenhaag.« Er drückte ihnen herzlich die Hand. Ihrerseits begrüßten sie ihn wie einen alten Freund, Hofland grinsend, Uitdenhaag mit einem müden Lächeln. »Dürfen wir kurz?«, fragte Hofland.

»Sie dürfen immer«, versicherte Maarten. »Setzen Sie sich.«

Sie setzten sich an den Tisch.

»Sie kommen wegen Frau de Nooijer.«

»Aber ich habe auch noch eine Bitte«, sagte Hofland, während er seine Tasche öffnete. Er zog den Bericht heraus, in dem Maarten detailliert die Ausbildung in seiner Abteilung beschrieben hatte. »Mir fehlen in Ihrem Bericht zwei Seiten. Ich muss sie irgendwo liegen gelassen haben. Haben Sie vielleicht eine Kopie?« Er blätterte in den Papieren und zeigte dann die fehlende Stelle. »Die Seiten zwölf und dreizehn.«

»Ich werde sie eben machen lassen.« Er stand auf. »Sie auch, Herr Uitdenhaag?«

»Wenn es geht ...«, sagte Uitdenhaag.

»Hier geht alles!« Er zog die oberste Schublade des Registraturschranks neben seinem Schreibtisch auf, nahm die Mappe heraus und ging damit zum Besucherraum, wobei er die Tür hinter sich offen ließ.

»Manda!«, sagte er. »Würdest du mal zwei Kopien der Seiten zwölf und dreizehn machen, für Hofland und Uitdenhaag?« Während Manda aufstand, wandte er sich ab und ging wieder ins Zimmer. »Sie sind in Arbeit.« Er schloss die Tür hinter sich. Die Herren saßen und blätterten in ihren Unterlagen. Er setzte sich zu ihnen und sah abwartend zu. Hofland hatte die Aufstellungen, in denen die Fortschritte bei Sien, Manda, Tjitske und Joop bis zum 31. Dezember 1976 verarbeitet waren, vor sich liegen und studierte sie. »Ich sehe, dass Schenk noch ein wenig hinter van den Akker und Kraai zurückliegt?«, stellte er fest.

»Sie ist aber auch später gekommen.«

»In der Tat.« Er zeigte mit dem Finger darauf. »Ich sehe es.«

»Und de Nooijer arbeitet jetzt völlig selbständig«, schlussfolgerte Uitdenhaag mit Siens Liste vor sich.

»Und sie forscht.«

»Es ist doch wirklich ein wunderbares System«, sagte Hofland begeistert. »Findest du nicht?« Er sah Uitdenhaag an.

»Wunderbar!«, bestätigte Uitdenhaag.

Während die Herren schwelgten, sah Maarten bescheiden vor sich hin. »Frau de Nooijer wird Ihnen gleich erzählen, worin diese Forschung besteht«, sagte er nach einer angemessenen Pause. »Ich möchte Sie nur bitten, ihr dafür die Zeit zu geben. Sie ist sehr gut, das werden Sie sofort merken, aber sie ist auch sehr nervös, und wenn sie sich getrieben fühlt, stolpert sie über ihre eigenen Worte.«

»Das ist gut, dass Sie das sagen«, sagte Hofland. Er sah Uitdenhaag an. »Wir werden darauf Rücksicht nehmen, nicht wahr?«

»Natürlich!«, sagte Uitdenhaag.

Manda kam mit den Kopien in den Raum. Als sie sie den Herren gab, sah Maarten, dass sie Mühe hatte, ihr Lachen zu unterdrücken, doch sie hielt sich tapfer. »Gibt es vielleicht noch etwas?«, fragte sie Maarten.

»Nein, danke«, sagte Maarten lächelnd.

Sie verließ den Raum.

»Wollen wir dann?«, schlug Hofland vor und legte die Papiere zusammen.

»Dann bringe ich Sie mal zu ihr«, sagte Maarten und stand auf. Er ging ihnen voran und öffnete die Tür des Karteisystemraums. »Sien!«

Sien stand auf, angespannt, gehetzt, völlig fertig mit den Nerven. »Die Herren Hofland und Uitdenhaag!« Er hielt ihnen die Tür auf. »Möchten Sie beide eine Tasse Kaffee?«

Als er ihnen Kaffee gebracht hatte und die Treppe wieder hinunterstieg, um selbst Kaffee zu trinken, kehrte das Unbehagen, das während des angespannten Kontakts mit Hofland und Uitdenhaag in den Hintergrund getreten war, wieder zurück. Er erinnerte sich widerwillig an das Telefonat mit Panday und dachte flüchtig an den Aufsatz von Jaring, der auf seinem Schreibtisch lag und dort auf ihn wartete. Im Kaffeeraum war Betrieb. Er holte sich am Schalter eine Tasse Kaffee und setzte sich neben Ad, während er zerstreut dem Reden und Lachen um sich herum lauschte.

»Wie ist der Aufsatz von Jaring?«, fragte Ad.

Die Frage brachte ihn in die Wirklichkeit zurück. Er sah zur Seite.

»Kipperman und van der Meulen«, sagte er langsam.

Ad schmunzelte fast unmerklich, ein Lächeln an der Grenze zwischen Verwunderung und Schadenfreude.

»Ich werde einiges daran machen müssen«, sagte Maarten, mehr zu sich, während er in seinem Kaffee rührte.

»Glaubst du, dass der Mann etwas anderes kann?«, fragte Ad skeptisch.

»Er wird es wohl müssen. Sonst hätten wir nicht aus *Ons Tijdschrift* austreten müssen.«

Ads Gesicht ließ erkennen, dass er nicht daran glaubte.

»Ich habe deinen Aufsatz gelesen«, sagte Maarten. Er legte die Mappe mit dem Aufsatz auf Jarings Schreibtisch, zog einen Stuhl heran und setzte sich ihm gegenüber.

»Es geht so nicht, oder?«, sagte Jaring und sah ihn unsicher an.

»Nicht ganz.«

»Ja, das hatte ich mir selbst eigentlich auch schon gedacht.«

»Oder eigentlich: gar nicht.«

Es erschien kurz so, als ob Jaring erschreckte, doch er lächelte.

»Aber dagegen lässt sich verhältnismäßig leicht etwas unternehmen«, beruhigte ihn Maarten, »wenn du die Perspektive etwas änderst.« Er nahm die Mappe auf den Schoß und schlug sie auf. »So, wie du es jetzt darstellst«, er sah starr auf das Papier, und sein Ton wurde unwillkürlich nachdrücklicher, als müsse er ein kleines Publikum davon überzeugen, dass er im Recht war, »liegt die Betonung darauf, dass Lieder, die schon Hunderte von Jahren alt sind, im Repertoire von Gesangsvereinen fortleben.« Er sah rasch auf, sein Kopf zitterte einen Moment, als er Jaring ansah.

Jaring nickte unsicher.

»Das ist natürlich auch so, wenn du es von uns aus betrachtest.« Er zeigte mit seinem Zeigefinger auf den Aufsatz. »Wenn du von uns aus zurückschaust, scheint es so, als ob man es mit einer ununterbrochenen Tradition zu tun hätte, aber wenn du die Perspektive änderst und aus dem neunzehnten Jahrhundert darauf schaust, ist diese Auswahl sehr begrenzt, und außerdem zeigt sich dann auch, dass die Lieder, die erhalten geblieben sind, eine völlig andere Bedeutung bekommen haben. Ihre Funktion hat sich geändert! Es gibt überhaupt keine Tradition!« Er schwieg abrupt, als es an der Tür klopfte, und drehte sich um. Die Tür ging auf. Hofland schaute ins Zimmer und trat, als er Maarten sah, über die Schwelle, gefolgt von Uitdenhaag. »Wir sind fertig. Wir kommen noch mal, um uns zu verabschieden.«

Maarten stand auf. »Wie ist es gegangen?«

»Kein Problem«, versicherte Hofland mit einem verschwörerischen Lächeln.

»Die ist nicht auf ihren kleinen Mund gefallen«, fugte Uitdenhaag lächelnd hinzu.

»Das ist mir bekannt«, sagte Maarten, ebenfalls lächelnd, »aber es freut mich natürlich, dass Sie zu demselben Schluss kommen.«

»Es hätte mich gewundert, wenn es anders gewesen wäre«, sagte Hofland. »Sie haben eine ganz außergewöhnliche Abteilung.«

»Wenn es nur überall so wäre ...«, ergänzte Uitdenhaag.

»Und wir kommen hier immer mit Vergnügen her«, fügte Hofland noch hinzu.

»Na ja ...«, sagte Maarten relativierend, ein wenig verlegen angesichts dieser Herzlichkeit.

»Nein, ich meine es wirklich so«, versicherte Hofland.

»Ich glaube Ihnen«, sagte Maarten lachend, er gab Hofland die Hand, »und ich hoffe, Sie denn auch noch oft zu sehen.« Er gab Uitdenhaag ebenfalls die Hand. »Sie finden hinaus?«

»Wir finden hinaus«, sagte Hofland scherzend. »Wir sind hier schon öfter gewesen.« Sie wandten sich ab und gingen auf den Flur. Maarten wartete noch einen Moment, bevor er langsam die Tür hinter ihnen schloss. Ein wenig verblüfft über diesen makellos verlaufenen Kontakt kehrte er zu seinem Platz an Jarings Schreibtisch zurück. »Na bitte«, sagte er verdutzt.

»Waren sie zu einem Beurteilungsgespräch hier?«, fragte Jaring.

»Von Sien.« Er setzte sich. »Mit dem Mann habe ich seinerzeit einen Riesenkonflikt um ihre Eingruppierung gehabt, der dann bis hinauf zu seinem Chef ausgefochten worden ist.«

»Daran kann ich mich erinnern.«

»Aber nun zu deinem Aufsatz.« Er nahm ihn sich wieder vor. »Der Funktionswandel ist also wichtiger als die Tradition«, er sagte es noch ein wenig geistesabwesend, »und was auch wichtig ist, ist die Tatsache, dass eine von drei Personen aus diesen Gesangsvereinen von außen kommt! Für die gibt es nicht einmal eine Tradition! Sie klammern sich an die Idee, dass es eine Tradition gibt. Das müsste man mal untersuchen. Es ist wichtig, weil man damit zeigen könnte, dass das sogenannte Festhalten an Traditionen eine sozialpsychologische Funktion hat.« Während er sprach, war er allmählich wieder in Fahrt gekommen, und das Letzte sagte er mit viel Überzeugung, durch seine eigenen Worte in Begeisterung versetzt. Er sah Jaring an.

»Damit könntest du schon recht haben«, sagte Jaring zögernd.

»Natürlich habe ich damit recht!«, sagte Maarten entschieden. »Und wenn du es aus dieser Perspektive heraus überarbeitest, passt es außerdem viel besser in das Konzept des *Bulletins*.«

Jaring zögerte noch immer. »Aber dafür müsste ich dann schon ein bisschen zusätzliche Zeit haben.«

»Was glaubst du, wie viel?«

»Ein halbes Jahr?«

Maarten dachte ganz kurz nach. »In Ordnung!«, entschied er.

»Dann werde ich sehen, ob wir noch etwas anderes für dieses Heft haben.« Er stand auf und gab Jaring den Aufsatz zurück. »Ich habe am Rand angegeben, wie du es ändern könntest. Darüber können wir später noch einmal sprechen, wenn du willst.« Er wandte sich ab, angespannt, im Banne der Leidenschaft, mit der er auf Jaring eingeredet hatte.

»Und?«, fragte Ad, als er in sein Zimmer kam.

»Er hat um ein halbes Jahr Aufschub gebeten, aber ich gehe erst zu Sien.« Er betrat den Karteisystemraum. »Du hast dich gut gewehrt«, sagte er.

»Ja?«, fragte sie erfreut. Sie war rot vor Aufregung.

»Sie waren sehr zufrieden.«

Sie klatschte vor Freude in die Hände.

»Fandest du es schwierig?«, fragte er, um noch etwas zu sagen.

»Nicht, als ich erst einmal angefangen hatte. Die Männer haben eigentlich von nichts eine Ahnung. Ich hatte das Gefühl, dass sie alles gut fanden, aber sie hatten natürlich auch erst mit dir gesprochen.«

»Aber nicht über dich.«

»Nein?«, fragte sie ungläubig.

»Nein«, sagte er lächelnd. »Das ist sogar nicht einmal erlaubt. Du hast es ganz und gar dir selbst zu verdanken.« Er wandte sich mit dem scheinheiligen Gefühl ab, ein guter Chef zu sein, und ging lächelnd zurück in sein Zimmer. Er blieb an Ads Schreibtisch stehen. »Das bedeutet allerdings, dass wir jetzt nichts für Heft 3,1 haben.«

»Haben wir nicht noch eine Handschrift, die wir nehmen können?«

Maarten dachte nach.

»Oder ein Interview mit einem der Bäcker?«

»Ich werde erst noch mal eine Tasse Kaffee trinken«, entschied Maarten.

Er zog bei Ads Schreibtisch einen Stuhl unter dem Sitzungstisch hervor und setzte sich.

Ad sah abwartend von seiner Arbeit auf.

»Ich frage mich, ob ich bis dahin noch einen Aufsatz schreiben kann. Es ist bloß etwas wenig Zeit.«

»Worum sollte es denn darin gehen?«

»Ich dachte an das Dreschen«, sagte Maarten nachdenklich. »Ich weiß nur noch nicht, was ich dazu schreiben soll.«

»Ich habe eigentlich nie verstanden, was du darin bloß gesehen hast.«

»Ich habe immerhin einen Aufsatz darüber geschrieben«, erinnerte ihn Maarten ironisch. »In der Festschrift für Buitenrust Hettema.«

»Ja«, gab Ad zu, »aber der ist mir dann entgangen.«

»Und wir haben einen Film darüber gemacht.«

»Das war doch nicht speziell wegen des Dreschens?«

»Das war wegen des Dreschens!«

»Ich habe immer gedacht, dass es darum ging, die bäuerliche Arbeit festzuhalten.«

»Das hat Boesman daraus gemacht. Mir ist es nur um die Technik des Dreschens gegangen.«

Ad schüttelte den Kopf. »Ich glaube nicht, dass ich mich für so ein Stück Gerätschaft interessieren könnte.«

»Wenn es sein muss ...«, sagte Maarten resigniert. »Wenn man sich in irgendetwas vertieft, wird es von selbst interessant.«

Sie schweigen. Maarten hatte seine Beine vorgestreckt und betrachtete nachdenklich seine Schuhe, die Hände in den Hosentaschen. »Man müsste so schreiben«, überlegte er, eher für sich selbst, »dass das Gebäude der Wissenschaft krachend einstürzt und der Minister mich am nächsten Tag anruft, dass keiner mehr am Leben ist.«

Ad sah ihn mit einem ungläubigen Lächeln an.

Es entstand erneut eine Pause.

»Hast du eigentlich nie die Neigung zu flüchten, wenn du so unter Druck gesetzt wirst?«, fragte Ad neugierig.

»Nein.« Er sah auf. »Du?«

»Wenn ich unter Druck gerate, will ich weg, aber danach tut es mir immer ungeheuer leid.«

Maarten sah ihn musternd an. »Hast du ein Beispiel dafür?«

Ad dachte nach. »Zum Beispiel, als ich nach Heiloo gezogen bin. Das war eigentlich nur deswegen, weil ich die Situation auf dieser Etage mit all den Katzen nicht mehr ertragen konnte.«

Maarten schüttelte den Kopf. »Ich habe eher die Neigung, auf Teufel komm raus Entscheidungen zu treffen oder mich ohnmächtig in mich zurückzuziehen.«

»Nein, das geht mir nicht so.«

»Das könnte man natürlich auch eine Flucht nennen«, bedachte Maarten, »aber dann eine, ohne den Ort zu wechseln.« Er lächelte.

»Komisch, nicht wahr, dass Menschen so unterschiedlich reagieren«, sagte Ad vertraulich.

Am späten Nachmittag hatte er seinen Schreibtisch fast leer gearbeitet. Es lag dort nur noch der Brief eines Mitarbeiters aus Limburg, den Bekenkamp nach dem Tee gebracht hatte. Der Name, Wouters, kam ihm bekannt vor. Er glaubte, sich zu erinnern, dass er diesem Mann vor vielen Jahren einen Besuch abgestattet hatte, damals noch im Zusammenhang mit dem Sammeln von Volkserzählungen. Dieses Mal hatte er, anlässlich des Fragebogens über das Brot, die ausführliche Beschreibung einer Limburger Backstube geschickt, mit Zeichnungen und Fotos. Maarten las den Brief durch, sich kaum die Zeit gönnend, auch die Beschreibung zu lesen, spannte das Papier für die Antwort bereits in seine Schreibmaschine, noch bevor er wusste, was er sagen würde, tippte den Namen und die Adresse, dachte kurz nach und begann dann, konzentriert zu schreiben. Er erinnerte den Mann an diesen Besuch vor fünfzehn Jahren, schrieb, dass er sein Haus noch vor sich sähe, obwohl es bereits dunkel gewesen sei, und er im Nachhinein noch oft mit Vergnügen an die Begegnung gedacht habe. Und nun seien da die Informationen über die Backstube, womit er ihm erneut eine große Freude bereitet habe. Als er dies geschrieben hatte, stockte er. Er hatte so hoch angesetzt, dass es schwer war, den Ton beizubehalten, und als er den Brief mit einiger Mühe zum Abschluss gebracht hatte, war er nicht zufrieden. Doch er hatte keine Lust, ihn noch einmal zu schreiben, tippte den Umschlag, faltete den Brief einmal längs und dann quer, wollte den Umschlag zukleben und wurde plötzlich argwöhnisch. Hatte er den Mann wirklich besucht? Er griff zu seiner Akte und entdeckte, dass er ihn mit jemand anderem verwechselt hatte, dessen Name ihm nun auch einfiel: Brouwers. Ohne sich Zeit zu nehmen, spannte er einen zweiten Satz Papiere in die Schreibmaschine und tippte einen neuen Brief, nun ohne Erinnerungen. Damit war er exakt um Viertel nach fünf fertig. Er packte seine Siebensachen, grüßte Ad und verließ das Büro. Es regnete. Hundert Meter weiter fiel ihm ein, dass er den Brief vergessen hatte, und da er sich nun gerade Freiraum geschaffen hatte, um ein paar Tage zu Hause bleiben zu können, kehrte er wieder um. Ad saß noch da und arbeitete. Er sah nicht auf. Maarten nahm den Brief vom Schreibtisch und verließ das Zimmer, ohne etwas zu sagen. Er war nicht mehr da, oder besser, er war eine Art Geistererscheinung geworden, die schweigend das Büro verließ, in dem er bis vor Kurzem gearbeitet hatte.

*

»Maarten hier. Wie war es in Groningen?«
»Oh, das war sehr nett«, sagte Bart. »Du rufst doch nicht an, weil du krank bist?«
»Nein, aber ich bleibe zu Hause, um einen Aufsatz zu schreiben.«
Die Mitteilung verschlug Bart offenbar die Sprache, denn am anderen Ende der Leitung blieb es still.
»Jaring hat um ein halbes Jahr Aufschub gebeten.«
»Aber musst *du* das dann wieder machen?«
»Ja, wer sonst?«
»Du könntest doch auch mal eines der Mitglieder der Kommission darum bitten?«
»So kurzfristig? Außerdem haben die doch alle ein anderes Fach. Das würde schon eine ziemlich merkwürdige Zeitschrift werden, wenn wir selbst nicht die Richtung vorgeben.«
»Siehst du wohl! Ich habe es prophezeit! Deswegen war ich dagegen, dass wir mit dieser Zeitschrift anfangen! Ich hatte von Anfang an die Befürchtung, dass wir die Sache dann am Hals haben.«
»Das weiß ich, aber du brauchst es auch nicht zu machen.«
»Nein, dieses Mal nicht.« Seine Stimme klang skeptisch.
»Ich weiß nicht, wann ich zurückkomme, aber wenn was ist, kannst du mich anrufen. Ist Balk schon wieder da?«

»Ich glaube, dass sein Namensschild eingeschoben war.«

»Wenn er noch krank ist, sag dann auch ruhig Bavelaar, dass sie mich anrufen kann, aber ich denke, das wird wohl nicht nötig sein.«

»Ich werde es ihr sagen«, versprach Bart ohne große Lust. »Und dann wünsche ich dir mal viel Kraft, auch wenn ich eigentlich überhaupt nicht damit einverstanden bin, dass du das wieder auf dich nimmst.«

Maarten lachte. »It's all in the time of the boss.«

»Ja, das habe ich auch oft gehört«, sagte Bart spöttisch, »aber es ist die Frage, ob das nun eine so gute Einstellung ist.«

Er spannte ein Blatt Papier in seine Schreibmaschine, dachte ein paar Sekunden nach und begann dann zu tippen. Er beschrieb, wie er vierzehn Jahre zuvor beim Sammeln von Informationen über den Dreschflegel in ein Dorf im Südosten Drentes gefahren war, wo ein Korrespondent des Büros lebte: »Es war November, das Wetter war stürmisch mit hin und wieder etwas Regen. Vom Dorf waren nicht viel mehr als die Umrisse der Bauernhöfe und einige beleuchtete Fenster zu erkennen. Auf dem Hof, zu dem wir mussten, war der Mann, den ich sprechen wollte, dabei, einen Wagen mit Runkelrüben abzuladen, und wir verabredeten uns für denselben Abend. An diesem Abend trafen wir, außer dem Korrespondenten, zwei ältere Bauern, die noch selbst gedroschen hatten. Wir sprachen über das Dreschen, und danach kam das Gespräch auf das Leben zu dieser Zeit, in den Jahren zwischen 1900 und 1914, die sie noch gerade bewusst miterlebt hatten. Das Dorf hatte damals mitten im Moor gelegen, nahezu isoliert. Zwar hatte man kurz vorher im Nordwesten und Osten mit der Urbarmachung begonnen, doch nach Südwesten und Süden hin, in Richtung Emmen, war das Land noch unberührt. Einen Kilometer außerhalb des Dorfes endeten die Äcker, die dort in schmalen Streifen hinter den Gehöften liegen. Nach Nordosten hin verlor sich das Land in den morastigen Böden rund um das Flüsschen Runde. Hier lagen auch die Markgenossenschaftsböden, auf die der Kuhhirte im Frühjahr mit den Kühen und Pferden des Dorfes hinauszog, um den Sommer über dort zu bleiben. Im Herbst und im Winter stand das Land unter Wasser. Manchmal ragten nur noch die Bauernhöfe daraus hervor. Die Sandwege durch das Dorf waren dann unpassierbar, sodass man einen Fußpfad aus Brückenstegen vor den Gehöften entlang angebracht hatte, mit einem weißgestrichenen Geländer und Petroleumlaternen. Zu dieser Jahreszeit war Emmen unerreichbar. Paare, die heiraten wollten oder ein Kind anzuzeigen hatten, mussten bis zum Frühjahr warten, bevor sie durch das Moor konnten, ein Fußweg von drei oder vier Stunden hin und drei oder vier Stunden zurück. Während sie dort saßen und erzählten, wurde mir immer klarer, wie sehr eine solche Isolation dem Leben im Dorf und den Menschen ihren Stempel aufgedrückt hatte. Einer von ihnen erinnerte sich, wie es früher gewesen war: Auf dem Hof von Elling, dem Bienenzüchter, standen hohe Tannen und Eichen, und auf dem Flurstück, auf dem das Vieh geweidet wurde, wuchsen wilde Rosen, Blaubeeren und Orchideen, und ein Stück weiter, im Moor, Thymian und Wacholder. Es hatte viel Strauchwerk aus Eichen, Erlen und Weiden gegeben. Die meisten Bauernhöfe hatten einen Kamin, über dem man kochte, Alkoven und Stein- oder Lehmböden. Die Welt war weit weg. Es kamen ein paar Landstreicher vorbei, Hausierer und reisende Handwerker, und im Sommer kam einmal in der Woche Maler Lukkien aus Ter Apel mit der Harmonika auf dem Rücken, um den Kindern Tanzstunden zu geben. Der Ball nach dem Winter, die Fohlenschau am Pfingstmontag, mit einem Karussell, ›Kuchenhacken‹- und Süßwarenbuden, der Jahrmarkt mit dem Hau-den-Lukas und mit Rieks, dem Gärtner des Pfarrers, der im Café auf seiner Harmonika spielte, das Schul- und Volksfest mit geschmückten Bauernwagen, Spielen und Kakao, das Silvesterböllern, die Neujahrsbesuche, die Versteigerungen, die Schlachtfeste, Hochzeiten und Wöchnerinnenbesuche bildeten die Höhepunkte des Jahres, das im Übrigen mit der Sorge um das Vieh und den regelmäßig anfallenden Arbeiten auf den Äckern ausgefüllt war. Als sie davon erzählten, sagte der Gastgeber, dass diese Dinge eigentlich festgehalten werden müssten, doch von einem Film war damals noch keine Rede.

Im darauffolgenden Sommer, gut ein halbes Jahr später, sah ich das Dorf erstmals bei Tageslicht. Ich kam aus Emmen, auf der Straße über Emmer-Compascuum. Kurz hinter Emmerschans gab es Abschnitte von wildem Land, die Reste des ursprünglichen Hochmoors. Noch etwas weiter, bei Emmer-Erfscheidenveen, war man bereits wieder dabei, den Kanal, von dem aus das Moor abgegraben worden war, für die Verbreiterung der Verkehrsstraße zuzuschütten. Dahinter lag das Dorf: eine lange Reihe von Gehöften am Horizont, und dazwischen, wo einst das Moor gewesen war, grünes Land, durchschnitten von Gräben und Stacheldraht, unmerklich in das übergehend, was früher die Gemeinschaftsäcker gewesen sein mussten. Nur wenn man wusste, dass sie dort gewesen waren, konnte man sehen, wo die Grenze zum Hochmoor gelegen hatte, entlang eines Entwässerungskanals, der laut den Erzählungen der Dörfler das Ende der Welt gewesen war. Die Straße zum Dorf war asphaltiert: eine zweispurige Fahrbahn mit Mittelstreifen und kleinen, weißen Pfählen am Straßenrand. Der Grünstreifen war kurz gemäht und gespritzt, keine wilden Rosen, Blaubeeren oder Orchideen mehr, doch in der warmen Sonne, in der die Luft über den Weiden flimmerte, wies das Land doch noch eine gewisse Weiträumigkeit und Verlassenheit auf, das Letzte, was vom Moor übrig geblieben war. Diese Atmosphäre lag auch noch ein wenig über dem Dorf, obwohl die Gehöfte nicht älter als höchstens hundert Jahre zu sein schienen und die Bepflanzung auf den Höfen sorgsam auf eine kleine Handvoll ordentlich beschnittener Sträucher und einige Beetpflanzen zwischen sehr viel Kies reduziert worden war. Mit etwas Phantasie konnte ich mir noch vorstellen, dass die Vergangenheit gleich um die Ecke lag.

Wie unerreichbar fern diese Vergangenheit in Wirklichkeit war, zeigte sich, als wir Jahre später erneut in das Dorf fuhren, dieses Mal in einem VW-Bus und einem Begleitfahrzeug, sechs fest entschlossene Männer in Rollkragenpullovern, bis zu den Zähnen bewaffnet mit moderner Apparatur, auf der Suche nach dem Drehort, an dem sich das Ganze abspielen sollte. Dass wir dies zu Anfang noch nicht so bemerkten, lag daran, dass wir mit dem Dreschen begannen, einem Überbleibsel der ursprünglichen, eher begrenzten Planung. Diese Aufnahmen sollten auf der Tenne des alten Schultenhauses gemacht werden, dessen Balkenwerk vielleicht noch aus dem achtzehnten Jahrhundert stammte. Als wir dort ankamen, standen die Drescher bereits da und warteten auf uns, mitsamt zweier Polizisten, der Presse und, in einiger Entfernung, der Dorfjugend. Das machte die Situation für einen Moment ein wenig unübersichtlich, doch als wir erst einmal im Inneren waren, schien der Schritt zurück in die Zeit davon abzuhängen, dass man gut aufpasste und zielstrebig handelte. Das Auto wurde zur Hintertür herausgeschoben, die Maschinen verschwanden hinter einem Stapel Strohballen, über die Plastiksäcke mit Kunstdünger legte man Jutesäcke, das Werkzeug, das an der Wand hing, wurde fachkundig ausgedünnt, und schließlich wurden die Lampen so aufgestellt, dass alles, bis auf das Balkenwerk und den Dreschboden, in einem schummrigen, alles verhüllenden Dunkel verschwand. Das Resultat sollte sich später dank des großen Sachverstands des Filmemachers und der Begeisterung der Drescher als atemberaubend erweisen. Es schien, als hätten wir sie spätnachmittags, im Winter, beim Dreschen ertappt. Das einzig Unzeitgemäße war, dass keine Kühe im Stall standen.

Wie sehr sich die Wirklichkeit tatsächlich verändert hatte, zeigte sich erst richtig, als die Außenaufnahmen begannen. Obwohl ein Kornfeld gefunden worden war, das hinter dem einzig noch übrig gebliebenen Eichenwäldchen lag, wir also im Rücken mehr oder weniger gedeckt waren, brauchte es den ganzen Einfallsreichtum des Filmemachers, um so zu filmen, dass keine störenden Elemente ins Bild gerieten, ganz abgesehen von den Geräuschen vorbeifahrender Autos und eines kleinen Flugzeugs, das gerade an dem Tag den Auftrag erhalten hatte, einen angrenzenden Acker zu besprühen. Eigentlich konnte er nur über die Länge des Feldes filmen, zumindest, wenn er dafür sorgte, den hohen Apartmenthäusern von Emmen am Horizont auszuweichen, und genau genommen war auch in *der* Richtung nur der Himmel in etwa so, wie wir annehmen durften, dass er früher auch manchmal gewesen war, denn wenn man sich Abbildungen von früher ansieht, muss man feststellen, dass sich sogar der Roggen in diesen sechzig Jahren durch Veredelung und den Einsatz von Kunstdünger sichtbar verändert hat. Der alte inländische Roggen, der noch mit der Hand gesät und mit der Sense gemäht wurde, hatte eine grauere Farbe und einen schlankeren Halm, der weniger schwer trug, und er stand lichter. Der Roggen im Film hatte viel mehr Stroh, da er in dieser Gegend unter anderem auf seinen Strohertrag hin selektiert worden war, das Stroh war schlaffer und gelber, und es eignete sich schlecht zum Mähen mit der Sense. Das war jedoch noch nichts verglichen mit den Problemen, vor die uns das Abfilmen der Menschen stellte.

Anfänglich war beabsichtigt gewesen, ausschließlich die Arbeiten zu filmen, doch als das Szenarium besprochen wurde, schlugen unsere Gastgeber vor, während des Mähens eine Mittagspause einzuschieben, in der die Bäuerin Kaffee und Pfannkuchen aufs Land bringen sollte. Dieser Vorschlag wurde angenommen. Es schien auch wenig dagegenzusprechen. Wenn man zeigt, wie Menschen früher gearbeitet haben, kann man auch zeigen, wie sie aßen und tranken, mehr noch, man muss es zeigen, da man ohne Essen und Trinken nicht arbeiten kann. Das Einfügen dieser Szenen brachte nur ein Problem mit sich, das uns bis zu diesem Moment kein Kopfzerbrechen bereitet hatte. Konnte dieses Essen von einer modern gekleideten Frau mit Röcken bis zu den Knien gebracht werden? Wir fanden, dass das nicht ging. Eine alte Bäuerin wurde um Rat gefragt und ein Satz Kleider aus der Zeit vor dem Ersten Weltkrieg aus der Kampfertruhe geholt, bei dem insbesondere die Röcke eine äußerst befriedigende Länge hatten. Und die Männer? Es sorgte kurz für Befremden, dass sich an den Männern, ihnen zufolge, nahezu nichts verändert haben sollte (für rote Taschentücher hatten sie von sich aus bereits gesorgt), doch das war eigentlich auch beruhigend: Je weniger Kleidung aus der Kampfertruhe kam, umso besser. Vermutlich spürten wir schon damals, dass wir kurz vor einem Dammbruch standen, wir wussten nur nicht, weshalb, da jeder Teil des Szenariums schließlich auf seine Realitätstreue hin überprüft worden war. So war es nicht einmal, so war es Hunderte oder Tausende von Malen geschehen. Dennoch ähnelte das Pfannkuchenmahl, als es vor die Kamera kam, eher einem Einakter für eine Dame und drei Herren als der Wirklichkeit, und wenn wir in diesem Augenblick dennoch nicht unzufrieden waren, lag es daran, dass sich einer der Herren als vorzüglicher Schauspieler erwies und wir sie alle vier inzwischen ins Herz geschlossen hatten. Übrigens hatten wir damals bereits ordentlich Rückstand. Wir hatten zu spät angefangen, da es Probleme mit dem VW-Bus gegeben hatte und der Roggen wegen seines schlaffen

Strohs durch Wind und Regen nach allen Seiten hin heruntergedrückt war, sodass es eine Weile dauerte, bis man die Sense an den Roggen legen konnte. Und als wir einmal begonnen hatten, ging ständig etwas schief, wodurch das Pfannkuchenmahl erst gegen drei Uhr an die Reihe kam. So geschah es, dass wir sehr viel später als beabsichtigt mit der Kamera hinter dem hochbeladenen, schaukelnden Wagen zur Scheune gingen. Alle waren müde und reizbar geworden. Die Zeit war reif für einen Zwischenfall. Und den gab es. Als man den Wagen in die Scheune gezogen hatte und van der Harst an der beängstigend wackeligen Leiter in die Luke geklettert war, zeigte sich plötzlich, dass Eefting, der die Garben vom Wagen aus hinaufreichen musste, einen Hut aufgesetzt hatte, keinen alten Hut, sondern ein schnittiges Sporthütchen von einem Typ, der in den Fünfzigerjahren in Mode gekommen war. Die Kamera stand sofort still. Der Hut musste ab. Doch Eefting war auch müde, und er hatte die Nase gestrichen voll. ›Hut bleibt auf‹, sagte er nur. Und das blieb er.«

»Ich würde diesen verhältnismäßig unwichtigen Vorfall nicht beschrieben haben«, tippte er einen Tag später, »wenn er nicht eine Fortsetzung gehabt hätte. Als der Film entwickelt war, zeigte sich, was wir befürchtet hatten: Die Stellen mit dem Pfannkuchenmahl und dem Schnaps nach dem Dreschen waren ausgesprochen schwach und mussten ordentlich geschnitten werden. Wir merkten ebenfalls, dass doch noch Kleinigkeiten unserer Aufmerksamkeit entgangen waren: Einige Männer hatten einen Trauring am Finger, obwohl der zu Beginn des Jahrhunderts unter der bäuerlichen Bevölkerung sehr unüblich war, und einer von ihnen trug sogar eine Armbanduhr. Und dann war da natürlich Eeftings Hut. Aber, und das war das Merkwürdige, dieser Hut stellte kein Ärgernis dar. Er wirkte eher befreiend, wie uns alle Fehler, bei denen wir uns selbst ertappten, ein Gefühl von Zufriedenheit vermittelten. Es war, als sei der Film dadurch wahrheitsgetreuer geworden, auch wenn es sich schlecht mit dem krampfhaften Bemühen vertrug, mit dem wir versucht hatten, Anachronismen zu vermeiden. Wie ließ sich das erklären? In unserer Sorge, diese Anachronismen zu vermeiden, hatten wir uns an die Rudimente einer Vergangenheit geklammert, denen Veränderungen erspart geblieben waren: Teile eines Hauses, ein paar Werkzeuge und die Erinnerungen einer Reihe von Leuten an die Art und Weise, in der man sie benutzt hatte. Als wir die Filmbilder später am Schneidetisch sahen, zeigte sich, dass diese faktischen Gegebenheiten eine untergeordnete Rolle spielten, und als aus allen Bildern ein durchgehendes Ganzes konstruiert worden war, dazu geeignet, vorgeführt werden zu können, war dies noch stärker der Fall. Für die Details der Handhabung des Dreschflegels, um die es schließlich gegangen war, war nicht mehr als höchstens eine halbe Minute übrig geblieben. Stattdessen war ein sehr poetisches, ein sehr romantisches Bild der Vergangenheit entstanden, in dem ich ohne viel Mühe meine eigenen Eindrücke während meines ersten Besuchs des Dorfes wiedererkannte. Was wir zu sehen bekamen, war keine Wirklichkeit, sondern das Negativ einer Wirklichkeit. Die mit unerschütterlicher Ruhe und im Gleichtakt pflügenden, düngenden, säenden, eggenden, mähenden und dreschenden Bauern schienen direkt aus dem Gedicht von Werumeus Buning zu kommen und in einer Zivilisation zu leben, die vor allem dadurch gekennzeichnet war, dass in ihr alles fehlte, was die heutige Zivilisation unausstehlich macht. Mir wurde wieder einmal bewusst, was mich am Leben auf dem Lande anzog und den Inhalt meines Faches so stark geprägt hat: das Versprechen der Abgeschiedenheit und Ruhe, das von den Erinnerungen ausgeht, das Dorf rundum eingeschlossen vom Moor, die Intimität des Winters, die Wildrosen im Sommer, das Gleichmaß der Arbeit, die Schlichtheit des Geistes und der kleinen Vergnügungen, und vor allem auch die ewig scheinende Unveränderlichkeit. Es kostet Mühe zu glauben, dass dies alles Einbildung ist, da alles, was dem Leben damals Spannung gab, vorbei ist, und unsere Informanten selbst ihr Leben allmählich so zu sehen begonnen hatten und mit ihren Erzählungen dieses Bild unterstützten: Alle Probleme, die unlösbar erschienen, waren gelöst, alle drohenden Gefahren überwunden, alle Veränderungen, die unsicher machten, eingekapselt. Hunger, Kälte, Armut und Sorgen hatten in ihrer Erinnerung etwas Freundliches bekommen, so wie die Bauernhäuser, Gegenstände und Werkzeuge, die wir in unseren Museen bewahren, schön geworden sind. An einem Pflug in einem Museumsgehöft lässt sich nicht erkennen, dass er in seiner Art ein Unding war, und der Sohn des Bauern, der ihn benutzt hat, ja, manchmal auch der Bauer selbst, betrachtet ihn mit Rührung, zumindest, wenn er ein sensibles Wesen hat, so wie wir von der Wissenschaft es haben. Dennoch gab es gute Gründe anzunehmen, dass auch das Leben im Dorf zu Beginn dieses Jahrhunderts von der Veränderung beherrscht wurde und die wilden Rosen bestenfalls Dekor für eine feinfühlige Einzelperson an einem oder zwei Sommerabenden in ihrem Leben gewesen waren. Obwohl es sich nicht unmittelbar den Erinnerungen der Menschen entnehmen ließ, für die das Leben Vergangenheit geworden war, gab es genügend Hinweise darauf. Durch einen glücklichen Zufall verfügen wir über einen Reisebericht aus dem Jahr 1837, also gut ein halbes Jahrhundert vor dem Zeitraum, den der Film behandelte, in dem es unter anderem eine Beschreibung des Dorfes gibt, wie es die damals ältere Generation zu Beginn dieses Jahrhunderts noch gekannt haben musste. ›Das Dorf‹, heißt es dort, ›ist beinah zur Gänze im Eichenwald verborgen. In diesem üppigen Eichenhain stehen die Häuser zum Malen schön, viele ganz aus Lehm und Holz, ohne dass auch nur ein Stein daran verbaut wurde, und, merkwürdigerweise, oft von einer Reihe abgetrennter Nebengebäude umgeben. Ein jeder, ohne Unterschied, backt hier sein eigenes Brot, und manche mahlen ihr eigenes Mehl in der Rossmühle. Auf der Mark weiden ungefähr 500 Rinder und 150 Pferde. Auch Gänse werden hier gehalten.‹ Sechzig Jahre später, zu der Zeit, in der der Film spielen sollte, waren von den Lehmhäusern noch drei oder vier übrig, die anderen waren neu gebaut worden, aus Backstein und mit Ziegeldächern. Die Eichen hatte man größtenteils zu Geld gemacht. Fast niemand buk noch sein Brot selbst. Die Rossmühlen waren verschwunden, die Gänse geschlachtet. Die Erschließung des amerikanischen Westens und deren Folge, die großen, billigen Weizenimporte, hatten in den Siebziger- und Achtzigerjahren zu einer schweren Krise der Landwirtschaft geführt, die einer Reihe von Bauern Armut brachte und sie, um über die Runden zu kommen, dazu zwang, auf die Milchwirtschaft umzusteigen. Der einheimische Roggen, seit Menschengedenken die Säule des Betriebs und die wichtigste Nahrungsquelle der bäuerlichen Bevölkerung, wurde an die zweite oder dritte Stelle gerückt, als Viehfutter. Der plötzlich auftretende Phosphormangel der Drenter Sandböden zwang die Bauern in dieser Gegend, schneller auf Kunstdünger umzustellen. Der Kunstdünger durchbrach wiederum das traditionell feste Verhältnis zwischen Ackerbau- und Weideland, das bis dahin durch die Menge an Stallmist bestimmt worden war. Die Sogkraft der aufkommenden Industrie und der Städte machte allmählich die Arbeit teurer. Das wiederum zwang zur Mechanisierung und Rationalisierung und zu einem Ersatz des im Haus lebenden Personals durch Lohnarbeiter. Der traditionelle Betrieb, in dem fast kein Geldumlauf stattfand, musste einem Betrieb Platz machen, der auf den Markt ausgerichtet war. Die geschlossene Wirtschaftsführung wurde auf eine Geldwirtschaft umgestellt. Es entstand eine bäuerliche Darlehensbank, eine Genossenschaftsmolkerei mit Handbetrieb, die wieder Pleite ging, und ein kleines E-Werk. Das alles wiederum hatte Einfluss auf das soziale Leben. Die Arbeitsbedingungen verschlechterten sich. Es gab Streiks. Die Gründung eines Leichenwagenvereins im Jahr 1900 ist ein Hinweis darauf, dass die alten Bande innerhalb der Nachbarschaft schwächer wurden. Es kamen die Schulpflicht und das Gesundheitswesen, eine neue Schule und ein Postamt. Der Staat in Den Haag begann, im Denken der Menschen einen immer wichtigeren Platz einzunehmen. Die Welt war weit weg, doch für den Mann oder die Frau, die damals lebte, rückte sie jedes Jahr näher. Im letzten Viertel des neunzehnten Jahrhunderts fing man mit dem Abbau der Moore im Nordwesten und Osten an, 1907 wurde das Moor südlich des Dorfes in Angriff genommen. Die Arbeiten zogen große Gruppen Arbeiter an, Heimatlose, Besitzlose, von denen einige dort mit der Zeit sesshaft wurden. Es kam eine dampfbetriebene Straßenbahn, ein paar Kilometer vom Dorf entfernt. Der Sandweg wurde zu einer drei Meter breiten Klinkerstraße, was den Anlass zu einem Riesenfest bot, mit einem speziell vom Schullehrer verfassten Gedicht, das von einem Chor von Schülern gesungen wurde. ›Ja, man hat sich vorgenommen, eine Straße zu bekommen, um per Achse und zu Fuß, zu reisen, wenn man reisen muss.‹ Mit den Schlusszeilen: ›Wer hätte bloß gedacht, dass die heut'ge Menschheit lacht über den dreckigen Morast.‹ Um dieselbe Zeit herum begegnete einem Grüppchen Männer aus dem Dorf kurz hinter Ter Apel das erste Auto. Sie ließen die Fahrräder, wo sie waren, und flüchteten in die Weiden. Und andere sahen in der Dämmerung des Abends Walzen und Autos durch das Land fahren, dort, wo später Straßen entstehen sollten.

Die letzten Beispiele zeigen, wie tief die Veränderungen in das Leben des Einzelnen eingriffen. Auch wenn die Sandbauern durch den Umstieg auf Milchwirtschaft und Schweinezucht mit weniger Blessuren durch die Krise kamen als die Ackerbauern auf den Lehmböden, und auch wenn es ihnen danach, wirtschaftlich gesehen, sogar gut ging: Der Einzelne hatte Spannungen zu verarbeiten, die bestimmt nicht weniger groß waren als die der Generation nach dem Zweiten Weltkrieg. Von diesen Spannungen ist in den Erinnerungen an diese Zeit bestenfalls ein schwacher Abglanz zu finden, der dann oft noch von Sentimentalität verzerrt ist. So etwas rächt sich, wenn wir versuchen, aufgrund von Erinnerungen das Leben, wie es früher gelebt wurde, nachzubilden. Für die Arbeitstechniken gilt dies noch am wenigsten. Das sind Routinehandlungen, auch wenn man erwarten darf, dass es durchaus einen Unterschied macht, beispielsweise im Arbeitstempo, ob man tagein, tagaus hundert Garben pro Mann und Stunde dreschen musste, oder nur eine Lage für ein paar Städter. Außerdem braucht man beim Filmen von Arbeitshandlungen nichts zu verhüllen, wenn man es nicht will. Vielleicht wirkte Eeftings Hut deshalb so befreiend. Er war plötzlich kein Mann mehr, der so tat, als wäre man in der Zeit vor fünfzig Jahren, sondern ein 68-jähriger Mann, der vormachte, wie er vor fünfzig Jahren eine Garbe aufstellte, mit allen Irritationen, die in diesem Augenblick dazugehörten. Diese Möglichkeit fehlte jedoch bei den Szenen, die zugunsten der menschlichen Note eingefügt wurden. Dafür sind die Techniken des Pfannkuchenessens oder des Hinunterkippens eines Schnapses zu selbstverständlich. Wenn diese Szenen etwas widerspiegelten, dann waren es die menschlichen Beziehungen zum Zeitpunkt der Aufnahme: das Vergnügen, in einem Kleid aus der Zeit vor dem Ersten Weltkrieg herumzulaufen, und die Fröhlichkeit über die Späße, die die Anspannung des stundenlangen Filmens für einen Moment durchbrachen.

Erfahrungen wie diese sind nicht neu. Die Befriedigung, die es verschafft, wenn solch ein Film fertig ist, und das Lob, das er erntet, wenn er schließlich gezeigt wird, führen lediglich dazu, dass sie auch gern wieder vergessen werden, während sie gerade für eine Wissenschaft wie die unsrige von entscheidender Bedeutung sind. Die Sammlungen in unseren Volkskulturmuseen sind aus Gegenständen aufgebaut, die man gerade noch vor der Vernichtung bewahrt hat. Der Eifer, mit dem dies geschah, entsprang dem Bedürfnis zu retten, was zu retten geht, bevor es zu spät ist. Die Versuchung ist groß zu glauben, dass wir der Nachwelt damit auch das Leben von früher erhalten haben, und wir machen diese Versuchung noch größer, indem wir die Gegenstände so filmen, wie es hier geschehen ist, oder indem wir sie in einer sorgfältig nachgebildeten Umgebung ausstellen, wie es in unseren Freilichtmuseen geschieht. Dass unsere Besucher und wir nur allzu gern dieser Versuchung erliegen, kommt daher, weil wir ein Interesse daran haben, diese Vergangenheit zu romantisieren, eine Vergangenheit, an die die Erinnerung noch in der Luft liegt, sodass sie den Ruch des verlorenen Paradieses hat. So kommt es, dass sich die Aufmerksamkeit unter unseren Händen auf einen immer späteren Zeitpunkt verschoben hat. Früher lag Großmutters Zeit um 1870, jetzt liegt sie zwischen 1920 und 1930. Jede neue Generation hat das Gefühl, dass sie sich beeilen muss festzuhalten, was für immer verloren zu gehen droht. In Wirklichkeit rennen wir fünfzig Jahre vor der Vergangenheit her in der Annahme, dass das, was in unseren Augen den Glanz der Vergangenheit hat, auch in der Vergangenheit Glanz hatte. In dieser Annahme liegt das Missverständnis. Wir werden uns bewusst werden müssen, dass unsere Erinnerung selbst eine Verfälschung ist, und dass es eine Illusion ist zu glauben, dass wir, indem wir Gegenstände bewahren, etwas bewahren, das für das Wissen um die Vergangenheit grundlegend ist. Für den künftigen Historiker wird die Weise, in der wir die Gegenstände in Filmen und Freilichtmuseen zum Leben erweckt haben, zu einer Reihe von Dokumenten führen, nicht über früher, sondern über unsere Zeit, Begleiterscheinungen einer zu raschen gesellschaftlichen Entwicklung, gestaltete Nostalgie, wobei die Requisiten von früher, die Häuser, Gegenstände, Werkzeuge und Arbeitstechniken, als Dekor für etwas gedient haben, das in seinen Augen faktisch als großes Kostümfest erscheinen muss.

Zwischen zwei der vielen Aufnahmen sagte van der Harst zu mir: ›Koning, ich habe gar nicht gewusst, dass mein Leben so romantisch gewesen ist.‹ Er meinte es nicht als Kritik, doch er hätte Kritik nicht schärfer formulieren können.«

*

Bart betrat den Raum. Als er Maarten dort sitzen sah, blieb er überrascht stehen. »Bist du jetzt schon wieder da?«

»Ich habe einen Durchschlag auf deinen Schreibtisch gelegt«, sagte Maarten mit Mühe seine Zufriedenheit verbergend.

Bart schloss die Tür und ging bestürzt zu seinem Schreibtisch. Er hob sein Täschchen auf die Schreibtischplatte, nahm den Text hoch, den Maarten dort hingelegt hatte, und betrachtete ihn aus der Nähe. »Ich habe noch nicht mal deine Einleitung zum ersten Band der Volkserzählungen gelesen«, sagte er, während er über das Bücherregal hinweg Maarten ansah – es klang wie ein Vorwurf. »Was soll ich jetzt zuerst lesen?«

»Das hier, denn wenn ihr nicht damit einverstanden seid, muss ich noch etwas anderes schreiben.«

»Du setzt mich ganz schön unter Druck.«

»So ist es natürlich nicht gemeint.«

Bart setzte sich.

»Ist noch etwas Besonderes passiert?«, erkundigte sich Maarten.

»Ein Herr hat für dich angerufen.«

»Wer?«

»Das weiß ich nicht. Er hat seinen Namen nicht genannt. Er wollte deine Privatadresse haben, aber ich fühlte mich nicht befugt, sie herauszugeben.«

Jemand, der seinen Namen nicht nannte und ihn sprechen wollte ... Er spürte darin eine verborgene Drohung, als hätte er etwas getan, das man nicht durchgehen lassen konnte und das nun entdeckt worden war. »Leute, die ihren Namen nicht nennen, taugen nichts«, sagte er.

»Es gibt Leute, für die es ein Problem ist«, sagte Bart neutral, »aber ich selbst nenne immer meinen Namen.«

»Eben.«

Bart reagierte nicht darauf.

Die Tür ging auf. Ad betrat den Raum. »Tag, Bart.« Danach sah er auch Maarten dort sitzen. »So, du bist also wieder da.«

»Der Durchschlag liegt auf deinem Schreibtisch«, antwortete Maarten.

Ad stellte seine Tasche auf den Boden und hängte sein Jackett über die Lehne seines Stuhls. Er zog den Stuhl zurück und setzte sich. Maarten hörte ihn zu dem Papier greifen, das zwischen seinen Fingern knisterte. Sie saßen nun beide da und lasen. Er zögerte, nahm den dritten Durchschlag und ging in den Karteisystemraum. Sien und Joop saßen an ihren Schreibtischen. Er blieb an Siens Schreibtisch stehen. »Ich habe hier einen Durchschlag des Aufsatzes«, an ihrem Gesicht sah er, dass sie erschrak, sie wurde etwas bleicher, »du musst nicht, aber du kannst ihn lesen.« Er hielt ihn hoch.

»Eigentlich bin ich prinzipiell dagegen«, sagte sie. Sie machte keine Anstalten, ihn anzunehmen.

»Das weiß ich«, ihm war klar, dass sie es ihm noch immer verübelte, dass er seinerzeit ihren Aufsatz Bart und Ad zum Lesen gegeben hatte, »aber weil die Zeitschrift uns allen gehört, finde ich, dass ihr die Gelegenheit haben müsst, vorab eure Meinung zu sagen, wenn ihr mit etwas nicht einverstanden seid.«

Sie zögerte.

»Das bedeutet nicht, dass du unbedingt Kritik haben musst«, ihre abwehrende Haltung machte ihn verlegen, er fand es beschämend, derart drängen zu müssen, »du kannst auch Fragen stellen.«

»Ich lese ihn trotzdem lieber, wenn er gedruckt ist.«

»Gut.« Er fühlte sich abgewiesen, und es gelang ihm nur mit Mühe, seine Enttäuschung zu verbergen. »Willst du es auch nicht lesen?«, fragte er, sich Joop zuwendend.

»Ich will es wohl mal lesen.« Sie sagte es, als wäre es eine Gunst.

»Du brauchst auch nichts dazu zu sagen, wenn du nicht willst.« Er reichte ihr den Aufsatz.

Unglücklich über sein Auftreten kehrte er zu seinem Schreibtisch zurück. Bart und Ad saßen beide da und lasen, Ad machte sich Notizen.

Stehend an seinem Schreibtisch betrachtete er die Arbeit, die sich in den Tagen angehäuft und die er gleich nach seinem Eintreten in Stapeln geordnet hatte. Er setzte sich und griff zum obersten der drei *Graafschapsbodes*. Während er die Zeitung durchblätterte, hier und da eine Lokalnachricht ausschnitt und mit Quelle und Datum versah, fand er sein Gleichgewicht wieder. Dass Sien so reagierte, verriet mehr über sie als über ihn. Und dass sie noch immer nicht einsehen wollte, dass ihr Aufsatz seinerzeit zu Recht abgelehnt und dank ihrer Kritik zehnmal besser geworden war, sprach nicht für ihre Einsichtsfähigkeit. Er ließ einen *Graafschapsbode* in den Papierkorb gleiten und nahm den nächsten. Die Tür des Karteisystemraums ging auf. Joop betrat den Raum. Sie blieb mit seinem Aufsatz an seinem Schreibtisch stehen. »Wo soll ich ihn hinlegen?« Sie hielt ihn hoch.

Er streckte die Hand aus. »Gib nur her.« Er sah sie prüfend an. »Du hast keine Fragen?«

»Nein, ich finde es ziemlich klar so.«

Er nickte. Dass sie ihn in diesen zehn Minuten auch wirklich gelesen hatte, schien ihm unwahrscheinlich, doch er war von ihr nichts anderes gewöhnt, auch wenn es ihn enttäuschte. Es wäre netter gewesen, wenn sie ihn dieses Mal doch gelesen hätte. Oder ... Warum eigentlich?, dachte er, während sie sich abwandte. Er stand auf und ging zum Besucherraum.

Tjitske saß an ihrem Platz, Mandas Stuhl war zurückgeschoben, die Mappe, mit der sie beschäftigt war, lag aufgeschlagen da. »Tag, Tjitske«, sagte er.

Sie nickte.

Er blieb an ihrem Schreibtisch stehen. »Ich habe einen Aufsatz für das *Bulletin* geschrieben, weil wir für dieses Heft nichts hatten. Und weil ich darin unserem Fach gegenüber einen Standpunkt beziehe, finde ich, dass ihr ihn eigentlich vorher lesen müsst, für den Fall, dass ihr Kritik habt oder Fragen stellen wollt.«

Sie schaute zweifelnd, ohne sich von ihrer Arbeit aufzurichten.

»Es muss nicht sein«, er legte ihn auf die Ecke ihres Schreibtisches, »darf aber.«

Sie sah auf den Aufsatz, ohne ihn zu nehmen.

»Mitbestimmung nennt man das heutzutage«, sagte er in dem Versuch, einen Scherz daraus zu machen. Er lächelte, doch er fühlte sich armselig, als ginge er mit seinem Aufsatz hausieren.

»Ich schau mal«, antwortete sie.

Er wandte sich unsicher ab, wollte zurück in sein Zimmer, besann sich, ging durch die andere Tür auf den Flur und stieg die Treppe hinunter. Im Kaffeeraum saßen sechs Leute. Er holte sich eine Tasse Kaffee am Schalter, nahm den Stapel Post für seine Abteilung vom Tresen und setzte sich neben Bart de Roode. Er legte die Post auf den niedrigen Tisch, nahm seine Tasse auf den Schoß und rührte nachdenklich darin. »Ihr lest keine Zeitungen, oder?«, sagte er zu de Roode und sah zur Seite.

»Aber sicher doch. Ich lese den *NRC*.«

»Nein, ich meine im Büro.«

»Nein, im Büro nicht«, sagte de Roode bedächtig.

»Das ist noch aus der Zeit von Beerta«, rief Rentjes von der anderen Seite des Tisches, »damals haben die Abteilungsleiter alle noch eine Zeitung gelesen.«

»Ich habe auch immer eine Zeitung gelesen«, sagte Meierink nölig.

»Ja, Sie!«, rief Rentjes überheblich.

»Früher habe ich immer den *Leeuwarder Courant* gelesen, aber den hat Balk dann genommen. Jetzt lese ich das *Brabants Dagblad*«, sagte Meierink.

»Aber warum wolltest du das eigentlich wissen?«, fragte de Roode Maarten.

»Weil ich früher immer das Feuilleton für euch aus dem *Graafschapsbode* ausgeschnitten habe.«

»O ja?«, sagte de Roode verwundert. »Davon weiß ich nichts.«

»Das war vor deiner Zeit«, half Wim Bosman.

»Nein, davon weiß ich nichts«, sagte de Roode langsam, den Kopf schüttelnd. »Und warum hast du das gemacht?«

»Weil es in Mundart ist.«

»Oh, weil es in Mundart ist. Ja, jetzt verstehe ich.«

»Wir haben dann damit aufgehört, weil es als Quelle nicht vertrauenswürdig ist«, sagte Wim Bosman zu de Roode.

»Der Dialekt in diesen Feuilletons ist fast immer Fake«, bemerkte Aad Ritsen.

»Da habe ich mich eigentlich nie hinein vertieft«, entschuldigte sich de Roode, »aber ich kann es mir schon vorstellen, ja.«

»Dass ihr das gemacht habt«, sagte Meierink zu Maarten. »Im *Brabants Dagblad* stehen auch manchmal Artikel in Dialekt, aber die habe ich nie ausgeschnitten.«

»Aber Sie haben nie etwas ausgeschnitten!«, rief Rentjes.

»Wenn man historische Dialektforschung betreibt, ist es die einzige Quelle«, sagte Maarten zu de Roode.

»Ja, dann ist es die einzige Quelle«, gab de Roode zu, »neben der Dialektliteratur natürlich.«

»Das ist dieselbe Quelle.«

»Na, das weiß ich nicht«, sagte Wim Bosman.

»Nein, das weiß ich auch nicht«, sagte de Roode. »Da gibt es schon noch ein paar Unterschiede.«

»Ein Dialektschreiber ist nicht wie der andere«, vermutete Maarten schmunzelnd.

»Ja«, gab de Roode lächelnd zu. »So könnte man es formulieren.«

»Aber ich kam eigentlich darauf, weil mir klar wurde, dass die Verwendung des Dialekts in Zeitungen die Wertschätzung für Mundart widerspiegelt«, erklärte Maarten. »Wenn man überprüfen würde, wie die Mundart in den vergangenen zweihundert Jahren oder noch länger benutzt worden ist, zumindest in gedruckten Quellen, kann man daraus die zunehmende Zentralisierung ablesen.«

»Oh, aber das ist Sprachsoziologie«, sagte de Roode.

»Dé Haan hat das schon interessiert«, bemerkte Aad Ritsen.

»Ja, Dé hat vieles interessiert«, sagte de Roode mit milder Ironie.

»Ich finde das doch eigentlich schade«, sagte Maarten.

»Warum findest du es schade?«

»Weil es eine Verbindung zwischen unseren Abteilungen schaffen würde. Wenn wir demnächst erklären müssen, warum wir hier zusammen sitzen, werden wir ohnehin diese Art Argumente anführen müssen.«

»Pass bloß auf!«, warnte Rentjes. »Bevor du es weißt, wirst du der Abteilung Volkskultur einverleibt!«

»Aber wir haben doch auch schon unsere Fragebogen?«, sagte de Roode zu Maarten. »Ich denke, das ist doch etwas, was wir miteinander gemein haben.«

»Und die Bibliothek!«, rief Rentjes. »Wo findet man auf unseren Fachgebieten eine solche Bibliothek.«

»Das ist doch nur so, weil du die Bibliothek so wichtig findest«, bemerkte Meierink.

»Aber wenn man die Feuilletons dafür nutzen will, müsste man eigentlich die ganze Zeitung aufheben«, meinte Aad Ritsen.

»Es wäre besser«, gab Maarten zu.

»Na, dann gehen wir einfach ins Archiv, wenn wir so etwas wissen wollen.«

Maarten lachte. »Gut. Wir gehen ins Archiv.« Er stand auf und stellte seine Tasse auf den Tresen. De Roode folgte seinem Beispiel. Gemeinsam stiegen sie die Hintertreppe hinauf.

»Glaubst du eigentlich wirklich, dass es Sinn hat, die Feuilletons aufzuheben?«, fragte de Roode.

»Nein«, gestand Maarten. »Ich frage mich nur, wie sich das Interesse an Mundart in den Prozess der Veränderung einpassen lässt.«

»O ja, dann verstehe ich es«, sagte de Roode beruhigt. »Ich dachte auch schon: Das kann er doch nicht wirklich ernst meinen?«

»Nein, stell dir vor.« Er drückte die Türklinke herunter und betrat sein Zimmer. Bart und Ad saßen noch da und lasen. Ad richtete sich gerade etwas auf, riss die Zettel, auf denen seine Notizen standen, zweimal durch und warf sie in den Papierkorb. Maarten war stehen geblieben. »Als ich gestern den Aufsatz fertig hatte, habe ich mich wie ein Ballon gefühlt, der sich aus einer Kinderhand losgerissen hat und dem lieben Himmel entgegenschwebt.«

»Und jetzt hast du bestimmt gedacht, dass wir uns auch so fühlen.«

»Nein. Ich dachte: Sie dürfen ihn ablehnen. Ich bin bereit, ihn vor ihren Augen in Stücke zu zerreißen, aber dieses Gefühl nimmt mir keiner mehr.« Er ging weiter zu seinem Schreibtisch. Auf der Schreibunterlage lag der Durchschlag, den er Tjitske gegeben hatte. Er nahm ihn hoch. Auf dem Umlaufzettel, den der angeheftet hatte, stand hinter ihrem Namen ein kleines Kreuz. Seine wiedergewonnene Heiterkeit war mit einem Schlag verschwunden. Nach einigem Zögern ging er mit dem Aufsatz zum Besucherraum. Manda war zurück. »Hast du ihn nicht an Manda weitergegeben?«, fragte er, sich Tjitske zuwendend.

Sie wurde rot. »Ich wusste nicht, dass ich das tun sollte.«

»Das machst du doch immer?«

»Ja, aber ...« Sie verschluckte den Rest und schüttelte den Kopf.

Ihre Reaktion überraschte ihn. »Ich habe hier einen Aufsatz für das *Bulletin*«, sagte er, während er sich Manda zuwandte. Zu seiner Überraschung war sie rot geworden. »Ich habe ihn den anderen auch zum Lesen gegeben«, ihre offensichtliche Verlegenheit lenkte ihn ab, »weil es ein ziemlich grundsätzlicher Text ist und weil es auch eure Zeitschrift ist.«

»Ich werde ihn natürlich gern lesen«, sagte sie und streckte ihre Hand aus.

Er gab ihn ihr, wandte sich etwas verdutzt ab und ging zurück in sein Zimmer.

Ad stand auf und folgte ihm zu seinem Schreibtisch. »Können wir jetzt vielleicht kurz darüber sprechen?«

»In Ordnung«, sagte Maarten.

Während Ad einen Stuhl unter dem Tisch hervorzog und an Maartens Schreibtisch brachte, stand Bart auf und verließ lesend den Raum.

»Der Text sorgt für Unruhe«, stellte Maarten fest. Er setzte sich.

Ad grinste.

Maarten sah ihn fragend an, noch etwas geistesabwesend nach dem rätselhaften Verhalten von Tjitske und Manda.

»Ja, ich finde zwar, dass es ein netter Text ist«, sagte Ad sparsam, »aber er befriedigt mich trotzdem nicht so ganz, um dir die Wahrheit zu sagen.«

»Warum nicht?« Es kostete ihn Mühe, seine Enttäuschung zu verbergen.

»Ja, das habe ich mich natürlich auch gefragt«, sagte Ad zögernd.

Maarten sah ihn prüfend an, abwartend.

»Du hast natürlich schon viel Kritik, und damit bin ich bis zu einem gewissen Grad auch einverstanden, aber du sagst nicht, wie es anders gemacht werden könnte, und ich glaube, gerade das würde ich eigentlich gern hören wollen.«

Maarten sah ihn verwundert an. »Das muss überhaupt nicht sein!«

»Aber dann muss es trotzdem anders gemacht werden.«

»Warum muss es anders gemacht werden? Es ist einfach Blödsinn, und ich habe das Bedürfnis, das von Zeit zu Zeit zu sagen.«

Ad lächelte ungläubig.

»Schlussendlich läuft es darauf hinaus, dass es ganz und gar unmöglich ist, die Vergangenheit zu rekonstruieren. Nicht in einem Film! Nicht in einem Museum! Man darf jeden, der das versucht, unbesehen als einen Scharlatan betrachten.«

»Aber das würde bedeuten, dass Geschichtsschreibung keinen Sinn hat.«

»Geschichtsschreibung ist Nachdenken über sich selbst mit den Fakten anderer.«

»Glaubst du?«, fragte Ad begierig.

»Natürlich!« Er lachte, ein schiefes Lachen. »Das glaube ich nicht nur, das ist so!«

In der Mittagspause, auf dem Weg zum Markt, fragte er sich, was ihn so traurig gemacht hatte. Seine Gedanken kreisten um die Worte von Ad und blieben an Tjitskes Reaktion hängen. Wenn sie gesagt hätte: »Hör mal, das kann ich wirklich nicht« oder: »Ich finde, dass du der Chef bist und allein entscheiden musst«, hätte er es bis zu einem gewissen Grad verstehen können, doch nun fuhlte er sich, ohne dass er es wollte, so, als würde über ihn geflüstert. Von diesem Gedanken ging eine unbestimmte Drohung aus, die ihn noch beschäftigte, als er eine halbe Stunde später mit einem Beutel Äpfel wieder das Büro betrat. Bart war zurück an seinem Platz, Ad war verschwunden. Er stellte den Beutel mit Äpfeln ans Bücherregal, hängte sein Jackett weg und setzte sich. Bart stand auf. »Wenn es dir recht ist, kann ich jetzt über deinen Aufsatz sprechen.«

»Natürlich.« Er lehnte sich in seinem Stuhl zurück, stand auf, als Bart mit den Papieren zum Sitzungstisch ging, und setzte sich zu ihm.

Bart hatte den Aufsatz vor sich hingelegt, daneben einen Zettel mit

Notizen und einen Stift. »Ich hoffe nicht, dass du erwartet hast, dass ich es für einen guten Aufsatz halten würde, denn das fände ich sehr unangenehm.«

»Nein, das habe ich nicht erwartet«, beruhigte ihn Maarten.

»Dann ist ja gut.«

»Aber es interessiert mich natürlich schon, warum du ihn nicht gut findest.«

»Dafür habe ich eine Reihe von Gründen.« Er studierte den Zettel mit Notizen, das Gesicht dicht über dem Text, mit dem Stift einen Punkt antippend. »In erster Linie finde ich ihn unausgewogen!« Er sah auf. »Du fängst mit einem Bericht über deine Forschungen zum Dreschflegel an, und dann schaltest du plötzlich um und beschreibst die Entstehung dieses Films!«

»Weil das eine die logische Folge des anderen ist.«

»Und gerade das glaube ich nun nicht!«, sagte Bart triumphierend. »Ich glaube nicht, dass die beiden Dinge etwas miteinander zu tun haben! Ich finde es konstruiert!«

»Weil *du* es nie so aus dem Ruder hättest laufen lassen. Du würdest nie so einen Film gemacht haben, wenn du nur hättest wissen wollen, wie man früher mit einem Dreschflegel gearbeitet hat.«

»Damit hast du in der Tat recht. Ich hätte nie so einen Film gemacht!«

»Eben. Ich aber schon. Wenn ich keine Argumente habe, so etwas nicht zu machen, mache ich es.«

»Aber dann hätte ich doch gern, dass du auch deutlich angibst, dass ich nicht mitverantwortlich bin!«

»Aber du bist doch nicht mitverantwortlich?«

»Nein, aber die Leute könnten es denken!«

Maarten sah ihn verwundert an. »Das verstehe ich nicht. Ich schreibe doch *ich*? Es ist doch klar, dass *ich* verantwortlich bin?«

»Du schreibst zwar *ich*, aber du sagst auch, dass es eine Untersuchung des Büros ist, und weil in dem Text die Rede von sechs Männern ist, kann das Anlass zu Missverständnissen geben.«

»Das halte ich für sehr unwahrscheinlich.«

»Ich würde es trotzdem gern sehen, wenn du noch mal danach schauen könntest.«

»Ich werde danach schauen.«

Bart studierte seine Notizen. »Ja.« Er zögerte. »Ich hoffe, dass du es mir nicht verübelst«, er sah Maarten an, wie um sich im Voraus zu entschuldigen, »aber ich finde, dass darin auch ein Element der Falschheit steckt.«

»Der Falschheit!«, wiederholte Maarten überrascht.

»Du beschreibst, wie du den Film gemacht hast! Du zeigst, wie es aus dem Ruder läuft! Und dann stellst du fest, dass es ein totaler Misserfolg geworden ist!«

Maarten nickte.

»Aber damit setzt du dich auch gleich wieder an die Spitze! Denn mit dieser Kritik stellst du dich über das Geschehen und lässt die anderen, die auch mitgemacht haben, im Regen stehen!«

Maarten nickte amüsiert. Er fand es eine nette Bemerkung. »Das steckt in den meisten meiner Aufsätze«, gab er zu. »Die Absicht dieser Art Selbstkritik ist es natürlich, dadurch stärker zu werden.«

»Und das ist denn auch exakt mein Problem mit deinen Aufsätzen!« Er sprach die Worte sehr sorgfältig aus, als wollte er jedes Missverständnis deswegen ausschließen.

Maarten nickte.

»Du nimmst es mir doch hoffentlich nicht übel?«, fragte Bart beunruhigt. »Denn es liegt natürlich nicht in meiner Absicht, damit etwas Unangenehmes zu sagen.«

»Ich habe damit überhaupt kein Problem«, versicherte Maarten. Er sah auf. Die Tür des Besucherraums war aufgegangen. Manda sah ins Zimmer. Als sie sie am Tisch sitzen sah, zog sie sich sofort wieder zurück.

»War da jemand?«, fragte Bart und sah zur Seite.

»Manda.«

Sie schwiegen. Bart studierte seine Notizen.

»Der Unterschied zwischen dir und mir ist der, dass du nie mit so einem Unternehmen angefangen hättest«, sagte Maarten. »Du spürst intuitiv, dass du so etwas nicht machen solltest.«

»Das stimmt.«

»Vielleicht spüre ich es auch, aber wenn ich keine Argumente habe,

habe ich die Neigung zu untersuchen, was genau daran denn nicht stimmt.«

»Die Neigung habe ich tatsächlich nicht.«

»Außerdem kann ich schwer Nein sagen, wenn ich keine Argumente habe und andere durchaus etwas darin sehen. Das geht dir auch nicht so.«

»Nein, das geht mir nicht so.«

»Aber wenn es einem nun doch so geht, und man stellt hinterher fest, dass man es nicht hätte tun sollen, was macht man dann?«

»Ich finde eben, dass du es nicht so weit hättest kommen lassen dürfen.«

»Ja, natürlich. Aber jetzt ist es so weit gekommen.«

»Dann finde ich, dass man sich hinterher mit dem Ergebnis identifizieren muss, denn so, wie es jetzt ist, hast du doch wieder alle überlistet.«

»Das ist möglich«, gab Maarten zu.

»Und das ist nun genau mein Problem!«

»Und dann gibt es noch einen anderen Aspekt«, sagte Maarten nachdenklich, Barts Bemerkung ignorierend, »und zwar den, dass ich mir eine Blöße gebe, um mich unverwundbar zu machen. Ich fühle mich als Scharlatan, weil ich eine Arbeit mache, die ich nicht mag, und ich habe das Bedürfnis, es meinen Chefs von Zeit zu Zeit unter die Nase zu reiben, auch wenn ich es dann wiederum so mache, dass ich zurückschlagen kann, wenn sie etwas dagegen sagen.«

Bart sah ihn mit deutlichem Unverständnis an. »Ich glaube nicht, dass ich das so ganz verstehe.«

»Das ehrt dich.«

»Ich kann vielleicht noch begreifen, dass du manchmal am Sinn der Arbeit zweifelst«, sagte Bart unbeirrt, »aber ich finde, dass du es dann nicht nach außen dringen lassen solltest. Du kannst es gern Ad und mir sagen, wenn du einen schlechten Tag hast, aber meine Bedenken richten sich ja gerade darauf, dass du es öffentlich machst!«

»Wenn man so etwas im stillen Kämmerlein macht, muss es unwiderruflich einen Moment geben, an dem man das Fenster aufstößt und es hinausschreit, in die Menge, die sich dort versammelt hat.«

Es war zu merken, dass Bart es nicht verstand. »Aber dann machst du die Bauern zum Opfer!«, wandte er ein.

»Die Bauern?«, fragte Maarten überrascht. »Das verstehe ich nicht.«

»Denn die Bauern sind mit dem Plan für diesen Film gekommen!«

»Aber die Bauern sind doch keine Forscher? Für die Bauern ist der Film großartig.«

»Aber das findest du nicht!«

»Nein, weil ich Forscher bin. Sie sind nicht verantwortlich! Ich bin verantwortlich!«

»Und das ist nun gerade mein Problem«, sagte Bart störrisch, »dass du die Bauern deinen Forschungen opferst und das dann wiederum hinterher auch noch kritisierst! Ich will dich nicht verletzen, und ich hoffe nicht, dass du es mir übel nimmst, aber ich finde, dass du auf die Weise deine überlegene Position missbrauchst! Das würde ich nie tun!«

»Nein, du würdest das nie tun«, gab Maarten zu. Es war deutlich, dass sich Barts Kritik und sein eigenes Vermögen, ihr zu folgen, nur teilweise überlappten. Er sah auf die Armbanduhr. »Wenn es das im Großen und Ganzen ist, gehe ich jetzt erst mal Tee trinken.«

»Hast du dich schon entschieden, ob du es veröffentlichen wirst?«

Maarten stand auf. »Darüber muss ich noch mal nachdenken.«

»Wenn du es trotzdem veröffentlichen solltest«, sagte Bart mit Nachdruck, »trotz meiner Kritik, dann würde ich es doch sehr schätzen, wenn du auf die eine oder andere Weise zum Ausdruck bringen könntest, dass ich nicht mitverantwortlich bin!«

»Du hast mich gesucht?«, fragte er, als er den Besucherraum betrat. Manda war allein. Tjitske war nicht da. Sie nahm den Aufsatz von der Ecke ihres Schreibtisches und gab ihn ihm. »Ich fand ihn sehr schön.«

»Ja?« Er war verlegen angesichts ihres Lobs, doch es freute ihn schon.

»Ich habe furchtbar darüber lachen müssen.« Sie zog ihre Augenbrauen hoch, eine lustige Geste, wenn sie verlegen war.

Er lachte.

»Aber es gibt auch etwas sehr Unangenehmes.«

Er sah sie aufmerksam an, alarmiert.

»Ich gehe weg.«
Einen kurzen Augenblick hatte er keine Reaktion. »Weg?«
»Ich weiß auch nicht, wie ich es anders sagen soll«, entschuldigte sie sich mit einem nervösen Lachen.
»Warum?« Er zog einen Stuhl zu sich heran und setzte sich.
»Es wird zu schwer, um es noch länger miteinander zu kombinieren.«
»Neben der Hauswirtschaft«, vermutete er.
»Und ich kriege auch immer mehr soziale Verpflichtungen.«
Er nickte, er verstand. »Es tut mir leid.«
»Mir auch, denn es hat mir hier ansonsten sehr viel Spaß gemacht.«
»Ja?«, fragte er ungläubig.
Sie musste lachen. »Glaubst du das nicht?«
»Doch, natürlich, das glaube ich schon«, sagte er lächelnd. »Ich werde dich vermissen.«
»Das hoffe ich, oder nein, es ist natürlich netter, das nicht zu hoffen.«
»Aber es ist schon so«, sagte er.

Mandas Ankündigung brachte ihn auf den Boden der Tatsachen zurück. Sie stellte alles andere, was an diesem Tag geschehen war, in den Schatten, und das wirkte befreiend. Mit Manda verschwand die Einzige, die intelligent genug war, das, was sie tat, zu relativieren. Er dachte an die Reaktionen auf seinen Aufsatz. Die von Bart und Ad hatten ihn nicht überrascht. Er hätte sie sich selbst ausdenken können. Doch ihm wurde bewusst, dass er von Sien, Joop und Tjitske, tief in seinem Herzen und wider besseres Wissen, erwartet hatte, dass sie, sobald er ihn auf ihren Schreibtisch gelegt hatte, alles andere stehen und liegen lassen würden und sich mit den Fingern in den Ohren darauf stürzen würden, um ihm eine Stunde später mitzuteilen, dass es das bisher Beste gewesen sei, was sie jemals gelesen hätten – obwohl es ihm selbst vollkommen egal war. So lagen die Dinge.
Während er unter dem Glockengeläut der Krijtberg-Kirche den Singel entlang nach Hause ging, führte diese Einsicht dazu, dass seine innere Ruhe zurückkehrte, und der Gedanke, dass er diese Schlussfolgerung gleich würde aufschreiben können, machte ihn sogar sorglos

glücklich. Er hatte sich wieder im Griff. Die Damen und Herren würden einen wehrhaften Mann antreffen, wenn sie an diesem Abend an der Tür klingelten, um ihm die Wahrheit zu sagen.

*

Als er auf die Ampel zuging, stand vor ihm, am Rand des Bürgersteigs, ein Mann und wartete, ein Mann in einem weißen Regenmantel, mit einer Tasche und kurz geschnittenen Haaren, ein Mitbeamter. Von rechts näherte sich eine Straßenbahn, und halb neben der Bahn, sodass er noch gerade die Schnauze sehen konnte, ein Auto. Das bedeutete, dass das Signal bei der Keizersgracht ein paar Sekunden vorher auf Grün gesprungen war und die Ampel, auf die er zulief und die schlecht darauf abgestimmt war, noch bevor die Straßenbahn vorbeifahren konnte, auf Gelb springen würde. Ohne das Tempo zu ändern, ging er an dem Beamten vorbei auf die Straße. Die Ampel sprang um, die Straßenbahn bremste, das Auto folgte ihrem Beispiel. Er ging ruhig vor ihnen entlang, als sei es das Normalste der Welt, und sah aus den Augenwinkeln, wie sich hinter ihm der überlistete Beamte in Bewegung setzte. Erst zwischen der Harten- und der Wolvenstraat holte der Mann ihn wieder ein, sein Täschchen albern an der Hand baumelnd. Der Tag hatte gut begonnen.

Er betrat die Halle, schob sein Namensschild ein und stieg die Treppe zu seinem Zimmer hinauf. Als er seinen Mantel aufhängte, wurde in der Toilette an der Spülung gezogen, die Tür ging auf, und Jaring kam heraus. »Guten Morgen«, sagte er. Hinter ihm lief der Spülkasten mit viel Getöse leer.

»Tag, Jaring«, sagte Maarten. »Du bist auch früh da.«

»Ich bin mit dem Auto da.« Er ging hinter Maarten her in dessen Zimmer und blieb in einiger Entfernung stehen, während Maarten seine Plastiktasche ins Bücherregal legte und sein Jackett weghängte. »Ich habe mit dem Vorsitzenden des Gesangsvereins Kontakt gehabt«, sagte er, als Maarten Platz genommen hatte – er machte eine zögernde

Bewegung, als wollte er einen Schritt näher treten, doch er bezwang sich wieder, »und wir haben jetzt verabredet, dass ich nächste Woche komme und die Interviews führe.«

»Die ganze Woche«, stellte Maarten fest. Auf seinem Schreibtisch lag eine Seite aus einer Zeitung mit einem angehefteten Zettel, was ihn ablenkte. So früh am Morgen musste er sich zwingen, adäquat zu reagieren.

»Das hatte ich vor«, sagte Jaring vorsichtig. »Ich habe auch die Erlaubnis, das Archiv einzusehen.«

Maarten nickte. Er hatte auf den Fotos zu dem Zeitungsartikel Ex-Provo Roel van Duijn erkannt, der Zettel war von Tjitske.

»Ich wollte eigentlich Tineke mitnehmen.« Er sagte es in einem Ton, der zwischen einer Mitteilung und einer Bitte schwankte.

»Auch die ganze Woche?« Er sah Jaring ungerührt an, während er den Artikel hochnahm. Das Vorhaben wunderte ihn, doch er fühlte sich nicht berufen, sein Veto dagegen einzulegen. Es war Jarings Sache, nicht seine.

»Im Rahmen ihrer Ausbildung scheint es mir eine nützliche Erfahrung zu sein.«

Maarten reagierte nicht darauf. »Dann sind also nur Joost und Richard da?«

»Freek glaubt, dass er nächste Woche wohl wieder da sein wird.«

»Was hat er eigentlich gehabt?«

Jaring schmunzelte. »Er selbst denkt, dass er überarbeitet ist.«

»Überarbeitet!« Es lag ein kaum wahrnehmbarer Spott in seiner Stimme.

»Ja«, sagte Jaring entschuldigend, »ich weiß auch nicht genau, was ich mir darunter vorzustellen habe.«

Während Jaring den Raum verließ, nahm er sich den Artikel vor. Es war ein ganzseitiges Interview mit Roel van Duijn im *Leeuwarder Courant*. Die Stadt war für van Duijn erledigt. Er wollte wieder in der Natur leben, Kinder kriegen, die Sonne von seinem Bett aus aufgehen sehen. Deshalb hatte er einen kleinen Bauernhof in Veelerveen gekauft, und er plante sogar, demnächst sein Getreide mit einem Flegel zu dreschen. An die letzte Passage hatte Tjitske einen roten Strich gemacht und ein Ausrufezeichen gesetzt und auf den angehefteten Zettel geschrieben: »Demnächst kannst du ihn auch noch interviewen!« Er las das Ganze mit gemischten Gefühlen. Er kannte das Bedürfnis, und er teilte die Abneigung gegen die heutige Zivilisation, doch er hätte es trotzdem lieber gesehen, wenn van Duijn dort geblieben wäre, wo er hingehörte, in eine Mietwohnung in der Stadt, mit wenig Geld, und jedenfalls nicht mitten in der üppigen Natur. Um sein Leben aufzumuntern, musste so ein Luftikus wohl zum Teufel gehen, durch Feuer und Schwefel. Während er das alles verarbeitete, trafen nacheinander Sien, Joop, Bart und Ad ein. Er blickte auf, weil Bart aufgestanden war und ihn über das Bücherregal hinweg ansah. »Ich habe jetzt auch die Einleitung zur Ausgabe der Volkserzählungen gelesen«, sagte er, »aber ich weiß nicht, ob du auf meine Kritik überhaupt so viel Wert legst.«

»Natürlich lege ich Wert darauf«, sagte Maarten, während er den Artikel hinlegte.

»Weil ich den Eindruck habe, dass dir wenig daran liegt.«

»Dann ist der Eindruck falsch. Ich wäge jedes Wort, das du sagst. Ich bin nur nicht immer derselben Meinung.«

»Das will ich dann mal hoffen«, sagte Bart skeptisch.

»Wo setzen wir uns hin?« Er stand auf. »An den Tisch?«

»Dann an den Tisch.«

Sie setzten sich an den Tisch, Maarten ans Kopfende, Bart im rechten Winkel dazu.

»Sag mal, was daran nicht stimmt«, ermunterte ihn Maarten. Er sah verstohlen auf den Zettel mit Notizen.

»Mein wichtigster Einwand ist der, dass es so verteidigend ist!«, sagte Bart mit Nachdruck, während er seine Notizen studierte. »Du erklärst viel zu oft, warum du etwas nicht gemacht hast! Ich finde das schwach!«

Maarten nickte.

»Und du benutzt auch viel zu viele Argumente.«

»Qui s'excuse, s'accuse«

»So könnte man es in der Tat formulieren.«

»Das ist der erste französische Satz, den ich gelernt habe«, erläuterte Maarten. »Das hat mein Vater immer zu mir gesagt.«

»Damit hatte dein Vater dann recht.«
»Aber ich fand es eigentlich Unsinn.«
»Siehst du!«, sagte Bart verstimmt. »Dich kümmert es überhaupt nicht, wenn dich jemand kritisiert!«
Maarten lachte. »Nein, mach weiter! Ich höre zu!«
»Auf die Weise nimmst du einem jede Lust, Kritik in Worte zu fassen.«
»Kannst du nicht ein Beispiel nennen?«
Bart zog widerwillig seine Notizen zu Rate. Maarten sah, dass Ad sich aufgerichtet hatte und mithörte. Das amüsierte ihn.
»Beispielsweise die Sache mit den Tonbandgeräten. Du führst eine ganze Reihe von Argumenten an, warum du sie nicht benutzt hast. Du sagst dazu«, er zeigte mit dem Finger auf die Stelle: »Erstens, dass kein Geld da war, um sie anzuschaffen; zweitens, dass kein Geld da war, die Bänder abzuschreiben; drittens, dass es keine Leute gab, sie abzuhören; viertens, dass die Gefahr bestand, dass die Erzähler abgeschreckt würden; fünftens, dass sich die Untersuchung durch den Einsatz von Tonbandgeräten verzögern würde. Ich finde das schwach. *Ein* Argument sollte doch mehr als genug sein!«
»Ja, das findest du! Weil du überhaupt kein Tonbandgerät benutzen würdest!«
»Ich finde es in der Tat ethisch nicht vertretbar. Ich finde, dass man mit der Benutzung eines solchen Instruments die Intimsphäre eines Menschen verletzt.«
»Aber das finde ich nun mal nicht! Ich denke ganz anders.«
»Den Eindruck habe ich langsam auch«, sagte Bart säuerlich.
»Du arbeitest nach festen Prinzipien«, verdeutlichte Maarten. »Ich nicht. Ich sitze mitten im offenen Raum, und mir stehen alle Möglichkeiten offen. Wenn ich sofort aufstehe, weiß ich sicher, dass ich, sobald ich unterwegs bin, zweifeln werde. Also habe ich gelernt, sitzen zu bleiben. Erst nach einer Weile fange ich an, die Umgebung zu kennen. Ich schätze die Hindernisse um mich herum ab, wäge ihre Schwere und bewege mich langsam in Richtung des geringsten Widerstands. Und dann stehe ich auf. Es wäre eine Verfälschung, hinterher zu behaupten, dass es anders gelaufen ist.«

Es entstand eine Pause.

»Weißt du jetzt schon, wie du dem Leser klarmachen kannst, dass ich für diesen Film nicht mitverantwortlich bin, falls du beschließen solltest, den Aufsatz doch zu veröffentlichen?«, fragte Bart, Maartens Tirade ignorierend.

»Wie soll ich das machen?«

»Beispielsweise in einer Fußnote.«

»Aber ich schreibe doch *ich*.«

»Ja, sicher, aber später schreibst du wieder über sechs Herren in Rollkragenpullovern, und dann könnten die Leser denken, dass ich einer von ihnen bin.«

»Weil du immer einen Rollkragenpullover anhast«, stellte Maarten amüsiert fest.

»Schreib ruhig, dass ich das bin«, bemerkte Ad aus der Ferne, »auch wenn ich da keinen Rollkragenpullover anhatte.«

Maarten lachte. »Nein, die Einzigen, die einen Rollkragenpullover anhatten, waren Vester Jeuring und ich.«

»Und trotzdem würde ich gern sehen, dass du das deutlich machst«, sagte Bart störrisch.

Das Telefon klingelte. Maarten stand auf. »Ich wüsste nicht, wie ich das tun sollte.« Er nahm den Hörer ab. »Koning hier.«

»Tag Koning«, sagte eine Platt sprechende, knarzende Stimme.

»Tag, de Bruin!«, sagte Maarten überrascht. Er fühlte sich sofort schuldig.

»Ich habe dich schon mal angerufen, aber du warst nicht da.« Es lag ein leichter Vorwurf in seiner Stimme.

»Ja, ich habe ein paar Tage zu Hause gearbeitet.« Er setzte sich. »Wie geht's?«

»Schlecht! Sie haben jetzt eine kleine Stelle in meinen Lungen gefunden, und die muss vielleicht rausgenommen werden. Ich dachte, ich ruf dich mal eben an.«

»Das ist schlimm.«

»Ach, man gewöhnt sich dran.«

»Wie merkst du das denn genau?« Er spürte, dass er gehetzt war, und musste sich zwingen, ruhig zu sprechen.

»Atembeklemmungen, nich'? Ich krieg nich' gut Luft.«
»Aber du hast keine Schmerzen.«
»Schmerzen eigentlich nicht so. Ja, beim Luftholen, aber das ist, weil ich mir vor einer Weile ein paar Rippen gebrochen habe.«
»Wie ist das denn wieder passiert?«
»Na, das kann ich dir erzählen ...«
Während de Bruin ausführlich seine Geschichte erzählte, sah Maarten nach draußen, während er dafür sorgte, dass er im richtigen Moment eine Frage stellte, ohne jedoch auf die Details der Antworten zu achten. Er fragte sich, was ihn so in Anspannung versetzt hatte, und vermutete, dass es für ihn zu früh war, um zu reden. Ein Mensch muss erst einige Zeit allein sein, bevor er sich wieder ganz langsam an die Anwesenheit seiner Mitmenschen gewöhnen kann. »Und wie geht es deiner Frau?«, fragte er, als de Bruin seine Geschichte beendet hatte.
»Oh, der geht's ganz gut. Und deiner Frau?«
»Der geht es auch gut. Ich wollte noch mal bei euch vorbeikommen.«
»Das musst du machen, mein Junge.«
»Das mache ich. Aber bis dahin: Grüß deine Frau schon mal von mir.«
»Das mache ich. Und du deine Frau, nicht wahr?«
»Mach ich.«
Im Hintergrund rief jemand.
»Und ich soll dich auch von meiner Frau grüßen.«
»Danke.«
»Und natürlich auch Grüße an deine Frau.«
»Ich glaube, dass meine Frau euch auch grüßen lassen würde, wenn sie wüsste, dass du am Telefon bist.«
»Na, dann mal alles Gute, nicht wahr?«
»Und dir viel Kraft. Ich rufe noch mal an.«
»Danke. Und auf Wiedersehen dann, nicht wahr?«
»Auf Wiedersehen. Tschüss, de Bruin!«
»Tschüss, Koning!«
Maarten legte den Hörer auf. »De Bruin!«
»Ich verstehe nicht, dass du das so kannst«, sagte Bart.
»Es war ein gelungener Kontakt«, gab Maarten zu, »auch wenn

unser Herrgott wohl nicht darauf hereinfallen wird.« Er stand auf. »Ich gehe eine Tasse Kaffee trinken.«

Als er auf den Flur trat, kam Tjitske gerade aus der Tür des Besucherraums. »Vielen Dank für das Interview«, sagte er.

Sie wurde rot, kniff die Augen zu. »Ich fand es schön.«

»Es ist schon sehr idealistisch«, gab er zu. Gemeinsam stiegen sie die Treppe hinunter. »Du würdest so etwas nie machen?« Er sah zur Seite.

»Nein, natürlich nicht«, sagte sie entrüstet.

»Du findest es zu elitär.«

»Ja«, murmelte sie.

»Aber als Beigeordneter hat sich van Duijn sehr anständig verhalten.«

»Ach, das weiß ich nicht«, sagte sie gleichgültig.

»Du findest, dass man kein Beigeordneter werden sollte.«

»Ja, das auch.«

»Ich habe ein Problem damit, dass es eine Flucht ist. Ich fürchte, dass es sein geistiger Untergang wird.«

»Und du kannst ihn jetzt nicht mehr wählen.« Es klang ein wenig spöttisch.

Sie gingen durch die Halle. Er hielt ihr die Schwingtür zum Kaffeeraum auf. »Stimmt, ich kann ihn nicht mehr wählen«, machte er sich klar, während er hinter ihr den Kaffeeraum betrat. »Er wird jetzt wohl nicht mehr auf der Wahlliste stehen.«

Sie nahmen sich am Schalter eine Tasse Kaffee und setzten sich zu Wim Bosman, der dort bereits saß.

»Wen kannst du nicht mehr wählen?«, fragte Wim Bosman neugierig.

»Roel van Duijn«, antwortete Maarten.

»Wählst du den denn?«

»Den habe ich gewählt, aber er ist jetzt Bauer geworden.«

Engelien kam aus der Halle. »Hallo«, sagte sie munter. Gleich darauf kamen Mia und Ad aus dem Hinterhaus.

»So geht es, wenn man Personen statt Programme wählt«, höhnte Tjitske.

Maarten schmunzelte.

Engelien stellte ihre Tasse auf den Tisch und ließ sich neben ihn auf den Stuhl plumpsen. »Glaubst du eigentlich auch, dass das Kabinett stürzen wird?«, fragte sie begierig.

»Ich denke schon«, sagte er.

»Mensch, ich finde das so spannend.«

»Ja?«, fragte er ungläubig.

»Natürlich! So etwas erlebt man doch fast nie?«

»Wen wählt ihr?«, fragte Mia Ad.

»Ich glaube, wieder die Radikalen«, sagte Ad. »Das sind die Einzigen, die etwas für Tiere tun.«

»Wen wählst du?«, fragte Engelien Maarten.

»Ich denke, die Sozialpazifisten«, sagte Maarten, »genau wie Tjitske.«

Tjitske kicherte.

»Mensch, ich weiß es noch immer nicht«, sagte Engelien.

»Du wählst doch bestimmt die Christdemokraten?«, fragte Maarten, sich Wim Bosman zuwendend.

»Ich dachte, dass Wählen geheim wäre«, sagte Wim Bosman feinsinnig lächelnd.

Er zog das Blatt Papier mit den Durchschlägen aus seiner Schreibmaschine und las den Text noch einmal durch: »Die Abteilung Volkskultur des Büros hat zum 1. Mai die Stelle eines DOKUMENTARS / einer DOKUMENTARIN wiederzubesetzen. Die Tätigkeiten des betreffenden Stelleninhabers / der Stelleninhaberin bestehen aus dem Ordnen von Zeitungsausschnitten über Bräuche und Traditionen auf der Grundlage einer bestehenden Systematik, der Beschaffung und dem Codieren von Büchern, dem Analysieren von Büchern und Zeitschriftenaufsätzen für den Schlagwortkatalog und dem Anfertigen von Zusammenfassungen für das *Bulletin*. Diejenigen, die nähere Informationen wünschen, sind eingeladen, der Abteilung einen (unverbindlichen) Besuch abzustatten. Eine Ausbildung an der Schule für Bibliotheks- und Dokumentationswesen ist wünschenswert. Bewerbungen bitte an den Leiter der Abteilung, Herrn M. Koning.« Er heftete einen Umlaufzettel an den ersten Durchschlag, schrieb oben drauf: »zur Diskussion«, legte ihn in das Ausgangskörbchen und spannte einen Bogen Papier mit zwei Durchschlägen ein, tippte den Namen und die Adresse von Kaatje Kater, drehte das Papier weiter, dachte kurz nach und tippte dann: »Liebe Frau Kater, in Kürze werden Sie eine Anzeige in der Zeitung lesen, in der wir für die Abteilung eine(n) neue(n) Dokumentar(in) suchen. Der Grund ist, dass Frau Kraai zum 30. April das Büro verlassen wird. Sie tut dies, wie sie selbst sagt, mit Bedauern, weil sie keine Möglichkeit mehr sieht, die Sorge um die Hauswirtschaft der Pfarrei, in der sie tätig ist, und die sozialen Verpflichtungen, die dies mit sich bringt, mit der Tätigkeit im Büro zu kombinieren. Wir verlieren mit ihr, auch zu meinem Bedauern, eine sehr gute und vielversprechende Kraft, die nicht so leicht zu ersetzen sein wird. Ob wir dies demnächst auch von ihrem/ihrer Nachfolger(in) werden sagen können, müssen wir abwarten. Ich halte Sie darüber auf dem Laufenden. Mit freundlichen Grüßen, M. Koning.« Er zog die Papiere aus der Schreibmaschine, tippte einen Umschlag, heftete die Durchschläge an die Anzeige, stand auf und legte sie auf die Ausziehplatte bei Bart. Danach ging er Tee trinken.

»Du hast diesen Brief doch wohl erst Manda vorgelegt?«, fragte Bart, als er vom Tee zurückkam.
Maarten blieb an seinem Schreibtisch stehen. »Nein, warum?«
»Weil ich finde, dass man das nicht schreiben kann, wenn man nicht sicher weiß, dass Manda dem zustimmt.«
»Aber das hat sie doch gesagt?«
»Das hat sie *dir* gesagt! Ich weiß nicht, ob sie überhaupt Wert darauf legt, dass auch andere über ihr Privatleben informiert sind.«
Maarten streckte die Hand aus. »Gib her. Ich werde sie fragen.«
Er nahm Bart den Brief ab und ging damit zum Besucherraum. »Bart fragt sich, ob ich das überhaupt schreiben darf«, sagte er und legte den Brief auf Mandas Schreibtisch. »Hast du etwas dagegen?«
Sie las den Brief. »Nein«, sagte sie erstaunt und sah auf. Sie lachte. »So ist es doch?«
»Bart ist darin sehr genau.« Es lag ein leichter Spott in seiner Stimme. Er wandte sich ab. »Manda hat nichts dagegen«, sagte er triumphierend, als er wieder ins Zimmer kam. Er legte die Papiere bei Bart zurück.

»Du hast doch hoffentlich nicht gesagt, dass es von mir kam?«, fragte Bart argwöhnisch.
Maarten zögerte. »Doch, das habe ich gesagt.« Er fühlte sich schuldig.
»Siehst du!«, sagte Bart verstimmt. »Man kann dir nie etwas sagen, ohne dass es anschließend alle wissen.«
»Aber hätte ich dich das denn erst wieder fragen sollen? So können wir endlos weitermachen.«
»Du hättest es überhaupt nicht sagen sollen!«, sagte Bart mit unterdrückter Wut. »Es ist doch überhaupt nicht nötig, dass du das mitteilst? Das tust du doch nur, weil du nicht allein dafür geradestehen willst?«
Maarten schüttelte den Kopf. Er wandte sich ab und ging weiter zu seinem Schreibtisch. »Ich fange an zu glauben, dass wir bis in alle Ewigkeit aneinander vorbeireden werden.«
»Aber so schwer ist das doch nicht? Wenn du nur mal etwas mehr Rücksicht auf die Meinung anderer nehmen würdest!«
»Ja«, sagte Maarten ironisch, er setzte sich, »das ist es wahrscheinlich.«

Er zog die Haube über die Schreibmaschine, zog sein Jackett an, stellte den Ventilator aus, griff zu seiner Plastiktasche und sah noch kurz in den Karteisystemraum. Als er zur Tür ging, hörte er Manda vom Besucherraum aus auf den Flur gehen. Er zögerte, und lauschte dabei den Geräuschen: Sie zog ihren Mantel an, der Bügel tickte gegen die Garderobe, man hörte ihre Schritte auf der Treppe. Er öffnete die Tür, ging über den Flur und stieg langsam die Vordertreppe hinunter. Unten schlug die Tür zu, in der Halle war es schummrig, das Licht in der Küche brannte. Er betrat die Pförtnerloge, streckte automatisch die Hand zu seinem Namensschild aus, griff jedoch daneben. Kurz bemächtigte sich seiner ein leichtes Gefühl der Unsicherheit, dann sah er, dass Manda es bereits ausgeschoben hatte. Er ging durch die Drehtür. Sie war noch mit ihrem Fahrrad beschäftigt. »Komisch, wenn das eigene Namensschild weg ist«, sagte er, um etwas zu sagen, »das ist ein bisschen so, als ob man tot wäre.«

»Ja, daran werde ich mich wohl noch gewöhnen müssen«, antwortete sie und sah auf. Im nächsten Augenblick wurde ihr klar, dass sie ihn falsch verstanden hatte. »O ja, nein, ja, jetzt verstehe ich es«, sagte sie verwirrt.
Er lachte. »Na dann, bis morgen.«
»Bis übermorgen«, sagte sie und stieg aufs Fahrrad.
»Ja, natürlich, bis übermorgen«, wiederholte er, während sie losfuhr. Er schämte sich. Sie hatte seine Bemerkung viel intimer aufgefasst, als sie gemeint gewesen war, und wenn sie genauso reagierte wie er, musste es sie nun gewaltig ärgern. Während er der Gracht weiter folgte, bedachte er, dass diese Art von Missverständnissen, diese kleinen, unbedeutenden Grenzüberschreitungen, den Kontakt zu Menschen so unbefriedigend machten, und dass dies der Grund war, weshalb er Begräbnisse so mochte, Momente, an denen alle ihren Platz hatten und nicht aus der Reihe tanzen konnten. Er erinnerte sich, wie heiter er den Tag begonnen hatte, und stellte fest, dass von dieser Heiterkeit wenig übrig geblieben war. Vögel, die früh singen, holt die Katze, auch wenn sie nicht singen. Er kaufte bei Lanskroon eine Pizza und ging weiter durch den Heisteeg zum Spui. Hinter den Fenstern des Athenaeum Nieuwscentrum hingen große Blätter mit den aktuellen Nachrichten. In den Vitrinen des *Handelsblad*, am Voorburgwal, war noch etwas Platz freigelassen worden, aber nur wenig. Er hastete nach Hause, machte das Gas im Backofen an und schaltete das Radio ein. Das Kabinett war gestürzt. Kurze Zeit später rief Nicolien von ihrer Mutter aus an, um zu sagen, dass den Uyl um acht Uhr im Fernsehen käme. Ihre Stimme klang heiter. Er hatte den Eindruck, dass sie ein wenig betrunken war. »Du bist lieb«, sagte sie noch. Das war ihm bekannt. Zufrieden richtete er sich eine Stunde zu früh mit der Zeitung vor der Bildröhre ein. Heute Abend würde nicht gearbeitet, es würde gefeiert werden. Es lief ein Film über die friesische Vogelwarte. Ein kleines Mädchen rannte vor der Maschine ihres Vaters her, um die Kiebitznester mit einer Zeitung vor dem umherfliegenden Geier zu beschützen. Er sah es sich an, und Tränen traten ihm in die Augen. So schlecht waren die Menschen nun auch wieder nicht. Danach kam den Uyl. Als dieser zu Ende gesprochen hatte, überlegte er, ob er ihn demnächst

wählen sollte, doch Nicolien fand, als er sie vom Bahnhof abholte, dass er das nicht machen könnte.

»Warum nicht?«, fragte er.

»Weil er nicht links genug ist!«

Sie waren noch gerade rechtzeitig vor der Parlamentssitzung wieder da, die bis ein Uhr dauerte. Nicht, dass er von Anfang bis Ende gefesselt war, den Großteil der Zeit langweilte er sich zu Tode, dennoch blieb das angenehme Gefühl erhalten, dass er ein Alibi hatte, an diesem Abend nichts zu tun. Er fand es sogar ein wenig schade, dass er nicht dort war, auch wenn er sich selbstverständlich nicht mit einer Hinterbank begnügen würde. Ein besessenes Leben, in dem ein Mensch keine Zeit bekommt, um zu begreifen, dass es Unsinn ist, das ist am schönsten, dachte er, als er im Bett lag, kurz vor dem Einschlafen.

*

»Ein paar von euch haben offenbar ein Problem mit dem Anzeigentext, den ich herumgeschickt hatte«, sagte Maarten. – Sie saßen zu sechst am Sitzungstisch. – »Ich schlage vor, dass wir uns über die Probleme austauschen und dann einen definitiven Text beschließen. Ist das in Ordnung?«

Niemand sagte etwas.

»Ich habe nur zwei Durchschläge«, er schob einen nach links, wo Joop, Tjitske und Sien saßen, und den anderen nach rechts zu Bart und Ad, »aber vielleicht könnt ihr gemeinsam hineinsehen?« Er sah auf das Original, das vor ihm lag. »Der Text besteht faktisch aus drei Sätzen: einem Satz, in dem steht, um welche Tätigkeiten es geht, einem anderen, in dem sie eingeladen werden, uns hier zu besuchen, und einem Satz, in dem etwas über die wünschenswerteste Ausbildung gesagt wird. Ich möchte zuerst jeden Satz einzeln besprechen und euch anschließend die Gelegenheit geben«, das Telefon klingelte, er stand auf, »dem noch etwas hinzuzufügen, falls Bedarf besteht«, er nahm den Hörer ab, »Koning!«

»Jaap hier!«

»Jaap.«

»Bist du morgen da?«

Er zögerte ganz kurz, eine angeborene Neigung, sich ein Hintertürchen offenzuhalten. »Ja«, sagte er dann. »Das hatte ich schon vor.«

»Morgen kommen die Bewerber für die ehemalige Stelle von Schaafsma. Ich bin unerwartet verhindert. Kannst du sie an meiner Stelle empfangen?«

Die Bitte wunderte ihn. »Und was ist mit de Roode?«

»De Roode ist auch dabei, aber ich finde, dass sie von einem von uns empfangen werden müssen.«

»Gut«, sagte Maarten verblüfft. »Wann kommen sie?«

»Das wird de Roode dir noch sagen.«

»Und die Briefe?«

»Die hat de Roode.«

»Ich werde es machen.«

»Danke.« Der Hörer wurde aufgelegt.

In Gedanken kehrte er an den Sitzungstisch zurück. Die Bitte war so ungewöhnlich, dass er sie nicht einordnen konnte. Nach ihrem gemeinsamen Empfang der Bewerber für die Nachfolge von Slofstra hatte Balk ihn nie wieder um Rat gefragt, nicht einmal bei den Stellen im Allgemeinen Dienst, ganz zu schweigen bei denen der anderen Abteilungen. Er setzte sich und sah sich den Text der Anzeige an. »Ja«, sagte er, während er seine Aufmerksamkeit wieder auf die Sitzung richtete. »Ist das ein guter Vorschlag?«

»Ich würde doch gern zunächst etwas Allgemeines zur Sprache bringen wollen«, sagte Bart.

»Bart!« Er sah ihn an.

»Seinerzeit habe ich mich dagegen ausgesprochen, dass die freigewordene Stelle von Boerakker in zwei Planstellen umgewandelt wird«, sagte Bart, präzise formulierend, »eine für Manda und eine für Tjitske. Darauf bist du damals nicht eingegangen, aber jetzt, wo Manda uns verlässt, frage ich mich, ob wir die Entscheidung nicht wieder rückgängig machen sollten.«

»Das haben wir gemacht, weil Tjitske nur an drei Tagen konnte, und Sien noch zwei Tage übrig hatte«, erinnerte ihn Maarten.

»Aber danach haben wir Joop noch dazubekommen, obwohl sie

eigentlich für das Volksmusikarchiv vorgesehen war, und Joop arbeitet exakt vier Tage!« Es lag unverkennbar Triumph in seiner Stimme.

»Und was willst du dann mit der Arbeit von Manda machen?«

»Die müssten wir verteilen.«

»Die sollen wir dann wohl zusätzlich machen!«, sagte Sien schnippisch. »Ich denke nicht daran!«

»Das meine ich keineswegs, Sien«, sagte Bart erschrocken.

»Wer soll sie dann machen?«

»Ich dachte eher daran, dass wir bei den Arbeiten vielleicht etwas einsparen könnten«, sagte Bart zaghaft.

»Ausgeschlossen«, sagte Maarten. »Manda hat einen wichtigen Anteil am Erstellen der Zusammenfassungen für das *Bulletin*. Das in erster Linie. Außerdem empfängt sie die Mehrzahl der Besucher. Wir können ihre Arbeit nicht einfach so aufteilen.«

»Aber wir müssen dann demnächst wieder eine neue Kraft einarbeiten«, sagte Bart verdrießlich.

»Ja, das lässt sich nicht ändern. So ist das, wenn jemand weggeht. Der erste Satz! Ich zähle darin die wichtigsten Tätigkeiten auf. Einwände?« Er sah in die Runde.

»Ich vermisse schon noch einiges«, bemerkte Ad.

»Ich auch«, sagte Bart.

»Wie zum Beispiel?«

»Die Bearbeitung von Bitten um Auskunft, die Verarbeitung der eingehenden Volkserzählungen …«, begann Ad.

»Die Erzählungen, das ist praktisch abgeschlossen«, fiel ihm Maarten ins Wort.

»Und dann die Fragebogen«, fügte Ad noch hinzu.

»Ist es denn wirklich nötig, so ausführlich zu sein?«, fragte Bart. »Kann man es nicht besser bei ›Verrichten administrativer Tätigkeiten‹ belassen?«

»Und was ist mit den Handschriften?«, ergänzte Tjitske.

»Administrative Tätigkeiten finde ich zu eng«, bemerkte Maarten, während er sich eine Notiz machte.

»Und trotzdem würde ich das bevorzugen«, sagte Bart. »Dann weckst du auch keine falschen Erwartungen.«

»Unterstützt jemand Barts Bemerkung?«, fragte Maarten, während er in die Runde sah.

»Ich finde, dass das, was wir machen, keine administrativen Tätigkeiten sind«, sagte Sien.

»Ja, das finde ich auch«, sagte Tjitske.

»Gibt es noch weitere Ergänzungen?«

»Ja, der Empfang der Besucher«, sagte Joop, »aber ich glaube, das habe ich schon gesagt.«

Maarten notierte es. »Noch etwas?« Er blickte in die Runde. »Dann kommen wir zum zweiten Satz.«

»Was hast du jetzt entschieden?«, wollte Bart wissen.

»Noch nichts. Das kommt gleich. Der zweite Satz! Die Einladung, sich hier umzusehen.«

»Wer soll sie denn empfangen?«, fragte Sien argwöhnisch.

»Ihr!«

»Dazu habe ich keine Lust! Das kostet mich viel zu viel Zeit!«

»Nein, ich verstehe auch nicht, wozu das nötig sein soll«, sagte Tjitske. »Es genügt doch, wenn es ihnen im Bewerbungsgespräch erzählt wird? So war es bei uns doch auch?«

»Ich habe das hineingeschrieben, weil ich es wichtig finde, dass jemand, der hier arbeiten will, ungefähr weiß, was ihn erwartet, und auch, dass er sieht, mit wem er zusammenarbeiten wird. Und umgekehrt habt ihr die Gelegenheit, aufgrund dieser Gespräche eure Präferenzen anzugeben.«

»Oh, ich denke gar nicht daran«, sagte Sien, »das ist nicht meine Arbeit.«

»Ja, das finde ich auch«, sagte Tjitske.

»Joop?«, fragte Maarten.

»Ich führe sie gern herum. Das finde ich interessant.«

»Na, dann mach das mal«, sagte Sien. »Ich habe dazu keine Lust.«

»Und was passiert mit denen, die vorher nicht vorbeischauen?«, wollte Bart wissen.

Maarten verstand nicht gleich, worauf er hinauswollte. »Nichts!«

»Denn die haben dann nicht die Gelegenheit gehabt, mit ihren künftigen Kollegen Bekanntschaft zu machen.«

»Gehabt schon, aber nicht wahrgenommen.«
»Das finde ich undemokratisch, denn die sind dann anschließend im Nachteil!«
»Aber es ist doch ihre eigene Entscheidung!«, sagte Maarten verwundert.
»Das kann schon sein, aber das *wissen* sie nicht! Dann müsstest du dazu schreiben, dass es eine verkappte Bewerbung ist! Und das tust du nicht!«
»Nein«, gab Maarten zu.
»Dann bin ich dagegen!«
»Gut, ich notiere es.« Er machte sich eine Notiz. »Hat dem noch jemand etwas hinzuzufügen?«
»Außer, dass ich auch dagegen bin«, sagte Sien.
»Ja, das weiß ich. Der dritte Satz! Ich sage darin, dass eine Ausbildung ...« Er brach abrupt ab. Aus dem Besucherraum ertönte wütendes Bellen. Jemand rief wutentbrannt: »Scheißhund! Hau ab! Bist du wahnsinnig?« Er sah Tjitske an. »Wampie«, sagte sie. Sie stand auf. Die Tür des Besucherraums wurde aufgerissen, und Huub Pastoors erschien mit rotem Kopf in der Tür. »Könnt ihr denn diesen Scheißhund nicht festbinden?« Er zog ein Hosenbein hoch und sah sich sein Bein an. Hinter ihm bellte Wampie wütend. »Lass mich mal kurz«, sagte Tjitske. Sie ging an Pastoors vorbei in den Besucherraum. »Komm, Wam!«, hörte Maarten sie sagen. »Es ist doch idiotisch, einen Hund mit ins Büro zu nehmen!«, sagte Pastoors verärgert zu Maarten.
»Wo soll er denn bleiben?«, fragte Maarten.
»Das interessiert mich nicht! Er gehört hier nicht hin!« Er wandte sich ab und verschwand im Besucherraum.
Sie warteten schweigend. Er hörte Tjitske mit Pastoors reden. Kurz darauf kam sie mit dem auf drei Pfoten hinkenden und angeleinten Wampie zurück. »Leg dich mal da hin!«, sagte sie und zeigte auf den Platz neben ihrem Stuhl. Sie setzte sich wieder. »Er hasst Huub«, sagte sie mit einem entschuldigenden Lachen.
»Dafür wird er dann wohl seine Gründe haben«, meinte Maarten. Er beugte sich wieder über sein Papier, »... dass eine Ausbildung an

der Schule für Bibliotheks- und Dokumentationswesen wünschenswert ist«, fuhr er fort. »Einwände?«

»Warum sollte man das eigentlich dazuschreiben?«, fragte Ad.

»Weil Tjitske und Joop diese Ausbildung gemacht haben.«

»Aber beschränkt man sich dann nicht ziemlich in seinen Möglichkeiten?«

»Da bin ich völlig einer Meinung mit Ad«, sagte Bart. »So eine Bemerkung wirkt diskriminierend.«

»Manda und ich haben doch auch keine Bibliotheks- und Dokumentationsausbildung?«, pflichtete ihnen Sien bei.

»Was soll ich dann schreiben?«, fragte Maarten.

»Einfach ›weiterführende Schule‹«, sagte Ad.

»›Abschluss an einer weiterführenden Schule ist wünschenswert?‹«

»Nein, ein weiterführender Schulabschluss ist natürlich Voraussetzung!«

Maarten lachte. »Ja, natürlich.« Er machte sich eine Notiz. »War es das?« Er sah in die Runde.

»Das hängt davon ab, was du mit unseren Vorschlägen machst«, sagte Bart.

»Das versteht sich.« Er betrachtete seine Notizen. »Ich schlage vor, den ersten Satz zu ergänzen um ›dem Empfang von Besuchern und der Bearbeitung von Anfragen um Auskünfte‹, und der Aufzählung ein ›unter anderem‹ voranzustellen ...«

»Warte mal«, unterbrach Bart. »Wie lautet der Satz dann genau?«

»›Die Tätigkeiten des betreffenden Stelleninhabers / der Stelleninhaberin bestehen unter anderem aus dem Ordnen von Zeitungsausschnitten über Bräuche und Traditionen auf der Grundlage einer bestehenden Systematik, der Beschaffung und dem Codieren von Büchern, dem Analysieren von Büchern und Zeitschriftenaufsätzen für den Schlagwortkatalog, dem Anfertigen von Zusammenfassungen für das *Bulletin*, dem Empfang von Besuchern und der Bearbeitung von Anfragen um Auskünfte.‹« Er las den Text langsam vor, wobei er sein Redetempo der Geschwindigkeit anpasste, in der Bart seine Worte auf dem einen und Sien sie auf dem anderen Durchschlag notierten.

Bart las sie noch einmal, während die anderen warteten. »Wenn du es so formulierst, bin ich dagegen«, sagte er schließlich. »Ich finde es ausreichend, wenn du schreibst«, er nahm das Blatt hoch, um wörtlich zitieren zu können. »›Die Tätigkeiten des Stelleninhabers / der Stelleninhaberin bestehen aus administrativen Tätigkeiten.‹«

»Ist noch jemand dagegen?«, fragte Maarten und sah in die Runde.

Niemand sagte etwas.

»Dann schlage ich weiter vor, den zweiten Satz zu streichen. Also keine Gelegenheit zum Besuch.«

»Warum nicht?«, fragte Joop enttäuscht. »Da war die Abstimmung doch drei gegen drei?«

»Aber unter denen, die es direkt betrifft, zwei gegen einen! Und schließlich ändere ich den letzten Satz in: ›Vorausgesetzt wird der Abschluss an einer weiterführenden Schule.‹« Er sah in die Runde. »Sind alle mit diesen Änderungen einverstanden?«

»Ich, wie gesagt, nicht!«, sagte Bart. »Ich stehe auf dem Standpunkt, dass wir die Stelle nicht besetzen sollten, und ich hätte gern, dass du dazu auch einen Vermerk machst.«

»Das werde ich. Sonst noch jemand, der möchte, dass ich einen Vermerk mache?« Es lag ein kaum hörbarer Spott in seiner Stimme.

Niemand reagierte.

»Dann ist der Text angenommen, mit dem Vermerk, dass Bart dagegen ist.« Er stand auf. »Jetzt bin ich kurz bei de Roode.« Während die anderen ebenfalls aufstanden, legte er das Original des Textes auf seinen Schreibtisch, brachte seinen Stuhl zurück, verließ den Raum und stieg die Treppe in den dritten Stock hinauf.

De Roode saß da und schrieb. »Bart!«, sagte Maarten.

De Roode sah auf und legte seinen Stift hin. »Maarten«, sagte er freundlich.

Maarten nahm auf dem Stuhl ihm gegenüber Platz. Er wartete kurz, um das, was er sagen würde, zu ordnen. »Balk hat mich gebeten, morgen bei euren Bewerbungsgesprächen dabei zu sein.«

»Ach, musst *du* das jetzt machen?«, sagte de Roode mitfühlend. »Das können wir doch auch selbst?«

»Balk will es«, sagte Maarten entschuldigend.

De Roode verarbeitete seinen Unmut. »Na, dann soll es so sein«, sagte er schließlich resigniert.

»Wie viele sind es? Zwanzig? Vierzig? Sechzig?«

»Nein, es ist die zweite Runde. Es sind nur noch drei.«

»Und wie heißen sie?«

»Soll ich dir die Briefe geben?« Er zog eine Plastikmappe mit Bewerbungsschreiben aus einem kleinen Stapel auf der Ecke seines Schreibtisches und gab sie Maarten.

»Was für schöne Mappen du immer hast«, sagte Maarten bewundernd.

»Ja, es sind schöne Mappen. Aber die kannst du doch auch bekommen. Die liegen einfach im Magazin.«

Maarten blätterte in den Briefen. »Darf ich sie mitnehmen?«, fragte er und sah auf.

»Ja, natürlich.«

»Wen präferiert ihr?«

»Das wissen wir eigentlich noch nicht. Wir finden eigentlich alle drei geeignet, um die Wahrheit zu sagen.«

Maarten stand auf. »Ich werde sie mir ansehen. Wo wolltest du sie empfangen?«

»Das sollte dann in Balks Zimmer stattfinden. Findest du nicht?«

»Gut. In Balks Zimmer!« Er ging zur Tür. »Bis morgen dann!«

»Der erste kommt um neun Uhr«, warnte ihn de Roode. »Aber das siehst du schon, denn es steht drauf.«

Auf dem Rückweg in sein Zimmer sah er Freek Matser durch den Flur kommen. Er blieb überrascht stehen. »Hey, Freek!« Er wartete, bis Freek sich ihm genähert hatte. »Bist du wieder gesund?«

»Na ja, gesund ...«, sagte Freek gekränkt. »Aber, wenn du es so nennen willst.«

»Du bist also nicht gesund?«

Freek sah ihn starr an. »Nein, eigentlich nicht.« Es lag Aggressivität in dem, was er sagte. »Und ich glaube, dass es am Büro liegt und dass ich dasselbe habe wie Ad.«

»Was hast du denn?«

»K-kopfschmerzen«, sagte Freek entrüstet. »und nicht zu k-knapp.«

»Und was sagt der Doktor dazu?« Er fragte es, um etwas zu fragen, nicht, weil er auch nur das geringste Vertrauen in die Krankheit oder den ärztlichen Rat hatte.

»D-der hat mir geraten, es einmal mit Akup-punktur zu versuchen.« Maarten nickte, seine Ironie verbergend.

»A-aber da ist noch etwas anderes, deswegen b-bin ich eigentlich hier, um es mit dir zu besprechen.«

»Drinnen?« Er griff zur Türklinke.

»N-nein, das geht auch hier.« Er schwieg kurz, als müsse er für das, was er sagen wollte, einen Anlauf nehmen. »Ich habe seinerzeit versprochen, dass ich für das Dezemberheft 1979 einen Aufsatz schreiben würde. Aber du solltest nicht davon ausgehen, dass mir das auch gelingt, denn ich schaffe das nicht!«

»Das ist in zweieinhalb Jahren!«

»Das k-kann schon sein«, er sperrte die Augen weit auf, empört, »aber ich denke nicht daran, zum Opfer zu werden, und deswegen erzähle ich es dir jetzt schon!«

»Es ist jedenfalls nicht zu spät.«

»Ja, siehst du!« Er regte sich immer mehr auf. »Ich finde es auch blöd von mir, und ich fühle mich durchaus schuldig, aber ich denke auch: Leck mich! – und das finde ich eigentlich viel gesünder!«

»Das ist auch viel gesünder.« Er fühlte sich unbehaglich unter dem durchdringenden Blick, mit dem Freek ihn ansah.

»Ich weiß natürlich, dass ich dir so etwas nicht zu erzählen brauche«, sagte Freek grimmig, »aber ich meine es ernst, verdammt noch mal! Ich habe jetzt schon Probleme mit dem Einschlafen und denke nicht daran, es so weit kommen zu lassen.«

Maarten nickte. Er überlegte kurz zu sagen, dass er schon seit Monaten nicht vor drei Uhr einschlief, doch er behielt es ohne große Mühe für sich. Zu seiner eigenen Genugtuung. Er ging vorweg. »Aber ist es nicht etwas früh, dir darüber jetzt schon Sorgen zu machen?«, fragte er. »In zwei Jahren kann sich so vieles geändert haben.«

»Das kann schon sein, aber ich habe es als meine Pflicht erachtet, dich jetzt schon zu warnen!«

»Das ist nobel«, konnte es Maarten nicht lassen.

»Und ich mag es auch nicht, wenn darüber Witze gemacht werden!«, sagte Freek drohend.

Maarten nickte. Er betrachtete das blasse, nervöse, starre Gesicht und fragte sich, was dem Mann fehlte. »War es das?«

»Das war es«, sagte Freek, etwas ruhiger. »Zumindest vorläufig.«

»Dann würde ich jetzt gern an dir vorbei, denn ich wollte Kaffee trinken.«

Freek drehte sich um und ging durch den Flur zurück. Halb verwundert, halb irritiert stieg Maarten die Treppe hinunter. Als er im ersten Stock an Balks Zimmer vorbeikam, kam dieser gerade aus der Tür. Er zeigte auf Maarten, um ihm zu bedeuten, dass er ihn sprechen wollte. Maarten blieb stehen.

»Pastoors hat sich bei mir über den Hund von van den Akker beschwert.«

»Ja.« Er war sofort auf der Hut.

»Was ist passiert?«

»Das weiß ich nicht genau«, sagte Maarten zurückhaltend. »Es scheint, dass er Pastoors angefallen hat.«

»Er hätte ihn in seine Hose gebissen.«

»Er hasst Pastoors«, bestätigte Maarten.

Balk lächelte amüsiert. »Sag ihr, dass sie ihn etwas besser unter Kontrolle halten soll.«

Es war eine so menschliche Reaktion, dass sie Maarten mit einer unerwarteten Sympathie erfüllte. »Das mache ich«, versprach er.

*

Mitten in der Nacht wachte er mit beginnenden Kopfschmerzen auf. Er schlummerte wieder ein und wurde kurze Zeit später erneut wach. Der Kopfschmerz war schlimmer geworden. Er dachte mit Sorge an den Besuch der Bewerber, und das hinderte ihn daran, wieder einzuschlafen. Außer der Tatsache, dass er Kopfschmerzen hatte, war ihm auch übel, als müsse er würgen. Er schob die Decke weg und setzte sich auf den Bettrand, vornübergebeugt, die Arme auf den Knien.

Nicolien schlief. Im Haus war es still. Seine Stirn war vom Schweiß feuchtkalt. Er fror. Vorsichtig, darauf bedacht, Nicolien nicht aufzuwecken, stand er auf und ging unsicher in die Dusche. Als er das Licht anknipste und das Arzneischränkchen öffnete, um das Aspirin zu suchen, wurde sie wach. »Was machst du?«, fragte sie schläfrig. – »Nichts«, antwortete er gedämpft, verärgert, dass er sie geweckt hatte. Die Augen gegen das grelle Licht halb geschlossen, drückte er zwei Aspirin-Tabletten in einen Becher mit Wasser, rührte es ein paarmal mit dem Stiel seiner Zahnbürste um und kippte es hinunter. Er zog an der Kordel des Lichtschalters und kroch wieder ins Bett.

»Hast du ein Aspirin genommen?«

»Ja«, sagte er unwillig.

»Siehst du, dass du keinen Cognac mehr hättest trinken sollen? Ich habe dich noch gewarnt.«

»Was ist schon *ein* Glas Cognac?«

Sie gab darauf keine Antwort, sie schlief bereits wieder. Er legte sich auf den Rücken, mit dem Kissen im Nacken, und geriet in einen Dämmerzustand, aus dem er von Zeit zu Zeit erwachte. Jedes Mal, wenn er wach wurde, waren die Kopfschmerzen stärker. Um fünf Uhr waren sie so schlimm, dass er nicht mehr einschlief. Ihm war übel. Den Kopf tief im Kissen, mal auf der Seite, dann wieder auf dem Bauch, lag er wach, bis der Wecker klingelte und Nicolien aufwachte.

»Wie geht es dir jetzt?«, fragte sie, noch halb im Schlaf.

»Beschissen.« Er kam unter der Decke hervor und setzte sich auf den Bettrand.

»Dann bleibst du doch sicher zu Hause?«

»Nein, denn heute kommen die Bewerber.«

»Davon hast du mir nichts erzählt.«

»Nein«, das Gespräch war ihm zu viel, er brachte die Worte nur mit dem größten Widerwillen heraus, »es ist auch für Volkssprache.«

»Aber das kann Volkssprache doch auch selbst machen?«

»Nein, denn ich muss Balk vertreten.«

»Balk vertreten?« In ihrer Stimme lag wachsendes Erstaunen.

»Lass mich jetzt mal«, sagte er widerwillig. Er machte Marietje die Tür auf und ging in die Dusche. Im Spiegel war sein Gesicht grau, seine Augen klein und matt. Mit geschlossenen Augen putzte er sich die Zähne und seifte sich langsam ein, kaum in der Lage, den Rasierpinsel festzuhalten. Danach stand er minutenlang mit dem Kopf unter der eiskalten Dusche. Es half einen kurzen Moment, doch sobald er darunter hervorkam, kehrten die Kopfschmerzen in Wellen zurück.

Sie saß am Frühstückstisch und wartete auf ihn. Er setzte sich an seinen Platz, schob seinen Brei mit einem Gefühl des Ekels zur Seite, stützte den Ellbogen auf den Tisch und hielt sich mit der Hand die Stirn. Mit der freien Hand rührte er in seinem Tee.

»Ich würde besser nicht zur Arbeit gehen, wenn ich du wäre«, sagte sie besorgt. »Dir geht es viel zu elend.«

»Ich werde sehen«, sagte er verdrießlich.

»Aber du kannst doch keine Leute empfangen, wenn du nicht einmal gefrühstückt hast?«

»Ich nehme mal einen Zwieback.« Er nahm sich einen Zwieback, bestrich ihn dick mit Erdbeermarmelade, ohne die Hand von seiner Stirn zu nehmen, und würgte ihn herunter, spülte mit zwei Tassen Tee nach. »So, das reicht«, sagte er und schob die Tasse von sich.

Auf der Straße holte er ein paar Mal tief Luft, in der auf nichts beruhenden Annahme, dass Kopfschmerzen verschwinden, wenn man ihnen zusätzlichen Sauerstoff zuführt. Übrigens war Sauerstoff im Allgemeinen ein Heilmittel, in das er großes Vertrauen setzte. Doch es ging ihm zu schlecht, und er war zu müde, um das lange durchzuhalten. Ohne aufzublicken oder sich umzusehen, nur mechanisch dem Verkehr ausweichend, wenn es plötzlich notwendig war, ging er den Weg zum Büro. Es gelang ihm, unbemerkt die Treppe hinaufzukommen, und als er an seinem Platz war, zog er sich erst einmal in sich zurück, hinter eine aufgeschlagene Zeitschrift, den Ellbogen auf die Schreibtischplatte gestützt, die Hand an der Stirn. So fanden ihn Sien und Joop, zu vertieft in die Arbeit, um aufzublicken, als sie ihn grüßten, während vor seinen Augen die Buchstaben auf dem Papier zwischen Sternchen und Lichtblitzen tanzten. Allmählich begann er, daran zu zweifeln, ob er seinen Auftrag würde ausführen können. Nach langem Zögern nahm er den Hörer vom Telefon, legte ihn auf, nahm ihn dann doch wieder ab und wählte die Nummer von de Roode. De Roode nahm nicht ab. Der würde ihn vertreten müssen, insbesondere, da er selbst nun mehr oder weniger die Entscheidung getroffen hatte, sich abzumelden. Sofort darauf klingelte das Telefon. Er nahm ab. »Koning!«, sagte er barsch.

»Bart hier.« Die überkultivierte, gut ausgeruhte Stimme von de Roode. »Haben wir noch etwas zu besprechen?«

Ja, dass ich nach Hause gehe, dachte Maarten, doch er hielt die Nachricht im letzten Moment zurück. »Wie hattest du dir das Ganze eigentlich vorgestellt?«

»Ich wäre eigentlich schon gern dabei.«

»Natürlich.«

»Wenn du jetzt mal eine Dreiviertelstunde mit ihnen sprichst, und ich zeige ihnen anschließend das Büro?«

»Das finde ich lang.« Ihm wurde bereits bei dem Gedanken schlecht.

»Na, dann eine halbe Stunde.«

»Wir werden sehen.«

»Du hast die Briefe doch noch da?«

»Ich nehme sie mit.« Würde de Roode ihn nicht daran erinnert haben, hätte er sie sicher vergessen. Er stand auf, stieg die Treppe hinunter, ging in Balks Zimmer, legte die Mappe mit den Bewerbungen auf den niedrigen Tisch und ließ sich in das weiche Leder des pompösen Armsessels von Balk sinken. Man musste schon sehr große Stücke auf sich halten, um sich auf Staatskosten einen so sinnlichen Sessel anzuschaffen, doch unter den gegebenen Umständen war er eine Wohltat. Er legte den Kopf an die mit Schaumgummi gefüllte Nackenstütze, die eigens dafür gemacht war, schloss die Augen, bedachte, dass Sien und Joop ihn von ihrem Platz aus sehen konnten, und korrigierte seine Haltung. Ein Nachteil des Sessels bestand darin, dass sich sein Hosenschlitz nach oben schob, als hätte er ein Geschlecht so groß wie ein Ballon. Er überlegte, dass ihm dies etwas Jugendliches geben müsste, doch es erinnerte ihn, vielleicht wegen des Zustandes, in dem er sich befand, an alte Männer. Er versuchte heimlich, ohne dass Joop und Sien es sahen, seine Hose wieder in den richtigen Sitz zu bringen, doch es gelang ihm nicht. Wie der Sessel, so der Mann. Nicht in der Stimmung, aus dieser Beobachtung mehr als ein flüchtiges Vergnügen zu ziehen, nahm er ein gotisches Wörter- oder Grammatikbuch vom

Tisch und tat so, als sei er in sein Studium vertieft. Das hielt er nur kurz durch. Wenn man so eine Seite vor sich hatte, musste man lesen, auch wenn es der größte Unsinn war, und er konnte nicht lesen. Er legte das Buch also offen vor sich hin und wollte zur *Volkskrant* greifen, hörte jedoch Stimmen im angrenzenden Raum und sah, wie sich die Türklinke senkte. Ein älterer, etwas gebeugter Mann mit schmalen, grauen Koteletten kam ins Zimmer, gefolgt von de Roode. Maarten stand auf. Der Mann nickte bescheiden und gab ihm die Hand: »Zandgrond.« Er hatte eine etwas hohe Stimme und, wie man hörte, einen leichten Hang zum Stottern.

»Setzen Sie sich, Herr Zandgrond.« Ungewollt war etwas in seine Haltung geraten, das er auch bei Balk wahrgenommen hatte, wenn der Bewerber empfing. Er war nicht am Ball, er hatte nicht das Sagen, doch alle anderen glaubten das oder taten so, als ob, und daraus zog er dann wiederum einiges an Sicherheit, auch wenn sie in seinem Fall natürlich nicht mit der von Balk zu vergleichen war. Er nahm die Mappe mit den Briefen auf den Schoß und betrachtete den Brief von Zandgrond, der obenauf lag, während de Roode bescheiden im dritten Sessel Platz nahm. »Sie sind Herr Zandgrond?«, stellte Maarten völlig überflüssigerweise fest, während die Buchstaben des Briefs vor seinen Augen umherwirbelten.

Herr Zandgrond hatte seine Hände auf die Knie gelegt und beugte sich bei dieser Frage etwas nach vorn, als wolle er sich vergewissern, ob es tatsächlich in seinem Brief stand. »Ja«, sagte er zögernd.

»E. Zandgrond?«, fragte Maarten sicherheitshalber.

»Ja, Erik«, sagte der Mann und beugte sich erneut vor.

»Merkwürdiger Name. Den habe ich noch nie gehört.«

»Ach ja«, sagte der Mann verlegen, er zuckte entschuldigend mit den Achseln, »den bekommt man eigentlich bei der Geburt.«

Maarten nickte. Er verstand. »Und Sie arbeiten jetzt ...?«, fragte er, zwischen all den Buchstaben vergeblich nach dem Beruf suchend.

»Bei einer Druckerei.«

»Bei einer Druckerei«, wiederholte Maarten, als wäre es neu für ihn.

Inzwischen hatte de Roode einen Schreibblock auf den Schoß genommen und notierte eifrig, was gesagt wurde.

Das Telefon klingelte. De Roode nahm ab. »De Roode hier.« Er lauschte, während Maarten und Herr Zandgrond schwiegen. »Ich gebe ihn dir mal eben selbst.« Er reichte Maarten den Hörer.

Maarten kam halbtot aus seinem Sessel hoch und nahm den Hörer entgegen. »Koning!«

»Joop hier. Ich habe van der Land für dich, wenn du den weißen Knopf drückst.«

Es war im Augenblick mehr, als er ertragen konnte. »Sag, dass ich ihn gleich zurückrufe«, sagte er autoritär. »Notier dir seine Nummer!«

Als er sich wieder setzte, hatte er den Gesprächsfaden verloren, etwas, was ihm sonst nie passierte. Herr Zandgrond half ihm, ein höflicher Mann. Das brachte ihn zu dem Entschluss, dass sie ihn nehmen sollten. »Wenn du Herrn Zandgrond dann noch mal das Büro zeigst«, sagte er, sich an de Roode wendend. »Ich habe einen Eindruck gewinnen können.«

Zurück in seinem Zimmer rief er van der Land an. Während dieser auf ihn einredete, zunächst über Ko Kassies, für den Vester Jeuring übrigens eine Königliche Auszeichnung beantragt habe, dann über Probleme auf der Arbeit, wurde ihm übel. Seine Kopfschmerzen nahmen weiter zu. Er brachte nicht viel mehr heraus als ein Ja oder Nein und sagte ein paarmal, dass van der Land sich nicht um die Kritik kümmern sollte, da er es vorzüglich fände, was er mache, doch selbst diese wenigen Reaktionen schienen van der Land noch zu inspirieren, denn er konnte nicht mehr aufhören. Während des Telefonats trat Ad ein. Das überraschte ihn. Er hatte ihn nicht mehr erwartet, denn es ging schon auf halb zehn zu, doch im nächsten Moment hatte er ihn bereits wieder vergessen. Ihm wurde so übel, dass er eine geeignete Stelle auf seinem Schreibtisch zu suchen begann, ein Beweis, dass er am Rand der Panik war, denn hätte er kurz nachgedacht, hätte er sich erinnern können, dass für Notfälle eine Plastiktüte im Papierkorb steckte. Ein paar Sekunden später gelang es ihm, das Gespräch doch noch zu beenden, wie ein Herr, das musste man ihm lassen, und er trat hastig auf den Flur. Die erste Toilette war besetzt. Er beugte sich über die Schüssel der zweiten, hockte sich hin, legte die Hände auf den Porzellanrand und stieß einen Schwall roter Flüssigkeit aus, gefolgt von zwei oder drei weiteren. Während er, krank vor Übelkeit, schwindelig und klamm vom Schweiß, wartete, ob noch mehr käme, fragte er sich, ob er vielleicht eine Magenblutung hatte, und bedachte dann, dass es wohl die Erdbeermarmelade gewesen war. Neben sich hörte er, wie die Spülung betätigt wurde. Dort stand jemand, der seine scheußlichen Geräusche gehört hatte. Doch das war nur eine kleine Sorge. Mit einem leichten Ekelgefühl betrachtete er das schmutzige Porzellan, an dem hier und da ein vereinzeltes Schamhaar eines Kollegen klebte, und machte sich bewusst, dass über die Stellen, auf denen seine Hände lagen, uriniert wurde. Als er sich tränennass aufrichtete, fühlte er sich so elend, dass er sich mit einem letzten Rest Zivilisation dazu zwingen musste, sich die Hände zu waschen und den Mund auszuspülen. Während er sich die Tränen von den Wangen wischte, ging er wieder in sein Zimmer.

Freek stand an Ads Schreibtisch, den Milchträger mit den Milch- und Buttermilchpackungen in der Hand. Er sah ihn an. »Du siehst ja ganz grün aus«, stellte er fest.

Maarten zögerte, sich gegen das Bedürfnis wehrend, bedauert zu werden. Er bedachte, dass Freek und Ad unter diesen Umständen längst schlapp gemacht hätten, und das gab den Ausschlag. »Ich habe mich gerade übergeben. Ich bin so krank wie sonst was.« Er lachte.

Sie sahen ihn verdutzt an, ohne etwas zu sagen. Was hätten sie auch sagen sollen? Die Kopfschmerzen eines anderen existierten nicht. Dass er so verrückt war, in diesem Zustand zur Arbeit zu gehen, war seine Sache. Er hätte das Maul halten sollen. Er wusste es, doch er fühlte sich zu elend, um allzu schwer daran zu tragen, dass er wieder der Versuchung erlegen war. So war er. Doch andererseits war er auch so, dass er nach einer solchen Bemerkung keinerlei Mitgefühl ertrug. In der Bemerkung erkannte er seine Mutter wieder, im Zurückweisen des Mitgefühls seinen Vater, wobei ihm vage bewusst wurde, dass es für einen anderen doppelt unangenehm sein musste – er bekam die Schuld, ohne dass er etwas wiedergutmachen durfte.

»Dann wirst du wohl auch keine Lust auf Buttermilch haben«, vermutete Freek, eine Bemerkung, die den Kenner verriet.

»Doch, natürlich.« Er griff zum Portemonnaie.

»Ich w-wage das zu bezweifeln.«

»Wir werden sehen.« Er gab ihm das Geld, nahm ihm die Packung Buttermilch ab, brachte sie zu seinem Schreibtisch, fühlte erneut Übelkeit aufsteigen und verließ eilig den Raum. Auf der Toilette übergab er sich noch einmal. Anschließend ging es ihm für einen Moment etwas besser. Er setzte sich wieder an den Schreibtisch, doch er konnte nicht arbeiten. Er stützte den Kopf in die Hände und schloss die Augen. Hans Wiegersma kam herein. Er redete mit Ad. Maarten fühlte sich zu elend, um seine Haltung zu ändern, in der Annahme, dass Hans denken sollte, er würde konzentriert dasitzen und lesen, bis er plötzlich neben ihm stand, unhörbar einen Brief und ein paar Zeitungen neben ihn hinlegte und sich rasch wieder abwandte. Er musste gesehen haben, dass Maarten nichts vor sich liegen hatte. Maarten schämte sich, doch auch wieder nicht allzu sehr. Zu tiefen Gefühlen war er nicht in der Lage. Inzwischen war es zehn vor zehn geworden. Um elf Uhr kam der Nächste. Das schaffte er nicht. Er nahm das Telefon, doch de Roode war nicht in seinem Zimmer. Er riss sich zusammen, versuchte erneut zu arbeiten, beschloss dann aber schließlich doch, es aufzugeben. Als er bei de Roode eintrat, saß dieser da und telefonierte: ein Gespräch mit dem Arbeitgeber von Zandgrond. Maarten setzte sich und wartete, bis er fertig war. De Roode entschuldigte sich, dass er noch nicht bei ihm gewesen sei, doch Maarten winkte ab. »Ich gehe nach Hause, ich bin krank«, sagte er.

»Nein!«, sagte de Roode bestürzt. »Und dabei hätte es mich nun gerade so interessiert, was du von dem Nächsten hältst, weil es ein ganz anderer Typ ist. Kannst du wirklich nicht noch einen Moment bleiben?«

Das ließ ihn nach einigem Zögern den Entschluss fassen, doch zu bleiben, aber in seinem eigenen Zimmer hielt er es nicht mehr aus. Er ging in Balks Raum, zog die Vorhänge zu, damit Joop und Sien ihn nicht sehen konnten, und sank in den Sessel. Eigentlich gab es kaum einen Unterschied zu einem Bett, außer, dass er keine Decke hatte. Er geriet in einen Dämmerzustand. Manchmal hörte er jemanden auf der Treppe, Stimmen ... Es hatte einiges von einem Krankenzimmer. Vielleicht ist es auch charakteristisch für das Direktorenzimmer, dachte er vage: in aller Ruhe wegdösen, während das Personal sich abrackert, in der Annahme, dass das Hirn hinter ihrer Mühsal aktiv die Leitung übernimmt und alles, was aus der Nähe sinnlos erscheint, zu einem sinnvollen Ganzen bündelt. Die Uhr auf dem Kaminsims schlug quälend langsam elfmal. Herr Kooistra war offenbar kein Mann, der es mit der Zeit so genau nahm. Doch bevor Maarten richtig darüber nachgedacht hatte, stand er bereits im Raum. Maarten erhob sich mühsam, vergaß bei der Begrüßung, seinen Namen zu nennen, setzte sich, dachte erst dann daran, ihm zu gestatten, sich ebenfalls zu setzen, Kleinigkeiten, die, so war ihm klar, von außen betrachtet seine Bedeutung natürlich nur steigerten, wie ihm auch sein fahles, verlebtes Gesicht die Allüre des zerstreuten Gelehrten verleihen musste, der die ganze Nacht über an Dingen gearbeitet hatte, die von so unvergleichlich größerer Wichtigkeit waren als dieses alberne Vorstellungsgespräch. Er musterte Kooistra, soweit er dazu noch in der Lage war. Er war, was man einen munteren Burschen nennen würde: kurz geschnittenes Haar, ein Selbstvertrauen, das ihn an Jan Boerakker erinnerte, doch der hier war etwas störrischer und vielleicht auch etwas intelligenter. An das, was er ihn fragte, konnte er sich im nächsten Moment schon nicht mehr erinnern, sodass er zweimal dasselbe fragte, was wiederum als Zerstreutheit ausgelegt werden konnte, und er dankte seinem Herrgott, als der junge Mann nach einer Viertelstunde den Raum mit de Roode verlassen hatte und er sich wieder zurücksinken lassen konnte. Was de Roode auch an Argumenten haben sollte, Nummer drei würde er nicht mitmachen. Dann sollte er eben zwischen diesen eine Auswahl treffen. Es dauerte lange, bis de Roode zurückkam. Als er schließlich den Raum betrat, hatte Maarten ihn fast vergessen. »Wie fandest du sie?«, fragte er, zu seinem Schreibblock greifend.

»Zandgrond wird genauestens tun, was du ihm aufträgst, bis zu einem gewissen Punkt. Dann springt er ab. Kooistra wird sich ziemlich schnell zu gut sein für die Arbeit und nach neuen Aufgaben suchen. Was er tut, wird er zwar gut tun, wenn auch nicht so gewissenhaft wie Zandgrond, aber er ist zu ehrgeizig, sich damit lange zu begnügen. Jetzt hängt es davon ab, was du suchst.«

De Roode hatte einen Stift genommen und notierte, was er sagte. Jedes Wort wurde aufgeschrieben. Maarten wunderte sich selbst über die enorme Sicherheit, mit der er über diese beiden Menschen sprach. Wenn ich mein ganzes Leben lang solche Kopfschmerzen hätte wie jetzt, wäre ich Ministerpräsident, dachte er. Nach zwanzig Minuten beendete er das Gespräch, da ihm erneut übel wurde. Er sagte, dass er Nummer drei nicht empfangen würde, dass de Roode ruhig selbst entscheiden sollte, ging nach oben, übergab sich noch einmal, noch immer rot wie Blut, und räumte seinen Schreibtisch leer. Die Buttermilch ging zu Ad. Er hatte nicht die Kraft, sich von jemandem zu verabschieden, übergab sich zum vierten Mal und verließ das Gebäude.

Eine Dreiviertelstunde später lag er bei geschlossenen Vorhängen im Bett. Es gab keine Eiswürfel. Dann eben eine Flasche Genever aus dem Gefrierfach, doch der Gedanke an Alkohol erfüllte ihn mit so viel Ekel, dass er die Flasche wieder weglegen musste, und als die Eiswürfel fertig waren und in drei Plastiktüten verpackt auf seinem Kopf lagen, erwiesen sie sich als wirkungslos. Die Kopfschmerzen waren stärker. Er schlief ein, wurde wieder wach, schlief erneut ein und wurde wach, als Nicolien hereinkam, um sich eine Fernsehsendung über die Zwanziger- und Dreißigerjahre anzusehen.

*

Als er aufstand, fühlte er sich schlapp und schwindelig. Sein Kopf war noch überempfindlich. Er nahm sich vor, nie wieder Alkohol zu trinken. Das war jetzt vorbei. Um wieder zu Kräften zu kommen, aß er zwei Eier, sah die Unterlagen für die Vorstandssitzung der Dorf- und Regionalgeschichte durch und ging zum Bahnhof. Er fühlte sich nicht nur schwach, sondern ihm war auch immer noch übel, und das gab ihm ein angenehmes Gefühl der Ergebenheit und einen scharfen Blick für Details. Bedächtig kaufte er eine Fahrkarte, wählte sorgfältig einen Platz in dem bereitstehenden Zug aus und las bis Utrecht in der Dezemberausgabe des *Groene Amsterdammer*, die er noch immer nicht fertig gelesen hatte. Träge lief er zwischen umherschlendernden Menschen durch Hoog Catharijne, betrachtete die ausgestellten Waren, die ihn von allen Seiten wie eine Parfümwolke umgaben, studierte gewissenhaft die Hinweisschilder und bog nach einigem Zögern rechts ab, in Richtung des Mariaplaats. Über seinem Kopf öffnete sich die Decke, und durch den Spalt fiel ein breites Bündel künstlich wirkendes Sonnenlicht auf einen Streifen klatschnasser, roter Platten zwischen den trockenen Bürgersteigen unter den Vordächern. Es gab einen kleinen Brunnen, eine kleine Skulptur, große, gelbe Strandbälle. Die Absätze der einkaufenden Frauen klapperten, und das Klappern hallte wider, was ihm ein Urlaubsgefühl vermittelte, als sei er in einer fremden Stadt im Ausland, ohne dass er feststellen konnte, woran es lag: eine vage Erinnerung an Basel und Wien. Er stieg die Treppe hinunter, stand auf einem Platz mit kleinen, hellgrünen Bäumen und spazierte von dort aus langsam in die Utrechter Innenstadt. Es war zehn Uhr, er hatte genug Zeit und ging, wohin ihn seine Füße trugen, in einer angenehm geistesabwesenden Stimmung sowie in der Gewissheit, dass dies das Maximum dessen war, zu dem er sich imstande fühlte, sodass er sich für nichts anstrengen musste.

Das Gebäude, in dem die Sitzung stattfand, lag an einer kleinen, krummen Gracht. Es war ein altes, stattliches Herrenhaus, das sich als völlig verwohnt herausstellte und in dem Gruppen von Studenten ungeordnet in der Halle und auf den Treppen unterwegs waren. Es dauerte eine Weile, bis er jemanden gefunden hatte, der ihm den Weg zum Raum von Frau van Eysinga zeigen konnte, doch da er keine Eile hatte, nahm er sich alle Zeit dafür. Es war ein kleines Zimmer im obersten Stock, unter dem Dach. »Und da haben wir Herrn Koning«, sagte sie herzlich, als sei sie wirklich erfreut über sein Kommen. Heerema, mit dem sie in einer kleinen Sitzecke zusammengesessen und geredet hatte, stand ebenfalls auf, ein phlegmatischer, etwas erschöpft wirkender Mann, für den Maarten sofort einige Sympathie empfand. Gleich darauf traten auch Regout und Schot ein. »Ich glaube, dass wir jetzt vollzählig sind, oder?«, sagte Frau van Eysinga und sah Heereman an. »Sollen wir dann mal anfangen?« – »Fangen wir mal an«, sagte Heerema, als sei er der eigentliche Vorsitzende. – »Na, dann fangen wir mal an«, sagte sie zu den drei anderen. Sie hatte ein auffallend junges Gesicht, was ihr etwas Argloses und Unverdorbenes gab, doch bei all der dazugehörigen Unsicherheit in ihrem Auftreten war sie zugleich das Mädchen aus gutem Hause, das keine Sekunde an ihrem Selbstwert zweifelte. Mit dieser Art Gedanken hielt sich Maarten beschäftigt, während die anderen vier sich in die Frage vertieften, ob es nicht sinnvoll wäre, der Arbeitsgemeinschaft mit Hilfe von Exkursionen und Vorträgen mehr Zusammenhalt zu bieten, und wie dann der Charakter dieser Zusammenkünfte aussehen sollte. Er saß dabei, versunken in seine eigenen trivialen Gedanken, und sagte nichts, oder zumindest so wenig, dass Frau van Eysinga von Zeit zu Zeit zur Seite blickte, um zu sehen, ob er auch mit dem einverstanden wäre, was sie sagten. Er war mit allem einverstanden. Es interessierte ihn einen Dreck. Er betrachtete die Ausstattung ihres Zimmers. An der Wand hing ein Leinentuch, von oben bis unten und von links nach rechts mit großen roten und blauen Menschen sowie grünen Bäumen bestickt, so unbeholfen und so kindlich, dass der Raum (immerhin der Raum einer Professorin) einem Kinderzimmer ähneln würde, wenn die übrigen drei Wände und das Mobiliar ihm nicht eher den Charakter eines Mädchenzimmers verliehen hätten. Das schien ihm typisch für das Niveau ihres Faches und den Wissenschaftsbetrieb im Allgemeinen, und es kennzeichnete eine Zivilisation, die solche Aktivitäten als intellektuellen Höhepunkt betrachtete. Im Übrigen fand er sie ganz nett, und auch gegen die drei anderen hatte er nichts, wenngleich er sie ebenfalls nicht für einen Ausbund an Intelligenz hielt.

Nach dem Ende der Sitzung blieb Heerema noch kurz zurück. Regout ging, als sie das Gebäude verlassen und sich die Hand gegeben hatten, nach rechts zu seinem Auto, Schot und Maarten bogen links ab. Während sie schweigend nebeneinander der Gracht folgten, suchte Maarten nach einem Gesprächsthema, doch da sie sich zu kurz kannten, um viele Erinnerungen zu teilen, kostete es ihn Mühe, sich etwas auszudenken. »Sie gehen auch zum Bahnhof?«, stellte er fest, als Schot an der ersten Kreuzung geradeaus ging.

»Ja«, sagte Schot, »das heißt ...« Er sah geradewegs vor sich hin und beendete seinen Satz nicht. Seine Art zu gehen erinnerte Maarten an Beerta, etwas steif, ohne die Schultern zu bewegen, doch ansonsten hatte er nichts von ihm: ein ausdrucksloses, rundes Gesicht mit einem kleinen Schnurrbart, das Gesicht eines Berufssoldaten oder eher noch das des Vorsitzenden eines konfessionellen Schulvereins, denn er war sicher zehn Jahre jünger und hatte außerdem etwas Unreifes.

»Sie leben in Den Haag?«, versuchte es Maarten. Er glaubte sich an so etwas zu erinnern.

»Ich arbeite in Den Haag.«

»Sie wohnen nicht da?«

»Ich wohne da auch«, sagte Schot widerwillig.

»Ich komme aus Den Haag«, sagte Maarten, um deutlich zu machen, dass er frei von Vorurteilen war, und auch, um eine Grundlage für mehr Vertraulichkeit zu schaffen.

Schot reagierte nicht darauf. Er sah weiter starr vor sich hin, als ob ihn Maartens Anwesenheit störte.

»Aber Sie nicht«, schlussfolgerte Maarten.

Schot gab darauf nicht gleich eine Antwort. »Doch, ich auch«, sagte er dann.

»Hey.« Er tat so, als würde es ihn überraschen, doch eigentlich überraschte es ihn nicht. »Auf welcher Schule waren Sie?«

Schot zögerte erneut. »Auf einer Haager Schule«, sagte er diplomatisch. Die Antwort eines erwachsenen Mannes.

Maarten begriff, dass er diese Frage nicht hätte stellen dürfen. Er schwieg.

Sie gingen schweigend nebeneinander her, schlecht aufeinander abgestimmt.

»Hier muss ich nach rechts«, sagte Schot an der nächsten Seitenstraße.

Es lag Maarten auf der Zunge anzumerken, dass er geradeaus müsste, wenn er zum Bahnhof wollte, doch er behielt es gerade noch für sich. »Auf Wiedersehen«, sagte er.

Schot nickte.

Sobald Maarten allein war, holte er erleichtert Luft. Er hatte Lust auf ein Brötchen mit Leber, eines mit Roastbeef und ein Glas Milch und eilte, nun in einem etwas höheren Tempo, zum Bahnhof. Im Gang zur Bahnhofshalle befanden sich verschiedene Imbisslokale, ein Wimpy, ein Cosy Corner und ein Petit Restaurant. Seine Entscheidung fiel auf einen kahlen Tresen, über den hinweg Brötchen verkauft wurden. Er setzte sich auf einen Hocker, der sich drehen ließ. Der junge Mann neben ihm hatte gerade ein Heringsbrötchen und ein Glas Milch bestellt. Hinter dem Tresen liefen verschiedene Männer in weißen Jacken hin und her, doch während alle anderen neben und hinter ihm bedient wurden, gelang es ihm nicht, auf sich aufmerksam zu machen. Er streckte die Hand hoch, wie er es in der Schule gelernt hatte, doch er kam nicht dran. Er konnte sich doch schlecht, was damals auch schon mal üblich war, halb von seinem Hocker erheben und durch den geschlossenen Mund Laute ausstoßen, um Aufmerksamkeit zu erringen. Einer der Männer, der dickste, mit einem offenen Hemd unter seiner weißen Jacke, stand einen Meter von ihm entfernt auf der anderen Seite des Tresens und sah über seinen Kopf hinweg in den Gang hinein, durch den die Leute zum Bahnhof strömten. Maarten dachte, dass dies seine Chance sei und rief ihm seine Bestellung ins Gesicht. Der Mann ließ keine Sekunde erkennen, dass er ihn gehört hatte, wandte sich ab, nahm einen Geldschein entgegen, den ihm ein anderer weißer Mann, ein Marokkaner, hinhielt, und wechselte ihn. Der Chef also. Ihm war klar, dass er einen Fehler gemacht hatte, und er betrachtete ihn mit Widerwillen: ein dicker Mann mit rosafarbenem Gesicht und einem Schweinskopf, doch das war eine Beleidigung für jedes Schwein. Die Art Mann, mit der er im Alltag immer Schwierigkeiten hatte. Er mochte selbst rechts sein, doch bei rechten Leuten war er nicht beliebt. Er wollte schon aufstehen und gehen, als ein dritter Mann die Brötchen vor ihn hinstellte. Er fragte etwas. Maarten verstand ihn nicht. »Vollmilch«, sagte er auf gut Glück. Im nächsten Moment sah er auf dem Schild, dass es keine Vollmilch gab, sondern nur Milch, doch der Effekt war derselbe. Während er dort saß und aß, kam der Chef mit einem älteren Mann ins Gespräch, der unter einem Ledermantel einen engen, blauen Pulli trug. Zwei Verbrecher, die Art Leute, bei denen man erstklassiges Fleisch bekommt. Der Mann, der ihn bedient hatte und den er deshalb am nettesten fand, auch wenn es ihn Mühe kostete, war damit beschäftigt, einen riesigen Hackfleischklumpen so in einer Schale zu drapieren, dass er oben eine gleichmäßige Halbkugel bildete. Er stand direkt vor ihm. Maarten hatte seine Milch ausgetrunken und versuchte, ihn auf sich aufmerksam zu machen. Der Mann sah an ihm vorbei. Maarten stellte ihm das leere Glas vor die Nase und fragte, ob er noch ein Glas Milch bekommen könnte. Der Mann ließ sich in seinem Kneten nicht beirren. Ein anderer Mann setzte sich neben Maarten. »Heringsbrötchen«, sagte er nur. Es wurde ihm sofort herübergeschoben. Maarten bat den Mann, der es gebracht hatte, um ein Glas Milch. Der Mann wandte sich ab. Maarten schloss daraus, dass er nicht der Typ für diesen Laden war, weil überall um ihn herum affektiert redende Studenten saßen. Das hätte ein Grund sein müssen, sich stolz zu fühlen, doch dazu war er, so mitten in der Höhle des Löwen, zwischen all den Männern und jungen Frauen, denen es mühelos gelang, ihre Bestellungen über den Tresen geschoben zu bekommen, nicht in der Lage. Ein vierter Mann nahm sein Glas und begann, es abzuspülen. Maarten wollte aufgeben, als er plötzlich die Chance bekam, einen Treffer zu landen: Der dritte Mann beugte sich über den Tresen, um seinem Nachbarn Wechselgeld zu geben. Und diese Chance verpasste er nicht, auch wenn er das Gefühl hatte, dass es eine Kleinigkeit war.

Fünf Minuten später war er auf dem Weg zum Zug. Er kaufte wieder ein Glas russische Marmelade, am selben Stand, an dem er auch das letzte Mal eines gekauft hatte, und ging zufrieden mit der Neuerwerbung hinunter zum Bahnsteig. Auf halber Treppe sah er auf dem gegenüberliegenden Bahnsteig, wo zur selben Zeit der Zug nach Den Haag abfahren würde, Schot stehen. Der sah ihn nicht, doch er hätte wetten mögen, dass das auch so beabsichtigt war.

*

Auf seinem Schreibtisch lag ein Zettel oben auf den Mappen, die man dort für ihn hingelegt hatte: »Am Freitag hat ein Herr Enkeling vom *Telegraaf* wegen eines Interviews über den 1. April angerufen. Er wird dich heute noch einmal anrufen. Tjitske.« Die Mitteilung verunsicherte ihn sofort. Es erinnerte ihn wieder einmal daran, dass er ohne irgendeinen Schutz, nackt wie ein Axolotl, im Leben stand. Danach fragte er sich böse, was all seine stramm linken Sprüche wert waren, wenn sie ihm nicht einmal den *Telegraaf* vom Leibe halten konnten. Er legte den Zettel zur Seite, hängte sein Jackett weg und begann im Stehen, die Unterlagen auf seinem Schreibtisch in Stapeln zu ordnen. Während er damit beschäftigt war, hörte er Tjitske vom Flur aus den Besucherraum betreten. Er nahm den Zettel und ging durch die Verbindungstür. Sie stand mit Wampie an der Leine an ihrem Schreibtisch. Wampie sah ihn argwöhnisch an. »Tag, Tjitske. Tag, Wampie«, sagte er.

»Tag, Maarten.« Sie bückte sich und hakte die Leine los. »Leg dich ruhig hin, Wam.« Sie legte die Decke zurecht.

Er war stehen geblieben und sah zu, ihren Zettel in der Hand.

»Du kommst sicher wegen des Zettels«, sagte sie verlegen und richtete sich auf.

»Ja.«

»Er hat so gedrängt«, entschuldigte sie sich, »ich hatte keine Chance, ihn abzuwimmeln.«

»Aber hättest du ihn dann nicht an Bart weiterleiten können?« Es kostete ihn Mühe, seine Verärgerung zu verbergen.

»Auch Bart fand es besser zu sagen, dass er lieber noch einmal anrufen sollte.«

»Hat er denn nach mir persönlich gefragt?«

»Er hat nach dem Abteilungsleiter gefragt.«

»Was mache ich bloß mit diesem Mann«, murrte er und wandte sich ab. »Ich weiß genauso wenig darüber wie ihr.« Er schloss die Tür hinter sich und ging zurück zu seinem Schreibtisch.

Joop und Sien betraten nacheinander den Raum. Sien blieb bei ihm stehen. »Hast du heute kurz Zeit, um über meine Studie zu sprechen?«, fragte sie gehetzt.

Er sah sie prüfend an. »Steckst du fest?«

»Ich stecke total fest!« Er hatte den Eindruck, als sei sie am Rande der Panik.

»Nach dem ersten Kaffee?« Es war noch zu früh, um jetzt schon reden zu können.

»Wenn es geht ...«

»Natürlich geht das.«

Während sie weiter zu ihrem Platz ging, nahm er den obersten Brief

vom Poststapel und schnitt ihn auf. Bart kam ins Zimmer. »Tag, Maarten.« Er blieb an seinem Schreibtisch stehen. »Wie war es am Freitag?«
»Es war eine ziemlich sinnlose Sitzung. Tag, Bart.«
»Das hatte ich schon befürchtet.«
»Du brauchst es jedenfalls nicht zu bereuen, dass du nicht in den Vorstand gegangen bist.« Seine Stimme klang ironisch.
»Das bereue ich auch nicht im Geringsten«, versicherte Bart treuherzig. »Ich finde zudem, dass man solche Dinge nicht machen sollte.« Er setzte sich.

Maarten hörte ihn mit Papieren rascheln, ein Buch aufschlagen, eine Karteikarte in die Schreibmaschine spannen. »Ihr habt am Freitag eine telefonische Anfrage von einem Menschen vom *Telegraaf* bekommen?«, fragte er mit unterdrückter Bosheit in Richtung Bücherregal.

»Tjitske hat die bekommen«, präzisierte Bart. »Ein Herr Enkeling.«
»Hättest du das denn nicht übernehmen können?«
»Er hat nach dem Abteilungsleiter gefragt.«
»Solche Leute fragen immer nach dem Abteilungsleiter. Ob ich ihn nun abwimmele oder du.«

»Und du weißt, wie diese Herren sind. Sie drängeln so lange, bis sie ihren Willen bekommen, mit dem Argument, dass wir verpflichtet sind, Auskünfte zu geben, weil wir mit öffentlichem Geld arbeiten. Ich kann mir sehr gut vorstellen, dass Tjitske dem nicht gewachsen war.«

»Es ist auch nichts dagegen einzuwenden, ihnen Auskünfte zu geben.«

»Dagegen hätte ich bei einem Blatt wie dem *Telegraaf* schon etwas. Es bleibt abzuwarten, wie die eigenen Worte übermittelt werden. Mein Eindruck ist, dass die Herren dort wenig Skrupel haben.«

»Den Eindruck habe ich auch«, sagte Maarten sarkastisch. Das Telefon klingelte. Er nahm den Hörer ab. »Koning!«
»Ja, ich bin es.«
»Ad.«
»Ich wollte mich mal krankmelden.«
»Krank?«
»Na ja, krank ...« Er lachte ein wenig. »Du verstehst schon.«

Es ärgerte Maarten, dass er so schamlos in diesen Betrug mit hineingezogen wurde, doch er behielt es für sich. »Wann denkst du, dass du wieder da bist?«

»Das weiß ich nicht. Vorläufig jedenfalls nicht.«

»Du kommst doch wohl zur Verabschiedung von Manda?«

»Ich werde mal schauen.«

Maarten schwieg einen Moment, sich seinen Missmut verkneifend. »Gut«, sagte er dann. »Ich werde dich krankmelden. Mach's gut. Grüß Heidi.«

»Und du Nicolien.«

»Tschüss, Ad.« Er legte den Hörer auf. »Ad ist krank.«

Bart stand auf und sah erschrocken über das Bücherregal. »Was hat er?«

»Das wusste er nicht.«

»Ich habe es vorige Woche schon an seinen Augen gesehen. Ich habe den Eindruck, dass er in letzter Zeit wieder viel zu hart arbeitet.«

»Es scheint mir eher psychisch zu sein.«

»Ja, das sagst du immer.« Es klang gereizt.

Maarten schwieg.

Bart setzte sich wieder. Es war eine Weile still.

»Hast du dich eigentlich schon entschieden, ob du diesen Aufsatz publizieren wirst?«, fragte Bart hinter dem Bücherregal.

»Ja. Ich finde, es ist ein guter Aufsatz, und wir haben außerdem keine Alternative.«

»Und hast du noch Gelegenheit gehabt, in einer Fußnote zu erwähnen, wer bei der Entstehung des Films mitverantwortlich war?«

»Nein. Wo ich konnte, habe ich *ich* geschrieben. Ich war verantwortlich.«

»Ich bezweifele, dass ein Leser das auch so sehen wird.«

»Das weiß ich nicht, aber wenn ich Namen nennen würde, würde ich andere mitverantwortlich machen.«

»Aber indem du keine Namen nennst, machst du mich mitverantwortlich.«

»Das sehe ich nicht so.«

»Das sehe ich schon so.«

»Ich will gern in einer Fußnote erwähnen, dass du Wert auf die Feststellung legst, nicht dabei gewesen zu sein«, sagte Maarten mit verhaltener Bosheit.

Bart schwieg. »Kannst du nicht wenigstens den Satz über die sechs Männer in Rollkragenpullovern streichen?«, fragte er nach einer Pause.

»Nein, das geht nicht, denn damit charakterisiere ich ja gerade unseren missglückten Versuch, uns volkstümlich zu geben.«

Bart stand auf und sah über das Bücherregal. »Siehst du! Das ist es doch gerade! Denn ich würde mich nie volkstümlich geben, auch wenn ich einen Rollkragenpullover trage.«

»Du warst ja auch nicht mit dabei.«

»Aber die Leute könnten glauben, dass ich mit dabei war.«

»Soll ich das denn weglassen mit der Bemerkung, dass nicht du dabei warst, sondern Ad?« Er hatte Mühe, seinen Ärger zu unterdrücken.

Bart schwieg. Er setzte sich wieder. »Es ist doch komisch, wie oft du in solchen Aufsätzen das Bedürfnis hast, anderen Menschen nachträglich einen Tritt zu versetzen«, sagte er giftig.

»Wem versetze ich denn nachträglich einen Tritt?«

»Mir natürlich.«

»Und wem noch?«

»Den Bauern!«

»Den Bauern?«

»Denn die nennst du schon bei ihren Namen!«

»Ich nenne zwei Bauern bei ihren Namen!«, sagte Maarten verärgert. »Eefting und van der Harst! Beide lassen die Illusion zerplatzen! Das kann man doch wirklich nicht als Nachtreten bezeichnen!«

»Aber du schreibst auch, dass eine Reihe von Dörflern beim Anblick des ersten Autos in die Felder geflüchtet sind!«

»Und? Das ist auch so passiert!«

»Als ob es ein Haufen Wilder wäre!«

»Nicht, als ob es ein Haufen Wilder wäre«, sagte Maarten empört, »sondern um zu zeigen, wie groß der Schock ist, wenn Menschen unvorbereitet mit einer so tiefgreifenden Veränderung konfrontiert werden! Ich behaupte doch gerade, dass ihr Leben viel stärker von

Veränderungen beherrscht wurde als von der Unveränderlichkeit, die wir darin sehen wollen!«

»Aber du suggerierst, dass alle Dörfler so reagiert haben! Obwohl es doch auch welche gegeben haben wird, die die Veränderung begrüßt haben!«

»Natürlich hat es die auch gegeben!« Er schwieg abrupt. Er verstand diese Diskussion nicht mehr. In diesem Moment klingelte das Telefon. »Natürlich hat es die auch gegeben«, wiederholte er und nahm den Hörer ab. »Koning!«

»Enkeling hier, vom *Telegraaf*.«

»Herr Enkeling.«

»Ich nehme an, dass man Ihnen gesagt hat, dass ich vorige Woche Freitag angerufen hatte?«

»Sie wollen Informationen über den 1. April haben.«

»In der Tat.«

»Die haben wir. Wenn Sie herkommen, können Sie die Literatur einsehen.«

»Keine Literatur! Ich möchte darüber ein Interview mit Ihnen führen!«

»Es tut mir leid, aber das geht nicht.«

»Es ist doch Ihr Fach?«

»Es ist mein Fach, aber über den 1. April weiß ich nichts. Dafür müssen Sie sich die Literatur ansehen.«

»Sie kennen sich also nicht in einem Thema aus, das zu Ihrem Fach gehört?«

»Ich kenne mich nur in sehr wenigen Themen aus, die zu meinem Fach gehören.«

»Das wird meine Leser interessieren!« Es klang drohend.

»Das weiß ich nicht«, sagte Maarten beherrscht. »Ich bin kein Leser Ihrer Zeitung.«

»Das hatte ich mir schon gedacht.«

»Aber wenn Sie glauben, dass es Ihre Leser interessiert, würde ich ihnen das Vergnügen nicht vorenthalten.« Er sagte es mit verhaltenem Sarkasmus.

»Ganz bestimmt werde ich ihnen das nicht vorenthalten!«

»Ausgezeichnet! Sie haben den Anfangsbuchstaben meines Vornamens. Der Anfangsbuchstabe ist M!«

»Tag, Herr Koning!«

»Tag, Herr Enkeling.« Bevor er ausgesprochen hatte, hatte Herr Enkeling den Hörer bereits auf die Gabel geworfen. Maarten legte seinen zurück auf den Apparat. »Prolet!«, sagte er murmelnd.

Bart sagte nichts.

*

»Marion Asjes hier«, sagte eine Stimme am anderen Ende der Leitung. »Bart ist krank.«

»Ach«, sagte er. »Was fehlt ihm denn?«

»Er ist ziemlich müde. Ich glaube, dass er sich in letzter Zeit etwas zu sehr aufgeregt hat, und jetzt möchte er mal ein paar Tage zu Hause bleiben.«

»Das ist schade. Ich meine, es ist schade, dass er müde ist.«

»Er nimmt sich die Dinge nun mal sehr zu Herzen.«

»Ja. Wünsch ihm alles Gute. Ich werde ihn krankmelden.«

Er legte den Hörer auf, sah in Gedanken kurz vor sich hin, die Hand noch auf dem Hörer, stand auf und ging in den Karteisystemraum. Tjitske stand bei den Schreibtischen von Joop und Sien. Sie drehte sich um, als er eintrat. Sie schwiegen. »Bart ist krank«, sagte er.

Sie sahen ihn an.

»Wollen wir es denn dann nicht besser verschieben?«, schlug Sien vor. »Was soll sie denn mit so einer kleinen Handvoll Leute.«

»Sie hat schon einen Kuchen gebacken«, warf Tjitske ein.

»Wir sollten es einfach stattfinden lassen«, entschied Maarten. »Wir können sie doch schlecht noch einmal extra herkommen lassen.«

»Wenn sie nur ihr Geschenk bekommt«, sagte Joop. Sie lachte amüsiert.

»Wir haben lange über ein passendes Geschenk nachgedacht«, sagte Maarten halb murmelnd, ohne Manda anzusehen. »Das war nicht einfach.« Er verzog ironisch den Mund. »Zunächst einmal, weil es in deinem Fall natürlich ein gottesfürchtiges Geschenk sein sollte, aber auch, weil uns hier noch nie jemand so schnell verlassen hat.« Er hatte diesen Scherz nicht machen wollen, weil er so unfreundlich war, doch in seiner Nervosität rutschte er ihm nun doch heraus, und es ärgerte ihn sofort gewaltig. »Das ist natürlich kein Vorwurf«, sagte er hastig, die Augen auf den Tisch gerichtet. »Es ist auch nicht wahr. Es zeigt nur, dass wir es so empfinden, weil wir dich hier noch lange hätten behalten wollen.« Es kam gehetzt und halb murmelnd heraus, in seinem Gesicht zuckte es. Um sich Haltung zu geben, beugte er sich seitlich zu der Plastiktüte, die neben ihm am Tischbein bereitstand. »Aber nun, da es nicht so sein soll und du demnächst nicht mehr da bist, schien uns die ›Messe Pour Les Trépassés‹ von Charpentier eine passende Erinnerung zu sein.« Er fummelte die Platte nervös aus der Tüte, dabei halb aufstehend, und gab sie Manda.

»Mensch, das ist ja toll!«, sagte sie. Sie war rot geworden und stand auf. »Darüber freue ich mich sehr.« Sie betrachtete die Hülle.

»In diesem Fall müsste es natürlich nicht ›les trépassés‹, sondern ›la trépassée‹ heißen«, sagte Maarten noch, als hätte sie sich das nicht selbst überlegen können.

»Ja, ich verstehe«, sagte sie lachend. »Ich freue mich wirklich sehr darüber.« Sie legte die Platte neben sich und setzte sich wieder.

Es entstand eine kurze, verlegene Stille. Manda sah Maarten an.

»Das war es«, sagte Maarten entschuldigend. Joop begann zu applaudieren, doch als Tjitske und Sien nicht reagierten, hörte sie sofort wieder auf.

»Darf ich dann jetzt etwas sagen?«, fragte Manda.

»Ja, bitte«, sagte er. Er war so angespannt, dass er seine Reaktionen kaum noch unter Kontrolle hatte.

»Es ist natürlich sehr schön zu hören, dass Leute es schade finden, wenn man weggeht«, sagte Manda, »aber ich finde es selbst auch sehr schade. Ich habe hier immer mit großem Vergnügen gearbeitet und habe noch nie in so kurzer Zeit so viel gelernt. Als ich anfing, hatte ich keine Ahnung, was sich hier alles tat. Ich fand es vor allem komisch, in das Haus zurückzukehren, in dem ich mein ganzes Leben verbracht hatte. Und nun, da ich zum zweiten Mal weggehe, weiß ich, dass ich es in Zukunft doppelt vermissen werde, und dabei denke ich nicht nur an die Arbeit, sondern auch an die Leute und das Zusammengehörigkeitsgefühl, das ich hier gespürt habe. Dafür bin ich euch allen sehr dankbar, und ich fände es sehr schade, wenn der Kontakt jetzt abreißen würde. Ich werde bestimmt noch mal vorbeikommen, und Cor und ich würden es sehr schön finden, wenn ihr uns einmal alle besuchen kämt.« Sie sah unbefangen in die kleine Runde.

»Das wäre sehr nett«, sagte Maarten verwirrt, »aber das machen wir dann mit dem Fahrrad.«

»Das hatte ich mir schon gedacht«, sagte sie lachend.

Es entstand eine Pause.

»Und jetzt will ich ein Stück Kuchen!«, rief Joop und schlug mit der flachen Hand auf den Tisch.

Sien schenkte aus der Teekanne, die sie von unten geholt hatte, die Tassen voll. Manda schnitt den Kuchen an, es wurden Scherze gemacht. Maarten saß mit einem obligatorischen Grinsen dabei, vor allem um zu zeigen, dass er dazugehörte, doch in Wirklichkeit fühlte er sich todunglücklich. Was bin ich für ein Mensch, dachte er, der so wenig menschlich ist.

Er entspannte sich erst, als er zwei Stunden später nach Hause ging, dankbar, dass er seinen Mund halten durfte und mit niemandem etwas zu schaffen hatte.

*

»Ich habe sie nun alle gelesen«, sagte Bart. »Wenn du willst, kann ich jetzt darüber reden.« Er legte den letzten Stapel Bewerbungsbriefe neben Maarten auf die Ausziehplatte seines Schreibtisches.

»Bist du auch schon so weit, Ad?«, fragte Maarten.

»Fast«, antwortete Ad. »Noch zwei.«

»Setzen wir uns dann schon mal hin«, sagte Maarten zu Bart. Er stand auf, legte den Stapel, den Bart zurückgebracht hatte, zu den Briefen, die er vorher schon von ihnen zurückbekommen hatte, und nahm sie mit zum Tisch. Er holte seinen Stuhl, stellte ihn ans Kopfende und setzte sich. Bart setzte sich zu ihm, ein paar Zettel mit Notizen in Händen. »Was hältst du davon?«, erkundigte sich Maarten.

»Ich muss dir ehrlich gestehen, dass mir davon ganz schlecht geworden ist.«

»Von all den Erwartungen, die du nicht erfüllen kannst?«

»Das auch, aber was mich noch mehr stört, ist dieses Herumstochern im Privatleben.«

»Wieso?«, fragte Maarten erstaunt.

»Ich finde, dass ich nichts damit zu schaffen habe, welche Noten jemand in der Schule gehabt hat. Das ist etwas, das nur diesen Mann oder diese Frau etwas angeht.«

»Nein, das Gefühl habe ich nicht.«

»Du findest es sicher schön, die Briefe zu lesen«, sagte Bart argwöhnisch.

»Nein, schön finde ich es auch nicht«, sagte Maarten ruhig, und er wunderte sich darüber, dass er nicht das geringste Bedürfnis hatte, sich zu verteidigen. Das war schon einmal anders gewesen.

Ad stand auf und gesellte sich zu ihnen. Er gab Maarten den Stapel, den er gelesen hatte, und setzte sich. Maarten legte die Briefe der Nummernfolge entsprechend zwischen die anderen und nahm sich den ersten Brief vor. »Sollen wir es so machen, dass ich die Namen vorlese, und wir alle drei dann sagen, ob wir dafür oder dagegen sind, und in den Fällen, in denen einer dafür ist, dieser dann kurz seine Argumente vorbringt?«

»Willst du damit sagen, dass jemand automatisch eingeladen wird, wenn zwei von uns dafür sind?«, fragte Bart.

»Ja.«

»Damit habe ich dann doch große Probleme.«

»Warum?«

»Weil ich fürchte, dass die Zahl dann viel zu groß wird.«

»Das werden wir dann ja sehen.«

»Ich hätte trotzdem schon gern, dass das im Voraus geregelt würde, um zu verhindern, dass ich gleich wieder vor eine vollendete Tatsache gestellt werde.«

»Ad?«, fragte Maarten.

»Mir ist es egal.«

»Dann mache ich vier Stapel«, entschied Maarten. »Drei dafür, zwei dafür und einer dagegen, einer dafür und zwei dagegen, und drei dagegen. Bei einem dafür und zwei dagegen werden Argumente gebracht. Zufrieden?«

»Unter der Bedingung, dass die Fälle, in denen zwei dafür und einer dagegen ist, nicht automatisch der ersten Gruppe zugeschlagen werden«, beharrte Bart.

»Das wird getrennt entschieden.«

»Dann werde ich dagegen stimmen.«

»In Ordnung.« Er sah auf den Brief, der vor ihm lag. »Der erste Brief! S. van de Hoff! Bart!«

Bart studierte seine Liste. »Ich bin dagegen.«

»Ad!«

»Dagegen!«

»Und ich bin auch dagegen.« Er legte den Brief rechts vor sich und zog den nächsten zu sich heran. »P. S. Luuring! Bart!«

»Ich bin dagegen.«

»Ad!«

»Auch dagegen.«

»Und ich bin dafür.«

»Warum bist du dafür?«, fragte Ad.

Maarten sah sich den Brief an. »Weil ich den Ton nett fand. Ich finde, dass es ein bescheidener Brief ist. Kein Streber. Aber ich gebe zu, dass seine Vorausbildung nicht optimal ist.« Er gab Bart den Brief.

Bart sah sich den Brief genau an, dicht vor seinen Augen. »Er hat kein Französisch gehabt«, bemerkte er und gab Ad den Brief.

»Das war auch mein Problem«, sagte Ad.

»Das ist ein Argument«, gab Maarten zu. »Lasst uns vereinbaren, dass wir die drei Fremdsprachen zur Bedingung machen.« Er legte den Brief neben den ersten, links davon. »Der dritte Brief! G. Faassen! Bart!«

»Ich bin dafür.«

»Ad!«

»Ich bin auch dafür.«
»Und ich bin ebenfalls dafür.« Er legte den Brief ganz nach links und griff zum nächsten.
»Warte noch mal«, sagte Bart. »Wäre es nicht ratsam, wenn wir alle drei die Gelegenheit erhalten würden, zu sagen, warum wir dafür sind?«

»Das Ergebnis!«, sagte Maarten, sobald er zu Ende gezählt hatte. »Wir haben einhundertvierzehn Briefe bekommen. Davon haben wir fünfundvierzig mit drei Stimmen abgelehnt und sechs mit zwei Stimmen. Unter den dreiundsechzig übrig gebliebenen Briefen sind sechsundvierzig, bei denen wir alle drei dafür sind, und siebzehn, bei denen einer von uns dagegen ist. Die letzte Gruppe habe ich noch einmal aufgeschlüsselt: Bart ist neunmal dagegen, Ad fünfmal und ich dreimal. Nehmen wir an, dass wir dreizehn Bewerber pro Tag empfangen, genau wie beim letzten Mal vormittags sechs und nachmittags sieben, dann können wir in einer Woche fünfundsechzig durchschleusen. Ich schlage also vor, die siebzehn mit zu den sechsundvierzig zu nehmen, ohne weitere Diskussion, dann wären wir Freitagnachmittag um vier Uhr fertig, und dann hätten wir also noch eine Stunde und fünfzehn Minuten für eine Nachbesprechung übrig. Wäre das was?«
»Nein«, sagte Bart. »Das lehne ich ab.«
»Warum?«
»Weil ich finde, dass wir auch Rücksicht auf unsere Gesundheit nehmen müssen.«
»Ad?«
Ad zuckte mit den Achseln. »Ob wir nun sechsundvierzig oder dreiundsechzig empfangen.«
»Ich lehne es wirklich ab, mich dieses Mal wieder überstimmen zu lassen!« warnte Bart verärgert.
»Wie wolltest du es denn machen?«
»Wenn ihr die neun, die ich abgelehnt habe, trotzdem einladet, werde ich bei den Bewerbungsgesprächen nicht dabei sein!«
»Aber schon bei den acht, die Ad und ich abgelehnt haben?«

»Ja, denn bei denen war ich dafür!«

»Und wie willst du dann nachher eine Entscheidung treffen, wenn du die neun nicht einmal gesehen hast?«

»Darüber brauche ich keine Entscheidung zu treffen, denn ich bin ja dagegen!«

Maarten schwieg, fassungslos angesichts der Argumentation.

»Und du brauchst wirklich nicht zu versuchen, mich auf andere Gedanken zu bringen, denn dieses Mal gebe ich nicht nach!« Als ob es seine Gewohnheit wäre, einen Kompromiss nach dem anderen zu schließen.

»Gut«, sagte Maarten resigniert, »dann werden wir zu gegebener Zeit sehen, wie wir das Problem lösen. Ich lade sie also ein. Wir empfangen sie ab Montag kommender Woche, den ersten um neun Uhr, und dann anschließend alle halbe Stunde einen, mit einer Stunde Mittagspause. Ich schlage vor, dass Tjitske sie im Besucherraum empfängt, und dass sie nach dem Gespräch noch kurz zu Joop und Sien gehen, um die Systeme zu sehen, damit sie wissen, worauf sie sich einlassen.«

»Und willst du die Mädels dann auch in die Entscheidung einbeziehen?«, fragte Ad.

»Wenn sie es wollen.«

»Das lehne ich entschieden ab!«, sagte Bart verstimmt.

»Warum?«, fragte Maarten. »Sie haben doch in erster Linie mit der neuen Kraft zu tun?«

»Weil ich es nicht richtig finde, sich für jemanden aufgrund persönlicher Vorlieben zu entscheiden!«

»Ich entscheide mich immer aufgrund persönlicher Vorlieben.«

»Damit habe ich denn auch große Probleme. Ich stehe auf dem Standpunkt, dass man jemanden aufgrund objektiver Kriterien auswählen muss!« Die letzten Worte sprach er sehr präzise aus.

»Kannst du das?«, fragte Maarten spöttisch.

»Wenn ich nicht davon überzeugt wäre, dass ich es könnte, würde ich mich nicht dafür hergeben!«

»Ad?«, fragte Maarten, sich Ad zuwendend.

»Ich habe damit nicht so viel Probleme.«

»Dann machen wir es so, wie ich es vorgeschlagen habe«, entschied Maarten. Er sah Bart an. »Es tut mir leid, aber du bist wieder überstimmt.« Es lag eine leichte Schadenfreude in seiner Stimme.

»Daran bin ich ja allmählich gewöhnt«, sagte Bart bitter.

»Ich habe noch ein ganz anderes Problem«, sagte Maarten, als Ad Anstalten machte aufzustehen. »Habt ihr noch einen Moment Zeit?«

Ad sah auf seine Armbanduhr und setzte sich wieder.

»Das ist Joop«, fuhr Maarten fort. »Jetzt, wo Manda weg ist, muss ihre Arbeit auf die anderen drei verteilt werden, aber Joop macht noch immer keine ausländischen Zeitschriften. Ich finde, dass sie damit jetzt mal anfangen sollte.«

»Sollte das nicht lieber die neue Kraft machen?«, fragte Ad skeptisch.

»Ich finde nicht, dass man Joop damit betrauen kann«, pflichtete ihm Bart bei. »Sie ist dafür absolut noch nicht reif, und ich bezweifle außerdem, dass sie es jemals sein wird.«

»Das ist gut möglich«, gab Maarten zu, »aber das bedeutet, dass sie demnächst nicht befördert werden kann, denn es ist ein Teil ihrer Ausbildung.«

»Ich finde, das ist ein abscheuliches Argument«, sagte Bart. »Auf diese Weise machst du Menschen zu Opfern des Systems, und das ist genau der Grund, weshalb ich seinerzeit dagegen war.«

»Wenn es das System nicht gäbe, säßen sie alle drei jetzt noch in Gehaltsgruppe 32.«

»Das weiß ich nicht. Ich bezweifle es auch, aber auf alle Fälle finde ich, dass man so nicht mit Menschen umgehen darf.«

»Ich will sie gern betreuen.«

»Darum geht es nicht. Ich finde, dass man jemandem das nicht antun darf.«

»Was sollte Joop denn deiner Meinung nach machen, Bart?«, fragte Ad.

»Jedenfalls nicht so komplizierte Sache wie ausländische Zeitschriften. Einfache, kleine Arbeiten!«

»Und wer soll *die* dann betreuen?«

»Das weiß ich nicht. Das ist nicht meine Sache.«

»An welche kleinen Arbeiten denkst du denn?«, fragte Maarten.
»Beispielsweise die Ordnung des Zeitungsausschnittarchivs.«
»Aber dafür muss sie die Systematik kennen«, sagte Ad.
»Natürlich!«
»Und die kennt sie nicht!«
»Das stimmt, aber sie müsste ja auch *betreut* werden!« Er brachte es mit viel Nachdruck, als wäre es ein gänzlich neues Argument.

»Und wie willst du ihr dann erklären, warum sie mitten in ihrer Ausbildung aus dem Rennen genommen wird?«, fragte Maarten.

»Das weiß ich auch nicht, aber es ist auch nicht meine Sache. Es ist deine Sache.«

»Und das kann ich eben nicht. Ich kann aber schon versuchen, sie durch die Ausbildung zu bekommen. Ich hoffe noch immer, dass es klappt. Und wenn es nicht klappt, kann ich mit ihr darüber reden, wie wir die Arbeit so verteilen, dass sie zu ihrem Recht kommt. Aber erst, wenn es nicht klappt, und nicht früher!«

»Du darfst es mir nicht übel nehmen, aber das halte ich für einen knallharten Standpunkt! Auf diese Weise machst du Leute zu Opfern des Systems und gehst das Risiko ein, dass du sie frustrierst!«

»Aber frustriere ich sie denn nicht noch viel mehr, wenn ich sie heimlich auf ein Abstellgleis schiebe und sie dann Arbeit machen lasse, von der sie ebenso gut wie wir weiß, dass sie nicht wirklich zählt?«

»Ich habe auch nicht gesagt, dass du es heimlich machen sollst.«
»Wie soll ich es dann machen?«
»Du musst es taktisch angehen, damit sie es nicht merkt!«
»Und was glaubst du, was Sien und Tjitske davon halten, wenn sie plötzlich anderthalb Mal so viel tun müssen?«
»Das ist dann die Schuld des Systems!«
»Wie würdest du die Arbeit denn aufteilen, wenn Joop nicht eingebunden werden kann?«
»Das weiß ich nicht. Das liegt auch nicht in meiner Zuständigkeit.«
»Aber du wirst doch wohl gemerkt haben, dass die Dokumentation die Arbeit momentan überhaupt nicht bewältigen kann?«

Bart gab darauf keine Antwort. Er sah trotzig vor sich hin.

»Und ich die Arbeit mache, die eigentlich von der Dokumentation gemacht werden müsste?«

»Das finde ich falsch. Ich finde nicht, dass wir hier eingestellt worden sind, um die Arbeit der Dokumentation zu machen!«

»Aber sie haben keine Zeit dafür, weil sie überlastet sind!«

»Ich finde auch, dass keine Ankündigungen geschrieben werden sollten. Deswegen beteilige ich mich auch nicht daran.«

Die Antwort bestürzte Maarten. »Wie sollen wir die Zeitschrift denn sonst füllen?«

»Mit Aufsätzen!«

»Und wer schreibt diese Aufsätze?«

»Dafür haben wir in der Tat zu wenige Leute, aber ich war seinerzeit ja auch dagegen, eine eigene Zeitschrift anzufangen.«

»Dazu hat uns die Kommission gezwungen«, erinnerte ihn Maarten, »um über unsere Arbeit Rechenschaft abzulegen.«

»Das kann schon sein, aber ich war dagegen, und ich war auch gegen das Schreiben von Ankündigungen, und ich finde es unmenschlich, dass Joop jetzt gezwungen werden soll, sie zu machen, weil die Kommission eine Zeitschrift wollte.«

»Aber es ist ihr Fach!«, sagte Maarten, ein wenig verzweifelt. »Sie ist in der Schule für Dokumentationswesen dafür ausgebildet worden! Sie hat sich darauf beworben! Sie wusste, dass es von ihr verlangt werden würde!«

»Ich weiß nicht, ob sie es wusste. Auf alle Fälle ist klar, dass sie es nicht kann! Also darf man es dann auch nicht von ihr verlangen!«

»Nehmen wir an, du stellst einen Betonbauer ein!«

»Ich finde nicht, dass man Joop mit einem Betonbauer vergleichen kann«, sagte Bart trocken.

»Es ist ein Beispiel.«

»Muss ich eigentlich noch dabei sein?«, fragte Ad. »Oder kann ich mich an die Arbeit machen?«

»Mach dich nur an die Arbeit«, sagte Maarten. Er wandte sich Bart zu. »Nehmen wir an, du stellst einen Betonbauer ein, und es zeigt sich, dass der Mann kein Beton herstellen kann. Ist das dann die Schuld des Systems?«

Ad stand auf und ging mit seinen Papieren zu seinem Schreibtisch.

»Nochmals, ich finde nicht, dass man die Arbeit eines Betonbauers mit Joops Arbeit vergleichen kann«, wiederholte Bart.

»Nein!«, sagte Maarten, ohne seinen Einwurf zu beachten. »Dann musst du ihm nachträglich beibringen, wie man Beton herstellt! Und erst, wenn sich herausstellt, dass dieser Mann es absolut nicht lernen kann, kannst du zusammen mit ihm überlegen, welche Konsequenzen das hat!«

»Und das halte ich eben für einen knallharten Standpunkt«, beharrte Bart, »aber wenn du es willst, musst du es eben so machen, nur möchte ich dann gern, dass du weißt, dass ich dagegen bin!«

»Können eigentlich noch Bewerber dazukommen?«, fragte Joop. Sie war auf dem Weg nach Hause an seinem Schreibtisch stehen geblieben, Bart und Ad waren bereits verschwunden.

»Wieso?« Er lehnte sich in seinem Stuhl zurück und sah zu ihr auf. »Hast du noch jemanden?«

»Eine Freundin von mir.«

»Was macht sie?«

»Sie studiert Niederländisch.«

Maarten dachte nach. »Eigentlich ist die Frist abgelaufen«, überlegte er, an Barts Reaktion denkend, wenn er mit noch jemandem ankommen würde.

»Das hatte ich schon befürchtet, denn es ist jemand, der immer zögert. Es dauert eine Ewigkeit, bis sie zu einer Entscheidung kommt.«

»Das ist natürlich schon eine gute Eigenschaft«, sagte er ironisch. Er sah automatisch auf seine Armbanduhr.

Sie reagierte nicht darauf.

»Wie heißt sie?« Er sah sie erneut an.

»Lien Kiepe.«

»Der Mann, der meine Hosen repariert, heißt Kiepe.«

»Sie kommt aus Rotterdam.«

»Dann lass sie am Wochenende den Brief schreiben«, entschied er, »vielleicht können wir sie dann noch mit dazunehmen. Ist sie nett?«

»Sonst wäre es doch keine Freundin von mir?«

Er lachte. »Nein. Sag ihr dann, dass sie diesen Brief schreiben soll, aber ich weiß natürlich nicht, ob wir sie nehmen.«

»Schönes Wochenende«, sagte sie, sich abwendend.

»Schönes Wochenende.« Er beugte sich wieder über die Briefe der Bewerber und fühlte sich einen Moment sehr gut, ein Mann, der über Leben und Tod entschied.

*

»Hast du vielleicht kurz Zeit?«, fragte Bart. Er war aus dem Besucherraum gekommen und blieb an der Tür stehen.

Maarten stand auf.

»Ich muss dir mal eben etwas zeigen.«

Maarten folgte ihm in den Besucherraum. »Tag, Tjitske«, grüßte er.

»Zeigst du es?«, fragte Bart Tjitske.

Tjitske stand auf. Sie ging zu Mandas Schreibtisch und zog die mittlere Schublade auf. »Die habe ich zufällig gefunden.«

Maarten sah in die Schublade. Darin lagen zwei Schokoladenriegel, der eine war zur Hälfte abgenagt, der andere gerade angebissen. Darum herum lagen kleine Stücke Silberpapier.

»Das muss eine Maus gewesen sein«, sagte Bart, der sich ebenfalls dazugestellt hatte. Sie standen nun zu dritt um die geöffnete Schublade herum.

»Haben wir Mäuse?«, fragte Maarten Tjitske.

»Manchmal sehe ich eine herumlaufen.«

»Wenn Wampie dabei ist?«, fragte er verwundert.

»Ach, das macht ihnen nichts aus.«

»Ich finde, dass wir dagegen etwas unternehmen müssen«, bemerkte Bart.

»Was denn?«, fragte Maarten. »Du willst doch keine Fallen aufstellen?«

»Nein, aber ich finde schon, dass wir die Schokoriegel entfernen müssen.«

»Die Riegel gehören jetzt der Maus. Sie hat sie vor uns gefunden.«

»Aber so bekommt die Maus eine unverhältnismäßig große Chance, sich fortzupflanzen. Und damit habe ich schon ein Problem.«
»Ja, das finde ich eigentlich auch«, sagte Tjitske.
»Dann macht das ruhig«, sagte Maarten, während er sich abwandte. »Ich denke nicht dran. Lasst diesen Mäusen auch mal die Chance auf einen Treffer.« Er ging zurück zu seinem Platz.
Eine Viertelstunde später kam Bart wieder ins Zimmer.
»Und?«, fragte Maarten, als Bart an seinem Schreibtisch saß.
»Ich habe sie doch nicht weggeworfen.«
»Gut so!«, sagte Maarten zufrieden.
»Aber nicht, weil ich es richtig finde, dass sie dort liegen bleiben, sondern weil ich nicht der Hauptverantwortliche bin.«
»Nein, das bin ich.«
»Ja.«
»Oder eigentlich ist es Balk.«
Bart reagierte nicht darauf.
»Und schlussendlich ist es natürlich die Königin«, sagte Maarten mit unverhohlenem Vergnügen in der Stimme.
Bart schwieg.
»Also eigentlich muss die Königin die Riegel dort wegholen.« Er hatte nun große Mühe, sein Lachen zu unterdrücken. »Aber das sehe ich noch nicht«, sagte er mit erstickter Stimme. »Und davon profitiert wiederum die Maus.«

*

»Da ist ein Brief für Sie gekommen«, sagte Wigbold. Er stand auf der Schwelle zur Küche, als Maarten durch die Drehtür kam.
»Vielen Dank.« Er nahm den Brief von ihm entgegen. Es war keine Briefmarke darauf. Er sah automatisch auf den Absender. »Hey, doch noch.« Der Brief kam von Lien Kiepe.
»Sicher persönlich in den Postkasten gesteckt.«
»Es sieht so aus.« Er schob sein Namensschild ein, ging weiter zur Hintertreppe und stieg hinauf zu seinem Zimmer, schlapp, da er

schlecht geschlafen hatte. Er legte seine Tasche ins Bücherregal, öffnete das Fenster, hängte sein Jackett auf und setzte sich an den Schreibtisch. Träge schnitt er den Umschlag auf und faltete den Brief auseinander. Während er sich auf seinem Stuhl zurücklehnte, sah er sich den Inhalt an. Der Brief war in blauen Blockbuchstaben geschrieben, wie so viele Briefe dieser Generation, doch da die meisten Buchstaben auf die eine oder andere Weise miteinander verbunden waren, machte er einen durchaus sorgfältigen, jedoch keinen schülerhaften Eindruck. Sie schrieb, dass sie nun wohl zu spät sei und auch nicht erwarte, eine Chance zu haben, aber es doch einmal versuche, da ihr die Tätigkeit so nett erschiene. Ob sie dafür auch die richtige Ausbildung habe, bezweifle sie, doch sie sei natürlich bereit, noch einen Spezialkurs zu besuchen, falls dies nötig sein sollte. Sie studiere Niederländisch (Zwischenprüfung 1974), mit dem Hauptfach Mittelniederländische Literatur und den Nebenfächern Altfranzösisch und Bibliothekswissenschaft. Dass sie Joop kannte, schrieb sie nicht. Mit einem Blick auf die Adresse stellte er fest, dass sie bei ihm in der Nähe wohnte. Das Telefon klingelte. Er nahm ab. »Koning hier.«

»Tag, Maarten«, sagte eine warme Stimme, »Jan Nelissen hier. Wie geht es Ihnen?«

»Tag, Jan«, sagte er überrascht. »Du bist früh dran.«

»Sie auch.«

»Aber du bist Belgier.«

»Sie werden Ihr Bild über uns doch endlich mal korrigieren müssen, Maarten«, sagte Jan amüsiert.

Maarten lachte.

»Wir wollten doch immer noch mal miteinander sprechen. Wissen Sie noch? Über unseren Atlas.«

»Ja.«

»Ich rufe Sie an, weil ich jetzt jemanden getroffen habe, der gern ein Heft über den Brummtopf machen möchte.«

»Über den Brummtopf?« Er sah auf, Joop und Sien kamen in den Raum.

»Sie haben dazu doch auch einen Fragebogen?«

»Ja, aber einen verdammt alten.« Er hob die Hand, um sie zu grüßen.

»Der Brummtopf ist ja auch alt.«
Maarten schmunzelte. »Wie heißt dieser Mann?«
»Der Mann heißt Wim Bosschart. Er ist Germanist und Musikwissenschaftler.«
»Und taugt er was?« Es klang skeptisch. Joop und Sien gingen in den Karteisystemraum.
»Ich denke schon, aber ich wollte erst noch mit ihm sprechen. Können Sie nicht einmal nach Antwerpen kommen?«
»Wann?« Er zog seinen Terminkalender zu sich heran.
»Sagen Sie es nur.«
»Ende nächster Woche fahre ich für drei Wochen nach Frankreich.« Er blätterte den Kalender durch. »Dienstag, den 28. Juni?«
»Das ist in Ordnung. Kommen Sie dann in mein Büro. Sie wissen, wo es ist?«
»In der Jan van Rijswijcklaan.«
»Ich schätze, dass Sie so gegen zwölf bei mir sind, dann gehen wir zusammen essen. Passt Ihnen das?«
»Ausgezeichnet sogar!«
»Und dann lade ich Bosschart für den späteren Nachmittag ein.«
»Prima!«
»Dann bis Dienstag, den 28.«
»Tschüss, Jan.«
»Tschüss, Maarten«, sagte Jan herzlich.
Er legte den Hörer auf, nahm ihn wieder ab und wählte die Nummer von de Vries.
»Zentrale«, sagte de Vries.
»Tag, Herr de Vries, Koning hier.«
»Tag, Mijnheer.«
»Guten Morgen.«
»Guten Morgen, Mijnheer.«
»Herr de Vries, wir kriegen diese Woche die ganze Woche über Bewerber. Würden Sie, wenn sie sich melden, Frau van den Akker benachrichtigen? Die kommt und holt sie dann ab. Und würden Sie alle Telefonate an sie durchstellen? Auch wenn es für mich persönlich ist?«
»Jawohl, Mijnheer. Vielen Dank, Mijnheer.«

»Danke.« Er legte den Hörer wieder auf, stand auf und ging in den Karteisystemraum. »Der Brief von Lien Kiepe ist gekommen«, sagte er zu Joop.

»Doch noch!«, rief sie und schlug mit der flachen Hand auf den Schreibtisch. »Na, das ist aber wieder im letzten Moment!«

Er lächelte. »Gleich kommt der Erste.« Er wandte sich nun auch Sien zu. »Wenn wir mit ihnen gesprochen haben, bringe ich sie also zu euch.«

»Aber was möchtest du eigentlich, was wir mit ihnen machen?«, fragte Sien beklommen.

»Erzählen, was ihr tut, und vor allem auch, ihnen die Gelegenheit geben, Fragen zu stellen.«

»Aber wir brauchen doch keine Meinung abzugeben, oder? Denn das kann ich nicht.«

»Wenn du keine Meinung hast, brauchst du auch keine abzugeben.«

»Und wie lange sollen wir dann mit ihnen reden?«

»Auf jeden Fall nicht länger als eine halbe Stunde, denn dann kommt der nächste.«

An ihrem Gesicht war zu erkennen, dass sie nicht viel davon hielt.

»Du wirst es ohnehin lernen müssen, für die Zeit, wenn du selbst Abteilungsleiterin bist.«

»Aber das will ich doch gar nicht«, wehrte sie erschrocken ab.

Er lachte, wandte sich ab und ging zurück in sein Zimmer. Bart stand an seinem Schreibtisch und putzte die Brille. »Tag, Bart.« Er nahm den Brief von Lien Kiepe von seinem Schreibtisch. »Da ist noch ein Brief gekommen.« Er gab Bart den Brief, holte seinen Stuhl und stellte ihn ans Kopfende des Tisches, holte auch die Bewerbungsbriefe, legte sie bereit und setzte sich.

Bart sah sich den Brief aus der Nähe an, setzte die Brille auf und begann zu lesen.

Während Maarten zusah und auf seine Reaktion wartete, spürte er wieder, wie müde er war, als träten seine Augen aus ihren Höhlen. Bart las den Brief aufmerksam, vom Anfang bis zum Ende, und begann, als er ihn durchhatte, von vorn. Während er damit beschäftigt war, kam Ad herein. »Tag, Maarten. Tag, Bart.« Er brachte seine Tasche zum Schreibtisch.

»Tag, Ad«, sagte Maarten.
»Die ist sehr gut«, sagte Bart und gab Maarten den Brief zurück. Seine Reaktion überraschte Maarten so sehr, dass sie eine kaum zu bezähmende Begeisterung weckte. Er gab den Brief Ad, der näher gekommen war. »Der ist noch hinterhergekommen.«
Ad zog einen Stuhl heraus und setzte sich. Er las den Brief, während Bart seine Notizen vom Schreibtisch nahm und sich neben ihn setzte. »Ja«, sagte er, als er den Brief durchhatte. Er gab ihn Maarten zurück.
»Es ist eine Freundin von Joop«, sagte Maarten. Die Bemerkung entschlüpfte ihm in der vertraulichen Stimmung, die die ungewohnt nachgiebige Reaktion Barts erzeugt hatte.
»Das interessiert mich nicht«, sagte Bart in gemessenem Ton.
»Sollen wir sie noch mit dazunehmen?« Ihm war klar, dass er einen Fehler gemacht hatte und ärgerte sich darüber.
»Nichts dagegen«, sagte Ad.
»Doch nicht, weil es eine Freundin von Joop ist?«, fragte Bart argwöhnisch.
»Weil sie gut ist.«
»Aber falls sich noch jemand melden sollte, musst du den dann auch dazunehmen.« Aus dem Besucherraum ertönte lautes Bellen.
»Dagegen habe ich nichts einzuwenden.«
Die Tür des Besucherraums ging auf. Tjitske kam ins Zimmer. »Der Erste ist da«, sagte sie gedämpft.
»Das ist dann Herr G. Faassen«, sagte Maarten mit einem Blick auf den Brief, der oben auf dem Stapel vor ihm lag. Er sah Ad an. »Willst du ihn hereinholen?« Während Ad den Raum verließ, ging er in den Karteisystemraum. »Könntest du für Freitag, vier Uhr, einen Termin mit Lien Kiepe machen?«, fragte er Joop. »Ich habe jetzt keine Zeit mehr dafür.«
Als er zurück ins Zimmer kam, stand dort ein unordentlich gekleideter junger Mann mit langem, rotem Haar, das ihm bis auf die Schultern reichte. »Herr Faassen?« Er gab ihm die Hand. »Mein Name ist Koning.« Der junge Mann hatte ein intelligentes Gesicht. »Setzen Sie sich.« Er zeigte auf den Stuhl zu seiner Linken, gegenüber von Bart und Ad. Sie setzten sich beide. Er nahm sich den Brief vor. »Sie wohnen in Nimwegen?«

Der junge Mann nickte.

»Und Sie haben Anthropologie studiert?« Er sah ihn an. »Was hat Sie dazu bewogen?«

»Das kann ich so nicht sagen« – er sprach das G wie ein Ch aus. »Das Studium an sich stellt eigentlich nicht so viel dar.«

Maarten sah ihn aufmerksam an. Die Antwort weckte sein Interesse.

»Aber Sie werden doch wohl einen Grund gehabt haben, es zu studieren?« Der junge Mann erinnerte ihn an Lex van 't Schip. Ebenso wie Lex hatte er eine nahezu durchscheinende Haut und ein langes, ebenmäßiges Gesicht mit schmalen Lippen.

»Das kann schon sein«, sagte der junge Mann phlegmatisch, »aber daran kann ich mich nicht mehr erinnern.«

»Es ist lange her«, begriff Maarten mit einer leichten Ironie.

»Das auch.«

»Lassen Sie es mich dann anders formulieren. Was hat Sie an dem Studium enttäuscht?«

Der junge Mann blinzelte kurz und schniefte, ein leichter Tick. »Das weiß ich eigentlich nicht.«

»Es ist Blödsinn«, versuchte es Maarten.

Der junge Mann nickte. »Es ist viel Blödsinn dabei.«

Maarten sah Bart an.

»Hat Ihnen die Anzeige einen Eindruck von der Arbeit vermittelt, die Sie hier machen müssten?«, fragte Bart.

Maarten schrieb »Lex« oben auf den Brief.

»Nein.«

»Es werden vor allem administrative Tätigkeiten sein. Haben Sie damit schon irgendwelche Erfahrungen?«

Der junge Mann schüttelte den Kopf.

»Ein wichtiger Teil der Tätigkeiten besteht aus der Erstellung von Literaturexzerpten und der Vergabe von Schlagwörtern«, erläuterte Bart. »Hat man Sie damit während Ihres Studiums vertraut gemacht?«

»Kaum.«

»Was hat Sie denn in unserer Anzeige genau angesprochen?«, fragte Ad.

Der junge Mann dachte nach. »Ich glaube, vor allem, dass es in Amsterdam ist.« Es lag ein leichtes Amüsement in seinem Blick.

»Sie wollen lieber in Amsterdam leben«, vermutete Ad.

»Nein, eigentlich lieber nicht.«

Sie schwiegen. Das Gespräch amüsierte Maarten. Er musterte den jungen Mann und stellte fest, dass er einen intelligenten Eindruck machte. Was ihn betraf, war er ein ernst zu nehmender Kandidat.

»Was war eigentlich der Grund, dass Sie sich beworben haben, wenn ich fragen darf?«, erkundigte sich Ad.

»Ach, das will ich Ihnen gern erzählen. Wenn ich mich nicht bewerbe, verliere ich meine Arbeitslosenunterstützung. Und ein Tag Amsterdam ist nicht zu verachten, aber Sie würden mir keinen Gefallen tun, wenn Sie mich einstellen würden.« Er sagte es teilnahmslos, mit einer kaum merklichen Ironie.

»Ihnen genügt die Arbeitslosenunterstützung«, vermutete Maarten.

»Ja«, sagte der junge Mann ruhig, »damit komme ich ganz gut hin. Ich habe meine Platten und Bücher, und ansonsten habe ich nicht so viele Bedürfnisse.«

»Ich verstehe. Ich nehme an, dass Sie dann auch kein Bedürfnis haben, die Systeme zu sehen und den Platz, wo Sie eventuell sitzen würden?«

»Nicht so besonders«, gab der junge Mann zu.

»Dann werde ich Ihnen zeigen, wo Sie Ihre Fahrtkosten erstattet bekommen«, sagte Maarten und stand auf. »Wenn Sie kurz mitkommen.«

Der junge Mann stand ebenfalls auf, nickte Bart und Ad zu und ging hinter Maarten her zum Karteisystemraum. Als sie den Raum betraten, stand Sien auf. »Das ist Herr Faassen«, sagte Maarten. Sien kam hinter ihrem Schreibtisch hervor und gab dem jungen Mann die Hand. »Sien de Nooijer«, sagte sie nervös.

»Herr Faassen braucht die Systeme nicht zu sehen.« Er sah Joop an. »Würdest du ihn kurz wegen der Fahrtkosten zu Bavelaar bringen?« Er wandte sich wieder dem jungen Mann zu und streckte die Hand aus. »Auf Wiedersehen, Herr Faassen. Sie hören so bald wie möglich von uns. Wenn wir Sie nehmen sollten, aber das kann ich jetzt noch nicht sagen, rufe ich Sie Anfang kommender Woche an. Sie sind auf jeden Fall ein ernst zu nehmender Kandidat.« Er lachte gemein.

Der junge Mann blinzelte kurz und schniefte. »Auf Wiedersehen, Herr Koning.«

»Warum brauchte er die Systeme nicht zu sehen?«, fragte Sien gedämpft, als Joop mit Faassen durch den kleinen Flur zur Vorderseite ging. »Wolltest du ihn nicht haben?«

»Er will hier überhaupt nicht arbeiten. Er bewirbt sich nur, weil er muss, um seine Arbeitslosenunterstützung zu behalten.«

»Aber ist das denn erlaubt?«, fragte sie geschockt.

»Ich glaube nicht, dass sich dagegen viel machen lässt. Wenn man nur hart genug ist.« Er wandte sich ab und ging zurück in sein Zimmer. »Das war Herr Faassen.« Er setzte sich wieder.

»Wenn sie alle so sind«, sagte Ad amüsiert.

»Verstehst du eigentlich so jemanden?«, fragte Bart.

»Ja«, sagte Maarten. »Ich habe sogar Bewunderung dafür, aber ich könnte es nicht.« Er zog den nächsten Brief zu sich heran. »Leider.« Er sah auf den Brief. »Frau oder Fräulein Maliepaard, Christien Maliepaard, einunddreißig Jahre, Höhere Bürgerschule Wirtschaft, hat erst in einer Bank gearbeitet, arbeitet jetzt als Sekretärin in einer Anwaltskanzlei. Ist sie schon da?« Er sah auf.

»Ich habe sie schon gehört«, sagte Ad. »Soll ich sie mal holen?« Er stand auf.

Sien sah um die Ecke der Tür. »Soll ich Kaffee für euch holen?«

»Sehr gern, Sien«, sagte Bart.

»Gern«, sagte Maarten, sich umdrehend, »und dann auch bitte für die Bewerberin.«

»Ich muss gestehen, dass ich Mühe hatte, nicht zu lachen, als du sagtest, dass du ihm zeigen würdest, wo er seine Reisekosten erstattet bekommen könnte«, sagte Bart.

Maarten lächelte. Er stand auf. Die Bewerberin kam, mit Ad hinter sich, aus dem Besucherraum. Er ging ihr entgegen. Eine Frau mit einem säuerlichen, harten Gesicht, geschminkten Augen und einem kleinen Mund. »Meine Name ist Koning«, sagte er.

»Christien Maliepaard.«

»Und das ist Herr Asjes.« Er zeigte auf Bart.
»Asjes«, sagte Bart höflich, er gab ihr, mit einer kleinen Verbeugung, die Hand, die andere Hand am mittleren Knopf seines Jacketts.
»*Frau* oder *Fräulein?*«, fragte Maarten, während sie sich setzten.
»Spielt das eine Rolle?«, fragte sie giftig.
Er sah sie verblüfft an. »Das spielt keine Rolle«, versicherte er, doch er hätte sich die Zunge abbeißen können.

Im Laufe des Tages verfing er sich immer mehr in einem Netz aus Eindrücken, flüchtig und so rasch aufeinanderfolgend, dass sie ihm im nächsten Moment bereits zu entgleiten drohten. Um sie festzuhalten, verschloss er sich und konzentrierte sich auf die Männer und Frauen, die regelmäßig aus dem Besucherraum kamen, nachdem die vorhergehenden durch den Karteisystemraum weggeführt worden waren. Am Ende des Tages waren von den dreizehn noch fünf übrig. Der junge Mann, der sie mit Tränen in den Augen angefleht hatte, ihn zu nehmen, da er bereits seit anderthalb Jahren vergeblich versuche, eine Stelle zu finden, war nicht darunter, ebenso wenig Christien Maliepaard. Unter den Fünfen war übrigens niemand, den er auf den ersten Blick nett gefunden hatte. Während der Gespräche war die erste instinktive Abneigung, die Menschen ihm normalerweise einflößten, zwar verschwunden, doch nachts, als ihn ihre Gesichter und die Gesprächsfetzen aus dem Schlaf holten, war sie wieder da.

Was dies betraf, ähnelte der zweite Tag dem ersten. Diesmal waren außerdem ein paar Männer und Frauen dabei, die er kaum ertrug und mit denen die Gespräche dann auch gleich schiefgingen. »Das kommt daher, weil du selbstbewusste Menschen nicht erträgst«, sagte Bart. »Du willst nur Menschen um dich herum haben, die fügsam sind.«
»Glaubst du?« Er fand, dass er den Vorwurf nicht verdient hatte. »Ich hoffe doch, dass du nicht von dir selbst behaupten willst, dass du fügsam bist?«
»Aber du hast mich ja auch nicht ausgesucht. Das war Herr Beerta.«
»Bart hat wohl auch mehr an mich gedacht, oder, Bart?«, sagte Ad mit einem süßsauren Lächeln.

In diesem Moment ging die Tür des Besucherraums erneut auf, und Tjitske kündigte den Nächsten an.

»Nein, Ad, an dich habe ich natürlich auch nicht gedacht!«, sagte Bart erschrocken, während sie beide aufstanden. »Das darfst du nicht denken. Ich habe es eher generell gemeint.«

Maarten dachte noch daran, dass Bart recht hätte, wenn er sagen würde, dass er nur Menschen um sich herum haben wollte, die selbstbewusst waren, doch er hatte keine Zeit mehr, es zu sagen. »Mein Name ist Koning«, sagte er, dem neuen Bewerber die Hand entgegenstreckend, einem jungen Mann mit einer Brille.

Der junge Mann sah ihn etwas verwundert an, mit einem kaum merklichen und unbestimmten Misstrauen, was ihn in Maartens Augen nach einigem Zögern sympathisch machte. »Warmenhuizen«, sagte er.

»Und das sind die Herren Asjes und Muller, die arbeiten auch hier«, sagte Maarten und zeigte auf Bart und Ad. »Wir sind im Moment zu sechst.«

Einmal, als er zwischen zwei Bewerbungsgesprächen auf den Flur trat, um zur Toilette zu gehen, kam Engelien dort gerade heraus. »Hallo«, sagte sie. Es überraschte ihn so sehr, dass er einen Moment lang nicht wusste, wo er war und woher er sie kannte. »Ha«, sagte er unbestimmt. Die Begegnung verstärkte das Gefühl, von der Außenwelt abgeschnitten zu sein, als sei er krank.

Am späten Nachmittag, automatisch seinen Weg im Verkehr suchend, gefangen in dem Lärm um ihn herum, war er so müde, dass es schien, als würden ihm die Beine versagen. Er hatte das Gefühl, dass er die Kontrolle über die Situation zu verlieren begann. Als er versuchte, sich die Leute, die von den beiden Tagen übrig geblieben waren, einen nach dem anderen vorzustellen, merkte er, dass die Erinnerungen an die ersten bereits wieder verblasst waren.

Nicolien stand in der Küche und röstete Zwiebeln. »Wie war es?«, fragte sie.

»Anstrengend.«

»War jemand dabei?«

»Vielleicht einer. Ein junger Mann.« Er öffnete die Tür zum Flur und hatte, als er sie hinter sich geschlossen hatte, den typischen Geruch alter Leute in der Nase: den Geruch der Wohnung, der Kleidungsstücke, die nicht weggeworfen worden waren, von alten Möbeln und von Decken, die nicht oder zu wenig gelüftet worden waren. Ein leicht würziger Geruch, der ihn an Leute aus Indonesien erinnerte. Während er auf der Couch Platz nahm, überlegte er, dass man es bei anderen abstoßend fand, man aber anders darüber dachte, wenn es der eigene Geruch war, nicht wie ein Besitzer, das war zu stark, aber er gab einem dennoch ein Gefühl der Geborgenheit. Er schloss die Außenwelt aus. Einen kurzen Moment war er versucht, Nicolien diese Gefühle mitzuteilen, als sie mit dem Genever ins Wohnzimmer kam, doch er konnte sich gerade noch beherrschen. Solche kleinen Glücksgefühle sollte er besser für sich behalten. Ihre Erwähnung würde bei ihr nicht auf fruchtbaren Boden fallen.

Am Mittwochmorgen rief Heidi an, noch bevor Bart da war. »Hör mal, Ad kommt nicht. Es hat ihn zu sehr ermüdet.«

»Das ist schade«, sagte er resigniert.

»Es ist doch auch Wahnsinn, was ihr da treibt! Wer macht denn so was? Dreiundsechzig Bewerber! Das hält doch kein Mensch aus!«

»Vierundsechzig«, korrigierte er.

»Na, dann vierundsechzig! Hätte man das denn nicht ein bisschen anders machen können?«

»Ad hat sie mit ausgesucht.«

»Na, ich finde es Wahnsinn!«

»Ja, der Mensch lebt nicht zum Spaß allein.«

»Aber es ist doch nicht unbedingt nötig, dass er daran zugrunde geht.«

»Das stimmt.«

»Na dann!«

»Grüß Ad von mir, und sag ihm, dass wir ihm eine sehr gute Kraft aussuchen werden.«

»Ja, ganz bestimmt«, höhnte sie. »Das möchte ich erst mal sehen!«

Er lachte. »Aber jetzt mache ich mich wieder an die Arbeit. Tschüss,

Heidi.« Er legte den Hörer auf. »Ad gibt auf«, sagte er zu Bart, der gerade den Raum betreten hatte.

»Das ist sehr vernünftig von ihm«, fand Bart, während er seine Tasche zum Schreibtisch brachte. »Ich hatte vor, morgen nicht zu kommen.«

»Aber unter den dreizehn sind vier, die du auch wolltest.«

»Das kann schon sein, aber Donnerstag ist mein Bibliothekstag, und den will ich dafür nicht opfern.«

»Dann müssen eben Sien und Tjitske euren Platz einnehmen.« Er stand auf.

»Das muss doch aber heute noch nicht sein?«, sagte Bart verstimmt.

»Nein, heute nur Sien.« Er wartete nicht auf weitere Einwände und ging in den Karteisystemraum. »Ad ist abgesprungen«, sagte er zu Sien. »Willst du heute seinen Platz einnehmen?«

»Aber was soll ich denn fragen?«, fragte sie erschrocken.

»Einfach was dir einfällt.«

»Aber damit müsst ihr dann doch auch einverstanden sein?«

»Du kannst alles fragen, was dir einfällt«, versicherte er. »Es geht darum, dass wir ein Bild von so jemandem bekommen.«

»Der nächste ist ein Herr Gert Wiggelaar«, sagte Maarten, während er in den Brief sah. »Neunundzwanzig Jahre, studiert Anthropologie an der Vrije Universiteit Amsterdam, ist fast fertig mit dem Studium.« Er gab Sien den Brief. »Ich hole ihn mal eben.« Er stand auf und ging durch die Tür des Besucherraums. Tjitske saß an ihrem Schreibtisch, der Bewerber hatte am Besuchertisch hinten im Raum Platz genommen, ein hochgewachsener junger Mann mit einem kleinen, englischen Schnurrbart und einer kleinen, runden Brille mit braunem Gestell und roter Gesichtsfarbe. »Herr Wiggelaar?«, fragte Maarten.

»Ja, Mensch!« Er lachte überrascht, als hätte er nicht erwartet, dass man seinen Namen hier kannte, und zog die Augenbrauen weit über die kleine Brille nach oben, eine Haarlocke fiel ihm in die Stirn.

David Niven, dachte Maarten. »Mein Name ist Koning«, sagte er und gab ihm die Hand. Der junge Mann amüsierte ihn, er hatte etwas Englisches und wirkte, als ob er ihn auf den Arm nehmen wollte. »Wenn Sie mit mir kommen möchten? Wir sitzen hier nebenan.« Er ließ ihm in der Tür des Besucherraums den Vortritt. »Es ist ein bisschen wie beim Zahnarzt«, entschuldigte er sich, »aber es ist weniger schmerzhaft, hoffe ich.«

Der junge Mann lachte, ein wenig nervös, doch auch amüsiert.

»Das sind Frau de Nooijer...«, sagte Maarten.

»Sien de Nooijer«, sagte Sien hastig und gab ihm die Hand.

»... und Herr Asjes.«

»Asjes«, sagte Bart.

»Setzen Sie sich«, sagte Maarten und zeigte auf den Stuhl Bart und Sien gegenüber.

Sien legte den Brief zurück an Maartens Platz. Er setzte sich ebenfalls und schrieb »David N.« auf den freien Platz über der Anrede. Als er aufsah, bemerkte er, dass der junge Mann seine Augen rasch abwandte und rot wurde. Maarten schmunzelte. »Sie studieren Anthropologie?«

»Ja«, sagte der junge Mann ertappt.

»An der Vrije Universiteit?«

»Ja, das auch.«

»An einer protestantischen Universität? Sie sind doch Katholik?«

Der Mann sah ihn überrascht an. »Mensch, woher wissen Sie das denn? Das sieht man mir doch hoffentlich nicht an?« Er lachte.

»Weil Sie auf dem Ignatius-Kolleg gewesen sind.«

»O ja, natürlich! Wie dumm von mir!« Er musste über sich selbst lachen. »Ist das ein Problem?«

»Das ist kein Problem«, beruhigte ihn Maarten. »Diejenige, die hier weggegangen ist, war auch katholisch, also was das betrifft...« Er beendete seinen Satz nicht. »Sie ist bei einem Pastor eingezogen.« Er lachte.

»Ja, das kann ich Ihnen nicht anbieten, fürchte ich.«

»Aber Sie gehen auch noch nicht weg.«

»Ja, das stimmt.« Das Gespräch amüsierte ihn sichtlich.

Maarten sah in den Brief. »Erinnern Sie sich noch, warum Sie seinerzeit angefangen haben, Anthropologie zu studieren?«

»Mensch, da fragen Sie mich was. Ich glaube, dass ich dachte, dass es weniger langweilig wäre als andere Fächer.«

»Aber darin hatten Sie sich getäuscht.« Er sah ihn prüfend an.
»Nein, darin habe ich mich nicht getäuscht«, er lachte, »obwohl ... na, vielleicht habe ich mich schon getäuscht.«
»Warum?«, fragte Maarten neugierig.
»Ich habe keine Ahnung. Vielleicht habe ich ja gedacht, dass ich die Menschen etwas besser verstehen würde. Es heißt doch auch Anthropologie.« Es klang wie eine Entschuldigung.
»Ja, aber in Ihrer Examensarbeit geht es um Ägypten zur Zeit der Pharaonen.«
Der junge Mann lachte.
»Das sind tote Menschen.«
»Vielleicht habe ich gedacht, dass man damit am besten anfangen kann. Nein, das ist natürlich ein Scherz. Ich denke, dass ich mich dafür entschieden habe, weil niemand etwas darüber wusste, und auch, weil mich diese Feldstudien, die die anderen alle machten, ein bisschen abgeschreckt haben.«
»Weil Sie dann mit Menschen hätten reden müssen«, vermutete Maarten ironisch.
»Ja«, sagte der junge Mann lachend. »Darin bin ich nicht so gut, glaube ich.«
Maarten schmunzelte. Er sah Bart an.
Bart sah den jungen Mann an, den Zettel mit Notizen zwischen den Händen. »Haben Sie während Ihres Studiums auch administrative Fertigkeiten erworben?«, fragte er freundlich, aber sachlich.
»Sie meinen, auf einer Schreibmaschine zu tippen?«
»Ich meine eigentlich die Arbeit mit Systemen, die Vergabe von Schlagworten und die Erstellung von Zusammenfassungen.«
»Ich habe natürlich schon Literaturexzerpte gemacht«, sagte der junge Mann zögernd, »aber das war mehr für mich selbst. Nein, ich glaube nicht, dass ich das als administrative Fertigkeiten bezeichnen würde.«
»Ich frage das, weil Ihre Arbeit hier vor allem administrativer Art sein wird.«
»Oh, aber das will ich natürlich gern lernen. Das finde ich überhaupt nicht schlimm.«

»Auch nicht, wenn Sie den ganzen Tag nichts anderes machen können?« Es war seinem Gesicht anzusehen, dass er daran zweifelte.

»Die Erfahrung müsste ich natürlich noch machen, aber ich glaube es nicht. Ich habe mich doch auch darauf beworben?«

Bart neigte den Kopf. »Vielen Dank.« Er sah Maarten an.

»Sien?«, fragte Maarten.

»Ja«, sagte Sien nervös, sie sah den jungen Mann gespannt an. »Haben Sie auf die Dauer auch vor, zu forschen?«

Der junge Mann zögerte. »Darüber habe ich eigentlich noch gar nicht nachgedacht, aber wenn es so hinkommt, fände ich das vielleicht ganz nett.«

»Und worüber würden Sie dann forschen?«, fragte sie gespannt.

»Das kann ich echt noch nicht sagen«, er hob die Hände, um zu bedeuten, dass er nicht wusste, wie er auf diese Frage reagieren sollte, »über alles, denke ich.« Er lachte entschuldigend.

»Haben Sie Sinn für Humor?«, mischte sich Maarten ein.

»Muss ich das über mich selbst sagen?«, fragte der junge Mann unsicher und sah Maarten an.

»Ich frage das, weil Sie den hier brauchen werden«, verdeutlichte Maarten schmunzelnd, »sonst schaffen Sie es nicht.«

Der junge Mann lachte ein wenig. »Ich will gern ein Tänzchen hinlegen«, schlug er vor, sich von seinem Stuhl erhebend, »oder hier auf dem Tisch einen Kopfstand machen.«

»Nein, setzen Sie sich ruhig wieder«, sagte Maarten lachend. »Ich glaube Ihnen.«

»Den Burschen würde ich hier schon gern haben wollen«, sagte Maarten, nachdem er die Tür des Karteisystemraums hinter sich geschlossen hatte. Er nahm wieder seinen Platz am Tisch ein.

»Ich bezweifle, dass er hier richtig wäre«, sagte Bart verdrießlich.

»Warum? Er hat auf jeden Fall Sinn für Humor.«

»Ich fürchte, dass er die Arbeit schnell langweilig finden wird.«

»Das ist möglich, aber er hat schon Grips.« Er sah Sien an. »Wie fandest du ihn?«

»Ich weiß es nicht«, sagte sie. »Das müsst ihr mal beschließen.«

Im Laufe dieser Marathonsitzung geriet er durch Ermüdung immer mehr unter Anspannung. Donnerstagnachmittag, mit Sien und Tjitske, und Freitagvormittag, mit Bart und Tjitske, konnte er niemanden mehr direkt ansehen, ohne dass sein Kopf zu zittern begann. In solch angespannten Situationen machte er einen Fehler nach dem anderen. Er sprach in nervösem Ton, ließ sich tollkühn von seinen Einfällen leiten und machte dann Bemerkungen, die er besser unterlassen hätte und über die er sich hinterher ärgerte.

»Warum hat der junge Mann eigentlich mit dem Studium aufgehört?«, fragte Tjitske, als Maarten einen Bewerber im Karteisystemraum abgeliefert hatte. »Er hatte überall Einsen und Zweien in seinen Prüfungen.«

»Das hatte ich auch noch fragen wollen«, sagte Sien, »aber ich hatte Angst, dass es zu peinlich sein würde.«

»Dann musst du es *gerade* fragen«, fand Maarten, den nächsten Brief bereits vor sich, »aber ich verstehe das schon. Ist man so intelligent, dass man ein solches Studium auf die leichte Schulter nehmen kann, denkt man: Wenn sie so einen Scharlatan wie mich nicht enttarnen können, dann taugen sie nichts – und dann bricht man zusammen.«

»Dann bin ich sicher nicht intelligent«, sagte sie gekränkt.

»Du hast dein Studium doch noch nicht beendet?«, sagte er, bevor er nachgedacht hatte, es klang gemeiner, als es gemeint gewesen war. »Außerdem studierst du Niederländisch, und er hat Wirtschaftswissenschaften studiert«, fügte er hastig hinzu, um seinen Fehler wieder gutzumachen. »Wirtschaftswissenschaften taugen natürlich gar nichts. Es wird ihm zuwider gewesen sein, sich immer mit Geld beschäftigen zu müssen. Darunter bin ich seinerzeit auch zusammengebrochen.«

»Jacob hat auch Wirtschaftswissenschaften studiert«, sagte Tjitske entrüstet, »Und der hat sein Studium sehr wohl beendet. Also, ich finde das alles Unsinn.«

»Ja, es ist Unsinn«, gab er zu, und ihm wurde klar, dass er einen solchen Fehler niemals gemacht hätte, wenn er nicht unter Hochspannung stehen würde. An der Front wäre es schnell um ihn geschehen, dachte er missmutig, den Brief in die Hand nehmend. »Die Nächste ist eine Frau oder ein Fräulein Burger.« Er rief sich selbst zur Ordnung. »Das schreiben sie heutzutage nicht mehr dazu. Am ersten Tag war hier eine, die wurde böse, weil ich gefragt hatte, ob sie Frau oder Fräulein wäre.«

»Das wäre ich bestimmt auch gewesen«, sagte Sien.

»Warum?«, fragte Maarten verwundert. »Du bist doch verheiratet?« Er sah Tjitske an. »Bist du eigentlich verheiratet?«

»Natürlich nicht!«, sagte Tjitske entrüstet. »Das weißt du doch wohl? Ich habe neulich noch gesagt, dass ich niemals heiraten werde.«

»Das hatte ich einen Moment vergessen«, entschuldigte er sich.

»Was macht das denn für einen Unterschied«, sagte Sien gereizt. »Heutzutage nennt man doch alle Frau?«

»Ich weiß«, beschwichtigte er. Er gab Sien den Brief und stand auf. »Dann werde ich jetzt also mal Frau Burger holen.« Er versuchte, ironisch zu sein, doch in seinem Herzen fühlte er sich so viel Aggression gegenüber wehrlos.

Solche Phasen überdrehter Nervosität wechselten sich mit Phasen einer fast unnatürlichen Ruhe ab. Er sagte dann mit tiefer Stimme tiefe Dinge, oder er erheiterte die Bewerber mit zynischen Bemerkungen, sodass eine fast entspannte Atmosphäre entstand. Woraufhin er sich dann wieder über seine eigene Scharlatanerie ärgerte. Kurzum, zufrieden war er nie, und als er am Donnerstagabend mit rauchendem Kopf nach Hause ging, fühlte er sich tief unglücklich. Deshalb ärgerte er sich auch nicht über diesen Faassen, der lieber zu Hause saß, so sehr er auch den Betrug ablehnte, der dafür notwendig war. Der junge Mann war lieber zu Hause. Er auch. An der Ewigkeit gemessen, hatte der junge Mann recht. Er nicht.

»Der war also auch nichts«, stellte Maarten fest, während er sich wieder hinsetzte. »Einverstanden?« Er sah Bart an.

»Ja, dem kann ich wohl zustimmen«, sagte Bart. »Zumindest nicht für die Arbeit, die man hier machen muss.«

Maarten sah Tjitske an. »Du auch?«

»Ja, klar«, sagte sie widerwillig.

»Dann haben wir also nur noch Frau Kiepe.« Er nahm den Brief hoch und schob ihn weiter zu Tjitske. »Ist sie schon da?«

»Ich glaube, dass ich sie schon gehört habe«, sagte Bart.
»Dann hole ich sie mal.« Er stand auf und ging in den Besucherraum. Die Schreibtische von Tjitske und Manda waren unbesetzt. Lien Kiepe stand am Tisch hinten im Raum. Ihre Art zu stehen hatte etwas Zögerliches, als würde sie gerade überlegen, ob sie nicht wieder gehen sollte, und da sie außerdem nicht groß war, nahm sie ihn sofort für sich ein.
»Mein Name ist Koning«, sagte er und streckte die Hand aus.
»Lien Kiepe.« Ihr Gesicht war freundlich und der Blick arglos, der Blick eines Menschen, der sich nicht vorstellen konnte, dass jemand Böses gegen ihn im Schilde führen könnte.
»Wir sitzen hier nebenan«, sagte er lächelnd. Er ließ ihr den Vortritt. Sie ging etwas zögerlich. »Das sind Herr Asjes und Frau van den Akker.«
»Asjes«, sagte Bart mit einem freundlichen Lächeln und gab ihr die Hand.
»Tjitske«, murmelte Tjitske.
»Setzen Sie sich«, sagte Maarten und zeigte auf den Stuhl gegenüber von Bart und Tjitske. Er setzte sich ebenfalls, erhielt den Brief von Tjitske zurück und legte ihn vor sich. »Sie haben lange gezögert.« Er sah sie an.
»Ja.« Sie wartete einen Moment. »Ich wusste nicht, ob es so klug wäre, während meines Studiums schon einen Job anzunehmen.« Sie sprach sehr präzise, ein wenig wie Bart, jedoch unbefangener, mehr wie Nicolien, überlegte er. Sie hatte auch etwas Geistesabwesendes, als säße in ihrem Inneren noch eine andere Lien Kiepe, die etwas verwundert zusah. Auch darin erinnerte sie ihn an Nicolien, obwohl es äußerlich keine Übereinstimmungen gab, außer natürlich, dass sie ebenfalls klein war.
»Aber jetzt wissen Sie es schon?«
Sie lachte. »Ja.« Sie zögerte kurz. »Ich fand es einen zu interessanten Job, um die Chance nicht zu nutzen.«
Er nickte und sah in den Brief. »Sie wohnen ganz in meiner Nähe.«
»Ja, das habe ich von Joop gehört.«
»Wo ist das genau?«, fragte er und sah sie an. »Ich meine, wie weit von der Ecke entfernt?«
»Ungefähr zehn Häuser.«

Er nickte abwesend und sah Bart an.

»Als Sie mit dem Studium begannen«, sagte Bart, »hatten Sie da schon so etwas im Auge?« Er sagte es überfreundlich und vorsichtig, offenbar aus Furcht, indiskret zu sein.

Maarten schrieb ein ›N.‹ oben auf ihren Brief und strich es wieder durch.

»Ich habe auch schon mal daran gedacht, Lehrerin zu werden.«

»Aber das haben Sie sich anders überlegt?«

»Ich habe gehört, dass im Lehrerzimmer nur über Fußball geredet wird.«

»Sie mögen Fußball nicht?«, mischte sich Maarten ein.

Sie lachte. »Nein.«

Er lachte amüsiert. »Auch nicht das, was man ›keepen‹ nennt?«

»Nein«, sagte sie lachend.

»Können Sie formulieren, was genau Sie an dieser Stelle anspricht?«, fragte Bart.

»Sie waren die Letzte«, sagte Maarten. »Dieses Wochenende haben wir Pfingsten. Wir entscheiden uns am Dienstag. Danach hören Sie so bald wie möglich von mir.« Er stand auf. »Ich bringe Sie noch kurz zu Joop, dann kann sie Ihnen die Systeme zeigen.«

Sie stand auf. »Auf Wiedersehen, Herr Asjes.« Sie gab Bart die Hand. »Auf Wiedersehen«, sagte sie zu Tjitske.

Maarten öffnete die Tür zum Karteisystemraum. »Hier ist Lien Kiepe.« Er streckte die Hand aus. »Sie hören also so bald wie möglich von mir.«

»Vielen Dank.« Sie gab ihm die Hand und ging verlegen in den Karteisystemraum.

»Hoi!«, hörte er Joop ausgelassen rufen, als er die Tür hinter ihr schloss. Lächelnd ging er zurück zu seinem Platz. »Die nehmen wir!«, sagte er.

»Darüber werden wir dann doch erst sprechen müssen«, sagte Bart verstimmt.

»Es ist ein Vorschlag.« Er setzte sich. »Du bist damit nicht einverstanden?« Er sah Bart an.

»Ich bin schon damit einverstanden, aber ich finde, dass wir erst darüber sprechen müssen!«

»Sprich nur!«

»Ich habe die Befürchtung, dass du das nur sagst, weil es eine Freundin von Joop ist.«

»Spielt das für dich etwa eine Rolle?« Es lag Spott in seiner Stimme.

»Für mich nicht.«

»Na denn, für mich auch nicht.« Er sah Tjitske an. »Tjitske?«

»Ich finde es in Ordnung«, sagte Tjitske unwirsch.

»Aber müssen wir das nicht auch erst noch mit Ad besprechen?«, fragte Bart.

»Ad hat sie nicht einmal gesehen!«

»Aber trotzdem finde ich, dass wir ihn darüber in Kenntnis setzen müssen!«

»Wir entscheiden am Dienstag«, entschied Maarten. »Wenn er dann da ist, kann er mitreden, aber ich kann mir nicht vorstellen, dass er etwas dagegen einzuwenden hat.«

*

»Sie sprechen mit de Nooijer.« Eine frostige Stimme. »Meine Frau hat mich gebeten, Ihnen mitzuteilen, dass sie krank ist.«

Der Anruf überraschte ihn. Er hatte zuvor noch nicht mit dem Mann gesprochen und wusste so rasch nicht, in welchem Ton er reagieren sollte. »Was fehlt ihr?«, fragte er neutral.

»Ich glaube, dass sie überarbeitet ist.«

»Das ist unangenehm.« Er empfand den frostigen Ton als einen versteckten Vorwurf.

»Ja.«

»Bestellen Sie ihr bitte meine Grüße, und wünschen Sie ihr gute Besserung.«

»Das mache ich. Auf Wiederhören, Herr Koning.«

»Auf Wiederhören, Herr de Nooijer.« Er legte den Hörer auf. »Sien ist überarbeitet.«

»War das Henk?«, fragte Ad. Er war gerade hereingekommen und stand noch an seinem Schreibtisch.

»Ja.«

Bart stand nun ebenfalls auf. Sein Gesicht war besorgt.

»Was für ein Mann, glaubst du, ist das?«, fragte Ad neugierig.

»Ein Mann mit der Stimme eines Priesters oder eines Arztes. Völlig gefühlskalt.«

»Sicher genauso wie der Mann von Manda«, sagte Ad amüsiert.

»Hat er auch gesagt, warum sie überarbeitet ist?«, fragte Bart.

»Nein, aber es wird wohl von dieser Studie kommen.«

»Ich finde auch, dass du sie niemals damit hättest betrauen dürfen, solange sie ihr Studium nicht abgeschlossen hat.«

»Sie will es selbst.«

»Sie hat mir mal erzählt, dass sie jeden Satz, den sie schreibt, erst mit Henk bespricht«, sagte Ad. Es lag reichlich Schadenfreude in seiner Stimme.

»Es scheint mir kein einfacher Mann zu sein«, urteilte Maarten.

Ad stellte seine Tasche auf den Schreibtisch, Bart setzte sich wieder.

»War letzte Woche eigentlich noch etwas dabei?«, fragte Ad, während er sein Jackett auszog.

»Zwei.« Er stand auf und brachte Ad die beiden Briefe. »Lien Kiepe und Gert Wiggelaar.«

»Ich dachte, dass wir schon mehr oder weniger beschlossen hätten, Frau Kiepe zu nehmen«, bemerkte Bart.

»Ja, schon.« Er setzte sich auf den Tisch, stellte die Füße auf einen Stuhl und wartete, bis Ad sich die Briefe noch einmal angesehen hatte.

»Diese Lien Kiepe war doch die Freundin von Joop?«, fragte Ad.

»Ja.«

»Und wen nehmt ihr jetzt?« Er gab Maarten die Briefe zurück.

»Ich wollte Balk fragen, ob wir sie beide nehmen dürfen.«

»Davon hattest du mir nichts gesagt«, sagte Bart verstimmt.

»Nein, das sage ich jetzt.«

»Welche Gründe willst du denn dafür anführen?«, fragte Ad.

»Dass die derzeitige Basis für die Zeitschrift zu schmal ist, und außerdem ergänzen sich die beiden ausgezeichnet. Sie kommen mir beide intelligent vor, sind beide fast fertig mit dem Studium, Lien Kiepe ist Niederlandistin, Wiggelaar Anthropologe, Lien Kiepe scheint mir langsam zu sein, Wiggelaar schnell, einer ist gewissenhaft, der andere flüchtig, ich würde sie gern beide haben.«

»Das lehne ich dann entschieden ab«, sagte Bart. »Wenn du findest, dass die Abteilung zu klein für die Zeitschrift ist, kannst du besser der Kommission sagen, dass du einen Schlussstrich darunter ziehst.«

»Das geht natürlich nicht.«

»Und du würdest Lien Kiepe bevorzugen, Bart?«, fragte Ad.

Er war zwischen ihren Schreibtischen stehen geblieben, nicht weit von Maarten entfernt.

»Ja«, sagte Bart. »Ich dachte auch, dass ich das schon gesagt hätte.«

»Und was hast du dann gegen diesen Wiggelaar einzuwenden?«

»Dazu äußere ich mich nicht, denn ich finde, dass wir keinen Zweiten dazunehmen sollten.«

»Aber wenn er jetzt besser ist als Lien Kiepe?«, drängte Ad.

»Das finde ich, wie gesagt, nicht, aber ich werde mich auch nicht weiter dazu äußern! Ich habe nichts dagegen, dass die Stelle besetzt wird, aber ich habe schon etwas dagegen, wenn anschließend zwei eingestellt werden. Auf die Weise schaffst du parkinsonsche Zustände!«

»Aber deswegen kannst du doch trotzdem eine Meinung zu diesem Wiggelaar haben?«

»Nein, Ad, es tut mir leid, aber da sage ich echt nichts!«

Maarten dachte nach. »Teilst du Barts Einwände?«, fragte er Ad.

»Nein. Ich finde es in Ordnung, zwei einzustellen.«

»Dann werde ich es Balk vorschlagen«, entschied Maarten. Er ließ sich vom Tisch gleiten.

»Wenn du dann nur weißt, dass ich entschieden dagegen bin!«, sagte Bart.

Balk saß am Schreibtisch.

»Hast du kurz Zeit?«, fragte Maarten.

Balk sah auf. Er schaute Maarten abwesend an, ohne zu reagieren.

»Ich hatte vorige Woche Bewerber für die Stelle von Kraai da.« Er artikulierte deutlich und überreichte ihm die beiden Briefe.

Balk las sie mit zusammengezogenen Augenbrauen.

»Gab es für die Stelle von Schaafsma auch so viele Bewerber?«, fragte Maarten.

»Wie viele hattest du denn?«, fragte Balk, ohne aufzusehen.

»Hundertvierzehn.«

»Nein, so viele nicht, glaube ich«, sagte Balk abwesend. »Ich erinnere mich nicht mehr daran.« Er legte Lien Kiepes Brief zur Seite und nahm sich den von Gert Wiggelaar vor.

Maarten wartete, bis er den Brief gelesen hatte.

»Wen wolltest du nehmen?«, fragte Balk und sah auf.

»Ich würde sie gern alle beide nehmen, wenn Geld dafür da ist. Für die Arbeit am *Bulletin* ist die Abteilung in ihrer jetzigen Zusammensetzung eigentlich zu klein, und die hier scheinen mir beide gut zu sein.«

Balk stand auf, öffnete die Türen des Eichenholzwäscheschranks, den er aus seinem Elternhaus ins Büro hatte bringen lassen, und kramte zwischen den Stapeln an Mappen, die dort kreuz und quer aufgestapelt waren. Er zog eine heraus, schlug sie auf, blätterte darin und betrachtete ein Blatt mit Zahlen. »Wenn du sie zum 1. August einstellst, ginge es«, entschied er, »aber ich möchte sie erst gern noch mal sehen.« Er schlug die Mappe zu, legte sie zurück und schloss die Türen.

»Wann wäre das möglich?« Die Schnelligkeit der Entscheidung überraschte ihn.

Balk war zurück an seinen Schreibtisch gegangen, setzte sich und blätterte in seinem Terminkalender. »Freitag, halb zwölf, sonst nächste Woche.«

»Nächste Woche bin ich im Urlaub.«

»Dann am Freitag.« Er schlug den Kalender wieder zu.

»Es war übrigens das erste Mal, dass Bewerber dabei waren, die sich nur deshalb beworben hatten, weil sie sonst ihre Arbeitslosenunterstützung verlieren«, sagte Maarten, in einer plötzlich aufkommenden Neigung zur Vertraulichkeit nach der geschmeidigen Reaktion Balks.

»Woher weißt du das?«, fragte Balk argwöhnisch.

»Sie saßen da und machten sich selbst schlecht. Es war sogar einer dabei, der offen sagte, dass er genug an seiner Unterstützung hätte und wir ihm keinen Gefallen damit täten, wenn wir ihn einstellen würden.« Er lächelte.

»Das finde ich überhaupt nicht zum Lachen!«, sagte Balk verstimmt.

»Das ist schändlich! Und das musst du ihm auch schreiben!«

»Ich werde ihm schreiben, dass es eine Erleichterung für ihn sein muss, dass die Wahl nicht auf ihn gefallen ist.«

»Nein! Du sollst ihm schreiben, dass es schändlich ist!«

Maarten schwieg.

»Und wenn mir das passiert wäre, hätte ich ihm das auch gesagt! Wie heißt der Mann?«

»Faassen.« Er kam sich wie ein Verräter vor.

»Eigentlich würde so ein Mann es verdienen, dass man dem Sozialamt einen Brief schreibt.«

»Ich werde ihm schreiben. Also Freitag, halb zwölf. Willst du sie beide zusammen sehen oder einzeln?«

»Bring ruhig beide mit«, entschied Balk missgelaunt.

Ad saß allein im Kaffeeraum. »Was hat er gesagt?«, fragte er.

»Er findet es in Ordnung.« Er setzte sich zu ihm und stopfte eine Pfeife.

Ad sah ihn an. »Hast du keine Angst, dass Bart den jungen Mann völlig ignorieren könnte?«

»Die Gefahr besteht«, gab Maarten zu.

Tjitske kam aus dem Hinterhaus. »Balk erlaubt uns, zwei Leute einzustellen«, sagte Maarten zu ihr.

»Oh?« Sie holte eine Tasse heißes Wasser mit einem Teebeutel und setzte sich zu ihnen. »Und wer wird es dann?«

»Lien Kiepe und Gert Wiggelaar.«

»War das der Junge mit dem kleinen Schnäuzer?« In ihrer Stimme lag Skepsis.

Engelien und Bart de Roode kamen durch die Schwingtür. »Hallo«, sagte Engelien.

»Für dich hätte er sicher einen Bart haben müssen«, sagte Ad zu Tjitske.

Sie lachte, wobei sie ihre Augen zukniff.

»Ihr hattet Bewerber da, nicht?«, sagte Engelien. Sie setzte sich neben ihn und wandte ihm ihren Oberkörper zu.

»Vierundsechzig«, antwortete Maarten.

»Wie lange warst du damit eigentlich beschäftigt?«, wollte Bart de Roode wissen.

»Eine Woche. Oder eigentlich zwei Wochen, denn in den Nächten dazwischen habe ich nicht geschlafen.« Das war für Ad bestimmt. Noch bevor er die Bemerkung gemacht hatte, wusste er, dass er es nicht hätte sagen sollen, doch die Versuchung war zu groß gewesen. Er vermied es, Ad anzusehen.

»Verursacht dir so etwas schlaflose Nächte?«, fragte Bart de Roode verwundert, als habe er so etwas noch nie gehört.

»Aber ist es nicht furchtbar schwer, aus so vielen Menschen eine Auswahl zu treffen?«, fragte Engelien. Sie richtete sich ein wenig auf und sah ihn einladend an.

»Nein«, sagte er lächelnd, während er an seiner Pfeife zog. Er wusste allmählich, dass das ihr üblicher Gesichtsausdruck war: »Höchstens etwas anstrengend, denn man muss am Ende all die Gesichter noch vor sich haben.«

»Aber du wählst sie doch nicht nach ihrem Gesicht aus?«

»Doch, ich wähle sie nach ihrem Gesicht aus.«

»Na, dann hörst du das auch mal«, sagte Engelien, sich Tjitske zuwendend.

Tjitske wurde rot. »Davon weiß ich nichts«, murmelte sie.

»Aber du achtest doch sicher auch auf ihre Ausbildung?«, fragte Bart de Roode.

»Kaum.« Er lächelte, einem neuen Einfall folgend. »Manchmal, wenn ich auf den Flur kam und euch herumlaufen sah, dachte ich: Ja, mit diesen Leuten habe ich früher zusammengearbeitet.«

Sie mussten darüber lachen.

»Dann hast du es schon sehr intensiv gemacht«, fand Bart de Roode.

»Und machst du das auch so?«, fragte Engelien Ad.

»Ach, nein«, sagte Ad. »Das überlasse ich Maarten.«

Maarten schwieg. Ihn ärgerten seine Bemerkungen, allein schon, weil sie zu fünfzig Prozent unwahr waren, exakt die fünfzig Prozent, mit denen er Eindruck hatte schinden wollen. Man wird zwar immer älter, aber man lernt einen Dreck dabei, dachte er verdrossen.

»Und was ist das für einer, den ihr jetzt genommen habt?«, fragte Engelien neugierig.

»Wir haben zwei genommen«, sagte Maarten widerwillig.

»Ich wusste nicht, dass ihr zwei freie Stellen hattet«, sagte Bart de Roode erstaunt.

»Die hatten wir auch nicht.« In dem Interesse von Bart lag die Gefahr, dass er Balk ebenfalls um eine zusätzliche Planstelle bitten würde, er konnte so rasch nicht überblicken, welche Konsequenzen dies haben könnte. »Einen Mann und eine Frau«, sagte er, sich Engelien zuwendend.

»Sauber!«, lobte sie.

»War da nicht auch jemand für uns dabei?«, fragte Bart de Roode interessiert.

»Ich glaube nicht«, sagte Maarten zurückhaltend.

In dem Moment wurden sie durch das lautstarke Eintreten von Rentjes, Elleke Laurier, Bekenkamp, Hans Wiegersma und Mia van Idegem unterbrochen. Von einer Sekunde zur nächsten ging ihr Gespräch in einer Kakophonie aus Stimmen, Gelächter, Gerede verloren.

Er wollte den Hörer bereits wieder auflegen, als am anderen Ende der Leitung doch noch abgenommen wurde. »Peter van Hagestein!«

Das überraschte ihn. »Ich hatte Frau Kiepe sprechen wollen«, sagte er zögernd, die Telefonnummer unter ihrem Brief kontrollierend. »Sie sprechen mit Koning, vom Büro.«

»Ich werde sie rufen.«

Sie hatte also einen Freund. Das warf einen Schatten auf seine Stimmung. Joop hatte nichts davon gesagt, und sie hatte auf ihn den Eindruck eines Menschen gemacht, der allein war. Er hörte in der Tiefe der Wohnung Stimmen, Schritte, der Hörer wurde hochgenommen.

»Lien Kiepe hier.«

»Koning!« Er wartete kurz. »Ich wollte Ihnen ja Bescheid geben, sobald wir eine Entscheidung getroffen haben.«

»Ja?« Es klang abwartend, fast abwehrend.

»Wir würden Sie gern nehmen.«

Es war einen Moment still. »Aber ich weiß noch gar nicht, ob ich es eigentlich will.« Ihre Stimme klang beklommen.

Es war so unerwartet, dass er nicht gleich darauf reagieren konnte. »Es hat Sie abgeschreckt, was Sie über die Arbeit gehört haben?«, versuchte er, seine Enttäuschung zu verdrängen.

»Das nicht«, sagte sie verwirrt, »die fand ich eigentlich nett, aber ich kann mich nicht so schnell entscheiden.«

»Das ist schlecht.«

»Ja.«

Sie schwiegen.

»Aber ich sollte es doch wohl machen«, entschied sie zögernd.

»Es muss nicht jetzt sein.«

»Doch, ich sollte es mal machen«, sagte sie mit etwas mehr Entschiedenheit, jedoch ohne die geringste Freude.

»Ich muss Sie sowieso erst noch dem Direktor vorstellen«, half er. »Das wäre am Freitag, um halb zwölf. Sie haben also noch bis Freitag Zeit, darüber nachzudenken. Kommen Sie nicht, weiß ich, dass Sie Abstand davon genommen haben.«

»Nein, ich werde schon kommen.«

»Das werde ich dann sehen«, sagte er mit einiger Wärme. »Denken Sie jetzt erst noch einmal darüber nach, denn eine Stelle, auf die man eigentlich keine Lust hat, das wird natürlich sowieso nichts.«

»Nein«, sagte sie zögernd.

»Alles Gute!«, sagte er herzlich. »Und vielleicht bis Freitag. Halb zwölf! Auf Wiederhören, Frau Kiepe.«

»Auf Wiederhören, Herr Koning«, sagte sie bedrückt.

Er legte den Hörer auf. »Lien Kiepe weiß eigentlich nicht, ob sie hier wirklich anfangen will«, sagte er mit einer Mischung aus Enttäuschung und Befriedigung, die er immer bei unerwarteten Rückschlägen empfand. Er stand auf, um Bart und Ad sehen zu können.

Bart sah von seiner Arbeit auf. »Offenbar findet es nicht jeder so schön, hier zu arbeiten, wie du denkst«, sagte er mit hörbarer Schadenfreude.

»Und was machst du jetzt?«, fragte Ad.

»Ich warte ab.« Er setzte sich wieder. »Ich glaube, dass sie es letztendlich schon machen wird.«

»Ich frage mich, ob es dann eigentlich so klug ist, sie zu nehmen«, bemerkte Bart. »Wenn jemand diese Arbeit mit so wenig Freude angeht, hält er es nicht lange durch.«

»Mir hat es auch keinen Spaß gemacht, als ich hier mit der Arbeit angefangen habe, und jetzt danke ich meinem Herrgott jeden Tag dafür, dass ich herkommen darf.« Seine Stimme triefte vor Sarkasmus.

Er nahm den Hörer wieder ab, zog den Brief von Gert Wiggelaar zu sich heran und wählte seine Nummer.

Der Hörer wurde sofort abgenommen. »Gert Wiggelaar hier.«

»Tag, Herr Wiggelaar, Koning hier.« Er sagte es in dem tiefen, ruhigen Tonfall, der ihm in widrigen Situationen gegeben war.

»Hey! Tag, Herr Koning.« Er lachte nervös.

»Ich wollte mich noch melden.«

»Ja, aber so schnell! Das hatte ich, ehrlich gesagt, nicht erwartet!«

»Nein«, er lachte, der junge Mann amüsierte ihn, »aber wir haben uns jetzt entschieden.«

»Oh, Sie haben sich schon entschieden?« Er lachte erneut, verwundert, nervös.

»Und wir würden Sie gern einstellen.«

»Nein!«

»Sie wollen nicht?«

»Wiggelaar will auch nicht«, sagte Ad aus der Ferne, sich ins Fäustchen lachend.

»Ich finde es toll!« Seine Stimme ging vor Aufregung hoch. »Das ist das erste Mal, dass ich mich beworben habe! Und dann gleich genommen! Kaum zu glauben!« Er lachte ausgelassen.

»Sie ziehen Ihre Bewerbung also nicht zurück?«

»Nein! Zurückziehen? Natürlich nicht! Den Eindruck habe ich doch wohl nicht gemacht, hoffe ich? Ich freue mich unheimlich darüber. Ich hatte überhaupt nicht damit gerechnet. – Ich habe den Job in diesem Büro«, sagte er aufgeregt zu jemandem, der offenbar bei ihm im Raum war. »Ich habe es meiner Freundin gesagt, die zufällig hier ist«, erklärte er.

»Ich verstehe«, sagte Maarten. »Wenn Sie es machen, wollte ich einen Termin mit Ihnen vereinbaren, denn ich muss Sie noch dem Direktor vorstellen. Können Sie am Freitag halb zwölf?«
»Natürlich! Freitag um halb zwölf! – Hilfst du mir, das zu behalten? Freitag um halb zwölf. Dann muss ich zum Direktor kommen.«
»Dann bis Freitag, halb zwölf«, sagte Maarten lächelnd. »Machen Sie jetzt mal zusammen ein Tänzchen.«
Gert Wiggelaar musste furchtbar darüber lachen, als würde er sich krümmen. »Vielen Dank«, sagte er lachend.
»Herr Wiggelaar ist völlig aus dem Häuschen«, sagte Maarten, nachdem er den Hörer aufgelegt hatte. Er ließ sich gegen die Lehne seines Stuhls sinken, besann sich, stand auf und ging in den Karteisystemraum. Er zog einen Stuhl unter dem Tisch hervor und setzte sich.
Joop sah von ihrer Arbeit auf.
»Lien Kiepe weiß nicht, ob sie hier eigentlich anfangen möchte.«
Joop zog die Augenbrauen hoch. »Das ist wieder mal typisch Lien!«
Er sah sie prüfend an. »Du glaubst nicht, dass es an der Arbeit hier liegt?«
»Ach was!«, sagte sie äußerst entschieden. »So ist sie immer! Sie hat eine Heidenangst vor Veränderung.«
Er nickte. »Die habe ich auch.«
»Aber bestimmt nicht so wie sie, denn für andere ist das wirklich zum Aus-der-Haut-Fahren.«
Er nickte. »Sie hat einen Freund?«
»Peter!«
»Peter van Hagestein.«
»Ja, mit dem wohnt sie zusammen. Aber das ist so eine komische Beziehung, da blicke ich überhaupt nicht durch.«
»Er ist ansonsten schon ein ordentlicher Mensch.«
»Oh, das wird er wohl sein«, sagte Joop gleichgültig, »aber er profitiert *schon* von ihr.«

Er legte den Stapel Bewerbungsbriefe auf die Ecke seines Schreibtisches, drehte seinen Stuhl eine Vierteldrehung herum, setzte sich und spannte einen Bogen Briefpapier mit zwei Durchschlägen in die

Schreibmaschine. »Ich werde mal den Leuten schreiben, die wir nicht genommen haben«, sagte er.

»Sollen wir dir nicht dabei helfen?«, fragte Bart von seinem Platz hinter dem Bücherregal.

»Nein, lass mich das mal machen. So viel Arbeit ist das nicht.« Er nahm den obersten Brief vom Stapel und legte ihn neben seine Schreibmaschine. Es war der Brief von Herrn Faassen. Er tippte seine Adresse in die linke obere Ecke, setzte das Datum, drehte das Blatt ein Stück weiter, tippte »Sehr geehrter Herr Faassen«, dachte kurz nach, lächelte gemein und tippte dann: »Es wird Sie erleichtern, zu erfahren, dass die Entscheidung für die Besetzung der freien Stelle, auf die Sie sich beworben haben, nicht auf Sie gefallen ist. Ich gönne es Ihnen von Herzen. Angesichts der Tatsache, dass Sie meiner festen Überzeugung nach durchaus Verstand haben, kann ich nur für Sie hoffen, dass Ihre nächsten Bewerbungen für Sie ebenso glücklich verlaufen. Ich habe meine Zweifel daran. Jedenfalls wünsche ich Ihnen viel Erfolg. Hochachtungsvoll« – er spannte den Brief aus der Schreibmaschine, las ihn noch einmal durch, setzte seine Unterschrift und griff zu einem Umschlag, um ihn zu adressieren.

*

»Das Gebäude hat drei Stockwerke«, sagte er, während sie zu dritt zum Flur gingen, »nein, gehen Sie nur vor«, er blieb mit der Hand an der Türklinke stehen, die beiden Bewerbungsbriefe in der anderen Hand. Lien Kiepe war bereits auf den Flur getreten, doch Gert Wiggelaar zögerte, machte etwas unsichere Bewegungen, lachte nervös und ging endlich, mit einer entschuldigenden Geste, vor Maarten durch die Tür. »Im dritten Stock sitzen der Zeichner, die Korrespondentenverwaltung und der Leiter der Abteilung Volkssprache«, fuhr Maarten fort. Er schloss die Tür hinter sich. »Auf diesem Stockwerk sitzen wir mit dem Volksmusikarchiv.« Sie gingen langsam über den Flur, Lien Kiepe voran, ihnen halb zugewandt, bis zur Vordertreppe, an der sie stehen blieb, unsicher, wie es nun weiterging. »Nach unten«, sagte

Maarten mit einer Handbewegung. »Im ersten Stock ist die Abteilung Volksnamen und das Zimmer des Direktors, der war ursprünglich Leiter dieser Abteilung«, sie stiegen ganz langsam, Stufe um Stufe, die Treppe hinunter, »und im Erdgeschoss ist dann die Verwaltung, die Bibliothek, der Hausmeister, der Telefonist und der Rest der Abteilung Volkssprache, aber das werde ich euch alles noch zeigen.« Er wurde abgelenkt, als im ersten Stock Goud aus der Tür kam, die gegenüber der Treppe lag. Goud blieb stehen. »Tag, Herr Koning«, sagte er.

»Tag, Herr Goud«, sagte Maarten. »Dies sind Frau Kiepe und Herr Wiggelaar, die fangen hier an zu arbeiten.«

»Oh«, sagte Goud. »Ja.« Er gab ihnen mit ernstem Gesicht die Hand.

»Lien Kiepe«, sagte Lien Kiepe.

»Gert Wiggelaar«, sagte Gert Wiggelaar.

»Herr Goud hat hier im Büro den vertrauenswürdigsten Namen«, sagte Maarten.

Goud musste darüber lachen. »Ja, das können Sie wohl sagen.«

»Aber er arbeitet leider in der Abteilung Volksnamen«, fügte Maarten noch hinzu.

»Ja«, sagte Goud. »Ich arbeite in der Abteilung Volksnamen.«

»Aber sie kommen erst zum 1. August«, sagte Maarten zu ihm.

»Oh, Sie kommen erst zum 1. August.« Er nickte ernst.

Sie standen etwas unschlüssig herum.

»Wir sind auf dem Weg zu Balk«, verdeutlichte Maarten.

»Oh, Sie sind auf dem Weg zu Herrn Balk.«

»Also, wir gehen mal wieder.«

»Ja«, sagte Goud.

Maarten wandte sich ab und öffnete die Tür zum Durchgangsraum. »Ich gehe mal vor.« Er drückte die Tür zu Balks Zimmer auf. »Hier sind die beiden Bewerber«, warnte er.

Balk stand von seinem Schreibtisch auf und kam ihnen mit einem Lächeln entgegen.

»Frau Kiepe, Herr Wiggelaar«, sagte Maarten.

»Balk.« Er gab ihnen die Hand. »Setzen Sie sich.« Er zeigte mit einer knappen Gebärde zur Sitzgruppe.

Maarten gab ihm beide Briefe.

Balk setzte sich in seinen Sessel, schlug die Beine übereinander und sah in den obersten Brief. »Sie studieren Anthropologie«, stellte er fest, während er sich Gert Wiggelaar zuwandte.

Gert Wiggelaar nickte nervös. »Ja.« Er versuchte, so aufrecht wie möglich zu sitzen, was in Balks Sesseln fast unmöglich war.

»Haben Sie da auch Feldforschung betrieben?«

»Nein.« Er zögerte. »Das heißt«, er zögerte erneut, »nein, eigentlich nicht.«

»An unserem Institut wird viel Feldforschung betrieben.«

»O ja, nein, ich habe eigentlich keine Feldforschung betrieben.«

»Das werden Sie hier dann noch lernen müssen«, entschied Balk. Er sah in den Brief.

»Es gehört auch eigentlich schon zum Studium«, entschuldigte sich Gert Wiggelaar, »aber weil ich mir ein historisches Thema ausgesucht hatte ...« Er beendete den Satz nicht.

»Ich sehe es. Hatten Sie eigentlich schon mal von unserem Institut gehört?«

»Nein.« Die Frage brachte ihn sichtlich in Verlegenheit. »Ganz schön dumm natürlich.«

Balk reagierte nicht darauf. Er machte den Eindruck, als ob der junge Mann ihn irritierte. »Wer ist im Moment eigentlich Professor der Ägyptologie in Leiden?«, fragte er wie beiläufig. »Ist das noch Professor Thierry?«

»Ich könnte es wirklich nicht sagen«, sagte Gert Wiggelaar unglücklich. »Das hätte ich natürlich wissen müssen«, fügte er noch hinzu, wie um sich zu entschuldigen.

»Wenn Sie vorhaben, aus Ihrer Examensarbeit eine Dissertation zu machen«, er sah ihn prüfend an, »werden Sie nicht um ihn herumkommen.«

»Daran habe ich eigentlich noch gar nicht gedacht.«

»Daran würde ich dann allmählich doch schon mal denken.« Er legte den Brief beiseite und sah in den von Lien Kiepe. »Und Sie haben im Nebenfach Altfranzösisch«, stellte er fest. Er sah sie an, sein Blick war gleich sehr viel freundlicher. »Haben Sie für diese Wahl einen bestimmten Grund gehabt?«

Sie sah ihn an, den Kopf etwas nach vorn geneigt, als dächte sie kurz nach, bevor sie ihre Antwort formulierte. »Der wichtigste Grund ist, dass ich zwei Jahre in Frankreich gelebt habe.« Im Gegensatz zu Gert Wiggelaar formulierte sie sehr sorgfältig.

Balk lächelte. »Aber dann hätten Sie auch Französisch als Nebenfach nehmen können.«

»Das hatte ich mir auch schon überlegt, aber weil ich Mittelniederländische Literatur im Hauptfach habe, fand ich, dass Altfranzösisch dazu besser passte.«

Die Antwort gefiel Balk. »Aber hier werden Sie nicht viel davon haben.«

»Ja, aber hier werden doch auch Volkserzählungen gesammelt?«

»Und die haben manchmal einen mittelalterlichen Hintergrund«, begriff er. »Haben Sie auch schon gehört, wie wir das machen?«

»Das muss ich ihr noch erzählen«, mischte Maarten sich ein.

»Dann wird Ihnen Herr Koning sicher noch erklären, dass das alles nicht so einfach ist, wie man normalerweise glaubt.« Er schob die Briefe auf den Tisch und stand auf.

Die anderen drei folgten seinem Beispiel.

»Wie war der Name noch gleich?«, fragte Balk und verzog sein Gesicht, als er Gert Wiggelaar die Hand gab.

»Gert Wiggelaar.«

»Richtig!« Er gab ihm die Hand und wandte sich Lien Kiepe zu. »Ich werde Ihre Karriere mit Interesse beobachten«, sagte er lächelnd, während er ihr die Hand gab.

»Kann ich mit den beiden jetzt zu Bavelaar gehen?«, fragte Maarten.

»Ja. Und sag ihr, dass sie bei der Eingruppierung berücksichtigt, dass beide ihre Zwischenprüfung bestanden haben.«

Maarten nahm die Bemerkung hin. Sie war völlig überflüssig, außer, dass sie noch einmal zeigte, wie die Verhältnisse lagen. Er nahm die Briefe vom Tisch und gesellte sich zu den beiden anderen, die unsicher bei der Tür standen und warteten. »Ich komme gleich noch mal wieder«, sagte er zu Balk, während er ihnen die Tür öffnete.

Balk reagierte nicht darauf. Er saß bereits wieder am Schreibtisch, an der Arbeit.

»Habe ich mich sehr komisch angestellt?«, fragte Gert Wiggelaar beunruhigt, sobald sie auf dem Flur waren.

»Ach was«, beruhigte ihn Maarten, doch er war sich dessen nicht so sicher.

»Und?«, fragte Maarten, er blieb in der Tür stehen. »Wie fandest du sie?«

Balk sah auf. »Der Junge scheint mir ein Nervenbündel zu sein«, sagte er unzufrieden, »aber das Mädchen ist gut!« Er lächelte. »Die sehe ich demnächst mit sehr spitzer Feder akribische Aufsätze schreiben, genau wie Marie Ramondt.«

»Ich glaube schon, dass der junge Mann intelligent ist.«

»Ich hoffe es für dich«, sagte Balk, »aber das muss ich erst noch sehen!«

*

Das Haus, in dem sich das Büro von Jan Nelissen befand, war Teil einer Reihe monumentaler Bürgerhäuser vom Anfang des Jahrhunderts, die alle unterschiedlich waren. Es hatte Bleiglasfenster und eine verstärkte, hellbraune Tür mit einem großen Knauf aus Messing und einem rautenförmigen Fenster hinter Kunstschmiedehandwerk. Neben der Tür war ein Messingschild angebracht, auf dem »Flämisches Kulturzentrum« stand. Am Türpfosten befand sich eine gewöhnliche elektrische Klingel. Er drückte darauf. Die Tür öffnete sich mit einem Summen, und er betrat eine kleine Halle, in der eine offen stehende Tür mit einer Bleiglasscheibe zu einem Flur führte. Neben der ersten Tür rechts ragte ein Schild in den Gang: »Anmeldung«. In einem kleinen Vorzimmer saßen drei junge Frauen an Schreibmaschinen. »Mein Name ist Koning«, sagte er zu der ältesten der Frauen, die am nächsten bei der Tür saß. »Ich habe eine Verabredung mit Herrn Nelissen.«

»Ach, Herr Koning«, sagte sie herzlich, als habe sie auf ihn gewartet. Sie stand auf und öffnete eine Verbindungstür. »Hier ist Herr Koning.« Sie wandte sich Maarten zu. »Gehen Sie doch durch.«

Jan Nelissen kam ihm entgegen. »Maarten!«, sagte er erfreut. »Das ist gut, dass Sie gekommen sind.«

»Tag, Jan«, sagte Maarten und gab ihm die Hand.

Jan musterte ihn lächelnd. »Das ist lange her, Maarten. Zu lange, möchte ich fast sagen.«

»Zweieinhalb Jahre.« Der herzliche Empfang machte ihn verlegen. »Nachdem Pieters es Ihnen in Antwerpen unmöglich gemacht hat. Ich bedauere das noch stets, das können Sie mir glauben!«

Maarten nickte. »Obwohl wir mit unserem unterschiedlichen Anhang sicher auch Probleme bekommen hätten.«

»Aber wir hätten sie gelöst«, meinte Jan. »Ich lese alles, was Sie schreiben, mit großem Vergnügen.«

»Auch meine Kritiken?«, fragte Maarten ungläubig.

»Ich genieße sie. Sie sagen es scharf, aber Sie sind niemals grob. Und ich bin einer Meinung mit Ihnen!«

»Das höre ich nicht oft«, sagte Maarten verlegen, der dieses Kompliment nicht recht einzuordnen wusste. Er sah ins Zimmer. »Wann hast du Bosschart herbestellt?«

»Wir hätten natürlich auch ausgiebiger essen gehen können, in der Stadt«, sagte Jan, als sie auf der anderen Seite der Jan van Rijswijcklaan in eine Seitenstraße gingen, »aber wenn Sie italienisches Essen mögen, ist das ein sehr gutes Restaurant. Und der Vorteil ist außerdem, dass es ganz in der Nähe ist, sodass wir uns nicht beeilen müssen.«

Das Restaurant war nicht weit von der Ecke entfernt, mit Ligusterbäumchen neben der Tür, im Schatten, und es war windig. Eine Marmortreppe mit einem roten Läufer führte zur Beletage. Abgesehen von zwei Männern an einem Tisch im hinteren Teil des Raums war es leer. Sie bekamen einen Platz am Fenster mit Aussicht auf die stille Straße und die hohen Häuser auf der anderen Seite, auf die das Sonnenlicht fiel, leblose Häuser in einem purpurfarbenen, breiten Backstein, mit schmutzig-weißen Rollläden vor den Fenstern. Hinter ihnen aus dem Raum hörte man gedämpft dezente italienische Musik, die alle anderen Geräusche übertönte. Ein schon etwas älterer Mann in einem schwarzen Anzug und mit einer schwarzen Krawatte brachte ihnen die Speisekarten. »Bringen Sie uns bitte schon mal zwei doppelte Grappa«, sagte Jan zu ihm. Er wandte sich Maarten zu. »Wir trinken doch erst einen Schnaps, nicht wahr? Jetzt, wo Sie hier sind, müssen wir das auch feiern.«

»Gut«, sagte Maarten lächelnd. Er hatte die Karte aufgeschlagen und sah sie sich an.

»Ich weiß nicht, ob Sie es mögen, aber wenn Sie es mögen, kann ich Ihnen die Nierchen hier sehr empfehlen.«

Maarten nickte zustimmend. »Das mag ich.«

»Und dann schlage ich vor, vorab eine Zuppa Pavese, die ist hier sehr gut, und Spaghetti Bolognese zu nehmen, oder, falls Sie das bevorzugen, Spaghetti aglio e olio, obwohl mir das vor den Nierchen nicht so passend erscheint.«

»So viel?«

»Wir essen nicht jeden Tag zusammen! Übrigens, Sie werden sehen, dass die Portionen nicht sonderlich groß sind.« Er legte die Karte beiseite und schlug die Weinkarte auf. »Und dazu trinken wir« – sein Blick wanderte an der Reihe von Weinen entlang – »ein Fläschchen Barbera.« Er schob die Karte von sich und sah Maarten lächelnd an. »Hierauf habe ich mich gefreut. Das will ich Ihnen nicht verheimlichen.«

»Wie geht es jetzt mit *Ons Tijdschrift*?«

»Schlecht! Mit Ihnen und Beerta ist alles Leben daraus verschwunden.«

»Na ja ...«, sagte Maarten relativierend.

»Doch!« Er sah auf, da sich der Inhaber ihrem Tisch genähert hatte. »Sie möchten wissen, wofür wir uns entschieden haben.« Er griff zur Karte. »Bringen Sie uns zweimal Zuppa Pavese, zwei Spaghetti Bolognese und zwei Rognoni, und dazu zwei Fläschchen Barbera.« Er schlug die Karte zu und gab sie zurück.

»Grazie«, sagte der Mann.

Maarten gab ihm seine. »Zwei?«, fragte er beunruhigt, als sich der Mann entfernt hatte.

»Was wir nicht austrinken, lassen wir stehen«, entschied Jan. »Aber jetzt erzählen Sie erst einmal: Wie geht es Beerta?«

»Jetzt haben wir noch genau eine Dreiviertelstunde«, stellte Jan mit einem Blick auf seine Armbanduhr fest. »Das sollte reichen für eine Tasse Espresso und ein Gläschen Cognac.«

»Den Cognac lasse ich aus«, warnte Maarten.

»Sie lassen mich meinen Cognac doch nicht allein trinken?«, sagte Jan enttäuscht.

»Es gibt Grenzen.«

»Heute nicht. Außerdem, wenn Sie Kopfschmerzen kriegen, bin ich da, um Sie zu pflegen. Sie können mir das nicht abschlagen.« Mit einem geheimnisvollen Gesicht führte er seine Hand zur Innentasche. »Und ich habe noch etwas für Sie, bei dem Sie sicher einen Cognac werden trinken müssen.« Er brachte ein langes, schmales Zigarrenetui zum Vorschein, machte es auf und hielt es Maarten hin. Es steckten drei riesige, schwarze Zigarren darin.

»Havannas?«, vermutete Maarten überrascht.

»Dieselben, die Fidel Castro raucht.«

»Die habe ich noch nie geraucht.« Er zog vorsichtig eine der Zigarren heraus.

»Dann wird sich Ihnen eine ganz neue Welt auftun.« Er hob die Hand und winkte.

Der Inhaber, der an der Bar stand, kam näher.

»Bitte bringen Sie uns noch zwei Espresso und zwei kleine Cognacs«, sagte Jan, »und machen Sie mir dann gleich die Rechnung.«

Mit den erst halb aufgerauchten Zigarren folgten sie der Straße zur Jan van Rijswijcklaan. Sie blieben am Rand des Bürgersteigs stehen, kaum auf die Autos achtend, die im Schatten unter den Bäumen in dichten Reihen angefahren kamen, jedes Mal aufblitzend im einfallenden Sonnenlicht. Nach all dem Alkohol hatte das Warten etwas Unwirkliches, und es gab nur noch einen schmalen Grat zwischen der Bedächtigkeit, mit der sie, auf der Bordsteinkante balancierend, einen Zug aus ihren Zigarren nahmen, und dem Schritt ins Ungewisse, blindlings, ohne noch nach rechts und links zu sehen. Da sie ein wenig unsicher auf den Beinen waren, berührten sich ihre Schultern, worauf sie wieder auseinanderstolperten, sich korrigierten, kerzengerade den Mittelstreifen erreichten und gerade noch rechtzeitig mit großer Geistesgegenwart ihren Schritt zügelten, um den Verkehr von rechts vorbeizulassen. »Maarten, wissen Sie eigentlich«, sagte Jan, als sie dort standen, »dass ich nicht die geringste Lust mehr habe, diesen Bosschart zu empfangen?«

»Ich auch nicht«, gestand Maarten.

»Mehr noch!«, versicherte Jan. »Soweit es mich betrifft, kann er zum Teufel gehen!«

»Würden Sie mich wohl kurz entschuldigen?«, fragte Jan, sobald sie in sein Zimmer zurückgekehrt waren.

»Natürlich«, sagte Maarten. Er setzte sich in einen tiefen Sessel, stellte einen Aschenbecher auf die Lehne und nahm, während er sich zurücksinken ließ, einen Zug von seiner Zigarre. Die Jalousien dämpften das Licht, sodass der Raum im Halbdunkel lag. Die Geräusche der Straße drangen zwar hinein, doch sie erreichten ihn kaum, so weit weg schienen sie zu sein. Er wunderte sich über die Stille und vergaß es wieder, als sich der Raum um ihn herum langsam zu drehen begann. Der Boden hob sich und kippte nach links weg, sein Sessel neigte sich nach hinten und kam, sich drehend, langsam wieder zurück, während der Raum vor seinen Augen in die Tiefe sank, als säße er auf einem Schiff. Er legte die Zigarre in den Aschenbecher und hielt sich, aus Angst, wegzurutschen, an den Lehnen seines Sessels fest. Jan kam wieder ins Zimmer und setzte sich ihm gegenüber. Maarten hörte ihn in der Ferne reden. Er antwortete auch, mit der Stimme eines Dritten, aber er hatte keine Ahnung, worüber sie sprachen, so sehr nahm ihn die Drehbewegung des Raums in Beschlag. Als das Zimmer wieder hochkam, stand er abrupt auf, an den Lehnen seines Sessels Halt suchend, bevor er sich ganz aufzurichten wagte, zeigte auf die Tür, durch die Jan vorher verschwunden war, und sagte: »Da gehe ich auch noch mal hin«, worauf er breitbeinig wie ein Seemann über den wogenden Fußboden den dazwischen liegenden Raum durchquerte, die Türklinke ergriff, mit einem Schwenk das Zimmer verließ und auf gut Glück in einem Flur eine zweite Tür öffnete, hinter der sich Gott sei Dank eine Toilette befand.

Als er einige Zeit später ins Zimmer zurückkam, war Bosschart gerade eingetroffen. Er stand mit Jan Nelissen bei einem Sessel, in den er sich setzen wollte, drehte sich jedoch zu Maarten um, als er ihn hereinkommen hörte. »Herr Bosschart?«, sagte Maarten.
»Ja«, sagte der junge Mann.
Maarten ging auf ihn zu, noch ein wenig vorsichtig, und stellte die Füße etwas weiter auseinander, wie um den Boden zur Ruhe zu zwingen. »Mein Name ist Koning.« Er gab ihm die Hand und kniff dabei die Augen zu, da das Gesicht des jungen Mannes zu verschwimmen drohte. Dennoch war er in der Lage, festzustellen, dass ihm das Gesicht gefiel, ein intelligentes Gesicht.
Sie setzten sich. Jan Nelissen begann zu sprechen. Während Maarten ihm lauschte, glitt seine Aufmerksamkeit in eine angenehme Verträumtheit ab. Erst als Jan schwieg und sie ihn beide ansahen, wurde ihm klar, dass ihm etwas entgangen war. »Sag es noch mal«, sagte er lächelnd.
»Ich sagte gerade zu Bosschart, dass Sie ihm erklären werden, was wir von ihm erwarten.«
»Ja.« Er sah den jungen Mann an, seine Gedanken sammelnd. »Sie kennen unsere Karten?«
»So in etwa«, antwortete der Mann höflich.
Die Antwort amüsierte Maarten. »Unglaublich«, sagte er lächelnd.

Trotz des starken Verkehrs überquerte er wagemutig die Jan van Rijswijcklaan, erreichte mit heiler Haut den Bürgersteig auf der anderen Straßenseite und nahm Kurs auf den Bahnhof. Es war ein warmer Sommernachmittag. Er kam an den Rand einer großen, sonnigen Fläche, über die von allen Seiten Autos und Straßenbahnen fuhren, glänzend im Licht der Sonne, befand sich kurze Zeit später in einem Park, unter hohen Bäumen, folgte schattig-dunklen Alleen, blieb stehen, während er sich über all die barocken Giebel wunderte, und setzte sich lächelnd wieder in Bewegung. »Im Gestern liegt das Heute, im Jetzt, was werden wird.« Es fiel ihm aus dem Nichts heraus ein. Er versuchte, darüber nachzudenken, doch seine Gedanken glitten am Sinn dieser alten Weisheit ab. Er begann zu laufen, mit großen Sprüngen, hochfedernd und leichtfüßig wieder aufkommend, schwebend durch einen riesigen, endlosen Raum, ohne Gestern und ohne Morgen, einfach glücklich mit dem Heute.

*

Auf seinem Schreibtisch lag eine Mappe, die er Joop am Tag zuvor mit seinen Anmerkungen wieder zurückgegeben hatte. Er schlug sie auf und nahm sich die obenauf liegende Zeitschrift vor. Den ersten Aufsatz hatte er selbst gemacht, da er ihn als zu schwer für sie empfunden hatte. Von dem zweiten, mit dem Titel *Imagerie civique et décor urbain dans la France du XIXe siècle*, hatte sie die Zusammenfassung, die er abgelehnt hatte, weil sie zu kurz war, anhand seiner Anweisungen umgeschrieben. Darunter hatte sie geschrieben: »Mir war gesagt worden, dass es eine kurze Zusammenfassung sein sollte!« Revolution! Er sah sich ihre erste Fassung an, die sie beigefügt hatte. Diese erste Fassung lautete: »Bürgerliche Bilder und städtisches Dekor im Frankreich des 19. Jahrhunderts«. In der neuen Zusammenfassung, die nun tatsächlich etwas länger war, hatte sie fünf Fehler gemacht, teils, weil sie seine Anweisungen falsch oder unvollständig gelesen hatte, teils aus Quertreiberei. Es deprimierte ihn. Er korrigierte die Fehler und korrigierte anschließend auch die anderen überarbeiteten Zusammenfassungen, die nicht besser waren. Während er damit beschäftigt war, kam sie herein, gefolgt von Bart und danach von Ad. Als er fertig war, ging er mit der Mappe in ihr Zimmer. Er nahm einen Stuhl, stellte ihn neben ihren Schreibtisch, schlug die Mappe auf, mit der ersten Zusammenfassung zuoberst, und zeigte auf ihre Bemerkung.
»Habe ich das gesagt?«
Sie sah ihn unverfroren an. »Ja, das hast du gesagt.«
»Aber was könnte ich denn mit *kurz* gemeint haben?«
»Ja, das weiß ich doch nicht. Kurz ist kurz.«
»Aber doch nicht, dass du einfach den Titel übersetzt! Das kann der Leser auch.«
Sie wandte ihren Blick ab und sah trotzig auf die Mappe.

»Das ist eine der ersten Faustregeln«, erinnerte er sie. »Titel werden nie übersetzt. Das ist eine Beleidigung deiner Leser. Eine Zusammenfassung muss etwas hinzufügen.«

»Aber so wichtig ist dieser Aufsatz doch nicht?«

»Nichts ist wichtig, aber es ist nun mal unsere Arbeit!«

Sie reagierte nicht darauf.

»Ich habe noch ein paar Anmerkungen gemacht«, sagte er und stand auf, »vielleicht kannst du sie dir noch mal ansehen und die Mappe dann abschließen? Gib sie dann ruhig an Bart. Ich brauche sie nicht mehr zu sehen. Ich habe sie schon abgezeichnet.« Er stellte den Stuhl weg. Sie sah mit einem mürrischen Gesicht auf die Mappe. Er suchte nach einer netten Bemerkung, um die Schärfe seiner Anmerkungen verschwinden zu lassen, doch ihm fiel nichts ein. Unzufrieden wandte er sich ab. Als er das Zimmer wieder betrat, klingelte das Telefon. Er nahm ab. »Koning hier.«

»Tag, Herr Koning!«

Er brauchte einen Moment, um den Akzent unterzubringen. »Spel!«

»Richtig!« Spel lachte herzlich. »Ich habe noch gedacht: Wird er es hören?«

»Und er hört es!«

»Ich habe wieder einen Bäcker!«

»Ich auch.«

»Vielleicht können wir das ja kombinieren. Wo wohnt er?«

»In Limburg, aber ich gehe mit einem Korrespondenten hin, denn ich muss da auch noch ein paar Bauern besuchen.«

»Nein, meiner wohnt in Friesland. Im Gaasterland! Wissen Sie, wo das liegt?«

»Natürlich.«

»Es hätte ja sein können.«

»Und wann können wir da hin?«

»Na, schlag mal was vor.«

Maarten zog seinen Terminkalender zu sich heran. »Diese Woche geht es bei mir nicht mehr, dann da bin ich in Limburg.« Er blätterte weiter.

»Und dann bin *ich* drei Wochen im Urlaub, mit meiner Frau.«

»Wo geht es hin?« Er blätterte weiter.
»Dänemark!«
»Dänemark!«
»Ja, wir fanden, das ist mal was anderes.«
»Ist es auch. Montag, der 8. August, wäre das was?«
»Montag, der 8. August«, murmelte Spel. Es war einen Moment still.
»Ja, das geht. Wo sehen wir uns dann? In Zwolle?«
»Geht es auch am Anleger in Stavoren? Dann komme ich mit der Fähre.«
»Geht auch. Wann bist du dann da?«
»Warte mal«, er griff nach dem Kursbuch im Schränkchen hinter seiner Schreibmaschine, »es steht im Kursbuch.«
»Nein, lass nur. Das suche ich mir dann schon heraus. Wie viele haben wir jetzt?«
»Bäcker?«
»Ja, Bäcker.«
»Acht. Und eine Bäckerstochter.«
»Acht und eine Bäckerstochter«, murmelte Spel. »Das ist noch nicht genug, oder?«
»Wir müssen in jeder Provinz wenigstens *einen* haben.«
»Aber wird das Buch dann auch rechtzeitig fertig?«
»Wann genau muss es fertig sein?«
»Nächstes Jahr, denn dann existiert die Gesellschaft hundert Jahre.«
»Nächstes Jahr ist es fertig.«
»Na, wir werden sehen«, sagte Spel skeptisch. »So schnell geht es ja auch wieder nicht.«
»Wenn der in Brabant und der im Gaasterland etwas taugen, sind wir fertig.«
Es war einen Moment still. »Ja, Teufel noch eins! Acht und eins und zwei sind elf! Das kommt, weil man die Bäckerstochter vergisst!« Er lachte amüsiert. »Ja, du hast recht! Wenn sie etwas taugen, sind wir fertig. Der Mann in Brabant. Wie heißt der? Kenne ich den?«
»Litjens. In Meterik.«
»Litjens in Meterik«, wiederholte Spel nachdenklich. »Ist das nicht so ein stiller Mann, mit großen Augen?«

»Das weiß ich nicht. Ich habe ihn noch nicht gesehen.«
»O nein, du hast ihn natürlich noch nicht gesehen! Na, achte mal darauf! Ein stiller Mann, mit großen Augen! Ich will tot umfallen, wenn es nicht so ist!«
»Dann hoffe ich mal, dass es so ist.«
»Aha«, lachte Spel amüsiert. »Pass mal auf! Montag, der 8. August, also! Tschüss, Herr Koning!«
»Tschüss, Herr Spel!« Er legte den Hörer auf. »Am Montag, dem 8. August, fahre ich mit Spel nach Gaasterland, um einen Bäcker zu interviewen.« Er notierte es in seinem Terminkalender.

»Zumindest hast du wieder einen kleinen Ausflug«, sagte Bart säuerlich.

»Wie alt ist dieses Fräulein Janssen eigentlich?«, fragte Ad. In seinem Ton steckte eine Anzüglichkeit.

»Fräulein Janssen?«, fragte Maarten abwesend. »Das weiß ich nicht. Aber du kannst es im Korrespondentenbestand nachsehen, wenn es dich interessiert. Jedenfalls in den Sechzigern. Seid ihr während meines Urlaubs eigentlich noch bei Beerta gewesen? Ich wollte ihn heute Nachmittag besuchen.« Er sah über das Bücherregal.

»Ich bin nicht dazu gekommen«, sagte Bart.

»Ich war da«, sagte Ad.

»Wie ging es ihm?«

»Ich fand, er war sehr schwer zu verstehen. Also bin ich nicht so lange geblieben.«

»Ja, er ist manchmal schwer zu verstehen«, gab Maarten zu.

Als er sein Fahrrad aufschloss, kam Freek Matser gerade angelaufen. »Wenn du noch einen Moment wartest, kannst du wieder sagen, dass es ziemlich komisch ist, mich auf dem Fahrrad sitzen zu sehen«, sagte Maarten.

»Du vergisst auch nie etwas, oder?«, sagte Freek verstimmt.

»Solche Dinge vergesse ich nicht«, gab Maarten zu. »Bis morgen.« Er stieg auf und folgte der Gracht, fuhr über die Brücke, und wieder links, in Richtung Amstel. Während er dahinfuhr, behende den Hindernissen auf seinem Weg ausweichend, bedachte er, dass es da etwas

Unangenehmes gegeben hatte. Was war es gleich wieder, das unangenehm war? O ja, das Gespräch mit Joop. Es war sonnig. An und auf der Amstel herrschte Betrieb: Autos, Motorboote, Angler und ein vereinzelter Radfahrer. Auf einem Rasen vor einem Bauernhof stand ein kleines Kalb, einen dicken Strick um seinen Hals, an einem Eisenpflock am Boden angebunden, ein zu kleines Kalb mit einem zu großen Kopf und einem zu dicken Strick. Er beobachtete es im Vorbeifahren und spürte, wie er traurig wurde. Er vermutete, dass das Kalb auf den Schlachter wartete, und warf sich selbst vor, kein Vegetarier zu sein. Sollte er Nicolien vorschlagen, zum Vegetarismus überzugehen? Und was würde der Fleischer denken, wenn sie ohne einzutreten an seinem Laden vorbeigingen? Müssten sie ihm dann offiziell mitteilen, dass sie Vegetarier geworden waren? Es war ein beklemmender Gedanke, dass sogar für den Übertritt zum Vegetarismus sozialer Mut gefordert war.

Er schob sein Fahrrad über den Plattenweg neben dem Zonnehuis zum Fahrradunterstand, schloss es ab und ging um das Gebäude herum zum Eingang. Die orangefarbenen Markisen waren heruntergelassen, sodass in der Halle, in der dieselben Leute wie immer in ihren Gefährten und in den Sesseln saßen und schliefen oder warteten oder sich mit ihrem Besuch unterhielten, ein mysteriöses, verschleierndes, orangefarbenes Licht hing, das ihn an die langen Sommer aus der Zeit vor dem Krieg erinnerte, als er noch ein Kind war. Er ging zwischen ihnen hindurch zur Treppe, stieg hinauf und folgte dem langen, verlassenen Flur zum Zimmer von Beerta. Seine Tür stand offen. Im Zimmer war es dämmrig. Die Jalousien vor dem Fenster waren heruntergezogen. Das Fenster war einen Spalt geöffnet. Beerta saß im Hemd an seinem Tisch, ohne Krawatte, sein Kinn auf der Brust, und schlief. Als Maarten an der Tür stehen blieb, blickte er verschlafen auf.

»Tag, Anton.«

Beerta richtete sich ein wenig auf und öffnete die Augen weit. »Taaa, Maaschjen«, sagte er träge.

»Du hast geschlafen«, stellte Maarten fest, während er näher kam.

»Neiii«, protestierte Beerta. Er gähnte, ohne seine Hand vor den Mund zu halten.

Maarten räumte einen Stuhl frei und setzte sich ihm gegenüber. »Ich war vorige Woche nicht da, weil ich bei Jan Nelissen war.«

»Ie jejes iem?«, fragte Beerta, wenig interessiert.

»Gut. Ich soll dich von ihm grüßen.«

»Danje«, sagte Beerta trocken.

»Und vielen Dank noch für die Karte zum Wiegenfest.« Er übernahm unwillkürlich Beertas Wortwahl. »Sie kam bloß eine Woche zu spät an, weil du all meine alten Hausnummern durcheinandergebracht hast.«

Beertas Gesicht verfinsterte sich. »Neinj!« Er stieß sich nach ein paar vergeblichen Versuchen aus seinem Stuhl hoch, suchte mit seiner gesunden Hand in seiner Adresskartei, die in einer alten Pappschachtel aus dem Büro neben seiner Schreibmaschine stand, und reichte Maarten dessen Karte.

»Ja, das ist falsch«, sagte Maarten, während er sich die Karte ansah – ihm tat seine Bemerkung leid, als hätte er mit seiner schreihalsigen Offenherzigkeit, die dem Gespräch eine leichte Note geben sollte, ein Riesenunheil angerichtet, und er suchte zögernd nach einer begütigenden Intonation. »Merkwürdig. Du musst das falsch notiert haben.« Jedes Wort sollte das vorherige wieder gutmachen, doch er hatte sofort das Gefühl, dass es ihm nicht gelang.

Beerta schwieg weiter. Er sah aus, als würde er anfangen zu weinen.

»Hast du schon wieder einen Brief geschickt?«

Beerta schüttelte den Kopf.

»Sonst hatten sie ihn wohl auch weitergeschickt, denn das ist, glaube ich, die Hausnummer des Instituts für Sozialgeschichte, und das sind zuverlässige Jungs.«

Beerta reagierte nicht darauf. Es machte den Eindruck, als hätte Maarten ihn in nicht wiedergutzumachender Weise gekränkt.

»Hast du einen Stift?«, fragte Maarten schuldbewusst.

Beerta kramte auf seinem Tisch nach einem Stift und reichte ihn ihm.

Maarten änderte seine Hausnummer und gab ihm die Karte zurück.

»Danje«, sagte Beerta. Er legte die Karte neben die Schachtel.

Sie schwiegen.

»Jan Nelissen und ich haben über den Atlas gesprochen«, erzählte Maarten. »Wir haben jemanden, der eine Karte des Brummtopfs machen will.«

»Oh.«

»Ein idiotisches Thema.« Er musste sich selbst Gewalt antun, eine etwas gezwungene Heiterkeit, als fühlte er sich wohl.

»Ja.« Er langte zum Tisch und zog ein Papier zu sich heran, betrachtete es und gab es Maarten.

Es standen dort, mit Schreibmaschine getippt, drei Träume, in denen in zittriger Handschrift einige Verbesserungen angebracht worden waren.

»Mei-e Sjesjesjin sachd, sasas faasch is.« Er beugte sich zu Maarten hinüber und zeigte auf den ersten Satz: »Der letzte Traum war das erste, dass mir bewusst wurde, dass ich krank war.« »Sas muss sein: woa …«, das Wort kostete ihn sichtlich Mühe, er versuchte es noch einmal, »wo-an – wojan.«

»Und damit bist du nicht einverstanden.«

»Neinj!« Er war entrüstet. Vielleicht war er auch beunruhigt, fürchtete, dass es ein Beweis wäre, dass es geistig mit ihm bergab gehe, und suchte Unterstützung bei einer Autorität.

»›Woran‹ ist jedenfalls auch nicht richtig«, sagte Maarten, den Satz betrachtend. »Es müsste ›bei dem‹ sein.«

Beerta reichte ihm wieder den Stift. »Annsu as schei-en?«

Maarten nahm ein Buch von dem Stapel, den er auf den Boden gestellt hatte, legte das Papier darauf und schrieb unter den Text, dass es ihm zufolge ›bei dem‹ sein müsse, las den Satz noch einmal und sah dann erst, dass Beerta wahrscheinlich hatte schreiben wollen: ›das erste Mal‹, dass er also nur ›Mal‹ vergessen hatte. »Es ist noch anders«, sagte er begeistert, als beweise er damit, dass Beerta durchaus noch richtig im Kopf war. »Du hast nur ›Mal‹ vergessen!« Er schrieb es ebenfalls darunter, setzte seinen Namen dazu und gab Beerta das Blatt zurück.

Beerta las, ohne eine Spur der Erleichterung, was er geschrieben hatte und legte das Blatt weg.

Es war lange Zeit still, Beerta sah ihn an. Maarten suchte nach einem Thema, das ihn interessieren würde, doch ihm fiel nichts ein. Beerta wollte Klatsch, und er kannte keinen. Dabei hatte er wie so oft das unangenehme Gefühl, dass Beerta ihn belauerte, wie eine Spinne in ihrem Netz.

»Willsu as djingen?«

»Was hast du da?«

»Assesj.« Er zeigte auf den Schrank in der Ecke des Zimmers.

Maarten hockte sich auf den Boden und sah sich die Flaschen an.

»Willst du auch was trinken?« Er drehte sich um.

»Ja.«

Er fand eine angebrochene Flasche Beaujolais. »Du willst sicher einen Wermut.«

»Ja.«

»Eigentlich solltest du doch jetzt einen *Boerenjongen* nehmen«, sagte Maarten, während er mit den Flaschen zum Tisch zurückkam. Beerta hatte ihm einmal erzählt, dass er verrückt nach diesem Getränk war, Branntwein mit eingelegten Rosinen. Er hatte ihn dabei, mit verhohlener Ironie, direkt angesehen.

Beerta lächelte wehmütig und hob die Hand.

Maarten wurde bewusst, dass er mit einer Hand nicht löffeln konnte. »Aber mit nur einer Hand ist das natürlich nicht so einfach.« Es war ein Versuch, das Unbehagen, das er verursacht hatte, vergessen zu machen, doch ungewollt vergrößerte er damit auch die Doppeldeutigkeit. »Wo sind die Gläser?«, fragte er, sich abrupt abwendend.

Erst im Flur, auf dem Weg zum Ausgang, bedachte er, dass es natürlich Beertas Absicht gewesen war, dass er die Träume lesen sollte, so wie er ihm früher immer seine Träume erzählt hatte, da er glaubte, dass Maarten sich dafür interessieren würde. Sie interessierten ihn nicht, damals nicht und heute nicht. Er hatte sie damals als verkappten Versuch eines Bekenntnisses empfunden, ein Mittel zur Intimität, und er vermutete, dass dies auch jetzt wieder mitgespielt hatte. Dennoch nahm er es sich selbst übel, dass er ihm dieses kleine Vergnügen nicht gemacht hatte. Während er darüber nachdachte, schloss er sein Fahrrad auf, fuhr auf den Fußweg und bog links ab. Als er an Beertas Fenster vorbeikam, sah er hinauf, wie sonst auch. Zu seiner Überraschung

stand Beerta auf dem Balkon am Ende des Flurs, neben seinem Zimmer. »Hey, stehst du da auf dem Balkon?«, rief er. Es klang idiotisch. Beerta nickte. Er hob seinen Stock in die Höhe.
»Bis zum nächsten Mal!«, rief Maarten und hob die Hand. Er wandte sich ab, beschleunigte das Tempo mit einem kräftigen Tritt in die Pedale, stoppte kurz an der Kreuzung und fuhr dann zügig weiter in Richtung Amstel. Bei einer kleinen Wiese kurz hinter Ouderkerk stieg er ab, um ein Büschel Gras für Marietje auszustechen. Danach kam er an dem Kalb vorbei. Es stand noch immer dort. Er betrachtete es und spürte, dass er erneut traurig wurde, hatte das Gefühl, dass das Leben ein einziger, großer Pfuhl aus Elend und Fehlern ist.

Er stellte sein Fahrrad an den kleinen Zaun vor dem Büro und betrat mit dem Schlüssel das Gebäude. Als er durch die Drehtür in die Halle kam, kam Sparreboom aus der Küche. »Tag, Herr Koning.«
»Tag, Herr Sparreboom.« Er blieb stehen.
Sparreboom musterte ihn lächelnd. »Sie haben sicher etwas vergessen.«
»Ich komme nur, um ein Buch zu holen.«
»Sie arbeiten abends sicher auch noch für das Büro.«
»Es muss sein.«
»Aber so denken nicht alle darüber.«
»Nein«, sagte Maarten vage. Er wandte sich zur Treppe ab.
»Die meisten denken nicht einmal mehr ans Büro, wenn sie die Tür hinter sich zugemacht haben«, rief Sparreboom ihm hinterher.
»Glückliche Menschen!«, entgegnete Maarten grinsend über die Schulter. Er rannte, zwei Stufen gleichzeitig nehmend, die Treppe hinauf. Im Zimmer der Abteilung Volksnamen, das nach vorne heraus lag, arbeiteten die Putzkräfte. Eine türkische Frau mit einem Kopftuch betrat gerade den Flur, als er vorbeikam. »Guten Abend«, sagte sie in gebrochenem Niederländisch. – »Guten Abend«, sagte Maarten. Er rannte die zweite Treppe hinauf und betrat sein Zimmer. Es war unwirklich still. Als er weiter zu seinem Schreibtisch ging, sah er auf Barts Stuhl eine Mappe liegen. Derjenige, der sie dort hingelegt hatte, hatte auf dem vollgestapelten Schreibtisch offenbar keinen Platz mehr

gefunden. Er war bereits weitergegangen, zögerte, ging wieder zurück und schlug sie auf. Es war die Mappe, die er morgens mit Joop besprochen hatte. Er blätterte sie durch. Ihre ursprünglichen Versionen, seine Anmerkungen und die neuen Versionen steckten alle darin, um Bart die Gelegenheit zu geben, dem Ganzen zu folgen. Er las flüchtig durch, was sie daraus gemacht hatte, und sah, dass sie die Hälfte seiner Anmerkungen vergessen und von dem Rest bei Weitem nicht alles so umgesetzt hatte, wie es nötig gewesen wäre. Das machte ihn mutlos. Sollte er ihr das schon wieder unter die Nase reiben? Er schlug die Mappe zu und beschloss, so zu tun, als hätte er sie nicht gesehen, in der Hoffnung, dass Bart es auch nicht sehen würde, da er zu viel zu tun hatte, oder weil er sich nicht dafür verantwortlich fühlte. Heute scherte es ihn einen Dreck, was demnächst im *Bulletin* stehen würde. Er nahm seine Plastiktüte aus dem Bücherregal, steckte das Buch hinein, das er gerade besprach, und verließ das Gebäude, ohne von Sparreboom bemerkt zu werden. Die Sonne war noch heiß. Er stopfte die Tüte in die Seitentasche, schloss sein Fahrrad auf und fuhr langsam und ausgelaugt im Sonnenschein nach Hause.

*

Gegen Morgen wurde er wach. Er blieb einige Zeit so liegen in dem Versuch, wieder einzuschlafen, und öffnete dann vorsichtig die Augen. Hinter den Vorhängen begann es bereits, hell zu werden, ein diffuses, farbloses Licht. Er richtete sich auf und sah auf seine Armbanduhr, die hinter ihm an einem Nagel an der Wand hing. Viertel nach fünf. Er ließ sich wieder niedersinken, drehte sich auf den Rücken und wartete. Im Haus war es still. Er lauschte dem regelmäßigen Atmen Nicoliens und dachte mit Sorge daran, was ihn an diesem Tag erwartete. Die Turmuhr der Westerkerk schlug langsam sechs Mal. Nach dem vierten Schlag schlug die der Noorderkerk einmal. Kurz darauf begannen in den Hinterhofgärten die Vögel zu singen und zu zwitschern. Er blieb noch kurz liegen, stand dann auf, stellte den Wecker aus und ging ins Badezimmer. Nicolien wurde wach. »Ist es schon so spät?«, fragte sie schläfrig. – »Fast«, antwortete er gedämpft. »Schlaf ruhig weiter.« Er schloss die Tür hinter sich, zog an der Kordel, um das Licht anzumachen, drehte den Hahn auf und füllte den Becher, um sich die Zähne zu putzen.

»Darf Marietje schon rein?«, fragte er an der Tür, mit der Hand an der Klinke. – »Ja, lass sie nur herein«, sagte sie. – Marietje saß vor der Tür. »Du darfst rein«, sagte er. Sie knurrte kurz und lief dann an ihm vorbei ins Zimmer. Er ging weiter zum Wohnzimmer, legte die Tischdecke auf den Tisch, holte seinen Brei aus dem Schrank und aß danach noch zwei Scheiben Brabanter Roggenbrot mit Käse, ohne Tee. So früh war es im Zimmer abgesehen vom Ticken der Uhr unwirklich still. Er fragte sich, woran das lag, und kam zu dem Schluss, dass es daher kam, dass man noch keine Geräusche von draußen hörte. Die Stadt schlief noch, zumindest dort, wo er wohnte. Das gab ihm kurz das Gefühl, Urlaub zu haben. Er brachte sein Schälchen in die Küche, ging vom Flur aus ins Badezimmer und putzte sich erneut die Zähne. »So, ich gehe«, sagte er um die Tür herum.

»Wie spät ist es?«, fragte sie.
»Zehn vor sieben.«
»Viel Spaß.«
»Danke. Bis heute Abend.« Er schloss die Tür, entriegelte die Eingangstür, nahm seine Umhängetasche und das Tonbandgerät und stieg die Treppe hinunter.

Um zehn nach sieben stand er auf dem Bahnsteig für den Zug, der eine Minute nach halb acht abfahren sollte. Im Zug las er sich eine Reihe alter Interviews durch, um wieder ins Thema zu finden. Danach tat er nichts, bis der Zug in Horst-Sevenum hielt. Er verließ nach vier oder fünf anderen Leuten als Letzter den Bahnsteig, das Tonbandgerät rechts, die Umhängetasche links. Aus der Ferne sah er am Ausgang eine Frau in einem blauen Kleid stehen, und als die anderen an ihr vorbeigingen, war ihm klar, dass es Fräulein Janssen sein musste. Er blieb stehen. »Fräulein Janssen?«

»Herr Koning!«, sagte sie mit deutlichem Limburger Akzent. »Herzlich willkommen in Horst-Sevenum!« Sie hatte ein blasses Gesicht und nach hinten zu einem strengen Dutt gebundene Haare, sodass man, sah man sie von vorn, denken konnte, sie sei kahl. Er gab ihr die Hand. »Ich hatte schon Angst, dass Sie nicht kommen würden«, sagte sie schnell. »Hierhin. Mein Auto steht da.« Sie gingen nebeneinander eine kleine Treppe hinunter und betraten einen kleinen Platz inmitten von Feldern, auf dem tatsächlich ein Auto am Bürgersteig stand. Die anderen Passagiere hatten sich wie durch ein Wunder aufgelöst. »Sie werden wohl denken: Wo ist jetzt Horst, und wo ist Sevenum? Aber das ist so: Horst liegt da, und Sevenum liegt da, und wo Sie jetzt stehen, heißt es Ulfterhoek, das ist ein sehr interessanter alter Name, mein Onkel wird Ihnen darüber gleich viel mehr erzählen können«, sie öffnete die Wagentür, um ihn einsteigen zu lassen, und ging, schnell sprechend, um das Auto herum, »denn das ist hier ein sehr altes Gebiet, viel älter, als die meisten Leute aus dem Westen denken.« Sie schloss die Tür und startete den Motor, ununterbrochen redend. Er hörte höflich zu, ohne ihre Worte in sich aufzunehmen, und hielt sich vor Augen, dass er so früh am Morgen besser still bleiben sollte. Er versuchte es, indem er nur hin und wieder mit ruhiger, tiefer Stimme etwas sagte, seinen Blick nicht hob, sondern ihn nachdenklich über die Äcker und Weiden schweifen ließ, die friedlich im Licht der Morgensonne dalagen, doch mit der eindringlichen, schnell sprechenden Stimme neben sich, die zudem fortwährend Aufmerksamkeit verlangte, gelang dies nur zur Hälfte. Nach zehn Minuten wusste er, dass sie drei Krankheiten hatte, eine davon unheilbar, sodass sie nur noch ein paar Jahre zu leben hatte, und ihre Schwester bereits daran gestorben war. Er reagierte mit angemessener Besorgnis und fragte sich, was für eine Krankheit das bloß sein konnte. Zwischen diesen schrecklichen Mitteilungen wies sie ihn begeistert auf idyllische Fleckchen in der Limburger Landschaft und merkwürdige, alte Namen von Wegen und Straßen hin. »Aber hier werden wir mal kurz halten«, unterbrach sie sich, mitten in einer Geschichte über die Reste einer römischen Siedlung, die einst in der Nähe gefunden worden war, und sie brachte das Auto abrupt vor einem frei stehenden Haus vom Anfang des Jahrhunderts in einem großen Garten zum Stehen.

»Ist es hier?«, fragte er und sah aus dem Fenster.

»Es ist hier um die Ecke«, sie holte einen Umschlag aus dem Handschuhfach, »aber ich gebe Ihnen noch eine kleine Liste, worüber Sie mit meinem Onkel sprechen sollten, denn er weiß wirklich schrecklich viel darüber.« Sie drückte ihm den Umschlag in die Hand, der mit Notizen bedeckt war, in allen Richtungen und auf beiden Seiten. »Aber dann müssen Sie erst einmal das hier lesen.« Sie zeigte ihm einen Satz ganz oben, der über die ganze Breite lief in einer etwas regelmäßigeren Schrift als der Rest: »Ein griechischer Philosoph hat bereits vor Christus gesagt, dass Mitsprache Spaltung heißt.« »Finden Sie das nicht weise?«, fragte sie begeistert. »Das ist mein Onkel, vom Scheitel bis zur Sohle.«

»War Ihr Onkel auch Grundschulrektor?«, fragte er, um die Frage nicht beantworten zu müssen.

»An der katholischen Jungenschule in Horst.«

»Wie Ihr Vater.«

»Nein, der war Rektor in Meterik.«

»Ja, das meine ich«, sagte er abwesend, die Notizen betrachtend. Sie betrafen, was er inzwischen bereits befürchtete, allesamt Themen – historische, heimatkundliche, agrarökonomische –, für die er sich keinen Deut interessierte, die ihn aber dennoch bereits vorwarnten, dass sie auf dem Weg zu einem enzyklopädischen Geist waren. »Aber es geht mir natürlich vor allem um die Sense und den Dreschflegel«, sagte er vorsichtig und gab ihr den Umschlag zurück.

»Behalten Sie ihn nur«, wehrte sie ab, »dann können Sie ihn gleich noch benutzen.« Und danach, in einer anderen Tonhöhe: »Dafür hat er auch noch einen alten Freund dazugebeten, der ist Bauer gewesen. Das ist ein sehr ordentlicher Mann, der kann Ihnen alles dazu erzählen, wenn es zur Sprache kommt.« Sie gab wieder Gas, glitt mit dem Wagen um die Ecke und fuhr vor dem Haus vor. Die Haustür, es war ebenfalls ein Haus Anfang des Jahrhunderts, stand offen. »Sie haben uns gesehen«, sagte sie zufrieden.

Langsam, um sich so gut wie möglich unter Kontrolle zu behalten, ging er mit seiner Tasche und dem Tonbandgerät hinter ihr her über den Gartenweg zur Haustür, sich bedächtig nach den Blumen und

Sträuchern umsehend, ohne wirklich etwas wahrzunehmen. Als sie in den Flur traten, kam ihnen ihre Tante entgegen, eine schüchterne Bäuerin mit einem roten Gesicht wie ein kleiner Apfel. Sobald sie das Wohnzimmer betraten, kamen Janssen und sein bäuerlicher Freund aus einer anderen Tür, hinter der sich ebenfalls ein kleiner Flur befand, wie in einem Theaterstück.

»Das ist also Herr Koning«, sagte Fräulein Janssen.

»Aus Amsterdam«, stellte Janssen verhalten fest. Er sah Maarten misstrauisch an.

»Aber meine Eltern kamen aus Zwolle«, sagte Maarten, um dem Odium des Großstadtbewohners ein wenig zu entkommen, eine Feigheit, die er sich anschließend wieder übel nahm.

Janssen saß am Kopfende des Tisches: Er hatte ein hartes, mageres Gesicht, tiefrot und mit fast violetten Lippen. Er saß kerzengerade, die Hände gefaltet. Wenn er redete, sah er nach oben. Sagte Maarten etwas, schloss er die Augen, bevor er antwortete. Ein Mann, der alles wusste, alles besser wusste und keine Diskussionen duldete. Er hatte die *Agrarische geschiedenis van West-Europa* von Slicher van Bath gelesen, was man an sich als bemerkenswert bezeichnen durfte, und begann zu erzählen, was darin stand. Maarten ließ ihn eine Weile gewähren, um Druck aus dem Kessel zu nehmen, gab ihm dann jedoch zu verstehen, dass er das Buch kennen würde, worauf Janssen auf die Geschichte Limburgs umschwenkte: Sein Vater sei in Ottersum geboren. Dort habe es einen Sumpf gegeben, in dem das Schilf mannshoch gestanden hätte. Der kleine Janssen sei dort mit den Kühen hingegangen.

»Haben Sie das Schilf noch gesehen?«, wollte Maarten wissen.

Die Frage brachte Janssen aus dem Tritt. »Nein, natürlich nicht.«, sagte er mürrisch. »Das war im Achtzigjährigen Krieg. Als ich dahin kam, waren dort schon Weiden!« Es war klar, dass er es für eine dumme Frage hielt, gestellt von jemandem, der nicht aufgepasst hatte.

Nach einer Weile fühlte Maarten sich gezwungen, ihm zu verraten, dass auch er die Geschichte Limburgs aus dem Effeff kannte, worauf sie allmählich dort hinkamen, wo sie hin wollten. Der Freund, ein schüchterner Mann mit einer leisen Stimme, verließ den Raum durch die Tür, durch die er eingetreten war, um seine Sense zu holen. Maarten stellte das Tonbandgerät ab. Sie warteten, nur von dem Ticken der Uhr begleitet, auf seine Rückkehr. Als er schließlich das Wohnzimmer damit wieder betrat, sah Maarten auf einen Blick, dass der Mann ihm nichts Neues würde erzählen können. Es war eine Krückensense, ein Typ, von dem er sicher schon vierzig in Händen gehalten hatte. Der Mann wollte sie im Wohnzimmer, neben dem Geschirrschrank, demonstrieren, erkannte jedoch zum Glück rechtzeitig, dass das nicht klug wäre. Sie gingen zu viert nach draußen, zu einem kleinen Stück mit verkümmertem Gras zwischen den Legebatterien des jungen Janssen. Dort dröhnten Flugzeugmotoren, die für die Luftzufuhr sorgten, um zu verhindern, dass die Tiere erstickten. Maarten fragte etwas, schreiend, um den Krach zu übertönen. Der Mann schrie etwas zurück. Maarten hielt ihm das Mikrofon nahe an den Mund, in der Hoffnung, dass wenigstens das ihn verstehen würde, denn er selbst verstand rein gar nichts.

Zurück in der Stille des Wohnzimmers redeten sie noch ein wenig weiter. Maarten vermutete, dass Fräulein Janssen bei einer früheren Gelegenheit von Kollegen der Abteilung Volkssprache geschult worden war, denn sie saß abseits und hielt ängstlich ihren Mund, nickte oder schüttelte lediglich heftig ihren Kopf zur Begleitung dessen, was gesagt wurde, ohne hörbar anwesend zu sein. Maarten sah es mit an und kam sich wie ein Possenreißer vor. Langsam kündigten sich Kopfschmerzen an. Der soziale Kontakt begann, ihn zu bedrücken. Er wollte dem Beisammensein abrupt ein Ende bereiten, doch es gelang ihm nur zum Teil. Sie mussten erst noch zum Haus des Freundes, um sich einen Hammer anzusehen, den sein Vater im Bergbau in Deutschland benutzt hatte, eine Arbeit, die kurz zur Sprache gekommen war. Der Freund fuhr mit seinem eigenen Auto, Fräulein Janssen wollte Maarten und Janssen mitnehmen, doch das gelang erst nach vielen Unterbrechungen durch lange Monologe Janssens auf dem Weg von der Haustür zur Straße.

Als sie endlich bei der Villa des Freundes vorfuhren, war dort denn auch niemand zu sehen. Sie gingen durch einen Ziergarten zu einer Scheune. Dort stand er und werkelte herum, als sei er den ganzen Morgen mit nichts anderem beschäftigt gewesen. Fräulein Janssen hatte nicht zu viel versprochen: Hier herrschte Ordnung, sogar in der Einteilung des Hühnerhauses mit sechs Hühnern und der Kaninchenställe.

»Was machen Sie mit den Kaninchen?«, fragte Maarten.

»Die essen wir auf.«

Maarten betrachtete die Gerätschaften. Er hob ein rostiges, kompliziertes Gebilde aus Eisen in die Höhe, das an einer Kette hing, und fragte, was das sei.

»Eine Kaninchenfalle, aber wir schießen sie auch.« Er nahm ein Gewehr von der Wand, strich liebkosend über den Lauf und hängte es wieder zurück.

Sie gingen zum Gemüsegarten. Der Freund stach einen Kartoffelstrauch aus, um zu zeigen, wie das vor sich ging.

»Ja, das habe ich selbst auch schon mal gemacht«, konnte Maarten nicht unterlassen zu bemerken, um auf diese Weise seiner Irritation doch noch Ausdruck zu verleihen.

»In der Stadt?«, fragte der Mann erstaunt.

»Nein, beim Bauern. Ich habe im Krieg bei einem Bauern gearbeitet.«

»Aber doch nicht hier?«

»Nein, in Drente. Aber für das Ausstechen so eines Kartoffelstrauchs …« Er hatte keine Lust, seinen Satz zu beenden und schwieg.

Sie gingen langsam weiter, blieben wieder stehen, betrachteten zu viert sinnend das Gemüse und bückten sich zur Larve eines Colorado-Käfers hinunter, von denen die Kartoffelpflanzen voll waren: hübsche, orangefarbene Tierchen mit schwarzen Köpfen und Beinen. »Dann haben Sie die sicher auch gesehen«, sagte der Mann.

»Nein«, sagte Maarten, »die habe ich noch nie gesehen.«

Schließlich das Gewächshaus mit den Gurken, und dann konnten sie endlich gehen. Janssen blieb zurück. Sie fuhren winkend die Straße hinunter und danach im Schritttempo, immer wieder an einer Sehenswürdigkeit innehaltend, zum Haus des Lehrers, wo sich eine Nichte um das Essen gekümmert hatte.

Auf der Toilette war er für einen kurzen Moment allein. Er hatte starke Kopfschmerzen. Im Geburtstagskalender waren am Tag seines Geburtstags schon zwei Freunde verzeichnet, sodass für ihn kein Platz mehr blieb. Am Tisch brachte er das Gespräch auf den Glauben. Es dauerte eine Weile, bis er begriffen hatte, dass die Nichte gegen Bischof Gijsen und damit recht fortschrittlich war, auch wenn sie eine Abneigung gegen die doch ehedem katholische *Volkskrant* hatte und Kardinal Willebrands besser als seinen Vorgänger Alfrink fand, da Alfrink zu progressiv gewesen sei. Sie las die *Trouw*, ehemals protestantisch. Er verstand das alles nicht so recht und fragte weiter. Daraus schloss sie, dass er die Problematik beherrschte und die Literatur kannte, und sie geriet in Verzückung, als sie hörte, dass er früher bei dem Reformtheologen Kuitert um die Ecke gewohnt hatte und kurz nach dem Krieg, als sie beide in Amsterdam studierten, mit ihm per Anhalter von Amsterdam nach Den Haag und von Den Haag nach Amsterdam gefahren war. »Ist das wahr?«, fragte sie. »Das muss doch eine bereichernde Erfahrung gewesen sein?«

»Och«, sagte er bescheiden, denn so hatte er es nie betrachtet.

»Und was hat er gesagt?«, fragte sie begierig.

Daran konnte er sich wahrhaftig nicht mehr erinnern. »Wir waren natürlich noch junge Burschen«, entschuldigte er sich. »Und in meinen Augen ist er auch immer ein junger Bursche geblieben.«

Das Gespräch kam auf das Dorf und die Stadt. Er pries das Dorf, fügte jedoch hinzu, dass der Vorteil der Stadt darin bestehe, dass man anonym bleibe. Das konnte sie gar nicht verstehen, denn das erschien ihr nun gerade furchtbar. Kurzum, die Zeit verflog, und bevor es ihnen bewusst war, standen sie bei Bäcker Litjens vor der Tür. Als sie auf dem Plattenweg zur Haustür gingen, sah Maarten ihn hinter den Vorhängen stehen und sie beobachten, doch er machte nicht auf, und die Klingel war abgestellt. Erst als sie hintenherum gingen, begegneten sie ihm wie zufällig in seinem Flur. Kein unfreundlicher Mensch, jedoch scheu und viel zu jung für die Zeit, über die Maarten ihn interviewen wollte. Das Interview, zu dem ihn Fräulein Janssen mehr oder weniger gezwungen hatte, hatte ihm denn auch so im Magen gelegen, dass er am Morgen zu seinem früheren Chef gefahren war. Der hatte angeboten, ihm zu helfen. Steeghs, ein Mann von fünfundachtzig Jahren. Maarten tat so, als liefe ihm bei dieser Aussicht das Wasser im Munde zusammen, doch seine Kopfschmerzen waren bereits in einem Stadium, in dem ihn all das keinen Deut mehr interessierte. Komme, was da wolle. Es gab nur noch ein Ziel: den Nachmittag auf möglichst ehrenhafte Weise durchzustehen. Fräulein Janssen fuhr wieder los, um den alten Chef abzuholen, und als sie ihn eine halbe Stunde später komplett mit Stock abgeliefert hatte, entfernte sie sich diskret, um ein wenig auszuruhen. Der intensive menschliche Kontakt hatte sie sichtlich an den Rand ihrer Möglichkeiten gebracht.

Die drei Herren setzten sich mit einer Kiste Zigarren um den Küchentisch. Maarten brachte das Tonbandgerät in Stellung und erklärte, worum es ging. Litjens unterbrach ihn einige Male, um einen Schnaps anzubieten, denn Limburger tränken gern, sagte er. Im Weiteren beschränkte er sich aufs Zuhören. Steeghs redete. Es zeigte sich schon bald, dass er, zurückblickend auf sein langes Leben, nur eine begrenzte Erinnerung hatte, in der Hauptsache Konflikte mit der Polizei und dem Finanzamt. Maarten versuchte, ihn anfangs noch in Richtung seines Faches zu lotsen, doch schließlich gab er es auf und ließ ihm freien Lauf. Den nahm er sich so großzügig, dass er plötzlich besorgt fragte, ob das alles in die Zeitung käme. Maarten versicherte, dass dies nicht der Fall sei, merkte jedoch, dass es ihn nicht beruhigte. Es stellte sich heraus, dass er einen Schwiegersohn hatte, der auch Journalist war, und ihm zufolge seien die alle gleich. Dennoch nahm er nach einiger Zeit den Faden wieder auf, während Litjens endlich sein Bier an sie loswurde.

»Müssen Sie nicht zum Zug?«, fragte Steeghs unerwartet, als sie mit ihrem zweiten Bier vor sich dasaßen.

»Ich habe keine Eile«, versicherte Maarten, obwohl er am liebsten sofort aufgestanden wäre. Doch dagegen widersetzte sich seine Natur. Wo er auch war, wie elend er sich auch fühlte, er ging erst lange, nachdem er gesagt hatte, dass er nun aber wirklich gehen müsse, sein Weg zu zeigen, dass er das Beisammensein urgemütlich fand. Er dachte daran, dass das Nicolien immer enorm irritierte. Nicolien fand, man müsse gehen, wenn man sagt, dass man gehen müsse. Doch heute war sie nicht dabei. Er konnte sich hemmungslos ausleben. Sie gingen zu dritt in die Bäckerei. Litjens holte für ihn ein Limburger Roggenbrot aus dem Gefrierschrank, zum Andenken, und danach rief Maarten Fräulein Janssen an. Zehn Minuten später war sie bei ihnen. Sie nahmen Abschied von Litjens, fuhren Steeghs in sein Altersheim und von dort weiter zum Bahnhof. Sie gab ihm zwei kleine Tüten für die Zugfahrt, und sie hatte für ihn einen Stapel Bücher über Limburg mitgenommen, die er sich in den zehn Minuten im Auto ansehen sollte, was sie nicht daran hinderte, an einem Stück die Umgebung zu kommentieren. Er musste sich nicht langweilen. Als sie auf dem kleinen Bahnhofsvorplatz mit ausstieg, weil der Zug erst in einer Viertelstunde kommen würde, sah er sie doppelt. In diesem Augenblick hatte er nur noch ein Ziel: Er musste sie loswerden, so rasch wie möglich, endlich allein sein! Er sagte also ruhig und väterlich, dass sie doch zu ihrer Schwester fahren sollte, der Schwester, die noch lebte und mit der sie zu Abend essen wollte, denn er würde sich die Viertelstunde sicher vertreiben. Und verdammt, sie tat es! Ohne sich umzudrehen ging er auf den Bahnsteig, besann sich rechtzeitig, dass dies schon sehr unhöflich war, ging wieder zurück und winkte ihr nach. Der Bahnsteig war leer: eine Reihe Platten und ein kleines Haus mit einer quadratischen Grundfläche und einem Blumenbeet davor, mitten in den Feldern. Er setzte sich auf die Bank und sah in die Tüten: zwei Limburger Obstkuchen. Er nahm einen Bissen, überlegte, dass es netter wäre, sie aufzuheben, stellte den Kuchen zurück, bekam jedoch einen solchen Hunger, dass er ihn wieder herausholte und aufaß. Den anderen hob er auf.

In Eindhoven stieg er aus. Das Bahnhofsrestaurant war voll. Er setzte sich in dem angrenzenden Kaffeeausschank an einen verdreckten Tisch, den einzigen, der frei war, und bestellte eine Tasse Suppe und ein Omelett. Am Tisch neben ihm saßen acht oder neun Männer mit schwarzem Haar und großen, schwarzen Schnurrbärten. Er betrachtete sie mit Misstrauen. Selbst wenn er keine Kopfschmerzen hatte, flößten ihm Fremde Misstrauen ein, wenn er Kopfschmerzen hatte, war dies doppelt so schlimm. In so einem Moment hasste er übrigens jeden: Fremde, Farbige, Gastarbeiter, Molukker, er konnte niemanden sehen, ohne Wut und Argwohn zu empfinden, auch wenn er dies an sich nicht leiden konnte.

Doch auch dieses Mal kam er sicher nach Hause. Aus dem Wohnzimmer erklang Musik. Nicolien saß da, lauschte einer Klaviersonate von Beethoven und las den *Groene Amsterdammer*.

*

Wie jeden Samstagmorgen gingen sie durch die Haarlemmerstraat zum Markt auf der Lindengracht. Es war Hochsommer, und da viele Menschen im Urlaub waren, war es stiller als sonst. Sie kauften Brot und sahen zu Joops Wohnung hinauf. Hinter ihrem Fenster stand ein Ficus. Die Jalousie war heruntergelassen, eine braune Jalousie. Sie gingen zwischen den Ständen unter den Bäumen über den Markt, bis zum Pissoir am anderen Ende, auf der Ecke zur Lijnbaansgracht. Vor dem Pissoir hatte ein Gastarbeiter einen Tisch aufgestellt, auf dem er selbst gepflückte Kräuter ausgelegt hatte, Pflanzen, die der Niederländer schon lange nicht mehr kannte, auch wenn sie noch überall in den Poldern wuchsen, und die deshalb nur von älteren Gastarbeitern gekauft wurden. Dennoch gab ihm das das Gefühl, dem wirklichen Leben wieder etwas nähergekommen zu sein, der Moment, in dem die Luxuswelt zusammenkrachen würde und sich alle wieder mit Löwenblatt zufriedengeben müssten. Am Gewürzstand kauften sie Müsli. Da es Jan Nelissen geholfen hatte, als er Probleme mit seiner Leber gehabt hatte, fragte Maarten, ob sie auch Johanniskraut hätten. Sie habe es schon, doch es sei mit anderen Kräutern vermischt, eine Mischung gegen Menstruationsbeschwerden und Nervenleiden. Das fand er dann doch zu verrückt. Sie gingen an der Noorderkerk zurück, an den traurigen Kaninchen vorbei, die in Pappkartons saßen und darauf warteten, dass jemand sie kaufen und ihnen den Genickschlag geben würde. »Da wohnt Lien Kiepe«, sagte er und zeigte auf die gegenüberliegende Seite. Im Souterrain, wo sie wohnte, brannte Licht.

»Bald wohnen sie alle hier in der Gegend«, sagte Nicolien.

»So gehört es sich eigentlich auch.«

»Na ja, ich fände es besser, wenn du sie nach dem Büro nicht mehr sehen müsstest.«

»Das ist so«, gab er zu.

Auf einem Wohnboot hatte ein Mann einen Tisch mit alten Radios und anderen Waren stehen. Zwischen Boot und Ufer hatte er eine Planke gelegt, auf dem ein Perserteppich lag, um es potentiellen Käufern zu erleichtern, an Bord zu gehen. Ein Mann blieb stehen und sah vom Ufer aus zu. Sie gingen über die Brücke. Der Drogist an der Ecke hob die Hand, als sie vorbeikamen, während er damit beschäftigt war, einen Kunden zu beraten. Wir gehören dazu, dachte er zufrieden.

*

»Wir waren am Samstag auf dem Markt«, erzählte Maarten, »und da stand ein Gastarbeiter mit einem Tisch voller Löwenblatt, das er selbst in den Poldern gepflückt hatte.« Er saß an seinem Schreibtisch, Bart und Ad an den ihren, unsichtbar hinter den Bücherregalen. Das Fenster stand offen, es war warm.

»Meinst du vielleicht Löwen*zahn*?«, fragte Bart.

»Ja! Löwen*zahn!* Ich nenne es immer Löwen*blatt.* Das Blatt des Löwenzahns.«

Bart stand auf und kam um das Bücherregal herum. Er bückte sich zum Wörterbuch, das Maarten gegenüber stand, zog den Band mit dem L heraus und schlug es auf.

»Hat er das verkauft?«, wollte Ad wissen.

»Nein. Niederländer kennen das nicht mehr. Die trauen dem nicht.«

»Siehst du!«, sagte Bart triumphierend. »›Löwenblatt‹ gibt es nicht! Nur ›Löwenzahn‹!«. Er zitierte: »›Bezeichnung einer sehr bekannten Pflanze, zur Familie der Korbblütler gehörend, die wild auf Wiesen‹ – und so weiter – ›wächst, und deren Wurzeln und Blätter in der Heilkunde verwandt werden. Taraxacum officinale‹.«

»Habt ihr es denn gekauft?«, fragte Ad.

»Löwenzahnsalat gibt es dagegen schon«, entdeckte Bart: »die jungen Schösslinge des Löwenzahns, die als Gemüse verzehrt werden: *Eine*

Nation, die sich vor Kartoffeln und Löwenzahn geniert, so wie viele Schotten und Iren, Weyerman, *Fröhl –* Punkt *– Zuchth –* Punkt *–,* 267, und: Der Löwenzahn – Strich – oder Maulwurfssalat, *Oudemans, Lehrb –* Punkt *– 2,* 467‹.«

Maarten wartete, bis Bart fertig war. »Nein«, sagte er dann zu Ad, »wir sind schließlich auch Niederländer. Aber ich hatte den Eindruck, dass wir ein bisschen näher dran waren, es doch zu kaufen.«

»Glaubst du?«, fragte Ad ungläubig.

Bart schlug den Band wieder zu und schob ihn ins Regal zurück.

»Ich hoffe es. Ich fände es herrlich, wenn unsere Zivilisation zusammenkrachen würde und wir einfach wieder jeden Tag Löwenblatt essen müssten.«

»Ich fürchte, dass du einer der Ersten wärst, der dem zum Opfer fallen würde«, sagte Bart, der wieder hinter dem Bücherregal verschwand.

»Warum?«

»Weil du dem absolut nicht gewachsen wärst.«

»Mein Magen?«

»Dein Magen auch nicht.«

»Ich glaube, dass ich damit kein Problem hätte«, sagte Ad. »Ich glaube, dass ich ohne Weiteres jeden Tag Löwenblatt essen könnte. Ich fände es sogar lecker.«

»Na, darin könntest du dich dann durchaus einmal irren, Ad«, sagte Bart. »Es scheint zwar lecker zu sein, aber wenn du es jeden Tag essen müsstest, würde es dich schon bald anwidern.«

»Man ist natürlich an Abwechslung gewöhnt«, gab Maarten zu.

»Nein«, sagte Ad. »Ich könnte auch gut jeden Tag Grünkohl essen.«

»Ja, Grünkohl!«, sagte Maarten, als würde Ad es sich damit schon sehr einfach machen.

»Oder Endivieneintopf!«

»Ich glaube, dass es dir nicht gefallen würde«, beharrte Bart.

Es war einen Moment still.

»Es geht natürlich darum, dass ich möchte, dass jeder auf dieser Erde schlicht lebt und mit allen gleichmäßig teilt«, sagte Maarten, »auch mit den Tieren. Darum wähle ich auch die Sozialpazifisten.«

»Glaubst du denn wirklich, dass das jemals passieren wird?«, fragte Bart abschätzig.
»Ich glaube nicht. Ich hätte es gern.«
»Na, das finde ich dann doch schon ziemlich weltfremd.«
»Ich darf es mir doch wünschen?«, fragte Maarten freundlich.
»Wie viel, glaubst du, verdient der Mann damit?«, fragte Ad.
»So einer bekommt natürlich Sozialhilfe. Also ist alles willkommen, was er dazuverdienen kann.«
»Weißt du denn, wie viel das ist?«
»Ich denke, hundertachtzig Gulden pro Woche.«
»Zwanzig Gulden am Tag! Davon kann man wirklich nicht viel mehr machen, als Löwenblatt zu essen.«
»Ich hätte wirklich nichts dagegen, wenn man unsere Gehälter auf Sozialhilfeniveau absenken würde«, versicherte Maarten.
»Ich finde, dass du darüber schon sehr leichtfertig redest«, fand Bart.
»Natürlich. Es ist auch mehr ein Abreagieren. Ich finde es idiotisch, dass all die Intellektuellen, die keinen Handschlag tun, außer wenn sie ihre Hobbys ausleben, Anspruch auf solche Wahnsinnsgehälter haben, wie wir sie verdienen. Ich würde das gern ändern, auch wenn ich leicht reden habe.«

»Damit, dass wir zu viel verdienen, hast du natürlich recht«, sagte Bart, »aber ich gehe nicht so weit, dass ich finde, dass wir von der Sozialhilfe leben sollten.«

»Erinnerst du dich noch, als du hier vorige Woche mit Bekenkamp gesessen und über die Brotstudie geredet hast und die Fensterputzer hereinkamen?«, fragte Ad. Es lag Schadenfreude in seiner Stimme.

»Nein.«

»Ihr seid noch Kaffee trinken gegangen, als sie sich auf deinen Schreibtisch gestellt haben.«

»Ich erinnere mich.«

»Weißt du, was einer der Männer gesagt hat, als ihr weg wart?«

»Nein.«

»›Verdammt, ich glaube, wenn ich so eine Arbeit machen müsste, würde ich sterben.‹« An seiner Stimme war zu hören, dass er die Geschichte genoss. »Wenn man so einen Mann fragen würde, wie hoch

dein Gehalt sein muss, und man davon ausgeht, dass die Scheißarbeiten am höchsten entlohnt werden müssen, würde er sagen: ›Sehr hoch!‹«
Seine Stimme ging unwillkürlich ein wenig in die Höhe.

»Ja, das ist natürlich schon ein ziemlich starkes Argument«, gab Maarten ironisch zu.

»Ich finde eigentlich auch, dass einiges dafür spricht«, sagte Bart, »auch wenn ich mich frage, ob die Unterschiede zu den Fensterputzern nun so groß sind, denn die Herren arbeiten oft schwarz.«

»Beerta hat von einem Fensterputzer geträumt«, erinnerte sich Maarten.

»Was war denn da?«, fragte Ad neugierig.

»Das weiß ich nicht genau. Ich glaube, dass er nackt auf der anderen Seite des Fensters stand, während der Fensterputzer die Scheiben ablederte, aber ich habe es nur flüchtig gelesen.«

»Nimm es mir nicht übel«, sagte Bart, »aber das glaube ich dir nicht.«

»Warum glaubst du das nicht?«, fragte Maarten erstaunt.

»Weil ich der Meinung bin, dass dich solche Dinge gewaltig interessieren.«

»Sie interessieren mich kein Stück!«

»Ho, ho«, sagte Bart lachend. »Ich kenne dich besser.«

»Ich mich auch.« Er fühlte sich machtlos angesichts eines so dummen Bildes.

»Hatte er den Traum denn aufgeschrieben?«, fragte Ad.

»Ja«, sagte Maarten verstimmt. »Er schreibt seine Träume auf. Seine Sprechlehrerin hatte gesagt, dass er einen Grammatikfehler gemacht hätte, und deswegen hat er sie mir zum Lesen gegeben.«

»Er wird wohl mit seinem Pimmel an der Scheibe gestanden haben«, vermutete Ad mit unverhohlenem Vergnügen.

»Ad! Verschone mich!«, prustete Bart los.

»Das ist nicht unmöglich«, sagte Maarten trocken. »In Träumen passieren solche Sachen.« Er sah auf die Uhr über der Tür. »Aber ich gehe jetzt erst einmal Kaffee trinken.« Er stand auf, nahm eine Mappe aus dem Körbchen neben seinem Schreibtisch mit, legte sie auf die Ausziehplatte von Barts Schreibtisch und verließ den Raum. Gerade, als er die Treppe zum ersten Stock herunterkam, trat Rentjes aus seinem

Zimmer. »Du hast einen sehr schönen Artikel geschrieben!«, sagte er, als er Maarten sah.

Das Lob überraschte Maarten. Rentjes war so ungefähr der Letzte, von dem er es erwartet hätte. »Über diesen Film«, vermutete er, um jedes Missverständnis auszuschließen.

»Ein sehr schöner Artikel«, wiederholte Rentjes, leicht stotternd.

»Ja, das ist ein ganz netter Artikel«, gab Maarten zu.

Rentjes blieb stehen, offenbar in der Erwartung, dass Maarten es auch tun würde, doch Maarten ging bereits weiter zur Vordertreppe, unfähig, eine Haltung zu finden, worüber er sich dann wieder ärgerte.

De Vries kam aus seiner Loge. »Ach, Herr Koning«, er stand gebeugt da, wie um sich etwas kleiner zu machen. »Herr Lagerweij hat gefragt, ob er morgen den Vorlesungsraum benutzen darf, und nun sagt Fräulein Bavelaar, dass ich Sie das fragen soll.«

Maarten war stehen geblieben. »Ist Herr Balk denn nicht da?«

»Herr Balk ist im Urlaub, Mijnheer.«

An sich überraschte Maarten dies nicht. Es war nicht Balks Art, seinen Stellvertreter zu informieren, wenn er Urlaub machte, doch da er ihn auch niemals über seine Maßstäbe für die Nutzung des Vorlesungsraums informiert hatte, brachte das in diesem Fall schon ein Problem mit sich. Er zögerte. »Wie läuft das sonst, wenn jemand den Vorlesungsraum benutzen will?«, fragte er, um Zeit zu gewinnen.

»Das wird dann ins Heft geschrieben, Mijnheer.«

»Wo ist dieses Heft?«

Sie gingen in die Loge. De Vries gab ihm ein blaues Schulheft, das in einer Schublade unter seiner Schreibplatte lag. Darin war für jeden Monat eine Seite reserviert. Auf jeder Seite waren von de Vries am Anfang der Zeilen die Tage aufgeschrieben worden. Hinter das bewusste Datum hatte, der Handschrift nach zu urteilen, Balk ›Roodenburg‹ geschrieben.

»Wer ist Roodenburg?«, fragte Maarten.

»Das ist jemand von Herrn Balk, Mijnheer.«

»Sie wissen nicht, wofür das ist, und mit wie vielen Leuten er kommt?«

»Nein, Mijnheer.«

Maarten dachte einen Augenblick nach. »Ich gehe mal kurz zu Lagerweij.« Er wandte sich ab, durchquerte die Halle und ging in das Zimmer von Volkssprache.

Sjef Lagerweij saß an seinem Schreibtisch. Bart de Roode stand bei ihm. Sie sahen ihn an, als er eintrat. Er blieb bei ihnen stehen. »De Vries sagt, dass du morgen den Vorlesungsraum haben möchtest«, sagte er zu Sjef Lagerweij. »Wofür brauchst du den?«

Die Frage überraschte Lagerweij sichtlich. »Ich brauche ihn gar nicht.«

»Hey. Er sagt, dass du ihn darum gebeten hättest.«

»Ich habe gesagt, dass ich den Vorlesungsraum vielleicht irgendwann einmal brauchen würde.«

»Dann ist das Problem gelöst«, sagte Maarten erleichtert.

»Warum sagt de Vries *dir* das eigentlich?«, erkundigte sich de Roode, als würde er sich fragen, warum Maarten sich in die Sache einmischte.

»Tja!« Er lachte ein wenig, er fand es zu verrückt, darauf zu antworten.

»Oh, du bist der Chef!«

»Richtig!« Er zog seine Schultern etwas nach hinten. »Ist mir das nicht anzusehen?« Er wandte sich lächelnd ab, endlich eine Situation, die er beherrschte, und ging wieder in die Halle. »Lagerweij sieht davon ab, Herr de Vries«, sagte er im Vorbeigehen.

»Vielen Dank, Mijnheer«

Maarten ging durch die Schwingtür und begab sich an den Schalter. »Kann ich von Ihnen eine Tasse Kaffee haben, Herr Goud?«, fragte er, während er sein Portemonnaie aus der Tasche holte.

»Ja, natürlich«, sagte Goud.

Der Kaffeeraum war voll, und es war laut. Er setzte sich mit seiner Tasse zu Mia, Tjitske und Hans Wiegersma. »Habt ihr schon mal Löwenblatt gegessen?«, fragte er.

»Was ist das?«, fragte Mia.

»Die Blätter des Löwenzahns, Maulwurfssalat.«

»Ja, den habe ich schon mal gegessen. Ich finde ihn sogar lecker, ein bisschen bitter.«

»Ich auch«, sagte Tjitske.

Hans Wiegersma schüttelte sanft den Kopf, schmunzelnd, doch das war sein normales Kopfschütteln.

»Samstag war auf dem Markt ein Gastarbeiter, der das verkauft hat.«

»Und habt ihr das gekauft?«, fragte Mia skeptisch.

»Wir wussten nicht, ob er es nicht irgendwo am Straßenrand gepflückt hatte.«

»Dann läufst du auch noch Gefahr, dass du eine Bleivergiftung kriegst. Da sollte man besser normalen Salat essen.«

»Ich bin nicht verrückt nach Salat.«

»Oh, ich schon. Ich esse jeden Tag Salat.«

Tjitske schmunzelte.

»Jeden Tag?«, fragte Maarten ungläubig.

»Von Kindesbeinen an.«

»Und, ödet dich das nicht an?«, fragte Hans kopfschüttelnd.

»Nein. Und jeden Tag auch noch genau gleich zubereitet!«

»Na ja«, sagte Maarten gemein, »das macht eine Kuh schließlich auch.«

»Bäääh.« Sie streckte ihm die Zunge heraus.

»Nein. Muuuh!«, sagte Maarten lachend.

»Darum haben Kühe so schöne Augen«, bemerkte Tjitske.

Sie lachten. Er hatte das Gefühl, dass diesen Tag nichts mehr verderben konnte.

*

Fast am Büro fuhr Sien an ihm vorbei. Er wartete auf sie, während sie ihr Fahrrad abschloss. »Geht es jetzt wieder?«, fragte er, als sie mit ihrer Tasche auf ihn zuging.

»Ich wollte es mal wieder probieren.« Sie wandte ihre Augen ab. Sie sah blass und abgespannt aus.

Er stieß die Tür für sie auf und ließ ihr den Vortritt. Hintereinander betraten sie durch die Drehtür die Halle. Sie ging weiter zur Pförtnerloge, um ihre Namensschilder einzuschieben, während er unten an der Treppe auf sie wartete. Ohne etwas zu sagen, stiegen sie nebeneinander die Treppe hinauf. Er suchte nach einem Gesprächsthema, doch da er aus taktischen Erwägungen nicht über ihre Krankheit und auch nicht gleich über die Arbeit sprechen wollte, fiel ihm nichts ein. Das erinnerte ihn nicht zum ersten Mal daran, dass außerhalb dieser beiden Themen zwischen ihnen eine große Leere herrschte, die er nicht zu füllen wusste.

»Sind die Neuen schon da?«, fragte sie.

»Die kommen am 1. August.« Er ließ sie in sein Zimmer vorangehen, und während sie sich zum Karteisystemraum aufmachte und die Tür hinter sich schloss, ging er zu seinem Schreibtisch. Er legte seine Tasche ins Bücherregal, hängte das Jackett auf und öffnete das Fenster. Es war noch kühl, aber völlig windstill unter einem blauen Himmel. Alles deutete darauf hin, dass es erneut ein heißer Tag werden würde. Er setzte sich unschlüssig an den Schreibtisch und wartete, bis er hörte, wie sie ihren Stuhl verrückte, woraus er ableitete, dass sie sich hingesetzt hatte. Er ging in den Karteisystemraum. Sie saß am Schreibtisch. Er zog einen Stuhl heran. Sie sah ihn mit unterdrücktem Argwohn an.

»Wir haben deine Arbeit gemacht«, sagte er, »aber ich habe die Mappen für dich aufbewahrt. Willst du sie noch sehen?«

»Ich habe beschlossen, dass ich von nun an nur noch eine Stunde pro Tag mit der Dokumentation verbringen will. Der Rest der Zeit ist für meine Forschung.« Es klang angespannt, als würde sie erwarten, dass er etwas dagegen hätte und sie sich im Voraus dagegen zur Wehr setzen müsste.

Er sah sie an, ohne zu reagieren, in dem Bewusstsein, dass es keinen Sinn hatte, etwas dagegen vorzubringen. »Soll ich sie dann mal weiterschicken?«

»Ich komme vorläufig doch nicht dazu, denn wir fahren in Kürze ohnehin in den Urlaub.«

»Wann fahrt ihr in den Urlaub?«

»Am 1. August.«

»Dann verpassen wir deinen Geburtstag.«

»Dafür wäre ich jetzt sowieso auch nicht in der Stimmung, etwas zu backen.« Es klang wie ein Vorwurf.

»Nein. Wo fahrt ihr hin?«

»Nach Ägypten.«
»Ägypten!« Er lächelte. »Das ist etwas für Gert Wiggelaar.«
»Ja, der hat eine Examensarbeit über Ägypten geschrieben, oder?«, sagte sie uninteressiert.
Sie schwiegen. Er hatte das unbehagliche Gefühl, dass sie ihm die Schuld an ihrer Krankheit gab, doch er hatte keine Ahnung, was er falsch gemacht hatte.
»Ich habe mich gefragt, wo sie sitzen sollen«, sagte er. »Ich dachte mir, hinten in den Besucherraum einen Schreibtisch zu stellen.« Er zögerte. »Würdest du dort hinwollen? Dann sitzt du allein.«
»Muss ich dann auch den Besuchern helfen?«, fragte sie argwöhnisch.
»Das wollte ich Wiggelaar und Tjitske machen lassen.«
Sie dachte kurz nach. »Dann wäre es mir schon recht.«
»Weil Joop ziemlich viel Aufmerksamkeit fordert.«
»Hör mal, ich habe nichts gegen Joop«, wehrte sie ab.
»Ich auch nicht.« Er ärgerte sich über seine Bemerkung.
Sie schwiegen.
»Aber wenn du das besser findest ...« Die Möglichkeit, dass es für sie gemacht würde, lehnte sie ab.
»Sollen wir mal schauen?«
Sie stand auf und ging mit ihm mit.
Ad war inzwischen hereingekommen. »So, bist du wieder da?«, fragte er ohne großes Interesse.
»Ja, wenn ich es durchhalte.«
Wampie knurrte, als sie den Besucherraum betraten, doch er bellte nicht. »Hey, bist du wieder gesund?«, fragte Tjitske erfreut.
»Ich hoffe«, sagte sie ohne große Überzeugung.
Sie gingen weiter nach hinten in den Raum und blieben dort stehen. Die Fenster boten Aussicht auf den Lichtschacht. Im Zimmer auf der gegenüberliegenden Seite konnten sie Freek Matser und Richard Escher an Freeks Schreibtisch sitzen sehen.
»Du könntest deinen Schreibtisch vor das Fenster stellen«, schlug er vor, »mit dem Rücken zum Besuchertisch.« Er drehte sich um. »Und dann könnten wir den Besuchertisch noch ein bisschen nach hinten schieben, damit der Abstand etwas größer wird.«

Sie sah sich um. »Ja.«
»Es muss nicht sein.«
»Nein, ich finde es schon in Ordnung.«
»Dann werde ich einen Schreibtisch für dich organisieren«, sagte er gezwungen heiter. Während sie sich abwandte und zurückging, verließ er das Zimmer durch die Tür zum Flur, rannte die Treppe hinunter und ging im Erdgeschoss in das Zimmer von Bavelaar.
»Tag, Herr Panday. Tag, Jantje.«
»Tag, Herr Koning«, sagte Panday ruhig.
Bavelaar sah auf. »Tag, Maarten.«
»Sien ist wieder gesund.«
»Sien ist wieder gesund«, sagte sie zu sich selbst. Sie machte sich eine Notiz. »Was hatte sie noch gleich?«
»Überarbeitet.«
»Sien überarbeitet? Ich finde, das passt gar nicht zu Sien.«
»Nein, das passt nicht zu ihr.«
»Und sie hat so eine nette Stelle!« Sie sah ihn prüfend an.
»Ja«, sagte er verlegen.
»Ist es nicht so?«
»Das finde ich auch«, sagte er lächelnd, »aber Sien offenbar nicht.«
»Ich verstehe das nicht.« Sie zuckte mit den Achseln. »Heutzutage kann man sich offenbar bei allem überarbeiten.«
»Die Holzschreibtische, die im Keller stehen«, sagte Maarten, das Thema wechselnd, »wem gehören die?«
»Die sind von Volkssprache.«
»Darf ich einen davon haben? Für die Neuen?«
»Natürlich! Gern!«
»Danke.« Er verließ den Raum und rannte, zwei Stufen gleichzeitig nehmend, wobei er nach einer neuen Methode jedes Mal tief Luft holte, die Treppe hinauf. »Hast du kurz Zeit, einen Schreibtisch zu schleppen?«, fragte er, als er das Zimmer betrat.
Ad stand sofort auf. »Wo steht er?«
»Im Keller.«
»Wofür brauchst du ihn?«, fragte Ad, während sie zusammen die Treppe hinuntergingen.

»Ich wollte Sien in den Besucherraum setzen und Lien Kiepe zu Joop.«
»Dafür wird Sien dir wohl dankbar sein.«
»Es war nicht zu merken.«
Sie gingen in den hinteren Teil des Kellers, Maarten knipste das Licht an. Dort standen sechs Schreibtische. Sie sahen sie an.
»Es ist unbegreiflich, dass sie solche Schreibtische wegtun«, sagte Ad. »Man möchte sie am liebsten alle nehmen.« Er zog hier und da eine Schublade heraus und strich über das Holz.
»Die Arschgeigen wollen an Stahltischen sitzen«, sagte Maarten, »auf einem Drehstuhl.«
Ad bückte sich und sah sich die Unterseite einer der Schreibtische an. »Sollen wir diesen dann nehmen? Wenn du mich fragst, ist es der von Haan gewesen.«
»Dann nehmen wir den.«
Ad zog die Schubladen heraus, stellte sie beiseite, probierte, ob sich die Platte abnehmen ließ, strich mit seinem Finger darüber und stellte fest, dass sie verschraubt war. Er zog den Schreibtisch ein Stück zu sich heran, die Finger unter der Platte. »Soll ich hinten gehen?«
»In Ordnung.« Er packte den Schreibtisch an der Unterseite, sodass er schief zwischen ihnen hing und ging rückwärts durch die Tür, Schritt für Schritt die Treppe hinauf. Als sie den ersten Stock betraten, kam Mark Grosz gerade aus seinem Zimmer. Er blieb stehen. »Bekommt ihr Zuwachs in eurer Familie?«, fragte er verschmitzt lächelnd.
»Zwei«, sagte Maarten. Sie schoben sich an Mark vorbei und stiegen vorsichtig die Treppe in den zweiten Stock hinauf. »Geht es noch?«, fragte Maarten.
»Ja, klar«, sagte Ad angestrengt.
Mark sah schmunzelnd zu. »Taugen sie was?«, fragte er hinter ihnen.

Nachmittags war er allein in seinem Raum. Ad war nach Hause gegangen, Bart war in der Bibliothek. Es war heiß. Durch das geöffnete Fenster hörte man das Rauschen der Bäume im Garten und die unverständlichen Stimmen der Leute von Volkssprache, die durch die Hitze aus dem Gebäude getrieben worden waren und nun im Gras saßen und arbeiteten oder etwas taten, was danach aussah. Er arbeitete eine Mappe mit Zeitschriften durch, die von Joop bearbeitet worden war, und korrigierte ihre Zusammenfassungen. Die Tür des Karteisystemraums öffnete sich. Er sah auf. Sien kam, ihre Umhängetasche über der Schulter, aus dem Zimmer. »Ich gehe nach Hause«, sagte sie. Sie sah blass und freudlos aus.

»Du bist noch nicht wieder auf dem Damm?«, fragte er mitfühlend. Er sah automatisch auf die Uhr, halb vier.

»Nein, bei Weitem nicht. Und ich hoffe nur, dass es nicht am Klima hier im Büro liegt.« In ihrem Ton lag ein Vorwurf.

»Das hoffe ich auch«, sagte er kühl. Sein Mitgefühl war schlagartig verschwunden.

»Ich weiß auch nicht, ob ich morgen komme.«

»Schau nur«, sagte er so herzlich wie möglich, »und sonst vielleicht bis nächste Woche.«

»Ich werde sehen.«

»Jedenfalls alles Gute.«

»Danke.« Sie verließ den Raum.

Er hörte sie die Treppe hinuntersteigen und beugte sich wieder über die Mappe.

Er legte die Mappe auf Joops Schreibtisch und ging zurück zu seinem Schreibtisch. Er betrachtete die Arbeit, die dort noch lag und auf ihn wartete, hob ein, zwei Bücher hoch, legte sie wieder hin und ließ sich gegen die Lehne seines Stuhls zurücksinken. Halb fünf. Er fühlte sich niedergeschlagen, und plötzlich wurde ihm die Sinnlosigkeit bewusst, ein Gefühl, das ihn bereits den ganzen Tag über begleitet hatte, das er jedoch bis zu diesem Augenblick vor sich selbst zu verbergen gewusst hatte. Er stellte die Füße gegen den Rand seines Schreibtisches und versuchte zu bestimmen, woher dieses Gefühl kam. Zunächst fiel ihm nichts ein, da war nur eine große Leere, als hätte er keine Erinnerung mehr, dann dachte er an das vorwurfsvolle Verhalten von Sien. Er fragte sich, was sie ihm vorwarf, doch er konnte sich an nichts erinnern, dessen er sich schuldig fühlen müsste, außer natürlich, dass er völlig ungeeignet für diese Arbeit war. Eine deprimierende Schlussfolgerung.

Auf den Hinterbeinen seines Stuhls kippelnd lauschte er den Stimmen der Leute im Garten. In der Ferne hörte er die Sirene eines Polizeiautos, danach die einer ganzen Menge Polizeiautos. Irgendwo in Amsterdam war etwas passiert, das man nicht durchgehen lassen konnte. Er lauschte wie ein Affe, verborgen im dichten Blattwerk, den Geräuschen des Dschungels. Er musste noch einen Brief nach Deutschland schreiben und eine Rezension abschließen. Das Buch, mit dem er beschäftigt war, lag auf dem Schreibtisch oben auf dem Stapel. Wenn er seine Hand ausstreckte und seinen Stuhl ein wenig nach vorn kippen ließe, würde er es vielleicht erreichen. Doch es gelang ihm nicht, die Kraft dafür aufzubringen. Die Tür des Besucherraums ging auf. Tjitske sah um die Ecke. »Bis morgen.« – »Bis morgen«, antwortete er. Fünf Uhr. Er hörte sie die Treppe hinuntergehen, ihre Schritte und das Humpeln von Wampie. Als es wieder still geworden war, fasste er sich ein Herz. Er stand auf, schloss die Fenster, griff zu seiner Plastiktasche und verließ ungesehen das Gebäude. Die Sonne brannte noch heiß. Er schlenderte durch die Leidsestraat, im vollen Licht der Sonne am Singel entlang. Er hatte keine Lust mehr.

*

»Hättest du etwas dagegen, wenn Lien Kiepe bei dir sitzen würde?«, fragte er.

Joop blieb in dem Raum zwischen seinem Schreibtisch und ihrer Tür stehen. »Und was ist mit Sien?«

»Sien wird dann hinten im Besucherraum sitzen.«

»Natürlich nicht!«, sagte sie erfreut. »Sie ist meine beste Freundin!«

»Dann kommt sie zu dir.« Zumindest eine, die er mit seinen Entscheidungen glücklich machte. Zufrieden beugte er sich wieder über die Arbeit. Sien erschien nicht. Bart und Ad kamen kurz hintereinander herein. »Habt ihr einen Moment Zeit, um über die Arbeit der Neuen zu sprechen?«, fragte er. Er setzte sich ans Kopfende des Tisches und wartete, bis sie sich zu ihm gesellt hatten. Bart brachte einen Zettel und einen Stift mit. Ad faltete ergeben die Hände und sah schläfrig vor sich auf den Tisch.

»Zuerst mal die Zeitschriftenmappen. Sie sind demnächst zu fünft, bisher waren sie zu viert. Ich kann Wiggelaar dazunehmen, aber dann bleibt Lien Kiepe übrig. Wer von euch will sie kontrollieren?«

»Das will ich wohl machen«, sagte Ad.

»Gern.« Es überraschte ihn. Er hätte nicht gedacht, dass es so schnell gehen würde.

»Und ich nehme dann Tjitske«, sagte Bart.

Die Bemerkung irritierte ihn. »Ja, ich gehe davon aus, dass Joop, Tjitske und Sien einfach da bleiben, wo sie waren.«

»Ich kann mir ansonsten gut vorstellen, dass wir es so langsam auch mal den Damen selbst überlassen könnten«, fand Bart.

»Das gilt schon für Sien, aber nicht für Joop und Tjitske.«

»Dem stimme ich nicht zu. Ich finde, dass Tjitske allmählich sehr ordentliche Zusammenfassungen macht.«

»Gelegentlich«, gab Maarten zu, »wenn ihr der Sinn danach steht.«

»Und wenn es um Feminismus geht«, ergänzte Ad.

»Nicht nur um Feminismus, Ad«, korrigierte Bart.

»Nein, auch um Sozialgeschichte«, sagte Ad abschätzig.

»Jedenfalls: Ad kontrolliert Sien und Lien Kiepe, Bart kontrolliert Tjitske und ich Joop und Gert Wiggelaar«, griff Maarten ein. »Das wären also die Zeitschriftenmappen. Gilt dieselbe Regelung für die Buchbesprechungen?«

»Bei den Buchbesprechungen mache ich nicht mit«, erinnerte ihn Bart.

»Ja, das weiß ich. Ich meine nur, dass Gert Wiggelaar zu mir kommt und Lien Kiepe zu Ad.« Er sah Ad an. »Ist das in Ordnung?«

»Kein Problem.«

»Schön«, sagte Maarten zufrieden. »Jetzt die Ausschnitte! Ich habe das gestern mal überprüft. Durch den Ausfall von Manda und Siens Krankheit ist ein Rückstand von tausend Ausschnitten entstanden.«

»Wie kann das denn sein?«, fragte Bart verärgert.

»Durch den Ausfall von Manda und Siens Krankheit«, wiederholte Maarten. »Es kommen durchschnittlich hundert Ausschnitte pro Woche herein, von denen Manda und Sien zusammen fünfzig gemacht haben.«

»Dann komme ich noch immer nicht auf tausend«, rechnete Ad aus.

»Nein, auf fünf- oder sechshundert«, gab Maarten zu, »aber ich glaube, dass in letzter Zeit etwas mehr als hundert pro Woche hereingekommen sind, und Manda von sich aus als eine Art Ausputzer gearbeitet hat, wenn ihr versteht, was ich meine.«

Sie reagierten nicht darauf.

»Jedenfalls steckten in den Mappen, die ich von ihr bekommen habe, immer sehr viel mehr als fünfundzwanzig Ausschnitte.«

»Und was wolltest du jetzt vorschlagen?«, fragte Bart argwöhnisch.

»Ich wollte vorschlagen«, sagte Maarten etwas langsamer, »dass Lien und Gert in der ersten Zeit jeder fünfzehn Ausschnitte pro Tag machen, dann ist der Rückstand in zwanzig Wochen abgearbeitet, und außerdem ist es eine schöne Einführung.«

»Das geht mir zu schnell«, sagte Bart. »Wie kommst du auf die Zahl von zwanzig Wochen?«

»Zwei mal fünfzehn Ausschnitte pro Tag, dass sind hundertfünfzig pro Woche. Wenn durchschnittlich hundert hereinkommen, bleiben fünfzig übrig, tausend Ausschnitte, das sind zwanzig Wochen.«

»Aber soeben hast du gesagt, dass mehr als hundert pro Woche hereinkommen«, erinnerte ihn Bart.

»Fünfzehn Ausschnitte ist die Norm«, sagte Maarten. »Wenn in einer Woche mehr hereinkommen, machen sie etwas mehr, plus die fünf zusätzlich.«

»Ich muss gestehen, dass es mir schwindelig zu werden beginnt.«

»Lass es ruhig einen Moment sacken. Es ist übrigens nicht so wichtig. Es geht in erster Linie darum, dass sie Erfahrung sammeln.«

»Und wer soll das dann alles kontrollieren?«, fragte Ad.

»Das ist das Problem«, gab Maarten zu. Er schwieg, sich des Widerstands bewusst, den sein Vorschlag hervorrufen würde, und suchte nach einer sorgfältigen Formulierung. »Sien fällt aus. Erstens arbeitet sie nur noch mit halber Kraft, und außerdem macht sie bald einen ganzen Monat Urlaub.« Er wartete kurz, um diese Tatsache auf sie wirken zu lassen. »Das bedeutet, dass Joop und Tjitske auch schon ihre Arbeit an den Mappen übernehmen müssen. Geplant war, dass sie zu dritt die Kontrolle der Ausschnitte übernehmen sollten, mit uns in der

Hinterhand für die Problemfälle, doch unter diesen Umständen finde ich das zu schwer für Joop und Tjitske.« Er wartete erneut einen Moment. »Deswegen wollte ich vorschlagen, dass Joop und Tjitske drei von fünf Tagen auf ihre Kappe nehmen und ich mir die Problemfälle ansehe und mit ihnen bespreche, das sind also neunzig Ausschnitte, und dass ihr zusammen die restlichen sechzig Ausschnitte kontrolliert, bis Sien ihre Aufgabe wieder übernehmen kann.«

Es wurde still. Maarten sah abwartend von einem zum andern, angespannt.

»Darf ich einen anderen Vorschlag machen?«, fragte Bart.
»Leg los.«
»Ich bin bereit, die Problemfälle zu besprechen.«
»Von Joop und Tjitske?«
»Nein, von Tjitske.«
»Aber das hast du doch schon immer gemacht.«
»In der Tat, und dazu bin ich auch weiterhin bereit.«
»Aber das löst das Problem nicht.«
»Doch, denn ich mache dann ja die Problemfälle von Tjitske.«
»Und was ist dann mit der Arbeit von Sien?«
»Dafür ist Sien verantwortlich.«
»Aber Sien schafft es im Augenblick nicht.«
»Das finde ich natürlich sehr schade, aber dafür bin ich nicht verantwortlich. Ich bin bereit, die Problemfälle von Tjitske zu besprechen, und ich finde es außerdem falsch, Sien noch zu kontrollieren. Sie ist inzwischen sehr gut in der Lage, die Probleme selbst zu lösen.«

»Aber es geht doch gerade darum«, sagte Maarten, ein wenig verzweifelnd, »dass Sien dazu momentan nicht in der Lage ist, und ihr also vorübergehend Siens Arbeit übernehmt, zumindest teilweise.«

Bart schwieg. Er sah Maarten verständnislos an.

»Sien ist krank, und sie geht in Urlaub!«, erklärte Maarten noch einmal. »Dadurch bleibt ihre Arbeit liegen! Joop und Tjitske können das nicht alles übernehmen, und außerdem sind sie noch nicht in der Lage, die Arbeit von Lien und Gert selbständig zu kontrollieren! Ich schlage also vor, dass ich sie dabei begleite und ihr die Kontrolle des Rests übernehmt!«

»Du willst also eigentlich, dass wir einen Schritt zurück machen«, stellte Bart klar.

»Genau! Ich will, dass ihr einen Schritt zurück macht, weil es sonst für Joop und Tjitske zu schwer wird.«

»Aber wir hatten doch jetzt gerade vereinbart, dass mit dem Arbeitsantritt der Neuen das Ausschnittarchiv ganz in die Hände der Dokumentation gelegt werden sollte?«

»Das hatten wir vereinbart«, gab Maarten zu, »aber bei dieser Vereinbarung spielt Sien eine entscheidende Rolle, weil Joop und Tjitske der Kontrolle noch nicht gewachsen sind! Und Sien fällt nun gerade aus! Wir werden den Zeitpunkt, an dem wir es ihnen ganz überlassen können, noch eine Weile verschieben müssen, bis Sien wieder ihren Platz eingenommen hat! Außerdem darf man erwarten, dass Lien und Gert bis dahin schon so weit eingearbeitet sind, dass sie uns nicht mehr brauchen.«

»Davon halte ich nun gar nichts!«, sagte Bart entschieden. »Ich bin bereit, in *Notfällen* einzuspringen, aber es müssen dann schon *Notfälle* sein, und die Damen müssen uns selbst darum bitten.«

»Aber das ist ein Notfall!«

»Deswegen bin ich ja auch bereit, mit Tjitske ihre Problemfälle zu besprechen.«

Maarten schwieg, machtlos. Er sah Ad an. »Ad?«

»Ich finde auch, dass die Dokumentation ihre Probleme ruhig selbst lösen soll«, sagte Ad. »Ich habe keine Lust, da auch noch Arbeit reinzustecken.«

Maarten schwieg. Er sah auf den Zettel mit Notizen, als wäre dort die Lösung zu finden. »Gut«, sagte er schließlich resigniert, »dann werde ich eine andere Lösung finden müssen.«

In der Mittagspause verließ er gedankenverloren das Büro. Das Gespräch mit Bart und Ad hatte ihn deprimiert. Erwachsene Männer, mit einem Einkommen von zweitausendachthundert Gulden im Monat! Er folgte der Gracht in Richtung Amstel, ohne sich umzusehen. Es war heiß. Er hatte sein Jackett im Büro gelassen. Die Hitze der Sonne drang durch sein Hemd bis tief in seinen Körper. Am Ende der Gracht, bei der Amstel, stieg er die Brücke in Richtung der Magere Brug hinauf, als ein Spatz seine Aufmerksamkeit erregte. Er saß mitten auf der Brücke, ein Auto fuhr ganz nahe an ihm vorbei, ohne dass er aufflog. Ein Mädchen stand auf der anderen Seite und beobachtete ihn. Ein junger Mann auf einem Motorrad kam in einem Affenzahn angerast, sah den Spatzen, schwenkte in dessen Richtung und fuhr haarscharf, als wollte er ein Kunststück vorführen, an ihm vorbei. Maarten ging hinüber, um zu sehen, was los war. »Ist es ein junger Spatz?«, fragte er das Mädchen, das auch dazu kam.

Sie antwortete nicht.

Es war ein junger Spatz. Er bückte sich, und als der Spatz keinen Versuch machte davonzufliegen, packte er ihn.

»Is he not okay?«, fragte das Mädchen.

»I'll take him home and feed him up«, antwortete er misslaunig.

»Thank you.«

Es irritierte ihn. Da gab es nichts zu thankyouen. Würde er seine Gefühle in Worte kleiden müssen, dann war da an erster Stelle Ärger, dass *ihm* das nun wieder passieren musste, Ungehaltenheit, weil ihm der Mittagsspaziergang verdorben wurde, Ohnmacht und Unsicherheit, Verantwortungsgefühl, und erst danach Mitleid mit diesem kleinen, wehrlosen Tier, doch als er es erst einmal in der Hand hielt und das Mädchen seinen Weg fortgesetzt hatte, blieb nur Mitleid übrig. Was wäre nötig, um mich eine solche Geste eindeutig und geradeheraus machen zu lassen, dachte er, während er mit dem Spatz in der Hand vorsichtig zurück zum Buro ging. Das müsste meine Arbeit sein, im Auftrag des Staates, zwischen neun und fünf, sodass jede Minute einer von außen auferlegten Ordnung unterstünde. – Er betrat das Büro und stieg die Treppe hinauf in sein Zimmer. Der Raum war leer. Bart und Ad waren ebenfalls in der Mittagspause. Die Tür zum Karteisystemraum stand offen. Joop passte auf das Telefon auf. »Hey, bist du jetzt schon zurück?«, fragte sie überrascht, als sie ihn hereinkommen sah.

»Ja, denn ich habe einen Spatzen gefunden.« Er öffnete die Hand ein wenig, damit sie ihn sehen konnte.

»Wo denn?«

»Auf der Brücke an der Amstel.« Er schloss seine Hand wieder. »Ich bringe ihn kurz nach Hause, ich komme also etwas später.« Nicht, dass er nicht etwas länger als eine halbe Stunde hätte wegbleiben können, das machten alle, und kein Hahn krähte danach, doch es ging ihm auch darum zu zeigen, wie gewissenhaft er war und was für ein Tierfreund, ein so großer Tierfreund, dass er zugunsten eines Tieres das eherne Gesetz aufhob, wonach die Mittagspause nicht länger als eine halbe Stunde dauern durfte. Doch das überlegte er erst, als er bereits wieder unterwegs nach Hause war. Dennoch beeilte er sich.

Nicolien war in der Küche mit dem Abwasch beschäftigt. »Was machst du denn hier?«, fragte sie überrascht.

»Ich habe einen Spatzen.« Er öffnete die Hand. Der Spatz blieb regungslos sitzen, das Köpfchen ein wenig schief, als würde er ihn mustern.

»Wie furchtbar klein er noch ist«, sagte sie bedauernd. »Was sollen wir jetzt mit ihm machen?«

»Haben wir nicht einen leeren Schuhkarton?«

Sie gingen ins Schlafzimmer. »Und was ist mit Marietje?«, fragte sie, während sie den Kleiderschrank öffnete.

»Wir können ihn in die Kammer stellen.«

Sie brachten den Karton mit dem Spatzen in das kleine Zimmer, weichten ein wenig dunkles Brot in Wasser ein, machten davon kleine Kügelchen und steckten sie mit einem Streichholz hinten in seine Kehle. Der Spatz schluckte sie, bis er fast daran erstickte. Sie betrachteten ihn im Hocken. »Wenn du das jetzt ab und zu wiederholen würdest«, sagte er.

»Wie oft muss ich das denn machen?«

»Genauso oft, wie seine Mutter kommen würde.« Er stand auf. »Alle Viertelstunde?«

»So oft? Aber ich muss auch noch einkaufen.«

»Alle halbe Stunde wird wohl auch in Ordnung sein«, entschied er. »Und dann nicht so viel wie jetzt natürlich, nur eines von diesen Kügelchen.«

Besorgt eilte er zurück zum Büro.

»Ich habe einen Spatzen gefunden«, sagte er zu Ad, der von seiner Mittagspause zurückgekehrt war.

»Den kriegst du nie durch.«

»Das fürchte ich auch.«

Joop streckte den Kopf aus der Tür. »Wie geht es ihm?«

»Als ich wegging, lebte er noch.« Ihr Interesse rührte ihn, da er es nicht erwartet hätte, »aber ich sehe da schwarz.«

Zwei Stunden später klingelte das Telefon. »Tag.« – Nicolien. An ihrer Stimme hörte er sofort, dass der Spatz tot war. – »Er ist tot.«

»Ach.« Die Nachricht machte ihn traurig.

»Ich habe noch den Vogelschutz angerufen, aber er hätte jede Viertelstunde Universalvogelfutter bekommen müssen.«

Er begriff, dass sie sich deshalb Vorwürfe machte. Nicolien kannte nur direkte Reaktionen. »Haben sie das gesagt?«

»Hätte ich doch bloß früher angerufen.«

»Das ist natürlich Unsinn.«

»Warum ist das Unsinn?«

»Zunächst einmal hast du nicht früher angerufen, und bis du es geholt hättest, wäre es auch zu spät gewesen.«

»Und trotzdem hätte ich früher anrufen sollen.«

»Das hätte ich dann machen müssen.«

»Nein, denn du bist auf der Arbeit.«

»Das ist Unsinn! Die Arbeit zählt natürlich nichts!«

»Ich glaube, ich werde mal ein bisschen weinen deswegen.«

»Mach das lieber nicht.« Es machte ihn kraftlos, er spürte, wie er weich wurde. »Das hilft dir nicht.«

»Ich mache es trotzdem.« Sie hatte bereits angefangen zu weinen.

»Nicht tun, hörst du?«

»Tschüss«, sagte sie weinend. Sie legte den Hörer auf.

»Der Spatz ist tot«, sagte er und legte den Hörer ebenfalls auf. Er fühlte sich elend.

»Siehst du«, sagte Ad. »Die kriegt man nicht durch.«

Ein wenig bedrückt ging er am späten Nachmittag nach Hause. Sie hatte die kleine Leiche für ihn aufbewahrt, wie er es schon erwartet hatte. Er holte sie zur letzten Ehre aus dem Schuhkarton und betrachtete sie im Licht. Der kleine Körper war bereits kalt und steif. Die Augen standen offen und glänzten, als lebte der Vogel doch noch ein wenig. Ein trauriger kleiner Vogel. Eine traurige Schöpfung. Das Einzige, was ihn in diesem Moment damit versöhnen konnte, war die Gewissheit, dass er selbst auch sterben würde, auch wenn das kein schöner Gedanke war.

*

Auf dem Flur vor der Tür wurde gesprochen. Er hob den Kopf, in der Erwartung, dass die Tür geöffnet würde, doch als die Unterhaltung weiterging, gedämpft, ohne dass etwas geschah, stand er auf. Er ging zur Tür und öffnete sie. Lien Kiepe und Gert Wiggelaar standen auf dem Flur. Lien lächelte verlegen, Gert lachte nervös.

»Traut ihr euch nicht rein?«, fragte Maarten amüsiert.

»Wir dachten, weil es noch nicht halb neun ist«, sagte Gert lachend, während er hinter Lien den Raum betrat.

Maarten sah auf die Uhr über seinem Kopf. »Es ist halb neun.«

»Oh, ist es schon halb neun?« Er bog sich vor Lachen.

»Aber ihr dürft auch schon früher rein.« Er streckte die Hand aus. »Willkommen.« Er gab ihnen die Hand. »Setzt euch.« Er zeigte auf den Sitzungstisch.

Sie setzten sich etwas befangen nebeneinander an den Tisch, jeweils auf den Platz, an dem sie auch bei ihrem Bewerbungsgespräch gesessen hatten. Maarten setzte sich ihnen gegenüber. »Ja, was nun ...« Durch das ungewohnte Eintreten hatte er den Faden verloren. Er lächelte. »Eine ganze Menge natürlich. Am besten ist es wohl, wenn ich euch erst einmal zeige, wo ihr sitzen werdet.« Er stand wieder auf.

Sie standen ebenfalls auf. In dem Moment ging die Tür auf, und Joop kam herein. »Morgen«, sagte sie. »Ha!«, sagte sie zu Lien.

»Du kennst Herrn Wiggelaar?«, fragte Maarten.

»Ja, oder?« Sie musterte ihn freimütig. »Wir haben uns schon bei deinem Bewerbungsgespräch gesehen.«

Wiggelaar hatte seine Hand bereits ausgestreckt, zog sie jedoch zurück, als Joop keine Anstalten dazu machte. »Ich glaube, schon«, sagte er, nervös lachend. »Ich bin Gert.«

»Joop«, sagte Joop.

»Könntest du Lien Kiepe zeigen, wo sie sitzen wird?«, fragte Maarten, »dann nehme ich Herrn Wiggelaar mit nach nebenan. – Und Sie kommen anschließend wieder zu mir?«, bat er Lien Kiepe. Er wandte sich Wiggelaar zu. »Kommen Sie mal mit mir mit.« Er ging vor ihm her, öffnete die Tür des Besucherraums und ließ ihn dort eintreten. »Ich glaube, ich habe schon erzählt, dass wir hier immer *einen* Katholiken gehabt haben?« Der junge Mann weckte seine Spottlust. »Das heißt, seitdem ich Abteilungsleiter bin, denn der frühere Direktor wollte überhaupt keinen Katholiken haben«, er schmunzelte ironisch. »Und der saß immer hier.« Er zeigte auf Mandas Schreibtisch. »Das wird nun also auch Ihr Schreibtisch.«

Gert Wiggelaar lachte ein bisschen. Es war zu sehen, dass er nicht recht wusste, wie er reagieren sollte.

»Ein Schreibtisch!«, sagte Maarten. »Ein Stuhl!« Er schob den Stuhl ein wenig zurück. »Eine Schreibmaschine! Und Aussicht auf den Garten!«

»Phantastisch!«, sagte Gert Wiggelaar.

Die Tür zum Flur, hinter dem Bücherregal, wurde geöffnet. Wampies Pfoten tickten auf dem Linoleum.

»Und das ist Tjitske mit Wampie«, sagte Maarten.

Tjitske kam mit Wampie an der Leine um die Ecke des Bücherregals, wobei Wampie ständig mit seinen drei Pfoten auf dem glatten Boden ausrutschte. »Hallo«, sagte Tjitske steif. Sie gab Gert Wiggelaar die Hand. »Tjitske«, murmelte sie.

»Gert«, sagte er.

»Ich habe ihm gezeigt, wo er sitzen wird«, sagte Maarten zu Tjitske. Er wandte sich Gert Wiggelaar zu. »Und kommen Sie dann wieder zu mir, wenn Sie sich eingerichtet haben?«

»Wann soll ich denn kommen?«, fragte Gert Wiggelaar nervös.

»In einer Viertelstunde?« Er wandte sich ab und verließ das Zimmer. Plötzlich wurde ihm bewusst, welche Anspannung diese scheinbar entspannten Scherze in seinem Körper bewirkt hatten. Er setzte sich an seinen Schreibtisch, lehnte sich in seinem Stuhl zurück und sah in dem Versuch, wieder zu sich zu kommen, in den Garten. Im Karteisystemraum hörte er Joop schreien und lachen, offenbar völlig aus dem Häuschen. Er schmunzelte.

Bart kam in den Raum. »Tag, Maarten. Sind die Dame und der Herr schon eingetroffen?« Er stellte sein Täschchen auf den Schreibtisch.

»Sie sind dabei, sich einzurichten.«

Bart kam an Maartens Schreibtisch. »Und muss jetzt noch etwas geregelt werden?«, fragte er gedämpft. Er war ebenfalls nervös.

»Ich wollte heute Morgen mit den Systemen anfangen, und heute Nachmittag wollte ich ihnen etwas über die Geschichte des Faches erzählen, aber darüber wollte ich noch mit euch sprechen.«

»Wann wolltest du das denn machen?«

»Nach dem ersten Kaffee?«

Ad kam in den Raum. »Tag, Maarten. Tag, Bart.«

»Tag, Ad«, sagten beide.

»Sind sie schon da?«, fragte Ad und stellte seine Tasche auf den Boden.

»Sie sind schon da«, antwortete Maarten.

»Am besten setzen wir uns an den Besuchertisch«, sagte Maarten, als Lien und Gert Bart und Ad die Hand gegeben hatten, »dann stören wir am wenigsten.« Er nahm einen kleinen Stapel Zeitschriften mit und ging vor ihnen her in den Besucherraum. »Wir setzen uns hier mal kurz hin«, sagte er zu Tjitske.

»Das ist in Ordnung«, sagte Tjitske.

»Das ist der Schreibtisch von Sien«, sagte er, während er weiter nach hinten ging, »sie ist im Augenblick im Urlaub, aber sie kommt natürlich wieder zurück, hoffen wir.« Er legte den Papierstoß auf den Tisch und nahm an der kurzen Seite Platz. Sie setzten sich einander gegenüber an die beiden langen Seiten und sahen ihn abwartend an. »Erst einmal Folgendes«, sagte er, zwischen sie hindurch sehend. »Wir reden uns hier alle mit Vornamen an.« Er lächelte verlegen. »Ich heiße Maarten. Ich verstehe schon, dass es für euch vielleicht etwas schwierig ist, weil ich so viel älter bin. Ihr dürft mich auch gern weiterhin mit ›Herr Koning‹ anreden, wenn das für euch einfacher ist, aber ihr könnt mich auch mit ›Maarten‹ ansprechen. Und ich nenne euch auf jeden Fall Lien und Gert.« Er vermied es, sie anzusehen, er achtete auch nicht auf ihre Reaktionen, erleichtert, dass er das hinter sich hatte. »Und nun zur Arbeit«, fuhr er hastig fort. »Ich hatte euch schon erzählt, dass wir eine eigene Zeitschrift haben. Davon sind jetzt fünf Hefte erschienen. Ich habe hier für euch beide jeweils einen Satz«, er schob ihnen zwei kleine Stapel des *Bulletins* hin, »die dürft ihr behalten. In Zukunft ist es auch eure Zeitschrift. Und jetzt, was die Arbeit betrifft«, er sprach gehetzt, ohne sie anzusehen. »Wir haben hier eine Reihe von Systemen, die ihr erst kennenlernen müsst, das sind in erster Linie der Schlagwortkatalog, das Ausschnittarchiv, das Handschriftenarchiv und das Volkserzählungsarchiv. Die Idee ist, dass Joop euch gleich in den Schlagwortkatalog einweist, und Tjitske euch morgen das Ausschnittarchiv zeigt. Das Erste, was ihr lernen müsst, ist die Systematik des Ausschnittarchivs, dann bekommt ihr außerdem einen ersten Überblick über die Themen, mit denen wir uns beschäftigen. Um damit vertraut zu werden, bekommt ihr jeden Tag fünfzehn Ausschnitte zum Rubrizieren. Die werden kontrolliert und besprochen, darüber reden wir dann noch. Außerdem bekommt ihr Zeitschriftenmappen, wir haben ungefähr vierhundert Zeitschriftenabonnements, die für den Schlagwortkatalog von uns exzerpiert und für das *Bulletin* zusammengefasst werden. Ich habe mir gedacht, dass ihr in der ersten Zeit alle Karteikarten anlegt, die aus diesen Mappen kommen, um das Schlagwortsystem kennenzulernen, und dann später auch selbst anfangt zu exzerpieren und zusammenzufassen, aber erst, wenn euch das Anlegen von Karteikarten gut von der Hand geht.« Er sah sie flüchtig an, unsicher, ob sie dem allen hatten folgen können. »Ist das so weit klar?«, fragte er hilflos.

Gert zog verlegen die Augenbrauen hoch und richtete sich auf, als wolle er etwas sagen, sah jedoch davon ab.

»Es wird schon klar werden, wenn wir erst einmal dabei sind«, sagte

Lien vorsichtig. Sie sprach die Worte sehr sorgfältig aus, als hätte sie sie erst aufgereiht, und lächelte dabei entschuldigend.

»Das denke ich auch«, sagte Maarten dankbar. »Es sieht auch komplizierter aus, als es ist. Es ist mehr eine Frage der Gewöhnung. Außerdem wollte ich euch heute Nachmittag etwas über das Fach erzählen, damit ihr so etwas wie einen Rahmen habt, in den ihr die Dinge einordnen könnt. Ist das in Ordnung?«

Sie nickten beide etwas verlegen.

»Ja, natürlich ist das in Ordnung«, sagte er lachend, ebenfalls verlegen. »Was soll man darauf auch antworten?« Er stand auf. »Wir gehen jetzt erst mal zu Balk, dann weiß er, dass ihr da seid, und dann werde ich Joop bitten, mit euch einen Rundgang durch das Gebäude zu machen ...« Er unterbrach sich selbst und sah Tjitske an. Tjitske war mit dem Milchträger in der Hand näher gekommen, Wampie mit sich an der Leine führend. »Ich gehe Milch holen«, sagte sie zu Maarten. Sie sah Lien und Gert an, die zögernd aufgestanden waren. »Wollt ihr auch Milch?«

»Wir holen hier der Reihe nach Milch«, erläuterte Maarten.

»Ich habe eine Thermosflasche bei mir«, sagte Gert erschrocken. »Aber nein, gib mir doch auch ruhig Milch, oder kann ich morgen auch noch mitmachen?«

»Ja, sicher«, sagte Tjitske.

»Na, dann jetzt noch nicht. Danke dir.«

»Ich möchte gern einen halben Liter Buttermilch«, sagte Lien.

»Ja, eigentlich könnte ich doch einen halben Liter Milch nehmen«, sagte Gert nervös. »Bring mir doch mal welche mit.«

»Du musst wirklich nicht«, sagte Tjitske.

»Nein?«, fragte Gert unsicher. Er zögerte. »Na, dann doch lieber nicht.« Er lachte nervös, durch dieses unerwartete Problem in Verwirrung gebracht.

»Sollen wir dann jetzt erst mal zu Balk gehen?«, schlug Maarten vor.

»Ich hatte mir gedacht, dass es vielleicht gut wäre, wenn sie von uns eine Einführung ins Fach bekämen«, sagte Maarten zu Bart und Ad. Sie saßen zu dritt am Sitzungstisch. Hinter der Tür des Karteisystemraums hörte man das Lachen und Schreien von Joop, die dabei war, Gert und Lien in den Schlagwortkatalog einzuweihen. »Ich selbst wollte ihnen heute Nachmittag etwas über die Geschichte des Faches erzählen, und wenn ihr dann bei einem der folgenden Male dasselbe machen könntet, Bart zur historischen Volkskultur, Ad zur Volkserzählungsforschung und Sien zum Atlas, kriegen sie einen allgemeinen Überblick und lernen uns gleich ein bisschen kennen.« Er sah abwartend von einem zum anderen.

»Ich kann nicht erkennen, was du damit zu erreichen gedenkst«, sagte Bart widerwillig. »Das haben wir seinerzeit bei Joop und Tjitske doch auch nicht gemacht?«

»Damals hatten wir noch keine Zeitschrift.«

»Ich dachte, sie wären für die Dokumentation eingestellt worden.«

»Aber auch, um künftig Aufsätze zu schreiben, wenn sich herausstellt, dass sie dafür geeignet sind.«

»Dagegen wende ich mich entschieden! Denn es bedeutet, dass wir demnächst wieder dasitzen und die Arbeit der Dokumentation machen, und das sollte doch gerade endlich einmal ein Ende haben.«

»Man kann Leute nicht endlos dokumentieren lassen, wenn sie mehr können.«

»Dann hättest du sie nicht einstellen sollen. Ich war auch dagegen, derart hochqualifizierte Leute einzustellen. Ich hätte es befürwortet, Leute zu suchen, die bereit sind, leichte administrative Arbeiten zu verrichten.«

»Die können diese Arbeit nicht.«

»Dann musst du Leute nehmen, die es können.«

»Außerdem finde ich, dass Leute wissen müssen, warum sie etwas machen.«

»Das hast du Joop und Tjitske auch nicht erklärt.«

»Weil wir damals noch nicht so weit waren.«

Bart schwieg.

»Du machst also nicht mit?«, fragte Maarten.

»Nein«, sagte Bart. »Wenn du so gern Professor spielen willst, dann mach es ruhig, aber ich finde, dass sie erst einmal zusehen sollen, dass sie ihre administrativen Aufgaben tadellos beherrschen.«

»Und du?«, fragte Maarten Ad, seinen Missmut verbergend.
»Ich will wohl mitmachen«, sagte Ad.

»Das Fach, das wir betreiben, ist kein Fach mehr«, sagte Maarten. Sie saßen in seinem Raum, Bart und Ad waren verschwunden. »Das Beste, was sich darüber sagen lässt, ist, dass es ein Fach gewesen ist, ihm aber in den zurückliegenden zehn Jahren das Fundament weggebrochen ist, sodass wir nur noch mit ein paar Resten dasitzen. Das ist das Problem, vor dem wir stehen und mit dem ihr es nun also zu tun bekommt.« Er redete schnell und energisch, ohne sie anzusehen, ein wenig ironisch, doch vor allem konzentriert auf das, was ihm beim Reden einfiel. »Das ist keine Katastrophe. Ich finde es sogar ganz nett, weil es jetzt auch niemanden mehr gibt, der uns ernst nimmt, im Gegenteil, wenn man sagt, was man macht, schauen dich die Leute schockiert an. Sie halten uns für eine Art Faschisten oder Nationalsozialisten, das werdet ihr auch noch merken, und das ist eigentlich beruhigend, zumindest finde ich das beruhigend so. Als ich hier anfing, war das einer der Aspekte, die das Büro attraktiv machten. Man lebt im Schatten, bestenfalls müssen die Leute ein bisschen über einen lachen, darum habe ich Gert im Bewerbungsgespräch auch gefragt, ob er Sinn für Humor hat. Wenn man keinen Sinn für Humor hat, hält man es hier nicht durch. Aber wir müssen uns natürlich schon behaupten. Es ist zwar alles nett, aber es ist auch bitterer Ernst«, er lachte ein wenig in den Raum hinein, »wie das Leben eben ist.« Während er redete, vermied er es, sie anzuschauen, doch er achtete schon auf ihre Reaktionen, indem er immer wieder flüchtig zu ihnen hinübersah. Sie reagierten nicht, beziehungsweise ein wenig verwundert, Gert mit einem verlegenen Grinsen, Lien mit einem etwas erstaunten Lächeln. »Eine Einführung in das Fach, so wie man es vor dem Krieg gesehen hat, findet ihr in diesem Büchlein«, sagte er und schob ihnen beiden ein Exemplar zu. »Ihr dürft es behalten. Es ist von dem Mann, der vor dem Krieg Vorsitzender der Kommission war. Der Mann hat mit den Nazis kollaboriert, wie so viele Leute, die sich damals mit unserem Fach beschäftigt haben, aber das macht es nicht weniger interessant, weil die Ideen, die dieser Mann hatte, sehr viel weiter verbreitet waren. Kulturhistorisch betrachtet ist es ein sehr interessantes Buch. Ich zumindest finde es faszinierend, und ich würde euch vorschlagen, es zu einem der nächsten Male zu lesen, damit wir darüber reden können.« Er schwieg einen Moment, sein Blick schweifte zu den offen stehenden Fenstern ab. »Das Fach also«, sagte er, seine Gedanken ordnend. »Man könnte sagen, dass es ein Produkt des aufkommenden deutschen Nationalismus zu Beginn des neunzehnten Jahrhunderts ist, eine Reaktion auch auf die romanische Hegemonie, die unter Napoleon einen Höhepunkt erreicht hatte, der man eine germanische Gegenkultur entgegensetzen wollte. Unser Fach ist ein ganz und gar germanisches Fach, das man eigentlich nur in den germanischen und slawischen Ländern antrifft, auch wenn sich die Sache in Letzteren ein wenig anders verhält, und das außerhalb dieser Länder eher den Charakter der Ethnologie hat, ohne den ideologischen Ballast, mit dem wir es zu tun haben. Es ist merkwürdig, dass dieses Denken in unserem Land und in England noch am wenigsten angeschlagen hat, wahrscheinlich, weil es auch eine bestimmte bäuerliche Kultur verherrlicht, aber darüber werden wir ebenfalls noch sprechen. Worum es nun geht, ist, dass man sich in der Volkskultur dieser Zeit auf die Suche nach spezifisch germanischen Werten und Traditionen gemacht und einen Versuch unternommen hat, aus den Geschichten, die man sich im Volk erzählte, eine germanische Mythologie aufzubauen, so, wie sie die romanischen Völker hatten, und man dieser Illusion bis nach dem Zweiten Weltkrieg erlegen war. Das letzte Beispiel dafür ist der Atlas, über den Sien mit euch reden wird, für den unser Büro seinerzeit gegründet worden ist. Der Atlas war ein Versuch, in *einem* Wurf alle ursprünglichen Traditionen, die noch im Volk lebten, festzuhalten und auf diese Weise ein Denkmal für die Vergangenheit unseres Volkes zu errichten. Die Basis dieses Denkmals war der Glaube, dass die Traditionen jahrhundertealt sind und direkt auf das germanische Altertum zurückgehen, oder zumindest bis ins frühe Mittelalter, vor die Zeit der Christianisierung.« Während er sprach, war er immer angespannter geworden. Sein Gesicht war zu einem Grinsen erstarrt. Er spürte die Spannung in seinen Schläfen und wunderte sich, wenn er ab und zu kurz zu ihnen hinsah, über die relative Ruhe, mit der sie dasaßen und

zuhörten. Selbst hatte er das Gefühl, dass man ihm wegen der Geschwindigkeit, mit der er sprach, nicht folgen könnte. Er versuchte zwar, hin und wieder das Tempo zu drosseln, doch wegen der Schnelligkeit, mit der sich die Ideen und Worte ankündigten, hielt er es nicht durch. »Das erwies sich als nicht haltbar«, sagte er etwas langsamer. »Meine Generation, die den ehrenvollen Auftrag erhalten hatte, die Arbeiten auszuführen, die sich die ältere Generation ausgedacht hatten«, seine Stimme hatte einen spöttischen Ton angenommen, »kam zu dem erschütternden Schluss, dass die Traditionen, die wir untersuchen sollten, gar nicht so alt waren und sicher nicht bis aufs Mittelalter zurückgingen, zumindest nicht in ihrer heutigen Form. Während wir die Karten zeichneten, sahen wir das gesamte Bauwerk zusammenkrachen, und was uns jetzt geblieben ist, sind die Bruchstücke, keine Bruchstücke, die man, wie man früher geglaubt hat, zu einem sinnvollen Ganzen zusammenkleben kann, sondern Bruchstücke unterschiedlicher Wertigkeit, aus verschieden Epochen und sozialen Schichten. Kurzum, nichts, um sich dafür an die germanische Brust zu schlagen!«
Er wartete erneut einen Moment, unschlüssig, wie er dem ein Ende bereiten sollte. »Die Frage ist also, was jetzt aus dem Fach werden soll«, fuhr er fort und sah sie wieder kurz an. Sie lauschten noch immer mit einer bemerkenswerten Höflichkeit. »Was uns geblieben ist, ist das Interesse an Traditionen. Es steht im Zentrum unserer gesamten Arbeit. Unser Schlagwortkatalog enthält im Prinzip die Informationen über alle Traditionen und Bräuche in der niederländischen Kultur. Das Ausschnittarchiv ergänzt sie um aktuelle Informationen, die noch nicht in die Literatur eingegangen sind. Die Untersuchungen, die wir durchführen, richten sich auf die Art und Weise, in der Traditionen entstehen, sich ändern oder verschwinden, und auf ihre Verbreitung. An die Stelle der Ideologie ist also Skepsis getreten. So könnte man es zusammenfassen.« Er schwieg. Er war völlig überdreht und musste sich selbst zwingen, einen Punkt zu machen. Er hatte drei Stunden gesprochen – und das Gefühl, dass er noch stundenlang hätte weitermachen können. Sein Kopf schwirrte vor Gedanken, die einander verdrängten, doch mit einem Blick auf die Uhr sah er, dass die Zeit fast um war.

Gert streckte den Finger hoch. »Darf ich noch etwas fragen?«, fragte er unsicher.
»Natürlich.«
»Warum nennen Sie es dann nicht lieber Anthropologie?«
»Weil du Anthropologie studiert hast«, vermutete Maarten grinsend. Es war ihm nicht entgangen, dass Gert ihn gesiezt hatte.
Gert reagierte mit Lachen. »Das auch, natürlich.«
»Weil die Anthropologen nicht historisch denken«, sagte Maarten und wurde wieder ernst, »und weil ich es ganz nett finde, unter einer beschmutzten Flagge zu segeln.«
»Oh, Sie finden das nett!«, sagte Gert erstaunt.
Joop kam aus dem Karteisystemraum. »Bis morgen.« Sie ging an ihnen vorbei zur Tür.
»Tschüss, Joop«, sagte Maarten. Er wandte sich wieder Gert zu.
»Und natürlich, weil ich mich für mein Fach verantwortlich fühle.« Er stand auf. »Aber wir müssen nach Hause.«
Sie standen auf. Lien nahm ihr Buch mit und ging in den Karteisystemraum. Gert wartete, während Maarten sich abwandte, um zu seinem Schreibtisch zu gehen. Er machte zögernd einen Schritt in seine Richtung. Maarten sah auf. »Finden Sie es schlimm, wenn ich weiterhin ›Herr Koning‹ sage?«, fragte er nervös.
»Nein«, sagte Maarten überrascht. Er zögerte, während er nach einer ausführlicheren Reaktion suchte. »Ich kann mir das auch schon vorstellen. Ich konnte es selbst auch nicht sofort, damals, als mein Chef es mir vorschlug.«
»Oh, zum Glück.«
»Aber ich sage dann Gert.«
»Ja, natürlich, bitte!« Er wandte sich verwirrt ab. Kurz schien es, als würde er sich wieder umdrehen, um noch etwas hinzuzufügen, sah dann aber doch davon ab.
Maarten wollte auch noch etwas hinzufügen, doch ihm fiel nichts ein.
Lien kam aus dem Karteisystemraum. »Tschüss, Maarten«, sagte sie.
»Tschüss, Lien«, sagte er verwirrt, noch im Bann seines Soloauftritts und den Worten von Gert. »Bis morgen.« Er ordnete seinen Schreibtisch,

hörte Lien und Gert die Treppe hinuntersteigen, schloss die Fenster, zog sein Jackett an und griff zu seiner Plastiktasche. Wie immer, wenn er zu viel geredet hatte, fühlte er sich todunglücklich.

*

Er verließ das Haus in strömendem Regen, das Tonbandgerät in einer weißen Plastiktüte unter dem rechten Arm, die Tasche in der linken Hand. Während er unter den Bäumen ging, wo der Regen etwas weniger heftig war, sah er das Wasser in weißen, dichten Massen in die Gracht stürzen. Er beeilte sich an den Stellen, an denen keine Bäume standen, war aber dennoch ordentlich nass, als er den hohen, von Stimmen erfüllten Raum des Bahnhofs betrat. Am Schalter fragte er, ob er eine Rückfahrkarte nach Stavoren bekommen könne oder ob er die Fähre von Enkhuizen nach Stavoren extra bezahlen und deshalb eine Rückfahrkarte nach Enkhuizen nehmen müsse. Obwohl er sehr ausführlich war und versuchte, langsam und deutlich zu sprechen, sah ihn das Fräulein an, als stünde dort etwas höchst Merkwürdiges auf der anderen Seite der Scheibe. Er war daran gewöhnt. Es machte ihm nur noch wenig aus. Als sie es verstanden hatte, erhielt er die Information. Es war so, wie er gedacht hatte, er konnte nur eine Fahrkarte bis Enkhuizen kaufen, mit dem Risiko, dass ihm dann der Zutritt zur Fähre verweigert werden würde, weil sie bereits voll war mit anderen Tagesausflüglern.

Als er oben auf dem Bahnsteig ankam, war der Lärm des Regens auf der Überdachung ohrenbetäubend. Dort, wo die Züge den Bahnhof verließen, prasselte der Regen mit Macht auf die Gleise. Es schien, als hinge unter dem Dach ein leichter, weißer Dunst, wie in einem Stillleben, ein Eindruck, der umso intensiver war, da keine Züge an den Bahnsteigen standen. Er setzte sich auf eine Bank, lauschte dem enormen Krach, sah nach oben, um zu sehen, ob das Dach irgendwo undicht war, und fühlte sich glücklich.

Als der Zug mit eingeschalteten Lichtern aus dem Regen auftauchte, hatte er fünf Minuten Verspätung. Statt abzubremsen, fuhr er an Maartens Bank vorbei und hielt in der Ferne, hinter der Mitteltreppe, auf der Seite, an der die Züge in Richtung 't Gooi abfuhren. Maarten blieb zuerst noch sitzen, da er nicht glauben konnte, dass es damit seine Richtigkeit hatte, doch als die anderen Wartenden in Richtung des Zuges hasteten, folgte er ihnen langsam. Dies erwies sich als keine schlechte Taktik, denn als er als Letzter beim Zug ankam, wurden die Leute, die vor ihm waren, gerade zum hintersten Waggon zurückgeschickt. Der war gerammelt voll. Das brachte ihn zu dem Entschluss, die Erste Klasse zu nehmen.

Das Erste-Klasse-Abteil war nahezu leer. Es saßen dort nur eine ärmlich wirkende Frau mit ihrem kleinen Sohn und ein Gastarbeiter mit seiner Familie. Mit seiner Tasche belegte Maarten einen Sitz, hob das Tonbandgerät ins Netz und ging zurück zum Ausstieg, um den Schaffner zu informieren. Der Mann machte sich am vorderen Zugteil zu schaffen, der ein Stückchen weiterfuhr und etwa fünfzig Meter entfernt wieder stehen blieb. Der Schaffner drehte sich um und ging vorbei, ohne Maarten anzusehen, und so weit von ihm entfernt, dass er ihn nicht rufen konnte, ohne sich wie ein Kleinkind aufführen zu müssen. Er ging bis zum Ende seines Zugteils und blieb dort stehen, um auf ihn zu warten. Was sollte er tun? Die Hand heben? Zu ihm hingehen? Unschlüssig kehrte er zu seinem Platz zurück, drehte sich wieder um, sah noch einmal nach draußen, ging wieder an seinen Platz, kam jedoch zu keinem Entschluss. Schließlich blieb er auf der Plattform zwischen den Türen stehen und folgte dem Geschehen rund um den leeren Zugteil, der ihr Gleis blockierte, mit den Gedanken jedoch beim Schaffner. Als sich jemand hinter ihn drängte, um auch etwas zu sehen, nahm er gezwungen wieder Platz, doch behaglich war ihm nicht zumute. Sobald sich der Zug in Bewegung setzte, eine Viertelstunde zu spät, stand er auf und ging dem Mann entgegen. Der Zug war doch nicht so voll, wie er gedacht hatte. Es gab noch einige freie Plätze, einen davon auf einer Verbindungsplattform. Das brachte ihn endlich zu einem Entschluss. Er holte sein Gerät und die Tasche und setzte sich dahin, wo er hingehörte: auf einen Klappsitz in der Zweiten Klasse. Um sich gegen seine drei Mitmenschen auf der Plattform zu schützen, griff er zu *Traurige Tropen* und tat so, als würde er lesen.

In Hoorn stieg die Frau ihm gegenüber aus, und auf ihren Platz setzte sich ein junger Mann aus Suriname oder von den Molukken, der einen kleinen Schnurrbart trug. Maarten hielt das Buch so, dass der Titel nicht sichtbar war, da es ihm nicht sonderlich feinfühlig erschien, sich so öffentlich mit dem Problem dieses jungen Mannes zu beschäftigen. Der junge Mann sah hin und wieder zu ihm herüber und bot ihm nach einer Weile eine Zigarette an. Da Maarten darauf nicht gefasst war, reagierte er abwehrend, eine kurze, abweisende Kopfbewegung, als schüttele er einen Bettler ab. Der junge Mann störte sich nicht daran. »Aber du bist doch Jan van Straten?«, sagte er.

»Nein«, sagte Maarten überrascht. Es lag ihm auf der Zunge, zu sagen, dass er Maarten Koning sei, doch glücklicherweise gelang es ihm, es zu unterdrücken. »Wohnt der in Enkhuizen?«

»Nein, in Schagen.«

»Dann ist es sicher ein Doppelgänger von mir«, vermutete Maarten lächelnd.

»Trotzdem war ich mir sicher, dass du er bist«, sagte der junge Mann.

Maarten schüttelte den Kopf und sah zur anderen Seite. Es amüsierte ihn, dass in Schagen ein Jan van Straten lebte, der ihm stark ähnelte, zweifellos in einer ganz anderen sozialen Schicht, denn der junge Mann, so dunkel, wie er war, sprach unverfälschtes Nordholländisch. Es war, als könne er sich dank der Anwesenheit jenes Jan van Straten auf Erden mit etwas mehr Vertrauen bewegen. Er könnte schließlich ebenso gut ein anderer sein. Und er stellte sich vor, dass Jan van Straten, angesichts seines Alters, Trainer eines Fußballvereins war.

Fast heiter verließ er in Enkhuizen den Zug, und fühlte sich ein wenig wie ein Fußballtrainer. Als er über die Planke hinweg auf die Fähre gegangen war, fragte er, noch in dieser Rolle gefangen, wo er ein Ticket kaufen könnte, und bekam sofort zu hören, dass dies auf der Fähre möglich wäre, ein makellos verlaufender menschlicher Kontakt, wie er jeden Tag vielleicht millionenfach zustande kam. Die Fähre war überfüllt. Auf dem offenen Deck und unter dem Vordach saßen die Leute dicht beieinander. Die Reisenden, die soeben mit dem Zug angekommen waren, mussten zwischen ihnen hindurch ins Innere, wo es ebenfalls bereits gerammelt voll war. Er sah noch einen einzigen freien

Stuhl, neben einem schon etwas älteren Ehepaar, fragte, ob er frei sei, und setzte sich, zufrieden mit sich selbst. Während er neben dem Ehepaar saß, sah er in die Gesichter zweier oder dreier Mädchen, die einen Meter von ihm entfernt schräg zu ihm saßen. Etwas weiter links saßen ein dicker, lustiger Amsterdamer mit seinem kleinen, dicken Sohn, dazwischen ein Lehrer und seine Verlobte, im rechten Winkel zu seiner Blickrichtung. Neben dem alten, dümmlichen Ehepaar begann er, sich etwas unbehaglich zu fühlen – er, der schon etwas ältere, debile Sohn, der mit seinen Eltern auf einem Tagesausflug war –, nahm sich wieder *Traurige Tropen* vor und versuchte, während er so tat, als würde er lesen, sich an diese Situation zu gewöhnen. Er spürte ein paar Tropfen und sah hoch in den grauen Himmel. Doch vorläufig wurde es nicht schlimmer.

Die Laufplanke wurde weggezogen. Die Fähre tutete. Sie legten ab. Diesen Augenblick nutzte er dazu, aufzustehen und seinen Stuhl halb herumzudrehen, sodass die Mädchen hinter ihm saßen und seine neu gewonnenen Eltern ihm gegenüber: eine Art van Ieperen, in einer weißen Windjacke, und eine dicke, infantile Frau mit einer Brille. Sie folgten ihm sofort mit einer Vierteldrehung zur Reling hin, und plötzlich gab es überall ein fürchterliches Schieben und Drehen, während die Fähre Kurs aufs offene Gewässer nahm, bis alle eine Richtung gefunden hatten, die ihnen am meisten Glück zu versprechen schien. Die Situation wurde dadurch für ihn etwas erträglicher, schuf jedoch in der Folge ein neues Problem, den Kauf von Brötchen. Es erschien ihm nicht nur schwierig, zwischen diesen Menschenmassen den Ausschank zu erreichen, er hielt es auch für sehr wahrscheinlich, dass die Brötchen ausverkauft sein würden, wenn die Reihe an ihn käme. Die Vermutung verstärkte sich, als er sah, dass in der Kajüte Suppe und Kaffee gereicht wurden, draußen jedoch nicht. Er verfolgte das alles argwöhnisch durch die beschlagenen Fenster, und schließlich stand er auf und drängte sich, über die gesamte Länge des Schiffes und zwischen einen Pulk sitzender Menschen hindurch, bis zu der Stelle, von der er aufgrund seiner Erinnerung an eine vorherige Schiffsreise dachte, dass dort der Ausschank sein müsste. Die Erinnerung war falsch. Es gab dort nur eine Treppe nach unten, die für die Öffentlichkeit nicht zugänglich war, zwei kleinere Treppen zum Vorderschiff und ein WC. Auf dem Rückweg sah er im Vorderschiff eine Frau mit einer weißen Schürze bei einem Stapel Tassen und einer Kaffeemaschine. Er fragte sie, ob sie auch Brötchen habe – »Gleich, Mijnheer«, sagte sie schnippisch. – »Schön«, sagte er aufgeräumt.

Zurück bei seinem Stuhl pries er sich glücklich, dass der noch frei war. Als er sich setzte, stieß er mit seinem Hinterkopf unsanft gegen den des Mädchens in seinem Rücken, das seine Abwesenheit dazu genutzt hatte, sich mehr Platz zu verschaffen. Er schob seinen Stuhl etwas nach vorn, sodass seine Füße nahe bei den Füßen seines alten Vaters standen, zog seinen Mantel aus, um etwas mehr wie ein Tourist auszusehen und blickte über das Wasser auf die romantische Silhouette Enkhuizens. So ganz allein zwischen all den Menschen fühlte er sich todunglücklich. Ohne Nicolien habe ich nichts zu bestellen, dachte er nicht zum ersten Mal. Mit solchen Gedanken verdarb er sich selbst die Schiffsreise, auf die er sich wie auf eine altmodische Spazierfahrt gefreut hatte.

Nach einer halben Stunde fand er die Gelegenheit, sich acht Brötchen statt der vier, auf die er es abgesehen hatte, und einer Tasse Kaffee zu bemächtigen. Auf der grauen Wasseroberfläche, die voller kleiner Wellen war, herrschte Hochbetrieb: Segelboote, Tjalken, Fischerboote und in großer Entfernung eine Segelregatta aus hundert kleinen, weißen Booten, die in Massen zwischen zwei großen, orangefarbenen Bojen hin und her fuhren. Er fragte sich, wie sie das regelten, denn es kam ihm so vor, als ob die hinteren neunzig von Anfang an chancenlos wären. Kurz brach die Sonne durch die Wolken. Sie fuhren in den Hafen von Stavoren ein. Die Leute drängten sich auf dem Achterdeck zusammen, die Stühle wurden zur Seite gestoßen. Er stand zwischen ihnen und sah zum Ufer hinüber, an dem sich eine kleine Gruppe Abholer versammelt hatte. Etwas weiter links kam Spel angelaufen, eine Frau an seiner Seite. Er stieg vom Bahnsteig hinunter zum Anleger, auf seine merkwürdige, tanzend-schaukelnde Art wie eine alte, dick gewordene Ballerina mit der Maske eines Bauern. Maarten betrachtete die Frau und fragte sich, ob es Frau Spel war. Dann winkte er, weil Spel zu ihm herübersah. Spel reagierte nicht. Er schaute einfach nur.

Aber da Maarten der Einzige zwischen all diesen Menschen war, der gewinkt hatte, konnte er die Sache nicht auf sich beruhen lassen. Er winkte noch einmal und noch einmal, und Spel winkte zu seiner Erleichterung zurück. Dadurch erwarb er sich seinen Mitpassagieren gegenüber eine gewisse Unabhängigkeit. Als er sie schließlich erreicht hatte, zögerte er einen Moment, ob er erst ihm oder seiner Frau die Hand geben sollte, aber da er sich noch immer nicht sicher war, ob sie überhaupt seine Frau war, gab er sie ihm als Erstem. Spel sagte nicht, wer die Frau war, es war also wahrscheinlich die seine, doch Maarten blieb zögerlich, selbst noch, als er ihre Hand schon ergriffen hatte. Sie sagte ebenfalls nichts. »Tag, Frau Spel«, sagte er dann, langsam und ruhig. – »Tag, Herr Koning«, sagte sie. Eine Begrüßung, als wären sie ganz alte Bekannte.

Im Auto war es drückend heiß. Das bisschen Sonne hatte eine Hölle daraus gemacht. »Es ist warm«, bemerkte er – »Och, es geht«, antwortete Spel. – »Es könnte schlimmer sein«, meinte seine Frau. Langsam fuhren sie über die schmalen friesischen Straßen nach Bakhuizen. Nach einigem Fragen kamen sie an ihrem Ziel an. Eine Liliputanerin mit einem sehr großen, freundlichen Gesicht machte ihnen auf. Maarten grüßte sie, als wäre sie eine normale Frau, und sparte auch im Weiteren nicht an den ruhigen Bewegungen und tiefen Kehllauten, die er sich angeeignet hatte, um zu zeigen, dass er sich ungemein wohlfühlte: ein Mann des Volkes und sogar ein wenig ein Freund des Hauses. Dennoch kostete es ihn Mühe, das Gespräch am Laufen zu halten. Spel trug ebenfalls wenig dazu bei. Es zeigte sich schon bald, dass bei Herrn van der Werff nur noch die Äuglein klar waren. Im Übrigen war alles ein Durcheinander. Eigentlich erinnerte er sich nur noch daran, dass er immer hart gearbeitet hatte, und er wusste, dass die Jugend von heute nicht mehr wüsste, was Arbeit sei. Die Jugend von heute sei immer *meue*. Als Maarten versuchte, etwas mehr aus ihm herauszubekommen, verstand ihn aber nicht, ließ ihn schließlich gewähren und hörte sich an, was seine Enkel alles machten und wie klug sie seien, etwas, von dem er so erfüllt war, dass er, am Ende der Aufzählung angekommen, einfach wieder von vorn anfing. Als ihnen dies klar wurde, brachen sie auf. Sie spazierten zu dritt zur Bäckerei, sprachen dort ein wenig mit dem Sohn, einem Mann in Maartens Alter, der einen ordentlichen Hass auf das Finanzamt und Joop den Uyl hatte. Spel ging es auch so. Im Auto ödete er Maarten damit an, ohne ihn aus der Reserve zu locken. Es interessierte ihn alles einen Dreck. Die Illusion, dass er Menschen ändern könnte, indem er sie auf ihre Dummheiten hinwies, hatte er längst aufgegeben. Außerdem war Stavoren nah. Ehe er sich versah, war er aus dem Auto gestiegen und schaute ihm hinterher. Das Auto schaukelte, wie Spel selbst, davon.

Überall auf der Straße liefen Urlauber in kurzen Sachen herum, viele in Weiß und Blau. In der Bäckerei standen sie in langen Reihen an, um Kuchen zu kaufen, und vor dem Fischstand für einen Hering und Pommes frites. Am Hafen war es ruhig. Das Schiff war noch nicht da. Er kehrte wieder um und ging unentschlossen ins Dorf. Er hatte Hunger, doch die volle Bäckerei schreckte ihn ab. Als nach zehn Minuten immer noch kein Schiff da war, fragte er am Heringsstand, ohne etwas zu kaufen, ob um Viertel nach fünf keine Fähre gehe. Nein, die gehe erst um Viertel nach sechs. Unschlüssig spazierte er wieder ins Dorf, sah durch die Fenster des Vrouwtje van Stavoren, wagte nicht recht, einzutreten, und setzte sich schließlich auf die Terrasse im Garten hinter dem Haus. Es erschien ein pickliger junger Mann. Maarten bat um einen Strammen Max. Das ginge, doch man sähe es lieber, wenn er ihn im Restaurant essen würde. Offenbar fand man, dass ein essender Mann keine Reklame sei. Er ging hinein und setzte sich in das leere Restaurant. Als er dort erst einmal saß, fand er, dass er dann eigentlich auch ein Steak essen könnte. Und nachdem er die Bestellung noch einmal von einem Beefsteak in ein Beefsteak-Tatar geändert hatte, aß er mit erzwungener Ruhe. Trotzdem war er eine Viertelstunde zu früh am Anleger. Auf dem Schiff war es merklich ruhiger als am Morgen, nur noch eine Handvoll Leute auf dem Achterdeck. Er nahm seine Lektüre der *Traurigen Tropen* wieder auf. Eigentlich war er ein sehr erfahrener Reisender. Zumindest, solange die anderen Reisenden ihm nicht zu nahe kamen.

*

Unten war niemand. Nur das Namensschild von Balk war eingeschoben. Er stieg die Treppe hinauf zu seinem Zimmer, ließ die Tür hinter sich offen, legte seine Tasche ins Bücherregal, öffnete das Fenster und hängte sein Jackett auf. Auf dem Schreibtisch lagen eine Zeitschriftenmappe und vier Mappen mit Ausschnitten, zwei von Lien und zwei von Gert. Er blätterte eine durch, legte sie zur Seite und nahm sich die Post vor, die am Tag zuvor gekommen war. Während er beschäftigt war, sie durchzugehen, klingelte es. Er stand auf und stieg die Treppe hinunter. Balk hörte die Klingel nie, oder er fand, dass er nichts damit zu tun hätte, wahrscheinlich beides. Gert und Lien standen vor der Tür. Er drückte auf den Türöffner und sah zu, während sie durch die Drehtür in die Halle kamen. »Kommt rein«, sagte er. Es klingelte erneut. Goud. »Ich schiebe eure Namensschilder schon für euch ein«, sagte er zu Lien, die auf die Pförtnerloge zuging. Er wandte sich ab und schob ihre Namensschilder und das von Goud ein, während sie zu zweit die Treppe hochgingen. »Tag, Herr Goud«, sagte er zu Goud, der gerade aus der Drehtür kam.

»Tag, Herr Koning«, sagte Goud vergnügt.

»Ist Meierink im Urlaub?«

»Nein, Herr Meierink ist gestern unerwartet ins Krankenhaus gekommen.« Sein Gesicht wirkte ernst.

»Was hat er?«

»Das wissen sie nicht.«

»Das ist nicht so schön.«

»Nein, das ist sicher nicht so schön.«

»Und Wigbold?«

»Wigbold ist krank.«

»Gerade jetzt, wo de Vries im Urlaub ist.«

»Ja«, sagte Goud vage.

»Sie sind also wieder der Dumme.«

»Ja«, sagte Goud lachend. »Ich bin wieder der Dumme.«

Während Goud in die Küche ging, stieg Maarten wieder die Treppe hinauf. Vor Balks Zimmer zögerte er, öffnete die Tür des Durchgangsraums und machte die Tür zu Balks Zimmer halb auf. Balk saß in seiner Sitzecke und las die Zeitung. »Was hat Meierink?«, fragte Maarten.

Balk sah zerstreut auf, sah Maarten in der Tür stehen und brauchte einen Moment, um dessen Worte zu sich durchdringen zu lassen.
»Etwas im Bauch«, sagte er achtlos.
»Aber sie wissen nicht, was es ist?«
»Ich werde gleich anrufen. Bist du nächste Woche da?«
»Das hatte ich eigentlich vor.«
»Ich bin auf einem Kongress.«
»Ich bin da.«
Balk vertiefte sich wieder in seine Zeitung.
Maarten schloss die Tür und stieg hinauf zu seinem Zimmer. Er setzte sich wieder an seinen Schreibtisch und sah die Post weiter durch.
Ad trat ein. »Tag, Maarten.«
»Tag, Ad.«
Ad setzte sich an seinen Schreibtisch, zog seinen Stuhl heran und blätterte ein wenig. Eine Zeit lang saßen beide da und arbeiteten. Maarten beantwortete ein paar Briefe, heftete einen Umlaufzettel daran und legte sie in das Ausgangskörbchen. Er nahm sich die Mappen mit Ausschnitten vor und schlug die oberste auf. »Ich wollte mit Lien und Gert die *Einführung in die Wissenschaft der Volkskultur* durchnehmen«, sagte er zum Bücherregal. »Ich habe sie am Wochenende noch einmal gelesen, und es ist eigentlich ein verdammt interessantes Buch.«
»Ich dachte, dass der Mann ein Nazi gewesen ist«, sagte Ad hinter seinem Bücherregal.
»Ja, schon, aber historisch gesehen. Er hat nicht als Einziger so gedacht. So haben sie alle gedacht, auch die, die keine Nazis waren.«
»Glaubst du?«
»Da bin ich mir ziemlich sicher.«
Ad schwieg.
»Hast du eigentlich im Fernsehen den Film von Ophüls über Nürnberg gesehen?«, fragte Maarten.
»Teilweise.«
»Ich finde, es ist ein fabelhafter Film.«
»Ja, ich fand ihn auch sehr gut.«
»Aber nicht so gut, um ihn ganz zu sehen?«

»Doch, aber ich fand ihn zu lang, und dann kann ich nicht schlafen.«
Es entstand eine Pause.
»Aber was ist denn so besonderes an dem Film?«, fragte Ad.
»Dass man darin auch deutlich sieht, wie die Ideen der Nazis in ihrer Zeit verankert waren.«
»Nein, das ist mir nicht so aufgefallen.«
»Ich finde das fabelhaft!«, sagte Maarten begeistert. »Zu sehen, dass alles unvermeidlich ist. Vorhersagbarkeit im Nachhinein, das ist das Schönste, was es gibt.«
»Ja?«, fragte Ad ungläubig.
»Ja!«, sagte Maarten entschieden.

Beim Kaffee traf er Lien und Gert. Sie saßen schweigend in einer Ecke des Kaffeeraums. Er setzte sich zu ihnen, beugte sich nach vorn und rührte in seinem Kaffee. »Habt ihr die *Einführung* schon durch?«, fragte er.
»Ich schon«, sagte Gert. Er sah Lien an.
»Ich auch«, sagte Lien.
»Dann können wir heute Nachmittag vielleicht darüber reden?«
»Aber ich habe nicht entdecken können, was Sie mit den nationalsozialistischen Ideen gemeint haben«, sagte Gert. »Ist das schlimm?«
»Du auch nicht?« Er sah Lien an.
»Nein.« Sie wurde rot.
»Dann werden wir darüber reden.« Er holte seinen Tabak aus der Tasche und stopfte sich eine Pfeife.
»Sie haben damals auch gesagt, dass das Fach in den romanischen Ländern nicht durch eine Ideologie belastet ist«, sagte Gert. »Können wir von denen denn nicht auch einen Autor behandeln?«
Maarten nickte nachdenklich. »Van Gennep!« Er sah Gert an. »Kennst du den?«
Gert schüttelte erschrocken den Kopf und richtete sich etwas auf.
»Léautaud erzählt darüber eine schöne Anekdote«, erinnerte sich Maarten. »Kennst du Léautaud?«
»Nur vom Hörensagen.«
»Kennst du Léautaud?«, fragte Maarten Lien.

»Ich habe schon mal etwas von ihm gelesen«, sagte sie und wurde erneut rot.

»Was?«

»*Passe-Temps*.«

Er nickte. »Aber die hier steht in seinem Tagebuch.« Er sah Gert wieder an. »Léautaud war ein Freund von van Gennep.«

»Lesen Sie den denn?« Er lachte ungläubig.

»Ich finde ihn fabelhaft.«

»Sie finden ihn fabelhaft?«

Maarten lachte. »Darf ich das nicht?«

»Doch, natürlich. Aber ist das nicht ein alter Meckerfritze?«

»Ja, aber das mag ich.«

»Das mögen Sie!« Er musste lachen.

Seine Reaktion amüsierte Maarten. »Jedenfalls war er also ein Freund von van Gennep. Und er erzählt, dass van Gennep plante, einen Aufsatz über die Druiden zu schreiben, weil er entdeckt hatte, dass die überhaupt nicht keltischen Ursprungs wären, worauf Gourmont gesagt habe – ich glaube, dass es Gourmont war –, ›Fabelhaft! Vorgefasste Ideen muss man zerstören!‹, oder etwas in der Art.«

»Und das sehen Sie auch so.« Er lachte ein wenig.

»Ja«, sagte Maarten, während er an seiner Pfeife zog.

»Aber warum benutzen wir die Theorien von van Gennep dann nicht als Paradigma?«

»Was ist ein Paradigma?«

»Das ist doch ein Beispiel?«

»Oh, ein Beispiel! Nein, das soll man nie tun. Das ist ein Umweg.«

»Ein Umweg?«, fragte Gert lachend.

Engelien kam durch die Schwingtür in den Kaffeeraum. »Hallo!«, sagte sie in singendem Tonfall.

»Kennst du Lien Kiepe und Gert Wiggelaar?«, fragte Maarten und wandte sich zu ihr um.

»Nein.« Sie drehte ihren Körper.

Lien und Gert standen auf.

»Engelien«, sagte Engelien und gab ihnen die Hand. »Das kommt daher, weil ich letzte Woche nicht da war, da hatte ich Urlaub.« Sie wandte sich zum Schalter. »Kann ich von Ihnen auch eine Tasse Kaffee bekommen, Herr Goud?«

Lien und Gert setzten sich wieder.

»Van Gennep hat natürlich einen Grund, den Kelten die Maske vom Gesicht zu reißen«, sagte Maarten zu Gert. »Ich glaube, dass er darin ein Produkt des französischen intellektuellen Zentralismus ist. Es geht darum, dass man den eigenen Vorurteilen Raum bietet.«

»Hat Maarten euch auch nach dem Gesicht ausgesucht?«, fragte Engelien, während sie sich zu ihnen setzte.

»Das weiß ich nicht«, sagte Lien verlegen.

Gert lachte. »Nein. Das hoffe ich zumindest nicht«, sagte er zu Maarten.

*

»Wir hatten uns überlegt, indonesisch essen zu gehen«, sagte Maarten.

Klaas reagierte nicht sofort. Er saß mit ausgestreckten Beinen in dem kleinen Korbsessel, einen Ellbogen auf der Lehne, den Mittelfinger seiner erhobenen Hand über den Zeigefinger gekrümmt. Sein Gesicht war sonnenverbrannt und ein wenig aufgedunsen. »Wenn es euch nichts ausmacht, würde ich dieses Mal lieber woanders essen gehen«, sagte er schließlich. »Ich habe gestern schon indonesisch gegessen.«

»Türkisch?«

»Hä, bah, nein!«

»Du hast etwas gegen Türken«, vermutete Maarten ironisch.

»Das natürlich auch.« Er grinste. »Nein, aber ich mag all das viele Fleisch nicht.«

»Es gibt doch auch Gerichte ohne Fleisch?«, bemerkte Nicolien.

»Nein, lass mal«, sagte Klaas.

»Du hast Angst, dass wir eine Bauchtänzerin bei uns an den Tisch kriegen«, frotzelte Maarten.

»Ich mag einfach kein türkisches Essen!«, sagte Klaas gereizt in etwas lauterem Ton.

»Aber dafür muss es doch einen Grund geben!«

Klaas grinste. »Ja, nicht wahr?«
Sie schwiegen.
»Also weder indonesisch noch türkisch«, schlussfolgerte Maarten. »Was dann?« Er stand auf.
»Wir können doch auch einfach bei Scheltema essen?«, schlug Nicolien vor.
»Das geht natürlich auch«, sagte Maarten. Er zog das Branchenverzeichnis aus dem Bücherregal an seinem Schreibtisch und nahm es mit zurück zur Couch. »Zumindest wenn Klaas holländisches Essen mag.«
Klaas sagte nichts.
Während Maarten ein wenig hin und her blätterte, schwiegen sie.
»Wie wäre es mit spanisch?«, erkundigte sich Maarten.
»Warum können wir eigentlich nicht einfach italienisch essen gehen?«, sagte Klaas. »Das haben wir doch früher auch gemacht?«
»Italienisch!«, entschied Maarten, er schlug das Buch wieder zu und stellte es zurück an seinen Platz. »Jetzt!«
»Ist er immer so diktatorisch?«, fragte Klaas Nicolien. »Solltest du dagegen nicht mal was unternehmen?«
Nicolien lachte ein wenig.

An der Gracht war es still. Das italienische Restaurant im Nieuwebrugsteeg war nahezu leer. Sie bekamen einen Tisch am Fenster, nur durch die Scheibe von den Flaneuren in der Gasse, unter denen viele Ausländer waren, getrennt. Sie sahen sich die Karte an und bestellten alle drei Tintenfisch mit einem toskanischen Weißwein. Der Tintenfisch war, wie so oft, zäh und gummiartig.
»Ich komme auf deine Abneigung gegen türkische Restaurants zurück«, sagte Maarten und sah Klaas an.
»Ach ja!«, sagte Klaas laut.
»Kannst du damit jetzt nicht mal aufhören?«, fragte Nicolien.
»Es interessiert mich.«
»Ich weiß nicht, warum«, sagte Klaas gereizt. »Ich mag es einfach nicht.«
»Vor ein paar Wochen habe ich Interviews in Limburg geführt«, erzählte Maarten. »Anschließend saß ich im Bahnhofsrestaurant in Eind-

hoven. Ich war müde, ich hatte Kopfschmerzen, und da saßen an einem Tisch neben mir sieben oder acht Türken, dicke, dunkle Männer mit großen, schwarzen Schnurrbärten, und unterhielten sich auf Türkisch. Ich fand das bedrohlich. Dir geht das nicht so, oder?« Er sah Klaas musternd an.

»Nein, sonst würde ich nicht im Dritte-Welt-Laden stehen.«

»Dir geht es auch nicht so«, sagte Nicolien scharf, »denn dann wärst du nicht mit mir verheiratet!«

»Ich weiß natürlich, dass es nichts taugt!«, sagte Maarten irritiert. »Aber darum geht es jetzt nicht!« Er sah Klaas an. »Aber in den Dritte-Welt-Laden kommen keine Türken. Da kommen nur Weiße, die es gut mit den Türken meinen.«

»Darum geht es doch?«

»Nein, es geht darum, dass Fremde in deinem eigenen Land bedrohlich sind, nicht, weil sie schwarz, braun oder weiß sind, sondern weil sie weiterhin ihre eigene Sprache sprechen und sich anders verhalten. Für mich zumindest.«

»Nein, das ist bei mir nicht so. Ich finde, das macht das Leben gerade farbig.«

»Seltsam. Oder beneidenswert, sollte ich eigentlich sagen.«

»Aber du denkst doch wohl nicht, dass die armen Schlucker zu ihrem eigenem Vergnügen herkommen?«, sagte Nicolien mit verhaltenem Zorn. »Das machen sie doch nur, weil wir so reiche Protze sind und uns alles unter den Nagel reißen?«

»Ich weiß ja, dass die Schuld bei uns liegt«, sagte Maarten verstimmt. »Ich nehme ihnen nichts übel. Ich fühle mich nur bedroht!«

»Na, dagegen würde ich dann mal ganz schnell etwas unternehmen!«

Maarten zuckte mit den Achseln.

»Ich finde, Nicolien hat recht«, sagte Klaas. »Ich finde nicht, dass wir das Recht haben, über diese Menschen zu urteilen.«

»Aber ich urteile nicht!«, sagte Maarten, leicht verzweifelt. »Ich spreche einzig und allein über psychische Reaktionen! Die kann ich zwar ignorieren, aber das hilft keinem!«

»Dann verstehe ich nicht, was für Probleme du mit unseren Nazis von der NVU hast«, sagte Nicolien.

»Ach was«, sagte Maarten böse. »Wenn diese Gefühle nicht tabu wären, gäbe es keine NVU.«

»Nicht tabu? Ein Glück, dass sich die Leute wenigstens noch dafür schämen!«, sagte Nicolien heftig. »Sonst würden alle die NVU wählen!«

»Ich bin da durchaus einer Meinung mit Nicolien«, sagte Klaas ruhig.

Maarten schwieg gekränkt.

Schweigend aßen sie ihre Teller leer. Klaas wischte seinen mit einem Stück Brot aus und sah dann zerstreut nach draußen. »Wie sieht's aus?«, fragte er, während er in die Wirklichkeit zurückkehrte. »Essen wir noch ein Eis?«

Sie gingen durch die Warmoesstraat nach Hause. Es war brechend voll, fast ausschließlich Ausländer und Polizei mit Hunden. Hinter einem offenen Fenster der Polizeiwache Warmoesstraat saß ein Polizist in Hemdsärmeln und tippte mit einem Finger eine Anzeige. Zu Hause setzten sie sich ins Wohnzimmer.

»Wollt ihr noch Kaffee?«, fragte Nicolien.

»Ich nicht mehr«, sagte Klaas. »*Eine* Tasse ist genug.«

»Ich gern«, sagte Maarten.

Nicolien ging in die Küche. Klaas blätterte zerstreut in einem Buch über den Gegensatz zwischen den Lutheranern und den Katholiken in Deutschland, das bei Maarten zur Besprechung lag. Maarten sah zu, dabei an seiner Pfeife ziehend. »Der Unterschied zwischen Nicolien und mir ist der ...«, sagte er, als Nicolien mit zwei Tassen ins Zimmer kam.

»Ach, nein, jetzt nicht schon wieder«, sagte sie.

»Doch«, sagte er störrisch. »Ich will klarmachen, was ich meine. Willst du ein Glas Cognac dazu?« Er stand auf.

»Ja, natürlich«, sagte sie verstimmt.

»Und du, Klaas?«

»Hast du auch ein Glas Portwein?«

Maarten holte die Flaschen aus der Ecke neben dem Kamin. »Der Unterschied zwischen Nicolien und mir ist der«, wiederholte er, während er die Gläser aus dem Geschirrschrank holte, »dass Nicolien nur Menschen mag, die sich vorbildlich verhalten. Darum liest sie die Bücher von Dissidenten. Was sie bewundert, sind Mut und Unabhängigkeit. Ich finde das natürlich fabelhaft«, er unterbrach seine Erörterung, um die Gläser einzuschenken, »aber mich rührt es erst, wenn sich jemand um die Punkte kümmert, in denen er versagt.« Er setzte sich wieder, nahm sein Glas Cognac in die Hand und sah Klaas an. »Beziehungsweise versagt ... *versagt* ist eigentlich nicht das richtige Wort. Rechenschaft ablegt über die Punkte, in denen man von dem abweicht, was von einem gefordert wird. Solche instinktiven Reaktionen wie die in Eindhoven korrigieren eine Ideologie. Sie lehren dich Verständnis für das, was um einen herum passiert, auch wenn das die Sache nicht heiterer macht. Jemand, der sich traut, dem ins Auge zu sehen, und das auch aufschreibt, rührt mich.« Er sah Klaas an. »Das geht dir nicht so?«

Klaas hatte mit gerunzelter Stirn zugehört. Er schüttelte den Kopf. »Nein.«

»Aber du wirst doch wohl auch mal in Rührung verfallen?«

»Ja, sicher.«

»Was rührt dich denn?«

Klaas dachte nach.

»Die Nationalhymne«, suggerierte Maarten. Es lag ein leichter Spott in seiner Stimme.

Klaas ignorierte die Bemerkung. »Ich glaube, eine gewisse Weisheit«, sagte er nachdenklich. »Auch das Fehlen von Aggressivität und die Einsicht in die Relativität der irdischen Existenz.« Er sah Maarten ruhig an.

»Nenn mir dann mal ein Buch, in dem man das findet.«

»Und auch unerfüllte Liebe.«

Maarten nickte.

Sie schwiegen. Es entstand eine Pause.

»Aber ein Buch, in dem das vorkommt, könnte ich eigentlich nicht nennen«, sagte Klaas dann.

»Schläfst du nicht?«, fragte sie.
»Noch nicht.«
»Was ist denn los?«
»Nichts.«
»Woran denkst du denn?«
»An nichts, glaube ich.«
»Wenn du nicht schläfst, wirst du doch wohl an irgendetwas denken?«
»Ich weiß nicht, woran ich denke.«
»Denkst du etwa an den Besuch von Klaas?«
»Nein.«
»Er hat sich ansonsten mal wieder ziemlich schrecklich aufgeführt.«
»Ja?«
»Wenn jemand vorschlägt, indonesisch essen zu gehen, reagiert man doch nicht so?«
»Ach.«
»Und dann diese idiotische Abneigung gegen türkische Restaurants. Das kommt natürlich nur daher, weil er da mal eine Bauchtänzerin gesehen hat.«
»Das denke ich auch.«
»Wenn er das dann bloß einsehen würde! Wenn er es zugeben würde!«
»So ist er nun mal.«
»Na, mich ärgert es furchtbar!«
»Das merke ich.«
»Und ich verstehe nicht, dass es dich nicht ärgert!«
Er schwieg.
»Warum ärgert es dich nicht?«
»Sollen wir jetzt nicht schlafen?«
»Schlafen? Ich habe *dich* doch nicht wach gemacht? Du hast *mich* wach gemacht!«
»Ja, aber jetzt möchte ich lieber schlafen.«
»Wäre dir das mal früher eingefallen!«
»Das fällt mir dann eben jetzt ein.«
Es war kurz still.
»Schläfst du schon?«, fragte sie.

»Fast.«
»Siehst du, dass du noch nicht schläfst?«
»Doch, fast.«
Einige Sekunden später hörte er an ihren Atemzügen, dass sie wieder eingeschlafen war. Er dachte an die Mitteilung Gouds, dass Meierink überraschend ins Krankenhaus gekommen war, und machte sich Sorgen darüber, dass Balk gerade jetzt zu einem Kongress fuhr. Wenn Meierink in der Zwischenzeit sterben würde, müsste er beim Begräbnis als Stellvertreter Balks das Büro vertreten. Was sollte er dann um Himmels willen sagen? Er sah den Sarg mit Meierink darin, bedeckt mit Blumen ... Bedeckt mit Blumen? ... Er konnte sich nicht vorstellen, dass Meierink viele Menschen kannte ... Ein Grabgebinde seiner Frau, ein großes Blumengebinde vom Büro, »von seinen Freunden und Kollegen«, dafür müsste er dann ebenfalls sorgen ... Müsste nicht auch eine Anzeige geschaltet werden? ... Im *Brabants Dagblad*, weil er das jeden Morgen gelesen hatte? ... Er lächelte ... Vielleicht noch ein Blumengesteck von der Familie, höchstens zwei, aber das wäre es dann auch ... Der unerwartete Tod von Geert hat uns alle, die ihn gekannt haben und die ihn mochten, zutiefst schockiert ... die ihn mochten? ... War das nicht etwas zu stark? ... Gab es überhaupt jemanden, der Meierink mochte? Er konnte es sich nicht vorstellen ... Man stelle sich vor, dass ein homerisches Gelächter aus dem Saal erklingen würde, wenn er es sagte ... Er musste darüber erneut lächeln ... Aber ernsthaft ... Außerdem: War es wirklich unerwartet? Vielleicht wussten seine Frau und die Freunde ... Freunde? ... Dann eben die nahen Familienangehörigen ... längst, dass er unheilbar krank war, und er hatte es nur bis zuletzt vor dem Büro verborgen gehalten ... Schlimmer noch, vielleicht wusste man es im Büro auch, oder zumindest Balk, und es war nur noch nicht bis zu ihm vorgedrungen, es wäre nicht das erste Mal. Er war niemand, dem man gern vertrauliche Mitteilungen machte, obwohl sie wahrscheinlich nirgendwo sicherer waren, zumindest, wenn man wollte, dass sie nicht weitergetratscht würden ... Es wäre sonst schon verdammt heroisch, wenn niemand außer Meierink davon gewusst hätte, unvorstellbar heroisch, es würde sein Bild von Meierink völlig verändern – was übrigens auch nicht das erste Mal wäre, denn auf seine

819

Menschenkenntnis gab er so langsam keinen Cent mehr ... Geerts Tod hat uns geschockt. Der Gedanke, dass es ihn nicht mehr gibt, ist noch unvorstellbar ... Unvorstellbar, dass es ihn nicht mehr gibt? ... Man kann sich nicht gut vorstellen, dass es ihn nicht mehr gibt ... Geerts Tod hat uns geschockt. Es ist schwer, sich vorzustellen, dass es ihn nicht mehr gibt, noch schwerer ... umso mehr, weil er, solange ich ihn gekannt habe, eine Schlüsselposition im Büro hatte, im alten Gebäude, in der Hoogstraat, am Schreibtisch im ersten Raum, direkt hinter der Tür, im neuen Gebäude wortwörtlich, indem er jeden Morgen als Erster da war und auf die Tür aufpasste. Geert war immer da! ... Seine Gedanken gerieten ins Stocken. Was um Himmels willen tat er da bloß? Vorsichtig drehte er sich auf die andere Seite, richtete sich auf, wendete sein Kissen und ließ den Kopf tief darin versinken, um auf diese Weise zu verhindern, dass er aufs Neue mit dem Denken anfinge. Geert war immer da, in seinen Stuhl gefläzt, die Zeitung aufgeschlagen vor sich, die Brille etwas nach vorn auf die Nase geschoben, den Mund geöffnet, als wäre er zutiefst erstaunt, und wenn er dann merkte, dass man ihn beobachtete, langsam aufblickend, mit seinen Gedanken noch bei der Lektüre und allmählich auf die neue Situation umschaltend, die der Eindringling verursacht hatte. Darin ähnelte er Balk, doch bei Balk war es Irritation, bei Meierink ... Schläfrigkeit? ... Geert war immer da, doch ohne sich in den Vordergrund zu drängen. Dafür war er zu bescheiden. Er machte seine Arbeit sehr gewissenhaft, ohne sich jemals etwas darauf einzubilden. Und er machte sie gut. Auch deshalb werden wir ihn vermissen ... Er schmunzelte insgeheim über die Perfidie, mit der seine Worte der Wirklichkeit Gewalt antaten ... Und es ist vor allem diese Bescheidenheit, die wir vermissen und an die wir uns erinnern werden. Wir wünschen Frau Meierink viel Kraft! ... Zufrieden mit diesem Schluss drehte er sich erneut auf die linke Seite. Einige Augenblicke lang war sein Kopf leer, dann fing sein Gehirn wieder an zu arbeiten: Der Tod von Geert Meierink hat uns zutiefst schockiert ... Wie würde Balk diesen Job erledigen? Er stellte ihn sich vor, laut, rhetorisch und mit erhobener Stimme: Der Tod von Geert Meierink ist nicht nur ein Verlust für uns alle, sondern vor allem für die Wissenschaft! Nur wenige vereinten in ihrer Person eine so große

Sachkenntnis mit so viel Tatkraft, wie es bei Geert der Fall war! Wir sind stolz darauf, dass er einer der unsrigen war! ... Oder etwas in der Art ... Balk! Man stelle sich vor, dass er auf dem Weg zu seinem Kongress oder auf der Rückreise einen Autounfall hätte. Er durfte gar nicht daran denken ... Der plötzliche Tod von Jaap hat uns zutiefst schockiert ... In einem solchen Fall könnte man doch wohl von einem plötzlichen Tod sprechen, obwohl man ihn, statistisch gesehen, geradezu herausforderte, wenn man ständig im Auto saß und so fuhr wie Balk ... Es ist noch schwer, sich vorzustellen, dass es ihn nicht mehr gibt ... Konnte er nicht endlich mal mit diesem Unsinn aufhören und schlafen? ... Umso mehr, weil er in gewisser Weise eine Schlüsselposition in unserem Büro einnahm ... Er kicherte leise: in gewisser Weise! Balk würde rasend werden, wenn er das in seinem Sarg hörte ... Lächelnd drehte Maarten sich auf die rechte Seite und versuchte, seinem Gedankenfluss Einhalt zu gebieten ... Der plötzliche Tod von Jaap Balk hat uns zutiefst schockiert, dachte er.

*

»Zum Glück, du bist da«, sagte er.
Lien blieb auf dem Weg zum Karteisystemraum stehen. »Ja«, sagte sie verlegen.
»Nein, das kommt daher, weil wir Samstag an deinem Haus vorbeigegangen sind, und da sahen wir von der gegenüberliegenden Seite, dass deine Tür mit einer Sperrholzplatte vernagelt war, und da habe ich mir Sorgen gemacht.«
»Ja?« Sie wurde rot. »Wie nett.«
»Ich weiß nicht, ob es nett ist«, sagte er und wurde verlegen. »Es ist eher ein Beweis, dass ich anfange, mich verrückt zu machen. Ich dachte: Entweder sind sie ermordet worden, oder sie sind ausgebrannt, oder man hat sie zwangsgeräumt.«
Sie lachte ein wenig. »Nein, das war, weil die Tür klemmte, und als Peter versucht hat, sie zu richten, ist die Scheibe gebrochen.«
Er nickte. »Was macht Peter eigentlich?«

»Der ist auf dem Konservatorium. Er spielt Flöte.«
»Schön!«
»Weil ich dann immer klassische Musik habe?«
»Ja, auch.«
Die Tür zum Flur ging auf. Joop trat ein. »Guten Morgen!«, sagte sie laut. Sie sah Lien an. »Ha! Ich hatte dich gestern noch angerufen, aber du warst sicher wieder in Rotterdam?«
»Ja, wir waren nicht da.«
Sie gingen zusammen in den Karteisystemraum. Hinter der Tür hörte er Joop eifrig reden und lachen. Er beugte sich wieder über die Arbeit. Die Tür ging erneut auf. Gert. Er ging zu Maartens Schreibtisch, stellte sich vor ihm auf und salutierte.
»Gefreiter Wiggelaar meldet sich zur Stelle«, sagte Maarten lächelnd. Gert musste darüber gewaltig lachen. »Haben Sie gedient?«
»Nein, ich bin ausgemustert worden.«
Gert erschrak. »Oh, nehmen Sie es mir nicht übel.«
»Nein, warum sollte ich dir das übel nehmen?«
Gert lachte nervös.
»Mein Bruder hat gedient«, erklärte Maarten. »Und ein paar Freunde natürlich.«
»Ja, natürlich«, sagte Gert verwirrt.
Bart betrat den Raum. »Tag, Maarten. Tag, Herr Wiggelaar.«
»Tag, Herr Asjes«, sagte Gert und drehte sich zu ihm um.
»Du wolltest etwas fragen?«, fragte Maarten.
»Ja.« Er fasste sich ein Herz. »Ich muss morgen mein Examen machen. Kann ich dafür freibekommen? Oder muss ich dafür einen Tag Urlaub nehmen?«
Maarten wog rasendschnell das Für und Wider gegeneinander ab. »Du kannst dafür freibekommen«, entschied er.
»Ja?«, fragte Gert erfreut. »Toll!« Es schien einen Moment, als wollte er einen kleinen Sprung machen.
Maarten lächelte. »Und am Morgen danach darfst du ausschlafen«, sagte er großherzig.

*

Im Wartezimmer saßen etwa zehn Frauen und einige Surinamer. Er war der einzige weiße Mann. Er setzte sich, zog sein Notizbuch aus der Tasche und blätterte darin herum, mit den Ellbogen auf den Knien, während er darauf wartete, aufgerufen zu werden. Im Flur vor der offen stehenden Tür des Wartezimmers gingen Leute vorbei: Krankenschwestern, normale Leute, jemand fuhr in einem Rollstuhl. Die Schritte und Stimmen klangen hohl. In der Ferne klingelte, mit Pausen dazwischen, ein Telefon. Die Stimme desjenigen, der abnahm, war zu hören, doch was er sagte, nicht zu verstehen. Im Wartezimmer wurde nicht gesprochen. Die Leute um ihn herum sahen schweigend vor sich hin oder blätterte in einer Zeitschrift. Eine Assistentin kam herein, ein Blatt in der Hand. »Herr Slagveer?« Sie sah sich suchend um. – »Ja, hier.« Ein hochgewachsener Surinamer stand auf. – »Würden Sie mir dann folgen?« Er ging hinter ihr her in den Flur.

Es dauerte lange, bis Maarten an der Reihe war. Ungefähr auf der Mitte des Flurs öffnete die junge Frau eine Tür. »Wenn Sie hier hineingehen würden? Oberkörper freimachen, Unterhemd anlassen, warten, bis Sie aufgerufen werden.« Sie klappte ein Bänkchen nach unten und schloss die Tür hinter ihm. Er zog seine Oberbekleidung aus und wartete, auf dem Bänkchen sitzend. Aus dem Raum auf der anderen Seite der zweiten Tür kamen gedämpfte Geräusche: Stimmen, das Summen einer Apparatur. Früher als erwartet ging die Tür auf. »Herr Koning?«, fragte eine junge Frau. Er betrat einen rötlich erleuchteten, halbdunklen Raum. Ein Mann in einem weißen Kittel kam auf ihn zu. »Schoenmakers.«

»Koning«, sagte Maarten überflüssigerweise.

»Kommen Sie mal mit.« Er führte ihn zur Apparatur. »Haben Sie die Beschwerden schon lange?«

»Ein halbes Jahr? Ich habe sie früher schon einmal gehabt, und ich glaube, dass Sie mich damals auch durchleuchtet haben.«

»Das ist dann mehr als fünf Jahre her«, vermutete der Mann, nicht sonderlich interessiert. »Stellen Sie sich mal hierhin.« Er schob Maarten zwischen zwei Platten. »Was machen Sie?«

Die Frage brachte Maarten in Verlegenheit. Sie wurde ihm oft gestellt, doch eine befriedigende Antwort hatte er noch immer nicht darauf gefunden. »Ich bin Ethnologe«, sagte er diesmal auf gut Glück.

»Ist das das mit den Insekten? – Wenn Sie sich jetzt etwas aufrichten und Ihren Bauch einziehen?«

»Nein, das ist die Entomologie.« Er richtete sich auf und zog seinen Bauch ein. »Das hier ist mit Menschen. Ich hätte auch Anthropologie sagen können.« Und noch besser Historiker, überlegte er, oder Büroangestellter. Büroangestellter wäre natürlich am allerbesten gewesen.

»Und trinken Sie das dann aus.« Er reichte ihm einen Becher.

Maarten trank den Brei mit einem leichten Ekel.

»Und jetzt ruhig stehen bleiben!« Es ertönte ein leises Summen. »Ruhig stehen bleiben!« Irgendetwas klickte. »Vielen Dank. – Machst du noch mal zwei Fotos von dem Herrn?«, sagte er zu der jungen Frau.

Die Frau machte zwei Fotos. »Sie können sich wieder anziehen«, sagte sie, »aber bleiben Sie noch kurz im Wartezimmer.«

Gegen das Tageslicht blinzelnd kam er zurück in das volle Wartezimmer, setzte sich und wartete. Es dauerte erneut eine Weile, bis das kleine Fenster in der Wand aufgeschoben wurde. »Herr Koning!«

»Ja!«, sagte er, während er aufstand, sich unbehaglich fühlend angesichts all des Interesses um ihn herum.

»Sie können gehen. Aber wenn Sie zu Hause sind, ein Abführmittel nehmen, für den Brei.«

Beschämt verließ er den Raum, die Blicke der Anwesenden im Rücken. Der Ethnologe! Etwas für den Magen nehmen, das war erlaubt. Aber ein Abführmittel? Nein, das war verboten! So etwas nahm ein richtiger Kerl nicht!

*

Gert und Lien kamen aus dem Karteisystemraum und blieben einen Meter von ihm entfernt stehen.

Maarten sah auf.

»Fragst du?«, fragte Gert.

»Frag du ruhig«, sagte sie verlegen.

»Wir haben gestern darüber gesprochen«, sagte Gert, der all seinen Mut zusammennahm, »als Sie bei Herrn Beerta waren, dass wir jetzt schon drei Monate hier sind und bisher bloß Ausschnitte rubriziert und Karteikarten getippt haben, aber dafür sind wir doch eigentlich nicht ausgebildet worden? Können wir denn nicht auch einmal etwas anderes machen?«

Maarten lehnte sich in seinem Stuhl zurück und sah zwischen ihnen hin und her. Lien stand da, als wolle sie gleich wieder gehen, Gert mit einem etwas ängstlichen Lachen. Er wandte seine Augen ab und sah in den Raum. »Alle, die hier arbeiten, haben zuerst eine Weile Ausschnitte rubriziert und Karteikarten getippt. Ich selbst auch.« Er sah sie wieder an, mit einer leichten Ironie.

»Aber so lange?«, fragte Gert ungläubig.

Lien stand mit einem vagen Lächeln daneben.

»Fünfzehn Jahre?«, schätzte Maarten. Er lächelte.

»Fünfzehn Jahre!«, rief Gert. Er begann, mit hoher Stimme zu lachen.

»Es geht mir darum, dass diese Dinge zum Automatismus werden«, erklärte Maarten. »Ihr müsst erst die Systematik und die Schlagworte so bombensicher in eurem Kopf haben, dass ihr sie sogar im Schlaf hersagen könnt.«

»Aber wie lange dauert das dann noch?«

»Alles in allem mindestens ein halbes Jahr.«

»Also noch mal drei Monate?«

»Noch mal drei Monate.«

Gert nahm Haltung an. »Ausgezeichnet! Demut!«

»Und jetzt: Rührt euch, Marsch!«, sagte Maarten lachend.

Lien hatte sich bereits abgewandt. Gert ging, während er sich vor Lachen bog, weiter zum Besucherraum.

Als sie verschwunden waren, beugte sich Maarten wieder über seine Arbeit, besann sich, stand auf und ging zu Ads Schreibtisch. Er setzte sich auf die Ecke des Sitzungstisches und sah ihn an. »Du hast es gehört?«

»Ja.« Er legte den Stift weg. »Das hältst du nicht durch.«

»Nein.«

Sie schwiegen.

Maarten sah an Ad vorbei in den Garten, in dem die Blätter an den Bäumen im Herbstwind hin- und herschaukelten. »Ich denke darüber nach, Gert die Verantwortung für den nächsten Fragebogen zu übertragen, als Grundlage für eine eigene Studie.«

»Glaubst du, dass *er* das akzeptieren wird?« Er nickte zu Barts Schreibtisch hinüber.

»Bart wird sicher dagegen sein, aber darauf kann ich keine Rücksicht nehmen.«

Ad sah ihn prüfend an, die Augen ein wenig zusammengekniffen. »Und worum soll es dabei gehen?«

»Es muss natürlich etwas sein, das an sein Studium anknüpft. So, wie es jetzt verteilt ist, machst du die Volkserzählungen und den Weihnachtsbaum, sagen wir mal, dass du das auf das häusliche Leben ausdehnst. Sien macht die Ernährung, ich die materielle Kultur, dann könnte Gert die soziale Kultur übernehmen, also die öffentlichen Feste und das Vereinsleben, und dann kann Lien demnächst das religiöse Leben übernehmen.«

»Denkst du, dass sie das kann?«

»Das weiß ich nicht. Sie muss erst einmal ihr Studium abschließen.« Ad nickte. »Vielleicht wäre das was.«

»Auf die Weise würden wir zu fünft so ziemlich das gesamte Gebiet abdecken.« Es lag einiges an Begeisterung in seiner Stimme, wie so oft, wenn er sich von Plänen mitreißen ließ.

»Jedenfalls ist es etwas, über das man nachdenken kann«, fand Ad.

»Ich werde es mir mal überlegen. Wo sitzt Bart eigentlich zurzeit?«

»Ich glaube, er hat sich in das kleine Zimmer neben Hans Wiegersma zurückgezogen.«

»Da sitzt doch Labes?« Labes war ein arbeitsloser Angestellter, der für Meierink Listen mit Namen auf Karteikarten übertrug und dann wieder von den Karteikarten in die Listen.

»Nein, das Zimmer oben an der Treppe.«

Maarten verstand. Das kleine Zimmer oben an der Treppe war einer der leer stehenden Räume im dritten Stock. »Hast du irgendeine Idee, was er da macht?«

»Ich denke, dass er an seinem Aufsatz arbeitet.«

»Ich werde mal nach ihm sehen.« Er ließ sich vom Tisch gleiten, verließ den Raum und stieg die Treppe hinauf in den dritten Stock.

Bart blickte auf, als Maarten durch den Türspalt sah. »Was machst du hier?«, fragte er verstimmt.

»Nachsehen, wo du bist.« Er kam ins Zimmer, schloss die Tür hinter sich und schaute sich um. Außer dem Schreibtisch, an dem Bart saß, war der Raum leer. Es war eine Dachkammer, mit kleinen, hohen Fenstern, die auf die Fenster der Dachkammer auf der anderen Seite des Lichtschachts hinausgingen. Der Raum machte einen verwahrlosten, farblosen Eindruck. Die Tapeten und das Linoleum, noch aus der Zeit der Familie Kraai, waren gerissen und verschlissen.

Bart folgte seinem Blick mit Argwohn.

»Du hast dich mal hierher zurückgezogen?«, fragte Maarten.

»Du kommst doch nicht mit neuer Arbeit?«

»Ich wollte nur nachsehen. Wie bist du an den Schreibtisch gekommen?«

»Der stand hier.«

Maarten betrachtete ihn. »Es würde mich nicht wundern, wenn das der Schreibtisch von Hendrik Ansing war.«

»War der nicht etwas dunkler?«

»Ja, vielleicht war der etwas dunkler.« Er sah auf die Papiere, die auf dem Schreibtisch ausgebreitet lagen. »Kommst du voran?«

»Ja, sicher.« Er klang reserviert.

»Gut.« Er zögerte kurz. »Dann gehe ich mal wieder.« Er wandte sich ab. »Viel Glück!«

Gegenüber Barts Zimmer, auf der anderen Seite des Flurs, lag ein Zimmer, das genauso geschnitten und von Engelien bezogen worden war. Die Tür stand einen Spaltbreit offen. Er stieß sie auf und sah von der Schwelle aus hinein. Der Raum war in verschiedenen Graun- und Brauntönen gestrichen, es hingen Drucke an den Wänden, das Mobiliar war elegant, und auf ihrem Schreibtisch und auf der Fensterbank standen kleine Nippessachen, die dem Ganzen eher den Charakter eines Boudoirs als den eines Arbeitszimmers gaben, ein Eindruck, der noch durch den leicht parfümierten, sinnlichen Duft verstärkt wurde, der darin hing, der Geruch von Engelien. Als er dort stand, wurde die Toilettenspülung betätigt, und Engelien kam auf den Flur. »Hallo!«, sagte sie. »Kommst du zu Besuch?«

»Ich wollte mal sehen, was du daraus gemacht hast.« Er trat vor ihr über die Schwelle.

»Und?« Mit einer kleinen Kopfbewegung warf sie ihr Haar zur Seite. »Findest du es schön?«

»Ich finde es sehr schön.«

»Ja, Mann, ich bin echt völlig begeistert«, sagte sie ausgelassen. »Du hättest sehen sollen, wie es aussah! Nicht zu glauben! Nein!« Ihre Stimme überschlug sich.

»Es war das Zimmer von Manda«, sagte er lächelnd. Er sah zu ihrem Schreibtisch. »Was machst du im Augenblick?«

»Oh, ich mache was mit Frauensprache und Sexismen in der Sprache. Sehr interessant.«

Er nickte ironisch. »Das kann ich mir vorstellen.«

»Ja, nichts für dich, oder?« Lachend tippte sie ihm kurz auf den Arm.

»Ich bin keine Frau«, entschuldigte er sich und wandte sich ab.

»Oh, hör mal, ich habe nichts gegen Männer.«

»Ja, das weiß ich«, sagte er lachend. Er ging auf den Flur. Sobald er wieder allein war, erlosch das Lachen auf seinem Gesicht. Er dachte an seinen Plan, Gert einen Fragebogen zu geben, und ging, während er darüber nachdachte, die Treppe hinunter.

Meierink saß im Kaffeeraum. Maarten holte sich eine Tasse Kaffee am Schalter, nahm die Post vom Tresen und setzte sich neben ihn. »Du bist wieder gesund?«

»Ja, bin ich«, sagte Meierink träge.

»Was hast du denn eigentlich gehabt?«

»Die Ärzte sagen, dass ich eine Krümmung im Darm hatte.« Er sagte es in einem Ton, als ob er selbst nicht sonderlich daran glaubte.

»Aber dein Darm ist doch voll mit Krümmungen?«

»Das habe ich auch immer gedacht, aber es scheint, dass es da doch noch Unterschiede gibt.«

Maarten nickte. »Aber jetzt ist es vorbei.«

»Jetzt ist es vorbei.« Es schien, als spräche er nach seiner Krankheit noch träger als er es vorher schon getan hatte.

Maarten erinnerte sich an die Ansprache zu seiner Beerdigung und schmunzelte. Er holte sein Taschenmesser aus der Tasche und schnitt die Post auf. Während er damit beschäftigt war, wurde es im Kaffeeraum allmählich voller, und der Raum füllte sich mit dem Lärm der Stimmen. Gert kam ebenfalls herein und setzte sich, nachdem er erst nach einem anderen Platz gesucht hatte, neben ihn, auf den einzigen Stuhl, der frei geblieben war. Maarten legte die Post auf das Tischchen und stopfte seine Pfeife.

»Darf ich noch etwas fragen?«, fragte Gert vorsichtig.

»Natürlich.«

»Hat Herr Beerta eigentlich auch mit den Nazis kollaboriert?«

»Nein, Herr Beerta hat nicht mit den Nazis kollaboriert«, sagte Maarten langsam, »aber er hatte schon dieselben Ideen.« Er musste etwas lauter sprechen, um sich in dem Krach verständlich zu machen.

»O ja?« Es amüsierte ihn sichtlich.

»Sonst hätte er es im Büro auch nicht durchgehalten. Du musst mal lesen, was er über den Volkscharakter geschrieben hat.« Er lehnte sich zurück, die Pfeife an den Lippen. »Beerta zufolge ist der Charakter eines Volkes etwas Konstantes, das durch Rasse, Klima und natürliche Bedingungen bestimmt wird.«

»Und das ist nationalsozialistisch?«

»Das glaubten die Nationalsozialisten auch.«

»Aber Sie glauben das nicht?«

»Nein, aber ich verstehe das Bedürfnis.«

»Ja?«, fragte Gert verwundert. Er lachte. »Unglaublich.«

»Du nicht?«, fragte Maarten und sah ihn von der Seite an.

»Nein, absolut nicht.« Er lachte.

Maarten nickte. »Vielleicht ist es eine Frage der Generation. Ich bin natürlich auch in der Zeit der Krise aufgewachsen.«

»Glauben Sie, dass es etwas damit zu tun hat?«, fragte Gert ungläubig.

»Oh, sicher!« Er sah ihn erneut an. »Was macht dein Vater eigentlich?«

»Mein Vater war Direktor bei Shell.«

»Dein Vater ist gestorben?«

»Nein, pensioniert. Mein Vater ist achtundsiebzig.«

»Sieh mal an!«, sagte Maarten erstaunt.

»Ja, das ist ziemlich alt, oder?« Als würde ihm dies jetzt auch gerade erst klar werden.
»Ich dachte, dass dein Vater Möbelspediteur wäre.«
»Mein Großvater war Möbelspediteur.«
Maarten nickte. »Wiggelaar!« Er dachte über den Namen nach.
Gert lachte verschämt.
Maarten trank seine Tasse leer und griff zur Post. »Ich gehe mal wieder an die Arbeit.« Er stand auf, stellte die Tasse auf den Tresen und stieg hinauf in sein Zimmer. Ad war verschwunden. Er legte die Post auf seinen Schreibtisch, wollte sich setzen, besann sich und ging in den Karteisystemraum. Joop unterbrach eine Geschichte, die sie gerade Lien erzählte. Sie sahen ihn an, Joop mit gespitzten Ohren, Lien etwas geistesabwesend, als sei sie mit den Gedanken woanders. Sie wurde rot. »Wann bist du eigentlich mit dem Studium fertig?«, fragte Maarten. Sie rührte ihn.
Sie erschrak. »Muss ich das jetzt schon sagen?«
»Nein, aber ungefähr.«
»Ich sitze an der Abschlussarbeit.«
Er zog einen Stuhl unter dem Tisch hervor und setzte sich. »Und wie viel Zeit hast du dafür?«
»Ein halbes Jahr.«
»Also in ein paar Monaten?«
»So etwas musst du Lien nie sagen«, sagte Joop lachend. »Dann macht sie überhaupt nichts mehr.«
»Nein?«
»Ach, nein«, sagte Lien verlegen. »Ich weiß es nur nicht.«
»Worum geht es in der Arbeit?«, fragte er interessiert.

»Wusstest du, dass Balk Sparreboom den Auftrag gegeben hat, Giftweizen gegen die Mäuse zu streuen?«, fragte Ad. Er stand hinter seinem Schreibtisch, als Maarten den Raum betrat. In seinem Ton lag Empörung und Argwohn, als riefe er Maarten dafür zur Verantwortung.
»Nein«, sagte Maarten überrascht.
»Das sagt Wigbold.«
Maarten schüttelte den Kopf.

»Es scheint, dass Huub Pastoors sich beschwert hat, dass die Mäuse ihm die Bücher auffressen.«

»Er ist verrückt!«

»Hast du schon mal gelesen, wie die Tiere verenden, wenn sie dieses Dreckzeug fressen?«

»Ich weiß.« Er zog einen Stuhl neben dem Schreibtisch von Ad unter dem Sitzungstisch hervor und setzte sich.

»Kannst du nicht mal mit Balk darüber reden?«

Maarten dachte nach. Es erschien ihm sinnlos, Balk darauf anzusprechen, doch er wollte es auch nicht sofort ablehnen. »Wo hat er ihn gestreut?«, fragte er, um Zeit zu gewinnen.

»Laut Wigbold bis jetzt nur im Keller, wegen Joris und Wampie.«

»Das ist wiederum schon fürsorglich.« Wenn man Balk kannte, hatte es sogar etwas Anrührendes.

»Bloß haben die Mäuse nichts davon. Die können verrecken.«

»Ja.«

Sie schwiegen.

»Sollen wir mal nachsehen?«, schlug Maarten vor.

Sie stiegen die Treppe zum Keller hinunter und sahen sich suchend in dem halbdunklen, schlecht beleuchteten Flur um, der sich vom Hinter- zum Vorderhaus zog und die verschiedenen Kellerräume miteinander verband.

»Ich hab's!«, sagte Ad. Er hockte in einer Ecke unter der Treppe.

Maarten stellte sich dazu. Es lag dort ein Häuflein Getreidekörner.

»Mir scheint es eher Roggen als Weizen zu sein«, bemerkte er.

Ad reagierte nicht darauf. Er dachte nach. »Warte mal.« Er stand auf, ging ins Materiallager und kam mit einem kleinen, leeren Karton zurück. Während er den Roggen mit einer Karteikarte in den Karton beförderte, sah Maarten zu. »Wo lässt du das jetzt?«

»Das nehmen wir mit nach Hause, und dann wandert es in den Mülleimer.« Er schob die letzten Körner sorgsam mit dem Handballen auf die Karteikarte.

»Das haben die Mäuse bis zum letzten Körnchen aufgefressen«, sagte Maarten zufrieden.

Ad richtete sich auf, den Karton in der Hand, und sah sich um.

»Wenn wir jetzt mal im Gerümpelkeller anfangen und uns dann systematisch nach vorn arbeiten?«, schlug Maarten vor.

Sparreboom stand in der Halle, als Maarten die Treppe hinunterkam, um nach Hause zu gehen. Er sah ihn schmunzelnd an, die Hände auf dem Rücken, den Kopf etwas erhoben. »Tag, Herr Koning«, sagte er.

»Tag, Herr Sparreboom«, sagte Maarten, während er an ihm vorbei zur Pförtnerloge ging, um sein Namensschild auszuschieben.

»Haben Sie auch Probleme mit Mäusen?«

»Nein. Wieso?« Er blieb stehen und sah zu ihm auf.

»Es scheint, dass es im Haus Mäuse gibt.«

»Hey! Wer sagt das?«

»Herr Pastoors.«

Maarten schüttelte den Kopf. »Nein, damit habe ich keine Probleme.«

»Und jetzt hat Herr Balk mich gebeten, Giftweizen zu streuen, aber nur im Keller, wegen der Hunde.«

»Giftweizen?«, sagte Maarten voller Abscheu.

Sparreboom nickte lächelnd. »Der Drogist, den ich gesprochen habe, sagt, das wäre das beste Mittel.«

»Aber haben Sie schon mal gehört, *wie* die Tiere dann verenden?«

Sparreboom sah ihn schmunzelnd an, ohne zu reagieren, als stünde ein Kleinkind vor ihm.

»Das ist ein sehr langer, schmerzvoller Todeskampf.«

»Aber der Drogist sagte auch, dass sie auf jeden Fall nicht anfangen zu stinken«, sagte Sparreboom lächelnd.

»Ja, das kann schon sein, aber schön ist es nicht.« Er wandte sich ab und ging weiter zur Drehtür. »Tag, Herr Sparreboom.«

»Tag, Herr Koning«, sagte Sparreboom hinter ihm. »Lassen Sie es sich schmecken, und viele Grüße an Ihre Frau, auch wenn ich sie nicht kenne.«

*

»Dann komme ich zu Punkt drei der Tagesordnung«, sagte Vester Jeuring. »Die Zusammensetzung der Geschäftsführung. Herr van der

Land hat zu erkennen gegeben, dass er sich aufgrund starker Beanspruchung durch anderweitige Aufgaben nicht zur Wiederwahl stellt. Das bedauern wir natürlich außerordentlich, umso mehr, da wir mit ihm ein äußerst fachkundiges Vorstandsmitglied verlieren, das nicht einfach zu ersetzen sein wird.«

Van der Land nahm seine Pfeife aus dem Mund. »Vielen Dank, Herr Vorsitzender«, sagte er, den Kopf vorbeugend.

»Herr Vorsitzender! Kann Herr van der Land uns vielleicht sagen, was wir tun müssen, um ihn in der Geschäftsführung zu halten?«, fragte Douma laut, während er die Zigarre aus dem Mund nahm. »Es scheint mir *außer*ordentlich wichtig, dass ein so ver*sierter* Mann wie Herr van der *Land*, darin werden Sie mir ja wohl zustimmen, unserem Verein erhalten bleibt!«

»Wir haben getan, was wir konnten«, versicherte Vester Jeuring, »aber die einzige Zusage, die er machen wollte, ist, dass er Mitglied des Präsidiums bleiben wird.«

»Das ist wenigstens etwas«, brummte Douma, er nahm einen Zug von seiner Zigarre und wandte sich direkt an van der Land, »aber es ist nicht genug.«

»Ich habe meiner Frau versprechen müssen, dass ich es etwas ruhiger angehen lasse«, entschuldigte sich van der Land.

»Oh!«, sagte Douma. »Du hast es deiner Frau versprechen müssen! Dann lässt sich nichts machen. Sobald Frauen im Spiel sind, ist die Sache verloren.« Er wandte sich wieder Vester Jeuring zu. »Herr Vorsitzender! Ich sage nichts mehr!«

Es wurde gelacht.

»Es gibt also jetzt eine Vakanz«, stellte Valkema Blouw fest.

»Sehr richtig«, merkte Sluizer sarkastisch an, während er sein Pfeifchen kurz aus dem Mund nahm.

Es wurde erneut gelacht. Valkema Blouw errötete unter seinem grauen Bart.

»Es gibt nun in der Tat eine Vakanz«, sagte Vester Jeuring. »Und der Vorstand schlägt vor, Herrn Koning auf den Posten zu berufen, falls er denn die Ernennung akzeptiert.«

Der Vorschlag überrumpelte Maarten. »Mich?«, fragte er verblüfft.

»Herr Vorsitzender!«, sagte Douma laut. »Das scheint mir eine *ausgezeichnete* Wahl! Ich unterstütze Ihren Vorschlag von ganzem Herzen!«

»Aber ich weiß nichts über Bauernhöfe«, sagte Maarten.

»Ich auch nicht, Maarten«, sagte van der Land, »aber das merkt keiner.«

»Und was ist mit deinen *Holzverbindungen*, Koning?«, bemerkte Kassies feinsinnig, »und dein Buch über die Wände des Bauernhauses?«

»Das ist noch nicht einmal fertig.«

»Aber doch fast?«

»Manche Leute wollen gern angefleht werden«, sagte Sluizer mit quäkiger Stimme.

Maarten sah Vester Jeuring an, als würde er von ihm Unterstützung erwarten.

»Darf ich es zur Abstimmung bringen?«, fragte Vester Jeuring mit einer an Süßlichkeit grenzenden Freundlichkeit.

Maarten begriff, dass weiterer Widerstand sinnlos war. »Soll ich dann den Raum verlassen?« Er stand auf.

»Möchte jemand diesen Vorschlag diskutieren?«, fragte Vester Jeuring und sah in die Runde.

»Glückwunsch!«, sagte Douma laut. Er steckte seine Zigarre wieder in den Mund, hob die Arme von der Lehne seines Sessels und schlug die Hände kräftig zusammen.

Applaus brach los.

Maarten setzte sich verdutzt wieder hin.

»Herzlichen Glückwunsch«, sagte Botermans von der gegenüberliegenden Seite des Tisches.

»Dann wünsche ich Herrn Koning in unser aller Namen viel Glück zu seiner Ernennung«, sagte Vester Jeuring.

»Wieder eine kleine Sprosse nach oben, Koning«, sagte Sluizer sarkastisch.

Maarten lächelte unglücklich, nicht imstande zu reagieren.

»Darf ich dazu noch etwas fragen, Herr Vorsitzender?«, fragte Avereest. »Welche Funktion genau soll Herr Koning innerhalb der Geschäftsführung einnehmen? Weil wir schon mal darüber gesprochen haben, dass wir eigentlich eine Publikationskommission haben müssten.«

Noch bevor er zu Ende gesprochen hatte, überlegte Maarten, dass er »Ja, zum Schafott«, hätte antworten sollen, doch abgesehen davon, dass es dafür zu spät war, wurde der Gedanke sofort von dieser neuen Drohung überschwemmt. Er wandte entsetzt seinen Blick von Sluizer zu Avereest.

»Darüber wollte ich gerade sprechen«, sagte Vester Jeuring. »Herr van der Land hat sich nämlich dem Vorstand gegenüber bereit erklärt, den Vorsitz einer solchen neu zu gründenden Publikationskommission zu übernehmen ...« – »Bravo!«, rief Douma und klatschte dreimal in die Hände. »... unter der Bedingung«, fuhr Vester Jeuring fort, »dass auch die Herren 't Mannetje und Koning darin vertreten sind.« Er sah Maarten an.

Maarten reagierte nicht. Nun war ihm klar, dass van der Land hinter seiner Ernennung steckte.

»'t Mannetje ist heute nicht da«, sagte Vester Jeuring, »aber er hat bereits zugesagt.« Er sah Maarten weiter abwartend an.

»Ich will das gern tun«, sagte Maarten ohne große Begeisterung.

Es wurde erneut applaudiert.

»Damit ist dann dieser Tagesordnungspunkt erledigt«, sagte Vester Jeuring zufrieden.

»Herr Vorsitzender!«, sagte Douma laut. »Ich komme etwas spät damit, aber kann ich noch eine Bemerkung bezüglich des Protokolls der letzten Sitzung machen?«

Van der Land stand auf. »Ich werde dann jetzt mal gehen«, sagte er gedämpft zu Vester Jeuring, er beugte sich ein wenig vornüber, wie um sich kleiner zu machen, »zu meinem größten Bedauern.«

»Wir sehen uns nächste Woche?«, fragte Vester Jeuring.

»Ich hoffe es. Ich kann es noch nicht versprechen.«

»Ich werde es ja sehen«, sagte Vester Jeuring herzlich.

Van der Land wandte sich ab, gab Maarten einen Klaps auf die Schulter und grüßte die anderen mit erhobener Hand, wonach er mit der Pfeife im Mund und der Tasche unter dem Arm den Sitzungsraum verließ.

»Herr Douma!«, sagte Vester Jeuring und wandte sich Douma zu. »Sie hatten noch eine Bemerkung bezüglich des Protokolls.«

»Ja, Herr Vorsitzender!«, sagte Douma. »Ich habe darin gelesen, dass der Vorstand beschlossen hat, im Zimmer des Schriftführers eine feuerbeständige Decke einziehen zu lassen. Wegen der Brandgefahr! Ich war nicht dabei, als das beschlossen wurde, aber ich halte das für eine *fatale* Entscheidung, Herr Vorsitzender, eine *fatale* Entscheidung! Ich habe nichts gegen eine feuerbeständige Decke, vielleicht bringt sie ja sogar etwas, aber nicht bei einem Brand! Wenn Sie sich gegen Brand absichern wollen, müssen Sie andere Maßnahmen ergreifen!«

»Es geschieht auf Empfehlung der staatlichen Baubehörde«, verteidigte Vester Jeuring die Entscheidung.

»Der staatlichen Baubehörde!«, rief Douma. »Nehmen Sie es mir nicht übel, Herr Vorsitzender, aber als einfacher Friese kann ich dann sicher nicht meinen Zylinder vor der staatlichen Baubehörde ziehen.«

»Ich wusste nicht, dass Friesen einen Zylinder haben«, bemerkte Sluizer.

»Keinen Zylinder, Herr Vorsitzender, sondern einen Hut!«, sagte Douma. »Herr Sluizer hat, wie gewöhnlich, recht, außer wenn er über die *Lohdiele* spricht, denn das ist ein norddeutscher Ausdruck! Doch das nur am Rande!«

Seine Bemerkung löste donnerndes Gelächter aus.

»Wollen wir nicht auch ein Datum für die Sitzung des Kassenausschusses verabreden?«, fragte Kassies, als Maarten kam, um sich zu verabschieden. Er packte ihn am Arm und sah Botermans an, der neben ihm stand.

»Geht das formal überhaupt noch?«, fragte Maarten, »Jetzt, wo ich in der GF sitze?«

Die Bemerkung amüsierte Kassies. Er sah Maarten grinsend an, wobei er die Augen ein wenig zusammenkniff. »Du willst dich davonmachen.«

Maarten lächelte.

»Ach, das geht ohne Weiteres. Du hast im vorigen Jahr doch nicht in der GF gesessen? Und so genau nehmen wir das doch nicht?«

»Sag nur, wann du uns haben willst«, sagte Botermans mit deutlichem Limburger Akzent. Er zog seinen Terminkalender aus der Tasche.

»Warte mal«, sagte Kassies. Er zog seinen Terminkalender zu sich heran und blätterte darin. »Darf ich einen Vorschlag machen? Dienstag, 20. Dezember?«

»Da kann ich«, sagte Botermans.

»Ich auch«, sagte Maarten.

»Vormittags, um halb elf? Dann esst ihr bei mir zu Hause Mittag. Das wird bestimmt gesellig.«

»Kann ich dich zum Bahnhof bringen?«, fragte Botermans, während sie sich gemeinsam abwandten und den Sitzungsraum verließen.

»Nein, ich laufe lieber«, sagte Maarten.

Sie zogen bei der Garderobe ihre Mäntel an und verließen in der Dämmerung als Letzte das Gebäude. Es lag feiner Nebel in der Luft. Es war kalt. »Musst du noch bis nach Maastricht?«, fragte Maarten.

»Ach, so weit ist das nicht.«

»Bei dem Nebel?«

»Der Nebel macht mir nichts aus.«

Sie standen bei seinem Auto. Botermans öffnete die Tür. »Du fährst also nicht mit?«

»Nein.«

Botermans gab ihm einen Klaps auf die Schulter. »Dann bis zum 20., nicht wahr?« Er stieg ein, zog den Wagenschlag zu und startete den Motor.

Maarten wandte sich ab.

Auf dem Weg zum Tor überholte Botermans ihn. Er hupte kurz und hob die Hand, bremste, um sich einzufädeln, und bog auf die Straße.

Vollkommen leer wartete Maarten an der Bordsteinkante, bis er über die Straße konnte. Erst als er auf der anderen Seite war und auf dem Fahrradweg Richtung Bahnhof ging, kam er allmählich wieder zu sich.

*

Gert machte an Maartens Schreibtisch halt und richtete sich auf. »Das ist ein Griff nach der Macht!« Er lachte mit hoher Stimme und beugte sich etwas nach vorn.

Maarten sah ihn fragend an, mit den Gedanken noch bei der Arbeit.

»Ja, ich habe einen Aufsatz für das *Bulletin* geschrieben«, erläuterte Gert und wurde ernst. »Bei wem muss ich den einreichen?« Er hielt ein Bündel Papier hoch.

»Bei mir«, sagte Maarten überrascht. Er streckte die Hand aus.

»Ich weiß nicht, ob er etwas taugt, aber er ist natürlich schon sehr, sehr gut.« Er lachte.

»Natürlich!« Er sah sich den Titel an: »Der Weg zu einer neuen, strukturalistischen Wissenschaft der Volkskultur«. »Ich werde ihn lesen«, sagte er reserviert und sah auf.

»Muss ich noch etwas erläutern?«, fragte Gert nervös.

»Nein, das kommt schon noch, wenn ich es gelesen habe.«

»Glauben Sie, dass Sie lange dafür brauchen werden?«

»Ich mache es gleich.«

Während Gert wieder in sein Zimmer ging, schob Maarten seinen Stuhl etwas zurück, zog die unterste Schublade seines Schreibtisches heraus, stellte die Füße darauf und vertiefte sich in das Geschriebene.

Die Tür ging auf. »Tag, Maarten!« Heidi, noch im Mantel.

»Hey, du bist es?«, hörte er Ad sagen.

»Sag mal, das ist ja was Schönes«, sagte Heidi empört, sich lachend Maarten zuwendend, »dass ihr hier so einfach die Mäuse ermordet!«

»Wir nicht!«, verteidigte sich Maarten. Er lächelte unsicher.

»Na, dann eben Balk! Aber dagegen wirst du doch sicher etwas unternehmen? Weißt du eigentlich, wie die Tiere sterben? Das ist doch schrecklich? Das macht man mit Menschen doch auch nicht?«

»Nein«, gab Maarten zu, »das heißt ...«

»Na, aber warum dann mit Mäusen?«

Maarten schwieg. Er fühlte sich schäbig.

»Du kannst Balk doch sicher sagen, dass er damit aufhören soll?«

»Ad und ich haben das Zeug doch weggemacht?«

»Ja! Weggemacht! Und wie viel hatten sie davon schon aufgefressen? Dann legt dieser Sparreboom einfach wieder neues aus?«

»Das holen wir auch wieder weg.«
»Ja, hör mal! Und was ist mit nachts? Überleg doch mal ein bisschen! Ihr seid doch schon weg, wenn er es auslegt?« Sie lachte selbst ein wenig über ihre Empörung.
»Mir fällt keine andere Lösung ein«, gestand Maarten.
»Und wenn du mal mit Balk sprichst?«
»Das hat keinen Sinn.«
»Nicht mal, wenn *du* mit ihm sprichst? Auf dich hört er doch bestimmt?«
»Ich bin der Letzte, auf den er hört«, sagte Maarten schuldig.
»Na, dann mache ich es!«
»Ob du das wirklich tun solltest?«, fragte Ad – er war aufgestanden. »Wenn er nicht einmal auf Maarten hört, wird er ganz bestimmt nicht auf dich hören.«
»Na, das werden wir ja sehen.« Sie schien sich plötzlich nicht mehr so sicher zu sein. »Was sagt Nicolien eigentlich dazu?«
»Ich habe es Nicolien noch nicht erzählt. Ich habe es vergessen.«
»Vergessen?«
Maarten lachte schuldbewusst. »Ich erzähle es schon noch.«
»Na, dann bin ich gespannt, was sie dazu sagt.« Sie wandte sich zu Ad um.
»Gehst du zu deiner Mutter?«, fragte Ad.
Maarten klinkte sich aus der Unterhaltung aus und vertiefte sich wieder in Gerts Text. Es kostete ihn Mühe, den Faden wieder aufzunehmen, nicht, weil ihre Worte ihn ablenkten, sondern aus schlechtem Gewissen. Er fühlte sich mitverantwortlich für Balks Entscheidung, aber auch machtlos. Es erschien ihm verhängnisvoll, Balk darauf anzusprechen, doch er war sich nicht sicher, ob nicht auch Angst dabei war. Während er darüber nachdachte, las er die Sätze auf der Seite vor ihm und las sie noch einmal, ohne dass ihre Bedeutung zu ihm durchdrang. »Na, dann bis heute Abend, nicht?«, hörte er Heidi sagen. Er sah auf. »Grüßt du Nicolien von mir?«, fragte sie.
»Das mache ich.«
»Sie muss mich mal besuchen. Dann können wir mit den Hunden spazieren gehen.«

»Habt ihr einen Hund?«

»Hat Ad das denn nicht erzählt?«

Er schüttelte den Kopf.

»Du erzählst auch nie etwas!«, sagte sie zu Ad. »Warum erzählst du das denn nicht?«

»Ich bin noch nicht dazu gekommen.«

»Ich werde es Nicolien sagen«, versprach Maarten.

Sie verließ den Raum. Maarten versuchte erneut, sich in Gerts Text zu vertiefen, doch es kostete ihn Mühe, sich zu konzentrieren. Er blätterte zurück zu der Stelle, an der er gewesen war, als Heidi das Zimmer betreten hatte, und begann wieder von vorn. Nach dem ersten Absatz wurde er von Lärm auf dem Flur unterbrochen.

»Das ist Heidi«, sagte Ad. Er stand hastig auf und öffnete die Tür.

»Mäuse ermorden, was?«, rief Heidi.

Maarten stand ebenfalls auf und ging hinter Ad her.

Heidi stand auf der Treppe zum ersten Stock, über das Geländer gebeugt. »Mäusemörder!«, rief sie ins Treppenhaus hinunter.

»Überlass das ruhig uns!«, rief Balk aus der Tiefe.

Maarten sah ihn wütend aus dem Blickfeld stiefeln, in Richtung des Kaffeeraums. Im selben Moment öffnete sich hinter ihm die Tür des Besucherraums.

Gert sah neugierig um die Ecke und lachte unsicher. »Haben Sie meinen Text schon gelesen?«

»Ich bin dabei.«

»Er ist sicher nicht gut, oder?«

»Ich kann noch nichts dazu sagen, und ich muss auch noch eine Weile darüber nachdenken«, entschuldigte sich Maarten, »aber ich komme, sobald ich damit fertig bin.«

»Gert hat einen Text für das *Bulletin* geschrieben«, sagte Maarten. Er stand an Ads Schreibtisch, Gerts Manuskript in der Hand. »Könntest du den auch mal lesen, bevor ich mit ihm darüber spreche?«

»Ich werde ihn lesen.« Er nahm ihn Maarten ab.

»Dann gehe ich jetzt erst mal Kaffee trinken.« Er verließ den Raum und ging durch den Flur zum Zimmer von Jaring.

Jaring saß am Schreibtisch, zurückgelehnt in seinem Stuhl, die Hände auf der Schreibtischplatte. Er sah Maarten freundlich an, als würde er auf ihn warten.

Maarten nahm einen Stuhl und setzte sich auf die andere Seite des Schreibtisches. »Ich habe einen Brief von Frau Wagenmaker bekommen, dass sie auf die Mitgliedschaft in der Kommission verzichtet.«

Jaring nickte. »Das hatte ich schon befürchtet.«

Sie schwiegen.

»Aber jetzt ...«, sagte Maarten.

»Das wird nicht so einfach sein.«

»Einen Nachfolger für sie zu finden.«

Jaring nickte.

»Könnte das nicht etwas für Fräulein Veldhoven sein?«

Jaring erwog den Vorschlag bedächtig, bevor er antwortete. »Das wäre vielleicht eine Idee.«

»Willst du mal bei ihr vorfühlen?«

»Das will ich gern machen.«

»Und dann wollte ich auch vorschlagen, Jacobo Alblas und Ton Boks in die Kommission aufzunehmen, um die Beziehungen zu den Anthropologen zu stärken«, erinnerte ihn Maarten.

Jaring nickte.

»Mit dem Argument, dass sie sich immer stärker den Niederlanden zuwenden, jetzt, wo sie in der Dritten Welt nicht mehr willkommen sind.«

»Ja«, sagte Jaring vage.

»Ich werde das noch auf der Abteilungssitzung vorschlagen. Und dann habe ich noch etwas. Ich hatte vor einer Weile eine Unterhaltung mit Jan Nelissen und Wim Bosschart. Kennst du den?«

»Jan Nelissen kenne ich.«

»Und Wim Bosschart?«

»Ich glaube, dass ich seinen Namen schon einmal gehört habe«, sagte Jaring vorsichtig.

»Wim Bosschart will für den Atlas eine Karte des Brummtopfs machen.«

Jaring nickte träge. »Das könnte vielleicht interessant sein.«

»Er wollte mal hierherkommen, um sich unsere Fragebogen anzusehen. Kann er dann bei Tineke im Zimmer sitzen?«

Jaring zögerte. »Das scheint mir kein Problem zu sein«, sagte er langsam. »Ich will es gern mit Tineke besprechen.«

»Gern.« Er stand auf und stellte den Stuhl zurück. »Es hat keine Eile. Ich sage dir dann noch Bescheid.« Er verließ den Raum und stieg die Treppe hinunter in den Kaffeeraum. Es war voll und laut. Er setzte sich mit seiner Tasse in eine Ecke, stopfte eine Pfeife und lauschte geistesabwesend den Gesprächen um ihn herum, mit seinen Gedanken bei Gerts Text.

Ad kam an seinen Schreibtisch und legte Gerts Text neben ihn auf die Schreibtischplatte. »Mit dem wirst du noch Probleme bekommen«, prophezeite er mit einem Unterton von Schadenfreude.

»Das macht mir nicht so viel Angst«, wehrte Maarten ab. »Was hältst du davon?«

»Das geht natürlich nicht.«

»Nein, das geht nicht.« Er stand auf. »Ich werde es mit ihm besprechen.«

Ad lächelte, die Lippen aufeinandergepresst.

Gert saß an seinem Platz. Er war allein im Zimmer. »Haben Sie es gelesen?«, fragte er begierig und stand auf.

»Ich habe es gelesen«, sagte Maarten lächelnd.

»Und? Es ist wohl nicht gut!« Er stand Maarten ein wenig kichernd gegenüber, angespannt.

»Wollen wir uns an den Besuchertisch setzen?«, schlug Maarten vor und wandte sich ab.

Sie setzten sich beim Schreibtisch von Sien an den Besuchertisch. Maarten legte den Text auf den Tisch, schob seinen Stuhl ein wenig zurück und stopfte eine Pfeife. Er setzte den Tabak sorgfältig in Brand und suchte einen Aschenbecher für das Streichholz. »Gib mir mal den Aschenbecher«, bat er, seine Hand danach ausstreckend.

Gert schob ihm den Aschenbecher hin.

Maarten legte das Streichholz hinein und nahm den Text auf den Schoß. »Es ist tatsächlich ein Griff nach der Macht«, sagte er amüsiert.

»Wenn wir tun würden, was du hier vorschlägst, würden wir zu einem Außenposten der Abteilung Kulturanthropologie der Vrije Universiteit werden, und dann wärst du innerhalb kürzester Zeit Abteilungsleiter.«

Gert lachte nervös, doch auch belustigt. »Das war wirklich nicht meine Absicht.«

»Nein, es mag zwar nicht deine Absicht gewesen sein, aber das wäre die Konsequenz.« Er blies eine Rauchwolke aus und sah ihr nach, seine Worte abwägend. »Als ich hier anfing zu arbeiten«, sagte er langsam und sah vor sich hin, sich konzentrierend auf das, was er sagen würde, »bei Herrn Beerta, da fand ich alles, was man hier tat, idiotisch, Unsinn! Die Bücher und die Aufsätze, die ich lesen musste, waren in meinen Augen Hokuspokus. Es hat Jahre gedauert, bis ich begriff, welcher Gedankengang dahintersteckte, und was Beerta eigentlich wollte. Dass sich das schließlich auch als Unsinn herausstellte, war natürlich schon eine Erleichterung, aber ich habe trotzdem versucht, in seinem Sinne zu arbeiten, denn dafür war ich eingestellt worden. Dass seine Pläne undurchführbar waren, weil sie auf falschen Annahmen beruhten, konnte ich nicht ändern, aber das musste ich natürlich erst beweisen, und damit bin ich faktisch immer noch beschäftigt, auch wenn ich jetzt sicher weiß, dass ich damit recht habe.« Er sah Gert an.

Gert lauschte mit einem verwunderten Lachen. »Aber Sie haben doch auch sicher ein eigenes Programm?«

Maarten schüttelte den Kopf. »Nein. Programme sind Unsinn. Du musst auf Veränderungen in deinem Fach reagieren und dafür sorgen, dass du allen einen Schritt voraus bist, ohne dass die Außenwelt merkt, dass es einen Bruch gibt.« Er lächelte boshaft.

Gert lachte erneut verwundert.

»Für Beerta standen die Traditionen im Mittelpunkt. Er benutzte sie als Quelle, weil er dachte, dass sie jahrhundertealt wären«, erläuterte Maarten. »Für uns sind sie ein Forschungsgegenstand. Wir versuchen zu verstehen, warum sie entstehen, sich verändern oder verschwinden, aber wir beschäftigen uns immer noch mit Traditionen. Das bleibt der Kern unseres Fachs. Was du vorschlägst, ist die Beschreibung der Kultur sozialer Gruppen. Das ist Anthropologie. Das machen sie in deinem Fach, aber das machen wir nicht.«

»O nein?«, fragte Gert verblüfft.

»Nein.« Er schmunzelte über seine eigene Entschiedenheit.

»Sie wollen den Aufsatz also nicht veröffentlichen?«, fragte Gert enttäuscht.

»Nein.«

»Schade, denn ich fand ihn selbst eigentlich ganz gut.« Er zögerte. »Kann ich ihn dann aber wiederhaben?«

Maarten gab ihn ihm. »In zwei Jahren findest du ihn selbst auch nicht mehr gut.«

Gert reagierte nicht darauf. »Kann ich dann jetzt wieder an die Arbeit gehen?«, fragte er schüchtern. Er erhob sich und legte die Hand auf die Lehne seines Stuhls.

»Nein, denn ich habe noch was.«

Gert setzte sich wieder.

»Ich habe hier einen Fragebogen, den Herr Beerta 1947 herumgeschickt hat.« Er schob ihm einen Fragebogen zu. »Er fragt darin nach den öffentlichen Festen, die früher und heute im Dorf des Korrespondenten abgehalten wurden oder werden.« Er wartete einen Moment.

Gert betrachtete den Fragebogen, doch man merkte deutlich, dass er mit seinen Gedanken nicht bei der Sache war.

»Ich wollte dich bitten, für das laufende Jahr denselben Fragebogen zu machen, aber dann detaillierter, damit wir auch Einblick in die Bedeutung eines solchen Festes und dessen Organisation bekommen.«

»Für mich?«, fragte Gert überrascht.

»Als Grundlage für ein eigenes Forschungsprojekt.«

Gert sah ihn mit großen Augen an.

»Wäre das was?«

»Aber das ist großartig!« Seine Stimme ging vor Begeisterung in die Höhe.

»Sieh dir den Fragebogen dann erst einmal an«, er stand auf und schob seinen Stuhl unter den Tisch, »und denk mal darüber nach, was du noch hinzufügen willst. Anschließend sprechen wir darüber.«

»Gern!«

Zufrieden mit sich ging Maarten zurück in sein Zimmer. »Ich habe

Gert gebeten, einen Fragebogen über die öffentlichen Feste zu machen«, sagte er, während er die Tür hinter sich schloss.

»Und wie hat er darauf reagiert?«, fragte Ad.

»Er findet es *großartig*«, sagte Maarten lachend, wobei er Gerts Begeisterung imitierte.

»Dann gibt es zumindest einen, der seine Arbeit großartig findet«, sagte Ad säuerlich.

»So lange es anhält«, sagte Maarten skeptisch. Er setzte sich an seinen Schreibtisch und nahm sich wieder die Arbeit vor.

»Ich habe mit Balk vereinbart, dass ich Fallen aufstelle«, sagte Ad von seinem Platz hinter dem Bücherregal, »statt diesen Giftweizen.«

»Fallen?«, fragte Maarten voller Abscheu.

»Fallen, in denen sie nicht getötet werden.«

»Und was machst du dann damit?«

»Dann setze ich sie raus in den Garten.«

»Aber es sind doch keine Feldmäuse.«

»Sie werden schon wieder ein Haus finden. Immerhin werden sie dann nicht vergiftet.«

Maarten hatte sich zurückgelehnt, die Arme auf den Lehnen seines Stuhls. »Wie hat Balk reagiert?«

»Er war sehr freundlich. Zu mir ist er immer freundlich.«

Maarten reagierte nicht darauf.

»Ich habe gesagt, ich hätte Angst, dass die Hunde es fressen würden, und dafür hatte er durchaus Verständnis.«

»Und Heidi?«

»Über Heidi haben wir nicht gesprochen.«

Die Tür des Besucherraums ging auf. Gert betrat das Zimmer. »Darf ich noch etwas fragen?«, fragte er. Er sah entschuldigend zu Ad, da er ihr Gespräch unterbrach.

»Ja, natürlich«, sagte Maarten.

»Was ist eigentlich die Fragestellung?« Er kam zögernd näher.

»Fragestellung?«, fragte Maarten verwundert.

»Wenn ich etwas untersuche, muss ich doch eine Fragestellung haben?«

»Ich benutze nie eine Fragestellung.«

Gert sah ihn ungläubig an.

»Ich vertiefe mich in ein Thema, und wenn ich etwas darüber weiß, schreibe ich einen Artikel darüber.«

»Aber man muss doch eine Fragestellung haben, um der Untersuchung eine Richtung zu geben?«

»Wenn ich etwas untersuche, ändere ich ständig die Richtung. Das ist doch gar nicht anders möglich?«

»Dann, glaube ich, gebe ich den Auftrag wieder zurück«, sagte Gert niedergeschlagen.

»Das verstehe ich nicht.« Er schob seinen Stuhl etwas zurück. »Du hast einen Fragebogen aus dem Jahr 1947. Da steht für jedes Dorf, welche Feste man dort damals gefeiert hat. Die Frage wiederholst du. Dann weißt du, welche Feste heute gefeiert werden. Das vergleichst du miteinander und versuchst, die Veränderungen zu erklären. Das ist alles.«

»Aber muss ich die Erklärung denn nicht in einer bestimmten Richtung suchen?«

»Nein, warum? Ja, du darfst es schon machen, aber dann entdeckst du trotzdem, dass es anders ist, als du gedacht hattest.«

Gert sah ihn verblüfft an. »Ich weiß nicht, ob ich so eigentlich arbeiten kann.«

Maarten schwieg. Er versuchte zu verstehen, wo das Problem lag, doch er hatte vor allem das Gefühl, dass sie aneinander vorbeiredeten.

»Gut!«, sagte er schließlich. »Ich prophezeie dir, dass du entdecken wirst, dass seit 1947 die Oranjefeste abgenommen haben und der Karneval zugenommen hat. Wenn noch Oranjefeste gefeiert werden, dann in kleinen, konfessionellen Gemeinschaften. Die Verbreitung des Karnevals verläuft über die größeren Gemeinden mit einer starken katholischen Minderheit. Wie erklärst du das? Das Erste aus der zunehmenden Liberalisierung und Entchristlichung, das Zweite ...«, er zögerte, suchte nach einer Erklärung und sagte kurzentschlossen, als er sie so schnell nicht finden konnte, »aus ähnlichen Gründen, und dieser Zusammenhang muss bewiesen werden. Ist das eine Fragestellung?« Er sah Gert prüfend an.

»Könnten Sie das dann nicht für mich aufschreiben?«, fragte Gert unsicher.

»Ich werde es für dich aufschreiben. War es das?«
»Ich glaube schon.«
»Gut.« Während Gert sich abwandte, stand er auf, drehte seinen Stuhl eine Vierteldrehung herum, spannte ein Blatt Papier in die Schreibmaschine, dachte kurz nach und tippte dann: »Gert möchte eine Fragestellung ...«

*

»Hier ist Mutter«, sagte Nicolien vom Flur aus, sie schob ihre Mutter im Nachthemd ins Wohnzimmer. »Rufst du, wenn ich hereinkommen darf?«
»Noch einen Moment«, sagte Maarten. »Tag, Mutter.«
Seine Schwiegermutter war an der Tür stehen geblieben. »Tag, Maarten. Hast du gut geschlafen?«
»Ja. Und Sie?« Er stellte die Blumen auf die Ecke des Frühstückstisches.
»Danke.« Sie kam zögernd näher und blieb beim Stuhl von Nicolien stehen, ihre Hand auf der Lehne. »Soll ich mich mal hierhin setzen?«
»Nein, noch einen Moment.« Er holte die Streichhölzer vom kleinen Tisch und zündete die Kerzen an.
»Kann ich schon reinkommen?«, rief Nicolien aus dem Schlafzimmer.
»Noch einen Moment.« Er blickte sich rasch auf dem Frühstückstisch um, griff sich ein Buch von dem kleinen Stapel, der auf der Ecke des Tisches bereitlag, und gab es seiner Schwiegermutter. »Das ist Ihres.«
»Bekomme ich ein Geschenk?«, fragte sie überrascht.
»Ja, aber das müssen Sie Nicolien geben.«
»O ja.«
»Komm rein!«, rief er.
Nicolien kam mit einem verlegenen Gesicht aus dem Schlafzimmer und betrat das Wohnzimmer.
»Hoiii!«, sagte er.

Ihre Mutter stand etwas verstört daneben.

»Was für schöne Blumen«, sagte sie verlegen. »Wo hast du die gekauft?«

»Auf dem Singel.« Er gab ihr ein Buch – »Und das ist von mir« – sowie eine Platte. »Und das ist von Marietje.«

»Aber das ist doch viel zu viel!«

»Und Mutter hat auch noch ein kleines Geschenk.« Er wandte sich seiner Schwiegermutter zu. »Ihr Geschenk, Mutter.«

»Ist es denn nicht für mich?«

»Nein, dieses Geschenk ist für Nicolien.«

»Und muss ich ihr das dann geben?«

»Ja, das müssen Sie ihr geben.«

Sie gab Nicolien das Buch. »Ich weiß zwar nicht, wofür es ist, Kind, aber es wird schon seine Richtigkeit haben.«

»Vielen Dank«, sagte Nicolien. Sie gab ihr einen Kuss und begann, ihre Geschenke auszupacken.

Maarten sah zu.

»Soll ich mich denn mal hierhin setzen?«, fragte ihre Mutter, sie zog an Nicoliens Stuhl.

»Nein, hier müssen Sie sitzen«, sagte er und zog ihren Stuhl unter dem Tisch hervor.

»Oh, soll ich mich dahin setzen?«, fragte sie erstaunt, als wäre es zum ersten Mal.

Nach dem Abwasch saß er mit seiner Schwiegermutter im Wohnzimmer, während Nicolien in der Küche Kaffee machte. Sie hatte die Zeitung auf den Schoß genommen und sah sich die Titelseite an. »Ich sehe hier«, sagte sie, aufblickend, »14. Dezember«, sie hielt ihren Finger neben das Datum.

»Ja«, sagte er.

»Aber dann hat das Kind doch Geburtstag?«

»Ja.«

»Und ich habe ihr nicht einmal ein Geschenk gegeben.«

»Doch, Sie haben ihr ein Geschenk gegeben.«

»Wann denn?«

»Heute Morgen.«

Sie sah ihn bestürzt an. »Habe ich ihr ein Geschenk gegeben? Davon weiß ich nichts mehr.«

»Doch, haben Sie.«

»Und habe ich ihr dann auch gratuliert?«

»Auch.«

Sie schüttelte desorientiert den Kopf, drehte sich um, weil Nicolien das Zimmer betrat, und stand auf. »Ich höre, dass du Geburtstag hast«, sagte sie hilflos.

»Aber das wussten Sie doch?« Sie stellte den Kaffee auf den kleinen Tisch.

»Und ich habe dir nicht einmal einen Kuss gegeben.«

»Sie haben mir wohl einen Kuss gegeben.«

»Nein, ich habe dir keinen Kuss gegeben.« Sie begann zu weinen, hielt Nicolien fest und gab ihr unbeholfen einen Kuss. »Ich habe dir keinen Kuss gegeben.«

»Sie haben mir wohl einen Kuss gegeben«, sagte Nicolien verzweifelt.

»Nein.« Weinend setzte sie sich wieder hin, ein einziges Häuflein Elend. »Dass man nicht einmal mehr weiß, dass das eigene Kind Geburtstag hat.«

Nicolien und Maarten sahen verlegen zu, unschlüssig, was sie tun sollten. Maarten beugte sich zu ihr hinüber und ergriff ihre Hand. »Sie haben ihr sogar noch ein Geschenk gegeben. Sie haben es nur vergessen.«

Sie schüttelte schluchzend den Kopf, ihre Stimme war zu erstickt, um zu antworten.

*

1978

»Ich würde noch gern eine Bemerkung bezüglich des Protokolls machen, Frau Vorsitzende«, sagte Stelmaker.

»Herr Stelmaker möchte noch eine Bemerkung bezüglich des Protokolls machen«, sagte Kaatje Kater. »Ich würde sagen: Schießen Sie los!«

»Vielleicht kommt es gleich noch zur Sprache, in diesem Fall warte ich gern die Antwort ab, aber es interessiert mich außerordentlich, wie viele Abonnenten das *Bulletin* jetzt hat.«

»Kommt es noch zur Sprache?«, fragte Kaatje Kater Maarten.

»Es kommt noch zur Sprache«, antwortete Maarten, »aber ich kann auch jetzt schon eine Antwort darauf geben.«

»1976 waren es Ihren Angaben zufolge hundertdreiundneunzig«, sagte Stelmaker zu Maarten, »1977 auch. Sind Sie noch immer bei dieser Zahl?«

»Wie viele sind es jetzt?«, fragte Kaatje Kater lachend.

»Hundertzweiundneunzig«, sagte Maarten.

»Das ist also ein Verlust von *einem*«, stellte Kaatje Kater fest.

»Ist dem Schriftführer auch bekannt, Frau Vorsitzende, was das Motiv dieses Abonnenten gewesen ist, sein Abonnement zu kündigen?«, fragte Goslinga.

»Ist es bekannt?«, fragte Kaatje Kater amüsiert und sah Maarten an.

»Es ist etwas komplizierter«, erklärte Maarten, sich an Goslinga richtend. »Im vergangen Jahr haben zwölf Abonnenten gekündigt, und elf neue sind dazugekommen. Von diesen zwölf waren, wenn ich mich recht erinnere, fünf gestorben, die sieben anderen haben kein Motiv genannt.«

»Es wäre doch schon interessant, es zu wissen«, meinte Stelmaker.

»Es ist die Frage, ob man daraus viel schlauer wird«, sagte Buitenrust Hettema skeptisch.

»Wir könnten es erfragen«, sagte Maarten, sich an Kaatje Kater richtend.

»Wenn es nicht zu viel Arbeit ist«, sagte sie. »Ich meine nur. Du hast schon genug zu tun.«

»Es interessiert mich«, versicherte Maarten. Er sah Bart an. Bart notierte die Bemerkung.

»Sind Sie damit zufrieden?«, fragte Kaatje Kater Stelmaker.

»Damit bin ich zufrieden.«

»Und Herr Goslinga auch?«, fragte Kaatje Kater.

»Voll und ganz, Frau Vorsitzende! Und ich möchte noch hinzufügen, dass ich die Zeitschrift auch im vergangenen Jahr mit viel Vergnügen gelesen habe.«

»Das will ich gern unterstützen, Frau Vorsitzende«, bemerkte van der Land, den Aschenbecher zu sich heranziehend. »Es ist außerordentlich informativ.«

»Hört, hört!«, sagte Kaatje Kater lachend, sie sah Maarten an. »Du hörst es.«

»Es kostet uns alle viel Zeit«, sagte Maarten.

»Aber es lohnt sich!«, sagte van der Land mit Nachdruck. »Ich lese sie jedes Mal von der ersten bis zur letzten Seite, und das mache ich nicht mit jeder Zeitschrift.« Er klopfte seine Pfeife kräftig aus. Maarten lächelte angespannt.

»Noch etwas bezüglich des Protokolls?«, fragte Kaatje Kater und sah in die Runde. »Dann komme ich zum folgenden Punkt der Tagesordnung«, sie sah auf den Zettel, den Maarten ihr gegeben hatte, »die Zusammensetzung der Kommission. Der Schriftführer hat einen Brief von Frau Wagenmaker erhalten, dass sie im Zusammenhang mit ihrem Umzug nach Italien die Mitgliedschaft in der Kommission kündigt, und so weiter, und so fort, mit Dank für die geleisteten Dienste, wollen wir dann mal sagen. Müssen wir im Weiteren noch etwas in dieser Sache unternehmen?« Sie sah Maarten an.

»Ich werde ihr im Namen der Kommission einen Brief schreiben.«

»Das meine ich.«

»So oft ist sie nun auch wieder nicht dabei gewesen«, bemerkte Buitenrust Hettema. »Und ich kann mich auch nicht erinnern, dass sie besonders viel zur Diskussion beigetragen hat.«

»Ich meine ja nur«, sagte Kaatje Kater. Sie beugte sich wieder über ihr Blatt. »Und nun schlägt der Schriftführer vor, an ihrer Stelle Frau Veldhoven zu berufen. Ist Herr Elshout damit ebenfalls einverstanden?« Sie sah Jaring an.

»Gewiss, Frau Vorsitzende. Herr Koning und ich haben das gemeinsam besprochen.«

»Sieh mal an«, sagte Kaatje Kater aufgeräumt.

»Das scheint mir eine sehr gute Wahl zu sein, Frau Vorsitzende«, bemerkte Stelmaker. »Ich habe es immer bedauert, dass Frau Veldhoven schon so früh krankheitsbedingt beurlaubt worden ist, und begrüße es, dass sie auf diese Weise wieder in die Arbeit einbezogen wird.«

»Und ihre Gesundheit? Wie ist es darum jetzt bestellt?«, fragte Kaatje Kater Maarten.

Maarten sah Jaring an.

»Ich habe den Eindruck, dass es darum viel besser bestellt ist«, sagte Jaring vorsichtig. Er sah Freek an, der aufgerichtet, mit empörtem Gesicht neben ihm saß. »Du hast sie als Letzter gesehen.«

»I-ihren ge-gesundheitlichen Zustand kann ich nicht b-beurteilen«, wehrte Freek steif ab.

»Aber ist sie überhaupt bereit, der Kommission beizutreten?«, fragte Kaatje Kater.

»Das habe ich sie nicht gefragt«, sagte Freek steif.

»Das habe *ich* sie gefragt, Frau Vorsitzende«, sagte Jaring. »Sie will es gerne machen.«

»Das ist dann wenigstens etwas«, fand Kaatje Kater. »Sind alle damit einverstanden, dass Frau Veldhoven eingeladen wird?« Sie sah in die Runde.

»Ich habe an sich nichts dagegen einzuwenden, Frau Vorsitzende«, sagte Appel. »Ich frage mich nur, ob es so klug ist, eine frühere Abteilungsleiterin zu einem Mitglied der Kommission zu machen.«

»Ist es klug?«, fragte Kaatje Kater Maarten.

»Beerta war auch Kommissionsmitglied«, sagte Maarten. »Und außerdem gibt es keine Alternative.«
Kaatje Kater sah Jaring an.
»Ich habe damit kein Problem«, versicherte Jaring.
»Dann schlage ich vor, dass der Schriftführer ihr einen Brief schreibt«, entschied Kaatje Kater. Sie griff zu Maartens Nussknacker, klopfte damit kurz auf den Tisch und beugte sich wieder über das Papier. »Und dann schlägt der Schriftführer auch noch vor, anstelle Herrn Vervloets die Herren Alblas und Boks in die Kommission zu berufen. Herr Alblas gehört als Anthropologe der Städtischen Universität Amsterdam an und Herr Boks, ebenfalls als Anthropologe, der Katholischen Universität in Nimwegen.« Sie sah Maarten an. »Warum müssen es jetzt auf einmal zwei sein?«
»Und warum Alblas?«, bemerkte Buitenrust Hettema. »Er war einer meiner Studenten, aber ich fand, ehrlich gesagt, dass er ein ziemlicher Wirrkopf war.«
»Weil Alblas sich speziell für die Niederlande interessiert und dazu auch Seminare gibt«, sagte Maarten. »Wenn er Mitglied der Kommission ist, wird er schneller geneigt sein, seine Studenten zu einem Praktikum zu uns zu schicken, und das kann allerhand Vorteile haben.«
»Und Boks? Hat der auch Studenten?«, fragte Kaatje Kater.
»Ja, Boks hat auch Studenten«, sagte Maarten, ein wenig verblüfft. »Er ist Professor, also hat er Studenten.«
»Ich meine: Studenten, die sich für die Niederlande interessieren?«
»Auch Studenten, die sich für die Niederlande interessieren, aber Boks ist vor allem wichtig wegen des wissenschaftlichen Ansehens, das er genießt.«
»Boks scheint mir ein tüchtiger Kerl zu sein«, bemerkte Buitenrust Hettema, »jedenfalls besser als Alblas.«
»Aber der Schriftführer möchte sie nun beide«, sagte Kaatje Kater.
»Dann soll es eben so sein.«
»Soll es so sein?«, fragte Kaatje Kater und sah in die Runde.
Es wurde genickt.
»Dann ist der Vorschlag angenommen!« Sie schlug mit dem Nussknacker auf den Tisch. »Punkt vier. Der Atlas! Schriftführer!«

»Dazu habe ich eine erfreuliche Mitteilung, Frau Vorsitzende«, sagte Maarten. »Die Redaktion hat im Juni in Antwerpen ein Gespräch mit Herrn Bosschart geführt. Herr Bosschart ist Germanist. Er hat ein Praktikum im Brüsseler Instrumentenmuseum gemacht und den Auftrag für das Schreiben einer Monografie über den Brummtopf erhalten ...«

»Über den Brummtopf!«, sagte Kaatje Kater lachend.

Maarten sah, dass Balk, direkt ihm gegenüber auf der anderen Seite des Tisches, irritiert seine Pfeife in den Mund steckte und den Kopf zum Fenster abwandte. »Ja, über den Brummtopf!«, sagte er amüsiert.

»Mach weiter!«, sagte Kaatje Kater.

»... für das *Handbuch der europäischen Volksmusikinstrumente*«, fuhr Maarten fort. »Das ist eine Ausgabe des Instituts für deutsche Volkskultur und des Musikhistoriska Museet in Stockholm. Er ist bereit, in diesem Rahmen auch eine Karte für unseren Atlas zu machen.«

»Und wer sitzt da in der Redaktion, jetzt, wo Anton und Pieters nicht mehr da sind?«, fragte Buitenrust Hettema.

»Jan Nelissen und ich.«

»Dann hoffe ich, dass es weniger Spannungen gibt als seinerzeit mit Pieters«, sagte Buitenrust Hettema skeptisch.

»Zumindest verstehen wir uns ausgezeichnet«, versicherte Maarten.

»Umso besser.«

»Frau Vorsitzende«, sagte Stelmaker. »Kann der Schriftführer auch noch etwas zum Stand der Dinge beim Europäischen Atlas mitteilen, nach den beunruhigenden Nachrichten, die wir das letzte Mal darüber bekommen haben?«

»Das wollte ich auch gerade fragen«, bemerkte Goslinga.

»Je beunruhigender, desto besser, würde ich sagen«, sagte Buitenrust Hettema mit einem jungenhaften Lachen. »Soweit es mich betrifft, kann es gar nicht beunruhigend genug sein.«

»Wie steht es um den Europäischen Atlas?«, fragte Kaatje Kater lachend Maarten.

»Im Herbst gibt es ein Treffen in Nordirland.«

»Dann würde ich mal aufpassen«, bemerkte Buitenrust Hettema.

»Vielleicht darf ich dazu etwas sagen, Frau Vorsitzende«, sagte

Appel. »Ich bin gebeten worden, Mitglied des Vorstands zu werden, und ich habe vor, im Frühjahr die Atlas-Mitarbeiter aus Deutschland und den Beneluxstaaten zur Vorbesprechung eines gemeinsamen Aktionsplans nach Bonn einzuladen.«

Die Mitteilung überraschte Maarten. Er sah Appel fragend an. »Ich wollte nach der Sitzung noch kurz mit dir darüber sprechen«, sagte Appel zu ihm.

»Ich finde es jedenfalls eine außerordentlich erfreuliche Nachricht«, bemerkte Stelmaker.

»In der Tat, Frau Vorsitzende, ich finde es sehr erfreulich«, pflichtete ihm Goslinga bei.

»Punkt fünf!«, sagte Kaatje Kater. »Die Tätigkeit der Abteilung. Schriftführer!«

Die Tür ging auf. Goud betrat den Vorlesungsraum mit einem Tablett, auf dem eine Teekanne, Zucker und Milch standen. Ad stand auf, nahm ihm das Tablett ab und stellte es auf den Tisch, während Freek sich erhob, um ihm zu helfen.

»Mach weiter«, sagte Kaatje Kater zu Maarten.

»Zunächst einmal muss ich zu meinem Bedauern mitteilen, dass Frau Kraai im vergangenen Jahr zum 1. Mai gekündigt hat«, sagte Maarten, abgelenkt von dem Hantieren mit dem Tee. »Sie war gerade komplett eingearbeitet, und sie war außerdem sehr gut, sodass es für die Abteilung ein herber Verlust ist.«

»Aber sie hatte einen guten Grund«, fiel Kaatje Kater ihm ins Wort.

»Sie hatte einen guten Grund«, bestätigte Maarten. »Ein Lichtblick ist es außerdem, dass wir für sie zwei neue Leute haben einstellen dürfen, Frau Kiepe, eine Niederlandistin, die in diesem Jahr ihr Examen macht, und Herrn Wiggelaar, einen Anthropologen, der vor ein paar Monaten sein Examen gemacht hat.«

»Warum sitzt er dann nicht hier?«, wollte Kaatje Kater wissen. Sie nahm zwei Kekse von der Schale, die Freek ihr hinhielt, und steckte sich einen in den Mund.

»Weil er noch kein wissenschaftlicher Beamter ist. Bei uns fängt jeder in Gehaltsgruppe 32 an.«

»O ja«, erinnerte sie sich amüsiert.

»Aber ihm wurde schon eine Untersuchung übertragen, weil er sich als sehr gut erwiesen hat. Er wird den Fragebogen zu den öffentlichen Festen ausarbeiten, den Sie alle im Dezember bekommen haben. Und er hat inzwischen auch noch einen Fragebogen an achthundertdreißig Gemeindeverwaltungen geschickt, mit der Bitte um Angabe der Vereine, die auf diesem Gebiet aktiv sind, um anschließend Kontakt mit ihnen aufzunehmen.«

»Ist das nicht sehr viel Arbeit?«, fragte sie, während sie ihren Keks kaute.

»Ich habe den Eindruck, dass er es bewältigen kann.«

»Und diese Frau Kiepe?«

»Die scheint mir auch sehr gut zu sein, aber sie ist etwas bedächtiger, und außerdem finde ich, dass sie erst einmal ihr Studium abschließen soll.«

»Und promovieren!«, sagte sie ironisch.

»Wenn sie es will«, sagte er reserviert.

Sie begann, herzhaft zu lachen. »Das ist doch wohl eine Chuzpe! Ich meine ja nur!«

*

»Das ist mein Beitrag für das *Bulletin*«, sagte Bart. Er legte einen kleinen Stapel betippter Blätter auf Maartens Schreibtisch.

Maarten hörte auf zu tippen. »Hey«, sagte er überrascht und drehte sich um. Er verrückte seinen Stuhl, nahm die Seiten hoch und blätterte sie durch. Sie sahen aus, als wären sie bereits gedruckt, ohne eine einzige Streichung und mit Zeilen von fast gleicher Länge. »Großartig!« Er lächelte erfreut.

»Ich hoffe doch, dass du mir deine ehrliche Meinung sagst«, sagte Bart reserviert.

»Ich glaube, dass du da bei mir keine Angst haben musst.«

»Ich sage es bloß, damit du es noch einmal weißt.«

»Ich bin auf jeden Fall verdammt froh darüber«, versicherte Maarten und sah ihn an.

»Warte damit mal lieber noch etwas, bis du es gelesen hast.« Er wandte sich ab und ging zurück an seinen Platz hinter dem Bücherregal.

Maarten blätterte den Text durch, sah sich die Literaturliste an, die fünf Seiten umfasste und eine beeindruckende Zahl sorgfältig beschriebener Titel enthielt, las die letzten Zeilen, sah sich den Anfang an, begann zu lesen, doch er hatte nicht die Ruhe, sich sofort darin zu vertiefen. »Es ist eine Textanalyse?«, fragte er und sah zum Bücherregal.

»Ja. Es sind zehn Zeilen aus einem mittelniederländischen Tiergedicht.«

»Eine Ausarbeitung deiner Examensarbeit?«

»Ja«, er sagte es mit hörbarem Widerwillen, »aber ich hätte es eigentlich lieber, wenn du es erst lesen würdest.«

»Ich werde es so bald wie möglich lesen.« Er legte den Text zur Seite, rückte seinen Stuhl zurück und fuhr fort zu tippen. Das Telefon klingelte. Er nahm ab. »Koning hier.«

»Ach, Herr Koning, hier ist de Vries. Da ist ein Herr Bosschart, Mijnheer, der sagt, dass er mit Ihnen verabredet ist.«

»Schicken Sie ihn nur die Vordertreppe hinauf. Ich nehme ihn in Empfang.«

»Vielen Dank, Mijnheer.« Der Hörer wurde aufgelegt.

»Wim Bosschart!«, sagte Maarten und stand auf. Er ging auf den Flur, lief weiter nach vorn und sah über das Geländer ins Treppenhaus hinunter. Wim Bosschart setzte seinen Fuß gerade auf die unterste Stufe des zweiten Treppenabschnitts und stieg hoch. »Herr Bosschart!«, sagte Maarten amüsiert.

Der junge Mann sah auf. »Tag, Herr Koning.« Er erhöhte sein Tempo ein wenig, während Maarten zusah. Sie gaben sich die Hand.

»Willkommen in den Niederlanden«, sagte Maarten.

Wim Bosschart lachte ein wenig.

»Wir gehen erst in mein Zimmer. Ich gehe mal vor.« Er ging vor ihm her durch den Flur. »Da sind die Toiletten«, zeigte er. »Es gibt zwei. Sie dürfen sie beide benutzen, wenn es nötig sein sollte. Wir sind darin nicht so kleinlich.« Er sagte es mit verhaltenem Vergnügen. Der junge

Mann amüsierte ihn. Er öffnete die Tür zu seinem Zimmer und ließ ihn eintreten. »Das ist Herr Bosschart«, kündigte er an.

Ad und Bart standen beide auf.

»Das ist Herr Muller. Und das ist Herr Asjes.«

»Ad Muller«, sagte Ad, während er dem jungen Mann die Hand gab.

»Asjes«, sagte Bart.

»Und das ist der Schreibtisch von Herrn Beerta«, sagte Maarten und zeigte auf Beertas Schreibtisch, »aber der hat einen Schlaganfall gehabt, also kann ich Sie ihm nicht vorstellen, leider.« Er ging weiter zur Tür des Karteisystemraums. »Das ist ein Karteisystem«, er zeigte im Vorbeigehen auf das Schattensystem der Bibliothek, das hoch aufgestapelt neben der Tür stand, »und das ist der Karteisystemraum.« Er öffnete die Tür. Joop und Lien saßen an ihren Schreibtischen, Gert stand an Liens Schreibtisch und erzählte etwas. Er unterbrach sich und drehte sich um, als sich die Tür hinter ihm öffnete. »Das ist Herr Bosschart«, sagte Maarten. »Und das sind, sitzend von links nach rechts, Joop Schenk und Lien Kiepe, und stehend Herr Wiggelaar.«

»Gert Wiggelaar«, sagte Gert, als Bosschart ihm als Erstem die Hand gab.

»Herr Bosschart ist Belgier«, erklärte Maarten.

»Bäh«, sagte Bosschart.

Maarten lachte. »Sie schämen sich dafür?«

Bosschart gab Joop und Lien die Hand.

»Es interessiert mich wirklich«, versicherte Maarten. »Sie fühlen sich nicht als Belgier?«

»Nein.«

»Hey.«

»Ich glaube, dass kein einziger Belgier sich als Belgier fühlt.« Er hatte einen leicht flämischen Akzent.

Gert stand ein wenig lachend daneben, Lien sah verlegen drein, als fände sie das Gespräch peinlich.

»Als was fühlen Sie sich dann?«

Der junge Mann zuckte verlegen mit den Achseln. »Als nichts, glaube ich.«

»Fühlst du dich auch als nichts?«, fragte Maarten Gert.

»Nein«, sagte Gert lachend. »Ich meine, ich fühle schon etwas.«
»Herr Wiggelaar ist Niederländer«, erklärte Maarten.
Es war deutlich, dass der junge Mann nicht recht wusste, wie er reagieren sollte.
»Ich mache jetzt zwar Scherze darüber, aber es interessiert mich wirklich«, wiederholte Maarten und wurde ernst, »aber darüber werden wir uns später noch mal unterhalten.« Er zeigte um sich. »Das ist das Karteisystem.« Er ging zu der Stelle mit dem Buchstaben B und zog das Schubfach Bro-Bru heraus. »Und das ist die Literatur über den Brummtopf.«

»Ich habe Wim Bosschart auf die Spur gesetzt«, sagte er, als er anderthalb Stunden später zurück in sein Zimmer kam. »Jetzt nehme ich die Beine in die Hand, um nach Enkhuizen zu kommen.« Er legte die Hülle über die Schreibmaschine und zog hastig sein Jackett an. »Deinen Aufsatz lese ich heute Abend.« Er steckte Barts Aufsatz in seine Plastiktasche.
»Ich würde lieber nicht meine Freizeit darauf verwenden.«
»Natürlich! Ich bin neugierig darauf.« Er warf noch einen Blick auf seinen Schreibtisch, wandte sich ab und ging zur Tür. »Ich habe Bosschart gesagt, dass er sich an einen von euch wenden kann, wenn er Hilfe braucht, aber das wird er wohl nicht.« Er öffnete die Tür. »Bis morgen.« Er schloss die Tür wieder hinter sich und rannte die Treppe hinunter. »Heute Nachmittag bin ich nicht da, Herr de Vries«, sagte er, während er sein Namensschild ausschob, »aber Asjes und Muller sind da.«
»Vielen Dank, Mijnheer.«
»Bis morgen«, sagte er noch, während er gehetzt zur Drehtür ging.

Van der Land stand über das Treppengeländer gebeugt und sah ihm schmunzelnd entgegen, die Pfeife locker im Mund. »Ich habe dich kommen sehen«, entschuldigte er sich, als Maarten oben war. Während er ihm die Hand gab, neigte er seinen Kopf, eine Höflichkeit, die Maarten, wahrscheinlich weil sie aufgesetzt wirkte, jedes Mal wieder irritierte. »Bist du schon lange da?«, fragte er.

»Zehn Minuten«, schätzte van der Land.
Sie gingen am Zug entlang nach vorn, zu den Erste-Klasse-Abteilen. Vor der Tür zügelte van der Land seinen Schritt und legte die Hand locker auf Maartens Schulter, um ihm den Vortritt zu lassen. »Nein, du zuerst«, sagte Maarten und machte einen Schritt zurück. Hintereinander bestiegen sie den Waggon und nahmen einander gegenüber Platz, van der Land mit dem Rücken in Fahrtrichtung. »Und, wie geht es unserem Maarten?«, fragte er.
»Gut. Und dir?«
Van der Land reagierte nicht darauf. »Ich bin neugierig, ob Dreesman wohl seinen Jahresbericht abgeschlossen hat«, sagte er, seinem eigenen Gedankengang folgend.
»Vergiss es.«
»Es ist aber ein Punkt auf der Tagesordnung.«
»Ja«, sagte Maarten skeptisch. Er holte sein Päckchen mit Brot aus der Tasche. »Hast du schon gegessen?«
»Ich muss noch.« Er zog den Reißverschluss seiner Tasche auf und suchte nach seinem Brot.
Draußen pfiff der Schaffner, die Türen schlugen zu, der Zug setzte sich in Bewegung.
»Erdnussbutter«, stellte Maarten fest, während er sein Brot betrachtete. Er nahm einen Bissen.
»Das ist nun etwas, was ich nicht verstehe«, sagte van der Land und holte sein Brot aus der Verpackung, »dass jemand, der ansonsten doch so effizient ist wie Dreesman, nicht in der Lage ist, seinen Jahresbericht rechtzeitig fertig zu haben. Lass es notfalls einen anderen machen, aber gib der Kommission nicht die Gelegenheit, dich deswegen angreifen zu können.«
»Ich glaube nicht, dass ich meinen Jahresbericht von jemand anderem machen lassen würde.«
»Nein, natürlich nicht! Den macht man selbst! Aber dann soll er ihn auch selbst machen und die Kommission nicht jahrelang warten lassen!«
»Vielleicht hat er Schwierigkeiten mit dem Schreiben.«
Sie schwiegen. Der Zug fuhr durch die brachliegenden Industriegebiete entlang des Hemweg. Ein leichter Nebel hing über dem Land.

Das Gras war weiß bereift. Der Rauch aus den Schloten des Elektrizitätswerks stieg senkrecht nach oben.

»Heute hat dieser Bosschart bei uns angefangen«, erzählte Maarten.

»Wer ist das noch gleich?«

»Der Belgier, der eine Studie über den Brummtopf machen wird.«

»Ach, Gott, ja. Und? Taugt er was?«

»Er scheint mir ein intelligenter Bursche zu sein.«

»Dann hast du Glück gehabt.«

Maarten nickte, während er sein Brot kaute.

»Was man heutzutage an der Universität herumlaufen sieht«, er schüttelte den Kopf. »Sie können nicht einmal mehr anständig Niederländisch schreiben.«

»Und wenn man etwas darüber sagt, behaupten sie, dass sich die Sprache verändert.«

»Ja, das behaupten sie.«

Der Zug ratterte über die Hembrug.

»Er hat übrigens gesagt, dass er sich nicht als Belgier fühlen würde. Das Gefühl kenne er nicht.«

»Nein, das kennt er wohl nicht«, sagte van der Land gleichgültig.

»Fühlst du dich denn nicht als Niederländer?«

»Doch, natürlich fühle ich mich als Niederländer! Aber was ist denn schon ein Belgier!«

»Nicht viel«, gab Maarten zu.

»Sie hätten sich natürlich niemals abtrennen sollen. Zumindest nicht die Flamen. Aber sie wollten ja unbedingt.«

»Ich darf im Übrigen gar nicht daran denken, dass wir sie behalten hätten.«

»Nein, wirklich, bitte nicht.«

»Beerta wollte es ansonsten schon.«

»Ja, Beerta hatte manchmal eigenartige Ideen.«

Der Zug hielt in Zaandam. Dezent kauend sahen sie auf den Bahnsteig, auf dem ein paar Leute verfroren standen und warteten.

»Woran sieht man eigentlich, dass das Niederländer sind?«, fragte sich Maarten.

»Ich könnte es nicht sagen.«

»Aber trotzdem sieht man es.«
Sie betrachteten beide andächtig ihre Landsleute.
»Es muss etwas in ihrer Haltung und ihrer Kleidung sein«, schlug Maarten vor.
»Das ist möglich«, sagte van der Land, nicht sonderlich interessiert.
Maarten schüttelte den leeren Beutel über dem Abfalleimer aus, steckte ihn zurück in die Tasche, holte einen Apfel heraus und tastete nach seinem Taschenmesser. »Willst du ein Stück von meinem Apfel?«, fragte er.

Im Hafenwasser trieben Eisschollen. Die Schiffe lagen reglos am Kai, ohne ein Zeichen von Leben, gefangen in einem hellen Nebel. Die Masten und das Tauwerk waren weiß bereift. Sie folgten dem Pfad über den kleinen Deich rund um das Hafenbecken, an der Fischauktion vorbei, die ausgestorben wirkte, gingen unter dem Drommedaris-Turm hindurch und über die schmale, krumme Straße zum Ijsselmeer. Es war kalt. Auf der anderen Seite der Mauer ging das Wasser des Ijsselmeers unmerklich in einen grauen Nebel über, in dem nur die Gebäude des Jachthafens kurz auftauchten. Die Tür stand offen. Sie betraten die Halle. »Guten Tag, meine Damen«, sagte van der Land laut zu zwei Damen, die am anderen Ende der Halle hinter dem Tresen ihren Stammplatz hatten, woraufhin sie die Treppe in den ersten Stock hinaufstiegen und durch den schmalen Flur, an einer Reihe kleiner, mit Glas abgetrennter Zimmer entlang, wo aber nur in einem ein einzelner Museumsmitarbeiter über einen Zeichentisch gebeugt dastand, zur Vorderseite weitergingen.

Luning Prak, Bootsman und de Groot saßen bereits an ihren Stammplätzen am Sitzungstisch, Elco Dreesman und de Beer standen am Kopfende des Tisches und unterhielten sich. Sie unterbrachen ihr Gespräch, als van der Land und Maarten hereinkamen, und begrüßten sie. »Du wirst heute den Vorsitz übernehmen müssen, Ritsaert«, sagte Dreesman. Er sah van der Land schmunzelnd an, wobei sein Mund etwas offen stand und seine Zunge darin herumspielte.

»Ist Schilderman nicht da?«, fragte van der Land.
»Schilderman ist krank«, sagte Dreesman aufgeräumt. Er wandte

sich Maarten zu. »Kann ich dich kurz allein sprechen?« Er nahm ihn mit zur am weitesten entfernten Ecke des Zimmers, wo sie mit ihren Rücken den anderen zugekehrt stehen blieben.

»Würdest du Mitglied der Kommission Außenmuseum werden wollen?«, fragte Dreesman mit gedämpfter Stimme.

Maarten zögerte. »Was ist das für eine Kommission?«

»Sie begleitet den Aufbau des Außenmuseums.«

»Und wer sitzt da drin?«

»Sluizer, Marinus und Bootsman«, beim letzten Namen dämpfte er seine Stimme noch etwas mehr, da Bootsman dicht hinter ihnen saß, »und vom Museum de Grutter und ich.«

»Es sind also alles Architekten.«

»Ebendarum. Schilderman ist Vorsitzender, aber der kommt fast nie, und ich will lieber nicht, dass einer der Architekten den Vorsitz hat, denn das gibt ordentlich Streit. Außerdem will ich ein Gleichgewicht haben, sonst wird es mir zu einseitig.«

Maarten schwieg. Die Bitte überrumpelte ihn. Er fühlte sich völlig ungeeignet für die Funktion, die Dreesman ihm andichtete, doch er fand so rasch keine Argumente, sie abzulehnen. In dem Moment kam Karseboom herein. Er ging auf sie zu und streckte lässig die Hand aus. »Tag, Koning.«

»Tag, Karseboom«, sagte Maarten. Seit ihrer Tour nach Köln duzten sie sich.

»Machst du es?«, fragte Dreesman, während Karseboom weiterging.

»Ich mache es«, entschied Maarten ohne viel Überzeugung.

Dreesman legte ihm die Hand auf die Schulter. »Danke!« Er wandte sich zu seinem Platz am hinteren Ende des Tisches um. »Soweit es mich betrifft, können wir anfangen, Herr Vorsitzender«, sagte er. »Ich erwarte nur noch Herrn Zolder, aber der müsste etwas später kommen.«

In Beschlag genommen durch die unerwartete Bitte, deren Reichweite er nicht ergründen konnte, nahm Maarten neben de Groot Platz, der für das Ministerium in der Kommission saß.

»Dann eröffne ich die Sitzung«, sagte van der Land. »Könnte einer von Ihnen vielleicht die Tür schließen?«

»Und nun zum Punkt drei der Tagesordnung«, sagte van der Land. »Der Jahresbericht.« Er sah Dreesman von unten herauf an. »Ich habe keinen Jahresbericht in den Unterlagen vorgefunden, ist das möglich?«

»Das ist möglich, Herr Vorsitzender. Ich bin noch nicht dazu gekommen.«

»Und die Jahresberichte von 1975 und 1976?«

»Die wollte ich gleichzeitig machen.«

»Darf ich dazu eine Anmerkung machen, Herr Vorsitzender?«, fragte de Groot.

In diesem Moment ging die Tür auf, und Zolder trat ein. »Ich bin etwas zu spät«, stellte er mit verhaltenem Vergnügen fest. Zolder war der Vertreter der staatlichen Forstverwaltung. Er hatte etwas Clowneskes, was der Lebensfreude, die er ausstrahlte, einen melancholischen Akzent verlieh.

»Wir sind froh, dass Sie da sind«, sagte van der Land herzlich. »Wir haben schon mal angefangen, aber Sie haben noch nichts verpasst. Herr de Groot!« Er sah de Groot an, während Zolder neben Karseboom Platz nahm und seine Aktentasche aufschnallte.

»Es muss mir von der Seele, Herr Vorsitzender, dass wir uns im Ministerium manchmal Sorgen über das Ausbleiben der Jahresberichte des Direktors machen«, sagte de Groot. Er formulierte sorgfältig und sprach die Worte präzise aus, wobei er sich nachdrücklich an van der Land wandte.

»Ich komme gerade aus Ketelhaven«, flüsterte Zolder deutlich hörbar Karseboom zu, »was wir da wieder an Problemen haben!« Er lachte amüsiert. »Unbeschreiblich!«

»Ich frage mich, Herr Vorsitzender«, sagte Dreesman scharf, »ob das Ministerium keine wichtigeren Dinge hat, über die es sich Sorgen machen kann.«

»Ich erzähle es gleich«, sagte Zolder.

»Die gibt es auch«, sagte de Groot, sich nun direkt Dreesman zuwendend.

»Aber wenn ich Anfang Oktober das Ministerium davon in Kenntnis setze, dass kein Geld mehr da ist, und eine Sonderförderung beantrage, um wenigstens die Kontinuität der Arbeit sicherzustellen, werde ich abgewiesen!«

»Weil kein Geld mehr da war.«

»Das machen Sie mir nicht weis! Sie machen mir nicht weis, dass das Ministerium nicht noch irgendwo einen kleinen Topf hat, aus dem diese Art notwendiger Ausgaben getätigt werden können!«

»Nein, den hatten wir nicht.«

»Soll ich Ihnen dann einmal etwas sagen?« Er hatte in seiner Wut etwas Aufgeblähtes bekommen, als wollte er sich größer machen. »Dann ziehe nicht ich den Kürzeren, sondern dann ziehen Sie den Kürzeren! Denn die Konsequenz war, dass ich dem Bauunternehmer sagen musste, dass kein Geld mehr da war. Haben Sie sich schon mal ausgerechnet, was das den Staat kostet?«

»Das ist nicht mein Problem«, de Groot beherrschte sich, doch seine Ohren waren rot geworden, »das ist Ihr Problem. Sie sind dafür verantwortlich, dass die Fördergelder so über das Jahr verteilt werden, dass diese Situation nicht eintritt.«

»Wissen Sie denn eigentlich, worüber Sie reden?«

Maarten sah van der Land an, doch van der Land griff nicht ein. Es machte den Eindruck, dass ihn der Streit völlig überraschte und er sich keinen Rat damit wusste.

»Ich denke schon, dass ich weiß, worüber ich rede«, sagte de Groot zurückhaltend. »Wir reden über eine Förderung, die höher ist als die irgendeines anderen Museums.«

»Sie reden über ein Trinkgeld!«, schnauzte ihn Dreesman an. »Und wenn Sie das nicht ändern, dauert es noch dreißig Jahre, bis das Museum fertig gebaut ist! Ich kann mir nicht vorstellen, dass das im Sinne des Ministers ist!«

»Der Minister hat nicht nur Sorge für Ihr Museum zu tragen.«

»Aber der Minister hat die Pflicht, dafür zu sorgen, dass die Gelder zweckmäßig verwendet werden! Und so, wie es jetzt aussieht, denke ich ernsthaft darüber nach, mir eine andere Stelle zu suchen! Sagen Sie das dem Minister ruhig!«

Es wurde still. Dreesman sah de Groot drohend an. De Groot wandte seinen Blick van der Land zu. Van der Land sagte nichts.

Maarten hatte den plötzlich auflodernden Streit mit zunehmender Beunruhigung verfolgt. Obwohl er Dreesman bei seinen Konflikten mit dem Ministerium normalerweise unterstützte, fand er, dass er nun viel zu weit gegangen war, nicht nur, weil er sich vor Aggression fürchtete, sondern auch, weil de Groot in seinen Augen dieses Mal recht hatte. Dreesman reagierte sich ab. Für Leute, die sich abreagierten, hatte er keinerlei Verständnis, und wenn es bei dem Streit dann außerdem noch um Geld ging, konnte der Minister auf ihn zählen. »Herr Vorsitzender«, sagte er, »ich schlage vor, die letzte Bemerkung des Direktors nicht ins Protokoll aufzunehmen.«

Van der Land sah ihn begriffsstutzig an. De Beer, der neben van der Land saß und all die Zeit über eifrig mitgeschrieben hatte, sah fragend auf.

»Warum nicht?«, fragte van der Land verstimmt. »Ich finde es durchaus von Interesse.«

»Weil es nichts zur Sache tut.« Er sagte es mit einer Entschiedenheit, die ihn selbst erstaunte.

»Ich stimme Koning zu«, bemerkte Karseboom.

»Mir wäre auch sehr daran gelegen«, sagte de Groot.

»Aber dann nur, wenn der Direktor damit einverstanden ist«, fand van der Land, deutlich gegen seinen Willen. Er sah Dreesman an.

Dreesmans Wut war verraucht. »Soweit es mich betrifft, kann sie auch weggelassen werden«, sagte er missmutig.

»Warum wolltest du eigentlich, dass die Bemerkung von Elco nicht ins Protokoll aufgenommen wird?«, fragte van der Land auf dem Rückweg.

»Weil man nur mit Rücktritt drohen sollte, wenn man es auch wirklich vorhat.«

»Ich hatte aber den Eindruck, dass es ihm durchaus ernst war.«

»Nein«, sagte Maarten entschieden. »Es war ihm nicht ernst. Er hat sich abreagiert, weil eine Bemerkung über den Jahresbericht gemacht wurde. Außerdem war seine Position mehr als wacklig. De Groot hatte recht. Sie können unmöglich mitten im Jahr die Förderung erhöhen, weil Elco nicht damit auskommt.«

»Ich denke, dass sie es sich zweimal überlegen, bevor sie jemanden wie Elco gehen lassen. Dann können sie das Museum vergessen.«
»Das interessiert sie doch einen Dreck!«
»Da bin ich anderer Meinung.«
»Für Elco wird dann ein anderer kommen«, sagte Maarten entschieden. »Und außerdem, worüber reden wir? Über ein veredeltes Madurodam!«
»Das würde ich so nicht sagen. Ich halte es doch schon für verdammt wichtig, dass das Publikum die Gelegenheit erhält, sich auf diese Weise ein Bild von der Vergangenheit zu machen. Das ist doch auch unsere Aufgabe?«
Maarten lachte. »Gehst du hin und wieder ins Museum?«
»Nie! Muss ich das denn?«
»Denn wir sind kein Publikum«, vermutete Maarten.
»So etwas sagt man bloß nicht«, sagte van der Land amüsiert.

»Es ist furchtbar«, sagte Maarten.
»Was?« Sie ließ ihre Zeitung sinken und sah ihn an.
»Der Aufsatz von Bart.«
»Hat Bart einen Aufsatz geschrieben? Ich dachte, er würde nie etwas schreiben.«
»Aber jetzt hat er einen Aufsatz geschrieben.« Er blätterte niedergeschlagen ein wenig darin herum. »Alles ist Sex, wenn man Bart glauben darf.«
»Sex?«, fragte sie ungläubig.
»Ja, Sex.« Er machte sich eine Notiz auf dem Schreibblock, der neben ihm auf der Couch lag.
»Wie ist das denn möglich? Das ist doch gar nicht euer Fach?«
»In unserem Fach ist alles möglich, aber hiervon glaube ich kein Stück.«
»Worum geht es denn in dem Aufsatz?«
»Es ist ein Kommentar auf zehn Zeilen aus einem mittelalterlichen Tiergedicht. Jedes Wort ist eine Doppeldeutigkeit. Unglaublich! Eine Wurst ist ein Pimmel, und ein Brunnen ist eine Möse. Als ob man noch in der Grundschule ist. Das wäre was für Frans.«

»Aber das passt doch überhaupt nicht zu Bart?«
»Das ist Springvloed! So hat er es im Seminar gelernt. Wenn es nicht von Bart käme, könnte man glauben, dass es eine Parodie auf Springvloed wäre.«
»Was hat das denn mit eurem Fach zu tun?«
»Nichts!«, sagte er deprimiert. »Gar nichts!«
»Aber Bart findet das wahrscheinlich schon.«
Er reagierte nicht.
»Du tust so, als ob dir etwas Furchtbares zugestoßen wäre. So schlimm ist es doch nicht?«
»Er hat achtzehn Jahre daran gearbeitet!«
»Na, dann sagst du, dass du es hervorragend findest. Was spielt das denn für eine Rolle?«
Ihre Bemerkung ärgerte ihn. »Das geht doch nicht?«
»Warum sollte das nicht gehen?«
»Natürlich, weil ich es nicht hervorragend finde!«
»Du brauchst gegen mich nicht ausfallend zu werden! Ich habe doch den Aufsatz nicht geschrieben?«
»Natürlich kann ich nicht sagen, dass ich ihn hervorragend finde«, sagte er, sich beherrschend. Er blätterte den Text bis zur Literaturangabe durch. »Und er weiß furchtbar viel«, sagte er, mehr zu sich selbst, »mehr als jeder andere. Aber er hat es kaputtgeschrieben. Das ist das Schlimme.«
»Dann sag ihm *das*.«
Er schüttelte den Kopf, mutlos.
»Na, ich kann dir nicht helfen.«
»Nein, du kannst mir nicht helfen. Ich hatte das hier nur überhaupt nicht erwartet. Als ich es bekam, dachte ich, dass es verdammt gut sein würde.«
»Gibt es darin denn gar nichts, was du gut findest?«
Er dachte nach, während er in dem Manuskript blätterte. »Eigentlich nicht. Es widerspricht allem, was ich über das Mittelalter denke und unter dem Fach verstehe.« Er stand auf und nahm Aufsatz und Schreibblock mit zu seinem Schreibtisch.
»Was machst du?«, fragte sie, als er die Schreibmaschine auf den Schreibtisch hob.

»Meine Notizen abtippen.«
»Aber du machst dich doch nicht mehr an die Arbeit? Du gehst doch jetzt sicher schlafen?«
»Erst tippe ich meine Notizen ab.«
»Wie lange dauert das dann?«
Er sah auf die Armbanduhr. »Das kann ich jetzt noch nicht sagen.«
»Aber das ist doch zu verrückt! Dass du fürs Büro jetzt auch noch deinen Schlaf opferst! Das scheint ja immer verrückter zu werden.«
»Solange ich sie nicht abgetippt habe, schlafe ich sowieso nicht.« Er spannte ein Blatt Papier mit einem Durchschlag in die Schreibmaschine.
»Und was ist mit mir? Denkst du denn überhaupt nicht an mich?«
Er drehte sich zu ihr um. »Aber du kannst doch schon schlafen gehen?«
»Wie kann ich denn schlafen, wenn ich daliege und auf dich warte?«
»Dann werde ich im Kämmerchen schlafen.« Er wandte sich wieder der Schreibmaschine zu. »Auf jeden Fall tippe ich erst meine Notizen ab.«

*

Sobald Bart an seinem Platz saß, stand Maarten auf. Er nahm den Aufsatz mit, zog bei Barts Schreibtisch einen Stuhl unter dem Sitzungstisch hervor und setzte sich. »Ich habe deinen Aufsatz gelesen.« Er war angespannt.

Bart hatte ihm den Kopf zugewandt und sah ihn an, ausdruckslos.

»Ich habe zwei fundamentale Einwände«, er wählte seine Worte sorgfältig, »und noch eine Reihe kleinerer, aber die hängen fast alle damit zusammen.« Er schwieg.

Bart war erstarrt. Sein Gesicht war rot geworden.

»Hast du jetzt Zeit, darüber zu sprechen?«

»Ja, natürlich.« Er stand auf.

»Hier?«

»Ja, ruhig hier.« Seine Stimme war tonlos.

Sie setzten sich an den Tisch, Maarten ans Kopfende, Bart über Eck, Maarten mit dem Aufsatz vor sich.

»Der Tenor des Aufsatzes ist der, dass die Gedankenwelt der Menschen im Mittelalter von Sexualität beherrscht wurde«, versuchte es Maarten. »Ist das richtig?«

»So würde ich es nicht sagen. Sexualität spielte eine große Rolle.«

»Eine größere Rolle als heute.«

»Das weiß ich nicht.«

»Es wäre schon verdammt schwer, ein Gedicht zu finden, aus der heutigen Zeit, in dem so viele Doppeldeutigkeiten stehen, wie du sie in dem Gedicht gefunden hast.«

»Davon weiß ich nichts. Das habe ich mir nicht angesehen.«

Die Tür ging auf. Ad kam in den Raum. »Tag, Maarten. Tag, Bart.« Er ging weiter zu seinem Schreibtisch und stellte die Tasche hin.

»Tag, Ad«, sagten sie.

Ad packte seine Tasche aus.

»Und Poesie hatte damals natürlich auch eine ganz andere Funktion«, sagte Bart, sich wieder Maarten zuwendend. »Poesie wurde vorgetragen. Man kann es nicht mit der heutigen Poesie vergleichen.« Er sprach sehr präzise.

»Womit kann ich es dann vergleichen?«

»Das weiß ich nicht«, sagte Bart trotzig. »Damit habe ich mich nicht beschäftigt.«

Maarten schwieg. Er sah geistesabwesend zu Ad hinüber, der stehend an seinem Schreibtisch zwischen seinen Papieren kramte, während er nach einem Weg suchte, auf dem er Bart deutlich machen konnte, was er meinte. »Ich will es dann mal so sagen: Ich kann mir nicht vorstellen, dass so ein Text damals so viele Doppeldeutigkeiten enthalten hat.«

»Ich dachte, dass ich das nun gerade bewiesen hätte.«

»Für mich nicht.«

Ad ging von seinem Schreibtisch zur Tür, ein paar Mappen unter dem Arm. »Ich sitze oben«, sagte er.

»Ich muss in meine frühe Schulzeit zurückgehen, um so einem Gedankengang folgen zu können«, erläuterte Maarten. »Bei dir sind die Menschen aus dem Mittelalter wie pubertierende Jugendliche, während sie sich meiner Meinung nach nicht fundamental von uns unterschieden haben, außer natürlich in den Codes, die sie benutzten. Ich glaube, du bist einem verkappten Fortschrittsdenken zum Opfer gefallen, ungefähr so wie Norbert Elias. Ich glaube nicht daran.«

»Du tust ja geradezu so, als würde Wissenschaft auf Glauben beruhen«, sagte Bart irritiert.

»Wissenschaft ist nichts anderes als Glaube«, sagte Maarten mit großer Entschiedenheit.

»Das sagst du immer. Das ist auch genau mein Problem mit deinen Aufsätzen! Aber was ich in meinem Aufsatz präsentiere, sind harte Beweise!« Er ließ das R in harte rollen.

»Eben davon hast du mich nicht überzeugt.« Er zwang sich selbst zur Ruhe. »Ich kann dir ein paarmal folgen, aber bei den meisten Beispielen, die du anführst, glaube ich nicht an die Doppeldeutigkeiten.«

»Siehst du! Jetzt sprichst du wieder über Glauben!«

»Wie soll ich mich denn sonst ausdrücken, wenn dein Beweis mich nicht überzeugt?«

Bart gab darauf keine Antwort.

»Ich habe zu all deinen Beweisen Notizen gemacht. Ich gebe sie dir gleich, dann kannst du sehen, was ich meine. Der zweite Einwand ist ganz anderer Art. Ich finde, dass das, was du hier gemacht hast, nicht unser Fach ist. Es ist Typologie. Das haben wir bei Springvloed gemacht. Was du hier machst, ist, das geistige Klima einer bestimmten Gruppe zu beschreiben, während wir uns mit Traditionen beschäftigen. Das Wesen unseres Fachs ist für mich, dass wir einer bestimmter Tradition in der Zeit folgen und zu erklären versuchen, warum sie entsteht und sich wieder ändert. Was du machst, ist statisch. Wir beschäftigen uns mit Prozessen.«

»Und du hast nun gerade immer gesagt, dass ich mich mit der historischen Volkskultur beschäftigen soll!«

»Mit historischen Prozessen!«

»So hast du es nie formuliert! Du hast zu mir immer gesagt, dass ich für die historische Volkskultur eingestellt worden wäre.«

»Aber darüber haben wir doch hundertmal geredet! Du hast meine Texte doch gelesen?«

»So habe ich es aufgefasst.«

Maarten schüttelte den Kopf. »Dann habe ich mich wohl sehr lückenhaft ausgedrückt.«

»Aber das kannst du mir dann doch nicht übel nehmen?«

»Ich nehme dir nichts übel«, sagte Maarten mutlos.

Sie schwiegen. Aus dem Besucherraum hörte man das Tippen einer Schreibmaschine. Im Karteisystemraum ertönte die Stimme von Joop.

»Vielleicht ist es am besten, wenn du mal damit anfängst, meine Notizen zu lesen«, sagte Maarten schließlich. Er stand auf. »Zumindest, wenn du Lust dazu hast.«

»Natürlich habe ich Lust dazu.« Er machte einen angeschlagenen Eindruck.

Maarten holte die Notizen von seinem Schreibtisch. »Es bedeutet nicht, dass ich nicht beeindruckt bin von deinem Wissen. Du weißt unglaublich viel. Das ist nicht der Punkt.«

»Das brauchst du wirklich nicht zu sagen«, sagte Bart bitter. »Darum hatte ich nicht gebeten.«

»Das weiß ich.« Er fühlte sich ertappt.

*

»Hier hast du deine Notizen zurück«, sagte Bart. Er legte sie neben Maarten auf dessen Schreibtisch.

»Und?«

»Du hast mich nicht überzeugt.« Er ging zurück an seinen Platz und sah über das Bücherregal hinweg Maarten an. »Du bist ein Viktorianer.« Es lag Bitterkeit in seiner Stimme.

»Das ist möglich, aber ich glaube nicht, dass es meine Meinung beeinflusst.«

»Ich denke schon.« Er verschwand hinter seinem Bücherregal.

Maarten hörte ihn mit Papieren hantieren. Er ließ sich gegen die Lehne seines Stuhls sinken und sah reglos vor sich hin. Der Vorwurf traf ihn nicht, er ließ ihn auch nicht zweifeln, aber dennoch. Eine Weile blieb er so sitzen, leer, gedankenverloren. Ad kam herein und verließ das Zimmer wieder mit ein paar Mappen. Maarten hörte ihn die Treppe hinaufsteigen, zu dem kleinen Zimmer, in das auch Bart sich in den vergangenen Monaten zurückgezogen hatte. Das war Ads Art zu zeigen, dass er nichts damit zu tun haben wollte. Er wusch seine Hände in Unschuld. Es erinnerte Maarten daran, dass er allein dastand, während er immer die Illusion gehabt hatte, dass sie sich zu dritt die Verantwortung für die Ausrichtung der Abteilung teilten. Es war auch der Grund gewesen, weshalb er Bart seinerzeit eingestellt hatte, obwohl er in nahezu allem sein Gegenpol war, als Gegengewicht, in der unausgesprochenen Annahme, dass es gerade dieser Gegensatz war, den sie aneinander schätzten. Und noch jetzt widersetzte er sich der Einsicht, dass Barts offensichtliche Halsstarrigkeit eher das Gegenteil bewirkte. Anstatt sich gegenseitig zu stärken, frustrierten sie einander. Bart widersetzte sich seinen Auffassungen, er verwarf die von Bart. Die Überzeugung, dass er recht hatte und Bart nicht, wurde davon nicht berührt, doch es unterhöhlte schon die Grundlage ihrer Zusammenarbeit und damit die der Abteilung. Er schüttelte den Kopf, beugte sich wieder über die Arbeit, war eine Weile pflichtgemäß beschäftigt, hörte jedoch wieder damit auf, da er sich nicht konzentrieren konnte. Er stand auf und ging in den Besucherraum. Gert und Tjitske saßen einander gegenüber an ihren Schreibtischen. Tjitske war mit einer Mappe beschäftigt, Gert schnitt einen der braunen Antwortumschläge auf, von denen ein ordentlicher Stapel auf seinem Schreibtisch lag, und zog einen Fragebogen heraus. Maarten blieb bei ihm stehen und sah zu. Gert sah auf. »Brauchen Sie mich?«

»Nein. Ich schaue nur. Wie viele hast du jetzt?«

Gert studierte eine kleine Liste, die neben der Hand lag. »Zweihundertneunundvierzig.«

»Und, bringt es was?«

»Unheimlich viel!«

Maarten nahm einen Fragebogen vom Stapel neben dem Stapel mit Antwortumschlägen und sah ihn durch, sah sich noch einen zweiten an und legte beide wieder zurück. »Schön«, sagte er abwesend. Er ging weiter zu Tjitskes Schreibtisch. Wampie knurrte. »Was ist das denn?«, fragte er und beugte sich zu ihm hinüber.

»Ruhig, Wampie«, sagte Tjitske.

Wampie hörte auf zu knurren und wedelte mit dem Schwanz. Maarten richtete sich auf und sah zu ihr hinüber, während sie sich wieder über ihre Arbeit beugte. »Geht es dir gut?«
»Ja.« Sie sah nicht auf.
»Zum Glück.«
»Da fällt dir sicher ein Stein vom Herzen.«
»Ja, da fällt mir ein Stein vom Herzen«, sagte er lächelnd.

*

»Ich habe noch einmal darüber nachgedacht«, sagte er, er hatte sich auf den Sitzungstisch neben Barts Schreibtisch gesetzt und sah zu ihm hinüber, Bart sah auf, »und ich finde, dass das *Bulletin* ebenso gut auch deine Zeitschrift ist, also wenn du selbst deinen Aufsatz gut findest, musst du die Gelegenheit haben, ihn zu veröffentlichen.«
Bart antwortete nicht sofort. Er sah niedergeschlagen aus, als würde er im nächsten Augenblick in Tränen ausbrechen. »Und was ist mit deinen Einwänden?«, fragte er schließlich.
»Die schiebe ich dann beiseite.«
»Aber du hast doch gesagt, dass es nicht unser Fach ist?«
»Dann werde ich die Formel für unser Fach so erweitern müssen, dass deine Auffassung hineinpasst.«
»Nein, das will ich nicht!«
»Warum nicht?«
»Weil ich nicht will, dass du wegen mir dein Konzept änderst.«
»Das sehe ich nicht so.«
»Ich mache es trotzdem nicht!«
»Du bist in unserem Fach doch nicht der Einzige, der auf diesem Standpunkt steht?«
»Und trotzdem mache ich es nicht!«
»Das ist schade.«
»Das findest du überhaupt nicht schade, denn du hast auch inhaltliche Einwände gegen meinen Aufsatz.«
»Die haben dich nicht überzeugt.«

»Aber du hast sie schon.«
Maarten schwieg.
»Wie wolltest du damit umgehen?«
»Du könntest deinen Aufsatz auch Ad einmal lesen lassen, um zu sehen, ob er die Einwände teilt.«
»Nein, ich lasse ihn Ad nicht lesen. Du findest ihn nicht gut, also ziehe ich ihn zurück. Ich will darüber eigentlich auch nicht mehr sprechen.«
Maarten schüttelte den Kopf. »Ich verstehe das nicht.«
»So schwer ist das doch nicht? Du bist der Leiter der Abteilung, also bist du verantwortlich für die Ausrichtung. Wenn du den Aufsatz ablehnst, gehört er nicht ins *Bulletin*. Das ist mein Standpunkt.«
»Schon ein knallharter Standpunkt.«
»Ich dachte, dass dich das gerade ansprechen würde.«
»Es spricht mich auch an, aber nicht in diesem Fall.«
»Es würde bedeuten, dass du für mich eine Ausnahme machst, und das will ich natürlich nicht.«
Maarten ließ sich vom Tisch gleiten. »Ich würde mich trotzdem freuen, wenn du noch einmal darüber nachdenkst.«
»Darüber brauche ich nicht nachzudenken«, sagte Bart energisch. »Ich mache es wirklich nicht. Ich habe ihn zurückgezogen!«

*

»Störe ich?«, fragte Gert. Er war an Maartens Schreibtisch stehen geblieben.
»Du störst nie«, antwortete Maarten. Er lehnte sich in seinem Stuhl zurück und sah ihn an.
Die Antwort amüsierte Gert. »Mir ist nämlich aufgefallen, dass Sie nachmittags oft zu Hause arbeiten.« Er bezwang sein Lachen. »Das würde ich eigentlich auch gern machen.«
Die Bitte überraschte Maarten.
»Oder gehe ich damit zu weit?«

»Es geht schon weit. Du hast hier gerade erst angefangen.«
»Ja, da haben Sie eigentlich auch recht.« Er lachte. »Dann werde ich mal wieder gehen.« Er wollte sich abwenden.
»Warum willst du zu Hause arbeiten?«
»Weil meine Freundin nachmittags auch zu Hause ist«, sagte Gert lachend. »Aber das ist sicher kein Argument.«
»Nein, das ist kein Argument«, sagte Maarten amüsiert. »Was macht deine Freundin eigentlich?«
»Sie hat einen Job an der Universität, bei den Niederlandisten.«
»Wie heißt sie denn?«
»Klaasje.«
»Ich meine, mit ihrem Nachnamen.«
»Varekamp.«
»Hey. Auch ein Spediteur.«
»Aber ihr Vater ist wirklich Spediteur.«
»Frau Wiggelaar-Varekamp«, sagte Maarten, sich die Namen ironisch auf der Zunge zergehen lassend.
»Das sollten Sie ihr lieber nicht sagen«, warnte Gert lachend.
»Warum nicht?«
»Sie ist ziemlich feministisch.«
Maarten nickte schmunzelnd.
»Aber es geht sicher nicht?«
»Bart arbeitet nicht zu Hause. Er arbeitet jede Woche einen Tag in der Bibliothek. Ad und ich arbeiten zu Hause, wenn wir mit einem Aufsatz oder einer Besprechung beschäftigt sind, weil wir uns hier nicht konzentrieren können. Wenn es so weit ist, dass du an einem Aufsatz arbeitest, darfst du auch zu Hause arbeiten. Aber so weit ist es noch nicht.« Er sah Gert an. »Verstanden?«
»Verstanden!« Er nahm Haltung an.

Ad betrat den Raum, ein paar Mappen unter dem Arm und verschwand hinter dem Bücherregal. Maarten stand auf. Er ging zu Ads Schreibtisch und setzte sich dort auf den Sitzungstisch. Ad hatte ein Blatt Papier in die Schreibmaschine gespannt, die Mappe neben sich aufgeschlagen. Er sah auf.

»Gert war vorhin hier«, sagte Maarten. »Er fragte, ob er nicht genau wie wir auch ab und zu einen Nachmittag nach Hause könnte.«
»Was platzt doch dieser Mann vor Neid«, sagte Ad irritiert.
»Ich glaube, dass er enorm verwöhnt ist.«
»Was hast du gesagt?«
»Dass es nicht geht, natürlich. Ich habe gesagt, dass du und ich zu Hause an unseren Aufsätzen und Rezensionen arbeiten, weil wir uns hier nicht konzentrieren können, aber demnächst schreibt er auch Aufsätze.«
»Dann arbeiten wir eben nicht mehr zu Hause.«
Die Selbstverständlichkeit, mit der er die Konsequenz zog, überraschte Maarten. »Wenn demnächst jeder zu Hause arbeiten wollte ...«, sagte er.
»Ja, natürlich, das geht nicht. Das gibt sicher Probleme.«
»Es ist schon verdammt bitter.«
»Aber es lässt sich nicht ändern.«
»Nein, es lässt sich nicht ändern«, gab Maarten zu. »Wann sollen wir damit anfangen?«
»Sofort?«
»Gut«, sagte Maarten, ein wenig überrumpelt von dieser raschen Entscheidung.

*

»Tag, Marion. Bart ist doch nicht krank?« Er lehnte sich, mit dem Hörer am Ohr, in seinem Stuhl zurück.
»Bart liegt im Krankenhaus.«
»Im Krankenhaus?« Er hörte, dass Ad aufhörte zu tippen.
»Mit einer akuten Augenentzündung.«
»So wie letztes Mal.«
»Ja, aber jetzt ist es viel schlimmer.«
»Das ist schlimm.«
Sie schweigen.
»Wie geht es ihm dabei?«, fragte er.

»Bart ist darin sehr tapfer.«
»Ja.«
Sie schwiegen wieder.
»Darf er auch Besuch bekommen?«
»Wolltest du ihn besuchen?« Es klang, als hätte sie diese Frage nicht erwartet und als sei sie auch nicht besonders davon angetan.
»Wenn es geht ... Und natürlich nur, wenn er Wert darauf legt.«
»Ich werde ihn fragen.« Ihre Stimme klang reserviert.
»Wünsch ihm jedenfalls schon mal alles Gute.«
»Das mache ich.«
»Tschüss, Marion.«
»Tschüss, Maarten.«
Er legte den Hörer auf. »Bart liegt im Krankenhaus mit einer akuten Augenentzündung.«
»Das war zu erwarten«, sagte Ad.
»Wieso?«
»Weil du den Aufsatz abgelehnt hast, natürlich.«
Er zögerte. »Das ist möglich.«
»Was war denn eigentlich falsch an diesem Aufsatz?«
»Ich habe nicht daran geglaubt. Für mich hat er ihn kaputtgeschrieben. Ich fand außerdem, dass es nichts mit unserem Fach zu tun hat.«
»Es war sicher die Examensarbeit.«
»Ja. Ich habe ihm noch vorgeschlagen, es dir auch zu lesen zu geben, aber das wollte er nicht.«
»Nein, das will Bart nicht.«
Sie schwiegen.
»Welches Auge ist es eigentlich?«, fragte Ad. »Oder sind es beide Augen?«
»Das habe ich nicht gefragt.«
»Er hat mir mal erzählt, dass er auf dem einen Auge minus zwölf hat.«
»Ja, und auf dem anderen minus neun.«
»Da kann es einem passieren, dass man blind wird und mit einem Blindenhund herumlaufen muss.«
»Das sollte einem besser nicht passieren.«

Sie schwiegen. Ad begann wieder zu tippen. Maarten sah noch einen Moment gedankenverloren vor sich hin. Dann nahm er den Hörer ab und wählte die Nummer von Bavelaar.

»Jantje Bavelaar.«

»Bart ist krank.«

»Bart ist krank?«

»Er liegt mit einer Augenentzündung im Krankenhaus.«

»Das wird dann wohl etwas dauern.« An ihrer Stimme hörte er, dass sie sich eine Notiz machte.

»Das fürchte ich auch.«

»Ich habe es notiert. Ich werde es weitergeben.«

»Danke.« Er legte den Hörer auf, wollte sich wieder an die Arbeit machen, besann sich und stand auf. »Sollen wir schon mal seine Mappen aufteilen?«, schlug er vor.

»Gib sie mir ruhig, denn du hast Joop, und Sien macht mir nicht mehr so viel Arbeit.«

»Gern.« Der Unterton von Loyalität traf ihn. Er suchte die Mappen auf Barts Schreibtisch zusammen.

Ad stand auf und nahm sie ihm ab. »Müssen wir sie noch für ihn aufheben?«

»Wir können die Karteikarten aufheben, denn sonst kriegen wir wieder Theater mit den anderen Abteilungen.« Er sah die anderen Stapel auf Barts Schreibtisch durch, Bücher mit Schmierzetteln darin, Bücher mit Bestellbons, Antiquariatslisten mit angehefteten Notizzetteln, ein kleiner Stapel Bestellbons. »Und dann haben wir natürlich noch die Bibliothek«, sagte er nachdenklich.

»Kannst du Joop das nicht machen lassen?«

»Dann lieber Tjitske.«

»Dann Tjitske.«

»Tjitske ist mit ihren drei Tagen bloß ziemlich stark belastet.«

»Kannst du Gert und Lien nicht allmählich auch mal auf die Mappen ansetzen?«

»Bei Lien wollte ich eigentlich warten, bis sie ihr Examen gemacht hat.« Er dachte nach, den Blick auf die Stapel auf Barts Schreibtisch gerichtet.

Ad stand abwartend neben dem Bücherregal, das seinen Schreibtisch von dem von Bart trennte.

»Was wir schon machen könnten, wäre, Gert an die Mappen zu setzen«, überlegte Maarten. »Das entlastet Tjitske halbwegs. Dann kann Tjitske die Antiquariatslisten machen, und wir könnten Lien die Buchbesprechungen in den Mappen durchsehen lassen, um ihr die Kriterien für die Beschaffung beizubringen.« Er sah Ad an. »Denn auf Dauer möchte ich die Verantwortung für die Bibliothek ohnehin Lien und Tjitske übertragen.«

»Und was ist mit Bart?«

»Wir können es Bart vorschlagen.«

»Damit wäre ich dann doch lieber vorsichtig, denn ehe du dichs versiehst, hat er wieder eine Augenentzündung.«

»Er hat natürlich das letzte Wort.«

»Und wer kontrolliert das dann?«

»Ich könnte Gert übernehmen. Die Mappen teilen wir auf. Wir stellen nur Lien überall in die zweite Reihe, und die Antiquariatslisten will ich auch wohl machen.«

»Die würde ich auch wohl machen.«

»Abwechselnd? Du eine Woche, und dann ich?« Er wusste nicht recht, wie ihm geschah.

»In Ordnung.«

»Ich werde es erst einmal mit Lien besprechen.« Er wandte sich zum Karteisystemraum ab.

»Aber das muss er selbst wissen«, sagte Joop, als er den Karteisystemraum betrat. »Ich werde nicht darum bitten.«

»Ich störe euch«, stellte Maarten fest.

»Ach, kein Stück«, sagte Joop. »Wenn du weg bist, machen wir einfach weiter.«

Lien wurde rot.

Maarten zog einen Stuhl unter dem Tisch hervor und setzte sich. »Bart liegt mit einer Augenentzündung im Krankenhaus.«

»Wie bedauerlich«, sagte Lien. Joop sagte nichts.

»Ja, das ist bedauerlich. Er hat es früher schon mal gehabt, und damals war er ein halbes Jahr krank, aber es scheint jetzt schlimmer zu sein.«

»Er hat sowieso schon schlechte Augen, oder?«, sagte Joop. »Er sitzt zumindest immer so dicht mit seinen Augen über dem Papier.«

»Ja, er hat schlechte Augen.« Er wartete einen Moment, um nicht zu abrupt zur Sache zu kommen.

»Na, dann können wir endlich einmal mit allen ins Museum!«, sagte Joop ausgelassen.

»Von wem hast du das gehört?«, fragte Maarten schmunzelnd.

»Ach, das weiß ich nicht mehr.«

»Sicher von Sien.«

»Das ist möglich.«

»Ja, Bart ist darin sehr streng.« Er sah Lien an. »Geht es mit deiner Examensarbeit voran?«

Sie schüttelte den Kopf. »Nein.« Sie lachte ein wenig.

»Warum nicht?«, fragte er besorgt.

»Ich habe zu wenig Zeit dafür.«

»Sie vertut ihre Zeit mit Träumen!«, sagte Joop.

»Ich hatte eigentlich fragen wollen, ob ich nicht eine Weile halbtags arbeiten darf«, sagte Lien verlegen.

»Halbtags!« Er dachte nach. »Das Problem ist, dass sie im Hauptbüro momentan dabei sind zu sparen. Wenn ich dich halbtags arbeiten lasse, gehen wir das Risiko ein, dass sie die andere Hälfte einziehen, weil ihr seinerzeit sowieso schon außerplanmäßig eingestellt worden seid.« Er wog seine Worte. »Was schon möglich wäre: Ich könnte dir die Erlaubnis geben, hier halbtags an deiner Examensarbeit zu arbeiten.«

»Ja?«, fragte sie ungläubig.

»Na, das würde ich dann ruhig machen!«, sagte Joop.

»Weil es auch im Interesse des Büros ist, dass du dein Studium beendest.«

Sie war rot geworden.

»Wäre das was?«

»Das sollst du Lien nie fragen, denn sie kann sich so schnell nicht entscheiden«, sagte Joop.

»Ja«, sagte Lien. Sie zögerte.

»Aber ...?«, bohrte er. Er lächelte.

»Kann ich dann auch in diesem Zimmer da sitzen, wenn ich an meiner Examensarbeit arbeite?« Sie sah, wieder errötend, zum Zimmer auf der anderen Seite des Lichtschachts hinüber.

»Und mich hier sicher allein sitzen lassen!«, rief Joop – sie schlug hart mit ihrer flachen Hand auf den Schreibtisch. »Das kommt gar nicht in die Tüte, hörst du!«

»Das gehört dem Musikarchiv«, gab Maarten zu bedenken.

»Nein, es muss auch eigentlich nicht sein«, sagte sie hastig.

»Aber da sitzt nie jemand!«, sagte Joop.

»Richard sitzt doch da?«

»Ach, den sehe ich nie!«

»Nein, aber es muss nicht sein«, wiederholte Lien. »Ich kann genauso gut hier sitzen.«

»Vielleicht können wir da einen zweiten Schreibtisch hinstellen, damit du da sitzen kannst, wenn Richard nicht da ist«, überlegte er. »Ich werde mal mit Jaring darüber sprechen.«

»Nein, lass nur. Ich finde es so auch in Ordnung.«

»Nein, ich werde es mit Jaring besprechen.« Er stand auf. »Fang jedenfalls ab morgen schon mal mit deiner Examensarbeit an.« Er verließ ihr Zimmer, schloss die Tür hinter sich und blieb nachdenklich an seinem Schreibtisch stehen. »Lien möchte halbtags arbeiten«, sagte er zu Ad.

»Und, erlaubst du das?«, fragte Ad und sah auf.

»Ich finde es zu riskant, aber ich habe gesagt, dass sie ihre Examensarbeit im Büro schreiben darf, weil es auch in unserem Interesse ist.«

»Dafür kann sie dir dann dankbar sein.«

Maarten reagierte nicht darauf. »Sie hat auch gefragt, ob sie dann im Zimmer von Richard sitzen darf. Ich kann mir das schon vorstellen, denn mit Joop neben sich kann sich natürlich kein Mensch konzentrieren. Das hat Sien sicher auch verrückt gemacht.« Er sah zum Schreibtisch von Beerta. »Wäre es eine Idee, Jaring zu fragen, ob wir Beertas Schreibtisch dahin stellen dürfen?«

»Das klingt nach einer guten Idee«, sagte Ad langsam.

»Dann bekommen wir außerdem Platz für ein neues Bücherregal.«

»Und was wird dann aus deinem Plan, Lien die Buchbesprechungen machen zu lassen?«

»Das muss Tjitske eben machen. Oder wir machen es. Aber ich gehe erst zu Jaring.« Er lief zur Tür, über den Flur, zum Zimmer von Jaring. Die Tür stand offen, sein Stuhl war zurückgeschoben, doch Jaring selbst war nicht da. Er sah durch den Türspalt ins Mittelzimmer. Joost saß an seinem Tischchen, den Blick in die Ferne gerichtet, und rauchte einen Zigarillo, ein Blatt Papier vor sich. »Tag, Joost«, sagte er. »Weißt du, wo Jaring ist?«

Joost schreckte hoch. Er drehte sich um. »Guten Morgen«, sagte er steif. »Ich weiß es wirklich nicht. Vielleicht Kaffee trinken?«

Maarten sah auf seine Armbanduhr. »Das ist möglich. Danke.« Er schloss die Tür wieder und rannte die Treppe hinunter, grüßte im Vorbeigehen de Vries und betrat den Kaffeeraum. Jaring saß dort mit Hans Wiegersma, in sich zusammengesunken, die Beine ausgestreckt, schweigend. Maarten holte sich am Schalter eine Tasse Kaffee, nahm im Vorbeigehen die Post vom Tresen und setzte sich neben ihn. Jaring nickte.

»Wir haben ein Platzproblem«, sagte Maarten und rührte in seinem Kaffee.

»Ja«, sagte Jaring. Es hatte den Eindruck, dass ihn die Mitteilung amüsierte.

»Ich suche einen Platz für Lien, wohin sie sich zurückziehen kann«, erläuterte Maarten, »und ich suche einen Platz für Beertas Schreibtisch, weil wir die Wand für ein neues Bücherregal brauchen. Wir platzen aus allen Nähten.«

»Ja, das scheint mir ein Problem zu sein«, sagte Jaring.

»Kann ich Beertas Schreibtisch in Richards Zimmer stellen, und kann Lien dort dann halbtags sitzen, wenn Richard nicht da ist?« Er sah Jaring von der Seite an.

Jaring sah sinnend vor sich hin. »Das müsstest du eigentlich Richard fragen.«

»Aber du hast nichts dagegen?«

Jaring schüttelte langsam den Kopf. »Nein, ich habe nichts dagegen.«

»Dann frage ich Richard.« Er trank die Tasse in einem Zug leer, nahm die Post mit, stellte die Tasse auf den Tresen und rannte, zwei Stufen gleichzeitig nehmend, zurück in den zweiten Stock, wobei er jedes Mal kurz tief Luft holte.

Freek und Richard saßen beim Licht einer einzelnen Lampe nebeneinander an Freeks mit Fotokopien und Notizen übersätem Schreibtisch.
»Darf ich euch kurz stören?« Er nahm einen Stuhl und setzte sich ihnen gegenüber.
»Du gehst o-offenbar davon aus, dass wir nicht N-nein sagen«, sagte Freek verstimmt.
Maarten lachte. Er wandte sich Richard zu. »Hast du etwas dagegen, wenn wir den Schreibtisch von Beerta bei dir ins Zimmer stellen und Lien sich dort zurückzieht, wenn du nicht da bist?«
Richard sah ihn kühl an. Mit diesem Blick und diesen Augen erinnerte er Maarten immer an einen deutschen kommunistischen Intellektuellen. »Warum willst du das tun?«, fragte er argwöhnisch.
»Weil wir Platzmangel haben, und weil Lien sich, wenn noch jemand da ist, nicht konzentrieren kann.«
»Und wo soll der Schreibtisch dann stehen?«
»Wollen wir uns das mal anschauen?« Er stand auf.
Richard folgte ihm mit deutlichem Widerwillen.
Das Zimmer war dunkel. Auf der anderen Seite des Schachtes saßen Lien und Joop beim Licht ihrer Schreibtischlampen. Als Maarten das Deckenlicht anmachte, sah Joop auf und hob die Hand. Er sah sich um. In dem grellen Licht machte der Raum einen verwohnten Eindruck. Bis auf Richards Schreibtisch, der unbenutzt aussah, und ein grün gestrichenes Bücherregal aus Eisen mit Notenbüchern an der Rückwand, noch aus der Zeit, bevor das Musikarchiv in das Büro eingegliedert worden war, war das Zimmer leer. »Er könnte da stehen«, sagte er und zeigte auf die Wand zwischen der Tür und dem Fenster.
Richard musterte die Stelle. »Ehrlich gesagt, möchte ich das nicht.«
»Warum nicht?«, fragte Maarten verwundert.
»Weil ich dann meine Privatsphäre los wäre.«
»Aber du arbeitest doch halbtags? Sie würde nur da sitzen, wenn du nicht da bist.«
»Zunächst einmal würde es dann bedeuten, dass ich genau angeben müsste, wann ich komme, und dazu habe ich keine Lust, und außerdem sehe ich im nächsten Schritt, dass ihr den Schreibtisch den ganzen Tag besetzen werdet.«

»Aber das ist doch zum Verrücktwerden!«, sagte Maarten, zu überrascht, um wirklich empört zu sein. »Ihr habt alle ein eigenes Zimmer, während sie zu zweit oder zu dritt in einem Zimmer sitzen. Und außerdem arbeitest du nur halbtags. Das ist doch verdammt ungerecht?« Er wollte dem noch hinzufügen, dass Richard studentische Hilfskraft sei und die anderen festangestellt, doch er behielt es für sich.

»Das hättest du dann seinerzeit bei der Raumverteilung vorbringen müssen«, sagte Richard kühl, »aber jetzt ist es das Zimmer des Musikarchivs, und ich finde nicht, dass wir es euch abtreten müssen, auch nicht teilweise.« Er sah Maarten hochmütig an.

»Gut«, sagte Maarten. »Danke. Ich kenne jetzt deinen Standpunkt. Ich werde darüber nachdenken und dann eine Entscheidung treffen.« Er knipste das Licht aus und ließ Richard auf den Flur vorangehen.

Dort drehte sich Richard zu ihm um. »Ich sehe nicht, was es da noch zu entscheiden gäbe.«

»Ich schon. Das wirst du dann schon noch erfahren.« Er wandte sich ab und ging weiter zu seinem Zimmer. »Richard will nicht erlauben, Beertas Schreibtisch in sein Zimmer zu stellen«, sagte er zu Ad, »weil es eine Verletzung seiner Privatsphäre bedeutet.«

»Was für ein Ekel dieser Mensch doch ist.«

»Der Mann ist ein Ekel.« Er ging weiter zu seinem Schreibtisch.

»Und lässt du es dir gefallen?«

»Ich glaube nicht, dass ich mir das gefallen lasse«, er legte die Post auf seinen Schreibtisch, »aber ich muss erst noch einen Moment darüber nachdenken und dann mit Jaring reden.«

*

Es regnete heftig. In der kleinen Halle zwischen der Drehtür und der Außentür zog er seine Regenhose und die Regenjacke an, setzte die Kapuze auf und ging hinaus. Sein Fahrrad stand klitschnass hinter der kleinen Umzäunung vor Bavelaars Fenster. Durch die Gardinen sah er sie und Panday an ihren Schreibtischen in dem mit Neonröhren erleuchteten Raum sitzen. Er schloss sein Fahrrad auf und schob es rückwärts auf den Bürgersteig, wischte mit dem Ärmel über den Sattel und stieg auf. Ein Auto fuhr so dicht an ihm vorbei, dass seine Schuhe und Socken durch das hochspritzende Wasser im Nu durchnässt waren. »Verdammtes Arschloch!«, schimpfte er murmelnd und sah ihm wütend nach, während der Wagen hinter ihm weiter der Gracht folgte. Ohne sich umzusehen, behindert von seiner Kapuze, bog er bei der Brücke links ab, in die Spiegelstraat, die Augen halb zugekniffen gegen den Regen, der ihm direkt ins Gesicht schlug und ihm schon bald am Hals entlang in den Kragen sickerte. Seinen Kopf etwas gebeugt, um sich vor dem Regen zu schützen, die Augen starr auf den nassen Asphalt dicht vor seinem Fahrrad gerichtet, überquerte er auf gut Glück die Weteringschans und die Stadhouderskade, fuhr unter dem Rijksmuseum hindurch, über den Museumplein und durch die De Lairessestraat zum Amstelveenseweg, wo die Universitätsklinik stand.

Barts Zimmer war in der vierten Etage. Während er herumlief und die Zimmernummer suchte, traf er Marion in einem kleinen, schlecht beleuchteten Wartezimmer in der Mitte des Flurs. »Hey«, sagte er überrascht.

Sie stand auf. »Tag, Maarten.« Sie trug einen schwarzen Lackmantel, der vom Regen glänzte. Ihre Hand war nass. Er hatte erneut den Eindruck, dass sie sich reserviert gab, doch da er ohnehin nichts daran ändern konnte, schenkte er dem weiter keine Beachtung. »Dürfen wir nicht rein?«

»Sie sind noch mit ihm beschäftigt.« Sie sah ihn prufend an. Er zog seine Regenkleidung aus und setzte sich zu ihr, ein paar Stühle von ihr entfernt. »Wann hat das eigentlich angefangen?«

»Vor anderthalb Wochen. Hast du es nicht bemerkt?«

Erst jetzt erinnerte er sich, dass Bart die letzten Tage eine dunkle Brille getragen hatte, doch da er das häufiger tat, hatte er daraus keine Schlussfolgerungen gezogen. »Im Nachhinein«, sagte er.

»Bart klagt nie.«

»Nein, Bart klagt nie.«

Es lag ihm auf der Zunge zu fragen, ob es ihr zufolge etwas mit dem Aufsatz zu tun hatte, doch er ließ es lieber bleiben. Es hätte den

Anschein wecken können, dass er sich schuldig fühlte, auch wenn er ihm durchaus leidtat. »Wie geht es den Kindern?«, fragte er.

»Ha, Maarten«, sagte Bart munter. Er saß halb aufgerichtet an die Kissen gelehnt, mit einer schwarzen Klappe über seinem rechten Auge und davor eine dunkle Brille. Er streckte die Hand aus. »Nimm es mir nicht übel, dass ich nicht aufstehe, aber ich soll mich so wenig wie möglich bewegen.«

Marion gab ihm einen Kuss. »Das hat mir Marietje für dich mitgegeben.« Sie holte eine Zeichnung aus ihrer Tasche und gab sie ihm. Ihre Vergnügtheit machte einen gezwungenen Eindruck.

Bart hob seine Brille an und hielt die Zeichnung dicht vor sein gesundes Auge. »Wie schön. Sag ihr, dass ich mich darüber furchtbar freue.« Er rückte die Brille wieder zurecht und legte die Zeichnung weg.

»Wo willst du sitzen?«, fragte Maarten Marion.

»Setz du dich mal an sein gesundes Auge. Ich sehe ihn so oft.«

»Ich soll dich natürlich von allen grüßen«, sagte Maarten, während er sich setzte, »auch von Nicolien.«

»Würdest du ihnen auch meine herzlichen Grüße bestellen?«, sagte Bart freundlich.

Maarten nickte. Er sah ihn prüfend an. »Wie geht es dir jetzt?«

»Sie haben mich dieses Mal ordentlich in der Mangel«, antwortete Bart schmunzelnd. Er machte einen entspannten, fast erleichterten Eindruck.

»Welches Auge ist es denn eigentlich?«

»Mein gesundes Auge.«

»Das ist schlecht. Und die Prognose?«

»Sie hoffen, dass sie es gerettet bekommen, aber sie können es nicht garantieren.«

»Was für eine Scheißinfektion!«, sagte Maarten fassungslos.

»Das kann man wohl sagen«, sagte Bart lächelnd.

Sie schwiegen.

»Und du denkst jetzt natürlich, dass es psychisch ist«, sagte Bart.

»Ich denke nichts.«

»Dann ist es gut, denn es hat nichts damit zu tun!«
Maarten schwieg.
»Wie läuft es im Büro?«, fragte Bart.
»Gut.« Er musste kurz umschalten. »Außer natürlich, dass wir dich vermissen.«
»Das kann ich mir kaum vorstellen.«
»Aber es ist so.« Er dachte nach. »Wir haben den Schreibtisch von Beerta in Richards Zimmer umgestellt, um Platz für ein neues Bücherregal zu schaffen.«
»Hast du denn auch erst Herrn Beerta gefragt?«
»Nein.«
»Das hätte ich, glaube ich, schon gemacht.«
»Ich habe nicht daran gedacht. Es hätte auch keinen Sinn gehabt.«
»Und wenn er jetzt noch mal zurückkommt?«
»Das ist ausgeschlossen.«
»Das weißt du nicht.«
»Nein, das ist wirklich ausgeschlossen. Sonst hätte ich es nicht getan.«
»Aber ich würde es ihm trotzdem erzählen.«
Maarten zögerte. »Ich weiß noch nicht, ob ich das wirklich tun sollte.«
»Ich würde es tun.«
»Es hat übrigens einen Haufen Ärger gegeben, weil Richard den Schreibtisch nicht in seinem Zimmer haben wollte. Die Idee war, dass Lien da sitzt, wenn er nicht da ist, weil sie sich bei Joop im Zimmer nicht konzentrieren kann. Und dagegen hat er sich gesträubt.«
»Das kann ich mir bei Richard schon vorstellen. Ich glaube, ich hätte mich auch dagegen gewehrt.«
»Du?«, fragte Maarten verwundert.
»Ja, denn es ist doch ein Anschlag auf seine Privatsphäre.«
Maarten sah ihn fassungslos an. Er schüttelte den Kopf. »Nein, dafür habe ich keinerlei Verständnis. Ich habe denn auch einfach gesagt, dass es gemacht würde. Schluss aus!«
»Was bist du doch eigentlich für ein Diktator.« Er lächelte, doch es war deutlich, dass dieses Lächeln nur seine Irritation verbergen sollte.
»Deine Mutter hat auch noch gefragt, ob sie morgen Nachmittag

kommen kann, Bart«, schaltete Marion sich ein. »Und Frau van Herpen hat ebenfalls angerufen.«

»Das ist sehr nett von Frau van Herpen«, sagte Bart, wieder freundlich. »Und ich fände es sehr schön, wenn Mutter kommen würde, sag ihr das ruhig.«

Maarten entspannte sich. Ihm war klar, dass Marion befürchtete, Bart würde sich aufregen, und er wandte seinen Kopf zum Fenster. Es regnete noch immer. Auf der Ringstraße brauste der Autoverkehr in dichten Reihen vorbei. Dahinter lag, halb verloren in Schleiern von Regen, das Stadion. »Die Aussicht, die du hier hast, ist schon infernalisch«, bemerkte er.

»Darum ist es vielleicht auch ein Glück, dass ich es nicht sehen kann«, sagte Bart liebenswürdig.

*

Er ging in den Abstellraum, knipste das Licht an und bückte sich zu dem Karton mit der toten Katze. Sie lag flach auf dem Boden, ihre weißen Pfötchen ausgestreckt, den Kopf ein wenig nach hinten, die Augen glasig, nichts mehr sehend. Er hob den Karton vorsichtig hoch, knipste das Licht aus und ging durch den Flur zur Tür. »Du kommst also nicht mit?«

Nicolien kam aus der Küche. Sie blieb auf der Schwelle stehen, die Augen voller Tränen. »Nein, was soll ich da, wenn Ferd und Jasper dabei sind?« Sie sah in den Karton und streichelte der Katze mit zwei Fingern über den Kopf. »Tschüss, Marietje.«

Er spürte, dass seine Augen warm wurden, und kämpfte gegen die Tränen.

»Jetzt sieht man gut, wie mager sie ist, oder?«

»Ja.« Seine Stimme klang unnatürlich.

»Sie war so ein liebes kleines Tier. Nie eine Kralle ausgestreckt.«

»Dann gehe ich jetzt mal«, unterbrach er sie. Er öffnete die Tür und trat ins Treppenportal. Sie sah ihm nach, während er die Treppe hinunterstieg, den Karton dicht an seinem Körper, eine Hand am Geländer.

Er tickte mit seinem Ring an das Glas der Tür zu den Nachbarn unter ihnen und stieß sie auf. Sein Nachbar kam aus dem Garten, das Hemd hing offen über seinem entblößten Leib. »Hi!«, sagte er.

»Hi! Ist sie das?« Er sah in den Karton.

»Das ist sie.« Er hielt den Karton so, dass der andere die Katze sehen konnte.

Der Nachbar betrachtete sie flüchtig. »Jasper hat ein schönes Plätzchen für dich ausgesucht«, sagte er warmherzig und legte die Hand kurz auf Maartens Schulter. Er ging vor ihm her in den Garten. Jasper stand aus einem Gartenstuhl auf. Er hatte nur eine kurze Hose an, ein junger Mann noch, mit einem weißen, schmalen Oberkörper.

»Ha! Tag, Maarten. Deine Katze ist tot, nicht wahr?« Er blickte auf den Karton. »Fast ein Grund, sich keine Katzen zuzulegen.«

»Wie lange hattet ihr sie?«, fragte Ferd.

»Fünfzehn Jahre. Sie gehörte erst den Nachbarn. Damals wohnten wir noch an der Lijnbaansgracht.« Er betrachtete das tote Tier. In seiner Erinnerung sah er sie über den Rand der Abzäunung auf sie zulaufen und über den Kohlenschuppen in den kleinen Innenhof springen, doch mit den beiden anderen dabei hatte er seine Rührung nun besser unter Kontrolle.

»Ein Katzenleben«, sagte Ferd in Amsterdamer Mundart.

Jasper griff zu einer Schaufel. »Ich werde dir zeigen, wo wir es uns gedacht hatten.« Er ging vor Maarten her über den Plattenweg in den Garten. Es war ein schattiger, langgestreckter Garten mit hohen Bäumen und Sträuchern, der Boden bedeckt mit Blattpflanzen. Im hinteren Teil drückte Jasper die Sträucher ein wenig zur Seite und zeigte auf eine Stelle an der Umzäunung. Daneben lag eine Gehwegplatte.

»Die Platte habe ich dort schon mal hingelegt, um sie draufzulegen.«

Während sie dort standen, kam eine Frau durch eine halb offen stehende Tür in der Mauer aus dem Garten auf der anderen Seite. »Was habt ihr da?«, fragte sie neugierig.

»Hi, Olla«, sagte Jasper.

»Meine Katze ist tot«, sagte Maarten. Er zeigte ihr den Karton.

»Oh, 'ne tote Katze.« Sie wandte sich zu Jasper ab. »Ich wollte fragen, ob ihr ein bisschen Knoblauch für mich habt.«

»Das haben wir bestimmt«, sagte Jasper. Er sah Maarten an. »Soll ich dir noch helfen?«

»Nein, danke. Ich komme schon klar.« Er stellte den Karton ab, während sich die beiden, im Gespräch miteinander, von ihm entfernten und zum Haus gingen, nahm die Schaufel, drückte die Sträucher etwas zur Seite, zog ein Rechteck und begann zu graben. Das Graben versöhnte ihn mit dem Tod. Er hörte sie in der Ferne reden, doch dort, wo er stand, war es bis auf das Rascheln der Blätter, wenn der Wind durch sie hindurch strich, still. Er grub, ohne sich zu beeilen, ein schönes tiefes Loch mit geraden Wänden, stellte den Karton vorsichtig hinein, betrachtete noch kurz das tote Tier und begrub es dann langsam schaufelnd unter der Erde. Er legte den Stein darauf, blieb noch einen Moment stehen, drückte die Zweige der Sträucher wieder an ihren Platz und schlenderte, mit der Schaufel in der Hand, langsam über den Plattenweg zurück zum Haus, wo die drei auf Gartenstühlen saßen und sich unterhielten. Sie unterbrachen ihr Gespräch.

»Ist es vollbracht?«, fragte Ferd.

»Ja.« Er stellte die Schaufel ans Haus. »Ich danke euch.«

»Wie wär's jetzt mit einem Bier?«

Er zögerte. »Nein, ich gehe lieber zu Nicolien.«

»Nicolien ist sicher zu traurig, als dass sie hätte mitkommen können«, vermutete er.

Sie saß im Wohnzimmer, die Augen voller Tränen. Er setzte sich auf die Couch.

»Wie war es?«, fragte sie weinend.

»Es war sehr befriedigend. So muss es sein.«

»Ich hätte also mitgehen sollen?«

»Das muss doch nicht sein?«, versuchte er, sie zu beruhigen.

»Ich bin so traurig. Es war das Letzte, was von der Lijnbaansgracht übrig war.«

»Wir sind doch selbst noch da?«

»Aber damals gab es dieses scheußliche Büro noch nicht.«

Er schwieg. Ihre Worte machten ihn zutiefst unglücklich. »Das Büro gab es doch an der Lijnbaansgracht auch?«, versuchte er es.

»Aber nicht so«, sagte sie weinend. »Denn damals gab es Beerta noch. Und jetzt bist du ein hohes Tier geworden.«

*

Er zog bei Ads Schreibtisch einen Stuhl unter dem Sitzungstisch hervor und setzte sich.
Ad legte den Stift weg und lehnte sich abwartend zurück.
»Seinerzeit haben wir darüber gesprochen, einmal mit allen das Museum zu besuchen.«
Ad nickte.
»Das haben wir damals nicht gemacht, weil Bart es nicht wollte.«
»Er fand es moralisch nicht vertretbar«, erinnerte sich Ad mit leichtem Spott in der Stimme.
»Ich habe mich gefragt, ob wir nicht jetzt mal fahren könnten.«
»Weil er krank ist.«
»Wäre das was?«
»Das finde ich schon.«
»Dann können wir uns gleichzeitig einmal die Systeme und den Garten ansehen.«
»Wann wolltest du das machen?« Er zog seinen Terminkalender zu sich heran.
»Freitag in einer Woche?«
Ad blätterte weiter, sah auf den angegebenen Tag und nickte.
»Können wir das dann beim zweiten Kaffee besprechen?«
»Gut.« Er schob den Terminkalender wieder von sich.
»Dann rufe ich sie kurz zusammen.« Er stand auf, schob den Stuhl zurück und ging in den Besucherraum. Gert und Tjitske saßen an ihren Schreibtischen, Gert umgeben von Stapeln Fragebogen, Tjitske von Mappen. »Habt ihr Zeit, dass wir uns beim zweiten Kaffee zusammensetzen?«
»Worum geht es?«, fragte Tjitske.
»Um einen Ausflug zum Museum.«

»Dann können wir uns auch gern sofort zusammensetzen«, sagte Gert.

»Das ist mir klar, aber beim zweiten Kaffee geht alles etwas lockerer.« Er ging um das Bücherregal herum in den hinteren Raum, in dem Sien mit dem Rücken zu ihm vor dem Fenster des Lichtschachts saß und arbeitete. »Hast du es auch gehört, Sien?«

Sien drehte sich um. »Was gibt es?«, fragte sie angespannt.

»Ich wollte, dass wir uns beim zweiten Kaffee kurz zusammensetzen.«

Sie sah automatisch auf ihre Uhr. »Es dauert doch nicht lange?«

»Nur kurz!«

»Gut.« Sie wandte sich wieder ihrer Arbeit zu.

Er ging durch die andere Tür auf den Flur und weiter zu Richards Zimmer. Lien saß an dem riesigen Schreibtisch von Beerta, auf Beertas Stuhl, beim Licht einer Schreibtischlampe. Neben ihr saß eine Frau. »Hast du Hilfe?«, fragte Maarten, er sah flüchtig zu der Frau hinüber. Sie hatte ein grobes, männliches Gesicht, aber freundliche Augen, soweit er es auf die Schnelle erkennen konnte.

»Ja«, sagte Lien und sah auf. Sie war rot vor Anspannung.

»Geht es voran?« Er schaute auf die Bücher, die aufgeschlagen um sie herum lagen.

»Nicht so besonders«, sagte sie verlegen.

Die Frau sah ihn musternd an, ohne etwas zu sagen. »Ich wollte, dass wir uns beim zweiten Kaffee kurz zusammensetzen. Geht das?«

»Ja, natürlich geht das.«

»Gut, bis gleich.« Er ging hinter ihnen über den kleinen Flur, der Richards Zimmer mit dem Karteisystemraum verband, verwirrt durch die unbekannte Frau, die nur beobachtete. »Wer ist die Frau, die bei Lien sitzt?«, fragte er, als er den Karteisystemraum betrat.

»Oh, das ist Rie«, sagte Joop.

»Wer ist Rie?«

»Ich glaube, dass sie eine Freundin von Peter ist.«

Maarten war an ihrem Schreibtisch stehen geblieben. »Und was macht sie hier?«

»Sie hilft Lien bei ihrer Examensarbeit.«

»Das ist nett.«

»Ja, das ist eigentlich schon sehr, sehr nett«, fand auch Joop, als würde es ihr jetzt erst klar werden.

»Können wir uns beim zweiten Kaffee kurz zusammensetzen? Ich habe einen Vorschlag.« Er wandte sich ab.

»Ich komme.«

Er ging durch sein eigenes Zimmer zurück zum Flur und stieg die Hintertreppe hinunter zum Kaffeeraum. Dort saßen sechs Leute. Er holte sich eine Tasse Kaffee am Schalter, nahm die Post vom Tresen und setzte sich neben Freek. »Eine schöne Besprechung«, sagte er, sich vornüberbeugend, um die Post auf den niedrigen Tisch zu legen.

»Fandest du?« Es klang, als würde er dem nicht den geringsten Wert beimessen.

»Damit wird er leben müssen.« Er rührte in seinem Kaffee.

»Aber er ist auch ein furchtbarer S-sack!«, sagte Freek aufgebracht.

»Daran lässt du keinen Zweifel.«

Sie schwiegen.

Maarten nahm einen Schluck Kaffee, stellte die Tasse weg und stopfte sich eine Pfeife, mit einem Ohr dem Lärm um ihn herum lauschend: Wortfetzen, Gespräche.

»Du hast mal zu mir gesagt, dass man, wenn man w-weggeht, bis zum letzten Tag so tun muss, als ob man b-bleibt«, sagte Freek.

»Habe ich das gesagt?« Er sah zur Seite.

»Ich fand das verdammt gut.«

»Es ist mehr eine Frage der Hygiene.«

»Eben d-darum.«

Maarten riss ein Streichholz an und strich die Flamme behutsam über den Tabak.

»Aber jetzt gehe ich tatsächlich weg.«

Die Mitteilung überraschte Maarten, doch er zeigte es nicht. »Schade«, sagte er nur.

»D-das meinst du nicht im Ernst!«

»Warum sollte ich das nicht ernst meinen?« Er sah ihn an. »Ich finde es schade.«

Freek lachte, ein kurzes, hohes Lachen. »Warum bloß?«

»Weil ich es schade finde.« Da sie etwas abseits zwischen zwei leeren Stühlen saßen, ging das Gespräch im Lärm der anderen unter. »Warum gehst du? Oder darf ich das nicht wissen?«

»Weil ich die Nase furchtbar voll habe.«

Maarten nickte.

»Ich kann es echt nicht mehr ertragen.«

»Und deine Bibliografie?«

»Die m-muss Richard dann eben fertig stellen.«

Maarten sah ihn musternd an, die Pfeife am Mundwinkel. »Kann er das?«

»Hör mal, das ist nicht mein Problem«, sagte Freek entrüstet.

»Nein, das ist unser Problem.« Sein Ton war trocken.

»Ich hoffe, du willst mich nicht auch noch dafür verantwortlich machen, wenn ich hier weg bin?« Er riss die Augen weit auf.

»Du hast da ... Wie lange hast du daran gearbeitet? Zehn Jahre?«

»So in etwa«, sagte Freek unwillig.

»Ein Teil deines Lebens.«

»Hallo«, sagte Engelien, sie ließ sich auf den freien Stuhl neben Maarten plumpsen. »Ich habe deinen Artikel über den Film gelesen. Unheimlich gut, hör mal!«

»Jetzt erst?«, fragte er, während er sich ihr zuwandte.

»Ja, Mensch. Eigentlich ein Skandal, oder? Aber ich bin nicht früher dazu gekommen.« Sie warf ihr Haar zur Seite und wandte ihre Augen unter seinem Blick ab.

»Aber es ist doch eigentlich keine Wissenschaft?« Es lag leichter Spott in seiner Stimme.

»Nein, aber gerade deshalb!« Sie sah ihn flüchtig an. »Das fand ich nun gerade so interessant.«

Er lachte.

»Und die Fotos! Die finde ich unheimlich gut! Du bist da unheimlich gut getroffen, Mensch.«

»Die hat Ad gemacht«, wehrte er ab.

Sie sah ihn prüfend an. »Wie alt bist du eigentlich?«

»Einundfünfzig.«

»Das würde man nicht meinen.«

»Warte nur ab.« Er konnte das Kompliment nicht so recht einordnen. »Zwischen fünfzig und sechzig brechen die Leute plötzlich zusammen, von einem Tag auf den anderen.«

»Ja?«, fragte sie ungläubig. »Ist das so?«

Freek lachte kurz.

»Ich saß neulich in einer Sitzung des Bauernhausvereins zwei Vorstandsmitgliedern gegenüber und sah auf einmal unter ihrer Haut die Totenschädel, von einem Moment zum anderen.«

Freek lachte, ein hohes, sich überschlagendes Lachen.

»Wie makaber«, sagte Engelien schockiert.

»Und wie alt sind die?«, fragte Freek.

»Drei Jahre älter als ich.«

»Vielleicht hat das ja etwas mit den Wechseljahren zu tun«, mutmaßte sie. »Ich habe mal irgendwo gelesen, dass Männer auch so etwas haben.«

»Wer weiß«, sagte er lachend. Er nahm die Post und seine Tasse und stand auf. »Aber bis es so weit ist, mache ich mich noch mal an die Arbeit.«

»Ich wollte vorschlagen, dass wir sieben am Freitag in einer Woche dem Museum einen Besuch abstatten«, sagte Maarten.

»Das wurde auch wahrhaftig mal Zeit!«, rief Joop und schlug mit der flachen Hand auf den Tisch.

»Doch sicher ein Arbeitsbesuch?«, fragte Sien.

»Ein Arbeitsbesuch. Und vielleicht können wir dann danach zusammen etwas essen, zumindest, wenn ihr dazu Lust habt.«

»Was wolltest du denn essen?«, fragte Ad misstrauisch.

»Eine Pizza?«

»Was ist das?«

»Aber Ad, du weißt doch wohl, was eine Pizza ist?«, rief Joop.

»Nein«, sagte Ad mit einem verschmitzten Lachen. »Bestimmt etwas Italienisches.«

»Eine Pizza ist eine Art Pfannkuchen, aber in hart«, erklärte Maarten.

»Pfannkuchen mag ich schon«, sagte Ad begierig.

»Ach, der spielt doch nur den Dummen«, sagte Tjitske.
»Nein, ich spiele nicht den Dummen«, versicherte Ad lächelnd. »Ich weiß es wirklich nicht.«
»Aber dann muss man schon dazusagen, dass es ein herzhafter Pfannkuchen ist«, sagte Sien.
»Doch nicht mit Fleisch?«
»Nein, denn dann würde ich es auch nicht essen«, sagte Tjitske.
»Es gibt sie doch auch mit Käse, oder?«, sagte Maarten zu Sien.
»Und mit Anchovis«, sagte Sien, »aber die esst ihr sicher auch nicht?«
»Käse und Tomaten. Ist das was?«, fragte Maarten.

»Wenn die Tomaten dann aber auch gewaschen sind«, sagte Ad, »denn Heidi und ich haben einmal bei Leuten Tomaten gegessen und davon am nächsten Tag beide Ausschlag bekommen.«

»Wir werden fragen, ob sie die Tomaten waschen können«, beendete Maarten die Diskussion. »Können alle am Freitag in einer Woche?«
Es wurde genickt.
»Kann jemand nicht?«, drängte Maarten.
Niemand sagte etwas.
»Also Freitag in einer Woche! Mit dem Zug Viertel nach acht! Schaffst du das?« Er sah Ad an.
»Das schaffe ich.«
»Mit dem Zug Viertel nach acht!«, entschied Maarten. »Dann sind wir fünf vor halb zehn in Arnheim und um Viertel nach zehn im Hanekamp und trinken dann da Kaffee.«
»Wie könnten auch im Zug schon Kaffee trinken«, schlug Sien vor, »das spart zwanzig Minuten.«
»Nein, wir trinken im Hanekamp Kaffee. Das gehört dazu. Dann ist mein Plan, erst der Geschäftsstelle des Bauernhausvereins einen Besuch abzustatten, das ist da ganz in der Nähe, und Kassies zu bitten, euch die Zeichnungen mit den Aufmessungen und das Archiv zu zeigen, damit ihr einen Eindruck bekommt, was sie da haben. Das dauert eine halbe, Dreiviertelstunde, dann ist es Viertel vor zwölf. Bis zum Mittagessen sehen wir uns diese Ecke des Geländes an, auf jeden Fall Brabant, Limburg und die Wagenhalle, vielleicht auch noch die Papiermühle, und von dort gehen wir dann ins alte Bijenkorf zum Mittagessen.«

»Darf ich kurz was fragen?«, fragte Gert und hob die Hand. »Wir brauchen also nicht unser eigenes Brötchen mitzubringen?«

»Er nun wieder«, sagte Tjitske lachend.

»Es ist doch ein Arbeitsbesuch, verdammt noch mal!«, rief Joop.

»Ja, aber dann können wir vielleicht das Geld für die Pizza sparen«, verteidigte sich Gert.

»Das muss nicht sein«, sagte Maarten. »Von deiner Unkostenvergütung kannst du bequem auch noch eine Pizza bezahlen.«

»O ja?«, fragte Gert erstaunt. »Auch wenn man erst in Gehaltsgruppe 32 ist?«

»Auch dann, aber außerdem legen wir alles pro Kopf um. Wenn du es also nicht bezahlen kannst, zahlen wir es.«

»Du kommst schon nicht zu kurz«, stichelte Tjitske.

»Oh«, sagte Gert verdutzt.

»Dann wollte ich mit Wiegel vereinbaren, dass wir um halb zwei, Viertel vor zwei bei ihm sind und er uns die Bibliothek zeigt, und vor allem die Kataloge, denn er hat das System, mit dem wir noch immer arbeiten, seinerzeit entworfen und weiter verfeinert, und er hat auch angefangen, eine Art Schlagwortkatalog aufzubauen. Und daran anschließend zur Dokumentation wegen des Handschriften- und Bildarchivs. Um drei Uhr sind wir fertig. Ich nehme an, dass wir bei ihnen auch Tee bekommen. Dann haben wir noch bis sechs Uhr Zeit, uns den Rest des Geländes anzusehen. Wie hört sich das für euch an?«

»Toll!«, versicherte Joop. Sie gab Lien, die neben ihr saß, einen kleinen Stoß. »Sag du jetzt auch mal was. Du sitzt ja so still daneben!«

»Ich finde es sehr schön«, sagte Lien und wurde rot.

»Gibt es keinen Museumsführer, damit wir uns schon mal vorbereiten können?«, fragte Sien.

»Im Regal steht ein Führer«, sagte Maarten.

»Soll ich den herumgehen lassen?«

»Maarten kann uns doch sicher herumführen?«, sagte Tjitske. »Der ist da doch ständig.«

»Aber ich weiß noch immer nichts darüber.«

»Das glaube ich nicht.«

»Na, wenn du nichts darüber weißt, müssen wir auch nichts darüber wissen«, rief Joop übermütig. »Dann gehen wir einfach zum Spaß hin!« Sie lachte ausgelassen.

»Mach das ruhig«, sagte Maarten lächelnd zu Sien. Er sah in die Runde. »Gibt es noch Fragen?«

Niemand sagte etwas. Es gab leichtes Kopfschütteln.

»Dann ist es abgemacht.« Er wollte aufstehen.

»Ich habe noch eine Frage, aber wegen etwas anderem«, sagte Gert und hob die Hand.

Maarten ließ sich wieder zurücksinken.

»Sollen wir Bart nicht etwas schenken, wenn er nächste Woche wieder nach Hause kommt?«

»Ja, aber was?«, fragte Maarten.

»Da gibt es doch sicher Bücher?«, bemerkte Joop. »Er mag doch Geschichte?«

»Ein Buch scheint mir nicht so schlau zu sein«, sagte Maarten, »denn es ist die Frage, ob er es lesen kann.«

Sie lief rot an.

»Und einen Obstkorb hat er schon bekommen«, sagte Sien.

»Ja«, sagte Maarten. »Und er trinkt kaum Alkohol. Ich weiß übrigens nicht, ob er den im Augenblick überhaupt trinken darf.«

»Ist das auch schon nicht mehr gut für die Augen?«, fragte Ad neugierig.

»Das weiß ich nicht«, sagte Maarten. »Eine Flasche mit gutem Wein?«

»Darf ich einen Vorschlag machen?«, fragte Gert schüchtern.

»Mach einen Vorschlag«, sagte Maarten.

»Er hat mir mal erzählt, dass er sich für Straßenbahnen und Züge interessiert. Wenn wir ihm jetzt mal eine Platte mit Zuggeräuschen schenken würden? Ich glaube, dass es so etwas gibt.«

»Das ist eine verdammt gute Idee«, fand Maarten.

»Aber weißt du denn sicher, dass Bart einen Plattenspieler hat?« fragte Sien.

»Wer hat denn keinen Plattenspieler«, sagte Joop.

»Dann kennst du Bart nicht«, sagte Ad spöttisch lächelnd.

»Ich werde Marion anrufen«, versprach Maarten.

»Ich sehe mich dann also nach so einer Platte um«, bot Gert an.
»Gern«, sagte Maarten überrascht.
»Wie viel darf ich denn ausgeben?«
»Wie viel kostet so eine Platte?«, fragte sich Maarten laut. »Zwanzig Gulden? Und wir sind zu siebt. Du kannst sogar zwei kaufen, scheint mir.« Er sah in die Runde, ob es eine Reaktion gab. Niemand reagierte.
»Und wenn sie nun fünfundzwanzig Gulden kostet?«, wollte Gert wissen.
»Auch dann. Bis dreißig Gulden, soweit es mich betrifft.«
»Vielleicht will das Musikarchiv auch mitmachen?«, fragte Sien.
»Und Bavelaar?«
»Er hat auch immer ziemlich viel mit Mia zu tun«, bemerkte Ad, »weil er die Beschaffung gemacht hat.«
Maarten dachte nach. »Nein. Würde es um einen Obstkorb gehen, wäre das etwas anderes, aber so eine Platte hat einen eher persönlichen Charakter. Ich finde, dass sie nur von uns sein sollte.« Er sah in die Runde. »Einverstanden?«
Niemand reagierte darauf.
»Nicht einverstanden?«
»Doch, ich bin damit einverstanden«, sagte Lien. Sie sah sich um, wie um sich zu vergewissern, dass sie auch für die anderen sprach.
»Ja, ich eigentlich auch«, pflichtete ihr Tjitske bei.
Maarten sah Ad an.
»Kein Problem«, sagte Ad.
»Sien?«, fragte Maarten.
»Ich finde es ganz in Ordnung«, sagte Sien, ohne große Begeisterung.
»Dann machen wir es so«, entschied Maarten.

*

Bart wohnte in Amsterdam-Zuid, in einem Apartmenthaus. Er machte ihnen selbst auf, in einem lockeren, hellgrauen Pullover, eine dunkle Brille auf der Nase. »Tag, Nicolien«, sagte er herzlich und gab Nicolien die Hand. »Das ist außerordentlich nett von euch, dass ihr mich besuchen kommt. Tag, Maarten.« Er gab Maarten ebenfalls die Hand.

Marion kam aus der Küche. »Wir haben noch gesagt: ›Werden sie es wohl finden?‹«

»Leute, die im Zentrum wohnen, wissen sich außerhalb der Singelgracht häufig keinen Rat«, erläuterte Bart.

Sie lachten.

»Das ist Unwillen«, sagte Maarten.

»Ich verstehe«, sagte Bart lachend. »Das würde mir auch so gehen. Es gehört sich auch eigentlich nicht.«

»Die sind für dich«, sagte Nicolien, sie gab Marion den Strauß Blumen, »vom Büro.«

»Wir fanden, dass du eigentlich auch etwas bekommen solltest«, sagte Maarten. »Und das ist für Bart«, er überreichte Bart die Plastiktüte mit der Schallplatte, »auch vom Büro.«

»Oooo«, sagte Bart. Er ging mit der Tüte ins Wohnzimmer, zum Licht, und zog die Platte heraus, während sie abwartend zusahen.

»Es ist eine Idee von Gert«, sagte Maarten.

Bart schob die Brille hoch und betrachtete die Platte aus der Nähe. »Nein doch!«, sagte er überrascht. »Züge!« Er sah Maarten an. »Woher wusste Gert das? Damit habt ihr mir eine außerordentliche Freude bereitet. Willst du allen herzlich danken?« Er gab Maarten erneut die Hand.

»Zeig mal«, sagte Marion. Sie betrachtete die Hülle. »Was für eine schöne Idee.« Sie gab sie Bart zurück. »Wollt ihr Kaffee?«

Sie setzten sich in das etwas altmodisch eingerichtete Wohnzimmer, ein niedriges Bücherregal, vier unterschiedliche Armsessel mit dünnen Beinen und geflochtenen Sitzflächen um einen niedrigen Tisch, ein paar Pflanzen, ein sich anschließendes Hinterzimmer mit einem Esstisch.

»Eigentlich sollten wir mal ein Stück hören«, sagte Bart. Er hatte die Platte noch in den Händen. »Wenn Marion zurück ist.«

»Wie geht es dir?«, fragte Maarten.

»Danke. Es geht jetzt zwar viel besser, aber ich habe doch schon einen ordentlichen Knacks abbekommen.« Er lachte.

»Danke übrigens noch für eure Karte aus Frankreich«, sagte Marion, als sie mit dem Kaffee ins Zimmer kam.

»Aus Conques«, erinnerte sich Maarten.

»Wir haben uns gefragt, ob ihr auf dem Jakobsweg gewandert seid«, sagte Bart.

»Ein Stück davon.« Er nahm die Tasse entgegen. »Danke.«

»Wie war das Wetter?«, fragte Marion, während sie Bart seinen Kaffee gab.

»Fast jeden Tag Regen.«

»Wie kommst du denn darauf?«, sagte Nicolien. »Das Wetter war sehr gut.«

»Ich bin es gewöhnt, Nicolien, das, was Maarten sagt, cum grano salis zu nehmen«, sagte Bart lachend.

»Als wir nach Conques gingen, gab es jedenfalls ein Unwetter«, beharrte Maarten. »Platzregen, Blitz und Donner. Dass wir hier sitzen, darfst du ruhig ein kleines Wunder nennen.«

»Was macht ihr denn, wenn ihr so ein Wetter habt?«, fragte Marion. »Geht ihr dann einfach weiter?«

»Wir haben uns untergestellt, nicht wahr, Maarten?«

»In einer Scheune«, bestätigte Maarten, »bei einem Mastkalb. Als Nicolien das entdeckte, wollte sie, dass ich das Tier befreie.«

»Ich fand es traurig«, verdeutlichte Nicolien.

»Und, hast du es getan?«, fragte Bart.

»Nein, ich habe mich nicht getraut. Das fand sie feige, und darüber haben wir uns dann gestritten.«

»Na ja, gestritten ...«, sagte Nicolien.

»Gestritten!«, sagte Maarten entschieden.

»Solche Sachen will Bart auch immer machen«, sagte Marion. »Das jagt mir dann wirklich einen Schrecken ein.«

»Was meinst du denn?«, fragte Bart neugierig.

»Na, das eine Mal mit den Krabben. In der Bretagne.«

»Oh, das mit den Krabben ... Aber da war ich auch furchtbar wütend.«

»Worum ging es denn da?«

»Da war eine kleine Gruppe Fischer. Sowieso schon nicht die Art

Zeitvertreib, die ich sonderlich mag. Die hatten ein paar Krabben gefangen, am Ende des Piers, wo sie standen und fischten. Und denen haben sie von einem kleinen Hund die Beine abbeißen lassen. Da bin ich furchtbar böse geworden. Ich bin hingegangen, ich habe die Krabben ins Wasser geschoben und sie angeschnauzt, einfach auf Niederländisch.«

»Und wie haben sie darauf reagiert?«, fragte Maarten lachend.

»Die Herren waren fassungslos! Wahrscheinlich vor allem, weil sie sich nicht vorstellen konnten, dass jemandem etwas an Krabben liegt, nicht wegen meiner körperlichen Erscheinung, nehme ich an.«

Maarten lachte. »Verdammt mutig.«

»Ich finde das furchtbar nett«, sagte Nicolien.

»Oh, aber so ist Bart«, sagte Marion.

»Ja, aber nicht, weil ich so mutig bin«, sagte Bart mit der Hand auf der Brust, »sondern weil ich in solchen Situationen empört bin.«

»Du musst mal von deinem Auftritt gegen die Deutschen erzählen«, sagte Marion. »Oder hast du das schon mal erzählt?«

»Damals war ich vier!«, protestierte Bart. »Das war keine Empörung und überhaupt kein Mut.«

»Erzähl es trotzdem mal«, ermunterte Maarten.

»Damals wohnten wir in Groningen, an der Straße nach Haren«, die Erinnerung amüsierte ihn, »und einmal, als ein Regiment Deutscher vorbeizog, habe ich mich auf den Balkon gestellt und ganz laut ›Weg mit den Moffen‹ gerufen. Meine Mutter wusste gar nicht, wie sie mich schnell genug wieder vom Balkon bekommen sollte.« Er lachte.

Sie schwiegen. Von draußen hörte man das Brummen des Verkehrs. Eine Straßenbahn fuhr vorbei.

»Man kann die Straßenbahn hier gut hören«, bemerkte Maarten.

Das erinnerte Bart an die Platte. Er hob sie vom Boden auf, wo er sie an das Bein seines Sessels gestellt hatte, und gab sie Marion. »Könntest du uns ein Stückchen davon hören lassen?«

Marion stand auf.

»Es ist nicht so, dass ich finde, dass die Damen die niederen Tätigkeiten verrichten sollen«, entschuldigte er sich bei Nicolien, während Marion mit der Platte ins Hinterzimmer ging, »aber mit nur einem

Auge kann man nicht genau die Stelle finden, wo die Nadel in die Rille gesetzt werden muss.«

»Das hatte mein Vater auch«, erinnerte sich Maarten.

»Hatte dein Vater nur *ein* Auge?«, fragte Bart überrascht.

»Als er genau so alt war wie du jetzt, glaube ich. Das war im Krieg. Ich weiß nicht mehr genau, wie es passiert ist, denn er sprach nie darüber, aber ich habe es gemerkt, als er mit einer Hand eine Fliege fangen wollte – er griff jedes Mal daneben, obwohl er es früher unheimlich gut konnte.«

»Ja, genauso ist es«, sagte Bart interessiert. »Und hatte er sonst keine Probleme damit?« Er unterbrach sich selbst und hob den Finger. »Hört mal!« Aus dem hinteren Zimmer kam das Geräusch einer fahrenden Lokomotive, übertönt durch einen gellenden Pfiff. Auf Barts Gesicht erschien ein Ausdruck der Glückseligkeit. »Ist das nicht wunderbar?«, sagte er entzückt. Das Geräusch wurde lauter, als käme der Zug näher. Marion kam auf den Zehen zurück und ging zu ihrem Stuhl. Bart lauschte intensiv. »Es ist eine 3700«, stellte er, mehr für sich, fest.

»Was ist das?«, fragte Maarten.

»Das ist ein bestimmter Lokomotivtyp.« Er hatte sich ein wenig in seinem Sessel aufgerichtet, um besser hören zu können. »Es ist eine 3700. Hört nur!«

»Woran hörst du das denn?«, fragte Maarten.

»Am Schlag!« Er hielt den Finger an sein Ohr. »Hört nur! Wunderbar!« Er lächelte.

»Was ist ein Schlag?«, ließ Maarten nicht locker, mit einem verwunderten Lachen.

»Der Schlag ist das Tschucke-tschucke-tschucke der Zylinder. Daran erkennst du sie sofort. Die 3600 und die 3900 haben auch vier Zylinder, aber bei denen ist der Schlag ein anderer.«

»Unglaublich«, sagte Maarten lachend.

»Oh, aber du kennst sie selbst bestimmt auch. Ich bin ziemlich sicher, dass du mehrfach von ihr gefahren worden bist, denn es war früher die am häufigsten vorkommende Lokomotive. Hör zu!« Die Lokomotive pfiff, es erschien erneut ein seliges Lächeln auf seinem Gesicht. »Das ist doch toll?«

Sie lachten.

»Erinnerst du dich nicht?«, fragte Bart ungläubig.

»Ich erinnere mich schon an Lokomotiven, aber ich könnte nicht sagen, wie sie genau aussehen. Dann müsste ich ein Foto sehen.«

»Dem kann abgeholfen werden.« Er stand auf und ging in das hintere Zimmer, während im Hintergrund das Schnaufen und Pfeifen weiterging.

»Ich weiß noch, dass, wenn wir früher nach den Ferien zurückfuhren, der Zug sagte: ›Wir fahrn nach *Haus*, wir fahrn nach *Haus*, wir fahrn nach *Haus*‹«, sagte Maarten, als Bart, in einem Buch blätternd, zurückkam. »Ist das der Schlag?«

»Nein, das sind die Schienenstöße. Hier!« Er legte das Buch aufgeschlagen in Maartens Hände und zeigte auf ein Foto. »Die 3700!« Seine Stimme klang triumphierend. »Oder auch PÜ 3, das P steht für Personentransport, das Ü für mit Überhitzer, und sie hat einen losen Tender, denn sonst stünde noch ein T dahinter.«

Maarten sah auf die Abbildung. »Tender bedeutet Kohlenwagen?«

»Es bedeutet Kohlenwagen.« Er wandte sich Nicolien zu. »Nimm es mir nicht übel, Nicolien«, sagte er galant, »aber das wird hier ein bisschen zu einem Männergespräch.«

Nicolien lachte. »Ach, ich finde es ganz lustig.«

»Ich sehe, dass es eine Lokomotive ist, aber dann hört es auch auf«, sagte Maarten. Er schlug die Titelseite auf: *Waldorp: Unsere niederländischen Dampflokomotiven in Wort und Bild* – und gab Bart das Buch zurück. »Wie lange hast du das schon?«

»Diese Zuganomalie, meinst du?«, fragte Bart lachend.

»Die auch.«

»Sehr lange, fürchte ich.«

Sie schwiegen, den Zuggeräuschen aus dem Hinterzimmer lauschend, Bart mit einem Lächeln auf dem Gesicht, bis die Platte zu Ende war.

»Wollt ihr die andere Seite auch hören?«, fragte Marion.

»Nein, wir wollen es mal nicht übertreiben«, fand Bart.

»Wollt ihr dann vielleicht ein Gläschen Wein?«, fragte sie.

»Wein?«, sagte Maarten überrascht.

»Wir haben speziell für solche Gelegenheiten einen sehr leckeren Gewürztraminer im Hause«, sagte Bart. »Das heißt, wir finden ihn lecker.«
»Gern«, sagte Nicolien. »Lecker!«
»Ja, gern«, sagte Maarten.
»Braucht ihr noch irgendwas?«, fragte Bart besorgt.
»Nein.«
»Aber wir sprachen über deinen Vater«, sagte Bart, sich Maarten zuwendend. »Unser Gespräch wurde eben unterbrochen, aber du wirst verstehen, dass es mich schon außerordentlich interessiert.«

*

Joop und Lien stiegen als Erste aus und bogen sofort links zum Ausgang ab. Sien und Tjitske blieben stehen.
»Hey, Joop!«, rief Maarten.
Joop drehte sich um.
»Wir gehen durch den Hinterausgang!«
»Fahren wir denn nicht mit dem Bus?«, fragte sie, während sie zurückkam.
»Nein, wir werden laufen, durch Sonsbeek.« Er wandte sich ab und ging mit Ad neben sich den Bahnsteig entlang.
»Nur gut, dass ich meine Wanderschuhe angezogen habe«, sagte Joop fröhlich hinter ihnen.
»Joop hat endlich ihren Schulausflug«, sagte Ad verstohlen lächelnd.
Sie stiegen die steile Treppe hinauf und gingen über die Fußgängerbrücke, die links und rechts Aussicht über das Bahngelände bot, zum Hinterausgang. Maarten zog die Schwingtür auf und ließ sie vorangehen. »Über die Straße und dann rechts«, kommandierte er. Sien und Tjitske setzten sich an die Spitze, Joop und Lien folgten, Ad, Gert und Maarten kamen langsam hinterher. In der stillen Straße, die abwärts nach Sonsbeek führte, ertönte laut Joops Stimme, lachend und kichernd, eine einzige, große Bewegung, während Lien still neben ihr herging.
»Joop ist wie Peperoni«, bemerkte Gert lächelnd, »aber ich möchte sie nicht mehr missen.«

»Das ist auch nicht nötig«, sagte Maarten.
»Außer natürlich, wenn sie entlassen wird«, sagte Ad.
»Wer bei uns arbeitet, wird nicht entlassen«, sagte Maarten apodiktisch.
»Nein?«, fragte Gert ungläubig.
»Und wenn wir mal einsparen müssen?«, fragte Ad.
»Dann fangen sie eben bei mir an«, sagte Maarten, er lachte schief, »das sind dann zwei Fliegen mit einer Klappe.«
Sien und Tjitske hatten ein Stück vor ihnen den Zijpendaalseweg erreicht und drehten sich um. Maarten gab ihnen ein Zeichen, dass sie über die Straße müssten, und machte mit dem Arm eine kreisende Bewegung, um anzudeuten, dass sie am Teich vorbei mussten, worauf sie sich wieder abwandten und die Straße überquerten.

Im Park war es still. Die Luft war grau und feucht und hatte bereits etwas Herbstliches. Unter den Bäumen war es dunkel.
»Gehen Sie diesen Weg eigentlich immer?«, fragte Gert.
»Meistens schon.«
»Auch wenn es dunkel ist?«
»Im Winter ist es immer schon dunkel, zumindest, wenn ich zurückkomme.«
»Ich glaube nicht, dass ich mich das trauen würde.«
»Warum nicht? Es passiert nichts.«
»Ja, aber das weiß man nicht im Voraus.«
»Ist dir denn schon einmal etwas passiert?«, fragte Ad, vor Maarten her.
»Letzte Woche noch, als Klaasje und ich durch den Vondelpark nach Hause fuhren. Ein paar Jungs.«
»Und was haben die gemacht?«, fragte Ad begierig.
»Gerufen, und sie sind hinter uns hergekommen. Sie hatten das Fahrrad von Klaasje schon beim Gepäckträger zu fassen gekriegt.«
»Und was hast du dann gemacht?«, wollte Maarten wissen.
»Schnell weggefahren.« Er lachte ertappt.
»Und hast Klaasje ihrem Schicksal überlassen?«
»Das ist vielleicht nicht so mutig, oder? Aber ich bin auch nicht so mutig.«

»Und Klaasje?«, fragte Maarten verwundert.

»Das weiß ich nicht. Ich habe mich nicht mehr getraut, danach zu fragen. Ich denke, dass sie sich freigestrampelt hat.« Er lachte. »Vielleicht ein bisschen komisch, oder?«

»Ja, ein bisschen komisch ist es schon«, fand Maarten.

Sie schwiegen. Sien und Tjitske hatten ein ordentliches Tempo vorgelegt und gingen weit vor ihnen her. Ein Stück dahinter kamen Joop und Lien. Joop war fortwährend am Reden. Sie hörten ihre Stimme, doch was sie sagte, war auf die Entfernung nicht zu verstehen.

»Man fragt sich, worüber sie ständig redet«, sagte Ad.

»Ich stelle mir nichts vor«, sagte Maarten.

»Glaubst du, dass sie manchmal über uns reden?«

»Darüber denke ich lieber nicht nach. Allein schon den Gedanken finde ich peinlich.«

»O ja?«, fragte Ad erstaunt.

»Nein, ich glaube, ich würde es schon interessant finden«, sagte Gert. »Je mehr sie über mich reden, umso besser.«

»Eigentlich müssten sie ausschließlich über dich reden«, vermutete Maarten lächelnd.

Gert musste darüber so lachen, dass er sich bog. »Aber es ist so!«, sagte er lachend und richtete sich wieder auf.

Am Ende der Buchenallee, an der Ecke des Kluizeweg, standen die vier anderen und warteten auf sie. »Wohin jetzt?«, fragte Sien.

»Nach links«, sagte Maarten, »in den Kluizeweg.« Er kam neben sie an die Spitze, woraufhin Tjitske sich zu Joop und Lien zurückfallen ließ. »Diesen Weg gehe ich mindestens einmal im Monat«, sagte er zu Sien, während er nach einem Gesprächsthema suchte.

»O ja?« Sie war rot geworden. »Langweilt dich das denn nicht?«

Die Frage wunderte ihn. »Nein, ich finde das gerade schön.«

Sie stieg in hohem Tempo den steil ansteigenden Fußweg unter den Buchen hinauf, als bemühe sie sich, ihn wieder loszuwerden. Er musste sich anstrengen, mit ihr Schritt zu halten.

»Früher bist du sicher mit dem Fahrrad zur Schule gefahren?«, fragte er etwas außer Atem.

»Ja, das ging nicht anders.«

»Durch den Polder!«
»Ja, und es hat mich angeödet.«
»Wie weit war das denn?«
»Acht Kilometer.«
»Eine gute halbe Stunde.«
»Na ja, ich habe es meist auch in fünfundzwanzig Minuten geschafft. Und wenn ich den Wind im Rücken hatte, in zwanzig.«
Sie schwiegen. Er fand das schnell, doch er behielt es für sich, da ihn das Gespräch beklommen machte. Hinter sich hörte er Joop reden und lachen. Er war kurz davor, einen Scherz darüber zu machen, doch er hielt sich zurück, da es als Kritik aufgefasst werden könnte. »Wie viele wart ihr eigentlich zu Hause?«, fragte er.
»Kinder, meinst du? Sieben.«
»Und du warst ...?«
»Die Dritte.«
»War es für deine Eltern denn nicht schwierig, dich studieren zu lassen? Ich meine, weil dein Vater Postbote ist.«
»Ich hatte doch ein Stipendium«, sagte sie widerwillig.
Er hatte den Eindruck, dass sie über dieses Thema lieber nicht sprach, doch da er keinen Grund dafür sah, reizte es ihn eher noch weiterzufragen. »Nach rechts«, sagte er, wobei er nach rechts oben zeigte. Sie stiegen weiter den Fußweg hinauf, zwischen den Wurzeln der Buchen, die am Hang ausgespült waren, er einen Schritt schräg hinter ihr. Etwa zwanzig Meter weiter, oben am Hang, verbreiterte sich der Weg, und er kam wieder neben sie. »Und wie haben sie darauf reagiert, als du angefangen hast zu studieren?«
»Ach, das weiß ich nicht.«
»Sie werden doch wohl stolz sein?«
»Das haben sie mich dann nie merken lassen.«
Er drang nicht weiter in sie, und da ihm so rasch auch nichts anderes einfiel, schwieg er. Beim Schelmseweg warteten sie auf die fünf anderen, bevor sie über die Straße gingen. »Wir nehmen den Diensteingang«, informierte er Lien, als sie der Ausschilderung nach links folgen wollte. Ohne auf die anderen zu warten, ging er voran, aus einem Bedürfnis heraus, kurz von ihrer drückenden Anwesenheit befreit zu

sein. Beim Einfahrtstor blieb er stehen und wartete. Sie kamen in ungeordneter Folge an. Er holte den Museumsführer aus der Tasche und gab ihn Sien. »Der ist bei dir besser aufgehoben.«
»Aber brauchst du ihn denn nicht?«
»Ich weiß es auch so. Übernimm du mal die Führung.«
Sie blieb stehen und faltete den Lageplan auseinander. Die anderen gruppierten sich um sie herum. »Wo sind wir jetzt?«, fragte sie.
»Hier.« Er wies auf die Stelle der Karte, während die anderen versuchten, mit hineinzusehen. »Und hier ist der Hanekamp. Wir gehen also so, am Twenter Bauernhof vorbei, Nummer einhundertfünfzehn.«
»Nummer einhundertfünfzehn!«, sagte Joop, die Stimme aus einer Gegensprechanlage imitierend. »Bitte melden Sie sich bei der Direktion!« Sie lachte ausgelassen.
Lachend gingen sie durch das Tor.
»Hier lang.« Er ging hinter dem Tor in den Wald hinein, auf einem ausgetretenen Pfad, der nicht weit vom Twenter Bauernhof auf den Weg mündete. Ein paar Meter von der Eingangstür entfernt blieb Sien stehen und blätterte in ihrem Führer. Die anderen warteten, während sie das Gebäude betrachteten. »›Kleines Twenter Bauernhaus aus Beuningen, Overijssel‹«, las Sien laut. »›Kleine, lose Hülle, deren Wände aus Fachwerk mit Lehmfüllung bestehen.‹« ... »Maarten! Fachwerk!«, unterbrach sie Joop. »Leg eine Karteikarte an!« ... »›Hoch aufstrebende Dachgiebel‹«, fuhr Sien unbeirrt fort, »›mit Eichenbalken und Strohflechtwerk.‹« Sie sah kurz auf, um zu sehen, ob es stimmte. »Da oben sicher«, schlussfolgerte sie und beugte sich wieder über den Text. »›Erbaut um 1700. Für die technische Betriebsführung verweisen wir auf die Seiten 21 und 22.‹« Sie blätterte in dem Büchlein, um die Seiten zu suchen.
»Aber das Pikante ist, dass es nie ein Bauernhaus gewesen ist, sondern eine Scheune, die sie umgebaut haben«, erzählte Maarten. »Das Bauernhaus, das hier erst stand, ist am Tag nach der Eröffnung abgebrannt, weil ein Fotograf ein Foto mit Magnesiumlicht gemacht hat.«
»Was für ein Nepp«, höhnte Tjitske. »Deswegen fahren wir die ganze Strecke nach Arnheim?«

»Geld zurück!«, rief Joop.

Gert schüttelte sich vor Lachen. Lien lachte verlegen, als schäme sie sich für diesen kleinen Scherz.

»›Das Bauernhaus steht mit dem Betriebseingang zum Weg hin‹«, las Sien vor. Sie sah auf. »Ist das der Betriebseingang?«, fragte sie ungläubig.

»Nein, das bezieht sich auf den Drenter Bauernhof«, sagte Maarten.

»Weil sie darauf verweisen«, sagte sie und tippte auf die Seite.

»Das ist nicht besonders deutlich«, gab er zu. Er wandte sich ab.

»Wollen wir nicht auch noch kurz hineinschauen?«, fragte sie.

Gert war bereits weitergegangen und sah neugierig von der Schwelle aus hinein.

»Nein, erst Kaffee trinken«, entschied Maarten. »Sonst kommt unser Zeitplan durcheinander. Gert!«

Gert drehte sich um und schlug die Hacken zusammen. »Zur Stelle!«

Beim Hanekamp war es so früh am Morgen noch ruhig. Die Bänke und Stühle standen dort in der grauen, feuchten Luft, die Tür stand halb offen, man hörte keine Geräusche. Sie setzten sich an einen der Holztische. Ad ging hinein, um Kaffee und eine Rivella-Limonade für Tjitske zu bestellen.

»Bist du hier eigentlich schon mal gewesen?«, fragte Maarten Lien.

»Nein«, sagte sie und wurde rot, »aber ich hatte es schon lange mal vor.«

»Es ist schon nett, wenn du nur nicht glaubst, dass es ein Bild der Vergangenheit vermittelt.«

»Es kommt gleich«, meldete Ad, während er sich wieder zu ihnen gesellte.

»Dieser Gasthof hat in der Wipstrikkerallee gestanden«, erzählte Maarten, »gegenüber dem Haus meines Großvaters.«

»Darum sollten wir hier sicher Kaffee trinken«, spottete Tjitske.

»Wusste ich es doch!«, rief Joop und schlug mit der flachen Hand auf den Tisch.

»Ich kann es nicht finden«, sagte Sien zu Maarten. »Hier steht: ›siehe Seite 43‹, aber auf Seite 43 steht der Kemper Bauernhof aus Budel. Sieh nur.« Sie schob ihm den Museumsführer zu.

Maarten sah auf die Seite. »Es steht gleich darüber.« Er schob den Führer zurück. »Nur ein Satz!«

»O ja«, sagte sie beschämt.

Der Kaffee wurde zusammen mit einer Schale gefüllter Marzipanküchlein gebracht.

»Riesig!«, sagte Gert. »Ist das für uns?«

Ad lächelte heimlich, die Lippen aufeinandergepresst.

»Dann brauchen wir gleich nicht mehr zu essen«, sagte Joop.

»Na, aber ich schon«, sagte Tjitske.

Ad nahm die Schale und reichte sie herum.

»Hast du das spendiert?«, fragte Sien ungläubig.

»Nein, Gert!«, sagte Ad.

»Kein Stück!«, protestierte Gert.

»Ja, Gert«, sagte Tjitske lachend. »Jetzt musst du mal einen ausgeben!«

Gert war rot geworden. Er lachte ein wenig. »Findet ihr, dass ich zu wenig ausgebe?«, fragte er unglücklich.

»Heute ist alles auf Staatskosten«, kam ihm Maarten zu Hilfe.

Sie lachten.

»Wir waren hier einmal mit meinem Vater«, sagte Maarten und wandte sich Lien zu, »und er meinte, dass es überhaupt nicht dem ähnelt, wie es früher war. Damals war es ein Gasthof, in dem die Bauern Station machten, wenn sie vom Viehmarkt kamen. Sie haben eine Idylle daraus gemacht.«

»Es wimmelt hier von Wespen«, sagte Joop, während sie um sich schlug.

»Du darfst nicht nach ihnen schlagen«, sagte Tjitske, »denn dann stechen sie gerade.«

Ad war aufgestanden und hob ein Glas von einer kleinen Flasche, die einen Tisch weiter stehen geblieben war. Er schüttete die Flasche aus und kam wieder zurück.

»Wolltest du nachsehen, ob noch was drin war?«, fragte Tjitske.

»Da saß eine Wespe drin.«

»Müssen die auch schon geschützt werden?«, fragte Sien mit kaum verhohlener Irritation.

»Es sind auch Tiere«, sagte Ad.

»Du schlägst sie sicher tot«, höhnte Tjitske.

»Wenn sie mir lästig werden«, sagte Sien bissig.

»Mein Großvater hatte eine Fliegenklatsche«, griff Maarten ein, »und wenn er dann eine Fliege totschlagen wollte, machte er die Augen zu. Er wollte es nicht sehen.«

»War das der Großvater, der hier gegenüber wohnte?«, fragte Ad.

»Nein, der war bei der Heilsarmee. Der tat keiner Fliege was zuleide.«

»Er war bei der Heilsarmee?«, fragte Gert ungläubig. Er lachte.

»Wundert dich das?«

»Nein, aber ich glaube nicht, dass ich das erzählen würde.«

»Ich bin sogar stolz darauf.«

»Sie sind stolz darauf!«, sagte Gert lachend.

»In seiner Bibel steht: ›Die christlichen Niederlande geben 70 Millionen für Spirituosen aus, 45 Millionen für Wein und Bier, 60 Millionen für Tabak und Zigarren und nur 600.000 für die Mission! Soll das so bleiben?‹«

»Und jetzt trinkt sein Enkelsohn auch noch Alkohol«, sagte Tjitske.

»Aber ich bin auch Mitglied im Tierschutzverein.«

Tjitske lachte, wobei sie ihre Augen zukniff.

»Sollen wir nicht mal weiter?«, fragte Sien ungeduldig.

Maarten sah auf die Armbanduhr. »Viertel vor elf! Wir gehen zur Geschäftsstelle des Bauernhausvereins.« Er stand auf.

»Wäre es nicht nett, Bart von hier aus eine Karte zu schicken, mit unseren Namen darauf?«, fragte Gert unterwegs.

»Das wäre schon nett«, sagte Maarten, »aber in diesem Fall nicht so klug.«

»Ach nein?«, fragte Gert verwundert.

»Bart findet es nicht vertretbar, auf Staatskosten Ausflüge zu machen«, sagte Ad mit unterdrückter Boshaftigkeit.

»Aber das hier ist doch ein Arbeitsbesuch?«

»So sieht Bart das nicht«, sagte Maarten. »Das heißt, er ist selbst schon einmal hier gewesen, und das ist, was ihn betrifft, ausreichend.«

Gert lachte amüsiert.

»So haben wir alle unsere Eigenarten«, sagte Maarten weise.

Sie gingen um ein Blumenbeet herum zu dem kleinen Gebäude des Bauernhausvereins, neben dem früheren Eingangstor des Museums. Maarten öffnete die Tür und ging ihnen voran in einen langgestreckten, schmalen Raum, in dem sich auf einer Seite Fenster, vier oder fünf Schreibtische, ein querstehendes Bücherregal etwa in der Mitte, das als Raumteiler diente, ein paar Schränke und rechts ein großer Tisch befanden, auf dem Tassen und Kekse bereitstanden. Ko Kassies saß am Tisch. Er stand auf, als Maarten eintrat. »Sieh mal an«, sagte er mit einem verschmitzten Lachen, »die Amsterdamer sind wie immer pünktlich.«

»Tag, Ko«, sagte Maarten und gab ihm die Hand. »Ihr denn nicht?«

»Man sagt doch immer über uns, dass wir uns für alles Zeit nehmen«, antwortete Kassies pfiffig.

Maarten reagierte nicht. Er hatte sich bereits abgewandt und seine Hand einem hochgewachsenen, betrübt wirkenden jungen Mann mit einem auffallenden, herabhängenden Schnurrbart hingestreckt, der sich von seinem Schreibtisch erhoben hatte. »Tag, Herr Pieters.«

»Tag, Herr Koning«, sagte Pieters träge.

»Tag, Herr Schipholt«, sagte Maarten und gab einem zweiten Mann die Hand.

»Tag, Herr Koning«, sagte Lutje Schipholt mit einem Lachen, es zuckte nervös um seine Augen.

»Da sind wir also«, sagte Maarten und wandte sich wieder Kassies zu, er machte eine Geste hin zu seinen Leuten, die in einer Gruppe bei der Tür stehen geblieben waren, »Alle, außer Bart Asjes, aber den kennst du ja schon. Das sind: Sien de Nooijer, Tjitske van den Akker, Ad Muller, den kennst du auch schon, Lien Kiepe, Joop Schenk und Gert Wiggelaar.« Gert verbeugte sich kurz, als sein Name genannt wurde. Ad trat vor und gab Kassies die Hand. »Tag, Kassies.« Die anderen standen etwas verlegen herum, unsicher, ob sie seinem Beispiel folgen sollten.

»Habt ihr schon Kaffee getrunken?«, fragte Kassies, während er die Hand vertraulich auf Maartens Arm legte.

»Wir haben Kaffee getrunken, aber wir würden gern noch eine Tasse trinken«, sagte Maarten und sah zu den Tassen auf dem Tisch.

»René, kümmerst du dich dann mal darum?«, fragte Kassies. Er wandte sich seinen Gästen zu und machte eine Geste zum Tisch. »Ich würde sagen: Setzt euch.«

Es gab ein Poltern und Stühlerücken, während sich jeder einen Platz suchte. Kassies setzte sich ans Kopfende des Tisches, Maarten nahm neben ihm Platz. Pieters ging mit einer großen Kanne hinter ihnen entlang und füllte die Tassen ein.

»Was genau möchtest du nun, das ich ihnen erzähle?«, fragte Kassies gedämpft. Er hatte ein Papier aus der Tasche geholt und legte es vor sich hin.

»Ich hätte gern, dass du ihnen eine Aufmaßzeichnung zeigst und ihnen erklärst, wie sie zustande kommt, und dann das Zeichnungs- und das Fotoarchiv, damit sie wissen, was hier zu finden ist und wie es abgelegt worden ist.«

»Und natürlich etwas zur Geschichte.«

»In groben Zügen!«, warnte Maarten, wobei er auf das Papier sah.

»Mach dir mal keine Sorgen«, sagte Kassies mit einem Augenzwinkern. Er wandte sich ab und betrachtete mit einem Lächeln die Gesellschaft. Es wurde still. Nur die Schale mit Keksen machte noch die Runde. »Ihr seid hier also in der Geschäftsstelle des Bauernhausvereins. Bei einem Chef, der im Vorstand sitzt, brauche ich wohl nicht zu erzählen, was das ist, das wisst ihr natürlich besser als jeder andere, aber ordnungshalber will ich trotzdem ein paar Punkte anreißen, die wichtig sind.« Er zog das Blatt zu sich heran und sah darauf. »In den Niederlanden gibt es augenblicklich cirka hundertdreißigtausend Bauernhöfe, von denen etwa fünfzehntausend zur Kategorie der kulturhistorisch wertvollen Objekte gehören. Von diesen fünfzehntausend stehen gut fünftausend auf der Denkmalliste. Das bedeutet, dass zehntausend vogelfrei sind und deswegen, weil die darin befindlichen Anbindeställe schnell veralten und aufgrund der nicht nachlassenden Modernisierungswelle bei Laufboxenställen, in großer Zahl abgestoßen werden. Das wiederum bedeutet, dass wir den weitaus größten Teil unseres historischen Bauernhausbestands durch Aufmessung als historisches Dokument für die Nachwelt sichern.«

Während er sprach, mit seinem etwas singenden, südlichen Akzent, hin und wieder von seinem Blatt aufblickend, um seine Worte zu

akzentuieren, verlor Maarten allmählich das Interesse. Er sah verstohlen zu denen hinüber, die ihm gegenüber saßen. Sien hatte einen Schreibblock vor sich hingelegt und notierte, was Kassies erzählte, Gert saß mit verwundert hochgezogenen Augenbrauen aufrecht neben ihr, Joop sah sich um, offenbar nicht an dem interessiert, was gesagt wurde. Er geriet ins Träumen und schrak erst wieder auf, als Kassies schwieg. »Aber vielleicht hat jemand von euch noch eine Frage?«, fragte Kassies.
Es blieb still.
Maarten sah in die Runde.
»Ja, ich habe noch eine Frage«, sagte Sien schüchtern. Sie war rot geworden. »Forschen Sie gar nicht?«
»Nein, wir sind ausschließlich ein Dokumentationszentrum«, antwortete Kassies, »aber das reicht doch auch, oder?« Er sah in die Runde. »Noch eine Frage?« Niemand reagierte. »Dann gehen wir jetzt zu den Archiven«, schlug er vor und stand auf.

Beim Verlassen der Geschäftsstelle nahm er Maarten kurz beiseite, während die anderen bereits draußen waren. »Eine außergewöhnlich feine Gruppe hast du«, sagte er und fasste ihn am Arm. »Daran wirst du noch viel Freude haben.« Er zwinkerte ihm zu. »Siehst du doch sicher genauso, oder?« Er schüttelte kurz seinen Arm.
»Das sehe ich genauso«, sagte Maarten, der nicht recht wusste, wie er reagieren sollte.
»Nur zu«, sagte Kassies und schob ihn von sich. »Wir sehen uns gleich noch.«

*

»Ich gehe jetzt mit Jaring und Richard die Nachfolge von Freek besprechen«, sagte Maarten. Er war an Ads Schreibtisch stehen geblieben.
»Willst du Richard dafür nehmen?«, fragte Ad.
»Wenn er rechtzeitig sein Studium beendet.«

Ads Gesicht drückte Bedenken aus. »Hast du keine Angst, dass du dir damit einen zweiten Bart ins Haus holst?«
»Er ist schon vier Jahre studentische Hilfskraft. Wir können ihn schlecht übergehen.«
Ad schwieg.
»Du hast gehört, dass Tineke auch geht?«, fragte Maarten.
»Die ganze Abteilung läuft davon.« In seiner Stimme lag Schadenfreude.
Maarten nickte. »Nur noch Joost und Ed.«
»Zwei Verrückte.«
»Aber zwei unterschiedliche Verrückte«, sagte Maarten ironisch.
Sie schwiegen.
»Na denn, bis gleich.« Er wandte sich ab und verließ den Raum.
Jaring saß an seinem Schreibtisch. Er stand auf, als Maarten sich an den Tisch setzte, und nahm neben ihm Platz. Maarten stopfte sich eine Pfeife. »Wie hattest du es dir vorgestellt?«
Jaring sah nachdenklich nach draußen, zum Himmel, und wandte Maarten langsam wieder ins Gesicht zu. »Wenn du das Gespräch führen würdest?«
Maarten nickte. »In Ordnung.«
Sie schwiegen.
»Und die Besetzung der Stelle von Tineke?«, fragte Maarten. Er riss ein Streichholz an und zog die Flamme über den Tabak.
Jaring seufzte.
»Was macht Ed eigentlich?«
»Das weiß ich nicht genau«, gestand Jaring. »Er hat seinerzeit Elsje bei den Systemen geholfen. Ich nehme an, dass er das noch immer macht, wenn er nicht zusammengebrochen ist.«
»Ist er immer noch in Behandlung bei einem Psychiater?« Er sah Jaring prüfend an.
Jaring nickte bedächtig. »Und das wird wohl auch noch eine Weile dauern, denn er soll jetzt wieder in eine Art Auffangheim gehen.«
»Eigentlich müsste man so jemandem eine Festanstellung geben, wie seinerzeit Slofstra. Aber heute klappt das nicht mehr. Davor haben sie eine Höllenangst.«

»Sicher, solange er beim Psychiater in Behandlung ist.«
»Also es besser nicht ausprobieren?« Er sah Jaring an, während er den Rauch schräg von ihm wegblies.
Jaring schüttelte langsam den Kopf. »Mir scheint, das hat keinen Sinn.« Sie schwiegen. »Aber wenn du es ausprobieren willst?«
»Nein, es ist sinnlos«, entschied Maarten.
Sie schwiegen erneut.
»Sollen wir Richard dann mal dazuholen?«, schlug Maarten vor.
»Gut.« Er stand widerwillig auf und verließ den Raum, wobei er die Tür hinter sich offen ließ.
Maarten betrachtete in Gedanken den riesigen, sehr schönen Gliederkaktus, der im Schatten auf einem Extratischchen neben Jarings Schreibtisch stand und dem Raum, zusammen mit dem ebenso gut gepflegten Ficus, der Zimmerpalme und dem feinsinnigen Wandschmuck, der noch aus der Zeit Fräulein Veldhovens stammte, aber von Freek ausgesucht worden war, den Charakter eines englischen Wintergartens gab. Unvorstellbar, dass in diesem Zimmer jemals gearbeitet wurde, abgesehen vielleicht von Stickarbeiten oder vergleichbaren künstlerischen Betätigungen. Vom Flur her hörte man die Geräusche einer sich schließenden Tür und von Schritten, die sich näherten. Richard betrat gefolgt von Jaring den Raum. »Tag, Maarten«, sagte er kühl.
»Tag, Richard«, sagte Maarten. »Setz dich.« Er zeigte auf den Stuhl ihm gegenüber.
Richard setzte sich, stand wieder auf, verschob den Stuhl, damit er nicht in der Sonne saß, und setzte sich wieder. »Erzählt mal«, sagte er, als kämen sie mit einer Bitte zu ihm. Er blickte durch seine Brillengläser von Jaring zu Maarten, ein kühler, scharfer Blick, der Blick eines marxistischen Untersuchungsrichters.
Jaring sah Maarten zögernd an.
»Jetzt, wo Freek weggeht, wird eine Stelle für einen wissenschaftlichen Beamten frei«, sagte Maarten. »Wir finden, dass du dafür als Erster in Betracht kommst, vorausgesetzt natürlich, du willst. Wann bist du mit deinem Studium fertig?«
Richard überlegte sich seine Antwort. »Warum musst du das wissen?«

»Weil wir die Stelle nur eine begrenzte Zeit lang freihalten können.«
»Wenn ihr Balk sagt, dass ihr mich da haben wollt, muss das doch reichen?«
»Nein, das reicht nicht. Ich muss einen Termin nennen können, sonst bekomme ich die Zustimmung nicht.«
Richard dachte nach. »Ich bin im letzten Jahr«, sagte er schließlich mit Widerwillen, »aber ich kann nicht garantieren, dass ich dann auch mein Studium abschließe. Darüber müsste ich erst noch einmal nachdenken.«
»Wie lange brauchst du dafür?«
»Eine Woche.«
»Dann bin ich in Enniskillen. Geht es nicht früher?«
»Nein«, sagte Richard entschieden. »Eine Woche brauche ich bestimmt.«
Maarten sah Jaring an. »Dann müsstest du das mit Balk besprechen.«
»Eigentlich hätte ich es lieber, wenn du das machen würdest.«
»Gut. Dann verschieben wir es, bis ich zurück bin.«
Richard stand auf.
»Warte noch einen Moment!«, warnte ihn Maarten. »Ich bin noch nicht fertig.«
Richard setzte sich wieder.
»Es ist eine Vollzeitstelle. Wenn du sie annimmst, wirst du vierzig Stunden arbeiten müssen.«
»Das sehe ich nicht ein.«
»Solange ich es nur einsehe.« Der Widerstand amüsierte ihn.
»Warum kannst du nicht zwei Leute auf die Stelle setzen?«
»Weil das Hauptbüro das nicht mehr will. Es kostet sie zu viel an Sozialabgaben.«
»Das würde ich dann doch gern erst mal von ihnen selbst hören wollen.«
Maarten sah ihn ironisch an. »Frag sie.«
»An wen muss ich mich da wenden?«
»Du kannst Balk fragen, und im Hauptbüro Uitdenhaag, natürlich auch den Präsidenten.« Die Ironie war nun hörbar.
»Danke«, sagte Richard gemessen. »Bist du dann jetzt fertig?«

»Jetzt bin ich fertig.«

»Dann werde ich darüber nachdenken.« Er stand auf.

»Tu das.« Er wartete, bis Richard den Raum verlassen und die Tür hinter sich geschlossen hatte. »Er ist schon ein Prinzipienreiter.«

»Ja«, sagte Jaring. Er lächelte entschuldigend.

»Aber gut.« Er stand auf. »Wir werden sehen. Ich werde keine Träne darum vergießen, wenn er es nicht macht.« Er verließ den Raum, sah im Flur auf die Armbanduhr und ging zurück in sein eigenes Zimmer.

Auf seinem Schreibtisch lag ein Zettel: »Lieber Herr Koning. Ich werde versuchen, künftig ›Maarten‹ zu sagen, aber nehmen Sie es mir nicht übel, wenn es mir noch nicht sofort gelingt. Gert.« Er las es noch einmal, amüsiert, stand auf, öffnete die Tür des Besucherraums und sah um die Ecke.

Gert blickte auf. Als er Maarten sah, schrak er zusammen.

»Ich werde deine Fortschritte mit Interesse verfolgen«, sagte Maarten lächelnd.

»O ja«, sagte Gert, als würde er sich erst jetzt an den Zettel erinnern, und bog sich lachend vornüber.

*

Bailey wartete in der Halle des Flughafens auf ihn. Auf seinem Gesicht erschien ein Lächeln des Wiedererkennens, als er Maarten durch den Zoll kommen sah, und er richtete sich etwas auf, bevor er seine Hand ausstreckte. »I'm pleased to see you again.«

»So am I«, versicherte Maarten.

»How was your flight?«

»Good.« Er zögerte, da Bailey stehen blieb. »Were you waiting for me?«

»As a matter of fact, I was waiting for Professor Seiner.« Er sah zur Tafel, auf der die Ankunft der Flugzeuge angekündigt wurde. »His plane should arrive in a little while.«

Die Antwort zeigte Maarten seinen Platz in der Hierarchie des Europäischen Atlas. Er sah zu den Schwingtüren, durch die er soeben herausgekommen war, und wartete neben Bailey, zwischen anderen Wartenden, auf die Ankunft Seiners. »Is he alone?«, fragte er, plötzlich unsicher, ob es für ihn überhaupt noch Platz in Baileys Auto geben würde.

»He should have Frau Grübler and Appel with him, but Appel phoned me yesterday to say that his wife wouldn't let him go, because of the situation in our country.«

»Afraid, that he'll be killed by a bomb?«

»Yes.« Seinem Ton war nicht anzuhören, was er über die Angst der Frau von Appel dachte.

Von draußen hörte man das anschwellende und wieder abnehmende Geräusch von Flugzeugmotoren. »Attention please«, sagte eine Stimme aus den Lautsprechern. »The plane from Düsseldorf, Germany, has just landed.«

»That's him«, sagte Bailey.

Von dort, wo sie standen, konnten sie die Passbeamten sitzen sehen, untätig, in Erwartung der soeben gelandeten Passagiere. Es kamen noch ein paar Leute zu ihnen, ein verlorenes Grüppchen im dumpfen Lärm der Ankunftshalle.

»How is the situation now?«, erkundigte sich Maarten, die Augen auf den Raum hinter der Passkontrolle gerichtet.

»We are still having some minor problems, but I'm sure they'll be solved soon.«

Auf der anderen Seite des Raums, hinter der Passkontrolle, erschienen ein paar Leute, gefolgt von einer rasch anwachsenden, etwas ungeordneten Gruppe, die sich vor der Kontrolle in drei Reihen aufteilte und zum Stehen kam. Maarten sah zuerst Appel, zu seiner Überraschung, und dann auch Seiner und Frau Grübler, Seiner in einem etwas zu weiten Mantel, mit einer Baskenmütze. Im selben Moment hatte Appel sie ebenfalls bemerkt. Er grinste breit und hob die Hand.

»Ich habe von Bailey gehört, dass du erst nicht kommen wolltest«, sagte Maarten, als sie hinter den drei anderen die Halle verließen.

»Hat deine Frau nichts dagegen gehabt?«, fragte Appel. Er trug eine Brille mit getönten Gläsern.

»Nein.«

»Na, meine schon.«

Bailey öffnete die Heckklappe seines Autos. Sie luden ihr Gepäck ab und stiegen ein, Seiner neben Bailey.

»Haben Sie Güntermann nicht mitgenommen?«, fragte Maarten Frau Grübler.

»Güntermann ist überlastet.« Sie dämpfte ihre Stimme und beugte sich vertraulich zu ihm herüber. »Aber wenn Sie mich fragen, Herr Koning, dann interessiert ihn der Europäische Atlas nicht mehr.«

»Das ist schade«, sagte Maarten betroffen. Mit Güntermann verschwand der wichtigste Mann aus seiner Generation, und zudem der Einzige, den er in der Lage gesehen hatte, die Führung zu übernehmen.

»Finde ich auch, finde ich auch«, sagte Frau Grübler.

»Du hast gehört, dass Horvatić auch abgesagt hat?«, fragte Appel.

»Was ist denn mit Horvatić?«

»Er soll krank sein«, sagte Appel mit einem sarkastischen Lachen.

»Güntermann interessiert sich jetzt nur noch für die Nahrungsforschung«, sagte Frau Grübler geringschätzig, »gemeinsam mit Arvid Nilsson.«

Maarten hatte darüber gelesen. »Weil sich da die sozialen und regionalen Unterschiede und Änderungen besser zeigen.«

»Das behauptet er«, sagte sie skeptisch.

»Passkontrolle«, warnte Bailey. Er verringerte die Geschwindigkeit. Auf der Straße waren Sperren errichtet worden, an denen mit Maschinengewehren bewaffnete Soldaten standen. Er hielt bei den ersten beiden Soldaten, kurbelte das Fenster herunter, händigte ihnen seinen Pass aus und machte eine Bemerkung. Seiner hatte seinen Pass bereits in der Hand, Maarten tastete in der Innentasche nach seinem. Der Soldat blätterte in Baileys Pass, sah flüchtig ins Auto, gab mit einem Nicken den Pass zurück und machte eine Bewegung mit der Hand, worauf Bailey langsam wieder anfuhr und in einem Schlingerkurs zwischen den Sperren hindurchfuhr.

Als sie in die Halle des Museums kamen, in das Bailey sie gebracht hatte, standen die anderen Teilnehmer der Konferenz in kleinen Gruppen beieinander und unterhielten sich. Sie stellten ihre Koffer und Taschen zu dem übrigen Gepäck und machten die Runde, links und rechts Hände schüttelnd. Maartens Runde endete bei der Gruppe, in der sich Jan Nelissen befand. »Tag, Jan«, sagte er erfreut.

»Tag, Maarten«, sagte Jan lächelnd. Er hatte in der einen Hand eine Schale mit Sandwiches und in der anderen ein Glas Bier.

»Wir sehen uns derzeit so oft, dass wir uns kaum mehr begrüßen müssen«, sagte Maarten. »Guten Tag, Herr Klee.« Er gab Klee die Hand. »Wie geht es Ihnen seit Bonn?«

»Danke, ausgezeichnet«, brummte Klee, »außer, dass ich Sie vermisst habe.«

»Ach, Herr Panzer!«, sagte Maarten erfreut, sich Panzer zuwendend, »Und wie geht es in der DDR?«

Panzer lachte verlegen, wobei er sein Sandwich und das Bier hochhob. »Ja, was soll ich dazu sagen?«

»Nichts!«, sagte Maarten lachend. »Gar nichts!«

Appel gesellte sich zu ihnen. »Und?«, fragte er grinsend. »Da sind die alten Kameraden wieder beisammen, nicht?«

»Ich habe gehört, Herr Appel, dass Sie die Nachfolge von Herrn Professor Seiner in Bonn angetreten haben«, sagte Panzer.

»Ach, das wussten Sie nicht?«, fragte Appel erstaunt.

»Ich lebe hinter einer Mauer«, entschuldigte sich Panzer. »Ich gratuliere.«

»Wo habt ihr die Sandwiches her?«, fragte Maarten Jan.

»Da in der Ecke«, sagte Jan mit einer Kopfbewegung. »Es ist Lachs dabei.«

In der Ecke befand sich ein Tisch mit Sandwichschalen, Gläsern, Bierflaschen und Erfrischungsgetränken. Klee begleitete Maarten. »Eigentlich sollte man dazu Wein trinken«, sagte Maarten, während er sich drei Lachssandwiches auf einen kleinen Teller legte.

»Ja, Moselblümchen«, brummte Klee sarkastisch.

Ein langer, magerer, auffallend korrekt gekleideter Mann zwischen all den Leuten in Freizeitkleidung hatte sich auf die unterste Stufe der

Treppe zum oberen Stockwerk gestellt, als sie zu ihrer Gruppe zurückgekehrt waren. »My friend Alan Bailey«, sagte er, nahezu ohne die Stimme zu heben und deshalb in dem Lärm auch kaum zu verstehen. Er wartete. In seiner unmittelbaren Umgebung begann eine Reihe von Leuten »Schhh, schhh« zu rufen, worauf es leise wurde. »Thank you«, sagte er. »My friend Alan Bailey has asked me to say a few words of welcome to you, and it is an honour for me to do so. My name is Thompson. I am the Director of this Museum and I can't recall ever having had such a distinguished gathering of international scholars under our roof or even in this country.« – Er ähnelte Bailey auch ein wenig, überlegte Maarten, derselbe phlegmatische englische Stil, und er hatte ebenso wie Bailey ein langes Gesicht mit ein wenig hochgestellten Jochbeinen und hohlen Wangen. – »Alan also told me that some of you were hesitant to come because of the somewhat disturbing situation in this part of the world. I can assure you there is no reason to be alarmed whatsoever. This sort of thing is never as grim as it may appear from a distance. Moreover, we are going to take you to a renowned hotel in the heart of the countryside, standing on the edge of one of our most beautiful lakes, containing plenty of fish and surrounded by many visible reminders of the past. There, I am sure, you immediately will feel at home. But let us turn now to today's programme: we shall first be showing you our open air museum, where you'll see a number of old Irish cottages, which should provide an interesting comparison for those of you studying European farmhouses and the construction of their walls. After this a bus will take you to the hotel near the town of Enniskillen, where the conference is to be held. May I conclude by saying that I hope you will find the conference stimulating and rewarding and that you'll enjoy your stay in this country. Thank you.«

Seine Worte wurden durch einen Applaus unterstrichen, der etwas mager ausfiel, da die meisten Anwesenden ihre Hände voll hatten.

Das Freilichtmuseum befand sich ein wenig außerhalb von Belfast, auf einem Hügelrücken mit Aussicht über die Bucht, die wie ein Trichter in Belfast eindrang. Es bestand aus einer Ansammlung primitiver, weiß gekalkter kleiner Häuser mit Schilfdächern, niedrigen Türen und kleinen Fenstern. Sie lagen auf einem grasbewachsenen, lichtdurchfluteten Gelände, auf dem hier und da ein paar Sträucher wuchsen, und waren durch matschige, ausgetretene Pfade miteinander verbunden, in die man an den nassesten Stellen Balken gelegt hatte, die von der Feuchtigkeit glitschig waren. Bailey ging voran, Maarten folgte als einer der Letzten hinter Jan Nelissen, der sich mit Appel und Klee unterhielt, und vor Lukács. Im Westen wurde der Himmel rasch dunkel. Der Wind war feucht und ließ die Sträucher hin- und herschwanken. Die anderen drängten sich vor ihm in eines der Häuschen. Er zögerte an der Tür und strich mit einem Finger an einem Stein entlang, der etwas herausstand, einem der Steine, aus denen man die Mauer aufgeschichtet hatte und die unter dem Kalk noch undeutlich sichtbar waren.

»Feldstein«, bemerkte Lukács. Er drehte an der Linse seines Fotoapparates, hob ihn vors Auge und drückte ab. Im selben Moment blitzte im Inneren des Hauses das Blitzlicht eines anderen Apparats auf. »Das gibt es in Ihrem Land?« Er war dicker geworden und trug, ebenso wie Seiner, eine Baskenmütze.

»Vereinzelt«, antwortete Maarten. »Im Südosten.«

»Interessant«, sagte Lukács, er tippte auf seinen Fotoapparat, »für den Kommentar auf der Karte.« Er grinste verlegen, noch immer dieselbe entwaffnende Verlegenheit.

»Wie weit sind Sie jetzt?«, erkundigte sich Maarten.

»Nicht weit«, gestand Lukács in seinem singenden Akzent. »Es ist schwer, sehr schwer.«

Maarten schmunzelte. Er betrat das Haus. Bailey stand im Halbdunkel beim offenen Kamin und gab einer kleinen Gruppe, die um ihn herum stand, Auskünfte. Andere schlenderten herum. Der Boden des Hauses bestand aus festgetretener Erde. Die Einrichtung war ärmlich: ein paar Stühle, ein Spinnrad, ein Topf über der Feuerstelle, eine kleine Marienfigur, ein Holzschrank, in dem sich ein Bett befand, sowie einer mit Wäsche. Er betrachtete das Spinnrad, mit einem Ohr Baileys Kommentar lauschend, wandte sich einem kleinen Fenster in der Rückwand zu und sah, die Hände auf dem Rücken, nach draußen. Die Bewölkung hatte sie eingeholt und die andere Seite der Bucht dem Blick entzogen. Hinter ihm blitzte es erneut.

Appel stellte sich neben ihn. »Und? Was hältst du davon?«

»Interessant«, antwortete Maarten mit verhaltener Ironie. Er sah Appel an. »Kannst du dir vorstellen, dass hier Menschen gelebt haben?«

»Nee, aber das ist doch auch nicht nötig? Übrigens, weißt du, wie man es sonst machen sollte?«

»Nein«, gab Maarten zu.

Hinter ihnen verließen ihre Kollegen das kleine Haus. Sie drehten sich um und folgten ihnen. Es begann zu regnen. Frau Grübler, die vor ihnen ging, blieb stehen und holte einen durchsichtigen Plastikregenmantel aus ihrer Tasche, während sich Edith Schenkle zwei Schritte weiter, ihnen zugewandt, eine Regenkapuze aus Plastik umband.

»Geben Sie mir Ihre Tasche«, sagte Maarten zu Frau Grübler, während er ihr mit seiner anderen Hand in den Mantel half.

»Danke, Herr Koning. Danke«, sagte sie.

»Herr Koning ist, was man in Holland einen Gentleman nennt«, sagte Appel grinsend.

»Nicht nur in Holland«, sagte Maarten und gab die Tasche zurück.

»Herr Appel ist gerne ein wenig sarkastisch«, sagte Frau Grübler.

»Ja, ja, Frau Grübler«, sagte Appel lachend.

Sie betraten das nächste Häuschen, das nahezu auf dieselbe Weise eingerichtet war wie das vorherige. »As you may have noticed, a distinction can be made between two main types in the traditional Irish cottage«, sagte Bailey. »The first one we visited, was found characteristically in the north-west of the country, along the west coast and on the southern peninsulas ...« Den Rest seiner Worte ließ Maarten über sich ergehen. Er schlenderte durch den Raum und blieb vor einem Holzbrett stehen, auf dem zwei flache Steine aufeinander lagen, der obere mit einem Holzgriff. Stanton kam und stellte sich dazu.

»That's a quern.«

»A quern?«, wiederholte Maarten.

»A handmill«, verdeutlichte Stanton. Er drehte den oberen Stein am Griff herum. »You don't know them?«

»No. I have never seen them.«

»They're from the Roman times. You must have had them in Holland, too.«

»Not that I know of.« Er sah es sich scheinbar interessiert an, während er sich fragte, was er hier in Gottes Namen bloß tat, während Stanton sich wieder abwandte und weiterging.

Das kleine Haus stand am Rand einer offenen Fläche, mehrere Häuschen waren darum herum gruppiert. Maarten blieb auf der Schwelle stehen und sah sich um. Auf der anderen Seite betraten Frau Grübler, in ihren weißen Plastikmantel gehüllt, und Edith Schenkle eines der Häuschen. Ein paar Meter weiter stand Stanton im Regen und fotografierte aus einiger Entfernung ein anderes Haus. O'Reilly blieb hinter Maarten stehen. Maarten machte ihm Platz, indem er einen Schritt zurücktrat, doch O'Reilly machte keine Anstalten, in den Regen hinauszugehen.

»Did your family live in a house like this?«, fragte Maarten.

»My grandfather.«

»And you remember that?«

»Oh yes.«

»How does that feel?« Er sah ihn neugierig von der Seite an.

»Well ...« Die Frage brachte ihn in Verlegenheit.

»I mean, does this house give you the feeling of coming back to the home of your grandfather?«

O'Reilly dachte nach. »Not exactly.«

»But you like it?«

»I like it, because it reminds me of the way my ancestors lived, because it is Irish.«

»And for that reason you're studying it?«

»I've never thought about it in that way«, gestand O'Reilly, »but I suppose so.«

Maarten nickte.

»And you?«, fragte O'Reilly. »You don't like it?«

»I don't know«, gestand Maarten. »Reconstructions of the past make me sad, probably because there is no spirit in it.«

»But you should be the one to bring the past to life«, sagte O'Reilly, wobei er mit dem Finger in Maartens Richtung zeigte.

Maarten lachte. »Like God.«

Auf der gegenüberliegenden Seite verließen Lukács und Panzer eines der Häuschen. Sie blieben stehen und sahen sich um.

»What is your reason for doing our kind of work?«, fragte O'Reilly.

»I wonder«, sagte Maarten, während er aufmerksam Lukács und Panzer beobachtete. »I think I want to understand why things change. As soon as things turn out to be inevitable they are no longer sad, at least ...« Er beendete den Satz nicht.

»I see«, sagte O'Reilly.

Das Hotel, in dem sie zusammen mit zwanzig anderen im Laufe des Nachmittags abgesetzt wurden, lag abseits der Straße in einem Birkenwäldchen am Ufer des Sees. Aus dem Fenster des Zimmers im ersten Stock, das ihm und Jan Nelissen zugewiesen worden war, hatte er zwischen den Bäumen hindurch einen Blick auf den See. Es hatte aufgeklart. Kleine Wellen glänzten in der Sonne. Die Blätter der Birken wurden bereits gelb und bewegten sich unruhig im Wind, der durch das halb geöffnete Fenster hineinwehte und die Gardine bauschte. Maarten schaute hinaus, während er darauf wartete, dass Jan im Badezimmer fertig war.

»Ich weiß nicht, was Sie machen wollen, Maarten«, sagte Jan, als er aus dem Badezimmer kam, »aber ich werde jetzt erst einmal ein Bierchen trinken.«

»Ich hatte mir überlegt, noch kurz ins Dorf zu gehen«, sagte Maarten und drehte sich zu ihm um.

»Dann werden Sie das dieses Mal ohne mich machen müssen«, er zog ein Handtuch an seinem Hals hin und her, »denn ich habe das Laufen satt.«

»Dann sehe ich dich nachher wieder.« Er ging zur Tür.

»Sorgen Sie dafür, dass man Sie nicht ermordet«, warnte Jan noch, während Maarten den Raum verließ. »Ich würde Sie vermissen.«

Er stieg auf einem dicken Läufer die breite, tadellos gewienerte Treppe zur Vorhalle hinunter und trat durch die offen stehende

Eingangstür auf den Hof. Auf einer kleinen Bank am See saßen Åsa Bosse und ihr Mann, Stanton und Panzer mit dem Rücken zu ihm. Am Tor traf er Axel Klastrup, der gerade zurückkam. »Ich gehe ins Dorf«, sprach ihn Maarten auf Deutsch an, er blieb stehen. »Ich möchte wissen, wo wir sind.«
»Vielleicht gehe ich mit«, schlug Klastrup vor.
»Bitte.«
Das Dorf lag drei Kilometer entfernt. Obwohl es an einer Hauptstraße lag, gab es wenig Verkehr. Dennoch machte das Land einen trostlosen Eindruck. Links waren Sträucher und ein paar niedrige Bäume, die den See dem Blick entzogen, rechts lag verwahrlostes Grasland voller Steine und offenbar ohne Bestimmung. Es stach vom herbstlichen Sonnenlicht und dem blauen Himmel, der inzwischen fast wolkenlos war, und von den grünen Hügeln weiter östlich deutlich ab.
»Sie sollten nach Denmark kommen, um über die Sense zu diskutieren«, erinnerte ihn Klastrup. Sie gingen auf einem schlecht asphaltierten Fußweg neben der Straße, der eigentlich zu schmal für zwei Personen war, sodass Maarten halb im Gras laufen musste.
»Ja, nur ist mir der Beweis nicht gelungen, worauf diese Diskussion sich stützen sollte.«
Klastrup sah zur Seite. »Was wollten Sie beweisen?«
Maarten dachte nach, während er seine Erinnerungen ordnete. »Wir haben in den Niederlanden grundsätzlich zwei Typen von Sensen, die *krukzeis* und die *knie-* oder *armzeis*, also die Knie- oder Armsense. *Kruk*, ich glaube, auf Deutsch sagt man *Krücke*, das ist eine Sense mit einem T-förmigen Handgriff für die linke und einen rechten für die rechte Hand.«
»In Danmark sagen wir *krök*.«
»Gut. Diese Sensen findet man bei uns im ganzen Süden und weiter in Süd-Holland, in Friesland und vereinzelt in Groningen, also im Süden, Westen und Norden, mit Ausnahme von Nord-Holland.«
Klastrup sah ihn aufmerksam an.
»In Visegrád haben Sie gesagt, dass diese Sense nur eine beschränkte Ausbreitung hat, in Nordeuropa«, erinnerte ihn Maarten.
»Das habe ich gesagt.«

»Meiner Meinung nach kommt diese Sense ursprünglich aus dem Süden«, sagte Maarten mit Nachdruck, »und ist grundsätzlich eine Grassense.«

»Sehr interessant.«

»Aus dem Süden, weil diese technischen Neuerungen, wie zum Beispiel auch der Dreschflegel, für uns aus Nordfrankreich und Flandern kommen, und eine Grassense, weil man im Süden für das Korn eine Kurzstielsense hatte und der Westen und Norden vor allem Viehzuchtgebiete sind. Aber ich habe auch rein technische Argumente.« Er blieb stehen und sah Klastrup geradewegs an. »Das Mähen von Gras ist eine schwere Arbeit.«

»Weil es zäh ist.«

»Genau. Besonders das Gras, das man früher hatte.«

»Vor dem Kunstdünger.«

Maarten richtete sich auf, hob seine linke Faust auf die Höhe der Milz, hielt den rechten Arm beinahe gestreckt, als hielte er eine Krückensense. »Ich habe hier eine Krückensense.«

Klastrup nickte ernsthaft. Sie standen einander auf dem Fußweg gegenüber.

»Wenn ich mähe, dann drehe ich mich nur mit dem Oberkörper«, er machte es vor, »und wenn es schwer wird, dann drückt die linke Schulter gegen den Sensenbaum. So kann man mehr Kraft hineinlegen.«

»Ja.«

»Und jetzt die Kniesense.« Er beugte sich vornüber, die Arme nach unten, die Beine etwas eingeknickt, wie sein Vater dagestanden hatte, wenn er einen Affen nachmachte. »Mit der Kniesense drehe ich mich mit dem Unterkörper.« Wieder demonstrierte er es. »Ich mache einen größeren Schlag, aber ich habe auch weniger Kraft. Aber die brauchte man nicht, weil die Kniesense ursprünglich eine Kornsense für dem Sandboden im Osten war, wo das Korn damals niedriger und dünner war als jetzt, und auch«, er suchte nach dem richtigen Wort, »*bros*, wie sagt man das auf Deutsch – *spröde*?«

»Ich verstehe.«

»Also«, er richtete sich auf, »diese Sense hat sich dann später, nach dem siebzehnten Jahrhundert, als die Mäher aus dem Osten als Wanderarbeiter mit ihren Sensen in die Viehzuchtgebiete kamen, um dort bei der Heuernte zu helfen, über Groningen, Friesland und Nord-Holland verbreitet, bis an die Grenze südlich von Amsterdam, wo sie auf die Wanderarbeiter aus dem Süden mit Krückensensen stießen.«

»Wunderbar!«, sagte Klastrup entzückt.

»Aber wie beweise ich das?«, fragte Maarten lächelnd, während sie ihren Weg fortsetzten. »Dafür muss ich zeigen. Erstens: dass die Krückensense tatsächlich in Nord-Holland üblich gewesen ist – ich habe dazu viele Bauern befragt und Hunderte von Abbildungen durchgesehen, aber nichts gefunden, abgesehen von zwei Bauern, die behaupteten, dass sie sich an die Krückensense erinnerten. Zweitens: Ich soll beweisen, dass die Krückensense für zähes Gras wirklich geeigneter ist als die Kniesense – das ist mir nicht gelungen, wiewohl ich viele Daten über die Arbeitsproduktivität der beiden Sensen gesammelt habe, aber die Unterschiede sind zu individuell geprägt. Und drittens: dass die Grenze zwischen den Wanderarbeitern aus dem Süden und denen aus dem Osten wirklich südlich von Amsterdam lag – das zu zeigen, ist mir ungefähr gelungen, aber nur für das ausgehende neunzehnte Jahrhundert – also ...«

»Schade«, sagte Klastrup. Er blieb stehen. »Kommen Sie mal nach Denmark mit Ihren beiden Sensen, dann mähen wir zusammen ein Stück Heuland. Vielleicht können wir so Ihren zweiten Beweis liefern.«

Maarten lachte. »In meinen Ferien.«

»Zum Beispiel.«

»Und meine Frau?«

»Die kann sich dann mit meiner Frau unterhalten.«

Die Idee amüsierte Maarten. Er stellte sich Nicoliens Reaktion vor. »Vielleicht, aber dann muss ich zuerst den ersten und den dritten Teil des Beweises ...« Er unterbrach sich, da er das deutsche Wort für *afronden* nicht finden konnte.

»... vollziehen«, half ihm Klastrup.

»Vollziehen.«

Sie schwiegen. Sie hatten die ersten Häuser des Dorfs erreicht, niedrige, ärmliche Häuser mit kleinen Erkern, an denen der Anstrich abblätterte, die Mauern in verschiedenen Farben verputzt: rot, resedagrün, cremefarben. Sie blieben vor einer Schaufensterauslage stehen, über der ein breites, rotes Band mit riesigen Goldlettern hing: »O'Kelly's Groceries«. Im Schaufenster befand sich ausschließlich Dekorationsmaterial: große, blaue und braune Fünfkilokästen. Auf der Straße war es auffallend still, als sei das Dorf ausgestorben. Zwei Häuser im Zentrum, neben der Kirche, waren eingestürzt. Die Stelle war abgesperrt. Zwei Polizisten standen daneben. Maarten und Klastrup blieben auf der gegenüberliegenden Seite stehen und sahen zu. Die beiden Polizisten musterten sie argwöhnisch.

»Das wird von einer Bombe verursacht worden sein«, meinte Klastrup.

»Es sieht so aus.«

Wie auf Verabredung drehten sie sich um und gingen den Weg zurück.

»Wäre so etwas bei Ihnen möglich?«, fragte Klastrup.

»Nein.«

»In Denmark auch nicht.«

Das verband sie.

*

Maarten hob die Hand.

»Herr Koning«, sagte Seiner. Er saß hinter einem kleinen Tisch neben dem Rednerpult, an dem Appel stand.

»Ich möchte zu dem, was Herr Appel soeben gesagt hat, noch etwas hinzufügen.«

»Bitte.«

»Was du hier vorgebracht hast«, sagte Maarten zu Appel, »ist ein Kompromiss zwischen den Standpunkten, die vor einigen Monaten in Bonn von Herrn Seiner einerseits und von mir andererseits vertreten worden sind.«

»So, wie wir es verabredet hatten«, sagte Appel unbehaglich.

»Ja, aber falls Herr Seiner nichts dagegen hat, möchte ich meinen Standpunkt noch mal erläutern.« Er sah Seiner an.

»Bitte, sprechen Sie ganz offen, Herr Koning«, sagte Seiner höflich. Maarten stand auf. »Das letzte Jahr habe ich mich besonders mit der Karte der Wände beschäftigt. Dabei stieß ich auf die Karte, die Vidal de la Blache 1922 von der Verbreitung der Baumaterialien in Europa gezeichnet hat. Die Karte ist später von Steinbach übernommen worden. Sie werden sie kennen. Herr Seiner kennt sie sicher.«

Seiner nickte.

»Vidal de la Blache unterscheidet im Grunde vier unterschiedliche Materialien und Techniken: Holz im Norden, Fachwerk in Mitteleuropa, Lehm im Osten, Naturstein im Süden und hier, wo wir jetzt sind, auf den westlichen Inseln. Als ich mir diese Karte ansah, fragte ich mich, was wir mit unserer Karte noch hinzuzufügen haben.«

»Vor allem ist sie zu pauschal«, sagte Seiner. »Sie kann von uns noch unendlich stärker nuanciert werden.«

»Ja, aber ich meine: prinzipiell. Vidal de la Blache war physischer Geograf. Ihn interessierte die Naturbedingtheit unserer Kultur. Wo Stein ist, baut man mit Stein, wo Holz ist, baut man mit Holz, wer kein Stein und kein Holz hat, benutzt Lehm. Aber die Naturbedingtheit hat nicht unser Interesse. Uns interessieren die kulturellen Unterschiede, auch wenn sie sich letzten Endes manchmal als naturbedingt erweisen.«

»Die Grenze zwischen Fachwerk und Blockbau ist ein Beispiel dafür«, unterbrach ihn Seiner.

»Und die Grenze zwischen Blockbau und Ständerbau«, bemerkte Bloch, der einen Tisch von Maarten entfernt saß.

»Aber dazu brauchen wir keine allgemeine europäische Karte. Ich plädiere dafür, dass wir uns in Arbeitsgruppen aus der Region auf solche Probleme konzentrieren, umso mehr, da das Zeichnen einer Gesamtkarte die Gefahr mit sich bringt, dass wir uns auf eine statische Situation fixieren und solche Grenzen verabsolutieren. Ich habe darüber schon in Visegrád gesprochen, und in Stockholm. Ich möchte noch ein Beispiel aus dem Bereich der Wände geben. In meinem Land sind die Fachwerkwände im Laufe von vier Jahrhunderten von Ziegeln verdrängt worden. Von diesem Prozess habe ich aufgrund archäologischer Daten, Abbildungen und Steuerlisten sechs Verbreitungskarten gezeichnet, eine Karte für jedes Jahrhundert seit der Mitte des fünfzehnten. Auf diesen Karten sieht man, wie die Grenze sich allmählich von Westen nach Osten verschiebt. Dahinter liegt die ganze Wirtschafts- und Sozialgeschichte meines Landes, und darauf müssen wir letzten Endes zielen: nicht auf das Aufdecken von Kulturgrenzen an sich, sondern auf die Analyse des Verbreitungsprozesses, worin solche Grenzen nur eine zeitliche Rolle spielen.« Er schwieg abrupt, verwirrt durch die sprachliche Gewalt, die er mit seinen Worte entfesselt hatte. »Das war es«, sagte er noch und setzte sich. Um ihn herum wurde applaudiert, vereinzelt, doch er hatte nicht die Geistesgegenwart, sich umzusehen. Er blickte starr vor sich hin, ohne etwas zu sehen.

»Darf ich einem der Anwesenden das Wort geben?«, fragte Seiner.

»Yes«, sagte Stanton und hob seinen Finger. »Muss ich das so verstehen, dass Herr Koning vorschlägt, keine Gesamtkarten mehr zu entwerfen, sondern uns nur noch in Arbeitsgruppen um Verbreitungsprozesse zu kümmern?«

»Ja«, sagte Maarten.

»Dann bin ich dagegen.«

Es wurde auf den Tisch geklopft.

»Ich glaube auch, dass Herr Koning zu pessimistisch ist«, sagte Seiner, »wenngleich er in einzelnen Punkten nicht ganz unrecht hat. Aber er übersieht, dass es auch Kulturgrenzen und Formen gibt, die sich über Jahrhunderte erhalten haben und die für den, der sie aufzudecken weiß, noch heute das Kulturgefüge Europas sichtbar machen. Das ist unsere Aufgabe. Dafür haben wir seinerzeit den Europäischen Atlas begonnen, und ich würde es sehr bedauern, falls wir dieses Unternehmen beiseiteschieben sollten für ein neues Ziel, das an sich nicht unberechtigt ist, aber das sein eigenes Gremium erfordert.«

Auf diese Worte folgten lauter Applaus und ein Trommeln. Jan Nelissen beugte sich zu Maarten herüber. »Man begreift Sie nicht, Maarten.«

»Nein«, sagte Maarten und schüttelte den Kopf. Er lächelte.

*

Im Frühstücksraum war das Personal noch damit beschäftigt, die Tische vorzubereiten. Er ging weiter durch die Eingangstür und blieb an der Schwelle stehen. Es hing ein leichter Nebel in der Luft, durch den zögernd das Sonnenlicht drang, und es war windstill. Es roch herbstlich. In der Stille hörte man das Plätschern des Wassers gegen die hölzerne Uferbefestigung entlang des Sees. Ein kleines Stück von ihm entfernt stand Ulrich Panzer mit dem Rücken zu ihm und sah über den See. Maarten ging zu ihm. »Guten Morgen.«

Panzer schreckte hoch. »Guten Morgen.«

Nebeneinander standen sie da und sahen sie über den See. »Das Meer ist groß«, sagte Maarten lächelnd, während er nach einem Gesprächsthema suchte.

»Ja«, sagte Panzer.

Maarten sah ihn prüfend an. »Sie kennen das?«

»Nein.«

»Tschechow.«

Panzer schüttelte den Kopf.

»Gorki, ich glaube, Gorki fand Tschechow eines Morgens am Ufer des Schwarzen Meeres. Er setzte sich neben ihn und fragte, wie Tschechow das beschreiben würde. Tschechow dachte einen Augenblick nach, dann sagte er: ›Das Meer ist groß.‹«

»Ach so«, sagte Panzer lächelnd. »Ja, natürlich.«

Sie schwiegen.

»Sie finden die Atlasarbeit sinnlos?«, fragte Panzer.

Die Frage überraschte Maarten. »So, wie sie jetzt organisiert ist, ja«, sagte er vorsichtig.

Panzer zögerte. »Nur ist sie für mich die einzige Möglichkeit, wenigstens ab und an in den Westen zu reisen.«

Es war eine Überlegung, an die Maarten keine Sekunde gedacht hatte, weshalb ihm so rasch auch keine passende Reaktion einfiel.

»Aber damit behaupte ich natürlich nicht, dass Sie nicht das Recht haben, es zu sagen, falls es Ihre Überzeugung ist«, entschuldigte sich Panzer.

Maarten zögerte. »Gibt es für Sie keine anderen Möglichkeiten, um in den Westen zu gehen?«

»Nur wenn das Ziel von den politischen Stellen akzeptiert wird.«
»Auch wenn das Ziel falsch ist?«
»Unsere Politiker sind der Meinung, dass das Ziel des Atlas richtig ist«, sagte Panzer hilflos.
»Weil es den kulturellen Unterschieden zwischen Ost und West eine geschichtliche Berechtigung gibt«, vermutete Maarten.
»So könnte man es formulieren«, sagte Panzer vorsichtig. »Aber das braucht für Sie natürlich nicht richtig zu sein«, fügte er dem hastig hinzu, »wenn wir nur auf dieser Grundlage zusammenarbeiten.«
Maarten schwieg.
Auf dem birkengesäumten Weg entlang des Sees kam Bloch angerannt. Er trug eine kurze Hose und ein Trikot, das eng an seinem Körper anlag. Als er dicht vor ihnen war, hielt er an, schwer atmend. »Guten Morgen.«
»Tun Sie das jeden Morgen?«, fragte Maarten lächelnd.
»Jeden Morgen!«, sagte Bloch stolz.
Maarten sah ihn ungläubig an. »Auch in Russland?«
»Wenn ich ins Institut gehe, ich renne immer! Eine halbe Stunde!«
»Wie ein Amerikaner.«
»Nein, wie ein Russe!«
»Aber Sie haben das von den Amerikanern!«
»Nein, nein!« Er klopfte sich auf die Brust. »Die Amerikaner haben das von uns!«
Maarten lachte.
Bailey gesellte sich zu ihnen. »Good morning«, sagte er aufgeräumt.
»Good morning«, grüßten sie zurück.
»Aber ich gehe mich umzukleiden«, sagte Bloch. Er lief davon, ein breitschultriger, massiger Mann.
»How old is he?«, fragte Bailey, während er ihm nachsah.
»Fifty-seven? Fifty-eight?«, schätzte Maarten. »He told me once that he had been a captain in the Russian army during the war.«
»Then he must be that age, perhaps even older.«
»What is today's programme?«, fragte Maarten.
»I wonder if you can keep a secret.«

»Both Mr. Panzer and I work for the secret service«, versicherte Maarten.

»Nein!«, sagte Panzer geschockt. »Bitte!«

Maarten schmunzelte.

»In the morning we will visit a famous pottery at Belleek, on the other side of Lough Erne«, sagte Bailey lächelnd. »We will have lunch in the village and then come back by boat, paying a visit to the round tower and the carved figures on White Island, both of them early Christian.«

»It sounds nice«, fand Maarten.

»It will be nice«, versicherte Bailey.

Als sie am späten Nachmittag von White Island ablegten, stand die Sonne bereits tief im Westen. Das Wasser war spiegelglatt. Es war vollkommen windstill. Maarten hatte sich einen Stuhl geholt. Er saß auf dem Vorderdeck, mit dem Rücken zum Steuerhaus, und sah über das Wasser hin zu den grünen Hügeln auf beiden Seiten unter dem blauen Himmel, der sich allmählich zuzog. Das Tuckern des Motors wurde von einem Mann aus Belleek übertönt, der auf dem Achterdeck irische Lieder sang, begleitet von einem Akkordeon. Es klang wehmütig und versöhnte ihn für den Moment mit seinem Leben. Solange er nur allein war, ließ sich sogar ein Kongress durchhalten.

Edith Schenkle kam mit einem Stuhl auf das Vorderdeck. »Darf ich mich zu Ihnen setzen?«

»Bitte.« Er rückte etwas zur Seite, um ihr Platz zu machen.

»Ist es hier nicht wunderschön?«, fragte sie, während sie sich neben ihn setzte.

»Ja, das Meer ist schön«, antwortete er und freute sich im Stillen darüber.

*

Die Badewanne war voll. Er drehte den Hahn zu, verließ das Badezimmer und griff zu seiner Tasche. Jan Nelissen war wieder eingeschlafen.
»Jan!«
»Ja?«, fragte Jan schläfrig.
»Aufstehen!«
»Wie spät ist es denn?«
Maarten sah auf die Armbanduhr. »Halb sieben. Dein Bad ist bereitet.«
Jan hob den Kopf und sah schläfrig in den Raum.
»Bist du wach?«
»Ich bin wach. Vielen Dank, Maarten.«
»Ich gehe jetzt frühstücken. Wir reisen in einer Dreiviertelstunde ab!« Er verließ das Zimmer und stieg im Halbdunkeln die Treppe hinunter. Im Hotel war es noch still. In der schummrigen Halle stand bereits das Frühstück für vier Personen: ein Korb mit Brötchen, Butter, Marmelade, Käse, eine Thermosflasche mit Kaffee. Podulka, Panzer und Bailey waren schon weg, die Reste ihres Frühstücks standen auf einem kleinen Tisch neben seinem. Er setzte sich auf die Bank, nahm ein Brötchen aus dem Korb und schnitt es auf. Er schmierte es, belegte es mit Käse, schnitt ein Stück davon ab und steckte es in den Mund. Svensson kam langsam die Treppe hinunter, einen großen Koffer in der Hand. Er stellte ihn neben die Eingangstür und drehte sich langsam zu Maarten um, der kauend zugesehen hatte. »Guten Morgen.«
»Guten Morgen.«
Svensson setzte sich neben ihn. Er nahm ein Brötchen. »Und jetzt fahren wir wieder nach Hause«, sagte er bedächtig.
»Ja.«
Langsam schmierte er sein Brötchen. »Sie beschäftigen sich also mit den Wänden des Bauernhauses?«
»Ja«, sagte Maarten.
»Ich bin ein Bauernsohn.«
»Ein Bauernsohn?«
»Damals habe ich mein eigenes Haus gebaut.«
»Aus Holz?«

»Aus Holz.«

Sie saßen im Halbdunkel nebeneinander und kauten ihre Brötchen. Maarten öffnete die Thermosflasche. »Wollen Sie Kaffee?«

»Bitte.«

Er schenkte die Tassen voll. »Das muss lange her sein.«

»Das ist lange her.«

Sie schwiegen. Draußen hielt ein Auto. Der Motor wurde abgestellt.

»Das war vor sechzig Jahren.«

Maarten nickte.

Thompson kam durch die Eingangstür herein. »Good morning.« Er setzte sich zu ihnen an den Tisch.

Maarten schob ihm das Körbchen mit den Brötchen zu.

»No, I'll take only a cup of coffee«, sagte Thompson und öffnete die Thermosflasche.

»Zuerst habe ich selbst die Bäume umgelegt«, erzählte Svensson träge, »und dann habe ich die Rinde abgerissen.«

Thompson sah ihn fragend an.

»Also Blockbau«, vermutete Maarten.

»Blockbau«, bestätigte Svensson.

Jan gesellte sich mit seiner Tasche zu ihnen. »Good morning.«

»Kaffee?«, fragte Maarten.

»Gern.«

»Und dann habe ich die Pfähle in den Grund geschlagen«, sagte Svensson, »in einem Quadrat.«

Thompson stand auf. »I'm afraid we have to go now«, warnte er.

Jan trank seinen Kaffee in einem Zug aus. Maarten stand auf und wartete, bis Svensson aufgestanden war.

»Und dann habe ich die Türen und die Fenster ausgesägt«, sagte Svensson. Er nahm seinen Koffer und ging vor Maarten her durch die Eingangstür.

Draußen hing dichter Nebel. Es war ganz still. Thompson öffnete den Kofferraum. Sie verstauten ihr Gepäck und stiegen ein, Svensson neben Thompson, Jan und Maarten auf dem Rücksitz. Als Thompson den Motor startete, kam Klastrup gerade durch die Eingangstür, um seinen Morgenspaziergang anzutreten. Er winkte ihnen nach, als sie wegfuhren. Der Nebel war so dicht, dass sie keine zwanzig Meter weit sehen konnten. Es gab auch keinen anderen Verkehr. Svensson fuhr mit seiner Geschichte fort, jetzt mit Thompson als Zuhörer. Der beugte sich hin und wieder zur Seite und verringerte dann das Tempo, doch Maarten hatte den Eindruck, dass Thompson nicht viel davon begriff. Schließlich legte er eine Kassette mit einem irischen Sänger ein. Das Auto war überheizt. Die laute Musik überspülte alles. Das war einen Moment lang angenehm wie ein heißes Bad, doch ebenso wie ein Bad hatte es auch etwas Unanständiges. Entlang der Straße lagen totgefahrene Tiere. Maarten fragte sich, was er empfand. Eine scheinbare Sicherheit in einer vollkommenen Leere, eine unmenschliche, unmoralische Situation, die sich selbst sofort entlarven würde, wenn sie irgendwo gegen ein Hindernis prallen würden: der Anschein von Macht, typisch für die Zivilisation, von der sie vier ein Teil waren. Dass er das in Worte fassen konnte, stimmte ihn wieder zufrieden, doch nach einer Weile begann es, ihn zu bedrücken. Jan war eingeschlafen. Die Musik war viel zu laut. Als Thompson bei einer Tankstelle einen Reifen aufpumpen ließ, stellte Maarten das Radio etwas leiser, doch Thompson drehte es sofort wieder lauter, als er eingestiegen war.

Der Warteraum war völlig überfüllt. Zu ihrer Überraschung trafen sie zwischen den Wartenden Podulka und Panzer an einem kleinen Tisch am Fenster. Sie begrüßten sich herzlich, als hätten sie sich seit Jahren nicht gesehen. Ihre Maschine hatte wegen des Nebels Verspätung.

»Er hat Angst«, sagte Podulka lachend mit einem slawischen Akzent.

»Weil ich rechtzeitig zurück sein muss«, erläuterte Panzer. »Mein Visum läuft heute ab.«

»Aber dies ist doch höhere Gewalt?«, sagte Maarten.

Panzer schüttelte traurig den Kopf. »Nein.«

Sie bestellten Tee. Der Nebel auf der anderen Seite des hohen Fensters war so dicht, dass vom Flughafen nichts zu sehen war. Im Warteraum war es eng und laut. Sie tranken Tee und machten Scherze über ihre Situation. Kurz nach zehn, als sich der Nebel etwas lichtete, hörten sie über sich Flugzeugmotoren. Kurze Zeit später wurde durchgerufen, dass das verspätete Flugzeug gelandet war. Podulka und Panzer nahmen Abschied. Maarten sah sie durch den Nebel zur Landebahn gehen, wo ihr Flugzeug undeutlich sichtbar stand und wartete. Nachdem sie eingestiegen waren, geschah eine Weile nichts, bis plötzlich durch die Lautsprecher nach Mr. Koning und Mr. Nelissen gefragt wurde.

»Das sind wir, Maarten«, sagte Jan.

Die Ersten, die sie sahen, als sie in die Maschine stiegen, waren Podulka und Panzer. Sie winkten und lachten und zeigten auf eine leere Sitzreihe hinter ihnen. Sie gaben sich wiederum herzlich die Hand, erneut glücklich über die gegenseitige Gesellschaft in einer Welt voller Unsicherheit und Gefahren.

»Und jetzt kann keiner uns mehr trennen«, sagte Jan auf Deutsch, während er sich zu den Rücken von Podulka und Panzer vorbeugte, als sich die Maschine am Ende der Startbahn vom Boden löste und in den Nebel hineinflog.

»Falls wir nicht abstürzen«, warnte Panzer über die Schulter hinweg.

»Dann noch kommen wir zusammen bei liebe Gott«, rief Podulka.

»Die erste Arbeitsgruppe des Europäischen Atlas im Himmel«, sagte Maarten, eine Bemerkung, an der Podulka und Panzer ausgesprochenen Spaß hatten. Jan lächelte.

*

»Ich soll dich von Jan Nelissen grüßen«, sagte Maarten, »und von Seiner und von Frau Grübler und von Karl und von Åsa Bosse und Edith Schenkle, und natürlich von Lukács und Klee und O'Reilly, von allen.«

Beerta nickte. »Sjasje.«

»Du bist ein beliebter Mann.« Er lachte.

Beerta hob mit einem wehmütigen Lächeln die Hand.

»Horvatić war nicht da.«

»Nein?« Er hob die Augenbrauen.

»Er war krank. Und Güntermann war auch nicht da, weil er überlastet ist.«
»Ja?«, fragte Beerta verwundert.
»Aber laut Frau Grübler interessiert er sich nicht mehr für den Atlas.«
»Nein!«, sagte Beerta geschockt.
Maarten lächelte. »Tja.«
Beerta schüttelte besorgt den Kopf.
»Ich habe einen Versuch unternommen, den Kurs zu ändern, aber ich habe kein Bein auf die Erde gekriegt. Jetzt, wo Horvatić nicht mehr da ist, stehen sie wieder alle hinter Seiner, fast alle.«
»Sasisichjut.«
»Nein, aber was will man machen?«
Sie schwiegen.
»Ich habe jetzt mit einer Besprechung des Handbuchs von Seiner und Güntermann angefangen«, erzählte Maarten. »Darin kann man deutlich den Generationenunterschied erkennen. Seiner interessiert sich dafür, was unveränderlich ist, und Güntermann probiert gerade, den Prozess der Veränderung zu analysieren. Derselbe Unterschied wie bei dir und mir.«
Beerta lächelte. »Ünjermasj iesein inelli-enjer Masj.«
»Güntermann ist ein intelligenter Mann.«
Beerta nickte.
Es entstand eine Pause.
»Ie äufes im Büjo?«
Maarten zuckte mit den Achseln. »Es läuft.«
Beerta nickte ergeben.
»Wir sind jetzt dabei, die Nachfolge von Freek Matser zu regeln. Hast du Richard Escher noch gekannt?«
Beerta schüttelte langsam den Kopf. »Ie weis es nisch.«
»Er wird vielleicht sein Nachfolger, wenn Balk es in Ordnung findet, denn er muss noch sein Studium abschließen.«
Beerta seufzte. »Essis schaje.«
»Dass Freek weg ist?«
Beerta nickte. »A-er hasses au scher.« Sein Gesicht war traurig.

»Und Bart ist noch immer krank. Der Doktor sagt, dass es bestimmt noch ein halbes Jahr dauern kann, und dann wird er sich auch weiterhin noch schonen müssen.«
»Essis sjausjisch.«
»Ja.«
Sie schwiegen.
»Willsu-as sjinsjen?«
»Ja, gern.« Er stand auf. »Du auch?«
Beerta nickte.
Maarten nahm zwei Gläser aus dem Schrank, spülte sie unter dem Hahn am Waschbecken aus, schenkte Beerta einen weißen Wermut ein und sich selbst ein Glas Rotwein aus einer angebrochenen Flasche.
»Esib-au Salsebäck.«
»Ich sehe es.« Er schüttete ein wenig Salzgebäck in ein Schälchen, stellte es zwischen sich und Beerta auf die Ecke seines Arbeitstisches und holte die Gläser. »Nicoliens Mutter ist jetzt auch in ein Pflegeheim gekommen. Als ich in Irland war.«
»Oh?«
»Sie machte die verrücktesten Sachen.«
Beerta nickte ernst.
»Aber es ist schon traurig.«
»Ja.«
»Und Nicolien wirft sich natürlich vor, dass sie sie nicht bei uns aufnehmen kann.«
»Nein!« Er schüttelte den Kopf.
»Das sage ich auch.«
»Sas sjeht njich!«, sagte Beerta entschieden.
»Wir haben ihre Wohnung noch behalten.«
Beerta nickte.
Die Tür wurde aufgestoßen, und eine Frau in einem Rollstuhl fuhr in den Raum. »Tag, Anton!« Eine resolute Frau in den Siebzigern mit einem herrischen Gesicht.
Beerta erstarrte. »Ie hab Besjusj.«
»Ja, das sehe ich, aber ich wollte fragen, ob du noch ein Buch für mich hast.«

»Naschher!«, sagte Beerta gemessen.

»Ich gehe in einer halben Stunde«, sagte Maarten freundlich.

»Dann bis gleich«, sagte die Frau. Mit einer schnellen Bewegung wendete sie ihren Rollstuhl und fuhr wieder aus dem Zimmer.

»Ie Fau is hinte-mi her«, sagte Beerta voller Abscheu, als sie im Flur verschwunden war.

*

»Setz dich«, sagte Balk mit einer Geste hin zur Sitzecke.

Maarten nahm Platz, Balk kam hinter seinem Schreibtisch hervor, setzte sich in seinen Sessel und sah Maarten forschend an.

»Die freie Stelle von Matser«, sagte Maarten.

Balk schniefte kurz, während er Maarten weiter ansah.

»Wir wollten dir vorschlagen, für ihn Escher einzustellen.«

»Warum Escher?«, fragte Balk ungeduldig.

»Weil er in den letzten Jahren mit Matser zusammengearbeitet hat und besser als jeder andere über die Arbeit an der Bibliografie Bescheid weiß.«

»Ist er mit dem Studium fertig?«

»Nein.«

»Dann kann er nicht Matsers Nachfolger werden!«

»Das wollte ich nun gerade mit dir besprechen.« Es kostete ihn Muhe, seine Irritation zu verbergen. »Escher hat versprochen, dass er bis zum 1. Juni mit dem Studium fertig ist und anschließend eine volle Stelle übernehmen wird. Wir wollten dir vorschlagen, ihn bis dahin auf die Planstelle zu setzen, mit dem Gehalt, das er jetzt bekommt.«

Balk hatte begonnen, mit dem Fuß zu wippen. »Und was machst du dann mit seiner Stelle?«

»Barkhuis geht auch weg.« Er artikulierte deutlich. »Wir wollen diese Stellen zusammenlegen und daraus dann zwei Stellen mit zweiunddreißig Stunden machen, oder noch lieber natürlich zwei Vollzeitstellen.«

Balk stand auf, öffnete die Türen seines Schranks, zog zwischen den

Stapeln eine Mappe heraus und ging damit zurück zu seinem Sessel. Er schlug die Mappe auf, rieb sich kräftig die Nase und sah auf das oberste Blatt.

»Bis Escher mit dem Studium fertig ist, behalten wir natürlich Geld übrig«, erinnerte ihn Maarten, »und außerdem behalten wir wegen der Erkrankung von Asjes Geld übrig.«

»Wie geht es dem jetzt?«, fragte Balk und sah auf.

»Mit dem einen Auge kann er nichts mehr machen, und das andere ist noch immer nicht ganz geheilt.«

Balk nickte. »Und wie lange dauert das noch?«

»Das weiß ich nicht. Lange.«

Balk sah erneut in seine Unterlagen. »Für 1979 kannst du auf alle Fälle zwei Leute mit vierzig Stunden einstellen. Danach sehen wir dann weiter.« Er schlug die Mappe zu. »War's das?«

»Das war's.« Er stand auf.

»Warte noch einen Moment!«

Maarten setzte sich wieder.

»Bekenkamp klagt darüber, dass er die Korrespondenten nicht mehr zu den Treffen kriegt. Ist das auch deine Erfahrung?«

Maarten antwortete nicht sofort darauf. Er misstraute den Motiven Bekenkamps. »Zumindest rentiert es sich nicht«, sagte er schließlich.

»Wie willst du das Problem dann lösen?«

»Ich finde, dass wir sie zu Hause besuchen müssten.«

»Aber de Roode und Rentjes haben etwas dagegen.«

»Das verstehe ich eben nicht«, sagte Maarten. »Ich besuche an einem einzigen Tag mit dem Fahrrad vier Mitarbeiter. Zu einem solchen Treffen fahren wir meist zu siebt. Es kommen zurzeit nicht mehr als fünfzehn oder zwanzig Leute. Würden die sieben an dem Tag ins Land ziehen, könnten wir achtundzwanzig erreichen! Und die sehen wir dann auch noch zu Hause, in ihrer eigenen Umgebung, sodass man einen viel besseren Eindruck von ihren Qualitäten bekommt!«

»Ihnen zufolge wäre das zu viel bürokratischer Aufwand.«

Maarten zuckte mit den Achseln. »Es ist doch unsere Arbeit? Wir brauchen sie doch als Informanten? Ich besuche mindestens vierzig pro Jahr und habe unheimlich viel Spaß daran. Wenn man das nicht tut und sich nur auf die Fragebogen verlässt, macht man bloß Fehler. Was ist das übrigens für bürokratischer Aufwand?«

»Verabredungen treffen, Routen planen!«

Maarten schüttelte den Kopf voller Unverständnis.

»Zumindest denken sie so darüber.«

»Wenn Kiepe demnächst auch forscht und wir bei Musik zwei zusätzliche Leute haben, sind wir zu acht, das sind mindestens zwei- bis dreihundert Besuche pro Jahr. Das entspricht mehr als zehn Treffen!«

Balk lächelte amüsiert. »Und was würdest du Bekenkamp dann empfehlen, was er tun soll?«

»Auch Leute besuchen! Und dafür sorgen, dass er von allen Besuchsprotokolle bekommt!«

»Und hast du schon mal daran gedacht, was das für Reisekosten sind?«

»Wenn alle nur das abrechnen, was sie wirklich ausgegeben haben, und sie nehmen ihr Brot mit wie zum Büro, ist es ein Klacks.«

»Da bin ich mir nicht so sicher«, sagte Balk skeptisch. Er stand auf. »Ich werde noch mal darüber nachdenken.«

»Ich kann Escher also auf Matsers Stelle setzen?«, fragte Maarten und stand ebenfalls auf.

»Bis Ende Mai!« Er legte die Mappe wieder in den Schrank.

»Und die Anzeige für die beiden Neuen?«

»Die kannst du aufsetzen.«

»Gut.« Er ging zur Tür.

»Aber ich möchte sie gern noch mal sehen«, sagte Balk, während er wieder an seinem Schreibtisch Platz nahm.

*

»Soll ich dir auch eine Tasse Kaffee mitbringen?«, fragte Sien. Sie legte ihre Papiere auf den Tisch.

Er stand an seinem Schreibtisch und suchte die Unterlagen für die

Sitzung zusammen. »Gern.« Während Sien durch die offen stehende Tür den Raum verließ, ging er hinüber zu seinem Platz am Kopfende des Tisches, legte die Papiere dort ab und holte anschließend seinen Stuhl. Vom Flur her hörte man den Lärm von Stimmen und Schritten. Er setzte sich, legte den Stift neben seine Unterlagen und wartete. Lien kam aus dem Karteisystemraum und blieb bei ihm stehen, auf dem Weg zum Flur. »Rie hätte gern diesen Job im Musikarchiv«, sagte sie verlegen.

»Rie?« Er sah sie an, mit den Gedanken bei der anstehenden Sitzung. Sie wurde rot. »Die mir bei meiner Examensarbeit geholfen hat.«
Es fiel ihm wieder ein. »Was hat sie für eine Ausbildung?«
»Geschichte, mit Musik im Nebenfach.«
Tjitske und Gert kamen feixend aus dem Flur, ihre Tassen vorsichtig vor sich hertragend.

»Sie soll dann mal einen Brief schreiben«, sagte er, während er Tjitske und Gert ansah.

»Ich glaube, sie möchte erst lieber einmal mit dir sprechen.«
»Kein Problem.« Er sah sie wieder an. »Sag ihr das ruhig.«
»Tag, Maarten«, sagte Gert. Er legte seine Papiere auf den Platz neben Maarten, stellte seine Tasse dazu und setzte sich.
Lien verließ den Raum.
»Tag, Gert«, sagte Maarten amüsiert. »Das geht doch schon ganz ordentlich.«
»Ich denke auch, oder?«, sagte Gert lachend.
Ad und Joop kamen ins Zimmer. »Fang erst mal damit an, sie abzutippen«, sagte Ad. Er stellte seine Tasse auf den Tisch und wandte sich seinem Schreibtisch zu.

Joop ging weiter zu dem Platz auf der anderen Seite von Maarten, Gert gegenüber. »Ich bin da!«, sagte sie laut und setzte sich.

»Dann können wir anfangen«, sagte Maarten lächelnd. »Wie geht es deiner Mutter jetzt?«

»Oh, der merkt man nichts mehr an. Das ist so ein eiskalter Typ.«
»Aber sie lebt jetzt allein?«
»Sie hat eine eigene Wohnung.«
Er nickte.

Sien kam mit zwei Tassen aus dem Flur. Sie brachte Maarten eine mit. »Bitte.« Sie setzte sich neben Joop, auf den Platz, an dem bereits ihre Papiere lagen.

»Soll ich die Tür zumachen?«, fragte Ad, als er mit seinen Papieren von seinem Schreibtisch herüberkam.

»Lien ist noch nicht da«, sagte Maarten.

Im selben Moment kam Lien hastig herein. Sie schloss die Tür und stellte ihre Tasse auf den Tisch neben Sien. »Ich bin da«, sagte sie.

»Dann können wir anfangen.«

Es wurde still.

»Zunächst einmal möchte ich unsere Kollegin Kiepe beglückwünschen, dass sie ihr Abschlussexamen bestanden hat. Damit ist nicht nur ihr eine Last von der Seele genommen, sondern auch uns.«

»Bravo!«, sagte Gert. Er klatschte die Hände aneinander, ohne einen Laut zu erzeugen.

Lien wurde rot.

»Und wo ist jetzt der Kuchen?«, rief Joop und schlug mit der flachen Hand auf den Tisch.

Es wurde verschämt gelacht.

»Bei dieser Sitzung sorge ich immer für den Kuchen«, kam Maarten Lien zu Hilfe.

»Ich wollte euch heute Nachmittag einladen, wenn Musik und Mark auch dabei sind«, sagte Lien.

»Na, das wollen wir dir auch geraten haben!«, rief Joop.

»Willst du heute protokollieren?«, fragte Maarten Lien mit einem gezwungenen Lächeln.

»Muss *ich* das machen?«, fragte sie erschrocken.

»Nur die abweichenden Beschlüsse.«

»Ich will gern mal fragen, aber ich habe selbst jetzt schon zwanzig Katzen«, sagte Tjitske zu Ad.

»Wenn die Probleme rund um den Tierschutz auch abgehandelt worden sind, können wir anfangen«, warnte Maarten.

Es wurde erneut still.

»Ihr habt alle ein Paket mit detaillierten Vorschlägen für die Verteilung der Arbeit bekommen …«

»Allein das Durchlesen hat mich schon einen Tag gekostet«, bemerkte Joop. Sie kicherte.

»Das war dann jedenfalls kein schlecht verbrachter Tag«, sagte er leise nebenher, »... zum Teil dieselben wie im vorigen Jahr, zum Teil Korrekturen daran, um zu vermeiden, dass wir einrosten. Ich schlage vor, sie Punkt für Punkt durchzugehen. Alle Vorschläge stehen zur Diskussion. Die abweichenden Entscheidungen werden von Lien protokolliert.« Er hatte unwillkürlich angefangen, etwas lauter zu sprechen, als wollte er die Sitzung mit Gewalt aufs richtige Gleis setzen. »Punkt eins. Die Bibliothek: Beschaffung, Codierung, Platzierung. Ich schlage vor, solange Bart krank ist, all die Arbeiten, für die er zuständig war, von Tjitske und Lien machen zu lassen, in dem Sinne, dass Tjitske alle Vorschläge für die Beschaffung verarbeitet, mit Lien in der zweiten Reihe, und Lien die Bücher mit einer Nummer versieht, mit Tjitske in der zweiten Reihe, und sie sie dann in gegenseitigem Einvernehmen zusammen in die Regale stellen. Gibt es Einwände dagegen?« Er sah in die Runde.

»Und was machen wir dann, wenn Bart wiederkommt?«, fragte Tjitske.

»Dann werden wir uns die Situation erneut anschauen.« Er sah wieder in die Runde. »Alle einverstanden?«

Niemand sagte etwas.

»Punkt zwei. Das Handschriftenarchiv. Der Vorschlag ist, dass Lien und Gert die eingehenden Handschriften mit Schlagwörtern versehen, in Umlauf bringen, die Karteikarten tippen und ablegen, Lien die Handschriften, die an den geraden Tagen eingehen, Gert die an den ungeraden Tagen. Einwände?« Er sah Gert und Lien an.

Gert hob schüchtern die Hand. »Muss ich das in Zukunft immer machen?«

»Alle Vorschläge gelten für ein Jahr.«

»Ja, dann ist es in Ordnung«, sagte Gert erleichtert.

»Ich gebe sie euch, weil ihr mit dieser Quelle noch wenig Erfahrung habt.«

»Ja, dann verstehe ich es.«

»Punkt drei. Das Ausschnittarchiv. Im Augenblick fallen achtzig bis hundert Ausschnitte pro Woche an. Jeder macht zwanzig Ausschnitte pro Woche: rubrizieren, mit Schlagwörtern versehen, Karteikarten tippen, aufkleben, einstecken. Tjitske am Montag, Sien am Dienstag, Joop am Mittwoch, Lien am Donnerstag, Gert am Freitag. In der ersten Woche kontrolliert Gert die Mappen der vier vorangegangenen Tage, in der Woche darauf Lien, in der Woche darauf Joop, und so weiter, sodass also jeder immer vier Tage kontrolliert und sechzehn Tage frei hat. An Tagen, an denen keine zwanzig Ausschnitte im Körbchen liegen, werden sie aus dem Rückstand auf zwanzig aufgefüllt.« Er wandte sich Gert zu. »Wie hoch ist der Rückstand?«

Gert erschrak, er blinzelte. »Ein paar hundert Ausschnitte?«

»Also aus dem Rückstand.«

»Die Regelung mit der Kontrolle verstehe ich überhaupt nicht«, sagte Joop. »Wie kann ich denn am Mittwoch die Mappen der vier vorangegangenen Tage kontrollieren? Wenn ich es richtig sehe, sind am Mittwoch doch erst zwei Tage vergangen?«

»Plus der Donnerstag und Freitag der vorhergehenden Woche.«
Sie sah ihn verständnislos an.

»Ich erkläre es dir später. Denk erst noch einmal darüber nach. Vor dir hat Lien die Kontrolle gehabt. Lien hat ihre Mappe liegen lassen, und nach ihr Gert und so weiter.«

»Ist es denn wirklich nötig, immer noch mit diesen Ausschnitten weiterzumachen?«, fragte Sien. »Das ist doch keine wissenschaftliche Quelle?«

»Oh, jetzt verstehe ich es«, sagte Joop.

»Du verstehst es!« Er wandte sich Sien zu. »Es hängt davon ab, wie du sie benutzt.«

»Aber es ist doch bekannt, dass man dem, was Journalisten schreiben, niemals trauen kann?«

»Ich würde die Ausschnitte ungern missen«, sagte Gert.

»Ich habe auch viel Spaß damit«, pflichtete Ad ihm bei.

»Ja, ihr vielleicht«, sagte Sien, »für die Feste …, aber für die Nahrung habe ich davon nichts. Es kostet mich nur Zeit.«

»Vielleicht hast du bei einer deiner nächsten Untersuchungen etwas davon«, brachte Maarten vor.

»Na, das weiß ich noch nicht. Ich glaube, nicht.«

»Aber es geht doch wohl auch darum, was andere davon haben«, sagte Tjitske empört.

»Nicht, wenn es von meiner Forschungszeit abgeht!«

»So wäre es, wenn es sich bei uns um ein Forschungsinstitut handeln würde«, griff Maarten ein, »aber das sind wir nicht, wir sind ein Dienstleistungsinstitut. Unser Wert besteht nicht in den Menschen, die hier zufällig sitzen, sondern in unseren Quellen und Systemen. Du magst über das Ausschnittarchiv noch so kritisch denken, aber es ist, zusammen mit unseren Fragebogen, noch immer unsere wichtigste Quelle, wie der Schlagwortkatalog unser wichtigstes Erschließungssystem ist. Es liefert Stoff für die Geschichte einer ganzen Reihe von Kulturphänomenen, und es wird nach jedem Kulturbruch wertvoller. Man muss es nur benutzen können, und darum muss jeder damit in Kontakt bleiben!« Er sprach mit großer Überzeugung, in einem Ton, der keinen Widerspruch duldete.

Sien schwieg widerspenstig.

»Und es ist auch ein Glück, dass wir kein Forschungsinstitut sind«, sagte Maarten etwas freundlicher, »denn dann würden wir bei der nächstbesten Sparrunde zugunsten der Universitäten gestrichen werden.«

»Aber über *einen* Sack sind wir uns langsam schon einig«, scherzte Joop.

Maarten sah sie fragend an.

Es wurde gelacht.

»Über Kipperman«, versuchte Maarten.

Es wurde lauter gelacht.

»Hier«, sagte Gert, er schob Maarten dessen Text zu und zeigte auf den letzten Absatz. Maarten sah es sich an. Es dauerte einen Moment, bis er sah, dass er dort »einen Sack« statt »eine Sache« getippt hatte. »Oh, *der* Sack!« Er lachte, doch nicht von Herzen, dafür war er zu angespannt.

»Können wir dann nicht wenigstens das Anlegen der Karteikarten, das Kleben und das Einstecken nach draußen geben?«, fragte Sien, die nicht mitgelacht hatte.

»Das will ich gern überprüfen. Ich werde Bavelaar fragen, ob Geld dafür vorhanden ist.«

»Denn das kostet mich am meisten Zeit.«

Maarten sah in die Runde. »Ansonsten alle einverstanden mit dieser Regelung?«

Niemand sagte etwas.

»Dann Punkt vier. Der Schlagwortkatalog.« Er sah auf. »Aber ich schlage vor, erst noch eine Tasse Kaffee zu holen.« Er sah Joop an. »Hast du ein Messer?« Die anderen standen auf. »Nicolien hat einen Kuchen für uns gebacken.«

Er sah sein Brot kauend nach draußen, zu den grauen, rasch vorüberziehenden Wolken, den Ellbogen auf der Lehne seines Stuhls, die Hand mit dem halb aufgegessenen Butterbrot erhoben. Erst als sie an seinem Schreibtisch stehen blieb, merkte er, dass sie eingetreten war. Er wandte langsam seinen Kopf in ihre Richtung und sah sie an. Lien.

»Rie ist da«, sagte sie verlegen. »Könntest du jetzt mit ihr sprechen?«

»Ja, natürlich. Sie soll nur kommen.«

Sie ging wieder in den Karteisystemraum. »Du kannst kommen«, hörte er sie sagen.

Die Tür ging etwas weiter auf, und Rie kam ins Zimmer. Sie sah an ihm vorbei, während sie auf seinen Schreibtisch zuging, als wollte sie vorbeilaufen. Er fand, dass ihr Gesicht etwas Abstoßendes hatte, ebenso wie beim letzten Mal, doch als sie ihn ansah, fielen ihm erneut ihre Augen auf, die den Eindruck erweckten, als trüge sie eine Maske, obwohl auch ihr Blick etwas Falsches hatte. Sie lächelte.

»Da ist ein Stuhl.« Er zeigte auf den Stuhl auf der anderen Seite seines Schreibtisches, zögernd, ob er sie siezen oder duzen sollte. Sie zog den Stuhl zurück und setzte sich gerade hin, ein wenig schräg und von ihm abgewandt.

»Ich esse einfach weiter«, entschuldigte er sich und hob sein Butterbrot in die Höhe, »denn wir haben gleich eine Sitzung, und ich wollte noch einen Moment raus.«

»Ja, natürlich.« Sie hatte eine tiefe, heisere Stimme.

Er sah sie abwartend an.

»Ich würde gern den Job haben.« Sie sah ihn kurz an und wandte dann den Blick wieder ab.

»Das hat Lien schon gesagt.« Er zögerte. »Sie haben Geschichte studiert?«

»Mit Musikwissenschaft im Nebenfach.«

»Und was war Ihre Hauptrichtung?«

»Neunzehntes Jahrhundert. Meine Examensarbeit habe ich über die Entstehung der Arbeiterbewegung geschrieben.«

»Aber das hier ist eine Stelle für eine Dokumentarin.«

»Das ist mir egal.« Sie wandte ihre Augen wieder ab.

»Und in einer relativ niedrigen Gehaltsstufe. 32 für den Einstieg.«

»Geld interessiert mich nicht.« Sie sah ihn an und lachte plötzlich entwaffnend, sogar kokett.

Das verwirrte ihn. Es war ihm nicht klar, was sie eigentlich wollte.

»Wenn es keine Umstände macht, sollten Sie am besten einen Brief schreiben, dann laden wir Sie zu einem Gespräch ein.«

»Ist das hier denn nicht genug?«

Die Frage überraschte ihn. Er schüttelte den Kopf. »Nein.«

»Aber ihr kennt mich doch jetzt?«

Er lächelte. »Aber es läuft trotzdem schon etwas bürokratischer.«

»Na, das finde ich idiotisch.«

»Das kann schon sein, aber so läuft es nun einmal.«

»Und was muss dann darin stehen?«

»Dass Sie die Stelle gern haben möchten, und welche Ausbildung Sie absolviert haben.«

»Und mündlich geht das nicht?«

»Nein, mündlich geht es nicht.«

»Na, dann muss ich mir das noch einmal überlegen.« Sie stand auf.

»Tun Sie das«, sagte er amüsiert.

Sie ging zur Tür des Karteisystemraums. »Ich danke dir jedenfalls für das Gespräch«, sagte sie, während sie sich zu ihm umdrehte.

»Keine Ursache«, sagte er ironisch. Er sah automatisch auf seine Armbanduhr, nahm sein Obstmesser aus der Schublade des Schreibtisches und griff zu seinem Apfel.

Auf seiner Schreibtischunterlage lag ein Brief in einem Umschlag des Büros. Auf dem Umschlag stand: »An Maarten Koning«. Er war nicht zugeklebt. Es steckte nur ein Blatt darin, auf dem stand: »Sehr geehrte Damen und Herren. Ich möchte den Job gerne haben. Ich habe Geschichte studiert, mit Musikwissenschaft im Nebenfach. Mit freundlichen Grüßen, Rie Veld.« Er las den Brief noch einmal, während er sein Jackett auszog. Er hängte es auf, blieb kurz mit dem Brief in der Hand vor seinem Schreibtisch stehen und ging dann in den Karteisystemraum. Lien war allein. Er griff sich einen Stuhl und setzte sich an ihren Schreibtisch. »Du lädst uns also gleich zum Kuchen ein?« Er lächelte. Ihr Gesicht rührte ihn an, ein freundliches, argloses Gesicht.

»Oder ist es besser, wenn ich es an einem anderen Tag mache?«, fragte sie unsicher.

»Nein, ich finde das sehr nett. Du musst ihn noch kaufen?«

»Ich wollte gleich mal kurz zur Vijzelstraat gehen.« Das Vorhaben machte sie sofort wieder unsicher. »Das passt doch noch, oder?«

Er sah automatisch auf die Armbanduhr. »Ja, natürlich.«

Sie schwiegen.

»Was ist Rie eigentlich für ein Mensch?«, fragte er, während er sie ansah.

»Muss ich das sagen?«, fragte sie erschrocken.

»Nein, aber wie hast du sie kennengelernt?«

»Dadurch, dass sie mit Peter im selben Chor ist.«

»Aber dir hat sie bei deiner Examensarbeit geholfen?«

»Ja.«

»Warum, glaubst du, hat sie das denn gemacht?«

Sie zögerte. »Ich denke, aus Nettigkeit.« Sie wurde rot.

»Aber du fandest es nicht nett?«

»Doch, ich fand es sehr nett.«

Er nickte. »Sonst weißt du nichts über sie? Aus was für einer Familie sie kommt, was ihr Vater macht ...«

»Ich glaube, dass ihr Vater Zimmermann ist und sie aus einer ziemlich großen Familie kommt. Aber sie ist schon sehr früh von zu Hause weggelaufen.«

Er hatte den Eindruck, dass seine Fragen sie verlegen machten und sie eigentlich lieber nicht antworten wollte. »Dein Vater ist Journalist, nicht wahr?«, fragte er, um das Thema zu wechseln.

»Ja, aber er ist schon tot.«

»Mein Vater auch.«

»Ja, das weiß ich.« Sie wurde rot.

»Ich meine: Er war auch Journalist. Er ist übrigens ebenfalls gestorben.«

Sie reagierte darauf verlegen.

»Du mochtest deinen Vater?«

»Ja.« Sie sah ihn unsicher an, als verstehe sie nicht recht, was er mit dieser Frage bezweckte.

Er lachte. »Du kannst Rie also nicht empfehlen?« Er stand auf.

»Aber ich sage auch nicht, dass du sie nicht nehmen sollst«, sagte sie erschrocken. »Ich weiß es bloß nicht.«

»Ja, das verstehe ich«, versicherte er.

Er brachte den Stapel *Bulletins* von seinem Schreibtisch zum Sitzungstisch. Die Tür des Karteisystemraums stand weit offen. Joop und Lien waren mit dem Anschneiden der Torten beschäftigt. Joop leckte ihre Finger ab und gab dabei Schmatzgeräusche von sich. Er verteilte die *Bulletins* auf dem Tisch, holte seinen Stuhl und setzte sich. Jaring kam hereingeschlendert, die Tasse Tee vorsichtig in der Hand, lächelnd. Er stellte die Tasse auf den Platz neben Maarten und nahm das *Bulletin*-Heft hoch. »Ist es erschienen?« Er setzte sich und blätterte darin, während Maarten zusah. »Es überrascht mich, dass Freek den Aufsatz doch noch fertigbekommen hat.«

»Es ist schade, dass er weg ist.«

»Ja, obwohl man schon wissen musste, wie man ihn zu nehmen hatte«, sagte Jaring bedächtig.

Maarten gab ihm den Brief von Rie. »Die erste Bewerbung ist eingetroffen.«

Jaring betrachtete den Umschlag. »Ist es jemand, den du kennst?« Er sah Maarten fragend an.

»Sie hat Lien bei ihrer Examensarbeit geholfen.« Er sah zu Mark, der sich mit seinem Tee dazusetzte.

»Hi«, sagte Mark und hob seine Pfeife. Er lachte vergnügt, als würde er sich im Stillen über irgendetwas amüsieren. »Jetzt darf ich doch wohl rauchen, oder?«

»Ja, jetzt schon«, sagte Maarten.

Mark zog einen Aschenbecher zu sich heran, klopfte die Pfeife aus und griff dann neugierig nach dem *Bulletin*.

Tjitske und Richard kamen herein. Richard setzte sich zwischen Maarten und Mark. »Hallo«, sagte er. Er nahm ebenfalls ein *Bulletin* und betrachtete es, von einer starken Alkoholfahne umgeben.

»Dein Tee«, sagte Sien. Sie stellte Maarten eine Tasse hin.

»Danke«, sagte er und sah sie kurz an.

»Ein ziemlich eigenartiger Bewerbungsbrief«, fand Jaring. »Was willst du damit machen?« Er gab den Brief zurück.

»Ich wollte sie mal einladen.« Er sah Gert an, der gerade hereinkam. »Schließt du die Tür, Gert?«, und sah dann zu dem Platz hinüber, an dem Ad hinter seinem Bücherregal saß. »Ad?«

»Ich komme.«

»Ta-ta-ta-ta«, trompetete Joop, sie kam mit einem Tablett aus dem Karteisystemraum, auf dem zwei angeschnittene Torten lagen. »Liens Torte!«

Lien kam mit rotem Kopf hinter ihr her. Sie setzte sich hastig hin.

»Lien hat ihr Examen bestanden«, sagte Maarten zu Jaring, Richard und Mark.

»Glückwunsch, Lien«, sagte Mark, er fixierte sie, verschmitzt lächelnd.

»Ja, Lien, herzlichen Glückwunsch«, sagte Jaring, während er sich vorbeugte.

»Ja!«, sagte Richard.

Das Verteilen der Torten ging mit viel Lärm, Reden und Lachen einher. In diesem Lärm kam Joost herein. Er setzte sich, ohne sich umzusehen, ans untere Ende des Tisches, verborgen hinter Sien.

»Ich wollte anfangen«, sagte Maarten, wobei er seine Stimme erhob. Es wurde still.

»Ihr habt alle das neue Heft des *Bulletins* vor euch liegen. Es ist wieder fünfunddreißig Seiten dicker als das vorige, nicht zuletzt dank der

Aufsätze von **Ad**, Jaring und Freek. Meinen Respekt!« Er grinste. »Wir haben allmählich eine ausgewachsene Zeitschrift daraus gemacht.«

»Applaus«, sagte Mark amüsiert.

Es wurde geklatscht.

»Nichtsdestotrotz!«, sagte Maarten.

»Das dachte ich mir schon«, sagte Mark kichernd. »Darauf habe ich gewartet.«

»Nichtsdestotrotz kann das System der Buchankündigungen noch verbessert werden.« Er zog ein Papier zu sich heran. »Ich hatte dazu ein Papier mit drei Vorschlägen in Umlauf gegeben.« Er sah auf das Papier. »Erstens: Wir lassen es, wie es ist, das heißt, dass wir alle zwei Monate die Bücher in einer Vollversammlung verteilen. Das Problem ist, dass dann noch niemand die Bücher gelesen hat, sodass praktisch keine Diskussion möglich ist. Einige von euch halten das für Zeitverschwendung. Zweitens: Beim Rundgang durch die Abteilung legt derjenige, der ein bestimmtes Buch besprechen will, einen Zettel hinein, und Ad und ich passen auf, dass es keine Dubletten gibt, und teilen die Bücher, auf die niemand Anspruch erhoben hat, gleichmäßig unter uns auf. Drittens: Ad und ich verteilen periodisch alle Bücher, unter Berücksichtigung eurer Interessen und eurer Leistungsfähigkeit.« Er legte das Papier wieder hin. »Es sind keine weiteren Vorschläge bei mir eingegangen. Ich bringe diese drei also zur Abstimmung, wenn niemand mehr eine Erläuterung haben möchte.« Er sah in die Runde.

»Ja«, sagte Richard. Er roch nicht nur nach Alkohol, sondern war zudem rot angelaufen, mit kleinen Augen hinter seinen Brillengläsern. »Warum machen du und Ad das eigentlich, und nicht Jaring? Jaring ist doch Mit-Chefredakteur?« Es klang, als suchte er Streit.

»Jaring zieht es vor, dass wir das machen, weil bei Weitem die meisten Bücher von uns sind.« Er sah Jaring an.

»Ja«, sagte Jaring.

»Sonst noch jemand?«

Mark hob die Hand. »Ich möchte noch einmal auf die Rezensionsexemplare zurückkommen. Ich finde es doch schon sehr ärgerlich, dass wir sie nicht behalten dürfen.«

»Darüber habe ich noch einmal nachgedacht. Ich habe nichts dagegen, von einem Buch, das wir rezensiert haben, im Nachhinein ein Rezensionsexemplar anzufordern.«

»Und wenn wir dann schon ein Rezensionsexemplar gehabt haben?«

»Dann lässt es sich nicht ändern.«

»Das finde ich doch schon sehr unbefriedigend.«

»Es ist vielleicht unbefriedigend, aber ich finde es noch sehr viel unbefriedigender, wenn wir auf die Weise von dem abhängig werden, was uns die Verlage schicken.«

»Dann schick den Leuten doch einfach zurück, was du nicht haben willst.«

»Und ich finde, dass das, was wir während der Arbeitszeit rezensieren, Eigentum des Büros ist«, sagte Maarten mit Nachdruck.

»Ja, den Standpunkt kenne ich«, sagte Mark skeptisch.

»Ich will es gern zur Abstimmung bringen.«

»Nein, lass mal. Eure Regelung ist schon in Ordnung.«

Maarten grinste. »Noch jemand?« Er sah in die Runde.

Niemand sagte etwas.

»Dann bringe ich die Vorschläge zur Abstimmung. Wer ist für Nummer eins?«

Lien hob die Hand. »Aber ich finde zwei auch in Ordnung«, sagte sie, als sie sah, dass sie allein war.

»Lien also«, stellte Maarten fest. »Wer ist für Nummer zwei?«

Ad, Mark, Jaring und Tjitske.

»Also vier. Wer ist für Nummer drei?«

»Auf alle Fälle nicht Nummer eins!«, sagte Sien.

»Ja, ich auch«, sagte Joop.

»Joost?«, fragte Maarten.

Joost beugte sich hinter Sien nach vorn. »Ich enthalte mich mal lieber der Stimme.«

»Richard?«

Joost ließ sich wieder zurücksinken.

»Ich auch«, sagte Richard.

»Und ich?«, fragte Gert, während er die Hand hob.

»Ja, natürlich«, sagte Maarten. »Unverzeihlich!«

»Gert wird wieder übergangen!«, rief Joop fröhlich.

»Ja«, sagte Gert gekränkt, er runzelte verwundert die Stirn.
»Gert!«, sagte Maarten.
»Ich enthalte mich ebenfalls der Stimme«, sagte Gert steif.
»Dann ist Vorschlag zwei angenommen«, schlussfolgerte Maarten. »Das Register!« Er wandte sich Joop zu. »Könntest du nicht bei Wigbold eine Kanne Tee holen, damit wir erst noch eine Tasse Tee trinken?«
»Und wir haben noch Torte!«
»Gibt es noch mehr Torte?«, fragte er überrascht.
Lien beugte sich vor, errötend. »Ich dachte, dass es vielleicht nicht genug wäre«, entschuldigte sie sich.

»Das Register also«, fuhr Maarten fort, als die Torte nahezu vertilgt war. »Ich hatte dazu einen Vorschlag in den Umlauf gegeben. Wir fangen jetzt mit dem fünften Jahrgang an. Ich möchte am Ende des fünften ein Register zu den ersten fünf Jahrgängen liefern, sowohl für die Aufsätze als auch für die Rezensionen. Weil wir danach streben, alle Bücher und Aufsätze, die auf unserem Fachgebiet erscheinen, anzukündigen, kann so ein Register auf die Dauer aus dem *Bulletin* ein Nachschlagewerk machen. Ist jemand prinzipiell dagegen?« Er sah in die Runde.
Niemand reagierte.
»Bedeutet das, dass alle dafür sind?«
Wieder keine Reaktion.
Maarten sah Jaring an.
»Ich bin wohl dafür«, sagte Jaring mit einem sanftmütigen Lächeln.
»Ich bin auch wohl dafür«, sagte Lien.
»Es hängt davon ab, was es für ein Register wird«, sagte Richard.
»Ein Schlagwortregister.«
»Dann bin ich dagegen.«
»Warum bist du dagegen?«, fragte Maarten, dessen Fahne so weit wie möglich ignorierend.
»Weil ich deswegen mit Freek telefoniert habe, und Freek sagt, dass er vor ein paar Jahren schon mal vorgeschlagen hat, die Buchbesprechungen systematisch einzuteilen. Das ist damals abgelehnt worden.« Sein Ton war beleidigt, als würde er Streit suchen.
»Das hat er vorgeschlagen«, bestätigte Maarten.

»Wenn du das damals gemacht hättest, müsstest du jetzt kein Register machen, oder höchstens ein kumulatives Register.«

»Hat Freek auch gesagt, warum wir das abgelehnt haben?«

»Dafür wirst du wohl deine Gründe gehabt haben«, sagte Richard gleichgültig, »aber die interessieren mich nicht so besonders.«

»Aus zwei Gründen«, sagte Maarten, den Einwurf ignorierend. »In erster Linie, weil der Umfang *eines* Heftes zu gering ist für eine systematische Einteilung, und in zweiter Linie, weil wir keine Systematik haben. Die Systematik, die wir haben, ist veraltet. Das ist auch der Grund dafür, dass wir seinerzeit nicht mit einem systematischen Katalog, sondern mit einem Schlagwortkatalog angefangen haben.«

Richard sah ihn kühl und mit verhaltener Aggressivität an. »Das kann schon sein, aber es überzeugt mich nicht. Wenn es keine Systematik gibt, legt man eine an.«

»Machst du das?« Sein Ton war sarkastisch.

»Darüber will ich gern mal nachdenken.«

»Gut! Leg dann in der nächsten Sitzung einen Vorschlag für eine Systematik vor, aber solange es die noch nicht gibt, fangen wir schon mal mit einem Schlagwortregister an. Ist jemand dagegen? Außer Richard, natürlich?« Er sah in die Runde.

Joost beugte sich vor und hob die Hand. »Ich bin auch dagegen, genau wie Richard.«

»Noch jemand?« Es kostete ihn Mühe, seine Irritation über Joosts Verhalten zu verbergen.

Niemand reagierte.

»Also ein Schlagwortkatalog«, entschied Maarten. »In dem Rundschreiben schlage ich vor, dass Lien, Joop, Sien, Tjitske und Gert sich jeweils einen Jahrgang vornehmen, in dieser Reihenfolge. Von diesem Jahrgang holen sie die Schlagworte, die wir seinerzeit angelegt haben, aus dem Karteisystem und überprüfen, welche Probleme sich ergeben. Ich stelle es mir so vor, dass wir die anschließend mit allen besprechen und ich dann eine Einheit daraus mache. Sieht jemand Probleme bei diesem Vorschlag?« Er sah in die Runde.

Niemand reagierte. Es hatte den Eindruck, dass sie diesen neuen Vorschlag gelassen über sich ergehen ließen.

»Niemand?«, fragte er, sich seiner Sache nicht ganz sicher.
»Ich finde das schon einen guten Vorschlag«, half Jaring.
»Dann ist er angenommen«, entschied Maarten, doch bei ihm blieb den Rest des Nachmittags über ein Gefühl des Unbehagens zurück.

*

»Du setzt dich doch wohl nicht hin und tippst?«, fragte Nicolien empört. Sie hatte das Wohnzimmer betreten und blieb an der Tür stehen.
»Kurz«, entschuldigte er sich.
»Jetzt, wo Mutter da ist?«
»Ich habe es jetzt in meinem Kopf.«
»Aber dann kannst du doch noch damit warten?«
»Nein, das kann ich nun gerade nicht, denn es ist schwierig.«
»Was ist es denn?«
»Eine Besprechung des Handbuchs von Seiner und Güntermann.«
»Eine Besprechung?« Ihre Stimme hob sich vor Empörung. »Während Mutter da ist?«
»Aber ich habe momentan furchtbar viel zu tun.« Er fühlte sich schuldig.
»Es macht den Eindruck, als seist du verrückt geworden! Eine Besprechung! Für das Büro! In deiner Freizeit! Statt dich gemütlich dazuzusetzen! Ich höre ja wohl nicht recht! Eine Besprechung! Wenn sie dir das vor zwanzig Jahren erzählt hätten, hättest du dich kaputtgelacht. Hörst du mich? Du hättest dich kaputtgelacht!«
»Ich lache mich nicht kaputt«, sagte er mürrisch. Er stand auf.
»Na, und ich auch nicht!«, sagte sie böse. »Ich könnte eher heulen!« Sie verließ den Raum und ging zurück in die Küche.
Er setzte sich auf die Couch und griff zu seiner Pfeife. Seine Schwiegermutter saß geistesabwesend in ihrem Sessel unter der Lampe. Sie zupfte nervös an ihrem Rock, als wäre eine Fussel darauf, den sie entfernen wollte. Er stopfte die Pfeife und drückte mit dem Daumen den Tabak an. Während er damit beschäftigt war, sah er sie hin und wieder prüfend und mitleidig an. »Heil!«, sagte er.

Sie reagierte nicht.

»Wie sollte es dem Mann wohl gehen?«, fragte er. Früher würde sie das gesagt haben. Nun zupfte sie weiter an ihrem Rock, als wäre er nicht im Raum. Er zog die Flamme über den Tabak, legte das Streichholz in den Aschenbecher und ließ sich in die Kissen zurücksinken. Unwillkürlich wanderten seine Gedanken zurück zur Besprechung. Er dachte einige Zeit intensiv darüber nach, stand dann auf, ging zu seinem Schreibtisch, nahm das Blatt hoch, das neben der Schreibmaschine lag, und las noch einmal den letzten Absatz: »Im Nachhinein liegt es nahe, in den Standpunkten Seiners und Wiegelmanns logisch aufeinanderfolgende Stadien in der Entwicklung unseres Faches zu sehen. Diese Entwicklung verläuft von einer statischen Betrachtung, bei der die Unveränderlichkeit der Ausgangspunkt ist, hin zu einer dynamischen, die die Veränderung in den Mittelpunkt stellt. Dieser radikale Perspektivwechsel muss für jemanden wie Seiner, der sich einen Großteil seines Lebens mit der Erfassung regionaler Unterschiede und deren Rückführung auf historische Kulturlandschaften beschäftigt hat, schwer zu verdauen sein, nicht zuletzt wegen der emotionalen Bedeutung, die das langfristige Fortbestehen regionaler Unterschiede für ihn hat. Für ihn sind sie zumindest im Laufe seiner akademischen Laufbahn die Bestätigung für die Identität der Region gewesen, aus der er stammte. Nicht nur sie steht im Mittelpunkt seines wissenschaftlichen Interesses, sondern auch das Bedürfnis zu zeigen, dass ihre Bevölkerung eine lang andauernde, ungebrochene Vergangenheit hat, war auch entscheidend für seine Standortbestimmung im akademischen Gedankenaustausch. In all seinen Schriften findet man das hartnäckig wiederkehrende Bedürfnis, im Volkscharakter oder, neutraler, in der regionalen Identität, eine zeitlose statische Größe zu sehen, die sich durch die Jahrhunderte zwar in Nuancen, nicht aber in ihrem Charakter geändert hat. Eine der Aufgaben, die er dem Europäischen Atlas in dem hier besprochenen Handbuch zuweist, nämlich ein allseits fundiertes Bild (sic!) der Einteilung Deutschlands oder Nordwesteuropas in Kulturgebiete zu zeichnen, lässt sich nur vor diesem Hintergrund verstehen. Selbst wenn er, etwas widerwillig, zugibt, dass es neben einer regionalen auch eine soziale Identität gibt, relativiert er diese sofort wieder, indem er auf das bis vor 150 Jahren überwältigende Übergewicht der ländlichen Bevölkerung hinweist und den regionalen Unterschieden« – er legte das Blatt hin und drehte den Bogen, der in der Schreibmaschine steckte, etwas nach oben, während er sich ein wenig nach vorn beugte, um den Text lesen zu können – »Priorität zuweist. Es ist nicht überraschend, dass ein solcher, im Grunde ahistorischer, Antrieb in eine politische – im Fall Seiners in eine regionalpolitische – Stellungnahme umschlägt. Was die Identität bedroht, muss außen vor gehalten werden, und wenn diese Identität angeschlagen ist, muss alles darangesetzt werden, sie wiederherzustellen...« Er hörte Nicolien über den Flur kommen und wandte sich abrupt ab. Während er wieder auf der Couch Platz nahm, kam sie mit der Teekanne ins Wohnzimmer. »Hast du noch nicht einmal für Mutter eine Platte aufgelegt?«, fragte sie verärgert.

»Welche Platte soll ich denn auflegen?«, fragte er schuldbewusst.

»Das weißt du doch wohl? Du weißt doch wohl, was Mutter schön findet?«

Er stand auf. »Die *Impromptus*?«

»Das brauche *ich* doch nicht zu sagen?«, sagte sie gereizt. Sie setzte sich. »Da bin ich wieder«, sagte sie zu ihrer Mutter. »Wie geht es Ihnen jetzt?«

Ihre Mutter sah auf. »Ich danke Ihnen«, sagte sie höflich, mit einer hohen, etwas schrillen Stimme, »aber ich würde jetzt doch gern wieder zu meinen Kindern.«

»Aber Sie sind doch bei Ihren Kindern?«

Ihre Mutter sah sie verstört an. »Bin ich bei meinen Kindern?«

»Wir sind doch Ihre Kinder!«

»Seid ihr meine Kinder?«, fragte sie ungläubig.

Nicolien drehte sich zu ihm um. »Mutter glaubt, dass wir nicht ihre Kinder sind«, sagte sie verzweifelt.

»Wir sind Ihre Kinder!«, sagte er mit Nachdruck.

Seine Schwiegermutter schüttelte den Kopf. »Ich glaube, ich bin völlig durcheinander. Ich sehe schon Gespenster.«

»Sonst wären Sie doch auch nicht hier«, sagte Nicolien.

»Nein, wenn Sie es sagen, wird es wohl so sein.«

»Was sollen wir bloß machen?«, fragte Nicolien ratlos. »Sag jetzt mal was!«

»Ich werde eine Platte auflegen«, sagte er, »dann wird sie sich schon wieder erinnern.« Er ging vor dem Plattenschrank in die Hocke und suchte die Platte mit den *Impromptus*.

»Bin ich denn in Amsterdam?«, fragte seine Schwiegermutter ungläubig Nicolien.

*

1979

Jozefien richtete sich auf, sprang vom Zeichentisch und rannte mit großen Sprüngen durch den Flur zur Tür. Im selben Moment hörte er Schritte die Freitreppe hinaufkommen, kurz darauf fiel die Haustür zu, und die Schritte erklangen im Hausflur. Goofie, der mit Dorus im Korb vor der Zentralheizung lag, richtete sich auf und lauschte. Sobald der Schlüssel ins Schloss gesteckt wurde, sprang er aus dem Korb und rannte mit kleinen, schnellen Schritten in den Flur. »Tag, Fientje!«, hörte er Nicolien im Flur sagen, die Tür wurde geschlossen, »Tag, Goofie! Das Frauchen ist wieder da!« Dorus kam nun ebenfalls aus dem Korb und ging langsam in Richtung Flur. »Tag!«, rief sie. Er machte die Wohnzimmertür etwas weiter auf. »Jozefien hat dich schon gehört, als du die Freitreppe hochgestiegen bist.«

»O ja?« Sie beugte sich zu Jozefien hinunter, die auf den kleinen Schrank auf dem Treppenabsatz gesprungen war, und streichelte sie. »Hast du mich schon gehört? Wie klug!« Dorus hatte sie nun auch erreicht und sah zu ihr auf. Sie bückte sich. »Tag, Dorus!«

»Wie lief es?«, fragte er in der Tür des Wohnzimmers stehend.

»Ich ziehe erst mal meinen Mantel aus.« Sie ging ins Schlafzimmer.

Er kehrte zur Couch zurück und setzte sich. Er hörte, wie sie ihren Mantel in den Schrank hängte, und kurz darauf den Wasserhahn im Badezimmer. Er sah abwartend zur Tür. »Wie war es?«, fragte er, als sie das Wohnzimmer betrat.

»Traurig.« Sie sah von dem kleinen Tisch zum Schreibtisch. »Hast du dir nicht einmal Tee gemacht?«

»Ich bin gerade fertig«, entschuldigte er sich. »Ich habe die ganze Zeit gearbeitet.«

»Aber dann kannst du dir doch wohl Tee machen?«
»Möchtest du noch Tee?« Er stand auf.
»Nein, jetzt natürlich nicht mehr, jetzt will ich einen Schnaps, aber ich verstehe nicht, warum du dir keinen Tee aufsetzt, wenn ich nicht da bin. Das ist doch furchtbar ungemütlich?«
»Ich habe nicht daran gedacht.« Er ging zum Flur.
»Immer dieses idiotisch harte Arbeiten von dir«, sagte sie verstimmt, »genau wie deine Mutter. Die konnte auch nie aufhören.«
Er reagierte nicht darauf. Er ging durch den Flur, holte den Genever aus dem Gefrierfach, nahm zwei Gläser aus dem Geschirrschrank und stellte sie zwischen ihnen auf den kleinen Tisch. »Wusste sie, wo sie war?«
»Ich weiß es nicht. Als ich wegging, hat sie geweint.«
»Ja, das ist traurig.« Er schenkte die Gläser ein und setzte sich.
»Wir hätten sie bei uns aufnehmen müssen.«
»Das ist Unsinn!«, sagte er entschieden. »Wenn sie hier ist, erkennt sie uns nicht mal.«
»Dann hätten wir zu ihr ziehen müssen.«
»Und ich dann sicher jeden Tag zum Büro hin und zurück! Aus Den Haag!«
»Es gibt doch wohl noch mehr Leute, die in Den Haag wohnen und ihre Arbeit in Amsterdam haben? Tjitskes Mann! Der wohnt in Amsterdam und arbeitet in Den Haag!«
Er reagierte nicht darauf.
»Ich fand es so traurig.« Sie hatte Tränen in den Augen.
»Ja, es ist traurig. Hat sie dich überhaupt erkannt?«
»Ich glaube schon. Zumindest, als ich wegging.«
Er schwieg.
»Hast du die ganze Zeit gearbeitet?«
»Ja. Ich war gerade fertig.«
»Hast du es geschafft?«
Er nickte abwesend.
»Du gehst also morgen wieder ins Büro?«
»Ja.«
Sie schwiegen.

Er nahm einen Schluck von seinem Schnaps. »Es ist gut geworden.« Er stellte das Glas wieder hin. »Das finde ich zumindest.«
Sie reagierte nicht darauf.
»So wird sonst nie über Wissenschaft geschrieben.«
Sie sah vor sich hin, ihren Blick auf den Tisch gerichtet.
Er zögerte. »Soll ich es mal vorlesen?«
Sie sah auf. »Vorlesen? Ich habe doch keine Ahnung davon.«
»Nur den Schluss, meine ich. Da geht es um Güntermann. Warum er so denkt, wie er denkt.«
»Wenn du es vorlesen willst ...«, sagte sie zögernd, »aber ich glaube nicht, dass es mir etwas sagt.«
Er stand auf und holte den Text von seinem Schreibtisch.
»Wie viel ist es denn?«
Er schlug die letzte Seite auf. »Achtundzwanzig Seiten.«
»Aber das willst du doch nicht alles vorlesen?«
»Der Schluss ist nur zwei Seiten lang«, er blätterte zurück, »zweieinhalb Seiten.« Er setzte sich wieder.
»Gut, lies es dann mal vor.«
»Ich kann es auch genauso gut lassen.«
»Nein, lies es ruhig vor.«
»Weil du dann siehst, womit ich beschäftigt bin.«
»Ja, lies nur vor.«
Er sah auf die Seite, die er vor sich hatte. »Sie haben also zusammen ein Handbuch geschrieben«, erklärte er, »und ich zeige, dass sich ihre Standpunkte widersprechen. Ich gehe erst ausführlich auf die Standpunkte ein, dann zeige ich, dass der Standpunkt von Seiner sich aus seinem Bedürfnis nach Sicherheit ergibt. Diese Sicherheit sucht er in der Illusion, dass die Kultur seiner Herkunftsregion mit ihren Traditionen schon Hunderte von Jahren alt ist, was sich bereits an seiner regionalpolitischen Stellungnahme aus der Zeit vor dem Krieg zeigt.«
Er unterbrach sich. »Es ist ein bisschen komisch, dir das vorzulesen, oder?«
»Wenn du es schön findest.«
Er zögerte.
»Lies es schon vor.«

»Gut.« Er beugte sich über das Papier. »Und dann komme ich zu Güntermann.« Er räusperte sich, nahm einen Schluck von seinem Schnaps und sah erneut auf das Papier. »›Wer in der Arbeit von Güntermann nach gleichartigen politischen oder regionalpolitischen Motiven suchen sollte, wird sie nicht finden. Ich kenne in unserem Fach nur wenige, bei denen das Bedürfnis nach einer regionalen oder nationalen Identität – oder umgekehrt: das Bedürfnis, darüber zu spotten – so ganz und gar zu fehlen scheint. Würde man Güntermann dänische oder niederländische Daten in die Hände spielen, ginge er auf dieselbe nüchterne, eiskalte Art damit um, wie er es mit den deutschen Daten macht, auf die er nun einmal angewiesen ist. Es ist verführerisch, dies einem Generationsunterschied zuzuschreiben. Seiner gehört zu einer Generation, die durch die wirtschaftlich und politisch unsichere Zeit zwischen den beiden Weltkriegen geprägt worden ist, in der nationale, regionale und soziale Unterschiede verschärft wurden, und deshalb die Identität der eigenen Gruppe und die Gewissheit des Unveränderlichen Sicherheit zu bieten schienen. Güntermann wurde größtenteils in der Zeit des Wirtschaftswunders geformt, als Nationalismus nur ein Handicap war und die rasch aufeinanderfolgenden Veränderungen nicht nur einen nüchternen, rationalen Ansatz erforderten, sondern außerdem den Prozess der Veränderung in den Mittelpunkt des Interesses stellten. Es ist verführerisch, doch es erklärt nicht, weshalb sie dieses Buch gemeinsam und nicht jeder mit den Vertretern seiner eigenen Generation oder, was sicherlich am besten gewesen wäre, jeder für sich geschrieben haben. Was das Letzte betrifft: Bei Seiner fehlt dafür der Ehrgeiz, und Güntermann scheint mir zu bescheiden zu sein oder sich zumindest nicht stark genug zu fühlen. Doch auch für das Erste lassen sich lediglich persönliche Gründe anführen. Der naheliegendste ist, dass Güntermann seine Ausbildung bei Seiner absolviert hat. Wer seinen Werdegang verfolgt hat, weiß, dass er sich nur langsam aus den Arbeiten am Atlas gelöst und zunächst noch eine Weile versucht hat, mit den Daten aus der materiellen Kultur, insbesondere dem bäuerlichen Arbeitsgerät, etwas festeren Boden unter die Füße zu bekommen. Denn dass der intuitive, romantische Ansatz Seiners ihm von Anfang an nicht gelegen hat, ist im Nachhinein klar. Es ist daher denkbar, dass das Schreiben dieses Buchs für ihn auf noch nicht zur Gänze ausgearbeiteten Vorstellungen darüber, was er selbst genau will, und auf Gefühlen des Verpflichtetseins beruht. Außerdem, und das ist mir mindestens ebenso wichtig, wäre es außerordentlich schwer gewesen, unter den Angehörigen seiner Generation Mitstreiter zu finden. Nicht, weil Güntermann an der Spitze der Bewegung steht – es gibt genügend Fachkollegen, die sich ebenfalls mit dem Prozess der Veränderung beschäftigen. Insofern es sich nicht um Akkulturationsprobleme handelt, zu denen er sich nur theoretisch hingezogen zu fühlen scheint, geht es diesen jedoch darum, diese Veränderungen zu steuern, oder aber die Veränderungen stehen bereits, wie bei den historischen Materialisten, von vornherein fest. In beiden Fällen bedeutet es eine politische Stellungnahme. Das Interesse Güntermanns am Prozess der Veränderung beruht auf anderen Motiven. Weiter oben habe ich bereits angemerkt, dass er die Vorhersage des Verlaufs von Prozessen durchaus als Rechtfertigung anführt, ich aber bezweifle, dass es ihm wirklich wichtig ist. Vielmehr hat es ihn fasziniert, Prozesse, deren Ende er bereits kennt, in Begriffen von Ursache und Wirkung nachzuspielen. An seinen Beispielen zeigt sich, dass er dabei ökonomische Ursachen bevorzugt, aber nicht ausschließlich. Er denkt eher an ein sehr viel komplizierteres System, das nicht nur alle möglichen Ursachen umfasst, sondern das dadurch außerdem den Anschein von Objektivität hat. Den kann er wahren, indem er das System fortwährend komplizierter macht. Denn was ihn eigentlich interessiert, ist nicht der Verlauf oder das Ende des Prozesses, sondern die scheinbare Unvermeidlichkeit, die im Nachhinein ebenfalls wieder vermeintlich unwiderlegbare Logik in der Aufeinanderfolge der Ereignisse, und schließlich die mutmaßliche Unmöglichkeit einzugreifen – mutmaßlich, da es die Frage ist, ob das, was im Nachhinein als unwiderlegbar erscheint, im Voraus vorhersagbar war. Um an die Unwiderlegbarkeit glauben zu können, interessiert ihn zwar die Fiktion der Wiederholbarkeit, die Möglichkeit, Prozesse zu rekonstruieren, jedoch nicht die Vorhersage des Endes, denn das Ende muss feststehen, wenn auch in diesem Fall als Entschuldigung, nicht wählen zu müssen. Das Bedürfnis der Tübinger, einen Beitrag zur Veränderung der Gesellschaft zu leisten, ist ihm wesensfremd, da es ein subjektives Werturteil über die Veränderungen impliziert, und das möchte Güntermann nun gerade nicht abgeben. Objektivität und Wertfreiheit sind für ihn mehr als nur wissenschaftliche Werte. Sie sind die einzigen, für die er irgendeine Emotion zeigen kann. Sie ordnen den Menschen der Geschichte unter und geben dem Wissenschaftler die Macht, dies zu erkennen. Dadurch rechtfertigen sie das Gefühl der Machtlosigkeit der eigenen Situation gegenüber und verkehren es, gesellschaftlich gesehen, sogar in sein Gegenteil. Das halte ich, kurzgefasst, für den Hintergrund seiner Theorie und die Erklärung der darin eingebauten Kurzschlüsse. Für das Buch, das er zusammen mit Seiner geschrieben hat, bedeutet dies, dass es als Produkt der Zusammenarbeit in meinen Augen misslungen ist, aber dass es als Übersetzung der Unsicherheit von Menschen in der Sprache ihres Berufs Interesse weckt. Denn das ist Wissenschaft.«" Er schwieg abrupt, aufgewühlt von seinen letzten Worten, und sah plötzlich, unsicher über ihre Reaktion, auf.

»Ja«, sagte sie. Es war zu sehen, dass sie nicht recht wusste, wie sie reagieren sollte.

»Du findest es nicht gut, oder?«, fragte er, seine Enttäuschung verbergend.

»Es sagt mir nicht so viel.«

»Weil es Wissenschaft ist?«

»Ja, und weil diese Leute mich nicht interessieren. Ich finde, dass sie ganz unwichtig sind.«

»Aber mit solchen Leuten habe ich Umgang.«

»Ja.« Der Ton, in dem sie es sagte, klang wie eine Verurteilung.

*

»Dann mal wieder bis zum nächsten Mal«, sagte Kaatje Kater und stopfte die Sitzungsunterlagen zusammengefaltet in ihre Tasche.

»Sie bekommen das Protokoll so bald wie möglich«, versprach Maarten völlig überflüssigerweise und formeller, als er es beabsichtigt hatte.

Sie nickte ihm lachend zu, etwas unsicher, da sie eine Abneigung gegen das Händeschütteln hatte. »Ja, das wissen wir«, sie wandte sich ab, »und so weiter, und so fort.«

Maarten wandte sich Stelmaker zu, der auf ihn zugekommen war.

»Ich bekomme also noch die Daten von Ihnen?«, fragte Stelmaker, während sie einander die Hand gaben.

»Ich habe es notiert«, antwortete Maarten. »Ich schicke sie Ihnen so bald wie möglich.« Er sah an Stelmaker vorbei zu Alblas und Boks hinüber, die etwas unsicher stehen geblieben waren. »Wenn ihr noch einen Moment Zeit habt, kann ich euch die Abteilung zeigen.«

»Ich gebe dir doch mal kurz die Hand«, sagte van der Land auf der anderen Seite von ihm, mit einem Lachen beugte er sich vertraulich zu Maarten hinüber.

»Wir sehen uns nächste Woche schon wieder, nicht wahr?«, sagte Maarten. »In Enkhuizen.«

»Wir sehen uns derzeit dauernd«, scherzte van der Land. Er zwinkerte ihm zu. »Alles Gute für dein Buch.«

»Ich schicke dir das Typoskript, sobald es fertig ist«, versprach Maarten.

»Sehr gern. Ich bin außerordentlich neugierig.«

»Tschüss, Fräulein Veldhoven«, sagte Maarten und gab ihr die Hand. »Ich freue mich, dass Sie wieder dabei sind.«

»Ich auch«, sagte sie verhalten, »auch wenn ich es ungemein bedaure, dass Matser nicht mehr dabei ist. Ich frage mich, ob Escher der richtige Ersatz für ihn ist.«

»Das muss sich zeigen«, gab Maarten zu. »Vielleicht sehe ich Sie gleich noch kurz?« Er sah Jaring an, der neben ihr stand, da er vermutete, dass er noch etwas mit ihr zu besprechen hatte.

»Nein, ich muss jetzt nach Hause«, sagte sie, »aber ich komme bei Gelegenheit mal vorbei.«

»Ich nehme Alblas und Boks mit«, sagte Maarten zu Jaring. »Bist zu gleich in deinem Zimmer?«

»Ich wollte eigentlich auch nach Hause gehen«, sagte Jaring zögernd.

»Dann halt ein andermal.« Er wandte sich ab und streckte Buitenrust Hettema, der die ganze Zeit über, den Kopf erhoben und die Unterlippe nach vorn geschoben, dagestanden und gewartet hatte, die Hand hin.

»Wir sehen uns derzeit nicht mehr so oft«, sagte Buitenrust Hettema missmutig. »Kommst du gar nicht mehr nach Arnheim?«

»Ständig, aber du bist da ja nie.«

Buitenrust Hettema lachte amüsiert. »Ich komme in Kürze mal wieder vorbei.«

»Tu das.« Er sah seitlich zu Goslinga.

»Tag, Koning«, sagte Goslinga und drückte ihm flüchtig die Hand. »Wie sehen uns bald auf der Sitzung von Dorf- und Regionalgeschichte?«

»Das hatte ich eigentlich vor.« Er stapelte seine Unterlagen aufeinander und sah Alblas und Boks an, die an ihren Plätzen stehen geblieben waren. »Kommt ihr dann mit?«

Sie verließen den Sitzungssaal. Goslinga und Buitenrust Hettema standen bei der Garderobe und zogen ihre Mäntel an, van der Land wartete auf sie. »Reden wir uns beim Vornamen an?«, schlug Maarten vor. Boks blieb stehen und gab ihm die Hand. »Ton.« Sein Formalismus überraschte Maarten. Er ging vor ihnen her die Treppe hoch. »Wir sitzen im zweiten Stock«, sagte er zu Boks, »wir an der Rückseite und das Musikarchiv an der Vorderseite. Jacobo kennt das hier schon.«

»Yes, Sir«, sagte Alblas.

Oben an der Treppe öffnete Maarten die Tür zu seinem Zimmer. »Tretet ein.«

Sie traten über die Schwelle und blieben stehen. Ad saß bereits wieder an seinem Platz.

»Das ist der Sitzungsraum«, sagte Maarten. »Hier sitzen Asjes, Muller und ich, und ihr findet hier einen Teil der Bibliothek. Der Rest steht im Besucherraum, ich werde euch das gleich zeigen, und unten in der allgemeinen Bibliothek.« Er ging weiter. »Und hier ist der Karteisystemraum.« Er öffnete die Tür. »Ich zeige Alblas und Boks das Büro«, sagte er zu Joop und Lien, die von ihrer Arbeit aufsahen.

Alblas und Boks betraten interessiert den Raum.

»Jesus«, sagte Alblas beim Anblick des Karteisystems. »This is the sanctuary.«

»Das hier sind Joop Schenk und Lien Kiepe«, stellte Maarten vor.

Alblas und Boks gaben ihnen die Hand, Alblas mit einer konfusen

Lässigkeit, Boks korrekt, mit einer leichten Verbeugung, als wollte er ihnen einen Handkuss geben. Sie sahen sich um.

»Das ist es«, sagte Alblas zu Boks. »A goldmine.«

»Ist es auch für die Öffentlichkeit zugänglich?«, fragte Boks Maarten.

»Nein, aber natürlich schon für die Mitglieder der Kommission.«

Joop und Lien waren an ihren Schreibtischen stehen geblieben, unsicher über ihre Rolle.

Boks sah sich fasziniert die Aufschriften auf den Kästen an. »Ich sitze an einem Paper über das Bandenwesen für eine Konferenz in New York. Wenn ich nun wissen möchte, ob Sie dazu etwas haben, wo muss ich dann suchen?«

Das unerwartete Sie traf ihn, doch er wusste es zu verbergen. »Unter ›Bandenwesen‹«, er ging zu den Kästen und legte seine Hand auf eines der Schubfächer, »aber da findet man nichts.« Er zog das Fach ein kleines Stück heraus und schob es gleich wieder zu. »In dem Fall muss man unter ›Räuber‹ suchen.« Er ging zur gegenüberliegenden Seite des Raums, suchte das R und zog zwei Schubfächer halb heraus.

»Und woher wissen Sie das?«, fragte Boks. Er kam näher und legte interessiert ein paar Karteikarten um.

»He knows everything«, bemerkte Alblas.

»Na, das nicht gerade«, sagte Maarten, »aber ich kenne das Karteisystem.«

»Und wenn es nun jemand nicht kennt?«, wollte Boks wissen.

»Dann findet er im Prinzip unter ›Bandenwesen‹ einen roten Verweis auf ›Räuber‹«, er ging zurück zu B, »aber ich bezweifele, dass der schon drin ist.« Er suchte zwischen den Karteikarten. »Nein, er ist noch nicht drin.« Er wandte sich Joop zu. »Vielleicht kannst du die gleich mal anlegen?«

Joop nahm von einem kleinen Stapel aus der Schublade ihres Schreibtisches eine rote Karteikarte und spannte sie in ihre Schreibmaschine.

»Woher weißt du so etwas?«, wollte Alblas wissen.

»Ich habe es vermutet, weil ›Bandenwesen‹ für uns kein Thema ist.«

Joop tippte die Karteikarte, spannte sie aus der Schreibmaschine und steckte sie in den Sortierkasten auf ihrem Schreibtisch. Lien hatte sich wieder hingesetzt.

Boks schnüffelte zwischen den Karteikarten herum.

»Sie sind chronologisch geordnet«, sagte Maarten und trat näher.

»Es ist ganz außergewöhnlich«, fand Boks. »Wie viele Karteikarten mögen das sein?«

»Über Räuber? Ein paar tausend. Wir können sie mal kurz mitnehmen. Dann halten wir Joop und Lien nicht länger von ihrer Arbeit ab.«

»Wenn das geht ...«

»Hier geht alles.« Er hob die beiden Kästen aus dem Karteisystem und ging vor ihnen her zurück in den Sitzungsraum. »Setzt euch.« Er stellte die Kästen auf den Tisch und sah in Ads Richtung. »Ad, kommst du auch einen Moment dazu?«

»Sie sagten, dass Sie am Bandenwesen nicht interessiert sind«, bemerkte Boks, er setzte sich, »wohl aber an Räubern?«

Ad setzte sich zu ihnen.

»Weil Räuber in Volkserzählungen eine große Rolle spielen.« Er legte eine Hand auf einen der Karteikästen. »Was man hier findet, sind zum überwiegenden Teil Volkserzählungen.«

»Aber ich habe gesehen, dass Sie auch einen Aufsatz von mir aufgenommen haben.« Er blieb hartnäckig beim Sie.

»Ja, natürlich.« Er sah Ad an.

»Weil das für uns eine Hintergrundinformation zu den Erzählungen ist«, verdeutlichte Ad.

»Ad ist hier vor allem für die Forschung zu den Erzählungen zuständig«, erklärte Maarten.

»Und gilt das für alle sozialen Randgruppen?«, wollte Alblas wissen.

»Ja«, sagte Maarten. »Soziale Randgruppen interessieren uns nicht.«

»It's your introduction to society, Sir«, sagte Alblas.

»Für uns sind das die Bräuche und Traditionen. Das ist der Unterschied zu euch.«

Boks hatte sich wieder über das Karteisystem gebeugt und las hier und da eine Karteikarte. Er sah auf seine Armbanduhr. »Darf ich mal mit meiner Freundin herkommen, um den Bestand durchzugehen?«

»Natürlich. Du bist willkommen.«

»Und wo sind nun eure Fragebogen?«, fragte Alblas, während er sich umsah.
»Im Tresorraum. Den zeige ich euch bei Gelegenheit mal.«
»Wie viele gibt es davon jetzt?«
»Knapp fünfzigtausend.«
»You hear that?«, sagte Alblas zu Boks.
Maarten schmunzelte.
»Und wenn ich meine Studenten damit arbeiten lassen möchte?«, fragte Alblas.
»Das ist möglich, aber das muss dann schon unter unserer Leitung und unter bestimmten Bedingungen sein, denn man kann sie nicht so einfach benutzen.«
»I see.«
»Und wenn sie daraus einen Aufsatz machen, muss er erst dem *Bulletin* angeboten werden, aber das ist natürlich jetzt auch eure Zeitschrift.«
»Gilt das auch für die Benutzung eures Karteisystems?«, fragte Boks.
Maarten wog seine Antwort. »Das hängt davon ab.«
Sie schwiegen.
»Sie haben gesagt, dass Ihnen Bräuche und Traditionen den Zugang zur Gesellschaft eröffnen«, sagte Boks. »An wen muss ich dabei dann denken, an Norbert Elias?«
»An den kann man denken, aber mein Einwand gegen Elias ist doch schon sein Fortschrittsdenken.«
»Wie sehen Sie die Kultur denn dann?«, fragte Boks interessiert.
Maarten dachte kurz nach. »Als die Ausprägung eines vorübergehenden sozioökonomischen Gleichgewichts, die sich wieder ändert, wenn das Gleichgewicht gestört wird.«
»Und wessen Theorie benutzen Sie dabei als Modell?«
Die Frage verblüffte Maarten. Er sah Boks an. »Niemandes Theorie«, sagte er erstaunt.

»Ob es so klug ist, es diesen Leuten so mundgerecht zu machen?«, fragte Ad, als Maarten allein in den Raum zurückkam.
»Wir kommen nicht um sie herum«, antwortete Maarten. »Jetzt, wo

sie die Dritte Welt los sind, landen sie unwiderruflich bei uns, und angesichts der anstehenden Sparmaßnahmen sollte man sie sich besser warmhalten.«

Ads Gesicht drückte Bedenken aus.

»Ich gebe zu, es ist die Methode Beerta«, sagte Maarten, »und sie liegt mir nicht.«

»Ansonsten hast du es verstanden, ihnen ordentlich zu imponieren.« Es lag eine kaum verhohlene Bewunderung in seiner Stimme.

»Ja?«, fragte Maarten ungläubig.

»Aber sicher.«

»Ich wüsste nicht, womit.«

»Die Art und Weise, wie du mit ihnen redest.«

»Das ist doch Bluff. Ich weiß nichts.«

»Vielleicht ist es bei ihnen auch nur Bluff.«

»Meinst du?«

»Es ist doch alles Bluff?«

»Ja, das ist das Problem«, gab Maarten zu.

»Nein, das finde ich nun gerade nett«, sagte Ad lächelnd.

*

Maarten stand auf. »Mein Name ist Koning.« Er streckte die Hand aus.

»Eef Batteljee«, sagte der junge Mann. Er hatte ein ausgesprochen sanftmütiges Gesicht, ohne jede Spur von Nervosität.

»Setzen Sie sich«, sagte Maarten und zeigte auf den Stuhl neben sich. Er nahm sich den Bewerbungsbrief vor, während Jaring seinen Platz auf seiner anderen Seite wieder einnahm. »Herr Elshout ist Leiter des Volksmusikarchivs, wo Sie sich beworben haben«, erklärte er. »Er wird Ihnen gleich erzählen, was Sie da machen müssen, und er wird Ihnen auch das Archiv zeigen. Ich bin Leiter der Abteilung, zu der das Musikarchiv gehört. Sie werden mit mir wenig zu tun haben, außer dass wir uns regelmäßig über den Weg laufen werden, denn wir sitzen auf derselben Etage.«

Der junge Mann lächelte.

Maarten sah in seinen Brief. »Sie arbeiten momentan im Büro für Sozialwissenschaft?«

»Ja.« Er hatte eine sanfte, freundliche Stimme.

»Aber Sie haben Psychologie studiert.« Er sah ihn prüfend an.

»Ja.«

»Das war nichts für Sie?«

»Nein«, sagte der junge Mann lächelnd. »Ich fand es eigentlich nur Angeberei. Ohne Sinn und Verstand.«

Maarten nickte. Die Antwort gefiel ihm. »Und die Arbeit, die Sie jetzt machen?«

»Sie meinen, ob das auch Angeberei ist?«

Maarten lachte. »Das auch, aber auch, worum es dabei geht.«

»Ich bin da mit der Automatisierung betraut.«

»Ist das was?«, fragte Maarten skeptisch.

Der junge Mann zögerte. »Ich muss ja für meinen Unterhalt sorgen.«

»Und die Stelle hier erscheint Ihnen interessanter?«

Der junge Mann lächelte. »Ja.«

Maarten sah erneut in seinen Brief. »Sie haben außerdem Musikwissenschaft als Nebenfach gehabt. Spielen Sie auch ein Instrument?«

»Ja, aber das stellt nicht viel dar.«

»Welches Instrument?«

»Klavier, aber es stellt wirklich nicht viel dar.«

»Können Sie denn eine Melodie notieren?«, fragte Jaring.

Der junge Mann sah ihn bedächtig an. »Wenn es eine einstimmige Melodie ist, müsste ich das schon können.«

»Es geht um Sänger, die wir auf Band aufgenommen haben.«

»Aber keine geschulten Sänger?«

»Das ist in der Tat das Problem.«

»Ich müsste es probieren.«

Sie schwiegen.

»Vielleicht kannst du ihm erzählen, was man hier von ihm erwartet?«, sagte Maarten zu Jaring. Er wandte sich wieder dem jungen Mann zu. »Sie fangen hier auf jeden Fall in der untersten Gehaltsgruppe an. Das ist die Politik der Abteilung. Und in dem Maße, wie Sie eingearbeitet sind, steigen Sie auf, in Ihrem Fall bis zum wissenschaftlichen Beamten, aber das erst, wenn Sie bewiesen haben, dass Sie sich für die Forschung eignen.«

Der junge Mann nickte, als habe er nichts anderes erwartet. »Es ist mir eigentlich ziemlich egal, wie viel ich verdiene«, sagte er. »Ich finde es wichtiger, dass mir die Arbeit gefällt.«

»Den Jungen nehmen wir, oder?«, sagte Maarten, als Jaring allein ins Zimmer zurückkam.

»Ich denke auch«, sagte Jaring bedächtig, er blieb zögernd hinter seinem Stuhl stehen, die Hand auf der Lehne.

Maarten sah in den Brief. »Wenn du mich gefragt hättest, wem er ähnelt, hätte ich gesagt: ›dir‹, aber ich sehe, dass er Krebs ist. Er hat am selben Tag Geburtstag wie ich.«

»Ich bin Steinbock«, sagte Jaring. »Von denen sagt man, dass sie frühreif, ernst und verschlossen sind.«

Maarten lachte. »Es stimmt immer.«

»Ja«, sagte Jaring lächelnd. Er nahm seine Hand vom Stuhl. »Soll ich dann jetzt mal Rie Veld holen?«

»Ist sie schon da?« Er sah zur Tür des Besucherraums.

»Sie sitzt nebenan, bei Lien.«

»Hol sie dann mal.« Er legte Batteljees Brief zur Seite und nahm sich den Brief von Rie Veld vor.

Jaring ging zur Tür des Karteisystemraums und öffnete sie. Die Stimmen im Karteisystemraum verstummten abrupt. »Sie können kommen«, sagte Jaring.

Maarten hörte, wie ein Stuhl verrückt wurde. »Elshout«, sagte Jaring hinter ihm. Er stand auf und drehte sich um. Rie Veld kam in den Raum. Sie trug ein auffallend kurzes, grünes Kleid, ihr Gesicht war starr vor Nervosität. »Wir kennen uns schon«, sagte Maarten und streckte die Hand aus. »Setzen Sie sich.« Er zeigte auf den Stuhl gegenüber von Jaring.

Sie setzten sich alle drei an den Tisch.

»Wir haben Ihren Bewerbungsbrief erhalten«, sagte Maarten mit deutlicher Ironie, »und natürlich gelesen.« Er sah auf. Sie blickte ihn starr an, angespannt. »Sie schreiben darin nicht, wann Sie geboren sind.«

»Ich wusste nicht, dass das wichtig ist«, sagte sie mit kaum verhohlener Aggressivität.

»Es ist nicht furchtbar wichtig, aber wir müssen es schon wissen.«

»Ich bin 1946 geboren, am 13. Januar 1946.«

»13. Januar 1946.« Er notierte es. »13. Januar ist der Geburtstag meiner Großmutter.« Er sah Jaring an. »Auch ein Steinbock.«

Jaring lächelte.

»Wir haben gerade darüber gesprochen«, erklärte er. »Herr Elshout sagte, dass Steinböcke frühreif, ernst und verschlossen sind. Gilt das auch für Sie?«

»Das weiß ich nicht.« Sie verzog keine Miene. Es fiel ihm erneut auf, dass ihr Gesicht wie eine Maske war, doch nun mit boshaftem Blick.

»Sie haben Geschichte studiert«, stellte er fest, während er in den Brief sah, »mit Musikwissenschaft als Nebenfach.« Er sah sie wieder an. »Noch nie einen Job gehabt?«

»Ist das ein Muss?«

Die Bemerkung erstaunte ihn. »Es ist kein Muss, aber es ist möglich.«

»Nein.«

Er schwieg, während er nach einer Frage suchte, die das Eis brechen konnte. Mit dieser Mischung aus Argwohn und Aggressivität konnte er nicht recht umgehen. »Spielst du auch ein Instrument?«, fragte er und sah auf.

Der Ausdruck in ihren Augen änderte sich schlagartig, so als würde Licht angemacht. »Klavier, Cello und Ziehharmonika«, auch ihre Stimme war freundlicher, »und ich singe, aber das ist wahrscheinlich kein Instrument.«

Maarten sah zu Jaring hinüber. »Ist der Kehlkopf ein Instrument?«

»Für uns ist er ein Instrument«, sagte Jaring lächelnd.

»Er ist ein Instrument«, sagte Maarten zu ihr.

Es schien kurz so, als würde ein klitzekleines Lächeln um ihren Mund spielen, doch es konnte auch Triumph sein.

Maarten sah Jaring fragend an.

Jaring begriff. »Kannst du eine Melodie notieren?«

»Natürlich!« Es war deutlich, dass sie dies für eine lächerliche Frage hielt.

»Auch von einem ungeschulten Sänger?«, fragte Jaring skeptisch.

»Ich wüsste nicht, warum das nicht gehen sollte«, sagte sie überheblich, »das kann man doch korrigieren.«

»Und?«, fragte Maarten.

»Ehrlich gesagt, mag ich nicht daran denken, mir für den Rest meines Lebens diesen Lombroso-Schädel ansehen zu müssen«, sagte Jaring.

»Nein.«

Sie schwiegen.

»Das Problem ist, dass sie und Batteljee die einzigen der fünf Bewerber sind, die im Nebenfach Musikwissenschaft gehabt haben«, sagte Maarten. »Wenn wir sie nicht nehmen, müssen wir eine neue Anzeige aufgeben.«

»Ja.«

Maarten dachte nach. »Wenn wir Batteljee nicht hätten, wäre es kein Problem. Dann würde ich sie nicht nehmen. Aber mit Batteljee kriegen wir jemanden, der einen stabilisierenden Einfluss auf die Abteilung haben kann.«

Jaring reagierte nicht darauf.

»Sie hat etwas von einer streunenden Katze«, verdeutlichte Maarten. »Ich könnte mir vorstellen, dass der Argwohn und die Aggressivität verschwinden, wenn sie freundlich behandelt wird.«

»Ja«, sagte Jaring zögernd.

»So, wie sie reagiert hat, als ich sie nach ihren Musikinstrumenten gefragt habe.«

»Das war wahrscheinlich auch, weil du sie plötzlich geduzt hast.«

»Ja.« Dass Jaring so etwas bemerkt hatte, weckte seinen Enthusiasmus.

Es wurde still.

»Und es spricht für sie, dass sie Lien bei ihrer Examensarbeit geholfen hat. Dabei hatte sie keinerlei Eigeninteresse.«

»Zumindest nicht, soweit wir wissen«, sagte Jaring relativierend.
Sie schwiegen erneut. Jaring saß mit ausgestreckten Beinen und zurückgelehnt auf seinem Stuhl und stieß gedankenverloren mit dem Zeigefinger gegen den Stift, der vor ihm auf dem Tisch lag.
»Denk noch mal darüber nach«, entschied Maarten. »Wenn du es nicht willst, geben wir eine neue Anzeige auf.«
Jaring schüttelte langsam den Kopf. »Nein, lass sie uns ruhig nehmen«, sagte er versonnen. »Die Ziehharmonika gibt bei mir eigentlich den Ausschlag.« Er sah auf.
»Und der Kehlkopf«, sagte Maarten lachend.
Jaring schmunzelte. »Ja, der Kehlkopf auch.«

*

Er zog einen Stuhl unter dem Tisch hervor und setzte sich zwischen ihre Schreibtische. »Für das Register solltet ihr die Karteikarten aus dem Karteisystem ziehen«, sagte er. »Habt ihr damit schon angefangen?« Er sah Lien an.
»Nein«, sagte sie verlegen.
»Das musste doch erst zum 1. Juni gemacht werden?«, sagte Joop.
»Ja, aber ich habe es mir am Wochenende einmal angesehen, und es sind doch mehr Probleme damit verbunden, als ich gedacht hatte.«
»Ich dachte, du wärst mit dem Buch über die Wände beschäftigt«, sagte Joop.
Er lächelte. »Das ist fertig. Ich habe das Typoskript am Freitag an van der Land und 't Mannetje geschickt.«
»Und wann gibst du dann einen aus?«, rief Joop lachend, mit einem lauten Schlag auf den Schreibtisch.
»Das mache ich, wenn es erscheint.«
»Also hast du nichts mehr zu tun? Du langweilst dich?«
»So ist es«, sagte er lachend.
»Na, dann habe ich sicher noch einen kleinen Job für dich.«
»Das ist nun nicht mehr nötig. Den habe ich jetzt gefunden.«
»Was sind das für Probleme?«, fragte Lien schüchtern.

»Beispielsweise Boks«, sagte er und wandte sich ihr zu. »Er will wissen, ob etwas über Bandenwesen drinsteht. Er schlägt das Register auf: unter ›Bandit‹ nichts, unter ›Bandenwesen‹ nichts, unter ›Verbrecher‹ vielleicht eine oder zwei Veröffentlichungen, unter ›Dieb‹ dasselbe, unter ›Einbrecher‹ nichts, unter ›Mörder‹ zwei Veröffentlichungen, unter ›Räuber‹ fünf, und so weiter. Das funktioniert nicht. Dazu fehlt den Leuten die Geduld.«

»Aber dafür haben wir dann doch die Verweise«, sagte Joop.

»Das ist in einem Schlagwortkatalog möglich, aber das geht nicht in einem Register. Da gibt es dann kein Halten mehr.«

»Und wie willst du das Problem lösen?«, fragte Lien.

»Eine Systematik entwerfen.« Er lächelte. »Richard hatte recht.«

»Nein, hör mal, das will ich nicht!«, sagte Joop. »Dieser elende Schuft! Ich bin dagegen!«

»Dann wird daraus nichts.«

Sie lachten.

»Nein, was ich jetzt mache«, sagte Maarten und wandte sich Lien zu, »ist, noch einmal von allen Büchern und allen Aufsätzen, die wir angekündigt haben, das Thema zu bestimmen. Das fasse ich in ein, zwei Sätzen zusammen und sehe mir dann nachher an, was zusammengehört und wie man die Gruppen in einer Systematik unterbringen kann.«

»Können wir dabei denn nicht helfen?«

»Ich wollte es erst einmal alleine machen«, er stand auf, »um zu sehen, ob es überhaupt funktioniert. Vorläufig braucht ihr also nichts zu tun.« Er spähte in das Zimmer auf der anderen Seite des Lichtschachts. »Sitzt Richard da, oder ist er in Freeks Zimmer?«

»Er wird wohl an Freeks Schreibtisch sitzen«, sagte Joop. »Da sitzt er immer.«

Er sah auf seine Armbanduhr. »Dann gehe ich erst einmal zu Richard.« Er verließ den Karteisystemraum. »Ich bin bei Richard«, sagte er zu Ad. »Um über die Systematik zu sprechen.«

»Da wird er triumphieren.«

»Ich gönne es ihm.«

Richard saß an Freeks Schreibtisch und las ein Buch, bequem zurückgelehnt auf seinem Stuhl, die Beine ausgestreckt. Er sah auf, als Maarten sich ihm gegenüber hinsetzte.

»Hast du schon mit der Systematik angefangen?«, fragte Maarten.

»Dazu hatte ich noch keine Zeit. Wieso?« Es klang aggressiv.

»Ich habe damit angefangen.«

Richard nickte. Er kniff die Augen ein wenig zusammen, doch ansonsten ließ sein Gesicht nichts erkennen.

»Du kannst es trotzdem noch machen, aber es muss nicht mehr sein.«

»Da habe ich schon Besseres zu tun.«

»Deswegen.« Er wartete, in der Annahme, dass Richard um eine Erläuterung bitten würde, doch als die Frage nicht kam, stand er auf.

»Du kannst das Ergebnis immer noch korrigieren«, sagte er und schob den Stuhl zurück an seinen Platz.

Richard nickte und vertiefte sich wieder in sein Buch.

Maarten ging über den Flur zurück zu seiner eigenen Abteilung und betrat den Besucherraum. Sien saß mit dem Rücken zu ihm an einem mit Karteikarten und Fragebogen übersäten Schreibtisch und schrieb angestrengt. Sie sah auf, als er sich neben sie stellte. Ihr Gesicht war rot vor Anstrengung, die Augen wirkten abwesend. »Hast du schon angefangen, die Karteikarten für das Register zu ziehen?«, fragte er.

»Sollte das jetzt schon gemacht werden?«, fragte sie erschrocken.

»Nein, es muss nicht mehr sein. Ich habe selbst damit angefangen. Ich mache sowieso eine Systematik.«

Sie nahm, ohne weitere Fragen zu stellen, einen Zettel von der Ecke ihres Schreibtisches, strich darauf eine Zeile und legte ihn zurück. »Ich habe es notiert«, sagte sie und sah auf.

»Das Ergebnis lege ich euch zu gegebener Zeit natürlich vor.« Er wandte sich ab, während sie sich wieder in ihre Arbeit vertiefte, ging weiter zur Rückseite, wo Tjitske und Gert saßen, und blieb zwischen ihren Schreibtischen stehen. »Habt ihr es gehört?«

»Nein«, sagte Tjitske und sah auf.

»Ich habe es gehört«, sagte Gert.

»Aber dich betrifft es nicht, denn du solltest Jahrgang fünf machen, und den gibt es noch nicht einmal.«

Gert lachte ertappt.

»Du brauchst vorläufig noch nicht mit dem Register anzufangen«, sagte Maarten zu Tjitske, »denn ich werde sowieso versuchen, erst eine Systematik anzulegen.«

»Oh?«

»Ich habe mal geschaut, was passiert, wenn wir ein Schlagwortregister machen, aber das führt zu einer Menge Problemen, wenn man keine Systematik hat, es sei denn, man würde endlos viele Verweise machen.«

Sie sah ihn verständnislos an.

»Ein Leser will etwas im Register suchen«, verdeutlichte er. »Er hat ein bestimmtes Wort im Kopf. Wenn das ein anderes ist als das, was wir benutzen, findet er nichts.« Etwas erklären zu müssen, was so einfach war, irritierte ihn, und, um es zu unterdrücken, begann er unwillkürlich, etwas langsamer und lauter zu sprechen.

»Das kann er doch wohl suchen?«

»Wenn es um Hunderte von Schlagwörter geht?«

»Warum nicht? Das sehe ich überhaupt nicht ein.«

Er lächelte unwillig. »Wenn man die Schlagwörter systematisch anordnet, macht man es ihm auf jeden Fall leichter.«

»Ja«, gab sie mit deutlichem Widerwillen zu.

»Jedenfalls brauchst du vorläufig nichts zu machen.« Er wandte sich Gert zu. »Und du brauchst also sowieso nichts zu machen.« Er sah auf die Arbeit, mit der Gert beschäftigt war.

»Ich habe am Wochenende den Aufsatz, den du damals abgelehnt hast, noch einmal gelesen«, sagte Gert, »und ich fand ihn immer noch sehr gut.« Er lehnte sich zurück und legte seine Hände hinter den Kopf.

»Komisch, nicht?«, sagte Maarten amüsiert.

Gert lachte. »Weil du damals sagtest, dass ich ihn selbst auch nicht mehr gut finden würde.«

»Zwei Jahre später! Das ist erst ...«, er versuchte, es auszurechnen, »in neun Monaten.« Er lächelte gemein.

»In neun Monaten!«, rief Gert. Er krümmte sich vor Lachen.

»Das ist doch so?«

»Ja, du hast es gesagt«, gab Gert zu. »Ich kann es nicht leugnen.«

*

»Du wolltest mich sprechen?«, fragte Maarten.

Balk sah abwesend von seiner Arbeit auf. »Ja.« Er hob die Hand, um ihm zu bedeuten, dass er warten sollte, kramte in dem Stapel Papiere links auf dem Schreibtisch und reichte ihm einen Brief.

Maarten sah sich den Brief an, ein Schreiben der Forschungsgemeinschaft, nahm ihn mit zur Sitzecke, setzte sich vorn auf den Rand eines Sessels und begann zu lesen. Es war ein kurzer Brief, doch mit Balk in der Nähe, der ihn forschend musterte, musste er ihn ein paarmal lesen, bevor er den Inhalt verstand. Der Direktor der Forschungsgemeinschaft erinnerte Balk daran, dass die Organisation dem Büro in den Jahren 1969 bis 1974 Fördermittel für die Anfertigung einer Bibliografie des geistlichen Lieds in den Niederlanden bewilligt hatte. Es interessiere ihn nun, ob diese Bibliografie inzwischen abgeschlossen sei, und falls dies nicht der Fall sein sollte, würde er gern erfahren, wie es damit stünde.

»Wie steht es nun damit?«, fragte Balk, noch bevor Maarten die Gelegenheit gehabt hatte, die Drohung in der Formulierung abzuwägen.

»Sie ist jedenfalls noch nicht fertig.«

»Aber wann wird sie fertig?«

»Das werde ich Elshout fragen müssen.«

»Mach das mal, und lass mich wissen, was ich dem Mann antworten soll.«

»Gut.« Er stand auf. »Wann willst du die Antwort haben?«

»Wenn es geht, heute noch.«

»Ich werde sehen, ob ich es schaffe«, sagte Maarten reserviert, er legte den Brief zurück auf Balks Schreibtisch. »Ich weiß nicht, ob Elshout da ist.«

»Sonst auf jeden Fall so schnell wie möglich«, sagte Balk etwas milder.

Maarten verließ Balks Raum und stieg die Treppe hinauf zu Jarings Zimmer. Noch bevor er die Klinke heruntergedrückt hatte, hörte er drinnen eine dünne, alte Frauenstimme ein Lied singen. Jaring saß vor dem Tonbandgerät und lauschte. Er wartete, bis die Frau die Strophe beendet hatte, drückte die Stopptaste und sah auf.

»Wer ist das?«, fragte Maarten, er griff zu einem Stuhl und setzte sich.

»Trijntje Zeeman.« Er drückte die Taste wieder nach unten. Trijntje Zeeman sang die letzte Strophe ihres Lieds: »Und den Scherz, den du dort machen willst, und das wird nie geschehen, denn ich hol nie mehr Heu, und ich hol nie mehr Spreu, und ich hol weder Heu noch Spreu, so weit von hier, ich bleib mir treu.« Sie schwieg abrupt. Jaring drückte erneut die Stopptaste. Er sah Maarten mit einem entschuldigenden Lächeln an.

»Wann hast du das aufgenommen?«, fragte Maarten.

»1962.«

Maarten nickte. Sie schwiegen.

»Ich überlege, eine Platte mit einer Auswahl dieser Lieder zu machen«, sagte Jaring. »Ich wollte demnächst einmal mit dir über die Finanzierung sprechen.«

»Kein Problem.« Er wartete einen Moment. »Etwas anderes. Die Forschungsgemeinschaft will von Balk wissen, wann die Bibliografie von Freek fertig ist.«

Jaring machte ein besorgtes Gesicht. »Das müsstest du Richard fragen.«

»Du hast keine Ahnung?«

»Ich habe mich damit nie so beschäftigt.«

»Weil Freek ungefähr zehn Jahre daran gearbeitet hat.«

»Ja, eigentlich müsste sie so langsam fertig sein.«

Maarten stand auf. »Dann frage ich Richard. Ist er da?«

Jaring zögerte. »Er müsste eigentlich da sein.«

»Ich werde sehen.« Er verließ den Raum. Als er die Tür schloss, ertönte hinter ihm die Stimme eines alten Mannes, der ein anderes Lied anstimmte. Er ging hinüber in Freeks Zimmer. Dort war niemand. Er öffnete die Tür zum früheren Zimmer von Graanschuur, schloss sie wieder, als er niemanden sah, und schaute ins Mittelzimmer. Joost Kraai war da. Er war in einen Text auf einem Blatt Papier vertieft, das er in der Hand hielt.

»Weißt du, wo Richard ist?«, fragte Maarten.

Joosts Blick kam von sehr weit her. »Ich habe keine Ahnung.«

»Dann suche ich mal weiter.«

»Vielleicht ist er ja in seinem Zimmer.«

Maarten ging weiter zum dritten Zimmer auf der Vorderseite, in dem der Schreibtisch von Ed Res stand. Richard saß in der Hocke vor dem Karteisystem und suchte zwischen den Karteikarten.
»Hast du kurz Zeit?«, fragte Maarten.
»Worum geht es?«, fragte Richard und sah über seine Schulter.
»Um die Bibliografie.«
Richard kam hoch. »Wo willst du das machen?«
»Hier?«
Richard setzte sich an den leeren Schreibtisch von Ed, Maarten holte einen Stuhl und setzte sich ihm gegenüber. »Balk hat einen Brief von der Forschungsgemeinschaft bekommen. Sie wollen wissen, wann die Bibliografie fertig ist.«
»Was hat die Forschungsgemeinschaft damit zu tun?«, fragte Richard unbehaglich.
»Die Forschungsgemeinschaft hat sie seinerzeit einige Jahre lang gefördert.«
Richard sah ihn ungerührt an. »Das wirst du dann Freek fragen müssen.«
»Freek ist nicht mehr da.«
»Er hat doch Telefon?«
Maarten unterdrückte seine Verärgerung. »Ich dachte, dass du jetzt für die Bibliografie verantwortlich bist.«
»Davon weiß ich nichts.«
»Du hast doch die Arbeit von Freek übernommen?«
Richard schüttelte den Kopf. »Dazu hat mir niemand den Auftrag gegeben.«
»Dann tue ich das jetzt.«
»Das müsste ich dann schon von Jaring hören. Der ist mein direkter Chef. Und vorläufig habe ich keine Zeit. Jaring hat mich gebeten, demnächst die neuen Leute einzuarbeiten.«
»Du weißt es also nicht?« Er stand auf.
Das Telefon klingelte. Richard nahm ab. »Escher hier.«
Maarten wandte sich zur Tür.
»Ja, der ist hier«, sagte Richard. Er streckte Maarten den Hörer hin. »Es ist für dich.«

Maarten nahm den Hörer entgegen. »Koning hier.«

»Hier ist Ko.« – Er konnte die Stimme nicht sofort zuordnen – »Du müsstest eigentlich einen Pieper haben. Beantrage mal einen. Vau-Jott hat auch einen, wenn er auf dem Gelände ist.«

»Ko!«, sagte Maarten. »Wenn du einen Moment wartest, stelle ich dich auf meinen Apparat um.« Er drückte auf den weißen Knopf, wählte seine eigene Nummer und wartete. Es klingelte viermal.

»Muller hier.«

»Ad! Wenn du den weißen Knopf drückst, hast du Kassies dran. Könntest du ihn kurz übernehmen? Ich komme sofort.« Er legte den Hörer auf, verließ das Zimmer und eilte durch den Flur. Ad stand an seinem Schreibtisch, den Hörer am Ohr. »Da kommt er«, sagte er. Er gab Maarten den Hörer.

»Da bin ich«, sagte Maarten, er ging um seinen Schreibtisch herum und setzte sich.

»Hast du einen Moment?«

»Wie läuft es jetzt mit Piet van Dijk?«

»Der fängt schon ordentlich an mitzuarbeiten. Mit dem haben wir eine gute Wahl getroffen. So richtig einer, dem man etwas zumuten kann.«

»Aber deswegen rufst du nicht an.«

»Nein.« Er lachte amüsiert. »Was seid ihr doch schnell, ihr Amsterdamer. Nein, ich rufe wegen Folgendem an: Du bist doch mal mit deinen Leuten bei uns gewesen? Ich fand das eine phantastische Initiative. Das fördert die gegenseitige Zusammenarbeit, nicht wahr? Und nun habe ich mir überlegt, dass ich jetzt, wo Piet van Dijk hier ist und wir auch Guus Groeneweg einstellen konnten, so etwas auch einmal mit meinen Leuten mache. Wäre das was?«

»Du willst hierherkommen«, vermutete Maarten ohne große Begeisterung.

»Das auch, aber ich wollte mit ihnen erst einmal in die Achterhoek, um ihnen zu zeigen, wie ein Bauernhof in der Landschaft liegt, Höhenunterschiede und so, verstehst du? Und dann vielleicht auch noch eine Exkursion durch das Vragenderveen, einfach mal ein bisschen Erfahrung im Feld sammeln.«

»Das scheint mir eine nette Idee zu sein.« Er verstand nicht, weshalb Kassies ihn deswegen anrief.

»Es wäre bloß sehr nett für die Jungs, wenn auch jemand aus dem Vorstand mitkommen würde, um Interesse zu zeigen. Hättest du Lust dazu?«

Der Vorschlag überfiel Maarten. Er vermutete, dass er als Alibi dienen sollte, und benötigte einige Sekunden, um aus dieser Verantwortung heraus den Plan erneut abzuwägen.

»Auch, weil du es so furchtbar nett mit deinen eigenen Leuten machst.«

»Hast du schon ein Datum?« Er suchte nach einem Aufschub.

»Denn ich bin bald zwei Wochen in Urlaub.«

»Darf ich ein Datum vorschlagen?«

»Schlag mal eins vor.«

»Wie wäre es mit Donnerstag, den 31. Mai?«

Maarten blätterte durch seinen Terminkalender. »Da kann ich.«

»Kann ich dich dann notieren?«

»Notier mich mal.«

»Sehr schön!«

»Ich freue mich darauf.«

»Du hörst noch von mir, in Ordnung?«

»Ausgezeichnet. Tschüss, Ko.« Er legte den Hörer auf. »Die Forschungsgemeinschaft will wissen, wann die Bibliografie von Freek fertig ist«, sagte er zu Ad. »Sie haben sie seinerzeit gefördert.«

Ad sah auf, ohne zu reagieren.

»Und Jaring und Richard wissen von nichts.« Er ging zur Tür. »Ich bin noch mal bei Balk.«

Balk saß da und arbeitete. Als Maarten eintrat, sah er auf und nahm eine aufgeschlagene Broschüre von einem Stapel. »Im Jahresbericht 1976 schreibst du, dass die Bibliografie sich dem Abschluss nähert.« Er hielt Maarten die Broschüre hin.

Maarten sah sich den Text an, den er seinerzeit von Jaring bekommen hatte. »Aber da steht auch, dass es sich als notwendig erwiesen hat, sie um alle sonstigen, vor 1800 gedruckten Liedquellen mit Musik zu erweitern.«

»Dann lassen wir die fallen! Die Sache muss jetzt endlich mal abgeschlossen werden!«

»Ich werde mal Kontakt zu Matser aufnehmen, um zu fragen, ob das geht.«

»Mach das dann so schnell wie möglich!«, sagte Balk. »Ich will den Mann nicht zu lange warten lassen! Er ist wichtig für uns!«

*

»Was tust du da um Himmels willen?«, fragte Freek. Er war ins Zimmer gekommen und blieb an der Tür stehen.

»Tag, Freek«, sagte Maarten. Er stand mit einem Stapel Fotokopien beim Sitzungstisch, damit beschäftigt, sie in zwölf Stapeln auf dem Tisch auszulegen. »Ich habe eine neue Systematik des Fachs gemacht.«

Freek lachte ein kurzes, nervöses Lachen. Er kam näher, nahm einen der Stapel hoch und sah ihn sich an, während Maarten mit dem Auslegen fortfuhr. »Es gibt auch eins für dich, wenn es dich interessiert.« Er überreichte Freek ein Blatt von dem Stapel, den er in der Hand hatte.

»Vielen Dank«, wehrte Freek ab. »Wie lange hast du daran gesessen?«

»Drei Monate, aber ich habe mich auch kaputtgeschuftet.«

»Daran zweifle ich nicht.« Seine Stimme klang ironisch. »Ich verstehe nur nicht, wie du das durchhältst. Ein normaler Mensch würde verrückt dabei werden.«

»So schnell wird man nicht verrückt.«

»Dann darunter zusammenbrechen.« Er legte den kleinen Stapel zurück. »Und dann behauptest du noch, dass es dich nicht interessiert.«

»In dem Moment, in dem ich es mache, interessiert es mich, aber sobald es fertig ist, weiß ich wieder, dass es Unsinn ist. Setz dich.« Er nickte in Richtung seines Schreibtisches. »Ich mache dies hier eben zu Ende.«

Freek setzte sich auf den Stuhl auf der anderen Seite des Schreibtisches.

Maarten legte die letzten Blätter aus, nahm einen der Stapel mit und setzte sich ihm gegenüber. »Wie geht's?«

»Ich d-danke Gott jeden Tag, d-dass ich das zumindest nicht mehr machen muss.«

Maarten nickte ironisch. »Das kann ich mir vorstellen.«

»Ich nehme an, dass es hier auch gut läuft?«

Maarten schmunzelte. »Meine Schwiegermutter sagt dann: ›Danke, ich soll dich grüßen.‹«

Freek lachte nervös. »Diese Schwiegermutter von dir hat allmählich mythische Proportionen angenommen.«

»Zu Recht.« Er griff zu seiner Pfeife und dem Tabak.

Sie schwiegen.

»Ich hatte dich gebeten, mal vorbeizukommen, weil es Probleme mit der Bibliografie gibt«, sagte Maarten, während er sich eine Pfeife stopfte.

Freek sperrte die Augen weit auf. »Du wirst mich doch n-nicht noch verantwortlich machen, hoffe ich?«

»Nein, ich bin verantwortlich.«

»Das denke ich doch auch. Es gibt schon genug Dinge, für die ich mich verantwortlich fühle. Ich habe keine Lust, noch mehr dazuzubekommen.«

Maarten ignorierte die Bemerkung. »Ich möchte nur verstehen, wie es gelaufen ist.« Er riss ein Streichholz an und sah Freek an, während er die Flamme über den Tabak zog.

»Was sind denn das für Probleme?«, fragte Freek widerwillig.

»Balk hat einen Brief von der Forschungsgemeinschaft bekommen, wie es um den Fortgang des Projekts bestellt ist.«

»Da fragt man sich, ob sie nichts Besseres zu tun haben.«

»Sie haben es gefördert.«

»Ein Witz! Und das ist dann immer noch besser investiert, als wenn sie davon F-16-Kampfflugzeuge gekauft hätten.«

Maarten schmunzelte. »Das macht die Forschungsgemeinschaft nur selten.«

»S-sozusagen.«

»1976 hast du geschrieben, oder du hast Jaring schreiben lassen«, er kramte in dem Stapel zu seiner Linken, »dass die Bibliografie sich ihrem Abschluss nähere.« Er überreichte ihm den aufgeschlagenen Jahresbericht.

Freek sah sich die Passage mit sichtlichem Widerwillen an. »Aber dann musst du natürlich auch lesen, was danach kommt!« Er gab den Jahresbericht zurück.

»Das habe ich gelesen, aber was ich von dir hören will, ist, wie notwendig die Ausweitung ist und ob wir sie nicht fallenlassen können.«

»Das wirst du dann doch Richard fragen müssen.«

»Richard fühlt sich nicht verantwortlich.«

»Jetzt schiebst du mir die Verantwortung doch wieder in die Schuhe! Richard macht diese Arbeit doch jetzt?«

»Sogar das bestreitet er.«

»Jetzt verstehe ich gar nichts mehr!«

»Das ist auch nicht nötig, wenn du mir nur erklärst, was du damals damit gemeint hast.«

»Ich dachte, dass du so musikalisch wärst«, sagte Freek giftig.

»Ich bin furchtbar musikalisch«, er bezwang eine aufkommende Wut, »aber ich bin auch dumm.«

Sie schwiegen.

»Sorry«, sagte Freek. »Das hätte ich nicht sagen sollen.«

Maarten ignorierte das. »Wenn ich mich recht entsinne, hat Beerta dich seinerzeit gebeten, diese Bibliografie zu machen.«

»Weil er selbst dazu keine Lust hatte.«

»Und das war eine Bibliografie des geistlichen Lieds.«

»Es war eine Bibliografie, die als Quellenliste zu einer Veröffentlichung der Melodien von geistlichen Liedern dienen sollte! Es war also eine Bibliografie von Liederbüchern, in denen außer Liedtexten auch Melodien vorkamen!«

»Und diese Bibliografie war also 1976 fast abgeschlossen?«

»Ja«, sagte Freek widerwillig.

»Und warum kann sie dann nicht abgeschlossen werden?«

»Weil das großer Unsinn wäre.«

Maarten sah ihn verständnislos an, während er an seiner Pfeife zog.

»Ich werde es dir erklären. Ich nehme es dir nicht übel, dass du es nicht sofort verstehst, denn ich selbst habe dafür auch acht Jahre gebraucht, auch wenn ich mir im Nachhinein vor die Stirn schlagen könnte, dass ich es nicht früher gesehen habe. Mich tröstet nur der Gedanke, dass sehr viel gelehrtere Leute als ich, wie unser verehrter Lehrmeister Anton Beerta, auch nie auf die Idee gekommen sind«, seine Stimme war geladen mit Sarkasmus, »aber wahrscheinlich haben sie unterwegs einfach vergessen, genau wie ich also, dass es nicht um den Text, sondern um die Melodie geht, und wenn es um die Melodie geht, ist es vollkommen egal, ob es geistliche Lieder sind, denn dieselben Melodien wurden genauso gut auch für weltliche Lieder benutzt! Wenn es um die Melodie geht, muss man also auch die weltlichen Liederbücher aufnehmen! Ist es so deutlich?«

Maarten nickte. »Und wie viele Jahre würdest du noch dafür brauchen, wenn wir mal annehmen, dass du es machen würdest?«

»Zwanzig Jahre? Vielleicht dreißig.«

»Ein Langzeitprojekt also«, stellte Maarten mit einiger Ironie fest.

»So könnte man es nennen. Und wenn du Wert darauf legst, will ich dir das auch gern noch aufschreiben, damit sie es sogar bei der Forschungsgemeinschaft verstehen.«

»Nein, danke«, sagte Maarten trocken. »Bei Gelegenheit gern, aber vorläufig reicht mir das.«

»Sehr geehrter Herr, in Beantwortung Ihres Schreibens vom 11. 4. d. J. teile ich Ihnen mit, dass die Bibliografie, die Sie im Zeitraum 1969–1974 gefördert haben, noch stets nicht abgeschlossen ist. Obwohl sie mit ihrer ursprünglichen Zielrichtung 1976 nahezu vollendet war, erschien es dem zuständigen Redakteur aus methodologischen Gründen richtiger, mit der Ausgabe zu warten, bis auch alle gedruckten weltlichen Liedquellen mit Musik bibliografisch verarbeitet sind. Es war ein unerwarteter Rückschlag, als er zum 31. 9. 1978 den Dienst quittierte, worauf die Arbeiten von R. Escher fortgeführt wurden. In der Hoffnung, Sie hiermit ausreichend informiert zu haben, verbleibe ich, hochachtungsvoll, Dr. J. C. Balk (Direktor).« Er spannte den Brief aus der Schreibmaschine, las ihn noch einmal, tippte den Umschlag und ging damit die Treppe hinunter zum Zimmer von Balk. Er war nicht da. Er legte den Brief auf seinen Schreibtisch, suchte einen Schmierzettel, schrieb darauf: »Jaap, dies könntest du antworten. Nach meinem Urlaub (der morgen anfängt und zwei Wochen dauert) kann ich dich, wenn du noch Bedarf daran hast, ausführlicher informieren. Maarten.« Er heftete den Zettel an den Brief und rannte die Treppe hinauf, zurück zu seinem Zimmer. Ad war aus der Bibliothek zurück. Er stand am Tisch mit dem Entwurf der Systematik in den Händen. »Ist sie fertig?«, fragte er und sah auf.

»Ich muss nur noch eine Erläuterung dazu schreiben«, antwortete Maarten. »Das werde ich jetzt machen.«

»Und was ist daran jetzt neu? Oder kannst du mir das nicht erklären?«

»Das kann ich dir schon erklären ...« Er setzte sich, während er seine Gedanken ordnete. »Zunächst einmal gibt es jetzt neben einer Rubrik für die Beschreibungen von Kulturen eine Rubrik ›Kulturelle Prozesse‹. Das ist neu. Dann ist die Rubrik ›Volkscharakter‹ durch eine Rubrik ›Gefühle, Standpunkte, Normen, Werte‹ ersetzt worden, um den vorläufigen Charakter zu betonen. Außerdem sind jetzt überall neben die geografischen und ethnischen Gruppen auch die religiösen und sozialen Gruppen gestellt worden. Und schließlich habe ich versucht, in den restlichen sechzehn Rubriken eine vollständige Übersicht der Kultur zu geben, also von allem, nicht nur von den Rudimenten.«

»Und was ist dann das hier?«

Maarten stand auf und las über seine Schulter mit. »Das sind Beispiele, wie das Register aussehen könnte. Gib mal her.« Er nahm es Ad ab. »Das sind die Publikationen, systematisch nach Autorennamen geordnet.« Er gab ihm einen kleinen Stapel. »Hier nach Autorennamen mit Kurztitel«, er überreichte ihm einen etwas dickeren Stapel, »und hier zusätzlich mit einer kurzen Zusammenfassung.«

»Das Letzte wird ziemlich dick.«

»Aber schon schön.«

»Ja, schön ist es schon.«

»Und auf alle Fälle muss dann auch noch ein alphabetisches Register der Autorennamen dazukommen.«

»Und kein Schlagwortregister?«

»Ja, eigentlich zusätzlich auch noch ein Schlagwortregister, aber lass uns erst einmal hiermit anfangen.« Er ging weiter zu seinem Schreibtisch und setzte sich an die Schreibmaschine. »Du kannst den Text schon mal mitnehmen, Die Erläuterung kommt noch.« Er zog sein Exemplar zu sich heran, dachte kurz nach, die Finger über den Tasten, und begann zu tippen.

»Ich gehe jetzt nach Hause«, sagte Ad. Er stand an der Tür mit der Hand auf der Klinke. »Dann mal einen angenehmen Urlaub.«

»Danke«, sagte Maarten und blickte kurz auf. »Bis in vierzehn Tagen.« Er tippte sofort weiter.

Gert sah durch den Türspalt, Joop und Lien kamen vorbei und wünschten ihm einen schönen Urlaub. Als sie die Tür hinter sich geschlossen hatten, nahm er das Telefon und wählte die Nummer von zu Hause.

»Frau Koning hier.«

»Ich komme etwas später. Ich muss noch etwas fertigmachen.«

»Du denkst doch aber sicher daran, dass du morgen in Urlaub fährst«, sagte sie verstimmt.

»Eine halbe Stunde! Ich bin aufgehalten worden, weil Freek Matser hier zu Besuch gewesen ist, und ich will das hier eben fertig machen.«

»Na ja, ich finde es idiotisch.«

»Das weiß ich, aber ich bin auch idiotisch. Bis gleich!« Er legte den Hörer wieder auf, tippte die Erläuterung zu Ende, rannte die Treppe hinunter, um Fotokopien zu machen, rannte wieder nach oben, heftete die Blätter aneinander und brachte sie mit den Systematiken zu den Schreibtischen, plötzlich getroffen von der unwirklichen Stille in all diesen leeren Räumen. Er schloss die Fenster, legte die Hülle über seine Schreibmaschine, zog sein Jackett an, griff zu seiner Tasche, sah sich noch einmal um und stieg dann langsam die Treppe hinunter. Sparreboom war im Hinterhaus. Er schob sein Namensschild aus, ging durch die Drehtür und trat ins Freie. Draußen schien die Sonne. Er sah zu den Bäumen, die bereits ein wenig grün wurden, holte tief Luft und fühlte sich im selben Moment, in dem Bewusstsein, dass sein Urlaub begonnen hatte, ganz leicht werden.

*

»Müssen Musik und Mark hier nicht auch dabei sein?«, fragte Gert vorsichtig, während die anderen ihre Plätze einnahmen.

»Ich wollte die Systematik erst mit euch gesondert besprechen, weil sie sowieso in erster Linie unsere Abteilung betrifft«, antwortete Maarten. »Wenn wir uns darüber einig sind, besprechen wir das Register mit allen.« Er ordnete seine Papiere und wartete, bis alle auf ihrem Platz saßen. Während er in die Runde sah, hatte er erneut das Gefühl, dass dort etwas schwelte. Sien und Tjitske vermieden es, ihn anzusehen, und auch bei den anderen spürte er ein wenig Scheu, wenn er sie anschaute. Er hatte dieses Gefühl seit seiner Rückkehr aus dem Urlaub schon einmal gehabt, und es bewirkte, dass er auf der Hut war, auch wenn er keine Ahnung hatte, was los sein könnte. »Ich habe vor meinem Urlaub einen Vorschlag für eine neue Systematik auf eure Schreibtische gelegt«, sagte er, als es leise geworden war, und er hörte an seiner Stimme, wie angespannt er war. »Er enthält, außer der Systematik, eine Übersicht aller ungefähr achthundert Publikationen, wie wir bis jetzt angekündigt haben, jede mit einer kurzen Zusammenfassung, sowie drei Beispiele für ein Register, von kurz bis sehr ausführlich. Ich wollte mich heute auf die Systematik beschränken. Wenn wir uns darüber einig werden, besprechen wir das Register zusammen mit Musik und Mark. Sind alle damit einverstanden?« Er sah in die Runde. Niemand sagte etwas. Sie blickten vor sich hin, gespannt oder etwas verschämt, außer Gert, der ihn mit gerunzelter Stirn geradewegs ansah, die Hände auf der Tischkante, wie um sich für seine Anwesenheit zu entschuldigen, und als dächte er darüber nach, wieder aufzustehen. »Keine Einwände?«, drängte er. Es kam keine Reaktion. »Dann nehme ich an, dass ihr damit einverstanden seid.« Er sah angespannt auf die Papiere vor sich. »Also die Systematik!« Er wog seine Worte ab. »Was vor euch liegt, ist ein Vorschlag. Er gibt dem Fach einen völlig anderen Inhalt als die Systematik, mit der wir bisher gearbeitet haben. Ich habe dafür die Publikationen, die in den zurückliegenden Jahren auf unserem Gebiet erschienen sind, als Ausgangspunkt genommen und versucht, aufgrund dessen zu einem kohärenten System zu gelangen, das die gesamte Kultur umfasst und in dem all die Gesichtspunkte, von denen aus sie studiert werden kann, zu ihrem Recht kommen. Also auch die Gesichtspunkte, die aus meiner Sicht inzwischen veraltet sind. Wenn es funktioniert, bekommt unser Fach damit eine vollwertige Basis, aus der wir unser Existenzrecht ableiten können. Mit der vorigen Systematik ging das nicht mehr. Ich schlage vor, dass wir erst im Allgemeinen darüber reden und anschließend Stück für Stück die Punkte, an denen das neue System vom alten abweicht, behandeln, wobei natürlich auch noch Ergänzungen möglich sind.« Er sah auf, so angespannt, dass er Mühe hatte, seine Gesichtszüge unter Kontrolle zu halten. »Wer möchte etwas über den Vorschlag im Allgemeinen sagen?« Er sah flüchtig in die Runde. Sie saßen wie versteinert um den Tisch herum. Niemand sagte etwas. Das machte sie ihm fremd und isolierte ihn, und da er nicht verstand, was los war, machte es ihn auch unsicher. »Niemand?« Er sah, wie Gert heimlich seinen Blick abwandte und Sien ansah, die ihm schräg gegenüber, am Ende des Tisches, saß. »Kann ich daraus schließen, dass alle mit diesem Vorschlag einverstanden sind?«, fragte er, Gerts Blick folgend.

»Ich dachte, wir hätten vereinbart, dass wir die Schlagworte aus dem System holen und du sie nur zusammenstellst«, platzte Sien plötzlich los. Ihre Stimme war schrill. Sie sah ihn nicht an, sondern starrte auf einen Punkt vor ihm auf dem Tisch. Sie war leichenblass, und ihr Kopf zitterte.

Er erstarrte. »Ja, aber als ich es getestet habe, habe ich gemerkt, dass wir uns dann verzetteln würden.«

»Aber das hatten wir doch nicht vereinbart?«

»Wir hatten vereinbart, dass es ein Register geben sollte.«

»Aber nicht so etwas! Das hätten wir erst vereinbaren müssen!«

»Was hätten wir denn vereinbaren sollen?«

»Wir haben nicht vereinbart, dass es eine Systematik geben sollte! Wenn du das vorgeschlagen hättest, wäre ich dagegen gewesen! Wir müssen Prioritäten setzen!« Sie schrie es heraus.

»Es ist ein Vorschlag.« Er musste sich anstrengen, ruhig zu bleiben. »Du kannst immer noch dagegen stimmen.«

»Ach, dann werden wir doch einfach an die Wand gequatscht!«, pflichtete Tjitske ihr bei. »Wenn *du* so etwas vorschlägst, drückst du es doch einfach durch!«

Die unerwartete Einmischung Tjitskes brachte ihn aus dem Gleichgewicht. Er sah sie fassungslos an.

»Das sagt doch überhaupt nichts, so ein *Vorschlag*«, sagte sie, nun, da er sie ansah, etwas weniger selbstsicher.

»Wir hätten zuerst eine Grundsatzentscheidung treffen müssen!«, sagte Sien. »Jetzt halst du uns einfach wieder einen Haufen Arbeit auf, um den wir nicht gebeten haben!«

»Ich halse euch überhaupt keine Arbeit auf!«, sagte er empört. »*Ich habe die Arbeit gemacht!* Ihr braucht nichts mehr zu tun! Und ich habe die Arbeit gemacht, weil ich gemerkt habe, dass es nicht so funktionierte, wie wir es vereinbart hatten.«

»Das hättest du dann doch wohl erst in die Sitzung einbringen können?«, sagte Tjitske.

»Das bringe ich *jetzt* in die Sitzung ein.« Er sah sie böse an. »Früher ging nicht, weil ich keinen blassen Schimmer hatte, ob ich es schaffen würde!«

»Und wenn wir dagegen gewesen wären?«, fragte Sien.

»Warum wärst du dagegen gewesen, dass ich die Arbeit mache?«

»Weil wir forschen müssen! Wir müssen Prioritäten setzen! Demnächst werden wir aufgelöst, weil wir keine Prioritäten gesetzt haben!«

»Wenn wir aufgelöst werden, werden wir aufgelöst, weil wir kein Fach haben«, sagte er etwas ruhiger.

»Ach was!«, sagte Tjitske. »Dann hat doch niemand ein Fach.«

Er zuckte mit den Achseln. »Außerdem forschen wir doch«, sagte er zu Sien. »Was hier vor dir liegt, habe ich in meiner Freizeit gemacht, in den Abendstunden. Es ist also keine Stunde Forschungszeit verloren gegangen.«

»Aber du glaubst doch nicht, dass ich auch noch in den Abendstunden arbeiten werde?«, sagte sie entrüstet.

»Das brauchst du auch nicht! Hier liegt es! Du brauchst gar nichts mehr zu tun! Weniger, als wenn wir ein Schlagwortregister gemacht hätten.«

»Dann hättest du das erst zur Diskussion stellen müssen!«

»Ich stelle es jetzt zur Diskussion!«

»Ja, jetzt, wo wir nicht mehr zurückkönnen!«

»Ihr könnt zurück! Es ist ein Vorschlag!«

»Ich habe nirgendwo gelesen, dass es ein Vorschlag ist!«

Er schwieg desorientiert. Er beugte sich über seinen Text und suchte die Stelle, an der er es geschrieben hatte, doch er war zu angespannt. »Bedeutet das denn, dass ihr Maarten undemokratisches Verhalten vorwerft?«, hörte er Ad fragen.

»Hier steht es«, sagte Lien. Sie saß neben ihm und zeigte ihm den Satz, am Ende der Einleitung, wo er das, was folgte, ausdrücklich als einen Vorschlag präsentierte. Die unerwartete Hilfe erfüllte ihn mit Dankbarkeit und brachte ihn zurück in die Wirklichkeit. »Hier steht es!«, sagte er und sah auf.

»Lass nur«, sagte Sien. »Es interessiert mich nicht.« Sie war bleich und machte einen erschöpften Eindruck.

Es entstand eine Pause.

Er versuchte, seine Gedanken zu ordnen, doch er war wegen der Distanz, die unversehens zwischen ihnen sichtbar geworden war, zu niedergeschlagen, um die Sitzung fortsetzen zu können. »Dann scheint es mir das Beste zu sein, wenn wir die Sitzung beenden«, sagte er, ohne sie anzusehen. Seine Stimme klang merkwürdig geistesabwesend. »Ich werde noch mal darüber nachdenken, was jetzt weiter geschehen muss.« Er stand auf, ohne sie noch einmal anzusehen, packte seine Papiere zusammen und setzte sich an seinen Schreibtisch. In bedrücktem Schweigen wurden Stühle gerückt. Sien, Tjitske und Gert verschwanden im Besucherraum. Joop und Lien im Karteisystemraum. Die Türen wurden geschlossen. Er sah vor sich hin, zurückgelehnt auf seinem Stuhl, die Hand am Kinn, ohne etwas zu sehen. Wenn er etwas dachte, dann war es: Bloß weg hier, durchs Fenster, über die Dächer und in den Himmel, und nie mehr zurück. Als er Ad an seinem Platz mit Papier rascheln hörte, kam er in die Wirklichkeit zurück. »Verstehst du das?«, fragte er.

»Nein. Ich verstehe es auch nicht«, sagte Ad.

»Obwohl ich ihnen verdammt noch mal alle Arbeit abgenommen habe.« Es klang bitter.

»Das ist Sien. Als du im Urlaub warst, war sie tagelang beschäftigt, Tjitske und Gert aufzustacheln. Sie hat eine Heidenangst, dass ihr Zeit für die Forschung verloren geht.«

»Aber das ist doch verdammt dumm! Wenn die eigene Arbeit keine Basis hat, gibt es doch auch nichts zu untersuchen? Dann machen sie dir einfach den Laden dicht!«

»Du solltest mal mit ihr ins Bett steigen.« In seiner Stimme lag Schadenfreude.

Maarten reagierte nicht darauf.

»Aber das darf ich wahrscheinlich nicht sagen«, entschuldigte sich Ad.

»Was ist los?«, fragte Nicolien erschrocken, als er das Wohnzimmer betrat. »Ist was?«

Er setzte sich auf die Couch. »Ich bin fassungslos«, sagte er.

*

»Wir haben noch mal darüber gesprochen«, sagte Joop – sie war mit Lien direkt zu seinem Schreibtisch gekommen, nachdem sie den Raum betreten hatten –, »auch wenn die anderen das Register nicht machen wollen, macht es die Dokumentation trotzdem.«

Er sah sie prüfend an. »Wer soll das sein?«

Sie machte eine lustige Grimasse. »Lien und ich.« Lien stand ein wenig verlegen daneben.

Er zögerte. »Das ist sehr nett.« Es rührte ihn.

»Es ist doch unsere Arbeit?«

»Setzt euch mal.«

Während sie beide einen Stuhl an seinen Schreibtisch holten, versuchte er, die Konsequenzen des Vorschlags zu überblicken. »Wie hattet ihr euch das denn vorgestellt?«

»Na, ganz einfach«, sie sah Lien an. »Sag du es mal.«

»Wir wollten dir vorschlagen, dass wir die zwei Hefte des fünften Jahrgangs in deine Systematik einpassen«, sagte Lien und wurde rot, »und dann mit dir besprechen, was wir nicht verstehen.«

»Und was ist mit dem Rest der Abteilung?« Er hatte Mühe, seine Rührung zu verbergen.

»Na, denen legen wir dann einfach das Ergebnis noch einmal vor!«, sagte Joop. »Dann können sie entscheiden, was sie am liebsten haben.«

»Ich finde den Vorschlag sehr schön. Darf ich noch mal darüber nachdenken? Das erste Heft des fünften Jahrgangs ist sowieso noch nicht erschienen.«

»Es ist auch deswegen, weil wir es schade fänden, wenn du all die Arbeit umsonst gemacht hättest«, sagte Lien, »denn wir finden, es ist eine sehr schöne Systematik.«

»Das würde ich auch schade finden«, gab er zu. »Ich muss nur noch mal darüber nachdenken, welche Konsequenzen es hat.«

»Na, dann gehen wir mal wieder«, sagte Joop.

Sie stellten die Stühle an ihre Plätze und gingen zurück in den Karteisystemraum.

Ad betrat das Zimmer. »Tag, Maarten.«

»Tag, Ad.«

Ad stellte seine Tasche auf den Boden, zog sein Jackett aus, hängte es über seine Stuhllehne und setzte sich.

Maarten stand auf und setzte sich an den Sitzungstisch, neben Ads Schreibtisch. »Joop und Lien haben angeboten, das Register fertigzustellen.«

Ad sah ihn ohne eine Spur von Überraschung an. »Dann hast du eine Mehrheit.«

»Ja.«

»Dann würde ich das mal annehmen.«

*

Der VW-Bus wartete beim Hinterausgang des Bahnhofs, Kassies in einer Kniebundhose aus Cord, mit grünen Bändchen um seine Strümpfe, einer grünen Lodenjacke und einem kleinen Cordhut auf dem Kopf stand daneben. Er grinste breit, als er Maarten aus der Schwingtür kommen sah, streckte seinen Arm weit vor, wobei er seine Schulter nach vorn bewegte, und gab ihm herzlich die Hand. »Fein, dass du gekommen bist«, sagte er die Augen zukneifend. Er klopfte ihm mit der anderen Hand vertraulich auf den Arm und drehte sich zum Bus um. »Einen kurzen Applaus für unser Vorstandsmitglied, Männer!«, sagte er und schob sich neben Piet van Dijk auf die vordere Sitzbank. Aus dem Transporter kam ein wenig Applaus. Pieters machte von der hinteren Sitzbank aus durch das Fenster ein Foto. Maarten nahm seinen Rucksack ab, beugte sich etwas vor und setzte sich neben Lutje Schipholt.

»Morgen«, sagte er, einen schlichten Ton anschlagend.

»Piet, abfahren!«, kommandierte Kassies.

Piet van Dijk startete den Motor und manövrierte den Transporter an einem anderen Auto vorbei nach rechts, in den Amsterdamseweg.

»Habt ihr schon lange da gestanden?«, fragte Maarten Lutje Schipholt.

»Ungefähr zehn Minuten.« Er war, ebenso wie Piet van Dijk, Pieters und Groeneweg, um die dreißig, ein junger Mann mit einem etwas eingesunkenen, matten Gesicht und unruhigen, forschenden Augen.

»Der Zug hatte Verspätung.«

»Und dann rechts und sofort links«, kommandierte Kassies.

»Wann sind Sie aufgestanden?«, erkundigte sich Lutje Schipholt höflich.

»Viertel nach sechs.« Er sah zwischen Kassies und Piet van Dijk hindurch auf die Straße, bestrebt, die Anspannung der Begrüßung wieder loszuwerden. Sie fuhren um den Velperplein vor dem Musis-Sacrum-Konzerthaus vorbei, wo er schon einmal Kaffee getrunken hatte, als sein Vater in Arnheim auf einem Kongress seiner Partei sprechen musste, und bogen in die Steenstraat. Das Gesicht Piet van Dijks war konzentriert, Kassies saß, etwas kleiner, neben ihm, mit einem Adlerblick wie der Leiter einer Pfadfindergruppe, der mit seinen Wölflingen auf dem Weg ins Sommerlager war. Er hatte auch etwas Faschistisches an sich, stellte Maarten fest. Wenn er noch eine kleine Feder an seinen Hut stecken würde, könnte er ein Alpenjäger sein.

»Herr Koning«, Pieters beugte sich zwischen ihm und Lutje Schipholt nach vorn, »die Fotos, die Sie damals zusammen mit Herrn Botermans in Südlimburg gemacht haben, haben Sie davon noch die Daten? Ich bin dabei, sie einzutragen.«

»Hat Botermans die nicht?« Er sah über seine Schulter und zog den Kopf etwas zurück, da das trübsinnige Gesicht von Pieters mit dessen riesigem Schnauzbart ihm näher war, als er erwartet hatte.

»Er sagt, dass Sie sie haben.«

»Ich dachte, dass er sie hätte, aber ich werde mal nachschauen.« Er sah wieder vor sich hin.

»Sonst denke ich mir irgendetwas aus«, sagte Pieters düster.

»Haben Sie jetzt schon wieder mit einem neuen Buch angefangen?«, fragte Lutje Schipholt.

»*Dieses* Buch ist noch nicht mal erschienen«, protestierte Maarten.

»Nein, aber es hätte sein können.«

»Wie weit ist es jetzt?«

»Wir sind jetzt dabei, die Illustrationen einzufügen.«

»Ist das eine interessante Arbeit?«

»Ich finde es schon eine interessante Arbeit …«

»Achtung!«, warnte Kassies, den Motorlärm übertönend. »Auf der rechten Seite, hinter der Bahnlinie, das Schloss Biljoen! Man kann noch gerade die Türme sehen. Dazu kennst du doch noch eine hübsche Volkserzählung, nicht wahr, Maarten? Mooi-Ann van Velp!«

»Aber das ist Literatur!«, protestierte Maarten.

»Weiß ich, aber das macht doch nichts? Wenn es nur nett ist. Das Fräulein, das all die Männer in den Teich lockt. Herrlich finde ich das!«

»Was fanden Sie eigentlich am Interessantesten beim Schreiben des Buchs?«, fragte Lutje Schipholt.

Maarten dachte nach. »Die Archivforschung zu den Karten aus dem sechzehnten und siebzehnten Jahrhundert.«

»Ja, das ist schönes Material.«

»Das auch, aber vor allem, weil man sich in so einem Archiv so sicher fühlt«, erklärte Maarten. »Man sitzt dort, man hat ein Alibi, keiner, der einem etwas antun kann.«

Lutje Schipholt lächelte ungläubig.

»Darauf beruht die ganze Wissenschaft«, sagte Maarten mit einem schiefen Lächeln, worauf er sich unzufrieden fragte, warum er sich immer unterscheiden wollte, sogar Leuten gegenüber, die viel jünger waren und es nicht verstanden.

»Und wieder rechts, Schloss Middachten!«, informierte sie Kassies. »Fahr mal eben etwas langsamer, Piet, dann können wir in die Auffahrt sehen!«

Sie fuhren in einem etwas langsameren Tempo an der Auffahrt vorüber, zu schnell, um etwas anderes als einen flüchtigen Blick auf das Schloss zu erhaschen.

»Und jetzt gleich rechts!«, kommandierte Kassies, als Piet das Gaspedal wieder durchdrückte.

»Hier halten wir einen Moment, Piet«, sagte Kassies. »Fahr mal an die Seite.«

Piet van Dijk brachte das Auto zum Stehen und stellte den Motor ab. Es war plötzlich still. Sie stiegen mitten im Ackerland aus und sahen sich um. Es wehte ein frischer Wind. Über dem Land lag fahles Sonnenlicht, und es roch nach Frühling. »Und?«, fragte Kassies, »was sagt ihr dazu?« Er zeigte auf einen Bauernhof, ein Stück von der Straße entfernt. »Haben wir den schon, René?«

»Ich habe keine Ahnung«, sagte Pieters. Er führte den Apparat vor sein Auge und hielt im Sucher nach der besten Position für ein Foto Ausschau.

»Ist das nicht phantastisch?«, sagte Kassies begeistert. »Was glaubst du, wie alt mag der wohl sein?« Er sah Maarten an.

»Mitte neunzehntes Jahrhundert«, sagte Maarten mit einer auf nichts beruhenden Bestimmtheit. Es war ein T-Haus, erbaut in einem dunkelroten, fast violetten Backstein, mit einem Fenster links und drei Fenstern rechts der Tür.

»Und woran siehst du das?«, fragte Kassies begierig.

»Ich sehe es nicht, ich weiß es, weil die Bauernhöfe in dieser Gegend erst Mitte des vorigen Jahrhunderts aus Stein gebaut worden sind, und ich sehe keine Spuren von Fachwerk.«

»Ach so«, sagte Kassies, er gab ihm lachend einen Stups gegen seinen Arm.

»Kann man es nicht auch am Backstein sehen?«, fragte Piet van Dijk.

»Es ist ein Stein aus dem neunzehnten Jahrhundert«, sagte Maarten auf gut Glück.

Pieters ging ein wenig in die Hocke und machte ein Foto von ihnen vieren vor dem Himmel. Groeneweg stand ein Stück entfernt mit dem Rücken zu ihnen, die Hände auf dem Rücken, und sah über die Felder.

»Aber jetzt muss man auch wissen, wie es hier damals aussah«, sagte Kassies.

Lutje Schipholt hatte einen Kieselstein aufgehoben und zielte damit auf einen Pfosten, etwa zwanzig Meter von ihnen entfernt. Er verfehlte ihn knapp.

»Eine einzige große Wasserfläche«, sagte Kassies. »Zumindest an Wintertagen. Aber auch schon mal im Sommer. Und noch früher war hier ein Bruch. Wenn wir heute Nachmittag im Vragenderveen sind, müsst ihr euch mal gut umschauen, dann bekommt ihr noch eine Vorstellung davon. Das sind Dinge, die muss man wissen, dann wird es erst wirklich interessant.«

Piet van Dijk nickte. Lutje Schipholt hatte sich auch wieder dazugestellt. »Und wie haben die Bauern das dann gemacht?«, fragte er skeptisch.

»Schau dir mal den Bauernhof an«, sagte Kassies. »Wenn du genau hinschaust, siehst du, dass er auf einem Höcker liegt.« Er deutete die Anhöhe mit einer Bewegung seiner Hand an. »Siehst du das?«

»Nein«, sagte Maarten.

»Geh dann mal in die Hocke.« Er hockte sich auf den Boden, Maarten und Piet van Dijk folgten seinem Beispiel, Lutje Schipholt blieb stehen. »Wenn du jetzt auf den Stacheldraht schaust«, er fuhr mit der Hand durch den Raum, »dann siehst du es.«

»Ja, ich sehe es«, sagte Piet van Dijk.

»Ja«, sagte Maarten ebenfalls, »aber viel ist es nicht.« Er richtete sich wieder auf.

»Das muss auch nicht sein! Dreißig Zentimeter waren manchmal schon genug. Raffiniert, oder? Die Bauern sind gar nicht mal so blöd!«

»Nein, die sind nicht blöd«, gab Maarten zu.

»Ja, darüber weißt du ein Lied zu singen«, sagte Kassies lachend. »Los«, er machte eine Kopfbewegung, »erzähl mal eine Geschichte.«

»Eine Geschichte?«, fragte Maarten bestürzt.

»Aus deinen Erfahrungen in der Feldforschung.«
»Das habe ich nicht einfach so parat.«
»Dann gleich«, sagte Kassies schelmisch und klopfte ihm kurz auf die Schulter, »beim Essen.«

Piet van Dijk parkte den Transporter an den Rand des Sandweges, wo ein grasüberwachsener Pfad zwischen kleinen Birken hindurch ins Moor führte. Die Sonnenstrahlen waren durch die Schleierbewölkung gebrochen, die Blätter der Birken drehten sich im Wind hin und her und glänzten im Licht. Als sie ausgestiegen waren und hintereinander dem Pfad folgten, erklang von allen Seiten der Gesang von Vögeln und in der Ferne das Rufen eines Kuckucks. Der Bauer, der ihnen als Führer diente, und Piet van Dijk gingen voraus, Maarten folgte dicht hinter ihnen, dahinter kamen in einiger Entfernung die anderen. Außer dem Singen der Vögel und hin und wieder den Stimmen von Piet van Dijk und dem Führer war es so still, dass man die dumpfen Schritte ihrer Gummistiefel, die Piet van Dijk mitgebracht hatte, hören konnte. Dort, wo der Pfad im Strauchwerk endete, blieb der Führer stehen. Er wartete, bis alle da waren. »Das Vragenderveen ist ein sogenanntes Kesselmoor«, sagte er. »Es liegt einige Meter tiefer als die Umgebung und ist in den letzten zehntausend Jahren mit verschiedenen Schichten gefüllt worden. Wir stehen hier am Rand. Wenn Sie hier ohne Führer hineingehen würden, kämen Sie nicht lebend heraus.«
»Gibt es dafür Beispiele?«, fragte Kassies.
»Dafür gibt es Beispiele«, antwortete der Führer. »Sie müssen das Moor kennen, aber wenn Sie dicht hinter mir bleiben, einer hinter dem anderen, dann kann Ihnen nichts geschehen.« Er musterte sein Grüppchen.
»Und woher kennen Sie dann den Weg?«, fragte Lutje Schipholt.
»Das sehe ich an den Pflanzen. Können wir gehen?«
Sie nickten.
»Dann folgen Sie mir mal.« Er wandte sich ab und schritt zwischen zwei Birken hindurch, wobei er die Zweige hochhielt, ins Moor. Maarten wollte ihm folgen, doch Piet war schneller, sodass er an dritter Stelle landete, mit Groeneweg hinter ihm. Der moosbedeckte Boden

schwankte ein wenig unter seinen Stiefeln. »Das, worauf Sie jetzt gehen, ist Torfmoos«, sagte der Mann vor ihm. »Es treibt auf dem Wasser. Darunter kann es ein paar Meter tief sein.« Sie betraten eine offene Fläche, an deren Rändern und an den höher gelegenen Stellen hier und da Erlen, Weiden, Gagelsträucher und Eberesche und an den tiefer liegenden viel Wollgras wuchs. Ein Stückchen weiter war Wasser mit Schilf und Rohrkolben zu sehen. Maarten glaubte, zwischen dem Gesang der Vögel eine Nachtigall zu hören, und wollte fragen, ob hier auch Orchideen wuchsen, als der Boden unter seinen Füßen plötzlich bedrohlich zu schwanken begann. Er wollte sich abstoßen, um sich in Sicherheit zu bringen, doch stattdessen sank er hoffnungslos bis über die Knie im Wasser ein, spürte kurz festen Boden, der sofort unter ihm versank, machte in Panik einen Schritt nach vorn, spürte erneut Boden und wurde dann von Piet van Dijk und dem Führer auf eine etwas höher gelegene Stelle gezogen. »Davor habe ich gerade gewarnt«, sagte der Führer, als hätte Maarten sich nicht an die Vorschriften gehalten. Es lag Maarten auf der Zunge, es zu sagen, aus einem tief verwurzelten Bedürfnis heraus, sich zu rechtfertigen, doch er behielt es für sich und sah sich um. Die vier anderen standen erschrocken auf der anderen Seite dessen, was nun dunkles Moorwasser mit Moosstücken darin geworden war. Er lachte verdutzt. »Das Moor hätte fast ein neues Opfer gefordert«, sagte er mit einer nicht ganz überzeugenden Unbekümmertheit. Er zog seine Stiefel aus und ließ das Wasser herauslaufen.

»Sind Sie sehr nass?«, fragte Lutje Schipholt besorgt.

»Ziemlich, aber ich habe zum Glück noch eine Hose dabei.«

»Hatten Sie damit gerechnet?«, fragte Piet van Dijk ungläubig.

»Man muss immer mit allem rechnen«, sagte Maarten. Und dass er es in diesem Fall getan hatte, verschaffte ihm dann doch noch einige Befriedigung.

Während die anderen beim Führer standen und sich unterhielten, holte er seinen Rucksack aus dem Bus und nahm ihn mit hinter ein paar Gagelsträucher. Er zog die Stiefel aus, wrang das Wasser aus seinen Socken, legte die trockene Hose bereit und zog die nasse aus. Als er in die Hose stieg, hörte er das Klicken eines Fotoapparats. Er sah auf. Pieters ließ ihn lächelnd sinken. »Sie sind drauf«, sagte er entschuldigend, als könne er es auch nicht ändern.

»Um die Wahrheit zu sagen, wusste ich, dass Sie einbrechen würden«, sagte Piet van Dijk beim Pfannkuchenessen am Ende des Tages.

»Woher wusstest du das denn?«, fragte Maarten.

»Es ist ein Standardscherz des Führers. Er hat mir gesagt, dass der Dritte in der Reihe so sicher wie das Amen in der Kirche einbrechen würde, darum bin ich vor Ihnen gegangen.«

»Das war sehr fürsorglich«, sagte Maarten ironisch.

»Ich hoffe nicht, dass Sie es mir übel nehmen.«

»Ich hätte es dir übel genommen, wenn ich ertrunken wäre.«

Piet verzog seinen Mund zu einem schiefen Lächeln.

»Übrigens kannst du gern du zu mir sagen«, sagte Maarten, »zumindest, wenn du es kannst.«

»Ich denke schon, dass ich das kann.«

Kassies tickte mit seinem Messer auf den Rand seines Tellers. »Darf ich kurz ein paar Worte sagen?«

Es wurde still.

»Ich möchte doch den Tag nicht beschließen, ohne unserem Gast für seine Anwesenheit gedankt zu haben.« Er wandte sich Maarten zu, der neben ihm saß. »Durch deine Anwesenheit hast du gezeigt, dass dem Vorstand nicht nur die Arbeit wichtig ist, sondern auch die Leute. Wir schätzen das sehr. Und – darf ich kurz? – es war für die Leute hier auch sehr entspannend, ein Mitglied des Vorstands einmal koppheister gehen zu sehen. Herzlichen Dank!«

Es wurde gelacht und, als nichts mehr kam, applaudiert. Maarten begriff, dass auch er etwas sagen musste. Er hob sein Messer. »Danke. Ich fand es sehr nett, mit euch mitzufahren, und ich finde deshalb auch, dass der Ball ganz und gar auf meiner Seite liegt. Ich hoffe, dass ich beim nächsten Mal wieder mitkommen darf, und wenn es zur Stimmung beitragen sollte, will ich bei der Gelegenheit mit dem größten Vergnügen ertrinken.«

Es wurde erneut gelacht und applaudiert, nun etwas lauter.

»Nein, aber ich meine es ernst«, sagte Kassies vertraulich. »Du machst die Dinge so unkompliziert. Das schätzen wir ganz besonders.«

»Ich kann es mir nicht vorstellen.« Er fühlte sich bei diesen Komplimenten unbehaglich.

»Wirklich! Hättest du nicht Lust, einmal zusammen Feldforschung zu machen? So ein Bauer wie heute Nachmittag beispielsweise, der kann herrlich erzählen. Es wäre der Mühe wert, wenn man das mal auf Band aufnehmen würde.«

»Hast du schon mal mit ihm gesprochen?«, fragte Maarten, eine direkte Antwort vermeidend.

»Als ich den Termin gemacht habe. Er weiß viel. Und es erinnert einen an die eigene Jugend: Weidenflöten schnitzen, Vogelnester ausräumen, Frösche aufblasen.« Er genoss die Erinnerung sichtlich. »Einmalig? Oder?«

»Aber das ist nicht meine Arbeit«, sagte Maarten, während er seinen Blick abwandte, der Widerwille, den er den ganzen Tag verdrängt hatte, kam plötzlich so stark hoch, dass er größte Mühe hatte, ihn zu verbergen. »Ich bin für das landwirtschaftliche Gerät zuständig.«

*

In der Post war ein Brief von Güntermann. Er schrieb, dass er Maartens Besprechung des Handbuchs mit großem Interesse gelesen habe und ihm für seine oft grundsätzlichen und kritischen Bemerkungen dankbar sei. Dass darin auch Bemerkungen stünden, die ihn irritiert hätten, wolle er allerdings nicht verhehlen. So habe er es merkwürdig gefunden zu lesen, dass Maarten sich ein Urteil über die Zusammenarbeit zwischen ihm und Seiner anmaße. Er könne ihm versichern, dass die Jahre bei Seiner für ihn die inspirierendsten und harmonischsten seiner Laufbahn gewesen seien. Und es sei ihm besonders unangenehm gewesen, dass Maarten ihn an anderer Stelle in dem Artikel als »nüchtern und eiskalt« bezeichnet habe. Er fände derartige Bemerkungen über den Charakter eines Kollegen nicht nur unangebracht und würde sich selbst niemals auf diese Weise äußern, er sei außerdem nach einer gründlichen Selbsterforschung davon überzeugt, dass Maarten sich irre. Angesichts des hohen Niveaus des Rests der Besprechung wolle er es dabei belassen. Auf die grundsätzlichen Bemerkungen darin hoffe er noch ein andermal zurückzukommen. »Mit recht freundlichen Grüßen und guten Wünschen für Ihre Arbeit bin ich Ihr Wolf Güntermann.«

Maarten las den Brief noch einmal aufmerksam durch und wog die Worte ab, zurückgesunken gegen die Lehne seines Stuhls. Nach dem ersten Schock beschlich ihn ein Gefühl der Erleichterung. Mit dem Verlust der Sympathie Güntermanns wurde seine Welt übersichtlicher. Dabei fand er dessen Reaktion dumm, und auch das klärte die Verhältnisse. Auf Güntermann brauchte er in Zukunft jedenfalls nicht mehr zu zählen. »Güntermann ist böse wegen meiner Besprechung«, sagte er und sah auf in Richtung des Bücherregals, hinter dem Ad saß. Er erhob sich von seinem Stuhl und brachte ihm den Brief. Während Ad ihn nahm, flog die Tür auf. Balk kam aufgebracht ins Zimmer. »Wie viele Mappen habt ihr hier?«

Maarten drehte sich langsam zu ihm um, nicht in der Lage, so schnell zu reagieren.

»Ich kriege Beschwerden, dass ihr die Mappen viel zu lange bei euch behaltet!«, sagte Balk verärgert.

»Ich weiß es wahrhaftig nicht.« Er drehte sich zu Ad um. »Wie viele hast du?«

»Zwei.«

»Wir haben vier«, sagte Maarten zu Balk.

Balk war schon weitergelaufen, in den Karteisystemraum. »Wie viele Mappen sind hier?«, hörte Maarten ihn fragen. Die Antwort von Joop und Lien konnte er nicht verstehen, doch Balk kam wieder aus ihrem Zimmer und marschierte an ihnen vorbei in den Besucherraum, ohne sie weiter zu beachten.

»Wer hat uns das nun wieder eingebrockt?«, fragte Maarten Ad.

»Koos natürlich.«

»Er ist sich jedenfalls nicht zu schade dafür.«

Vom Flur kam das Geräusch einer Tür, die mit Kraft zugezogen wurde, und Schritte, die sich wütend entfernten. Balk hatte den Besucherraum durch die andere Tür wieder verlassen. Maarten öffnete die Zwischentür und sah um die Ecke. »Wie viele habt ihr?«

»Drei«, antwortete Gert.

»Und Sien?«

»Sien ist nicht da.«

»Ich glaube, dass Sien nur eine hat«, sagte Tjitske.

»Schön«, sagte Maarten zufrieden. Er schloss die Tür wieder.

Ad saß an seinem Schreibtisch und las den Brief von Güntermann. Er zögerte, ging weiter zu seinem Schreibtisch, doch bevor er dort war, wurde hinter ihm die Tür erneut geöffnet. »Ich hab sie!«, sagte Balk triumphierend. Er wandte sich ab. Maarten folgte ihm durch den Flur. Balk ging in Richards Zimmer und wartete ungeduldig auf ihn. Er zeigte auf den Tisch hinter Richards Schreibtisch, der begraben war unter Stapeln von Mappen. »Das geht natürlich nicht!«

»Nein, das geht nicht«, gab Maarten zu. Er sah Rie Veld an, die an einem Schreibtisch am Fenster saß und zusah. »Tag Rie, wo ist Richard?«

»Der ist ja doch nie da«, sagte sie gleichgültig.

»Weißt du, wie viele das sind?«, fragte Balk. »Zweiundachtzig!«

»Gütiger Himmel«, sagte Maarten entsetzt. Er ging hin und sah, dass auf dem Boden ebenfalls Mappen lagen, für die auf dem Tisch kein Platz mehr gewesen war.

»Sag dem Mann, dass er die so schnell wie möglich abarbeitet«, sagte Balk, »und mach ihm klar, dass so etwas nicht akzeptiert wird!«

»Ich werde mit ihm darüber sprechen.«

»Nicht nur sprechen!«, sagte Balk ärgerlich. »Du musst ihm Feuer unterm Hintern machen, sonst werde ich es tun!« Er wandte sich ab und verließ den Raum wieder, ohne die Antwort abzuwarten.

»Weißt du, warum er so einen Rückstand hat?«, fragte Maarten Rie.

Sie zuckte geringschätzig mit den Achseln. »Er macht doch nie etwas?«

Er ignorierte die Bemerkung. »Kommt er heute noch?«

»Er hätte schon da sein müssen.« Sie lachte ihn an.

»Bitte ihn dann, mal zu mir zu kommen«, sagte er, wobei er nicht recht wusste, wie er auf dieses Lachen reagieren sollte.

»Bei Richard liegen zweiundachtzig Mappen«, sagte Maarten zu Ad, als er den Raum wieder betrat.

»So etwas hatte ich schon von Rie gehört.«

»Dann hättest du mich auch gern mal informieren dürfen.«

»Ich dachte, dass Jaring dafür verantwortlich wäre.«

»Aber wir kriegen den Ärger mit Balk!« Er holte einen Stuhl unter dem Tisch hervor und setzte sich. »Hast du eine Ahnung, was los ist?«

»Ich glaube, dass ihm die Arbeit über den Kopf wächst.«

Maarten nickte. »Soll ich ihm vorschlagen, dass wir beide die Mappen wegarbeiten, damit er mit einem leeren Schreibtisch anfangen kann?«

Ad reagierte nicht darauf.

»So viel kann das nicht sein. Auf ihrem Gebiet erscheint fast nie etwas.«

»Wir sollten die Mappen, die für sie interessant sein könnten, heraussuchen und sie von Rie und Eef machen lassen, unter unserer Aufsicht«, schlug Ad vor.

»Gut.« Er stand auf. »Ich werde es ihm vorschlagen.« Er ging zu seinem Schreibtisch. Auf der Schreibunterlage lag der Brief von Güntermann. »Du hast ihn gelesen?«, fragte er und hielt den Brief hoch.

»Ja, ich habe ihn gelesen.«

Er wartete einen Moment, ob Ad noch mehr sagen würde, doch es kam weiter nichts. Er wollte sich hinsetzen, besann sich jedoch. »Ich bin kurz bei Jaring.« Er verließ den Raum und ging über den Flur zu Jarings Zimmer. Dort war niemand. Im Mittelzimmer traf er Joost an. »Weißt du, wo Jaring ist?«, fragte er.

»Ich kann es dir nicht sagen.«

»Wann ist er wieder zurück?«

»Auch wenn du mich totschlägst.«

Maarten reagierte nicht darauf. Joost irritierte ihn. Er schloss die Tür, sah auf seine Armbanduhr und stieg die Treppe zum Kaffeeraum hinunter.

Als er nach dem zweiten Kaffee wieder nach oben kam, saß Richard an seinem Schreibtisch. Rie war verschwunden. »Du bist also da«, stellte er fest.

Richard sah ihn kühl an. »Warum sollte ich nicht da sein?«

»Hat Rie gesagt, dass ich dich sprechen wollte?« Er nahm einen Stuhl und setzte sich ihm gegenüber, auf die andere Seite seines Schreibtisches.

»Das hat sie gesagt.«

»Balk war da und hat entdeckt, dass du hier zweiundachtzig Mappen liegen hast.«

»Was hat sich der Mann da einzumischen?«

»Der Mann ist Direktor, und jemand aus einer der anderen Abteilungen hat sich bei ihm beschwert.«

Richard zuckte mit den Achseln. »Ich bin noch nicht dazu gekommen.«

»Wann kommst du dazu?«

»Das kann ich jetzt noch nicht sagen. Heute auf jeden Fall nicht.«

»Das geht nicht! In den anderen Abteilungen ärgern sie sich sowieso schon, dass wir die Mappen so lange behalten. Wir können uns keine Scherereien erlauben.«

»Ich habe zu viel zu tun. Ich habe beide Hände voll mit der Ausbildung von Rie und Eef zu tun. Ich kann die Mappen im Moment nicht auch noch machen.«

»Ad und ich sind bereit herauszuholen, was für euch wichtig ist, dann kann der Rest schon mal in die Bibliothek.«

»Das kommt gar nicht in Frage.«

»Warum nicht?«

»Weil ihr das nicht beurteilen könnt. Wir haben eine völlig andere Auffassung vom Fach als ihr, und von Musik habt ihr keinen blassen Schimmer. Außerdem will ich den Rest auch sehen.«

Maarten schwieg, während er sich fragte, wie er es anpacken sollte.

»Das Einzige, was ich versprechen kann, ist, dass ich sie so schnell wie möglich abarbeiten werde.«

»In Ordnung.« Er sah ihn prüfend an. »Wir hatten vereinbart, dass du bis zum 31. Mai dein Studium beendest.«

»Das ist auf September verschoben worden.«
»Warum?«
»Weil mein Prof. ein halbes Jahr nach Amerika musste.«
Maarten nickte. »Aber rechne damit, dass wir es nicht endlos verschieben können, denn dann bekommen wir ganz sicher Schwierigkeiten mit dem Hauptbüro.«
»Ich frage mich übrigens, warum ich dir darüber Rechenschaft ablegen muss«, sagte Richard aggressiv.
Maarten sah ihn verwundert an. »Weil ich Leiter der Abteilung bin.«
»Ich dachte, das wäre Jaring.«
Maarten hob die Augenbrauen.
»Nach meinen Informationen ist das Musikarchiv hier nur untergebracht worden, weil es Raumprobleme gab, und du hast es dann an dich gezogen, weil du die größte Abteilung haben wolltest.«
»Dann bist du falsch informiert«, sagte Maarten kühl.
»Ich bin so frei, das zu bezweifeln.«
»Wenn Beerta das Musikarchiv nicht übernommen hätte, wäre es aufgelöst worden.«
»Das glaube ich eben nicht.«
»Das steht dir frei.« Er stand auf, eine plötzlich aufkommende Wut unterdrückend. »Aber ich würde mich doch mal besser informieren, beispielsweise, indem du die Jahresberichte liest.« Er wandte sich ab und verließ den Raum.
»Richard steht auf dem Standpunkt, dass er nur Jaring Rechenschaft schuldig ist und ich das Musikarchiv an mich gezogen hätte, weil ich Leiter der größten Abteilung sein wollte«, sagte Maarten, als er in sein Zimmer kam. In seiner Stimme lagen Empörung und Wut.
»Ja, das erzählt man sich«, sagte Ad ruhig.
Maarten blieb stehen. »Wer erzählt das denn?«
»Freek! Und Jaring wird dem nicht widersprechen.«
»Aber das ist doch Wahnsinn!«
Ad zuckte mit den Achseln. »Was kümmert es dich?«
»Natürlich kümmert es mich.« Er ging weiter zu seinem Schreibtisch. »Als ob ich die Verantwortung für dieses Drecksarchiv zu meinem Vergnügen übernommen hätte!«

»Das werden die Leute trotzdem glauben«, sagte Ad mit einiger Schadenfreude.

*

»Lieber Herr Güntermann,
bevor es sich in Ihrem Kopf festsetzt, dass ich in meiner Besprechung die Bemerkungen über Ihren Charakter und Ihre Zusammenarbeit mit Seiner gemacht hätte, die Sie mir zuschreiben, will ich noch einen Versuch unternehmen, dies zu verhindern.

Sie schreiben, dass es Sie unangenehm berührt hat, dass ich Sie ›nüchtern und eiskalt‹ nenne, und Sie es falsch finden, so über Kollegen zu schreiben. Ich habe jedoch geschrieben, dass Sie mit ihren Daten ›nüchtern und eiskalt‹ umgehen. Das bedeutet keineswegs, dass Sie im persönlichen Umgang in meinen Augen nüchtern und eiskalt sind. Hinter einer eiskalten Behandlung von Daten (in meinen Augen übrigens ein Kompliment) kann sich der heißblütigste Mensch verbergen. Es würde mir denn auch nicht in den Sinn kommen, auf diesem Niveau über Kollegen zu schreiben, und wenn Sie dies dort herausgelesen haben, kann ich mir Ihre Reaktion vorstellen.

Mit meinen Bemerkungen über Ihr Verhältnis zu Seiner verhält es sich ebenso. Ich glaube sofort, dass das persönliche Verhältnis zwischen Ihnen beiden vorzüglich ist und die Jahre, die Sie mit ihm zusammengearbeitet haben, inspirierend gewesen sind. Dass sich jedoch Ihre wissenschaftlichen Einsichten stark von den seinen unterscheiden und die Unterschiede im Laufe der Jahre stets deutlicher geworden sind, ist für einen Außenstehenden leicht zu erkennen. In dieser Hinsicht ähnelt das Verhältnis zwischen Ihnen beiden dem zwischen Beerta und mir. Beerta und ich haben niemals auch nur eine Spur von Uneinigkeit oder Reibung gehabt, doch in unserer Einstellung zur Wissenschaft sind wir sehr unterschiedlich. Zu einem bedeutenden Teil ist dies ein Generationsunterschied. Jede Generation kommt mit einer anderen Fragestellung oder formuliert dieselben Dinge auf eine andere Weise. Zum Teil sind diese Unterschiede jedoch auch persönlicher Art. Was ich in meiner Besprechung habe sagen wollen, ist, dass die Veränderungen in der wissenschaftlichen Fragestellung und Methodik sich, außer aus Generationsunterschieden, aus solchen persönlichen Unterschieden in der Lebenseinstellung ergeben. Im Gegensatz zu Ihnen (wenn ich mich nicht irre) glaube ich nicht an Fortschritt in der Wissenschaft, sondern sehe in wissenschaftlichen Veröffentlichungen eine verschleierte Form des Schreibens über die eigene Lebensanschauung. Auf jeden Fall wirkt sie in das eigene wissenschaftliche Werk hinein, und insofern ist sie für die Geschichte der Wissenschaft von unmittelbarer Bedeutung. Auf dieser Ebene finde ich es schon wichtig, über die Lebensanschauung von Kollegen zu schreiben, und das habe ich in dieser Besprechung am Schluss denn auch getan. Es bedeutet faktisch, dass ich wissenschaftliche Theorien und Methoden als Kulturphänomene betrachten und als solche relativieren möchte. Als ich das tat, habe ich geahnt, dass es Sie irritieren würde, denn ich habe mir vorgestellt, dass wir uns in diesem Punkt gründlich voneinander unterscheiden. Was nicht bedeutet, dass so etwas nicht im besten Einvernehmen geschehen kann.

Mit freundlichen Grüßen

Ihr Maarten Koning.«

*

»Prima!«, sagte Maarten, er legte die Mappe auf Gerts Schreibtisch. »Der Herr versteht was davon!«

»Hast du überhaupt keine Anmerkungen?«, fragte Gert ungläubig.

»Nicht der Mühe wert.« Er blieb am Schreibtisch stehen. Gert hatte den Brief von Güntermann und seine Antwort vor sich liegen. »Du bist mit dem Brief von Güntermann beschäftigt«, stellte er fest.

»Ja.« Er zögerte. »Meinst du das ernst, dass du nicht an den Fortschritt der Wissenschaft glaubst?«

»Natürlich meine ich das ernst!« Er lachte gemein. »Ich meine alles ernst, was ich sage.«

»Aber das kannst du doch nicht leugnen?«

»Mir geht es nicht um die Technik! Mir geht es um die Theorien.«

»Aber dann braucht man doch überhaupt keine Wissenschaft mehr zu betreiben.«

»Das sollte man auch besser nicht. Man sollte besser gleich über sich selbst schreiben.«

Gert lachte ungläubig.

»Du glaubst doch nicht, dass unsere Arbeit irgendeinen Sinn hat? Wir müssen beschäftigt werden. Und weil der Mensch nun einmal das Bedürfnis hat zu ordnen, machen wir derartigen Unsinn.« Er zeigte auf die Mappe.

»Was sollen wir dir zufolge dann machen?«, fragte Gert neugierig.

»Kartoffeln pflanzen!«, sagte Maarten mit großer Entschiedenheit. »Und ausroden, natürlich! Und aufessen!«

Gert lachte.

»Der Haken ist, dass der Mensch sich eingebildet hat, dass er glücklicher wird, wenn er die eigentliche Arbeit von Maschinen machen lässt. Das wird sein Untergang.« Er wandte sich ab, um in sein Zimmer zurückzugehen.

»Ich habe noch etwas«, sagte Gert.

Maarten sah ihn abwartend an.

»Findest du nicht, dass man mal etwas mit dem Bücherregal machen sollte?« Er zeigte auf das Bücherregal an der Wand, hinter dem Schreibtisch von Tjitske.

»Was ist mit dem Bücherregal?« Er sah es sich an.

»Es ist gerammelt voll!« Er stand auf.

»Ja, es ist voll.« Das Regal war so voll, dass überall auf den Büchern weitere Bücher aufgestapelt waren. »Die müssen einsortiert werden. Das müssen Lien und Tjitske machen.«

»Es gibt nur keinen Platz mehr.«

»In meinem Zimmer ist noch Platz.«

»Das habe ich ausgemessen, aber es reicht nicht.«

»Und hier nebenan dann?« Er ging weiter zur Rückseite des Zimmers, dort, wo Sien saß. »Tag, Sien.«

Sien drehte sich um. »Tag, Maarten.«

»Ist hier noch Platz im Bücherregal?« Er blickte sich um.

Sie sah flüchtig zum Regal neben sich. »Das weiß ich nicht.«

»Aber sollten wir diesen Raum nicht besser für die Zeitschriften reserviert halten?«, fand Gert, der mit ihm mitgegangen war.

»Ja«, gab Maarten zu.

Sien beugte sich wieder über ihre Arbeit.

Sie gingen zurück und blieben bei Gerts Schreibtisch stehen. Maarten musterte das Regal hinter Tjitske.

»Darf ich einen Vorschlag machen?«, fragte Gert.

»Mach einen Vorschlag!«

»Wenn wir nun das Ausschnittarchiv auf den Flur auslagern und an der Stelle ein Bücherregal hinstellen?«

»Das Ausschnittarchiv!« Er betrachtete die sechs Registraturschränke mit den vier Schubladen, die hinter Gert an der Wand standen.

»Wenn demnächst noch zwei Schränke dazukommen, stecken wir sowieso in der Klemme.«

»Das ist wahr.« Er musterte die Schränke. »Wie tief sind die Schränke?« Er ging darauf zu, legte seinen Arm oben auf einen der Schränke und sah zu seiner Schulter. »Ungefähr fünfundsiebzig Zentimeter.« Er sah sich die Reihe an. »Und drei Meter breit, das werden demnächst vier.« Er dachte nach. »Auf den Flur?« Er sah Gert an.

»Ich hatte gedacht, neben Freeks Zimmer.«

Maarten schüttelte den Kopf. »Das gibt sicher Ärger mit der Feuerwehr.«

»Dann in Richards Zimmer, da, wo jetzt der Schreibtisch von Beerta steht.«

Maarten lachte. »Das gibt Ärger mit Richard.« Er blickte wieder zu den Schränken. »Ich werde mal sehen, was sich machen lässt. Ich finde schon was.« Er wandte sich ab. »Ich gebe dir noch Bescheid.«

Er stieg in Gedanken die Treppe hinunter zum Kaffeeraum, holte sich eine Tasse Kaffee am Schalter, setzte sich vorn auf den Rand eines Stuhls und rührte in seinem Kaffee, ohne die Gespräche um sich herum zu beachten, besann sich, verließ mit der Tasse in der Hand den Raum wieder und stieg die Treppe zum Keller hinunter. Unten an der Treppe blieb er stehen und sah sich in dem schlecht beleuchteten Flur, der von der Vorder- bis zur Rückseite des Gebäudes lief, um, wobei er hin und wieder einen Schluck Kaffee nahm. Unter der Treppe stand ein alter Tisch, auf dem alte Zeitungen und gebrauchte Matrizen lagen. Ihm gegenüber stand ein kleinerer Tisch mit einer Hektografiermaschine. Er maß den Raum mit seinem Blick ab, trank die Tasse leer, stellte sie auf den Tisch und ging durch den Seitenflur zum Tresorraum mit den Fragebogen, öffnete die gegenüberliegende Tür, wo die Abteilung Volksnamen die Streifen mit den Volkszählungsdaten abgelegt hatte, schaltete das Licht an und sah sich von der Schwelle aus die Stellagen mit den Hunderten von Pappkartons an, die den gesamten Raum bis zu den kleinen, vergitterten Fenstern an der Grachtenseite in Beschlag nahmen, durch die etwas Tageslicht einfiel. Es roch muffig, und es war, abgesehen von dem Geräusch eines vorbeifahrenden Autos, sehr still. Er knipste das Licht aus, schloss die Tür und ging den kleinen Flur entlang wieder zurück zur Tür auf der anderen Seite des Mittelgangs, der Zugang zum Materialmagazin und dem Tresorraum von Volkssprache bot.

Der letzte Kellerraum, den er auf seinem Rundgang besuchte, lag an der Rückseite des Gebäudes. Er war mit einer Eisentür verschlossen. Die Tür klemmte, und als er sie mit Gewalt aufstieß, scheuerte sie mit der Unterseite über den Zement am Boden und blieb auf halbem Wege stecken. Er knipste das Licht an und sah sich um. Die Heizungsrohre, die auf Kopfhöhe an den Wänden entlangliefen, sorgten für eine etwas muffige Wärme, und der Raum stand und lag voll mit alten, kreuz und quer gegeneinanderstehenden Stellagen, Pappkartons, altem Mobiliar, Zeitungsstapeln, altem Holz und Eisenstäben, deren Konturen im Halbdunkeln zu einer undefinierbaren Masse verschmolzen. Eine der Stellagen, gleich bei der Tür, war für Archivmappen mit abgelegten Papieren der Verwaltung benutzt worden, und als er weiterging, fand er um die Ecke noch einige hundert Bücher und Zeitschriften. Die übrigen Stellagen waren leer. Er sah sich um und stellte fest, dass die Fläche ungefähr so groß war wie die der Bibliothek, jedenfalls groß genug, um Raum für das Ausschnittarchiv zu schaffen.

»Tag, Herr Panday, Tag Jantje«, sagte er, als er ihren Raum betrat.
»Tag, Herr Koning«, sagte Panday.

Maarten zog einen Stuhl unter dem Schreibtisch von Bavelaar hervor und setzte sich ihr gegenüber. Sie sah ihn abwartend an, eine Zigarette zwischen den Fingern.

»Der Keller unter dem Hinterhaus, da steht unter anderem das alte Archiv der Verwaltung, hast du damit noch etwas vor?«, fragte er.

»Das wolltest du doch nicht wegwerfen?«, fragte sie erschrocken.

»Ich werfe nie etwas weg. Ich meine: Hast du mit dem Raum, der noch übrig ist, etwas Besonderes im Sinn?«

»Im Augenblick nicht«, sagte sie vorsichtig.

»Ich würde da nämlich gern unser Ausschnittarchiv hinstellen.«

»Hast du Mia schon gefragt? Die will den Raum, glaube ich, als Überlauf für die Bibliothek nutzen.«

»Ich habe Mia gefragt. Wenn wir die Ecke rechts hinten für sie freihalten, hat sie nichts dagegen.«

»Und was ist mit all den Stellagen?«

»Die wollte ich auseinanderbauen und aufstapeln.«

Sie tippte die Asche ihrer Zigarette ab und blies den Rauch aus, den Blick auf den Aschenbecher gerichtet.

»Ich wollte das Ausschnittarchiv an die linke Wand und die Rückwand stellen«, erläuterte er. »Da ist Platz für vierzehn Schränke, also vorläufig reicht uns das. Und dann baue ich für dich ein Regal an der Wand rechts, für dein Archiv.«

»Und was ist mit all dem anderen Gerümpel?«

»Das staple ich auf.«

»Das kannst du auch ruhig wegwerfen.«

»Das musst du dann schon selbst machen. Wegwerfen kann ich nicht.«

»Hast du Balk schon gefragt?«

»Wenn du damit einverstanden bist, mache ich das jetzt.«

Sie zögerte. »Wenn du einen Platz für mein Archiv freihältst ...«

»Das mache ich.« Er stand auf.

Balk saß mit dem Rücken zu ihm an einem kleinen Tisch in der dunklen Ecke des Raumes neben dem Kaminmantel und tippte. »Warte kurz!«, sagte er und hob die Hand, ohne sich umzudrehen. »Ich bin sofort fertig.«

Maarten setzte sich in einen der Sessel und wartete, den Blick abgewandt.

Balk tippte hastig seinen Brief zu Ende, zog ihn aus der Schreibmaschine, sah ihn flüchtig durch und ging damit zu seinem Schreibtisch.

»Ich wollte gerade etwas mit dir besprechen«, sagte er und legte den Brief hin. »Siehst du Anton noch manchmal?«

»Regelmäßig«, sagte Maarten vorsichtig. Er hatte gelernt, dass er auf der Hut sein musste, solange er nicht wusste, was Balk wollte.

»Schön!« Er ließ sich in seinen Sessel plumpsen und rieb sich kräftig mit der ganzen Hand über seine Nase. »Die Sache ist die, dass der Vorstand des Hauptbüros möchte, dass wir uns mit Blick auf die Einsparungen deutlicher als Einheit präsentieren. Kannst du Anton noch mal fragen, ob er dem Institut seinen Namen geben will?«

Maarten zögerte. »Das will ich gern machen, aber er war seinerzeit so scharf dagegen ...«

»Er ist Ehrenmitglied, und er hat noch immer große Autorität«, sagte Balk in entschiedenem Ton, ohne den Einwurf zu beachten.

»Ich will es gern machen.«

»Mach es schnell, dann wäre es noch anlässlich seines achtzigsten Geburtstags möglich.«

»Ich fahre morgen zu ihm.«

»Gut so! Das war's!« Er stand auf.

»Ich hätte auch noch etwas«, erinnerte ihn Maarten.

Balk setzte sich wieder hin und sah ihn abwartend an.

»Ich suche Platz für unser Ausschnittarchiv, denn wir haben keinen Platz mehr dafür. Dürfen wir den Keller unter dem Hinterhaus benutzen?«

Balk verzog das Gesicht, als würde Maarten einen äußerst schmutzigen Vorschlag machen. »Was steht da in dem Keller?«, fragte er unbehaglich.

»Gerümpel.«

Balk sprang auf. »Das will ich dann erst sehen!« Er verließ den Raum, ohne darauf zu achten, ob Maarten hinter ihm herkam, rannte die Treppe hinunter und ging geradewegs weiter zum Keller. »Hä!«, sagte er, als sich die Tür nicht gleich öffnete. Er stieß mit der Schulter dagegen, drückte sie mit aller Gewalt auf und knipste das Licht an. Einen Augenblick lang sah er sich das Durcheinander an. »Und was machst du dann mit diesem Zeug?«

»Das räumen wir auf.«

»Gut! Mach nur!« Er knipste das Licht wieder aus und ging zurück zur Treppe, wobei er Maarten das Schließen der Tür anvertraute.

»Ich habe einen Platz gefunden«, sagte Maarten triumphierend, während er den Kopf durch den Türspalt steckte.

»Nein, wirklich?«, fragte Gert überrascht. Er stand auf.

»Kommst du auch mal mit?«, fragte Maarten Ad. »Ich habe eine Ecke für das Ausschnittarchiv gefunden, um hier nebenan etwas mehr Platz für die Bibliothek zu schaffen.«

»Wo ist es?«, fragte Gert auf der Treppe.

»Im Keller unter dem Hinterhaus.«

»Im Keller unter dem Hinterhaus!«, sagte Gert amüsiert.

Maarten drückte die Tür auf und knipste das Licht an. Gert und Ad sahen sich neugierig um.

»Ein schöner Raum«, fand Ad.

»Aber schon ein ziemlicher Saustall«, sagte Gert.

»Den räumen wir auf«, sagte Maarten. »Die Stellagen bauen wir auseinander, und den Rest stapeln wir an der Rückwand hoch. Das Ausschnittarchiv kann hier stehen«, er zeigte auf die linke Wand. »Vierzehn Schränke, schätze ich.«

Ad war zu einer der Stellagen gegangen. »Sie sind verschraubt«, stellte er fest, er befühlte ein paar Muttern und versuchte, sie zu drehen. Gert hatte eine der Archivmappen aus dem Regal geholt und sah sich den Inhalt an. »Finanzunterlagen«, sagte er, während er die Mappe wieder zurückstellte.

»Ich habe Jantje versprochen, dass wir dafür Platz an der rechten Wand schaffen.«

»Wusstest du, dass hier sogar ein Klo ist?«, fragte Ad aus der Ferne. Er war zwischen den Stellagen durchgegangen und hatte dahinter eine Tür geöffnet. »Demnächst können wir hier auch noch kacken.« Er zog am Griff, doch das ergab nur ein trockenes Geräusch. Maarten öffnete eine Tür in der Ecke, die Zugang zu einem kleineren Kellerraum bot, in dem der Heizungskessel stand. Gert hatte das Bibliothekslager entdeckt und schnüffelte zwischen den Büchern herum. »Was sind das für Bücher?«

»Dubletten«, antwortete Maarten, »von der Bibliothek.«

»Es sind sehr schöne Bücher dabei.«

»Hier liegt wirklich alles Mögliche herum«, rief Ad aus der Ferne.

Maarten öffnete eine Tür an der Rückwand, durch die unerwartet Tageslicht in den Keller drang. »Seht mal hier.« Dahinter befand sich ein Keller, nicht groß, doch vollständig gefliest, in den durch dicke Glasfliesen in der Decke weißes Licht einfiel. Der Keller stand voll mit altem Mobiliar, alten Karteikästen, einer Schultafel, Eisengegenständen. »Das muss unter dem Garten sein«, sagte Ad, der dazugekommen war. Er zeigte nach oben. »Das sind die Glasfliesen.« In dem gefliesten Raum klangen die Geräusche hohl.

»Können wir das hier nicht für das Ausschnittarchiv benutzen?«, sagte Gert begeistert. »Das ist doch viel schöner.«

»Aber hier gibt es keine Heizungsrohre«, stellte Maarten fest. »Das kommt mir zu feucht vor.«

»Seht mal«, sagte Ad. Er hob einen Stuhl von einem runden Tisch und stellte ihn daneben. »Beertas Sitzecke!« Die beiden anderen Stühle standen ein Stück weiter aufeinandergestapelt zwischen einer Reihe von Stahlsesseln.

»Das geht doch nicht, oder?«, fragte Maarten.

»Die stellen wir nachher zum Ausschnittarchiv«, schlug Ad vor. »dann leisten sie wenigstens wieder ihren Dienst.«

Gert stand kichernd daneben.

»Auf diesen Stühlen haben alle Großen unseres Fachs gesessen«, sagte Maarten zu ihm.

»Ist das wahr?«, fragte Gert. Er fiel auf die Knie, schlang seine Arme um den Stuhl und drückte mit einem Ausdruck des Entzückens seine Wange auf die Sitzfläche. »Oh, der Hintern von Sigurdson!«, rief er mit hoher Stimme. »Ist das nicht toll?«

*

»Ich komme in einer Mission«, sagte Maarten.
Beerta nickte, ein wenig misstrauisch.
Maarten lachte. »Das verheißt nie etwas Gutes.«
»Neinj.«
»Der Vorstand des Hauptbüros hat Balk wissen lassen, dass das Büro deutlicher als Einheit nach außen treten muss.«
Beerta reagierte nicht darauf. Er sah Maarten prüfend an. »Und jetzt hat er mich gebeten, dich noch einmal zu fragen, ob du uns die Erlaubnis gibst, das Büro nach dir zu benennen.«
Beerta schüttelte den Kopf. »Neinj.« Es klang nicht überzeugt.
»Seinerzeit hast du das Argument vorgebracht, dass du immer noch ein Kinderschänder werden könntest«, erinnerte ihn Maarten. »Die Wahrscheinlichkeit ist doch jetzt wohl sehr gering geworden.«
Beerta hob seine Hand, als wollte er sich dafür entschuldigen.
»Ich finde, dass du es dieses Mal machen musst.«
Beerta sah ihn verwundet an, ohne etwas zu sagen.
»Nicht für dich selbst, sondern um uns eine Freude zu machen.«
Beerta sagte nichts.
Maarten lächelte. »Nach wem sollten wir es sonst benennen? Du bist der Einzige, der dafür in Betracht kommt.«
Es war still.
»Sann musses ehm sein«, sagte Beerta schließlich resigniert.
»Danke. Wir werden versuchen, mit deinem Namen nicht leichtfertig umzugehen.«
Beerta lächelte traurig. »Sas weisie.«
Sie schwiegen.
Maarten sah zum Tisch, der mit Briefen, Zeitschriften und Büchern bedeckt war. Oben auf einem der Stapel lag die letzte Ausgabe des *Bulletins*. »Hast du dir das letzte Heft des *Bulletins* schon angesehen?«
Beerta nickte.
»Was hältst du davon?«
»Jut«, sagte Beerta abwesend.
»Güntermann ist böse.«
Beerta zog verwundert die Augenbrauen hoch. »Ja?«
»Weil ich gesagt habe, dass er mit seinen Daten nüchtern und eiskalt

umgeht, und weil ich abfällig über sein Verhältnis zu Seiner geschrieben haben soll.«

»Neinj!«, sagte Beerta bestürzt.

»Doch.« Er lächelte entschuldigend.

Beerta schüttelte verständnislos den Kopf.

»Ich habe zurückgeschrieben, dass ich an seinem guten Verhältnis zu Seiner nicht zweifle, dass du und ich uns auch nie uneinig waren oder wir uns aneinander gerieben haben, aber dass wir uns in unserer Einstellung zur Wissenschaft schon enorm unterscheiden.«

Beerta nickte. »Ja.«

»Weil wir zu unterschiedlichen Generationen gehören, aber auch wegen unseres Charakters.«

»Sas is eie juje Bescheiung.«

»Aber ich habe jetzt auch einen Brief von Seiner bekommen, dass er mir im Großen und Ganzen recht gibt.« Er holte den Brief aus seiner Innentasche. »Er schreibt, dass er mit viel Freude an seine Kontakte mit dir zurückdenkt.«

Beerta zog seine Brille zu sich heran und nahm den Brief entgegen. Er las ihn mit einem Ausdruck der Skepsis in seinem Gesicht. »Seiser iesein schjeidijer Masj«, sagte er und gab den Brief zurück.

»Aber auch ein liberaler Mann.«

Beerta nickte. »Ja.«

Vom Flur erklang das Geräusch sich nähernder Schritte. Die Tür wurde weiter aufgestoßen, die Frau von de Blaauwe sah um die Ecke, und gleich nach ihr kam auch de Blaauwe herein. »Tag, Anton«, sagte sie.

Maarten stand auf. »Ich hole eben einen Stuhl«, sagte er zu de Blaauwe, während dessen Frau Beerta auf beide Wangen küsste.

*

Maarten öffnete die Tür und sah hinein.

Balk saß in seinem Sessel und las die Zeitung. Er sah zur Seite, als er die Tür hörte.

»Anton findet es in Ordnung«, sagte Maarten, »mit Widerwillen.«

Balk nickte. »Dann werde ich das Personal zusammenrufen.« Er vertiefte sich wieder in die Zeitung.

Maarten schloss die Tür und ging die Treppe hinauf zu seinem Zimmer. Er legte die Tasche ins Bücherregal, hängte sein Jackett auf, öffnete die Fenster und beugte sich hinaus. Nach dem Regen der Nacht roch es herbstlich, ein feuchter Geruch von nassen Blättern. Er sog die Luft ein und spürte Heimweh nach Frankreich, wandte sich ab und setzte sich an seinen Schreibtisch. Unschlüssig betrachtete er die Arbeit, die dort aufgestapelt lag, legte eine Mappe, die am vorigen Nachmittag auf seine Schreibunterlage gelegt worden war, zur Seite auf den Stapel, und lehnte sich auf seinem Stuhl zurück, mit den Armen auf den Lehnen und den Händen auf dem Rand seines Schreibtisches. Unten schellte es. Er lauschte den Stimmen und Schritten auf der Treppe und erkannte, alles übertönend, Joops Stimme. Die Tür flog auf. »Tatatataaa!«, rief Joop, als sie den Raum betrat. »Alle Mann an Bord!« Sie lachte ausgelassen.

Maarten lachte. »Der Maat ist noch nicht da.«

Lachend ging sie mit einer Reisetasche in der Hand in den Karteisystemraum.

Lien blieb an seinem Schreibtisch stehen. »Soll ich wirklich nicht mithelfen?«, fragte sie.

Er schüttelte lächelnd den Kopf. »Mach du nur weiter deine Arbeit. Ich finde es zu schwer für dich. Und außerdem muss hier oben ja auch jemand sein.«

»Ich mache es wirklich gern.«

»Das weiß ich, aber du bist zu klein.«

Sie wandte sich verlegen ab.

»Und, was hältst du von meinem Outfit?«, rief Joop, als sie den Raum betrat. Sie hatte einen hellbraunen Kittel an und einen Handfeger auf der Schulter.

In dem Moment ging die Tür des Besucherraums auf, und Gert sah um die Ecke, in einen grauen Kittel gekleidet. Er sah Joop und zeigte auf sie, sich vor Lachen krümmend. Joop kreischte völlig aus dem Häuschen. Gert kam lachend ins Zimmer. »Wie findest du mich?«, fragte er Maarten.

»Du hättest Lagerarbeiter werden sollen«, versicherte Maarten, eine Bemerkung, die erneut Anlass zur Heiterkeit bot.

Ad kam zur Tür herein, eine Werkzeugtasche in der Hand. Er sah sich verwundert um und ging dann mit einem kleinen Lachen weiter zu seinem Schreibtisch. »Ich sehe, dass ihr schon angefangen habt«, sagte er trocken.

»Wir stehen in den Startblöcken«, sagte Gert.

Tjitske kam und blieb lächelnd in der Tür stehen.

»Hast du dich nicht umgezogen?«, fragte Maarten.

»Muss das denn sein?«

»Meinetwegen nicht.« Er stand auf. »Sollen wir uns dann mal an die Arbeit machen?« Er wandte sich Lien zu, die von der Schwelle des Karteisystemraums aus zusah. »Du achtest also aufs Telefon?«

Sie standen zu fünft in dem halbdunklen Raum und sahen sich um.

»Wie packen wir es an?«, fragte Maarten nachdenklich.

»Soll ich nicht erst bei Wigbold ein paar stärkere Birnen holen?«, schlug Ad vor, während er seine Werkzeugtasche abstellte, »denn so sehen wir keinen Fatz.«

»Das wäre nicht verkehrt«, sagte Maarten. »Und sonst kauf sie eben, wenn er sie nicht hat.« Während Ad sich davonmachte, ging er zur Tür des Kellers unter dem Garten und sperrte sie auf, damit das Tageslicht hereinkommen konnte. »Wenn wir diesen Keller nun als Lager benutzen würden«, schlug er vor, »und damit anfangen, alles, was hier jetzt herumsteht, etwas effizienter zusammenzustellen, dann können wir anschließend den Rest dazustellen.«

Sie gingen zu viert in den Keller.

»Eigentlich eine Todsünde, oder?«, sagte Gert bedauernd.

»Jetzt aber keine Sentimentalitäten«, sagte Joop. »Dafür sind wir nicht angeheuert worden. Warum stellen wir den Mist eigentlich nicht gleich an die Straße?«

»Nein, es wird nichts weggeworfen!«, warnte Maarten. »Und die Sitzecke dort behalten wir für uns. Die benutzen wir demnächst.«

»Können wir denn nicht besser erst alles herausholen und es dann wieder hineinstellen?«, schlug Tjitske vor.

»Und dann gleich Art zu Art«, sagte Maarten.
»Wie in der Arche Noah«, ergänzte Gert amüsiert.

Sie räumten den kleinen Keller aus und dann wieder ein, bauten die Stellagen auseinander und stapelten die Einzelteile aufeinander, sammelten die Pappkartons, die überall verstreut herumstanden, und brachten sie zusammen mit all dem übrigen Gerümpel in den kleinen Keller, befestigten die Stellagen mit dem alten Archiv der Verwaltung an der rechten Seitenwand und brachten die Ecke in Ordnung, in der Mia einen Teil der Bibliothek gelagert hatte, während Joop sich auf die Suche nach Eimern und Wischlappen machte. Während sie damit beschäftigt waren, den Boden zu schrubben, schaute Rentjes vorbei.

»Kommst du helfen, Koos?«, stichelte Joop, worauf Rentjes sich wieder zurückzog.

»Dem traue ich nicht über den Weg«, sagte Ad.

»Sodele, aufgepasst!«, rief Joop ausgelassen und goss einen weiteren Eimer mit Wasser über den Boden aus.

Als sie fertig waren, trugen sie die Schubladen des Ausschnittarchivs und anschließend die Schränke einen nach dem anderen die Treppe hinunter, setzten sie an der linken Seitenwand wieder zusammen, stellten Beertas Sitzecke mit den drei Sesseln darum herum unter die Lampe davor und betrachteten zufrieden das Ergebnis.

»Wunderbar!«, sagte Maarten zufrieden. Er sah auf seine Armbanduhr. Es war Viertel vor vier.

In diesem Moment ging die Tür auf, und Rentjes kam mit Eimert Bierma, seiner neuen Verwaltungskraft, in den Keller. Er blieb an der Tür stehen. »Du hast die Schränke zu nahe an die Tür gestellt«, sagte er. »So kommen wir mit unseren Kartenschränken nicht durch.«

»Ich weiß nichts von Kartenschränken«, sagte Maarten. Er spürte eine große Wut in sich aufsteigen.

»Dann musst du besser zuhören!« Er wandte sich ab, drehte sich dem jungen Mann zu und zeigte auf die Sitzecke. »Da sollen sie hin.« Worauf er, gefolgt von dem jungen Mann, den Keller verließ.

»Gott steh mir bei«, sagte Maarten.

»So etwas hatte ich schon befürchtet«, sagte Ad. »Er erträgt es nicht, dass ein anderer etwas bekommt.«

»Aber das machen wir doch wohl nicht!«, sagte Joop.

Gert und Tjitske standen etwas verlegen daneben.

»Ich gehe zu Balk«, sagte Maarten beherrscht.

»Dann musst du dich aber beeilen«, sagte Ad und sah auf seine Armbanduhr.

Maarten stieg blindlings die Treppe hinauf. Er stieß die Tür zu Balks Zimmers auf. Der stand an seinem Schreibtisch, die Tasche in der Hand. »Hast du Rentjes erlaubt, seine Kartenschränke in den Keller zu stellen?«, fragte Maarten. Er bebte vor Wut.

Balk straffte sich. »Ja, das habe ich ihm erlaubt! Du musst doch nicht den ganzen Keller haben?«

Einen Moment lang wusste Maarten nicht, was er darauf sagen sollte.

»Das hättest du dann doch wenigstens mit mir besprechen können«, sagte er dann, seine Wut mit Mühe unterdrückend. Er drehte sich abrupt um und verließ den Raum.

Sie standen in gedrücktem Schweigen da und warteten auf ihn.

»Balk hat es erlaubt«, sagte Maarten.

»Aber das brauchen wir uns doch nicht gefallen zu lassen?«, sagte Tjitske

»Ich kann damit schlecht zum Vorstand des Hauptbüros laufen«, sagte er heiser, in einem misslungenen Versuch, Galgenhumor aufzubringen.

Sie schweigen.

»Was wird jetzt aus der Sitzecke von Beerta?«, fragte Gert, während er die Sitzgruppe betrachtete.

*

Jaring betrat den Raum und ging zögernd in Richtung des Schreibtisches von Maarten, als sei er sich bis zum Schluss seines Ziels nicht sicher.

»Jaring!«, sagte Maarten.

Jaring lächelte. »Hast du heute vielleicht kurz Zeit, um mit Richard und mir zu sprechen? Es gibt da Probleme.«

»Was für Probleme?«

»Mit Rie Veld.«

Maarten sah an ihm vorbei zur Uhr über der Tür. »Jetzt?«

Jaring nickte. »Wenn es dir passt.«

»Dann bei dir.« Er stand auf.

Sie verließen den Raum und gingen über den Flur. Auf halbem Wege öffnete Jaring die Tür zu Freeks Zimmer, das nun Rie Veld gehörte, in dem Richard jedoch normalerweise ebenfalls saß, wenn er da war.

»Hast du jetzt Zeit, mit Maarten und mir zu sprechen?«

»Wo?«, hörte Maarten Richard fragen.

»In meinem Zimmer.«

Maarten und Jaring gingen weiter zu Jarings Zimmer.

»Rie hat sich krankgemeldet«, erläuterte Jaring – Maarten setzte sich –, »aber sie hat dazu gesagt, dass sie gar nicht krank wäre, aber nicht mehr mit Richard zusammenarbeiten könnte.« Er setzte sich zu ihm.

»Das ist ärgerlich.«

»Ja, das ist ärgerlich.«

Sie warteten schweigend. Jaring hielt seinen Kopf etwas von Maarten abgewandt, den Blick in die Ferne, als würde er auf etwas lauschen, das sich weit entfernt vom Büro abspielte. Maarten sah vor sich hin. Es dauerte eine geraume Weile, bis er auf dem Flur das Geräusch einer schließenden Tür hörte, und danach Richards Schritte. Er sah auf. Richard betrat den Raum. Er sah sie an, misstrauisch.

»Setz dich«, sagte Maarten.

Richard zog einen Stuhl ein Stück vom Tisch ab und nahm Platz.

»Was ist los?«, fragte Maarten.

»Dafür muss ich mich doch wohl nicht rechtfertigen?«, fragte Richard feindselig.

»Nein, ich möchte es einfach gern wissen.«

»Das wird Jaring dir doch wohl schon erzählt haben?«

»Ich möchte es aber gern von dir hören.«

Richard kniff die Augen hinter seinen Brillengläsern ein wenig zusammen, als dächte er über die Bitte nach. »Rie hat sich geweigert, einen Auftrag auszuführen, den ich ihr gegeben hatte«, sagte er schließlich, die Worte halb verschluckend, »und als ich sagte, dass es eine dienstliche Anordnung wäre, ist sie nach Hause gegangen.«

»Was war das für ein Auftrag?«

»Eine Titelbeschreibung.«

»Und hast du irgendeine Idee, warum sie sich geweigert hat?«

»Das interessiert mich nicht! Wenn ich ihr den Auftrag gebe, hat sie ihn auszuführen, und ich erwarte von euch, dass ihr mich darin unterstützt und ihr wegen Arbeitsverweigerung fristlos kündigt!«

»Davon kann natürlich keine Rede sein.«

»Dann reiche ich beim Vorstand eine Beschwerde ein!«

Maarten zuckte mit den Achseln. »Dann wird uns der Vorstand um eine Stellungnahme bitten, und dann werde ich sagen, dass ich auf dem Standpunkt stehe, dass du als direkt Verantwortlicher einen Weg finden musst, ihre Qualifikationen ohne Streit nutzen zu können, unabhängig von deiner Meinung über sie. Welche Arbeiten macht sie sonst noch?«

»Solange sie keine Titelbeschreibungen machen kann, kann sie keine andere Arbeit machen!«

»Kannst du sie nicht für das Abarbeiten der Mappen einsetzen?«

»Nicht, solange sie keine Titelbeschreibungen machen kann!«

Maarten sah ihn prüfend an. »Wie steht es jetzt um die Mappen?«

»Dazu bin ich noch nicht gekommen«, sagte Richard beherrscht.

»Du hast versprochen, dass du sie so schnell wie möglich abarbeiten würdest.«

»Ich bin noch nicht dazu gekommen.«

»Du weißt, dass Ad und ich dir dabei helfen wollen. Ich habe Mitte September drei Wochen Urlaub. Falls sie, wenn ich zurück bin, nicht weg sind, machen Ad und ich sie. Hast du schon einen Termin für deine Examensprüfung gemacht?«

»Das geht erst Anfang September.«

»Gut.« Er sah Jaring an. »Wäre es nicht gut, wenn du Ric einmal besuchen und mit ihr reden würdest?«

»Ja, das wäre vielleicht schon gut«, sagte Jaring zögernd.

»Und vielleicht kannst du sie dann eine Weile unter deine Fittiche nehmen?«

Jaring nickte. »Das wäre vielleicht möglich.«

»Sollen wir das dann vereinbaren?«, sagte Maarten und wandte sich Richard zu. »Du fängst jetzt mit den Mappen an. Du setzt Eef dabei ein. Jaring wird mit Rie sprechen und übernimmt vorläufig ihre Ausbildung von dir, und ihr überlegt gemeinsam, wann sie wieder für dich arbeiten kann.«

»Damit bin ich nicht einverstanden«, sagte Richard steif. »Und ich werde noch einmal darüber nachdenken, was ich dagegen unternehme.« Er stand auf.

»Das ist dann schade, aber ich sehe keine andere Lösung.«

Richard drehte sich um und verließ den Raum.

Maarten sah ihm nach. »Siehst du eine andere Lösung?«, fragte er Jaring.

»Nein.« Es hatte den Eindruck, dass ihn die Angelegenheit peinlich berührte.

»Ich bin schon gespannt, wie Rie darauf reagiert.« Er stand auf.

»Ja, darauf bin ich eigentlich auch gespannt«, sagte Jaring.

Auf halber Höhe des Flurs besann er sich, ging zurück und betrat das Zimmer von Eef.

Eef saß da und las. Neben ihm lag ein Stapel Bücher. Er sah auf, als Maarten eintrat, und legte sein Buch weg.

»Wir duzen uns, oder?«, sagte Maarten. Er nahm einen Stuhl und setzte sich ihm gegenüber.

»Gern.« Er sah Maarten freundlich lächelnd an.

»Kannst du mir erzählen, was da nun eigentlich zwischen Rie und Richard los ist?« Er wählte seine Worte behutsam. »Ich werde nicht schlau daraus.«

»Ich habe den Eindruck, dass sie beide reif für den Psychiater sind«, sagte Eef bedächtig.

»Den haben wir jetzt im Hause.« Er lachte gemein.

Eef schüttelte den Kopf. »Rie ähnelt zu sehr meiner Mutter.«

»Du ähnelst deinem Vater?«

»Das weiß ich nicht, denn ich kenne meinen Vater nicht.«

»Nein?« Die Antwort überraschte ihn.
»Mein Vater ist von zu Hause weggelaufen, als ich zwei war, und niemand weiß, wo er geblieben ist.«
»Verrückt.«
»Ja.« Er lächelte. »Das finde ich eigentlich auch, auch wenn ich es mir schon vorstellen kann. Aber du kennst meine Mutter natürlich nicht.«
Seine Offenherzigkeit überraschte Maarten, und er fragte sich, wie jemand mit einem solchen Hintergrund so einen ausgeglichenen Eindruck machen konnte. »Ich frage mich, wie es kommt, dass du so ausgeglichen geworden bist«, sagte er.
»Ich glaube, ich habe nicht umsonst Psychologie studiert.«
Sie schwiegen.
»Und Richard?«, fragte Maarten. Er lachte. »Wo wir schon mal dabei sind.«
»Richard ist ein Zwangsneurotiker und wie alle Zwangneurotiker ein Perfektionist. Das Einzige, was wir bisher gemacht haben, ist, Titel zu beschreiben, und darin steht dann immer irgendwo ein Komma falsch, sodass wir das vorläufig wohl noch weiter machen werden. Darunter ist Rie zusammengebrochen.«
»Du nicht?«
»Ich habe jetzt angefangen, für mich selbst zu lesen.« Er zeigte auf den Stapel Bücher und sah Maarten an. »Gert hat mir erzählt, dass er und Lien eine Einführung in das Fach bekommen haben. Könnten Rie und ich die nicht auch bekommen?«
Maarten zögerte. »Das müsste dann Jaring machen.«
»Ich glaube nicht, dass Jaring das kann. Jaring kann nicht so viel.«
Maarten dachte nach. »Ich muss darüber noch mal nachdenken. Da gibt es so einige Haken und Ösen.«
»Das verstehe ich. Jaring und Richard haben natürlich Angst um ihre Eigenständigkeit.«
Maarten nickte. Das Gespräch wühlte ihn auf, auch wenn er nicht so recht wusste, weshalb. »Du könntest damit anfangen, die bisher erschienenen Ausgaben des *Bulletins* zu lesen.«
»Das habe ich schon gemacht. Es geht mir eigentlich um eine allgemeine Einführung, die die Aufsätze in einen Rahmen stellt.«

»Ich muss noch mal darüber nachdenken«, der unerwartete Appell an sein Verantwortungsgefühl bedrückte ihn, »und dann muss ich auf alle Fälle Jarings Zustimmung haben.«

»Danke.«

In Gedanken ging er zurück in sein Zimmer. Ad saß am Schreibtisch. Maarten zog einen Stuhl unter dem Sitzungstisch hervor und setzte sich. Ad sah auf und legte den Stift hin. »Und?«

»Rie hat sich geweigert, Richards Aufträge noch länger auszuführen, und ist nach Hause gegangen.«

»Sicher die Titelbeschreibungen.«

Es überraschte Maarten, dass Ad darüber informiert war. »Ja.«

»Wenn du mich fragst, ist der Mann nicht ganz richtig im Kopf.«

»Ich habe sie voneinander getrennt, aber Rie hätte natürlich nicht nach Hause gehen sollen.«

»Nein.«

Dass Ad einer Meinung mit ihm war, verwunderte Maarten flüchtig. Normalerweise war er nicht so freigiebig. Die Loyalität, die er darin spürte, rief ihm wieder einen Plan ins Gedächtnis, mit dem er bereits seit ein paar Tagen herumlief. »Etwas anderes«, sagte er, noch bevor er das Für und Wider gegeneinander abgewogen hatte. »Im letzten Jahr waren wir mit allen im Museum. Ich habe überlegt, ob es nicht nett wäre, dieses Jahr das Moormuseum in Barger-Compascuum zu besuchen. Wäre das was für dich?«

»Dann willst du in Emmen Fahrräder mieten«, vermutete Ad.

»Und vielleicht könnten wir dann auch kurz bei Boesman vorbeischauen, damit sie das da auch einmal sehen. Das ist ganz in der Nähe.«

»Das wäre schon gut«, sagte Ad teilnahmslos.

Maarten stand auf. »Dann werde ich sie mal zusammenrufen«, entschied er.

*

Der Vorlesungsraum war brechend voll, als Maarten ihn als einer der Letzten betrat. Balk war bereits da. Er saß allein an der kurzen Seite des Rechtecks an der Rückwand. An den beiden langen Seiten waren fast alle Plätze besetzt, bis auf die beiden letzten neben Balk. Auf der anderen Seite, bei der Tür, waren Stühle dazugestellt worden, da gab es noch freie Plätze. Es war laut. Dies war das erste Mal, seit Balk Direktor war, dass das Personal vollzählig zusammengerufen worden war, und das erzeugte eine Atmosphäre der Erwartung, auch wenn die meisten bereits wussten, was der Zweck der Zusammenkunft war. Maarten zögerte einen Augenblick, dann ging er weiter nach vorn und setzte sich, aus einem plötzlich aufkommenden Bedürfnis heraus, seine Loyalität zu zeigen, neben Balk. Die Geste bewirkte Aufregung. »Ja, hör mal, so kann ich es auch!«, rief Rentjes. Maarten lächelte. Balk verzog keine Miene. »Passt de Vries auf das Telefon auf?«, fragte er über die Köpfe hinweg Wigbold, der bei der Tür stehen geblieben war.

»Ja«, sagte Wigbold.

»Dann können wir die Tür jetzt schließen.«

Wigbold schloss die Tür. Es wurde still. Die Tür ging wieder auf, Rik Bracht und Wim Bosman kamen eilig herein, Wim Bosman ein wenig gebeugt, wie um sich zu entschuldigen, und nahmen hinten Platz.

»Sind jetzt alle da?«, fragte Balk ungeduldig. Er sah in die Runde bis hin zu de Roode.

»Ich denke, jetzt schon«, sagte de Roode zögernd, während er sich umsah.

»Jedenfalls werden wir mal anfangen«, entschied Balk, er sah geradewegs vor sich hin. »Der Grund, weshalb ich Sie zusammengerufen habe: Das Hauptbüro möchte, dass das Büro in Zukunft deutlicher als eine Einheit nach außen tritt, um zu verhindern, dass wir bei den kommenden Sparmaßnahmen aufgeteilt werden.« Er sprach mit großer Entschiedenheit, wie um bereits im Voraus jeden Widerstand zum Schweigen zu bringen.

Engelien hob die Hand.

Balk sah ungehalten in ihre Richtung.

»Besteht diese Möglichkeit noch immer? Ich dachte gerade, dass diese Gefahr nun vorbei wäre.«

»Die Möglichkeit besteht immer!«

»Aber im Augenblick ist doch keine Rede davon?«, pflichtete Rentjes ihr bei.

»Nein«, sagte Balk ungeduldig, »aber das kann sich ändern, wenn demnächst der neue Haushalt präsentiert wird! Aber mir geht es jetzt nicht um die Einsparungen. Mir geht es um den Wunsch des Hauptbüros!«

Sein Ton hielt sie von weiteren Fragen ab.

»Um diesem Wunsch zu entsprechen«, fuhr Balk fort, »schlage ich vor, das Büro nach Herrn Beerta zu benennen. Er hat seine Zustimmung dazu gegeben. Am 6. September wird er achtzig Jahre alt. Das ist ein wunderbarer Anlass. Ich schlage vor, den neuen Namen an diesem Tag offiziell zu übernehmen. Hat jemand dazu noch Fragen?«

Es entstand eine Pause.

»Niemand?«, fragte Balk ungeduldig.

Wim Bosman hob die Hand. »Wie wird das Büro denn genau heißen?«

»Das A. P. Beerta-Institut.«

»Kann es nicht besser Anton P. Beerta-Institut heißen?«, fragte Aad Ritsen.

»Nein!«, sagte Balk entschieden. »Herr Beerta hat sich nie bei seinem Vornamen nennen lassen, außer von engen Vertrauten.«

Engelien streckte ihren Arm in die Höhe. »Warum muss es denn gerade Herr Beerta sein? Sieht das nicht sehr nach Personenkult aus?«

Balk sah sie verständnislos an.

»Ich meine, warum muss es jetzt wieder ein Mann sein«, sagte Engelien den Kopf zur Seite gelegt. »Ich finde, dass Dé Haan viel wichtiger gewesen ist, zumindest für die Abteilung Volkssprache.«

»Ein anderer Name steht nicht zur Diskussion!«

Das neumodische Geschwätz verärgerte Maarten in hohem Maße.

»Aber warum dann nicht beispielsweise Beerta-Haan-Institut?«, beharrte Engelien.

»Aber das ist doch Unsinn!« platzte Maarten los, bevor Balk darauf reagieren konnte. »Herr Beerta hat unserem Büro seine Form gegeben. Die drei Abteilungen sind aus Beertas Hobbys hervorgegangen. Wenn Beerta nicht gewesen wäre, hätte es das Büro nicht gegeben!«

»Sonst noch jemand?«, fragte Balk irritiert.

»Ja, ich habe da noch eine Frage«, sagte Bart de Roode, sorgfältig formulierend. »Wäre es nicht gut, wenn die drei Abteilungen auf die eine oder andere Weise in den Namen aufgenommen würden, sonst wird der Bruch mit der Vergangenheit schon sehr radikal. Das kann für das Publikum verwirrend sein.«

»Der vollständige Name könnte A. P. Beerta-Institut für Volkssprache, Volkskultur und Volksnamen lauten«, schlug Balk vor.

»Und das steht dann auch im Briefkopf«, präzisierte de Roode.

»Und auf dem Schild!«

De Roode nickte zustimmend.

»Kann meine kleine Abteilung dann nicht auch darin genannt werden?«, fragte Jeroen Kloosterman.

»Das Mittelalterliche Quellenbuch ist kein Teil des Instituts«, sagte Balk.

»Was ist es dann?«, fragte Rentjes.

»Es hat hier seinen Sitz!«, sagte Balk ungeduldig.

»Bedeutet das dann, dass ich ein eigenes Schild bekomme?«

Balk zögerte.

Richard hob die Hand. »Das gilt dann auch für das Volksmusikarchiv!«

»Das Volksmusikarchiv ist Teil der Abteilung Volkskultur!«, beendete Balk die Diskussion. »Sonst jemand?«

»Bedeutet das dann, dass ich ein eigenes Schild bekomme?«, beharrte Kloosterman.

»Nein!«, entschied Balk. »Es wird nur ein Schild geben, mit den Namen der drei Abteilungen!«

Richard hatte sich zu Jaring hinübergebeugt und redete entrüstet auf ihn ein. Jaring nickte verlegen.

»Noch jemand?«, fragte Balk und sah in die Runde.

Wim Bosman hob erneut die Hand. »Wäre es nicht nett, ein Foto von der Belegschaft zu machen, wenn das neue Schild angebracht worden ist, und es dann Herrn Beerta zu überreichen, weil er nicht dabei sein kann?«

»Vor dem Institut!«, pflichtete Aad Ritsen ihm bei.

»Das ist eine gute Idee«, sagte Balk beifällig. »Wer macht das Foto?«
»Das will ich wohl machen«, sagte Wim Bosman.
Balk zückte seinen Terminkalender und blätterte darin. »Wann machen wir es?«
»Am besten wäre es am Geburtstag von Herrn Beerta«, suggerierte Wim Bosman.
Balk schlug das Datum auf. »Da kann ich. Alle sollen dafür sorgen, dass sie dann da sind!« Er machte sich eine Notiz, schlug das Büchlein zu und steckte es wieder weg. »War es das?«
»Ja«, sagte Engelien schüchtern. »Muss denn gar nicht darüber abgestimmt werden?«
»Nein!« Er sah in die Runde. »Hat sonst noch jemand was?«
Niemand sagte etwas.
»Dann schließe ich die Versammlung!« Er stand auf, ging hinter Maarten vorbei, öffnete die Tür in der Ecke, die hintenherum Zugang zu seinem Zimmer bot, und verließ die Versammlung.
Sobald er die Tür hinter sich geschlossen hatte, brach der Aufruhr los. »Das war mal wieder eine typische Balk-Nummer!«, rief Rentjes. »So, wie er dich abgewürgt hat!« Der Rest seiner Worte ging im Lärm von Stühlerücken, Schritten und Stimmen verloren.

*

So früh war es noch still an der Gracht. Die Sonne war noch nicht über den Häusern aufgestiegen. Es hing ein leichter Nebel in der Luft, und es roch nach Herbst. Als er rechts abgebogen war und auf der Brouwersgracht Richtung Bahnhof ging, kam Lien auf der gegenüberliegenden Seite gerade aus der Langestraat. Sie winkten einander zu und gingen etwas befangen beiderseits der Gracht zur Brücke, an der er auf sie wartete. »Früh, oder?«, fragte er lächelnd.
»Ja«, sagte sie verlegen. Sie hatte eine Fahrradjacke an und trug eine Seitentasche.
»Wie ist es jetzt, aus deiner neuen Wohnung zu kommen?«, fragte er.

»Ich muss mich erst noch daran gewöhnen.«
»Dir fällt es schwer, dich an etwas Neues zu gewöhnen.«
Sie wurde rot. »Ja.«
»Eigentlich sollte immer alles so bleiben, wie es ist.«
»Ja, eigentlich schon.«
»Ich finde es auch immer eine Katastrophe, wenn wieder neue Leute im Büro anfangen.«
Sie reagierte darauf mit einem verlegenen Gesichtsausdruck, ohne etwas zu sagen.
Bei der Brücke über den Singel sah er flüchtig zur Seite in die Haarlemmerstraat hinein, ob Joop zufällig ebenfalls käme, doch die Haarlemmerstraat lag noch verlassen da. Ohne etwas zu sagen, folgten sie der Prins Hendrikkade zum Bahnhof. Vor dem Bahnhof herrschte mehr Verkehr. Dort fuhren Straßenbahnen und Taxis, und ein paar Leute liefen bereits herum. In der Halle kam Gert grinsend auf sie zu, eine Segeltuchtasche über die Schulter gehängt. »Komisch, nicht?«, sagte er kichernd.
»Sehr komisch«, bestätigte Maarten, er gab ihm seine Tasche. »Wenn du kurz meine Tasche nimmst, hole ich die Fahrkarten.« Er ging weiter zum Schalter. Als er mit einer Gruppenfahrkarte für sechs Personen zurückkam, hatte sich Sien zu den beiden anderen gesellt. »Du hast doch wohl daran gedacht, dass Tjitske eine Monatskarte hat?«, fragte sie.
»Ich denke an alles«, beruhigte er sie. Er nahm Gert die Tasche wieder ab. »Außerdem gilt so eine Karte nur für sechs Personen.«
»Eine witzige Tasche ist das«, bemerkte Gert. »Woher hast du die?«
»Das ist eine Motorradtasche von der amerikanischen Armee. Die habe ich kurz nach der Befreiung gekauft.«
»Die ist also vierunddreißig Jahre alt!«, sagte Gert lachend. »Noch älter als ich.«
»Wenn du alt bist, ist deine Tasche auch alt«, sagte Maarten weise.
»Ich habe gestern noch versucht, beim Fremdenverkehrsbüro Informationen über die Museen zu bekommen«, sagte Sien, während sie vor den beiden anderen her zur Treppe gingen, »aber sie hatten nichts.«
»Wir kaufen uns da einen Führer«, sagte er.

Ad kam ihnen langsam auf dem Bahnsteig entgegen, als sie die Treppe hochkamen. Er trug eine grüne Armeejacke und eine ebensolche Tasche wie Gert.

»Du bist früh dran«, stellte Maarten fest.

»Ich habe einen Zug früher genommen.«

»Wir setzen uns doch vorn rein, oder?«, erinnerte sie Sien. »Wegen Tjitske.«

»Ja«, sagte Maarten, »obwohl Heidi dagegen ist.«

»Warum ist Heidi dagegen?«, fragte Gert neugierig.

»Sicher, weil da die meisten Unfälle passieren«, sagte Sien.

»Ich habe ihr lieber nicht erzählt, dass wir uns da hinsetzen«, sagte Ad.

»Aber wenn wir dann einen Unfall haben, kriegst du ein Problem«, sagte Maarten.

»Das sehen wir dann, wenn es so weit ist. Da ist Joop.«

Aus dem Fenster des vordersten Waggons kam ein Kopf zum Vorschein, und es wurde gewinkt. Gert blieb stehen und warf mit einem weiten Armschwung Kusshände. »Tempo!«, rief Joop ausgelassen aus der Ferne. »Beeilung, bitte!«

Lachend betraten sie den leeren Waggon.

»Junge, Junge«, rief Joop ihnen entgegen. »Ihr habt es wohl nicht eilig, hört mal!«

»Wir haben noch fünf Minuten«, stellte Ad fest und sah auf seine Armbanduhr.

»Ad ist noch nie so früh dagewesen«, sagte Maarten. »Wenn wir zusammen diesen Zug genommen haben, um zu Boesman zu fahren, kam er immer erst angelaufen, wenn der Schaffner pfiff.« Er legte seine Tasche ins Netz und setzte sich ans Fenster. Ad und Sien nahmen ihm gegenüber Platz. Gert und Lien gesellten sich auf der anderen Seite des Gangs zu Joop.

»Ich habe gestern Abend den Fahrradverleih angerufen«, sagte Maarten zu Ad und Sien. »Sie werden sieben Fahrräder für uns reservieren.«

»Hast du Boesman Bescheid gesagt?«, fragte Ad.

»Ich wollte es einfach riskieren. Sonst wird es gleich so ein offizieller Besuch.«

»So viel Zeit werden wir sowieso nicht haben, wenn wir auch noch nach Schoonoord wollen«, sagte Sien besorgt.

»Darum.« Er stand auf. »Wo bleibt Tjitske eigentlich?« Er kurbelte das Fenster herunter und steckte den Kopf nach draußen. Tjitske stand auf dem Bahnsteig und sah unschlüssig am Zug entlang. Er hob die Hand. Sie sah ihn, machte eine kurze Kopfbewegung, ging, ohne aufzusehen, weiter in Fahrtrichtung des Zuges und stieg ein, während er ihr vom Fenster aus folgte. »Tjitske hat es geschafft«, meldete er, zog den Kopf wieder ein und kurbelte das Fenster wieder zu.

Gert sah um die Ecke seiner Sitzbank in den Gang. »Sie kommt.«

»Hat sie Wampie nicht dabei?«, fragte Joop fröhlich.

Tjitske kam durch die Schwingtür. »Guten Morgen.«

»Wie klug von dir, dass du es gefunden hast!«, rief Joop.

»Ich bin schon öfter mit dem Zug gefahren«, sagte Tjitske empört. Sie zögerte und sah Maarten an. »Darf ich neben dir sitzen?«

»Natürlich«, sagte er. »Nichts lieber als das.«

Sie nahm die Tasche ab, legte sie ins Netz und setzte sich neben ihn.

»Leute, es geht los!«, rief Joop.

»Yippie!«, rief Gert lachend.

Der Zug hatte sich in Bewegung gesetzt und fuhr, über die Weichen schwankend, aus dem Bahnhof und am Oosterdok vorbei. Die Sonne war durch den Nebel gebrochen, der Himmel wurde blau.

»Willst du etwa jetzt schon essen?«, rief Joop. »Du bist auch ein Fresssack, hör mal!«

»Ich habe noch nicht gefrühstückt«, entschuldigte sich Gert. Er hatte ein Päckchen mit Broten aus seiner Tasche geholt und machte es auf.

»Isst du zum Frühstück denn Rosinen? Ich dachte, du wärst so sparsam!«

»Das war ein Sonderangebot«, entschuldigte er sich.

»Soll ich euch mal zeigen, wie wir fahren?«, fragte Maarten Ad, Sien und Tjitske. Er nahm seine Tasche aus dem Netz, schnallte sie auf und zog eine Karte heraus. »Halt mal fest!« Er gab Tjitske ein Stück und faltete das andere Stück auseinander. Die Karte war an den Faltkanten verschlissen und fiel auseinander.

»Du könntest dir auch mal eine neue Karte leisten«, sagte Tjitske.

»Sie ist nicht mehr die Jüngste«, gab Maarten zu.

»Wie alt ist sie?«, fragte Sien.

Maarten faltete sie etwas weiter auseinander und suchte die Jahreszahl. »1958.«

»Na, dann wissen wir, was wir dir schenken können, wenn du wieder Geburtstag hast.«

Er lachte. »Hier ist Emmen.« Er legte seinen Finger auf die Karte, sie beugten sich darüber. »Hier liegt Barger-Compascuum, hier wohnt Boesman, und hier liegt Schoonoord.« Er zeigte auf die Orte.

»Was denkst du, wie viel Kilometer sind das?«, fragte Sien.

»Fünfzig?«

»Das ist nichts«, sagte Tjitske. »Das schaffen wir in zweieinhalb Stunden.«

»Aber wir müssen auch zwei Museen besuchen«, sagte Sien besorgt.

»Sagen wir: dreieinhalb Stunden«, sagte Maarten. »Wir fangen um halb elf an, das wäre dann zwei Uhr, dann haben wir noch sechs Stunden für die Museen und, um etwas zu essen.«

»Und der Besuch bei Boesman!« warnte Sien.

»Eine halbe Stunde.«

Sie sah bedenklich drein.

»Und wie wolltest du jetzt fahren?«, fragte Ad.

»Hier ist der Bahnhof«, zeigte Maarten, »dann so, die schräge Straße nach Angelslo, Barger-Oosterveld, Smeulveen, Barger-Compascuum, am Kanal entlang zu Boesman, durchs Moor, denselben Weg, den wir beim letzten Mal gefahren sind, als wir von Boesman kamen, nach Valthe, Klijndijk, am Oranjekanaal entlang, Schoonoord, und dann zurück über Noord-Sleen.«

»Schön«, sagte Ad zufrieden.

»Gut?«, fragte Maarten Tjitske ironisch.

»Ich finde es in Ordnung«, sagte sie gleichgültig.

»Da kommt der Schaffner!«, warnte Joop. »Du hast doch wohl Fahrkarten besorgt, Maarten?«

»Fertig?«, fragte Maarten, er sah Gert an, der versuchte, seine Tasche an der Seite seines Fahrrads zu befestigen.

»Dafür gibt es doch den Spanngurt, du Dussel!«, rief Joop.

»Dann wird sein Brot zerquetscht«, höhnte Tjitske.

Gert lachte. »Ich bin fertig«, sagte er zu Maarten und richtete sich auf.

»Dann fahren wir!« Er stieß sich ab und fuhr los, die Karte unter seinen Daumen auseinandergefaltet auf dem Lenker. Hinter ihm fügten sich die anderen in Zweierreihen zu einer Kolonne, lachend und sich unterhaltend. Sie überquerten die Bahnlinie, bogen sofort rechts ab und fuhren am Rand der Bebauung entlang, zu ihrer Linken die Emmerdennen. Der Himmel war wolkenlos blau geworden. Es war still auf der Straße, ein stiller, herbstlicher Morgen. Bei einer T-Kreuzung, die nicht auf seiner Karte verzeichnet war, zögerte er kurz, bog links ab, steuerte auf den Waldrand zu, und fuhr gleich danach in einem Bogen wieder nach rechts, und nach links, an einem Freibad vorbei. Auf seiner Karte hörte die Bebauung hier auf, und der Fahrradweg fing an, doch inzwischen hatte sich die Situation einschneidend verändert, und anstelle des Baulands und der Weiden waren ein kleines Industriegebiet und Apartmenthäuser entstanden, sodass er nur noch den Waldrand hatte, um sich daran zu orientieren, bis bei einem Teich und einem kleinen Park auch der Wald verschwand.

»Ein Hünengrab, Leute!«, rief Joop.

Er drehte sich um und sah Joop und Lien eine Rasenfläche zu einem Hünengrab ein Stück von der Straße entfernt hinauffahren. Die anderen hatten ihre Geschwindigkeit verringert und sahen zur Seite.

»Nein, weiterfahren!«, rief er, behindert durch die Karte auf seinem Lenker.

»Wir sind doch jetzt in Drente?«, rief sie zurück.

»Aber nicht wegen der Hünengräber!« Er fuhr weiter, während er seine Karte mit der Umgebung verglich, die damit keinerlei Übereinstimmung mehr aufzuweisen schien, und sah sich nach einer Heidefläche um, die ungefähr an dieser Stelle hätte sein müssen, bis die Straße bei einer Reihe frisch gepflanzter Bäumchen an den Seitenplanken einer neuen Verkehrsstraße endete. Er hielt an und sah auf die Karte, während sich die anderen mit ihren Fahrrädern um ihn gruppierten.

»Haben wir uns verirrt?«, fragte Sien.

»Zumindest ist die Straße nicht drauf.« Er sah sich die Straße an, einen breiten Streifen Beton, vollkommen verlassen in der Landschaft.

»Das kommt davon, wenn man sich keine neue Karte kaufen will«, spottete Tjitske.

»Ja, unser Land wird verhunzt«, sagte er mürrisch.

Ad hatte sein Fahrrad gegen die Seitenplanke gestellt. »Komm mal her«, sagte er zu Gert. Er kletterte auf die Planke, wobei er sich auf Gerts Schulter stützte, und sah zur gegenüberliegenden Seite. »Da drüben geht sie weiter«, meldete er, »ein bisschen weiter rechts.«

»Dann müssen wir eben rüber«, entschied Maarten. Er hob sein Fahrrad über die Planke und stellte es dagegen. »Gib mal her.« Er drehte sich zu Sien um und streckte die Arme aus.

»Das kann ich auch selbst«, sagte sie und hob ihr Fahrrad über die Planke.

»Du dann?«, fragte er Lien.

»Ja, gern.« Sie gab ihm das Fahrrad.

Er hob es über die Planke und wartete, bis sie, ein wenig unbeholfen, hinübergestiegen war.

Gert nahm sein Fahrrad auf die Schulter und kam hinter ihr her. »Wenn du mich fragst, hat diese Straße nicht einmal einen Sinn«, sagte er, rot vor Anstrengung. »Es fährt wirklich nichts.«

»Weil sie natürlich noch nicht in Betrieb ist«, sagte Tjitske und nahm ihr Fahrrad von Ad entgegen.

»O ja, natürlich.«

»Das war aber wieder furchtbar dumm, nicht wahr?«, rief Joop. »Da hast du schon wieder keine gute Figur gemacht!«

Gert lachte ertappt.

Sie überquerten die Straße, stiegen auf der anderen Seite wieder über die Seitenplanke und fanden dort eine kleine Straße, die zwischen Birken hindurch Richtung Süden verlief, nach Barger-Oosterveld.

Sobald Maarten wusste, wo er war, ließ er sich zurückfallen und fuhr auf der linken Seite der Straße. Er radelte eine Weile neben ihnen her und fädelte sich dann neben Joop ein. »Wie läuft es zurzeit mit deinem Yoga?«, fragte er.

»Oh, das mache ich schon lange nicht mehr.«

»Nein?«

»Es war so eine lahme Truppe.«

»Jetzt machst du also gar nichts mehr?«

»Doch, natürlich! Konditionstraining mit den Ruderern vom ASR Nereus. Zwei Abende pro Woche.«

»Ist das was?« Er sah sie prüfend an.

»Ich finde es ganz nett.«

»Und willst du dann auch rudern?«

»Das würde ich gern, aber dazu muss man mehr freie Zeit haben. Vielleicht werde ich Fahrrad fahren.«

»Schön!«

»Ja, nicht auf so einem Opafahrrad!«

Er lachte. »Auf einem Omafahrrad.«

»Nein, natürlich auf einem Rennrad.«

»Dann sieht man doch nichts?«

»Aber es geht schön schnell.«

Ad, Sien und Tjitske, die vor ihnen fuhren, bremsten. »Wie geht es jetzt weiter?«, fragte Sien, während sie sich umdrehte.

Er sah auf die Karte. »Nach rechts, und dann die erste links«, kommandierte er. »Das hier ist Smeulveen. Wir sind fast da.«

»Wie fandest du es?«, fragte er Sien, als sie zweieinhalb Stunden später zwischen den anderen am Oosterdiep entlang in Richtung Emmer-Compascuum fuhren.

»Ich würde es erst noch einmal sehen müssen, denn jetzt habe ich sowieso keinen Überblick bekommen.«

Er reagierte nicht darauf. Er sah zu den kleinen Häusern, die entlang der Straße standen, und auf das desolate, kahle Land dahinter.

»Wenn Henk und ich irgendwo hinfahren, bereiten wir es komplett vor. Dann lesen wir zuerst alles, was darüber erschienen ist, und dann weiß man auch, worauf man achten muss.«

Allein der Gedanke erzeugte bei ihm schon einen tiefen Widerwillen. »So hat es Beerta auch gemacht«, erinnerte er sich, »aber mir geht es mehr um die Atmosphäre, wie das Publikum reagiert und wie sich die Leute vom Museum verhalten.«

»Aber es geht doch darum, dass man etwas über die Torfgewinnung erfährt?«

»Die Torfgewinnung interessiert mich, ehrlich gesagt, nicht die Bohne. Das ist mir egal. Außerdem erfährt man das in so einem Museum natürlich sowieso nicht.«

»Ich denke doch schon, dass das die Idee ist.« Es klang wie eine Zurechtweisung.

»Es wird schon die Idee sein.« Er hatte keine Lust auf die Diskussion, das Wetter war schön, er war zufrieden. »Was ich nett fand, waren die Museumswärter«, überlegte er laut, »wie sie da zwischen den Puppenhäusern herumlaufen, die sie selbst gebaut haben, mit den viel zu großen Gerätschaften, mit denen sie noch gearbeitet haben.«

»Ja, das habe ich auch nicht verstanden«, pflichtete sie ihm bei, »warum sie diese Häuser nicht in Originalgröße gebaut haben. Das haben sie im Freilichtmuseum doch auch gemacht?«

»Aber darin haben sie selbst nicht gewohnt.«

Es war deutlich zu merken, dass sie nicht verstand, was er meinte, und da er es selbst auch nicht genau wusste und keine Lust hatte, darüber nachzudenken, beließ er es dabei. »Kurz nach dem Krieg war hier noch Moor«, erinnerte er sich. »Wir sind hier damals mal mit dem Fahrrad durchgefahren. Da war alles sehr armselig. Die Häuser waren wie Höhlen, mit den Türen, die offen standen, und den ärmlich gekleideten Kindern, und die Leute waren sehr argwöhnisch und unheimlich.«

»War das da, wo Boesman wohnt, auch so?«

»Nein, das hier waren Torfstecher, genau wie die Großeltern von Tjitske.«

»Oh, davon weiß ich nichts.«

Er tat so, als würde er die Abwehr nicht bemerken. »Tjitskes Großvater war Torfstecher.« Er richtete sich auf. »Tjitske!« Tjitske drehte sich um. »Dein Großvater war doch Torfstecher?«

»Ja, wieso?« Sie ließ sich ein wenig zurückfallen.

»Ach, nur so.« Er wandte sich wieder Sien zu. »Und Boesman ist ein Bauer, oder war ein Bauer, denn jetzt hat sein Sohn den Betrieb.«

Boesman stand in seinem Vorgarten und war am Umgraben, als sie zu siebt auf seinen Hof fuhren. Maarten stellte sein Fahrrad an die Hecke und ging auf ihn zu. Boesman hatte sich aufgerichtet. Er sah Maarten an. Sein Hosenstall stand weit offen, die Augen blickten abwesend, als sei er noch nicht ganz wach. »Tag, Boesman«, sagte Maarten.

Boesman sah ihn verständnislos an, den Mund ein wenig aufgesperrt.

»Koning«, half ihm Maarten.

Bei diesem Namen blitzte in Boesmans Blick die Erinnerung auf. »Ach, Herr Koning«, sagte er langsam. »Ich habe Sie nicht gleich erkannt.«

»Tag, Herr Boesman«, sagte Ad. Er war hinter Maarten hergekommen und streckte die Hand aus.

»Tag, Herr Muller«, sagte Boesman herzlich. Er gab Ad die Hand und dann auch Maarten. »Ich hatte Sie hier ja auch nicht erwartet.«

»Wir sind mit unseren Leuten vorbeigekommen«, sagte Maarten etwas lauter, sich zu einem familiären Ton zwingend, »und wir dachten, dass wir hier doch nicht vorbeifahren könnten, ohne Boesman kurz zu begrüßen.«

»Nein, das geht auch nicht.« Er sah zu den fünf anderen, die etwas unbehaglich an der Hecke stehen geblieben waren. »Aber worum geht es euch jetzt, meine Herren? Denn ich habe nicht mit eurem Besuch gerechnet.«

»Wir kommen auch nicht zu Besuch«, beruhigte ihn Maarten.

»Wir kommen nur kurz vorbei«, sagte Ad.

»Ich kann die Frau wohl eben fragen, ob sie eine Kanne Tee aufsetzt?«

»Nein, wirklich nicht«, sagte Maarten, »dafür haben wir keine Zeit, aber vielleicht dürfen wir kurz den Stall sehen?«

»Mit Vergnügen.« Er stieß den Spaten in den Boden, schlug die Hände zusammen und ging vor ihnen her zur Seitentür.

»Wir sehen uns den Stall an«, sagte Maarten zu den anderen. Er wartete, bis sie ihre Fahrräder an die Hecke gestellt hatten, und ging dann hinter Boesman und Ad vor ihnen her. An der Tür wartete er erneut. »Das erste Mal, als ich hierherkam, war es stockdunkel«, erzählte er. Etwas befangen betraten sie hinter ihm die Tenne.

Boesman stand mit Ad da und wartete auf sie, mitten auf der Tenne.
»Seid ihr alle da?«
»Wir sind da«, sagte Maarten.
»Dann werde ich mal anfangen«, sagte Boesman. Er erhob seine Stimme, als würde er vor einer großen Gruppe sprechen. »Was Sie hier sehen, meine Damen und Herren, ist die Tenne eines altsächsischen Bauernhofs, erbaut im Jahre 1868 von meinem Großvater Karst Boesman! Zu jener Zeit standen hier im Winter noch die Kühe, und in der Mitte wurde gedroschen. Das ist jetzt alles Vergangenheit, wodurch viel von dem Alten verschwunden ist ...«

Sie fuhren, während sie sich umdrehten und winkten, die Straße hinunter bis zur ersten Kreuzung, an der sie nach rechts in das Abbaugebiet bogen. Der Wind blies ihnen direkt ins Gesicht, ein strenger, harter Wind, gegen den das kahle, etwas trostlose Land keinerlei Schutz bot. Sien, Tjitske und Maarten fuhren voran, über die gesamte Breite der Straße, vornübergebeugt gegen den Wind.

»Eigentlich müsstet ihr auch den Film einmal sehen«, sagte Maarten, wobei er die Stimme erhob, um sich gegen den Wind verständlich zu machen. »Warst du schon da, als wir ihn gemacht haben?«

»Ja, natürlich war ich schon da!«, rief Tjitske empört zurück.

Er sah lachend zur Seite. »Du bist immer dagewesen.«

Sie lachte und kniff ihre Augen zu.

»Wie weit ist es jetzt noch?«, fragte Sien, sich vor Tjitske entlang beugend.

Er faltete die flatternde Karte ein kleines Stück auseinander, drückte sie mit beiden Händen auf den Lenker und maß die Entfernung. »Achtzehn Kilometer.«

»Das schaffen wir bei diesem Tempo nie bis fünf.«

»Sollen wir ein Rennen veranstalten?«, schlug Tjitske vor.

»Ja, ist gut«, sagte Sien.

»Ein Rennen, Leute!«, rief Tjitske über die Schulter.

Sie erhöhten ihr Tempo so abrupt, dass sie Maarten innerhalb weniger Sekunden drei, vier Meter hinter sich ließen. Er kämpfte mit seiner Karte, stopfte sie in seine Innentasche, beugte sich über den Lenker und nahm die Verfolgung auf. Ganz langsam holte er sie ein, wenn auch mit größter Mühe, ihr Tempo war atemberaubend.

»Wohin jetzt?«, rief Tjitske über die Schulter, als sie sich einer Querstraße näherten.

»Geradeaus!«, rief er zurück.

Sien gelang es, einen kleinen Vorsprung herauszufahren, doch Tjitske holte sie wieder ein, nun mit Maarten an ihrem Hinterrad, der vom Windschatten profitierte, den sie ihm boten. Tief über den Lenker gebeugt kam er Zentimeter um Zentimeter an Tjitske heran, nicht willens, schlappzumachen, bis sein Vorderrad neben dem ihren war. Sie erhöhte ihr Tempo noch ein wenig, wodurch er eine halbe Radlänge zurückfiel, doch er arbeitete sich erneut heran, hatte nur noch ihr Vorderrad im Blick und den Willen dranzubleiben, und war zugleich überrascht von ihrer Kraft. Erst bei einer T-Kreuzung, als sie rechts abbogen und den Wind von der Seite bekamen, verlangsamten sie wie auf Kommando ihr Tempo und ließen die Räder ausrollen. Als er sich umdrehte, sah er, dass Ad, Joop und Gert in einem Abstand von etwa dreißig Metern folgten, Lien jedoch weit zurücklag. Er ließ sie vorbeifahren und wartete auf sie, während er langsam weiterfuhr.

»Ging es zu schnell?«, fragte er, als sie ihn eingeholt hatte.

»Ja«, sagte sie, »aber ich finde es auch schade, so schnell zu fahren, denn dann kann man sich nicht umsehen.«

Sie schwiegen.

Er sah sich um. Links lagen die bewaldeten Hügel des Hondsrug, vor ihnen die atemberaubend blassgrüne Fläche der Veenkoloniën mit den kleinen Häusern und der Kirche von Nieuw-Weerdinge in der Ferne sowie einer dünnen Baumreihe, die unter einem blauen Himmel mit großen, weißen und schwarzen Wolken quer durch die Landschaft lief. »Es ist schön hier«, stellte er fest. Er sah zur Seite. »Kanntest du das schon?«

»Nein«, sagte sie verlegen.

»Du bist noch nie in Drente gewesen?«

»Einmal auf dem Fahrrad von Jugendherberge zu Jugendherberge, mit einer Freundin.« Sie schwieg kurz. »Aber da war ich erst vierzehn.«

»Ja, das ist zu jung.«

»Und einmal ein Wochenende in Dwingeloo, mit Peter«, fügte sie noch hinzu, als hätte sie es eigentlich lieber nicht erzählt.

»Auch mit dem Fahrrad?«

»Nein, gewandert, im Wald.«

Er sah forschend zur Seite. Er hatte das Gefühl, dass er ihr die Worte aus der Nase ziehen musste. Sie fuhr neben ihm, den Blick starr vor sich auf die Straße gerichtet, die Hände verkrampft am Lenker. »Hat dein Vater eigentlich mal eine Wander- oder Fahrradtour mit dir gemacht?«

»Mein Vater hat immer gearbeitet.« Ungewollt machten ihre Worte sie zu einem einsamen Kind.

»Und deine Mutter?«

In der Zwischenzeit hatten die anderen ihr Tempo verlangsamt, und sie hatten sie eingeholt.

»Wohin jetzt?«, rief Tjitske von der Spitze aus.

Er holte seine Karte aus der Tasche und faltete sie mit einer Hand auf dem Lenker auseinander, während er sie mit dem Daumen der anderen Hand festklemmte. »Links, rechts, links, rechts«, rief er, während er auf die Karte sah. Er schlingerte von links nach rechts, während er die Karte einsteckte und die Kurve nahm, wobei er Lien an den Straßenrand drängte und sie sich nur mit Mühe auf dem Fahrrad halten konnte. Mit rotem Gesicht kam sie zurück auf die Straße.

»Das war meine Schuld«, sagte er schuldbewusst.

»Ach, nein, aber fahr jetzt mal wieder einen Moment neben Gert«, sagte sie nervös.

Er lächelte verlegen, trat in die Pedale und schloss zu Gert auf, der allein vor ihnen herfuhr. »So, Kamerad«, sagte er. »Wie geht's?«

»Gut«, sagte Gert kichernd.

»Findest du es nett?«

»Ich finde es einmalig!«

»Was hältst du von Boesman?«

»Schon ein netter, alter Kerl, glaube ich.« Er sah unsicher zur Seite.

»Aber auch einer, der im Krieg auf der falschen Seite stand.«

»O ja?«, fragte Gert erstaunt.

»Glaube ich.«

»Woran siehst du das denn?«

»Er ist ein autoritärer Mann«, versuchte es Maarten, »und dabei einer, der die Ordnung und das Alte mag. Alles verdächtig.«

»Aber das sind doch gerade die Leute, auf die wir angewiesen sind?«

»Natürlich! Aber ich sage auch nicht, dass *wir* gut sind.«

Gert lachte ein wenig.

»Wir kritisieren zwar«, sagte Maarten mit einem gemeinen Lachen, »aber zugleich fühlen wir uns natürlich zu solchen etwas dubiosen Leuten hingezogen.«

»Findest du?«, fragte Gert ungläubig.

Maarten lachte. »Natürlich! Aber ich werde mich jetzt mal an die Spitze setzen, denn gleich wird es kompliziert.« Er trat in die Pedale, überholte Joop und Ad und fädelte sich neben Sien und Tjitske ein.

»Da bin ich wieder«, sagte er.

Tjitske sah zur Seite. »Es war doch nicht zu schnell?«, fragte sie besorgt.

»Es war schnell.«

»Du hast so gekeucht.«

»Habe ich gekeucht?« Er fühlte sich ertappt.

»Ich hatte einen Moment Angst, dass du einen Herzinfarkt kriegen würdest.«

Er lachte ein wenig.

Sien sah auf ihre Armbanduhr. »Aber wir müssen uns trotzdem beeilen.« Sie erhöhte ihr Tempo.

Er drehte sich um, um zu sehen, ob die anderen folgten. »Ich habe ein Jahr in Groningen gewohnt«, erzählte er und sah wieder nach vorn, »und da hat man auch immer diese Grüppchen gesehen, die durch die Polder geflitzt sind, auf dem Weg zur Schule.«

»Vielleicht war ich ja dabei«, sagte Tjitske.

»Als du in Leek gewohnt hast«, stellte er klar. Er sah zur Seite. »Und was habt ihr dann gemacht, wenn jemand einen Herzinfarkt bekam?«

Sie kniff lachend ihre Augen zu.

»Liegen lassen«, frotzelte er, »sonst kommt man zu spät!«

»Wie weit ist es jetzt noch?«, fragte Sien.

Er faltete seine Karte wieder auseinander und versuchte, die Entfernung zu schätzen. »Etwa acht Kilometer.«

Sie sah erneut auf ihre Armbanduhr. »Das schaffen wir nie«, prophezeite sie.

Zwanzig Minuten vor der Schließungszeit betraten sie das Gelände des Moormuseums. Die meisten Besucher waren bereits auf dem Weg zum Ausgang. Sien kaufte eilig einen Katalog und ging zur ersten Hütte. Joop, Gert und Tjitske folgten ihr in die Hütte. Ad und Lien gingen langsam weiter. Maarten setzte sich auf eine kleine Bank am Ausgang in die Abendsonne und sah ihnen zu. Von der Stelle, an der er saß, konnte er nahezu das gesamte Gelände überblicken. Es bestand aus einer offenen Fläche in der Mitte, mit einem Schöpfbrunnen und einem Wasserloch, sowie rundum einem Dutzend ärmlicher Hütten. Sien und Joop verließen die erste Hütte wieder und gingen zur nächsten. Ad und Lien gingen um das Wasserloch herum und blieben ein Stück weiter vor einer Hütte stehen. Gert und Tjitske kamen ebenfalls heraus, gingen an der Hütte von Sien und Joop vorbei und schlossen sich Ad und Lien an. Langsam gingen sie zu viert weiter, während Sien und Joop aus der zweiten Hütte kamen und eine dritte betraten, Sien mit dem Katalog aufgeschlagen in der Hand, laut lesend. Er wandte seinen Blick von ihnen ab und beobachtete die Besucher, die zum Ausgang gingen, gesättigt von Eindrücken, mit quengelnden Kindern. Er erinnerte sich an einen Scherz seines Vaters über so ein Kind: »Vater, ein Urm.« – »Das ist kein Urm, sondern ein Wurm.« – »Ja, Vater, aber ich bin so müde.« – Er lächelte. Als er wieder nach ihnen Ausschau hielt, standen sie zu fünft beisammen und betrachteten etwas, Lien ging ein Stück entfernt allein herum. Es rührte ihn, als wären sie ein wenig seine Kinder, ein eigenartiger Gedanke für jemanden, der keine Kinder wollte. Er folgte ihnen mit dem Blick, während sie von der anderen Seite des Geländes aus langsam wieder zurückkamen und bei jeder Hütte kurz stehen blieben. Sien war die Letzte. Als sie sich genähert hatten, stand er auf. »Und?«

»Schön«, sagte Ad.

»Spektakulär«, versicherte Gert.

Sien ging neben ihm, als sie zu ihren Fahrrädern zurückkehrten. »Beim nächsten Mal müssen wir das doch wirklich besser vorbereiten«, sagte sie, »denn so hat man nicht einmal die Hälfte davon.«

Ohne sich zu beeilen, fuhren sie zurück durch die Wälder, Maarten voran. Die Sonne ging langsam unter. Unter den Bäumen wurde es feucht. Als sie wieder aus dem Wald herauskamen, auf der Straße von Zweelo nach Noord-Sleen, hatte sich der Wind gelegt. Die Schatten wurden länger. Die Sonne verlor ihre Kraft. Das Land atmete eine unwirkliche Ruhe. Sie fuhren durch Noord-Sleen, wo kurz nach sechs niemand mehr auf der Straße war, und fuhren über eine totenstille Straße mit Bäumen links und rechts durch die Weiden in Richtung Emmen. Maarten hatte sich zurückfallen lassen und fuhr mit Ad ein Stück hinter den anderen. »Das lief ganz gut, oder?«, sagte er.

»Ich glaube, dass sie es ganz nett fanden.«

»Außer Sien vielleicht.«

»Die wird wohl wieder finden, dass sie nicht genug gelernt hat.«

Der Abstand zu den fünf anderen war auf etwa fünfzig Meter angewachsen. Er hörte sie in der Ferne rufen und lachen, Joops Stimme über alle hinweg. Sie drehte sich um, um zu sehen, wo sie blieben. »Beeilung, meine Herren!«, rief sie, worauf Gert und Tjitske sich ebenfalls umdrehten. »Sollen wir euch schieben?«, rief Tjitske. Sie hatten einen Riesenspaß daran.

»Sollen wir ihnen mal zeigen, was diese alten Herren noch können?«, schlug Maarten vor, als die anderen wieder nach vorn sahen.

»Das ist eine gute Idee«, sagte Ad.

»In einem Affenzahn vorbei, und wenn wir auf gleicher Höhe sind, aufrecht, die Hände locker auf dem Lenker und ernsthaft diskutieren«, kommandierte Maarten.

Sie erhöhten das Tempo, Seite an Seite, immer schneller, tief über ihre Lenker gebeugt, dabei auf die Gruppe vor ihnen achtend, die sich in rasender Geschwindigkeit näherte, ohne dass sie dort etwas bemerkten. Sie waren so schnell, dass Maarten schließlich den Widerstand seiner Pedale nicht mehr spürte. »Ja!«, warnte er. Sie richteten sich auf, die Rücken gerade. »Die statische Betrachtung der älteren Generation muss durch Interesse an den Prozessen ersetzt werden!«, sagte Maarten laut, seinen Arm argumentativ in die Höhe schwingend, während sie in hohem Tempo vorbeiglitten.

»Und an der Funktion!«, sagte Ad, ebenfalls den Arm hebend.

»Aber dann auch die Funktionswandel!«

»Selbstverständlich!«

In dem Moment brach hinter ihnen ein gewaltiges Gelächter und Gejohle los. Sie ließen sich lachend ausrollen. Vor ihnen, auf der linken Seite der Straße, war ein kleines Café mit einer Terrasse. Auf einem Schild stand mit Kreide: »Pfannkuchen«. »Verdammt!«, sagte Maarten. »Pfannkuchen!« Er fuhr mit einem Schwenk auf die andere Straßenseite, fuhr auf die Terrasse, stellte sein Fahrrad in einen Fahrradständer und drehte sich zu ihnen um. »Hier werden wir essen und ein Bierchen trinken!«

»Wie hast du das denn organisiert?«, fragte Sien bewundernd.

»Man ist der Chef, oder man ist es nicht«, antwortete er mit gespieltem Stolz.

*

Wim Bosman stand auf der anderen Straßenseite. Er hatte ein Stativ gegenüber der Tür des Büros aufgestellt und sah sich vornübergebeugt durch den Sucher seiner Kamera das Motiv an, während sich die Belegschaft auf dem Bürgersteig und in der Tür aufstellte. Maarten schob sich hinter Balk, neben das neue Aluminiumschild, in das der Name des Instituts eingraviert war, mit dem Zusatz: »Volkssprache, Volkskultur, Volksnamen«. »Klaas«, rief Bosman, »noch ein bisschen nach links, sonst fällst du aus dem Bild!«

»Nach rechts also!«, rief Huub Pastoors, der sich in die Mitte der vordersten Reihe gehockt hatte.

»Für euch rechts«, gab Bosman zu.

»Aufpassen, bitte!«, wurde aus der Türöffnung gerufen. Ad und Wigbold schoben sich mit einer Schultafel zwischen sich nach vorn, gefolgt von Hans Wiegersma.

»Lass mal sehen!«, rief Rentjes. »Wir müssen doch wissen, wohinter wir stehen?«

Sie drehten die Tafel um und hoben sie hoch. Hans Wiegersma hatte auf die Tafel in großen Lettern wie Cornelis Jetses geschrieben: »6. September 1979 – A. P. Beerta-Institut«.

»Gesehen?«, fragte Ad.

Es erhob sich Applaus.

Ad und Wigbold knieten mit der Tafel vor sich in der ersten Reihe, zwischen Huub Pastoors und dem kleinen Sohn von Rik Bracht, der zufällig zu Besuch war.

»Jaring, ich sehe dich nicht!«, rief Wim Bosman.

Jaring stand ganz hinten in der Tür, halb verborgen hinter Erik Zandgrond. »So besser?«, rief er, auf Zehenspitzen.

»Aber dann auch so stehen bleiben«, rief Wim Bosman lachend.

»Und Jantje sehe ich auch nicht! Herr de Vries, bitte etwas nach links!«

»Nach rechts also«, rief Huub Pastoors, während er sich umdrehte.

De Vries tat einen Schritt zur Seite.

»Aber jetzt sehe ich Gaby nicht mehr.«

De Vries rückte wieder ein kleines Stück zurück.

»Ja! So! Sind jetzt alle so weit?« Er hielt die Schnur des Selbstauslösers hoch.

»Pass auf, da kommt ein Auto!«, warnte Jeroen Kloosterman.

Aus der Richtung Vijzelstraat kam ein Auto. Sie warteten, bis es vorbeigefahren war. »Sind jetzt alle bereit?«, rief Bosman. Er hielt die Schnur hoch, sah noch kurz zur Seite, ob nicht wieder ein Auto ankäme, drückte ab, überquerte hastig die Straße und kniete sich lachend in die Ecke der vordersten Reihe, neben Elleke Laurier. Einige Sekunden standen sie wie erstarrt da, lächelnd, dann klickte die Kamera. »Im Kasten!«, rief Wim Bosman. Es erhob sich Applaus, Fröhlichkeit, lachende Gesichter. »Es lebe das A. P. Beerta-Institut!«, versuchte es Huub Pastoors, doch seine Stimme war zu verhalten, um eine Reaktion hervorzurufen.

*

Amsterdam, 9. Dezember 1992 – 6. September 1993

Editorische Nachbemerkung

Das Büro enthält einige sprachliche Besonderheiten, die vielleicht einer kurzen Erläuterung bedürfen.

So wurden die niederländischen Dialektpassagen im Roman einem etwas aufgehübschten plattdeutschen Dialekt aus dem Nordwesten Deutschlands, dem Oldenburger Münsterland, nachgebildet und phonetisch angepasst. Dieses »Südoldenburger Platt« ist dem von Voskuil verwendeten Dialekt sehr ähnlich. Eine große Hilfe bei der Übertragung war das Wörterbuch *Ollenborger Münsterland. Use Wörbauk* (Cloppenburg 2009).

Lokale sprachliche Färbungen, etwa das Amsterdamer Platt, wurden meist in Soziolekten wiedergegeben (Wortverkürzungen, Umgangssprache, Straßenjargon, etc.). Heißt es jedoch im Roman etwa: »sagte er mit einem starken friesischen Akzent«, handelt es sich um eine wortgetreue Übersetzung dessen, was im Original steht, und ist keine zusammenfassende Beschreibung des Übersetzers.

Die Verkehrssprache unter den europäischen Volkskundlern war in der Periode, die *Das Büro* beschreibt, Deutsch. Im Original sind deshalb etliche Dialogpassagen des Romans – Kongresse, Besuchsreisen nach Deutschland oder Besucher aus Deutschland – auf Deutsch geschrieben. Solche Passagen wurden im Prinzip in der ursprünglichen Form beibehalten, mit dem Effekt, dass sich die nichtdeutschen Protagonisten des Romans bei solchen Gelegenheiten durch kleine sprachliche Unebenheiten zu erkennen geben, da Deutsch nicht ihre Muttersprache ist.

Bis in die Siebzigerjahre hinein war es in den Niederlanden üblich, dass Kinder ihre Eltern siezten. So siezt auch Nicolien ihre Mutter und hat auch ihren Schwiegervater gesiezt. Dass Maarten seine Schwiegermutter siezt, seinen Vater hingegen geduzt hat, liegt daran, dass er aus einem sozialdemokratischen Milieu stammte, in dem man diese förmliche Anredeform zwischen Eltern und Kinder bereits früher aufgegeben hatte.

Auch das flämische Niederländisch der Büro-Kollegen aus Antwerpen hält eine Besonderheit bereit, der in der Übersetzung Rechnung getragen wurde. Im Flämischen gibt es eine dritte Form zwischen »Du« und »Sie«, die es weder im Niederländischen noch im Deutschen gibt, in den Niederlanden jedoch als ein wenig steif gilt. Diese Form, das »Gij«, wurde daher in der Übersetzung konsequent zum »Sie«.

Liste häufig vorkommender Personen in *Das Büro*, Band 4

AAD: siehe Ritsen
AD: siehe Ad Muller
AKKER, TJITSKE VAN DEN: Dokumentarin in der Abteilung Volkskultur
ALBLAS, JACOBO: Anthropologe
APPEL, KARL: niederländischer Volkskundeprofessor aus Bonn; Mitglied der Kommission für die Abteilung Volkskultur
ASJES, BART: wissenschaftlicher Beamter in der Abteilung Volkskultur
ASJES-SPELBERG, MARION: Ehefrau von Bart Asjes
BAILEY, ALAN: Volkskundler aus Irland
BALK, JAAP: Direktor des Büros; ehemals Leiter der Abteilung Volksnamen
BARKHUIS, TINEKE: Mitarbeiterin des Volksmusikarchivs
BART: siehe Asjes
BART: siehe de Roode
BATTELJEE, EEF: Mitarbeiter des Volksmusikarchivs
BAVELAAR, JANTJE: Mitarbeiterin des Allgemeinen Dienstes; zuständig für die Verwaltung des Büros
BEER, DE: Schriftführer der Seemuseumskommission
BEERTA, ANTON P.: ehemaliger Direktor des Büros
BEKENKAMP, GERRIT: Mitarbeiter des Allgemeinen Dienstes, zuständig für die Korrespondentenverwaltung
BLAAUWE, PIETER M. DE: Freund von Beerta aus Middelburg in Seeland
BLOCH: russischer Volkskundeprofessor

BOESMAN, KARST: Bauer aus der Provinz Drente, Informant des Büros
BOKS, TON: Professor für Anthropologie, Mitglied der Kommission für die Abteilung Volkskultur
BOSMAN, WIM: Mitarbeiter in der Abteilung Volkssprache
BOSSCHART, WIM: flämischer Germanist und Musikwissenschaftler, möchte eine Karte über den Brummtopf machen
BOSSE, ÅSA: Volkskundlerin aus Schweden
BOTERMANS: Mitglied im Vorstand des Bauernhausvereins
BRACHT, RIK: Mitarbeiter der Abteilung Volkssprache
BROUCKERE, DE: Mitarbeiter von Pieters in Antwerpen
BRUIN, COR DE: ehemaliger Hausmeister des Büros
BUITENRUST HETTEMA, KARST: Professor, Mitglied der Kommission für die Abteilung Volkskultur; ehemaliger Direktor des Freilichtmuseums in Arnheim
CORSTEN: Mitglied der Seemuseumskommission
DEKKER: Telefonist im Hauptbüro
DIJK, PIET VAN: Mitarbeiter von Ko Kassies im Bauernhausverein
DOUMA: Vorstandsmitglied des Bauernhausvereins
DREESMAN, ELCO: Direktor des Seemuseums
DREESSEN: Leiter der Abteilung Wissenschaftsmanagement im Ministerium
EEFTING: Bauer, Informant des Büros
ELSHOUT, JARING: Sammler von Volksliedern; wissenschaftlicher Beamter und Leiter des Volksmusikarchivs
ESCHER, RICHARD: studentische Hilfskraft im Volksmusikarchiv
EYSINGA, FREIFRÄULEIN VON: Professorin; Vorstandsvorsitzende der Arbeitsgemeinschaft Dorf- und Regionalgeschichte
FAASSEN, G.: Bewerber auf eine Stelle in der Abteilung Volkskultur
FLUITER, FLIP DE: wissenschaftlicher Beamter in der Abteilung Volkssprache; Nachfolger von Hendrik Ansing
GOSLINGA: Professor für Geografie und Mitglied in der Kommission der Abteilung Volkskultur
GOUD, NICO: Mitarbeiter der Abteilung Volksnamen; Faktotum des Büros

GRAANSCHUUR, STANLEY: ehemalige Aushilfskraft im Volksmusikarchiv; Surinamer
GROENEWEG, GUUS: Mitarbeiter von Ko Kassies im Bauernhausverein
GROSZ, MARK: wissenschaftlicher Beamter; Mitarbeiter des Allgemeinen Dienstes, zu einem Drittel der Abteilung Volksnamen zugeordnet
GRÜBLER, FRAU DOKTOR: Volkskundlerin aus Bonn
GRUTTER, DE: Mitarbeiter des Seemuseums in Enkhuizen
GÜNTERMANN, WOLF: Professor für Volkskunde in Münster
HAAN, DÉ/DEETJE: Leiterin der Abteilung Volkssprache
HAGESTEIN, PETER VAN: Freund von Lien Kiepe
HANS: siehe Wiegersma
HARST, VAN DER: Bauer, Informant des Büros
HEEREMA, G.: Mitglied des Vorstands der Arbeitsgemeinschaft Dorf- und Regionalgeschichte
HEIDI: siehe Heidi Muller
HELDER, ELSJE: Mitarbeiterin im Volksmusikarchiv
HOFLAND: Ministerialbeamter, zuständig für das Personalwesen des Büros
HORVATIĆ: Professor für Volkskunde an der Universität Zagreb, Kroatien (Jugoslawien); ehemaliger Vorstandsvorsitzender der Kommission zum Europäischen Atlas
HUUB: siehe Pastoors
IDEGEM, MIA VAN: Bibliothekarin im Büro
IEPEREN, VAN: ehemaliger Zeichner im Büro
JAAP: siehe Balk
JACOBO: siehe Alblas
JANSEN, ENGELIEN: wissenschaftliche Beamtin in der Abteilung Volkssprache
JANSSEN, FRÄULEIN: Korrespondentin in der Provinz Limburg
JANTJE: siehe Bavelaar
JARING: siehe Elshout
JOOP: siehe Schenk
JOOST: siehe Joost Kraai

Karel: siehe Ravelli
Karseboom: Bürgermeister von Enkhuizen; Mitglied der Seemuseumskommission
Karst: siehe Buitenrust Hettema
Kassies, Ko: Schriftführer des Bauernhausvereins
Katoen, Albert: Bauer aus der Provinz Drente, Informant des Büros
Kater, Kaatje: Vorsitzende der Kommission für die Abteilung Volkskultur
Kiepe, Lien: Mitarbeiterin der Abteilung Volkskultur, Nachfolgerin von Manda Kraai
Kipperman, Tjalling: niederländischer Volkskundler und Konkurrent von Maarten; Freund von Beerta
Klaas: siehe de Ruiter
Klaas: siehe Sparreboom
Klastrup, Axel: Volkskundler aus Dänemark
Klee, Henri: Volkskundler aus Luxemburg
Kloosterman, Jeroen: Leiter der Ein-Mann-Abteilung »Mittelalterliches Quellenbuch«
Ko: siehe Kassies
Koning, Klaas: Maarten Konigs Vater
Koning, Maarten: wissenschaftlicher Beamter, zuständig für den Atlas der Volkskultur; Leiter der Abteilung Volkskultur; ehemaliger Redaktionssekretär der Zeitschrift *Ons Tijdschrift* und Chefredakteur der Zeitschrift *Bulletin*; Mitglied zahlreicher Kommissionen und Arbeitsgruppen
Koning, Nicolien: Maarten Konings Frau
Koos: siehe Rentjes
Kraai, Joost: Mitarbeiter der Abteilung Volkskultur, Bruder von Manda Kraai
Kraai, Manda: Dokumentarin bei der Abteilung Volkskultur, Schwester von Joost Kraai
Lagerweij, Sjef: wissenschaftlicher Beamter in der Abteilung Volkssprache

LAND, RITSAERT VAN DER: wissenschaftlicher Beamter, Mitglied der Kommission für die Abteilung Volkskultur, Mitglied der Seemuseumskommission und Vorstandsmitglied des Bauernhausvereins
LAURIER, ELLEKE: Mitarbeiterin der Abteilung Volksnamen
LIEN: siehe Kiepe
LIES: siehe Meis
LUKÁCS, LAJOS: Volkskundeprofessor aus Ungarn
LUNING PRAK: Mitglied der Seemuseumskommission
LUTJE SCHIPHOLT: Mitarbeiter von Ko Kassies im Bauernhausverein
MANDA: siehe Kraai
MANNETJE, RUURD 'T: Vorstandsmitglied des Bauernhausvereins
MARK: siehe Grosz
MATSER, FREEK: wissenschaftlicher Beamter im Volksmusikarchiv, zuständig für die *Bibliografie des geistlichen Lieds in den Niederlanden*
MEIERINK, GEERT: Mitarbeiter der Abteilung Volksnamen
MEIS, LIES: Mitarbeiterin der Abteilung Volksnamen
MEULEN, VAN DER: niederländischer Volkskundler und Konkurrent von Maarten
MIA: siehe van Idegem
MULLER, AD: wissenschaftlicher Beamter in der Abteilung Volkskultur; ehemals studentische Hilfskraft bei Maarten Koning; verheiratet mit Heidi Muller
MULLER, HEIDI, GEB. BRUUL: ehemalige studentische Hilfskraft in der Abteilung von Maarten Koning; Ehefrau von Ad Muller
NELISSEN, JAN: Volkskundler aus Antwerpen, Mitarbeiter von Pieters und Redaktionssekretär der Zeitschrift *Ons Tijdschrift*
NOOIJER, HENK DE: Ehemann von Sien
NOOIJER, SIEN DE: Mitarbeiterin der Abteilung Volkskultur; Ehefrau von Henk de Nooijer
OKKERMAN: Generaldirektor im Ministerium
O'REILLY: Volkskundler aus Irland
PANDAY: Verwaltungskraft; Assistent von Jantje Bavelaar
PANZER, ULRICH: Volkskundler aus der DDR

PASTOORS, HUUB: wissenschaftlicher Beamter in der Abteilung Volkssprache

PIETERS, G. J. (STAAF): Professor für Volkskunde in Löwen und Stadtdirektor von Antwerpen; war zusammen mit Beerta Redakteur der Zeitschrift *Ons Tijdschrift*

PIETERS, RENÉ: Mitarbeiter von Ko Kassies im Bauernhausverein

PODULKA: tschechischer Volkskundler

RAVELLI, KAREL: Anton Beertas Freund und Lebenspartner

REGOUT, D.: Mitglied des Vorstands der Arbeitsgemeinschaft Dorf- und Regionalgeschichte

RENTJES, KOOS: Leiter der Abteilung Volksnamen

RES, ED: studentische Hilfskraft im Volksmusikarchiv

RICHARD: siehe Escher

RIE: siehe Veld

RIJNSOEVER, VAN: Vorstandsmitglied des Bauernhausvereins

RIK: siehe Bracht

RITSAERT: siehe van der Land

RITSEN, AAD: wissenschaftlicher Mitarbeiter in der Abteilung Volkssprache

ROODE, BART DE: wissenschaftlicher Beamter; Nachfolger von Dé Haan als Leiter der Abteilung Volkssprache

RUITER, KLAAS DE: Maarten Konings Freund und ehemaliger Kommilitone

SCHENK, JOOP: Dokumentarin in der Abteilung Volkskultur

SCHENKLE, EDITH: Volkskundlerin aus Österreich

SCHILDERMAN, JOHAN: Vorsitzender der Seemuseumskommission

SCHIP, LEX VAN 'T: Mitarbeiter der Abteilung Volksnamen

SCHOT, E.: Mitglied des Vorstands der Arbeitsgemeinschaft Dorf- und Regionalgeschichte

SEINER: Professor für Volkskunde in Bonn; Mitglied der Kommission für den Europäischen Atlas

SIEN: siehe Sien de Nooijer

SJEF: siehe Lagerweij

SLOFSTRA, DOUWE: ehemaliges Faktotum des Büros

SLUIZER: Mitglied der Seemuseumskommission

SPARREBOOM, KLAAS: für die Technik zuständiger Mitarbeiter im Büro
SPEL, ANTON: Bäckereifachberater und Informant Maartens
SPRINGVLOED: Professor, Lehrer von Maarten Koning und weiterer der im Büro tätigen Mitarbeiter
STANTON, ALEX: Volkskundler aus Schottland
STELMAKER: Juraprofessor, Mitglied der Kommission für die Abteilung Volkskultur
THOMPSON: Direktor des Museums für nordirische Volkskultur
TJALLING: siehe Kipperman
TJITSKE: siehe van den Akker
TROMP, HALBE: studentische Hilfskraft in der Abteilung Volkskultur
UITDENHAAG: Beamter im Hauptbüro, zuständig für das Personalwesen
VALKEMA BLOUW: Vorstandsmitglied des Bauernhausvereins
VAREKAMP, KLAASJE: Freundin von Gert Wiggelaar
VEEN, FRANS: Freund von Maarten und Nicolien Koning; ehemaliger Mitarbeiter des Büros
VEERMAN: ehemaliger Mitarbeiter des Büros
VELD, RIE: Mitarbeiterin des Volksmusikarchivs
VELDHOVEN, BERTHE: ehemalige Leiterin des Volksmusikarchivs
VERVLOET: Anthropologe, Mitglied in der Kommission der Abteilung Volkskultur
VESTER JEURING, M.: Direktor des Freilichtmuseums in Arnheim, Nachfolger von Buitenrust Hettema
VLAMING, BERT DE: Historiker
VRIES, J. DE: Telefonist des Büros
WAGENMAKER, FRAU: Mitglied in der Kommission der Abteilung Volkskultur
WEGGEMAN, JAN: Bauer aus der Provinz Drente, Informant des Büros
WIEGEL, KOERT: Bibliothekar im Freilichtmuseum Arnheim; ehemals Bibliothekar des Büros
WIEGERSMA, HANS: Mitarbeiter des Allgemeinen Dienstes, Zeichner im Büro
WIGBOLD, HENK: Hausmeister im Büro

WIGGELAAR, GERT: Mitarbeiter der Abteilung Volkskultur, Nachfolger von Manda Kraai
WILDEBOER, GABY: Mitarbeiterin der Abteilung Volkssprache
ZANDGROND, ERIK: Mitarbeiter der Abteilung Volkssprache
ZWIERS, JAN: Bauer, Informant des Büros

Inhalt

(1975) 5

1976 231

1977 491

1978 851

1979 967

Editorische Nachbemerkung 1059

Liste häufig vorkommender Personen
in *Das Büro*, Band 4 1061

Das Büro von J. J. Voskuil

Das Büro 1. Direktor Beerta (Neuauflage: 2016)

Das Büro 2. Schmutzige Hände

Das Büro 3. Plankton

Das Büro 4. Das A. P. Beerta-Institut (Herbst 2015)

Das Büro 5. Und auch Wehmütigkeit (Frühjahr 2016)

Das Büro 6. Abgang (Herbst 2016)

Das Büro 7. Der Tod des Maarten Koning (Frühjahr 2017)